月明千里

罗青梅 著

终结篇

上册

青岛出版集团 | 青岛出版社

图书在版编目（CIP）数据

月明千里. 终结篇/罗青梅著.—青岛:青岛出版社,2023.12
ISBN 978-7-5552-2628-4

I.①月… II.①罗… III.①言情小说－中国－当代 IV.①I247.5

中国版本图书馆CIP数据核字（2021）第147214号

YUEMING QIANLI · ZHONGJIE PIAN

书　　　名	**月明千里·终结篇**	
作　　　者	罗青梅	
出版发行	青岛出版社（青岛市崂山区海尔路182号）	
本社网址	http://www.qdpub.com	
邮购电话	18613853563	
责任编辑	郭红霞	
特约编辑	程钰云	
校　　　对	干玉冰	
装帧设计	蒋　晴	
照　　　排	梁　霞	
印　　　刷	河北鹏远艺兴科技有限公司	
出版日期	2023年12月第1版　2025年7月第2次印刷	
开　　　本	16开（640mm×920mm）	
印　　　张	47	
字　　　数	863千	
书　　　号	ISBN 978-7-5552-2628-4	
定　　　价	79.80元（全2册）	

编校印装质量、盗版监督服务电话 4006532017　0532-68068050

目 录【上册】

目录【下册】

第一章

阿兄来了

缘觉说得没错，比武大会结束后果然有人给瑶英送来奖赏——几只肥羊。

她让亲兵把肥羊送去莫毗多的营地，不然带着几只羊回王寺，谁都能猜出她的身份。

第二天，几只羊又回到她的院子——以大盘羊肉的方式。亲卫告诉她，莫毗多命人宰了肥羊，用他们部落的方式亲手为她烤了一只羊。

"王子的手艺不好，请公主不要嫌弃。"

瑶英挑了挑眉，让自己的亲兵把羊肉分着吃了。

中午，毕娑过来找瑶英说几句话，亲兵招呼他一起吃。他扫一眼盘中的大块羊肉，轻皱眉头，一时分不清自己究竟应该松口气还是更忧愁。

昙摩罗伽心性坚毅，既然认为心动只在一时，就像风吹涟漪，不会改变什么，可以继续他的修行之道，那么必然不会阻拦莫毗多。

但是爱欲这种东西岂是想克制就真的能克制住的？

人只要动了情就会想亲近，想独占，随之生出种种情绪：嫉妒、失落、渴求、欲望……

毕娑一面觉得莫毗多向李瑶英示好的行为正好可以警醒昙摩罗伽，让罗伽清醒过来，一面又担心莫毗多会引来罗伽的妒忌，让罗伽陷得更深，那他练功之时极易走火入魔。

李瑶英这样的女子，太容易让男人想独占了。

昙摩罗伽之前想度她出家，这已经是一种贪欲的表现。他能眼睁睁地看着她投入其他男人的怀抱吗？

毕娑忧心忡忡地来到议事厅。厅中摆了巨大的沙盘，昙摩罗伽正在召见五军将领，莫毗多也在，与会者只缺他一个人。

他定定神，朝罗伽行礼，和其他将领一样站在沙盘边。

将领们已经看过战报，了解北戎骑兵的动向。几个人紧锁眉头，都神情凝重。即使提前知道北戎人来袭，面对北戎的强大骑兵，他们依然没有什么胜算。而且王庭经历过一场动荡，军心浮动，五军战斗力肯定大不如前。

北戎人的家乡气候恶劣，不适合耕种放牧。他们不事生产，专以劫掠为生，马背就是他们的襁褓。部落人人皆兵，战术多样，装备精良，北戎军几乎可以被称为一支无敌劲旅。从前，王庭和北戎对峙，大军轻易不会主动出击，大多时候靠着坚硬高大的城墙来消耗北戎人的粮草军备，逼他们撤军。

几位将官还从未真正战胜过一支北戎军队，看完战报，惴惴不安。

五军为什么不继续守城呢？

昙摩罗伽抬眸扫视一圈，仿佛能看穿众人的心思。

众人惭愧地低下头。

昙摩罗伽示意他身旁的缘觉取来一份舆图，摆在大案上。

将领们看着案上的舆图，发现舆图上标注了几条线路，凑近了低头细看。

昙摩罗伽问："北戎这些年久攻王庭不克，为什么仍不放弃？"

将领中的一人道："因为北戎人贪得无厌！"

"他们垂涎王庭富庶而肥沃的土地！"另一人道。

昙摩罗伽领首，用手指点点舆图，道："北戎赖以生存的方式就是征伐。他们的军队越强大，越需要靠劫掠来供养军队。攻下圣城后，他们才能征服更远的恒罗斯、萨末鞬。除非我们彻底打垮他们，否则他们不会停下征伐的脚步。

"王庭和北戎这一战不可避免。王庭固然擅长守城，但是北戎一日日壮大，弓弩车只能阻挡一时。如果我们不能趁北戎内斗之时削弱北戎，他日北戎兵临城下，再坚固的城池也抵挡不了北戎大军。"

王庭安逸太久，守城战术又一次次击退了北戎，朝中从上到下不敢冒险。长此以往，王庭一天天衰落，北戎的兵力只会越来越强。到最后，王庭必败。

此前他病势沉重，既要稳住朝中局势，又要提防北戎，只能以守势为主。现在他还能再撑几年，北戎又内斗不断——他得抓住机会削弱北戎的兵力，为王庭争取更多生机。这样一来，即使他不在了，北戎也无力攻克王庭。

众人心头一凛，收起惶恐之色，抱拳应是。

敌人张牙舞爪、狼子野心，他们不能退缩，必须主动迎战！

众人商议过后决定兵分三路。一路率领一万步兵、五千骑兵，直奔沙城，必要时诱敌深入；一路率一万军队，作为伏兵从旁策应；另外一路一万人的军队由毕娑率领。

几方约定了会师地点，一个将领指着沙盘中代表一处山谷的地方问："瓦罕可汗的大军必定会经过此处，我们在这里设下伏兵，可以出其不意，不过也必然要面对北戎主力。这一路军队由谁领兵？"

毕娑朝昙摩罗伽看去，昙摩罗伽点点头。

缘觉会意，取出一面蓝白相间的小旗插在沙盘里。

将领们瞪大了眼睛，很震惊。

这不是已逝的摄政王苏丹古的军旗吗？

毕娑说道："摄政王苏丹古之前被薛家谋害，身受重伤。他的亲兵忠心耿耿，将他藏在一处山洞之中，替他赴死。那颗首级并不是摄政王本人的。摄政王之后被一个放羊的牧民救下，在牧民的帐篷里养伤，前不久终于能下地走路，已经在牧民的帮助下秘密赶回圣城。"

他和几位将领一一对视："我已经去见过摄政王了，确实是摄政王本人，他还活着。"

他说完，跟缘觉和其他近卫一起朝昙摩罗伽行礼。

"老天保佑，摄政王大难不死！此次出征，我王庭必定大胜！"

厅中将领面面相觑，惊疑不定。他们虽是心思简单的武人，到底身居高位，对朝中的暗流涌动并不陌生。苏丹古还活着，他们惊喜不已，但是细细思量，假如这一切都是佛子设下的局……

要知道，瓦罕可汗之所以不顾盟约带兵攻打王庭，就是因为以为苏丹古死了，王庭又经历了一场动荡，此刻是他下手的好时机。

佛子要对付的人不只是世家。他以苏丹古的死来撬动所有势力，一环套一环。

在佛子没有暴露他的计划之前，谁也不知道他接下来是不是还有其他谋算。

众人冷汗涔涔，越发恭敬，随毕娑一起行礼。

众人确认了排兵之策，毕娑忽然道："王，瓦罕可汗的所有儿子中，若论阵前斩将，一个个都是力大如牛的勇猛之辈，但是论行军打仗、排兵布阵，海都阿陵无疑最为狡诈。末将以为，必须提防此人。"

其他人点头附和。

昙摩罗伽抬起眼帘，看向毕娑的目光带了几分威严。

毕娑知道他已经猜出自己接下来要说的话，硬着头皮道："末将帐中有一个汉人，她曾在海都阿陵帐下行走，了解海都阿陵和北戎军队。末将请求带她随军，以便寻计问策。"

其他将领点头赞同。

"既有这样的良才，阿史那将军一定要带上她！"

昙摩罗伽不置可否，转头和其他将领说话。

毕娑头上出了汗。

众人商讨完军务，其他将领一个个告退出去，近卫撤走沙盘，毕娑没走。

昙摩罗伽淡淡地扫他一眼。

毕娑走上前，小声说："王，我刚才当着其他人的面提起文昭公主，绝无私心。文昭公主可以假扮成我的亲兵随军。公主确实了解海都阿陵和北戎军队的战阵、战术，带上她，我们遇上海都阿陵时，可以随时问询她的意见。而且公主和高昌的尉迟达摩、杨迁一直保持联系，若随军，可以告知尉迟达摩战场上的局势。"

昙摩罗伽沉默不语。

毕娑试探着问："王是不是担心公主的身体？公主虽然娇弱，来回高昌的路上并未有任何拖累队伍之举。此次她只是随军，不会亲临战场，绝不会有性命之忧。我会让亲兵保护好她。"

他停顿了一会儿，道："王，公主留在圣城未必比随军安全。"

他们此次出兵冒了很大的风险，虽然留下了一支近卫军驻守，但是谁也不能保证后方不会出乱子。

昙摩罗伽垂眸转动佛珠。将菩提子送给瑶英后，他换了一串白玉菩提，佛珠颗颗坚硬，裂纹庄严，能让人心生清净。

他沉吟片刻，让缘觉去瑶英的院子走一趟。

缘觉领命，出了厅堂，一盏茶的工夫便折返，道："小的和文昭公主说了此事……"

毕娑问："公主说了什么？她愿不愿意随军？"

缘觉抬起头，道："文昭公主只说了一句话，不敢请耳，固所愿也。"

毕娑一怔，随即微笑。她果然愿意随军。

他看向昙摩罗伽。

昙摩罗伽手持佛珠，微微颔首。她盼着早日回到故乡，肯定要和她的族人见面商谈。他不能把她困在圣城里。

瑶英得到一个新身份：毕娑军中的亲兵。她将扮成男子随大军出征。

毕娑给她送来铜符，建议她起一个胡人名字。

瑶英随口道："那就叫巴彦吧。"

毕娑点头记下："随军出征不比平时出行，公主要做好准备。"

瑶英神情严肃，道："多谢将军提醒，我以前随过军，会准备好一应物事，不会给将军添麻烦。"

毕娑忙道："公主怎么会添麻烦？是我有求于公主，公主才会答应随军。"

瑶英摇摇头，说："将军请我随军，正合我意。"

毕娑故作惊讶地问："公主想随军？"

一个娇贵的公主为什么想随军？

瑶英点点头，道："不瞒将军，我的商队一直在探听北戎的消息。我收到一封信，商队打听到一个消息，瓦罕可汗派出斥候大肆抓捕境内的汉人男子，所有经过关卡哨所的男子都会被严格盘查。"她握紧铜符，"北戎人宁可错抓，不愿轻纵。只要是胡语说得不好的汉人男子，都可能被捕。瓦罕可汗不会无缘无故专门抓捕胡语说得不好的汉人，我怀疑是有中原的汉人混进了北戎。前段时间北戎内乱，他们很可能参与其中，才会惹怒可汗。"

毕娑想到一个可能，眉心直跳："是不是公主的兄长找来了？"

瑶英长叹一口气："我宁愿不是……"

她怕李仲虔落到海都阿陵手里，怕一切还是走向原来的结局。商队的人说北戎的关卡把守严密，汉人插翅难逃。李仲虔要是在北戎，岂不是命悬一线？

毕娑安慰瑶英："公主在圣城的消息已经传遍葱岭。公主的兄长如果找来了，肯定也会听到传言，不会找错的。"

瑶英蹙眉，神色担忧："但愿如此……不论那几个被瓦罕可汗抓捕的汉人是谁，我都想救出他们，也许他们知道中原的情势。"

所以她需要去前线。现在不去，等杨迁那边布置好了，她还是需要离开圣城。对她来说，自己跟着王庭军队出行是最安全的办法。

为防走漏消息，大军悄然开拔。

瑶英抓紧处理手头事务，出了一趟城，嘱咐老齐等天气暖和以后务必记得播种白叠，还要扩大桑麻的种植。

回城的路上，她正坐在马车里和亲兵说话，一队人马忽然从道旁蹿出，堵住他们的去路。

为首的健奴彬彬有礼地道："曼达公主苦苦等候多时了，请文昭公主移驾驿馆一叙。"

瑶英朝亲兵摇头。

亲兵朗声回道："我们公主没空。巡城近卫就在不远处，你们休要挡道。"

健奴连忙道："文昭公主误会了，我们曼达公主绝无恶意。公主向来敬佩文昭公主这等敢于打破世俗的女子，回毗罗摩罗之前，想和文昭公主说几句心里话。"

车厢里，瑶英不为所动，示意亲兵不必理会。

亲兵扬鞭，车轮咕隆咕隆轧过长街。

健奴恼恨不已，到底不敢引来巡城近卫，退到一边，回到驿馆，和曼达公主通禀事情经过。

曼达公主躺在榻上，鬓发垂散。她闻言，轻皱眉头："我几次盛情相邀，她竟然一点儿都不给我留情面。"

健奴匍匐在地，道："公主，佛子马上就要闭关了。不如我们多等两日，等佛子闭关，文昭公主失去倚仗，我们肯定能找到下手的机会。"

曼达公主摇摇头："我们的人连王寺都靠近不了，怎么下手？"

健奴抬起头："公主忘了医官了？"

曼达公主微微眯起双眼。

使团医官和一个来过王庭的僧人蒙达提婆相得甚欢，互相引为知己。来王庭的路上，毗罗摩罗使者担心找不到接近佛子的机会，回去无法交差。医官自告奋勇，说他可以说动佛子。使者没抱什么希望，没想到医官见过佛子以后，佛子果然允许曼达公主入寺礼佛、在典礼上献舞。

使者问医官他是怎么说动佛子的。医官回答说，因为他是蒙达提婆的朋友，佛子才会通融。

健奴提醒曼达公主："公主，医官最近常去王寺，王寺的僧人待他很客气。医官肯定瞒了您和使者什么事。"

曼达公主徐徐地坐起身。

"那天我检查火坛有没有机关的时候和文昭公主靠得很近……我可以确定她还是个处子。"

曼达公主经验丰富，不会看错。文昭公主身为一个处子，到底是怎么让高高在上的佛子为她破格的？自己只有从汉地公主身上入手，才能找到法子。

曼达公主道："把医官带来见我。"

她不能就这么回到毗罗摩罗。她需要一个强大的靠山，为此可以付出一切：身体、舞姿……她会很多种勾引男人的法子，每一种都能让男人离不开她。

献舞功败垂成，她不甘心。但，她还有机会。

医官以右膝跪地、双手合十举于眉间的姿势朝曼达公主行礼。

曼达公主摩挲着腕上的金镯："你是不是隐瞒了我什么事情？王庭是不是有贵人病重，需要你为他诊治，所以他们的礼官准许我在典礼上献舞？"

医官答道："公主，下官是一名医者，请恕下官不能回答这个问题。"

曼达公主叹口气，起身下榻走到医官跟前，俯身，灰绿色的眼睛里似有水波盈盈闪动，迷离魅惑。

"医官能不能再帮我一次？"

医官也叹口气，躬身下拜："公主，下官已经帮过您一次了。王庭和我们的邦国不同，您放弃吧。"

"放弃？"曼达公主冷笑，"然后再回到那个魔窟吗？再被我的父王送去讨好其他人？还是被他送去寺庙继续侍奉长老？"

医官垂眸叹息。

曼达公主来回踱步，脚上的金镯叮当作响："我不能回去。我受够了。"

她抬起医官的脸。

"你可以帮我一次，为什么不能再帮我？如果我能留下来，你也可以留在王庭，成为王庭的宫廷医官，和我一起享受荣华富贵。"她长睫闪动，脸色一凛，"你家乡的亲人、朋友也能得到赏赐。"

医官听出曼达公主话中的威胁之意，呆了一呆，脸上闪过羞愤之色。他挥开她的手，以额头触碰她的脚背："公主，下官之所以帮您不是为了荣华富贵，也不是为了讨好使者。下官同情您的遭遇，希望您能达成所愿，才会请求王庭佛子。下官欠蒙达提婆法师一份恩情，本该偿还恩情，却为了私心恳求佛子应允下官的请求，辜负了法师的情谊，心中不安。下官不能再为公主做什么，公主要责罚下官的话，下官不敢抱怨，只求公主不要迁怒下官的家人。"

曼达公主的脸色阴沉如水："滚！"

医官匍匐至门边，退了出去，听到身后似有啜泣声响起，脚步顿了一下。他长叹一声，回到门边。

"公主，佛子和寺庙那些长老不一样。您的舞姿可以让毗罗摩罗的任何一个男人俯首，但是无法动摇佛子的心。"他终究还是心软了，小声道，"您与其在这里白费功夫，不如……不如去求文昭公主，也许她可以帮助您。"

曼达公主猛地抬起头。

医官已经走远了后，健奴从角落里走出来，捧着几封信跪地道："公主，奴按您的吩咐去医官屋中搜寻，果然找到几封蒙达提婆法师的信。"

曼达公主接过信，一封封翻开细看，眼神闪烁了几下。

信上没写其他内容，除了问安之外，都是关于病情的讨论，而且从症候看，他们讨论的应该是一个女子的病情。医官的病人难道是王庭的贵夫人？这个女子应当和佛子关系匪浅，可是赤玛公主不在圣城……还有哪个女子能劝佛子接受献舞？

曼达公主脑中灵光一闪，忽然想起典礼那天佛子看向帐幔的眼神。那时她感觉到帐幔后肯定有人，故意挪过去，结果蹿出来的却是个面容扭曲的亲卫。她以为是自己的错觉。回到席位后，她越想越觉得不对劲，环顾一圈，发现文昭公主一直没有回席位。

帐幔后面的人很可能是文昭公主。

曼达公主思前想后，豁然开朗。医官的病人不是别人，就是文昭公主！她有求于医官，劝佛子接受献舞，又怕佛子动心，于是守在一边提醒佛子。

这么说，自己只要控制住医官，就能让文昭公主乖乖听话。

翌日早上，瑶英又接到一封由健奴送来的曼达公主的帖子。

健奴意味深长地道："公主殿下，我们公主和医官一起等着殿下，请殿下务必前来。公主说，她已经知道医官和蒙达提婆法师之间的承诺。"

说着，他取出一撮褐色鬈发和一封蒙达提婆的亲笔信。

瑶英的心不由得咯噔一下。天竺医官受蒙达提婆所托为昙摩罗伽诊治，此事其他人不知情，曼达公主知道了？这件事情绝不能传出去。

她不动声色地问："法师和医官之间有什么承诺，与我何干？"

健奴道："公主说，那个承诺和殿下有关，殿下肯定知道那个承诺是什么。殿下若不来的话，后果自负，而且殿下最好不要把此事透漏出去。"

瑶英心计飞转："曼达公主既要见我，那地点当由我来定，请公主在驿馆外面那间羊皮铺子等着我。"

健奴面露迟疑之色。

瑶英脸色一沉，道："如果曼达公主不答应，恕我不敢应下这个邀请。我怀疑曼达公主的诚心。"

健奴生怕她反悔，点头说："请殿下放心，我们公主绝无恶意，只想和殿下说几句话。小的这就叫人去回话，不过殿下必须马上动身，而且只能带两个随从。"

瑶英心里顿生疑窦。她故意提要求只是为了试探健奴，从健奴的反应来看，他底气不足，曼达公主到底知不知道昙摩罗伽病重？

假如曼达公主只是怀疑，她这一去岂不是正好印证了曼达公主的猜测？

若她不去，万一曼达公主恼羞成怒，杀了医官，或是不顾一切地把事情宣扬出去，那就难办了。医官说不定能治好昙摩罗伽，不能就这么被杀……

瑶英权衡一番，犹豫不定。

其实按理来说，以昙摩罗伽的谨慎，他既然敢任用天竺医官，肯定有应对之法。可是医官到底是天竺人……

她想了想，不敢拿这事冒险，点头答应。

亲兵瞪大双眸，想要拦住她。

瑶英摇摇头，道："曼达公主大费周章，只是为了逼我去见她。她不敢伤我性命。"

这里是圣城，曼达公主行事必有所顾忌。她的目的是留下来，而不是得罪王庭。当务之急是稳住曼达公主，其他的事情等她见了曼达公主再说。她可以先试探试探曼达公主，看看这位公主到底知道多少内情。

瑶英拿定主意，对健奴道："我可以只带两个随从。"

她一边说话，一边朝亲兵使了个眼色。

亲兵会意，等瑶英跟着健奴出门，立刻转身去王寺找缘觉报信。

缘觉大惊失色，一跺脚，焦急地道："王闭关了！我现在没法通禀王这事，只能等阿史那将军回来拿主意！"

亲兵怔住，佛子已经闭关了？

瑶英跟着健奴赶到羊皮铺子时，曼达公主已经包下铺子在里面等着了。

"文昭公主敢来赴约，果然有胆量。"

瑶英一笑，坐到曼达公主对面，面色从容，态度倨傲："曼达公主想和我说什么？实不相瞒，只要近卫统领知道我来了驿馆附近，半个时辰后一定会带人过来查问，以确保我安然无恙。并不是我有意泄露消息，而是规矩如此。公主想说什么，最好尽快说完，我很忙，无暇和公主吃茶说闲话。"

曼达公主瞥瑶英一眼。

文昭公主敢当众鞭打北戎公主，还以踏入火坛吓退所有公主，果然骄纵跋扈，被自己抓住把柄竟然还这么嚣张。她想先声夺人，以气势压倒自己？可惜她人都来了。这说明她确实在意医官的性命，自己已经稳操胜券，怎么会被迷惑？

"公主风采出众，是个爽快人。"曼达公主停顿一下，一字一字开门见山地道，"我已经知道你和医官之间的交易。"说完，她看着瑶英，观察瑶英的表情。

瑶英满不在乎，眉毛都没动一下："公主说笑了，我和贵国医官素不相识，何来交易？"

曼达公主微微一笑，眉梢眼角都是风情："公主不必再掩饰了，我让人翻过医官的药箱和信件，证据确凿。现在医官被我关押在一处谁都不知道的地方，公主如果能帮我一个忙的话，我可以让他活着见到公主。"

瑶英心一沉，袖中的双手捏紧。她微笑着道："什么证据？我听不明白公主在说什么，我和贵国医官素无往来。"

曼达公主眉心直跳。事已至此，文昭公主还想蒙混过去？

她冷笑一声，和瑶英对视，慢慢地道："公主身患绝症，蒙达提婆法师和公主是旧相识，一直在想办法为公主寻找药方，医官正是受他所托来为公主诊治的。公主来见我不就是怕我杀了医官吗？"

瑶英一愣。

曼达公主以为她被自己吓着了，不无得意地道："公主的病只有医官治得好，现在医官的性命只在我一念之间，公主觉得我有没有资格请公主为我做一件事？"

瑶英回过神，哭笑不得。曼达公主以为医官是来给她看病的？还抓了医官来威胁她？这么说，曼达公主不知道县摩罗伽患病的事情。

瑶英心里松了口气，却仍旧神色紧绷，脑子里飞快盘算。既然曼达公主误会了，她不如将错就错，看看对方想要什么。

"公主想让我答应什么？"

听她语调放缓了点儿，曼达公主更加确信她这是害怕了，勾起嘴角笑道："我和公主同病相怜，不会伤害公主……我是来帮公主的，可以帮公主达成心愿。"

瑶英做出疑惑的表情。

曼达公主放柔语气缓缓地道："我在来王庭的时候听说了文昭公主的故事。文昭公主的家乡在万里之外，我的家乡也离王庭很遥远。在我的家乡，女子身份卑微，我虽然是公主，却不是王后所生，我的母亲是一个低贱的女伎……"

曼达公主说到这里，眼中似有泪水，我见犹怜。

"我从小被王后送去学舞，我母亲以泪洗面。那时候我年幼无知，不懂母亲的哀伤。后来母亲临终前告诫我，说我抛头露面、以舞侍人，将来一定会落得和她一样的下场，被世人耻笑……

"后来，母亲的话一语成谶。我舞姿出众，名动四方，父王常常要我出席宴会献舞。那年我十四岁，叛军兵临城下，父王为了获得长老的支持把我献了出去……"

曼达公主抹了一下眼角。

"再后来,我在不同的男人之间周旋,在毗罗摩罗远近闻名……"

曼达公主长长地叹口气,灰绿色的眸子盯着瑶英,眼中像含了一汪水。

"来到王庭以后,我本来想攀附佛子,不过见了文昭公主献花和身入火坛的壮举后打消了念头。公主对佛子一片真心,我心中十分感佩,而且佛子说了只有公主一个摩登伽女,我不敢和公主相争。"曼达公主轻轻握住瑶英的手,"公主敢为佛子踏入火坛,一定对佛子情根深种。可惜佛子不为所动,等一年期满,公主只能黯然离开。公主这样的美人,离开王庭以后肯定被人觊觎,危机四伏。我和公主处境相似,想帮公主达成心愿,助公主留下。

"当然,我帮助公主是因为也有所求,希望公主达成心愿以后可以帮我寻一个王庭的王公贵族做靠山。以后,我和公主互相扶持、互为依靠。公主可以常伴佛子身边,我也得享富贵荣华。"

瑶英望着曼达公主,脸上露出动容之色。

曼达公主真挚地道:"我早就做了这样的打算,可是一直没机会和公主面谈,无奈之下只能以医官来逼迫公主。"

她挥挥手,示意健奴捧来一只只匣子和宝册,搁在案上。

"请公主相信我的诚意,这些都是我送给公主的礼物。我的家乡有很多男女共同修行的秘法,我精于此道,可以将秘法传授给公主。公主只要学会这些秘法,不费吹灰之力就能引诱佛子沉迷其中。我可以向公主保证,以后佛子一天都离不得公主。"

"到那时,公主何必再冒险踏火坛?"

她打开宝册,精美的册页上是一幅幅男女情动交融图,线条流畅,惟妙惟肖,动作丰富。

案前点了一盏灯,灯光摇曳,照亮纸页上的男女,有种摄人心魄的力量。

曼达公主嗑着笑,接着打开宝匣。

"这些秘药是宫廷不外传的助兴之物,用了这些秘药,七十岁的老人也能雄风大作。还有这些女子所用的药物,它们无色无味,你只需要抹一点儿在身上,再克制的男人也能为你疯狂。"

瑶英扫一眼宝册上暴露的图画和那些秘药,抽了下嘴角。曼达公主这是要教她床中术?

曼达公主红唇翕张,声音充满蛊惑:"佛子风采无双,公主难道不想早日和佛子一起体会人世间最大的极乐,让他再也离不开你?"

瑶英脑海里浮现出昙摩罗伽那张平静圣洁的面孔,心弦绷紧。而后她打了一个激灵。罪过罪过。

曼达公主满意地看着她被自己挑起念头，唇边挂着一抹明艳的笑："公主独木难支，和我合作，你我各取所需，如何？"

下一刻，她的笑意凝结在嘴角。

瑶英脸上没有心驰神往、羞涩、难为情或是难以自制的情动之色。她笑了笑，抬眸："公主所求的只怕不仅仅嫁给王公贵族这么简单吧？"

曼达公主脸色微沉。

瑶英勾起嘴角："公主帮我达成心愿，这不过是迂回之举。"

假如她只是个痴恋昙摩罗伽又一无所有的疯狂女子，被曼达公主怂恿，用了曼达公主送的这些乱七八糟的秘药、秘术，就等于一脚踏入曼达公主的陷阱——以后曼达公主会利用她一步步接近昙摩罗伽，然后取代她。

再者，谁知道这些秘药有没有害处？她拿去用了，昙摩罗伽出了事，曼达公主正好可以乘虚而入。

瑶英冷冷地道："我不会和公主合作。"

曼达公主脸上的笑容消失："医官在我手里，公主就不怕以后再也见不到医官？"

瑶英双手一摊："见不到就见不到吧，生死有命。"

她现在可以确定曼达公主不知道昙摩罗伽患病。她越不在意，医官越安全。

曼达公主微眯双眼，心里不由得疑惑这文昭公主真的不怕死吗？

屋外传来一声尖细的哨响，一只黑鹰扑腾着翅膀拍打窗户，窗格灰尘直掉。

瑶英侧耳细听，不慌不忙地站起身。

"曼达公主，我的亲兵来接我了。"

曼达公主大惊，走到窗前往外看。楼下马嘶声声，几十个身着窄袖袍的亲兵已经将铺子包围起来。

她咬牙道："医官在我手里，我不会再让他为公主诊治。公主患病多年，被病痛折磨的滋味不好受吧？"

瑶英一笑。

不好受。

不过就算她的生死真的被捏在医官手里，她也不会为了治好自己的病就和曼达公主合作。

"昨天医官还去过王寺，公主不可能在宵禁之后把人送出城，这说明医官还在城里。使团不能擅自走动，医官没出过驿馆，驿馆没有什么密道密室，找一个人很容易。公主，这里不是你的家乡，使团上下，包括杂役，只有区区几十人。我想要找到医官，易如反掌。

"我说过，我没有闲工夫和公主吃茶。"

曼达公主表情僵硬。她以为文昭公主只是个为爱痴狂的骄纵女子，不知道文昭公主居然可以在这么短的时间里调动这么多人。她大意了。

缘觉亲自带人找寻，一个个盘问，很快找到医官。

医官并没有受到任何伤害，只是被关了起来。他向瑶英行礼，哭着祈求："曼达公主身世坎坷，一时糊涂才会想出这种馊主意，冒犯了公主，求公主宽恕。"

缘觉在一旁道："曼达公主虽是使者，但意图不轨，岂可轻饶？"

医官看向瑶英，焦急万分："小人为公主诊治，求公主看在小人的情面上饶恕曼达公主。"

瑶英怔住。她以为曼达公主误会了，摆出一副满不在乎的态度，曼达公主才会生了退意……难道曼达公主没有误会？

"你是来为我治病的？"

医官点头，伏地道："佛子让小人为公主诊治，公主前几日服用的丸药就是小人为公主调配的。"

瑶英轻轻战栗一下，半晌没有作声。

当日的情景——闪现。那时昙摩罗伽确实没有说医官来王庭的目的是什么，她说出了自己的猜测，他不否认也不纠正——她便想当然地以为医官是为他来的。他为什么不告诉她实情？

瑶英还在发愣，一匹快马飞奔而至，近卫巴米尔滚下马鞍，朝她抱拳："公主，请即刻返回王寺。"

缘觉领着人收拾案上那些宝匣、宝册，闻言回头问："怎么了？"

巴米尔示意其他人都出去，小声说道："王召见公主。"

缘觉惊讶地睁大眼睛。

今天早上昙摩罗伽已经闭关，除了巴米尔和毕娑，其他人都不能进石窟。李瑶英来羊皮铺子，他和毕娑商量对策，分头行动，找出医官。因为事出紧急，怕惊扰到昙摩罗伽，他们只留了一句话，佛子应该在闭关才对……

王怎么出来了，还要立刻召见公主？

瑶英还有些恍惚，答应一声，和巴米尔一起赶回王寺。巴米尔让她披上白袍遮住身形，带着她从隐蔽的夹道入寺。两人爬上长长的石级，来到一间偏僻的宫殿门前。

殿里传出说话声，瑶英走了进去。

毕娑也在屋中，朝她颔首致意："公主没事吧？"

瑶英回以一笑，抬起眼帘看向昙摩罗伽。

自从那晚两人在佛塔石窟祷祝之后，她就没再见到昙摩罗伽了。比武大会的时候，她在台下，他在台上大帐。两人隔得太远，她看不清他的身影。

不知道是什么缘故，两人几天不见，她再看他，竟有点儿恍如隔世的感觉。

那个手执提灯为她祈福的昙摩罗伽似乎停留在了那个夜晚，不会回来了。

昙摩罗伽没有看瑶英，神色平静。

瑶英看着他，怔怔地站着。

他时而冷淡庄严，不可亲近；时而温和体贴，像白雪皑皑的险峰，常年云遮雾绕，让旁人看不清全貌。偶尔风和日丽，晴空万里，灿烂的金辉倾洒而下，旁人才能有幸看到巍峨壮美的山峰。

瑶英半晌不吭声。

昙摩罗伽瞥她一眼，眼神冷淡。

毕娑轻皱眉头，问："公主，曼达公主知道些什么？"

瑶英回过神："曼达公主不知道法师患病……"

她说了大致的经过。

"曼达公主以为医官是来为我看病的，想以此要挟我。"

毕娑如释重负地道："那就好。"

亲兵说得含糊，他还以为曼达公主抓到了很重要的把柄来威胁他们，原来只是虚惊一场。

昙摩罗伽微蹙双眉，看着瑶英的目光冰冷威严："公主下次不要这么莽撞，先等缘觉过来通禀。"他语调严厉，隐含指责之意。

毕娑一时不敢吭声。

瑶英抿抿唇，点头应是。

空气似乎凝固，气氛变得有些尴尬。

毕娑转了转眼珠，咳嗽一声，笑着帮瑶英辩解："王，驿馆旁边那家羊皮铺子是我名下的产业，每天都有人在那里监视驿馆。曼达公主是使者，只敢幽禁她的医官，不敢有其他举动。若是换成其他人或约见的地点在其他地方，公主肯定不会应邀前去。"

昙摩罗伽沉默不语。

毕娑摸摸鼻尖，岔开话题："王，天竺医官可不可信？既然他医术高超，我们不如趁这个机会许以高官厚禄，把人留下。"

昙摩罗伽收回目光，摇头："不必，他是医者，已经留下药方，不得强留。你去驿馆，请毗罗摩罗使团明日就返回毗罗摩罗。明天你亲自去送他们出城。"

　　毕娑会意，抱拳应诺。他去送，这代表佛子强行要求毗罗摩罗使团离开。他等了一会儿，看罗伽没什么其他吩咐，告退出去。

　　他一出去，屋中的气氛陷入沉闷，比刚才还要尴尬。

　　昙摩罗伽低头看着瑶英。

　　瑶英站在他面前，似乎有些垂头丧气。她神思恍惚，面颊苍白，双眸黯淡无神。

　　昙摩罗伽沉默了一会儿。

　　人没事就好。

　　"再有下次，不可莽撞。"这回他语气缓和了几分。

　　瑶英抬眸，想了想，还是如实地道："法师如果早些告诉我实情，我不会莽撞。"

　　其实当初她多想想就能看出端倪。

　　天竺医官来了圣城，罗伽正好为她寻来新药。他患病的事情不能泄露，天竺医官身为外使，身份敏感，毕娑怎么会让医官住在人多口杂的驿馆？

　　只因她从来都没怀疑过昙摩罗伽，所以没有细究，生怕医官出事。在她心目中，罗伽不会刻意隐瞒什么。

　　昙摩罗伽垂眸："是我疏忽之故，没有告知公主。"

　　瑶英摇摇头："法师不会犯这种错误。法师为什么不告诉我实情？"

　　昙摩罗伽移开视线，淡淡地道："没必要。"

　　瑶英哽住。他回答得这么轻描淡写，她居然没办法追问。

　　是呀！对他来说很多事情都没必要。

　　两人都没说话。

　　过了一会儿，昙摩罗伽问："我若告诉公主实情，你今天不会莽撞？"

　　瑶英点头，不假思索地道："要不是因为担心法师，我怎么会理会曼达公主？"

　　早知道实情，她会不慌不忙地和毕娑商讨好对策再动身，不会因为担心曼达公主杀了医官而匆匆赶去。

　　昙摩罗伽碧色的双眸凝视着瑶英。

　　曼达公主拿她的性命威胁她时，她可以从容不迫；用他威胁，她如此急切……

　　瑶英和他对视，感觉他的眼神格外深沉，以为他还在生气，低声道："法师，我下次不会莽撞了。"

昙摩罗伽看着瑶英，脸上没有一丝表情，脑海中却有漫天风幡轻响。

瑶英告退出去。

昙摩罗伽立在空阔的殿堂里，目送她披着白袍的背影远去。

巴米尔一直等在殿门外，等瑶英穿过长廊走远了，立刻进殿。

昙摩罗伽晃了晃。

巴米尔连忙上前搀扶："王，您刚刚服过药，不能再耽搁了。"

昙摩罗伽闭关之后原本应该以苏丹古的身份秘密出城，不宜露面。今早他在泉池运功调息，缘觉不敢打扰他，和毕娑匆匆离开，由巴米尔进密道通报消息。

听说李瑶英那边可能出了事，昙摩罗伽停止运功，从密道折返，调派人手向使团施压。

现在距离他折返已经一个时辰了，他必须回去继续调息。

昙摩罗伽垂眸，摇了摇头示意无事，转身走进密道。

巴米尔有些纳闷儿。

王每次闭关前都已经交代了朝中事务，不论大小纷争都有人去解决。文昭公主和曼达公主之间的纠纷不过是一件小事罢了，毕娑和缘觉可以处理妥当，王为什么要中断运功，亲自处理这件事呢？

轰的一声，暗门关上了。

瑶英从王寺出来，正好遇到缘觉。

缘觉和他身后的亲兵提着大包小包，带回一堆箱笼书册——这些都是从曼达公主那里找到的。

"曼达公主想用这些腌臢东西玷污王，我们不能就这么让她离开！她带来的这些东西必须全部收缴销毁！"

瑶英失笑，随意扫一眼箱笼里的宝匣，看到一只熟悉的匣子。她咦了一声，打开盖子。

宝匣里面果然是那尊她熟悉的镏金铜佛。

亲兵按她的吩咐把铜佛卖了出去，据说买主是天竺商人，开了高价，显然识货。瑶英没想到这东西原来是被曼达公主买走了。

"这只宝匣我认得。"

缘觉双目圆睁，难以置信。他沉痛地道："公主，您怎么会认得这些东西？"

难道文昭公主也打算用这种下作的东西讨好王？

瑶英手指微屈，敲敲宝匣。她说："这只宝匣我见过……你知道这尊铜佛有什么讲究吗？"

缘觉脸上泛出一抹羞红。他结结巴巴地道："我……我又不是曼达公主，怎么会懂这些东西？公主把我当成什么人了？"

瑶英笑了笑，没有回院子，而是径自去了驿馆。

亲兵已经按她的吩咐准备了送行的礼物：方便携带又能充当钱币使用的绸缎丝锦、保暖的衣物、不容易腐坏的果品干粮，还有一些装订精美的经书。

她把礼物送给医官，谢他为自己诊治开药。

医官感激涕零，再次代曼达公主谢罪。

瑶英请他帮自己给蒙达提婆带一封信，医官满口答应。

瑶英又想起那尊铜佛的事情，便带着亲兵去见了曼达公主。

曼达公主的屋子由近卫和健奴一起把守。她必须待在屋中，直到明天离开。

使团被迫提早踏上归程。使者几次恳求都没能获得通融，迁怒于曼达公主，刚刚过来奚落了她一顿。

曼达公主斜躺在榻上，鬓发披散，脸上仍有怒意，灰绿色的眸子低垂，少了几分平时的明艳，多了些哀愁。她看见瑶英进屋，冷笑："公主是来嘲笑我的？"

瑶英笑了笑："我来为公主送行，有一样东西送给公主，顺道想请公主为我解惑。"

曼达公主眯着眼睛打量她。

亲兵上前，取出一幅画。瑶英接过，递给曼达公主："那日在典礼上观看公主起舞，我如痴如醉，久久不能忘怀。公主的舞姿灵巧优美，千变万化，刚柔并济，不愧是北天竺第一。"

曼达公主坐起身。她自小习舞，天分极高，又长年累月坚持不断地练习，颇为自负。所以她即使怀疑瑶英是在讽刺自己，仍旧抬起下巴，接过那幅画。

画中一名身披轻纱的女子在殿中翩翩起舞，舞姿曼妙，周围天女环绕、彩幡飘扬。画中人看上去圣洁美丽，如在仙境。

曼达公主怔住，把本想说出口的讥讽之语咽了回去。

画中场景正是她那天的舞蹈表达的内容，纸上女子分明是她的模样。整幅画栩栩如生，极其传神，肯定费了不少心血，绝不是临时所作。

她看着画中含笑起舞的女子，不由得想起当年那个天真单纯的自己。那时候她真心喜欢舞蹈，而不是把它当成俘获男人的手段。

王后说过，低贱的人生下的孩子也低贱，母亲是寺庙里的一个舞伎，她也是。

曼达公主出了一会儿神，抬眸扫一眼瑶英。她知道只有真正欣赏她的舞蹈的人才能画出这样的画。

"难不成公主也精于此道？"

瑶英道："我以前学过几年，只会几支舞罢了，不敢和公主相比。公主起舞时就好像天女下凡。"

她语气真诚，毫无嘲讽之意。曼达公主得意地轻哼一声，长睫颤动，眼波流转，妩媚动人。

"公主想问我什么？"她勾起嘴角，"是不是后悔了，想请教那些秘法？我随时恭候公主。公主学了秘法，再加上秘药相助，佛子必定对你有求必应。"

瑶英摇摇头："公主前些时日买了一尊铜佛，那尊铜佛有什么机关？"

曼达公主翻了个白眼，靠回榻上："一尊双修佛像罢了，你扭开莲花的机关就能发现。"

说完她就等着看瑶英露出羞怯的表情。

瑶英却只是挑了挑眉，脸上再没什么表情。

还好她没把这尊铜佛当成寿礼送给昙摩罗伽。

曼达公主有些失望，哼了一声。

她看瑶英容色逼人，娇艳明丽，既有少女的纯真，顾盼间又透出灵动妩媚的神采，以为佛子早就偷偷和瑶英成了好事，没想到瑶英还没得手。

佛子既然没有破戒，自然心性坚定。她想帮瑶英达成心愿就是为了引佛子破戒。他破了一次戒，之后她再去试探，事半功倍。

她以前见过很多像瑶英这样天真烂漫的少女，那些羞涩的少女极易受她哄骗蛊惑。

文昭公主倒好，看到宝册上的画面脸都没红。

曼达公主看着瑶英，若有所思："原来佛子喜欢文昭公主这种不解风情的女子，难怪对我这样的美人不屑一顾。"

瑶英轻抽嘴角。

"这一次我输了……"曼达公主自嘲地笑了笑，一摆手，手上的金镯丁零作响，"文昭公主，你如此貌美，流落到离故土万里之遥的异域，假如没有佛子的庇护，早就引来其他人的争夺了。你很幸运，能遇上佛子这样的君主。"

"是，我很感激佛子。"瑶英点了点头，话锋一转，"曼达公主最好死心。"

曼达公主的眉心微动。

瑶英道："我知道公主还没达到目的，没有真正死心。"

曼达公主笑得柔媚："你知道我的目的是什么？"

瑶英回以一笑："你的目的不是寻一座普通的靠山，而是寻一座最强、最有权势的靠山，然后彻底摆脱毗罗摩罗，不是吗？"

曼达公主脸色微沉。

"以公主的本事，你不必执着于王庭。公主现在是毗罗摩罗的使者，所以王庭饶恕公主。再有下次，王庭降罪，公主肯定是那个承担所有罪责的人。"

曼达公主感觉脊背生凉。

使者纵容她，甚至暗示她不择手段，那是因为已经把她当成了弃子，随时可以放弃她。这次王庭要是揪着不放，国王和大臣绝不会包庇她，还会为了撇清干系重惩她。

曼达公主和瑶英对视，勾起嘴角："公主是在警告我还是在提醒我？"

瑶英没有回答，转身离开，走到门边时，脚步顿住。

"公主的舞跳得真好。"她淡淡地道，迈出房门。

曼达公主直起身，望着她离去的方向久久回不过神。

当晚瑶英收拾好行李，第二天换上男装，带上亲兵，随一支秘密出行的中军队伍出发。

离开王寺前，她去了一趟禅室。

缘觉告诉她昙摩罗伽已经闭关，问她是不是有要事求见，可以代为传达。

瑶英笑着摇摇头，出了王寺，望着高耸的塔林若有所思。

毕娑为她准备了车驾，让她先和他的部下同行。他要送毗罗摩罗使团出城，然后单独去一个地方。

他们约好到时候在沙城会面。

下午，毕娑赶到赤玛公主处。府中歌舞喧闹，赤玛又在宴请王公贵族。

他随意扫一眼庭中，发现宾客中有很多薛家、康家的子弟，轻皱眉头。

赤玛公主正和康家人饮酒，听说毕娑来了喜出望外，从宴会上抽身，要他留下来住几天。

毕娑道："我有要务在身，今天只是路过，看你过得好不好。"

赤玛公主皱眉道："你又要出征？你为什么不能留在圣城代理朝政？战场上刀剑无眼，你应该留在圣城！"

毕娑的眉头紧皱。因为这件事他们争吵过很多回，他现在急着走，不想临走时和她吵架，温和地道："我很快就能回来，你好好照顾自己。王安排了人照拂你，你若有事可以找他们，给我写信也行。"

赤玛公主知道拦不住他，压下怒火，让仆从收拾了些衣物和精良的武器给他，目送他骑马离开，立在原地看了很久。

长史站在一边陪着她。

"罗伽可以待在铜墙铁壁的圣城王寺，毕娑却要一次次冲锋陷阵，刀口舔血。"赤玛公主喃喃了一句，忽然转头问长史，"你说毕娑和罗伽，那些世家更喜欢哪一个？"

长史一愣，汗如雨下，跪伏于地不敢吱声。

瑶英和毕娑的幕僚同行。

她虽然参与谋划，但是不便过问其他事务，所以大多数时间待在车驾上。

和幕僚相处了几天，她将自己对海都阿陵和北戎军队的了解和盘托出，对于其他的事情绝不插嘴，不到处乱走也不到处打听，同时管束亲兵，要求他们谨言慎行。

其他幕僚以为她是毕娑之前安插在北戎的细作，旁敲侧击地追问，她一概不理会。

一路平安无事，队伍到了沙城时毕娑追了上来，和他们会合。第二天他带着幕僚，领几千人马先行。

瑶英、另外几个幕僚和剩余的士兵留在后方。

队伍出了沙城便踏上大片戈壁。她弃了车驾和其他人一样骑马，几日下来骨头都像散了架一样。

天气渐渐转暖，积雪融化。白雪皑皑、层峦叠嶂的山岭下露出郁郁葱葱的淡青色的松林，冰川融水裹挟着沙砾汹涌而下，流淌过荒无人烟的大漠戈壁，所过之处万物复苏，河边生出一片片鲜嫩的绿草。

随之而来的还有大风，当狂风卷起沙尘时，遮天蔽日，行人犹如身处黑夜。

这天众人路过一片宽阔的平原时又遇到大风天气。眼看骆驼和马匹无法在大风中前行，士兵也不能分辨方向，领队只得带领众人就近找到一处勉强可以避风的山丘安营扎寨。

瑶英倒出靴子里的沙土，吃了些干粮，刚刚躺下准备睡，一个传令兵冒着大风找到营地，送来一个消息。

前方的毕娑在穿过一处山谷时遇到一支北戎斥候队伍。双方都没想到会遇到对方，吓了一跳，仓促地拉开架势对峙。

好在对方只是斥候，人数少，毕娑又熟知地形，将对方逼至一处峡谷，剿灭了那支队伍。

一名幕僚惊愕地道："北戎人的斥候队伍已经进入王庭了？怎么这么快？"

瑶英道："他们行军速度快，可以彻夜赶路，而且几乎不需要补给。"

幕僚们后怕不已，心想难怪王庭此次必须秘密发兵，不然这头诏令刚传出圣城，另一头北戎斥候转天就能把消息送到瓦罕可汗的书案上！

瑶英估算了一下北戎士兵的脚程后道："阿史那将军和我们离得不远，我们也有可能遇上北戎斥候，必须加强警戒。"

幕僚们点头。

其中一人道："北戎斥候神出鬼没，我们不能掉以轻心。"

领队当晚就传令下去，命各处增派人手巡视，同时派出己方斥候，命他们及时示警。

谈到半夜，众人各回各的帐篷。瑶英觉得浑身酸痛，闭眼躺下，睡了一会儿忽然被一阵惊马声吵醒，赶紧爬起身，穿上靴子出了帐篷。

营地里一片漆黑。

亲兵找了过来，神色焦急："斥候在附近发现一队北戎人马！对方有几百人！"

瑶英心里一惊。

几百个北戎骑兵就可以发动一次奇袭……他们遇上北戎人的伏兵了？

她定定神，找到其他幕僚。

幕僚已在激烈地讨论了。参谋军务认为他们很可能碰上北戎骑兵，必须连夜拔营，虽然己方的人数比对方的多，但是队伍中的士兵大多是步兵，而且不是精锐，不可能和北戎骑兵抗衡。

众人商议一番，决定稳妥行事，连夜拔营。

夜色深沉，士兵从梦中惊醒，惊慌失措，急急忙忙地收拾好行囊。

一个年轻将领领着几十人走在前面，亲兵护着瑶英和其他幕僚一起走在中间，其他士兵跟在后面。

众人提心吊胆地赶了半个时辰的路，前方突然有火光闪动。马蹄声阵阵，一队人马朝着他们奔来。

众人大气不敢喘一口，心口发紧。

那队人马风驰电掣，很快靠近他们。火光照亮一面猎猎飞扬的旗帜，旗下的将领一身威风凛凛的银色盔甲，英武健壮，气势不凡。他催马飞驰而至，摘下头盔，摇曳的火光映在他的脸上，五官立体，线条硬朗。

幕僚转忧为喜："莫毗多将军！"

狂风暂歇，火把放出的暗淡的光芒被浓重的夜色吞噬，四野寂静无声。

士兵们朝旗帜靠拢，没有半点儿声响。

莫毗多和将领交谈几句，示意继续行军，而后找到瑶英，和她并辔而行，小声道："形势比我们之前估算的要严峻……瓦罕可汗的大军的主力不见了，我们的斥候失去他们的踪迹。阿史那将军活捉了一个北戎斥候，亲自审问。据斥候说，他们也不知道可汗的主力到了哪里，这些天他们都以信鹰交流信息。"

瑶英立即问："海都阿陵呢？"

莫毗多脸上掠过一阵惊讶之色："海都阿陵也不见了。公主为什么会马上想到问起他？"

沙漠的夜晚气温极低，瑶英拢紧头巾道："海都阿陵的部队最擅长快速行军，骑兵移动速度更快，而且气壮胆粗，喜欢冒险深入敌方，发动奇袭。瓦罕可汗行事谨慎，更愿意准备充分后派兵冲锋对阵。北戎大军突然改变路线，这更像海都阿陵的作风。"

莫毗多点了点头："摄政王也这么说。也许是海都阿陵，也许是其他人，总之有人劝说瓦罕可汗改变了路线。瓦罕可汗这一次居然能够听取其他人的意见，这说明他急于获胜，也说明他的下一步动作我们暂时无法预测，我们之前的计划也必须跟着做出改变。摄政王下令，阿史那将军继续探察北戎人的动向，公主和其他人先随我去阿桑城整顿，等阿史那将军那边送来指令再看下一步往哪儿走。"

他们已经离开王庭境内了。

阿桑城属于王庭的一个附庸部落阿桑部。此次阿桑部响应征召，酋长率一千人助阵，他的儿子留下镇守。

瑶英点头应下，问："摄政王……现在身在何处？"

莫毗多抬头观察四周，神情警惕："摄政王在前军。公主切勿泄露消息，现在摄政王活着的事情还未正式公布。"

瑶英嗯了一声。

谈完正事，莫毗多接过士兵递来的火把，对着瑶英照了一照，端详她片刻，关切地道："公主这些天奔波辛苦了。"

瑶英笑着摇摇头："本该如此。"

他们连夜走出沙漠，继续在一眼望不到边的荒野中赶路。第二天下午，天际出现一片低矮的山丘，山丘下有片深青色的森林，一条干涸的河道蜿蜒而过，冰川融水还未抵达，河床被卵石覆盖。河畔一座三丈多高、绵延两里的石墙拔地而起，城门前一座简易的塔楼矗立着。有士兵站在塔楼的高处，腰间的长刀反射出凛凛寒光。

前些天大风连日狂卷，城墙、塔楼上都蒙了一层尘土，远远望去灰扑扑的。

此刻正是薄暮时分，半边天空烧得通红，城中一道道炊烟笔直地升向高空。

莫毗多道："那就是阿桑部。"

阿桑部巡视的勇士看到军队靠近，早已经烧起羊粪堆示警。留守的酋长的儿子率领部下迎出城，确认了莫毗多的身份后立刻命部下打开城门。

酋长的儿子身后的一名老者看到军队中的乌吉里部勇士，脸上露出迟疑之色："为响应佛子的征发，城中儿郎都去了前线。城里大多是妇女、孩童，将军的军队可否驻扎在城外？"

莫毗多先观察了一下周围的地形，点头应允。

在归顺昙摩罗伽之前，各个部落互相征伐，仇深似海。后来大家虽都归附王庭，但是当他们组成军队行军时，只要驻扎在一处还是免不了爆发冲突。一夜醒来，营地角落里总有几具新鲜的尸体。阿桑部的酋长不在，他身为另一个部落的王子，不能让自己的人马全部进城。

莫毗多让瑶英去休息，自己随酋长的儿子去查看粮草。

瑶英赶了这么多天的路，终于来到一处可以提供热水的地方，洗去一身尘土，吃了一碗热腾腾的羊肉汤，躺进毛毯里，几乎刚挨到枕头就睡着了。

睡得迷迷糊糊时，她做了个梦。

梦中她置身于战场，周围的士兵举刀厮杀，一匹黑马朝她疾驰而来，马上的男人没穿战甲，而是一身寻常牧民的窄袖皮袄，手上是一对闪耀的金锤。

瑶英激动得浑身直颤，朝他跑了过去。

男人睁着那双狭长的凤眼一眨不眨地望着她，生怕她消失似的，朝她伸出手。

黑马驰到近前，就在瑶英要抓住男人的手时，一柄长刀斜地里刺了过来，捅穿男人的身体。鲜血汩汩地流出，男人摔落马背，金锤落地。

"阿兄——"

瑶英从梦中惊醒，出了一身冷汗，还不及细细回想梦中所见，窗户上传来一阵剧烈的响动。她起身下榻，打开窗户。黑鹰金将军倏地扑进屋中，不断发出凄厉的叫声。

远处隐隐地传来嘈杂的人声："有敌袭——"

瑶英骤然清醒，穿好衣裳。

亲兵和莫毗多的部下摸黑找了过来，其中一人道："巴彦公子，城外的营地乱了！"

"阿桑部叛乱了？"

"不知道。莫毗多王子担心炸营先赶去城门了，让我们过来保护公子。公子不必害怕，假如失守，我们会直接护送公子离开。"

瑶英绑起长发，戴上男式头巾："你们先找到阿桑部的酋长的儿子，稳住城中局势，莫毗多万一抵挡不住可以撤进城。"

亲兵应是，一边护着她撤出酋长家，一边派人搜寻酋长的儿子的下落。

不一会儿，亲兵过来通报。

酋长的儿子的部下堵住了通向城门的长街，其中的一部分朝这边赶过来了，每个人都全副武装，气势汹汹。

莫毗多的部下闻言勃然大怒，等酋长的儿子一出现，立刻冲上去，二话不说就要绑了他。

酋长的儿子急忙后退，大叫："你们想趁机占领阿桑部吗？"

因为语言不通，双方大吼大叫，吵成一团，剑拔弩张。

瑶英侧耳细听了一阵，以眼神示意亲兵。亲兵拔出弯刀砍向凹凸不平的土墙，几声巨响后碎石迸溅。

众人吓了一跳，安静下来。

瑶英从人群中走出，用双方都能听懂的胡语喝道："你们是不是佛子的子民？谁再吵嚷就是想背叛王庭！"

众人一呆，齐齐望向她。

瑶英看向酋长的儿子："城外的敌军是不是你的人？"

酋长的儿子一头雾水："不是莫毗多的人？"

莫毗多的部下感觉一股邪火直冒上来，其中一人没好气地道："我们王子怎么会攻打自己的营盘？"

酋长的儿子醒悟过来，连忙赔罪，让部下放下武器后道："我睡得好好的，突然看到城外火光冲天，还以为你们乌吉里部趁机攻打阿桑部！"

双方冷静下来，互相质问了一番。误会被解除，酋长的儿子连忙带着部下去城墙守城。

其他幕僚匆匆赶到后，瑶英让他们留在城中，自己和酋长的儿子一起登上城墙。

营地里早已乱成一锅粥。

士兵奔波多日，人困马乏，到了阿桑部，终于可以驻扎休息，放松了警惕，睡梦中忽然遭遇敌袭，仓促地应战，让对方攻进了营地。

"不要乱！"

莫毗多骑马冲入战阵，军鼓擂响，震耳欲聋，士兵连忙朝他的方向靠拢。

酉长的儿子和部下正讨论要不要开城门，黑夜中遽然传来一阵尖锐的响声。

数支羽箭划破空气扑向城墙，似一场急雨。箭矢深深地扎进土墙，箭尾嗡嗡颤动。

酉长的儿子呆了一呆，大怒："谁放的箭？长没长眼睛？往哪儿乱射？！"

他盯着箭矢射出的方向，推测放箭的人在城里。

城下响起喊杀声。一个满身是血的部下爬上城墙大喊："有人混进城了！"

瑶英朝城墙下看去。

城墙底下太乱了，不断有士兵吼叫着撤回城中。天还没亮，守兵分不清哪些是己方士兵，哪些是敌军。

酉长的儿子抽出弯刀守在箭垛旁，当机立断，吼道："他们想趁乱混入城，关城门！"

城中除了他们这几个人几乎没有守军，若是敌人混进来，城中迟早得出事。

听到酉长的儿子这一声大吼，守兵连忙关上城门，断绝了敌军的念头，城下的士兵也更加慌乱。

营地被拦腰截成几段。莫毗多心知这时无法发动反击，不能慌乱，一面收拢溃兵一面耐心地寻找时机。

酉长的儿子让瑶英进了塔楼，自己带着人解决了混进城的敌军。他很快返回城墙上，怕再生变故，犹豫着要不要出城帮莫毗多。

天渐渐亮了，天色泛起鱼肚白。

一片喊杀声中，远处忽然传来一阵阵雄浑的号角声，鸟雀惊起，大地颤动。

城墙上的众人循声望去。

天边隐约有黑影浮动，仿佛浪涛翻涌。等那浪涛越来越近，酉长的儿子先惊喜地叫出了声："是王庭中军！"

一支中军队伍风驰电掣地朝营地驰来。

为首的将领一马当先，衣袍翻飞。

一道晨晖正好破开层云倾洒而下，笼在他的身上，勾勒出他高大的身形。他身披雪白的战袍，头罩头巾，手中持刀，一人一骑飞驰于阵前，仿佛不畏刀剑。

在他的身后，一支三四百人的队伍排成严整的队形，犹如一头凶猛的巨兽，张开血盆大口。

他们的人数并不多，但营地里厮杀的士兵看到他们无不振奋精神，激动地大吼出声。

莫毗多一刀斩落一个敌人，抹去脸上的血水，举刀大喊："中军来了！随我杀！"

士气高涨，士兵们开始发动反击。中军从南面攻打过来，两方迅速组成包围圈，将溃败的敌军包围，战斗不到一个时辰就结束了。

酋长的儿子命人打开城门，迎出城，而后簇拥着莫毗多和中军将领入城。

幕僚领着剩下的人打扫战场，审问俘虏。

瑶英没有跟过去，带着亲兵回房，清点人手，让受伤的亲兵去包扎伤口，帮忙处理一些不涉及王庭机密的文书。

瑶英一直忙到傍晚，听到门被叩响，立马走过去打开房门。

莫毗多站在门外，已经换了身干净的翻领袍，杀伐之气被敛去。他露齿一笑，透出少年人的神采，端着馕饼和烤羊肉道："昨晚让公主受惊了，我听部下说公主还没用晚饭？"

瑶英接过托盘放在案上："多谢王子……昨晚偷袭的是不是北戎人？他们为什么攻打阿桑部？"

莫毗多摇头："不是北戎人，是归顺北戎的部落组成的联军。他们不只攻打阿桑部，还攻打了其他部落。"

瑶英脑中闪过一个猜测："狠毒。"

莫毗多脸色微沉，点头道："不错。北戎没有出面，让部落联军帮他们打前阵，骚扰小国和小部落，一来可以试探王庭，扰乱人心。二来可以削弱王庭，等他们大举进攻时，王庭就失去了部落的支持。在荒原这一带，部落熟知地形，必不可少。三来，他们引诱王庭出兵，迫使王庭分散兵力。"

瑶英接了下去："还有一点，假如他们逼迫部落反叛，部落很可能在战场上突然倒戈。"

这种事情并不鲜见。战场上两军对敌，一方以另一方的附庸部落中参与作战的人留守的亲人为人质，附庸部落立刻撤兵，导致这一方兵败如山倒。

莫毗多冷笑："还好我们发兵了……防不胜防啊！"

瑶英想到乌吉里部，提醒莫毗多："王子的部落可有人马驻守？"

莫毗多咦了一声："乌吉里部离此地遥远……"

瑶英摇摇头："王子不能掉以轻心。正因为没人想到乌吉里部，海都阿陵才会朝乌吉里部下手。"

莫毗多惊出一身冷汗。假如他的家人被抓，两军对峙时他该如何抉择？

"多谢公主提醒。"莫毗多朝瑶英抱拳致谢，叫来心腹，命他回乌吉里部报信示警。

亲卫小声道："王子，将军刚刚传令下去，送往各个部落的示警信已经在路上了。"

莫毗多松了口气。

瑶英眉心微动："是不是今早率兵解围的中军将军？"

那个男人一直蒙着头巾，没有露出样貌，入城以后就召集幕僚议事，没人知道他的具体官职。

莫毗多颔首："他昨晚带人追查一支斥候队伍，想找出瓦罕可汗的所在，无意间发现有部落联军想来攻打阿桑部，带兵赶了过来。"

两人说着话，一名亲卫捧着一件皮袄走了过来。

莫毗多叫住亲卫，取下皮袄递给瑶英："这是雪狐皮袄，没有一点儿杂色，又轻便又暖和，公主夜里赶路的时候可以披上它。"

瑶英笑着摇头："王子留着自己穿吧。"

莫毗多挠了挠头："这是女子穿用的衣物，我留下没用，请公主务必收下。"

瑶英微笑，语气柔和，态度仍然坚决："我现在以巴彦的身份随军，穿用不宜太张扬，王子的好意我心领了。"

她若将这一身罕见的白狐皮袄穿出去，简直是鹤立鸡群，想不暴露身份都不行。

莫毗多啊了一声："我没想到这个……那其他颜色的皮袄可以吗？我可以向公主保证，一点儿白色都没有！黑的、红的、灰的，随公主挑。"

瑶英失笑，仍是摇头。

莫毗多笑了笑，收回雪狐皮袄，指指烤羊肉："羊肉快凉了，我不打扰公主用饭了。"

瑶英站在门前，目送他走远，转身回房。用余光扫过土墙下的过道，她怔了怔。

一道挺拔的身影闪了过去。

她想了想，快步出了房门，穿过夹道，追了上去："将军！"

庭前空空荡荡，并无人影。

瑶英一直找到前院都没看到那道一闪而过的身影，只得转身回房。盘中的羊肉果然已经凉了，她让亲兵去灶房要一碗热汤，就着汤吃完饼和肉，吩咐亲兵另外准备一份汤水送去中军将军那里。

半晌后亲兵折返，道："饭食已送去，将军收了。"

瑶英点点头。

天色渐渐暗沉，瑶英坐在案前誊写文书。

门外响起急促的脚步声，亲兵叩响房门："公主，我们得动身了。莫毗多王子说中军队伍赶了过来，离阿桑城不远，我们今晚拔营，尽快和他们会合，免得夜长梦多。"

瑶英答应一声，飞快地收拾好东西，在亲兵的簇拥下出了房门。几个中军骑士找了过来，见她已经收拾妥当，有些诧异，拥着她出城。

城中已经恢复平静，城外还没有打扫干净。夜色中散布着星星点点的蓝色的荧光，森冷可怖，那是闻到血腥气聚集过来的野兽的眼睛。

瑶英一行人跟上队伍，赶了两个时辰的路，摸黑儿渡过一条浅浅的河道，爬上山坡。对面巍峨的山峰下的平原上数千点朦胧的灯火在闪烁，那里是阿史那毕娑率领的中军所在的大营。

莫毗多先派人去大营传信，而后慢慢地靠近，带着瑶英和幕僚们进入大营，其他人在外围原地驻扎。

毕娑迎出大帐，和众人说了几句话，然后众人各自回帐。

夜色深沉，灯火闪耀。

瑶英被安排到一座干净整洁的帐篷休息，吹灭烛火，躺在毡毯上，却没合眼，一直盯着帐篷。

许久后，帐外人影晃动，有人小声说话。

瑶英转了转眼珠，披衣起身，掀开毡帘扫视一圈，果然看到一道挺拔的身影。

"将军！"她叫了一声，双眉微弯。

帐外数支火把熊熊燃烧，身着蓝衫白袍、脸上蒙头巾的男人淡淡地瞥她一眼。

瑶英朝他微笑，侧身往里让了让，示意他进帐篷说话。

男人看了她一会儿，抬脚走进帐篷。

瑶英点起火烛，挪到案前，盘腿坐下："将军，我就知道是你！"

昙摩罗伽看着她忙来忙去，声音低沉："公主怎么知道是我？"

"我看到将军领兵赶到的时候，直觉告诉我那个人是你。"瑶英问，"将军现在是中军骑士的打扮，身边没有亲兵护卫，是还不能暴露身份吗？"

他点点头，嗯了一声："得等几天。"

瑶英会意，拍拍案前没动过的毛毯："那将军这几天可以在我的帐篷里休息，我给将军打掩护，阿史那将军现在是统领，他那边来往的人太多了。我正好有事向将军请教。"

昙摩罗伽垂眸看她。

瑶英看着他，表情真挚。

他沉默了一会儿，微微颔首，嗯了一声。

天色不早了，瑶英把长案放在毛毯和她睡的毡毯中间当作隔断，侧身躺下。

旁边半天没动静，她从毡毯里伸出脑袋，趴在案上往外看，睡眼蒙眬："将军怎么还不睡？"

烛火摇曳，她乌黑的长发披了满肩，双颊浮起红晕，眸中像含了一汪水。

昙摩罗伽下意识地去摸佛珠，手指只碰到粗糙的茧子，想起没戴佛珠，抬手轻挥，带起一阵轻风，烛火被扑灭。

帐中陷入一片幽暗，却有淡淡的火把的光亮透进营帐里，光线暗淡，少女娇艳的面庞变得模糊不清。

昙摩罗伽移开了视线，掀开毛毯慢慢地躺了下去。

听他躺下了，瑶英也躺了回去。

不一会儿，她的呼吸声变得缓慢绵长。

等她睡熟了，昙摩罗伽起身绕过隔在中间的书案，轻轻掀开瑶英身上的毡毯。

瑶英紧闭双眼，一动不动，睡态娇憨。

他低垂眼眸，卷起她的衣袖，取出一方锦帕盖住露出来的一截皓腕，两指搭了上去。

不知她那天到底和曼达公主谈了什么，听缘觉他们说，曼达公主离去时容光焕发，言谈间并无怨愤之意，医官因此颇为感激，送了很多调养的药给她。

两人在阿桑部的时候，他傍晚去找她，想问她服药的事情，不巧莫毗多也在，而且在她房里待了很久，说说笑笑的，一时半会儿没有要走的迹象。他不想引起莫毗多的注意，便离开了。

她的脉象和缓，略显虚弱。

昙摩罗伽轻轻地收回手指和锦帕，没有碰到她的肌肤。

她梦中轻轻哼了一声，忽然动了一下，啪的一声，手臂挥开毡毯，衣袖滑落，露出胳膊，黑暗中肤光胜雪。

昙摩罗伽移开目光，余光扫到一圈淡淡的光芒。

他的目光又移了回去。

瑶英的手臂上缠着那串他给她的佛珠，灰白色的佛珠润泽光滑，似一捧月华凝聚，每一颗珠子都紧紧地贴着她如雪的肌肤。

她白天穿窄袖袍，看不出戴了佛珠，原来是将佛珠当臂钏一样紧紧套着，这样佛珠不会滑脱下来被人看到。

昙摩罗伽垂眸，扯起毡毯笼罩住瑶英，把她的胳膊塞回毡毯底下，轻轻地按了按。

　　他绕过书案，背对着瑶英躺了下去。

　　不知道是不是身边多了一个人的缘故，瑶英这晚没再做昨天那样的噩梦。

　　翌日早上，她被一阵轻微的拍打声吵醒，翻身坐起，束起长发，环顾一圈。

　　帐中光线明亮，毛毯被叠得整整齐齐，书案的另一头完全不像有人睡过的样子。

　　他已经起身出去了。

　　瑶英出了营帐，金将军飞扑下来，停在她的胳膊上叫了几声。她摸摸黑鹰的脑袋，取下羊皮卷，去大帐找毕娑。

　　信是尉迟达摩送来的。瓦罕可汗着实畏惧昙摩罗伽，这次行事非常谨慎，并未从高昌征兵，不过最近依娜夫人频繁地派亲兵打探情报，尉迟达摩怀疑依娜夫人会带兵襄助瓦罕可汗。

　　大帐以几层兽皮制成，坚韧牢固，不易被寻常的箭矢射穿，还比寻常的营帐要大数倍。将领们正在议事，帐中数十人围坐交谈，气氛沉重。

　　昨天中军不断派出斥候，发现果然不只阿桑部遭到偷袭，各个部落告急。这些部落中，很多部落同时归顺于周边的几大势力，因此将领们意见不一，有些人认为不必管这些部族。

　　瑶英赶到大帐时，将领和幕僚们还在激烈地讨论，毕娑望向身边脸上罩了层防风面罩的昙摩罗伽。

　　帐中争吵声此起彼伏，昙摩罗伽恍若未闻，在沙盘上运算推衍，最后道："尽量多通知几个部族，多救一个人就少一个敌人。让阿桑部的人出面，先别走漏消息。"

　　虽然部族的力量不能和北戎的精锐相比，但是所有部族组建成的联军也是一股不可小觑的力量，很可能会改变战局。

　　"只顾自己终究会陷入被北戎包围的境地，我们必须联合所有能联合的力量，让中立的部族始终中立。"

　　毕娑小声应是。

　　瑶英低头进了大帐，站在角落里和认识的幕僚小声交谈，递上羊皮卷，扫了一眼围坐的众位将领，目光在毕娑身边的昙摩罗伽身上停了一下。

　　他低头沉思，仍然穿着蓝衫白袍，腰间的革带紧紧地勒着，勾勒出清晰的线条，身姿挺拔。

　　瑶英退了出来。

身后传来脚步声，缘觉追了上来，盯着她看了半晌，神情犹豫。

"公主，您昨晚见过摄政王吗？"

瑶英点点头。

缘觉一脸惊异之色，欲言又止，犹豫了一会儿后道："公主，摄政王上次运功时突然被打断，不知道那会不会带来什么隐患。我把摄政王的药给您，如果您发现他气色不对，务必提醒他服药。"

他取出一只瓷瓶。

瑶英答应一声，接过瓷瓶，小心翼翼地收好。毕娑和她提起过，他安排她随军就是因为担心苏丹古，所以带上她以防万一。

"谁打断了摄政王运功？"她问。

缘觉看向其他地方，含糊地道："一个小意外。"

看他不想细说，瑶英没有追问，转而问起服药的禁忌，缘觉一一答了。

两人说话间，一个传令兵快步跑了过来，请瑶英去马厩一趟："阿史那将军不久前俘获了一批战马，不知道那是不是海都阿陵部的战马，请巴彦公子过去看看。"

瑶英立马来了精神。

缘觉道："我给公主带路。"

马厩在另一处山坡，两人走了很长一段路，离开中军驻扎的营地。

整片营地远看更像一座城镇，数千顶帐篷密密麻麻地散落在向阳的山坡下，旌旗长幡迎风招展，服色不同的士兵穿行其间。此处虽有数万人驻扎，但秩序井然，有条不紊。

帐篷和帐篷之间的道路进行过缜密的规划，四通八达，看上去平坦笔直，不过瑶英走了一会儿就发现所有道路都不是直路，而是弯弯绕绕、七拐八拐的。不熟悉的人行走其中，没有人指引又看不懂旌旗指示的话，很容易迷失方向。

缘觉带着瑶英穿过迷宫似的路径，和她解释："营地这么安排是有缘故的。北戎人擅长突袭，如果营地全是直路，他们的战马很容易长驱直入。军队扎营前摄政王吩咐下来，多设几道拐弯，营地和营地之间设有关卡和通关密语，敌人即使攻进来也无法发动冲锋，这样可以给营地的人争取更多反击的时间。"

他们穿过几座营地，其间果然有士兵盘问通关密语，两人答了，来到马厩。马奴带着瑶英转了一大圈，她这才知道毕娑为什么让她来马厩。

各个部落为了区分各自的财产，通常会在所有马匹左胯骨处的皮毛中心部位烙一个印记作为标识，不同部落的标识不同。

在中原，每个马场也会给马匹烙上马印，而且详细地标明马匹的年龄、种类和出自哪所马场，方便征调辨认及培养马种。

马奴道："这批战马的马印我们以前从未见过。"

瑶英看了看马印，摇摇头："我也没见过，可能是其他游牧部族的。"

马奴记下，让人去通报毕娑。

两人骑马回营地，远处传来一阵接一阵沉闷的号角声。王庭的军队每隔几十里就设了一处驿站，越接近营地，驿站越密集。每当一地发现敌军的动向，立刻示警，吹响号角，传递军情，以减少斥候来回奔波的次数。

号角声响过后，营地并未陷入慌乱，左右两翼没有动静。片刻后，一队人马从中军营地驰出，蹄声如雷。数十人肩负长弓，腰佩长刀，马鞍旁挂满鼓鼓囊囊的箭袋。他们朝着号角声传来的方向狂奔，像朔风刮过大地。

瑶英认出领头的人是苏丹古，勒马停在原地，目送他远去。

缘觉在一旁小声说："我们不知道瓦罕可汗的主力藏在哪里，几位将军越来越急躁。摄政王说越是这种时候越不能急躁，前天处置了几个指挥使，将军们都冷静下来。现在就算四面八方都有号角声响起，营地的人也不会慌乱。"

瑶英心道：细枝末节很可能决定成败，现在确实不能急躁。

这日迟暮时分，号角声再度响起，这回声音平稳悠长，苏丹古带着队伍返回。他们发现一小支轻骑，没有现身，令斥候向附近的部落示警，让部落拦下那支轻骑。

"遇到大军，不能暴露，立刻返回报信；遇到斥候，能抓就抓，不能放过；遇到小股部队，由部落拦截。

"从马印来看，北戎从更远的地方召集了部族。遇到陌生的部族，不能贸然靠近。"

命令被传达下去，接下来的几天，士兵们渐渐习惯这种小股部队轮流巡视的方式，继续探察北戎大军所在。

毕娑每天带人收拢附近被攻击的部落，将他们带到另一处营地安置。

每天晚上，瑶英伏案给尉迟达摩、杨迁、谢青几个人写信，然后为毕娑处理文书，顺带记录诸如士兵的奖惩之类的琐碎小事。

那些幕僚急于献策，厌烦这些琐碎小事。她以巴彦之名随军，平时尽量待在帐中整理文书，任劳任怨，绝不会争功。其他幕僚见之大喜，慢慢地将一些不涉及军机的小事交给她处理。

她一开始处理起来有些磕磕绊绊，熟悉以后，渐渐能办得井井有条。从前她为李仲虔处理过军务后勤——处理这些于她而言不难。

昙摩罗伽每晚深夜才回，瑶英也忙到深夜。

每晚他掀开毡帘，帐中烛火微晃，便见瑶英盘腿坐在案前书写。见他回来，她抬起头朝他一笑，等他拂开头巾再端详他的脸色。

"将军回来了。"

夜夜如此。

有时候她明明已经忙完当天的军务，仍旧手执卷册坐在案前等他。直到他回来，她才收拾好书案，确认他身体无恙，躺下睡觉。

这日凌晨，天还没亮，营地里忽然号角声大作。因有人发现瓦罕可汗的一个儿子的踪迹，毕娑和昙摩罗伽带了几千人出营地，战马嘶鸣，营盘气氛凝重。

直到红日沉入天际，几千人仍没回营。瑶英有些心神不宁，处理了几件杂事，站在营帐前朝远处一望无际的荒原张望。

夜幕降临，气温骤降，狂风大作。她冷得直打哆嗦，回到营帐里，铺好毛毯，往里面塞了几块烤热的石头。

夜色深沉，一支队伍踏着月色返回营盘，因马蹄上绑了毡布，悄无声息。

昙摩罗伽翻身下马，浑身是血地回营，气势凶悍，宛如厉鬼。旁人不知道他的身份也畏惧得不敢上前，帮忙挽马的士兵更是吓得直哆嗦。

他看到双腿打战的士兵，停下脚步，片刻后转身离开。

营地旁有一条从山上蜿蜒而下的河流，那里是军队取水的地方。河水冰凉刺骨，他脱了衣衫，直接走进河里，洗干净黏稠的血迹，泡在冰冷的河水里念诵经文。

等战争结束，天下太平，各个部落间可以和平共处——他刀下的罪孽尽归于他一身。

缘觉找了过来，给他带来干净的衣袍，瞥见他的腰部有道浅浅的刀痕，忙找出伤药。

昙摩罗伽抹了药，换上衣衫，回到营地，站在营帐前，没有进去。

营帐里的灯一直亮着。

他转身去巡查武器库房，走了一大圈，再回到营帐时，灯灭了。他又等了一会儿，掀开毡帘往里看。

里头传来一阵窸窸窣窣的响声，黑暗中，瑶英腾地坐起身："将军，你回来了！"

昙摩罗伽走进去，摸黑儿挪到毛毯边，背对着她脱下长靴。

"怎么还没睡？"他轻声问，语调一如既往地平静冷淡。

瑶英听他声音平稳，松了口气，重又躺下，用手撑着头，侧身对着他："将军一夜不回来，我就等一夜……你没受伤吧？"

昙摩罗伽摇摇头，卷起毛毯躺下。毛毯里热乎乎的，冰冷的身体感觉到温度，他意识到伤口开始隐隐作痛。

　　士兵夜里会用这种办法取暖，她学会以后，每晚睡前都记得往毯子里塞几块滚烫的石头。

　　他裹着毛毯，觉得自己身上还有股浓重的血腥气，朝她瞥了一眼。

　　毛毯和毡毯之间的长案隔开了两人，但是几案底下是空的——两人躺着的时候可以看到对方。

　　瑶英也在看他，好像闻到了什么，轻蹙眉头，一声不吭地扭头睡了。

　　往常她会和他说几句话，问他吃没吃夜宵，问些行军打仗、克敌制胜的事，今天什么都没问。

　　昙摩罗伽做了个梦。

　　《地藏经》中阿鼻地狱的场景一一闪现：黑烟弥散、众鬼号哭、血肉横飞……

　　他行走其间，手持佛珠，步履缓慢却从容。

　　梦中，一具骷髅挥舞着铁蒺藜朝他扑来，他抬手格挡，握住了对方的手腕。

　　骷髅忽然幻化成一个美貌的女子，就势倒进他的怀中，抬起胳膊抱住他的脖子，脸上笑意盈盈，眼波妩媚。她柔声呼唤："法师。"

　　他掌中的触感十分柔软。

　　昙摩罗伽睁开眼睛，对上一双明亮的眸子，掌心细腻柔嫩的触感多了真实。

　　他清醒过来，发现自己正抓着瑶英的手腕。

　　而瑶英趴在他的胸膛上，试图挣开他的手。

　　他身上的毛毯被掀开了，她直接压在他的怀中。即使两人间隔了几层衣衫，他依然能感受到……

　　昙摩罗伽愣怔片刻。

　　瑶英知道他醒了，轻声叫他："将军，你抓着我的手……"

　　昙摩罗伽回过神，松开手。

　　瑶英用双手支撑着想爬起身，费了半天劲儿，又啪的一声趴在了昙摩罗伽的胸膛上，姿势僵硬。

　　昙摩罗伽看着她，目光沉静。

　　两人对视了一会儿，瑶英尴尬地笑了笑："我好像卡着了……"

　　她动了一下，长案上的书卷震动着发出轻响。

　　昙摩罗伽扫一眼书案。两人睡觉的地方以书案隔开，她不知怎的，想直接从几案底下探过来看他，不知道怎么被卡住了，没法动弹，只能趴在他的身上，像书上画的神龟。

昙摩罗伽半天不吱声。

瑶英倒不觉得难为情，安安心心地趴在他的身上休息了一会儿，小声说："将军，你别动，我从这边爬出来。"

他白天刚刚经历一场战斗，来日还要面对几场大战……可此时此刻昙摩罗伽仿佛忘了那些事情，轻轻地勾了一下嘴角。

"你别动，我起来。"他轻声道，而后抬手握住瑶英的肩膀，慢慢地坐起身。

她本来趴在他的胸膛上，这下变成躺在他的臂弯里。他抱着她，抽走挤成一团卡在几案底下的毡毯和毛毯——她的腿被缠住了，所以动弹不得。

感觉腿上一轻，瑶英赶紧从几案底下爬出去，抓起毡毯裹住自己。她刚才怕强行直起身会弄翻书案，想试着解开毯子，上半身露在外面，身上冰凉。

昙摩罗伽把书案挪回原位，抬眸看瑶英。

瑶英裹着毡毯躺下，小声解释自己方才的举动："将军受伤了，我刚才听见你梦中在发抖，怕你出事，想看看你的伤……"

她掀开他的毛毯想看他身上是不是全是汗，结果被他抓住手腕，挣扎的时候腿又被毯子缠住，卡在几案底下。他手上用力，她就趴在了他的胸膛上。

这下她知道了——他身上干爽，就是浑身冰冷，只有胸口有点儿热。

昙摩罗伽躺回毛毯里："公主怎么知道我受伤了？"

瑶英道："你刚刚回来的时候我闻到伤药的味道了。你受了伤，得多休息，我不该吵醒你的，将军接着睡吧。"

昙摩罗伽嗯了一声。

她不和他说话原来是怕打扰他休息养伤。

拂晓时分，营地里突兀地响起一阵接一阵的凄厉的号角声，旌旗猎猎，马蹄如雷。

瑶英猛地惊醒。帐中光线朦胧，长案旁的一道身影纹丝不动，正凝神辨认远处传来的号角声，身上衣衫齐整。

片刻后，他垂眸看她，语气严肃："今天我要率领一支中军拔营，毕娑、莫毗多留下照应物资，押运辎重。公主留在营地，缘觉会过来找你，有事和他商量。"

瑶英应了一声，还未爬起身，他已拿起放在毯边的长刀，大步走出去。

"将军身上还有伤，别忘了换药，万事小心。"瑶英裹着毡毯轻声嘱咐，因为刚从睡梦中醒来，嗓音轻柔沙哑。

昙摩罗伽顿住，背对着她轻轻地嗯了一声，掀开毡帘出去了。

营帐外传话声、脚步声、马嘶声、甲衣刀剑碰撞时的沉闷声响此起彼伏，听起来却忙而不乱，其中夹杂着呼啸的风声。

瑶英定定神，很快穿好衣裳起身。缘觉匆匆赶来，带着她转移到另一处营地。

山坡下的长道上黑压压一大片人。朝霞漫天，士兵们肩披霞光，向北挺进。瑶英离得太远，看不清为首的将领的身影。

瑶英吃了些馕饼，处理起分配战马的文书。不多时，毕娑的亲兵找了过来。

"指挥使无意间俘虏了一批来自一个小部落的散兵。他们想攻打喀克部，被喀克部围了几天几夜，指挥使活捉了他们。其中有两三百人是汉人，将军不知道该怎么处置他们，巴彦公子可否前去交接？其他人不懂汉话。"

瑶英立刻答应下来。

王庭行军雷厉风行，将领为不泄露大军主力所在，对收押的俘虏严加看守。现在形势紧张，俘虏、流民、部落骑兵混杂着被关押在一处，很容易爆发矛盾，看守者必须妥当地处理。她这些天已经帮着处理了好几桩纠纷。

瑶英带着亲兵赶到关押俘虏的营地时，副将正在忙，见她来了，指了两个小兵给她，眼皮都没抬一下。

"一群汉人奴隶，阿史那将军何必费心？依我看，杀了省事。"

瑶英身边的亲兵脸色一变。她朝亲兵摇摇头，没有吭声，跟着小兵去牛棚。

"你们记住，这里是王庭。王庭如何用兵，如何定策，我们无从置喙。现在被关押的这批汉人俘虏为北戎打仗，在王庭将领眼中，他们是敌人。"出了营帐，瑶英小声提醒亲兵。

亲兵们心中一凛，恭敬地应是。

一行人到了牛棚，隔得老远就闻到一阵鲜血、秽物、粪便等物污浊腐臭的气味。牛棚所在之处地势低矮，俘虏被关押其中，必须抬头才能看到看守的士卒。

小兵站在牛棚前吆喝了几声，让士卒拉几个汉人出来审问。士卒随手点了几个人，瑶英上前拦住士卒，以眼神示意亲兵。

亲兵俯视众人，朗声问："你们为什么攻击喀克部？为什么替北戎人打仗？"

他操着一口纯正流利的汉话，汉人俘虏们听后呆若木鸡，四周一时间鸦雀无声。

瑶英站在一边观察他们的反应，注意到大多数汉人俘虏震惊过后下意识地看向角落的方向，指指角落里的几个男人："把他们带上来。"

小兵挑出三个俘虏，按着他们的肩膀迫使他们跪下。

瑶英摇摇手让小兵放人，而后问："你们祖籍是哪里？怎么会为北戎人打仗？"

三个俘虏扫一眼左右，见一群人高马大的亲兵在她身后侍立，其中既有汉人也有胡人，认定瑶英在王庭军中颇有地位，两两交换了一个眼神。

小兵等得不耐烦，啪啪抽了几鞭子过去，厉声喝道："还不回话？！"

瑶英轻蹙眉头，不过没有阻止，而是道："只要你们如实交代，不再为北戎人卖命，我可以向将军求情，留下你们所有人的性命。"

俘虏中年纪最大的男人冷笑一声："你怎么保证？我们是汉人，在北戎是最低贱的子民，到了王庭和在北戎没什么两样。"

瑶英淡淡地道："不一样。王庭君主是佛子——你们战败，成为他的俘虏，而他从不滥杀俘虏，会赦免你们，没有人敢质疑他的决定。在王庭，不论哪个部族的人都是佛子的子民，佛子一视同仁。"

她温和平静的目光在每个人的脸上停留了一会儿。

"如果你们拒不归顺，那就是王庭的战利品，会被当成奴隶奖赏给贵族和立功的将领，一辈子无法赎身。"

年长的男人和其他两人对视一眼，露出怀疑的神色："只要我们归顺，佛子真的会饶恕我们？"

瑶英道："你们没听说过乌吉里部吗？他们曾以劫掠王庭商队为生，后来归顺佛子，部落得以保全。我是汉人。我敢立下保证，便有十足的把握。"她停顿了一下，语气和缓，"前提是你们肯归顺。"

男人眯了眯眼睛，沉吟片刻后道："我们可以归顺，还可以告诉你们北戎人让我们做了什么——不过我们有一个要求！只要满足我们这个要求，我们愿为王庭肝脑涂地！"

瑶英道："但说无妨。"

男人紧紧地盯着她："我们请求佛子把我们这些人赐给文昭公主！王庭贵族和北戎贵族都一样，只有文昭公主会善待我们。"

一旁的缘觉已经能听懂一些简单的汉文了，听到"佛子"和"文昭公主"几个字眼，立刻朝她投来疑问的眼神。

瑶英小声和他解释。

缘觉想了想，道："公主可以答应下来。王慈悲为怀，严禁将士杀俘，只要公主按照惯例为这些人缴纳赎金，王一定会把这些人赐给公主。朝中大臣和军中将领绝无二话。"

瑶英的商队每行至一处会尽力解救当地沦落为奴的中原王朝的遗民。随着救下的人越来越多，为避免引来本地王庭人的仇视，她拿举世罕见的奇珍从两个小城邦的城主手中买下两座绿洲小城，把所有人迁移出王庭，让那些人跟着最早获救的老齐他们学耕种、经营生意，还让他们一步步组建武装，不论男女，只要是能扛刀的都得训练。

这一切她做得大大方方，没有隐瞒。她的商队和胡商来往密切，常常以一些稀奇古怪的新鲜玩意儿笼络达官贵人，缴纳的赎金喂饱了各国贵族，救下的人丁又都被陆陆续续地送出了王庭。王庭贵族乐见其成，巴不得她多救些遗民。

瑶英笑了笑："难怪毕姿会让我来交接这些汉人俘虏，定是早就知道这些汉人的要求是什么。缘觉，你去副将那里知会一声。"

缘觉认为没这个必要，不过看瑶英坚持，只得应是，找到副将说明状况，取出自己的印信。他是昙摩罗伽的近卫，副将不敢有异议，满口答应。

得到副将的允诺，瑶英这才告诉汉人男子："只要你们归顺，文昭公主会尽力想办法为你们赎身。"

男子一喜，目光变得敏锐："你是不是认识文昭公主？"

瑶英点点头，一字一顿道："不错，我的保证就是文昭公主的保证。"

三个男人望着她，神情振奋，脸上都闪过喜色。

"我们相信文昭公主！"

为首的男人回头看一眼牛棚里的族人，下定决心，抱拳回答瑶英刚才的问题："我们这些人祖籍河西，生于伊州。我们的父辈都是被掳到伊州的，我们和当地人通婚，给北戎人当牛做马，还得缴纳重税。牛羊、布匹、兽皮，以及女人，他们要什么，我们就得给什么。不久前北戎内乱，我们的部落被征兵，族中青壮男子都被迫上了战场。我们原本为北戎人押运粮草，这个月，指挥使突然要求我们分散开来，跟着几支骑兵攻打所有小部落，不听从指令的话就会被杀。"

瑶英蹙眉。

北戎人果然在逼迫他们的附庸小部落攻打归顺王庭的部落。

汉人男子喘了口气，接着道："我还可以告诉你们一个消息——海都阿陵王子为北戎人请来了援兵！"

瑶英瞳孔一缩，一瞬间，脑子里转过无数猜想。

"什么援兵？"她冷静地问。

汉人男子摇摇头，说："没人知道援兵是谁。我们刚好为海都阿陵王子押运过粮草，王子带着亲卫绕路去了一趟北方，他的亲卫醉后吹嘘说王子会为北戎带来几万人的援兵，到时候天降神兵，就算佛子有神佛保佑也赢不了这场仗，不过这话没人信。"

瑶英半晌不语，慢慢平复下心情，留下一个亲兵处理剩下的事情，叮嘱小兵善待汉人俘虏后转身离开。

王庭原本就兵力不足，所以必须集中兵力和北戎对战。假如北戎真的请来了一支强大的援军，那王庭就得面对一支兵数是他们几倍的联军。

她怕汉人男子是北戎故意派来搅乱王庭军心的细作，虽然心中紧张，脸上却不动声色。她一边走，一边在脑中回想看过的沙盘，如果男子所说不假，海都阿陵会去哪里找援兵？

瑶英刚走出几步，汉人男子想起一件事，扬声叫住她："这位公子，如果你能见到文昭公主，求你给文昭公主带句话！"

瑶英停下脚步。

汉人男子走上前，看一眼左右，小声道："请你转告文昭公主，有中原来的汉人在打听她的消息。"

瑶英还在想援兵的事，有些心不在焉，半天没反应，等意识到男子说了什么之后，脑子里轰的一声，浑身僵住，心脏怦怦怦怦猛地乱跳起来。

她动了动嘴唇，想问话，却半天没法说出一个完整的字音，浑身的血液仿佛凝固了。

在这个战火纷飞的乱世，能不惧风险、万里迢迢来到域外之地打听她消息的人……只可能是李仲虔。

阿兄来了。

他来接她回家。

她的预感没错，瓦罕可汗派兵追捕的汉人很可能就是李仲虔。

他怎么去了北戎？

他现在有没有摆脱危险？

他急着救她，暴躁起来乱了分寸，要是被北戎人抓到了……

凉风裹挟着浊气扑面而来，瑶英觉得眼眶湿热，鼻尖发酸，终于听见自己颤抖着声音道："那个汉人是谁？"

汉人男子摇摇头，道："我也不知道是谁……只听说是汉人，从中原来的，他们在北戎打听文昭公主。"

瑶英闭了闭眼睛。

那个人一定是李仲虔。

回营地的路上，瑶英沉默不语，心里七上八下的，既欢喜又担忧。

她想起前晚的梦境：牧民打扮的李仲虔骑着马朝她奔来，被一柄长刀刺穿了身体。

瑶英打了个冷战。

第二章

贪欲难平

回到营地，瑶英把从汉人男子那里得到的情报整理出来，送到毕娑的大帐里。

毕娑看完，皱眉问："公主，那些汉人可信吗？"

瑶英摇摇头，道："我不能确定，这些情报只是他们的一面之词。也许海都阿陵特意安排他们来迷惑我，以干扰摄政王用兵。"

毕娑沉吟片刻后道："有这个可能，不过如果他们说的话是真的，我们得尽快调整布局。瓦罕可汗掩藏踪迹，说不定就是在等援军。"

昙摩罗伽还没回营地，毕娑只得写了几封信，让可信的传令兵即刻骑快马送出去。

瑶英回了自己的营帐。

亲兵们围拢过来，小声问："公主，是郎君来了吗？"

瑶英轻声道："兴许是……"

亲兵们对望一眼，又惊又喜。

除了瑶英后来招揽的几个胡人，大多数护送她和亲的亲兵是当初李仲虔亲自为她选拔的护卫，听说李仲虔找了过来，自然激动不已。

袖中的双手还在发抖，瑶英喝了碗冷掉的马奶，强迫自己镇静下来，伏案提笔写信。

信还没写完，亲兵送来一张羊皮卷："公主，金将军刚才送来的。"

瑶英展开羊皮卷，吁了口气，面露笑容，赶到毕娑的大帐。

"海都阿陵的援兵不知道是真是假，我为王庭请来的援兵却到了！"

毕娑记得这事，扬了扬眉毛："他们真来了？"

离开圣城前，瑶英请示昙摩罗伽，言明她的人马虽然少，但愿意为王庭出一份力，如果尉迟达摩那边行事顺利，也可以派兵从旁襄助策应。这种好事，毕娑他们当然不会拒绝。

瑶英颔首："来的是阿勒部，都已经到白泉了。"

毕娑合掌轻笑，想到一事，皱了皱眉头。

瑶英笑了笑："将军不必为难，王庭军队的排兵是军中机密，阿勒部毕竟是外人。他们不知道大军所在，会驻扎在白泉。"

毕娑松了口气："如此最好，多谢公主体谅。我可以派出一支队伍为他们指引道路。"

瑶英嗯了一声，道："阿勒为人多疑，必须见我亲自出面才会放下戒心。将军的队伍什么时候出发？"

毕娑查看沙盘。从白泉到营地，一路上都有王庭的斥候驿站。这一带分布着大片平坦宽阔的平原和低矮的山丘，没有深林壑谷，北戎的主力大军绝不会藏在这里。

"半个时辰后就可以出发，我让莫毗多护送公主。"

半个时辰后，莫毗多带领一支队伍，护送瑶英去白泉。

唰啦几声，狂风拍打旗帜，亲兵举起旗杆，跟在队伍两侧。

莫毗多回头看一眼晴空下猎猎飞扬的旗帜。

这不是王庭的军旗。

它属于文昭公主。

他看向李瑶英。

瑶英一身窄袖袍，伏在马背上，骑马越来越熟练了。

莫毗多一笑，回头专心驱马。

白泉这个名字源于一座荒漠中的泉池。阿勒送出信后，率领他的部族在泉池旁就地扎营，刚规划好营地，就见北边尘土飞扬，数十骑飞奔而至。

营地斥候早已示警，阿勒骑马驰上山丘，眯眼眺望了一会儿，认出那面在风中飘扬的旗帜，道："是文昭公主。"

骑兵仍然没有放松警惕，挽弓搭箭，随时可以放出万箭。

瑶英驰到营盘近前，停了下来。

不一会儿，阿勒骑马奔出营地，朝她抱拳："公主，我来了。"

瑶英笑着回了一礼，朝身后的亲兵示意。

亲兵翻身下马，抬着几口大箱子上前，揭开箱盖，顿时一片金辉闪耀。

阿勒两眼放光，让自己的人马抬走箱子，哈哈大笑："公主果然爽快。"

寒暄毕，他从怀里摸出一封信。

"这是杨迁给公主的信。他怕信鹰被北戎人截杀，托我送过来。"

瑶英谢过他，接了信，策马驰到一旁，低头看信。

瑶英看信的时候，莫毗多环顾一圈，心里默默估算阿勒部的人数。

阿勒扫莫毗多一眼，勾起嘴角："小子，我认得你。你别看我的人不如你的多，我的兄弟都是尸山血海里爬出来的，一个可以当五个人用。乌吉里的老酋长也在我手里吃过亏，你是他的儿子，就叫我一声叔父吧。"

莫毗多不卑不亢地道："久仰阿勒酋长大名。"

阿勒捋须大笑，牙齿颗颗尖利，可以轻易咬破人的喉咙："你不想为你父亲夺回荣耀吗？我们比试比试？"

莫毗多板起面孔，右手紧握刀柄，浅褐色的眸子里毫无笑意。他道："我是老酋长的儿子，也是部落未来的酋长。大战将至，身为统帅，我不能应下阿勒酋长的挑战。等打完仗，我再向阿勒酋长请教。"

阿勒挑挑眉，睨他一眼，唇边浮起一抹讽刺的笑："比你父亲强。"

莫毗多面无表情，脸颊上的刀疤越显狰狞。

两人交锋间，瑶英看完了信，问阿勒："酋长带了多少人？"

阿勒斜着眼睛看莫毗多。

莫毗多驱马走远。

阿勒拨马靠近瑶英。他并不强壮，反而很瘦，瘦得像一把尖刀，且身材矮小。但是当他在马背上拔刀砍杀时，谁也不敢小看他。

"公主让我带多少人，我就带了多少人。我阿勒虽然做事不分好坏，只认钱，但是只要立下承诺、收了定金就绝不会毁约。"

瑶英衷心地道："辛苦酋长了。"

她当初会找到阿勒就是因为这个人一诺千金，而让他许下诺言不难——别人可以为信念不顾生死，他愿意为黄金美玉抛头颅、洒热血，并且收了钱就办事，绝不会两头摇摆。

阿勒拿起匕首剔了剔牙："拿钱办事，当不起'辛苦'二字。不过我把丑话说在前头，我只为公主卖命，王庭的人别想命令我，他们和北戎之间的战事也和我无关。不管哪方获胜，公主都得给我几箱金子和你的商队卖的那种辣酒。"

瑶英颔首："理当如此。不论王庭输赢，酋长都可以得到我承诺的所有东西。"

阿勒勾起嘴角："假如我死了呢？"

瑶英意味深长地道："假如酋长不幸亡故，金子会被送到酋长的族人手中。"

阿勒撇撇嘴，从鼻子里哼出一声。

如果说北戎人是狼，他和部下就是一群无情的秃鹫。他们四处流浪，只要有人雇他们，他们手中的弯刀可以斩向任何一个人，哪怕对方是毫无反抗之力的老弱妇孺。

这些年他们欠下许多血仇，很多部族恨不能扒了他们的皮，吃光他们的肉，喝干他们的血——但是阿勒部人人都是勇士，来去如风，没有弱点。小部落不敢得罪他们，大部落不想大动干戈，他们逍遥自在，为金子和银币抛弃自己的灵魂。直到有一天，文昭公主送来一封信和一口箱子。

信上画出了阿勒部所有秘密营地的所在——阿勒部并不像传言中的那样坚不可摧。他们也有自己的家人，还有专门安置受伤的兄弟的营盘。因怕连累家人，阿勒部一直小心翼翼地保守着这个秘密。

箱子里则是满满当当的银币。

一面是威胁，一面是利诱，阿勒部别无选择，收下了那箱银币。

阿勒曾经认真地和部下讨论要不要一不做二不休，杀了手握他们把柄的文昭公主，代价是暴露阿勒部的弱点。从此，阿勒部会一直被仇人追杀，直到被彻底剿灭。

部下坚决反对，宁愿在执行任务时死去也不想牵连家人。

阿勒投鼠忌器，一时犹豫不定。见过文昭公主本人，再得知她受到佛子庇护后，他打消了念头。

与其双方玉石俱焚，他不如从文昭公主手里多赚点儿钱。

等文昭公主哪天没钱了，他再决定要不要杀了她——假如她被赶出王庭的话。

瑶英深知阿勒部可以成为她手中的一柄刀，也能成为其他人的武器，不能完全信任，和阿勒探讨了一会儿，定下传达急信和接应自己的法子，其间口风严密，没有透露王庭的计划。

莫毗多在一边听着，不禁勾起嘴角，觉得她和阿勒交谈时就像个精明无情的商人。

瑶英和阿勒定下计划，准备随莫毗多离开白泉。瑶英的两个亲兵撕下身上的衣衫，留了下来。

莫毗多问："他们怎么不回营地？"

瑶英回答说："假如阿勒有异常举动，他们可以及时报信。"

莫毗多这下子真的笑出了声。

一行人行了几里路，漫漫风沙中，忽然听见不远处有号角声响起。莫毗多策马飞奔到队伍最前面，沉着地做了几个手势：轻骑向前，其他人后退，几名士兵作为斥候前去查看情况。

一行人爬上山丘。士兵拍马回来禀报："前方驿站斥候发现一队北戎轻骑，五六十人，他们正好朝着我们的方向来了。王子，是甩开他们还是迎战？"

"确定只有五六十人？"

"只有这么些人，如果是几百人的队伍，早就被发现了！"

莫毗多看一眼瑶英，神色迟疑。

瑶英摘下面巾，问："王子想迎战？"

莫毗多点头："谁也不知道这支轻骑为什么出现在此处，甩开他们可能会有隐患，不如节省马力直接迎战，胜算更大。我的人比他们多几倍，有几分把握。摄政王命各处营地组成一道封锁线，剿灭所有落单的北戎斥候骑兵，西、南、北三个方向都有足够的兵力，唯有东边还没来得及布置兵马。假如我们放过这几十个北戎轻骑，他们很可能逃出包围圈。"

瑶英立即道："那王子不必顾忌我，迎战便是。"

"假如是我轻敌了，公主立刻带人撤退，不必管我。"莫毗多朝瑶英一抱拳，拨马转身，抽出长刀："儿郎们，准备应战！"

士兵们纷纷拔刀呼应。以莫毗多为中心，两百多个骑兵像一把徐徐展开的折扇一样向两边分开，另有几匹快马如离弦的箭一般从两翼驰出。莫毗多手执弯刀，驱马上前，整个阵形像被拉满的弯弓，弓弦紧绷，箭矢蓄势待发。

瑶英在其他亲兵的保护下撤到山丘的缓坡上，遥望天际。

他们藏在山丘背后，从西边过来的人看不见他们，他们却能将对方看得一清二楚。

北戎轻骑的速度果然很快。号角声还在空中回荡，远处黄沙滚滚，尘土扬起几丈高，几十骑人马从尘土中蹿出，朝着他们的方向奔来。

莫毗多示意亲兵挥动旗帜："结阵！"

士兵反应迅速，悄悄往前推进。

莫毗多望着越来越近的北戎轻骑，额上沁出汗珠，但是双手始终稳稳地紧握弯刀。

士兵们等着他下令。

莫毗多抬起手。士兵正要放箭，他忽然大吼一声："等等！"

前方喊杀声震天，其中夹杂着痛苦的惨叫，可是这喊声不是他们发出的，而是从北戎轻骑那边传过来的——他们在互相残杀。后面的轻骑在追杀前面的骑兵，两方人马都穿着颜色一样的甲衣，却互相交战，一路飞奔而来。

"怎么回事？北戎人起内讧了？"莫毗多皱眉。

"往哪儿走？！"

"我们走不了了，和这些北戎狗拼了！大家同归于尽！"

"信要送出去！"

沙丘上的瑶英听到风声中传来的怒吼声，浑身一震："王子，是汉人！被追杀的那几个是汉人！"

传令兵把她的话带到莫毗多跟前。莫毗多紧皱眉头，再细看那支厮杀在一起的北戎骑兵。所有人穿着一样的甲衣，他分辨不出谁是汉人，谁又是北戎人。

"救下那几个人，北戎人追杀的人可能对我们有用。"他道。

众人应是。

眼看那几个人被北戎骑兵包围，莫毗多不再犹豫，驰出山丘背面，放弃战阵："随我杀！"

士兵大吼着跟上他。两百人突然杀出，犹如神兵天降，沙丘下的北戎轻骑大惊失色，但是并没有后退，而是更加疯狂地斩杀还活着的几个汉人。他们似乎知道自己没退路了，不计代价也要杀了汉人。

长刀斩下，一个接一个汉人倒地。

亲兵簇拥着瑶英撤到高处更安全的地方。她不时回头张望，突然觉得心跳紊乱。

大风卷起尘沙，被追杀的汉人方才喊的话分明是魏朝官话。

瑶英的双手颤抖起来。

她拨马转身："竖旗！去帮忙，告诉他们往这边跑！"

亲兵中的四人应是，举着旗帜，驰马飞奔下去。

山下，被追杀的汉人看到冲出的莫毗多也惊愕不已。其中一人看到山丘上移动的旗帜，脸上露出难以置信的狂喜表情。

"文昭公主！"

"往那边跑！"

几个人想冲出包围圈，可是北戎的精锐骑兵宁可放弃逃跑的机会也紧咬着他们不放。莫毗多的士兵无法辨认他们，有些束手束脚。

他们左冲右突，一次次试着突围。

瑶英跟在亲兵的后面驰下山坡，心跳越来越快，手心出了一层汗。

亲兵举旗奔在前面，一遍遍地用方言大吼，为几个汉人指引奔逃的方向。

一阵箭雨中，一匹黑马最先冲出北戎骑兵的包围，和莫毗多擦肩而过，朝着旗帜的方向疾驰而来。

瑶英心中大恸，迎上前。

周围的士兵举刀厮杀，黑马朝她狂奔。马上的男人没穿战甲，而是一身寻常牧民会穿的窄袖皮袄，手上举着一对金光闪耀的金锤。

瑶英浑身僵硬。

有那么一刻，她以为自己又在做梦。

可是她身边的怒吼和喊杀声如此清晰。战马嘶鸣，血肉横飞，刀剑相击，箭矢如急雨掠过，马蹄踏过沙丘，黄沙翻涌。

她梦中的场景真的再现，巨大的狂喜转瞬被惊恐取代。她浑身冰凉，策马朝他狂奔，坐骑四蹄如飞。

"阿兄——"

男人仿佛能听到她的呼喊，那双狭长的凤眼一眨不眨地凝望着她。他仿佛生怕她消失似的，策马引缰，朝她疾驰，同时伸出手。

蹄声阵阵，似乎在瑶英的心头踏响。

阿兄，你别这么莽撞，别和梦里一样！

"小心！"

黑马迅若闪电，眨眼间已经驰到近前，忽然踩到一处洞穴。一声凄厉的马嘶声后，前蹄绊倒，它将马背上的男人甩了出去。

男人在地上打了几个滚儿，头盔落地。他踉踉跄跄地站起身，黑发披散，脸上溅满血迹，一双凤眼血一样红。

瑶英勒马，翻身下马，跌跌撞撞地朝他跑过去，泪眼蒙眬。

此刻没有斜地里蓦然刺过来的长刀，他没被刺穿；没有血流如注，他好端端地站在她跟前，和以前一样高大……

瑶英欣喜若狂。这一刻，三年来的分离——恐惧、担忧、思念顷刻间化为乌有，她什么都想不起来，张开双臂，一头扑进他的怀里，紧紧地抱住他。

"阿兄！"

男人晃了几下，低头看她，狭长的凤眸一眨不眨地凝视着，嘴唇动了动，声音淹没在震天的喊杀声中。

她叫的是李仲虔。

他应该纠正她。

可是她这么朝他冲了过来，带着急切和狂喜，依恋地紧紧抱着他，双眸含泪。他仿佛是这世上她最看重的人……

他闭上眼睛，抬手抱住瑶英。

阿月，我找到你了。

箭矢破空，倏然而至。

李玄贞用高大的身躯笼住李瑶英，抱着她躲避。几支长箭紧贴着他的胳膊擦了过去，钉在沙地上，只余箭羽。

随着嗖嗖几声，一支支铁箭不知道从哪里射来，灌满力道，如流星赶月。远处几个对着李玄贞放箭的北戎骑兵一个接一个应声摔落马背。

李玄贞拥着轻轻颤抖的瑶英。身后是金戈铁马声，可他浑然不觉。身上伤痕累累，像是有一把把尖刀在血肉中翻搅，但是此刻他早已被铺天盖地的欢喜淹没，完全感觉不到身体的疼痛。

长安离凉州不算远，只要她哪天害怕了，后悔了，向他求救，他随时可以去救她。可是她竟被海都阿陵掳到了西域，又流落到更遥远的——和中原几乎没什么往来的王庭。他穿过祁连山，出了玉门关，走过八百里莫贺延碛，从伊州逃出，翻越巍峨的天山山脉，在像是永远走不到边的浩瀚荒漠间找了那么久，一路找到陌生的域外之地，终于找到了她。

她还活着，长高了，结实了点儿，小脸贴在他的胸前，抱着他的腰的手臂柔韧有力。

李玄贞收紧双臂，紧紧地抱着瑶英，生怕这只是他连日干渴饥饿和痛苦之下的幻觉。他和李仲虔陷入绝境之时，曾被海市蜃楼困扰，发疯般冲过去，看到的却只有漫天黄沙。

箍在肩上的胳膊铁钳一样越收越紧，瑶英有些透不过气，抬起头，一串晶莹的泪珠从腮边滑落，双眸里却满是笑意，泪光掩不住满溢的欢欣。

李玄贞的脸上糊满了鲜血和尘沙，旁人辨不出面目，只能看清一双凤眼。

他低头看着她，用手指按住她的脖子，继续和她相拥。

瑶英闻到浓重的血腥气，逐渐回过神。

周遭的厮杀声和长箭的破空声迫使她从狂喜中平复下来。他们还在战场上，不能大意，她梦中的场景随时可能再出现！

"阿兄，我们先撤去安全的地方！"瑶英轻轻地挣开李玄贞。

李玄贞吓了一跳似的抖了一下，双臂抱得越来越紧，不让她动弹，手指紧紧地按着她的脖颈，不许她抬头看他。

她现在还没反应过来。只要再多看他一眼，她就会发现他不是李仲虔。

"阿兄？"瑶英感觉到他身上爆发出来的气势，低低地唤一声。她指尖传来一阵黏稠且濡湿的触感——他身上都是血。

"阿兄，你受伤了，听话……"瑶英抬起头。

李玄贞对上她修长的双眸。

两人的目光相遇，她的笑容突然一僵，眼底掠过一丝疑惑之色。

这一丝疑惑之色让李玄贞的脑子立刻清醒过来，伤口的痛楚顿时变得无比清晰强烈。他痛得哆嗦了几下，倒在了沙地上。

"阿兄！"瑶英抱住他，焦急地唤他，又扭头大喊："阿韦，过来！"

亲兵高声答应，飞快地跑到他们身边，掏出纱布和伤药，用剪子剪开李玄贞身上破烂不堪的皮袄，检查伤口，找出大量流血的伤处，包扎止血。

"阿兄，别睡过去，和我说话……我是明月奴哇！我在这儿……"

瑶英的双手轻轻地颤抖。她解下腰上的皮囊，倒出清水打湿巾帕，润湿李玄贞干裂的嘴唇。巾帕拂过他的颈间，擦去血迹。

手上的动作一顿，她陡然从慌乱中回过神，端详起眼前的人。

李仲虔线条硬朗，下巴到颈间有一道一指长的刀疤，那是他和南楚大将对战时留下的。

这个男人的眼神不像阿兄的。

下一刻，瑶英继续倒水，动作不复刚才的轻柔怜惜。她拨开李玄贞脸上的乱发，用巾帕擦过他的脸，抹掉了半边血。

他俊秀的五官渐渐显露出来，剑眉凤目，眉宇间有一股挥之不去的阴郁之色。

刹那间，瑶英眼里的欢喜消失得干干净净，眼底一片空茫。

大起大落，不过如是。

她呆呆地握着巾帕，半晌没吭声。

李玄贞知道她认出来了，在心中苦笑。

瑶英冷冷地看着他。她梦中见到的明明是李仲虔，为什么来的人变成了李玄贞？

这几乎和梦中一样的场景、一样的装束、一样的擂鼓瓮金锤……李玄贞怎么会拿着李仲虔从不离身的双锤？

一个念头闪过脑海，瑶英脸上血色褪尽，神情蓦地变得冰冷。她推开亲兵，扑到李玄贞身前，唰的一声抽出藏在腰间革带里的匕首，刀尖抵在他的喉咙上。

"我阿兄的金锤怎么会在你手里？"她声音颤抖，目光落在他的脸上，不带一丝温情，"你对他做了什么？"

李玄贞迎着瑶英冷淡且怀疑的目光，艰难地张了张嘴，却无法发出声音。

她看李仲虔的眼神盛满惊喜、娇柔、信赖、亲近，欢喜浓烈得几乎快要溢出来。

可她看他的眼神中只有冷淡。

差别居然如此之大，大到有那么一刻，李玄贞感觉胸腔里充溢着嫉妒、不甘和一些他自己也分不清的东西，真希望李仲虔从不存在于这个世上。

瑶英手上用力，匕首紧紧地抵着他的咽喉："李玄贞，你对我阿兄做了什么？你怎么拿了他的金锤？"

李玄贞望着她的眼睛："他还活着……"

他猛地咳嗽起来，唇边溢出血丝，身体发抖，瞳孔放大。

亲兵脸色一白，掏出一粒强心保命的丹药塞进李玄贞的嘴里："公主，他身上好几处大伤，都能看到骨头了，这是虚脱到快不行了！得赶快给他止血，送他回营地！"

瑶英蹙眉，收回匕首，站起身，示意亲兵继续为李玄贞包扎伤口。

李玄贞命大，每次都能绝处逢生，没那么容易死。

亲兵都围了过来，认出李玄贞后瞠目结舌，不敢相信地擦了擦眼睛，确认自己没有看错。

其中一人道："太子殿下怎么会出现在这里？"

瑶英把匕首塞回腰间："他肯定是来找朱绿芸的。"

她遇到朱绿芸的时候就猜到李玄贞会为了朱绿芸离开中原。他被北戎兵追杀，说不定就是因为和朱绿芸会面时暴露了身份。

亲兵面面相觑。

一人问："公主，救还是不救？"

瑶英点点头，淡淡地道："救。"

她留着李玄贞有用，想要收复河西之地，必须和他结盟。而且他拿着李仲虔的双锤，说不定知道李仲虔在哪里。

她要弄清楚他是怎么得到李仲虔的双锤后再和他算账。

瑶英整理思路，彻底冷静下来，脸上难掩失落。

她真的以为梦中的场景再现，骑马朝她奔过来的人是李仲虔。她怕他受伤，情急之下没看清他的脸就迎了上去。

李玄贞又不是没听到她叫了什么，为什么不出声？

他要是出声了，她马上就能听出来。

旁边扛旗的亲兵挠了挠脑袋："太子殿下刚才怎么那么关心公主？还抱着公主不放手？"

乱箭到处飞掠时，李玄贞紧紧地抱着瑶英躲避流矢，他们都看在眼里。

另一个亲兵哼了一声，道："肯定是逃命的时候看到熟人太激动了，太子想求公主救他，怕公主不搭理他，就紧抱着公主不放！"

众人深以为然，齐齐点头。

讨厌归讨厌，他们还是尽全力救治李玄贞，牵来一匹马，把人抬了上去，撤退到远离战场的地方。

另一头，莫毗多结束战斗，留下一部分人清理战场，带着救下的汉人撤退。

几个汉人从绝境中脱身，整理了一下仪表，绑好散乱的长发，爬上山丘。

两个伤得最重的人忽然脱力，倒在了沙地上。其他人扶起他们，一行人就这么沉默着一步一步朝瑶英走来。

瑶英等在山丘旁，见人走近便迎上前，目光扫过这几个身负重伤且穿着北戎骑兵的服饰的汉人，忽然觉得他们有些眼熟。

苍凉的暮色下，几个汉人形容狼狈。他们虽浑身是血，却目光坚毅，相互搀扶着走到她的面前，郑重地朝她行礼。

"不到凉州，绝不回头。公主殿下，幸不辱命！"

他们抬起头，含笑望着她，目光热切又天真。

记忆里的场景浮现在眼前，瑶英望着眼前满身是血的青年们，心头涌起一阵激动之情，心脏怦怦狂跳，嘴巴张了张，眼眶湿润。

李玄贞给她带来的情绪波动霎时烟消云散。

瑶英翻身下马，朝汉人们走去，俯身长揖。

她曾为眼前的青年们送行，对他们说："他日，你我定有重聚之日！"

今天他们在沙丘重聚，那群天不怕地不怕的少年郎死的死，伤的伤。这些人埋骨他乡，默默无闻，活着的只剩下这几个人了。

他们含笑看着她，模样一如离开时。

少年强，家国盛。

汉人中的一个小心翼翼地取出一份用黄绢包裹的册书，捧在手中，朝瑶英单膝跪下："公主，我等奉命穿过重重封锁抵达凉州，找到魏朝守将，在郑景和杜思南的帮助下呈交万言书和国主的信件。魏朝皇帝回信了。"

其他人跟着单膝跪下，右手抱拳置于胸前，眼中迸射出火星般炙热的光芒。

瑶英定定神，压下心头的震动，接过信。

李德已经统一北方，完全控制西蜀，现在正是他需要安抚人心、稳固政权的时候。曾经隶属中原王朝的西域诸州请求朝廷出兵，汉家遗民哭求王师收复故土，他当即将万言书张贴于榜，写了一封慷慨激昂的回信，字字泣血，句句振奋人心。

但是他没有保证会马上出兵收复河西。

青年们的脸上闪过一抹羞愧之色。

"公主，郑景告诉我们，朝廷没有忘了我们，可是他们现在没办法出兵……"

他们急着赶回高昌报信，不敢在中原久留。中原的官员虽然一个个都表现得十分热情，和他们同仇敌忾，恨不能立马收复故土，但是说起何时发兵就支支吾吾，故意拖拉。他们看得出来，魏朝现在没有那么多兵力。

失望是难免的，但是他们可以等，等魏朝统一南北，就能派兵收复故土了！

瑶英并不意外会得到这样的回答。李德谨慎惯了，不会轻易地把精锐投入收复河西之地的战场上。她从来不指望他派出援兵直接和北戎交战，只要得到中原王朝的支持和回应，事情就好办了。

现在李玄贞就在她的眼皮底下，北戎忙着和王庭交战，凉州军可以出兵策应，他们何须把全部希望放在朝廷的精锐身上？

只有当他们壮大起来，能够对北戎造成威胁的时候，李德才会投入兵力。

不过到了那个时候，这支队伍已经有了规模，李德只能和他们合作，而不是命令他们。

瑶英看着眼前的青年们，目中含泪。

她的亲兵一个一个围了上来，和青年们一样单膝跪下。

王庭的士兵没有靠近，骑马守在一边，遥遥观望。

瑶英立在山丘间，肩披霞光。

她笑了笑："你们都是高昌最英勇的儿郎，沙州、瓜州还有很多像你们这样的儿郎。你们顶天立地，是收复河西的希望。

"杨迁组建义军，联合各地心向魏朝的世家大族，队伍正在不断壮大。

"没有魏朝的兵马，我们自己上战场。

"没有粮草，我们自己筹措。

"这支军队就叫西军！我们要联合所有想要东归的部落，自己收复故土，夺回家园！"

狂风卷过，吹动瑶英身上的衣袍，衣袂翻飞。在她身后，几面代表她的旗帜在狂风中飘扬。

青年们望着她，满是疲惫的面庞焕发出异样的神采，目光灼灼。他们重新燃起斗志，热血沸腾——男儿何不带吴钩，收取关山五十州？

他们一定可以完成祖辈的遗愿，回归故国！

长风猎猎，暮色壮丽。

不远处，一支队伍停在沙丘背后。马背上的男人放下长弓和铁箭，遥望立在瓦蓝苍穹和黄沙之间的瑶英，久久无言。

一旁的毕娑看着远处的李玄贞，忍不住道："我从未见过文昭公主如此失态，公主肯定很想念她的兄长，盼着早日回到故乡。"

下午，昙摩罗伽独自返回营地和毕娑密谈，突然接到急信，说是一队北戎人在附近出没。

两人想到莫毗多和瑶英，怕出什么变故，带了一支队伍出来接人，顺便截住北戎人。

赶到附近时，他们听到厮杀声，向莫毗多的人挥动旗帜，示意是自己人，慢慢地靠近，正好看到瑶英冲进一个男人的怀里，两人紧紧相拥。

毕娑的一双碧眼瞪得溜圆，眼珠差点儿掉出来。他下意识地去看昙摩罗伽的反应。

昙摩罗伽蒙着防风沙的面巾，沉着地挽弓搭箭，几箭射落几个北戎骑兵。

直到莫毗多带人斩杀了所有的北戎兵，他才松了弓弦。

毕娑猜不出他脸上是什么表情。

不一会儿，一个士兵过来传话："将军，文昭公主好像找到她的兄长了！"

毕娑顿觉心情复杂，一时好像松了口气，一时又有点儿失望，脑子里一团糨糊。

昙摩罗伽始终一言不发。

毕娑感叹几句，试探地问："他们要回营地了，我们过不过去？"

"不必，直接回营地。"昙摩罗伽收回视线，拨马转身。

他见过她失态的模样，不过只在她做梦的时候。她把他当成李仲虔，紧紧地攥着他的手，在他的掌中依恋地蹭来蹭去，和他撒娇。

但是那都不及亲眼看到她冲下沙丘，不顾一切地扑进她兄长的怀中所带来的冲击大。

只有在李仲虔的面前，她才能真正放松下来，像个孩子。

她有更信赖、更亲近的人。

此前种种，如梦幻泡影，如露亦如电。

她从万里之外来，跨越重重山河，迢迢万里。

现在她要回去了。

风卷起昙摩罗伽的衣袍，他想去摸手腕上的持珠，腕上空空如也。

两队人马一前一后下了沙丘，正面遇上。

莫毗多立马迎上去，和昙摩罗伽、毕娑小声交谈。

瑶英把李玄贞丢给亲兵照顾，吩咐亲兵捡回那对擂鼓瓮金锤。看到昙摩罗伽，她吃了一惊，驱马疾走想上前，但看他们在议事，自己不好靠近，又拨马走开了。

众人赶回营地，毕娑几个人继续去大帐议事。

瑶英请来军医为李玄贞和其他人治伤。

军医指着李玄贞道："他伤得太重，伤口容易感染。他必须单独睡一个帐篷。"

小兵为难地道："几座帐篷都住满了……"

瑶英皱眉："让他住我的帐篷。"

缘觉睁大眼睛。

瑶英小声说："他的身份不一般，让他留在我的帐篷，等摄政王回来，方便和他会谈。"

缘觉恍然大悟，帮着打下手，把重伤的李玄贞挪到了瑶英的毡帐里。

瑶英留下亲兵照应，自己去见那几个高昌的世家子弟，问他们一路上的详细情形和在中原时的经历，以及又是怎么和李玄贞凑到一起的。

子弟中有一人和杨迁是同族，叫杨念乡，伤势也很重，不过精神很好。他躺在毯子里，将来龙去脉娓娓道来。

"我们离开高昌，以追杀海都阿陵的名头过了一道道关卡，公主的这个法子帮我们解决了不少麻烦。不过等到了北戎以后，依娜夫人的手令果然没法用了，我们伪装成牧民，想办法混出城镇。北戎的封锁太严，我们损失了太多人，只能躲进城里。

"后来北戎出了乱子，我们遇到一帮僧人，假装成他们的僧兵，趁机逃了出去，最后还是被北戎人发现了踪迹，差点儿死在他们刀下。危急时刻，一伙凉州军救了我们……原来太子李玄贞去了伊州，凉州军不知道他什么时候返回，只能每隔几天就派队伍在边地附近巡视，以便接应。我们运气好，遇到了他们。"

后来他们送上信，凉州刺史大受震动，当知道李瑶英还活着的时候更是感慨不已。

不久后，接到消息的郑景、杜思南、太子妃等人陆续派人来到凉州，接杨念乡他们入京觐见。李德特意安排他们在大朝会时当众献上万言书，满朝文武无不热泪盈眶，涕泗横流。

杨念乡迫不及待地想回高昌，得到李德的口头保证后，带上信即刻动身。归途同样险象环生，他们穿过一道道关卡，想方设法联系到杨迁。杨迁从谢青那里得知阿勒会率领部众投效瑶英，以密信的方式告知他们。

形势严峻，他们正在犹豫该追上阿勒部还是回高昌，不幸遇上北戎人，被强行征调，为北戎人运送粮草。

他们想逃出北戎大营，还没制定好周全的计策，无意间暴露了身份，仓皇逃出。那时李玄贞也在被北戎人追杀，几个人互相扶持，一路逃命，发现了阿勒部的踪迹，赶紧找了过来。北戎骑兵紧追不放，众人才意识到李玄贞身份不凡。

瑶英听完杨念乡的讲述，轻声问："牺牲了多少兄弟？"

杨念乡沉声报出了一个数字，双眼微红。

一个个兄弟在他身边倒下——他们没有退却，一直向东，直到完成使命。那些兄弟再也回不来了。

瑶英倒了碗热茶给他，环顾一圈，和帐篷中的每一个人对视。

"他们不会白白死去，不会被遗忘，他们的名字会永远镌刻在所有人心中。书册会记载他们的故事，他们的壮举会被一代代的人口耳相传。

"我们不能辜负他们的牺牲，要完成他们的心愿。我们只有收复故土、回归魏朝，才能告慰他们的英灵，让他们的名字被世人铭记。"

众人含泪应是。

瑶英没有立刻走，取来纸笔，详细地记下逝去的少年的姓名和籍贯。

她刚才说的都是安抚人心及减轻杨念乡他们心中的愧疚的大话，其实真相是，平凡的英雄很容易被遗忘。

她要记下他们。

之前护送她和亲时默默死去的亲兵，每一个人的姓名，她都记下来了。

他们都是她的部曲。

瑶英回到营帐，李玄贞还没醒。

她伏案写了几封信，处理了些文书，浑然不觉间深夜已至。外面风声呼号，狂风拍打旗帜的响声回荡在营盘间。

夜里缘觉送来一些伤药，道："摄政王让我送来的，比军医给的好用。"

瑶英问："摄政王呢？"

"他在忙。"

"等摄政王忙完了，请他务必过来。"

缘觉应是，把话带到。

半个时辰后营帐外传来脚步声，戴着黑色手套的手掀开毡帘。瑶英立刻放下笔，起身迎上去："将军一个人回来的？"

昙摩罗伽点头应是，目光落到李玄贞身上。他躺在毯子里，昏睡在她平时睡的地方，脸色苍白。

瑶英小声道："将军，他就是魏朝太子李玄贞，我的异母兄长。"

昙摩罗伽半晌无语。

帐中烛火晃动。

他沉默了很久后问："他不是李仲虔？"

"不是。"瑶英摇摇头，"将军，他可能知道我阿兄的下落，而且他是魏朝太子，等他醒了，我要和他谈攻打北戎、夺回失地的事，所以得把他留在我的帐中照顾。北戎的领地跨越东西，他们顾此失彼，李玄贞一定愿意和王庭联合，趁北戎的主力集中在这里时攻打北戎的东部领地。"

她抬起眼帘："不过这样一来，可能会打扰到将军休息。"

昙摩罗伽在角落里找到自己的毛毯，挪了个地方，依旧用长案隔断，另一头空着。

他道："无妨。"

瑶英朝他一笑，眼底却没有笑意，心事重重。

昙摩罗伽问："公主呢？"

瑶英拍拍书案边空着的地方，道："我睡这儿，把毡毯铺开就可以。"

她说着话，铺开毡毯躺了下去，裹紧毯子，望着帐顶不说话了。

昙摩罗伽微蹙双眉，在烛火中静静坐了片刻，突然起身出去："我有事，出去一会儿。公主不必等我，早些安置。"

瑶英噢了一声，没有多问。

夜风冰凉。

昙摩罗伽站在营帐外，望着繁星点点的夜空，脑海中闪过一段经文。

一切妙欲如盐水，愈享受之愈增贪。

何为贪欲?

曼达公主美艳妩媚,舞姿曼妙,他不曾动情,更不曾动欲。

红颜枯骨,美丑不过是表象。

但是贪念并不仅仅是欲念。

他知道李瑶英一年期满后会离去,一切不过过眼云烟、梦幻泡影……他当顺其自然。

今天他发现,不必等一年期满,她随时可以离开。

此后,她将永远不会再踏足万里之外的王庭。

她会对其他人热忱地推心置腹。

昙摩罗伽缓缓地闭上眼睛。

他想起祈福大会那日,李瑶英双手合十朝他拜礼,佛殿前灿烂的光束洒在她身上,她目光虔诚,双眸含笑。

那一刻,一个不该有的念头忽地生出。

假如她入了佛门,是他万千信徒中的一个……他希望她的这双明眸只能看着他。

她当只信仰他一个。

他有了贪念。

昙摩罗伽回到营帐中,烛影晃动,长案另一头的瑶英纹丝不动,像是睡着了。

他并未睡下,打坐禅定了一会儿,感觉到暗淡的烛光中有一道视线久久停留在自己的身上,抬眸看了过去。

瑶英不知道什么时候坐起来了,长发披散,双手抱着自己的膝盖。她枕着自己的胳膊,呆呆地望着他,眸中含泪。

烛光映在她苍白的脸上,此刻的她不是白天那个神采飞扬的文昭公主,只是一个脆弱伤心的小娘子。

昙摩罗伽愣怔了片刻,想起回帐时瑶英心不在焉的笑容。

她有心事。

瑶英察觉到他的注视,回过神,抹了下眼角,鼻尖微红。

"做噩梦了?"昙摩罗伽问,声音比他自己以为的更轻柔。

瑶英准备躺下接着睡,听他语气温和地发问,动作顿住。她嗯了一声:"我今天听杨念乡他们说,我阿兄的武功废了,他不能再使那对金锤了……他的伤还没好就来找我……我不知道他现在在哪里……我刚才梦见他……他……"

李玄贞武艺高强，又有亲兵保护，都伤成了这样，杨念乡他们也九死一生……可想而知北戎人的封锁有多严。李仲虔身受重伤，不会说胡语，冒险穿过封锁来找她，得吃多少苦头？

不管吃多少苦头，只要没找到她，李仲虔绝不会回头——他就是这么执拗。

从小到大，对于李德的打压猜忌，他根本不放在心上，唯独舍不得她受委屈……他居然当众刺杀李德，直接撕破父子君臣的表象。他什么都不在乎了，包括他自己的性命。

瑶英说不下去了，声音轻颤。摇曳的烛光里，一双眼睛水光激滟，泪水似要夺眶而出。

昙摩罗伽心中默念的经文变得模糊，取而代之的是泪珠滴落的声音。

眼泪一滴一滴，心中泛起涟漪。

她应该多笑笑。她笑起来的时候明艳动人，见过的人恍如置身经书中描述的金沙铺地、树现佛刹的极乐世界，落英缤纷。一切万物，皆放光明。

昙摩罗伽看着瑶英，轻声道："日有所思，夜有所梦，只是梦罢了。公主和兄长兄妹情深，他当能逢凶化吉，平安无事。"

他嗓音低沉，没有一丝情绪，却莫名有种安抚人心的力量。

瑶英轻轻地嗯了一声，笑了笑，摇摇脑袋，眸中的泪光被敛去。

"将军说得对，这只是梦而已。阿兄一定会平安无事，我会找到他，和他团聚！"她长长地舒了口气，坚定地道。

两人沉默下来。瑶英重又躺了下去，呼吸渐渐均匀。昙摩罗伽合上眼睛，接着打坐。

不一会儿，长案旁传来一阵窸窸窣窣的响动。

昙摩罗伽睁开眼睛。

瑶英以两手撑地，绕过长案，小心翼翼地爬到他的身边，抓起毡毯裹住自己。

昙摩罗伽低头看她。

她挪了过来，和他离得很近。两人中间只有半尺的距离，她的毯子盖住了他的袍角。

他的目光冰冷如霜，没有责怪之意，但就是给人一种威严的压迫感。

瑶英有些不好意思，拿起一卷书册，小声说："将军，我实在睡不着，睡着了就做梦……我可以坐过来吗？我想看会儿文书再睡。"

昙摩罗伽没有作声，轻轻地点了点下巴，闭上双眸。

瑶英轻笑，低头翻看书册。

帐中沉寂下来。两人一个闭目禅思，一个裹着毡毯看文书，四周静悄悄的，唯有纸张被翻动的沙沙轻响。

满帐都是朦胧的烛光。

昙摩罗伽默诵经文，诵完了一品《阎浮众生业感》，忽然觉得胳膊上一沉，有什么东西轻轻地贴了上来。

他一怔，睁开眼睛。

烛火还未熄灭，光影交错。瑶英脸朝下靠在了他身上，眼睛闭着，浓睫微颤，睡意沉沉，手里还拿着翻开的书册。

昙摩罗伽没有动。

随着啪的一声轻响，瑶英手中的书册滑落坠地。她似乎被惊醒了，发出一声模糊的呓语，抬手攥住昙摩罗伽的衣袖，贴着他的胳膊蹭了蹭，找了个舒服的姿势，呼吸再次变得绵长。

昙摩罗伽纹丝不动，没有推开她，碧眸望着案上静静燃烧的蜡烛。

不知道过了多久，他看见烛台冒出一缕青烟，烛火熄灭。

瑶英动了动，身体向下滑。

昙摩罗伽一声不吭，抬臂接住她。

瑶英顺势扑进他的怀中，这回姿势更舒服。她无意识地往前挪了挪，身子压在他的身上。

她身上有股淡淡的香气，萦绕不去。

昙摩罗伽低垂眼眸，扯起滑落的毡毯，一直拉到她的下巴处，裹住她露在外面的肩膀。

他的手指蹭过她的脸颊时停了一停。

她的眼睫旁似有泪光闪烁。

他的手指微屈，一点点地靠近她的眼睛，想为她拂去那点儿泪意。

随着一声细细的爆响，炭火闪烁。她神色平静，眉宇舒展，显得很安详。

昙摩罗伽收回手指，继续念诵经文。

李玄贞醒过来的时候已经是凌晨了。天光透进毡帐，光影沉浮，帐中陈设大致的轮廓隐隐地显现。

几口堆叠着的大箱笼，烧得通红的炭盆，悬吊的马扎、弓箭、箭囊、几张兽皮，摆满皮纸书卷的长案，凌乱地摆着碗盏、茶壶的小几，盘里有几张没吃完的硬馕饼……

李玄贞环顾一圈，视线最后停在长案旁的两道身影上。他猛地清醒过来。

男人挺拔劲瘦，戎装勾勒出肌肉的线条。虽然他坐着，但一身沉稳的气势依然难以掩藏。一个长发披散的女子枕着他的腿，闭目酣睡，双颊绯红，身子蜷缩成一团，紧紧地靠着他。他静坐不动，垂眸看着熟睡的女子，神情沉静。

李玄贞气息急促。

男人抬眸，两人的目光撞在一起，一道淡然，一道阴沉。二者目光相撞似刀剑相击，火花迸溅。

李玄贞不认得眼前这个满脸伤疤的男人是谁，但认得躺在他身上的女子——在这世上，除了李仲虔，李瑶英什么时候和其他男人如此亲近？

她骑马穿过长街，鲜衣华服，裙裾飞扬，爱慕她的少年郎打马在后追逐。她从不会奚落他们，更不会欲擒故纵玩弄他们，但是也从未回应过任何一个少年郎的爱意。

这样的她，为了活命抛弃矜持和自尊，当众纠缠一个和尚……每次听胡人用下流的语气说起文昭公主和王庭佛子之间的香艳故事，或是讨论她会用什么样的手段去引诱佛子，李玄贞就觉得像有把刀在自己的心口搅动，得用尽全身的力气才能克制住想撕碎那些人的嘴巴的冲动。

他不敢去细想瑶英为了活下去牺牲了什么，只能一遍遍地告诉自己——他和李仲虔会救她离开，让她淡忘这段经历。

此刻看着瑶英无比信赖地靠在一个男人的身上酣睡，在找到她、知道她安全的狂喜之余，李玄贞被迫面临一个血淋淋的现实——这一切都是李德和他造成的。

他把她送到叶鲁部酋长的身边，害她被海都阿陵觊觎，流域到万里之外，吃尽苦头。

李玄贞浑身颤抖，剧烈地咳嗽，像是要把心肝肺都咳出来。

大概只有这样，他才能消除弥漫在他五脏六腑间的痛楚。

剧烈的咳嗽声吵醒了熟睡的瑶英。她茫然了几息，下一刻瞳孔一缩。她飞快地爬起身，冲到李玄贞的身边。

"李玄贞，我阿兄在哪里？他的金锤怎么会落到你的手中？"

她披头散发，脸颊上还有压痕，看他的眼神冷淡、嫌恶，带着警惕，还有紧张——为李仲虔紧张。

李玄贞痛得紧锁眉头，柔声道："你别担心，他还活着……"

"他在哪儿？"

身上的痛楚更加强烈，李玄贞浑身直颤："他可能在北戎牙帐……"

瑶英感觉从脊背蹿起一股凉意："北戎牙帐？他怎么会去北戎牙帐？！"

李玄贞喘了口气，强忍痛苦，道："北戎封锁消息，我们不知道……不知道你在哪里……以为你还在北戎……找到伊州……后来我们打算去王庭，路上出了些变故……"

兄弟俩混入北戎军中，原以为可以顺利到达王庭，途中瓦罕可汗突然改变路线，队伍停下，奴隶被派去服侍牙帐的贵族。

其间李玄贞遇到几个秘密潜入北戎的熟人——李德派来劝说他返回中原的亲兵。

李玄贞坚决地打发走亲兵。

不想那几个亲兵发现李仲虔，竟然想杀了他，而且第二天就暴露了身份，还把李仲虔在北戎的消息泄露了。至此，李玄贞和李仲虔也被北戎人追杀了。

好在当时海都阿陵不在，他的部众暂时没有动作，追杀他们的是瓦罕可汗的人。

"我们一路逃到北戎牙帐，遇到几个汉人，他们是杨迁安排的细作。我听说海都阿陵回来了，把李仲虔交给他们，让他们先在一个安全的地方避避风头……我用李仲虔的金锤引开追兵……后来我遇到杨念乡……"

追兵实在太多了，他好几次死里逃生，庆幸自己没带上李仲虔，不然两人一个都逃不掉。不久前他遇上杨念乡等人，他们身怀密信，也在被北戎人追杀，大家同是汉人，绝境之中结伴奔逃。李玄贞渐渐获知杨念乡他们的身份，知道他们从中原返回，要去阿勒部见李瑶英，更是欣喜若狂。

李玄贞断断续续地道出大半年来的遭遇，语气真诚。

瑶英却听得紧皱双眉。

李玄贞的这段话在她听来简直匪夷所思。

从第一句话开始她就听不懂了。

李仲虔怎么会和李玄贞结伴去伊州？

李玄贞又怎么会为李仲虔的安全以身涉险，引开追兵？

他抛下太子之位离开中原不是为了朱绿芸吗？他为什么不直接去找朱绿芸，而是一路和李仲虔同行？在找到朱绿芸后，他为何还跟着李仲虔来王庭？

她将李玄贞的讲述听得清清楚楚，但一句都不信。

她看着李玄贞，怀疑他重伤之下发热烧糊涂了："你为什么要帮我阿兄？"

李玄贞苦笑，凤眸直直地望着她，声音暗哑："为了你，阿月。"

这一句道出，营帐里安静了一瞬。

瑶英皱起眉头。

李玄贞的脸上难掩苦涩之意："阿月，你不信我？"

瑶英沉默了很久，嘴角一翘："太子殿下，假如换了你，你会信吗？"

他一直想置李仲虔于死地，为此默许魏明培养游侠、刺客，怎么会为了保住李仲虔的性命冒险？

李玄贞浑身抽痛，嘴唇哆嗦："阿月，我确实多次加害李仲虔……可我没对你说过谎……李仲虔身份暴露，北戎人肯定会抓住他威胁你，所以我得保下他。"

瑶英没说话。

李玄贞确实不是会哄骗她的人。他阴郁深沉，反复无常，好几次当着她的面加害李仲虔，毫不手软，但是不会费这么大的力气来撒这种荒谬的谎言。

他不屑这么做。

"阿月……"

"别那么叫我，阿月早就死了。"瑶英打断李玄贞的话。

李玄贞满头是汗，身上抖得越来越厉害，牙齿咯咯作响："好……我不叫你……你别担心，李仲虔很安全。北戎牙帐在后方，我引开追兵后，他会和那几个细作一起绕路去高昌，然后去王庭。那条路线更安全……他现在说不定已经到高昌了……"

他望着瑶英，目光发直。

"阿月，你别怕。你不会再吃苦了……我带你回家……"

瑶英面无表情，试图从一团乱麻中分析李玄贞的哪些话是可信的。

李仲虔真的脱险了？

他的每句话都像真的，合在一起就成了胡言乱语。

万一他没有撒谎，她得赶紧给杨迁和尉迟达摩写信，请他们派兵接应李仲虔。

瑶英神色变换。

李玄贞的呼吸越来越急促。他腾地坐起身，紧紧地攥住她的手腕："你信我……"

瑶英还没反应过来，一只戴着手套的手从旁边伸过来，两指轻轻一点。李玄贞一阵脱力，松开手，倒回毯子上。

他瞪大一双凤眸，看向不知道什么时候出现在瑶英身边的昙摩罗伽。

"你是王庭的人……告诉你们的佛子，我知道北戎大军的主力在哪里……我大魏可以出兵攻打北戎……"他不顾身上裂开的伤口，再次挣扎着坐起来，和昙摩罗伽对视，"条件是……王庭必须答应立刻放文昭公主还乡。"

曙光透进毡帐，帐外传来骏马的嘶鸣声。

李玄贞咬牙坐着，形容憔悴，双颊深陷。他看着昙摩罗伽那张骇人的脸，坚定地道："把文昭公主还给我，我就告诉你北戎的主力在哪里。"

昙摩罗伽迎着他审视的目光，淡淡地道："文昭公主是王庭的客人，不是王庭的囚犯。"

瑶英回头看他。

昙摩罗伽也在看她，碧眸微垂，对上她信赖且亲昵的目光，神色淡然。他接着说："公主的去留由她自己决定。无论何时何地，王庭不会以文昭公主来和魏国做任何交易。"

她要留便留下，要走，他派人护送她离开。哪怕他心中已经起了贪欲，也没有任何理由让她留下。

留下的话，她必会遭到王庭信众的唾骂。

瑶英微微翘起唇角，朝昙摩罗伽眨了眨眼睛。

两人无声对望。一个眼波流转，眉梢眼角隐隐焕发光彩，笑意盈盈，情态妩媚；另一个眉眼沉静，面无表情，似乎心如止水，眼神却透出温和。二人之间有种只属于他们，而别人无法融入其中的微妙的关系。

李玄贞神色阴沉，唇边扬起一抹笑："阁下是谁？阁下能代表王庭的佛子？"

"我是王庭的摄政王，可以代表佛子。"昙摩罗伽抬眸瞥一眼李玄贞，反问，"太子能代表魏国？代表文昭公主？"

李玄贞表情微僵。

瑶英转头看他，轻蹙眉头，道："李玄贞，大魏若能抓准时机攻打北戎、收复西域，这对大魏来说是功在社稷、惠及子孙的伟业。你身为太子应该知道其中的轻重利害，两国邦交，非同小可。"

李玄贞紧锁眉头："你是魏国的文昭公主，你的安危不是小事，我不是在说笑。"

瑶英看着他的眼睛，一脸漠然："李玄贞，你简直不可理喻。我被海都阿陵掳走，逃到王庭，得到佛子的庇护，这才能逃过一劫。王庭从来没有扣押过我，我想回乡，没人阻拦！阻拦我的是北戎！你和王庭提出这样的条件，莫名其妙！你是魏国的太子，拿我来和佛子做交易，李德会答应吗？朝廷会答应吗？这笔交易若真成了，他日我回到中原，以后的生死荣辱岂不是得由李德和你说了算？你有什么资格说这样的话？"她语气冷淡，停了一下后道，"再有，我回不回乡与你何干？"

李玄贞仿佛被狠狠地抽了几巴掌，面色苍白，凤眸里似有波澜涌动。

他浑身轻颤，渐渐从找到她的狂喜中冷静下来，万千情绪尽数敛在眸底。

"和我有关系。"他眼睛一眨不眨地看着瑶英，"不管你怎么想，不管你在不在意，七妹，你是我送去叶鲁部的，我要把你带回去。"

瑶英不为所动，沉默了一会儿，道："我的事和你无关。"

她曾经觉得李玄贞是一个见义勇为的好人，也是一个善待百姓的好将领，所以真诚地对待他，希望他能厘清仇恨和迁怒，最后得到的只有失望。李仲虔步步退让，别无所求，只想庸庸碌碌地度过一生——他还是不肯放过李仲虔，而且手段下作，甚至下毒。她对他早就没了任何期待，只把他当成一个陌生人。

"我知道……"李玄贞呢喃，面颊抽搐了几下。他自嘲般一笑，看向昙摩罗伽："我和舍妹说几句话，还请摄政王暂避。"他强调一句，"事关魏国机密，请摄政王见谅。"

昙摩罗伽看一眼瑶英。

瑶英想了想，朝他点点头："若有事，我会叫将军。"

昙摩罗伽嗯了一声，起身离开。

待帐中只剩下李玄贞和瑶英两人，他再也支撑不住，紧绷的心弦骤然松弛。随着砰的一声，他重重地倒在毡毯上，疼得眉心直跳。

瑶英立即问："我阿兄伤得重不重？他的武艺现在恢复了没有？你和他分开的时候确定他是安全的吗？"

李玄贞望着帐顶，半晌没吭声。

许久后，他闭上眼睛。

"七妹……我好疼啊……"

她心里、眼里只有李仲虔。哪怕他是为救李仲虔受的伤、疼得快死了，她也不会心疼他。

他不想再听她一遍遍地问李仲虔的安危。

瑶英轻蹙眉头，起身走到长案前，找出纸笔，一边写信，一边问："太子想和我说什么？太子到底想不想和王庭结盟？"

李玄贞一勾嘴角，一面觉得心脏隐隐作痛，一面又觉得这才像她："从眼下的局势来说，我们想返回中原必须穿过北戎的领地。从长远来说，北戎是大魏的劲敌，随着北戎一日日壮大，以后势必会威胁中原。我当然想和王庭结盟，削弱北戎。"

瑶英头也不抬，道："那太子刚才为什么要提出那种荒谬的条件？太子要和王庭结盟，就该拿出诚意，而不是在获救以后质疑王庭扣押我。王庭离中原太远，完全可以不理会中原，太子若是真的心念西域百姓，想立不世之勋，以后还当谨言慎行。"

李玄贞以一手撑着毡毯，艰难地坐起，仰靠在小几上："那不是荒谬的条件……我只是想试探一下王庭。"

瑶英没有抬头。

李玄贞看着她的发顶："七妹……王庭佛子确实救了你，可终究是他国君主。你有没有想过，假如他不肯放你走呢？"

如果各地的流言是真的，她这样的美人用尽手段去讨好那个和尚……万一和尚要她留下来侍奉他，她怎么脱身？李德巴不得与王庭交好。假若王庭提出要求，李德会毫不犹豫地再次命她和亲。

在天竺的一些地方，寺庙里就有专门侍奉长老的年轻女子。据说除非长老厌倦，否则那些女子无法离开寺庙。

在来找瑶英的路上，李玄贞只要一想到她为了活下去不顾自尊去勾引一个和尚，心中就愧疚难当，隐隐作痛。

那个和尚对她好不好？他有没有……有没有逼她做那些事情？

但是真的找到瑶英了，李玄贞压根儿不敢问起她过得好不好。

只有李仲虔才有资格关心她。

他提起那些事情，就像在她的伤口上撒盐，只会激怒她，让她觉得更加痛苦，更加屈辱。

所以他一句也不问。他必须想到最坏的可能，在和王庭结盟之前解决一切麻烦，让她离开时没有后顾之忧。

瑶英书写的动作一停："这就不劳太子忧心了。佛子慈悲为怀，正直高洁，非寻常人。况且佛子待我恩重如山。"

昙摩罗伽对她这么好，怎么会强留她？

李玄贞苦笑："七妹，你不是男人……僧人也是男人，我比你更清楚男人的心思。"

瑶英皱了皱眉头。

在她心里，昙摩罗伽没有私欲，绝不会对她有任何超出同情、怜惜的感情。

她坐着出了一会儿神，没搭理李玄贞，写好给杨迁、谢青的信，放进小铜管里，交给帐外戍守的亲兵，道："我写了一封信，你们拿去抄写，每隔三个时辰送出一封。"

北戎会射杀信鹰，她只写一封不够稳妥。

亲兵应是。

瑶英回到毡帐，看着李玄贞，倒了碗水放在他的面前，取出一张舆图摊开。

"太子，佛子乃一国君主，心系万民。我和佛子之间的事情不会影响两国的结盟，更与你无关。我现在以西军代表的身份和魏国太子商量与王庭结盟的事情，太子如果继续纠缠我和佛子间的事，你我之间无话可谈。"

李玄贞抬眸看她，无奈地叹口气："好，我不过问你的私事。"

瑶英问："你知道北戎的主力在哪里？"

"我知道。离王庭越近，瓦罕可汗顾虑越多。北戎贵族内部发生争执，认为他瞻前顾后，不敢和佛子正面对抗。"

李玄贞勾起嘴角："在北戎军中，很多人改变信仰，偷偷供奉王庭佛子。我和李仲虔放出流言，煽动奴隶闹事，瓦罕可汗为了稳定军心，当众杀了一批信仰佛教的奴隶。"

他和李仲虔不是第一次在北戎军中闹事了，驾轻就熟。军中原本就流传佛子受佛法庇佑、战无不胜的传言，两人不过添了一把火，流言便越传越玄乎。

瓦罕可汗当机立断，以"妖言惑众"为名，当众射杀那些士兵，仍然不能阻止流言的传播。

此时，李玄贞和李仲虔发现北戎内部有人推波助澜，流言这才会无法遏制。

瑶英听到这里，抬起眼帘："是海都阿陵，还是其他北戎贵族？"

李玄贞道："是北戎贵族。"

瑶英心中明了。

瓦罕可汗和北戎贵族之间的矛盾一直存在，来自不同部落的贵族和贵族之间也有矛盾。

上次北戎内乱，海都阿陵没搅出什么水花，反倒是那些贵族差点儿立了一个新酋长。北戎险些四分五裂，矛盾激化，所以瓦罕可汗必须打败王庭以确立他的统治地位。贵族中的很多部族酋长大字不识一个，满脑子只有金银财宝、牛羊土地，早就对稳重行事的瓦罕可汗心存不满，又目光短浅，会在这个时候拖后腿，不足为奇。

李玄贞接着说："北戎军心不稳，为求稳妥，海都阿陵劝说瓦罕可汗改变路线，还说要去西边请援兵。瓦罕可汗的大军分成了大约六支队伍，每支队伍都由他的儿子领兵，他率领主力精锐扑向撒姆谷。"

撒姆谷？瑶英对这个地名不陌生，苏丹古和毕娑提起过好几次撒姆谷，还派了一支斥候去探察过地形。

撒姆谷的东面是高耸险峻的山脉，西面是一望无际的戈壁草原，北面有两条滋养绿洲的大河蜿蜒而过，西北则是沙漠和内湖。总的来说，撒姆谷平坦广袤，东高西低，往东是层峦叠嶂的雪山，往西是沟壑纵横的峡谷。

假如瓦罕可汗抢先占领有利的地形，然后引诱王庭出兵，可以轻而易举地将王庭大军困死在峡谷里，然后分兵攻打圣城。而王庭明知撒姆谷是龙潭虎穴，也不得不出兵。因为如果瓦罕可汗孤注一掷地穿过撒姆谷，和西方的部落国家联合，从西边攻打王庭，那王庭危矣，圣城则更加危险。

　　对瓦罕可汗来说，这确实是一个很稳妥的选择。在世人眼中，苏丹古已死，他出其不意，稳操胜券。

　　不过他绝对想不到苏丹古还活着，而且王庭早已派出军队，可以在最短的时间随机应变。

　　即使现在瓦罕可汗猜出王庭军队的动向，也没办法再改变策略。箭在弦上，不得不发，他别无选择。

　　瑶英沉吟片刻，道："北戎和王庭开战，东边领地的封锁肯定会松懈，这正是我们的机会。李德想收复沙州、瓜州，但是更想发兵攻打南楚，完成大一统，朝廷分不出太多兵力。"她看着李玄贞，"机不可失。西军已经秘密联合各州，相约起事，不过缺少补给，即使拿下城池也守不了太久。朝廷必须出兵截断北戎驻守草原的那支骑兵，沙州、瓜州才不会成为孤州。"

　　李玄贞微眯双眼。她不在中原，依然能准确地道出中原的局势。

　　"你说得不错。我这几个月观察过西域诸州，各地百姓深受北戎压迫，民不聊生。百姓盼着东归，西军起事会得到很多人的响应，但是受绿洲的地形所限，没有一个部落能派出数万人的军队。西军可以攻下城池，但一旦北戎掉头，城池还是得易主。西军需要朝廷做后盾……"他看着舆图，"如果朝廷发兵呢？"

　　瑶英摇摇头："海都阿陵了解中原局势，必定早做了安排。我怀疑南楚此时已经和大魏起了战事，朝廷绝不会为几支义军发兵，让自己陷入腹背受敌的境地。"她定睛看向李玄贞，"太子能调动凉州军吗？"

　　李玄贞和她对视："你怎么知道我能调动凉州军？"

　　瑶英淡淡地道："能还是不能？"

　　李玄贞凝望她半响，点点头："我在来王庭的路上已经去信凉州，确实可以调动凉州兵马……朝廷那边，我可以劝说李德改变主意。"

　　南楚那边，他可以交给杜思南。他在南楚埋下的桩子可以派上用场了。

　　李玄贞话锋一转："不过这样做我需要冒很大的风险。"

　　瑶英想也不想地道："太子会选择冒险是因为你对瓜州、沙州志在必得，而这样的机会千载难逢。西军、王庭都是你的盟友，错过这次机会，太子会后悔终生。"

　　书中的李玄贞直到驾崩的时候还心心念念想要收复失地。可惜书里的昙摩罗伽早逝，北戎很快壮大强盛，朝中大臣不想冒险，李玄贞又错失了几次良机，没能完成亲征的愿望。

她说话时，时不时抬手轻拂鬓边的发丝，神色严肃。

李玄贞不由得想起从前因为恨她故意在她面前加害李仲虔的事，那时她看着他的眼神中满是愤恨……她越愤恨，他竟越觉得快意。

他现在想想，发现自己恨的不是她，而是她谢满愿之女的身份。

他一时百感交集，笑了笑："对，我选择冒险。凉州的兵马此刻应该已经准备好了。"

很早以前他就隐约觉得她了解他。

瑶英用手点点舆图。李玄贞做了这么多年的将军，深入西域这么久，不会一点儿野心都没有，她不奇怪他已经暗中调动凉州军了。

"王庭和北戎决战，牵制北戎的军队，西军趁机起事，太子领凉州兵拦截草原骑兵，从旁策应，若事情顺利，再合军偷袭北戎……一旦正式结盟，不得反悔，太子慎重决定。"

李玄贞坐起身，伸手盖住她的手背："七妹，我答应结盟。"

瑶英蹙起眉，抽出自己的手："李玄贞，还是别叫我七妹了。我不想有太子这样的兄长，太子也不想有我这个妹妹。"

李玄贞收回手，半天不吱声，许久后方道："好。"

瑶英收起舆图："路途遥远，等太子伤势好转，必须即刻动身，快马加鞭，赶在大战结束前和凉州军会合，否则结盟毫无意义。我会请求摄政王派精锐护送太子。"

她起身离开。

"李瑶英。"

身后传来李玄贞沙哑的呼唤。

瑶英顿住，回头。

李玄贞凝望着她，凤眸像蒙上了一层灰蒙蒙的雾："刚才我说的那番话绝无虚言。我确实为了救你来到王庭，几次舍身救李仲虔也是因为你。你应该明白，即使没有母仇，我和李仲虔也到了不死不休的地步。现在我们都在域外之地，他一心想着找到你，暂时不会杀我。等到我们返回中原，他不会放过我，我也不会坐以待毙。不过我可以向你保证，不会对李仲虔下杀手……"

只要他足够强大。

瑶英目光平静。

光影浮动，李玄贞的一双瞳仁似用墨笔勾勒。他缓缓地道："三年前李仲虔出征，和你分开，你们天各一方，我和你分开也有两年多了……我以为你死了，后来知道你还活着，落到海都阿陵手里……我去伊州找你，得知你逃了出去，遇到王庭佛子……"

这期间的种种煎熬、悔恨，他不想再经历一回。

"现在我要去沙州，带兵收复失地。你留在王庭，等着和李仲虔团聚。"他直直地看着瑶英，"我命大，轻易不会死，可还是害怕会错失和你解释的机会。我不想和上次那样，想说的话还没说出口，一别又是天翻地覆。所以我没有骗你，我说的都是实情。

"相信我，我是来救你的。你接受也好，不接受也好……我没办法放手。"

瑶英没什么表情，放下毡帘出去了。

李玄贞疲惫地倒回毯子上，疼得蜷缩成一团。

瑶英站在营帐外吹了一会儿风。

夹杂着沙砾的风狠狠地拍打着旌旗，她耳边一阵猎猎风声。

她叫来亲兵照顾李玄贞，自己去大帐找昙摩罗伽和毕娑，告诉他们瓦罕可汗的主力可能正在赶往撒姆谷。

两人听她说完，神色凝重。

"太子可信。"瑶英道，"不过也许太子看到的只是假象，实情如何还需要斥候去确认。"

昙摩罗伽看着沙盘，沉默不语。

毕娑不想打扰他沉思，带着瑶英走到角落里，摇摇头，小声说："我们之前设想过瓦罕可汗会在哪里和我们决战，当时就猜到可能会是撒姆谷，已经派斥候过去打探消息了。斥候回信说一切如常，我就没有继续增派兵力。摄政王和我讨论过，瓦罕可汗如果连夜行军，可以抵达库山脚下，在那里偷袭王庭，进可攻、退可守，而且完全不用担心饮水，条件对他们更有利。所以我们想赶在他们抵达库山前布置好前军、后军……不过魏国太子说瓦罕可汗和贵族矛盾重重，北戎各个部落之间纷争不断，那瓦罕可汗的行军速度不会那么快，他的主力很可能真的藏在撒姆谷。"毕娑擦了下额头，后怕不已，"幸好我们早做准备……不管北戎的主力在哪里，我们都可以马上应变。"

两人小声说话。

那头昙摩罗伽沉吟片刻，抬起头，扫一眼毕娑，目光在瑶英身上停了一停。

瑶英朝他笑了笑，退出大帐。

毕娑连忙上前，昙摩罗伽还看着毡帘的方向。

"摄政王？"毕娑叫了一声。

昙摩罗伽收回视线。两人商量几句，继续派出斥候，召集将领议事。

幕僚、将领陆续赶到，大帐里很快响起热烈的讨论声，气氛紧张。

瑶英骑马去看望杨念乡他们。几个人伤势沉重，却斗志昂扬，迫不及待地想和杨迁一起上战场夺回故土。

下午她回到自己的营帐，亲兵告诉她李玄贞昏睡了一整天，其间军医来过，为他换药。

"太子殿下浑身是伤，胳膊、腿、腰……全部是见骨的口子。军医说太子殿下这几天必须好好养伤，不宜挪动。"亲兵的口气不无佩服。李玄贞坚韧不拔，加之治军严谨，次次作战身先士卒，赏罚分明，向来很得大魏士兵的爱戴。

正因为他像是一个深明大义的人……因为初见时的他看似沉默冷峻，实则是个见义勇为的正直儿郎，所以她才会对他抱有期望。

如果一开始只把他当成一个书里的人物，她不会在经历一次次的挫败后再去尝试。

因为当初付出了真心，她后来也就失望得彻底。

瑶英嗯了一声，掀帘进帐，里面弥漫着一股血腥和伤药混合的味道。

她看一眼昏迷的李玄贞，坐到书案前处理文书。

不一会儿李玄贞醒了过来，似乎想挪动身子，胳膊撞在旁边的小几上，忍不住发出了痛苦的呻吟。

瑶英冷眼看着，扬声叫亲兵入帐。

亲兵问："太子想要什么？"

李玄贞爬起身，望着仍然坐在长案旁低头翻卷册的瑶英，眸光深沉。他轻声道："水。"

亲兵喂李玄贞喝了几口水，问他还想要什么。他摇摇头，亲兵出去了。

瑶英伏案书写，李玄贞凝视着她。她厌恶他到了这样的地步，甚至不愿意为重伤的他倒一碗水。

帐外响起一阵沉重的脚步声，亲兵进帐通禀："公主，传令兵说阿史那将军他们马上会过来。"

李玄贞挣扎着坐起身，道："他们想和我谈结盟的事情。"

瑶英放下笔，道："将军来了，请他们进来。"

"等等。"李玄贞叫住亲兵，抬眸看瑶英，喘了几口气，断断续续地道："我是魏国太子，代表魏国和王庭结盟，不能躺着和他们谈话。"

亲兵有点儿为难。

李玄贞抬手抹了一下发鬓，说出瑶英说过的话："两国邦交，非同小可。即使在我只身一人且身陷敌营的时候，魏国也不能输了气势，结盟的时候同样如此。"

瑶英对亲兵道："扶太子起来，找件外袍给他披上。"

由亲兵搀扶，他强忍痛苦坐起身，挪到长案边，束好长发，披上外袍，正襟危坐，气度不凡。如果不是他的脸色过于苍白憔悴，两颊深深凹陷，身上一股刺鼻的药味，他看起来就像个气定神闲、运筹帷幄的使者。

他抬头看瑶英："你留下吗？"

瑶英转身出去。

李玄贞看着她的背影，嘴角颤了颤，笑意中带着苦涩。

昙摩罗伽和毕娑一前一后地走进营帐。

毕娑先飞快地扫视一圈，看到架子上搭着的一条男人的革带，又看到角落里一双放在炭盆旁烘烤的长靴，心口跳了几下。他默默地叹息。

革带和长靴都是昙摩罗伽的。

他夜夜和文昭公主同睡一个营帐。虽然事出有因，但是从前的他宁愿披上厚甲整夜巡视兵营也不会答应和文昭公主同帐……

李玄贞压抑不住疼痛，掩唇咳嗽，掩饰了过去。

毕娑回过神，端详起李玄贞。他身着锦袍，面色苍白，看上去略显疲惫，但是双眸明锐，不卑不亢，身上流露出一种坚毅的气势。此人绝不是寻常人物。

李玄贞也在打量毕娑和昙摩罗伽。

毕娑一身银甲，魁梧俊朗，身边的昙摩罗伽一身普通军士的衣衫，摘下面罩，露出满是伤疤的面孔。毕娑从进帐以后一眼都没看昙摩罗伽，看上去似乎身为主将。

但是李玄贞知道，谁才是拿主意的那个人。

毕娑已经从瑶英口中得知李玄贞只是她的异母兄长，见过礼后开门见山地道："恕我无礼，太子重伤，要怎么及时赶回凉州指挥凉州军作战？"

李玄贞看着昙摩罗伽，不慌不忙地道："我已经派人将指令送去凉州，凉州军由我的心腹执掌。他曾随我南征北战，忠实可靠，可以代我发号施令。等伤势好转，我可以立刻动身去瓜州，和部下会合。"

毕娑点点头："王庭可以牵制北戎的大部分兵力，还望太子说到做到，截住北戎于东边的所有救兵。"

李玄贞道："我定当尽力而为。"

毕娑展开一张舆图。

昙摩罗伽伸指轻点舆图上标注的几条路线，道："北戎部落的骑兵擅长奇袭，中原魏军擅长守阵，太子不宜分兵。北戎部落若驰援瓦罕可汗，大约会分走三条路线。

"克吉部往西；汪烈部南下，借道瓜州；斡蛮部翻越山岭，从伊州发兵……太子的凉州军只需要扼守瓜州、沙州，再派兵埋伏在通往伊州的大道上，可以以逸待劳，截住救兵。"

李玄贞的视线跟着他的手指打转，内心震动。中原内乱已久，朝中对北戎所知不多，几千里之外的王庭的摄政王居然如此了解北戎的东边领地的部落的分布情况，还能准确无误地说出他们的发兵路线，连怎么拦截救兵的计策都想好了！

他在北戎大营待了一段时日，北戎人上到老可汗，下到士兵，都认为王庭无力应战，殊不知王庭准备充分，而且目标不只是打赢一场仗——他们要的是彻底削弱北戎，让北戎再也无力威胁王庭。

王庭佛子果然不凡，以佛法教化大众，以摄政王威慑群雄。

瑶英说得对，王庭和北戎交战确实是大魏收复西域的天赐良机。

西域纷乱了几十年，部落间冲突不断，生灵涂炭，人如蝼蚁，枯骨暴露于荒野。深入西域的那些日子，他见了太多生离死别，唯有统一的王朝才能结束西域的战乱，让百姓安稳度日。

李玄贞点头道："我会守住瓜州，让北戎东边的部落无法驰援瓦罕可汗。"

事不宜迟，几个人当下议定简单的结盟事宜。

毕娑卷起舆图。

李玄贞突然道："舍妹文昭公主遇险时，贵国佛子从海都阿陵手中救下她，对她多有照拂，身为她的兄长，我对佛子感激不尽。我和李仲虔来王庭就是为了接她回魏国。之前我在北戎听到一些流言，误会贵国不会放人，和舍妹重逢时一时情急，说了些冒犯之语，还望摄政王见谅。"

毕娑看向昙摩罗伽。

昙摩罗伽抬眸，等着李玄贞的下文。

李玄贞接着说："我本该亲至圣城当面感谢佛子的救命之恩，眼下情势不由人，我还需赶往沙州，请摄政王务必代我转达谢意。她年纪小，为了脱身亵渎了佛子的名声，我代她向佛子请罪，魏国定会补偿佛子。"

毕娑插话道："太子不必客气，文昭公主是王庭最尊贵的客人。"

李玄贞微微一笑："客人终究是客人，礼不可废。"

营帐里霎时安静下来。

李玄贞停顿片刻，轻挑凤眸："我听说舍妹和佛子有一年之约，眼下一年之约快到了，舍妹可否提前离开王庭？"

毕娑一呆，偷偷看昙摩罗伽的反应。

昙摩罗伽看着李玄贞，脸上没什么表情："文昭公主何时离开与太子无关。"

李玄贞道："我是她的兄长。"

昙摩罗伽站起身："和王庭结盟的人不是魏国的文昭公主，是西军的首领李瑶英。她曾告诉我，她只有一个兄长叫李仲虔。太子如果真心和王庭结盟，以后勿要再插手王庭和西军首领之间的事情。"

李玄贞心里一沉。

苏丹古的话直接将他的所有试探挡了回去。

从身份上来说，瑶英是西军的首领，是王庭的另一个盟友，而不是魏国的文昭公主，他无法再以魏国使者的身份要求王庭放瑶英离开。从感情上来说，苏丹古显然很清楚他、李仲虔和瑶英之间的纠葛，他这个兄长的身份派不上任何用场。

他心里有种强烈的感觉，瑶英和苏丹古之间的情分不一般。

这几年，他还没见过她对除李仲虔以外的男人那般亲近。

苏丹古虽然面貌丑陋，是个外族人，但贵为王庭的摄政王，气度沉稳、雍容，武艺高强，骨子里有种不容置疑的气势。他应该是个从小就习惯发号施令的人……

李玄贞心里翻江倒海，脸上却不动声色："是我多虑了。我常常听此地百姓歌颂贵国佛子，都道他慈悲为怀、悲天悯人，便想着瑶英提早离开，佛子定不会阻拦。"

昙摩罗伽转身出了营帐。

毕娑跟了上去，偷偷看他，神情紧张。

昙摩罗伽淡淡地瞥他一眼。

毕娑一僵，讪笑着道："文昭公主的兄长找来了，她一定很高兴。"

昙摩罗伽望着远方的一道身影，沉默不语。

毕娑顺着他的视线看去，瑶英背对着他们，站在远处的一处山坡上和亲兵说话。她为了掩饰玲珑身姿，往窄袖袍里塞了很多棉花，看上去不显胖，只有一种软绵绵的感觉，背影憨态可掬。

昙摩罗伽看了一会儿，没有上前，直接回大帐。

"两军即刻拔营，后军留下押运粮草，以作策应。"

毕娑吁出一口气，答应一声，拔步跟上。

李玄贞和毕娑谈话的时候，瑶英去了一趟鹰奴那里，看高昌那边有没有回信。
她想确认李仲虔是不是平安抵达高昌了。

鹰奴道："公主，就算是最快的信鹰也不能在这么短的时间内飞一个来回，少说要三天工夫。"

瑶英只得嘱咐鹰奴有消息随时通报。

亲兵过来传话："公主，阿史那将军他们刚才离开了。"

瑶英回到营帐，掀开毡帘，看到李玄贞倒在毡毯上，脸色惨白，出气多进气少。

他撑了半天，实在支撑不住了。

瑶英蹙眉，示意亲兵扶李玄贞躺好，自己则坐到书案前继续看文书。

她刚刚看完一卷册子，帐外扬起一阵响亮悠扬的号角声，继而传来将官发出的口令声，声音一传十，十传百，很快传遍整个营盘。无数人重复口令，声音听起来却整齐清楚，像是只有一个人在高呼。

一个传令兵来向瑶英报信："乌吉里部拔营，巴彦公子不必惊慌。"

瑶英掀帘往外看，乌吉里部所在的营盘正在井然有序地开拔，一面面部落旗帜正向着山下移动。

嗒嗒的马蹄声靠近，一匹黑马逆着往外的队伍朝她的营帐奔来，到得近前，马上的年轻男人跃下马背，大踏步走向她，颊上的刀疤完全不损他的英俊。

"公主，我要拔营了。"莫毗多解下腰间的一把短匕首，平举着伸到瑶英面前，"公主是我生平见过的最美貌的女子，就像画上的神女。在我的家乡，神女的祝福可以庇佑族中勇士。这一次上战场，我会正面迎击北戎的精锐骑兵，临行之前，公主能不能给我一个祝福？"

瑶英微笑，接过短匕首抵在莫毗多的额头上："王子少年英雄，勇冠三军，此次出征一定能大破敌军，平安归来。"

莫毗多咧嘴而笑，伸手。

瑶英低头，把匕首还给他。

下一刻，莫毗多伸手绕过她的肩膀，将她抱了个结结实实。

瑶英愣住。

不远处，看着莫毗多将瑶英抱进怀里，坐在马背上等人的毕娑轻呼一声，霍然转头。

昙摩罗伽和他一样望着营帐的方向，一言不发。

莫毗多的拥抱突如其来，瑶英有点儿猝不及防。

他的怀抱炙热、紧绷，带了点儿紧张与忐忑，又有几分少年人的无所畏惧——似刚出炉的利刃，火星迸溅，所到之处，燃起熊熊烈火。

在瑶英反应过来之前，莫毗多松开胳膊，退后一步，摸摸鼻尖，粲然一笑："情不自禁，冒犯公主了，等我回来定给公主赔不是，随公主责罚！"

他朝瑶英行了个大礼，笑着跑开，跃上马背，一提缰绳，纵马追上他的部落的骑兵。

瑶英立在原地，目送湛蓝的天幕下一人一骑汇入拔营的大军。

亲兵惊惶地提刀冲了过来，面面相觑。他们还没想好是该打跑莫毗多王子还是默默站在一边当风景，王子已经跑没影了！

瑶英笑了笑，朝亲兵摇摇头："没事。"

亲兵还刀入鞘，退回原地。

一人小声问其他人："公主是不是喜欢莫毗多小王子？"

另一人答道："就算不喜欢，公主也不讨厌莫毗多王子……在长安的时候，爱慕公主的郎君那么多，公主还没对谁笑过……"

"你们想多了，阿郎来了，他不会同意公主嫁给外族王子的……"

"对，阿郎绝不会答应！刚才阿郎要是在，早就拔刀砍莫毗多王子的手了！"

号角声停了下来，几千骑兵驰下山坡，沙尘扬起几丈高，却没有一句人声耳语，只有雨点儿似的马嘶声。

风中传来亲兵的交谈声，声音隔得不算近，却句句清晰。

昙摩罗伽面色如常，拨马转身，风吹起他的衣袍，腿边一柄寒光凛凛的长刀露出。

毕娑跟上他，欲言又止，犹豫了半晌后，道："莫毗多英姿勃发，日后必成大器。"

昙摩罗伽嗯了一声。

少年自有少年狂，利刃出鞘，露锋芒。

莫毗多只比她年长几岁。和他站在一起时，瑶英笑容明朗。

她笑起来，如天风吹天花，缤纷如雨。[1]

---

1 化用自《赠念法华经僧》。

两人驰下山坡。毕娑忍不住轻声问:"摄政王要不要去和公主道别?"

昙摩罗伽瞥他一眼,蒙上面罩。

毕娑被他的眼神看得直冒冷汗,松了缰绳,滚下马背,单膝跪地。

昙摩罗伽紧了紧缰绳:"毕娑,这是最后一次提醒,别试探我。"

"末将知罪。"毕娑伏地。

昙摩罗伽凝望天际处雄伟的群山,道:"王庭和魏国结盟,涉及西域诸州的事情,王庭不会插手,但是每一道文书必须有魏国太子和文昭公主两个人的印戳,少了任何一个,王庭不予回应。手令我已经写好,先送去圣城,再发往军中。"

毕娑怔了怔,应诺。

亲兵举着军旗围了过来,簇拥着昙摩罗伽离开。

他催马疾走,没有回头,身姿挺拔。

几支先锋队拍马飞驰,紧跟上他。

毕娑站起身,望着昙摩罗伽远去的背影,心中百味杂陈。

以昙摩罗伽的心性,他想做一件事,留下一个人,任何人都阻止不了他。

自己能做的唯有不断地提醒劝说。

眼下毕娑看到了自己想看到的结果。

文昭公主的兄长抵达王庭,将会带她离开。昙摩罗伽意志坚定,并没有为情爱所惑,即使知道文昭公主随时会离开,依然没有动摇。从始至终,他没在文昭公主面前表现出一丝异样。

两人都没有越雷池一步。

可毕娑心里丝毫没有松一口气的感觉。

断绝情欲确实可以让罗伽没有弱点,避免走火入魔……然而代价是罗伽将永远孤独。

以前毕娑不觉得罗伽孤独。

罗伽太过出众,他的孤独更像是一个高高在上的佛子俯瞰人间的孤高。他睿智清醒,不在意别人的看法,不需要别人的陪伴。

现在毕娑发现罗伽是孤独的,因为和李瑶英在一起的罗伽看起来那么不同。

毕娑不禁怀疑自己千方百计地阻止李瑶英留下,对罗伽来说真的好吗?

瑶英直到夜里才知道苏丹古和莫毗多一起拔营离开了,今晚不会回帐。

消息是毕娑的心腹过来告知她的。

她诧异地问:"将军明天回来吗?"

亲卫摇摇头。

瑶英呆了一呆，放下笔，起身走到箱笼前，翻找了一阵，匆匆打了个包袱递给亲卫："烦劳你把这些药和衣物带去给将军。"

亲卫应是，不一会儿拿着包袱返回，道："公主，主人说将军这次率军前去撒姆谷和瓦罕可汗决战，队伍没有带辎重，以最快的行军速度连夜翻越雪山，这时候应该早就在百里开外了。我们的斥候单独行动，不敢穿过雪山，走大道三天也追不上他们。这些衣物，公主先收着。"

瑶英错愕。

平时苏丹古去其他营地，即使第二天早上就会返回，也会和她说一声。这次他要同瓦罕可汗决战，竟然就这么静悄悄地走了？

"缘觉还在营地吗？"

"不在。"

瑶英沉默。

苏丹古连缘觉都带走了——他受伤或是受功法反噬的时候，缘觉可以照顾他。他和李玄贞立下了盟约，布置好了队伍——他走之前做好了打算，唯独落下了她。

瑶英坐在灯前出神。

她的亲兵看她心神不宁的样子，问："公主，可是有什么不妥？"

瑶英回过神，摇摇头："没有，我只是……"

她只是觉得苏丹古走的时候一定会来和她道别。

他没来，她心里空落落的。

瑶英出了一会儿神，沉下心继续整理文书。

苏丹古军务繁忙。李玄贞带来北戎大军主力所在的消息，他急着排兵布阵，顾不上她，这没什么好奇怪的。

毕竟她只是个外人。

她心里这么想，听到毡帘响动，立刻抬起头看，总觉得是苏丹古回来了。

角落里的李玄贞察觉到她的心不在焉，微眯凤眸："你在担心他们的摄政王？你是怎么认识他的？"

瑶英听到他的声音，忽然想起今晚帐中只剩下他们两人，抄起卷册，起身出去。

李玄贞没法动弹，盯着晃动的毡帘，目光阴沉。

瑶英找到毕娑的大帐。

毕娑分配完押运粮草的任务，正要去找瑶英，看她进来，眼皮跳了几下。

瑶英把处理好的册书递给他，直接问："将军，摄政王拔营前有没有留下什么话？"

毕娑笑了笑，道："我正想告诉公主一件事情，摄政王嘱咐我照顾好公主，毕竟公主是我们王庭的盟友和客人。撒姆谷那边的战事可能会僵持很久，各路大军都拔营赶往撒姆谷了，公主不必再随军挺进。明天公主可随押运粮草的后军撤退至沙城，帮忙料理后方的武器配备。"

这是要送瑶英离开的意思。

瑶英没说话，这些话像苏丹古会说的。

毕娑接着道："如今沙城方圆百里已经被我们肃清，后方不会再有北戎的小股骑兵。公主的兄长如果到了高昌，肯定会和高昌使者一起来王庭。公主去沙城等着，一来，武器配备的事情需要有人统筹；二来，西军的事必须公主亲自出面；再有，公主很快就可以见到兄长。"

瑶英闻言，蹙眉思索片刻，恍然大悟。

所有理由听起来都很合理，但是她直觉最后一个才是真正的原因。苏丹古知道她盼着早日和李仲虔团聚，为她安排好了一切。

"摄政王怎么不亲口和我说？"

毕娑垂下眼眸："摄政王太忙了。"

因为亲口告诉你就是亲自送你走，他怕自己动摇，被你看出端倪，唯有仓促地离别才能冲淡所有不舍。

瑶英巴不得能早日和李仲虔见面。西军那边，她也确实需要和杨迁几个人见面商谈……但是欣喜过后，她心里还是有淡淡的怅惘。

她拿出一封信递给毕娑："这是我给摄政王写的信，烦请将军代我转呈给摄政王。"

毕娑接过信，点点头，和瑶英商量了一些细节，目送她出去了。再次拿起那封信，他神色犹豫，迟疑了一会儿，随手将信塞进书案上堆叠的卷册里。

第三章

一时失态

翌日瑶英启程，随作为后军的队伍撤往沙城。

李玄贞暂时和他们同行，等他的伤势好转，可以南下绕一段路后，走更为便捷的中道回西域，再从焉耆、五烽至瓜州。那样比他直接走北道更安全。

一路上，瑶英继续让亲兵一天给李仲虔送四次信，以确保信件不会被全部拦截。

杨念乡几个人的伤渐渐好了些，他们开始帮她处理西军的事务。

一天，杨念乡和瑶英抱怨，说只要是涉及西域各州的事，传信的亲兵就要求文书上必须有她和李玄贞的戳印，少了谁的都不行。

瑶英起初没多想，这日又听到属下念叨王庭的要求严格到了严苛的地步，只要不符合要求的文书全部被打回，心里纳闷儿。她问后军的将军："每一道文书都要求戳印，这是谁下达的命令？"

将军答道："阿史那将军就结盟的事请示过王，手令是从圣城的方向送过来的，上面有王的花押。这是王的命令，所以末将等不敢怠慢。"

瑶英怔住。

这是昙摩罗伽下的令，那其中必有深意。

她叫来杨念乡，让他找出所有王庭官员通过和打回来的文书，一张张翻看。

杨念乡紧张地问："公主，是不是我们出了什么差错？"

瑶英摇摇头，问："这些文书会存档吗？"

杨念乡点头："王庭会存档。他们以皮纸绢帛记录文书，存放在书馆里，这里气候干燥，据说留档的文书可以保存很久。"

瑶英心里有了一个猜想。昙摩罗伽在帮她。

她是魏国的文昭公主，和李仲虔团聚后，他们要回中原。那时即使西军顺利收复失地，让李德忌讳，她也要防着李德指派大臣接管西军。

所以她提出西军、魏国和王庭结盟时，杨迁、河西世家带头赞成——他们更信任受王庭佛子庇护的她，不希望其他人接管西军。其他小部落也要求她担任西军首领，因为魏国还不能派出大军，而近在眼前的王庭可以出兵庇护他们。她受佛子庇护，在他们看来可以轻而易举地从王庭借兵。

瑶英这么做既是为了安抚杨迁，拉拢更多摇摆不定的世家和部落，让征兵之事更顺利，其中也有自己的私心。

这件事情她没和昙摩罗伽提起，没想到他早想到了这一点。他要求每一份文书上必须有西军的戳印，就是在帮她树立威望，确定她西军首领的身份，那么以后李德没有任何借口质疑她的地位。

昙摩罗伽连她回中原可能会遇到的难题都想到了。他为什么对她这么好？

瑶英坐着出神。

杨念乡问："公主，文书都没问题吧？"

"没有问题。"瑶英叠起纸张，"照王庭的要求来。"

毕娑送走瑶英后，带着剩下的几路大军赶路，半个月后终于追上昙摩罗伽。

斥候不断送回情报，他们可以确认瓦罕可汗的主力正在抓紧时间抢占有利地形，为大战做准备。昙摩罗伽命大军分批进入撒姆谷，背对着峡谷扎营。

"不用再掩藏行踪。"

这道命令被传达下去，王庭军队不再顾忌。北戎的斥候很快发现王庭前锋的踪迹，登时吓得魂飞魄散，飞快地回营通报。

此时毕娑和昙摩罗伽一行人早已借助绳索悄悄地攀爬上山岭，眺望远处的北戎大营。从营盘上空飘扬的旗帜他们分辨不出那里是不是瓦罕可汗的大帐所在，从规模来看，营盘中大约有一万人。

毕娑道："瓦罕可汗很快就会派出一个儿子来试探我们的实力，第一场仗怎么打？为鼓舞士气先打个大胜仗？我愿出战！"

昙摩罗伽摇头："不，第一场仗必须输。"

毕娑一愣。

昙摩罗伽叫来莫毗多："你明天率三千先锋军出战。"

莫毗多抱拳响亮地答应一声，跃跃欲试，两眼放光。

毕娑看着莫毗多兴高采烈地离开，神情愣怔。

昙摩罗伽瞥了他一眼："你以为我有私心？"

毕娑忙低头。

昙摩罗伽迎着雪峰间倾洒而下的晨曦，负手而立，衣袍猎猎。

"我对文昭公主有贪欲。"他轻声道。

毕娑的心里猛地一震。

昙摩罗伽一脸坦然，问："毕娑，世俗女子追求情爱，想要得到什么？"

毕娑从震惊中回过神，闭了闭眼睛，回答说："自然是想要和心爱的情郎双宿双栖，想要夫妻和美，永结同心。男欢女爱，大抵如此……"

昙摩罗伽淡淡地道："我非俗世人。"

文昭公主是世俗女子，追求红尘喜乐。他乃修行之人，已经皈依佛门，肩负王庭。她想要的，他一样都给不了。既然如此，他何必去打搅她的生活？

毕娑心情沉重。

昙摩罗伽如此清醒理智，即使对文昭公主起了贪欲也能克制隐忍，他相信罗伽不会因为嫉妒故意安排莫毗多当先锋，因此更加难受。

罗伽不允许自己嫉妒——因为他知道嫉妒也是放纵。

这恰恰说明他嫉妒了。

狂风肆虐，沙尘飞扬，飞禽几乎匿迹，唯有几只训练有素的苍鹰不畏大风，在山谷上空久久盘旋。

几个北戎士兵藏在山岭上的巨石背后，眺望远方。他们穿着灰扑扑的皮袄，可能会反射光线的弓箭、佩刀全部绑了布条，几乎和周围的山石融为一体，即使是高空的苍鹰也难以发现他们。

山岭下，一群野牛躲在避风的峡谷河畔喝水。

士兵已经在山岭埋伏了很多天，几乎天天都能看到那群野牛，其中一个士兵饥饿难耐，掏出干奶块啃了两口。他身边的士兵忽然动了一下，压低声音道："敌军！"

众人立刻屏息凝神，朝山谷的方向看去，只见茫茫天际处，沙尘中隐隐约约浮动着一道道模糊的轮廓。很快，那些移动的轮廓越来越清晰，来人以惊人的速度冲出几丈高的沙尘，朝着他们靠近。那是一支身着黑色甲衣的骑兵，队列中，一面面黑色的旗帜猎猎飞扬。

士兵狂奔下山，飞身上了战马，飞驰回营地报告军情。

北戎没料到王庭军队会来得如此之快，但因为准备充分并不慌忙。不一会儿，营盘响起呜呜的号角声，随即是一片震天的呐喊与怪叫声。大王子带着几百个擅长突袭和骑射的弓骑兵浩浩荡荡地冲出大营。

在撒姆谷靠南、由几条河流冲刷出的一片广阔的平原上，两支骑兵很快碰撞。北戎人养精蓄锐，直接发动高速的冲击。莫毗多勇猛过人，带领的人又多于北戎骑兵，自是毫不畏惧，率领部族的勇士迎击，激烈地厮杀。

刀刃在昏黄的天色下折射出森森的寒光。

面对北戎骑兵的冲阵，莫毗多一步不退。但凡士兵有怯懦之态，他立刻怒吼着要士兵守住阵形。北戎骑兵几次冲击，没能撕开他们的防守，开始后退，分出左右两翼从两边包夹，想将莫毗多合围。莫毗多率领亲卫提刀冲杀，让队伍靠拢收缩，躲开北戎的几轮箭雨，整支队伍拉长，像一枚钉子直直地钉进北戎战阵的中心。

几轮厮杀过后，北戎骑兵迅速撤退。

在两军迎面对冲的作战中，一方撤退往往会影响己方的士气，乃至全线崩溃，这是极不明智的举动。

莫毗多命令部下再次结阵，扫视一圈，观察了一下四周的地形，咬咬牙，命令士兵追击。

远处的山岗上，一只苍鹰俯冲而下，停在昙摩罗伽的肩头，鸟喙啄了啄翅膀。

他身旁的毕娑驱马上前几步，以便细看战场上的情形，眼看莫毗多果然率士兵追击北戎骑兵，神色凝重。

五十步……一百步……

随着他紧张的喘息声，前方传来一阵古怪的啸叫，撤退的北戎骑兵早已熟练地换了战马，齐齐掉转马头，朝紧追其后的莫毗多扑了上来。数百人迅速分成一支支小队，相互之间配合默契，很快将战场分割成一块块。莫毗多部的战马已经有些脱力，整齐的战阵瞬间被切割，双方艰难地拼杀。

山岗上的毕娑叹息一声："北戎人果然佯退。"

他看了一会儿，发觉手心都是汗水，问昙摩罗伽："要不要派援兵？"

昙摩罗伽摇摇头，面罩下的一双幽深的碧眸无悲无喜。

毕娑不再请示。

平原上，莫毗多渐渐落入下风，队伍每次想要重新结阵都会被北戎骑兵截断。狂风呼啸而过，沙尘裹挟着浓重的血腥味，他吐出一口沙子，拉住缰绳，率领紧跟在身边的部下冲出北戎人的包围。

"撤！"

士兵吹响撤兵的号角声，一行人狼狈撤退，北戎人紧追不舍，一直杀到狭窄的山谷处才收兵。

莫毗多冲回藏在峡谷另一头的大营，浑身是血。他跪地请罪，满面羞惭。

大军出发前，摄政王告诉他这一战只是为了试探北戎，不需要深入敌阵。他在第一次打退北戎后应该谨慎行事，而不是头脑发热继续挺进，乃至几千人像一群牛羊一样被北戎的弓骑兵在后追赶。

昙摩罗伽示意他起身，缓缓地道："一支军队中，有勇猛者，也有怯懦者，不论勇猛还是怯懦，你们都是忠于王庭的士兵。"

他抬起眼帘，环顾一圈，目光从帐中每一个将领的脸上扫过。

"面对北戎骑兵，勇猛者会勇敢地向前冲锋，冲锋就有陷入合围的危险；至于怯懦者，便会丧失士气退缩在后。"

帐中落针可闻。

昙摩罗伽徐徐地道："指挥阵形，安排战术，是让勇猛的人和怯懦的人互相配合。勇猛者冲锋而不至于陷入重围，怯懦者坚守而不拖累全军的战阵，这是将领的责任。"

他的目光转回莫毗多的脸上。

"勇猛者是士气所在，王子就是勇猛者。"

听了他的话，众将领沉默了半晌，似有所悟。莫毗多皱眉思考，抹去脸上的血迹，褐色的眸子中重新燃起斗志。

第一天，北戎小胜一场，各贵族首领纷纷请战，催促瓦罕可汗直接率大军长驱直入。

瓦罕可汗坚定地否决了众人的建议，引得贵族首领们纷纷抱怨。

有人编了一首歌谣，取笑他惧怕佛子，不敢踏入王庭一步，士兵纷纷传唱。

几位王子怒不可遏，杀了几个传唱歌谣的说唱人，请求瓦罕可汗集中兵力攻打王庭。

瓦罕可汗不为所动，第二天仍然只派出小股部队。

面对北戎的一次次挑衅，王庭陆续派出几支部落骑兵迎击。因王庭的中军主力始终按兵不动，北戎人更加确信王庭准备得仓促。他们已经肃清周围的部落，几乎可以说是坚壁清野，完全可以直接兵临城下。

"可汗到底在怕什么？神狼怎么能因为畏惧王庭佛子就停滞不前？"

瓦罕可汗一再被贵族首领和儿子们顶撞，一刀砍翻面前的书案。他怒道："王庭擅长守城，我们不擅长攻城。他们城坚墙固，武器、粮草充足，我们远道而来，如果长期围城，只会像上次那样，坚持不了几个月就因为饮水、粮草不足黯然退兵。我们必须把王庭的主力引到撒姆谷来！"

大王子疑惑地问："佛子真的会集中兵力攻打撒姆谷？"

瓦罕可汗收起刀，喘了几口气："他会。"

佛子和他一样，都面临内部的重重压力，必须解决外患。而且佛子十三岁时就有率军和他对敌的胆气，既然收拢兵权，必然想趁势和北戎决战。他俩对峙多年，佛子了解他，他也了解佛子。

大儿子思索片刻，抚掌大笑，双眼放出亮光："父汗，原来您煞费苦心，深谋远虑！海都阿陵去请帮手了。等王庭主力全部被吸引到撒姆谷，他是不是会偷袭王庭？他那人最精于偷袭，或可直入圣城杀了佛子！不管佛子派出多少大军，没了佛子，他们就是一群羔羊，随我们宰杀！"

瓦罕可汗沉默不语。

众儿子面面相觑。他们的父亲和海都阿陵合谋闹出这么大的阵仗，竟然一点儿风声都不透露给他们？

"父汗，您怎么不早说？"儿子们的抱怨里透出幽怨。

瓦罕可汗扫一眼儿子们："早说了，王庭大军会来得这么快？"

儿子们不敢反驳。

一人问："那阿陵已经率兵攻打圣城了？"

"不，"瓦罕可汗摇头，"现在为时过早。阿陵已经设好埋伏了。等王庭主力被全部投入撒姆谷，他才会发动攻击。"

到那时，王庭的主力大军身陷撒姆谷战场，根本无法驰援圣城。

圣城被围，王庭大军必然慌乱，那时才是北戎剿灭他们的最佳时机。

接下来，王庭和北戎相继派出部落骑兵互相试探。北戎发现王庭的大营所在，开始增兵，王庭也随之增派兵力，大军主力陆续进入战场。

两军非常有耐心地试探布阵，稳扎稳打，不慌不忙。没过多久，毕娑亲自领兵偷袭了北戎的一处营地，一万身着蓝衫白袍的中军骑士驰过山谷，马蹄踏过似山崩地裂，带有金纹的雪白旗帜漫天飞扬。

瓦罕可汗站在高岗上，看到战阵前威风凛凛的毕娑，锐利的双眸中掠过一道精光。

阿史那来了。他是佛子的左膀右臂，王庭的大军主力都在撒姆谷了。

这里将是他们的葬身之所。

瓦罕可汗叫来鹰奴："给阿陵送信，他可以动手了。"

他又叫来几个儿子，嘱咐道："你们带着两千人悄悄地撤出撒姆谷。一百里外有几支人马，你们去和他们会合，让他们守好峡谷外围的几条通道。"

儿子们兴奋不已，认定父汗果然早有准备，设下了伏兵，这下王庭大军插翅也难逃了！

隆隆的战鼓声响起，一场大战拉开序幕。

与此同时，千里之外层峦叠嶂的群峰脚下，海都阿陵裹着厚厚的皮袄，带着五千精兵攀爬上山崖陡坡，所过之处，不见人烟，也无走兽的踪迹。一路上，队伍中有几百士兵从绳索滑落，摔成了肉酱，还有几百人冻饿而死。

在这个月的月底，他们终于征服从来没人踏足过的雪峰峭壁和壑谷天堑，绕开王庭严密的防守线，悄悄地逼近王庭。

海都阿陵策马立在山崖上，俯视着远处那片高耸的山崖。湛蓝的苍穹下，他仿佛能看到圣城那一座座庄严的佛塔。

一只信鹰穿过层云，发出几声尖锐的唳叫，落到他的胳膊上。

海都阿陵解下铜管，看完瓦罕可汗的亲笔信，勾起嘴角，金色的双眸中光芒闪动。他像一匹即将狩猎的狼，目光阴沉冰冷。海都阿陵扬起马鞭，直指圣城方向。苏丹古已死，佛子的大军远在撒姆谷，这一次没有人能阻止他大开杀戒。

他做了一个手势，身后的精兵轻手轻脚地爬上马背，拉紧缰绳，预备追随他们的首领踏平圣城。

撒姆谷，北戎的军旗和王庭雪白的旗帜在沙尘中舞动。两军如同翻涌的洪流般厮杀在一处，大地震颤，山谷狂啸。

两军在对峙试探之后都拉开阵势，派出了主力队伍。

北戎的联军有七万人，王庭的大军有五万人，双方都分成中军、左右翼骑兵和后军。两军对阵时，绵延数里，整个山谷乌压压一片，挤满了人。长矛如林，刀锋雪亮，弓箭手密密麻麻，铁甲上寒光闪烁。

身着银甲的毕婆率领将士英勇拼杀。在他身后，步兵错落参差，分成一个个整齐的战阵，骑兵策马跟随在后。北戎的联军中以骑兵居多，他们轮番发动小股冲击，弓箭手万箭齐发，逼王庭军队收缩阵形。

两军已经苦战数日，都知道对方的实力，一点点消耗对方的战力。血肉横飞，染红脚下的大地。

随着暮色西沉，两军先锋谨慎地撤回各自的阵线之后。

因为连日紧张的厮杀，双方士兵都露出疲态。

一封战报送抵牙帐。瓦罕可汗合掌大笑，神情一扫多日来的阴郁："阿陵开始攻打圣城了！"

王子们喜不自胜，立刻传令下去，命营地的士兵传唱这个消息。

"王庭士兵把佛子当成神明敬仰，出战时都要念诵他的法号，你们就说佛子已死，彻底击溃他们的心志！"

消息一声接一声传出大营，很快响彻整个营地。

几百名北戎骑兵在靠近王庭大营的山丘上齐声大吼了一夜。

"圣城失陷，佛子已死！"

王庭士兵听清楚北戎骑兵的大喊，惊得魂飞魄散，满营乱窜，号啕大哭，惊叫声在夜空中久久回荡。

第二天，瓦罕可汗并没有冒失地大举进攻，而是和前些天一样和王庭军队僵持厮杀。是夜，北戎骑兵故技重施，站在山丘上大喊"佛子已死"，唱响佛经为佛子超度。

翌日斥候回禀，称王庭大营昨晚险些炸营，士兵要求尽快回圣城保护佛子。毕娑安抚住了士兵，说他已经派兵回王庭探听情况。

第三天，瓦罕可汗派出之前抓来的依附于王庭的部落中的俘虏，命他们散播佛子已死的消息。

王庭大营人心惶惶，再不复一开始的杀气腾腾、军容整肃。

其间不断有斥候从大营出发，赶往沙城方向。

几天后，几支王庭轻骑斥候飞奔而至，带来一个噩耗。

海都阿陵偷袭圣城，北戎之前袭击了王庭的附庸部落，各个部落自顾不暇，无力驰援，圣城危矣，大军必须立即驰援。

消息传回北戎营地，贵族首领们摩拳擦掌："可汗，时机到了！"

瓦罕可汗看完信鹰送回的战报，满头是汗。王庭兵力有限，北戎将他们的主力堵在撒姆谷，慢慢耗尽，就算失败，王庭以后也再无反击北戎的能力。

他披上战甲，拿起长刀，大踏步迈出牙帐。

凄厉的号角声响彻山谷。北戎集结全部兵力，在天明之际发动攻击，策应的骑兵疯狂地冲击王庭的战阵，双曲弓射出一轮轮箭雨。士兵一边砍杀，一边高声呼喊"佛子已死"，王庭军心涣散，抵挡不住汹涌而至的北戎骑兵，防线被一层层击溃。

红日爬到半空时，王庭中军和左翼之间被北戎骑兵撕开一道缺口，北戎大军立刻前进，像一把锋利的钢刀直直插入缺口，攻击王庭大军左翼，将王庭中军逼入布置好的口袋阵中。毕娑察觉到不对劲，鼓舞士气，带领士兵冲出口袋阵，从峡谷的方向撤退。

当一半王庭士兵逃出峡谷时，埋伏已久的北戎士兵倾巢而出。士兵骑术精湛，一边冲下山坡，一边还能挽弓搭箭，发动一次次攻击，原野和山谷间都是箭矢破空而至的响声。

正如瓦罕可汗预料的那样，王庭士兵全线崩溃，鬼哭狼嚎着冲出峡谷。

北戎大军步步进逼，将王庭大军堵在峡谷深处。刀枪如林，鲜血飞溅，瓦罕可汗的儿子们兴奋地冲上前砍杀，莫毗多和毕娑则浑身是血，似乎快支撑不住了。

大风卷过，沙尘漫天飞扬，战场上乱成一团。瓦罕可汗全神贯注地盯着战场，试图从尘土中辨认双方的人马。

山脊上也有沙尘飘扬。

瓦罕可汗心口一紧，叫来儿子："山上还有我们的伏兵？"

儿子道："父汗，伏兵全部出来拦截王庭大军了……"

一句话还没说完，瓦罕可汗猛地瞪大双眸。

只见一面带有金纹的雪白旗帜从山脊的另一面缓缓飘荡而出，紧接着，更多的旗帜如雨后春笋般冒出，在风中飞扬。一道道潮水般起伏的线条涌动着浮现，那是由身着铁甲的王庭骑兵组成的队伍。他们悄无声息地从四面八方涌出，将整个战场包围起来。

随着他们的出现，毕娑、莫毗多等几位将领示意亲兵挥舞旗帜，指挥士兵。原本狼狈奔逃的王庭主力大军迅速集结，朝后收缩，整齐有序，纪律严明。

山脊上，一层层铁甲骑兵涌现，弓箭手层层叠叠，一排排站定。

呜呜的号角声吹响，一名身着玄色衣袍的战将脱离了骑士的簇拥，驰到高处，勒马停下，缓缓地揭开脸上的面罩，露出一张丑陋无比的脸。

千军万马之中，他横刀立马，碧眸俯视峡谷，目光深邃冰冷，杀气毕露，气势犹如他身后天际处连绵的群山般磅礴雄浑。

战场上顿时安静下来。

一种让人不由得紧张窒息的压力弥散开来，数万王庭军士仰望着战将的身影，脸上露出狂喜之色。

"摄政王！"

摄政王还活着！苏丹古没死！

王庭军士如获新生，欣喜若狂。北戎将领却一个个呆若木鸡，恍若遭遇晴天霹雳。

顷刻之间情势陡转，王庭军队士气大振，北戎军队仍呆立原地。

瓦罕可汗浑身发抖，难以置信苏丹古居然还活着！

他不仅活着，还隐忍到了此刻才现身！此前王庭大营险些被北戎攻破，他一直都在？山脊上的王庭军队是从哪里来的？

斥候一直侦察王庭军队的动静，竟然没发现苏丹古藏了两万人马……

一个个猜想浮上心头，瓦罕可汗汗如雨下。从苏丹古的"死"开始，一切都是昙摩罗伽布的局。他以为自己在和昙摩罗伽周旋，成功地将王庭主力大军引入撒姆谷，其实是在一步步踏入这个局。

昙摩罗伽故意露出破绽，引诱海都阿陵去攻打圣城，这也是他的计策？圣城被围也在他的意料之中？

瓦罕可汗苍老的脸上浮起疲惫之色，他再一次强烈地感受到自己的苍老和疲倦。难道族巫说的是真的，昙摩罗伽注定是他这辈子的克星？

苏丹古抽出那柄长刀："佛子无恙。"

他身边的骑兵跟着大吼，山谷里的王庭士兵怒吼着响应，眼神狂热："佛子无恙！"

瓦罕可汗的儿子从震惊中回过神，拍马飞奔至可汗身边。

"父汗，我去挡住苏丹古！"

瓦罕可汗苦笑着摇摇头："我们输了。"

苏丹古身为佛子的护法，"死而复生"，从天而降，王庭大军的士气空前高涨。此刻，他们面对的这支军队所向披靡。

大战惨烈，峡谷几乎被尸体堆满，北戎亲兵举着盾牌护送瓦罕可汗离开。

部下一个个摔落马背，瓦罕可汗面如死灰。数千王庭骑兵挡住他们的去路，他的儿子们带着亲卫左冲右突，试图冲出重围。

"沙海道！金勃守着沙海道！"瓦罕可汗大喊了一声，也不知道儿子们听不听得见，扬起手臂收拢残部。

北戎的精锐骑兵很快再次集结，硬生生撕开一道小缺口，簇拥着瓦罕可汗冲出包围圈，简单整顿后向另一道出口扑去。

谷口也有埋伏的王庭军队，瓦罕可汗刚刚经过营地，早有准备，下令军士驱赶奴隶前进。

被从各个部落掳掠来的平民和奴隶哭号着不敢上前，北戎骑兵冲上前，长刀无情地斩向人群，鲜血四溅，一颗颗头颅滚落在地。平民、奴隶大哭着往前奔逃，争先恐后地扑向谷口。

守在谷口的王庭伏兵于心不忍，手中的长弓绷紧了弦。他们将箭尖对准人群，却不敢放出箭矢。

几名轻骑快马驰下山坡，正好迎上追过来的毕娑。

一骑连忙报告军情："末将不敢下令，要向摄政王请示放不放箭。"

毕娑眼皮直跳。

士兵放箭的话，滥杀平民的罪名无疑会扣在摄政王身上，而且他会因此负疚一生；士兵不放箭的话，放走了瓦罕可汗，他又得背负放虎归山的骂名。

这次作战的目的是削弱北戎兵力，消耗北戎主力，让他们无力再攻打王庭。瓦罕可汗的几个儿子已经死在峡谷，只有瓦罕可汗逃出去的话，北戎也必将四分五裂……

毕娑心念电转："等平民与奴隶通过再放箭！"

他来替罗伽做这个决定——放走瓦罕可汗的罪责由他来背。

然而等他们赶到谷口时，发现已经有士兵在慌乱中射出箭矢。箭雨罩下，十几个跑在最前面的平民与奴隶倒下，毕娑大喊着命士兵停止放箭。

谷口一阵骚动，北戎骑兵发现士兵停止射箭，便躲在平民与奴隶的身后，一边继续驱赶他们，一边狠辣地砍杀，用死去的平民与奴隶的躯体堵住谷口，阻挡王庭的追兵。

平民与奴隶手无寸铁，毫无反抗之力。

毕娑浑身直颤，带着士兵指挥这些平民与奴隶放慢速度，退出谷口，可他们早就吓破了胆，根本不敢停下，一窝蜂地往前冲。谷口狭窄，人群互相踩踏拥挤，倒下的人再也爬不起来……谷口几乎成了人间炼狱。

哭喊声传遍整座山谷。

等北戎骑兵趁乱逃出去，谷口满地是堆叠的尸体。

毕娑闭了闭眼睛，叫来亲兵打扫战场："别让摄政王看见……"

话音刚落，尘土飞扬，昙摩罗伽劲瘦的身影出现在不远处。

毕娑长叹一声。

俘虏大多是北戎从各个部落掳掠来的平民，本不该被卷入战争。

昙摩罗伽环顾一圈，命一部分士兵留下解救受伤的平民，继续追赶瓦罕可汗的残部。

毕娑跟上他。

昙摩罗伽轻声道："只有尽快结束战争，才能让百姓逃开任人鱼肉的命运。"

以杀止杀，这是乱世之中他选择的道。他只有平定乱世，才能避免眼前这种惨绝人寰的景象再次出现。

毕娑应是。

前方的昙摩罗伽忽然晃动了一下，闷哼一声，紧皱眉头。

"摄政王？"毕娑吓了一跳，紧张地看着他。

昙摩罗伽摇摇手，示意无事。

毕娑不敢吱声，手心却隐隐出汗。

昙摩罗伽的眉心隐隐浮起了一道浅红的痕迹，眸光深沉。

撒姆谷之战，王庭大败北戎，俘虏北戎士兵两万余人，瓦罕可汗的三个儿子命丧山谷，瓦罕可汗本人在残部的保护下冲出山谷，逃向沙海道。北戎的贵族首领仓促中四散而逃，一路狂奔，连斡鲁朵都不敢回，直接逃向东边的伊州。

经此一役，虽然瓦罕可汗还活着，但北戎四分五裂已成定局。

大战后，毕娑率领士兵打扫战场，传令兵将一封从沙城送来的信交给他。

"将军，沙城守将送来的信……文昭公主不在沙城。"

"公主去哪里了？"毕娑一愣，打开信。他看完信，心尖直颤。

李瑶英失去联络了，沙城守将也不知道她在哪里。

"将军，信是缘觉先拿到的，他不知道该不该把这个消息告诉摄政王。"

毕娑紧攥着信，一时之间有些六神无主。

此时正值兵荒马乱的时节，消息偶尔断绝，有人失去联络是很正常的事情，但是李瑶英明明和沙城守军在一起……沙城很安全，她不会无缘无故不见了。

他犹豫再三，揣好信："我去见摄政王。"

毕娑匆匆赶到大帐，缘觉掀开毡帘的一角，朝他摇摇头："将军，摄政王这会儿没空见您。"

毕娑透过帘缝往里看。帐中站满了人，将领们分成两拨，立在昙摩罗伽下首两侧，似乎在对峙。两边人脸上都隐含薄怒，气氛僵持压抑，唯有莫毗多抱臂站在角落，一脸看好戏的表情。

将领们神情激动，大声抱怨质问。昙摩罗伽一语不发，面容冰冷。

毕娑皱眉问："出了什么事？"

缘觉小声回答："方才几个校尉带着人打扫战场，收治伤兵，清点俘虏……其他人追击北戎残兵，抓到了瓦罕可汗的一个儿子和两个侄子，还有一帮北戎贵族，有个部落还发现了北戎人的一个营地，里面有女人。那些部落联军哪里比得上我们中军军纪严明？他们又和北戎有仇，恨不能杀光北戎人，差点儿就动手抢掠烧杀了……今天已经起了好几场争执，摄政王刚刚下令，不许滥杀，不许骚扰平民，还有那些北戎贵族，不论是什么身份，只要投降，也不能说杀就杀。无故伤人者，不论身份，一律按军法处置。

"不满的人很多。他们闹着要杀了瓦罕可汗的儿子，摄政王不答应，派莫毗多看着那个王子。"

毕娑叹口气。昙摩罗伽很早就立过不得杀降的规矩，还下过几道诸如不得骚扰百姓的禁令。

中军忠于王室，加之昙摩罗伽曾以苏丹古的身份公开处置过一批违反军纪的贵族子弟，致使上下心有余悸，更加遵守规矩。其他几支军队从前听从贵族指令，行事无所顾忌。虽然这几个月军中风气已经焕然一新，但是他们上了战场，经历了一场场血战，面对欠下累累血债的北戎，死里逃生后很难做到宽容大度。

往常一场大战后，将领会以故意纵容士兵的方式来安抚军心，昙摩罗伽绝不会这么做。

毕娑在外面等了一会儿。

帐中，昙摩罗伽挥挥手，不容辩驳。

众人见他态度坚决，不敢再争辩，告退出去。几个将领走到门口时，迟疑了一下，面上闪过不甘之色。他们转身还想说什么，被其他人连拖带拉地拽走了。

莫毗多也退出大帐，经过毕娑身边时，脚步顿住。他问："将军，沙城守将有没有给你写信？文昭公主是不是在沙城？"

毕娑含糊地道："还没有消息。"

莫毗多轻皱眉头。

毕娑进了大帐，走到书案前，惴惴不安，犹豫了片刻，递上信："摄政王，我担心文昭公主的安危，给沙城守将写了封信，问公主是否平安抵达。沙城守将的回信刚刚送到，他说公主不在沙城……"

昙摩罗伽示意毕娑把信放下，面色平静，波澜不惊："我知道。"

毕娑的瞳孔猛地一缩："您知道？"

昙摩罗伽颔首，提笔批答奏疏，道："她去找李仲虔了。"

毕娑的嘴巴张得大大的，半天合不上。

"您怎么会知道？"他拍了一下脑袋，"公主在那封信上告诉您的？"

李瑶英离开前曾留下一封信，托他交给昙摩罗伽。他犹豫了很久，担心信上的内容会刺激到昙摩罗伽，想看看信上写了什么内容再决定要不要在大战前帮忙转交。踌躇几天后，他到底还是不想冒犯李瑶英，把信原封不动地交给了缘觉。

昙摩罗伽看完信后并没有什么反应，仍旧和平时一样指挥将领排兵布阵。

毕娑悄悄松了口气，猜想李瑶英在信上可能只写了些平常的客套话，所以昙摩罗伽才会一丁点儿反应都没有，也就渐渐把这事给忘了。

此刻，看着脸上没有一丝表情的昙摩罗伽，他忽然想起那封信。

"文昭公主……在信上说了什么？"毕娑的声音有点儿颤抖。

昙摩罗伽平静从容地道："她说西军必须趁乱起事，夺回重镇做据点，她要去和杨迁会合。而且李仲虔已经赶往沙城，她会在确认安全后提前离开，以便早日和李仲虔团聚。这些事护送她的贾尔已经向我禀告过了。"

李瑶英还说，多谢他一直以来的照顾，要他谨慎用药，别伤了身体，饿了记得勤加餐，冷了定要添暖衣。

她从来不属于王庭。

从前，他以为一年之约期满的时候她才会离开。

李玄贞、李仲虔的到来让她提前离开了。

北戎大败，她成为西军首领——摩登伽女这个身份对她来说已经毫无意义。

"她走了。"昙摩罗伽淡淡地道。他的语调冷静，声音平稳，就连书写的动作都依旧流畅自然。他仿佛只是在说一件和他毫不相干的事情。

毕娑心口发紧。他居然早就知道了？！

昙摩罗伽头也不抬："你还想问什么？"

毕娑浑身一震，狼狈地退出大帐，站在毡帘外，面色苍白。

缘觉疑惑地盯着他看："将军，您怎么了？"

毕娑晃了晃，长叹一口气。

缘觉伸手扶他："将军？"

毕娑苦笑："我错了。"

"什么？"

毕娑的嘴唇轻颤。他错了。他低估了昙摩罗伽的意志。

罗伽明知李瑶英和李仲虔团聚以后一定会毫不犹豫地离开王庭，依然没有表露出一丝黯然消沉，从容地指挥士兵作战，处理烦琐的政务，为王庭的将来呕心沥血。

他太过平静，以至于毕娑完全看不出来他从李瑶英的信上看到了什么。

毕娑的双手紧握成拳。罗伽甚至没能好好和李瑶英道别。假如李瑶英见到李仲虔，真的不再踏足王庭一步，罗伽这辈子岂不是再也见不到她了？

毕娑自嘲地一笑："缘觉，刚才万户他们因为怎么处置北戎俘虏的事情大闹了一场，你知道王心里在想什么吗？"

缘觉一脸茫然。

毕娑不无感慨地道："假如文昭公主在这里，一定能明白王的忧虑。她总能开解王……"她甚至能让心如止水的罗伽露出微笑。

如果世上没有这样的人也就罢了，可偏偏有，不仅有，她还来到罗伽的身边，和罗伽相处，然后又要离去……这何其残忍。

当天，昙摩罗伽迅速地处置了几个滥杀俘虏的将官，军中的骚乱平息下来。

投降的北戎贵族被送到阿桑部就地安置，北戎强行征召的奴隶也被解放，即将返回各自的部落。奴隶们不敢相信自己的耳朵，感激涕零，离去前对着圣城的方向顶礼膜拜，唱诵佛号。

昙摩罗伽一夜没合眼，处理完军务，命莫毗多继续追击瓦罕可汗的残部，自己率领大军返回圣城。出征前，他早有布置，即使头几道防线崩溃，圣城也不可能轻易被攻破。但是危机还没解除，战场上的情势瞬息万变，他必须尽快赶回圣城主持大局。

大战后的第二天，大军稍加整顿，分成前军、后军，立刻开拔，赶回都城。

前军都是轻骑，抛弃辎重，一路疾驰，吃喝都在马背上。如此马不停蹄地赶了几天路，绕开繁华的市镇，赶到之前设伏的雪山脚下时，昙摩罗伽派出斥候打探消息。

半个时辰后，斥候和奉命埋伏在此处的将领葛鲁一起返回。

葛鲁抱拳道："摄政王，我们已经把海都阿陵和他的几千精锐困在河谷。您之前吩咐过，不能和海都阿陵硬碰硬，只要困住他就可以。末将等这些天牢记摄政王的指令，守着所有出口，海都阿陵他们已经好几天没现身了。"

此前，苏丹古命葛鲁几个人分别率几千精兵埋伏在雪山下时，众人大惑不解。茫茫雪山，连鸟雀都见不到，只能偶尔瞥见苍鹰的踪影。从来没有人能够翻越雪山直接攻打圣城，摄政王让他们在这里设伏，不是白白浪费兵力吗？

众人不解归不解，还是老老实实地按照吩咐挖掘壕沟、陷阱，布置路障，每天给弓弩车擦几遍油，每隔一个时辰派斥候巡视，随时注意信鹰的动静。如此这般按部就班地忙活了一段时日，别说北戎兵，连只豹子都没看到，众人正抱怨摄政王多此一举，斥候连滚带爬地冲进了营地。

他看到一群人像灵敏的山羊一样从悬崖峭壁间爬下来了。

葛鲁大惊失色，想起苏丹古的叮嘱，镇定下来，召集人马，联合其他几支伏兵。在海都阿陵放松警惕地冲下山坡之后，他出其不意地发动袭击，以弓弩阵将海都阿陵的五千精兵拦腰截断，逼他们退入河谷。

海都阿陵没料到此处会有伏兵，狼狈地渡过冰冷的冰川融水汇成的河流。葛鲁没有穷追不舍，退回营地，坚守营盘，牢牢地守住防线。

接下来的几天，海都阿陵时不时试着冲破防线，有时还派出嗓门儿大的士兵辱骂佛子，意图挑衅。

葛鲁他们牢记苏丹古的警告，坚守不出。

他们早有准备，粮食、衣物、炭火充足。海都阿陵发动奇袭，翻越大山，根本没有补给，连马也没有，也就没法以马血补充体力。海都阿陵自知胜算不大，不敢轻易突围，这些天没动静了。

葛鲁他们深知海都阿陵的狡猾，不敢掉以轻心，仍旧坚守。

昙摩罗伽听完他汇报的军情，轻皱眉头，召集另外几支伏兵的将领，派出几支轻骑斥候，要他们探明海都阿陵的位置。

将领们陆续赶到，都说最近海都阿陵不敢冒头，士兵巡逻时，经常在营地附近发现野兽的尸骨。那应该是海都阿陵他们捕杀的——他们没有补给，只能猎杀山豹、野狼。

葛鲁说出自己的猜测："摄政王，海都阿陵会不会又翻越雪山跑了？"

昙摩罗伽摇头："下山时不一定就能原路返回，而且他们没有补给，海都阿陵没办法再翻山越岭……"

他环顾一圈："海都阿陵不在河谷。"

众人惊愕地道："不可能，末将等一直坚守，除非海都阿陵能插上翅膀飞出去，否则没法从我们眼皮子底下逃走！"

话音刚落，帐外响起马蹄声，几名斥候奔回营地。

一名斥候双手捧着一条绳索："摄政王，在崖边发现了这个！"

昙摩罗伽看一眼缘觉。缘觉会意，拔出佩刀朝绳索狠狠地砍了下去。

随着一声脆响，火星迸溅，刀刃只在绳索上留下一道小小的凹口。

众人目瞪口呆。

"这是特制的绳索。"昙摩罗伽拿起绳索细看，"海都阿陵用绳索临时在崖边搭建了一条绳桥。"

众人面面相觑。这么说，海都阿陵已经神不知鬼不觉地跑了？他没有长翅膀，但是他们会搭桥。

葛鲁悔恨不已，气得直跺脚："早知道我就追出去了……"

昙摩罗伽道："你们的任务是坚守不出，以圣城为重。"

众人忙齐声应是，心里好受了点儿。

昙摩罗伽问斥候："山崖对面通向哪里？附近可有部落？"

斥候答道："山崖对面是沙漠，人迹罕至，再往南几百里有一小块绿洲，名葫芦州，住在那里的是突厥人。"

葫芦州是一个小部落的聚居地。因为整块绿洲像个葫芦，所以被称为葫芦州。

毕娑感觉眼皮直跳，脚底蹿起一股凉意，朝昙摩罗伽看去。

昙摩罗伽没说话，浓密的眼睫颤动了几下。

葫芦州再往南就是高昌。李瑶英应该到高昌了。

就在葛鲁向昙摩罗伽汇报军情的时候，海都阿陵带着饿得两眼直冒绿光的部下穿过寸草不生的沙漠，经过一个小部落，杀光男人，饱餐一顿，养足了精神。

部下问海都阿陵他们是不是应该去沙海道接应瓦罕可汗。

海都阿陵遥望撒姆谷的方向，思索片刻，鹰眼在日光的照射下似有金光闪烁。他果断地摇头："我们还没靠近圣城就遇到伏兵，看来佛子早有准备。大汗此战凶多吉少，我们不能再去送死。"

他感激瓦罕可汗，但不会为了瓦罕可汗葬送自己的性命。

部下们茫然地道："那我们现在去哪里？"

海都阿陵眯了眯眼睛："天高海阔……我们哪里都去得。"

部下对望一眼，拔出佩刀，双手平举着跪在他的脚边："王子，您对大汗忠心耿耿，仁至义尽！大汗败了，不是佛子的对手，我们需要一个英明的首领，而不是一匹虚弱的老狼！"

海都阿陵扫视一圈，拔刀直指南方。

瓦罕可汗大败，北戎现在群龙无首，他崛起的时机终于来了。

山崖前是一地杂乱的脚印，风声猎猎。

毕娑立刻叫来军中的工匠，让他比较北戎人的绳索和王庭军中常用的藤索，问："北戎人用了这种绳索……我们有藤索，可不可以用藤索铁钩临时搭建索道，让士兵滑过去？"

工匠仔细地分析地形，摇摇头："我们的藤索可以用来攀爬城墙，搭建索道需要的是更坚固、更长的铁索，需要时间准备。我们仓促之下搭建索道通过，风险实在太大了，强行使用藤索，要死不少人哪！"

昙摩罗伽示意工匠退下，拨马转身。

毕娑冲上去："末将愿冒险从索道过去追击海都阿陵，阻止他攻打高昌……"

从山崖边的痕迹来看，海都阿陵铤而走险，死了一批部下才成功脱身。他也可以冒险一试，以尽快追上海都阿陵。

昙摩罗伽摇头："地形破坏了。"

毕娑一怔，回头遥望对面。

是了，海都阿陵如此谨慎，到达对面后肯定会破坏地形，阻止追兵。现在王庭即使派出最好的工匠也没法在一天之内搭建好索道。

他满头是汗："末将这就带中军南下，走沙城，阻截海都阿陵。"

昙摩罗伽面无表情："来不及。"

大军就算马上动身南下，以最快的行进速度也追不上。

毕娑抹了把汗。

海都阿陵的队伍的行军速度可谓快如闪电，如果李瑶英已经到了高昌，高昌总能守十天半个月，那王庭还来得及驰援。如果她在去高昌的路上遇见穷凶极恶的海都阿陵……那后果不堪设想。

毕娑心急如焚："末将可以带先锋精锐南下，以最快的速度赶至高昌，让援军随后！"

昙摩罗伽叫来缘觉，递给他一张铜符。

"她会走水城那条商道，你先带人追上去，找到人，不要去高昌，直接带她返回王庭。如果她已经到了高昌，你留下保护她，若有紧急军情，可向周围的部落求援。"

缘觉神色严肃，应了声是，猛地一提缰绳，带着十几个骑士朝南狂奔而去。

海都阿陵已经逃窜，葛鲁留下搜查河谷中是否还有他的部下，其他人拔营返回圣城，路上详细地报告数日来的军情。

毕娑跟在后面，心头着实不安。几个奉命留守的将领找到他，向他打听撒姆谷的大战。他心不在焉地答了几句，问起圣城的情形。

一人道："虽然海都阿陵未能冲出河谷，军中还是死伤了不少人。消息传到圣城，城中那帮贵族人心惶惶。不知道是谁吃饱了撑的，趁机散播谣言，说什么瓦罕可汗亲自带兵打过来了，撒姆谷的军队全军覆没，还说你小子也战死了，十万大军已经兵临城下。一个个说得有板有眼的，我都差点儿信了！城中起了几场骚乱，一群贵族收拾了细软哭爹喊娘地要出城躲避战祸，乱糟糟的，还有人让私兵冲击城门。内城守军派人来求援，海都阿陵就在眼皮子底下，我们哪敢擅离职守哇？"

毕娑听到这里，心里咯噔一下："城中起了骚乱？"

散布谣言的人肯定是北戎细作。细作事先混入圣城，制造骚乱，想从内部打开城门，引海都阿陵入城。假如他们的计谋得逞，葛鲁这些守将肯定会派兵回城帮忙，海都阿陵就能长驱直入了！

那人笑了笑，道："不是什么大事，听说寺中僧兵出面，骚乱很快平息了。"

毕娑心有余悸，还好留守王寺的巴米尔经验丰富，处理这种状况驾轻就熟，没有酿成大祸。

大军很快返回圣城，呜呜的号角声响起，百姓闻风而动，箪食壶浆，争相出城迎接大军。少女捧着晶莹的美酒上前，唱起歌谣，抛撒鲜花。

男女老少都换上了盛装，城中一片喜气洋洋的景象，欢声雷动。

昙摩罗伽带着毕娑等人避开如潮的人群，从密道返回城中，径自去了王宫，接见大臣。

苏丹古还活着，民间百姓丝毫不觉得奇怪，认为这是因为佛子受上天庇佑，所以苏丹古才能死里逃生。

大臣们的感受就不一样了，他们才不会信那些传说。

众人进了大殿，看到一身戎装、气势肃杀的苏丹古立在阶前，惊恐不已，但一想到他打败了北戎，下手害他的贵族也伏诛了，一个个又忍不住眉飞色舞起来。他们先是进行一番歌功颂德，请求举行庆典和献俘仪式，然后极力撇清自己和以前的薛家家主的关系，最后暗示可以趁机吞并北戎的领地。

毕娑皱眉。王庭刚打了一场胜仗，大臣们的野心就膨胀了。

昙摩罗伽不置可否，打发走大臣，召见军中将领，沉着地处理军务，分派任务，指挥兵马调动。

"北戎部落的贵族间矛盾重重，瓦罕可汗大败，联军已经四分五裂。莫毗多追击残部，其他几军严守关口，不要试图一举剿灭北戎，要迫使他们各自为战，各个击破。"

众将领齐声应是。

如此一来，北戎在几年之内无法恢复元气。

一道道指令发出，众人心中有了成算，领命而去。

其间毕娑担忧地看了昙摩罗伽几眼，撞上那道冰冷的目光，没敢吱声。

等众将领离去，昙摩罗伽走出大殿，立在长阶前，俯视脚下金碧辉煌的闳宇崇楼。

午后卷起一阵大风，天色昏暗，云层翻涌，殿宇宫室沐浴在沉沉的暮色之中。宫墙之外，里坊长街人潮汹涌，百姓都走出家门庆祝胜利，欢声笑语响彻整座圣城。

普天同乐，率土同庆。

苍生安乐，可是她生死未卜，很可能身处险境。

是他临时更改了计划，让她提前离开。

因为李玄贞的到来让他意识到她终将离去，莫毗多的拥抱让他压抑不住心底的贪欲，她枕着他的大腿酣睡时，他无法控制想去触碰她的手。

书中的经文他早已倒背如流，明悟参透。他有自己的道，不在乎世人的眼光，一世踽踽独行，不过眨眼之间，唯一的陪伴只是梦幻泡影。

但泡影如此美丽诱人。

当初他默许她随军，那就是他的一时放纵。

再不放她走，他不知道自己会做出什么事情。

所有烦恼都是接引，自己放下便是。

他放了人，却放不下心。

乌云狂卷，铺天盖地，气势汹涌，云层间掠过一道道电光。

风声响彻大街小巷。

昙摩罗伽抬眸，遥望昏暗的天际，风鼓满他的衣袖，袍袖猎猎。

她当初那么怕海都阿陵……他要她去沙城，她一句也没多问，平静地离开了，信中只说给他添了麻烦，谢他体谅。

一点点微弱的灯火在宫殿和里坊的各个角落亮起。狂风肆虐，雷声轰鸣，层层黑云笼罩，冰冷的电光狂舞，万家灯火，尽皆暗淡。

昙摩罗伽握紧佩刀，在呼啸的狂风中转过身。

一道闪电撕裂夜空，照彻天际，仿佛有巨人躲在黑云中挥舞长刀，长刀划破整片苍穹。

电光照在昙摩罗伽的脸上，映亮他疤痕遍布的面孔，也映出他眼底静静涌动的波澜。

毕娑站在他面前，望着那双碧眸，道："王，大局已定，我会守好圣城……"

他什么都安排好了，唯独没有为自己考虑过。现在他应该为自己任性一次。

震耳欲聋的雷声在半空炸响，屋瓦抖动，天地震颤。

轰隆隆的雷声中，昙摩罗伽快步跃下长阶，飞身上马，绝尘而去。挺拔的身影寥落孤绝，似要乘风归去。

毕娑跟着冲下石级，和几个亲兵一起拍马跟上他，从夹道护送他出城。

大军得胜，今夜城中不设宵禁，坊墙背后传出一阵阵欢快的笑声。闷雷滚动，云层压得越来越低，塔楼上的士兵仿佛一伸手就能够到乌黑的云。

几匹快马利箭一般在空无一人的夹道疾驰，蹄声如雷，风吹衣袍哗哗作响。

毕娑朝夹墙上的守军挥舞铜符，示意他们通知城楼的守兵打开城门。

夹墙上的士兵手持火把来回跑动，指令传至城门方向。

忽然，前方飘来一阵微弱的灯光，有快马朝着他们的方向奔来，马上的骑士一身王寺僧兵的装束。

"摄政王，将军！"

僧兵飞驰至众人面前，不等马停稳，抱拳道："公主等候多时了。"

毕娑皱眉，稍稍放慢速度，道："告诉赤玛公主，我明天再去看她。"

僧兵挠了挠脑袋，拨马追上他："将军，不是赤玛公主……是文昭公主。公主听说摄政王和将军回来，一直在王寺等着。眼看天都黑了，朝会也结束了，摄政王和将军还没回王寺，公主只得过来了……"

风声、雷声、马蹄声，电光闪烁，夹道里亮如白昼。

毕娑驰出好几个马身后，意识到僧兵说了什么，猛地一勒缰绳，呆若木鸡。

片刻后，他狠狠地扬鞭抽打坐骑，追上最前面的昙摩罗伽。

"摄政王——文昭公主在圣城！"

这一声嘶吼淹没在轰轰的雷声中，就在毕娑以为昙摩罗伽没有听到的时候，那道高大的身影忽地一顿，骏马扬蹄嘶鸣，停了下来。

昙摩罗伽回头，一道电光闪过夜空。他脸色阴沉，状如罗刹，碧眸里弥漫着血一样的颜色，周身杀气四溢。

毕娑心头轻颤，不知道自己究竟是在帮他还是在害他，扭头问僧兵："公主在哪儿？"

僧兵指指他来的方向："公主在后面。"

他话音刚落，整齐的马蹄声从风中传来，火光摇曳，十几个亲兵簇拥着一个身裹斗篷的女子缓缓地驰来。

电闪雷鸣，青光一道接着一道，光影浮动。女子策马徐行，仿佛踏着电光从天而降。

夹道里气氛凝重。

昙摩罗伽握紧缰绳，停在夹道当中，身影定住不动，势如高山耸立。

女子对周围涌动的暗流浑然不觉，看到昙摩罗伽一行人似乎很欢喜，催马疾驰，迎上前。风吹落她头上的兜帽，一张明艳绝伦的面庞从中露出，一头柔亮的黑发在电光的照耀下笼了一层柔和的光泽，似有光晕流转。

她朝昙摩罗伽挥手示意，颜如舜华："苏将军……"

随着轰的一声巨响，一道焦雷在众人的头顶炸开，天崩地裂。

夹墙顶上骤然响起一片噼里啪啦声，层云涌动，雨滴狠狠地砸下，天地之间拉开一张万丈长的雨幕。

雨点儿越来越密集，豆大的雨珠在瓦檐之上滚动，水花四溅。

火把被雨水浇灭，夹道里陷入一片幽暗。

昙摩罗伽伫立在雨中，任雨水从脸上冲刷而下，纹丝不动。

瑶英啊了一声，戴上兜帽，驱马靠近昙摩罗伽。

他一语不发，碧色的双眸凝视着她，眸中映出天际的电光。

瑶英朝他一笑："我来王庭这么久，很少见到这里落雨……"

她说着话，解下腰间的布袋，抬手想帮昙摩罗伽挡雨。

"将军，你身上肯定有伤，别淋湿了……"下一刻，她怔住了。

昙摩罗伽忽然俯身，紧紧地扣住了她的手腕，手指发烫。

瑶英呆住。

雨水哗哗地流淌，他将她一点点地拉近。瑶英仰视着他，他狰狞的布满疤痕的脸离她越来越近。

雷声停了下来，冰凉的雨滴砸在瑶英的眼皮上，她不可抑制地颤抖了一下。

昙摩罗伽低垂眼眸，一手攥着她的手，另一只手抬起，拨开她的长发。他用手掌按住她的脖颈，将她揽入怀中。

他抱着她，缓缓地闭上眼睛。

几滴雨珠凝聚在他的眼睫上，轻轻颤动，最终啪嗒一声滴下。

瑶英的额头抵着他的胸膛。她一阵恍惚，半天回不过神，许久之后才能感觉到心口怦怦直跳。

他强有力的胳膊环在她的背上，心跳平稳，身体像铁一样坚硬。

大雨滂沱。

夹道里的亲兵目瞪口呆地望着两人。

僧兵感到震惊，正要催马上前，毕娑用余光看他，朝他摇摇头，做了个噤声的手势。

雨水如飞瀑倾泻，笼在两人的身上。

毕娑示意所有亲兵退开。

一切恩爱会，无常难得久，生世多畏惧，命危于晨露。由爱故生忧，由爱故生怖，若离于爱者，无忧亦无怖。

很显然，罗伽已经有了弱点。

自己胡乱搅和，无济于事，还不如在文昭公主离开之前让罗伽放纵一下。

王庭的亲兵退开了，瑶英的亲兵面面相觑，不知道该怎么办。

先是莫毗多对公主有了爱慕之情，然后是王庭的摄政王……亲兵暗暗道，阿郎会大发雷霆的。

冰凉的雨水从领口滑入，淌过温热的肌肤，瑶英冷得浑身发抖。

揽在她肩头的胳膊立刻放开了她，她抬起头，看着近在咫尺的昙摩罗伽。她双眸圆睁，满脸难以置信，眸中闪过震惊、茫然，以及不知所措。

这模样像极了她第一次见到他吃净肉的时候，一脸被雷劈了一样的错愕表情。

后来每次他就餐的时候，她都会偷看他。

昙摩罗伽松开瑶英，眸中的血红之色褪去。他若无其事地接过她手中紧紧攥着的布袋，替她戴上兜帽，又系好系带。

他动作自然，就好像只是为了俯身去拿她手里的东西，顺势抱了她一下。

瑶英更恍惚了，怀疑刚才的拥抱是不是自己的错觉。

"将军？"她轻声唤他。

昙摩罗伽移开视线，湿漉漉的下巴泛着水光："刚才旧伤发作，一时失态，公主见谅。"他的声音暗哑低沉。

瑶英轻轻地蹙起眉头，想说什么，昙摩罗伽轻轻地夹一下马腹，驱马走远了。

她很疑惑。

他刚才抱她时，她骤然失神，心跳很快，他却连呼吸都没乱一下，整个人冷冰冰的，身上有一股森然的杀气。他带给她的感觉和莫毗多抱她时的紧张热情完全不一样，他的眼中毫无情意涌动。

瑶英在雨中出了一会儿神，拢紧斗篷跟上他。

雨势越来越大，一行人沉默着回到王寺，身上都淋湿了。他们各自回房换衣。

毕娑先送瑶英回她住的地方，叮嘱仆从送去炭火和防风寒的汤药，再去看昙摩罗伽。

毕娑刚走出长廊，就见一道黑影立在石级前，浑身湿透，碧眸中血丝密布，眉宇间浮现一抹淡淡的红色。

"她怎么会在圣城？"他收回目光，转身走进长廊，轻声问。

他像是在问毕娑，又像是在问他自己。

她为什么没走？

毕娑跟在他的身后，笑了笑："王，我猜不出文昭公主的心思，这话您应该当面问公主。"

昙摩罗伽不语，走着走着突然停了下来，紧皱眉头。

毕娑吓了一跳，暗道不好，飞快地抢上前。

昙摩罗伽闷哼一声，呕出一口鲜血。几缕血丝洒落，他的衣襟顿时被染红了一块。

"摄政王……"毕娑看着他，既担忧又松了口气。

从李瑶英离开的那一刻起，罗伽一直紧绷心弦，隐忍克制，没有表现出异常——这口血一直积在他的胸中，时日越久，伤害越大。现在他看到她安然无恙，终于放下心，把这口瘀血吐了出来。

昙摩罗伽神色淡然，抹去血丝，闭了闭眼睛。

"无事。"他淡淡地道，走出几步，跟跄了一下，栽倒在地。

毕娑脸色大变，扑上前扶起昙摩罗伽，见他双眼紧闭，失去了意识。

怎么会没事？他明明有事。

毕娑叫来巴米尔，把昏睡的昙摩罗伽送回密室，为他换下湿透的衣裳。

他身上火烧一样滚烫，浑身僵硬，意识模糊。

毕娑喂他吃了几丸丹药，又猛灌了几碗舒缓的汤药下去。

他仍然高热不退，意识模糊。

知情的医者连夜赶过来诊治，摇头叹息："不是功法发作，没有走火入魔的迹象。"

毕娑焦急万分："那是什么缘故？"

医者说："王可能是太累了……公务繁忙，加上战场上必须时时刻刻小心应对，心力交瘁，又使用了功法，身体承受不住；也有可能是这段时日郁积于心，难以纾解，引发了旧症。"

"该怎么治？"

医者皱眉："王必须先停止使用功法，以汤药调养，这些天务必好好休息，保持心情舒畅……"

毕娑让医者亲自去煎药，盯着昙摩罗伽看了一会儿，叫来巴米尔。

"你去请文昭公主。"

窗外雨声淅沥。

夜风裹着水汽从罅隙里吹进屋中，更添了几分凉意。

瑶英换了身衫裙，坐在灯前一点点绞干长发。

苏丹古抱她的时候，浑身僵硬冰冷，掌心也冰凉，凉到她的身上微微战栗。她现在还觉得脖根处他的手掌紧贴过的地方有些发烫。

他果真是因为旧伤发作一时失态吗？

若他真是失态，为什么要抱她而不抱其他人？

瑶英坐着出了一会儿神，用丝绦绾起长发，写了封简短的信，叫来亲卫："把信给阿史那将军，就说我想见苏将军，请他务必帮忙转交。"

与其一个人坐在这里胡思乱想，她不如当面问苏丹古。

亲兵拿着信出去，刚好和过来传话的巴米尔撞了个正着。

"公主，阿史那将军请您过去一趟。"

看他神色焦急，瑶英披上斗篷随他出门："出什么事了？"

巴米尔道："苏将军病了，阿史那将军请公主过去看看。"

瑶英怔了怔。苏丹古当真旧疾发作了？

他上次练功差点儿走火入魔的时候确实也抱过她，还抱了大半夜……那次他也是身上冰凉，把她当成一块枕头似的抱着。

两人撑着伞踏过庭院，水花四溅。他们匆匆赶到刑堂附近的一处院落，拾级而上。

毕娑提着一盏灯迎面走了下来，视线落到瑶英的身上："深夜请公主过来，劳烦公主了。"

瑶英摘下兜帽，问："苏将军怎么样了？"

毕娑笑了笑，朝她作揖："是我考虑不周，害公主担心了。摄政王刚才只是一时不适，这会儿已经好了。我太冒失了，给公主赔不是。"

瑶英一呆，抬头朝门口看去。

一道高大的身影立在那儿，身姿挺拔。灯光摇曳，他爬满疤痕的脸一半在明，一半在暗，碧眸幽深平静。

阶前雨落纷纷。

瑶英看着苏丹古，沉默了一会儿，往前走了几步："苏将军好些了？"

他垂眸看她，点点头："我没事，让公主忧心了，公主请回。"言罢，他转向巴米尔："送公主回去。"他的语调冷淡。

巴米尔恭敬地应是。

毕娑站在一边，不敢作声。

一阵风刮过，雨势陡然变大，雨珠砸在瓦顶上，带起一片清脆的响声。

瑶英站在阶前，半晌没说话，想要问他的话已没必要问了。

雨滴飞溅，打湿了她的裙角。她拢了拢披风，笑了笑："将军没事就好。夜深了，将军出征归来，早些休息，我回去了。"

瑶英转身离开。

巴米尔一脸茫然，忙跟了上去。

待两人的身影消失在长廊深处，昙摩罗伽踉跄着后退，手扶廊柱才稳住身形。

毕娑上前想搀扶他。

他挥挥手，转身进屋，蹒跚着挪到榻前，直接倒了下去。

毕娑叹了口气："王，您这是何苦……"

昙摩罗伽服了药，刚刚苏醒，得知毕娑请了李瑶英过来，挣扎着爬起身，冷漠地请李瑶英离开。

他刚刚抱了公主，转头又对公主如此冷酷，一句解释都没有，公主脾气再好也是会恼的。

昙摩罗伽强撑了半天，早已脱力，意识再次变得模糊，眉心紧皱，额头沁满冷汗。

"别把她扯进来……"他人事不知前，忽然喃喃了一句。

他是修行中人，不该打搅红尘中的她。于他而言，这一切只是一场磨炼，对她来说就不同了。

不论他以什么身份出现在她面前，都不该越界。

他不能一错再错。

毕娑摇头叹息，守在床榻边，心里百味杂陈。

翌日凌晨，昙摩罗伽清醒过来，窗前映射着一片青光。

雨已经停了，天光大亮。

他起身，和往常的每一天一样，宣医者、吃药、解下头巾、扯去伤疤、脱下衣衫、换上袈裟、找出佛珠串、缠在腕上，最后盘坐在佛像前禅定。

昨日雨中的拥抱只是因为他一时忘情。

云散雨霁，艳阳普照，一切烟消云散。

他念了几卷经，毕娑和巴米尔过来禀报事情。

"王，这段时日城中一切安好……"毕娑道，神情复杂，"说起来，多亏文昭公主在。"

昙摩罗伽抬眸。

毕娑朝巴米尔示意。

巴米尔缓缓地道："海都阿陵发动奇袭时，朝中大臣全部跑到王寺来了。大相亲自出面，主持朝政，训斥朝臣，朝臣也就散了，老老实实地回去当差。其间有寺中僧人求见，小的按王的吩咐找了理由打发了他们，命城门各处的看守加强警戒，紧闭城门，各处相安无事。"

城中粮食充足，大相颁布禁令，商铺不敢涨价。除了城门紧闭外，城中并无异样。

"没想到城中早就有北戎的细作了。葛鲁将军他们一时半会儿抓不到海都阿陵，战况胶着，百姓害怕了，那些细作就散播谣言，闹得人心大乱。他们趁机引发骚乱，怂恿百姓冲击城门……

"大相率领官员去城门劝阻百姓，百姓听信谣言，说大相早就把他的家人送出城了，他们也要出城，任大相怎么劝说都没用。不知道是不是有人挑拨，有个守城的兵卒突然殴打百姓，后来城门口乱成一团……大相带人过去查看情况，人群里冲出几个女人，要刺杀大相！大相没有防备，被刺伤了，好在伤口很浅。"

昙摩罗伽听到这里，微皱眉头。

大相到底还是太老实了，每一步都照着自己的指令去做。他忠实归忠实，未能随机应变，以至于无法平息这场小骚乱。

巴米尔接着道："这时文昭公主突然出现在城楼上，她的亲兵救了大相……"

那天李瑶英忽然出现救下大相，站在城楼劝说百姓，说佛子早就布置好守军，海都阿陵绝对打不进圣城，百姓将信将疑。

巴米尔想到当日的情景，忍不住卖了个关子："王，您猜公主做了什么？"

昙摩罗伽淡淡地瞥了他一眼。

巴米尔浑身一个激灵，想起自己是在回禀事情，而不是和同僚吹嘘，忙敛容正色道："公主一直注意城中的动静，听到消息就赶过去了。她站在城楼上，指着人群里闹得最凶的几个人，二话不说让她的亲兵把那些人绑了！"

李瑶英以男装示人，脸上蒙着面巾，她的亲兵动手抓人，城中百姓一片哗然。她一点儿不惧百姓的指点议论，当场戳穿那几个细作的身份——原来她回到圣城的时候就开始暗中调查，只等那些细作自己跳出来，便好一网打尽。

这时，巴米尔听说城门前有骚乱，派王寺的僧兵前去处理。百姓信任僧兵，又看到那几个细作在亲兵的质问下当场露出马脚，各自散了。

自那儿以后，不论城中再有什么谣言传出，百姓都当是北戎的细作在兴风作浪，一个个老老实实地待在家中。

虚惊一场，大相更加警觉，连续颁布数道禁令。城中不仅设了宵禁，白天也各处戒严，一直到前天大相知道大军即将凯旋，这才解除禁令。

巴米尔说完，退到门边。

昙摩罗伽垂眸不语，手指转动佛珠。

毕娑接了一句："王……文昭公主这段时日派她的亲兵来回圣城和河谷之间，给葛鲁他们传递消息，一直防备着海都阿陵。"

昙摩罗伽手上的动作一停。

"为何没人禀报？"他轻声问。

毕娑小声说："公主以我的幕僚巴彦的身份示人，葛鲁将军他们不知道她就是文昭公主，大相以为她只是我府上的一个文书。"

从沙城回圣城的路上，李瑶英始终没有暴露身份，只有巴米尔和般若他们知道她回城了。

巴米尔以为昙摩罗伽知情，也就没有想到要写信禀报。

一缕晨光照进禅室，扫过书案，落在昙摩罗伽的袈裟上，淡淡的金光闪烁。

他沉默了很久，问巴米尔："文昭公主什么时候回来的？"

巴米尔想了想，道："差不多有一个月了……在海都阿陵发动奇袭前公主就回来了。"

昙摩罗伽站起身，走到窗前，凝望庭院。

这也就是说，瑶英随后军离开后，马不停蹄地直接赶回了圣城。

那时没人知道海都阿陵会带多少人马。

她那么怕海都阿陵，明知他会发动奇袭，还是义无反顾地来了。

她为什么回来？

半个时辰后，小院。

沉重的钟声响彻王寺，晨曦洒落，佛塔的尖顶上金光闪闪。

听到钟声，伏案书写的瑶英抬起头。

院子里的小沙弥眉开眼笑地道："公主，我们佛子出关了！"

瑶英放下笔，走到门边，遥望石窟的方向。

明亮的晨光中，高耸的石窟镀了一层金灿灿的光晕，看上去庄严圣洁。

一阵急促的脚步声靠近，巴米尔找了过来："公主，王请您去禅室。"

瑶英收拾了一下，随巴米尔去禅室。

两人进了拱门，一道高大的身影于长廊深处走了过来，腰间的佩刀折射出一道道宝光。一头浑身布满古钱纹的花豹跟在他的身旁，爪子落在莲花纹地砖上，轻巧无声。

巴米尔停了下来，朝男人行礼："摄政王。"

男人嗯了一声，目光扫过瑶英。他背对着日光，碧眸的颜色看起来比平时略深一些。

瑶英看着他，没有上前："将军今天好些了？"

苏丹古微微颔首。

他身边的花豹抬起头，黄色的豹眼微眯。它猛地上前，抬起爪子钩瑶英的裙角。

"阿狸！"男人发出一声低喝。

花豹收回爪子，耸身一跃，跳上栏杆，耷拉着尾巴跑开了。

男人朝瑶英致意，抬脚走开。

瑶英目送他的背影远去，问巴米尔："苏将军要出城？"

巴米尔道："王出关了，摄政王奉命前去伊州追击瓦罕可汗和北戎残部，今天就出发。"

瑶英微蹙双眉，一边继续朝禅室走去，一边回头张望。

两人到了门口，般若笑嘻嘻地迎上前，小声说："公主，王出关了。公主前些天立了功，王一定会奖赏公主。"

瑶英没说话，目光越过他的肩膀望向禅室。

殿中清香弥漫，空阔明净。一个男人盘坐在书案前批阅奏疏，一身宽大的雪白金纹袈裟，身姿端正，气势威严，眉眼沉静。

她走上前："法师。"

昙摩罗伽嗯了一声，示意她落座。

瑶英扫视一圈。长案旁有张短案，那正是她之前留宿禅室时用过的书案。

她走过去坐下，抬眼细看昙摩罗伽。

他眉目俊朗，鼻梁高挺，轮廓鲜明，神色沉静，似不染尘俗……瑶英光看脸就觉得他很有几分佛相。

昙摩罗伽抬起眼帘，撞上瑶英若有所思的目光，道："海都阿陵往高昌去了，缘觉已经南下，会示警高昌。"

瑶英回过神，道："多谢法师。"

海都阿陵往南逃窜，对此她一点儿都不意外。王庭城池坚固，易守难攻，他为保存实力不会强行攻城，只会以偷袭的方式制造骚乱。当听说瓦罕可汗大败，他会毫不犹豫地撤兵南逃。对眼下的他来说，趁机收拢残兵壮大势力显然比为瓦罕可汗解围更重要。

昙摩罗伽低头，翻开一本奏疏。

"我听巴米尔说，公主帮大相维持城中秩序，抓了几个北戎的细作。"

瑶英一笑，说："我只是抓了几个人，审问、查证、维持秩序的事都是大相和巴米尔在操持。"

她担心海都阿陵使用那些毒计，专门盯着城中的可疑之人，所以比大相和巴米尔反应快一点儿。

昙摩罗伽提笔写字："公主为何返回圣城？"

他语气平稳，仿佛只是随口一问。

瑶英神色平静，轻描淡写地道："阿史那将军请我随军就是因为我了解海都阿陵。海都阿陵要攻打圣城，我当然不能避开……法师对我恩重如山，我也想为法师尽一份力。"她停顿了一下，看着昙摩罗伽手里的笔，"我是为法师回来的。"

纸上的笔尖没有丝毫停滞，他书写的动作优雅流畅。

昙摩罗伽望着摊开的绢布，沉着地书写，脸上没有一丝波澜。

香氛袅袅。

禅室里静得出奇，唯有沙沙的书写声。

瑶英托着腮，盯着昙摩罗伽手里的笔看了很久。

他不说话，她也不吭声。

般若抱着一大堆书册进屋，跪在书案前整理了一会儿。瑶英还是坐着不动，他忍不住看她一眼，示意她赶紧出去，别打扰昙摩罗伽。

瑶英抬头去看昙摩罗伽。

"出去。"昙摩罗伽停了笔，轻声道，话却是对着般若说的。

般若觉得莫名其妙，放下书册，恭敬地退了出去，走之前埋怨地瞪了一眼瑶英。

瑶英没搭理他，专注地盯着昙摩罗伽，看得出神。

昙摩罗伽垂眸，再次执笔，写了几个字，忽然发现自己在默写经文，而不是批答文书。

半张绢布上都是经文。

他不动声色地停了笔，把绢布挪到一边，拿起一张空白的莲花暗纹纸笺。

"海都阿陵要攻打圣城，公主回来要冒很大的风险。"昙摩罗伽忽然道，"公主应该留在沙城。"

瑶英嗯了一声，说："法师运筹帷幄，早有谋划，我回不回来其实影响不了大局。不过海都阿陵的运气实在太好，我怕会出什么变故。摄政王远在撒姆谷，无暇顾及圣城，所以我回来了。"

昙摩罗伽抬眸："我并无责怪公主之意。"

瑶英看着他:"我明白,法师是担心我的安危,怕我出事。"她停顿了一下,"我也担心法师的安危,怕法师出事。"

屋中半晌静寂无声。

昙摩罗伽望着她,眸光淡淡。他沉默了一会儿,移开视线:"多谢公主挂念。"

瑶英一笑:"法师出关了,我知道法师平安,安心多了。"

昙摩罗伽低头看着纸笺,眼神深邃:"公主的兄长到哪里了?"

瑶英回过神,道:"杨迁的信上说,他直接来王庭了。我不知道他在哪里,怕和他错过,派了几队亲兵去接应他。现在圣城的危机已解,我这就动身,去沙城等着他。北戎已乱,现在正是西军收复故土的大好时机,我见到阿兄后会和杨迁会合。"

现在她不知道李仲虔到底在哪儿,但李仲虔知道她在王庭。她派出几支亲兵,让他们在所有他可能经过的地方等着接应他,约定在沙城见面,这样才能确保自己不会和他擦肩而过。此时北戎的领地乱成一团,她不想再生波折。

昙摩罗伽专注地书写,袈裟的袖摆扫过书案。

他刻意回避,几经周折,还是避不开她当面来和他道别。

"我让僧兵护送公主去沙城。"他淡淡地道,声音低沉。

瑶英等了一会儿,看他完全不在意的样子,坐直了些,一字一字地道:"这段时日法师待我情深义重,我铭感在心。"

昙摩罗伽抬头看她,脸上没什么表情,一双眸子无悲无喜,没有一丝烟火气。

"举手之劳罢了,公主吉人自有天相,不必介怀。"

瑶英看着他,眸光相对,他的碧眸平平淡淡。她笑了笑,起身告辞。

"法师,我走了。"她声音轻柔,"珍重。"

昙摩罗伽轻轻地嗯了一声,低头继续批改奏疏。

瑶英一步一步地走出禅室,出了庭院,回头张望。殿门敞开,毡帘高挂,昙摩罗伽坐在书案前,袈裟上金光闪动,缥缈圣洁,整个人仿佛置身于高高的佛殿之上。

她站着出了一会儿神,转身离开。

廊前光影交错,环佩叮当,石榴红裙裾窸窸窣窣,慢慢地从昙摩罗伽的视野中消失了。

殿前只余一地斑驳的树影和清淡的甜香,廊道两边的墙壁上,青绿色的菩提宝树郁郁苍苍,清雅肃穆。

他放下笔,沐浴在淡淡的金辉之中,黯然独坐。

下午，屋中没有点灯，光线昏暗。

侧门响起一阵脚步声。

毕娑鬼鬼祟祟地进殿："王，我特地从正门出城，在城外走了一圈，换了衣裳再回来的，公主应当不会起疑……"

他扮成苏丹古的模样，带着花豹从李瑶英的面前走过，骑马出城，绕了个大圈子，让所有人都以为摄政王追击瓦罕可汗去了。

毕娑说着话踏进禅室，突然感觉到一股凛冽的杀气，猛地顿住脚步，抬起头。

昙摩罗伽坐在书案前，手执佛珠，面无表情，碧眸里寒光闪烁。

"她走了？"他问，嗓音低沉。

毕娑心里一沉，细看他的神色，不敢再往前走："王……公主刚才出城了。"

他回来的时候正好看到瑶英在亲兵的簇拥下离开圣城。

"王，只要您下令，我可以把公主追回来。"

昙摩罗伽轻声道："我是沙门中人。"他的眸光冰冷。

毕娑暗叹一声，不敢再劝，小心翼翼地提醒他："王，您该散功了。"

他还未散功就出关，又还病着，这下是真的要走火入魔了。

昙摩罗伽站起身，走进通向密道的暗门，背影挺拔。

密道幽暗狭窄。

他走下长长的石级，密道里一道金色的光闪过，花豹的低吼声响起，毛茸茸的豹首凑上来，轻蹭他的手掌。

昙摩罗伽身上的气势越发森冷。他没有理睬花豹，在黑暗中独行，穿过长长的狭窄曲折的甬道，绕开只容一人通过的石缝，前方豁然开朗，有天光从洞顶的鳞隙落下，照亮石洞的轮廓。洞中有一口温泉，泉水清澈，热气蒸腾，整个石洞水雾朦胧。

他走到石台前，盘腿而坐，运气调息。不知道过了多久，水汽打湿了他身上的袈裟，几缕月华如水般淌下，落在他面前湿漉漉的石台上。

岑寂中，暗道深处忽然传来一阵脚步声，有什么柔软的东西踩在湿滑的青石上。

一道模糊的身影渐渐朝石洞靠近。

昙摩罗伽睁开眼睛，眸中似有幽蓝的光芒闪动。他轻斥："阿狸。"

声音停下来了。

昙摩罗伽继续运功，片刻后眸中的光芒消失。他慢慢地站起身，脱下袈裟。这石洞是他的调养之所，他每次散功后双腿都会肿胀难行，温泉水可以舒缓痛苦。

水雾后传来一声细响，接着响起压抑的呼吸声。

昙摩罗伽突然停下脱衣的动作，转身，目光如电，扫向角落。

"出来。"

黑影颤了颤，慢慢地从黑暗中踱出。月光于洞顶静静地流淌，水汽飘散，她明艳的五官一点点变得清晰。

她立在清冷的月华中，鬓发浓密漆黑，肌肤胜雪，眸光清亮，眼波盈盈。

袈裟刚刚脱了一半，他站在石台上，准备踏进池水里。

隔着袅袅的潮湿的水雾，两人对视。

昙摩罗伽一言不发。

水声淅淅沥沥。

瑶英站在石台前，顶着昙摩罗伽冰冷如雪的目光，尴尬得浑身直冒汗。

她早就打算在苏丹古和毕娑回圣城之后立刻去沙城等着李仲虔，行李早就收拾好了。见过昙摩罗伽，她和亲兵离开，刚出了城，王寺的僧兵找了过来，说般若有一件很要紧的东西要交给她，请她务必回来亲自拿。

僧兵说得煞有介事，瑶英正好想起有件事情忘了和昙摩罗伽说，拨转马头回城。

她到了王寺，般若神神秘秘，打发走其他人，把她拉到僻静处，让她等着，说那件东西必须亲手交给她，不能让其他人撞见。

瑶英站在长廊里等着，等了半天，般若不见踪影。她看天快黑了，怀疑般若是不是把她给忘了，绕过长廊想找个僧兵问问。周围一个人都没有，墙角暗影闪动，一头花豹蓦然从墙头跃下，对着她咆哮。

她吓了一跳，意识到般若竟然把她带到了花豹的领地，毛骨悚然，想退出去已经来不及了。

花豹挺着背，逼着她走下石级。豹眼里冷光闪动，她怕激怒花豹，一步步后退，迷失路途，不知道怎么被逼进一条夹道。看到另一头隐隐有亮光，她觉得可能是出口，又听到说话的声音，赶紧找了过来。

然后她就看到水雾中一个身姿挺拔的男人背对着她脱下袈裟，露出湿漉漉的爬满细汗的肩背。

月光下，他赤身立着，肌理细腻，脊背上像涂了层油，泛着蜜色的光。袈裟已经半湿，腰部到长腿的轮廓清晰可见，蕴藏着蓬勃的力量。

瑶英呆了一呆，赶紧屏住呼吸想退出去，昙摩罗伽却朝她藏身的地方看了过来。

"出来。"他道。

雾气中，他俊美的面孔庄严圣洁。

瑶英不禁一抖，身上冒出鸡皮疙瘩。她走了出去，朝他一笑："法师，我想躲开阿狸，不小心闯进来了。"

毕娑之前和她说起过，昙摩罗伽在发病的时候会泡温泉舒缓双腿的肿胀感，尤其是在伤病时还不得不出面处理政务的时候，更需要泡温泉。

这个石洞应该就是那处温泉所在了。

昙摩罗伽望着瑶英，袈裟半褪，眼神冷如寒冰。

瑶英被他看得头皮发麻。自己只是不小心看到他脱衣，这没什么大不了吧，她以前也看过……他是出家人，根本不在意。

她正在心中暗暗嘀咕，石洞里响起一声袈裟落地的轻响。

昙摩罗伽看着她，碧眸沉静如水。他面无表情地松开手指，裹在他腰间的袈裟滑落。

瑶英一愣，瞪大眸子。

啊？！他还脱？

她做出后退的动作，昙摩罗伽的目光追了过来，落在她的脸上，并不凶狠，却有一种压迫人的力道。

"过来。"他平静地道。

瑶英站着不动。

昙摩罗伽忽然朝后倒去。瑶英感觉心口直跳，下意识地冲上前。

昙摩罗伽靠着石台站定，抬眸看她。

瑶英发现他的眼神有些古怪，像是不认识她似的，柔声问："法师，你怎么了？我去叫般若过来？"

昙摩罗伽置若罔闻，站起身，踏进温泉。

瑶英一脸茫然，看他自顾自泡进温泉，转身要走。他忽地抬起头，直直地望着她，大有她动一下就立刻扑上来的架势。

她回头张望，发现花豹蹲在角落里，豹眼盯着她，眸光阴森。

瑶英站着不动了。

"法师？"她又唤了一声。

昙摩罗伽没吭声，泡在温泉水中，脸上、身上不停地淌下汗水，肌肉绷起，双眉紧皱，神情似痛苦又似清醒，碧眸一眨不眨地看着她。

瑶英看一眼水下的他的双腿，啊了一声。他的腿上明显肿胀。

"法师犯病了？有药吗？我去叫般若！"

她转身环视四周，看到旁边的石桌上堆了一堆药瓶，忙走过去。她以前照顾过他，找到熟悉的药瓶，闻了闻味道，咬开一丸尝了一下，倒了几粒在掌心，回到石台前喂昙摩罗伽服药。

他咽下丸药，伸手握住她的手腕，看着她的眼神格外冷漠。

"法师？"

瑶英凑近了些，细看他的脸色。

下一瞬，他手上突然用力。她猝不及防，只觉一阵天旋地转，整个人摔进温泉池中。温热的池水涌过来，她的衣衫立马湿透，紧紧地贴在身上。

瑶英呛得直咳嗽，抹去脸上的水花，抬起头，对上他沉静的双眸。

他靠坐在池边，冷冷地看着她，揽在她腰上的双掌烙铁一样滚烫。

瑶英半天回不过神。凉风吹过，湿透的长发贴在脖子上，她不禁颤抖，发现自己躺在昙摩罗伽的怀中，而他抱着她，仍旧面无表情。

他赤着身子，她身上穿着湿透的衣衫。泉水温暖，他发烫的掌心贴在她的腰上，指腹和肌肤之间只隔了一层被打湿的衣衫。

瑶英呆呆地看着昙摩罗伽。

要不是他神色平静，身体僵硬，整个人严肃得像一尊禅定的佛，她简直怀疑他是故意的。

她挣了几下，在水中扳开昙摩罗伽的手指。

他闷哼一声，紧皱眉头。

束缚在腰间的力道骤然一松，瑶英赶紧退开。水花翻涌，他低低地说了一句什么。

瑶英凑近了些："法师？"

"疼。"他看着她，轻声道。他的汗水从脸上滑落，眼眸却静如深井，不见一丝痛苦。可他分明说了一个"疼"字。

白天和她说话的时候，他也在强忍疼痛吗？

瑶英愣住了。

水雾弥漫，月光从洞顶洒下。

昙摩罗伽抬头看着瑶英，眼神迷离，像是处在梦中。

他以为这是一场梦。

这个梦和之前的一样。厉鬼化作她的模样，再次出现在他的梦中，朝他娇笑，柔声唤他，坐进他的怀中，用柔软的双臂揽住他的脖子，微微用力，让他俯身。

从前她会说些甜言蜜语，会娇嗔，会用无数柔媚的手段引诱他，劝他停下修行之路。

他不为所动。

今天月色如银，她看他的目光中满是怜惜："法师，疼吗？"

幽香满怀。

梦之所以为梦，正因为它是他心中的欲，是他的心魔。

昙摩罗伽对着梦境中的幻象，脸上没有一丝表情。他轻声说："疼。"

这是他第一次和幻象交谈。

幻象怔怔地看着他。

半晌后，她又问："法师，我怎么做你会好受一点儿？"

昙摩罗伽凝望她许久。

幻象如此真实，一颦一笑分外鲜活。

他道："留下来，陪我。"

他只有直面幻象，直面自己的欲，它才会消失。

下一刻，昙摩罗伽闭上眼睛，默念经文，等待幻象散去。

水声滴答滴答。

昙摩罗伽紧闭双眼，赤着的肩背上淌满汗水，整个人纹丝不动。

瑶英从温泉池中爬出来，因为衣衫尽湿而瑟瑟发抖。

花豹趴在洞口处。黑暗中，豹眼里似有金光闪动。它时不时发出一两声示威似的闷响。

瑶英抬头四顾。她分不清那些七拐八绕的暗道，这会儿天又黑了，密道里也没有点灯。没人指引的话，她可能会迷路。

况且看昙摩罗伽现在这副模样，她最好陪着他，等他清醒过来。

瑶英无奈地叹口气，随手抓起石桌上的一件叠放整齐的袈裟展开笼在身上，走到石桌前，摸出打火石，费了半天劲儿才点燃木屑。

石洞里备有炭盆，看来昙摩罗伽经常在这里泡温泉。

火光腾起，她感觉身上湿黏黏的极其难受，回头看一眼昙摩罗伽。

他盘坐在池中，一点儿声息都没有。

她把火盆挪到角落里，躲在一块凸起的巨石后，脱下湿透的衣衫，披上袈裟，然后捡起昙摩罗伽刚才脱下的袈裟，将它架在火盆边烘烤。

炭火噼里啪啦地燃烧。她感觉身上暖和过来，起身回到石台边，沾湿了一张帕子，轻轻地按在昙摩罗伽的唇上。

昙摩罗伽睁开双眼，碧眸直直地看着她。

柔软的指尖轻轻地拂过他的唇。

瑶英朝他微笑，轻声问："法师，有没有好受点儿？"

他沉默不语。

瑶英看他像是还没清醒，干脆不问了，靠坐在石台边，时不时凑过去端详他的脸色，怕他晕过去。

一夜过去，头顶的月华渐渐淡去，浅青色的曦光漏进石洞，洒下一地光斑。

泉水依然温热，昙摩罗伽调息完毕，睁眼，目光扫过石台，蓦地顿住。

几缕长发落进池中，发尾濡湿，纠缠在一块儿，湿漉漉的。发丝随水荡漾，轻柔地缠住了他的胳膊，扫过他赤着的胸膛。

他的视线顺着发丝往上移动。

纤巧的下巴，微微嘟着的唇，雪白的鼻尖，卷翘的长睫，饱满光洁的额头，漆黑柔亮的发顶……少女趴在石台边，枕着胳膊闭目酣睡，满头如墨的长发披散开来，铺满半边石台。

她身上穿着一件宽大的僧衣，袖摆滑落，半边羊脂般细腻的胳膊露在外面，臂上紧紧地缠着一串清凉的菩提持珠。

这不是梦。

昙摩罗伽抬眸，昨夜"梦中"所见——浮现在脑海中。

本该离开圣城的她为什么会出现在这里？

他一次次地放她走，她偏偏一次次地回来。

暗道深处，一阵脚步声轻轻地响起。

毕娑的身影出现在洞口处。花豹听到脚步声，耸身上前。他扔出一块熟肉引开花豹，抬脚走进石洞，看清洞内的情景，眼睛瞪大。

瑶英趴在石台旁，身上穿了一件明显过于宽大的僧衣，长发披散，双颊泛出红晕，手臂上戴了一串佛珠。

昙摩罗伽坐在池中，赤着身子，垂眸看她，察觉到他的视线，抬眸瞥了他一眼。

毕娑一个激灵，放下手里的托盘，悄无声息地退了下去。

第四章

兄妹重逢

瑶英醒过来的时候，洞中一片迷蒙，水汽氤氲。

她感觉浑身僵硬酸痛，动一下似乎能听见骨节移位时的咔嚓咔嚓声，不禁呻吟了几声，试着一点点挪动手臂。

她刚抬起胳膊，肩膀就碰到了温暖结实的胸膛。

瑶英愣住，抬起眼帘。

昙摩罗伽盘坐在她的身侧，身上穿着她放在火盆边烤干了的袈裟，手里拿了张帕子。他正拈起她垂落在温泉水中的湿漉漉的长发，一点点绞干。

天光从洞顶漫进来，一室金辉闪动。

昙摩罗伽沐浴在灿烂的金光中，修长的手指轻柔地为她理顺发丝，双眸低垂，神情虔诚得让瑶英恍惚忆起法会上他立于高高的佛殿上，在万千信众的注目下宣讲经文，庄严又静穆，凛然不可亵渎。

瑶英不由得屏住了呼吸，僵着身子，脑中闪过他昨晚脱下袈裟后赤着身子的模样。她忽然觉得一阵心虚，双颊发烫。

昙摩罗伽没发觉她已经醒了，仍旧专注地执帕绞干湿发，骨节分明的手插在浓密乌黑的长发间轻轻地拨弄，面容沉静，碧眸如水般澄澈。

石洞里寂静非常，唯有她的长发和他腕上的佛珠缠绕摩擦的轻响。

瑶英感觉身上微微战栗，盯着他轮廓鲜明的侧脸看了一会儿，有些头晕目眩，轻声唤："法师……"

话刚出口，她发觉嗓子又干又疼，像有一把烈火在灼烧。

她伏在石台上，低头咳嗽，下巴突然感到一点儿微凉。昙摩罗伽用修长的手指拨开她的长发，抬起她的下巴。

他垂眸看她，轻皱眉头，撒开帕子，两指微屈，轻触她的脸颊后飞快地收了回去。

瑶英哆嗦了一下，道："一定是昨晚着凉了。"

昙摩罗伽的目光往下，落在她的身上。她穿着他的灰色僧衣，衣襟和袖摆松松垮垮，玲珑的身姿若隐若现，绰约婀娜。

他移开视线，作势要站起身，瑶英赶紧按住他的胳膊。

"法师，我没事。"她摇摇沉重的脑袋，驱赶眩晕的感觉，凑上前看昙摩罗伽的腿，"法师别起来走动，腿好点儿了吗？"

他面色苍白，腿好像还没恢复。

昙摩罗伽坐在她的身侧，她这一靠近，正好整个人贴在他的胸膛上。透过僧衣，肌肤的触感分外清晰，她身上柔软，似乳酪。

他往后退了些。

瑶英卷起他的袍角和裤腿，仔细地看了看他的腿，伸手轻轻地按了两下，感觉情况比昨晚好些，长长地吁出一口气，抬起头。

"疼吗？"她轻声问。

漫天晴光，风幡轻动。

昙摩罗伽目光平静，凝望瑶英半晌，摇了摇头："无事。"

瑶英挑眉看他，见他神情淡然，实在看不出他这会儿是真的好多了还是在强撑。

对他这样病痛缠身的人来说，发病的痛苦已经习以为常。

昙摩罗伽还是站了起来，挺直脊背，温和又不容置疑地道："你发热了，得服药。我送你出去。"

瑶英跟着站起身，一阵眩晕，双腿发软。石台布满水汽，她踏出一步，脚底滑了一下，打了个趔趄。

她的手肘一紧，昙摩罗伽微凉的手握住了她的手臂。

"别摔着了。"他淡淡地道。

瑶英嗯了一声，顺势靠在他的胳膊上，看了看身上的僧衣，环顾一圈，最后看向火盆旁自己昨晚脱下的衣衫。

"法师，等等，我得把僧衣换下来。"她小声说。

昙摩罗伽顺着她的视线看去，没作声，扶着她走到角落，让她靠着岩石，抬手一件一件地取下已经晾干的衫裙，递给她，背过身去。

瑶英抱着衣裳走到岩石后。

昙摩罗伽立在山石旁，目不斜视。

背后传来窸窸窣窣的声响。她解开僧衣，穿上衫裙，织物摩擦、腰带落地的轻响断断续续地透过朦胧的水雾传来。

昙摩罗伽望着洞壁，想起寺中后殿的墙上的那幅《降魔变》。

青春美貌的魔女以香料涂身，搔首弄姿，妖娆妩媚，引诱佛陀，破坏他的修行。佛陀施法，千娇百媚的魔女顿时变成鹤发鸡皮的老妪，骨瘦如柴，羞惭地退去。

他梦中的幻象也会化为枯骨。

可此刻，站在他身后的她不是幻象中的魔女。

幻象使出千般手段也不过是虚幻。

而她站在那里，就是他的欲念。

"法师，我好了。"瑶英轻声道，声音沙哑，咳嗽声不时地响起。

昙摩罗伽回过神，转身。

瑶英抱着袈裟走了出来，脚步蹒跚。她揉了揉眉心："法师，我有点儿头晕。"

昙摩罗伽一语不发，伸出胳膊。

瑶英像往常一样拽住他的袖子，靠在他的身上。

出了石洞，瑶英下意识地警惕地扫一眼夹道的深处。

"阿狸出去了。"昙摩罗伽道，"它昨晚吓着你了？"

瑶英昏昏沉沉，手指紧紧地攥着他的衣袖。她点点头，说了她返回圣城的经过。

"昨天般若说有样要紧的东西给我，我在院墙那边等着，无意间闯进阿狸的院子。它好像生气了，我想躲开它，不小心进了夹道……"说到这里，瑶英抬眼看昙摩罗伽，"摄政王以前带我走过密道，我转着转着，不知道怎么进了石洞。"

他平静地道："定是般若疏忽了。"

瑶英收回视线，小声抱怨："出去就把他叫来！看他到底有什么要紧的东西要送给我，让我等了半天……还神神秘秘的，不许我带亲兵……"

大概是发热昏沉的缘故，她说话时不自觉地流露出平时不多见的娇蛮。

昙摩罗伽垂眸，眉间微动。

她靠着他，全然信任，漆黑的发顶挨在他的胳膊上。

前方是陡峭的台阶，他放慢步子，等瑶英跟上。

"昨晚冒犯公主了……"

瑶英摇摇头:"是我自己闯进来的,打搅了法师,法师不必介怀。法师放心,石洞温泉中的事我绝不会透露出去。"她的语气听起来满不在乎。

昙摩罗伽不说话了。

夹道安静下来。

两人在幽暗中前行,四周静寂无声,呼吸缠绕。

两人走过一级级阶梯,前方渐渐有亮光漏下——他们快到出口了。

瑶英瞥了昙摩罗伽一眼,道:"昨晚法师说病中难受,想要有人陪着……"

昙摩罗伽连眼皮话没抬一下:"病中胡话罢了,公主不必当真。"

瑶英转了转眼珠,盯着他看了好一会儿,噢了一声,有气无力。

毕娑在密道出口连接的偏殿等着,听到脚步声,上前几步。

暗门打开,昙摩罗伽和李瑶英一前一后地走了出来。

毕娑飞快地打量两人几眼。

昙摩罗伽扶着瑶英走到毡帘后,道:"这里不会有人来,公主躺一会儿,我让人去煎药。"

瑶英感觉头重脚轻,依言坐下:"我的亲兵在王寺外等着……"

"我派人去传话。别起来,先喝药。"昙摩罗伽停顿了一下,"你身子虚弱,还在服用医者的丸药……等好些了再走。"

跟进屋的毕娑听到这一句,默默地叹息。

昙摩罗伽说话的时候面无表情,却不知道自己挽留的语气多么柔和。

瑶英神色犹豫。

昙摩罗伽没有催促她。

她想了想,点点头。

昙摩罗伽没说话,转身出了偏殿,写了张药方,吩咐亲兵去熬药,负手而立,在前廊吹了一会儿风。

她终究要走,早走晚走都一样,拖延不会改变什么。

可是她点头时,他的心中泛起了涟漪。

他走下长阶:"叫般若过来。"

般若应召而来,见到偏殿里的瑶英,不等她说什么,先抱怨起来:"公主昨晚去哪儿了?我不是让公主等着的吗?让我好找!我还以为公主等不及出城去了。"

瑶英看他神情严肃,不像在推脱责任,不提花豹的事,问:"你要送我什么？传话的人怎么说和缘觉有关？"

般若脸上发窘。他瞄一眼左右，吞吞吐吐地道："我知道公主要走……昨晚遣走其他人，准备悄悄地把东西送给公主的，谁知道公主不见了！我怕别人撞见，只好把东西带回房去收着了。"

瑶英纳闷儿："什么东西？为什么不能让别人看到？"

般若面红耳赤，瞪她一眼，语无伦次地道："公主见到就知道了，别问我，我什么都不知道！反正是公主很想要的东西……公主这次守卫圣城，功德无量，我才会偷偷地把那东西拿出来送给公主……公主等着，我回房去拿。"

他掉头跑开，不一会儿抱着一个裹得严严实实的包袱回到偏殿，机警地扫视一圈，确认殿外没有其他人，这才小心翼翼地解开包袱。

一层又一层的包袱皮中间缓缓地露出一个精巧的宝匣。

般若把宝匣往瑶英跟前一推，烫手似的缩回手，一脸沉痛之色，道："缘觉和我说过，公主很想要这尊铜佛。铜佛是从曼达公主那里搜出来的，多半不是什么正经东西……公主这一年来潜心修习，不该碰这些腌臜东西！不过佛子说过，人各有道，公主马上就要离开圣城了，不会入佛门，是红尘中人，喜欢这些，和旁人无关。公主以后不会回来了，我和缘觉跟公主相识一场，就把它送给公主……公主拿去收着吧。"说完，他摆出一副凶狠的表情，"公主切记洁身自好，把东西用在正道上，别像曼达公主那样。还有，千万别告诉其他人东西是我和缘觉送的！"

瑶英抽了下嘴角。

原来般若昨天特意让她在僻静处等着就是为了送她这尊铜佛。

她看着宝匣，摇头失笑。门口突然传来一阵急促的脚步声，亲兵不等通报，飞跑进屋。

"公主！小的找您一晚了！高昌那边送来的信！"

瑶英立刻起身，接过信，激动得双手直颤，鼻尖陡然一酸。她不会认错，这是李仲虔的字迹！

"备马！"

不一会儿，昙摩罗伽回到偏殿，手里端了一碗直冒热气的药。

毕娑守在殿前，看他回来，欲言又止。

昙摩罗伽扫他一眼，踏进殿中，掀开毡帘望向长榻。

榻上空空如也，锦被被掀开了。地毯上，一条束发的丝绦落在那儿。

她走了。

昙摩罗伽走到长榻边，放下药碗。

毕娑站在门边，道："王，公主刚刚离开，还没出城。"

昙摩罗伽沉默不语，捡起地毯上的丝绦，走出偏殿，立在栏杆前，遥望寺门的方向。

一轮红日东升，寺中大小错落的佛塔殿宇静静地矗立，瓦顶折射出道道金光，几骑快马在出寺的长街上飞驰而过，直奔着城门而去，烟尘滚滚。

微风拂过，袈裟猎猎，缠绕在手中的丝绦被风吹起，忽地从他的指间滑了出去。

朱红色的丝绦随风轻舞，飞出长廊。

昙摩罗伽抬起手。

丝绦早已飘远。

他一次次地放她走，她一次次地回来。

这一次，他挽留她，她答应多留几天。

不过熬一碗药的工夫，人去楼空，如此仓促……她甚至没有留下一句道别的话。

梦幻泡影，朝露电光，不外如是。

亲兵在王寺外等着瑶英，见她面色苍白，神思恍惚，担忧地道："公主身体不适，要不要歇两天再走？"

瑶英手挽缰绳，看一眼天色，摇摇头："不碍事，路上再吃药……阿兄走的是乌泉那条商道，我不放心，这就去沙城等着他。"

李仲虔可能走的所有路线她都派了亲兵去接应，通往乌泉的商道也有亲兵守着。原本这条路线不算危险，但是现在情势严峻。乌泉不属于王庭，也不属于高昌，没有王庭军队驻扎，谁也不知道北戎乱兵会不会经过乌泉。

王庭的军队现在一部分在莫毗多的率领下追击瓦罕可汗，其他分布在各个驻地，以防北戎人偷袭，堵截北戎逃兵。

中军主力则随苏丹古返回圣城。无论发生什么，中军近卫不能离开圣城太久，否则敌人会乘虚而入。撒姆谷一役昙摩罗伽几乎派出了所有近卫军精锐，其实冒了很大的风险，假如世家贵族发现端倪，或是瓦罕可汗拖住了所有近卫军，朝中很可能生变。

要不是因为昙摩罗伽是佛子，曾几次打败瓦罕可汗，民间各种传说甚嚣尘上，当初他的决策不会那么容易地得到军中将领的支持。

所以大战过后他必须尽快撤回军队，出关稳定人心，处理朝政。

在这种紧要关头，瑶英不便向王庭借兵。

以后西军的事务要由她亲自料理……她早就该离开了。

她回来是因为担心海都阿陵攻破圣城，还因为想亲眼确认他安全。

圣城有惊无险，他很安全。

瑶英一提马缰："走吧。"

亲兵不再相劝，簇拥着瑶英直奔沙城而去。

几个人马不停蹄地出了城，连赶了几个时辰的路，眼看天色黑沉，决定在驿舍休息。他们正在井边打水，门外传来马蹄声，一骑快马追了上来。不等马停稳，马上的骑士滚下马鞍，疾步上前，单膝跪在瑶英脚下。

"总算追上公主了！"

瑶英认出骑士是王寺近卫中的一人，名叫巴伊。她霍然起身，诧异地问："可是佛子出了什么事？"

巴伊摇摇头，抱拳道："王命末将前来为公主送药，护送公主去沙城。公主走的时候留了口信，不过没说走哪条路，末将问了守城的兵丁才打听到公主走这条驿路。"

瑶英一怔。

巴伊从袖中掏出药方和一个瓷瓶，道："王说，公主服用医者的丸药期间，吃其他药药效会相克，所以风寒发热也得谨慎用药，不能和平时一样吃药，不然会损伤身体。药方是王亲自开的，药是寺中僧医配的，请公主记得服用，勿要轻忽。"

瑶英接过药方细看，这确实是昙摩罗伽的笔迹。他可能是怕她要在路上经过的市镇抓药，药方写了好几份，梵文、汉文、粟特语、波斯语的都有。

夜风拂过，漫天繁星，庭中满架繁茂的葡萄藤，亲兵围坐在火炉旁烤馕饼，黑夜中清香弥漫。

瑶英握着瓷瓶，想起昙摩罗伽为她擦拭湿发的样子——庄严肃穆，虔诚慈悲，他不像是在绞干头发，更像是在进行一种严肃的仪式。

以至于她脑子里刚刚冒出的一点儿疑惑顷刻间消散得一干二净。

他对她一直都这么细致关怀，没有其他心思。

亲兵端着一碗滚热的羊汤走到瑶英的身边："公主，您昨天说要回城问佛子一句话，问了吗？"

瑶英回过神，接过羊汤，收起瓷瓶，笑了笑："算是问过了……"

她本来不想问，觉得没必要，出了城以后，犹豫再三，决定还是回寺当面问他。正好般若请她回去，她就回去了。

昙摩罗伽否决得很干脆，语调低沉，没有一丝异样。

她想多了。

瑶英一口一口地抿着鲜美的羊汤，摇摇头，把纷乱的思绪一股脑儿按进最深处。现在不是想这些的时候。

第二天一行人继续赶路。

因瑶英还病着，亲兵便想要放慢速度。她急着见李仲虔，吃了药仍然坚持赶路，亲兵知道劝了没用，只得作罢。

这般昼夜奔驰，一行人几日后终于抵达沙城。瑶英翻身下马，直奔城中的驿馆。

驿馆里挤满各国使者，她转了一圈，找到高昌使者住的地方："卫国公呢？"

高昌使者茫然地回答："公主，卫国公不在此处。我们奉命在此接应，一直没见到卫国公，卫国公可能还在路上。"

瑶英心头不由得一紧："还没到？"

李仲虔的信是出发的时候匆匆写下的，信上说他会来接她，叮嘱她在王庭等着，千万别去其他地方。

她接到信，从圣城动身来到沙城，按脚程算，这时候他应该已经到沙城了！

瑶英找来舆图，皱眉看了一会儿，让使者拿出文书、符节等物，找到沙城驻军所在。

兵卒带着瑶英去军部大堂。

瑶英环顾一周，轻蹙眉头。营盘里气氛压抑，风声鹤唳，一派厉兵秣马的景象。士兵行色匆匆，弓弩车全部被推上了城墙，威风凛凛，守军似乎随时要出战。

王庭的军队正在追击北戎的残部，现在谁敢攻打王庭？

守将认识毕娑的幕僚巴彦公子，但不认识着女装的瑶英，看她拿出符节，知道她是传说中的纠缠佛子的汉地公主，先轻蔑地打量她几眼，说话时语气倒还算客气："公主来得不是时候，最近沙城外逃亡的流民越来越多，城中可能要戒严，我不能派兵帮公主找人。"

瑶英道："不敢劳烦将军帮我寻人，我有一事不解，想请将军为我解惑。"

"何事？"

"将军在防备哪国的军队来袭？"

见守将迟疑了一下，瑶英身后的巴伊上前一步，正想说什么，她朝巴伊摇了摇头。巴伊会意，退回原位。

陪同在旁的高昌使者道："文昭公主乃西军都督，我们西军和贵国乃同盟。公主来沙城，想必将军早就收到圣城的指令，眼下西军正和王庭军队一起抵抗北戎，还请将军据实以告。"

守将耸耸肩，道："我们防备的是北戎军队、汗国联军和乱军。北戎大乱，各个部落趁机浑水摸鱼，汗国也发兵吞并小部落，无数流民逃到王庭，那些追兵也追了过来。虽说他们只是骚扰，不敢真的攻城，我们也不能掉以轻心，故所有边城加强防守，边军回防。"

汗国联军是一支由不同小国的部队组成的联军，是更西边一个强大王朝的附庸。联军大多是波斯人和突厥人，王庭以西地区的各个小部落长期受他们压榨奴役。他们欲壑难填，想吞并北戎西北部的领地。

守将最后道："城外不安全，所有商队、使团都撤了回来，公主最好待在城里，不要到处乱走。"

瑶英谢过守将，出了大堂。

巴伊追上她，问："公主刚才为什么不让末将说话？"

瑶英神色郑重："你是佛子的近卫，别人会把你说的每一句话都当成是佛子的诏令。我刚才是以西军首领的身份和守将交谈，不是佛子的客人，还是谨慎点儿好，别给佛子添麻烦。"

她连巴彦公子这个身份都没用，就是不想引起不必要的争端。

巴伊恍然大悟，点头应是。

回到驿馆，瑶英心急如焚，坐在灯前研究舆图，连灌了几碗茶让自己冷静下来。

情况比她想象中的还要严峻。李仲虔会不会在路上碰到乱军？

大漠茫茫，她之前不知道李仲虔到底走哪条路，所以不能去找他，只能在王庭等他找过来，现在知道他走乌泉，或许可以去乌泉接应他？

可她又怕他路上临时更改路线，自己和他错过。

越到这种时候，自己越不能焦躁，瑶英叫来亲兵，命他们即刻出城去乌泉，沿途寻找李仲虔的踪迹，只要有消息，立刻派快马回沙城禀报。

亲兵们应诺，一拨一拨地出城，到最后瑶英的身边只剩下七八个亲兵了。

她还想再派人出城，亲兵阻止道："公主，沙城是边城，并不太平，您身边必须留几个人。"

瑶英这才罢了，又找来一帮沙城商人，请他们帮忙在流民中打听，看有没有人见过或是听说过李仲虔。

几天过去，派出的人仍然没有传回消息。

瑶英夜夜辗转反侧，一睡着就做噩梦。

她绝望地被埋在血淋淋的尸山里，少年李仲虔跪在尸山前，挖开一具具尸首，紧紧地握住她的手："明月奴，阿兄来接你了。"

瑶英惊喜地抬起头。眼前的少年忽然变成长大的李仲虔，披头散发，浑身插满铁箭，口吐鲜血。他倒在地上，一点点朝她爬了过来，她伸手去够他，抓住他的手。他看着她，勾起嘴角："别怕，阿兄来了。"

瑶英从梦中惊醒，出了一身冷汗，呆坐了一会儿，心口怦怦直跳。

梦不一定是真的，上次她做了梦，结果见到的人是李玄贞。

这次的梦肯定也不会成真。

瑶英一时心乱如麻，只得点灯翻看高昌那边送来的军情战报，免得自己胡思乱想。

看到后半夜，她昏昏欲睡。静夜里忽然传来一阵突兀且凄厉的号角声，城墙上弩箭齐发，屋瓦震动，人叫马嘶。

瑶英吓了一跳，披衣起身，让人去城门打探消息。

不一会儿，亲兵骑马折返："有乱军趁天黑攻城！"

"北戎人？"

"看他们的甲衣，应该是北戎人。"

沙城早就加强防御，守军准备充分，敌军还没接近城门，城上就吹响了号角。守将一箭射杀了对方的一员大将，乱军四散而逃。天亮时，厮杀声从山呼海啸般到稀稀拉拉，再至渐渐停息。

瑶英赶到城门，询问刚入城的流民知不知道乌泉那边的消息。

她问了一大圈，一无所获。

守将派人过来请她，告诉她一个噩耗："据那些俘虏说，乌泉前几天被一伙马贼占领了，所以道路不通。"

瑶英心头一阵乱跳，冷汗涔涔。

守将道："公主，我的职责是驻守沙城，不能派兵去乌泉。"

瑶英回到屋中，坐立不安，咬咬牙，召齐亲兵，叫来高昌的使者："召集城中所有商队，出高价，我要借他们的护卫。附近的城里有多少我们的人？派信鹰送信，把他们全叫过来！"

商队就住在驿舍附近，和瑶英的属下熟稔，听说有厚赏，陆陆续续地送来他们的护卫。

瑶英凑齐一支四五百人的队伍，先给了他们一半酬劳，请他们护送自己去乌泉。

一行人伪装成平民出了城，走出几十里，前方的山丘上忽然传来一阵如雷的马蹄声。身着皮袄、脸上蒙面巾的身影从四面八方涌出，挥舞着各式弯刀，张牙舞爪地朝他们扑了过来。

亲兵立刻警觉地拔刀，将瑶英紧紧地围在当中。

"举旗！"

骑兵应声竖起几面西军旗帜。

巴伊眼神锐利。他扫视一圈，道："公主不必慌张，看这些人的弓箭和佩刀，不像军队，应该是马贼。"

说着，他挽弓搭箭，射出一支鸣镝，随着一声尖啸，鸣镝直入云霄。

护卫齐齐拔刀，驱马奔驰，镇定地拉开阵势迎敌。他们手起刀落，彪悍肃杀，马贼的第一拨冲锋立马就被冲散了。对方这才意识到他们不是寻常百姓，有了退却之意。

巴伊和亲兵护送瑶英离开，很快将那些马贼甩在后面。他们的身后，遥遥传来破空之声和护卫大声呼喊叱骂的声音。

瑶英在马背上回头。后方尘土飞扬，几个落单的马贼驰下山丘，朝他们追了过来，为首的马贼身影高大，披头散发，一身兽皮袄，气势凶悍。

护卫朝马贼连放几箭，马贼首领挥刀格挡，躲开箭矢，直直地看着被亲兵团团护在中间的瑶英。

左右两翼的数名持刀护卫上前拦他，刀光闪烁。

他恍若未见，驱马狂奔，驰到近前时竟然抬起双臂，甩开了唯一的武器，滚下马鞍，毫不畏惧地冲上前。

护卫面面相觑。

在他的身后，驱赶马贼的护卫举起长弓，对准他的后背，将万箭齐发。

瑶英望着黄沙间手无寸铁仍一路狂奔的马贼首领，似有所觉，喉头哽住了好一会儿。她颤声道："别放箭！"

亲兵立马挥旗示意，弓弦声骤然停了下来。

几百人勒马停在山丘前，看着那道高大的身影迎着如林的长刀、密密麻麻的箭矢冲了上来。

护卫只需要抬起长刀就能轻易地把他剁成肉酱。

他跑得飞快，追风逐电，快到近前时，不知道是不是踩到了流沙中的洞穴，忽然猛地摔倒在地，须臾又一个翻滚纵身跃起，飞身掠向前。

护卫们慑于他周身散发出的神挡杀神、佛来杀佛的悍戾气势，一时之间目瞪口呆。

狂风拍打旗帜,风声呼啸。

瑶英僵在马背上,半晌不能动弹。漫天呜呜的风声,沙子被风扬起,扑在脸上,带来细细密密的疼,她手忙脚乱地踢开马镫,松了缰绳,翻下马背,又推开过来想搀扶她的亲兵,跑下山坡。

她的心跳忽然变得很慢很慢,周遭的一切声响消失。荒野平原,护卫马贼,全部消失了,天地间只剩下那道朝她疾奔而来的身影。

这一刻,所有的苦楚都变得微不足道,只要阿兄活着。

她朝马贼首领跑过去。

他看到她,跑得更快,几乎是眨眼间,又好像过了很久很久。奔跑的声响越来越近,接着一双坚实的臂膀猛地抱住她,紧紧地将她抱起,他力道大得像是要把她捏碎。

"阿兄……"

三年了。

从他那次出征算起,三年了。

瑶英攥住李仲虔的衣袍,发现自己早已泪流满面,泣不成声。

她设想过很多种和李仲虔重逢的场景,曾经以为下一刻就能见到他。一次次的惊喜和失望都不及眼下这一刻来得真实,她什么话都说不出来,只是紧紧地抱着他,生怕这一切只是梦境。

带有薄茧的手指轻轻地抬起瑶英湿漉漉的脸。

她抬起头,看着眼前的男人。

他满面风霜,形容憔悴,可谓狼狈不堪——乱发纠结,两颊瘦削,面色阴郁深沉,像凝冻了千万年的雪峰,即使是火焰山的烈日烘烤,也化不开那层层封冻的冰雪,一双血红的狭长的凤眼中更是闪烁着阴鸷的光芒。

瑶英几乎认不出他来了。

下一瞬,李仲虔慢慢地勾起嘴角,凝视她许久,凤眼中的冷意消散:"不哭了,阿兄来了。"

瑶英泪如泉涌,抬手抹去他脸上的尘土和沙子。他瘦削的脸颊上的皮肤慢慢露出,眉间还有一道狰狞的刀疤。

他一定吃了很多苦。

"阿兄。"瑶英一句别的话都说不出,又叫了一声。

李仲虔低低地应一声:"阿兄在这儿。"

瑶英抱着他,仰起脸,泪光还在闪烁。她又忍不住眉开眼笑,欢喜地看着他："阿兄瘦了。"

李仲虔一笑，摸摸她的发顶："明月奴长高了。"

离别的那年，他凯旋，穿着一身威风的甲衣，她踮着脚在他的跟前比画，那时个头儿只到他胸甲的地方。

从小娇生惯养——水晶玻璃一样的人被送去野蛮的叶鲁部……

这三年她吃了多少苦？他每想一次，心口就有把利刃在翻搅。

李仲虔抱着瑶英，眸底泪光闪烁。他忽地收紧臂膀，缓缓地闭上眼睛，半晌后睁眼："阿兄来了，我们回家。"

回应他的是几声呢喃，胸前滚烫。

李仲虔浑身一震，松开手。瑶英紧闭双眼，已经失去意识，双手仍然紧紧地攥着他的衣袍，指节发白。

"明月奴！"他急得声音都变了调。

亲兵早就围了上来，见状忙道："阿郎，公主前些天带病赶路，奔波劳累，病一直没好，这几天又为阿郎的安危提心吊胆，急得好几夜没睡，乍一下看到阿郎，欢喜太过，受不住了。

"阿郎，先回沙城吧。"

李仲虔接过亲兵递过来的斗篷，把瑶英从头到脚裹得严严实实的，抱着她上了马背："去沙城。"

瑶英醒来的时候，众人已经回到驿馆了。

天昏地暗，屋中没有点灯，黑魆魆的，长廊里摇曳的灯光从窗子透进房中，耳边是一片萧瑟的呜呜风声。

她晕晕乎乎地坐起身，想起昏睡前的事，怀疑自己是不是日有所思，做了个美梦。

夜风轻轻地拍打木头窗子，窗户咯吱咯吱响个不停。

瑶英披衣下地，拉开门。

长廊尽头灯火憧憧，一个魁梧的男人背对着她坐在凌空十几丈高的窗槛前，长腿搭在狭窄的边沿上。风吹衣袂翻飞，他拿了只羊皮酒囊，正在喝酒。

"阿兄，你少吃些酒。"瑶英呆了一呆，欢喜地道，快步走过去。

听到声音，李仲虔当即回头，跳下地，胡乱塞好酒囊，伸手扶她。

"不是酒。"他扶着瑶英站定，捏捏她的脸，"阿兄听明月奴的话，好久没吃酒了。"

从他受伤苏醒，知道她被送去和亲后，就再也没碰过一滴酒。

瑶英不信，拉起他抓着酒囊的手，拔开塞子，凑近嗅了嗅，囊中果然没有酒味，只有一股酸香，他喝的是酸酪浆。

她满意地道："阿兄身上有伤，要少吃酒。"

这副殷切叮嘱的模样，依稀还是分别前的她会有的样子。

冰冷的夜风灌满长廊，墨黑的苍穹间挂着一轮暗淡的月。高楼下是和长安截然不同的异域边城，碉堡土楼矗立，处处佛刹，白天黑夜飞沙走石，屋宇墙壁上泥块剥落。人从驿馆的高楼俯瞰，可以看到平原上各国使团和商队支起的帐篷。

这里的饮食习惯、衣着装饰都和中原天差地别。

她流落到这么遥远的地方，历尽艰辛。

李仲虔低垂凤眸，沉痛和酸楚被尽数敛在眼底。他轻扬嘴角，笑着拍拍瑶英的脑袋："管家婆。"

瑶英战栗了一下。

李仲虔一凛，脱下披风罩在她的肩上，带她回屋，语气急促："你病着，别起来，回去躺着。"

瑶英心里高兴，搂着他的胳膊，微烫的额头蹭蹭他的手臂。

"我没事，吃了药就好了。"

李仲虔没说话。

她昏睡了几乎一天。他把城中的所有医者都请了过来，看着亲兵煎药，喂她喝下去，忙活了一天，又见过所有亲兵，想问的话都问了，她才醒。

他心急如焚，又不忍吵醒她——亲兵说她连着几夜没睡了。

回到屋里，瑶英脱鞋上榻，不肯睡下，非要靠坐着和李仲虔说话。她面色还有些憔悴，但这会儿心情舒畅，精神气十足，一双眼睛炯炯有神。

李仲虔无奈，扯起薄毯裹住她，叫随行的医者过来给她看脉，自己去灶间要了热汤、热饼、杂菜炸丸，催促她吃下。

瑶英胃口大开，吃了汤、饼、炸丸，盘腿坐在榻上，神情欢喜。她想起一事，面色忧愁，坚持让医者也给李仲虔诊脉。

"阿兄，你的伤势怎么样了？这些天是不是又添新伤了？"

李仲虔摇头："别担心，我是习武之人，都是些皮外伤，现在好多了。"

瑶英眼睛一眨不眨地盯着医者。

医者为李仲虔看过脉象，朝她微笑着摇摇头，示意没有大事。

瑶英提着的心终于放回原位。她如释重负地吁了口气，等医者出去，目光落到李仲虔眉间的那道刀疤上。

"阿兄，你怎么和那些马贼在一起？"

李仲虔轻描淡写地道："一伙马贼和乱军占了乌泉，挡了我的路，我等了几天，急着来见你，杀了他们的首领，他们就跟了上来。我懒得搭理他们，随他们跟着。"

知道李瑶英在哪里后，他生怕她在来找他的路上出事，恨不能插上翅膀连夜赶到王庭，叮嘱她等着自己，一路谨慎小心，只管赶路。刚巧北戎大乱，到处都是乱军，安全起见，他不得不避开繁华的市镇，绕远路来沙城。他好不容易赶到乌泉，急不可待，结果乌泉被乱军和马贼占领，双方僵持，音信隔绝，没有人能离开。

李仲虔耐心地等了几天寻找时机，谁知马贼和乱军竟然盘桓不走。他怕李瑶英着急，一怒之下冒险杀了马贼和乱军的首领。两边人马大乱，他趁乱抢了马直奔沙城。

那群马贼失去首领，死皮赖脸地追上他，推举他为新的首领，发誓效忠他。

他只想和李瑶英团聚，不理会任何事，不吃不喝，策马狂奔。

马贼跟在他的身后，看到李瑶英一行人，大喜，嚷嚷着要抢了他们的东西讨好他。

李仲虔一心去沙城，不想管闲事，接着赶路，无意间扫一眼山丘，看到汉人亲兵，心里猛地一震。他再看到那几面飞扬的旗帜，立马意识到李瑶英出城来找他了。

李仲虔想到这里，面色阴沉，看着瑶英的目光亦威严起来："不是让你在王庭等着吗？外面这么乱，你怎么出城了？"

瑶英从来没怕过他，道："我怕你出事。乌泉离得不远，我带了几百人，一天之内可以来回，不会出什么大事。"

李仲虔紧皱眉头："万一你碰到海都阿陵呢？北戎这么乱，老可汗和几个王子在王庭军队的追击下一路逃窜，只有海都阿陵带着精锐远离战场，随时可能出现。"

他已经听杨迁他们说了，海都阿陵对她志在必得。

瑶英摇摇头："阿兄，海都阿陵绝对不会出现在沙城附近，对这一点我有十足的把握，所以才敢出城。"

李仲虔的脸色缓和了些："下次不许冒险，等着阿兄。"

还有……她别再为了他牺牲自己。他浑浑噩噩，肆意放纵，别无所求，只希望她一生平安喜乐。

瑶英嗯了一声，双手抱膝，下巴枕着膝头。她笑着凝视着坐在榻沿的李仲虔，像是看不够似的。

李仲虔的喉头哽咽。

他曾想过，等找到她了，自己一定要狠狠地教训她一顿，让她发誓以后再也不要做这样的傻事。她哭也好，撒娇也好，他绝不会心软。

可是当他真的找到她了，失而复得，满心只有疼惜和怜爱。他唯恐她再受一丝委屈，哪里还能硬起心肠数落她？

李仲虔叹了口气，闭了闭眼睛，瞥了一眼瑶英泛着青黑的眼圈："乖，睡吧，阿兄不走，在这儿陪着你。"

瑶英低低地嗯了一声，坐着不动。

"阿兄。"她轻声唤他，眉眼间都是笑意。

"嗯？"李仲虔含笑应一声，神色温柔。

瑶英道："阿兄瘦了好多，要多补补。"

"嗯。"

"阿兄的武功恢复了吗？"

李仲虔平静地道："这世上不止一种功法，没了金锤，阿兄可以练别的……"

他当初可以弃武从文，又弃文从武，不怕从头再来。练了多年的武功废了，根底还在，他知道自己这辈子无法再拿起双锤，早已经果断地改持刀剑。

"明月奴，别担心我。"

瑶英应了一声，好奇地问："阿兄，你在北戎的时候是怎么挑拨瓦罕可汗和大王子的？你差点儿一箭射杀了老可汗？你受了伤是怎么医好的，真的没留下内伤？"

她看着李仲虔，像小时候每次他出征归来时那样一连串地发问。仿佛她自己从没吃过苦一样。

李仲虔垂眸，摸摸她的发顶："我找到伊州的那天，义庆长公主扣下了我们……"

屋外风声怒吼，屋里灯光朦胧。

李仲虔放轻了语调，将自己离京以后的经历娓娓道来，其中的种种惊险之处，此时想起来，都不过是无关紧要的小事。

瑶英听着，时不时发出一声轻呼，脸上闪过紧张担忧的神情。

李仲虔不知道说了多久，烛芯发出噼啪两声爆响，一缕青烟袅袅升起。

李仲虔低头。

瑶英蜷缩成小小的一团，靠在他的身边，似乎睡了过去，怀里抱了只丝织隐囊，姿势和小时候一模一样。

她是他一手拉扯大的，不管长多大，在他眼里永远是个孩子。

"明月奴……"他的手指轻抚她的发顶，"被送去叶鲁部的时候，你怕不怕？"

瑶英睡眼蒙眬："有点儿怕。"

李仲虔缓缓地闭上眼。

在北戎养伤的那段日子，他都听塔丽说了。瑶英说只是有点儿怕。塔丽说她整夜不敢合眼，手里一直攥着利刃。

"大王子是不是每天吓唬你？"

瑶英迷迷糊糊地道："阿兄，没事，我有亲兵保护，他不敢乱来。"

塔丽却说："大王子肆无忌惮，大白天当着公主的面把女奴拉入帐中放肆，声音几乎整个营地都听得见。他好几次借着醉意故意闯入公主的营帐，有一次还摸到了她的裙角。"

"去叶鲁部的路上，你是不是吃了很多苦？"

瑶英下意识地否认："没有……"

塔丽告诉他，她不习惯骑马走险峻的山道，腿上鲜血淋漓，她下马的时候疼得无法动弹，要两个侍女搀扶才能站稳。

"海都阿陵折磨你了？"

瑶英摇摇头："阿兄，我没事……他关着我，我想办法逃走了……"

塔丽却说："王子起先还客气。因公主不为所动，王子就让公主去烙马印……每年春天的时候，部落里的小马驹都要烙上马印，好区分是哪个部落的财产。牧民把所有马匹围住，由部落里骑术最精湛、经验最丰富的勇士给马驹烙印……

"烤得通红的铁印烙在马匹身上，马肯定会挣扎，很容易踢伤人，所以烙马印的活计都是男人干的。王子让公主去烙马印，想吓唬公主，公主束起袖子就去了……每天都能听见马驹的惨嘶声，公主的手上全是烫伤和瘀青……

"后来烙马印结束了，公主还是不屈服。王子很生气，不许公主骑马随军，让她和奴隶一起走路。公主的鞋子磨破，脚底都烂了……

"看守的人不给公主吃的，公主很饿，和奴隶一起挖草根吃……每次找到可以吃的东西，公主很高兴，想办法藏一些在身上……

"王子对女人没有耐性。喜欢的，他留在帐中，不喜欢的，他就赏给部下。公主一直不肯低头……还想办法逃了出去……"

塔丽说的每一句话的每一个字，李仲虔记得清清楚楚。

无数个夜晚，他梦见她坐在马背上抹眼泪，梦见她蜷缩在帐篷的角落瑟瑟发抖，梦见她蓬头垢面地和一帮奴隶一起蹲在荒地上挖草根，梦见她被绑了手拴在队伍的后面，脚底血肉模糊。

梦里她被百般欺凌，哭着喊他："阿兄，我怕！"

每次清醒过来，李仲虔比梦中那个目睹她受难的自己更加痛苦。因为他知道，塔丽告诉他的事情都是发生过的。

瑶英从小就懂事乖巧，没有做过一件坏事，救人无数，却要经历这些磨难。

唐氏自焚而死，李德、李玄贞心里不痛快。他知道心结难解，可以放弃一切，只求带着阿娘和妹妹隐居度日，李德却不肯放过他们。

早知如此，十一岁那年他就该跟李德和李玄贞同归于尽，了结一切。

他只有杀了李德和李玄贞，她才不会再次被卷进旋涡。

李仲虔睁开眼睛，黑夜中，双眸透出凛凛寒光，狠戾狰狞。

他扯起薄毯，笼住侧身而睡的瑶英，塞了个枕头在她的脖子底下，让她睡得舒服点儿。

眼睫轻颤，瑶英抬眸，半梦半醒，攥住李仲虔的衣袖："阿兄……我后来认识了一个人……"

李仲虔俯身："什么人？"

"一个很好的人……"瑶英语气柔和，"他是个僧人，对我很好。"

李仲虔淡淡地嗯了一声。

她说的僧人自然是王庭的佛子了。

在北戎时，因为语言不通，他听不懂胡人说的话。到高昌就不一样了，当地汉人多，他听了太多的谣言。那些胡商聚在一起谈天说地时，最喜欢提起佛子和汉地公主的韵事，言辞大胆，把瑶英说成一个不知廉耻的放荡之人。他忍了又忍，好几回实在忍不住，掀桌将胡言乱语的人一拳打翻在地，为此惹了麻烦。

后来听到商人谈起佛子，他会避开，免得自己控制不住再伤人，耽误行程。

今天他问过亲兵，亲兵都说佛子对瑶英颇为照顾，而且是个得道高僧，不近女色，对瑶英并无轻慢之举。他这才松了口气。

出家人到底不一样。

"阿兄……法师知道我找到你了……一定会为我高兴……"瑶英声音沙哑，"我们去圣城见他，好不好？"

"好，佛子救了你，于情于理，阿兄都应该当面向他致谢。"李仲虔的脸上扬起一丝笑。

然后他就可以带明月奴回家了。

李仲虔给瑶英盖好薄毯，把她的手臂塞进毯子底下，手指碰到硬物，摸着像是一串佛珠。

他没多想，站起身，去隔间的榻上睡了。

次日早上，李仲虔先醒了。

他在外奔波许久，养成了习惯，听到点儿声响就会惊醒，飞快地披衣起身，先去隔间看李瑶英。

她睡得很熟，眉宇舒展。

李仲虔拉高毯子，走出屋，下楼，皱眉问亲兵："外面什么声音？"

亲兵答道："阿郎，和您同行的那些马贼全部投降了……他们闹着要见您。"

那些马贼见李仲虔随瑶英回城，立马放下武器投降，跟着他们入城，亲兵赶都赶不走。

李仲虔冷冷地道："上来纠缠的人，不用客气，直接打走。"

亲兵应是。

瑶英好几夜没能安眠，这晚睡得香甜，直到日上三竿才起，拉开房门，看到在楼下庭院里练剑的李仲虔，眉开眼笑。

她想到他自幼使的那对金锤，脸上的笑意淡了些。

小时候李仲虔练锤，她在一边看着，因好奇心起也想试试。李仲虔抬起一只金锤递给她，她伸手去接，扑通一声，脸朝下摔了下去。

金锤太重了，她两只手搬都搬不动。

李仲虔哈哈大笑，后来让人给她做了一对塞满谷壳的布锤。她玩儿了几天就没兴趣了，拿来挠痒。

他的金锤没了。

瑶英出了一会儿神。

亲兵过来禀报，门外聚集的人越来越多，除了那几个马贼，还有大批这几天入城的流民。

"他们认得阿郎，要追随阿郎。"

原来李仲虔一路上杀了好几个匪首和趁乱作恶的恶霸，一骑绝尘，彪悍孤勇，流民记得他眉间的那道疤。他每天不言不语，一身破衣烂衫。流民不知道他的身份，听马贼说他和西军认识，认为他一定是个大人物，赶过来投奔他。

这些流民不是王庭人。王庭允许他们入城避祸，可之后他们仍旧要回到原来的部落。他们希望李仲虔能带着他们杀回去。

瑶英转了转眼珠，等李仲虔练完剑，端了盏茶给他，道："阿兄，等这边事了，我们和阿青会合，阿青会有很多事情请教你。"

李仲虔擦汗，道："再说吧，现在北戎大乱，正是我们回中原的好时机。见了佛子以后，我们立刻动身。"

瑶英怔了怔："阿兄，我们现在不能回中原。"

李仲虔的两道剑眉皱起："你说什么？"

瑶英认真地道："阿兄，我现在是西军首领，不可能丢下西军不管。"

李仲虔紧皱双眉："这些事不该由你来承担，西军这个重担哪儿能说背就背？阿兄带你回去。"

瑶英正色道："阿兄，这个担子我已经背了。我既然起了头，就要履行自己的诺言和责任，不能说不管就不管……而且谢家早就没了兵，阿兄和我就这样回去，岂不是任人鱼肉？我们不能就这么回去。"

李仲虔感觉眉心直跳："现在西军在哪儿？你只身在王庭，杨迁在高昌，瓜州、沙州兵更远。"

瑶英摇摇头："阿兄，现在西军不在我身边是因为在他们应该在的地方。"

她拿起李仲虔的剑鞘，在地上画出几条线。

"在东边，李玄贞带兵拦截北戎救兵；在西边，杨迁守着高昌。阿青替我守着一个更重要的地方……王庭军队追击瓦罕可汗和其他残部，北戎自顾不暇……"

瑶英用剑鞘在沙地上画了一个大大的圆圈，将大片土地划入其中。

"阿兄，现在不是我们回中原的最佳时机，而是我们收复失地的大好机会！这些地方会插满西军的旌旗。"她轻声道，语调平缓。

几束曦光倾洒，笼在她的身上。灿烂的金光中，她神色平静，显然已经习惯谋划这些事情。

李仲虔凝望着她，沉默不语，手心发麻。

他曾经怕她像阿娘。现在他发现，他更怕她像舅舅。

时值炎序，屋外骄阳似火，黄沙灼灼。

李仲虔坐在凉爽的穴屋里翻看战报，穿了身褐色窄袖双雀衔绶带纹交领锦袍，凌乱的长发束起，头裹巾帻。

沙城严冬酷夏，狂风肆虐，本地的百姓盖房时都会向下掘建穴洞居住。穴洞不仅冬暖夏凉，还可以防风沙。

他从早上看到下午，看得紧皱眉头，其间只吃了几块干馕饼。

侍仆为他送来一盘晶莹剔透、凝冻成雪峰的形状的冰酪，殷勤地道："阿郎，此物乃解暑良品，酸甜冰凉，名叫公主醉，请阿郎品尝。"

听到"公主醉"几个字，李仲虔感觉眼皮跳了跳，扫一眼盘中泛着雪白、嫣红、青绿色泽的"山峦"，放下战报，手指轻叩书案。

"有什么讲究？"

侍仆放下托盘，笑着道："奴听人说，公主醉是从王宫里传出来的。据说酷暑时节佛子没有胃口，一连半个月讲经，病了一场，什么都吃不下。文昭公主看以后又心疼又着急，遍寻市集上的瓜果，想办法做出了这道松软香甜、冰冰凉凉的冰酪。佛子吃了它以后，果然胃口好了不少。后来圣城的达官贵人只要举行宴会，都要做一大盘冰酪，因为冰酪白中泛红的样子就像喝醉了的美人，所以大家都叫它公主醉。"

李仲虔面色微沉。

难道王庭人见过李瑶英吃醉的样子？

侍仆又端出一盘花花绿绿、鲜香扑鼻，每一粒米都闪烁着金色油光的抓饭："文昭公主学着天竺僧人的素抓饭做的抓饭，肉汁香浓，酸辣鲜甜，还放了一种老齐他们的庄园才有的葡萄干，天气热的时候吃起来爽口又鲜嫩，阿郎用些。"

李仲虔抽了下嘴角。

这样的传说他一路听了不少。妇人浓重的时世妆、精美的绸缎，男人趋之若鹜的美酒，僧人、画家、文人赞不绝口的经文纸，一种迅速在民间兴起的轻软暖和的棉袍，新巧的农用灌水器具……这些东西背后都有一个"汉地文昭公主费尽心机讨好勾引佛子"的故事。

其中很多是胡商编造的噱头，但是百姓一个个言之凿凿，仿佛亲眼所见。听得多了，李仲虔有时候都不禁有些怀疑这些是不是真的。

他问过瑶英，她向来报喜不报忧，只拣了些小事和他说了。所有亲兵都听她的，也不会告诉他全部实情。

李仲虔看一眼侍仆。侍仆是商队的人，随老齐他们往来于王庭和高昌，专门跑腿递话，干些粗活儿。

他拿出几枚银币，随手拍了拍书案旁放着的长剑，手臂的肌肉绷起，目光阴沉："我问你几件事情，你老实回答，不得隐瞒。"

侍仆忙道："小的绝不敢欺瞒阿郎。"

李仲虔斜挑凤眼，眼神锐利，问："王庭人到底是怎么看待公主的？"

侍仆冷汗涔涔。

半个时辰后，侍仆满头大汗地捧着一口没动的冰酪出去。

李仲虔对着堆叠的战报，闭了闭眼睛。

在王庭，佛子是万民的敬仰，这里的百姓把瑶英当成一个彻头彻尾的笑话。

楼梯处传来一阵脚步声，瑶英走下穴屋整理书信，看到书案旁只吃了几口的干馕饼，道："阿兄，你吃些东西再看吧。"

李仲虔敛起阴沉之色，挥挥手示意无事。

昨晚瑶英和他细说了西军的组建过程和各地世家之间的牵扯，今早他开始看各方送来的战报。看到一大半，他才明白她昨天在沙地上画的那个大圈代表了什么。

高昌只是一个小小的据点，沙州、瓜州的世家也开始趁北戎大乱时起义，李玄贞的凉州军配合西军，王庭追击北戎可汗，这张巨大的网从东到西，由南到北，跨越几千里，涉及无数大小绿洲。

如果战事顺利，那么他们可以和王庭联合夹击北戎，彻底剿灭北戎这个强敌。

届时河陇一带能重归故国，流离失所的百姓完成东归的夙愿，和中原王朝失去联系几十年的西域也将结束多年来兵荒马乱、烽火连天的分裂局面，重新一统，太平安定。

而中原魏国能再度获得辽阔的马场，拥有稳定的优良军马来源，解决了北边的隐患，何愁不能一统天下？

再过个几年，中原稳定繁荣，西域几道畅通，沙漠中的古老驿道恢复繁华，客舍鳞次栉比，驼铃悠扬回荡，商队比肩接踵。

所有百姓，不论胡汉，都能远离战火，安稳度日。

李仲虔坐在幽凉的穴屋中，捏着战报，心里久久不能平静。

他看得出瑶英、李玄贞和王庭佛子结盟背后的长远用意，知道这场结盟会带来怎样的巨变。

正因如此，他希望瑶英能尽早抽身。

北戎部落以后势必会反扑，西域世家之间钩心斗角，王庭人仇视汉人，魏国有个绝情的李德……这些都是麻烦事。

谢家为国为民，到了舅舅谢无量这一代几乎死绝。

世人称颂谢无量，提起谢家便唏嘘不已。但在李德和李玄贞对着谢家泄愤时，世人没管过他们母子几个人的死活。

这就是世道。

李仲虔早已认清世情冷暖。他只有李瑶英这么一个妹妹，不想让她背负这些重任，重走谢无量的路。

可是瑶英已经拿定主意，他劝不了她，只能徐徐图之。

李仲虔放下战报，抬眸看着坐在一旁写信的瑶英。

"去圣城前我想给佛子写封信。"

瑶英抬起头："我正在给佛子写信……"

李仲虔摇摇头，走到她的身旁，抽走她笔下的纸，揉成一团："这封信得由我亲笔来写才有诚意。佛子看得懂汉文？"

瑶英噢了一声："他的汉文很好。"

李仲虔提笔铺纸，道："我听说了不少你们的事情。"

瑶英忙道："阿兄，那些传说都是谣言。都是因为我，佛子的名声才会受损。"

"我明白，我会代你向佛子致歉。"李仲虔写了几个字，"一年之期是不是到了？"

瑶英回想了一下，点点头。她曾试着和昙摩罗伽谈起这件事。他一副毫不在意的模样，想来不在乎这种琐事，所以没有催促过她。

李仲虔问："你是怎么打算的？"

瑶英神色凝重，沉吟半晌，轻声说："我不想再给佛子添麻烦。"

李仲虔颔首："你别操心了，这件事情交给阿兄处理。"

他写好信，请来近卫骑士巴伊。

"劳你转交给佛子。"

巴伊立即带着信返回圣城。

他离开没一会儿，几声鹰唳传进穴屋，黑鹰金将军带着军情战报回来了。

瑶英迫不及待地提着裙角奔出穴屋，接过亲兵递来的铜管，看完信，长长地吐了一口气。

"阿兄，你昨天还问我阿青去哪里了……"她把信递给跟过来的李仲虔，"她帮我守着白城。"

李仲虔展开皮纸卷，上面是一排龙飞凤舞的大字："青已击退敌军，幸不辱命。"

数日前。

千里之外，白城。

云浪翻涌，烈日炎炎。

荒漠中，一座座经年累月被风沙吹蚀的山崖矗立在艳阳下，龙盘虎踞。

大片炽烈的光束自云层间倾洒而下，光影错落，一座座奇形怪状的山丘罩下的暗影随之缓缓地浮动，恍若活物。

狂风刮过，古怪的啸叫声充斥其中。

飘移着的狰狞的暗影中，几千骑士和一万步兵组成的庞大队伍狂奔在山丘下崎岖蜿蜒的大道上，恍如奔流的黑色的洪水。

他们沉着、肃杀、勇猛，每个人都带了两张弓，佩弯刀、套索、皮囊，气势凶悍。

这是一支鲜血铸就的精锐队伍，士兵一个个悍勇，为首的将领有一双浅黄色的鹰眼，扫视左右时，金芒闪动，精光四射。此人正是前不久逃出王庭的北戎王子海都阿陵。

北戎四分五裂，海都阿陵找不到粮草补给，一路烧杀抢掠，以战养战，收拢各部落的残兵，汇集了一支两万人的队伍，朝着高昌而去。

他之前派探子去高昌探听军情。高昌一切如常，依娜夫人仍然是国主夫人。他许诺尉迟国主帮他杀了依娜夫人，尉迟国主立刻送了他一批战马和武器。

海都阿陵冷笑。依娜夫人他要杀，高昌他也要。

狼不会放过肥羊，哪怕肥羊忠实顺从。

海都阿陵先谨慎地剿灭了几个部落，一路都没有遇到什么有力的抵抗。其间逃窜的瓦罕可汗向各个部落发布命令，要求他们全部带兵东进，帮自己摆脱王庭的追兵，这样才好率领残部返回草原。甚至，他还擢升海都阿陵为都统。

海都阿陵权衡一番。虽然自己收拢的残兵加起来有两万人，但是远水解不了近渴，他带领这些人长途跋涉去救瓦罕可汗，很可能落得孤立无援的境地，不如先占了高昌，再召集附近的部落，组建联军攻打王庭，减轻瓦罕可汗的压力。

在那之前，他必须先攻下白城。

他们不久前出现在另一处绿洲，围攻城池，声势浩大，让人以为他要拿下那座城池。其实他是在声东击西，他的目标是白城。

前方尘土飞扬，几名斥候飞驰而来："都统，白城防守松懈，城中没有弓弩车，他们的弓箭只够射七八轮！"

海都阿陵勒马停下，命令所有士兵停下休息，大口喝水，准备好可以拼合的木质盾牌。

天气闷热，他们即将展开一场大战，现在必须补足水分。

待士兵们喝饱了水，海都阿陵拔刀："没有人能挡住我们的脚步！"

士兵们振奋精神，大声响应，怒吼声响彻天际。

队伍继续进发，很快，山脚下一座几丈高的被土墙围起来的堡垒城池出现在众人面前。

碧空万里无云，山丘起伏，海都阿陵骑马冲上山坡，挥舞手臂。

隆隆的战鼓声齐响，排山倒海，雷霆万钧。

当看到黑色的洪流翻过山坡时，白城的守军惊慌失措，外城来不及撤回城的守兵很快成群地倒下。

鲜血染红了士兵们手中的弯刀。

白城的弓箭手们冲上城楼，慌忙地搭箭。

北戎士兵还未靠近，第一轮箭雨已经落下。

海都阿陵冷笑。他们还没到守军的射程之内，守军已经开始放箭。守军确实毫无防备，前军溃不成军，整支队伍的军心已经乱了。

军队继续前进，白城里也响起急促凄厉的号角和战鼓声。几个战将模样的男人登上城楼，挥舞旗帜。弓箭手慢慢地冷静下来，等那战将手中的旗帜落下才一齐放箭。

万箭齐发。

北戎士兵不慌不忙，举起木盾，踏着整齐的步伐推进。渐渐有人被从盾牌的缝隙里钻进来的箭矢射中，但更多的人已经靠近白城。

海都阿陵耐心地等了一会儿，士兵手中的盾牌上密密麻麻地插满了箭矢，放箭声从密集如雨变得稀拉起来，城墙上的弓箭手焦急地吼叫着。

"他们的箭快用完了。"

"冲锋！"

战鼓隆隆，北戎士兵大叫着奔驰，似一把尖刀撕裂空气，直直地插向白城，要将这座堡垒撕得粉碎。

尘土漫天飞扬，大地震颤，白城在北戎士兵势不可当的攻势中瑟瑟发抖。

忽然，山坡上响起一声声巨响，疾速冲锋的骑兵一个接一个地陷落进大坑中，碎石迸溅，泥土飞扬，遮天蔽日。

巨变突生，半边山体骤然塌陷，轰隆隆的巨响声震云霄，无数北戎士兵还来不及反应，已经连人带马被卷入铺天盖地的山石泥流之中。

后方的北戎士兵鬼哭狼嚎，前方攻城的士兵不知道发生了什么，回头茫然四顾。

战场仿佛停滞了一瞬。

海都阿陵浑身热血上涌，目眦欲裂，策马冲上前，眼睁睁地看着自己的后军被倒塌的巨石吞噬。

山怎么会突然崩塌？

炸响还在继续。地动山摇间，战马受惊，齐声嘶鸣，扬蹄奔逃，将马背上的骑手狠狠地甩了下去。

与此同时，随着一阵阵古怪的啸响，巨大的火球从天而降，坠落在北戎的战阵之中。

惨叫声四起，战阵立时崩溃。

"天雷！天雷！"士兵们发出恐惧的尖叫。

海都阿陵握紧拳头，毛发直竖。一阵风刮过，他冷汗涔涔，蓦地从震惊中回过神。

士气已失，今天他们攻不下白城。

"全体撤退！收拢溃兵！"

亲兵吹响号角，北戎士兵尖叫着撤退，经过倒塌的碎石时无不胆战心惊，抱头鼠窜。

部下丢盔弃甲，逃回海都阿陵的身边，劝他赶紧离开。

海都阿陵咬牙切齿，冷冷地盯着白城的城墙，瞳孔收缩。

白城守军刚刚使用的武器他听说过。

文昭公主李瑶英当初逃离叶鲁部落时，"天降惊雷"。她引来"天罚"才能趁乱逃离。

他从不信什么天罚，李瑶英一定是用了什么汉人才会的武器，草原部落的人从没见过，误以为那是天罚。

乱石迸溅，轰轰巨响还没停下，狂风大作，飞沙走石。

远处白城的城墙上，几面军旗立于黄沙碎石和辽阔的苍穹之间，迎风猎猎飞扬。

海都阿陵微眯双眼，看着那几面陌生的军旗。

哪个小部落敢阻挡他的脚步？

城墙上，一名高大的将领挽弓搭箭，拉足弓力，一箭射出。

一声尖啸突兀地响起，随即，北戎战阵中的一面军旗被箭矢射中，应声倒地。

北戎士兵惊叫出声。

将领再次拉弓，又射出一箭，气势如虹。箭矢破空而至，直直地扎在北戎的另一面军旗的旗杆上，铮铮作响。

士兵胆战心惊，取下箭矢上绑着的信，送到海都阿陵的手中。

海都阿陵展开信，怒目圆睁。

信上写着：高昌已经归附大魏，西域诸州尽皆光复，山河疆土，寸土不让。

从今天开始，他面对的不再是一个个小部落的抵抗，而是整支西军，是中原魏国。

海都阿陵盯着末尾的落款处，怒意激荡，热血沸腾，手指用力到痉挛。

拦住他的是西军。

这段时日，西军已经收复高昌了！尉迟国主纵容依娜夫人，送他兵马和武器，这一路他也没有遇到过抵抗，这些都是李瑶英在迷惑他！

好！好一个李瑶英！

部下满身是血，冲到海都阿陵的身边，大吼："都统，我们撤去哪儿？"

海都阿陵的面部抽搐了几下，神情狰狞。

西域诸州向来精明，哪国势力强大就投靠谁，当地的世家贵族一直对繁重的苛捐杂税有诸多不满，信上所说就算不是真的，也差不离。王庭和汉地公主联合，把他拦在白城之外，瓦罕可汗逃往草原的东路肯定也被截断了。老可汗如今就是瓮中之鳖，在王庭和西军的夹击中一步步掉进最后的陷阱。

等西军和王庭军队同时收网，老可汗必死无疑。

他的人死伤大半，根本无力力挽狂澜，而且北戎的贵族仇视他，不会听他的号令。

海都阿陵一提马缰，果断地拨转马头。

"休整兵马，养精蓄锐，等待时机。

"大汗在外奔逃，贵族们各自为政，敌人准备充分，不知道还藏有多少陷阱。我们是大汗唯一的依靠，不能轻举妄动，等收拢更多队伍，立刻东进勤王！"

刚刚涣散的士气又振奋起来，乱兵们簇拥着海都阿陵，飞快地撤出战场。

白城的城墙上，将领们看着海都阿陵撤退，齐齐松了口气，下令士兵打扫战场，收治伤员。他们对望一眼，难以抑制激动的情绪，放声大笑。

唯有刚才挽弓搭箭的年轻将领板着面孔，脸上没有一丝笑意。

杨念乡摘下头盔，看向身边板着脸的将领："谢青，你刚才那两箭威力十足，练了多久呀？"

谢青面无表情地道："十二年。"

杨念乡啧啧称叹。

士兵冲上来禀报军情，众人顾不上闲话，各自奔忙。

王庭的军队和北戎的主力在撒姆谷对阵时，杨念乡几个人带着李瑶英的密信赶回高昌，和杨迁会合，帮助尉迟国主架空依娜夫人，解决了驻扎在高昌城中的北戎军队。

高昌国主立刻写信给魏国，要求魏国正式册封李瑶英，给予西军兵力支持。

与此同时，杨念乡和谢青赶往白城，召集兵马，安设器械，厉兵秣马。

李瑶英和他们分析过，海都阿陵一定会在积聚力量后先攻打高昌附近的部落，再攻占高昌。他们在白城等了很久，在整个山头埋设了商队秘密运来的武器，不断地放出假消息引诱北戎的斥候，就等着海都阿陵上钩。

今天只是两方第一次交锋，他们暂时吓退了海都阿陵，削弱了他的部队，不过尚不能掉以轻心。他们的任务是守住西边防线，让海都阿陵无法东进。

这期间，西军将会联合各地发动起义，逐步光复西域各州。

谢青手持长弓，带了一队亲兵出城巡视。

公主曾经一遍遍地叮嘱她，要她在战场上戒骄戒躁，绝不能轻忽。

以她现在的实力还不足以支撑她在阵前斩杀海都阿陵，因此她不能焦躁。她可以为公主守住白城，让海都阿陵无法再往东踏进一步。

谢青收起长弓。

她练了十二年的箭——她和公主也差不多认识了十二年。

长风猎猎。

谢青一身甲衣，横刀立马，俯视马蹄下一片狼藉的战场。

士为知己者死。公主是西军的首领，她就要成为公主帐下最勇猛的大将。

沙城。

瑶英看完纸上密密麻麻的详细的战报，确认谢青他们击退了海都阿陵，将之前的布局谋划一一道出。

她身在王庭，所以身边没有带人马，西军主力正在战场之上奋勇杀敌，收复失地。她和商队在后方调配粮草武器，为他们指引路线，让他们可以避开北戎乱军，减少伤亡。

在王庭随军的那段日子，她整日处理后方军务、整理情报，现在做起这些事情已经很熟练了。

李仲虔看着瑶英，心中百感交集。

他的所有抱负和志气都在谢无量死去之后烟消云散了，现在的他宁可负天下人，也不让天下人负他。

瑶英和他不一样。

从前他们在中原时，因为李德和李玄贞的压制，她不敢接触这些事情。

这三年，他不在她的身边，她经历了很多艰辛。在他的面前，她依然是乖巧的妹妹，但在其他人的眼中，她早就不是从前的她了。

李仲虔神色晦暗。

瑶英知道他的心病，摇摇他的胳膊，撒娇道："阿兄，你勇冠三军，亲兵家将都很崇拜你，我让他们以后多向你请教，你能教他们排兵布阵吗？"

他现在还是想着带她回去，她得先让他慢慢地接手这些事情。

李仲虔收敛心思，颔首："他们这几年一直跟在你的身边，都是忠勇之士，也是好苗子，想问什么只管来问。"

瑶英笑着嗯了一声。

两人说了一会儿话，李仲虔督促瑶英回屋吃药。

当晚两人收拾好行囊，预备第二天出发去圣城。

翌日早上，瑶英和李仲虔骑马出了驿馆，等在驿馆外的流民立马围了上来。

"壮士！收下我们吧！"

"首领，你不能丢下我们不管哪！"

李仲虔理了理缰绳，冷冷地看一眼扑上来的流民，凤眼中满是戾气："滚。"

流民们吓得直往后退。

瑶英和李仲虔并辔而行，看一眼身后的流民。

"不用理会他们。"李仲虔道，"他们的生死与我何干？"

瑶英想了想："阿兄，如今我们正是用人之际，不如查清楚这些人的身份，如果他们原先是牧民，没做过什么恶事，可暂且收留。这些部落的人都是从小在马背上长大的，弓马娴熟。"

李仲虔皱了皱眉，终究拗不过瑶英："也罢，听你的。"

兄妹两人还在路上时，巴伊已经快马加鞭赶回圣城。

很快，李仲虔的亲笔信送达王寺。

昙摩罗伽刚刚结束一场宣讲。

大战之后，他照例在寺中举行半个月的法会。因双腿反复肿胀，他每晚都要以温泉纾解疼痛。花豹被关了起来，夹道各处也增派了人手。

这一次不会有人闯入密道。

信直接被送到他的禅室。他身着袒肩袈裟，浑身是汗，手执佛珠。他在般若的搀扶下慢慢地坐下，拆开从沙城送回的信。

侍立在门边的毕娑忍不住回头，紧张地盯着他手中的信。

昙摩罗伽看完信，放在一边，手指轻捻佛珠，脸上没什么表情，眉目沉静。

镏金香炉周围青烟缭绕，幽香阵阵。

半晌后，般若好奇地问："王，文昭公主在信上说了什么？"

昙摩罗伽淡淡地道："信上说，摩登伽女想通了。"

一年期满，他们该正式了结了。

般若拍手轻笑，念佛不已："这下好了，公主找到兄长，一年之期也满了，皆大欢喜。"

昙摩罗伽垂眸，翻开一卷佛经。

是呀，皆大欢喜。她一定很高兴。

风声呜呜，庭前盛放的沙枣花随风摇曳，阶前一地落英。

廊前光影浮动。

他坐在幽暗的禅室中一语不发。

毕娑暗暗叹了口气。

瑶英一行人出了沙城，面前便是一片浩瀚无垠的沙漠。

烈日当头，暑气蒸腾，一支支满载而归的商队向着繁华的圣城行去，低缓的驼铃声和激越的琵琶声在沙海中飘荡回旋。

李仲虔在马背上回头眺望屹立在黄沙中的沙城，城楼上的守军厚重的甲衣在艳阳下熠熠生辉。

城门外战火弥漫，各大势力犬牙交错，纷乱不止。

城门内歌舞喧天，商贾辐辏，贸易繁荣。

一道城门切割出两个截然不同的世界。

他们每经过一座市镇，几乎随处可见耸立的佛塔，百姓虔诚地供奉，将佛子视作神明。

李仲虔思索半晌。乱世之中，明月奴远离故土，逃到陌生的国度，得到王庭佛子的庇护，实属不易。

他不信命，不信鬼神，只信奉弱肉强食的法则，但是这一刻心里还是温柔了些许。

他只希望世道温和地待她，别让她吃太多苦头。

李瑶英头梳发辫，珠翠璎珞披肩，穿着一身娇艳得连日光都暗淡了几分的窄袖轻纱衫裙，脸上罩着面纱。她一边驱马，一边和老齐商量赎买奴隶战俘的事情。

李仲虔听了一会儿，皱眉问："北戎的战俘你也要赎买？"

瑶英解释说："北戎的战俘中有很多是从各个部落被强行征召来的平民，并不愿意为北戎打仗。我们赎买他们，不会马上放他们归乡，而是让他们为我们指引道路，配合我们收复各个散落在大漠的绿洲，然后我再想办法安置他们。多赎买一些人，我们就多一些战友，少一些敌人。

"我之前已经赎买了几批人，想继续从军的加入西军，想回乡的结伴回乡，老实地牧羊或是种地。"

西军的人数还是太少，而且他们受西域的地形所限，很难在短时间内彻底平定所有纷乱，唯有先拿下重镇才能稳定局势。而拿下重镇后，为防止北戎以后反扑，士兵们必须就地屯田，一边休养生息，恢复生产，供应军中所需，一边勤奋操练，备战迎战。

随着西军逐步收复失地，大规模的人口迁移马上就会发生，这个时候每一个劳动力都很珍贵——他们想平定乱世本就是为了人。如果人人都能安居乐业，战事自然就少了。

高昌光复后，瑶英便盼咐老齐制作名册，让他着手准备安置战俘流民的事情，免得他以后手忙脚乱，忙中出错。

李仲虔微微颔首。

他想到了以后。

西域局势复杂，西军不能依赖朝廷，更不能落到李德的手里，必须就地扎根才能随机应变，那么粮草和武器都要靠西军自己筹措。士兵屯田可以减小军队的粮草压力，解决长途运输这道大难题，省去层层关卡，避免克扣，不过会导致战斗力下降。

瑶英赎买人口以填边屯田是个好办法。

"钱够吗？"

老齐在一旁笑眯眯地道："阿郎无须担忧这个，管够。且不说我们日进斗金，不愁花销，西军乃民心所向，杨将军刚刚举起起义的旗帜的时候，世家豪门和百姓都争着献财献物。起义前，公主找了些粟特商人，向他们陈述利害，商人也都慷慨解囊，为西军献上大笔资囊。"

李仲虔挑挑眉，想起谢家的世代积累。

她从会管账开始就帮他管理谢家的账务，当初为了救他拿出一半家产打点朝中大臣，剩下的那些不为人知的产业也足以保证他们下半辈子衣食无忧。

瑶英打发走容光焕发的老齐，朝李仲虔苦笑，小声说："阿兄，百姓自发送钱送粮是真的，但豪门和粟特商人最是精明，献财是为了以后打算。这些人情我们以后都要还。"

世家和粟特人盼着商路畅通后他们能控制商道，从中获取利益，那才是一本万利的买卖。北戎强大时，他们依附北戎；北戎失势，他们立刻朝西军献媚。西军要拉拢这些人，但也要防着以后被他们架空。

李仲虔看着满头是汗的瑶英，神情复杂："无利不起早，这是人之常情。你分得清这点很好，别和杨迁一样满脑子只有大义。"

杨迁就是个愣头儿青，固然胆气十足，但少了圆滑和谨慎，以为靠着一把剑就能伸张正义、一展壮志。要不是因为瑶英、尉迟国主这样的人在背后斡旋，他早就被其他的世家豪门出卖了。

瑶英轻笑："杨迁浑身是胆，我看他很好。"

李仲虔扬了扬眉毛，若有所思："杨迁还未娶妻，只比你大几岁，倒也合适，长相也不差……他是河西世家之后，身份配得上……"

瑶英忍俊不禁："阿兄，你觉得现在的我赶着嫁人吗？"

李仲虔不语。

瑶英扬鞭催马，和他并辔而行："阿兄，以前你担心李德为了拉拢其他势力胡乱地把我嫁出去，现在他不能逼我嫁人了，我的婚事可以由自己做主。阿兄，你不用再像以前那样总想着帮我找一门好亲事。我和杨迁只是朋友。"

李仲虔抬眸看她，眼神深邃："你嫁了人，我放心点儿。"

瑶英轻哼一声，皱了皱鼻尖："你就这么想让我嫁人？嫁人了就一定能万事无忧？万一郎君跟我不和，对我不好呢？"

李仲虔的脸色沉了下来："那我就挖了他的心肝给你下酒。"

瑶英失笑："那还不如不嫁呢！我现在不想嫁人。"她板起脸，瞪李仲虔一眼，道，"阿兄，你一直没娶妻，我可是从来都没唠叨过你。"

从李仲虔十五岁开始，谢家的老仆就劝他早日成家，还帮他物色了几个门当户对的世家女。他断然拒绝："以我这样的身份，随时会大祸临头，做我的妻子，过不了几天好日子，何必害人？"

老仆劝过几次，他不为所动，宁愿眠花卧柳，放浪形骸，和那些只认钱帛不认人的花娘来往——万花丛中过，片叶不沾身。

他府中的姬妾大多是贱籍，知他无意娶妻，求他收入府中。

他道："我活着，你们想走就走；我出事了，你们都自寻出路去。"

所以他一出事，瑶英就给他的姬妾每人一笔银钱傍身，让她们自行离去，以免被牵连。她们走得也干脆。

"长幼有序，阿兄还没娶妻，我不急着嫁人。"瑶英一字一字道，语带威胁之意。

李仲虔瞥了瑶英一眼，翘起嘴角："好了，今天不说这个了。"

西军的世家儿郎那么多，他总能找到几个她看得顺眼的。

他们接着赶路，穿过寸草不生、绵延起伏、一座接着一座的沙山，前方出现一片耸立的悬崖峭壁。队伍翻山越岭，走了一天一夜，呼啸的风声慢慢隐去，眼前豁然开朗，大片沃野映入众人的眼帘。

苍茫的天穹下，几条河流蜿蜒流淌，波光粼粼。河边绿树成荫，牛羊成群，河谷绿意盎然，铺青叠翠，大小房屋村庄坐落其中，炊烟袅袅。

扑面的风变得凉爽起来。

漫山遍野都是棉、桑、麦，山坡上的果树硕果累累，葡萄庄园里，一串串葡萄挂满枝头，果香四溢。

李仲虔暗暗道：难怪王庭富庶，这里荒漠纵横，也有大片连绵的肥沃绿洲，和波斯、天竺、拂林诸国频繁贸易，商贸发达。

商队要留在河谷的市坊和本地商人交易，李瑶英、李仲虔急着赶路，和商队分开。

几日后，两人和亲兵抵达圣城。

天气炎热，瓜果成熟，小贩推着小车在街巷里叫卖酸梅、胡瓜、杏、梨，货架上的商品琳琅满目。

瑶英一行人风尘仆仆，又热又渴，看到小车，眼中纷纷闪过亮光。

众人下了马，将小贩团团围住。

瑶英拿了些瓜果给李仲虔尝："这里的瓜果甘甜多汁，阿兄吃些解渴。"

说着话，她看到小车上一藤篮状如琥珀——晶莹剔透的金黄色的果子，拿出银币买了下来。

亲兵吃饱了瓜果，长舒一口气，一抹嘴，抱拳道："公主，小的这就去王寺报信？"

李仲虔摇摇头："先找个地方换身衣裳。"

他第一次觐见王庭的君主，要代瑶英向佛子致谢，还要解决摩登伽女的事，不能这么灰尘满面地入宫。

"王寺的院子肯定早就清理干净了，我们去市坊的绸缎铺，那里有我们的人。"

众人遂牵着马去市坊。

市坊格外冷清，绸缎铺的胡商掌柜本在二楼打瞌睡，看见瑶英，忙殷勤地下楼迎接。

李仲虔仔细地梳洗了一番，换上连珠狩猎纹锦袍，以幞头裹发，脚踏锦靴。他鬓若刀裁，俊朗英挺，腰佩长剑，革带上还别了把镶满宝石的短匕首。

他听亲兵说了，在王庭，身上的珠宝玉石堆得越多，人越气派。

瑶英也去换了身衣裳，李仲虔看到她，轻皱眉头："怎么穿得这么素净？"

她穿了件灰色的长裙，束起长发，以玉簪固定，别无其他装饰。

瑶英说："要去王寺，我还是素净点儿好。"

见到李仲虔后她如释重负，心情舒畅，打扮得鲜亮。现在回到圣城，她肯定不能和在沙城时一样穿。

李仲虔皱眉："你以后不是佛子的摩登伽女了，不用忌讳，去换身衣裳。"

她还不到十八岁，就该像在中原时那样每天装扮得漂漂亮亮、珠围翠绕的，不用在意任何人的眼光。

瑶英想了想，还是摇头："今天就算了，等我正式了结摩登伽女的事情后再说。"

李仲虔只得随她。

他们出了市坊，去王寺报信的亲兵折返，回禀说："佛子不在寺中。今天城中举行法会大典，佛子出行。"

瑶英轻蹙眉头："难怪今天市坊这么冷清……"

她想起来了，大战后昙摩罗伽要主持法会，诵经超度阵亡的将士，安抚民心。

他的腿不知道有没有好点儿……

李仲虔示意亲兵带路："大典在哪里？我们过去看看。"

大典在王宫前的广场举行，一行人向王宫的方向走去。

一路上行人越来越多，长街前更是人头攒动，水泄不通，高台下是一片黑压压的信众。

白袍蓝衫的近卫军驻守在长街的几个入口处，瑶英一行人来得太晚，被近卫拦在广场外。

他们和其他挤不进去的百姓站在一起，遥望广场。

风声猎猎，经幡飘扬，气氛庄重。

场中的百姓虽然多，但都虔诚地排着队上前。除了僧人的诵经声之外，场中不闻半句人声。

瑶英站在人群中，仰望高台。

十数个身着华丽的法衣的僧人站在高台上，当中一人着一身绛红色的袈裟，袒露着半边肩膀，率领众人拈香。

拈香毕，他徐徐地转过身，面向百姓，手握持珠，念出一串经文，音调婉转，韵律优美。

一时之间广场之上梵音大作，鼓乐缭绕，香雾袅袅。他伫立其中，身姿挺拔，眉眼沉静淡然，整个人俊美清冷，似被佛光笼罩，不像尘世中人。

庄严肃穆的氛围中，台下的百姓深受感动，大多双手合十，齐声念诵佛号。台下还有人在小声啜泣，声音汇成一片涌动的洪流，久久盘旋在广场的上空。

李仲虔和亲兵都不信佛，不过看到眼前此景不由得肃然起敬。

典礼结束，僧人和近卫簇拥着昙摩罗伽离去。

瑶英踮脚张望。他走下高台时没有显出一丝异样，看起来和没事人一样。

信众开始在近卫的指挥下陆续地退出广场，瑶英和李仲虔转身离开。

"阿兄，你刚才看到佛子了吗？"

李仲虔点点头："看到了……果然风采出众。"

见过人之后，他知道为什么瑶英这一路对佛子赞不绝口了。

瑶英微弯眉眼。

两人正说着话，一道黑影遽然从半空划过，直直地朝瑶英砸了过来。

李仲虔手疾眼快，一把攥着瑶英后退。

随着砰的一声，一块胡瓜砸在瑶英刚刚站立的地方，碎裂成几瓣，瓜肉、汁水迸溅。

瑶英觉得耳边嗡嗡直响，还没回过神，人群里不知道哪个角落传来一声大叫："她就是纠缠佛子的汉女！"

熙熙攘攘的人群立刻炸开了锅，无数道或厌恶或鄙视的目光朝瑶英看了过来，似万箭齐发，转眼就能把她扎成刺猬。

"她刚才一直在看佛子！"

"不知羞耻！"

"离开王庭！"

很快骂声四起，瓜果满天飞。信众们揎拳捋袖，随手抓起路边的小贩的篮子、货架上的瓜果，朝瑶英的方向投掷。

李仲虔勃然大怒，展臂把瑶英护在怀中。亲兵们反应过来，拔刀围住他们，举刀挡开飞来的瓜果菜叶。

广场上的信众太多了，一拨拨人拥上来，堵住了路口，叫的、骂的、大声发问的，乱成一团。

李仲虔血脉偾张，怒而拔剑。

瑶英赶紧按住他的手："阿兄，别把事情闹大，我们赶紧离开这里。"

事情闹大了，昙摩罗伽一定会为难。她确实纠缠他，败坏了他的名声，这些信众仇视她再正常不过。

李仲虔冷冷地扫视一圈，面色阴沉如水，攥着瑶英的手，护着她离开人群。

长街深处。

白袍轻甲的近卫骑马在前开道，一辆遍饰七宝珊瑚的马车慢悠悠地驶过深巷。咕隆的车轮滚动声和整齐的蹄声中，一阵急促的脚步声忽然从不远处传来。

一名近卫飞奔上前，对护卫马车的毕娑道："将军！文昭公主被信众围住了！"

毕娑浑身一震，猛地一拉缰绳："你说什么？谁被围住了？"

他话音未落，车帘晃动，一只骨节分明的手拨开纱帘，一道沉静的目光落在近卫的身上。

近卫打了个寒战，抱拳道："王，文昭公主刚才出现在广场上，观看您主持法会，信众认出她，把她围住了……现在广场那边乱成一团，伍长请将军示下，要不要驱赶百姓？"

毕娑迟疑了一瞬，朝车厢看去，道："王，我亲自去处理……"

"回去。"车厢里的人轻声道，直接打断他的话，语调平静，仿佛很从容。

下一刻，昙摩罗伽又道："掉头。"

他这分明是在催促了。

毕娑应是，下令掉头。马车加快速度，不再像刚才那样慢悠悠的。

等他们匆匆赶回广场时骚乱已经差不多平息了。

近卫巴伊快步跑过来报信："文昭公主怕出大事，让她的亲兵分开，把那几个最激动的信众引开了。现在人群已经散了。"

毕娑松了口气，还好瑶英没出事。他问："公主呢？"

巴伊指了个角落的方向："公主在那边躲着，说等人都散了再走，免得再生是非……"

他还没说完，张大嘴巴，神情惊诧。

车帘扬起，绛红色的袈裟扫过车辕，昙摩罗伽直接从车厢里走了出来，双眉微皱。

众人目瞪口呆，慌忙去拿铺地的金毯等物。

昙摩罗伽沉默不语，碧色的双眸扫视一圈。

长街的出口一片狼藉，遍地都是摔烂的瓜果。

今天的法会有几千信众聚集。就在刚才，几千人围住了她……

他捏紧佛珠，一步一步地朝巴伊指的方向走去，僧鞋踏过一地脏污。

角落，几个亲兵守着一个年轻的女子。她鬓发散乱，素净的灰色长裙上满是瓜果的汁水留下的污迹，脚上的一只靴子掉了，袖子的一边划了一道大口子，雪白的肌肤露在外面，手肘上有几道微红的印子。

听到脚步声，她抬头望过来，看到一身袈裟的昙摩罗伽，神情错愕。她怔了一会儿，有些尴尬。

"对不起。"她朝罗伽微笑，"我给法师添麻烦了。"

昙摩罗伽垂眸凝望她半晌，视线扫过她手上那几道磕碰出来的红印。

她疼吗？他想问。

高台上还未撤下的经幡猎猎飞扬。

他将纷乱的思绪一点点收敛，淡淡地道："上马车，回寺。"

车轮骨碌碌地转动，马车驶了过来。

瑶英看一眼马车上瑰丽光耀的琉璃、珊瑚、砗磲、赤珠、玛瑙，再看一眼满地摔烂的瓜果，站着没动，小声道："法师，我没事。"

昙摩罗伽手握持珠，也站着没动。

两人之间隔着一地狼藉，微风拂过，和弯丁零。

一阵脚步声传来，近卫捧着瑶英掉落的靴子回来："公主，找着了。"

昙摩罗伽抬起眼帘，朝近卫抬起手，持珠轻晃。

近卫呆若木鸡。

又一阵急促的脚步声传来，李仲虔高大的身影出现在拐角处。他快步朝瑶英走近，瞥见近卫手里的靴子，走了过去，伸出手。

近卫捧着靴子，看一眼面容沉静的昙摩罗伽，再看一眼神色阴沉的李仲虔，眼睛瞪得溜圆，手脚不知道该往哪里放。

气氛凝滞了一瞬。

李仲虔微蹙双眉，看向昙摩罗伽，斜挑凤眼，不动声色地打量他几眼，大手张开。

"拿来。"他沉声催促近卫。

近卫连忙将靴子递给他。

李仲虔接了靴子，走到瑶英的面前蹲下，为她穿上靴子。

"人都散开了，我们先回去，没受伤吧？"

瑶英摇头，穿好靴子，抚了抚鬓边散乱的发丝，迫不及待地拉着李仲虔上前几步，笑道："阿兄，先等等，这位就是对我恩重如山的昙摩法师。"说着，她转头看着昙摩罗伽："法师，我找到兄长了！"

他曾为她祈福，希望她能早日和兄长团聚。她现在找到阿兄了，即使没有摩登伽女一事，也希望能带李仲虔来见他。

昙摩罗伽凝眸看着瑶英。

她有些狼狈，衣衫脏污，长发蓬乱，眼中却毫无羞恼之意，眉梢眼角盈满欢快的笑意，双眸似繁星闪烁，璀璨夺目。

他很少看到她笑得这么轻松欢畅，也从未见过她和谁这么亲昵。

她这般快乐，刚才的那场骚乱似乎只是不值一提的小事，一如齑粉，风吹吹就散了。

她还不到十八岁，青春年少，本该如此肆意张扬。

江天一色，明月皎皎，激滟清波千万里。

那些沉重的压力、辛酸的过往都应该离她远远的。

瑶英挽着李仲虔的胳膊，笑意盈盈。

李仲虔笑了笑，低头看她，用手指拂去她发丝上的尘土，感觉到昙摩罗伽的目光久久定在瑶英的脸上，眸底闪过一丝疑惑。他抬头，对上昙摩罗伽沉静的目光。

他行了个礼，郑重地道："舍妹遭歹人觊觎，流落王庭，幸得法师庇护才能逃脱，在下感激之至，无以为报。"

昙摩罗伽回过神，道："不及公主对我的恩义，若无公主相救，我亦无法施以援手。因缘际会，是诸法空相。"

瑶英一笑。

李仲虔笑道："法师果然如舍妹所说，佛法高深，仁心高义。在下初至王庭，一路得见王庭富庶，太平安宁，更听闻法师得万民敬仰，名声显赫，为庇佑舍妹，才有谣言纷传。舍妹心中愧疚不已，在下亦惶恐不安，此来圣城，既是为当面感谢法师大恩，略尽心意，也是为了结摩登伽女一事……"他停顿了一下，意味深长地道，"以免连累法师的名声，也免得再发生今天这样的事情。"

信众有多虔诚，疯狂起来时就有多狂热，一经煽动，什么事都做得出来，李瑶英在王庭多待一天就多一分危险。

他们不会允许她真的玷污他们的神。

来圣城的路上李仲虔留心观察，所过市镇无论繁华还是人烟稀少，几乎处处佛刹，牧民的帐篷中也会设供奉。百姓越崇敬佛子，就越无法接受给他们带来安宁的佛子和一个汉女牵扯得太多。

他们当然不会在佛子面前表现出什么，所有的憎恶只会落到瑶英的身上。

昙摩罗伽和李仲虔对视，眸如深井，平静无波。

"好。"他捏着佛珠，轻声道。轻飘飘的一个字竟重如千钧。

她离开以后让人送回一封信。信里说了，一找到兄长，她会按照约定，宣布不再迷恋他。

他知道会有这一天。

瑶英站在一边，轻轻地哆嗦了一下。被瓜果的汁水浸透的衣衫紧贴在身上，风吹过，她感觉凉飕飕的。

李仲虔立刻发觉了："舍妹身体不适，略有不便，在下先带她回去，稍后至王寺求见法师。"

瑶英想了想，没说话。

她穿着这一身满是污渍的衣服，确实不好直接去王寺。

在旁边观望了一阵的毕娑见状，上前笑着道："车马都备好了，公主和令兄还是一同去王寺吧。今天出了这样的事，可能还有人躲在巷子里想找公主的麻烦，公主还是谨慎些为好。"

瑶英面露迟疑。

毕娑道："公主住过的院子天天都有人打扫，公主和令兄可以去那里暂住，也好让令兄看看公主这一年住的地方。"

瑶英微怔，朝昙摩罗伽看去，他脸色平静。

李仲虔沉吟片刻，点头应下。他想看看瑶英住的地方。

众人准备动身，毕娑请瑶英先行。

李仲虔推辞道："法师乃王庭君王，在下和舍妹不敢和法师同行。法师先请。"

毕娑眯了眯眼睛。

昙摩罗伽转身，以眼神示意近卫，近卫捧着一件干净的白袍走到瑶英的身前。

他转头看她："披上。"

他不想见她生病。

说完他转身离去，绛红的袈裟落满日光，光华流转。

第五章
离开王庭

昙摩罗伽乘坐马车离开后，瑶英和李仲虔找了个安静的地方多等了一会儿，估摸着没人注意到他们了，这才去王寺。

瑶英披着白袍，脸上蒙了面巾，这回没有近卫军和百姓认出她。

李仲虔盯着她身上的卷草金纹白袍看了一会儿："佛子待你很好？"

瑶英点头："法师待我很好。"

"他有没有……"李仲虔欲言又止。

瑶英问："有没有什么？"

李仲虔笑了笑："没什么。"

他看着瑶英长大，她从不会耻笑爱慕她的少年郎，但是也不会亲近谁。宴会上少年郎们想方设法地接近她，她大大方方地一笑，客气有礼，又有种高不可攀的感觉。

在喜欢的人面前，她才会顽皮戏谑，会婉转撒娇。

她长这么大，除了自己这个兄长，李仲虔还没见过她对哪个男人像对佛子那样亲昵信任，就好像他们认识了很久似的。

虽然刚才她和佛子没说什么话，可是他们的眼神交流，她举手投足间对他的那种不自禁的、迥然不同的亲密暴露无遗。

而佛子对她的关注也有些古怪。

不知道为什么，李仲虔忽然想起李玄贞。

李玄贞冒着生命危险护送他来王庭和瑶英团聚绝不单单是因为内疚。那个男人阴郁偏执，反复无常，助西军收复瓜州后一定会再回来找瑶英。

李仲虔心头微沉。

佛子是一位得道高僧，瑶英很敬仰他，也许自己关心则乱，想多了。

近卫领着他们避开人群，从夹道绕过王寺，来到瑶英住的小院。

院中郁郁葱葱，葡萄架上密密匝匝，一串串晶莹剔透的葡萄低垂，院中的长廊被打扫得一尘不染，土墙上砌有通风的花窗，明亮整洁。

瑶英在院中转了一圈，发现所有陈设物件都是她离开时的模样，连她没看完的经书都保持原样，摊开放在书案上，边角压了镇纸。

侍仆说："阿史那将军吩咐我们天天过来打扫。"

瑶英失笑，毕娑还真细心。

她拉着李仲虔看自己住的屋子，告诉他自己每天做什么，亲兵们住哪里，墙上哪一处印子是亲兵比武的时候不小心留下的。

李仲虔静静地听着，末了揉揉瑶英的发顶。

知道她在王寺过得不错，他很欣慰。

瑶英道："阿兄，佛子真的对我很好。昙摩家和汉人仇深似海，他依然庇护我。我败坏他的名声，王庭百姓自然会仇视我，今天发生的事情和佛子无关。"

"你怕我迁怒于佛子？"李仲虔微眯凤眼，勾起嘴角哼了一声，"我不在你身边的时候，有个人对你这么好，这么照顾你，阿兄高兴还来不及，对他只有感激，怎么会迁怒于他？"

瑶英挑眉，摇了摇李仲虔的胳膊："我不是担心这个，是怕你为我不高兴。阿兄，那些人的叫骂我一点儿都不在意，你也别放在心上。"

李仲虔的神色缓和了些："你放心，这里是王庭，我不会和那些平民起冲突。"

兄妹俩换了衣裳。亲兵过来禀报，说商队赶到了，一辆辆载满丝锦绸缎、佛经佛像、精美瓷器和茶叶的大车正朝王寺赶来。

李仲虔颔首："择日不如撞日，今天就把事情了结了。"

一辆接一辆满载货物的大车出现在王寺门外，汇成一条长龙，整条长街都是驼铃声。

般若接了老齐送上的厚厚一沓礼单，飞跑进禅室回禀。

"王，文昭公主的兄长谢郎君送来谢礼，寺门外全是他们的大车！"

昙摩罗伽接过礼单。

长廊外脚步声响个不停，王寺的寺主、戒律、长老全部赶了过来，齐聚在禅室外，向昙摩罗伽施压。

此前他们看一年之约即将期满，委婉地暗示昙摩罗伽宣布摩登伽女出寺，罗伽未予理会。

僧人们私底下议论纷纷，心里泛起嘀咕：民间的那些诸如"王把文昭公主囚禁在王寺"的传说该不会成真了吧？

不然王为什么拖延呢？

前几天洒扫庭院的小沙弥悄悄地透露了一个消息：王去了文昭公主住的院子，而且待了两个多时辰！

众僧心中不安，想找到文昭公主劝她自行离去，别赖着不走。可是小院由近卫军层层把守，他们根本见不到文昭公主，只能暗暗着急。

今天广场上发生骚乱，文昭公主的兄长从天而降，亲自来接公主回中原，僧人们大喜，闻风而动。

佛子不能再拖延下去了，今天必须当众给天下人一个交代。

禅室里香烟袅袅，一炉沉香静静地氤氲。

昙摩罗伽放下烫金礼单。

书案上简牍堆叠，一边是公文，一边是众僧、朝臣劝他宣布文昭公主出寺的谏言。

近卫禀告："王，谢郎君和文昭公主在外求见。"

昙摩罗伽沉默了一会儿。

"宣。"

不一会儿兄妹俩并肩走进禅室。

瑶英看到昙摩罗伽身侧的自己常用的那张小案，和他见礼毕，下意识地走过去。

"明月奴。"李仲虔叫她，示意她坐到自己的身边。

她收回脚步，和李仲虔一起落座，朝正襟危坐、法相庄严的昙摩罗伽笑了笑。

昙摩罗伽神色淡然。

李仲虔开门见山地道："佛子慈悲为怀，这一年来舍妹给佛子添了不少麻烦，如今一年之期已满，我兄妹二人不能再麻烦佛子了，在下今日来正式接舍妹出寺。佛子的庇护之恩在下没齿难忘，无以为报，今日只能聊表心意。以后佛子若有差遣处，在下定不敢辞。"

这一番话说出口，瑶英忍不住抬头看他。

他什么时候说话这么客气了？

李仲虔看着昙摩罗伽。

昙摩罗伽抬眸："卫国公言重了。"

他的目光落到瑶英的身上。

瑶英也在看他。四目相对，她朝他眨了眨眼睛。

昙摩罗伽看着她，一字一字地道："公主于我亦有恩德……公主永远是我的客人。"

远方来客终究要离开。

门口响起一阵脚步声，般若站在门外道："王，仪式准备好了。"

昙摩罗伽一言不发。

般若以为他没听见，又说了一遍："王，大殿的仪式准备好了。众僧已经齐至大殿，寺主请王示下，是不是可以开始了？"

李仲虔看了昙摩罗伽一会儿。

昙摩罗伽垂眸，站起身："开始吧。"

李仲虔和瑶英跟着起身。一行人沉默着走过幽静的长廊，穿过耸立的佛塔林，走下平缓的长阶。快到大殿时，般若示意李仲虔跟上他，带着他从另一个入口去佛殿。

瑶英朝李仲虔点点头，示意无事。

他皱着眉头走开："若有事，大声叫我。"

"没事的，阿兄。"瑶英目送李仲虔离开，抬眸看一眼走在前面的昙摩罗伽，加快脚步跟了上去，道："法师，我累了，可不可以歇歇？"

昙摩罗伽顿住脚步，垂眸看她。

瑶英眼巴巴地仰望他。

昙摩罗伽停下来，扫一眼跟在后面的近卫。

近卫会意，退后几步，站着不动了。

瑶英吐出一口气，靠坐在栏杆上，给自己扇风："法师，你也坐下休息一会儿。"

昙摩罗伽负手而立，遥望远处沐浴在一片灿烂的金光中的塔林。

累的人是他。

她面色如常，完全看不出疲累。

"我没事。"他轻声道。

瑶英看一眼他的袈裟下摆，隔着袈裟，看不出他的腿是不是好了点儿。不过她留意到刚才他下阶梯的时候动作有些迟缓。

"法师这些天每天都要主持法会，要多休息……"她朝他笑了笑，"今天让法师受累了，法师这么忙还要处理我的事……早点儿解决我这个麻烦，以后法师能清净些。"

昙摩罗伽凝眸看着佛塔高处尖尖的舍利塔。

"公主从来不是麻烦。"他忽地道。

瑶英一怔，抬头看昙摩罗伽。他端立在栏杆前，一双碧眸澄澈，眸光灿灿，五官犹如刀削，绛红色的袈裟灌满了风，袍袖猎猎。祖露在外的半边肩膀肌肉匀称，在落日金晖的映照下散发着油亮的麦色的光泽，宽大的袈裟第一次清晰地勾勒出他高大的身形。

他是王庭的君主，也是王寺的佛子。

小沙弥过来禀报："王，都准备好了。"

昙摩罗伽嗯了一声，转身离开。

瑶英起身跟上他，暗暗叹了口气。她想让他休息一会儿，没想到他一刻也不松懈。

大殿香烟弥漫，殿前密密麻麻地站满了僧众，却一声咳嗽不闻，死一般沉寂，气氛肃穆庄严。

瑶英低着头，从正门走进大殿，几百道锐利的目光顿时如潮水般涌来。她不慌不忙地走上前，双手合十，跪在蒲团上。

夹道那头传来窃窃私语声，众僧纷纷让开道路。昙摩罗伽在近卫骑士的簇拥下入殿，坐于高台上，俯视台下的众人，面容冷峻。

寺主摇动铜铃，僧众齐齐望向瑶英，怒目圆睁。

一人怒喝："痴人，你可断绝对佛子的痴恋？！"

瑶英双手合十下拜："弟子已断绝妄念。"

"果真？"

瑶英道："此前我执迷不悟，修习经义后已打开心结。"

僧人喝问："你可愿剃发出家，皈依我佛？"

瑶英道："弟子不舍红尘。"

僧人冷笑："汝修三昧，本出尘劳。淫心不除，尘不可出。你既不愿剃发出家，从今日起立刻离寺，以后好自为之。"

瑶英应是，慢慢地舒了口气。

自己解决了摩登伽女一事，昙摩罗伽就不用继续背着纵容她的骂名了。

她除去心头的重担，正要起身，殿内突然响起一片惊诧的议论声。抽气声此起彼伏，落在她身上的目光陡然变得更加严厉，有如万钧力道压下来，让她有种喘不过气的感觉。

瑶英一头雾水，抬起头，愣住了。

一道阴影罩了下来，将她整个人笼在其中。昙摩罗伽不知道什么时候走下高台，一步一步地走到她的面前，静如深潭的碧眸俯视着她。

瑶英被他看得头皮发麻，不禁屏住了呼吸，手指轻轻地战栗。

众僧茫然四顾。

寺主皱了皱眉头，朝瑶英示意："文昭公主，现在你可以离去了……"

瑶英看着昙摩罗伽。

殿前安静下来，落针可闻。

昙摩罗伽凝望瑶英半响，眸中似有暗流涌动。不一会儿，情绪又被尽数敛去，双眸如古井无波。

他只是看着她，沉默不语，片刻后转身离开。

众僧齐齐念诵经文，梵音大作，满殿都是钟磬声。

小沙弥小声欢呼。

文昭公主离开王寺的消息很快传遍王寺内外。

殿门外，和亲兵站在一起的李仲虔看着昙摩罗伽的背影，瞳孔猛地一缩，眉头紧皱。

昙摩罗伽回到禅室，一开始脚步从容，等回到小院，周围只剩下他的心腹时，脚步便蹒跚起来。踏上石级的时候，他踉跄了一下，几欲栽倒。

毕娑暗道不好，搀他回房。时值盛暑，他手腕冰凉。

医者匆匆赶到，给昙摩罗伽扎针，帮他调息，一直忙到天色暗沉下来，昙摩罗伽的脸色才好转了点儿。

医者嘀咕："我不是叮嘱你们让王保持心情舒畅吗？"

毕娑没说话，打发走医者，为昙摩罗伽盖上薄毯。昏睡中的人忽然睁开眼睛，直直地看着他。

"明月奴。"他轻声道，眼神茫然。

毕娑愣住了。

这时门外传来几声敲门声，般若送来一封信和一只捧盒："将军，西军都督送来的。"

"哪儿来的西军都督？"

毕娑接过信，看到信封上熟悉的字迹，呆了一呆，跳起身。

"人呢？"

般若茫然地道："刚送进来的，人应该就在王寺外面。"

毕娑疾步奔出王寺，骑快马追上刚刚送信的人："西军都督留步！"

几匹健马停了下来，马背上的人回头，黑发如云，明艳动人："将军？"

毕娑盯着她看了很久。

原来如此。

从今天开始她不再是佛子收留庇护的文昭公主，而是和王庭结盟的西军都督，诸多骂名都不会落到佛子的身上。

她在为罗伽打算。

瑶英试探着问："我以西军都督的身份给佛子写信，这也不妥吗？"

毕娑一笑，摇摇头："请公主随我入寺。"

瑶英面露迟疑之色。

毕娑道："王病了。"

瑶英轻蹙眉头，拨马转身。

瑶英再次走进幽暗狭窄的夹道。凉风透骨，她不禁轻轻地战栗，拢紧了斗篷。

毕娑走在前面，提了一盏灯，扫一眼她被密道里的水汽浸湿的鬓发，轻声道："王身体不适，愁闷难纾，我不知道该怎么让王宽心，自作主张请公主前来，难为公主了。"

瑶英低头看脚下的路，道："不碍事，法师的身体要紧。"

她记得昙摩罗伽的结局，此刻希望他能好好活着。她可以改变李仲虔的结局，应该也能改变他的。

"将军，法师因何事郁闷难解？"瑶英小声问。

昙摩罗伽佛法高深，看透世情，无悲无喜，应该不会为寻常的俗世烦恼所困。

毕娑道："许是因为前段时日朝中政务繁忙，战事又吃紧，王连日劳累，忧思过度。"

瑶英轻皱眉头。

毕娑随口瞎扯了几句，沉默下来，看似望着手里的灯，余光却一直停留在瑶英的身上。

昙摩罗伽是佛子，不便深夜召见她，她便披上斗篷随他从密道入寺，不多问一句话，怕走漏消息，一个亲兵也没带。

自己这样委屈她，她一点儿都不在意。

她这样风华绝代的女子，即便不做什么，只一个漫不经心的眼神就足够让人心驰神往，让部落最矫健的勇士面红耳热，甘愿为她出生入死。更何况她对一个人好，那便是全心全意，一片赤忱，谁招架得住呢？

昙摩罗伽没见过她，不知道世上有这么一个女子也就罢了。

偏偏他见了，认识了，还曾和她朝夕相处，自然就会忍不住生出独占的欲望。

他见过光明和温暖，再也无法忍受黑暗和孤独。

可罗伽又那么清醒，不会糊涂到以佛子的身份去占有一个汉女。

那样的话他会招致千古骂名，而文昭公主一定会被视作祸国殃民的魔女，遭到疯狂的信众的诅咒痛恨，必须时时刻刻提防信众的报复。

没有一个女子能承受那样的压力。

所以罗伽连挽留她的话都不能说，只能在她离去后，意识不清时，悄悄地唤她的名字。

毕娑心情沉重。他既想要罗伽好过一点儿，又怕自己现在做的事情让罗伽陷得更深，以至于他们二人最后一个心如死灰，一个声名狼藉。

世间安有双全法……

但愿他没做错。

毕娑停下脚步，推开一道暗门，用手里的灯往前指了一指："王在里面。"

瑶英顺着朦胧的灯光看去。夹道深处通向一间静室，毡帘低垂，几点微弱的烛光摇曳，隐约照出屋中陈设的轮廓，地上铺设的织毯金光闪烁。

"医者来过了，药在几案上，劳烦公主提醒王用药。"毕娑站在暗门外道。

瑶英轻轻地嗯了一声，迈步往里走。屋中闷热，她很快出了汗，脱下斗篷，经过长案时，看到自己让人送来的信和捧盒、一罐热气直涌的汤药、几包用丝锦包起来的药材、一大盘冰镇的瓜果，还有一盆撒了酸梅的冰酪。

内室香烟袅袅，她掀起帐幔往里看。室中陈设简单：一张长榻、两张长案、一盏烛火、一卷佛经、一只炭炉。

榻上躺了一个人，双目紧闭，面色微红。他一动不动，身上盖了层薄毯。内室烧了炉子，暖烘烘的，他的额上有细密的汗珠冒出，毯子翻开，僧衣的袖摆露在外面。

瑶英轻手轻脚地上前，俯身把压在他的手臂下卷成一团的半边薄毯抽出来，展开，盖住他裸露的肩膀，手指不小心蹭过他的肩，触感黏黏腻腻的。

他不只头上出汗，身上也覆着一层薄汗。

瑶英扫视一圈，找到铜盆，绞了帕子，轻轻地擦拭昙摩罗伽的额头和两颊的汗水。

微热的帕子碰触肌肤，沉睡中的男人轻颤眼睫，缓缓地睁开眼睛，任由目光跌进瑶英秋水般的眸子里。

他看着她，神色平静，眼圈发青，目光深邃。

瑶英手上的动作放轻了些。

最近他果然还是累着了，白天又为了她的事情走了那么远的路，病情加重。

这么热的天里，他还得在床边生炉子。

她给他擦了脸和肩膀，迟疑了一下，小声道："法师，我扶你起来，身上也擦擦吧？睡着舒服点儿。"

昙摩罗伽轻抿双唇，一声不吭。

他容貌俊美，平时脸上没什么表情时也一派庄严，严肃起来更有种凛然不可侵犯的圣洁之感，这会儿躺着看瑶英，虽在病中，气度依然雍容。

瑶英当他答应了，扶着他的肩膀让他靠坐在榻边的围栏上。她照顾过醉酒的李仲虔和受伤的谢青，两人都人高马大，因此照顾起昙摩罗伽自然不在话下。

等他坐定，她松开手，重新绞了帕子，轻柔地按在他的脖子上，手慢慢地往下。

温热细腻的帕子轻柔地擦过他露在外面的锁骨，帕子的一角滑进僧衣。他忽地抬手，握住瑶英的手腕。

瑶英抬眸看他。他面容沉静，眸光冰冷，握着她的手腕的掌心汗津津的。

"法师？"瑶英疑惑地唤他。他不会又不认得她了吧？

昙摩罗伽垂眸看她半晌，右手抓着她，左手抬起，单手解开身上的僧衣，抽走她手里的帕子，自己给自己擦拭身体。

看他不想让自己碰他，瑶英立即低头退开，手上却一紧。他紧紧地攥着她，不容她动弹。

瑶英心道：看来他还没清醒。

昙摩罗伽一手抓着瑶英，一手给自己擦身，整个过程中，一双碧眸一直看着瑶英，目光冷厉。

瑶英一时帮他也不是，退开也不是，只得转眸盯着长案上的烛火看。

烛火晃动了几下。昙摩罗伽擦好了，掩上僧衣，靠回榻上，这才松开了抓着瑶英的手。

瑶英揉揉手腕。他虽然病着，手劲倒是不小。

昙摩罗伽合上双眸，不一会儿睁眼，目光扫过瑶英。

"怎么还没走？"他轻声道，语气透出深深的疲倦。

瑶英道："法师还没吃药呢。"

昙摩罗伽似乎没想到瑶英会回答自己的话，抬起眼帘凝视她片刻。

坐在他的面前——面上浮着浅笑的女子真的是她。

下一瞬，昙摩罗伽眉心微动，身形僵住，瞳孔慢慢地放大，眸底掠过一丝错愕，似闪耀的星光于静夜里忽然燃起，然后又一点点敛去。他眸底很快恢复一片苍凉，只剩乌云涌动。

他素来是个冷静自持的人，愣怔不过在刹那。

瑶英眨眨眼睛，细看他的脸色。

四目相对，两道呼吸交缠。

瑶英知道昙摩罗伽认出自己了，挑挑眉："法师，是我，阿史那将军带我来的。法师刚才把我认成谁了？"

昙摩罗伽没说话，纹丝不动，像是入定了。

见他不想回答，瑶英不追问了，起身走到长案边，倒了一碗药，回到长榻边，捧着药碗："法师，吃药吧，药凉了发苦。"

昙摩罗伽的视线停在她的脸上。

烛光晃动。她穿着白天在大殿时穿的那件素净的浅褐色布袍，长发束起，墨鬓间插着一支泛着温润的光泽的翠玉莲花簪子，脂粉未施，但整个人青春娇美，依旧容色逼人。

薄暮时分，殿中密密麻麻地站满僧众，殿外无数的香客信众围观，佛像威严俯瞰，寺主厉声喝问，她被正式逐出王寺。

他坐起身，俯视着她。

她悄悄地朝他俏皮地眨了眨眼睛，神情如释重负。

她可以摆脱摩登伽女这个身份了。

自始至终，他和她都知道摩登伽女的身份只是个幌子。

可是那一刻他竟生出妄念，希望她撒的谎都是真的。

她敬仰他，把他当成一个可以信赖的长辈，以为他心无尘埃，没有一点儿私心……她错了。

他纵容了她无意识的亲近。

他想要她留下来，留在他的身边，哪里也不去。

他贪恋她的陪伴。

所以他不能挽留她。

"法师？"

一股清苦的药味扑鼻而来，瑶英端着药碗，往昙摩罗伽的跟前递了一递。

昙摩罗伽回过神，微微一凛，神思渐渐恢复清明。他接过药碗，没有喝，随手放在一边，手伸到瑶英的跟前。

瑶英愣住，疑惑地看着他。

昙摩罗伽低头，手指隔着袖子托起她的手腕，卷起她的衣袖，小心翼翼，不去触碰她的肌肤。

皓腕纤巧，肌肤白如凝脂，他刚刚抓过的地方留下一道淡淡的红印。

"疼吗？"他听到自己的声音，平稳从容，心中却有波澜涌动。

不敢当众问出口的话终究还是被他问了出来。

瑶英摇摇头："没事的，一会儿就消了。我平时不小心磕碰一下就会留点儿印子，连药都不用擦。"

现在的她摔摔打打惯了，只要脸上没疤就行。

昙摩罗伽没说话，看向她的另一只手，照样隔着袖子托起她的手腕，手指掀开衣袖。

这一次动作依然轻柔，气势却有些强硬，不容她拒绝。

瑶英茫然了一会儿。

昙摩罗伽托着她的手，右手微不可察地颤了一下。

她的这只手可能是在她白天躲避人群的时候磕碰到了，鼓起几道青肿的痕迹。灯光映照下，雪白娇嫩的手腕上赫然有几道印子，有些触目惊心。

今天百姓只是随手扔些不会伤人的瓜果而已。

昙摩罗伽的目光一沉。

瑶英顺着他的视线看去，自己也吓了一跳，想起广场上的事情，收回手，放下袖子："不知道在哪里碰了几下，一点儿都不疼。"

她端起被昙摩罗伽放下的药碗："法师，吃药。"

昙摩罗伽接过药碗，仰脖，动作优雅，速度倒不慢。药很快就被他喝完了。

瑶英递了盏水给他漱口，想起自己送来的捧盒，拿起来打开，捧出里头的一只羊皮袋。

"法师，这是我回圣城的时候在路上买的，正好解苦味。"

她笑着坐回榻边，解开羊皮袋，拉起昙摩罗伽的手，让他摊开掌心，拿了张干净的帕子垫着。

手心微凉，昙摩罗伽低头，灯光下，一捧晶莹剔透、状如琥珀、大小不一的黄白色的小糖粒落进掌中的帕子上。糖粒饱满圆润，色泽鲜明。

一股淡淡的甜香弥漫开来。

"今天刚好有人卖这个，我记得法师常吃它。"瑶英道，"我问过医者，刺蜜有滋补强健之效，止渴，止痛，和法师正在服用的药不相克。这可是今年头一批刺蜜，我买下来的时候里头还有枝叶，都挑拣干净了，法师快尝尝。"

昙摩罗伽沉默了一会儿，拈起一块微黄的刺蜜送入口中。

刺蜜细腻柔软，入口鲜甜，一点儿微带酸味的甜意在舌尖炸开，慢慢溢满唇齿，滑入喉咙，紧接着浸入肺腑，一直甜到心底。他仿佛能感觉到血液汩汩流动，僵硬的四肢微微泛起酸麻之感。

瑶英巴巴地看着昙摩罗伽："甜吗？"

他看着她，点点头："甜。"

这味道很甜。

瑶英笑着说："在我的家乡，刺蜜是贡品。"

刺蜜是骆驼刺上分泌凝结的一种糖粒，从前西域经常把它作为贡品呈献给长安。她今天买瓜果的时候看到摊上有几包刺蜜，难得见糖粒有小葡萄那么大，都买了下来。一包给了李仲虔，剩下的她打算给昙摩罗伽，想他常吃刺蜜，一定很喜欢。

"可惜今天在宫门前挤掉了一包……"瑶英不无遗憾地道。

昙摩罗伽心头微颤，想起白天见到她时，李仲虔不在她的身边，后来匆匆赶过来，手里好像拿了几包羊皮袋。

她被百姓围着讥讽漫骂时，心里想着的是几包他以前常吃的刺蜜？

他坐着出了一会儿神，拢起帕子，把没吃完的刺蜜放在枕边，视线落到瑶英的手上。他轻声说："那边有药。"

瑶英按着他指的方向找过去，翻出一只银色的蚌盒，打开来，闻到一股清香。

"要擦哪里？"瑶英洗了手，托着蚌盒问。

昙摩罗伽不语，直接从她的手里接过蚌盒，坐直了些，两指蘸取药膏，示意她卷起衣袖。

瑶英一愣："我没事。"

她还以为这药是要给他擦腿的。

昙摩罗伽抬眸看她，面色比刚才好看了些许。他温和而又不容置疑地道："涂点儿药，好得快点儿。"

瑶英只得坐下，卷起袖子。

昙摩罗伽俯身，先用帕子拭净她的手腕，然后轻轻地抹上药膏。

带有薄茧的指腹温柔地碰触伤口，药膏微凉，青肿的地方泛起一阵细微的刺痛。瑶英不禁轻轻地咝了一声，身上滚过战栗。

昙摩罗伽立刻抬眼看她，目光如电光闪过，双眉微皱："疼？"

他问了一句，不等她回答，手上的力道已经放轻了些，云絮般柔和。

瑶英怔怔地看着昙摩罗伽，摇摇头。

"不疼。"她小声说，面庞微热，心里再度涌起一阵古怪的感觉。

等昙摩罗伽涂好了药，瑶英低头放下袖子，余光看到昙摩罗伽一直凝望着她。

摇曳的烛光里，落在她身上的目光凉如冰雪，像沙漠的夜晚的星空，太过深邃浩瀚，亘古沧桑，也就无所谓悲喜。

生老病死贪嗔痴，他早已看得通透，无欲无求。

所以在他的面前瑶英几乎没什么避忌，更无须心生防备或是玩弄心计，喜怒哀乐尽皆自然。

她抬头看他。

他面无表情地移开视线，动作自然，看上去好像没有一丝故意躲避之意。

瑶英垂眸，压下心思，起身取来案上的药包："法师，腿上是不是该换药了？"

昙摩罗伽摇摇头："不必麻烦公主，我叫人进来。"

瑶英轻声说："我来吧。我以前照顾过法师，知道该怎么做。"

她洗了手，掀开他腿上的薄毯，卷起裤腿，解开绑着的药包，先拿热帕子在绑出的勒痕上轻柔地按了几下，以免血行不畅造成瘀血，再系上新的药包。

整个过程中，她低着头，动作小心翼翼。几缕发丝从她的鬓边滑落，时不时拂过她的鼻尖和唇角。她觉得有些痒，隔一会儿就用手背拨开那几缕调皮的发丝。

昙摩罗伽看着瑶英，忽然很想替她把那几缕发丝撩开，手指动了动，碰到佛珠，指尖传来一阵凉意。

他纹丝不动。

瑶英替他换了药，盖好薄毯，看他几眼："法师要躺下吗？"

昙摩罗伽握着佛珠，摇头："不了……"

瑶英嗯了一声，忽然俯身朝他压了下来。

这不过是一瞬间的动作，在昙摩罗伽的眼里却格外缓慢而悠长。她慢慢地靠近他，娇美的脸庞近在咫尺，似墨笔勾勒的卷翘的眼睫微颤，丝丝缕缕、若有似无的幽香弥散。

她一手支他的身侧，一手伸长往里够，抽出角落的软枕拍了拍，塞在他的身边。瑶英示意他靠坐着。

"法师，这样舒服些了吗？"瑶英忙活完，站起身问，抬手撩起鬓边的发丝。

昙摩罗伽微垂碧眸，点点头："麻烦公主了，夜已深了，我并无大碍，公主早些安置。"

瑶英一笑，转身离开。

脚步声渐渐远了，屋内冷清下来。

昙摩罗伽看着僵硬的双腿，手指转动佛珠。

一道暗影罩了下来。

他抬眸看过去。本该离开的瑶英不知道什么时候踱了回来，抱了张小胡凳，往榻边一放，坐了下去，双手托腮望着他。

"法师现在觉得困倦吗？"

他神色如常，摇头。

瑶英道："正好，我也不困。法师深居王寺，以后我想见法师一面只怕难了。今天从大殿出来，我本来想求见法师，又怕打扰到法师，只能写了封信……"她话锋陡然一转，"阿史那将军刚才告诉我，法师近来郁气难纾，不知法师因何事心情不快？若有我帮得上的地方，法师只管明言，不必和我客气。"

昙摩罗伽淡淡地道："小事罢了，公主不必在意。"

瑶英看着他，沉默了一会儿，问："是不是因为近来王庭军队和北戎百姓起冲突的事？"

昙摩罗伽很清楚王庭如今面临内忧外患，必须先以雷霆手段震慑世家，削弱北戎，再逐步解决内部的积弊，为下一代君王扫清障碍，而不应该直接吞并北戎，那样的话王庭只会被拖入泥潭。但是北戎如今四分五裂，王庭上到世家豪族，下到平民百姓都沉浸在大败瓦罕可汗的狂热之中，认为北戎的领地已经成为王庭的盘中餐，不容他人染指。

他们叫嚣着直接派兵接管北戎的所有部落，让北戎人为奴。这段时日，王庭军队在追击北戎的残部时屡次和当地的部落爆发冲突。

在王庭人看来，他们只是用当初北戎的手段来对付北戎人，以其人之道还治其人之身，天经地义，殊不知这样只会导致北戎人更加激烈地反抗。而且很多依附北戎的部落没有参战，原本正在观望战况，准备投降——现在王庭军队报复北戎人，曾经依附于北戎的他们十分忧虑，唯恐王庭世家和北戎贵族一样奴役他们，干脆帮北戎的残部抵抗王庭军队。

昙摩罗伽对北戎诸部的宽和被他的臣民当成是妇人之仁，他们无法理解他为什么赦免北戎人。

瑶英缓缓地念出曾背诵过的文章："古者，以仁为本，以义治之，之谓正。正不获意则权。权出于战，不出于中人。是故杀人安人，杀之可也，攻其国，爱其民，攻之可也，以战止战，虽战可也……[1]法师没有做错。"

书上说得简单，但是治国之道何其复杂。每一道政令或每一个举措，都将影响到千千万万百姓的命运。

---

1 引用自《司马法》。

昙摩罗伽在平衡各方利益、权衡利弊得失后做出的决定不一定能得到所有人的支持，他的目的是制止战争，然而人的欲望是无穷的。现在王庭豪族蠢蠢欲动，民意沸腾，他在短短几天内连续颁布几道政令，仍然不能消除王庭世家豪族的野心。

　　昙摩罗伽微微愣怔，目光落定在瑶英的脸上。他和她对望良久，神情触动，眸中仿佛有电光闪动，亮得惊人。

　　"多谢公主宽解安慰。"

　　瑶英知道他信念坚定，不会为世人所扰，但是看着他心力交瘁还不被人理解，还是为他感到沉痛。

　　她想了想问："法师，你相不相信这世上会有一处净土，那里没有战火，没有贵贱尊卑的等级，不论哪国人都能和平相处？"

　　昙摩罗伽颔首。

　　瑶英失笑。他是修行之人，自然会信这个，传说中的西方极乐净土不就是一片乐土吗？经书上说："其国众生，无有众苦，但受诸乐。"

　　"法师，我做过一个梦，在一个国度生活。"她语气真挚，慢慢地道，"我梦中的国度不像极乐世界那样金沙铺地，处处仙乐，但是百姓没有贵贱之分，人人安居乐业。虽然世间仍有战火，仍然有各种不公，但更多的人坚持正义，靠自己的双手拼搏。所有部族的百姓像朋友般相处，不会动不动就互相残杀……"

　　这些话她从没和其他人提起过，但是此刻面对昙摩罗伽，竟都说了出来。

　　昙摩罗伽看着娓娓讲述的瑶英，碧眸在暗淡的烛光的映衬下亮如星辰。

　　瑶英说完，笑了笑："法师相信我吗？"

　　昙摩罗伽眼睛一眨不眨地注视着她："我信。"

　　山海相隔，万里之遥，在他垂危之际，她来到他的身边……就算她说她是佛陀派来考验他的神女，他也信。

　　他的眸光太过深沉，瑶英的眼皮不禁微微一跳。

　　"法师，我梦中的世界在一千年以后。"

　　昙摩罗伽手握持珠："佛陀度化众生可用数万年光阴，千年不过须臾。"

　　那样的世界必将到来，虽然他看不到，但这不会让他受挫。

　　瑶英感慨万千，继而越发疑惑。

　　从刚才的交谈来看，昙摩罗伽并不是在为臣民的不理解而愁闷。

　　他的愁闷和国事无关……那这世上还有什么事情能让身为佛子的他闷闷不乐？

　　毕娑为什么请她来劝解昙摩罗伽？

她的心里生出一个猜测，但是这个猜测实在太过惊人，她想都不敢想。

"法师。"瑶英掀开薄毯的一角，一边检查昙摩罗伽腿上的药包，一边漫不经心地道，"我和阿兄团聚，以后不再是摩登伽女了……法师这一年多来对我的照顾，我铭感在心。"

昙摩罗伽眸中的亮光闪烁了两下，黯淡下来。他垂眸："公主亦对我多有照顾。"

瑶英轻翘嘴角："法师，这些天事情多，我还没和你说过我以后的打算。现在各地局势混乱，尉迟国主那边忙不过来，我和阿兄过几天就去高昌……"

她抬起眼眸，悄悄地看一眼昙摩罗伽的脸色。

昙摩罗伽神情平静："我让毕娑护送公主去高昌。"

瑶英笑了笑，摇摇头："阿史那将军是法师的近卫，不必麻烦他，会有人来接应我。"

屋中安静下来，唯有烛火燃烧的声音。

瑶英掩唇打了个哈欠。

昙摩罗伽立即道："我好多了，公主去安置吧。"

瑶英睡眼蒙眬，眼中闪烁着泪光。她伸了个懒腰，站起身，抱着薄毯走到一旁，铺好毯子，就地躺下："毕娑明早送我出寺……我就在这里睡。法师要什么东西或是身上难受了，一定要叫我。"

昙摩罗伽张了张嘴，看着她的背影，最终只是轻轻地嗯了一声。

瑶英合眼睡去，梦中想起昙摩罗伽，猛地惊醒，回头看一眼长榻。他依旧坐着，双目紧闭，手指转动佛珠，整个人像是在禅定。

她舒了口气，接着睡。

过了一会儿烛火灭了，屋中陷入幽暗。

一道暗影从长榻挪了下来，将步履放得很轻很轻，在侧身而睡的瑶英的背后停了一会儿，继续往前，将她整个笼住。

瑶英闻到一股刺鼻的药味，似有所觉，眼睛悄悄地睁开一条缝。

暗影在她的身后站了很久。

忽然，身后传来一阵窸窸窣窣的响动。他抬起手，手掌越过她的肩膀，伸向她的衣襟。

瑶英一动不敢动，心里怦怦直跳。

那只手探过她的衣襟，拉起滑落的薄毯，盖住她露在外面的肩膀，手指轻轻地压了压。

瑶英心口一松。

就在她以为暗影要离去的时候，替她盖被的手忽地往上，停在她的脸颊边一动不动。

瑶英感觉身上微微冒汗。

许久后，那只手终究没有抚上她的发鬓，慢慢地收了回去。

瑶英屏住呼吸，等了很久，翻了个身，面对着长榻睁开眼睛。

昙摩罗伽已经悄无声息地躺下了。

空气里，药香弥漫。

次日早上，昙摩罗伽醒来的时候，长榻边的身影已经不见了。

榻沿的薄毯堆叠得整整齐齐，没有被人用过的痕迹。

好似昨晚发生的一切只是他的梦境。

昙摩罗伽坐起身，碰到枕边的帕子，一捧泛着琥珀光泽的刺蜜露了出来，撒了些许在外面。

他包好帕子。

脚步声由远及近，毕娑端着药碗进屋。

昙摩罗伽问："文昭公主呢？"

毕娑道："我刚才送文昭公主出去了。天亮了，会有人过来，公主不便留下。"

"怎么没叫醒我？"

"公主说王这些天劳累过度，应该好好休养，嘱咐我别吵醒了您。"

昙摩罗伽没说话，把叠好的帕子放在枕畔。

瑶英离开王寺，回到住的绸缎铺子。

李仲虔大马金刀地坐在大堂里，脸色阴沉："你昨晚去哪儿了？怎么一夜不归？"

昨晚亲兵告诉他瑶英跟着阿史那将军离开了，留话给他让他不必担心。

他一直等到现在。

瑶英心事重重，拉着他上楼，小声说："阿兄，我昨晚在王寺。"

李仲虔紧皱眉头，扫一眼她身上的衣裳："在王寺干什么？"

瑶英扫视一圈，压低声音："这事我只告诉阿兄，阿兄千万别透露出去，我去见佛子了。"

李仲虔的脸色更加难看："为什么不能白天见他？"

"人多口杂，夜里不会被人发现。"

李仲虔盯着瑶英看了一会儿："你一个人不安全，以后阿兄陪你去。"

瑶英嗯了一声，心不在焉。

"阿兄，我昨晚没睡好，先去睡一会儿。"

李仲虔送瑶英回房，看着她睡下，下楼叫来两个亲兵："给那个阿史那将军送信，我要见佛子。"他吩咐完，又叮嘱一句，"这事先别告诉七娘。"

亲兵应是。

信很快被送到毕娑的手中。他看了信，瞪大眼睛呆了一呆，拿不定主意，请示昙摩罗伽。

"王，文昭公主的兄长说想见您……他想和您谈谈文昭公主的事情。"

昙摩罗伽抬眸，点点头。

半个时辰后，头裹巾帻、身穿锦袍、腰佩长剑的李仲虔在毕娑的引领下来到王寺的一处偏殿。

烈日高悬，殿前毡帘高挂，李仲虔走进内殿，顿感清凉。

昙摩罗伽坐在书案前等他，一身雪白金纹的露肩袈裟，五官的轮廓鲜明，气度翩然出尘。

李仲虔见过不少文武双全、气度不凡的世家儿郎，也不由得在心里感叹昙摩罗伽风姿出众，不过一想起昨天昙摩罗伽在大殿上凝视瑶英的眼神，那点儿好感顿时荡然无存，心中只剩下警惕和防备。

他知道自己为什么会突然想到李玄贞了，李玄贞看着瑶英时，眼里有痛恨、仇视，还有种压抑的东西。后来两人身陷北戎，李玄贞听塔丽提起瑶英的遭遇，那些痛恨和仇视早就烟消云散，取而代之的是痛不欲生的感觉和更深沉的压抑。

昙摩罗伽看着瑶英时也在压抑，眼神分外克制，神情平静淡然，以至于整个人看着好像没什么异样。

他为什么要克制？

李仲虔只能想到一个可能——佛子知道自己起了不该起的心思。

他原本想直接带着瑶英离开，可是她昨晚的彻夜不归让他意识到他必须来见佛子。

待李仲虔坐定，昙摩罗伽以眼神示意近卫退出去。

等殿中只剩下两人，李仲虔开门见山："我有一事不明，请法师为我解惑，若有冒犯之处，请法师见谅。"

昙摩罗伽道："卫国公但问无妨。"

李仲虔看着他的眼睛，一字一顿地问："法师对舍妹……是不是动了男女之情？"

一阵风吹进内殿，珠帘轻轻地晃动，折射出道道宝光。

昙摩罗伽迎着李仲虔带着审视的目光，神色坦然地点了点头。

"是。"

七情六欲，这本属平常。

他之所以对李瑶英产生贪欲，不只是因为渴求她的陪伴。他想要她永远留在他的身边，眼中、心中只有他一个人，想亲近她，触碰她，让她欢笑。

李仲虔的瞳孔一缩。

珠帘映着照进内殿的日光，书案前静如深水。

有那么一瞬间，李仲虔以为昙摩罗伽给出了否定的回答，因为他的神情太过镇定，眼神太过从容，没有一丝被当面戳破心思的恼怒和难堪。

他如此平静……这正说明他早就发现了自己的心思。但他一直隐忍克制，可见谨守分寸。

但是瑶英并不知情，私底下和他相处时毫无防备！

李仲虔回过神，脸色铁青："法师是得道高僧，当持戒律。七娘天天和我提起法师，敬仰信赖之情溢于言表。法师怎能不顾伦理，对她动男女之情？

"莫非因为七娘以摩登伽女的身份入寺，这才让法师误会？"

昙摩罗伽摇摇头："由乐生贪……是我持戒不严之故，与公主无关。公主从一开始就向我言明摩登伽女只是个借口。"

他在不知不觉中放纵自己去享受她的陪伴，纵容她的亲近。如果一年之期不存在，他会继续纵容下去。

诸行无常，一切皆苦。诸法无我，寂灭为乐……他是修行之人，随口就能念诵这样的经文，心中也早已参透其义，知晓情爱如梦幻泡影转瞬即逝。可是明知前方是泥潭苦海，他仍然在放纵自己沉沦。

李仲虔略觉诧异，凤眼微眯，瞥了昙摩罗伽一眼。

他想以言语激怒昙摩罗伽，昙摩罗伽却没有恼羞成怒，更没有以瑶英刻意亲近自己才会使其动摇心志为理由来开脱，只说自己持戒不严，倒是很有担当。

可惜他是王庭的佛子，注定不能和女子有牵扯。

他再有担当，也不是瑶英的良人。

"法师风采出众，博闻强识，地位尊贵，是人中龙凤……"李仲虔沉吟片刻，收起试探之意，直接道，"不过法师是一位僧人，还是王庭百姓心目中的佛子。舍妹年幼，我是她的兄长，难免有颇多顾虑，不知法师心里是什么打算？"

昙摩罗伽垂眸，手指转动持珠。

李仲虔不客气地道："难道法师打算就这么一直隐瞒下去？还是说法师会告

诉舍妹实情，和舍妹暗中来往？以后舍妹想见法师，必须像昨晚那样只能在夜深人静时入寺和法师幽会？法师想让她一辈子做一个被僧人养在暗处——见不得光的情人？她后半辈子只能躲躲藏藏，防着你们的私情曝光？"

昙摩罗伽的手指微微动了两下。

李仲虔接着道："七娘是我的妹妹，我视她如掌上明珠，不舍得她受一丝委屈。法师想必知道我兄妹二人的遭遇，我绝不会看着她重蹈覆辙。她受了这么多苦，以后嫁人万不能委曲求全，她的夫婿未必要是什么当世俊杰、一国之君，只要知冷知热，能好好待她，她也喜欢，夫妻俩能相濡以沫地过日子，这就足够了。"

谢满愿为了爱情步步退让，最终心灰意冷，疯疯癫癫。瑶英喜欢谁便会全心全意地喜欢，不在乎结果。她可以为了救他这个兄长牺牲自己，如果喜欢上一个人，必然也如此。

李仲虔不想看到瑶英和谢满愿一样为情所伤。

他希望她的丈夫是个好人，一个不用太杰出、家中人口简单、真心敬爱她、会好好对她的人。即使夫妻以后情分淡薄，还能互相扶持。

她的丈夫不该是一个身份特殊到会让她陷进无穷是非的僧人。

昙摩罗伽望着青烟缭绕的瑞兽香炉，一语不发。

李仲虔笑了笑，阴沉地道："又或者，法师对七娘的情意已经深厚到可以为她还俗？恕我无礼，法师就算还俗也不能给七娘安稳的生活。王庭百姓对法师推崇备至，法师如果因七娘还俗，七娘会被天下人唾骂。人人都会说她是祸水，你们即使结为夫妻，也一生不得安宁。

"情爱炽热时，法师固然可以为七娘放弃修行。日后色衰爱弛，情分磨尽，夫妻相看成厌，法师想起因为七娘才放弃了高贵的身份和半生所学，到那时还能待她像现在这么好吗？

"男人和女人之间的情爱，炽烈如火，凛冽如风，我是过来人。"

李德这些年为唐盈要死要活，当初还不是为了壮大势力和谢家联姻？

情爱是靠不住的。

李仲虔直视昙摩罗伽："再者，王庭离七娘的家乡有万里之遥，地理风貌、风俗习惯不同，语言不通，她流落此处才不得不适应这里的风俗。法师是王庭的君主，不可能抛下王庭随她回乡，而她是汉人，王庭上下看不起汉人。即使法师和她经历重重磨难，她留了下来，以后也会有不少是非。"

瑶英就算不回长安也绝对不会一辈子留在王庭。西军收复瓜州、沙州后，她肯定留在瓜州，处理西军的事务，远离李德、李玄贞，荆南谢家留下的人马则可以搬迁至瓜州。

所以说，不论昙摩罗伽还俗与否都没办法给瑶英一个光明安稳的将来。

殿中安静下来。

两个男人沉默地对坐。

半晌后，李仲虔勾起嘴角，话锋一转："法师是高僧，虽然对舍妹动了情，但这应该不过是一时之间的情动，要不了多久就会消散，远远不到谈婚论嫁的地步。刚才那番话是我心切之下杞人忧天……让法师见笑了。"他抬眸望着昙摩罗伽，"七娘经历重重磨难，吃了太多苦头，法师庇护她，我感激不尽，定会报答法师的恩情。但是我不会看着她为了报恩踏进泥潭。

"请法师承诺我一件事情。"

昙摩罗伽眸光闪动："卫国公想要我承诺什么事情？"

李仲虔神情肃穆："法师不可能主动抛下王庭，我也无意逼迫法师抛弃一切，既然不会有什么结果，还望法师以后谨守分寸，和七娘保持距离，别让她心生误会，沉湎其中无法抽身。我也会提醒七娘，要她注意举止，免得因为孩子心性打扰法师的修行。"

昙摩罗伽捏紧佛珠。

李仲虔说的这些他都能预见。他是修行之人，不该在瑶英什么都不知道的时候自私地贪恋她的亲近。

李仲虔说得对，他于瑶英而言是一片泥潭。

"好。"他道，声音沙哑。

偏殿外。

毕娑一脸紧张忐忑的表情，握着剑柄，细听殿内的动静，随时准备冲进去劝架。

帘后静悄悄的，只有模糊的交谈声，他等了很久都没听到争执、打斗声，皱眉疑惑，一阵脚步声传了出来。

毕娑赶紧站好，看着李仲虔走出内殿，大踏步出去。

他们竟然没打起来？

毕娑转身进殿，目光落在昙摩罗伽的脸上，心口一紧。

昙摩罗伽低垂眼眸，脸色分外苍白："以后我病发，别惊动文昭公主，不要在深夜请她入寺。"

毕娑怔住："王……"

昙摩罗伽低头翻阅奏疏，气势威严。

毕娑不敢辩解，暗叹了一声。

昙摩罗伽提笔书写。

毕娑想了想，斟酌着道："王，文昭公主是真的关心您的身体……听说王病了，她想也不想就来看望王。"

昙摩罗伽摇摇头："别利用她。"

毕娑的脸上掠过羞惭之意。

昙摩罗伽没有多说什么。

这事不能怪毕娑自作主张。因为他的几次默许，毕娑才会请她来照看他。

说到底这是他的错。

经文里有句话："莫与相见，莫与共语。"他若真的下定决心断绝贪恋，只要不见瑶英，也不和她说话就能静心禅定……

久而久之，就算自己还有贪恋，这份情感也不会影响到她。

他下了决心，却一次次地放纵自己见她，和她说话。她来照顾他，他面上不露分毫，其实心中欢喜，想让她留下来，让她一直这么陪伴在他的身边。

人生了贪恋之后，欲望会不断膨胀，直到彻底吞噬他的理智。

他不仅有了贪欲，还想独占她。

再这么下去，他迟早会克制不住，做出强迫她的事情。

昙摩罗伽定定神，专注地批阅奏疏，翻开一张精美的羊皮纸卷时，手上的笔突然停了下来。

毕娑感觉到他身上的气息陡然变得凌厉，担忧地唤一声："王？"

他已经散功，现在不能动用内力，怎么会这样？

昙摩罗伽纹丝不动，半晌后才放下羊皮纸。

毕娑心里纳闷儿，退了出去。等昙摩罗伽批阅完的奏疏被送出偏殿，般若几个人围坐着誊抄案牍，他抽出那份羊皮纸卷看了几眼，紧皱眉头。

般若抄到这份羊皮纸，眼睛瞪得溜圆："乌吉里部的莫毗多王子正式向文昭公主提亲？！"

毕娑脸色微沉。

难怪刚才昙摩罗伽看到这份奏疏时会是那样的反应。

般若咂舌，一边誊抄，一边絮絮叨叨地道："王刚刚宣布文昭公主离寺，乌吉里部就送来求婚书，请王允许。莫毗多王子肯定早就等着这一天了，还真是心急……他是少年英雄，生得也俊，和文昭公主倒也般配……"

毕娑的脸上浮起忧虑之色。

莫毗多是乌吉里部的王子，深受器重，瑶英现在是西军都督，和西军联合的世家豪族肯定希望她继续保持和王庭的关系。而且莫毗多能征善战，以后会接掌乌吉里部，世家肯定会劝说她嫁给莫毗多。

到时候他二人由王赐婚……文昭公主不再痴恋佛子，转而嫁给王庭的少年英雄，这当真是一段佳话。两人年纪相当，确实般配。

听礼部的人说，李瑶英现在正积极联合诸州各部落，不断地壮大力量。她会不会为了大局考虑，嫁给莫毗多？

毕娑再看一眼羊皮纸。

这份奏疏上，昙摩罗伽没有写批复，只盖了花印。这就是说，作为君王，他不会阻止乌吉里部向李瑶英求婚。

他心里又是怎么想的呢？

羊皮纸很快被送出王寺，等在外面的乌吉里部使者欢天喜地，捧着羊皮纸匆匆离开。

李仲虔回到绸缎铺子，亲兵告诉他李瑶英还在睡。

"别吵她，让她接着睡。"

他提剑去了另一间庭院处理军务，并催促亲兵收拾行囊。

二楼最里面的卧房中，瑶英昏昏沉沉，抱着丝织隐囊，睡出了一身汗。

她做了一个梦。

梦里搓绵扯絮，大雪纷飞，狂风从小窗格吹进屋中，毡帘狂卷。她喝得醉醺醺的，头重脚轻，穿着一身石榴红小团花金泥罗襦，下面系一条团窠春水碧绿罗裙，手挽一条白色地满绣花鸟披帛，整个人摇摇晃晃地走进一间幽静的禅室。

一个身穿绛红色袈裟的僧人背对着她坐在灯前，正在看佛经，背影挺拔。她朝他走过去，不知道为什么，越往里走越觉得热，身上出了汗黏腻腻的，披帛、对镯、金臂钏、外面罩着的对襟半袖、发间的簪环、束发的彩绦——滑落在地上，带起一阵环佩轻响。

僧人手执经卷，抬眸瞥她一眼，碧色的双眸沉静如水。

她觉得身上热得难受，走到他的身边，发烫的指尖摸摸他的脸，触手果然微凉。她干脆整个人往他的怀里一扑，坐到他的身上，抬手搂住他的脖子。

他垂眸看她，面无表情。

她在他的怀中扭动身子，蹭乱他的袈裟，手指顺着他的脖子往上，摸了摸他的脑袋，醉眼蒙眬。她贴上去，轻声唤他："法师……"

呼吸缠绕，淡淡的沉香萦绕在周身。

身上沁出一层汗水，湿漉漉的，她越发缠着他不放。他看着她，慢慢地朝她俯身，收紧双臂。

两人面对面而坐，他伸出一手托着她，低头吻她的颈侧。

楼梯传来一阵沉重的脚步声。

瑶英从梦中惊醒，呆了一呆，顷刻间将刚才的梦忘了一大半，只依稀记得自己好像坐在昙摩罗伽的身上……姿势就和那尊她见过的天竺铜佛一模一样……

瑶英暗叹：罪过罪过……

她醒过神，坐起身，揉了揉乱发，晃晃脑袋，决定下次一定要把铜佛卖掉。

门外传来几声敲门声，亲兵在外面禀报："公主，乌吉里部连夜送来礼物。"

"乌吉里部？"瑶英起身，点亮灯烛，先匆匆地梳洗了一下，换了身衣裳，赶到大堂。

堂中烛火通明。李仲虔已经到了，看了她一会儿，递给她一份礼单："乌吉里部的小王子正式向你求亲。"

瑶英一愣，拿起礼单细看。礼物有些杂，牛羊牲畜有几千头，还有各种兽皮、铁器，这是乌吉里部求亲的风俗。礼单另外还列了一对野鹿、一对大雁——这一看就是乌吉里部按照中原的求亲风俗另外备的礼。

"莫毗多回圣城了？"瑶英疑惑地问。她没有收到莫毗多回来的战报。

乌吉里部的使者忙走上前，含笑解释："王子还在前方作战……深夜来访，请公主勿怪。这都是王子之前吩咐我们的，等公主离开王寺，我们就马上来向公主求亲……王子说，公主就像神女，想娶您的勇士肯定很多，他怕来不及赶回来，所以叮嘱我们一定要尽快求亲。"

瑶英哭笑不得。

使者道："公主不用现在就做决定。在我们部落，求亲是男人为了向心爱的小娘子和她的家人表达决心和诚意，我们小王子真心爱慕公主。"他又补充一句，"请公主放心，王子已经征得王的允许，乌吉里部可以自由选择我们的可敦。"

瑶英抬起眼帘，手上轻颤："佛子同意了？"

使者点头，笑着道："请婚的信刚送上去王就批复了。"

说着，使者捧出羊皮纸。

瑶英接过羊皮纸，直接看写批语的地方，看到熟悉的花印。

这确实是昙摩罗伽本人的批复。

她捏着羊皮纸，出了一会儿神。

烛火微晃，一旁的李仲虔伸手拿走她手里的羊皮纸，递还给使者，凝眸看她："明月奴，在想什么？"

瑶英收敛思绪，笑了笑："没什么。"

使者笑道："请公主和公主的兄长相信我们王子的心意。夜已深了，不打扰公主休息，等王子回来，会亲自来向公子和公主求亲，失礼之处，请公子见谅。"

李仲虔示意亲兵送使者出去，一双凤眼紧紧地盯着瑶英："我听亲兵说，这个莫毗多抱过你？你挺喜欢他的？"

瑶英失笑："没有。"

她知道自己不讨厌莫毗多，但要说男女间的喜欢，那绝对没有。

李仲虔点点头："你刚刚离开王寺，莫毗多的部下立刻拿出他的亲笔信，向佛子请求许可，再来向你求亲……这个莫毗多年少有为，想得也周到，可惜是外族人。"

瑶英笑笑："外族人怎么了？"

李仲虔皱眉："他是乌吉里部的继承人，你嫁给他，以后就是乌吉里部的可敦，要在乌吉里部生活。他们逐水草而居，族里几乎没人会说汉文。一辈子远离故土，生活在一个陌生的部族，这太委屈你了。"

两人正说着话，听到消息的高昌使者赶了过来，抚掌轻笑，道："公主，莫毗多王子骁勇善战，还是佛子器重的近臣。虽然乌吉里部是王庭的附庸，但大小事务都是可汗自己做主，王子手下有一万精骑！"

瑶英顿时一个头两个大。

高昌使者代表那些争相投靠西军的世家豪族。他们知道她不可能一直待在王庭的王寺，这些天使出百般手段委婉地提出联姻的请求。尉迟国主提醒过她，她的婚事会打乱西军内部权势的平衡，谁娶了她就能迅速崛起。因此世家希望她能从他们中选出一个丈夫，或者和强大的外族联姻，以获取支持，稳定局势。

总之，他们不希望她嫁给中原世家。

李仲虔之所以考虑从西军的将领中挑一个儿郎，就是因为知道她这么做后和河陇一带的世家的关系会更紧密，到时候利益一致，她的地位也就更稳固。

瑶英不想和高昌使者讨论自己的婚事，朝李仲虔使了个眼色。

李仲虔冷冷地看一眼高昌使者。

使者打了个激灵，识趣地告退。

李仲虔沉声道："明月奴，你想嫁给谁就嫁给谁，别委屈自己。"

瑶英笑笑："我知道。"

她回房躺下，翻来覆去睡不着，翌日天还没亮就起身去找毕娑。

天际处微微泛白，晨风轻拂。

毕娑穿过长廊，匆匆地走下阶梯。

长阶下，一道婀娜的身影立在曚昽的曦光中。她长发乌黑，双瞳剪水，身着缕金夹缬浅黄襦花笼裙，手上执马鞭，鞭尾有一下没一下地磕在石级上，神情若有所思。

"我想见法师，不知道法师方不方便见我？"她看到毕娑，收起马鞭，摘下面纱，直接道。

毕娑迟疑了一下："王昨天好转了些，不便见公主。"

"为何不便？"

"王准备再次闭关，说应该来不及为公主送行。王给公主准备了礼物。"

毕娑说完，阶前安静下来。

瑶英沉默了一会儿，一笑，道："那就是说法师现在还没闭关。我只是想和他说几句话而已，不会耽搁太久。烦请将军替我转告法师，我在这里等着。

"还是说我只能晚上才能见到法师？那我夜里来。"

她说话时嗓音依旧柔和，眉间带笑，毕娑却听得头皮发麻，立即转身入殿。

医者刚刚为昙摩罗伽施完针。他面色苍白，裸露在外的肩背大汗淋漓，泛着油光。他听了通禀，坐着出了一会儿神。

毕娑道："王，公主等着我去回话……公主还说，您这会儿不便见她，她就夜里来。"

瑶英一直善解人意，知道自己是个外人，很多事情都不会多问。但是当她坚持要做什么的时候，毕娑根本没办法糊弄她。

昙摩罗伽擦去身上的虚汗，站起身，披上袈裟："请公主进来。"

瑶英入殿时，昙摩罗伽坐在书案前，手执经卷，脊背挺直，神色如常，气势庄严，整个人完全看不出刚刚施过针的样子。

"前晚劳公主看顾。公主乃西军都督，诸事缠身，急着去高昌，毕娑不该麻烦公主照料我，耽误了公主的行程。"他抬眸，看着瑶英缓缓地道，"以后毕娑不会再拿这些琐碎的小事麻烦公主。我已批复高昌送来的文书，见过卫国公了，公主不再是摩登伽女，可以即刻启程。"

瑶英扫视一圈。

他的书案旁空空荡荡，她以前常用的那张小案没有了。

她记得小案是黑漆镏金的，上面绘有莲花、宝池、卷草、小坐佛。一应笔墨文具，也都是她用惯的。她曾伏在小案前读书写信，昙摩罗伽坐在一旁翻阅经书。她遇到疑惑的地方，直接侧过身去问他。他为她讲解时，宽大的金纹袈裟的袖摆时不时地拂过她的手背。

他对她太温和。待在他的身边，她很安心，没有丝毫防备，久而久之，不知不觉信赖、亲近他，有时候还会打趣他，心里隐隐觉得他不会生气。就算他生气了，也是为她好，而且不会气很久。

小案没了。

瑶英坐到离昙摩罗伽有些远的下首，道："事关法师的身体，绝不是什么琐碎的小事。"

昙摩罗伽淡淡地道："公主不是医者，不通医理。我的身边有仆从近侍，不该劳烦公主。"

瑶英抬起眼帘，盯着他看了一会儿。

"法师，莫毗多王子向我提亲了。"她平静地道。

屋中陡然沉寂下来，唯有水晶帘摇晃的窸窣轻响。

毕娑站在门边，浑身僵硬，大气不敢出一声。

不一会儿，昙摩罗伽放下经卷，面色淡然："我知道，莫毗多的请求是我批复的。"

"这么说法师赞同这桩婚事？我若答应求亲，王庭和西军的盟约可以更稳固。"

昙摩罗伽看着瑶英，手指握紧佛珠，碧眸里波澜不兴。

"公主的婚事当由公主自己做主，与他人无关。"

这也就是说，她的婚事和他也没有关系。

瑶英凝眸看他半晌，轻翘嘴角："是我莽撞了，法师是得道高僧，我和法师提起婚姻嫁娶这种俗事，请法师勿怪。"

昙摩罗伽不语。

瑶英笑了笑，站起身："不打搅法师了……法师说得对。法师身边有近侍医者，我一窍不通……"

她告退出去，走到门边时，转过身，眉眼微弯。

"我流落域外，能遇上法师这样的人，和法师相识一场，心里很高兴。

"法师救了我，我很感激法师。

"法师身体不好，一定要好好调养，朝务再繁忙，也要注意身体。

"这些时日给法师添了不少麻烦……法师，保重。"

她一字一顿地说完，目光定在昙摩罗伽的身上。她看了他很久，转身出去了。

花笼裙拂过门槛，她的身影消失在灿烂的曦光中。

毕娑看着她头也不回地走远，心惊肉跳。

这次离别如此平静，平静到好像只是一次寻常的道别，但是他心里有种不好的预感：文昭公主这一走，以后不会再来圣城了！

他心急如焚，转身迈至殿中："王……"

提醒的话还没说出口，他脸色大变，疾步奔上前，扶起倒在书案前的昙摩罗伽。

昙摩罗伽伸出一手撑在书案上，坐稳后摇摇手，示意无事。他咬紧牙关，疼得额上浮起密密麻麻的汗珠。

毕娑急道："王！我去把文昭公主追回来……"

"不。"昙摩罗伽抬起苍白的脸，"我是圣城的王，是王庭的佛子，既不入红尘，怎能留她？"

他声音嘶哑，汗流浃背，浸湿了刚刚换上的袈裟。

毕娑暗叹一声，扶他站起来，送他回内室。

他盘坐于榻上，和往常一样，等伤痛过去。身上一阵阵战栗，忽冷忽热，他伸出双手摸索着去找佛珠，无意间碰到一包东西，睁开眼睛。

帕子被他碰开了，色如琥珀的刺蜜撒出来，因屋中闷热已经粘成一团。

她知道他爱吃刺蜜，特意给他买的。

昙摩罗伽垂眸，把帕子包好，塞回枕畔，找到佛珠，紧紧地握住，闭目静坐。

清风徐徐，香烟袅袅。

瑶英骑马离了王寺，前方蹄声如雷，一骑快马飞奔过来，停在她的身侧。

"你去王寺干什么？佛子召见你？"李仲虔紧皱双眉，问。

瑶英摇摇头，面色发白，轻声道："不是佛子召见我，是我来求见佛子……"

"你们说了什么？"

"没什么……"瑶英握紧缰绳，双眸无神，"阿兄，我们该走了。"

李仲虔点点头，眸中闪过一抹异色："好。"

兄妹二人回到绸缎铺子，行李早就打点好了。瑶英来圣城就是为了带李仲虔见昙摩罗伽，顺便处理一些和王庭合作的公务。昙摩罗伽在一夜之间批复了所有和高昌有关的公文，将赎买俘虏、奴隶的事情一并解决了，就像是在催她走一样。剩下的事情可以交给商队料理，她无须再逗留。

李仲虔问："乌吉里部的使者在等你答复，你看怎么打发他们？"

瑶英神思恍惚。

李仲虔皱眉，又问了一遍："莫毗多的提亲你打算怎么回复？"

瑶英回过神，抬手理了理发鬓，感觉到臂上微凉。

她戴着昙摩罗伽送她的佛珠。

今早般若告诉她，每年法会都会有信众请求佛子赐福，昙摩罗伽命王寺施与百姓衣食、钱帛或是经书，但是从未将他的贴身之物送出。

瑶英立在栏杆前，遥望王寺的方向，笑了笑。

"我写一封信交给使者，等莫毗多从战场上回来就会知道我的答复。"

"不再考虑考虑？莫毗多不急着你回应。他可以等。"

瑶英摇头："我已经决定了。"

她写好了信，让亲兵送出去。

兄妹两人撇下商队，即刻启程。

走之前，瑶英吩咐亲兵把她这段时日收集的药材送去毕娑府上。

"公主，要留什么口信吗？"

瑶英淡淡地道："不用，阿史那将军知道这些药是给谁的。"

"要留下帖子吗？"

"不必，就说是商队送的。"

瑶英回头看一眼那一座座静静地矗立在日光中的佛塔，一提缰绳，拨马转身。

出家人不打诳语。她从未想过昙摩罗伽居然会骗她。

两人日夜兼程，一路上所经的部落城镇都提前接到消息，守将为他们备了马匹和干粮。

瑶英每到一处驿舍，就会有人往圣城送信，告知圣城的人她到了哪里，同时封锁道路，不许闲杂人等通过。

李仲虔发现后，问驿舍的人为什么要这么大动干戈。

那人尴尬地回答说："这里比不得圣城，很多百姓愚昧无知，几句话间就会被煽动。"

李仲虔会意。

昙摩罗伽提前派人知会了所有城镇，以防平民围攻李瑶英的事情再发生。

几日后，他们平安抵达沙城。

乌泉部落的马贼还在沙城苦苦地等着李仲虔，知道他回来了，巴巴儿地找过来。

亲兵捧着名册过来禀报："公主，都查清楚了，那些穷凶极恶的我们没收，收下的是一群流民。"

瑶英离开前让亲兵登记造册，将主动投效的人收下，查清楚身份，他们这些天都在忙这些事情。

他们正说着话，楼梯下传来一阵急促的脚步声，一个高大的身影扑进屋中。

"公主，沙州大捷！"

瑶英抬头，认出来人，喜出望外："杨将军！"

站在她面前的青年一身圆领长袍，腰间一柄长剑，正是阔别已久的杨迁。

杨迁朝瑶英抱拳："公主殿下。"

他瘦了些，晒黑了很多，脸上多了几道疤，不过神采飞扬，身上那股不合时宜的孤傲之气荡然无存，整个人英姿勃发，朝气蓬勃。

"沙州拿下了？"

杨迁眉开眼笑，道："拿下了！北戎大乱，太子殿下的凉州军守着东边要道，拦截北戎救兵，张九趁机联合当地世家，夺回沙州，把盘踞在沙州的北戎军队赶跑了！信使已经到了高昌，达摩派我来接公主回高昌。"

瑶英一扫多日来的低落，雀跃不已。

沙州、瓜州一切顺利，西军才能真正打通河陇，收复所有失地。

她找来李仲虔，道："阿兄，沙州大捷，高昌也光复了，接下来我们得拿下伊州，联合凉州军，打通北道甘、肃、瓜、沙、伊诸州……从河西到西域，收复失地，指日可待！"

李仲虔看着两眼放光的妹妹，心里暗暗松了口气："西军兵力太少，我们得防着北戎人卷土重来。"

瑶英轻蹙眉头。她之前也在担心这个，西军现在集中兵力收复重镇，必须坚守城池，不可能再分兵去追击北戎军队，北戎人如果重新集结兵力，随时可能反扑。

"现在我们得扩充西军，多囤聚粮草军备，想办法打通中原驿道……"瑶英看一眼李仲虔，把剩下的话吞了回去。

他们还要和李玄贞联系，西军必须和凉州军紧密配合，才能守住现在的战果。

杨迁急不可耐，道："高昌的豪族还算乖觉，也知晓大义。达摩囚禁依娜夫人，他们立马献粮献钱，不过轮台、精城、千树城……还有昆仑脚下的南州不肯归附西军，他们的首领是北戎人的傀儡。请公主尽快赶到高昌，和信使一起昭告诸州，劝说各地归附。"

瑶英颔首。

几个人辞别沙城守将，出了城。李仲虔披上甲衣，带上那些死乞白赖要跟着他的马贼，径直奔向乌泉。

杨迁也想跟去，李仲虔嘱咐他留下保护瑶英。

瑶英接着往南走。

第三天，李仲虔带兵追上他们。他带着流民攻打被占领的乌泉，帮助他们夺回了家园。现在乌泉已经易主，想过安稳日子的流民回到家乡，其他人仍然追随他。

瑶英笑问："阿兄愿意做他们的首领了？"

李仲虔瞥她一眼："不论哪族人，只要能为我所用，都可以加入西军。"

瑶英心中涌起暖流。李仲虔不想管西域的纷乱局势，但是一旦决定加入西军，就会尽力做到最好。

他们一边赶路，一边召集流散各地的义军，队伍越来越壮大。

途中，他们经过的城镇、部落有很多刚刚被北戎的乱兵烧杀抢掠，死伤惨重。

瑶英白天安抚百姓，夜里挑灯处理公文，和李仲虔、杨迁商量军务，不觉间时间过得飞快。

这日，他们穿过一望无际的戈壁，正觉疲惫饥渴，终于看到前方一处被郁郁葱葱的密林围绕的绿洲，惊喜地催马上前，刚刚靠近，远处传来一片震天的厮杀声。他们连忙勒马停下，派出斥候，就地休息。

不一会儿，斥候折返，回禀说前有两方人马在交战，一方是西军，另一方应该是北戎人，两方兵力差不多，战况胶着。

杨迁立刻点兵，带着几百人绕过密林，从战阵后方突然杀出。西军以为是援军来了，大为振奋。两边人马里应外合，夹击北戎军队。北戎人腹背受敌，很快丢盔弃甲，四散而逃。

等战斗结束，杨迁带着几个年轻的将领来见瑶英，笑呵呵地道："公主，这里离高昌不远了。最近有北戎残部和他们的附庸部落拦路截杀商队和平民，他们接到求救，出城帮忙，没想到这支北戎残部人数不少，好在遇上我们。"

几个校尉上前和瑶英见礼，神情有些局促。

瑶英只当他们不习惯和女子讨论军务，没有多想。一行人整顿一番，喝饱了水，护送商队和平民去高昌城。

城里的守将早已接到斥候的信报，率领百姓迎出城。城外宽阔的大道上人头攒动，乌泱泱挤满了人。

达摩特意打发一支亲兵队伍簇拥着一辆华盖马车等在路上："公主要不要乘坐马车？这辆宝车是城主花费巨资请能工巧匠打造的，依娜夫人都没坐过呢！"

瑶英失笑："不了，我骑马入城。"

当杨迁及众校尉簇拥着她出现在大道上时，欢声雷动，百姓蜂拥而上，一边歌唱、跳舞，一边向他们抛撒鲜花。

瑶英骑着一匹神驹入城，头上、身上落满花瓣，雪肤花貌，顾盼间容色照人，让人不敢逼视。百姓目瞪口呆，高喊着她的封号拥上前，一时间鲜花如雨，几乎挡住她的视线。

李仲虔示意亲兵分开人群，驱马上前，护着瑶英挤出如潮的人流。

达摩迎上前，笑道："百姓都盼着能一睹公主的风姿，公主怎么走得这么快？"

瑶英喘口气，心想：再慢一点儿我就会被鲜花堆埋了。

"对了，魏国的使者也到了，说是公主的旧相识。"

"哦？来的是哪家子弟？"瑶英朝门楼看去。

门楼下，几个身着锦袍的男子策马飞奔上来，直到和她只隔一个马身了才勒马停下，齐齐望着她，有的神色激动，有的神色沉静且一语不发。

瑶英愣住了。

她身边的李仲虔扫一眼那几个男人，勾起嘴角："郑景也来了？"

郑景看着瑶英，神情感慨。

"七公主……"他本来想说一句别来无恙，但一想到李瑶英吃过的那些苦，实在说不出口。千言万语堵在喉头，最后他只剩下一声长长的叹息。

其他人也不知道该说什么，只能看着瑶英傻笑。

瑶英哭笑不得。

眼前这几个男子，除了郑景以外，似乎都是曾打马追逐她的世家儿郎。

"三郎怎么会来高昌城？"瑶英先问郑景。她的语调平静得就好像他们之间没有隔着千山万水，她只是偶尔在长安的市坊中遇到他们，停下马，和他们谈笑。

郑景心里长长地舒了口气。

不论何时何地，只要见到七公主，他都会有些不知所措。

郑景掩下感慨，道："圣上要派出使者，我们几个人想亲自来探明西域的局势。正好我们担心公主和卫国公，就来了。"

他说着，趁李仲虔不注意，朝瑶英眨了眨眼睛。瑶英会意，拨马走开了些。

郑景小声道："公主，太子殿下在查谢家的事情。"

瑶英心中一紧："他查谢家做什么？"

郑景道："这个我也不清楚。太子找到了当年谢家的老人，还在查谢皇后身边的老仆。"

"多谢你提醒我。"瑶英轻皱眉头:李玄贞是不是还想害李仲虔?

两人刚密语了两句,便被其他人打断。

一个王庭近卫打扮的人拍马靠了过来,朝瑶英致意:"文昭公主!"

瑶英看到来人,怔了怔。

缘觉扫一眼眼巴巴地跟在瑶英身后的世家儿郎,朝她抱拳:"公主,小的奉王的命令前来高昌城报信,之后一直留在高昌。前几天小的收到信,王命我继续留在高昌。"

瑶英回过神来,轻轻地嗯了一声。

昙摩罗伽知道她到高昌了。

缘觉挺起胸膛,驱马紧跟在她的身边,警惕地扫视左右。

他听说这几个男人都曾经爱慕公主,还有一个差点儿和公主定亲……他得把这事告诉毕娑。

当晚,达摩在王宫举行盛大的酒宴,为李瑶英一行人接风洗尘,顺便接见其他州的来使,和大魏的使者商谈册封的事情。

瑶英连衣裳都没换,道:"现在战事吃紧,粮草殆尽,军费不足,不必讲究这些。几位天使是我的旧识,非拘泥小节之人,不用铺张……"

说着,她看向郑景几个人。

几个人对视一眼,忙笑着抱拳:"正是此理。我们奉命而来是为了和西军义士勠力同心,共破北戎,收复失地,这些繁文缛节能免则免吧。"

达摩怔了怔,眸中闪过赞赏之意。他朝瑶英深施一礼:"公主所言甚是,我这就叫人撤了宴席。常听人说长安好饮茶,我仰慕长安风华,最好附庸风雅,请诸位天使也尝尝我们这里的茶。"

侍者上前,领着郑景几个人去偏殿饮茶。

瑶英故意落后几步,达摩趁机向瑶英禀报几件重要的事情:"派去焉耆、北庭、于阗、龟兹的使者已经陆续返回,诸州饱受战乱之苦,无不盼望早日光复。不过目前局势还不明朗,他们找借口推托出兵之事,不愿派子弟去长安献礼。"

他们这个时候派嫡系子弟去长安等于彻底归附魏朝。中原和西域分割已久,诸州担心魏朝无力庇护他们,怕被北戎报复,还在观望。

对于其他诸州的摇摆不定,瑶英一点儿也不觉得意外。诸州力量薄弱,夹缝求生,朝秦暮楚是他们的生存之道。

"等我们收复伊州,联通河陇,诸州自然会归附。"

达摩赞同地点点头,取出郑景他们带来的文书。

李德正式册封瑶英为西军都督，西军的其他将领也都获得擢升，高昌将恢复旧制，沿用西州之名。达摩不再是国主，而是西州都护。

瑶英抬眸："大郎高义。"

达摩笑了笑，不无感慨地道："高义倒也称不上，我浑浑噩噩多年，连发妻都保不住……不过是个傀儡罢了。先父临终前的遗愿，我始终谨记在心，以后到了地底下，见到他们，不至于无颜相对……"

见他神色惆怅，瑶英岔开话题，问起军备的事情。

两人商量了一会儿。达摩想起一件事情，叫来几个年轻的将领，笑道："这些都是和四郎一起筹建义军的儿郎，张家的三郎、袁家的七郎、赵家的十一郎、宋家的二郎……"

将领们着锦衣绣袍，硬挺俊朗，神采飞扬，瑶英一看便知他们是在锦绣丛中长大的世家子弟。他们一个个上前和瑶英见礼。

瑶英心里暗暗咦了一声。

这几个将领分明是她在城外遇到的年轻人。当时他们刚刚浴血奋战，颇为拘谨，这会儿回到城中都换了衣裳，举手投足间从容了许多，不过还是有些紧张。

达摩道："四郎忙于军务，没办法随侍公主。以后张三他们跟着公主，但听公主差遣。"

瑶英笑了笑。

达摩先一步去偏殿陪郑景他们吃茶，让瑶英和张三、袁七几个人说说话，临走之前朝张三他们使了个眼色。

张三等人咳嗽几声，神情越发不自在。

瑶英把他们的眼神交流尽收眼底，请张三他们帮她去杨迁那里取一件东西。

几个人揎拳捋袖，齐声应诺，转身跑开，生怕被人抢了先。

瑶英蹙眉，身后传来笑声。

李仲虔一边拍打身上、头上的花瓣，一边拾级而上："明月奴，你看不出达摩的意思吗？"

瑶英叹口气："难道这些人都是？"

李仲虔摇摇头："不止，这些是他和杨迁从所有适龄的世家子弟里遴选出来的出类拔萃的几个。你要是一个都看不上，他们马上能换一批人。"

瑶英哭笑不得。

怪不得这些年轻人看到她时会不自觉地挺起胸膛，还和身边人暗暗较劲。世家豪族想要联姻，他们是驸马的人选。从他们的姓氏来看，本地豪族一个不落，全部参与了这场竞争。

"有看得顺眼的吗？"李仲虔问。

瑶英长舒一口气："阿兄，你别问了，一个都没有。"

李仲虔皱眉。

"他们文武双全，品行端正，出身高贵，相貌堂堂，年纪和你也相当，你不用急着做决定。"

"不用了，拖延下去，豪族为此起冲突就不好了，我一个都不挑。"

李仲虔神色微变，以眼神示意亲兵退下。

"为什么一个都不挑？明月奴，你已经有意中人了？"他问，声音透出几分严厉。

瑶英停下脚步，立在阶前，回头望向西边方向。天际处山峦巍峨起伏，她看不到遥远的王庭。

她出了一会儿神，转头看着李仲虔："阿兄，我早就想问你了，你为什么急着让我嫁人？"

"你早点儿嫁人，我安心些。"

瑶英轻皱眉头。这话他以前提起过，但是今非昔比，她不需要靠婚姻来立足了。李仲虔为什么还要急着让她嫁人？

瑶英转了转眼珠，故意沉下脸："难道我嫁了人就不再是你的妹妹了？你就不关心我了？以后你不想管我，所以急着给我找一个归宿？"

李仲虔怒目道："胡思乱想什么呢？你嫁不嫁人都是我李仲虔的妹妹，阿兄永远不会不管你。"

瑶英对上他的视线："那你为什么催着我嫁人？"

李仲虔的神色缓和了些。他抬手揉揉她的头发："总归要嫁人，不如趁现在挑个好的。"

瑶英眸光闪烁。她一把攥住他的手："阿兄，你打算做什么？你是不是有什么事瞒着我？"

李仲虔移开了视线。

"阿兄，你瞒了我什么？"

"没什么。"李仲虔淡淡地道，抬脚走开。

"李仲虔！"瑶英面上闪过薄怒。她第一次开口叫他的全名，追上他，扯住他的胳膊："你别瞒我……你是不是打算和李德同归于尽？"

李仲虔闭了闭眼睛。

"他一天不死，我们一天不能安宁。等这边事了，我回去杀了他。"

他不舍得留下瑶英孤零零一个人在世上。她早点儿成亲，有了丈夫，再有了孩子，就有了牵挂……到时候，哪怕他死在长安，她的身边还有其他亲人陪伴。

瑶英的眼圈微微红了："阿兄，这件事情可以从长计议……和报仇比起来，我更希望你好好活着。你以为我嫁了人，就是外嫁女，和你没关系了？你去报仇，我就能置身事外？阿兄，你错了，我永远是你的妹妹。你如果出了事，我不管在哪里，都会去找你。"她的声音轻柔、沙哑，却坚定。

李仲虔垂眸凝视着她，一动不动，心头既温暖又酸涩。半晌后，他长叹一声，抱了抱她。

这真是个傻姑娘。

瑶英挽住他的胳膊，慢慢地道："阿兄，以后别操心我的婚事了。从前在中原，我知道李德的打算，想过嫁人，后来流落到王庭，经历了很多事情，现在终于能和阿兄团聚……我和阿兄说句实话，除非是我喜欢的人，否则我不会考虑嫁人的事情。

"阿兄，我是你看着长大的，你知道我的性子。我不喜欢拘束，不喜欢整天闷在后院，看的那些书离经叛道……世家豪族规矩多，我不耐烦理会那些事，不会为了嫁人妥协。

"以前，我的婚事不能由自己做主。现在我能自己做主了，为什么还要委屈自己为嫁人而嫁人？我一辈子不嫁人又能怎样？"

李仲虔听到这里，知道她已经打定主意，顿住脚步："真不打算挑一个驸马？"

瑶英一笑，眉目舒展："没有喜欢的就不要。"

"有喜欢的呢？"

"那我就好好喜欢他。"

李仲虔出神片刻："好，阿兄不逼着你挑驸马。"

瑶英看着他的眼睛："阿兄，答应我，别一个人去做傻事，有什么事和我商量，我们都要好好地活着。"

李仲虔拍拍她的发顶："好，阿兄答应你。"

瑶英松了口气，走进偏殿。殿中茶香袅袅，郑景几个人捧着添了酥酪、盐巴的茶，一边喝，一边和达摩谈笑。

她走进去，郑景立刻站起来，捧出诏书。待宣读毕，两人客气一番，她问起发兵的事。

郑景道："朝廷要防着南楚，暂时无法抽出太多兵力，现在只有太子殿下的凉州军随时可以调动。不过公主可以放心，朝廷一定会尽力筹措粮草等物资，让西军没有后顾之忧。"

接着他说起联姻的事情。李德已经挑选了几个宗室女，将她们册封为公主，下嫁即将归附的世家子弟，另外还为宰相之子向达摩的女儿求亲。

李仲虔冷笑。李德这是打算用联姻的手段来拉拢豪族。

瑶英早就料到李德会这么做，没有说什么。联姻固然有用，但也不是万全之策。

正事谈完，郑景几个人告退。

瑶英、达摩和匆匆赶来的杨迁等人商议事情。不一会儿，瑶英叫来亲兵，铺纸研墨，写好几封信，拿起朝廷送来的印信，盖上印戳，签了花押，发出一道道诏令。

"以西军的名义前往各地宣扬朝廷的旨意，慰劳所有为西军送粮送钱的百姓。

"由西军出面，在刚刚经历战乱的部落发放粮食，赠予医药。

"编造名册，登记丁口，从前被北戎人诬陷入狱的，查清事实后无罪释放，从其他地方逃逸过来的，既往不咎。

"西域多信众，找到德高望重的僧人、长老和司祭，让他们出面安抚僧众——不管是佛门、道家、景教、拜火教，还是摩尼教，都这么做。

"各地官员，不论是胡人还是汉人，从前听从北戎的还是听从都护的，只要在当地有威望且为百姓做实事，名声不差的，都可以酌情保留官职。

"派出使者深入民间，为各地百姓开言路。对于那些作威作福、奴役百姓、罪大恶极的官吏，一旦查明，按律处置……"

一桩桩、一件件吩咐下去，亲兵捧着诏书，一头扎进暮色之中。

瑶英累得满头大汗。

仗要打，百姓也要安抚。她只有让百姓感受到实实在在的好处和恩泽，他们才能从心里拥护西军。

接下来的几天，瑶英一天比一天忙。

随着诏令得到落实，她和西军在民间的声望日益高涨。

达摩看出她不喜欢那几个校尉，果然很快换了一批年轻的郎君。

每天都有人变着花样向瑶英献殷勤。

她委婉地告诉达摩自己现在没有嫁人的心思。

达摩另辟蹊径："那卫国公是否有意娶妻？"

他说着，一口气报出十几个小娘子的名字。

瑶英挑挑眉，替李仲虔拒绝了。李仲虔的心病就是联姻，他不会为了这个理由娶妻。

这期间，不断有战报送回，沙州、甘州、肃州一带战事顺利，等河陇平定，西军就能集中兵力收复伊州。

与此同时，瑶英他们也密切关注王庭的军情。莫毗多紧追着北戎的残部不放，成功地将瓦罕可汗的精锐围堵在沙海道附近，两军僵持了一段时日，北戎军队的粮草耗完了，莫毗多即将发动进攻。

这晚，瑶英在灯前忙碌，缘觉站在一边给她打扇。

不一会儿，亲兵求见。他要给王庭那边送节礼文书，问瑶英有没有信件一并送去。

"没有。"瑶英低头书写，淡淡地道，"王庭和西军来往，都是要事，我会让长史以公文传达军情战报和请求，以后不会有送往圣城的私人信件，你不必再来问我。"

亲兵应是，告退出去。

缘觉张了张嘴巴，心口发凉。

公主不再是摩登伽女后竟然真的和圣城断绝往来了！

这段时日，他跟在公主的身边，公主一次也没提起圣城，没说起王。西军几乎天天都有信件送往王庭，但这些信件全部是冷冰冰的正式公文。

缘觉打扇的手颤了颤。

公主真的说到做到，不再纠缠王，还做得这么干净利落，私底下也不提起王……他理当高兴才对，可是公主这么绝情，一转头就把王忘得一干二净……不知道怎么回事，他心里有些难受。

他还记得公主为了王义无反顾地踏进火坛……公主怎么能这么快就把王给忘了呢？

难道公主被那些围着她打转的俊俏郎君给迷住了？

缘觉越想越有种宝物被人偷走的感觉，咳嗽一声，道："公主，我要向阿史那将军禀报事情，公主有没有什么话让我帮着转达？"

瑶英低着头，眼睛也没眨一下，语气果断从容、冰冷无情："没有。"

缘觉的肩膀垮下来。

他回到房里写信，信是写给毕娑的。他平时和毕娑没大没小惯了，忍不住在信的末尾多写了一些和正事无关的内容。

第六章

心悦公主

几日后，信鹰将这封信送回圣城，巴米尔取下纸卷，直接送到石窟里。

坐在佛像前的男人一手握着佛珠，一手展开纸卷。

信上先是禀报西州一带的军情，然后是王庭和西军来往之间的一些小摩擦，接下来全是闲话。

几个仰慕文昭公主的世家子弟千里迢迢赶到高昌，只为了确认她还活着。一时之间各种神神秘秘的传说传遍诸州，百姓津津乐道，猜测公主会选谁当驸马。

本地世家豪族不服气，变着花样讨好公主。年轻的郎君今天为公主猎一头熊，明天为公主摘一朵罕见的莲花，各显神通。

差点儿和公主定亲的郑景现在还没娶正妻，看起来贼心不死……

诸如此类的闲话密密麻麻地写满纸卷。

最后缘觉道："文昭公主已经对王忘情，多日来一句也没提起王。"

昙摩罗伽的手指微微一颤。他看完信，又从头看了一遍，抬起手，把纸卷放在烛火前，付之一炬。

她是红尘中人，有倾国倾城之姿，自然少不了仰慕者。

她忘了他，正如经文所说："电光朝露，莫不如是。"

心口忽然涌起一阵莫名的情绪，昙摩罗伽紧皱双眉，转动持珠，默念经文，静气凝神。

长廊外的脚步声由远及近，毕娑带着笑意的声音传了过来："王！沙海道大捷！瓦罕可汗落马而死！莫毗多已率大军返回！"

昙摩罗伽睁开眼睛。

王寺敲响铜钟，大胜的消息很快传遍圣城的每一个角落，百姓奔走相告，手舞足蹈。

近卫骑士也忍不住眉飞色舞，兴奋地讨论莫毗多以后会不会接任摄政王。

朝中大臣反应飞快，纷纷上疏，问起莫毗多的婚事。

王准备为文昭公主和莫毗多赐婚吗？

莫毗多凯旋后就会迎娶文昭公主吗？

昙摩罗伽看完所有奏疏，捏笔的手突然打了个战，纸上留下一道蜿蜒的痕迹。

两天后，沙海道大捷的消息传至高昌。

众人欣喜若狂！老可汗死去，北戎就是一盘散沙，收复失地的阻力骤然减轻，他们接下来可以逐步收复其他州县了！

杨迁立刻给沙州送去急信，要他们准备收拢兵力攻打伊州。

李仲虔开始整顿人马。他去过伊州，可以和沙州那边的西军分东、西两路夹击伊州的北戎残部。

众人刚刚高兴了没两天，这日清晨，一骑快马自西飞奔而来："公主，焉耆送来的求救信！他们的城主响应公主的号召，准备派使团前去长安，被北戎人提拔的叛臣带兵围攻，城中军民坚持了几天，快支撑不住了！"

几个人商量了一会儿，决定由杨迁带三千人去焉耆援救城主。

三千西州兵浩浩荡荡地出发，尘土飞扬。

城中恢复平静。瑶英和达摩回王宫，继续讨论攻打伊州的事情，忙到下午，忽有斥候来报："北边百里开外的乱石滩有大军经过！"

达摩疑惑地道："杨迁回来了？"

瑶英摇头："焉耆在西，杨迁是往西走的，那不可能是杨迁。"

"那会是谁？"

达摩皱眉，令城外的百姓撤回，关闭城门，城中戒严。

众人纳闷儿不已，站在廊下等消息。

不一会儿，又有斥候来报——大军离高昌越来越近，显然是冲着高昌来的。

瑶英的心里猛地一震："声东击西？"

达摩的脸色沉了下来："焉耆只是个诱饵？"

瑶英感觉手心发麻，冷静下来，道："我们很快就知道了。"

这日，金灿灿的暮色降临之时，高昌城外的蹄声如雷轰响。天际处，一道道黑色的洪流翻卷涌动，山呼海啸般将高昌城包围起来。

达摩站在城楼上，面如金纸："怎么会是北戎人？！"

他看着城外那黑压压一片——铺天盖地汹涌而来的北戎骑兵，浑身僵硬。

"向王庭求救？"

眼前这支军容整齐的北戎大军是从哪里冒出来的？从他们收集的情报来看，高昌附近不可能出现这么多北戎骑兵。

"来不及了。"瑶英眺望北戎骑兵的战阵，寻找海都阿陵的军旗，握紧双拳，让自己镇定下来，"先发出示警，让附近的西州兵赶回驰援。"

呜呜的号角声吹响。

王庭。

巴米尔没收到缘觉的信，问毕娑："高昌那边可有异状？"

毕娑一脸茫然："为什么这么问？"

"每隔两天会有一封信从高昌送回来，已经两天了，没有高昌的信。"

毕娑神色微沉，正待细问，亲兵飞跑进长廊："沙城送来的紧急军情！高昌被北戎军队包围了！"

毕娑大惊失色。

巴米尔不敢耽搁，将战报送进石窟。

昙摩罗伽坐在书案前，抬起头，问："多少人？"

亲兵道："约有一万人！领兵的人是海都阿陵！"

昙摩罗伽微蹙双眉，收起佛珠，面色沉毅。

毕娑忙道："王，我愿领兵前去驰援高昌。"

昙摩罗伽不置可否，命亲兵取来舆图，提笔在羊皮纸上画了几条线，问亲兵："军情确认无误？"

亲兵答道："回禀王，是沙城守将送回来的战报！"

昙摩罗伽皱眉："海都阿陵被挡在白城外，不可能带着一万兵马出现在高昌城外。"

毕娑也觉得不解："他可以伪装成牧民混过关卡……不过他的那些兵马不可能。那高昌城外的一万兵马是从哪里来的？"

昙摩罗伽沉吟片刻，松开笔："把莫毗多送回来的战报拿来。"

毕娑连忙翻出战报递给他。

昙摩罗伽比对着舆图看完战报，手指轻轻地颤了颤，捏皱了羊皮纸。

毕娑神情焦灼："王？"

昙摩罗伽放下舆图。

所有北戎残部现在全部掉头赶往高昌去了。

海都阿陵不止一万人马。接下来的几天，流落各地、群龙无首的北戎乱军都会疯狂地扑向高昌。

她在高昌。

他去高昌救她，就是中了海都阿陵的计策；不去，高昌危矣。

随着啪嗒一声轻响，他收进袖中的佛珠滑落，掉在地上。

昙摩罗伽俯身拾起佛珠，心口阵阵发紧。

天色暗沉下来，强风呼啸，月影憧憧。

一万北戎人驻扎在高昌城外，营帐中闪烁的篝火就像漫天璀璨的繁星。

银河灿烂，而高昌城渺小得仿佛一点儿微弱的萤火，在铺天盖地的星光面前瑟瑟发抖。

达摩站在城头，望着远处密密麻麻的篝火，想起上次北戎大军压境时那所向披靡的滔天气势，不由得心生恐惧。

就是在那次北戎围城之后，他失去发妻，也失去抵抗的勇气，整日沉迷酒色，当了傀儡。

现在再次面对杀气腾腾的北戎骑兵，他还是忍不住害怕。

火光摇曳，瑶英踏着月色走到他的旁边，一身窄袖锦袍，外面穿了银甲，长发裹在巾帻里。她问："杨迁那边有没有消息？"

达摩回过神，摇摇头："没有，北戎大营直接停下来扎营，没有动静。"

瑶英轻皱眉头，问跟在身边的守将："城中的西州兵，加上所有能作战的平民，一共有多少可以作战的男丁？"

守将想了想，答道："只有五千壮年男丁。"

达摩脸色微变，看着瑶英："公主这话是什么意思？要所有平民登上城头守城？"

现在还没到他们要让手无寸铁的百姓登上城楼守城的地步。

瑶英眺望北戎大营，面带忧虑："大郎，这支北戎骑兵忽然出现，不急着攻城，而是在城外驻扎，这一次围城，不是为了突袭，也不是为了劫掠补充粮草等物资……不管他们想做什么，我们得早做准备。"

达摩也在思考这个问题："他们想要什么？为什么要来攻打高昌？"

瓦罕可汗已死，北戎分崩离析已成定局，不管各方从哪个角度来看，伊州才是北戎人应该守住的城池。只要他们守住伊州，就还有卷土重来的机会，所以西军下一个目标就是夺回伊州。

正因如此，李仲虔前几天点兵直奔伊州去了，现在不在城中。

北戎为什么弃伊州不顾，也不想办法向西逃窜，而是集结兵力来攻打高昌？

北戎骑兵中出现了海都阿陵部的军旗。这两天他们只叫阵，不攻城。军中有人嘀咕说他带兵攻打高昌是为了抢夺文昭公主——流言已经冒了头，达摩心惊不已。这种关头，谣言会让城中恐慌的百姓做出疯狂之举。

瑶英手扶箭垛，轻声道："有人说海都阿陵是为了我才来攻打高昌，只要把我交出去，北戎就会退兵。大郎觉得可信吗？"

达摩凝眸看她半响，勾起嘴角："海都阿陵心狠手辣。我真把公主交出去了，他后脚就会带兵屠城。他故意放出这等流言蛊惑人心，就是为了让我们互相猜忌，我不会上当。"

瑶英颔首："你我都看得明白，不过只要有人在城中散播流言，百姓就会对他的话深信不疑。到时候，北戎骑兵只要再集中兵力攻打几次城门，城中必会生乱……如果百姓逼我出城，西军和百姓之间有了裂痕，以后西州兵收复失地可能会困难重重，北戎人可以趁机拉拢那些还在观望的州县……我不出城，豪族会对我心生怨愤……

"不论我出不出城，都会影响士气。"

达摩听得脊背生凉。海都阿陵还没发动攻击，只是做出围城的样子，放出流言，就煽动了民意，把西军放在火架上烤。

瑶英平静地道："如果明天北戎人接着叫阵，围而不攻，说明这次围城不会轻易撤兵。他们想耗下去，等到城中生变。"

达摩头皮发麻："公主，我这就吩咐下去，从明天开始，如果有人敢散播流言，严惩不贷！"

瑶英一点儿也不惊慌："人心如此，我心里有数。谣言已经传开，等到明天就迟了，我已经让人去召集城中有威望的族老。流言刚传出来我们就得想办法遏制，传得越久，我们越没办法解释清楚。"

她不能露出怯懦之态，从守城一开始就必须稳定人心。

亲兵来报，人快到齐了，有几位族老故意拖拉，还没动身。

两人对望一眼，下了城楼，来到议事厅。厅中火光摇曳，人头攒动，人人神色焦急，紧锁眉头，看到两人进门，立刻蜂拥上前。

"公主，北戎来势汹汹，杨将军率兵去了焉耆，我们这些人能守住城吗？"

“海都阿陵提了什么要求？他们肯不肯退兵？”

“城外有一万北戎人！我们怎么守得住？”

厅中响起一片惊恐到变了调子的询问声。

瑶英走到长案前，环视一圈，道：“海都阿陵说，只要我肯出城，他就撤兵。”

这话一出，厅中哗然。

众人目瞪口呆，难以置信，随即，脸上浮起尴尬之色。流言已经传播开来，他们心中不免嘀咕，觉得传言不假，公主的容色冠绝中原，海都阿陵可能真的是为她来的。此时此刻，公主应该是那个最不想提起此事的人，却当众道出此语……难道公主深明大义，为了城中百姓的安危打算出城？

瑶英看着几位族老：“诸位觉得我该不该出城？”

众人面面相觑，不敢说出心中所想。

达摩冷笑：“你们忘了上次我们打开城门让北戎人入城以后发生了什么？这次假如城破，我和公主肯定能留下性命，其他人就得自求多福了。”

众人一凛。上回北戎人为了杀鸡儆猴，纵容士兵烧杀抢掠，杀了一批心向汉地的官员和宫中的禁卫军……达摩说得没错，他和公主并无性命之忧，真正可能身首异处的是他们！

达摩接着道：“公主在此，各地西州兵和部落都会赶来驰援，凉州军也会派兵来救，王庭亦不会隔岸观火……如果公主不在高昌，你们觉得救兵会来吗？”

众人瞪大眼睛，冷汗涔涔。

西域诸州依赖绿洲，人口不多，他们供养不起一支强大的军队。各地自顾不暇，其他州县听说他们被北戎骑兵围攻，肯定不敢派兵来救。

而西州兵听从公主的号令，中原朝廷、王庭和西军的盟约由公主促成，他们彼此猜忌防备，只认公主这个首领。假如公主被逼出城，救兵肯定直奔海都阿陵去了，谁还有闲情来解高昌之危？

所以，公主出城，士兵士气受挫，兵败如山倒，受苦的是他们这些人。公主不出城，他们才能等来救兵，士兵才会备受鼓舞，拼死守城。

众人权衡一番，脸色渐渐变了。他们朝瑶英拱手，满面羞惭。

公主本来可以返回长安，远离战火，却为了大业留在险地，奔波劳碌。诸州县的百姓都受其恩泽，他们居然想把公主交出去换一时的平安，实在是鼠目寸光！

“吾等惭愧，请公主责罚。”

瑶英不戳破众人的心思，道："眼下情势严峻，我等只有齐心协力才能守住城池。"

她看一眼亲兵。

亲兵出列，冷冷地扫视一圈，看得众人浑身冒汗。亲兵手中的长刀猛地斩下，长案应声碎裂，木片迸溅。

"若有扰乱军心者，有如此案。"

众人直打哆嗦，齐声应是。

瑶英走出军部，门口传来吵嚷声。几个族老模样的老者迎上来，大叫大嚷，质问她愿不愿意为百姓出城。

亲兵们的脸色沉了下来。几个人护送着瑶英先走，一人留下，长刀出鞘，刀柄拍向老者。老者猝不及防，摔下阶梯，顿时鼻青脸肿。

人群安静了一瞬。

亲兵迎着众人畏惧的目光走下石级，以刀尖挑开老者的乱发："在都督面前大呼小叫，意图冲撞，这次只是略施惩戒，下回刀下不留人。"

众人毛骨悚然。

亲兵还刀入鞘，环顾一圈，跟上瑶英。

郑景匆匆找了过来，听到那几个老者刚才煽动的话，紧皱眉头："公主，现在城中局势如何？"

瑶英吐了口气，道："聪明人听明白了现在的局势，其他人被我的亲兵吓住了。只要他们老实下来，我们就能耳根清净，不至于腹背受敌。"

郑景迟疑了一下，说："公主，卫国公如果在这里的话，肯定会劝殿下想办法撤出城……"

他觉得瑶英身份尊贵，比一城一地的得失更重要，没必要留下守城。

瑶英摇头："我如果临阵脱逃，百姓会怎么看待我？一旦西域诸州对西州兵和朝廷失去信心，我们将前功尽弃，以后想一鼓作气收复失地只怕难了。而且现在北戎的一万骑兵守在城外，就算我们撤退，也没办法突围。"

郑景皱眉。

瑶英说得没错，她现在出城等于自投罗网，留在城里才最安全。

不过如果救兵赶不及回来驰援，高昌也坚持不了多久。

"杨迁能不能及时赶回？"

瑶英忧愁地道："焉耆既然是个圈套，那杨迁很可能被困住了，我们只能等各地的西州兵及其他部落来驰援。北戎人的粮草支撑不了太久，我们现在能做的就是守城和等待。"

火把熊熊燃烧，夜色深沉，她一身戎装，沐浴在朦胧的火光下，叹了口气。

"我现在最怕的不是北戎人攻城……阿兄知道高昌被围，肯定会赶回来。他只带了几千人……"

万一海都阿陵设下陷阱袭击援兵，他就危险了。

郑景安慰她说："卫国公领兵多年，一定会保持警惕。"

夜风呜呜地吹过。

瑶英定定神。她不能慌乱，得守住城池。

她好好的，李仲虔才不会冒进。

瑶英回到屋中，叫来亲兵："信鹰送出去了吗？"

亲兵道："北戎人射杀信鹰，消息送不出去，现在只能在白天以狼烟示警。"

瑶英皱眉。

缘觉一直跟在瑶英的身边。之前她和达摩、郑景商议军情，他不好插话，这会儿忍不住开口："公主，王如果知道高昌被围一定会派兵的，说不定援军已经在来的路上了。"

瑶英怔了怔，喃喃地道："王庭的援军？"

她脑子里似有电光闪过，瞳孔猛地一缩。她翻出舆图看了一会儿，感觉手心沁出汗珠，抓起舆图，冲出屋子，找到正准备小睡一会儿的达摩，召集其他守将。

"海都阿陵这两天围而不攻，会不会就是在等我们的救兵？"

达摩疑惑地道："等救兵？他肯定想在救兵赶来前攻城才对……"

瑶英伸出手指点点舆图："他要攻打高昌，方圆几百里内的西州兵都会赶回来驰援，王庭也会派兵，凉州军准备攻打伊州，说不定也会赶来相助……他只需要按兵不动，就能调动所有兵马。"

达摩睁大眼睛，倒抽一口凉气。

如果事实真像瑶英猜测的那样，那海都阿陵就是拿高昌当诱饵，引诱各方势力前来救援！

众人心头大震，不敢相信："有这个可能吗？"

瑶英面色苍白："明天我们就知道了。"

如果海都阿陵的目标果然是援军，那他肯定不敢尽全力攻城，那样会消耗战力。

他放出谣言，这就是一种迷惑他们的手段。

这一晚，众人压根儿不敢合眼。

翌日清晨，战鼓擂响，守将披甲上阵。

北戎人吹响号角，几骑快马飞驰出阵，骑手挽弓搭箭，射出几支绑了布条的箭。

布条上只写了一句话："只要高昌交出文昭公主，我们就撤兵。"

北戎派出一队声音洪亮的士兵，喊出布条上的内容。

瑶英昨晚已经恩威并施，安抚了城中豪族，现在士兵都知道文昭公主留下来他们才有守住胜利的希望，不论北戎人如何叫阵，城头的士兵都不为所动。

北戎人叫喊了半个多时。所以，高昌毫无反应。

日头升到半空时，北戎人在隆隆的战鼓声中发动第一次攻击。此前高昌早已加筑工事，北戎骑兵冲锋到一半，突然听到一阵惊天动地的炸响。地动山摇间，战马受惊，北戎锋利的长弓阵形立时陷入混乱。一阵鬼哭狼嚎后，他们很快调整阵形，往两翼收缩，将阵形拉成尖刀，继续攻城。

等他们进入射程，守将立即指挥弓箭手放箭，箭雨嗖嗖罩下，北戎人的速度慢了下来。

几轮厮杀后，两军鸣金收兵。

瑶英面色凝重。北戎人的攻势一点儿都不弱，面对火药的威力，他们慌乱之后依旧悍不畏死地往前冲。难道她猜错了？

第二天，战鼓继续擂响，北戎人再次派兵叫阵，满嘴污言秽语。

高昌也派了几个嗓门儿大的士兵和他们对骂。

等到日中的时候，北戎人击鼓攻城，冲锋的骑兵依然和昨天一样悍不畏死。

如此一连几天下来，城中人心惶惶，士兵亦疲惫不堪。

达摩每天看一眼城外黑压压的北戎军队，心惊肉跳。

瑶英却渐渐看出端倪："他们果然在保存战力，每次投入的战力都不多。"

达摩的心跳得更快了。他焦急地道："我们的消息送不出去，援兵应该都在赶来的路上……"

如果这真是海都阿陵的计谋，他已经得逞了。

李仲虔的兵马、王庭的援军、西州兵、心向汉地的诸州……海都阿陵把所有援军吸引到高昌来到底是为了什么？

瑶英感觉脊背生凉。

就在这时，城外又响起一阵凄厉的号角声，北戎大营的方向突然冒出冲天的火光。

北戎军队没料到大营会被袭，前军还在冲锋，后军惊慌失措，不知道该掉头还是跟着前军，两翼乱成一团。不一会儿，北戎军队开始撤退。

高昌守军大喜过望，大声道："援军来了！援军来了！"

远处，北戎大营已经陷入一片熊熊的火海之中。

瑶英看着狂舞的火舌，冷汗淋漓。

黑烟弥漫，火海翻腾，半边天空都被映得通红。一支打着西军旗帜的援兵忽然杀出，冲入北戎大营。

惨叫声和马嘶声四起，北戎骑兵锐气大挫，慌忙撤退。

城头上精神萎靡的守军立即振奋精神，高呼道："我们出城去接应他们！"

"等等！"瑶英叫住达摩，声音轻颤："怎么确定援军是我们的人？"

达摩一愣："难道不是我们的人？"

瑶英道："北戎人最擅长的是包围、佯退、突袭、攻心，一拨接一拨地冲锋、围猎，驱使奴隶与平民突破我们修筑的工事，为他们的骑兵开道。这些手段我们都见识到了……他们唯独不擅长攻城。

"我们得防着他们佯退，先想办法确认援军的身份。"

在书里，年老的海都阿陵所率的军队攻城略地，势如破竹。他征服各地后，提拔了一批擅长制造器械的能工巧匠。那些工匠不仅技艺高超，还精通数理。他依靠他们发明的各种攻城武器，攻破了一座又一座城池。

瑶英在海都阿陵的营地里的时候，捡过羊粪，理过羊毛，喂过马，搬运过沉重的武器……她不仅惦记海都阿陵培养的马种，还留意过他搜罗的工匠。逃到王庭以后，她让老齐帮她留意那些经验丰富的工匠——只要有一技之长的，不论是哪里人，她都要。

现在海都阿陵的帐中没有足够多的工匠帮他制造攻城器械，就算有工匠，北戎四分五裂，以他的身份，他也筹集不了那么多的军需。

瑶英甚至怀疑城外的这支北戎军队的粮草也支撑不了多久。

"我们兵力不足，又不擅长制衡骑兵，无法和北戎正面交锋，必须坚守城池，不能贸然出兵。如果援兵是个圈套，我们出去接应正好中计。"

达摩冷静下来，道："如果援军是真的呢？"

一旁的守将道："我也觉得不宜出兵接应，可以先派斥候去看看。"

斥候被派出，达摩心急如焚，立在城头观望远方的战况。

那支突然出现的援兵仍然在和北戎军队厮杀，北戎大营转眼间被烧了一大半。北戎军旗东倒西歪，而西军旗帜冲着高昌来，迎风招展。

瑶英感觉手心出汗。

如果援军是真的，他们不派兵接应，就失去了里应外合、夹击北戎的最佳时机……但是城外的援军出现得太蹊跷，他们冒不起风险。

达摩心情忐忑，来回踱步。

将士们汗出如浆，目不转睛地眺望远处，拳头捏得咯咯响。

半晌后，一名斥候连滚带爬地奔回城："看不清援军主将！北戎一直在撤退……"

达摩心一沉："坚守不出，继续探察！"

能赶过来救援的主将斥候都认识，他说看不清主将，这必然是对方故意为之，让他们无法分辨援军来自哪个部落。

守将得令，更多斥候悬索跃下城。

达摩咬牙："北戎人果真狡猾。他们烧了大营，故意引诱我们出城，是不是想诱杀我们的主将，动摇我们的军心，逼我们投降？"

瑶英面色凝重："如果只是这么简单就好了……"

达摩冷汗直冒："他们的目标不是我们？"

瑶英叹口气，手指蘸水，在泥砖上写写画画："现在高昌被围，周围的西州兵肯定会赶过来救援，北戎军队只需要守住要道，让援军以为我们已经失陷。他们可以设伏，赶来的援军必会中计。然后他们再佯装被援军突袭，紧急撤退，引诱我们出城。城中守军如果追击他们，多半会被他们断了后路。届时守军被他们围困，我们还能守多久？我们守不住，其他赶来的援军岂不是更加慌乱？"

北戎人可以反复利用这一招，以城破为诱饵来伏击援军，又以援军为诱饵来引诱城中的守军。只要援军和守军有哪一方中计，他们就能顺势歼灭西州兵。

瑶英忧心忡忡："我们只要坚守不出就行了……可是援军等不了……"

她担心援军中计。

达摩满头大汗。

杨迁、李仲虔的救兵迟迟不到，难道已经遇伏了？

高昌城外，大海道。

李仲虔带着几千西州兵连夜疾驰，穿过沙砾遍地、寸草不生的大海道。

部下劝他不要连夜赶路："将军，大海道遍布流沙，马匹稍有不慎就会连人陷入流沙中的坑洞，而且我们一路没有休息，掉队的人越来越多了！"

在沙漠掉队的士兵很可能会迷失方向。

李仲虔挥鞭，指着高昌方向每隔几十里路设置的烽火台上的黑烟，面色阴沉如水："事不宜迟，不用等掉队的人！所有人加快速度，必须在天亮之前赶到高昌！"

他说完，长鞭落下，随着一声啸响，骏马似利箭般飞蹿而出。

部下无奈地叹口气，指挥士兵跟上。

他们甩下体力不支的士兵，终于在第二天驰出大海道，远远看到一小片绿洲。士兵们渴得喉咙冒烟，朝着绿洲中灰扑扑的村庄扑去。

突然，一阵马蹄声响起，恍如骤雨拍打屋瓦。村庄外的密林里尘土飞扬，黄云涌动。

副将心惊胆战，连忙勒马："有埋伏！"

随着他的尖叫声，数百铁骑手执长刀，从密林中驰出，杀气腾腾。

李仲虔抬起头。尖锐的破空声呼啸而至，密密麻麻的铁箭齐齐射出，将他笼罩其中。

"阿郎！"亲兵惊恐地嘶声喊叫。

高昌城里，北戎佯退了几十里，丢下大营，守军仍然没有出城。

夜里，城中守军和壮丁抓紧时间在城外挖出一条条深深的战壕，拉上绊马绳索、撒下铁蒺藜、埋设火药。守将亲自带人守着密道，防止北戎人突袭。

将领们聚在议事厅商讨对策，起了争执。

有人认为高昌应该冒险派兵突围。

更多的人认为守城更加稳妥，之前瑶英为西军征集粮草，城中粮食充足，物资也齐备。

达摩问瑶英的意见。

她没有直接说出想法，道："首先，我们不知道城外的骑兵是从哪里来的。决定攻打伊州之前，我和卫国公派出斥候探察军情，确认过海都阿陵部被拦在白城外。他到底是怎么带着兵马穿过白城封锁的？这几天城外的骑兵一次次攻城，极为勇猛，这确实像他的作风，但是他们这么拼命，反而让我起疑。瓦罕可汗已死，海都阿陵应该保存实力以图东山再起，而不是把所有西州兵引到高昌来。"瑶英轻蹙眉头，"城外的北戎兵没有粮草补给，却不慌不忙——这支大军已经把生死置之度外，没有给自己留后路。海都阿陵只是瓦罕可汗的义子，会为了给瓦罕可汗报仇而不顾生死吗？"

达摩冷笑："海都阿陵绝不会为瓦罕可汗报仇而不顾一切。"

瑶英道："所以我们得谨慎。我们面对的是一群死士，他们很可能是流窜各地的北戎残部。海都阿陵抛下自己的兵马，领着他们围攻高昌，定有其他意图。"

达摩颔首："如果他们真的是北戎残部，没有粮草，坚持不了多久。我们只要守住城池，不怕他们不退兵。"

他停顿了一下，看向瑶英，明白为什么这两天她的脸色越来越难看了。

她不担心高昌守不住，担心的是援军。

援军不会出事了吧？达摩暗暗担忧。

第二天上午，达摩的预感成真了。

他慰劳完城中的将士，疲惫不堪，刚刚躲到后堂眯了一会儿，被一阵惊叫声吵醒。几个士兵抬着一口大箱子冲进议事厅："从伊州方向赶回来的援军遇伏，全军覆没！卫国公誓死不降，不幸身死！"

他说着，从箱子里取出一柄长剑、一件血淋淋的甲衣，以及卫国公的铜符。

议事厅一片哗然。

达摩呆了一呆，如五雷轰顶，朝李瑶英看去。她看着地上染血的长剑和甲衣，面色苍白，浑身发抖。

守将沉痛地道："公主，节哀……"

瑶英抬起眼帘。数日来，她的脸上头一次露出怅然若失的神情。

屋中众人不由得鼻酸眼热，移开了视线。

"北戎人又在叫阵了！"厅外传来脚步声，士兵的声音发抖，"他们要把卫国公的尸首悬于阵前！"

众人大怒。瑶英面色惨白，冲出议事厅。

北戎大军列阵于城外，扔出几面被烧毁的军旗，齐声大吼"卫国公已死"。

几个双手捆缚在后的汉人士兵被押到阵前。北戎人解开了他们身上的束缚，士兵们连忙朝着城门的方向狂奔。

在他们的身后，十几个北戎骑兵簇拥着一身金甲的海都阿陵驰出战阵。海都阿陵望向城头，挽弓搭箭，五箭连发，随着嗖嗖几声，那几个狂奔的汉人士兵惨叫着倒下。

瑶英立在城头上，狂风吹过，手脚冰凉，打了个寒战。

所有亲兵目眦欲裂，抓紧兵器，冲下城楼。

"停下！"瑶英的双手紧握成拳，指尖深深地陷进掌心，声音发抖。

亲兵们回头，双眼血红。

阵前，海都阿陵坐在马背上，手执长弓，遥望城头。

双方隔得很远，其他人根本看不清城头上的情形，但是他目力过人，看得很清楚。

这几天，不论白天黑夜，他一次次地眺望高昌城，隔着尸山血海，看到那个熟悉的身影立于碧蓝的苍穹和坚固的城墙之间。她是个女子，并不高大，虽着戎装，依旧婀娜窈窕，不过面目模糊，他看不清她的神情。

他想得到她。

可惜他当初瞧不起女子，没有防备她，竟然让她逃到了王庭，还一次次不知不觉被她算计，步步艰难。

还好，他的身边有一个很了解她的汉人，那个人知道她最大的弱点是什么。

海都阿陵勾唇："带过来！"

一名士兵骑马出列，马后拖了一具尸首。尸首是个身材高大的男子的，被扒了衣裳，赤身裸体，双手以绳索绑缚。

城头上，亲兵热泪溢出，破口大骂："公主，我去和他们拼了！"

亲兵们冲了出去。

瑶英如坠冰窟，牙齿打战。她猛地抬起手，制止亲兵："都停下！"

她闭了闭眼睛，强迫自己镇定，但声音颤抖。

"听公主的。"达摩轻声说，走到瑶英的身边，朝周围的人使眼色。

众人对望一眼，又敬佩又怜惜又伤痛，不敢吱声。

城下，北戎士兵拖着尸首绕行一大圈，开始纵马踩踏尸首。士兵俯身，一边用长刀在尸首身上划出一道道血痕，一边以言语嘲笑城中的守将懦弱怕事，哈哈大笑。

城头的守将群情激愤，怒发冲冠。几个年轻的将领忍耐不住，上前请战。

"末将请求带两百人出城，抢回卫国公的遗体！"

瑶英神色木然，呆立不动，忽然一个踉跄，晕了过去。

众亲兵大惊失色，手忙脚乱地上前扶住她。

城头上慌乱了一瞬，士兵茫然四顾。

达摩扫视一圈，知道军心已乱，叹息道："我送公主回房，你们记住，都不要轻举妄动！"

众人交换了一个眼神，青筋暴突。

城下，北戎的斥候骑马奔回阵前："城头上起了骚乱！"

海都阿陵扬起嘴角，金色的眸子里闪过一抹狰狞的笑意。

日头渐沉，暮色苍茫。

部下高兴地抱拳道："王子神机妙算！我们只需要设伏就能截断高昌的援军！现在他们的军心已经乱了，明天我们是不是可以集结兵力攻城？"

海都阿陵的脸色沉下来。他扫一眼身后的士兵，冷笑："这点儿兵力，人疲马乏，怎么强攻？你记住，我们的目的是带着这群残部引诱援军，尽量拖延时间。"

部下恭敬地应是。

入夜后，北戎人鸣金收兵，带着已经不成人形的尸首退回营地。

夜色浓重，天上无星无月，高昌城中气氛沉重。

达摩在瑶英的房间外走来走去，连连叹息，愁眉苦脸。

半夜时，随着嘎吱一声，房门被拉开。瑶英迈出门槛，还是一身戎装，脸色苍白。

达摩不知道该说什么。

瑶英沉默不语，往城楼的方向走去。缘觉和亲兵跟上她，神情紧张。

众人大气不敢出一声，簇拥着她登上城楼。夜风凛冽，她头上的巾帻的飘带被风高高地扬起。

达摩叮嘱亲兵好好照看她，带着人去各处巡视，忙乱一番，再登上城楼时，已经是凌晨时分了。天边泛起鱼肚白，隐隐照亮天际处山峦起伏的轮廓，瑶英还站在城楼上，身上透出寒气。

"公主，回房休息吧……"达摩劝道。

瑶英摇头不语。

达摩不忍多说什么，转身和守将谈话，身边忽然响起惊叫声。

目力最好的士兵指着北戎大营的方向大叫："烧起来了！"

达摩一惊，转过头。

天际处，黑烟滚滚，火光冲天而起。

达摩愣了片刻。

"北戎人故技重施？"他朝瑶英看去。

瑶英摇了摇头："这一次也许不是。"

火势越来越大，没有减缓的趋势，北戎大营乱成一团，马嘶长鸣。

海都阿陵拔刀冲出营地，跃上马背。他的几个亲兵很快聚拢过来，围在他的身边，其他人像无头苍蝇一样横冲直撞。

西北角急促的号角声大作，尘土扬起，几千兵士肩披霞光，浩浩荡荡而来，如狼似虎，气势雄壮。

在他们的身后，王庭大军的旗帜和几面写了汉字的帅旗迎风猎猎舒展。

蹄声如雷，为首的将领头罩面甲，一刀将北戎士兵斩落马背。

海都阿陵脸色阴沉，带着士兵抵挡了一阵，奈何对方士气如虹，北戎士兵仓促应战，已经失了先机，而高昌城门大开——城中的守军嘶吼着前来为援军助阵，很快将北戎军队的后路截断，慢慢地将北戎士兵围在当中。再不逃，他们会被全部杀死。

"走！"

海都阿陵果断地怒吼一声，带着几个亲兵冲出重围，回头看一眼王庭的军队，抹去脸上的血迹，一勾嘴角。

"该来的都来了，王庭的援军也来了……昙摩罗伽，你也有弱点！"

高高在上、心无挂碍的佛子也有中计的一天。

他忍不住笑了笑，冷不防几支铁箭擦耳而过。王庭的弓箭手接连拉弓，万箭齐发，他的亲兵逃得慢了点儿，被铁箭穿胸而过，落马而亡。

接着耳边又是几声锐响，剧痛传来，两支铁箭穿透了他身上的甲衣。

海都阿陵冷汗淋漓，不敢大意，强忍痛楚，掉头策马狂奔。

北戎阵营大乱，海都阿陵又跑了，剩下的士兵很快被王庭的军队和高昌的守军包围。他们拒不投降，咬牙死战。

高昌城头，达摩看着援军和守军前后夹击，将北戎士兵剿灭干净，狂乱的心跳久久无法平缓。

战斗持续到傍晚，残阳如血。

呜呜的号角声终于响起。

城头的守军欢声雷动，达摩激动得落泪。

援军和守军一起返回城中。

瑶英奔下城楼，骑马冲出城门，朝策马走在最前面的三个将领奔去。

三人看到她，催马疾走，随手擦掉脸上黏稠的血渍。

瑶英先奔着其中一人而去："阿兄！"

以白袍披肩、做王庭军士打扮的男人勾起嘴角，勒马停下，长腿一扫。他下马背抱住下马跑过来的瑶英。

另外两人骑马靠近后，也下了马，默默地看着兄妹二人。

瑶英松开李仲虔，朝戴面罩的男人看去。

男人揭开面甲，露出一张年轻俊朗的面庞，鬖发褐眼，颊上一道刀疤。

瑶英一怔："莫毗多王子。"

莫毗多松了口气，笑道："见到公主安然无恙，我总算可以松口气了。"

瑶英朝他的身后看去，他的部下跟在后面，看样子都是乌吉里部的人。

"阿郎！"

"阿郎还活着！"

惊喜的喊叫声响起，瑶英的亲兵冲上来，认出李仲虔，一起大叫起来。

达摩等人满面笑容地迎上来，看到李仲虔，瞠目结舌，惊叹了一阵。他们和莫毗多见礼后，目光落到一直站在旁边并以一双凤眼直直地看着瑶英的另一个男人身上，面露疑惑。众人齐齐朝瑶英看去。

"公主，这位是……？"

他们看到援军中出现一面魏朝帅旗，这个男人难道是魏朝派来支援西军的援军大帅？

瑶英揽着李仲虔的胳膊，回过神，扫一眼男人，目光和他的对上。

千军万马之中，他凝视着她，凤眸里暗流涌动。

瑶英皱眉，淡淡地道："这位就是当朝太子殿下。"

众人呆了一呆。

高昌守将欣喜若狂。太子在这里，说明甘州、肃州、瓜州、沙州都已光复，接下来他们可以联手收复伊州！

欢喜过后，士兵留下打扫战场，众人回城详谈。

达摩一肚子疑问："公主怎么知道卫国公还活着？还知道卫国公、王庭军队和凉州军会赶来救援？公主当时可是晕倒了呀！"

瑶英微笑，和李仲虔对视一眼，缓缓地道："那件甲衣和铜符送回来的时候，我就知道阿兄还活着，不过我不知道阿兄能带回援军。"

看到长剑时，瑶英如遭雷击，几乎承受不住，但是一想到战报上的详细描绘，又觉得有点儿不对劲。再看到甲衣和铜符，她才镇静下来。

卫国公的铜符在她这里。

她想到两种可能：李仲虔遇伏，为了脱身，让亲兵假扮他，海都阿陵抓到的那个人不是他；他和其他援军会合，识破海都阿陵的诡计，故意迷惑海都阿陵。

不论哪种可能是对的，李仲虔都可能没死。

所以她将计就计，故意在城头晕倒，然后召集部下和将领，要他们做好出战的准备。李仲虔没死，肯定会带援军偷袭北戎大营。

说到这里，瑶英看一眼莫毗多："阿兄怎么会和莫毗多王子一起攻打北戎？"

李仲虔长出一口气，拍拍瑶英的脑袋。

"说来话长，我快到伊州时，发现一路上毫无北戎残部的踪迹，赶紧掉头，走到半路，知道北戎残部围攻高昌，连夜赶回，刚出了大海道就遇到北戎的埋伏，幸好王庭军队赶来救援……"他顿了一下，接着道，"佛子看出海都阿陵故意围攻高昌，设伏引诱援军，让离得最近的莫毗多带兵过来驰援。我和他的亲兵杀出重围，派人伪装成北戎斥候回去报信。海都阿陵信以为真，以为那具尸首就是我。趁他松懈，我和莫毗多整顿兵马，悄悄靠近，趁夜捣毁他们的军备，再发动突袭。"

众人听得心惊肉跳。

莫毗多朝瑶英笑了笑，目光灼灼："我和卫国公提心吊胆，就怕公主信以为真，伤心之下被海都阿陵钻了空子。没想到公主不仅没上当，还把海都阿陵给骗过去了，城中守军反应也快，我们才能把这些北戎残部包围起来，要是再让他们跑了，我实在没法向王交代。"

众人想起这些天的惊心动魄都有种劫后余生之感，大舒一口气，哈哈大笑。

瑶英眉间微动。她松开李仲虔，走到莫毗多的身边："海都阿陵到底在算计什么？佛子现在身在何处？王庭那边没出事吧？"

莫毗多脸色微红，小声道："不瞒公主……城外的这一万北戎残部，大部分是从沙海道逃出来的。我在沙海道追击瓦罕可汗，亲眼看着他落马……没想到他没死，被小儿子金勃所救，混进奴隶中，想悄悄地逃到萨末鞬去。"

瑶英心头大震："海都阿陵闹出这么大的阵仗，把所有援军引到高昌，就是为了给老可汗打掩护？"

"不错，他带着这点儿人，根本改变不了大局。"莫毗多点头，"说起来都是因为我太轻敌，让北戎精锐骑兵逃出沙海道……为了掩护老可汗，所有北戎残部都朝着高昌来了。王看出海都阿陵的打算，命我带几千人前来解高昌之危，将北戎残部剿灭。"

瑶英心跳如擂鼓："那瓦罕可汗呢？"

瓦罕可汗如果逃出去了，海都阿陵的计谋就还是得逞了！

莫毗多道："公主放心，我只带几千人马来高昌，摄政王带着大军追击瓦罕可汗去了。我一时大意，差点儿铸下大错。摄政王出马，一定能亲手斩杀瓦罕可汗。"

瑶英站着出了一会儿神。

苏丹古去截杀瓦罕可汗了。

上次他带兵大败瓦罕可汗，因怕海都阿陵攻破圣城，又必须尽快散功，而且考虑到近卫军不能离开王庭太久，所以匆匆带兵返回圣城，命莫毗多代他追击北戎残部。这一次近卫军留守王庭，他带着莫毗多的人马去追击瓦罕可汗，不用担心圣城出乱子，还派了援军来帮她，方方面面都考虑到了。

缘觉听到二人的对话，张大嘴巴："摄政王亲自追击瓦罕可汗去了？"

莫毗多颔首。

缘觉直冒冷汗，心里暗暗着急：间隔时间太短了，王强行服药运功，不会出事吧？

他们几个人站在一边悄悄说话，那头达摩等人围着李玄贞问东问西。

李玄贞紧皱眉头，无法脱身，目光一直追随着瑶英。他心中的大石慢慢落地，身上阵阵剧痛，伤口再度裂开，鲜血浸湿了甲衣下的纱布。

疼痛让他清醒过来。他意识到这一切不是梦境，她好端端地站在他的面前，和李仲虔、王庭将军窃窃私语，看他时神情冷淡。

还好他来得及时。

瑶英瞥李玄贞一眼，问李仲虔："阿兄，你怎么会遇到李玄贞？"

李仲虔淡淡地道："我和莫毗多悄悄赶回高昌，在路上碰到他，他正准备带着两千人偷袭海都阿陵。"

瑶英皱眉：李玄贞怎么来得这么快？

到处都是欢声笑语，缘觉暗暗心惊，想来想去还是觉得不放心，决定给毕娑写封信。现在北戎残部被歼灭，信可以送出去了。

他想去前线照看昙摩罗伽。

缘觉和瑶英说了一声，匆匆走出议事厅，回到自己的房间，刚要合上门，沉重的脚步声响起。

一道黑影闪过，跟着他进屋。

缘觉正要惊叫，随着砰的一声响，黑影倒在了地上，脸上蒙着的布巾滑落，露出一张疤痕遍布的脸。

浓重的血腥气弥漫开来。

缘觉呆若木鸡，半天说不出话，眼珠几乎要暴眶而出。

"摄政王！"他惊呼一声，哆嗦着扶起倒在地上的昙摩罗伽。

昙摩罗伽紧闭双眸，意识模糊，唇间逸出一声呢喃："别声张……"

缘觉答应一声，扶他躺好，撕开他身上的衣裳。

他的肩上缠了厚厚的纱布，一场大战过后，纱布已经被染红了。

副将领着士兵清扫完战场，回城禀报："北戎人果然没有多少粮草了，水囊几乎都是空的，马匹身上有放血的痕迹，士兵的身边只剩下一些生腊肉。"

瑶英颔首，对其他人道："他们的干粮就是马血和生腊肉。"

众人不由得又惊讶又佩服。城外的北戎军队明知没有后路，依然来围攻高昌，以掩护瓦罕可汗逃出重围。难怪他们攻城时人数虽少却那么勇猛，因为都做好了赴死的准备。

达摩问："有没有俘虏？"

副将答道："两军对阵时，没有士兵投降。后来末将打扫战场，找到一些重伤的俘虏。"

达摩看一眼站在不远处和部下说话的莫毗多，小声问："这些俘虏该怎么处置？"

北戎铁骑是之前从沙海道突围的残部，莫毗多心里必定不痛快。俘虏交给他处置，他才能向王庭交代。但是这支铁骑是被莫毗多、李玄贞和李仲虔三方人马组成的援军打败的，高昌又已经归附魏朝，他们怎么处理俘虏，还得看李瑶英和李玄贞的态度。

瑶英沉吟片刻，道："交给莫毗多吧。"

达摩也这么想，闻言点点头。

派出去的斥候陆续折返，众人听完回禀，走进议事厅。

李仲虔迈过门槛时，脸色微变，捂着胳膊闷哼了一声。

"阿兄，你受伤了？"瑶英焦急地道，解开李仲虔的白袍，发现他的左臂上有包扎过的痕迹。

他和北戎大战一场，伤口肯定开裂了。

李仲虔轻描淡写地说："从大海道出来的时候在阿萨堡遇到伏兵，受了点儿轻伤。"

瑶英心知这一次遇伏肯定没这么简单，他不想让她担心才说得轻松，皱眉叫来医者，道："天气热，伤口别闷坏了，阿兄先去处理伤口。"

李仲虔笑了笑，小声嘟囔一句："管家婆。"

他笑着随医者去隔间清理伤口。

一旁的李玄贞抬眸，神色冰冷地看着关切地目送李仲虔走出去的瑶英，感觉伤口好像更疼了。

不一会儿，郑景几个人匆匆赶到，向李玄贞行礼，诧异地道："殿下怎么来得这么及时？沙州、瓜州、甘州的情况如何？"

李玄贞回过神，命副将铺开几张羊皮纸舆图。

众人围在长案前，瑶英也和达摩一起走了过来。

李玄贞面色苍白，眼底青黑，声音嘶哑。他慢慢地道："北戎大乱，收复失地必须一鼓作气，否则会陷入苦战，当务之急是占据重镇，再慢慢收复其他郡县。西州兵收复瓜州、沙州时，我带兵在黑水城迎战北戎十部，杀了他们的酋长，歼敌四万，俘虏他们的贵族数百人，北漠一带十年内不会再出现北戎这样强盛的部族。之后我和西州兵会合，他们留下守城，我率凉州军和其他西州兵直奔伊州，唯有夺回伊州，才能真正打通河西。

"到了伊州，我发现北戎残部没有躲在伊州城内加筑防御工事，而是反常地疯狂往东集结，意识到他们很可能想攻打高昌……"

他停顿了一会儿，接着道："我留下两路大军切断伊州的北戎兵的后路，带了两千人马赶来高昌。"

议事厅里安静下来，众人齐齐望着李玄贞，无不惊愕。

他们正在纳闷儿远在瓜州一带的李玄贞怎么会来得这么快，听他说完，纳闷儿变成了难以置信。

李玄贞率部荡涤北漠，彻底打垮镇守草原的北戎十部！从此以后，北漠再无可能出现像北戎这样可以威胁中原魏朝的强大势力。

这还不算，他在几场改变天下大势的血战之后，居然又在半个月内一口气急行军几千里，长途奔袭，直取伊州，夺回通向西域的要道，然后直奔高昌而来！

他不知道高昌这边的情况，也不知道会遇上李仲虔和莫毗多，只带两千人就准备偷袭北戎大军！他就不怕全军覆没？

太子殿下果然胆色过人。

众人错愕了好一会儿，突然意识到西州兵打通了河西，喜不自胜。厅中的高昌的世家子弟忍不住激动地怒吼出声。

一片欢欣鼓舞的赞叹声中，瑶英面色平静，指指伊州的方位，道："北戎残部已经被歼灭，其他人护送瓦罕可汗突围，现在伊州孤立无援，我们必须趁这个机会尽快拿下伊州。"

达摩从狂喜中冷静下来，心里暗暗感叹李瑶英不愧是文昭公主，西州兵势如破竹，她还能如此冷静。

其他人也纷纷回过神，笑道："我们这一次也算是成功拖住了北戎残部！伊州那边没多少北戎军队了，我们一定能一举拿下伊州！"

瑶英道："别掉以轻心，伊州曾是北戎牙庭，不易攻破。"

众人笑着应是。

李仲虔重新包扎了伤口，走了进来，与众人议定由谁带兵去伊州。

"定不辱命！"将领抱拳领命，立刻出发。

豪族子弟早就在一旁摩拳擦掌了，见状一个个自告奋勇，要求带兵前去伊州。

达摩知道现在伊州唾手可得，不会出现什么大的变故，都应下了。

瑶英勉励众人一番，看着众人兴高采烈地离去，道："东边战事顺利，接下来我们要做的就是坚守城池，防着其他部落反扑，还有……"

李玄贞替她接了下去："还有和王庭合作，追击最后一支北戎残部。"

瑶英没看他，对达摩道："杨迁应该被困在焉耆了，我们得派人去焉耆。白城那边一直没有音信，海都阿陵部就在白城外，白城很可能也被围了，我们需派斥候去打探。"

达摩点头。

李玄贞不说话了。

瑶英吩咐亲兵："请莫毗多王子进来。"

莫毗多腰佩长刀，走进议事厅，和众人见礼，说明战况："数日前我正带着大军赶回圣城，突然收到战报，知道高昌被围。阿史那将军的亲兵阿毗奉佛子之命赶来，让我带几千部落兵救援高昌，摄政王随后赶到，亲率大军去追击瓦罕可汗。高昌之危已解，北戎只剩下瓦罕可汗那一支残部了，其他人不成气候。"

众人恍然大悟。这也就是说此次王庭没有出动大军，而是让凯旋的大军分兵掉头，一路追击瓦罕可汗，一路驰援高昌。这样既节约时间，也不会把王庭置于险境。

李玄贞问："贵国的摄政王知道瓦罕可汗逃去哪里了？大军来不来得及堵住他？"

其他人也很担忧。

海都阿陵搅乱了整个局势，所有北戎残部往高昌而来，其他西州兵、部落也都赶过来救援。摄政王苏丹古是临时接管大军的，能及时看破海都阿陵的诡计，找到瓦罕可汗的踪迹吗？

莫毗多笑了笑，手握长刀："诸位无须担心，佛子已经推算出瓦罕可汗会从哪里突围，摄政王一定能堵住他。"

众人半天不说话，交换了一个复杂的眼神。

还好王庭的佛子是他们的盟友，不是敌人。

众人闹哄哄地商议完，天已黑透，各自回房休息。

一场危机消弭，今晚城中并不设宵禁，各坊彩灯高悬，担惊受怕了数日的百姓终于可以安心地出门游乐。一时万人空巷，人头攒动。

瑶英身心俱疲，眼皮发沉。她回到屋中，叫来李仲虔的亲兵，细问他受伤的事情。

"阿郎怎么受伤的？伤得重不重？"

亲兵回答说："那天我们刚刚出了大海道，伏兵突然放箭，当时真是万分凶险。千钧一发之际，莫毗多小王子的亲卫突然赶到，救下了阿郎。阿郎只是胳膊中了一箭，没有大碍……那个亲卫当真勇猛，提着刀杀进北戎的战阵，直接手刃他们的主将！他告诉阿郎莫毗多王子马上会赶到，后来莫毗多王子果然来了。我们和王子会合后，又碰到太子殿下，三方人马才聚齐……"

他最后道："公主，王子的亲卫在救阿郎的时候受伤了，伤得比阿郎重。今天莫毗多王子和公主说话的时候，我看到他站在人群里，好像站都站不稳了……"

瑶英问："那个亲卫叫什么名字？"

亲兵摇摇头："亲卫蒙着脸，我们不认识。他没留下姓名。"

瑶英揉揉眉心，道："他救了阿郎，你拿我的手令去库房，挑些补血益气的药材和伤药，另外按规矩备一份厚礼给他送去，等我有空了再去当面向他致谢。"

亲兵应是，等了一会儿，没听到其他吩咐，抬起头，发现瑶英低垂眼眸，已经睡去。

她这些天夜不能寐，实在太累了。

亲兵忙退出屋子，示意门外的侍女进去服侍公主，去库房找了些贵重的药材，找到莫毗多下榻的地方。

莫毗多已经睡了，听说公主派人过来，立即爬起身："什么事？"

亲兵献上厚礼，道明来意。

莫毗多微露失望之色，笑道："公主客气了，礼物我代阿毗收下。"

第二天一大早，莫毗多带着李瑶英送来的礼物找到缘觉。

"阿毗是不是在你这里？"

缘觉一晚上都在照顾昙摩罗伽，一双眼睛布满血丝。他点头道："他受了伤，昏睡了一晚上，刚刚醒。"

莫毗多走进屋。

昙摩罗伽已经起身，穿着一身普通亲卫的着装，罩了面巾，靠坐在榻前擦拭手中的长刀。

莫毗多拣了几件昨晚众人商议的要事说了，然后道："高昌这边没事了，文昭公主他们接下来要攻打伊州，等这头的事情处理完，我要带兵去助摄政王一臂之力。"

昙摩罗伽颔首。

莫毗多问："你呢？"

昙摩罗伽还刀入鞘："不必管我。我即刻出发，去和摄政王会合。"

莫毗多没有多问。这个阿毗是毕娑的心腹，奉佛子之命前来传达指令，不是他的下属。

"对了，这是文昭公主送来的。公主很感激你救了卫国公，说要亲自来看望你。"

亲兵把几只大抬盒抬进屋。

缘觉瞪大了眼睛。

昙摩罗伽握在刀柄上的手动了一下，目光落到那一包包的药材上。

缘觉转了转眼珠，等莫毗多走了，咳嗽一声，翻动抬盒里的东西，啧啧道："都是贵重的药材，公主真是细心……"

话还没说完，昙摩罗伽站了起来："你留下照应，若有事，让信鹰递信。"

"您身上的伤……"

"无事。"

缘觉欲言又止，看着他走了出去。

昙摩罗伽提着刀走下石级，绕过长廊，往马厩的方向走去，走到议事厅外的长廊时，忽然听到不远处飘来一阵熟悉的笑声。

笑声让他想到朝露在菩提叶间滚动。

他顿住脚步。

脚步声和说笑声由远及近。长廊的另一头，一群锦衣华服、挺拔俊朗的年轻将领簇拥着一个容色明艳的女子而来。日光漫进长廊，交错的暗影笼在她的身上，她眉目含笑，气色看起来比昨天好多了。

昨天她骑马奔出城时，憔悴不堪，像是瘦了些。

北戎残部尽数被歼灭，她以后不会再有危险了。

昙摩罗伽出了一会儿神，一个闪身退到廊柱后，看着瑶英一行人走进议事厅。

李仲虔、李玄贞、达摩、莫毗多、郑景几个人陆续赶到。除了达摩以外，其他几个人都在不动声色地打量对方。

瑶英看一眼李仲虔的胳膊："今早换药了吗？"

李仲虔点点头，猛地抬起凤眼，瞥一眼李玄贞，目光正好和李玄贞深沉幽冷的目光对上。

李玄贞若无其事地移开了视线。

李仲虔轻皱眉头，看向瑶英。

瑶英在和郑景商量屯田的事情，两人靠得很近。

李玄贞忽地问："三郎，你长子的生辰是不是快到了？"

郑景浑身僵硬，神情窘迫。

虽然他没娶正妻，但府中有姬妾，妾侍已经为他生下长子。

"我……"他张了张嘴巴，额头直冒汗。

瑶英抬起头，眉眼微弯，笑容明媚："三郎，你当父亲了？"

郑景望着她，点点头，手心冰凉。

"恭喜你。"瑶英含笑说，语气真诚。

郑景扯了扯嘴角，回了一个淡淡的笑容。

他们这群曾经仰慕文昭公主的人不远万里来高昌，一是为了立功，二是为了圆心中的一个梦——文昭公主和亲时，他们无能为力；现在西州兵势如破竹，收复了失地，他们想带文昭公主回中原。

然而他们来得太迟了，文昭公主并不需要他们了。她现在是百姓心目中的救星。

她依然高高在上，可望而不可即。

郑景笑了笑，收敛心思，继续和瑶英讨论怎么让各地的百姓尽快恢复生产。

"仗要打，地也要种，各地赶紧下发粮种，疏浚灌溉的沟渠……我已让人刊印农书，每地置两名农官，教导百姓怎么种植棉麻……"

"棉就是白叠吗？我看西州兵穿的衣裳是白叠布……"

瑶英点点头："白叠布轻软，更保暖……现在的白叠布只够西州兵用，河西打通了，商道很快能通畅，等将来扩大生产，白叠布可以卖到长安……"

众人听得心潮澎湃。

昙摩罗伽站在阴影里，遥望议事厅。

这是属于她的红尘。

他转身离开。

议事厅里，瑶英感觉到仿佛有一道目光久久定在自己的身上，猛地抬起头，朝廊柱的方向看去。

角落空空荡荡，只余一地日光的碎影。

几百里外，十几骑快马驰过峡谷。尘土飞扬，马背上的人形容狼狈，血染甲衣。

海都阿陵不停地挥鞭。战马忽然发出几声高亢的长嘶，扬起马蹄，将马背上的他狠狠地甩了下去。

他在沙地上打了几个滚儿，留下一地血痕。

亲卫们大惊失色，勒马停下，扶起他："王子，我们跑了几天几夜了，休息一会儿吧，连马都受不住了！"

海都阿陵头晕眼花，双手微微发抖，目光阴沉。他点点头。

他们找到一处隐蔽地休息，喝马血止渴，杀了匹马，怕引来追兵，没敢生火，将肉放在被烈日烤得发烫的石块上晒了晒就囫囵吞下。

夜里，一名亲兵追上他们："王子，后面没有追兵了！"

海都阿陵长长地舒了口气。他们总算逃了出来。

虽然北戎牺牲了一万铁骑，但是瓦罕可汗成功逃脱了。他因此有了声望，还试探出昙摩罗伽的弱点，计策终是成功了。

海都阿陵睡了两个时辰，队伍继续朝西进发，一骑快马飞驰而至。

接应的亲兵滚下马背："王子！可汗被围在赤山，已经足足五天五夜了！"

海都阿陵悚然一惊，暗道不好："围困可汗的是什么人？"

"是王庭的军队！领兵的人是摄政王苏丹古！王庭大军足足有三万人！"

海都阿陵浑身一震，目眦欲裂："怎么可能？"

王庭不知道瓦罕可汗还活着，莫毗多部去驰援高昌了，苏丹古和他的大军是从哪块石头蹦出来的？

难道昙摩罗伽直接看破他的布局，猜出瓦罕可汗没有死，而且果断地派出苏丹古拦截瓦罕可汗，同时让莫毗多带兵去高昌？

这不可能……

海都阿陵脊背生凉。他的计划天衣无缝，瓦罕可汗在金勒的保护下一路可以说是畅通无阻，眼看马上就能逃出重围了。天下人都以为瓦罕可汗已死，昙摩罗伽为什么没上当？

就算昙摩罗伽没上当，又怎么能在这么短的时间内调动人马？

一阵狂风刮过，海都阿陵身上的血和汗水凝结成一团。他突然明白为什么瓦罕可汗会在攻打王庭时畏首畏尾。

民间传言，只要昙摩罗伽活着，王庭就不会被攻破。

海都阿陵死死地抓住缰绳。

亲兵问："王子，我们这些人，怎么从几万大军的重围中救出大汗？"

那个叫谢青的守将牢牢地守着白城，忠于海都阿陵的一万多士兵仍然被挡在白城外。他们是伪装成牧民悄悄潜进关卡的，没有其他救兵。

海都阿陵冷笑："我抛下自己的兵马，冒险穿过封锁，围困高昌，只为给大汗和金勒争取机会。现在人人都知道是我领兵吸引了所有兵力，大汗是生是死，无关紧要。"

他尝试收拢北戎残部，各个部落的首领桀骜不驯，不愿听从他这个异族人。他铤而走险，带着十几个亲兵为瓦罕可汗解围，为的不是报答养育之恩，而是建立威信。

瓦罕可汗真的逃出去了，很快就会被他架空，沦为傀儡；瓦罕可汗没逃出去，他正好名正言顺地借着瓦罕可汗的名义号令流落各地的北戎人。

海都阿陵回头，遥望远方起伏的山峦。

他会带着他的兵马回来，征服这片土地，得到那个女人。

海都阿陵头也不回地往西逃窜时，身受重伤的瓦罕可汗坐在山崖上，灰白的长发被狂风吹得蓬乱，皱纹遍布的脸被鲜血染得通红。

山脚下，王庭大军正在一步步往前推进。

他们手执盾牌、长矛、弓弩，在将领冷静果断的指挥下包围瓦罕可汗身边的最后一支精锐，慢慢地缩小包围圈。北戎骑兵奋死抵抗，厮杀声穿云裂石。

"父汗！"金勃冲上山崖，甲衣碎裂。他披头散发，声音发抖："父汗，我留下断后，您快逃吧！阿陵会派人接应您！"

瓦罕可汗拢了拢乱发，问："我们还剩多少人？"

金勃望一眼山崖下，面色惨白，不敢开口。

王庭军队和北戎军队鏖战时，他一直待在沙海道，本以为自己是派不上用场的。没想到瓦罕可汗大败，他带着兵马藏进山谷，趁莫毗多大意时救下瓦罕可汗，带着可汗往西逃。这期间，莫毗多以为瓦罕可汗已死，带兵凯旋；海都阿陵接管他的兵马，收拢残部，朝高昌进发。

他带着重伤的瓦罕可汗不要命地狂奔，眼看就能逃出重围了，一支王庭军队浩浩荡荡地追了过来，将他们围困在这里。

王庭军队就地扎营，没有立刻发动进攻。

一连几天，王庭军队毫无动静，就好像在等待什么。金勃盼着海都阿陵能来救他们，盼来盼去，没盼到海都阿陵，只盼来王庭军队的战鼓声。

双方一番血战，他们被逼到了山崖之上，士兵一个接一个地倒下。

他们无路可逃了。

瓦罕可汗苍老的脸上掠过一丝笑："还记得我以前带你围猎一群猛虎吗？现在我们就是那群被围猎的老虎……困兽之斗。"

金勃的眼眶发红。

瓦罕可汗握紧自己的长刀，看着山崖下堆成山包的尸首，道："金勃，你投降吧。佛子是守信之人，会放过我的儿子。"

金勃浑身发抖，眼泪掉了下来："父汗，您也投降吧，佛子不会杀您的。您可以像乌吉里部酋长那样，依旧是部落首领，继续享受荣华富贵。"

瓦罕可汗哈哈大笑："我乃北戎大汗，怎么能屈膝投降？！我这辈子，幼时饱受欺辱，青年时杀人如麻，中年时带领族人征服了整座草原。我们原本一无所有，后来征服了所有部落，金银财宝、土地、女人，应有尽有。无数勇士死在我的刀下，无数部落被我践踏，无数女人为我生儿育女，草原上会永远流传我的名字，我的儿孙会以我为荣。掠夺和侵占是我们的生存之道，在马背上生，在马背上死。现在我败了，那就慷慨赴死吧。

"你记住，北戎人会被打败，但是永远不会被驯服。"

金勃不停地抹眼泪。

瓦罕可汗挣扎着站起身，甲衣反射出暗淡的光芒。他面向着即将坠入山谷的红日，一步一步，摇摇晃晃地走下山崖。

追杀过来的王庭士兵对视一眼，纷纷让开了道路。

战场陡然安静下来，两军停下厮杀。

瓦罕可汗挺着胸膛穿过战阵，继续往前。王庭大军像海浪般迅速地向两边分开，让出一条路，旗帜猎猎飞扬，身着玄色衣袍的摄政王策马驰上前，一双碧眸冰冷如霜。

"王庭的佛子会不会信守承诺，放过我还在世的几个儿子？"

男人颔首。

瓦罕可汗站在阵前，白发上落满璀璨的霞光。他微微一笑，举刀自戕。

鲜血飞溅而出，金勃跪在他的尸首前，号啕大哭。

残阳如血，长风猎猎。

军队留下收拾战场，为瓦罕可汗收尸。

昙摩罗伽收刀入鞘，拨马转身，回到营地。

毕娑追了过来。

"不得杀俘。"男人道，声音暗哑。

毕娑应是。

他假扮成摄政王带兵追击瓦罕可汗，在这里守了几天，耗尽北戎人的粮草、饮水，彻底击溃他们的意志，正准备强攻时，昙摩罗伽刚好从高昌赶了过来，目睹瓦罕可汗的英雄末路。

毕娑心中暗暗感慨，笑道："这一次瓦罕可汗死在我们的面前，绝对不会再出岔子了。只可惜海都阿陵没来，我等了好几天，没发现他的踪迹，他应该跑了……"

他絮絮叨叨了一阵，抬眼才细看了昙摩罗伽的脸色，目光里透出几分忧虑。

"您此次强行运功，又连夜奔波，得尽快散功……"

毕娑的话刚出口，昙摩罗伽眉间微动，周身的气息暴涨。

毕娑吓了一跳，下意识地后退几步。

昙摩罗伽回头瞥他一眼，碧眸里杀意涌动。

毕娑脸色大变，一身冷汗。

察觉到他的惊恐，昙摩罗伽面无表情地转身："你率大军回王庭。"

他脱下甲衣，戴上面巾，走了出去。

不一会儿，马蹄声朝着东边去了。

毕娑心惊肉跳，定了定神，告诉部下摄政王接到密报先离开了，让他们等士兵打扫完战场，带着瓦罕可汗的尸首返回王庭。

大军开拔。

几场大战后，除了逃之夭夭的海都阿陵，其他北戎残部被彻底歼灭。魏朝顺利收复失地，捣了北戎人的老巢，消息传遍诸国。

毕娑带领的大军所过之处，各个部落载歌载舞，箪食壶浆，和他们一起庆祝胜利。

这一日，大军穿过一片荒原，天色暗沉，狂风大作，黑云层层压低，云中电光闪烁，似有暴雨袭来。

雨天不好赶路，毕娑命大军停下驻扎。

忽然，远方尘烟滚滚，一队人马从山道驰来，几面旌旗迎风招展。

毕娑认出对方的旗帜，迎了过去。

对方放慢速度。一人策马上前，揭开面纱，乌黑明亮的眸子望着毕娑。

"他在哪儿？"她手挽缰绳，问。

毕娑笑道："公主问的是谁？"

瑶英微翘嘴角："毕娑，你知道我问的是谁。摄政王去过高昌，且受伤了。他人在哪里？"

毕娑不语。

瑶英转头，扫视一眼他身后的大军。

"瓦罕可汗已死，普天同庆……这个时候，摄政王孤身一人躲起来养伤……毕娑，我不会做什么，只想照顾他，让他好受一点儿。"

电光劈开翻涌的乌云，焦雷在半空炸响。

毕娑叹了口气："我带你去找他。"

天昏地暗，阴云翻滚如墨，奔雷阵阵，似千峰万仞一座座轰然崩塌。

层层涌动的乌云间，银蛇狂舞闪烁。

狂风怒吼，吹得碎石遍地滚动。瑶英冻得瑟瑟发抖，裹紧皮袄，扎紧袖子，牵着自己的马，跌跌撞撞地在崎岖的峡谷间走着。

奇石兀立，山势险峻，此处根本没有一条平整的可供通行的道路。她一路蹒跚，摔了好几跤，膝盖、手臂都蹭破了，火辣辣地疼。天色转眼就暗淡下来，她根本顾不得掀开衣裳细看。

毕娑走在她的前面，抬头看一眼头顶滚滚而来的雨云，回头看着在狂风中摇摇摆摆、站立不稳的瑶英，皱眉道："公主，风实在太大了，明天再来吧！"

风太大，声音湮没在飞沙走石间，他只得扯起嗓子又喊了一遍。

瑶英佝偻着身子站稳，防风面罩下的一双眸子仿佛明珠，灼灼地盯着他。

毕娑无奈地道："接下来的路马走不了，天黑得太快，我还得赶回去。今晚大军不会拔营，我们可以歇一晚，明早等风停了再来。"

瑶英瞥一眼前方黑魆魆的峡谷，松开缰绳，道："那我就走进去，将军为我指明道路就行了。"

听她的语气平静而坚定，毕娑知道劝不住她，暗暗叹口气，接过她手中的缰绳，安置好两人的坐骑，带着她继续前行。

瑶英取下马背上的布包背在身上，跟着他往前走。

天色昏暗，几步开外便什么都看不清。山势渐渐拔高，两人扒着岩石往上爬，她脚下踩着的石头突然松动，整个人摔落在一旁的乱石堆里，顿时头晕眼花，半天回不过神。

毕娑吓得呼吸一紧，跃到她的身边，扶她起身："没摔着哪里吧？"

"没事。"瑶英摇摇头，爬起身，几乎是手脚并用着朝前攀爬。

头顶的电光撕裂苍穹，大雨倾盆而下，天地间一片淅沥的雨声。衣衫、巾帽、防风的面罩很快被打湿，冷冰冰地贴在身上、脸上。

她身上僵冷，双手戴了兽皮套，还是伤痕累累。

瑶英不知道攀爬了多久，前方终于传来毕娑的声音。

"公主，到了。"他直起身，指着一处幽暗的入口，"就在这里……公主，摄政王此次散功比上次还要可怕，你得当心。"

大雨滂沱，时不时有山石从两边的崖壁滚落，轰隆声断断续续。

瑶英浑身湿透，站在入口前直打哆嗦，抹开湿漉漉的贴在脸上的乱发，一步一步地往里走。

毕娑站在原地，目送她战栗的背影被黑暗吞没。

峡谷深处幽冷阴暗，伸手不见五指，雨水从岩石的缝隙灌入，滴答滴答。

瑶英在黑暗中摸索前行，试着打火照明，发现裹在布包里的火绒已经被雨水打湿了。她打了个冷战，扯开湿透的面罩，抱着双臂往里走，脸色苍白。

"苏将军？"

她轻柔的呼唤在狭窄的空间里回荡。

忽然一阵轻风扫过，黑暗中遽然伸出一只手，攥住她的手腕。

瑶英吓了一跳，还未出声呼喊，另一只手直接扼住她的喉咙，指腹上的薄茧擦过她湿漉漉的肌肤，冰凉的手指压在她的颈侧。

她无法呼吸，全身战栗。

峡口外，一道幽蓝的电光划破整片夜空，照亮苍茫的天际、辽阔的大地，映亮了整个峡谷，也映出瑶英身侧的男人的轮廓。

他立在黑暗中，悄无声息，俯视着她，脸上满是狰狞可怖的疤痕，眉间一抹红痕，碧眸冷冰冰的，无悲无喜，没有一丝温情。在电光的映照下，他整个人宛若修罗。

电光闪烁，时明时暗。

明亮时，瑶英能看清他丑陋的脸庞；暗淡时，她的眼前只剩下他幽冷的双眸。

他一语不发，显然认不出她，看着她的目光淡漠森冷，眸底爬满盘结的血丝，让人毛骨悚然。

哗哗的雨声中，瑶英闻到他身上的血腥味。她很冷，感觉身上的伤口很疼，几乎快要窒息。她抬起没被扣住的手，手指慢慢地伸向他的脸。

"看着我。我是李瑶英。"

她和他对视，眼角微红，水珠从湿透的鬓边滑落，手指伸到他的脑后，钩住他的脖子，将他一点点地拉近，近到她能从他的眸中看到自己苍白的脸。

"你要杀了我吗？"

四目相对，气息交融。她浑身冰冷，他周身气息冷冽。

下一瞬，他猛地松开手，推开瑶英。

"离我远点儿。"他冷冷地道，声音低沉嘶哑。

他转身往里走去，长靴踏过乱石，脚步声渐渐远了。

瑶英感觉喉咙生疼，呛得直咳嗽，抬脚追了上去。

他将步子迈得很大，转眼已经不见人影。瑶英踉踉跄跄地在后面追，前方突然传来一阵撞击声，他蓦地停下，接着闷哼几声，倒在了崖壁间。

瑶英的心口怦怦直跳。她快步跑过去，扶起他，扳过他的脸，手指上黏黏的都是血。

他紧闭双眼，晕厥过去。

她抱着他，坐在阴冷的山壁旁。

雨水裹挟着碎石泥沙流淌滴落，砸在他们的头上、身上，他狰狞的脸一片血污。

瑶英感觉双手发抖，闭了闭眼睛，搂着他，手指轻抚他的面庞，慢慢地解开一层又一层包裹的头巾，接着往下，仔细地摸索，用力一撕。

一道电光照进峡谷，疤痕、泥泞和血污之下，缓缓露出一张眉目如画的面庞。

摄政王苏丹古就是昙摩罗伽。

瑶英面色平静，放开面具和头巾，翻出一张干净的帕子，擦去飞溅在男人的双颊及颈侧的泥水。

他险些被功法反噬——差点儿走火入魔的那一次，她就确认他的身份了。

昙摩罗伽自小被幽禁，长大后体弱多病。因为局势不稳，他必须隐瞒病情，不能走漏消息，最后油尽灯枯……

以前她不明白为什么苏丹古的刀法凌厉狠辣、锋芒毕露，隐隐又有种海纳百川、波澜壮阔的慈悲气象，后来恍然大悟。

因为他是罗伽呀！

从高昌返回圣城的时候，瑶英准备告诉昙摩罗伽自己知道他的双重身份。当时朱绿芸也在圣城，写了封信给她，她带着信去找罗伽……他对她十分冷淡。

瑶英当时茫然了好一会儿，直勾勾地盯着他看了很久。

他没有理睬她。她绕着他转了半圈，他还是不作声。

他是佛子的时候，高高在上，对她很生疏，就好像苏丹古真的是另外一个人。

瑶英心想，对他来说，手握屠刀、杀人如麻是不得已之下的选择，他肯定不想回忆起那些事情，而且知道这个秘密的人越少越稳妥。

而她只是个外人，不该窥探他的隐秘。

假如毕娑他们晓得她知道苏丹古就是昙摩罗伽，说不定要在杀人灭口和放了她之间踌躇。

那个早春的凌晨，瑶英一边和迦楼罗玩耍，一边认真思索。她不想让昙摩罗伽为难，所以下定决心，掩下心事，只当不知道这两个身份是一个人。

大雨如注。

瑶英定了定心神，使出最后一点儿力气，把昙摩罗伽挪到干燥的地方躺好，倒出几丸药喂他服下。

在和毕娑来峡谷的路上，毕娑告诉她，她得靠近他，让他清醒过来，只要他恢复意识，就不会出大事。

等他再醒来的时候应该就没事了。

她解开他的衣裳，为他擦身。

他平时穿宽大的袈裟，看着瘦，脱了衣裳，一身筋骨线条流畅。

瑶英停下来，凝眸看着他肩上缠裹的纱布。

这道箭伤是他救李仲虔的时候留下的。

他独自奔袭数千里，救下李仲虔，解了高昌之围，然后默默地离去，走的时候还带着伤。

要不是她一直惦记着当面和阿毗道谢，却找不到阿毗的人，心里起了疑，找李仲虔和莫毗多细问阿毗的事情，根本不会发现阿毗就是他。

原本她只是怀疑，等去了缘觉的屋子，闻到一股熟悉的——他必须定期服用的丹丸的药味，怀疑变成确定。

她甚至没找缘觉求证，直接赶了过来。

她再晚到几天，他就回圣城了。

瑶英掀开纱布看了看伤口，抹了药，包扎好，再为他穿好衣袍，戴好头巾。做完这些，她累得手脚直打战，身上冷如寒冰，连心口都是凉的。

她取出布包里的羊皮袄盖在身上，靠着崖壁蜷缩成一团，脚丫子轻轻地踢了一下昙摩罗伽，微翘唇角，笑了笑。

"和尚，你骗我。"

你还骗了我不止一次。

她一点儿都不生气，只觉得难过。

半夜，风停雨歇，四野寂静，雨水顺着岩缝奔流，水声淅淅沥沥。

昙摩罗伽渐渐醒转，闭眸运功调息，丹田微热。待血脉通畅后，他慢慢地睁开眼睛，头脑一片昏沉，些许微光从罅隙漏进来，地上一汪汪的积水反射出银光。

他正欲继续调息，身旁忽地响起一声咳嗽，接着又响起一声，咳嗽声中带着压抑的喘息。

昙摩罗伽睁开眼睛，视线落到身旁的一团黑影上，瞳孔一缩。

瑶英靠坐在他身边的崖壁上，面色苍白，眉头紧皱，眼睛紧紧地闭着。她正一声一声地咳嗽。原本束起的长发散落下来，湿答答地披在肩头，身上一阵阵发抖。

昙摩罗伽的身影僵住，面无表情。

下一刻，他的眸底恢复清明。他拨开瑶英颊边的乱发，摸了摸她的颈侧，感觉湿漉漉的，一阵潮意。

她身上冰凉，不停地发抖，咳嗽声听起来饱含痛苦。

昙摩罗伽心无挂碍，向来冷静清醒，觉得生死亦不过泡影。此刻，一声声的咳嗽入耳，却有如惊涛拍岸，让他有些手足无措。

瑶英紧紧地缩成一团，瑟瑟发抖。

昙摩罗伽抱起她，拢紧盖在她身上的羊皮袄，起身迈出峡谷，运起内力跃下山崖，足尖踏过湿滑的乱石，身影如电。

怀中的身体一直在发抖，他提气狂奔，一口气奔出二里路。远处一点儿火光摇曳，几匹马在山坳处啃食草饼，毕娑身披斗篷，坐在火堆旁打瞌睡。

他抱着瑶英上前。

毕娑被脚步声惊醒，抬起眼帘，对上昙摩罗伽的眼神，吓得一个哆嗦摔在地上，还没爬起身，飞快地道："是文昭公主自己找过来的！公主知道你救了她的兄长，担心你的伤势，一路找了过来。"

昙摩罗伽放下瑶英："衣裳，风寒的药。"

毕娑手忙脚乱，翻出衣裳递给昙摩罗伽。他回了一趟营地，看到大雨倾盆，带了些衣物和吃的返回来，想着等天亮了再过去找他们，没想到昙摩罗伽自己找了过来。

昙摩罗伽先喂瑶英吃药。她紧抿双唇，不肯吃。他让她枕着自己的腿，伸出手指捏着她的下巴，喂她把药吃了。接着，他掀开她的衣襟，忽然停下动作，抬眸扫一眼毕娑。

毕娑赶忙跳起身，头也不回地走远了。

昙摩罗伽抱起瑶英，挪到火堆旁，拂开她的长发，解开她的衣裳。

火光下，她如雪的肌肤如羊脂一般光洁柔嫩，白得耀眼。

昙摩罗伽闭上眼睛，凭感觉匆匆为瑶英擦身，给她换上干爽的衣裳，再睁眼，倒了一碗火堆旁烧热的水，喂她喝了几口，摸摸她的额头，感觉热意退了些。

他帮她拢好长发，凝视她半晌，松开手。

湿黏的衣裳被换下，瑶英感觉很舒服，不怎么咳嗽了，感觉照顾自己的人要走，下意识地攥住他的衣袖。

昙摩罗伽垂眸，看着她抓着自己的手指。

无边的苍穹下，篝火静静地燃烧。

他凝望着瑶英，感觉心中空荡荡的，什么都没想，又好像什么都想过了。

他正出着神，袖子一紧。瑶英轻颤眼睫，睁开眼睛，将蒙眬的目光落到他的脸上。

他纹丝不动。

瑶英刚醒，还有点儿昏沉，不一会儿，认清眼前的人，眸中燃起亮光。她紧攥着他的衣袖，挣扎着要坐起身，忽然紧紧地皱起双眉，捂着胸口剧烈地咳喘。

昙摩罗伽俯身，扶瑶英坐起，倒了一碗水喂她喝。她推开碗，猛地抓住他的衣襟，脸几乎要贴到他的脸。

她面颊潮红，看似神志不清，双眸湿漉漉的，眼神却清晰明亮。

"苏丹古，"她一字一顿地问，呼吸和他的缠绕在一起，"你是不是喜欢我？"

啪的一声，陶碗被碰翻，半碗热水泼洒一地。

天际处泛起鱼肚白，晨曦破开云霭，风呜呜地吹着。

她问的是苏丹古。

意识收拢，昙摩罗伽捡起地上的陶碗，重新倒一碗热水。

瑶英抽了下嘴角，看着他忙活，咳嗽了几下，瞪大眼睛盯着他："你……你先回答我……是还是不是？"

她一边说，一边撕心裂肺地咳嗽，咳得眼泪都掉下来了。

昙摩罗伽望着她，端着陶碗的手稳稳地举在她的唇边。

瑶英继续咳嗽。

昙摩罗伽沉默不语，移开视线，余光扫过，眉头忽地一皱。他抬手，拂开瑶英额边的长发。

他不敢细瞧她。刚才没发现，这会儿天亮了，他才发现她的额头上泛起红肿。

"听话，喝点儿水。"他轻声道，温柔又不容置疑。

不知为什么，瑶英心头忽地涌起一阵酸楚。她直直地看着他的眼睛："你不回答，我就一直等着，直到你回答为止。苏丹古，你是不是喜欢我？"

她的双眸明亮清澈，凝视着他的目光温和而坚定。

他是个出家人，什么都不能给她。

昙摩罗伽摇头否认，却听到一个熟悉的嗓音轻轻地道："是。"

许久后，他反应过来。

那是他自己的声音。

第七章

并无所求

旷野岑寂。

一声清冷的、近乎呢喃般的"是"很快消散在空气中，如一缕清风、一卷流云，不留下一丝痕迹。

可这一声"是"似鲸波鳄浪掀起，天地间狂风涌动，海浪遮天蔽日，昙摩罗伽置身其中，如置身一叶扁舟，在风浪中独行，看着凶猛的浪头一股股地扑过来。

千军万马奔腾狂啸，要将世间万物都撕为齑粉。

昙摩罗伽屹立舟头，纹丝不动。

浪涛席卷而来，拍打在他的肩上，直欲将他吞噬。

忽地，一束明亮的光破开层层乌云，笼在他的身上。霎时风停雨歇，天光大亮，惊涛巨浪化为春水，潺潺而过。

是。

他听到自己的声音。那一声淡淡的"是"久久在他的心底回荡，就像被深深地镌刻在那里，不管他怎么冷静地克制，理智地压抑，这一声竟然就被这么轻轻地说了出来。

你是不是喜欢我？

是呀！

他明知一切皆空，依然沉沦其中。

红颜枯骨，粉黛骷髅。

人以爱欲交错，心中浊兴，故不见道。汝等沙门，当舍爱欲。爱欲垢尽，道可见矣。

当念远离贪欲之想，思惟不净之想。

她当是他修行之路上遇到的知己，是上天赐予他的一段机缘，跨过千山万水。他们萍水相逢，最后也该如浮萍离散。

但是他生了贪欲，起了执念，想抓住这一束光，独占这一抹月华。

他看她和其他人谈笑风生，贪嗔杂念顿起。

爱别离，怨憎会，求不得。这一切皆因爱欲起。所以他必须转身离去。

他熟读经文，看透世情，从小养成谋定而后动的习性，不论遇到什么事情，从一开始就已经想到结局，知道动心动意的那一刻，也是如此。

情爱还未开始，已然结束。

他知道结果，做了抉择，看她离开，却无法坐视她身陷险境，安排好一切，只是想看她一眼，确定她平安，最后还是被她发现了……

然而她只不过逼问了几句，他就不由自主地回答了一声"是"，没有隐瞒。

他希望她留在身边，并不会抵赖，从来不觉得自身因为她动情是一件羞于启齿的事情……

可是他不想让她知道。这是他的修行，他是王庭的佛子，因病痛缠身命不久矣，把她扯进来，只会让她受伤。

她还是知道了，问了出来。他回答了，却是以苏丹古的身份。

她关心的是苏丹古，亲近的是苏丹古，问的人也是苏丹古。

苏丹古只是他的一部分。不论是哪个他，都不能给她任何承诺。

她若是知道真相会怎么想？她会憎恶还是痛恨？

他是出家人，却想把红尘中的她困在自己的修行中。

昙摩罗伽低头，唇边浮起一丝苦笑。

这世上也有他不擅长的事情。他不知道该拿她怎么办。她突然出现在他的身边，突然离去，要来便来，要走便走。

他看似镇定从容，其实心中丝丝涟漪轻皱，风幡轻扬。

柔和的曙光从天际处雄浑的群山间升起，四野无声，唯有火堆噼噼啪啪的燃烧声。

大雨下了一夜，微寒的晨风拂过，怀中的身子微微发抖。

昙摩罗伽回过神来，扯过在火堆旁烤干的毛毡，将瑶英整个裹住，摸了摸她的颈侧。他拿起帕子擦拭她额头上的伤，掀开毛毡，看了看她的身上，双眉微皱。

她的面颊上、颈侧全是细小的擦痕，破了皮的地方渗出缕缕血丝。

他伸出手指轻轻地拂过伤处，怀里的她颤了颤，皱眉嘤咛了几声。

昙摩罗伽收回手，凝眸望她半晌。

她的眉目清秀，鼻梁挺翘，整个人娇俏明艳，淡施脂粉时顾盼间也光彩照人，让人不敢逼视，恍若七宝池里的水莲花缓缓地绽放，光芒璀璨。

他闭目了一会儿，一语不发。

"看着我。"瑶英听到了那声"是"，挣扎着钻出毛毡，咳嗽了一声，用命令的语气道。她紧紧地攥住他的衣襟，指节用力到发白，睁大眸子看着他，晨曦仿佛都跌进了她那双眼睛中，锐利的光芒在里面盈盈闪动。

"我刚才听到了……你喜欢我……你别想抵赖……"

昙摩罗伽有太多的责任和顾虑，自己直接问他，他不会回答，所以她只能用这种方式逼问他。

"我……听见了……"她断断续续地道，样子凶巴巴的，眼圈微红，不知道是因为发热还是其他。

昙摩罗伽静静地看着她。

她躺在他的臂弯里，面颊通红，眸中仿佛有泪光闪烁，唇色苍白如纸。

四目相对。

须臾，又好像过了很久，沧海桑田，万物成灰，他只能感受到怀中的温香软玉。

"是呀！公主听见了。"昙摩罗伽轻叹一声，神色凝重肃穆。

他微微收紧双臂，伸出手按在瑶英的脖颈上，俯身，慢慢地朝她靠近。

霎时间，瑶英的鼻端充溢着他身上的气息。他抱着她的手臂越收越紧，热意透过衣衫传到她的身上。

被他按着的后颈滚烫，瑶英感觉似有电流在冰冷的肌肤上游走，带起一阵阵酥麻的战栗。

他的怀抱结实、宽广，带着决绝的意味，所有的情绪被埋藏在深处。

瑶英想起他上次抱她，也这么克制，可是那双胳膊又扣得那么紧。心突突地乱跳，全身都要发抖，她仰视着他，发不出一点儿声音。

他越来越近，狰狞的伤疤越来越清晰，碧色的双眸平静如水，温热的鼻息洒在她的脸上。

血腥味和潮湿的水汽里掺杂着一股淡淡的沉水香。

呼吸和呼吸紧密地交织相融。

刹那间，瑶英以为昙摩罗伽要吻她。

他看着她，丰润的唇快要碰到她冰凉的唇畔时，突然停了下来。昙摩罗伽凝视她片刻，闭了闭眼睛，眼睫剧烈地颤抖，唇从她的脸颊、耳畔、发鬓擦过。他将她慢慢地、紧紧地按进怀里。

即使他现在是苏丹古，也不能因为放纵而轻慢她。

瑶英被他紧紧地抱着，下巴枕着他的肩膀。她没法动弹，接着感觉头顶有什么东西轻轻地蹭了过去。

清冷又绵软如云絮的吻落在她的发顶，转瞬即逝。

这个吻太轻，似有若无，恍如梦境。

瑶英感觉脑子里轰的一声，浑身的血液冲到了头顶。她不禁浑身轻颤，心底酸涩，鼻尖也微微发酸。她叹息一声，抬起手，推开昙摩罗伽。

他猛地一震，醒过神，飞快地收回手，就要站起身，眸中暗流涌动。

"别动。"瑶英用双手捧住他爬满疤痕的脸，望着他这张丑陋的面孔，舒展眉眼，笑了笑，凑上前。

吻落在他的脸颊上。

她的唇酥软、轻柔，她在他的脸颊上轻轻地啄了一下。

昙摩罗伽愣住了，浑身僵硬，一个字都说不出口。

一瞬间，他甚至忘了呼吸。

他的视线直直地落在瑶英的脸上。

她眉眼含笑，桃腮杏面，眼波流转，明艳妩媚。

"是你先亲我的。"她理直气壮地道。

昙摩罗伽一声不吭，想要把她紧紧揽入怀中的双手一动不动。

在他二十多年的人生中，有太多生死存亡的磨砺和劫难，但是他从来没有像此刻这么狼狈无措。

即使如此，他的心跳依然很慢，平稳从容——他清醒地知道她的这份喜欢是给苏丹古的。

身为僧人的他和身为摄政王的他在她的眼里不一样。

昙摩罗伽下意识地去摸佛珠，站起身。

"我确实对公主有爱慕之情……"晨风轻拂，昙摩罗伽听到自己低沉的声音响起，语调冷漠，"不过我早已立誓，此生不会娶妻。"

瑶英收起笑容，以审视的目光在他的脸上转了转。她倒回毡毯间，掩唇咳嗽。

昙摩罗伽立刻俯身，拉起毡毯裹住她，打了个牢固的结，把她束缚在毯子里。

"我让你的亲兵过来照顾你。"他轻声道，站了起来，转身离开。

瑶英抽了下嘴角，气得咬牙，咳嗽着坐起身，想解开他打的结。

"公主……"昙摩罗伽停下脚步，抬起头，仰望头顶的苍穹。

昨夜大雨，晴空被雨水洗过，蓝得澄澈，朝霞还未散去，一轮红日爬上半空，金灿灿的阳光洒遍峡谷的每一个角落。峡谷寸草不生，漫天黄沙飞卷，他背对着她，背影孤绝。

他微微叹息，伸手，一圈一圈地摘下头巾，撕开疤痕面具。

晨光在峡谷洒下一片金辉，两边高耸的山崖罩下幽暗的廓影。他立在峡谷前阴影和日光的交会处，只生了茸茸的浅青色的发楂的脑袋暴露在她的面前。风吹衣袂翻飞，他整个人的气势陡然一变，不再刚猛凶悍，而是清冷淡漠，身姿翩然欲飞。

他站在那里，肩披霞光，背影在阳光的映照下显得无比高大，威严，圣洁。

瑶英不由得屏住了呼吸。

她知道身为佛子的他不会和她坦白，所以逼问苏丹古，只有在这个时候，他才会稍微松懈，吐露真情。

现在他自己解开了头巾。

"我不是苏丹古。"他依旧背对着她，"我是昙摩罗伽，是王庭的佛子。我对公主的念头只是一时忘情……因为我所练功法是王寺隐秘，所以一直隐瞒公主，未想会变成这样，让公主误会了，请公主见谅。"

他不告诉她实情，以瑶英的性子，她不会轻易放弃。她特意来问苏丹古是不是喜欢她，肯定是因为对苏丹古有意。他以苏丹古的身份拒绝她，她会失落难过。

他唯有让她发现苏丹古是他，她才会失望，才能忘却苏丹古，不会伤心太久。

他不能再隐瞒她了，也不想瞒她。

他一直以来瞒着她，只是因为不想她因此遭受一点儿痛苦和烦扰。

他的身后久久没有声音响起。

昙摩罗伽闭目。

果然，她动心的人是苏丹古，是一个世俗男子。

他握紧双拳，抬脚走开。

"罗伽！"

峡谷里传来一声微怒的断喝。

接着，一阵长靴踩过乱石的声音骤然响起。

昙摩罗伽恍若未闻，接着往前走。脚步声越来越近，他的手臂骤然一紧，被一双冰凉的手紧紧地拽住了。

他回过神来。

瑶英跑得气喘吁吁，面颊绯红。她拉着他的胳膊，面上薄怒。

"罗伽，你以为我不知道你和摄政王是一个人吗？喀喀……你以为我想问的人是摄政王？

"不，我那句话是问你的！喀喀……我从高昌赶过来是为了见你，罗伽。"

她一边说话，一边咳嗽，声音嘶哑。

昙摩罗伽愣住。

瑶英气极反笑："法师，你觉得我会同时对两个男人一样亲近且一样信赖吗？我早就知道你们是一个人！

"你不想告诉我，我就当不知道。在我的眼里，不论你是法师还是摄政王，都是同一个人，我从来都没有误会过。"

她很早就知道昙摩罗伽和苏丹古是一个人——一个品性高洁、信念坚定的僧人。

他让她觉得安心。待在他的身边，她很放松，不知不觉会忘记男女之别。

所以她从来没想过他会动男女之情。不管他以什么身份出现，她都对他分外信赖敬仰，不去细想不同身份的他对她的种种特别之处。

如果是毕娑、莫毗多对她这么好，她早就发现他们的心思了，但是他是昙摩罗伽。他总是用那张无悲无喜的面孔告诉她——他照顾她只是因为同情她。

她不敢多想，生怕想多了亵渎他。

这段时间被她深埋在心底的愁闷、矛盾、伤心、忧思、气愤和担忧尽数涌上心头，瑶英张了张嘴巴，想起昨夜找到他的情景，泪水涌了出来，眼前的景象渐渐模糊。

"你骗我，罗伽。"她不想哭，声音却带了哭腔，"我成了你的心魔。毕娑说你心情抑郁，病势加重……是因为我对不对？"

她终究给他添了麻烦。

昙摩罗伽怔怔地看着她的眼睫上晶莹的泪花，出神了很久，抬起手，又缩了回去，移开视线。

"是我梵行不足，心不静的缘故……公主不是我的心魔。"他停顿了一会儿，"遇上公主，是我之幸。"

他若是没有遇见她也便罢了，遇见了，留下了痕迹，便难以放手。

瑶英感觉喉头发紧，淡淡的暖意从四面八方涌来，将她包围。

他从未将她视作麻烦，即使因为动情煎熬时也如此。

她微微一笑，眼睫间的泪花扑簌落下："法师，对我来说也是如此。遇上法师，是我之幸。"瑶英长舒一口气，轻笑，眉宇间的忧色尽数退去，"所以，在第一次发现法师喜欢我的时候……我错愕、诧异……但一点儿都不觉得反感，相反，心底有种莫名的欢喜。"

昙摩罗伽失神地看着她，一动也不动。

峡谷里长风猎猎。

瑶英扯着他的袖子，咳嗽了几声，面庞浮起浅笑："从前我对法师敬仰信赖，对身为摄政王时的法师也是，从未想过其他。"

不管他是昙摩罗伽还是苏丹古，一直冷静沉稳，从来没有多余的情绪，更没有表现出男人的欲望。

而且她不小心看到他赤身时，他很坦然，完全没有其他情绪，沉静如玉。

瑶英以为昙摩罗伽把她当成一个没长大的小姑娘。

加之她担心李仲虔的安危和西域各州的局势，就更没有余暇去想这些事情。

"后来法师患病的时候，毕娑一次次请我陪伴法师。那时我虽然心有疑惑，也没有多想，只当是因为我了解法师的病情，而且会为法师保守秘密，所以毕娑才会找我。直到上一次，我才开始怀疑……"瑶英看着昙摩罗伽的侧影，"那晚法师趁我睡着时，为我盖被，想要……"

当时他久久凝视着她，久到她怀疑他是不是想做点儿什么。

听她提起那天夜里的事情，昙摩罗伽没有作声，风吹袍袖轻扬。

瑶英斩钉截铁地道："我知道那不是我的梦。"

昙摩罗伽是个僧人，不可能仅仅因为同情、怜惜而想碰她。

那一夜，怀疑得到证实，瑶英如遭五雷轰顶。她目瞪口呆，不敢相信，心脏狂跳。

她很庆幸昙摩罗伽正病着，不然肯定能听到她如擂鼓的心跳。

在她的眼中，昙摩罗伽参透万事万物，因为什么都看透了，也就不会在乎，有时候甚至冷静理智到近似冷漠。他这样的人怎么可能对一个女子动情？

他居然会喜欢她，还想挽留她？

瑶英一夜没睡，思绪混乱，心潮澎湃。

很多她从前隐隐觉得不对劲的事情都有了合理的解释：他带她去佛塔祈福，请天竺医者为她诊脉却不告诉她，雨中的拥抱，毕娑说他心情抑郁，他时常一言不发地凝视着她，梦里对她说想要她留下来陪他……

一段段回忆涌上心头，瑶英翻过身，望着长榻上侧身而卧的昙摩罗伽，心里酸涩，沉重万分。

她感到震惊、错愕、茫然、矛盾、惶惑、酸楚……却没有被隐瞒的气愤，也没有和他共处一室的害怕。

假如换成其他男人半夜三更想趁她熟睡时伸手碰她，她早就卷起衾被找借口离开了。

可是这个人换成昙摩罗伽，她一点儿都不怕。

瑶英很难过，不是为自己，而是为昙摩罗伽。

他是出家人。书中的他，至死都坚持自己的信仰。他对她动了情，还把她留在身边，心里肯定受了很多煎熬。

而她什么都不知道，很可能会在无意间伤害到他。

她的每一次亲近于他而言都是考验。

她还那么多次高高兴兴地和他谈起回乡的事情……

瑶英凝望着他，想了很多事情，想了很久，思绪慢慢变得清晰。

日头升到山崖顶上了，一阵阵凉风刮过，古怪的啸声回荡在峡谷里。

瑶英抬起头。

"法师，那天早上毕娑进屋的时候我是醒着的，我做了一个决定。你知道我的决定是什么吗？"

昙摩罗伽任她攥着自己的袖子，没有应声。

瑶英道："我懂了法师的心思，仔细回想，明白了很多事情，所以决定郑重地向你求证。"

如果他否认，她就离开。

"法师是修行之人，我明白法师的信念有多坚定，也了解法师身为佛子所承担的责任。既然法师从没有在我的面前表现出情意，又在我几次试探之后矢口否认，这说明法师意志坚定，男女之情只是一时的冲动。法师佛法高深，必定参得透，不会为男女之情所扰。

"从前，我不知道法师的心思，无意间给法师添了麻烦。后来我知道了法师的心思，怎么能继续赖在圣城，再打扰法师？

"既然法师已经做了抉择，我不会逼着法师承认对我动了男女之情，那么做只会让你我都不痛快，徒增烦恼。

"我想和法师愉快地道别。"

这样一来，以后当他们回想起对方时，心中只会记得对方的好。

那时瑶英心里想的是昙摩罗伽虽然对她动了情，但不打算告诉她，那自己又何必去深究？

　　他既无心，她绝不纠缠。

　　于是她离开了。

　　瑶英迎着倾洒而下的灿烂的日光，轻轻地道："法师，你知道吗？上次我离开圣城的时候下定了决心——这辈子我不会再见你了。"

　　她轻描淡写，语带笑意。

　　昙摩罗伽闭了闭眼睛。

　　"我不会以私人的名义给你写信，不会再来圣城。这一生，我和你再无瓜葛，死生不复相见。"瑶英一字一顿地道。

　　昙摩罗伽不语，只感到吹在脸上的风冰凉。

　　瑶英笑了笑："法师，我当时想，自己可以说到做到，绝不回头打扰你。"

　　她是这么打算的，也这么去做了。

　　离开王庭后，她不再给他写信，不打听他的消息，即使在高昌遇见他的亲兵缘觉，也一句都没有提起他，只讨论了一些王庭的军情。

　　他们这样分开——她心里感激他，他默默地关心她。从此两人天各一方，各生欢喜。

　　他们相距万里之遥，天堑无涯。

　　瑶英长长地吐出一口气，目光落回昙摩罗伽的脸上。

　　他刚刚撕开面具，脸上还有些痕迹，似用墨笔勾勒的五官立体精致，眉聚山川，眼似琉璃。

　　"这就是法师想看到的结果，是不是？"

　　昙摩罗伽沉默。

　　对，这就是他们之间最好的结果。

　　"你想和我彻底了断，哪怕今天不小心在我的面前泄露了心事，让我知道了你的心思，也不会更改意志。你宁愿暴露身份，直接告诉我你就是苏丹古，也不想让我对你有任何念想……即使苏丹古是伪装的身份，你也不会允许自己有丝毫松懈。"

　　昙摩罗伽一动不动。

　　他不敢松懈。她喜欢苏丹古，那他必须告诉她实情。因为他知道——以苏丹古的身份去面对她，他会一步步放纵自己，那对她不公平。

　　他知道自己想要什么，就更要斩断那个可能。

　　"你清醒理智，事事都想得通透……"瑶英说着，脸上掠过一丝笑意。

　　他长叹一声，亦喜亦悲。

"罗伽,那你为什么要来高昌呢?"

这一句问出,周围安静下来。

昙摩罗伽沉默着,眸底有碎光闪动。

瑶英看着他:"法师是高僧,应当比我更有决断和毅力。法师既然克制得住,为什么要亲自来高昌救我阿兄?

"罗伽,你放不下我。即使我离开圣城,你还是放不下我,是不是?你病势沉重,我陪着你,你会好受点儿,是不是?

"罗伽,出家人不打诳语。"瑶英一句句道,声音喑哑,目光和他的相对。

"罗伽,你不要再骗我了。你知不知道我会担心你的身体?你知不知道当我发现阿毗是你,你千里奔袭,之后一个人带伤离开的时候,我心里有多难受?你知不知道我下定决心忘了你,不打扰你的修行,你却一次次来关心我,我也会难过?你有很多顾虑和心事,一个人闷在心里,什么都不告诉我,我只当自己是你修行路上的劫难,给你添了麻烦……可我下定决心远离你,你又来招惹我。

"我喜欢一个人,不管他是什么身份都会好好喜欢他。如果他不需要我的喜欢,那我就离开。"

她的脸色冷下来。

"你呢?你说你喜欢我,不关我的事,让我别在意……好,我不在意,远离你,以后不再见你……你真的放得下吗?

"下一次你是不是还会瞒着我,悄悄地来到我的身边,然后悄悄地离开?"

昙摩罗伽垂眸凝望瑶英,做了个摸佛珠的动作,脸上闪过淡淡的苦笑。

原来她都知道。

上次的离别确实是诀别。

"公主,我是出家人。"

"我知道法师是出家人,也知道法师的选择。我尊重你。"瑶英直视昙摩罗伽,话锋一转,"那么请法师也不要干涉我的选择。"

风声安静下来,几只灰不溜秋的鸟拍打着翅膀从他们的头顶飞过。

昙摩罗伽的视线停在她的脸上:"公主的选择是什么?"

瑶英侧过身,面对着金灿灿的阳光,遥望远方错落有致的山石,脸庞皎然生光。

"你现在病势沉重,你的心魔是我,我想帮你除去心魔。不管发生什么,这是我的选择。等你想通了,我自会离开,不会纠缠你。

"我明白,你不仅信仰坚定,还是无数信众心目中的佛子,这辈子都不可能还俗……不还俗就不还俗吧。"

瑶英淡淡地一笑，咳嗽几声，挥挥手，云淡风轻。

"我不在乎你是个和尚。罗伽，我不会逼你抛下你的责任和信仰，只想好好地关心你。以后你别再瞒着我了。"

她从来都没有在乎过所谓的名声。

山风吹卷，她鬓边的发丝被风吹得蓬乱，双眸却明亮有神："我是你修行路上的一个劫难，让我陪你渡过这道难关。"

昙摩罗伽一动不动地站着。风吹云动，一束光恰好落在他英挺的面庞上，映出他鲜明的轮廓，细碎的光芒在他的眸中闪烁。

她愿意为他除去心魔……那她自己呢？

他怔怔地望她片刻，转身就走，袖摆轻扬。

瑶英轻翘唇角，抬脚跟上他，走了几步，感觉头昏眼花，深一脚浅一脚地在乱石堆里走着。

走在前面的身影停了下来，迟疑了一下，背对着她抬起胳膊。

瑶英张了张嘴巴，感觉心中微酸，轻轻地挽住他的手臂。

他不忍心看她摔跤，却要一次次地送她离开。

她靠着他，轻轻地咳嗽，心中安定，疲惫感渐渐涌上来。

火堆早就燃尽了。

昙摩罗伽掀开瓦罐，里面的水还是热的。他倒了碗水，递到瑶英的唇边。

瑶英说了太多话，嗓子火烧一样，每一声咳嗽听起来都撕心裂肺。她就着他的手喝了几口水。

不一会儿，昙摩罗伽感觉到衣袖上的力道一松。

瑶英松开手，合上双眸，疲惫地睡了过去，面容憔悴。她刚才拼着一股劲儿就是为了把所有想说的话告诉他，让他没有逃避的机会。现在这股劲儿没了，她浑身酸痛，昏昏沉沉。

昙摩罗伽捡起毡毯，将瑶英重新罩住，轻皱眉头。

她的脸上、颈侧青肿的地方更明显了。他看了她一会儿，拢好毡毯。

瑶英渐渐感觉暖和起来，忍不住往他的怀里蹭了蹭，呼吸透过衣衫洒在他的胸前。

昙摩罗伽微微僵住，闭上眼睛，让她依偎着自己。这样她能睡得舒服点儿。

寂静的山坳中忽然有脚步声响起。

昙摩罗伽戴好头巾和面具。

毕娑牵着三匹马找了过来，探头探脑一阵，上前几步，压低声音道："摄政王，文昭公主的亲兵找过来了，公主一夜未归……他们担心公主出事，找到大营，问公主去哪里了，我找了个借口搪塞了过去。大军就要开拔……您也该动身了。"

昙摩罗伽抱起瑶英："我送公主回高昌。"

毕娑皱眉，不禁拔高了嗓音："您的身体……必须尽快赶回圣城散功……"

每一次彻底散功，他都有几天不能行走，这些天一直在靠吃药压制。

"送她到了高昌，我会马上赶回去。"昙摩罗伽淡淡地道，裹紧瑶英，送她上了马背。

这一番动静惊醒了瑶英。毡毯动了动，一条胳膊伸了出来，接着，她疲惫的脸也探出毡毯，迷离的目光渐渐清明，眉头紧皱，慢条斯理地扫视一圈，视线落到昙摩罗伽的身上。

昙摩罗伽站在黑马旁，沉默不语。

瑶英微眯双眼，似乎在思考着什么。

"摄政王，我的提议你觉得怎么样？"

昙摩罗伽没有回答。

毕娑敏锐地觉察到两人之间涌动的古怪的气氛，一动不动，眼观鼻，鼻观心。

凉风吹拂间。瑶英咳嗽了一声，看着昙摩罗伽问："你刚才说送我去哪儿？"

毕娑不敢吱声。

昙摩罗伽扶瑶英坐稳，淡淡地道："送你回高昌。"

瑶英一笑。她就知道他会这么回答。

她声音沙哑地道："不劳烦摄政王送我回去。我不回高昌——魏朝收复失地，我要去圣城觐见佛子，向他献上国书和谢礼。这是邦交大事，不能轻慢。"

毕娑的脸部轻轻地抽搐了一下。

他以前没发现，文昭公主一口一个摄政王，叫得比他和缘觉顺溜多了。

昙摩罗伽抬起眼帘。

"我们是不是顺路？"瑶英裹紧毡毯，提起缰绳，"正好遇到你们，现在乱匪横行，我只带了几十个亲兵，跟在大军后面走更安全。我现在很累，浑身难受，想回营地的大车里好好睡一觉，快走吧。"

她说着话，声音透出浓浓的疲倦，却看也不看昙摩罗伽一眼，只望向毕娑，以眼神催促他。

毕娑不知道该说什么，朝昙摩罗伽看去。

昙摩罗伽望着远方，余光看到瑶英的额头上的青肿越来越明显了。

他特意避开大道，峡谷人迹罕至，她不会武艺，冒雨一路找过来，擦伤肯定远远不止他看到的那几处。她一直在咳嗽，拖久了会伤到身子，现在需要休息和服药。

他上马，挽起缰绳。

一旁的毕娑悄悄地松了口气。

罗伽还是回圣城为好。有公主在，罗伽这一路不用躲着人风餐露宿了。

几个人返回大营。瑶英的亲兵果然找了过来，看到身份不明且遮住面容的昙摩罗伽，没有多问一句，赶了辆大车过来。

毕娑清点兵马，率领大军继续行进，瑶英的亲兵簇拥着大车遥遥地跟在后面。

瑶英看了几封军情信件，写了封回信，沉沉地睡去，再次醒来的时候，身上盖了层柔软的锦被。

她坐起身，揉了揉酸痛的肩膀，掀开车帘，正要叫人，愣了一下。

一道熟悉的身影骑马行在马车的前面，身上一件窄袖白袍裹得严严实实，背影孤绝。

还好他这次没有悄悄地跑了。

一阵凉风迎面吹了过来，瑶英倚着车窗咳嗽。不远处的男人听到声音回头，目光落到她的脸上。

隔着风沙，两人四目相对。他脸上罩了防风的面罩，瑶英看不清他的神情。

瑶英咳得满面通红，朝他挥挥手。

"你过来。"她声音嘶哑。

昙摩罗伽看了她一会儿，拨马转身。

等他到了近前，瑶英掀开车帘："上来，我有话和你说。"

她以眼神示意其他亲兵。

亲兵立刻驱马上前，等着牵走昙摩罗伽的马，目光灼灼。

瑶英还在咳嗽，一手撑着车帘，肩膀轻轻地颤动。

长腿一扫，昙摩罗伽翻身下马，上了马车。

车帘被放下，瑶英拥着锦被靠坐在车壁旁，狭小的空间里充斥着似有若无的甜香。昙摩罗伽弯腰，在离她最远的角落坐下。

"你的伤还没好，又不能总抛头露面，别骑马了，陪我乘车。"瑶英道。

昙摩罗伽不语。

瑶英不需要他回答，抱着锦被又躺了下去。她担心和他错过，没日没夜地赶了几天路，昨晚又爬了那么久的山路才找到他，现在感觉浑身都疼，只想好好休息。

她躺在松软的绒毯间，抬眸瞥一眼昙摩罗伽。

他正襟危坐，没有看她。

瑶英心里叹口气，松开锦被，手脚并用爬到他的跟前，和他对视。

昙摩罗伽纹丝不动。

瑶英抬起手，揭开他脸上的面罩："在车里就别戴这个了，闷气。你放心，没有我的吩咐，我的亲兵不会掀帘进来。他们不会发现你的身份。"

昙摩罗伽垂眸看着瑶英，视线久久停留在她的前额上。

"怎么了？"瑶英感觉他的眼神有些古怪，问。

昙摩罗伽轻声说："得再擦点儿药。"

瑶英茫然地直起身，抓起一面螺钿小铜镜照了照自己的脸，轻轻地啊了一声。

她昨晚一路磕磕碰碰，摔了好几次，脸颊蹭破了点儿皮，额头上的包越肿越大。

瑶英抽了下嘴角。

难怪毕娑看她的眼神怪怪的。

她摇头失笑。今天早上她头顶着一个寿仙公一样的大包和昙摩罗伽说了那么久的话，语气还很严肃，模样肯定很滑稽。

难为他没有发笑。

瑶英抬眸看着昙摩罗伽。

"你看——"她指指自己额头的包，"就是因为你千里奔袭后却不告而别，我担心你，一路找过来，才会变成这样。如果你告诉我实情，我就不会吃这些苦头了。"

昙摩罗伽无言以对。

瑶英把小铜镜塞到他的手里："帮我拿着。"

她低头，找出药膏，打开蚌壳，盘腿坐在昙摩罗伽的跟前，挑起一点儿药膏，仰起脸，对着铜镜擦药。

红肿的地方火辣辣地疼，她轻轻地咝了一声。

昙摩罗伽拿着铜镜，面无表情。

瑶英前额的包好几天都没消下去。

她每天早起都要揽镜自照，对着小铜镜看看青肿好没好点儿，要下马车时就戴上面纱，遮住整张脸。

其间，她要求昙摩罗伽待在车厢中养伤。一旦他露出要独自离开的迹象，她就揭开面纱让他看看自己头上的包。

"你是为救我阿兄受的伤，我得好好照顾你。你不告而别的话，我还会去找你，直到你养好伤为止。"

昙摩罗伽道："寻常的皮肉小伤而已。"

瑶英微笑："我只是身上有一些擦伤，略有些咳嗽罢了，你就叮嘱我擦药服药，怎么到了你身上，就不一样了？"

昙摩罗伽移开了视线，望着晃动的车帘，神色平静。

"我和公主不一样。"他沉默了一会儿，道。

瑶英摇头："都一样，我们都是肉体凡胎，受伤了会疼，生病了会难受。"

昙摩罗伽想到她于雨夜在峡谷中摔出一身伤，没有说话。

没几日，他们到了边城。大军凯旋，守将率领全城军民出城迎接，鲜花飘洒，美酒醉人。

毕娑应付完一场盛大的宴会，得知魏朝的使者就在城中的驿馆里，预备去圣城进献谢礼，大为诧异——公主没有扯谎，魏朝果然派了使者来，不过那个正使并不是文昭公主。

正使听说瑶英一行人跟着大军入城了，立刻找到他们下榻的驿舍，推门进屋。

屋里点了灯，案上摆满了账册，瑶英正伏案书写，听到亲兵禀报，笑着起身。

"阿兄，我正要派人去驿馆打听你们到了没有。"

使团正使是李仲虔，瑶英和他约好一起来圣城。他出发得早，以为她还在后面，没想到她这么快就追上来了。

"我今早到的。"李仲虔道，凤眼随意地扫视一圈，瞥到里屋的一道身影，眉头紧皱，目光如炬。

一道高大的身影盘坐在里屋的毡毯上，像是在运功调息。里屋没有点灯，纱帐隔着，那人脸上蒙着面巾，他看不清面容。

李仲虔目露警惕之色。

这么晚了，这个男人怎么还待在明月奴的房里？

李仲虔耐着性子和瑶英谈了一会儿正事，下巴一挑："里屋的人是谁？"

瑶英转了转眼珠，道："他就是在阿萨堡救了阿兄的人。"

李仲虔愣了一下："那个叫阿毗的亲卫？"

瑶英摇摇头："阿兄，他不是亲卫，是我的一个朋友。等到了圣城，我再告诉你他的身份。"

李仲虔正要起身去看望救了自己的人，闻言顿住脚步，随即眉头一皱，神情更为警惕。

他在阿萨堡遇险的时候，万箭齐发，这个蒙面男子不惜舍身救他，之后为他出谋划策，让他等着莫毗多的救兵。从言谈举止来看，蒙面男子确实不像一个普通的亲卫，更像一个指挥大军作战的将领。歼灭北戎的残部后，他看到瑶英去找莫毗多打听蒙面男子的伤情，莫毗多说人已经走了，她当时便表现得有些异常，在长廊前站了很久。

现在这个蒙面男子出现在瑶英的屋中，这说明他们早就认识。蒙面男子突然出现在阿萨堡，就是为了救身为瑶英的兄长的他。

瑶英说男子是她的朋友……

他们的关系不简单。

李仲虔微眯凤眼，皱眉打量里屋的男人，目光透出几分审视。

这个蒙面男人武艺高强，千里奔袭，带伤怒斩敌首于阵前，有勇有谋，临危不乱，不过沉默寡言，而且一直蒙着脸，长相不知道怎么样……他和莫毗多他们交谈时说的是胡语，应该是个胡人。

李仲虔摸了摸下巴，还想再看几眼，瑶英起身拉着他出门。

"阿兄，他在养伤。"

李仲虔将眉头皱得更紧，没来由地觉得气恼，小声质问："他非要和你一间屋子养伤？你又不是郎中！"

瑶英笑眯眯地摇摇他的胳膊："他现在不能让人认出来，待在我这里更隐蔽些。而且他救的人是阿兄你呀，为了阿兄，我也得好好地照顾他。"

李仲虔斜挑眼角，揉揉她的发顶，心里觉得舒坦了点儿。

里屋，昙摩罗伽睁开眼睛，看着兄妹二人的方向，碧眸如死水一般幽冷。

第二天瑶英不再跟着毕娑，而是和使团的人会合，一起朝圣城行去。

李仲虔提醒瑶英："你既然不好公开露面，到了圣城就不必去觐见佛子了，一应事务由我出面。"

他不想让瑶英再接触王庭的佛子，要不是因为顾忌那个阴阳怪气的李玄贞来了高昌，根本不会同意瑶英和他一起出使王庭。

瑶英眨眨眼睛，含糊地答应一声。

路上她和昙摩罗伽同乘一辆马车，夜里歇宿时住一间屋子。

不知道是不是他服用的丹药越来越多的缘故，他比之前更加沉默了，能不开口就不开口，对瑶英也有些冷厉。

瑶英没有打扰他。之前她在峡谷里和他说了太多话，说得嗓子都快哑了，之后咳嗽一直没好，李仲虔问了好几次。这些天她老老实实地养病，也尽量少说话。

李仲虔本来想打探男人的身份，看看他人品如何，结果愣是没找到和他交谈的机会，心里不由得嘀咕。

这男人未免太严肃了，莫非年纪很大？

但不管怎么说，他总比那个王庭的佛子好。

李仲虔暗想。

北戎大败，普天同庆，王庭的百姓都在庆祝胜利。

这天他们抵达圣城，城中正在举行歌舞盛会。长街前搭了高台，彩棚绵延几里，身着彩衣、头戴花冠的男女伎人在台上载歌载舞，表演杂戏，台下观者如堵，分外热闹。

瑶英靠在车窗前，饶有兴味地盯着台上翩翩起舞的伎人看了一会儿。

亲兵过来禀报："王庭礼官来了，阿郎要随他们去王寺觐见佛子。"

她看一眼角落盘腿而坐的昙摩罗伽，点点头："告诉阿郎我去绸缎铺了，若有事，派人去那边传信，如果是急事，鹰奴知道怎么做。"

使团入住驿馆，他们不住在一起。

李仲虔作为正使，除了正式递交国书和谢礼，告诉王庭魏朝已经收复各州，还要和王庭商议两国通商、互派使者的事情。其他的也就罢了，关于通商一事，两边都不想让对方占了便宜，到时候免不了争执。

当商讨陷入僵局时，两边就得靠精明的商人来疏通关节以调和矛盾了。商人门路广，跟王庭的贵族和部落都来往密切。

如果双方还争执不下，通商一事就只能先搁置。各地各州当务之急是稳定局势、恢复生产，其他的事情可以慢慢来。

亲兵应是。

一行人在门楼下分开，马车并没有像瑶英说的那样去绸缎铺，而是拐进了一条小巷道。

没多久，缘觉迎了过来。瑶英离开高昌后，他返回圣城，一路快马加鞭，比瑶英和李仲虔早两天回来。

他们从密道进入王寺，毕娑和医者已经等着了，一应东西都已准备好。

他们回来的路上，昙摩罗伽的眸色越来越深，浑身肌肉紧绷，散发出一抹阴冷的戾气。他明显有些压制不住功法了。

毕娑想起师尊说起过的赛桑耳将军，暗暗心惊。赛桑耳将军最后走火入魔时也是这般。

昙摩罗伽取下面具和头巾，从他的身边走过，看向他。

毕娑打了个哆嗦，汗毛直竖。

昙摩罗伽面无表情，余光扫一眼不远处的医者。

医者正在和瑶英说话。瑶英指着一个个瓷瓶，询问每一种丹药的禁忌和用法，问昙摩罗伽散功时要注意什么，平时应该怎么调理。

毕娑会意，忙道："王，我会照看好文昭公主。"

昙摩罗伽用余光看着瑶英，眸中没有一丝波澜。

他应该送她走。

他们入城的时候，她一直兴致勃勃地观看高台上的歌舞。她说过，她是尘俗之人，喜欢红尘热闹，从前身处险境无心玩乐，现在和李仲虔团聚了，应该好好嬉戏。

她这么年轻……

瑶英正好转头，感觉到昙摩罗伽的目光，朝他看过来。

两人对视片刻，她冲他一笑。

昙摩罗伽收回视线。

决定离开时，她走得干脆，就像是忘了他这个人。决定回来时，她也回来得干脆。

她已经知晓他的心思，他不会再对着她否认。

可是他明白，自己给不了她什么。

现在的她对他的感情应当是感激和怜惜多于喜欢。她对一个人好，那就是诚心诚意，知道他救了她的兄长，伤势加重，自然要回来照顾他。

等他好转了，她可以离开。

昙摩罗伽转身走进密室。

毕娑领着瑶英到外边等着。

"公主先在这里歇着，我叫人给公主送些吃的来。"毕娑道。

瑶英问："使团那边怎么办？"

毕娑笑了笑，说："这些事情有人去料理，王庭不会怠慢贵国的使者。"

他走了出去。不一会儿，亲卫送来只撒了盐粒的烤羊肉、豆子汤和松脆的薄饼。

瑶英今天凌晨就起来赶路，疲惫不堪，吃了点儿东西，靠坐在榻边打瞌睡，迷迷糊糊间觉得软枕下有什么东西硌着自己的额头，不怎么舒服，伸手在枕下摸索，摸到一团包起来的东西。

她的手指头黏黏的。

没人打扫屋子吗？

瑶英惊醒过来，坐起身，翻开软枕。

枕头底下有一张团起来的帕子，帕子不知道在这里放了多久，底部微微渗出了些颜色。

瑶英愣住，环顾一圈，发现这里正是上次她来过的地方，也是她确认昙摩罗伽对自己动了男女之情的地方。

她感觉喉咙发紧，慢慢地解开帕子。

过了这么多天，刺蜜果早就黏结成一团，紧紧地粘在帕子上，不能吃了。

瑶英看着掌中的帕子，怔怔地出了一会儿神。

一阵脚步声响起，毕娑进屋，看到她拿着帕子出神，眼神闪烁。

瑶英回过神来，收好帕子，仍旧原样放回枕头底下。

毕娑没有多问什么，朝她抱拳，道："刚才医者说，王能坚持到回圣城，一定是因为公主照料得当，劳公主费心了。"

瑶英轻蹙眉头："上次我走了之后，法师的病势是不是加重了？"

毕娑迟疑了一下，说："不瞒公主……王练这么多年的功法，每次运功、散功都有风险，伤势反反复复，水莽草可以缓解，但终究没办法克制。上次公主离开后，王的病势确实加重了。"他权衡再三，补充一句，"医者说，如果公主能时常陪伴王，王心情舒畅，能好得快点儿。"

瑶英看着密室的方向："我在他的身边，他就能心情舒畅？"

毕娑想了想，道："公主，在王庭，除了您没有人能和王那样说话，也没有人能从早到晚坐在王的书案边看书。"

瑶英沉吟片刻，嗯了一声。

毕娑看着她，欲言又止，犹豫片刻，问："公主……那天……"

瑶英一笑："你是不是想问那天在峡谷发生了什么？为什么法师不在我面前遮掩身份了？你怕我逼法师还俗？"

毕娑的脸上掠过尴尬之色。

"你放心，法师是王庭的佛子。"瑶英道，"法师承认钟情于我，没有做别的。"

即使是以苏丹古的身份，面对她的回应，他也只是轻轻地在她的发顶落下一个似有若无的吻，然后直接撕破伪装，让她彻底死心。

她那时没打算揭露他的身份，想和身为苏丹古的他多相处几天，没想到他没给她机会。

他的果决与坦然更让她心酸。

瑶英说话时，唇边浮起浅笑，如明珠生晕。

毕娑呆呆地看着她："公主回来，求的是什么？"

"我和你说过，我只想让法师好受点儿。"

"假如……"毕娑咬了咬牙，"王的心魔是公主，假如唯有真正得到公主，尝过情爱的滋味后，王才能大彻大悟，抛弃一切杂念，公主也愿意帮他？"

瑶英面色平静。

她的答案显而易见。

毕娑沉默了一会儿后道："王是信众的信仰，即使不再是王庭的王，也还是佛子，不能还俗。"

瑶英淡淡地道："我说过，我不要求他还俗，他好了我就离开。"

毕娑瞪大双眸："公主是汉人……我听说汉人最讲究礼教……公主做出这样的牺牲，无名无分，最后什么都得不到，也不会被王承认……公主以后该怎么办？"

瑶英笑了出来："礼教于我而言不值一提，我不在意世人的眼光。"她想起以前和谢青开的玩笑，一摊手，轻描淡写地说，"以后我可以养面首。"

毕娑抽了下嘴角。他差点儿忘了，想做公主的裙下之臣的人那么多，公主天姿国色、豪富，又是西军的首领，不论有多少风流韵事，爱慕她的人都不会少。

不过对于女子而言，她的名声必定坏了。一个女子，不论地位有多高，只要不符合礼教，就会被人耻笑。

毕娑关心昙摩罗伽的身体，自私地希望瑶英能够陪伴他，但是又不希望罗伽因为瑶英被世人唾骂。所以瑶英回来，他既松了一口气，又有点儿担心。

他怕瑶英逼迫罗伽还俗，没想到瑶英什么都不要求。她对罗伽好，不求结果。

"公主……"毕娑的声音轻颤，"您不怕将来后悔吗？"

瑶英微笑："毕娑，你游戏花丛，做过很多人的情郎。你会因为什么去爱慕一个女郎？"

毕娑答："因为喜欢她的容貌，喜欢和她说笑……"

瑶英长舒一口气，道："我能遇上法师，心里很高兴。"

她独行久了，绝望无助，有时候也会气馁，突然遇上一个人，他不仅救了她，还和她那么契合，让她更加坚定自己的意志，发现自己不是孤独的。

那时候，她感觉心里不禁有种欢喜涌上来，很想和他说一句："原来法师也这么想啊！"

原来世上有这么一个人，有她欣赏的一切。

只是他们相隔太远。

如果她能早点儿遇见他就好了。

昙摩罗伽这样的人，她能遇见他，和他相识一场，这已然令人惊喜。

瑶英慢慢地道："当我发现法师悄悄地救了我阿兄，负伤离开，我成了他的心魔时……我想了一夜……我不想看到法师受伤。"她直视毕娑，"至于以后我会不会后悔……毕娑，我知道，不管结果是什么，当我老了的时候，回想这一段经历，想起我回来的决定，都会面带微笑。假如我不回来，那就只留遗憾。所以，我是为法师回来，也是为了我自己。"

毕娑浑身一震，凝望她半晌，再次朝她抱拳，这一次带着感激。

他现在放心了，公主并无所求。

门外传来几声敲门声，缘觉抱着一堆书册进屋，这些书册都是从瑶英住过的院子搬来的。

"公主，您还有什么吩咐？还想添置什么？"

瑶英扫视一圈，挥挥手："把我常用的小案搬回来！"

一对菩提灯树上烛火闪烁，烛光透过镂金铜叶片倾洒而下，映亮案上摊开的书册卷轴。

瑶英伏坐在案前，批阅完一沓文书，搁下笔，揉了揉肩膀，把拿不定主意且没有写下详细批示的文书放在一边。

各州饱经战乱，满目疮痍，百废待举，但是西域地形复杂，交通不便，她想要尽快恢复生产，千头万绪，事务实在烦琐。瑶英光是想推行一道简单的设立学堂并许平民子弟入学的政令就遇到重重阻碍，而且现在还有很多小部落并未归附，他们要随时警惕残余势力的反扑。她每天看文书就焦头烂额了。

相比之下，商队好管理得多。因为商人追逐利益，只要确认有利可图，就能齐心执行下达的每一道命令。

好在眼下各州生机勃勃，流民陆续被安置，民心稳定，等提拔上来的官员熟悉公务，恢复生产一事应该能很快步入正轨。

瑶英长舒一口气，刚提起笔，就听脚步声咚咚响起，缘觉从帘后探进半个身子。

"公主，王发作了！"

瑶英立刻放下笔，站起身，匆匆跑出屋子。

毕婆刚刚进去送药，为真气所伤，捂着胸口站在入口旁，面色苍白，皱眉调息片刻，递给她一瓶药，看着她走进密道。

"公主小心，如果有事，就摇动悬铃，我在这里听得到。"

瑶英答应一声，在伸手不见五指的夹道里跌跌撞撞地走了一会儿，看到前方透出亮光，加快脚步。

余光里一道金色的弧光闪过，一双野兽的眼睛在黑暗中发出慑人的寒光。

瑶英吓了一跳，顿住脚步。

花豹从角落里迈出，迈着优雅的步子走到她的脚边，耸鼻嗅了嗅。

瑶英纹丝不动，手心冒汗。

花豹喷出的气息拂动她的裙角。它围着她转了一圈，掉头往里走。

瑶英松了口气，走进入口。

洞中水汽弥漫，光线昏暗，温泉水汩汩流动，冒起珍珠似的细沫。

一道身影盘坐在石台旁，面孔苍白，紧皱的眉心微微泛红，周身仿佛隐隐散发着冷厉的杀气，袒肩袈裟下的肌肉紧绷，肌肤泛着光，上面滚动的不知道是汗水还是水汽。

他在忍受痛苦。

瑶英屏住呼吸，蹑手蹑脚地朝他走近，踏出没几步，他忽地睁开眼睛，冰冷无情的目光穿过朦胧的水雾，落在她的脸上。幽深的双眸爬满蛛网一般的血丝，暗淡的光线里，看起来着实吓人。

金刚努目，菩萨慈眉。这一瞬，他是苏丹古，也是昙摩罗伽。

瑶英感觉心在颤动，万分酸涩。他一生坎坷，长年饱受别人无法忍受的痛苦，还要因为情动而煎熬。

她宁愿他不曾为自己动情，也不想看到他在信念和私欲之间挣扎。

瑶英迎着他冰雪一样寒凉的视线走上石台，俯身，倒出几粒丸药，送到他的唇边。

"法师，是我。"她敛去心酸，柔声道。

昙摩罗伽紧锁眉头，眼神空茫。他凝望她许久，突然抬手扣住她的手腕，拉着她蹲下，眸中一道幽冷的光芒掠过。

他脸色发白，手指却像火炭一样滚烫。

瑶英猝不及防，跌进他的怀中，仰起脸看着他的眼睛。

他垂眸看她，幽幽的冷芒于眸中浮起，视线定在她的脸上。

双瞳剪水，秋水盈盈。她的眼中映出他冷冰冰的脸。

"诸般幻象，万物皆空。"他一字一顿地念诵，嗓音低沉，目光如一潭深水，无波无澜。

"是呀！法师，我只是你的幻象。"隔着半湿的袈裟，瑶英听见他的心跳平稳从容，回过神来，在他的怀里坐起身。她一边轻声说，一边摊开紧握着丸药的手，凑到他的唇边："吃了。"

昙摩罗伽眼睛一眨不眨地看着她，眼神深邃，有些泛白的唇张开，吞下丸药。

他的唇丰润柔软，从瑶英的掌心蹭过去。她感觉身上轻轻地战栗，收回了手，想要坐起身，却被他牢牢地按住。

他看着她，端庄严肃，像一尊佛，双手却紧紧地按着瑶英不放。

以前不知道他的心思，瑶英不会觉得什么。现在她知道了，明知他没认出自己，可躺在他的怀中时身上还是跟着发热，他的心跳声在她的耳边回荡。

他没有其他动作，只是稳稳地抱着她，小声念着经文。

瑶英认真地听了一会儿，发现他念的是梵文，自己听不懂。

半晌后，他停下来，看着她。

如银月华从洞顶倾洒下来，他那双碧眸像是被水汽浸染，雾气弥漫。

瑶英觉得心中柔软下来，笑了笑："我在这儿呢。我陪着法师。"

他合上双眸，继续运功，体内真气游走。

瑶英从他的怀里坐起身，守在他的身边，为他拭汗，看他神色不对，立刻出声叫醒他，再喂他服用一丸丹药，看他嘴唇干裂，倒了碗水喂他喝。

不知不觉两个时辰过去，他的气息渐渐平和下来。瑶英松了口气，守在他的身边，靠着石壁迷迷糊糊地睡着了。

昙摩罗伽清醒过来时，胳膊微微酸麻。瑶英依偎在他的身边酣睡，眼睫轻颤，手指抓着他的袈裟的袖摆。

夜色深沉，月光柔和，他隔着雾气看她，觉得瑶英更加明艳动人。她微微嘟着的唇饱满红润，娇艳欲滴。

昙摩罗伽蓦地想起她送他的刺蜜，晶莹鲜甜。

他看了她片刻，右手抬起，慢慢地靠近她的脸，在快碰到的那一刻停下来。他抽出自己的胳膊。

瑶英被惊醒，身子顺势往下滑。

昙摩罗伽下意识地伸手握住她的肩膀，扶她坐起身。

瑶英揉揉眼睛，呢喃着问："法师，好些了吗？"

她刚刚睡醒，语气轻柔，拨动人的心弦。

昙摩罗伽松开手："我好多了，公主出去吧。"

瑶英一顿，抬眸看着他："法师，出家人不打诳语。"

昙摩罗伽不语。

"你想让我留下来陪着你，你说过的，我都记得。"瑶英道，语气轻快。她站起身，扶他的胳膊："好了，别管我了，法师该泡温泉了。"

昙摩罗伽轻轻地推开她的手，示意不必她帮忙，起身踏入温泉。

瑶英看着他身上的袈裟："不脱衣裳吗？"

他背对着她坐下，背影僵了一下。

从前她不知道他的心思，他自然可以坦然地在她的面前脱衣，现在不行了。

他闭目，不一会儿又睁开，看向石台。

瑶英在石台边垫了张绒毯，盘腿坐着，托着腮盯着他看，见他看过来，朝他眨眨眼睛。

昙摩罗伽道："出去吧。"

她摇头，转过身去背对着他，抱紧绒毯："我不打扰法师。"

昙摩罗伽看着她的背影，没有作声。

身后传来窸窸窣窣的轻响，瑶英突然回头，目光清亮，紧紧地攥住了他凝视她的视线。

他果然在看她。

昙摩罗伽和她对视。四目交缠，他缓缓地合上眼睛。

心如功曹，功曹若止，从者都息。欲生于汝意，意以思想生。二心各寂静，非色亦非行。

是的，他想让她留下来。

瑶英盯着他看了一会儿，见他不睁眼了，趴在石台边，伸手撩动温热的泉水，指尖湿漉漉的。

"法师……"她轻声道，"心中有佛，处处有佛，身体不过是一具皮囊。法师坚持的道本就和其他人不一样，您不如就把我当成一场修行吧。等法师好转我就离开，不会影响到法师的修道。

"对我来说，能和法师这样的人相识，已经很高兴了。能帮上法师，我更高兴。"

一声哗啦的水花声响起，水波晃动，水中的昙摩罗伽忽然动了一下。

瑶英撩水的手被握住了。

他紧紧地攥着她，手指比刚才更加滚烫，手上用力，把她拽着直起了身，眼神威严。

她愣了一下。

昙摩罗伽抬眸望着她，克制地闭了闭眼睛，将这些天心底一直隐隐翻腾的怒意按了下去。

他不想吓着她。

她不该把自己当成治病的药，有用时来到他的身边，没用了，被弃如敝屣。

他不会这么轻慢她。

而且，她把他想得太好了。

他是僧人，亦是王庭的君主，管理整个国度，杀伐决断。她以为只要陪他祛除心魔就可以离开了？

由乐生贪，由爱生欲，他知道自己动了贪恋。七情六欲本属平常，这并不是什么难以启齿的事情，他可以克制隐忍。

但是邪心不止，万念不止。

一旦放纵他的欲念，他会永远把她困在自己的身边，谁也阻止不了。

身为佛子，他入不了红尘，偏偏想把红尘的她拘禁在身边。

她不该蹚这趟浑水，进来了很可能没办法脱身。

他身上肌肉绷起，周身的气势为之一变，真气向外涌动，一双碧眸直直地看着瑶英，没有一丝温情。

瑶英从来没见过他身为昙摩罗伽时露出这种神情，呆了呆。不等她回过神，他倏地松开手，背过身去。

石洞陷入一片诡异的沉寂。

半晌后，昙摩罗伽转过身，面色已经恢复如常，眸光淡然。

"我还要调息，公主睡一会儿吧。"他轻声道，语气温和。

瑶英心念一转，怀疑自己刚才的话是不是刺激到了他，想了想，轻轻地哦了一声，抱着绒毯躺下，竖起耳朵细听他的动静。

他靠着石壁，紧闭双眸，一动不动。

她满脑子想着他刚才那道凶狠的眼神，心口还在怦怦直跳，但还是慢慢地睡着了。

一夜过去，昙摩罗伽没再开口说话。

早上瑶英醒来的时候，泉水里空空如也。她环顾一圈，和趴在角落的花豹对视，花豹懒洋洋地甩了甩尾巴。

她爬起身，走进夹道。那头立刻传来脚步声，缘觉提着一盏灯走出来。

"公主，您醒了！王刚才让我等在这里，说等公主醒了，让我送您回坊市。"

瑶英想起昨晚之事，出了一会儿神，问："法师好点儿了吗？"

"好些了！"缘觉的声音里透出欢快，"阿史那将军叮嘱我陪着公主，晚上再护送您过来。您今晚能过来吗？"

瑶英点点头。她之前和毕娑说好了，白天回铺子处理点儿杂事，和李仲虔碰面，下午再回来。

缘觉送她出寺。她回到铺子，没一会儿李仲虔就找了过来。他昨天隔着屏风见了巴米尔假扮的佛子，递交了国书，接下来要和王庭的官员谈判。

"你那个朋友呢？"谈完正事，李仲虔张望了一阵，问。

瑶英道："他先回自己府上了。"

李仲虔的凤眼里闪过一抹精光。

他已经打听过了，王庭的年轻将领中，会行军打仗、布阵排兵，行踪还飘忽不定的人只有那么几个，而其中，唯有摄政王和瑶英有过来往。他还从亲兵口中知道了一件事情——摄政王苏丹古很可能爱慕瑶英，因为不敢得罪佛子，才没有像莫毗多那样表露心意。

亲兵说，苏丹古是陪瑶英往返高昌的人，还和她同住过一个营帐。

李仲虔听完以后，眼皮直跳。

毕娑令亲卫守口如瓶，王庭人不知道苏丹古和瑶英之间的事情，李仲虔之前居然一直也就没有留意苏丹古，现在想来，阿毗只可能是苏丹古。

据说苏丹古样貌丑陋，状如修罗，而且残忍嗜杀，可止小儿夜啼。

李仲虔想想就觉得头痛，难怪阿毗要蒙着脸了。

一个王庭佛子，一个王庭摄政王……身份都不太合适。

这会儿，听瑶英说苏丹古不在，李仲虔暂且不动声色，叮嘱她几句，带着人回驿馆。

瑶英回房写信，缘觉笑眯眯地走了过来，怀里抱了几件纹样鲜丽的衣裳："公主，这些天城中每天都有欢庆活动，特别热闹，您快换上衣裳，我带您去看王庭舞伎跳的健舞。"

"什么健舞？"瑶英随口问。

缘觉道："什么健舞都有，天竺舞、波斯舞……"

瑶英看着手里的信，没吱声。

缘觉接着道："公主，是王让我带您去的。"

瑶英一阵错愕，抬起头："法师让你带我去看健舞？"

缘觉挠挠脑袋，说："王说公主一路辛苦，让我领着公主在城中转转。"

瑶英想起他曾对她说的话，手指颤了颤。

公主是红尘中人。

他记得她喜欢什么。

这些天他有些古怪。她以为那天自己在峡谷逼迫他自白，他一直在生她的气，没想到他会提醒缘觉带她去参加盛会。

瑶英的心里甜甜的。

缘觉小声催促她："公主，今天还有斗舞呢！王庭打了大胜仗，各地的舞伎都赶来了，千载难逢哪！"

瑶英放下笔，站起身，换上王庭女郎会穿的节日盛装，带着亲兵，和缘觉一起出了绸缎铺子。

缘觉带着她到了王宫前最热闹的一条长街观看斗舞。

长街上彩棚绵延几里，歌舞喧天，热闹非凡。台上的舞者随着乐曲腾挪旋转，舞姿曼妙，看得人眼花缭乱。台下人潮汹涌，时不时爆发出热烈的喝彩声。

瑶英蒙了面纱，看着高台上翩翩起舞的舞伎，精神恍惚。

入城时，她兴致勃勃地在马车里遥望高台，很想凑近了观赏，现在人在台下了，却心不在焉。

和尚这会儿在做什么呢？

她忍不住想。

鼓乐声响彻云霄，几声突兀的刀刃滑出刀鞘的细响被彻底淹没在乐声和叫好声中，长刀出鞘，寒光凛凛。几道身影快速地拨开其他人，如鬼魅般朝站在缘觉身边的瑶英扑了过去。

亲兵反应过来，抽刀迎上前，和来人厮杀。

惊叫声四起，人群如无头苍蝇一样四散奔逃。瑶英被拥挤的人群冲开，余光看到一个女子冲了过来，眼中杀气腾腾。那名女子抽出一把藏在袖子里的匕首，欺身上前，匕首刺向瑶英的心窝。

一道高大的黑影闪过，揽住她的腰，带着她转了个身。

匕首扑哧一声刺入血肉，闷响过后，血流如注。

瑶英身上打战，心脏像被人狠狠地攥住了，浑身都痛。

"杀了她！"

金碧辉煌的高台下，十数个身影迎着刀光剑影冲向被亲兵护在当中的瑶英。他们身着普通平民的服饰，用突厥语、波斯语、粟特语、梵语大声喊叫，召集帮手，脸上满是疯狂的恨意。

他们都是王庭人。

缘觉冷汗涔涔，抽刀砍翻一个杀手。对方毫无畏惧之意，满身是血地继续往前冲杀，直至力竭倒地。

他心有余悸，看向身后。

百姓惊叫着四散逃离，一道身影扑向瑶英，寒光闪烁。人群里冲出一人，抱着她闪身躲避。

行刺的女子的身影快如闪电，男人一掌击向她，她手中的匕首还是送了出去，鲜血飞溅而出，瑶英的衣裙上鲜血淋漓。

缘觉吓得魂飞魄散，想冲回瑶英的身边，几个刺客缠了上来，挡住他的脚步。

他们不是普通的刺客，而是死士！

亲兵和死士打斗在一处，厮杀声响成一片……嘈杂的声响中，瑶英听到男人痛苦的闷哼。

她的心口一阵阵刺痛，身上发抖。

男人抱着她，以为她受了伤，绷紧手臂的肌肉，焦急地问："伤到哪儿了？"他的声音喑哑。

瑶英直冒冷汗，看着他露在面巾外面的一双凤眼。

她没受伤，受伤的人是他。

李玄贞怎么在王庭？

瑶英觉得头痛欲裂，晕了过去。

李玄贞瞳孔一缩，伤口剧痛。他抱着她跪在地上，鲜血汨汨而出。

冰冷的刀光朝他们罩了下去。

"七娘！"亲兵心惊胆战，大声疾呼，想抽身去救，却被其他的死士缠住了。

风声呼啸。

缘觉屏住了呼吸。

忽然，四周安静下来，杀气汹涌，掌风激荡。

一柄长刀破空而至，一道身影遽然从远处扑来，劲风刚猛。

咔嚓的碎裂声次第响起，围住瑶英的死士手中的弯刀碎成一片片，掉落一地。他们一声惨叫也没发出，一个接一个地倒地。

来人一身白袍，脸上蒙了面巾。他直扑向瑶英，周身隐隐散发着雄浑的杀气。

李玄贞已经意识不清，仍然用双手紧紧地抱着瑶英，挡在她的身前。

白袍男人俯身，拨开李玄贞，扯开他的手，抱起瑶英。

周围的喊杀声还没停下，他置若罔闻，低头检查瑶英身上是否有伤，手指探向她的颈侧。

场中的众人呆了一呆，反应过来，提刀将其他的死士斩杀。

一人快步冲到缘觉的身边，厉声道："记得留下活口！"

缘觉浑身一震，看一眼对方，张大嘴巴，再看向那个突然出现且以一刀逼退数名死士的身影，毛骨悚然："阿史那将军，那个人……"

毕娑横刀，冷声道："是他。"

缘觉打了个哆嗦。

王不是在王寺吗？他怎么会出现在这里？

他已经散功，方才强行运功……他现在是佛子，还是苏丹古？

缘觉面如死灰。

毕娑也脸色阴沉。

亲兵看到白袍人及时出现，松了口气，提气继续应敌，不一会儿就解决了剩下的死士。缘觉和毕娑合力擒住了两个活口。

附近的禁卫军赶了过来，毕娑命他们把守各处要道，追捕同伙，不让闲杂人等靠近。

待冲到瑶英的跟前，他才压低声音紧张地问："公主没事吧？"

昙摩罗伽搂着晕厥过去的瑶英，摇了摇头，面巾下的一双碧眸缓缓地合上。

她身上没有伤口，衣裙上应该都是李玄贞的血。

他在远处看到她倒地的那一刻，心头忽然压抑不住那些涌动而出的杀气了。

此刻他抱着她，感受到她轻柔缓慢的呼吸，双手仍在微颤。

她没事。

毕娑神色焦灼，小声道："这里人多……我有处别院离得近，先去我那里。"

昙摩罗伽沉默不语，抱着瑶英站起身。

亲兵围上来，扶起重伤的李玄贞，在毕娑的带领下穿过一条夹道，走进他的别院。

昙摩罗伽抱着瑶英进屋，毕娑让侍仆去找些干净的衣裳给众人换上，跟着进了屋。

瑶英昏睡不醒。

昙摩罗伽把她放在长榻上，为她诊脉，紧蹙眉头。

"是不是吓着了？"毕娑小心翼翼地问。

昙摩罗伽一语不发，接过用热水打湿的巾帕，擦拭瑶英下巴上飞溅的血珠。

侍女进屋，要给瑶英换衣裳。

昙摩罗伽站起来，退到毡帘外。

屋外传来一阵沉重的脚步声，缘觉押着被生擒的死士过来了。

昙摩罗伽垂眸，继而转身出屋。

毕娑抬脚跟上他，看到几个死士，气不打一处来，一拳砸过去，死士登时满脸是血。

"你们是王庭人，谁指使你们的？你们为什么要刺杀一个女子？"

今天的死士目标明确——他们就是冲着瑶英来的。瑶英没有暴露身份，这些人为什么要刺杀她？

死士吐出几颗带血的牙齿，哈哈狞笑，一双褐色的眼睛看向廊前负手而立的昙摩罗伽，面容扭曲。

"苏丹古！你是苏丹古，对不对？！没想到今天真的能把你引出来！我们没猜错，缘觉身边的那个女子果然是你的人！"

昙摩罗伽看着死士，眸光冰冷。

毕娑心里咯噔一下，汗如雨下。

死士仰天大笑："谁指使我们的？我告诉你，这一切都是你害的！你欠下累累血债，我们恨不能把你千刀万剐！你武艺高强，神出鬼没，我们没法得手，只能等待时机……"他沾满血污的脸因为激动而发抖，"后来我们总算找到机会了……你入城的时候，你出征的时候……苏丹古，你以为你做得天衣无缝，其实我们这两年一直在打探你的行踪！那个随你入城的女子对你很重要……所以我们跟着缘觉……"

毕娑的双手紧握成拳："就因为一点儿怀疑之心，你们就动手杀人？"

死士冷笑道："宁可错杀，也不能放过，谁让那个女人和苏丹古走得近？"

毕娑倒抽一口凉气。

死士瞪大双眼，笑得狰狞："苏丹古，你杀了太多人，也该尝尝痛失所爱的滋味！你的亲人、你的兄弟、你的朋友……你在乎的人都会死在我们的刀下！你武功再高强又有什么用？我们总能找到下手的机会！

"今天我们失手了，明天还有其他人……你不知道有多少人恨你，有多少人等着报仇！你早晚会遭报应的！"

昙摩罗伽立在廊前，纹丝不动。

毕娑忍无可忍，身影弹起。他抓住死士的头发，轻巧地一扭。

死士瞬时气绝。

长廊安静下来，可死士的诅咒仿佛还在庭院上空盘旋。

毕娑脸色发白，回头看着昙摩罗伽："摄政王……"

昙摩罗伽闭目了片刻:"我明白。"

不论他的哪一个身份,都只会给文昭公主带来伤害。

他是佛子,信众会把她视作魔女。他是苏丹古,她就会一次次遭受今天这样的刺杀。

毕娑心头沉重,两眼酸涩,一句安慰的话都说不出来。

他想起了赛桑耳将军。

昨晚,石洞里什么都没发生。不过医者说,罗伽的脸色好些了。虽然罗伽不想留下文昭公主,但是很显然,有文昭公主陪着他,他的心情很舒畅。

今天早上罗伽坐在禅室抄写经书,抄完了一卷,廊外几只鸟雀飞来,在花藤上啁啾嬉戏。他听了片刻,放下笔,起身出去了。

毕娑担心他伤势发作,不放心,悄悄地跟着他,随他来到长街,还以为他在体察民情。

最后,昙摩罗伽停在一个隐蔽的角落里,久久地看着一个方向。

毕娑顺着他的视线看去,怔了怔。

缘觉从那个方向走了过来。他身边的女子一身鲜衣,发辫垂肩,面纱蒙面。虽然面容模糊不清,但从她顾盼间的姿态来看,她必定笑容满面,玩儿得很开心。她身后的亲兵也都穿着王庭人的衣着,有两个亲兵抱了一堆吃的、喝的、玩儿的之类的新巧的玩意儿。

她立在高台下观看歌舞,久久没有挪步。

昙摩罗伽站在角落里,背对着台上热闹的歌舞,隔着人群静静地看着她。

她在红尘尽情玩耍,他在红尘之外看她。

毕娑暗叹一声。

就在这时异变突生,死士暴起。一个女子趁亲兵不注意,扑到瑶英的身前,举起匕首。旁边的一个男人忽然闪身上前,替瑶英挡住了那一击。

毕娑心惊肉跳。

那一瞬间,昙摩罗伽身上的气势变了。

他猛地拔刀,冲出去:"摄政王,您不宜现身,我去……"

昙摩罗伽扫他一眼,抽出他腰间的佩刀,身影一纵。

毕娑愣住,回过神,跟了上去。

想到当时的情景,毕娑现在还觉得后怕。

这就是他最害怕会发生的事情……文昭公主出了事,王无法压制功法,就像当初的赛桑耳将军，因为家人惨死而发疯……

现在，发现死士居然是为了报复苏丹古而刺杀瑶英，毕娑越发觉得恐惧。

"我会加派人手彻查此事，以防再有人接近公主……"他试探着说。

昙摩罗伽转身进屋。

他们两人都明白，这种抱着必死的决心复仇的死士至死方休，防不胜防。

从前，昙摩罗伽遇到过很多次刺杀。他孤身一人，不在意生死，无欲无求，也就无所畏惧。

但是现在他想到她会遇到同样的危险，思绪起伏，难以安定。

他平生无所求，只有这一点儿私欲。

他会害了她。

昙摩罗伽闭了闭眼睛，转身进屋。

侍女在为瑶英擦身换衣。她身上的饰物、小匕首，背的布包、承露囊、锦袋被堆叠在榻边。

一个羊皮包裹啪的一声从她被换下的衣裳的袖口滑落，掉在毡毯上。

侍女忙俯身去捡，一道黑影笼下来，在她之前捡起了包裹。

她抬起头，对上一双冰冷的眸子，吓得脸色发白，躬身逃也似的退出屋子。

昙摩罗伽拿着包裹，在榻边坐下，解开面巾，伸出两指隔着帕子搭在瑶英的腕上，再次为她看脉。

身上明明没有伤口，她不知道怎么回事，到现在还没醒转。

她可能真的吓着了。

昙摩罗伽收回手，摸了摸她的额头，轻皱眉头。

随着脚步声传来，缘觉走进屋，道："摄政王，魏朝太子的血止住了，医者说不会危及性命，不过他身上旧伤未愈，又添新伤，着实凶险。他昏昏沉沉，问起文昭公主，坚持要来看望公主。"

昙摩罗伽淡淡地道："拦着。"

缘觉应是。

"她今天……"昙摩罗伽忽地道，停了一会儿，接着问，"公主今天高兴吗？"

缘觉悄悄地看他的脸色，想了想，小声说："今天公主很高兴……公主说各地风俗不同，各有各的热闹。她还给王买了东西……公主还说，她也想和那些舞伎一起跳舞……"

昙摩罗伽静静地听完，没什么表情，摆摆手。

缘觉退了出去。

昙摩罗伽扫一眼榻边的几案上堆着的东西，目光顿住。他抬手，解开锦袋。

一摞经书露了出来。

他抽出经书。

经书像贝叶一样成册，但不是在中间打一个小孔再用绳子装订，而是一种折叠式样。纸页是经过一道道复杂的工序鞣制后变得柔软细薄的羊皮纸，上面绘有精美的图案，线条以金、银、宝石粉绘出，精致灵巧。

他的房中有许多经书，那些都是厚重的经卷。有一次般若要她找几本经书，她搬了一大堆，小声说经书太重了，不如制成书册，取用方便，再配以精美的图画，还好看。

自从那次他说只需要送几本经书就够了，她后来经常送他经书，刊印了什么新样式就会送几本给他，还把他的手稿借去印。

这几本经书一定用了新花样。

昙摩罗伽把经书塞回锦袋，拿起刚才捡起的包裹放回去，想到什么，手上一顿，解开袋口。

一股甜香满溢而出，袋中的刺蜜鲜润非常，色如琥珀。

她曾巴巴儿地望着他，问："甜吗？"

他道："甜。"

她便笑了。

昙摩罗伽捏紧包裹，低垂的眼睫抖动了几下。

床上的人动了一下。

昙摩罗伽回神，放下包裹，看向瑶英。

她并未苏醒，双眼紧紧地闭着，身上轻轻地战栗。

昙摩罗伽皱眉，抬手拨开她的长发，探了探颈侧、前额，再诊脉，没发现什么异样。可她紧紧地皱着眉头，脸色苍白，神情痛苦，身子一直在发抖。

"痛……"她轻声呓语。

昙摩罗伽霍然起身，让缘觉去请医者。

医者匆匆赶到，诊了脉，疑惑地道："从脉象来看，公主没有受伤啊！内伤、外伤都没有……"

他正说着话，榻上的瑶英抖得更厉害了，一层层冷汗从额上沁出。她忽然哇的一声呕出一口鲜血。

屋中的其他几个人脸色大变。

昙摩罗伽顾不上其他，坐到榻上，抱起瑶英，再细细地检查她身上有没有不容易发现的伤口，伸出手指探她周身的穴道，还是没有任何异常。

毕娑皱眉道："不会是中毒了吧？"

医者摇头："也没有中毒的迹象。"

缘觉急得眼睛都红了。这事都怪他不当心，没有照顾好公主！

医者翻了几卷医书，再为瑶英探脉，神色骤变。

"怎么会这样？才一会儿的工夫……公主脉象虚弱，像是……像是……"他打了个激灵，接下来的话不敢说了。

昙摩罗伽没有吭声。他也通医术，知道医者的未尽之语。

她熬不住了。

刹那间，他如坠深渊。

瑶英仍在战栗。昙摩罗伽紧紧地抱着她，面色依旧镇定，眸底却波澜暗涌，语调比平时急促："把公主的亲兵请过来，问他们公主以前有没有这种症状。审问死士，问他们有没有用毒。"

缘觉和毕娑飞快地冲出屋。不一会儿，缘觉带着一个亲兵过来，亲兵在王府待过，比其他人知道得多一些。

他看到人事不知的瑶英，扑通一声跪倒在地："以前公主也大病过一场……阿郎请遍医官，谁都治不了……"

缘觉差点儿晕过去，急忙追问："那后来公主是怎么痊愈的？"

亲兵直哆嗦："后来公主自己熬过来了……娘子说，可能是公主死去的舅父保佑她……荆南的大夫说，公主这病发作时，什么药都没用……"

缘觉面色惨白。

门口传来脚步声。毕娑进屋，摇摇头，脸色凝重："死士没办法接近公主，没有用毒。"

昙摩罗伽抱着瑶英的手猛地收紧。

"卫国公呢？"

毕娑道："已经派人去请了，卫国公不知道这头出了事，还没消息。"

"召其他医官。"

毕娑应诺，吩咐属下。

很快，毕娑信得过的医官陆续赶到，为瑶英诊过脉后，个个摇头叹息："这症状看着太古怪了……"

众人实在无计可施，最后，有人提议用放血疗法试试，还有人提议诵经念佛。

毕娑焦头烂额，把这群帮不上忙的人都赶了出去。

瑶英的气息越来越微弱。

昙摩罗伽紧抱着她，运功调动内力，想让她暖和起来，但她毫无反应，身上越来越冷，唇色渐渐发青。

他眉心泛红，眸底波澜涌动，隐隐有幽光掠过。

毕娑看得惊心动魄，心里暗暗祈祷：文昭公主千万别出事。

缘觉双手合十，满屋子乱转，大声念诵经文，祈求佛祖保佑。

瑶英还是越来越虚弱，连脉象都摸不着了。

昙摩罗伽闭目半晌，手托着她的后颈，双臂微微收紧。

他曾带她去佛塔，为她祈福。

在佛陀的注视下，他为她祷祝，希望她无病无灾，喜乐一生。

那时他向佛陀承认自己的杂念私欲，动心动念的人是他，和她无关。

他没有为自己求过什么，只希望她平安自在。

生世多畏惧，命危于晨露。由爱故生忧，由爱故生怖，若离于爱者，无忧亦无怖。

一切皆空，生死轮回。他将万事看淡，还是希望她能尽享红尘。

她这么好。

昙摩罗伽抱着瑶英，感觉到她的生命在逝去，如此突然，就像她来到他的身边，悄无声息，从天而降。

他像是在不停地往下坠，深渊无底，周围越来越暗，越来越冷。

缘觉小声抽噎起来，毕娑汗出如浆。

昙摩罗伽取下瑶英腕上的持珠，念诵经文。

天色渐暗，房中点起蜡烛。医者在隔壁的房间讨论，煎药的人大力地扇动扇子，侍仆进进出出，气氛沉重。

昙摩罗伽紧闭双目。

他不知道过了多久，怀中的人忽然动了动，发出几声呢喃。

温热的鼻息洒在他的胸前。

昙摩罗伽呆了一呆，捏着佛珠的手指蓦地一紧。

怀中的人接着扭动了几下，睁开眼睛，眼睫轻颤，一双眼睛湿漉漉的，脸色苍白。

"李玄贞没事吧？"她迷迷糊糊地问。

李玄贞为她挡了一刀，她刚才心口剧痛，浑身都痛，这会儿才缓过来。假如他出事了，这关她肯定熬不过去！

昙摩罗伽沉默不语，伸出两指探了探她的脉象，眸色幽深。

她脉象仍然虚浮，不过至少平稳了点儿，比刚才好多了。

他再低头细看她的脸色。她的脸上爬满细汗，整个人像是被从水里捞出来似的，唇色恢复了些，不像刚才那么白了。

怀中的身子慢慢地暖和起来。

昙摩罗伽闭上眼睛，握紧佛珠。

瑶英的意识还没恢复清明。她不知道具体发生了什么事，只觉得出了一身汗，身上黏黏的不大舒服，挣扎着要坐起身："李玄贞呢？"

她又问了一遍。

昙摩罗伽面无表情。

房中的其他人原本都打算去佛前跪着祈祷了，没想到前一刻还奄奄一息的瑶英居然自己苏醒，目瞪口呆了一会儿，目露狂喜之色，一起冲上前。

"公主！你没事了！"

"好些了吗？哪里难受？"

瑶英揉揉脑袋："我没事……"

她想起昏迷之前的事情，目光掠过身旁的昙摩罗伽，整个人怔了怔。

"摄政王怎么在这儿？"

昙摩罗伽站起身，一言不发地出去了。

第八章

两情缱绻

月光洒下一片银霜似的清辉，廊前风声呼啸。

昙摩罗伽立在石级前，面似寒月，碧眸沉静。他听着屋中断断续续地传出的缘觉和瑶英说话的声音，闭了闭眼睛。

她没事。

寒意一点点袭来。他站在月色和灯光照不到的阴影中，把涌到喉头的腥甜之意压了下去，思绪渐平。

心底骤起的波澜慢慢地消失。

随着哐当一声巨响，院门被大力地撞开。一个身量高大的男人在亲兵的簇拥下冲了进来，剑眉紧皱，神情焦灼。他一阵风似的刮过前庭，踏上石级，满是焦虑的目光和昙摩罗伽的视线对上，脚步微微一顿。

"阿郎！"亲兵从屋里奔出，"七娘没事了！"

李仲虔满脸焦躁，收回视线，一边快步往里走，一边问："怎么回事？明月奴怎么突然就病了？是不是李玄贞那厮做了什么？"

亲兵答道："太子殿下倒是没做什么，还为七娘挡了一刀，受了伤。不知道怎么回事，七娘忽然就发病了，病势凶险，摄政王请了多少医者来看，都说不中用……万幸七娘刚刚转危为安了。"

"摄政王？"

李仲虔扫一眼立在门外的男人，大踏步进屋，直冲到长榻前。

瑶英正在听缘觉说她晕厥以后高台下发生了什么，忽然看到李仲虔阴沉如水的脸，愣了一下。

"阿兄。"她轻声道，有些心虚。

李仲虔的铁青着脸，眼神严厉。他挥挥手，示意所有人退下去。

"我没事了。"瑶英飞快地道，"今天只是一场意外。"

李玄贞为她挡了一刀。惩罚来得快，去得也快，她这会儿什么都不记得了。

李仲虔没说话，坐到榻边，端详她半晌，摸了摸她的额头和手心。

她的额头还是冰凉的，手心微热，脉象平稳，指腹可以感受到咚咚的跳动。

"还难受吗？"他将悬着的心放了回去，沉声问，声音嘶哑。他一路快马加鞭赶过来，嗓子灌了冷风，像是有一把剪子在铰动。

他不会忘记她先前发病的那一次。他请遍大夫，甚至去求了李德，所有大夫都摇头叹息，告诉他药石罔效，劝他早点儿为她准备后事。他一直守着她，叫她的名字，要她回来，直到她苏醒。

舅舅死了，阿娘疯了，他只剩下明月奴了。假如她也离他而去，他还有什么可眷恋的？

瑶英摇摇头，道："阿兄，我好多了，摄政王今天一直在照顾我。"

她记得昏迷前自己在台下看歌舞，昙摩罗伽在王寺休养，没想到醒来的时候居然会看到他，而且他又换上了苏丹古的装束……她心里纳闷儿。

她刚问了他一句，他一声不吭，起身就走了。

瑶英一头雾水，和旁边的缘觉大眼瞪小眼了一会儿，问他怎么回事。

缘觉悄悄地抹了眼泪，和她说了她昏迷后发生的事情，还告诉她，她受伤后一直昏睡到天黑，其间脉象越来越微弱，毕娑把医者都请了过来，尝试了很多方法，差点儿要给她放血了，昙摩罗伽一直在照顾她。

瑶英愣了半晌。

杀手刺杀她的时候，昙摩罗伽怎么会出现得那么及时？

他也在长街附近？

他很少出王寺，而且现在病着，又要遵守歌舞戒律，为什么会去市坊？

一个猜测如电光一般掠过瑶英的脑海，不过她不敢确定。

不管怎么说，今天昙摩罗伽一直守着她。

李仲虔在回来的路上已经听亲兵说了大致的经过，瑶英昏厥的时候，苏丹古在她的身边。

听说死士是王庭人，事关王庭的朝堂争斗。

李仲虔的眼前浮现出苏丹古的那张疤脸，眉头紧锁："你身子虚弱，好好休息。"

他说着站起身。

瑶英拉住他的袖子："阿兄，你是不是要去找李玄贞？"

李仲虔神情冰冷，凤目里寒光闪烁。

瑶英扯着他不放："阿兄，李玄贞现在重伤，你去找他，问不出什么。他的事情由我来解决，我们说好的。"

李仲虔的脸色沉了下来。

在高昌的时候，他答应过瑶英，不会冲动行事。

"李玄贞阴沉古怪，不可捉摸，我们必须提防他……"李仲虔坐回榻边，欲言又止。

李玄贞阴郁深沉，他怀疑李玄贞想对明月奴做什么。早在长安的时候，他就发现李玄贞看着明月奴的眼神格外阴狠。北戎大败，朱绿芸和义庆长公主不知所终，李玄贞竟然没有亲自带兵去寻找朱绿芸，只让亲卫去打听消息。李仲虔越想越觉得古怪，借着出使的机会把明月奴带到王庭来，就是担心他不在的时候李玄贞动手。

不料李玄贞竟然悄悄地跟到了王庭，还潜伏在明月奴的身边。

虽然他救了明月奴，但李仲虔依然无法放下戒心，而且心里的不安感更强烈了。

李玄贞在和他一起在北戎的那段日子里，可谓九死一生。他为明月奴赴汤蹈火，真的只是为了弥补他的过错？

李仲虔不信。

"我会提防李玄贞的……"瑶英想起昏倒前李玄贞那双布满血丝的凤目，轻蹙眉头，道，"阿兄，我心里有数。"

李仲虔来了以后，亲兵围住小院，毕娑、缘觉和其他王庭人都退了出来。

毕娑朝昙摩罗伽走去。

他站在阴影里，望着窗前投下的朦胧的灯光。

"公主好多了……她问起您，您怎么不进去？"

昙摩罗伽摇摇头。

他以什么身份进去？

她有兄长关心，有忠心的部下服侍。

他平静地道："让医者再去看看她。"

她刚刚恢复，病情可能会反复发作。

毕娑应是，抬脚走开，领着医者进屋。

医者为瑶英看完脉，啧啧称奇。李仲虔不放心，跟着医者出了屋，想要细问瑶英的病情。医者不懂汉文，他不会王庭的语言，两人鸡同鸭讲了半天，缘觉顶了上去。他整天跟着瑶英，学了些汉文。

不一会儿，毕娑领着一名医者回来。

医者说了一大车话，惊叹不已，最后笑眯眯地道："公主没有大碍了。"

昙摩罗伽嗯了一声，下了石级，吩咐毕娑："查清今天的死士是哪家后人，他们混入圣城日久，不可能没留下一点儿行迹。明天早上让禁卫军中郎将去王寺见我。"

毕娑应诺。

他又吩咐了几件事情，毕娑一一应了。

夜色深沉。

昙摩罗伽沉默下来，衣襟前落满如银月华。他走出庭院。

随着脚步声从后面传过来，缘觉气喘吁吁地跑到两人的身后，行礼毕，道："摄政王，公主想回王寺。"

昙摩罗伽紧锁双眉，道："她今天身子不适，留在这里休息，别起来走动。"

缘觉应诺，道："公主有句话让我转告您。"

昙摩罗伽停下来，背对着他："什么话？"

缘觉道："公主说，到您服药的时辰了，您记得服药。"

昙摩罗伽沉默了很久。

"她怎么样？"

"公主好多了。公主说她这个毛病发作起来厉害，其实不碍事，让您别担心。刚刚侍女送了吃的过来，公主吃了。"

"你留下照看她，别和她一道出门，如果有急事，让信鹰报信。"昙摩罗伽吩咐了一句，走了出去。

缘觉应是，回到瑶英的房中，道："摄政王回王寺了。"

瑶英喃喃道："他这就走了？"

她知道他不会留下，不过以为他走之前会过来和她说几句话。

缘觉点点头，道："摄政王说您身体虚弱，今天就别下地了，阿史那将军会照顾他。"

瑶英出了一会儿神，叫来亲兵，吩咐道："阿兄明天会回驿馆。他这几天有要事在身，应该不会去其他地方……你们看着他，他要是和李玄贞起了冲突，一定要拦着。"

亲兵应是。

"李玄贞怎么样了？伤势很重吗？"

亲兵答道："很重，不只是今天为您挡的一刀留下的伤……太子殿下的身上还有其他伤口。太子从沙州、伊州赶到高昌的时候，身上就一直带着伤，旧伤未愈，又添新伤，腰背上没几块好肉了。太子想见您，被王庭的摄政王让人拦下了，此时已昏睡过去了。"

"太子怎么会突然出现在王庭？城里有他的亲卫吗？"

"有，小的已经把人带过来了，他们说……"

"说什么？"

"他们说，太子殿下是为公主来的。公主刚离开高昌，太子殿下后脚就跟了过来，谁都劝不住。"

瑶英皱眉。

当初李玄贞和李仲虔一起来救她，她很意外。但她对李玄贞的感情也仅限于此，并不想和他有其他瓜葛。

上回李玄贞重伤，住在她的营帐里，和她一起返回沙城。一路上她没有和他说一句话，余光都不扫他一下，他离开时她也没去送他。

之后西军和凉州军免不了通过信件往来，正式公文中经常有他的私人信件，他在每一封信里几乎都会问起她，她一概不理会。

她本以为两人之间不会再有交集了。

高昌被围，他不顾部下的反对，疾驰千里，出现在城外，只带了两千兵马，几乎是在送死。

他在沙州已经身负重伤。如果不是李仲虔和莫毗多跟他会合，对上海都阿陵，他毫无胜算。

瑶英当时心想：李玄贞对盟友还是很够义气的。

但是盟友不会悄悄地跟着她来到王庭，还在她遇险的时候挺身而出，替她挡下那一刀。

李玄贞想弥补她吗？

瑶英淡淡地道："等太子醒了，过来报信。"

事到如今，他们不可能再回到刚刚相识的时候，她不在乎他在想什么，不需要他的悔意，只想离他远一点儿。

吩咐完事情，瑶英躺下休息，可能因为白天睡多了，翻来覆去睡不着。

半夜，她爬起身，光着脚走到窗前，拉开一道细缝往外看。

廊前空空荡荡，风声呼呼，一地如银月光。

他不在这里。

瑶英等了一会儿，摇头失笑，转身回榻。

他这么忙，当然不会来。

今天他救她的时候肯定运功了，不知道有没有按时服药……今晚她不在他的身边，他一个人能行吗？

瑶英翻了个身，袖子滑落，手臂上的佛珠温润非常。

她取下佛珠，握在手里，合眼睡去。

王寺。

毕娑守在毡帘外，脸色凝重。

静夜里响起一阵急促的脚步声，巴米尔提着医者的衣领匆匆赶到。

医者刚从瑶英那里赶回来，又被召来王寺，站在毡帘前大口喘息了几下，掀开帘子。

屋中几支蜡烛熊熊燃烧，恍如白昼。榻上躺了一个人，烛光笼在他的脸上，他面如金纸，双眸紧闭，神色憔悴。

医者脸色微变："刚才还好好的……"

毕娑焦急地道："回来就成这样了，散了功，连路都没法走。"

医者摇头叹息，翻出药箱，取出一套银针，洗了手，为昙摩罗伽施针。

半个时辰后，医者累得满头大汗，昙摩罗伽的脸色稍稍恢复了一点儿。他睁开眼睛，视线落到医者的脸上。

"还有多久？"他问，气若游丝。

医者恭敬地答道："王，快好了。"

昙摩罗伽摇摇头，赤裸的身上密密麻麻的银针微微晃动，如银鳞闪烁。

"我问你，还有多久？"他又问了一遍，虽然气息微弱，气势依旧威严。

榻边的毕娑浑身一震。

手中的银针晃了晃，医者不敢抬头，小声道："王前几天好转了，如果能一直这么下去，也许还有几年……"

随着叮的一声轻响，他手中的银针掉在地上。

医者颤了颤，跪了下去。

屋中安静下来，死水一般寂静。

昙摩罗伽面色如常，凝望着摇曳的烛火，淡淡地道："继续。"

他早知如此，水莽草只能拖几年。

医者暗叹一声，叹息声中夹杂着敬佩和怜悯。他爬起身，继续为昙摩罗伽施针。

一颗豆大的汗珠从昙摩罗伽的颊上滚落。他半靠在枕上，问："派人去查了吗？"

毕娑回过神，忙道："派了，校尉亲自带着人在各处搜查，城中应该没有他们的同伙了。"

他嗯了一声："记得加派人手。"

想杀苏丹古的人太多了。如果那些人把仇恨全部发泄到她的身上，不管她的身边有多少亲兵都不够。

毕娑抱拳："您放心，派去的都是近卫。公主的亲兵分不清王庭人，近卫常和他们打交道，反应更快。"

昙摩罗伽微微颔首。

医者手里的针刺在他的指尖。

十指连心，手臂上肌肉颤动，他却只是轻轻地皱了一下眉头，仿佛感受不到疼痛。

假如她在这里，一定会满脸担忧地看着他，和他说话，想方设法地转移他的注意力……他的眉头一皱，她也会跟着轻轻地蹙眉。

他习以为常，不觉得痛，可是被她用那种关切的眼神注视着，痛感好像变得敏锐了。

翌日早上，李仲虔刚起身就来看瑶英。

瑶英比他起得更早，换了衣裳，吃了些东西，在他的面前转了一大圈，面色红润，中气十足："阿兄，我真的好了。"

李仲虔仍不放心，逼着她喝了几碗补身体的药，等府上的医者给她诊脉，听医者说她确实没什么事了，这才安心了点儿。他又叮嘱亲兵看着重伤的李玄贞，这才匆匆离开。

"我办完事情就回来，你小心点儿。"

"我晓得。"

瑶英目送他出门，叫缘觉找来笔墨纸张，坐在案前写信。

亲兵来报："公主，太子殿下醒了。"

瑶英放下笔。

李玄贞的肩上、腰上、胸前、大腿、手臂都缠了厚厚的纱布。他躺在榻上，面色惨白。

见亲兵拥着瑶英踏进屋中，他那双黯淡无神的凤眸里立刻燃起几束火焰，似燃烧过后的灰烬中又爆起明亮的火花，目光就定在她的脸上。

瑶英皱眉，示意其他人出去，扫一眼榻边。

铜盆里满满一盆血水，榻边堆着一大团被血浸湿的纱布。

她抬起眼帘，和李玄贞对视。

"为什么救我？"她的语气平淡。

李玄贞一扯唇角，挣扎着爬起身，靠坐着："因为我不想让你出事。"

瑶英没什么表情。

李玄贞捂住刀伤，一扯嘴角："七娘，你是不是还恨我？"

不管他做了什么，她始终冷淡。

瑶英摇摇头，迎着李玄贞的视线说："李玄贞，我只想离你远一点儿。"

李玄贞如坠冰窟，手脚冰凉。

她厌恶他到了如此地步，甚至不想恨他。

交错的光影投在门口的地毯上。

李玄贞凄凉地笑了笑："七娘，你这辈子都不会原谅我了？"

瑶英没有看他，道："你恨我阿娘，害过我阿娘和阿兄，也害过我。后来你救了我阿兄，救了我……你我之间隔着父母尊长的仇恨，经历了这么多，我和你没什么好说的了。"

李玄贞闭了闭眼睛："那李仲虔想杀我，你为什么拦着他？你对我真的只有恨？"

瑶英淡淡地道："因为你毕竟是魏朝的太子，杀了你他会被李德追杀。"

李玄贞眼神黯淡，神色落寞："我可以等你原谅我，哪怕要等上一辈子。"

瑶英面无表情。

"长兄……"她轻声道。

听到这个称呼，李玄贞浑身发抖。

"我给过长兄机会。我想长兄只是一时被仇恨蒙蔽……你一次次地把我阿兄逼上绝路，我不得不学着和魏明钩心斗角，学着周旋应对东宫的刁难。你和我阿兄一起领兵，你身为太子，钱粮充足，要援兵有援兵；我阿兄想要讨援兵，却难上加难。明眼人都知道我阿兄以后会被你为难，他带兵攻打最坚固的城池，所得的战果还要被其他人瓜分，他的部下往往得不到提拔，所以他只能招揽一些三教九流……阿兄过得很辛苦，因为怎么都逃不出李德的掌心，只能坚持下去。"瑶英看向李玄贞，"你恨我们也好，放下了仇恨也罢，我不想再和你有任何瓜葛。"

李玄贞的眸中泛起泪光："你给过我机会……那就再给我一次机会！我可以做回长生！我会弥补我的所有过错，给我一个机会！"

瑶英摇摇头："你不再来打扰我和我阿兄的生活，这就是对我最大的弥补。"

李玄贞沉默了一会儿，眸底弥漫着化不开的阴霾。

"七娘，我做不到。"

瑶英紧皱眉头。

李玄贞自嘲般一笑："你看，我就是这样的人。阿娘死之前，我只想和阿娘在乱世之中好好活下去，后来魏郡被敌军攻破，我们母子遭受了很多……"

李玄贞痛苦地闭上眼睛。

母亲的遭遇一直深埋在他心底。为了母亲的名声，他从未对任何人吐露过这件事情，以后也不会。

"再后来……阿娘死在我的面前，只为了保住我的太子之位。我能怎么办？"

他被绑在刑台上，余生都必须为母亲临终的遗愿活着，否则不知道自己该做什么。

为了母亲，他暗暗积蓄实力，等着刺杀李德，针对李仲虔。

为了心中那个永远填不满的空洞，他保护朱绿芸。

为了属下的信任，为了平定乱世，让这世上少一点儿像他母亲那样的妇人，他带兵征战。

现在他要做回自己，弥补自己曾经的过错。他曾经有机会像个普通人那样活着……她让他看到希望，他在黑暗中追逐那一束光，如同夸父逐日，要么实现愿望，要么在追逐的路途中死去，没有其他选择。

他早就在母亲身死的那天与母亲一同死去了。

"七娘，我遇到了你，和你经历了这么多。你还活着，我也还活着……"他苦笑，目光阴沉而疯狂，"我认了，这是我李玄贞的命。"

他长叹一声，笑容既苦涩又甜蜜。

"刚和你相识的时候我以为可以和你好好相处，没想到你是我的仇人……我心里恼恨、屈辱。我恨你，更恨那个对你心软的自己……我纵容魏明除掉你，然后发现自己后悔了……

"七娘，我不想再后悔。既然老天要这样玩弄我，那我索性放纵自己！我厚颜无耻，知道你瞧不起我，也恨我。我没有其他选择了，只要还有一口气在就不会放弃。"

李玄贞幽幽地叹口气，眼中的戾气越来越深。他猛地坐直身，抓起一把匕首塞进她的手中。

"你是不是恨我？是不是只有杀了我才能原谅我？好，你杀了我。"他紧紧地握着瑶英的手，将匕首送进自己的胸膛。

匕首锋利，很快划出一道伤口，血珠冒了出来。

瑶英吓了一跳，想挣开他的手。

李玄贞紧握不放，死死地盯着她，神情疯狂。他仿佛感觉不到一丝疼痛，匕首继续往里刺入，胸膛血肉模糊。

"七娘，这就是我！"他嘶声道，双眸猩红。

瑶英毛骨悚然。

下一刻李玄贞松开攥着她的手，抬起手臂揽住她，将她拉近自己，布满深沉阴狠之色的脸越离越近。

瑶英猝不及防，呆呆地看着他。

那双狭长的凤目里翻涌着阴郁和热烈的欲望。

瑶英瞪大眼睛，愣了很久。

"你疯了！"她忽地反应过来，一把推开李玄贞，霍然站起身，心口涌起一阵难受的感觉，浑身冒起鸡皮疙瘩，被他碰过的地方像火烧一样。

李玄贞倒回榻上，痛得面部抽搐了几下，纱布下涌出鲜血，神情木然，一双凤眸直直地看着她。

"我没疯。"他道，"李瑶英，我想要你。"

恍若焦雷在耳边炸响，瑶英心里涌起一阵阵恶心，抬脚就往外走。

他是她的兄长，她以为他的歉疚来自他的悔悟和昔日相识一场的情分，没想到他居然对她存了这样的心思，简直难以置信！

李玄贞看着瑶英决绝离去的背影，笑得苦涩："瑶英，你不是李德和谢满愿的女儿。"

瑶英感觉耳边嗡嗡乱响，闻言霎时冷静下来，顿住脚步。

李玄贞忍着伤口的剧痛爬起来："我派人查过了，再三确认，当年谢满愿没有身孕。因为我母亲身死，她谎称有孕，谢家人帮她隐瞒，李德经常离家，没有起疑……你是谢无量在战场上捡回来的弃婴，裴公的信可以证实你的身份。"

瑶英背对着他，沉默了很久。

"我没有骗你，我不是你的兄长。"

李仲虔也不是。

所以李玄贞刚刚找到瑶英的时候不敢告诉她真相。那时他还必须回凉州主持大局，不能久留。

现在他必须告诉她真相——她秘密来到王庭一定是为了摄政王苏丹古。

"所以呢？"一声淡淡的发问打破岑寂，瑶英回过头，看着李玄贞，面色如常，"你不是我的兄长，我们之间的一切就一笔勾销了？"

李玄贞愣住。

瑶英轻扯唇角："就算我是舅舅捡回来的孩子，阿娘照顾我，阿兄养大了我，我们相依为命，我和阿兄有没有血缘关系都不会改变这一点，我和你之间发生的事情也不会就这么一笔勾销，什么都不会改变。"

她转身便走。

李玄贞回过神，叫住她："假如你还有亲人在世呢？"

瑶英停了下来。

"瑶英，我知道你的亲生父亲是什么人，知道你还有血脉亲人在世……你不在意自己的身世，李仲虔呢？他若知道你不是他的亲妹妹，会怎么想？"

瑶英一笑，回头："你想用我的身世来威胁我？"

李玄贞苦笑着摇摇头："不，我只是想提醒你，李仲虔不会想知道你的身世……你信我，我不想伤害你。"他看着她的眼睛，"我只想和你重新开始。"

瑶英望着他："我的亲生父亲是什么人？"

李玄贞说了一个名字。

瑶英握紧袖中的手，转身离开。

亲兵站在外面等着她，见她脸色难看，忙问："七娘，怎么了？"

瑶英半天回不过神，脸色苍白，走出很远后突然停下来。

"把太子送去绸缎铺，安排人送他回高昌，这事瞒着阿郎，不要让阿郎和太子见面。"

亲兵不明所以，应诺。

瑶英神色恍惚，回到屋中，屏退亲兵："我身上不适，要睡一会儿。有什么事等我睡醒了再来禀报。"

亲兵退了出去。

一个时辰后，几名亲兵冲入李玄贞的屋中，强行搀扶起他，带他出门。

李玄贞正要挣扎，一名亲兵按住他的胳膊，低头扯下面巾。

"太子殿下，是我。"他语气恭敬。

李玄贞一怔，凤眸瞪大。

来人迅速地戴上面巾："太子殿下想要什么，我们都能替您办到。"

半个时辰后，一辆被帐幔围着的马车驶出庭院。守卫知道瑶英要送李玄贞走，检查了车厢，抬手放行。

下午李仲虔匆匆赶回庭院，进屋去看妹妹，敲了半天门，里面一点儿动静都没有。他皱了皱眉，推门进去，掀开榻上的锦被。

锦被底下只有一包堆叠的衣物。

李仲虔脸色骤变："人呢？"

众人大惊，忙叫来于各处守卫的亲兵，这一清点才发现少了一些人，各处都找不到瑶英的踪影。

李仲虔暴怒："明月奴没出过门，人怎么会不见？"

亲兵四处寻找，想起今天只有李玄贞乘坐的马车出去过，冷汗涔涔。

这时一声尖锐的啸响破空而至，一支羽箭蹿入院中，扎在土墙上，箭尾铮铮。

李仲虔沉着脸拔出羽箭，取下箭上的信，看完，身上发抖，目光狠厉。

"他们带走了明月奴，警告我们别走漏消息，不然就杀人灭口。"

亲兵们脸色大变。

王寺。

昙摩罗伽披着一身雪白的袈裟，坐在书案前。

禁卫军中郎将和他禀报市坊的动乱，保证会彻查下去，接下来欢庆活动还会继续，城中绝不会再发生闹市行凶之事。

他静静地听着。

"王！"缘觉冲进禅室，上气不接下气。

毕娑示意中郎将退下。

等人走了，缘觉连忙道："公主走了！"

禅室陡然安静下来。

"卫国公突然大怒，带着公主和亲兵离开了，小的怎么拦都拦不住。"

毕娑目瞪口呆。

昙摩罗伽一语不发，手指轻拂佛珠。

圣城外。

瑶英醒来的时候发现自己置身昏暗的车厢里，双手双脚都被绳索捆绑，嘴里也塞了软布。马车颠簸，晃得她头晕恶心。

她记得自己在屋中的榻上小睡，是谁带走了她？

旁边传来一声低语："你醒了？"

瑶英醒过神，对上一双布满血丝的凤眼。

她试着坐起身，动弹不得，想用牙齿咬开手上的绳索，绳索是皮质的，也咬不动。

李玄贞躺在她的身边，闷哼几声，压抑痛苦，小声说："别崩了牙齿，你咬不断的。"

瑶英咬牙："你想做什么？"

李玄贞苦笑："我什么都没做……"

"绑走我的人是谁？"

能在守卫的眼皮底下带走她的一定是汉人。

"是李德。"

瑶英心念一转："不可能。"

李德所谋甚多。他想收复西域，招揽人心，稳定朝堂，巩固地位。西域的光复是足以彪炳史册的伟业，而西域的世家豪族并不信任魏朝，一旦他触怒世家豪族，也就彻底失去人心。他不敢轻易打破现在的平衡局面，下旨册封瑶英就是在安抚她，向豪族世家示好。眼下李德不可能派人来抓她。

李玄贞咳嗽几声，虚弱地道："不是李德的指令，是李德派来的死士。我认得他们的头领，他们奉命来抓我回长安，我之前落到他们手上，逃脱过几次。他们混在使团里跟着来了王庭，见我舍身救了你，猜出你是我来王庭的原因，所以要把你一起抓回去复命。

"这些死士从小接受训练，眼里只有任务，不会顾及大局。"

瑶英焦急地问："他们是不是对我阿兄做了什么？"

李玄贞看着她。

即使知道自己的身世，她还是这么关心李仲虔。

"没有，他们不敢闹出太大的动静，王庭肯定没发现你是被绑走的，李仲虔没出事。"

瑶英松了口气，心计飞转，思考脱身之法。

她不见了，昙摩罗伽知不知道？他要是知道了，是不是很着急？

他病着，还要担心她……

瑶英一边思索怎么逃生，一边担心昙摩罗伽和李仲虔，试着蹭了蹭脑袋，发现头发上的簪子早就被拔掉了，踢踢腿，发现藏在靴子里的匕首也没了。

"你别动，别伤着自己……"李玄贞轻声安抚她，"李仲虔肯定追上来了，我会想办法拖住他们，你找机会逃走。"

瑶英不语。

李玄贞笑了笑："你不相信我？"

他叹了口气，望着车顶。

"七娘，我确实想得到你，会不择手段。不过我知道李德一旦掺和进来，你就危险了……我不能让他发现我喜欢你。"

瑶英没有作声。

不知道过了多久，马车突然停了下来，李玄贞示意瑶英咬住软布装睡。

一人掀开帘子往里扫了一眼，道："太子殿下，我们安排了另外几辆车马引走李仲虔。您放心，等离开王庭我们就不用遮遮掩掩了。"

李玄贞的心一沉。

李仲虔如果被引走了，那即使他拖住这些死士瑶英也逃不了。而且他现在身负重伤，连刀都拿不起来。

"你们是怎么混进圣城的？谁是内应？"

死士笑道："这就不劳殿下操心了，有钱能使鬼推磨。一年前圣上嘱咐我们一定要把太子殿下带回长安，我们跟着殿下一年了，殿下始终不肯回去。现在我们抓了公主，殿下可别再跑了，否则我们就对公主不客气。"

李玄贞冷笑："公主现在是西军首领，你们动了她，怎么向圣上交代？"

死士狞笑："我们不管她是什么人，只要能把太子殿下带回去，接下来的事情轮不着我们操心！"

他说着，对着瑶英举起刀。

李玄贞脸色阴沉："别动她！"

死士勾唇一笑，收起刀，放下帘子："那殿下就安分点儿，别逼我们动手。"

大道上黄沙漫漫，快马如一阵乌云刮过大道，马蹄如雷。

李仲虔带着亲兵狂奔数十里，终于发现车马的踪迹，追了上去，围住马车。

赶车的人瑟瑟发抖，滚下车辕。

"明月奴！"李仲虔一把掀开车帘，扫一眼车厢，一个脸上蒙了面纱的女子躲在车厢中，惊恐地望着他。

他心里咯噔一下，脸色铁青。

"这个也是假的。"

一行人立刻驱马转头，往另一个方向追去。

另一个方向，马车飞驰。

瑶英费了半天劲儿，终于咬开手上的绳索，赶紧解开脚上的，然后把绳索松松地套回手腕和腿上，以免死士看出来。

她心急如焚。

李玄贞呕了几口血，脸色越来越苍白。

瑶英转了转眼珠，喝住死士："太子伤成这样了，你们还不停下给他换药？他要是有什么三长两短，你们怎么回长安复命？"

死士们将信将疑，掀开车帘往里看。

李玄贞明白瑶英的打算，配合地浑身哆嗦。

死士一直跟着李玄贞，亲眼看见身上带伤的他为瑶英挡刀，迟疑了一下，怕他真的有什么不测，停下马车为他换药。

死士匆匆包扎完，继续赶路。

瑶英面露失望之色。她以为可以多耽搁一会儿。

天色昏暗下来，狂风呼啸。

为了躲开巡哨的人，死士专挑人迹罕至的地方走，周围一片荒原。夜里他们没法赶路，马车终于停了下来。

夜里气温骤降，冷风刺骨，车帘被风吹得飒飒作响。

李玄贞艰难地坐起身，掀开车帘，扫一眼外面，道："等会儿你抢匹马就跑，不要回头，往南边跑。他们很狡猾，没有往东走，而是在往北走。"

他回头看着瑶英。

她神情紧张，全神贯注地观察外面的动静。

发现被抓后，她虽然焦急，但没有惊慌失措。她在流落西域的那段时日里肯定已经习惯了这种日子。

他的心头百味杂陈。

两人耐心地等到半夜，天上无星无月，四野黑魆魆的。李玄贞挣扎着下了马车，说自己要去如厕，不想弄脏车厢。死士哈哈大笑，扶着他走开。

黑夜里，李玄贞眼前发黑，手脚发抖。等了足足半盏茶的工夫，他狠狠地咬破舌尖，猛地扭身，抽出过来催促他的死士悬于腰间的匕首，刺向死士的喉咙。

另一头的马车里，听到骚动声，瑶英赶紧爬下马车，吸一口气，迈步狂奔，翻身上马，一提马缰，冲入茫茫夜色。

死士不会杀了李玄贞。李玄贞没有性命之忧，但她必须尽快逃出去，就算失败被抓，也能拖延点儿时间，或是留下点儿痕迹。

瑶英心跳如擂鼓。她攥紧缰绳，在黑夜中疾驰。

很快，身后传来密集的马蹄声和死士的呼喊咒骂声。

瑶英咬咬牙，催马加速。

身后的死士越来越近，近到她能看到他们手中寒光闪闪的长刀，呼喝声就在她的耳边响起，一个死士张开大手抓向她的胳膊。

就在这时，她听到嗖的一声锐响。

一支铁箭刺破沉沉的夜色，箭上附了内劲，气势万钧。铁箭直接扎穿死士的胳膊。

死士惨叫一声，跌落马背。

嗖嗖声一声接着一声，铁箭连珠射出，如长虹贯日。

惨叫声四起，几个死士先后栽倒在地。

瑶英喘得像拉风箱一样，抬起头。

前方隐隐有暗影掠过。

一人一骑从黑暗中冲了出来，马上的男人一袭蓝衫，肩披白袍，身姿挺拔，手持长弓，腰佩箭囊。他沉着地引弦搭箭，箭矢如电，凶猛霸道，又有种慈悲的意味。

又有几个死士落下马背。

黑云暗涌，夜色浓重，铁箭的寒光映在男人的脸上，映出面巾下一双冷冷的碧色的眼眸。

瑶英张了张嘴巴，眼眶倏地发热。

天地间只剩下他策马朝她疾驰而来的蹄声。

身后喊杀声震天，黑马转瞬间驰到她的跟前。男人一手持弓，一手揽住她的腰，轻巧地把她抱到自己的怀中。她伸出手，紧紧地抱着他的脖子，感觉到自己安稳地落在了马背上。

瑶英浑身战栗。

昙摩罗伽展开白袍，把她裹进去，垂眸看她。

瑶英泪盈于睫，颤声道："你疯了。"

这是和她评价李玄贞时一样的三个字，心情却是完全不同的。

骏马狂奔，颠簸中昙摩罗伽一言不发，手按在她的脖颈上，把她紧紧地按进怀里。

瑶英听到他的心跳声，声音依旧缓慢从容。

和尚，你疯了呀！

瑶英笑了笑，泪光闪烁。震惊、酸涩、甜蜜、欢喜、心疼、担忧……万般滋味翻涌，她心里却慢慢地安定下来。

不远处蹄声如雷，更多的黑影朝他们靠近。为首的男人瞪着一双盈满暴戾的凤眼，策马上前，举刀，看到马背上相拥的昙摩罗伽和瑶英，愣了一下。

"阿郎！找到七娘了！"亲兵大声喊他。

李仲虔沉下脸，狠狠地瞪一眼昙摩罗伽，策马上前冲杀。

算了，这个苏丹古很聪明，知道他和瑶英不会无故离开圣城，肯定是出了什么事，找过来和他一起四处追查死士的踪迹。他们一路奔波，多亏苏丹古熟悉地形才能追上来，苦劳功劳他都……自己明天再找他算账！

死士的头领没料到这么快就被追上，果断地拨转马头回到火堆旁，让其他人引开李仲虔，自己抓起李玄贞逃之夭夭。

扑哧一声，匕首直刺入血肉。

剧痛传来，死士低下头看着李玄贞，不敢相信。

"太子，李仲虔来了，你杀了我，就不怕李仲虔杀了你？我们现在是一条绳子上的蚂蚱！"

李玄贞目光阴冷地抬起匕首，一下一下毫不留情地刺进死士的胸膛。

死士惨叫，两人一起从马背跌落。

李玄贞在地上打了几个滚儿，看到死士捂着伤口站起身，飞扑上前，抱住死士的腿。死士踉跄着倒下，他爬过去，用匕首划破死士的喉咙。

死士瞪着他，死不瞑目。

李玄贞丢开匕首。

"想伤她的人……一个都不能留……"

这些人有秘密传信的法子，能神不知鬼不觉地传递消息，一个都不能留。

他绝不能让李德知道他的心思。

李玄贞瘫倒在地，闭上了眼睛。

李仲虔带着亲兵解决了剩下的死士，策马转身。

"明月奴！"两人隔得老远他就大喊，"你没事吧？"

瑶英回过神来，从昙摩罗伽的怀里探出身子："阿兄，我没事。你呢？没受伤吧？"

"我没事。"李仲虔摇摇头，道，看着昙摩罗伽抱着瑶英的那双胳膊，浑身不舒服。

亲兵把晕厥的李玄贞带了过来："阿郎，怎么处置他？"

李仲虔举起长刀。

瑶英想了想，道："阿兄，他和那些人不是一伙的。"

李仲虔冷哼一声，收起长刀："抬回去，你们亲自看着。高昌使团里有他们的内应，你们记住，一个眼生的人都不要。"

众人得令。

李仲虔让亲兵给瑶英牵了匹马过来。

瑶英从昙摩罗伽的怀里钻出来。他一声不吭，解下白袍罩住她，看着她下马。

她爬上另一匹马，攥紧缰绳，小声对李仲虔道："阿兄，苏将军身上有伤，我不放心他，先跟着他走。等回去了我再和你细说今天的事情。"

李仲虔极不高兴，不过看到瑶英面色焦灼，一双眼睛都急红了，不忍让她为难，轻哼一声，道："也好。"

他有些内疚。他的属下赶走了王庭的亲卫，这些死士才得以乘虚而入。

瑶英和他分开，驱马跟上独自走在一边的昙摩罗伽。

长风呼啸，她裹紧身上的白袍，靠近他，想说话，还没张口，眼睛先红了。

砰的一声，昙摩罗伽忽然从马背上摔了下去。骏马往前走了几步，察觉到动静，转头，围着他打转。

"罗伽！"瑶英一扯缰绳，下马扑到他的身边，把他翻过来。

他脸上的面巾落下，碧眸仰望着她。

"你要走了？"他轻声问，意识模糊。

瑶英的心像是被人狠狠地剜了一刀，心头大恸。

你不是生气了，几天不理人，逼我走吗？

你不是说，我想走就可以走的吗？

你事事考虑周到，怕连累我，不想轻慢我。你知道一切情爱都是露水虚幻，什么都想得透，为什么还执着于我？

瑶英泪如泉涌，嘴角却轻轻地翘起，双手捧着昙摩罗伽的脸颊。她低头，额头抵着他的额头。

"我在这里，和尚。"

昙摩罗伽看着她近在咫尺的脸，气息交融。

他怔怔地道："我是王庭的佛子……我的病好不了。"

瑶英笑中带泪："不要紧，我们慢慢治。我说了，我不在乎你是个和尚，你不用还俗破戒。"

她不管他的病要治多久，不管结局是什么，试一试总有希望。

无垠的火海熊熊燃烧，黑烟弥漫。

昙摩罗伽在幽暗中独行，衣衫褴褛，风如刀割。

空中的铁城连绵耸立，铁蛇、铁狗吞吐火焰，奔驰其上。恶鬼狰狞，驱赶着面色惨白的男男女女向着雪亮的刀山、沸腾的油海、布满铁钉的铁床走去，血肉横飞，血流成河，哭号声穿云裂石。

魑魅魍魉在周围飘飘荡荡，声音阴森恐怖。

此处是无间地狱，入目皆是惨烈的酷刑。

他踏过尸山血海，耳听震天撼地的惨叫哀号。铁箭如雨，铁网遍布，他遍体鳞伤，皮开肉绽。

夜叉怒目，向他飘来，阴风阵阵。

忽然一道亮光刺破重重浓烟，洒下淡淡的清辉。众鬼退散，刀山崩塌，雪刃片片飞散，炙热的铁汁凝结冰冻。

昙摩罗伽抬起头，高峻森冷的铁城上方云霞聚涌，金光闪耀，一道长长的、玉石铺砌的阶梯从云端降下，五彩流云盘旋环绕。

他拾级而上，呼啸的狂风霎时变得柔和，光芒笼罩，庄严，高贵，肃静。

金沙铺地，楼阁辉煌，道道彩虹若隐若现，宝树环绕，五色杂鸟在空中鸣唱，仙乐悦耳动听。

他来到一座宝光闪耀的七宝池前，雾气朦胧，池水清洌明澈，水中的金银、琉璃、玻璃、砗磲、赤珠、玛瑙闪闪发光。

水雾渐渐散去，流淌的水光中，一朵亭亭玉立的莲花迎着清风缓缓地绽放，婀娜妩媚，绰约多姿。起初只有一丝微光在花苞上流转，接着花瓣舒展身姿，光华大放，香远益清。

天地间似乎只剩下他和这一朵莲花。

泄香银囊破，泻露玉盘倾。我惭尘垢眼，见此琼瑶英。

这朵菡萏不属于王庭，她来自万里之外。

昙摩罗伽望着莲花，身上的伤口渐渐愈合。

池中光彩愈盛，莲花轻轻地摇曳。

他情不自禁地伸手，想要触碰莲花。

幻象突然破碎，莲花迅速敛去光华，在他的眼前裂成千片万片，继而化作齑粉。风吹过，烟消云散。

黑暗重新笼罩，将他吞没。

昙摩罗伽立在无边的黑暗中，望着自己的手掌。

他掌中空空荡荡，什么都没有，连影子都没有留下。

昙摩罗伽抬起脸，一双碧眸冰冷如雪，寒光迸溅。

温热的帕子贴在了他的脸上，轻轻地擦拭，熨帖舒适。他仿佛又见到梦境中的那朵莲花。

昙摩罗伽攥住了一只柔软的手，紧紧地捏住。

"法师？"

耳畔传来一声轻柔的呼唤。

昙摩罗伽睁开眼睛。

帐幔低悬，浅青色的微光流转，屋中的陈设在从花窗漫进来的晨光的照耀下闪烁着柔和的光泽。

瑶英坐在榻边，低头看他，眉宇间是掩不住的疲惫之色。她关切地问："好些了吗？"

天光大亮。

此时已经是第三天早上了。

一刹那，昙摩罗伽分不清这是梦境还是现实。

毡帘外响起脚步声，毕娑和医者走了进来，瑶英转过头去和他们说话。

昙摩罗伽松开手，听他们断断续续地说话。不一会儿，医者为他看脉后，瑶英又喂他吃了几粒丸药，他咽了下去。医者和毕娑露出松了一口气的表情，商量了几句，退了出去。

他掩唇轻轻地咳嗽。

瑶英立即起身，倒了一碗水："法师，喝点儿水。"

她扶昙摩罗伽坐起来。

袈裟的袖摆带起一阵气流，他斜倚凭几，就着她的手喝完一碗水。其间，他清冷的目光直直地凝望着她，眼睛一眨不眨。

瑶英自觉脸皮很厚，不过被他用这种专注的眼神看着，想装作没看到都不行，抬眸和他对视。

昙摩罗伽移开了视线，神情平静。

她在这里，好好的，没有走，没有出事。

瑶英心里暗笑。

他清醒的时候果然不敢多看她。

屋中寂静无声，两人半晌没说话。

等昙摩罗伽喝了水，瑶英放下碗，瞥一眼他苍白的脸，道："法师，以后遇到这种事情让毕娑和缘觉去做就行了……你本来就伤势沉重，反复发作，得好好调养身子，要听医者的话。"

前晚他摔下马背，她拖不动他，想背他起来，刚走两步就摔了，无奈之下只能请李仲虔来帮忙。他昏睡了一天两夜。

昙摩罗伽没有回答瑶英的话，目光停在她的脸上："有没有受伤？"

这是他苏醒过来说的第一句话。

瑶英一怔，心里酸酸的，暖暖的。她摇摇头，道："我没有受伤，那些人带走我是想用我来逼迫李玄贞。"

她简要地说了前晚的经过。

"阿兄刚收到信的时候，怕身边还有他们的内应，不敢声张，对缘觉说我们有事要提前离开……缘觉和毕娑都以为我真的走了，法师怎么知道我是被掳走的？"

毕娑说，昙摩罗伽是独自离开的，他们都没有发觉，以为他是去和她告别了，没想到他找到李仲虔，及时把她救了出来。

他要是发现得再晚一点儿，没人能追踪到死士的踪迹，李仲虔想找到她就难了。

昙摩罗伽垂眸不语。

李仲虔是使团正使，通商的文书还没定下来，必不可能在没有选定代替自己的使者之前拔腿就走，而且瑶英不会就这么离开，至少会给他留一封信……

昙摩罗伽可以找出很多理由来证实他们的离开太蹊跷了。

可是他自己心里清楚，即使这些可疑之处不存在，自己也会追过去。

明明知道是徒劳，他还是克制不住。

他未修行时，见山是山，见水是水；参禅后，见山非山，见水非水；了悟后，见山仍是山，见水仍是水。

心中有佛，处处皆是菩提。

心中有她，他见佛如见她。

他心里有了执念，即使在佛陀前诵经千遍万遍也化不开。

一天之内，他亲眼看到她被刺杀，以为要和她死别。等她醒过来，他半天回不过神，怕她担心，也怕自己在她面前失态，便回到王寺养伤。他想整理好思绪再去看她，还没冷静下来，亲兵又传回她离开的消息。

那一瞬他几乎控制不住自己。

他的恶念终究盖过了理智。

见他一直沉默，瑶英岔开话题："法师，想不想吃点儿什么？"

她语气轻快，眉间带笑。

似乎不论周遭发生什么，她都能一笑置之。

昙摩罗伽凝眸看着她。

他记得昏睡前，夜色浓重，狂风呼啸，自己摔下马背，她俯身以额头贴着他的额头，呼吸扑在他的脸上，一双明眸泪光盈盈。

她应该多笑，肆意明艳，肆意欢笑。

他喜欢看她笑。

昙摩罗伽咳嗽了一声，道："公主，前晚的事情我都记得。"

瑶英怔了怔。

"法师记得什么？"她沉默了一会儿，轻声问。

昙摩罗伽不语，目光停在她的脸上。片刻后，他坐直身子，一点点朝她靠近。

瑶英下意识地屏住了呼吸，眸底映出他轮廓鲜明的脸。

屋中很静，静得她仿佛能听到自己的心跳声。

昙摩罗伽停下来，凝视她片刻，道："我好些了，想吃什么会让缘觉去张罗。公主劳累了两天，去休息吧。"

她两夜没睡，眼圈都发青了。

瑶英一呆。他还没回答她的话呢。

不等瑶英拒绝，昙摩罗伽拊掌示意缘觉进屋。

瑶英抽了下嘴角，想了想，起身走向门口。他不想回答，她不逼他。

"去哪儿？"

身后忽然传来他的声音。

瑶英纳闷儿地回头："我回去休息……"

昙摩罗伽看着其他地方，脸上没什么表情："就在隔间睡。"

她别离他太远。

他的语气淡淡的，神情也淡淡的。他虚弱地靠坐着，语气却透出几分不容置疑的意味，骨子里的强势散发出来，十分慑人。

瑶英确认自己没听错，挑了挑眉，转身走进隔间。她确实很累，需要好好睡一觉。

等她的身影消失在毡帘后，昙摩罗伽看向蹑手蹑脚进屋的缘觉。

"派人去查了吗？"

"回禀王，最近来献礼的使团太多，不太好查，不过圣城应该没有那伙人的同伙了。驿馆各处加派了人手，只要有生人靠近，就会有人回来报信。"

昙摩罗伽微微颔首，忽地问："城中的盛会还有几天结束？"

缘觉一愣，反应过来，算了算日子道："还有五天。"

瑶英睡了一觉，醒来的时候差不多是下午的光景。昙摩罗伽在接见毕娑，她走过去，听到两人在讨论李玄贞和李德。

见她醒来，毕娑告退出去。

瑶英目送他的背影远去，回头看着昙摩罗伽。他依旧靠坐在榻前，面容沉静，身边的桌案上文书堆叠。

他刚醒不久就开始处理国事了。

"法师……"瑶英沉吟片刻，说，"我和李德、李玄贞之间的纠葛不会影响和王庭的盟约，这件事情我会我自己处理。如果需要法师帮忙，我不会隐瞒法师。法师不用担心我。"

"你在养伤，别操心这些琐事。"

昙摩罗伽抬起碧眸看着瑶英，没有收敛身上的气势："公主在王庭出了事，就和我有关。不论对方是什么身份，他们在王庭下手，我不会漠然视之。"

瑶英心想也是这个理，不说话了，走到榻边，挨着榻沿坐下，抬起头端详他。

昙摩罗伽拿起一卷文书，低垂眼眸。

"药吃了吗？"瑶英问。

他点头。

瑶英翻出自己之前在市坊买的东西——这是亲兵给她送来的。她打开包裹，递给昙摩罗伽："我问过医者了，都是你能吃的。"

昙摩罗伽轻轻地嗯了一声，道了声谢，接过包裹放在一边，仍然攥着文书，看得很认真的样子。

瑶英站起身，走到自己的小案前盘腿坐下，挽起袖子，提笔写信。

昙摩罗伽昏睡的时候她不能出寺，只能以书信和李仲虔交流。好在李仲虔现在怀疑整个使团，正逐个调查身边的随从，觉得和她见面会让她暴露，不然早就来王寺抓人了。

她写完信，让缘觉送出去，翻开一本账册细看。

昙摩罗伽靠坐在榻前批阅文书，瑶英坐在绒毯小案前对账目。

屋中一片寂静，唯有笔尖在纸上书写时的沙沙声响。

昙摩罗伽用余光能看到她伏案书写的侧影，手中的羊皮纸半天才换一张。

瑶英看完一页账目，揉揉肩膀，朝他看过来。

昙摩罗伽醒过神，低头看文书。

这一次他凝神静心，没再因为她而分心，等批改完全部文书，再抬头时一怔。

此刻已经是薄暮时分了，金灿灿的余晖洒进屋中，小案前的瑶英趴在案上睡着了，侧脸笼了一层金光。

她要和高昌保持通信，管理烦琐的庶务，还要操心他的身体，提防别人的暗算……她天天都这么辛苦。

昙摩罗伽掀开锦被，看了看自己的腿，慢慢下榻，坐在瑶英的身边，看着她的侧脸。

她睡得很香甜，眉眼舒展，手里还抓着一支笔。

他凝视着她，抬手，小心翼翼地抽走她手里的笔。

她梦中不耐烦地挥了一下手。

昙摩罗伽扶起她的脖子，让她侧躺在绒毯上，扯过锦被盖在她的身上。她若是继续趴在小案上睡，等醒来的时候，全身都得酸痛。

瑶英困倦至极，肩膀早就僵了。她躺倒以后，迷迷糊糊中觉得很舒服，抱紧锦被，惬意地伸了伸手脚。

这一踢，穿了软缎鞋的脚丫轻轻地踢在了昙摩罗伽的腿上。

昙摩罗伽看着她，轻轻地翘起嘴角，碧眸里掠过一丝浅浅的笑容。

医者一连为昙摩罗伽扎了三天的针，每一次施针，瑶英都在旁边陪着他。

其间，她每天给李仲虔写几封信，早晚报平安，叮嘱亲兵想办法把李玄贞送走。

李仲虔把所有眼生的随从都遣走以后总算安心了点儿，继续处理使团的事情。

瑶英给高昌的郑景写了封信，托他带给杜思南。

昙摩罗伽命礼官达摩写了一封措辞严厉的信，指出使团中有人居心不良。信是直接交给使团的，李仲虔没什么反应，使团中的其他人大惊失色，暗暗心惊。

这两封信一前一后送出。

第四天，瑶英写好信，在廊前等医者。医者迟迟没来，她问缘觉怎么回事。

缘觉挠挠脑袋："今天医者不来。"

"为什么不来？"

缘觉小声说："今天王要出门。"

瑶英诧异地道："法师要去哪里？"

这几天她都睡在昙摩罗伽的房里，他没和她提起过要出去的事情。他的腿肿了，不能走太久的路。

缘觉也是一脸茫然："我也不知道王要去哪里。"

两人说着话，毕娑走了过来，手里捧了几张青面獠牙的鬼脸面具递给瑶英。

"公主，随我来。"他补充一句，"王吩咐的。"

瑶英一头雾水，跟着毕娑出了王寺，走进一条人迹罕至的巷子。

一辆马车停在巷子的深处，赶马车的亲卫蒙着脸，瑶英看不出相貌。

毕娑示意瑶英上车。

她戴上鬼脸面具，踩着脚凳上了马车，掀开毡帘。车厢里已经有个人了，披着僧衣，端坐在角落，手中执一卷羊皮纸，袖摆滑落，手腕上露出一串佛珠，整个人很庄严。

瑶英愣住。

毡帘被放下，马车咯吱咯吱地晃动起来。

她看着昙摩罗伽，轻声问："法师，我们去哪儿？"

昙摩罗伽看着手里的羊皮纸。

"今天是盛会最后一天了。"他没有抬眸，道。

瑶英的手指颤动了一下，喉头哽住。

马车驶入热闹的长街，嘈杂的人声透入车厢。瑶英掀开车帘往外看，正好可以看到矗立的彩棚高台，台上的舞伎正在翩翩起舞，彩袖飞扬，舞姿曼妙。

她戴着面具，以手托腮，观赏台上的歌舞。

在她的身后，昙摩罗伽背对着她翻看、批阅书卷。身处闹市，他依然心平气和，仿佛完全听不到外面一阵盖过一阵的欢呼叫好声。

不知道过了多久，他看完一封状告贵族的诉苦信，揉揉眉心，手指轻捻佛珠。

一阵清亮得如珠落玉盘的笑声在他的耳畔回荡。

他的眉间微微动了一下。

她在笑，不仅笑了，双手还和着节拍轻轻地晃动，衣裙发出窸窸窣窣的声音，整个人像在跟着起舞。

昙摩罗伽没有回头，继续低头翻看羊皮纸。

他不能参与她的红尘，只能用这种方式让她看到她错过的歌舞。

她高兴就好。

欢快悠扬的乐声停了下来，台上的舞伎微微俯身，衫裙滑落，雪白的香肩露出，眼波流转，柔媚动人。她们娇笑着退下。

舞伎退下之后，乐曲变得激昂雄浑，一群光着膀子——只穿了阔腿裤的男舞者登上高台，模仿战斗的姿势起舞。密集的鼓点响起，激烈勇武，他们跳的是武舞。

台下欢声雷动。

瑶英看得津津有味。曲罢，她回头瞥一眼昙摩罗伽，欲言又止，笑容微微收敛。

他是个僧人，她不能拉着他一起讨论歌舞有多好看。

他能够用这种方式陪她出行已经很让她意外了。

昙摩罗伽背对着车窗，专心致志地处理庶务，锋芒全部敛在温和雍容的气度中。他气势威严，法相庄严。从车帘的细缝照进来的光照亮他的侧脸，勾勒出鲜明的轮廓。她隔远了看，能看到他的头顶上一层茸茸的浅青色的发楂。离得近的时候细看，那头发楂其实很浅很浅，她几乎看不到。

瑶英看着他出神，心里冒出一个疑问：他是不是每隔几天就要剃一遍发楂？

昙摩罗伽抬眸看她，眼神带着询问之意。

你怎么不看了？

瑶英回过神，掩饰地一笑，道："法师，我下车去买些东西。"

昙摩罗伽领首："让巴米尔他们跟着你。"

她嗯了一声，下了马车。

市坊里戴着面具的人很多，她和亲卫混入人群之中，并不显眼。

今天是盛会的最后一天，市坊比前几天更热闹，各国商人操着不同的语言高声叫卖，卖什么的都有。

瑶英一路买过去，发现每隔十几步就能看到有兵丁在来回巡查，前几天盛会上出了死士刺杀的事情，禁卫军应该加派了人手。

有几个牧民模样的人在叫卖刺蜜，瑶英走了过去，买下所有的刺蜜。

采收刺蜜的季节已经过去了，她难得看到个头儿有葡萄那么大的，看到好的就会全部买下来。

这么逛了一大圈，瑶英回眸，马车停在角落，车帘低垂。

车厢里的昙摩罗伽一定还在翻阅文书。

即使身处滚滚红尘，他依然是高高在上的佛子，和热闹的市坊格格不入。

瑶英忍不住想：身为佛子的他深居简出，一般只会出席重要的法会和庆典，今天是不是第一次以佛子的身份私下离开王寺？

一道身影朝她走了过来，巴米尔立刻上前，挡住来人。

来人摘下面具，露出一张带笑的年轻面孔。年轻人朝瑶英作揖，做了一个邀请的动作。

巴米尔放下警惕，小声对瑶英说："他想邀请您共舞。"

瑶英摇头。

年轻人面露失望之色，站直身，舒展身姿，展示自己高大勇武的身材。

瑶英仍旧摇头。

年轻人落寞地叹口气，笑了笑，摘下一朵花递给瑶英。

巴米尔道："今天是盛会的最后一天，大家互赠花朵和互相泼水，都是为了祝福与嬉戏，您收下也没事。"

瑶英朝马车看去，车帘依旧低垂，她看不到里面的情形，想了想，还是摇了摇头。

年轻人露出诧异的神色，忙收起玩笑之态，朝巴米尔抱拳赔礼，拿着花离开了。

瑶英抬头看巴米尔。

巴米尔浑身僵硬，尴尬地道："今天年轻人可以向爱慕的女郎或是郎君赠花表达倾慕之意，不拘身份都可以送。不管有多少人送花，您都可以收下，除非心有所属。您刚才坚决不收，他以为您已经有了认定的情郎。"

他站在公主的身边，神情警惕，年轻人把他当成公主的情郎了。

情郎？

瑶英在心里默念了一遍这两个字，唇边不禁扬起一抹微笑。

巴米尔可不敢笑，小心翼翼地回头看一眼马车，感觉好像有道目光落在自己的身上，直冒冷汗，下意识地站得远了点儿。

台上一支武舞跳罢，所有盛装的舞伎离开彩棚，走入人群之中，载歌载舞。百姓和他们一起踏歌扭动，年轻的女郎、少年手挽着手围着共舞，气氛热烈。

瑶英在旁边看了一会儿，退出人群。

不远处欢叫声四起，一群年轻人提着、抬着几只木桶，大笑着从她的身边跑过。

乐曲声变得更加急促。

巴米尔脸色一变，道："不好！我们快回去。"

瑶英还没来得及问什么，只听哗啦啦几声，几个年轻人抄起木盆，一边大笑，一边向人群泼水。他们离得近，一盆冷水迎面泼过来，几个人都淋了个正着。

年轻人笑得前仰后合，继续朝他们泼水。

巴米尔愀然作色，伸手就要拔刀。

瑶英拦住他："我听说过王庭的风俗，这是他们的祝福仪式，不碍事。"

泼水的仪式来自天竺，后来随着佛教的传播传至王庭。浴佛、乞寒或是其他盛大的节日时王庭都会有泼水仪式，人们泼水为戏，互相祝福。

巴米尔躬身退后，挡到她的身前，护着她往回走。

歌舞结束后就是百姓狂欢的时候，随着明快铿锵的鼓点，一辆辆早已经准备好的水车驶入长街，人们蜂拥上前，互相泼水。在日光的照射下，水花飞溅，折射出一道道彩光。

饶是瑶英一行人加快脚步离开长街，还是被路上的行人泼了不少水。

等瑶英回到马车上，衣衫早已湿透，连头发都湿了，水珠顺着袖口、衣摆、发丝滴滴答答地往下淌。

巴米尔站在外面请罪。

昙摩罗伽微蹙双眉。

瑶英摘下面具，轻笑，一点儿都没有生气："不碍事的，这都是福气。"

昙摩罗伽看着她湿漉漉的脸庞，递了张帕子给她："擦擦。"

他读过不少中原的书籍，知道中原和王庭的不同。王庭的部落制、分封制和中原截然不同，风俗也相差很大，她很能入乡随俗。

瑶英擦了擦脸，打了个激灵。最近天气凉了下来，现在虽然是白天，湿透的衣衫贴在身上也有些冷。

昙摩罗伽的视线落在她的身上。

她缩在车厢的角落，解开湿透的发髻拧了拧，乌黑浓密的长发湿答答地垂下来，披满肩头。身上的衣裙轻薄，打湿以后紧紧地贴着肌肤，像初春刚刚染了几分胭脂色的娇艳的花瓣，犹红似白，朦朦胧胧，雪白的肌肤仿佛要从衫纱透出来。她圆润的肩、纤细柔软的腰肢在昏暗的光线中若隐若现。

视线再往下，他甚至隐隐可以看到她修长的双腿。她浑身上下都泛着水光。

昙摩罗伽立即移开了视线。他绝不是有意看她，但一眼瞥到，光景一下子就尽收眼底了。

狭小的车厢里，淡淡的幽香弥漫，到处都是她的气息。

昙摩罗伽放下羊皮纸，拿起一张薄毯，把瑶英整个人裹进去，拢得很紧："别冻着了。"

瑶英抓紧薄毯，朝他笑了笑，腮如桃花，微透红晕。

昙摩罗伽收回手，闭上眼睛，退到车厢的另一头，背过身去，轻叩毡帘，示意巴米尔赶紧回王寺。

马车快速地行进，走了几里路又慢了下来。周围人声嘈杂，巴米尔在车帘外道："前面堵着了，有使团乘大象入城，半条街巷都没法动。"

瑶英掀开车帘的一角往外看，还真的看到几头大象在长街上慢腾腾地走着。

不知道他们是哪国使团，入城仪式居然这么讲究。

昙摩罗伽递出一枚铜符。

巴米尔接了铜符，去找禁卫官。不一会儿，马车拐进一条夹道，一路畅通无阻，很快到了王寺，不过没有进寺门，而是径直去王寺围墙外那一幢幢庭院深深的府邸。

其中一座府邸是昙摩罗伽的住处，有密道通向王寺和那口温泉，他这几天都在这里休养。

马车直接驶进庭院，瑶英披着毯子下马车。她得赶紧洗漱换衣。

亲兵送来热水，她洗了个澡，换上长袍。

缘觉捧着一碗药走了过来："王说公主今天着凉了，得喝一碗药汤，放了蜜果，一点儿都不苦。"

一阵暖流涌过心底，瑶英接过碗，一口气喝完药汤。

她让亲兵把自己在市坊买的东西给李仲虔送去，走进屋中。

寺主有要事禀报，昙摩罗伽去王寺了。

瑶英找出一个铜瓶，往里头插了一枝含苞待放的花，放在昙摩罗伽的书案旁，自己看了一会儿，觉得不妥，把铜瓶挪到角落，想了想又把铜瓶挪了回来。

过了一会儿，她还是把铜瓶拿开，摆到窗外的土台下。

亲兵过来禀报："公主，您的信。有几个外国使节想见您，谢全把人带过来了。"

瑶英看了信，不敢相信，又惊又喜："快请法师进来！"

她等不及，拿着信快步迎了出去。

几个裹头巾的男人在亲兵的带领下走了进来，为首的男人面容苍老，一双眼睛闪烁着睿智的光芒。他看到她，面庞浮起一丝浅笑，双手合十。

瑶英疾步上前，含笑回礼："法师，别来无恙。"

站在她面前的男人正是她之前在长安相识，于王庭重逢，之后又与之分别的僧人蒙达提婆。

蒙达提婆微笑："公主越发光彩照人。"

瑶英一笑。

蒙达提婆和达官贵族打交道久了，这个看到谁都说好听话的习惯还没改。

她问："法师来了王庭，怎么没和我提起？我好让商队照应法师。"

蒙达提婆缓缓地道："此前我离开王庭是因为水莽草可以缓解王的伤势，不过无法根治。回到天竺以后，我到各地游历，遍寻医书，虽然没找到根治王的病症的药方，但也略有所得，加之收到了公主的信，所以回来为王诊治。说来也巧，我游历的地方正好有一支使团来王庭，我和他们同路，这一路免去不少麻烦。"

瑶英一直和蒙达提婆保持通信，询问怎么医治昙摩罗伽，猜到蒙达提婆回来是为了昙摩罗伽的身体，但生怕自己猜错了。现在猜想得到证实，她喜出望外，激动得半天说不出话。

她让人去王寺传信。

很快，听到消息的毕娑先赶了过来，欣喜若狂地领着蒙达提婆去见昙摩罗伽。

昙摩罗伽从王寺回到庭院，看到蒙达提婆，怔了怔，不动声色。

内室安静下来，烛火微晃。

两人对视片刻，蒙达提婆先朝昙摩罗伽行礼，为他诊脉，确认了他的脉象后，紧皱眉头，长叹一声。

"分别以来，想必王依旧劳累奔波，修习功法……"

毕娑深深地叹口气，焦急地问："您可有根治之法？"

蒙达提婆摇头："未曾发现，不过我找到几个妙方，可以一试。"

听了前半句，毕娑有些失望，不过听他说可以试试妙方，又露出期待的神情。

昙摩罗伽面不改色，淡淡地说："有劳法师了。"

蒙达提婆笑了笑，谦恭地道："王率军大败北戎，震慑四方，诸国归附。乱世之中，王一人身系数万百姓的安危，我若能根治王，可保几十年太平安定，造福数万生灵，不敢称劳累。"

毕娑在一旁笑着说："法师的住所已经打扫干净了，这一次法师可要住久点儿。"

蒙达提婆微笑，道："不论妙方有无药效，我会长留王庭。"

毕娑欢天喜地，高兴得直搓手。

昙摩罗伽的视线在蒙达提婆的脸上转了一转，随后看向摇曳的烛火："生死无常，一切皆空，强求不得。法师说过，既不能医治我的病症，也不会再回王庭。"

他和蒙达提婆理念不合，不过互相尊重，并不会指责对方的道。蒙达提婆完成约定后，启程回天竺，用不着再回来。

蒙达提婆点了点头："离开前我确实觉得此生不会再回王庭。"

他追寻的道不在王庭。

"法师为何回头？"

蒙达提婆看着昙摩罗伽，答道："为两个人。"

昙摩罗伽抬起眼帘。

毕娑一脸茫然："除了王，还为了谁？"

法师不是为昙摩罗伽回来的吗？

蒙达提婆双手合十："还为了文昭公主。"

昙摩罗伽望着他，半晌没作声。

蒙达提婆从袖中取出几封信，摆在长案上铺开，信封上的字迹娟秀。

昙摩罗伽垂眸，拿起信件。

第一封信是一年前写的，他认得瑶英的笔迹。

她在信中说自己的病症加重，问蒙达提婆该怎么缓解痛苦。

信上所说的病症全是他的症候。

他拿起另一封信，这封信是十个月前写的，依旧问的是病症，这一次她问得更具体。

当时她不知道他所练功法诡奇，连蒙带猜，以为他以丹药激发功力，被丹药反噬，问了很多丹药的事情。她母亲是因为天竺的丹药才发疯，她怕他服用过多的丹药。

昙摩罗伽继续看信。

写接下来的一封信时她显然知道他修习了佛门秘法，问的都是关于天竺秘法的事情，请蒙达提婆帮忙打听天竺有没有修习过类似功法的人，有没有彻底治愈的法子。

昙摩罗伽看完最后一封信，闭了闭眼睛。

她骗他。

她说那次诀别以后再也不会回来，再也不会给他写信，不会提起他这个人……

可她给蒙达提婆写了信，和蒙达提婆讨论他的病情。

即使决定和他再无牵扯，她依然会默默地关心他的身体。

虽然这几封信全是以她的口吻自述，没有关于他和王庭的只言片语，但是昙摩罗伽知道，这些信都是为他写的。

她怕信落到别人的手上会暴露他的秘密，所以写得隐晦，不是知情人，截了信也看不懂。

蒙达提婆在各地游历，他二人相隔甚远，她肯定每隔一段时间就写几封一模一样的信送出去，才能确保信最后能送到蒙达提婆的手上。

屋中安静了很久。

毕娑心中震颤，久久不语。他看不懂汉字，不过能猜出信是谁写的。

蒙达提婆慢慢地道："文昭公主于我有恩，因缘际会。我离开王庭后，公主时常给我写信，问询王的病情，还派商队到天竺寻访名医。我找到的那些妙方，有些正是那些名医所荐。公主一直在派人寻访各国的名医。"

昙摩罗伽捏紧信纸。

瑶英亲自带着人去看了为蒙达提婆准备的住处，让人撤去几样陈设。

她正吩咐着，亲兵来报："公主，还有封信，是和蒙达提婆法师一起来的人送来的。"

瑶英接了信，看完，惊讶地挑眉："我忘了问你们，蒙达提婆法师是和哪国使团一起来的？"

"回公主，好像是叫什么马鲁国。"

瑶英收好信。

原来今天看到的那几头大象是马鲁国进献的，蒙达提婆和他们同行，还真是巧了。

"公主，马鲁国的使者还留了一句口信。"

"使者说了什么？"

亲兵轻咳一声，小声道："使者说，没想到公主居然没有得逞，公主帮她完成了心愿，她也能让公主在最短的时间内得手，她的那些法宝虽然被王庭收缴了，但还留了不少，可以倾囊相授。"

瑶英抽了下嘴角。

瑶英和缘觉说了一声，去绸缎铺会见马鲁国的使者。

她知道马鲁国的使者要来，不过之前不知道确切的日子，也不知道对方会派什么人来。

从使者的口信来看，来的人很可能是故人。

铺子里的胡商正在招待贵客，二楼的雅间里，各式各样的夹缬布，轻容纱，蜀锦、团窠、折枝、闪色、莲花纹、盘龙纹、仙鹤芝草纹、万字双胜纹的锦缎绫罗用挑竿一幅幅挂着，色彩浓艳绚丽，花纹硕大鲜明。锦缎绫罗放在窗下让日光一照，一室五彩斑斓，金光闪耀。

贵客手捧一匹薄纱，看得目眩神迷，啧啧称叹："汉地的工匠实在是心灵手巧，轻纱锦缎上的花鸟虫兽都像活的一样，山水楼阁也像近在眼前。这些绫罗要价多少？"

瑶英在亲兵的簇拥下走上前,闻言道:"曼达公主喜欢的话,这些都送给公主了。"

临窗而坐的女子回头,有着一张明艳不可方物的面庞,轻纱裹身,肩披织金彩帛,满头珠翠宝石,双臂、腕上箍着一串串镂刻镶嵌瑟瑟[1]的金镯,一双灰绿色的眼睛在日光的照耀下泛着琥珀色的光泽。

她端详瑶英片刻,勾起嘴角:"公主,我现在不是毗罗摩罗的公主了。"

瑶英一笑。她在楼下问过亲卫了。

"那我该如何称呼公主?"

曼达公主笑意盈盈,起身和瑶英见礼。

"托公主的福,我现在是马鲁国的王妃。"

这句话说出口,多年来的辛酸屈辱浮上曼达公主的心头。

她虽然名为公主,但因为是舞伎之女,出身低下,被王后当成舞伎养大,以美色侍人。当初她想以美色魅惑佛子,借此摆脱毗罗摩罗的控制,可是佛子不为所动。恼怒之下她从文昭公主这里下手,想利用公主达成目的,又被公主断然拒绝。

曼达公主狼狈地离开王庭。

出城之前,文昭公主找到她,和她谈了一场交易。

公主帮她实现野心,她帮公主促成马鲁国和西域诸州的通商事宜,保护魏朝的商队。两人缔结盟约,各取所需。

起初曼达公主怀疑文昭公主是不是在戏弄自己,但当时走投无路,不想再回毗罗摩罗被羞辱,于是抱着试一试的心态答应文昭公主的提议。

她去了马鲁国。

那天商队的人提醒曼达公主换上瑶英送她的衫裙,当她披着轻纱出现在马鲁国城外,马鲁国的官员目瞪口呆。

"神女现世!"

马鲁国只是一座绿洲小国,消息很快传到国王的耳朵里。国王欣喜若狂,命人以金毯铺地,亲自出城迎接曼达公主。

商队的首领朝迷惑不解的曼达公主微微一笑:"文昭公主都安排好了,国王早已从画上看过您美丽的舞姿,对您神往已久。公主,等回到王宫,您可以为

---

1 瑟瑟:宝石的一种,绿色的宝石。

国王跳一支舞。"

马鲁国的国王痴迷舞蹈，看过商队送去的描绘曼达公主的舞姿的那些画后，日思夜想，只恨画上的美人是神女，凡人无缘一见。

这时商队安排一个巫师向国王谏言，只要他虔诚地祷祝，必会感动神灵，他梦中的神女就会降世。

等一切都准备得差不多时，商队带着曼达公主出现了。

国王欢天喜地。

曼达公主听商队的人说完他们的种种安排，浑身热血沸腾。

王庭的佛子铁石心肠，就是一块不解风情的木头！一尊石头雕的佛像！一座万年不化的冰山！马鲁国才是她施展本领的地方！

她在马鲁国王宫跳了一支舞，从国王到贵族官员都为她痴狂，加上瑶英的安排——有"神女"这个名头加身，她很快成为国王的宠妃。

马鲁国只是个小国，可依附了一个强盛的大帝国，帝国的皇帝十分偏爱马鲁国国王。

她借机摆脱了毗罗摩罗王后的控制。

曼达公主回过神，扫视一圈，满眼都是绫罗绸缎，琳琅满目。

文昭公主坐在她的面前，比先前更加娇俏明艳，顾盼间带着飒爽的英气，吩咐亲兵时，气势雍容。

她抵达马鲁国的时候，从中原到西域的商道还在北戎的控制之下。那时文昭公主就在为以后商路的畅通做准备。等她俘获马鲁国国王，西域大小诸州光复，精明的商人很快集在了马鲁国——马鲁国是联结东西商道的必经之地。

曼达公主每每想到这一点都震撼不已。

她想要的是一个依靠，而文昭公主谋求的是一条横跨数万里、沟通数百个大小邦国、惠及万民的繁荣的商路。

她们所求如此不同，公主竟然愿意和她这样的人合作。

曼达公主自嘲地一笑，收起思绪，以眼神示意侍从。

侍从取出国书。

瑶英的亲兵上前接了国书，转交给瑶英。

她翻开汉文的那份仔细看了一遍。

曼达公主继续挑拣绫罗，笑着说："公主不用看了，文书上都是些通商、互派使节的空话，公主要求我做的事情我都为公主办到了。魏朝的商队经过马鲁国，税收减一成，只要在马鲁国境内，马鲁国会确保他们的安全。公主之前说的刊印书目一事，国王也答应了，已经颁布诏令，让人收集古书。不过公主必须派信得过的商队运送那些书籍，各国对书籍的管制很严厉，不许商人私自买卖书籍。"

瑶英看完文书，递给亲兵收着，点点头，道："王妃是守约之人，不过我没想到王妃会亲自来。"

她和曼达公主保持通信，上一封信里曼达公主只说要派使团来递送国书。

曼达公主轻哼一声："我不亲自来见公主，怎么能让公主相信我的诚意？而且我有事求公主帮忙，必须亲自来见公主。"

"什么事？"瑶英问，语气平淡。似乎不论曼达公主要求什么事，只要她能做到便绝不会推托。

以她现在的身份，她也确实有这样的底气。

曼达公主看着比自己小了好几岁的瑶英，心里暗暗佩服。她能和文昭公主这样的人合作，简直如虎添翼。

以后商路繁华，马鲁国可以从中获利，她和公主来往密切，在马鲁国的官员面前可以多几分底气。

像文昭公主这么强大的盟友，她得好好笼络，给自己留一条后路。

"那些用画织出来的薄纱还有吗？"曼达公主把薄纱披在肩头，走到店中的镜台前，搔首弄姿，"要比公主以前送到马鲁国的那些更好看的。"

瑶英挑挑眉："那得先画好版，再等绣娘织出来，一来一回怕是要半年工夫。"

"我可以等。"曼达公主回头，朝瑶英抛了一个媚眼，"现在马鲁国国王为我神魂颠倒，几年之内不会厌弃我的。"

国王喜爱舞蹈，她自信凭借自己的舞艺和这些年用以保命的手段可以在马鲁国站稳脚跟。

瑶英算了算日子，道："五个月以后，商队会把东西送到马鲁国。"

曼达公主勾起嘴角。

"公主做事果然爽快……"她停顿了一下，话锋突然一转，"公主人在王庭，却能帮助我在马鲁国得偿所愿，怎么这么久还没俘获佛子？一年期满以后，公主就可怜巴巴地离开了？公主的那些手段都去哪儿了？公主连火坛都敢踏进去，怎么失手了？"

瑶英正在吃茶，听了这话差点儿被呛着。

曼达公主摇摇头，恨铁不成钢地道："我这次亲自来王庭，除了当面向公主道谢，找公主讨要些画纱外，还有一件事情要做，那就是帮公主完成心愿！"

她说着话，两手一拍。

侍从抬着箱子上前，打开箱盖。

她随手拿起一卷册子，展开来，指着画上的男女："公主，这些宝物我还有很多，我特意派人回毗罗摩罗搜寻了更多的宝册、宝像，全部带来王庭了。公主只需要按我说的去做，略施小计，肯定能达成心愿。"

瑶英扫一眼左右。

红着脸的亲兵和胡商退了出去。

曼达公主把册子翻得哗啦啦作响："公主，我看得出来，佛子对你有意。一个男人一旦动了情，肯定会动其他的念头，再烧把火，你就可以得手了。

"你找一个机会，遣走其他人，穿上纱裙，拿着册子去请教佛子，记住，要装作什么都不懂的样子……"

曼达公主笑得意味深长。

文昭公主颜如舜华，身姿玲珑，顾盼间既灵动纯真又妩媚，只一道眼波便有种难以描绘的韵味。她站在这里，别人眼中就只有她。

"佛子有反应的时候，公主要凑上去，问：'法师，您为什么不看我？'

"佛子不答话，公主就拉起他的手，放到自己的身上……"

瑶英感觉眼皮轻轻地跳了一下，拦住越说越不靠谱儿的曼达公主："王妃的好意我心领了，这些宝物王妃自己留着吧。"

曼达公主放下册子："公主为我完成心愿，我也想为公主做点儿什么。"

瑶英笑着摇头："我和王妃结盟，王妃只需要保护商队就够了。"

曼达公主转了转眼珠，道："公主如此美貌，又会那些幻术，不必我来教公主，只要肯花心思，佛子早就是公主的裙下之臣……公主是不是有什么顾虑？"

假如那些关于文昭公主和佛子的传说是真的，她不信佛子能忍着不碰公主。

瑶英笑了笑。

昙摩罗伽是王庭的君主，肩上的责任太重。无论他选择什么，她都不会逼迫他。她现在最关心的是蒙达提婆能不能治好他。

"王妃有没有其他的事情？"她问。

见她不为所动，曼达公主眯了眯眼睛，只能终止这个话题："听说公主在求医，我问过医官，他不肯说。他是不是没治好公主的病？"

瑶英淡淡地道："旧疾难愈。"

"这回医官和我一起来了王庭，路上经常和蒙达提婆探讨药方，公主若要差遣他，派个人传话就行了。"

瑶英谢过曼达公主。

曼达公主若有所思："蒙达提婆和医官讨论的病症我以前听说过。"

瑶英抬起眼皮。

曼达公主道："我知道一个秘法，公主可以一试。这个秘法只在毗罗摩罗流传，我是寺庙圣女，所以见过。蒙达提婆的药方如果没用，公主可以试试我的这个秘法。"

瑶英将信将疑："什么秘法？"

曼达公主一拍手，叫来侍从，找出几卷精美的书册递给瑶英。

"这些是我从寺庙偷出来的秘法，我感激公主才会告诉公主这个秘密。"

瑶英展开书册，只看了几眼，立刻掩上。

曼达公主神情严肃："我不是在和公主说笑，这真的是我从寺庙偷出来的秘法，寺里的僧人就是用这种功法修炼的，公主一定要收下。"

瑶英一咧嘴角。

曼达公主想起另一件事情，道："对了，公主让我留意北戎的海都阿陵，他没有经过马鲁国，我听国王说，他可能逃去萨末鞬了。"

瑶英醒过神，皱起眉头。

瓦罕可汗曾经派人去经营萨末鞬，海都阿陵应该是逃去那里找帮手了。

与此同时，毕娑领着蒙达提婆去休息，昙摩罗伽回到庭院。

瑶英的亲兵不在。

他站在门廊前，轻皱眉头。

缘觉道："王，公主去见马鲁国的使者了。公主代表魏朝和马鲁国恢复了邦交。"

昙摩罗伽的神色淡淡的："巴米尔有没有跟着去？"

他听蒙达提婆说了马鲁国使团的事情。

"去了。"

昙摩罗伽转身进屋，视线扫过长案旁的几案，脚步停了一停。

几案上的铜瓶里插了一枝半开的雪莲花。

他的房里很少摆放供花。

缘觉忙赔罪："王，这枝花是公主带回来的，放在外面，我怕花晒蔫儿了，先搬进屋里放着……"

他说着话，抱起铜瓶，想把花挪出去。

"不必挪动。"昙摩罗伽忽地道。

缘觉一怔，挠挠脑袋，把铜瓶放了回去。

昙摩罗伽坐下，取出袖子里的信放好，抬起眼帘，看着铜瓶里的雪莲出了一会儿神。

她回来的时候让亲兵帮她保管一样东西，藏藏掖掖的不想让他看见，他便没有多看。

原来她藏的是一枝花。

她逛市坊的时候，不断有年轻的郎君向她赠送花朵，她一朵都没收。

昙摩罗伽抬起手，指尖轻触雪莲的花瓣，感到丝丝冰凉。

瑶英回来的时候已经是半夜了。

屋里亮着灯，昙摩罗伽还没睡，蒙达提婆过来亲自为他敷药。

瑶英坐在一边看着，轻蹙眉头，神情忧虑。等蒙达提婆出去，她立刻上前，为昙摩罗伽盖好被子。

"法师，觉得好点儿了吗？"她柔声问。

昙摩罗伽看着她，点点头："好点儿了，公主早点儿安置。"

瑶英露出一丝笑容，等他闭上眼睛，起身出去，和蒙达提婆站在廊前说话。

昙摩罗伽疲累非常，一觉睡醒，发现她还没回房，正要起身，只听吱嘎一声，门被推开了。她蹑手蹑脚地走进屋，点了一盏灯，不知道在外间忙活什么，外头传来一阵窸窸窣窣的响动。

他重又躺下，等了一会儿，她回到内室，在隔间的榻上睡了。

第二天早上，蒙达提婆为昙摩罗伽敷药的时候，神情有些古怪。

昙摩罗伽问："公主昨天和你说什么了？"

蒙达提婆想了想，如实地道："公主问我，在天竺一些教派内流传的双修之法是真有其事还是别人的夸大之词和杜撰。"

一旁的毕娑瞪大了眼睛，还没开口，昙摩罗伽已经朝他看了过来，目光严厉冰冷。

毕娑冷汗涔涔，把脑袋摇得像拨浪鼓一样："王，我没和公主提起过这事！"

此前早就有天竺的僧人向昙摩罗伽提议这种强身健体的法子，还献上好几本经书，说佛子只要按照上面的办法找合适的少女修炼，就会病痛全消，延年益寿。昙摩罗伽没有理会。

瑶英回王庭后，毕娑想起那个僧人的建议，隐晦地提起过。可这建议被昙摩罗伽断然驳回后，他还哪儿敢和公主提呀？

昙摩罗伽叫来缘觉，神色凝重。

"公主呢？"

"公主去驿馆了，今天马鲁国的王妃设宴招待卫国公和公主……"

昙摩罗伽眸光深沉。

"等公主回来，让她立刻来见我。"

直到天黑，瑶英还没回庭院。缘觉点起各处的灯烛，在廊前守了两个多时辰，挨着花墙打瞌睡，忽然听到车马的响声，连忙打起精神。

廊前人影晃动，亲兵簇拥着瑶英回来了。她罩着件披风，戴了兜帽，脸藏在兜帽里，面容模糊不清。

缘觉迎上前："公主，王等着您。"

瑶英脚步虚飘飘的。她轻轻地嗯了一声，示意亲兵散去，回到内室。

昙摩罗伽坐在灯前看佛经，早就听到外面的响动，放下手里的经卷，抬起头："公主……"

一句话还没说完，香风习习，一缕清甜的幽香钻入他的肺腑。

瑶英跌坐在长案前，脱下披风，抬起脸看着他，兜帽滑落，一双眸子湿漉漉的："法师怎么还没睡？"

烛光照耀，她的脸颊透着嫣红，双唇润泽。

昙摩罗伽半晌没作声。

第九章

与君离别

瑶英醉了，醉得迷迷糊糊的。

高昌使团带来洿林和八风谷的葡萄酒，宴会上马鲁国和魏朝交换国书，曼达公主灌了她几杯酒。

李仲虔管得严，她只喝了几杯，路上不觉得怎样，进了内室以后，不知道怎么回事，脑袋更昏沉了——可能是她这几年没碰酒的缘故。

烛光朦胧，昙摩罗伽的身影纹丝不动，沉静庄严。

她跪坐在他的身前，晃了晃脑袋，闻到一丝淡淡的混合了药味的甜香，情不自禁地拽住他的衣袖，往前蹭了蹭。

昙摩罗伽身上总是萦绕着一种淡淡的香味，她说不清那到底是什么味道。王庭人喜欢以鲜花、香料供佛，他经常待在殿中，天长日久，身上也沾染了佛殿里的那种幽香。

闻到这种香味，瑶英就会觉得很安心，就像从噩梦中醒来的那一刻，发现自己刚刚是在梦中，于是长长地舒口气，梦中的一切痛苦都烟消云散。

"法师……"她轻轻地道，抬眸看他，眉眼微弯，长睫微微颤动，眼波迷离，整个人像沐浴在月华中缓缓地绽放的花朵，娇艳欲滴，盈满香甜的花蜜。

她眼波流转间，那一丝丝香甜立刻满得溢了出来。

屋中充溢着她的气息，幽香弥漫，撩人心弦。

昙摩罗伽立刻挪开了视线，幽香却仍然在鼻端缠绕。

瑶英有些坐不稳，靠在他的身上，柔弱无骨，娇柔袅娜。

香气好像越来越浓了。

昙摩罗伽低垂眼眸，看着案上自己刚才看到一半的佛经，轻声问："公主吃酒了？"

瑶英的反应比平时慢了些。她过了一会儿才点点头，瞪大眸子，像是做了坏事被人抓到一样，声音压得低低的："我是不是冒犯法师了？"

他不能吃酒，她吃了酒进他的屋子，是不是也算犯了戒律？

她水汪汪的眼睛巴巴儿地凝望着他，带着信赖、亲近，还有几分自责。

她松开他的袖子："法师，我错了，我先出去……"

瑶英头晕目眩，浑身酸软，懒得站起来，干脆手脚并用着转了个身往外爬，脑袋砰的一声撞到自己平时用的几案。她痛得倒抽一口气，鼻尖发酸。

她捂着额头，感觉自己晕得更厉害了。

手臂上忽然一紧，袈裟的袖摆拂过，修长有力的手指攥住她的胳膊，微微用力。昙摩罗伽把她整个人拽着坐了起来。

一阵天旋地转后，瑶英又跪坐在昙摩罗伽的跟前。他用一只手握着她的手臂，让她坐稳，用另一只手拂开她额前的碎发，看她撞伤的地方。

瑶英呆呆地看着他，双颊泛着红晕。

烛光斜斜地照在她的脸上，她松散的衣襟间露出一截莹白的脖子，皮肤如月下的新雪。

昙摩罗伽轻皱眉头："痛不痛？"

瑶英摇摇头，小声说："刚才有点儿痛，这会儿缓过来了，不痛了。"

她回答的样子十分乖巧。昙摩罗伽感觉心头轻轻地颤动。原来她吃醉的时候这么乖，醉成这样了还记挂着他，担心会打扰他。她这个样子出去，谁照顾她？她吃醉了以后，在谁的面前都这样？

昙摩罗伽皱起双眉，放开瑶英："没事，别出去了。"

瑶英嘟囔道："法师，我吃酒了。"

她说着，晕乎乎地站起身，想出去。

昙摩罗伽看着她，眸色深沉："我说了，没事。"

他不能陪她享受红尘的欢愉，却自私地想要独占她送出的雪莲。

她无须为他遵守任何戒律，爱吃酒就吃酒，想吃醉就吃醉……她什么都不用顾虑，偏偏因为他而顾忌。

瑶英回头，眨了眨眼睛，歪着脑袋看他，神情茫然。

昙摩罗伽抓住她的手臂，拉着她转身，这回力道比刚才的要大。

瑶英还迷糊着，被他这一拉，头晕眼花，顺势倒进他的怀里。他身上的气息一下子扑面而来。

她听到他的呼吸声，感觉到袈裟底下他坚实的臂膀和大腿。他的心跳依旧缓慢从容，如渊水般深沉。

他袈裟下的身体僵硬地绷紧。

瑶英回过神来，仰起脸，发现自己端端正正地坐到了昙摩罗伽结实的腿上。她和他面对着面，两条胳膊搭着他的肩膀，整个人压在他的胸膛前，他沉静的碧眸中映出她微红的脸。

彼此的脸近在咫尺，四目相对。

昙摩罗伽低垂眼眸，面无表情，像一尊佛像，岿然不动。

他的呼吸缓慢，她的呼吸急促，两道呼吸慢慢地缠绕成一团，渐渐密不可分。

一道电光闪过瑶英的脑海，她突然想起自己几次都卖不出去的那尊铜佛，还有曼达公主硬塞给她的那些画册。

残暴凶恶的金刚和妩媚多姿的佛母紧紧相拥，姿势好像也是这般……画册画得更加详细，还附了经文，金刚杵和莲花挨在一起……

天竺教派复杂，他们的寺庙不单供奉一个神，曼达公主说的不知道是哪个教派……

昙摩罗伽身上的香味很好闻。

酒意一点点泛上来，瑶英觉得自己醉得更厉害了，轻笑出声，双手收紧。

"法师没生气？"

她刚才进屋的时候，他沉着脸坐在烛火旁，一副山雨欲来地准备斥责她的模样。

昙摩罗伽依旧低垂着眼睛，摇摇头。

瑶英翘起嘴角："那我这么做法师也不会生我的气吧？"

有件事情她想做很久了。

昙摩罗伽猛地一震，浑身僵硬。

一双柔软的手贴在他的脑袋上，轻轻地摩挲，温柔地抚摩短短的发楂，指腹光洁柔嫩。他呆住了。

瑶英露出得逞的笑容……

昙摩罗伽回过神，捏紧了佛珠。

被她的手指抚摩的地方仿佛有电流乱窜，一种陌生的、他从未经历过的情潮涌了上来，火烧一样，浑身发热。

瑶英依偎在他的怀中，软成一汪春水。

下一刻，昙摩罗伽的大脑一片空白。

一双手按着他的脖颈让他低头，怀中的她坐直身，乌溜溜的眼睛水光弥漫，接着，温软的、鲜润的、比刺蜜还要柔软细腻的唇在他的脑袋上蹭了过去。

动作只发生在短短一瞬间，电光石火，快得好像只是他的错觉。

可那轻柔的触感久久地停留在他的脑海里，一遍遍地重复。

昙摩罗伽纹丝不动，袈裟下肌肉紧绷，只有在他练习功法时才会加快流动的血液在全身快速游走。

她身上的幽香越发浓郁，一缕一缕沁人心脾。

他屏住呼吸，闭目了许久，默念经文，再睁开眼时，眼底波涛汹涌。他抬手握住瑶英的手，用另一只手护着她的后颈，抱着她倒在绒毯上。

瑶英意识模糊，轻轻地惊呼一声，看着他朝自己压了下来。

昙摩罗伽背对着灯烛，神情模糊，一双碧眸里光芒闪烁。

她呆呆地眨眨眼睛，没有挣扎。

他微冷的气息扑在她的脸上，一只手撑在她的脸颊旁，眸色深沉。

"公主从哪里听说的双修之术？"

瑶英呆了一呆，睁大眼睛。

昙摩罗伽闭了闭眼睛，平复下来，问："公主想用这个法子来为我疗伤？"他的声音有些暗哑。

瑶英摇了摇头，眼神迷离，神情有些委屈。

昙摩罗伽沉默不语，抱起瑶英，起身出屋，长袖轻扫，带起的微风扑灭房中的灯烛、熏香。

瑶英身上一点儿力气都没有，整个人缩在他的怀中。他身上发僵，抱着她送到另一间空置的内室的榻上，扯起锦被裹住她，转过身背对着她，定定神，探出两指为她诊脉。

她身上没有任何异常。

昙摩罗伽皱着眉头，走出内室，叫来缘觉："把房里的所有熏香、蜡烛、药草全部撤下去，这两天添置了什么其他陈设摆件，也都撤去。"

缘觉一头雾水，应诺照办。

昙摩罗伽回到屋中，在冷水里绞干一条帕子，给瑶英擦脸。

曼达公主精通香料及药物，一定在她的酒里加了什么东西，那东西和他房中的香料、药草融合，会激发效用，她回房以后才会这么反常。

瑶英迷迷糊糊的，想到他刚才凝视自己的模样，问："法师生气了？"

醉了的她格外孩子气，嘟着嘴巴，带了几分委屈。

她本该如此，嬉笑嗔怒，无所顾忌。

昙摩罗伽坐在榻边，倒了一碗水喂她喝下。

"没有。"他轻声道。

瑶英感觉身上一阵阵燥热，忍不住掀开锦被。昙摩罗伽按住她，让她靠在自己的身上，耐心地用冰帕为她擦拭。

他身上微凉，她靠着他，感觉舒服了点儿。

"双修之法是曼达公主教你的？"他忽地问。

瑶英心虚地反问："法师怎么知道是她？"

昙摩罗伽扫一眼榻边。

瑶英顺着他的视线看去，一尊铜像和几本画册摆在榻边的地毯上。

她眨眨眼睛，笑了笑。她昨晚出于好奇，研究了一下画册上的内容，然后藏了起来，打算让亲兵拿去卖了，没想到居然被昙摩罗伽发现了……

"这些东西是无稽之谈……"昙摩罗伽抱着她，温和地道，"此法只是一些教派的度己之法，没有疗伤之效，也不能强身健体。"

瑶英一笑，拽着他的袖摆："我知道……"

昙摩罗伽看着她："那公主为什么要去问蒙达提婆？"

瑶英仰着红扑扑的脸看他："我知道没用……不过找蒙达提婆确认一下，我能安心点儿。万一天竺真有什么秘法呢？法师修炼的功法本来就是从天竺传过来的……"

昙摩罗伽手里的帕子擦过她的脸颊，手指碰到她娇软的唇。

她轻轻地颤了一下。他不动声色地收回手。

如果蒙达提婆说这个法子有用，她肯定愿意为他牺牲。她来王庭就是为了治好他的病，让他没有遗憾。

瑶英在他的怀里扭动："罗伽……"

她在迷迷糊糊时叫他的名字，用撒娇般的嗓音。

昙摩罗伽的手指轻颤。

"画册上的那段经文真的没用吗？"瑶英带着希望问。

她昨晚研究画册的时候发现那些经文好像是内功心法，他是习武之人，应该能看出门道。

昙摩罗伽斩钉截铁地说："没用。"

瑶英蹙眉，发出一声失望的叹息："如果有用就好了……"

昙摩罗伽紧皱眉头，撒开帕子，用双手握住瑶英的肩膀，和她对视："有用的话，公主就把自己当成药？"

瑶英点点头："只要能帮上法师……"

她的语气理所当然。

昙摩罗伽脸色微沉："假如我病好了以后，不需要公主了呢？"

瑶英神色平静："那我就离开，以后不来打扰法师。"

昙摩罗伽的眸中波澜起伏。

她回答得这么自然，一定在心里想过很多次。

瑶英轻笑，抬手捏捏他的脸："法师，不要紧的，我不在意这些……"

昙摩罗伽沉声问："为什么不在意？"

瑶英想了想，粲然一笑："因为那个人是罗伽呀！"

昙摩罗伽半晌不语，碧眸凝望着她。

"经文上说，与其克制欲念，不如去得到它，实现它，得到的那一刻，欲念如日出雪融，对欲念的执着自然就消失了……"瑶英晃了晃脑袋，断断续续地说，"罗伽是得道高僧……一时为情所困，以后会想通的……他是佛子，不能还俗……这些我都知道……他能放下，我就陪他一起面对世人的责骂。他放不下，我就离开。能陪他走一段路，我没什么遗憾……以后，我会遇上其他人……"

昙摩罗伽瞳孔一缩，握着瑶英的肩膀的手收紧了些。

"我在意。"他轻轻地道。

瑶英怔住。

昙摩罗伽放开她，扶她躺下，拨开她额前的乱发，继续为她擦拭。

她不在意，其他人也不在意。毕娑他们说，只要他不公开破戒的事情，可以一直这样下去。他在意。

"而且，这种办法不适合我。"

瑶英怔怔地看着他。

昙摩罗伽低头，一字一字地道："公主，得到并不能化开执着。"

如果他选择遵从自己的欲念，不会像经文上说的那样大彻大悟，只会更加执着，这辈子都不会放手。所以他不能碰她。现在的他给不了她任何保证。

他为瑶英盖好锦被："以后别想这些了……不管是双修之法，还是化解我的心病的事情……"

只要她好好的，就是他最好的药。

瑶英无意识地应了一声。

昙摩罗伽守着她，看她沉沉睡去，又看了一下她的脉象，目光落到她的脸上。

她双眉微蹙，面庞嫣红，双唇红润。

这双唇印在他的头上的时候，触感比最精美的丝绸还要柔软细腻。

方才那股陌生的冲动又涌动起来。

昙摩罗伽握紧佛珠，转身离开，叫来亲兵吩咐了几句，去了静室打坐调息。

夜晚寒冷，屋中没有点灯，风从罅隙吹进来，帐幔轻晃，暗影憧憧。

昙摩罗伽盘坐在佛像前，身上渐渐出了汗，额上密密麻麻地爬满汗水。

一缕清风扬起帐幔，幽香阵阵。

脚步声靠近，繁复的裙裾扫过地面，伴着窸窸窣窣的响声。一道倩影停在他的面前，微微俯身，曲线玲珑，柔软的双臂搭在他的肩上。

"法师……"她轻声唤他，语气娇柔。

昙摩罗伽闭着眼睛。

她有些委屈，坐在他的身上，娇软的身躯贴着他的袈裟扭动。

昙摩罗伽睁开眼睛，眼角微微发红。

怀中的人醉眼蒙眬，艳若桃花，睁着一双湿漉漉的眼睛，折腾了半天没坐稳。

他闭了闭眼睛，抱住她，四臂相拥，身体交缠。

极乐仙境，七宝池中，一枝莲花娇艳婀娜，在风中轻轻地摇曳。

他踏入池中，伸手触碰白莲。

层层叠叠的花瓣在清风中一层一层地舒展开，露出娇嫩的花蕊，光华大放。

风声呜咽，雨露降下，莲花在风雨中轻轻地颤动，花瓣一片片飘下，似有不胜之状。

日光和阴影相合，怀中的人羊脂般滑腻的肌肤渗出晶莹的汗珠，鬓发透湿，紧贴在脸上。

昙摩罗伽颤抖着抱紧她。

风吹毡帘轻响。

静室内，昙摩罗伽缓缓地睁开眼睛，取下腕上的佛珠，双手合十，诵戒忏悔。

一切皆是他的邪念，和梦中的她无关。

第二天早上，瑶英醒过来的时候揉揉自己的脑袋，出神了片刻。

昨晚发生的事情在脑海里一一闪现。

她摸了罗伽的光头，还亲了。

触感和她想象的差不多，茸茸的，掌心蹭过去，酥酥麻麻。

水晶帘下光影晃动，一道挺拔的身影走进内室，逆着光，绛红色的袈裟镀了一层光华，看起来庄严圣洁。

四目相对，瑶英想起昨晚抱着他亲他的头顶的情景，有些心虚。

昙摩罗伽走到榻边，端了一碗温热的药汤，语气温和地问："头痛不痛？"

"不痛。"瑶英摇摇头，轻声答，双眼总忍不住往他的脑袋上瞟。

昨晚她就亲了一下。

昙摩罗伽抬眸，和她对视了一会儿，喉结上下动了一下。他挪开视线，将手里的碗往前一递。

"喝了。"他声音喑哑。

瑶英接过碗闻了闻，闻到一股酸甜的香气，喝下肚，顿觉神清气爽。

昙摩罗伽看着她喝完，接了碗，起身出去了。

瑶英看着他的背影，轻翘嘴角：看来他昨晚没生气。

她起身下地，梳洗了一番，写了封信让亲兵送到李仲虔那里去。昨晚宴席上她和李仲虔讨论了一会儿海都阿陵的事情，当时人多口杂，他们不好详谈。

天竺的医官忽然找了过来，面色惊惶。

"公主殿下，曼达公主被看押起来了！"

他现在是蒙达提婆的助手，此次也随行来了王庭。

"什么时候的事情？谁下的令？"

医官道："天还没亮的时候就有人手持密令去了驿馆，应该是佛子下的诏令。"

瑶英轻轻地抽了下嘴角。她还以为昙摩罗伽没生气，没想到他大半夜就派人把曼达公主关押了。

她安抚医官几句，去找昙摩罗伽。

蒙达提婆正在为昙摩罗伽敷药，她在外面等了一会儿，等到蒙达提婆出来，立刻进去。

屋中有一股刺鼻的药味，水汽弥漫。

她拨开珠帘，看清屋中的情景，怔了怔。

昙摩罗伽靠坐在书案前，袈裟半脱。他赤着上身，肌肉紧绷，肩背密密麻麻地爬满汗珠，面色苍白，神情痛苦。

清晨他还端药给她喝，一转眼就成了这样。

瑶英咬了咬唇。

毕娑在一旁拧帕子，看到她进来，转了转眼珠，默默地退了出去。

瑶英轻蹙眉头，走到书案旁坐下，拿起帕子。

"今天又换了一种药？"

蒙达提婆这些天试了几种新药方，之前几次昙摩罗伽都没有这么大的反应。

昙摩罗伽没有回答，眉心紧皱，眸光冰冷。

瑶英直起身，将手里的帕子按在他汗水淋漓的肩上，还没继续擦拭，他身上更加紧绷，青筋暴起，周身隐隐浮动着杀气。

他是昙摩罗伽的时候绝不会运功，最近却有些控制不住功法，还没运功真气就会涌动。

蒙达提婆说，他们再不想办法，他可能会走火入魔。

瑶英想到昙摩罗伽的结局，心中酸涩，看着他冰冷的碧眸，没有退开，用帕子轻柔地擦拭他裸露的肩和背。

她低头专心地为他擦拭，呼吸洒在他的胸前和肩头，手指拂过他裸露的肌肤，触感温软，湿黏黏的。

昙摩罗伽按住瑶英的手，身上震颤，汗珠滚动。

"我自己来。"他道，嗓音沙哑。

"别动，我帮你。"瑶英拨开他的手，继续帮他擦拭。

昙摩罗伽垂眸，看着她近在咫尺的发顶，闭了闭眼睛，不动了。

瑶英帮他擦完身，看他脸色比方才好了点儿，洗了手，倒了碗水给他喝。

喉结滚动，他喝了口水，扯起褪到腰间的袈裟穿上，拿起佛珠戴在腕上，展开一本经文。

瑶英长舒一口气，跪坐在他的身前："法师把曼达公主关押起来了？"

昙摩罗伽颔首。

瑶英哭笑不得："因为她和我说了双修的事情？"

昙摩罗伽看着经文，道："她昨晚让你喝了青花酒。"

瑶英一愣："不错，她请我喝了青花酒……这酒有什么问题吗？"

昨天的宴会上，她和曼达公主都喝了葡萄酒。后来在回来的路上，她又饮了几杯酒，慢慢就有些醉了。昨晚她确实有点儿迷糊，比平时任性，但神志还是清楚的。离开宴会时她思路清晰，还和李仲虔讨论了很久海都阿陵的事情。直到回到庭院，整个人放松下来，醉意才涌了上来。

昙摩罗伽移开目光，取出曼达公主的供词。

酒有问题。

青花酒有激发血气、壮胆的作用，勇士出征或者比武之前会饮用此酒。

此外这酒和他屋中的药香相激，会让喝了酒的人反应更剧烈。

- 311 -

曼达公主招认说，她知道天竺医官和蒙达提婆最近研究了哪些药物，特地准备了青花酒。她收藏的青花酒比一般的青花酒更醇厚，能够增强人的感觉，让人彻底放松下来，做出平时想做而不敢做的事情。

"这酒喝下以后，可以让人心情舒畅，飘飘然。饮酒之人闻到药香，感觉更灵敏。还有，如果喜欢一种味道，或是喜欢一个人，喝了酒的人，会不自觉地想要沉浸在味道里，想亲近喜欢的人……"

她赌咒发誓，说只是想帮瑶英，没有偷偷在瑶英的酒里下会害人的药。

曼达公主供词上的原话是："这酒真的没有害处，我自己也常喝，不仅没坏处，还能助兴呢！"

瑶英看完供词，眼皮直跳。

难怪昨晚曼达公主请她尝酒的时候说后劲会很大。

瑶英放下供词，沉吟片刻，抬起眼帘，看着昙摩罗伽。

"只是一杯酒而已，我昨晚有些醉了……阿兄以前不许我多吃酒，因为我要服药，不能饮酒，而且吃醉了喜欢缠着人胡闹……"她停顿了一下，解释说，"就像昨晚那样……"

昨晚她只是有些恍惚而已，但知道自己做了什么。青花酒不过是让她完全放松下来罢了，没有影响她的神思。

屋中安静下来，静如一片深不见底的潭。

昙摩罗伽握紧经卷。

窗外传来脚步的轻响，巴米尔进屋，站在毡帘外抱拳请示："王，乌吉里部的莫毗多小王子回来了。"

昙摩罗伽回过神，放下经卷，看向瑶英："这次只是一杯酒，若是其他东西呢？"

瑶英怔住。

他生气不是因为那杯酒，而是担心曼达公主骗她喝下其他东西。

"我以后会当心。"

"曼达公主暂时不能放。"昙摩罗伽道，"我有事情处理，请公主回避。"

瑶英嗯了一声，起身出屋，告诉天竺医官，曼达公主不会出什么事。

天竺医官去看望曼达公主，告知她这个消息。

曼达公主大半夜被人抓起来审问，火冒三丈，敢怒不敢言，老实交代了一切后，在心里大骂昙摩罗伽。看到天竺医官过来了，她大喜过望，得知昙摩罗伽暂时不肯放人，喜色一收，双眉倒竖。

"难道文昭公主昨晚还没得手？"

天竺医官白了她一眼。

曼达公主眯了眯眼睛。文昭公主还是太束手束脚了，她得想想其他办法。

莫毗多带着北戎投降的贵族返回圣城，消息很快传遍大街小巷。

昙摩罗伽去王寺接见莫毗多，毕娑和缘觉也跟着去了。

巴米尔笑眯眯地说，金勃小王子等人投降以后，会在几日后的大典上正式献上降书。

瑶英处理了几件杂事，等着昙摩罗伽回来。

长廊外忽然传来一阵急促的脚步声，亲兵急匆匆地进屋："七娘，阿郎和太子殿下打起来了！阿郎要杀了太子，我们拦不住！"

瑶英脸色骤变，丢下笔，骑马直奔驿馆，衣裳也没换。

高昌使团住在驿馆南面的一处轩馆里。李玄贞受伤，瑶英派了几个人看着他，等他能骑马了就送他回高昌，再把他送去凉州。这几天她的亲兵一直守着他，避免他和李仲虔碰面。

瑶英心急如焚。她不是担心李玄贞，而是怕李仲虔伤了他会出事。

她策马狂奔，问："阿兄为什么突然要杀太子？"

亲兵紧跟着她，道："昨晚阿郎在宴会上吃醉了。您嘱咐我们看着阿郎，我们把阿郎送回住处，阿郎躺下就睡了……原本相安无事，谁知今早阿郎醒来，忽然想起太子，找来看守太子的亲兵问了几句话，勃然大怒，提着剑就冲去太子住的地方，又劈又砍的，差点儿杀了太子……小的们拦着劝着，阿郎不听……"

"阿郎大骂太子是畜生！"

瑶英心里一紧。李仲虔知道什么了？

她扬鞭催马，赶到驿馆。亲兵们正乱成一团，看到她过来，立刻找到主心骨，簇拥着她往里走。

李玄贞住的院子很偏僻。她一路马不停蹄，快步穿过长廊，喘得跟拉风箱一样，冲进最里面的一间屋子。

满地狼藉，坚固的门扇被砍得七零八落，泥窗上也留有一道道劈砍的痕迹。屋中的身影闪转腾挪，瑶英隔得老远就能听到刀剑相击声，其中夹杂着亲兵的惊叫和劝阻的声音。

亲兵推开倒塌下来挡住门的箱柜。瑶英踏入屋中，还没看清房中的情形，一道裹挟着冰冷的杀气的剑光朝她掠了过来。

"七娘！当心！"

"阿郎，七娘来了！快停手！"

瑶英还没反应过来，剑光飞掠而至，余光里看到一道身影冲过来，迅若闪电。

满屋激荡的杀气和掌风陡然凝滞，众人目瞪口呆，大气不敢出一声。

瑶英纹丝不动，眼前寒光闪动。

在离她的鼻尖只有一指头距离的地方，一把灌注了内劲的长刀和一柄长剑相击，火花迸射，劲风涌动。

屋中的所有人呆住了。

瑶英捂着眼睛，瘫倒在地。

"明月奴！"

"阿月！"

两个惊恐的声音同时响起，长刀和长剑从主人的手中跌落。

两个人一起扑向瑶英。

瑶英被人抱着翻了个身，眼前一片模糊，什么都看不清。

"阿兄？"她轻声喊道。

李仲虔浑身发抖，狠狠地推开李玄贞，凤眼里满是戾气。他咬牙沉声道："畜生，你敢再碰一下她的衣角试试？"

李玄贞垂眸，松开了手。

瑶英循声拽住李仲虔的衣袖："阿兄，我眼睛痛。"

李仲虔赶紧低头，心急如焚，轻轻地扯开瑶英的手，没看到血迹，松了口气。亲兵送来热水和巾帕，他手忙脚乱，拿热帕子盖在瑶英的眼睛上，抱起她，转身出屋。

大殿前设了华丽的毡帐，金毯铺地，帐幔轻扬，一面面雪白金纹的旗帜迎风招展。

文武群臣着盛装华服站在阶前，看着身穿铠甲的莫毗多骑马入宫。在他的身后，以金勃为首的北戎王子手捧降书、珍宝和舆图，入帐觐见昙摩罗伽。

礼乐毕，金勃献上降书，礼官接受献礼，宣读册封他们为王的诏书。

前殿欢声笑语，鼓乐喧天。

大臣们围着贵族出身的将领谈笑风生，莫毗多和他们话不投机，喝了几杯酒，在亲兵的指引下往内殿走去。

内殿燃了水沉香，缕缕青烟浮动。

毕娑和缘觉立在殿前。

莫毗多和他们笑谈几句，走进内殿，单膝跪下行礼。

昙摩罗伽端坐殿前，没有抬头，提笔书写一份诏书，一身袈裟，气度雍容。

莫毗多屏息凝神，不敢吱声。

随后入殿的毕娑、缘觉敛容静立，也不敢出声。

随着一声轻响，昙摩罗伽放下笔，抬眸，以眼神示意缘觉。

缘觉忙上前，捧起他刚刚写完的诏书，递给莫毗多。

莫毗多看完诏书上的内容，瞪大眼睛，掩不住惊讶之色。

昙摩罗伽看着他："你能不能担此重任？"

莫毗多挺起胸膛，大声道："能！"

"好。"昙摩罗伽微微颔首，俯视着他，"从今天起，你升任节度衙大将军，遥领萨州。"

莫毗多感觉热血上涌，叩首道："臣必当尽忠职守，不会辜负王的信任！"

他是乌吉里部人，不是贵族出身，不信奉佛教，按规矩不能入节度衙，也就不能长期留在圣城，始终只是外族部落的王子。他率军凯旋，同行的贵族出身的将领被沿途官员吹捧讨好，而他受到冷落。现在王破格提拔他，以后他也可以留在圣城！

毕娑和缘觉相视一笑，恭贺莫毗多。他站起身，粲然一笑，双眼闪闪发光。

昙摩罗伽垂眸继续翻看奏本。

几个人告退出去。莫毗多忽地挠挠脑袋，转身进殿，小声道："王，臣有一件私事要禀。"

"说。"

莫毗多道："臣此前请婚文昭公主，求王允许……文昭公主已经拒绝臣了。"

昙摩罗伽抬起眼帘。

莫毗多接着说："就在臣请婚的第二天，文昭公主就写信拒绝了臣的请婚，当时臣没有收到信。臣奔赴高昌的第二天，公主当面和臣说明缘由，公主已心有所属，不能接受臣的心意。"

昙摩罗伽握紧奏本。

和李仲虔一起离开圣城的时候，她也同时拒绝莫毗多了。

莫毗多说完，退了出去。

昙摩罗伽坐着出了一会儿神。

片刻后，毕娑入殿："王任命莫毗多为节度衙大将军，可能会招来非议。"

昙摩罗伽淡淡地道："不破不立。莫毗多非贵族出身，也非世家子弟，军部需要他这样的人。你是公主之孙，和世家牵扯太多，莫毗多入军部，你统领禁卫军，一明一暗，一内一外。

"乱世用乱世之法，彼一时此一时。北戎已灭，只剩下海都阿陵，该为以后做打算了。"

毕娑心头凛然，恭敬地应是。

当初昙摩罗伽的年纪小，被世家囚禁，北戎又在一旁虎视眈眈，他必须借助佛子的身份来压制世家，再以苏丹古的狠辣手段震慑群臣。现在北戎投降，最大的威胁已除，他们确实得为以后做打算。

毕竟谁也不知道昙摩罗伽还能活几年……他早就在暗中准备，以确保自己死后权力可以顺利更迭，王庭不至于发生动乱，外敌乘虚而入。

殿前响起咚咚的脚步声，缘觉飞跑入殿。

"王，文昭公主的亲兵过来说，今天公主有事，不回来了。"

昙摩罗伽问："公主去哪里了？"

"公主去驿馆了。亲兵说公主和卫国公要商议事情，今晚不回院子，明天可能也回不来。"

昙摩罗伽皱眉。

驿馆里，李仲虔五内俱焚，坐立不安。

医者为瑶英的眼睛涂了药，包了布条，叮嘱道："每隔两个时辰换一次药，一个月内不能食用油腻腥臊之物。"

李仲虔送医者出去，转身，看着眼睛上蒙了布条的瑶英，面色阴沉如水。

瑶英什么都看不见，有些不安，伸手摸了摸榻边："阿兄？"

李仲虔握拳，深吸一口气，把满腔怒火硬压下去，握住她的手："眼睛还痛吗？"

瑶英道："擦了药，好些了……"

李仲虔拔高嗓音："你知不知道如果我和李玄贞收手慢一点儿，你可能连命都没了？你闯进来干什么？"

瑶英仰着头，小声说："阿兄，李玄贞是太子，你不能在王庭杀了他……"

"他不顾人伦，对你有那种龌龊的心思！"李仲虔忍耐不住，怒吼出声，"我不能让他活在这个世上！"

只要一想到李玄贞每次看着瑶英的时候在想什么，他就气得毛发直竖，恨不能把李玄贞碎尸万段。李玄贞居然有脸追来王庭！

瑶英松了口气，看来李玄贞宁愿被李仲虔误会也没有说出她的身世。

她的信应该还没送到杜思南的手上。在收到杜思南的回信以确认自己的身世之前，她不想让李仲虔知道这件事情。

"阿兄，他不敢对我做什么，李德也不敢。我们先把他送回去，眼不见为净。"

李仲虔攥紧几案的一角，脸色越发阴沉，凤眸发红，像是要烧起来一样。

瑶英看不到他的神情，抓着他的胳膊摇了摇："阿兄……你杀了他，风险太大，李德才是我们要提防的人……李德和李玄贞之间矛盾重重，李玄贞活着，这对我们来说不是坏事……"

李仲虔回过神，看着她脸上蒙着的布条，闭了闭眼睛："好，我现在不杀他。"

瑶英松了口气。

她现在还不能告知李仲虔全部的真相。李仲虔原本就有和李德父子同归于尽的想法，假如知道她和李玄贞之间的纠葛，一定会毫不犹豫地做出牺牲。

安抚好李仲虔，瑶英问亲兵："太子的伤怎么样了？"

亲兵答道："医者刚刚为太子殿下包扎了，之前留下的外伤已经好得差不多。今天阿郎把太子打了一顿，添了些新伤，不过没有伤及要害。"

瑶英点点头："带他过来。"

不一会儿，屋中响起脚步声，亲兵带着李玄贞进屋。

瑶英抬手让亲兵退到角落去，问："你做了什么？我阿兄怎么会知道你的心思？"

李玄贞沉默了一会儿。

"眼睛痛吗？"他不顾自己鼻青脸肿，连五官都快看不出来了，一瘸一拐地走到她的面前，看着她脸上的布条问道。

瑶英看不见人，端坐不动，冷冷地道："不关你的事。"

李玄贞苦笑。这怎么不关他的事？他和李仲虔起争执，她赶来阻止，眼睛才会受伤。

他俯身，拉起她的手。

瑶英下意识地一甩，李玄贞痛得面部抽搐了几下，心中苦涩。他忍着没喊痛，紧紧地握住她的手掌："别动，我给你看一样东西。"

他从袖中摸出一样东西，塞到瑶英的手心里。

瑶英皱眉，摸着掌中的东西，摸了半天也没猜出是什么："这是什么？"

李玄贞半晌没说话。

昔日的种种——在他脑海中浮现。他曾经刻意遗忘那段过去，但是那段记忆始终盘踞在他的心底。即使他一刀一刀地去剜，把自己的心挖得鲜血淋漓，也无法抹去和她相识的回忆。他只能将其深埋心底，用恨意去填补空洞。

后来他发现，其实自己什么都记得。

"是泥人……"李玄贞轻声说，"你的泥人。"

他被关起来养伤，捏了几个泥人，泥人都是她的模样。李仲虔看到酷似她的泥人，什么都明白了。

瑶英的脸上没有一丝波澜。她随手将泥人放到一边的绒毯上，道："我会即刻派人送你回高昌，你的部下应该也找过来了，你好自为之。"

李玄贞闭目了片刻。

她不记得泥人了。

又或者她记得，但是一点儿都不在乎。

他耗光了她的所有期望。现在不管他做什么，她都毫不在意。

"为什么……"他的双手紧握成拳，身上的疼痛远不如心口泛上来的痛，"七娘，为什么阻止李仲虔杀我？"

瑶英淡淡地道："因为我不想阿兄出事。"

李玄贞勾起唇角，自嘲般一笑。

这是意料之中的回答，他偏偏要问出口。明知是自取其辱，他还是抱了一点儿期望，希望她心底对他有一丝不忍。

她只要还对他有一丝不忍就够了。

"七娘，你不用担心李仲虔发现你的身世……"李玄贞转身，一瘸一拐地出去，"在你决定告诉他实情之前，我不会泄露此事。"

他的声音听起来很平静，甚至有几分轻快。

即使他被李仲虔和她的亲兵误会，即使被天下人耻笑，又能怎样？

他不在乎。

瑶英担心夜长梦多，催促亲兵启程。这天傍晚，亲兵护送李玄贞离开圣城。

她留在驿馆看着李仲虔，要他亲手给自己换药，以防他偷偷出城去追杀李玄贞。

李仲虔一看到她蒙着眼睛的样子，满腔怒火尽数消散，没有再提要立刻手刃李玄贞的话。

瑶英打发亲兵去王寺见毕娑："王寺那边有急事的话一定要来禀报。"

亲兵回来复命："阿史那将军说一切都好，公主不必担心，他若有事，一定会来请公主。"

瑶英放下心来，收拾了睡下。

夜半时分，瑶英做了一个噩梦，身上战栗不止。

一只手轻轻地抚过她的额头，指腹微凉。

瑶英半梦半醒，闻到熟悉的味道，抱住那只手蹭了蹭，呢喃："法师……"

她的声音拖得长长的，又娇又软。

榻边的身影微微僵了一下。

瑶英侧过身，蜷缩成一团，紧紧地靠着那道身影。

耳畔传来诵经声，音调婉转。

瑶英紧拽着袖子不放，快要睡沉时忽然清醒过来，双手一抓。

身侧空空荡荡，她什么都没抓着。

她坐起身来。屋中一点儿声响都没有，静悄悄的，刚才的念经声仿佛是她的错觉。

瑶英的脸上还蒙着布条。她什么都看不到，伸手摸了摸榻边，锦毯的边沿没有一丝皱褶。

她轻轻地翘起嘴角："法师？"

没有人回应。

"我知道你在这里。"瑶英笃定地道，"你怎么来的？身上好些了没？"

她等了一会儿，榻边传来一声细微的响动。

一道身影在她的身边坐了下来，修长的手指拂过她的脸颊，解开她脸上的布条。

瑶英乖乖地坐着，一动不动，全然信赖。

昙摩罗伽凑近了些，细看她的眼睛，紧皱双眉。

瑶英小声说："法师，你别担心，我只是暂时看不清楚，过几天就好了。我今天装出很痛的样子是为了吓唬我阿兄，让他冷静下来。"

她还故意瘫倒在地，让医者夸大她的伤势。

昙摩罗伽一语不发。

她让亲兵隐瞒消息，他派亲卫过来打探后才知道她因为眼睛受伤了，所以不能回去。

她骗他。

知道她受伤的那一刻，他几乎克制不住，想亲自过来把人抓回去……他的执念越来越深了。

昙摩罗伽拿起布条，重新给瑶英系上，动作轻柔，语气听起来格外严厉："以后别瞒着我。"

瑶英点点头："我没事，不过这两天得待在驿馆，阿兄才能放心……法师，你快回去吧，别耽误了正事。"她说着，眉头紧皱，"你没运功吧？"

蒙达提婆带来的新方子起了效用，他得坚持用药，而且不能再运功。

昙摩罗伽垂眸，扶她躺下："我没运功。睡吧，我这就走。"

他有很多事情要忙，她不知道，那些事情是他的责任。他别无所求，而她是他在责任之外唯一的一点儿私心。

而他只能在深夜悄悄地来看她。

瑶英躺回枕上。

昙摩罗伽坐在榻边，她拽拽他的袖子："法师，你刚才念的是什么经文？"

"《佛说百佛经》……诵此佛名故，常得见好梦，远离诸难，得无上菩提……"

他刚才念的是梵语。昙摩罗伽知道她听不懂，改成汉文，音色依旧好听，如玉石琳琅，高贵优雅。

瑶英看不到他的样子，听着他一句一句地念诵经文，觉得心里无比安定，放松下来，慢慢睡着了。

如银月华从花窗漫进屋中。她侧身而睡，脸庞沐浴在朦胧的光晕中，眼睛上蒙着布条，双唇润泽，像蕊红新放，在等人品尝。

昙摩罗伽俯身，手指拂开她的鬓发，一点点地朝她靠近，指尖轻轻地拂过她的脸庞。

随着嘎吱一声，窗外闪过一道黑影。

昙摩罗伽回过神，给瑶英盖好锦被，起身走出屋。

一道高大的身影立在庭院的深处，转身瞥他一眼，一双凤眼映出冰冷的月光，目光阴沉。

"你和明月奴是什么关系？"李仲虔问。

他夜里担心瑶英，过来看她，看到一个男人坐在她的榻边，立马抽刀。可她笑着和男人说话，语气轻柔，显然和男人很亲近。

昙摩罗伽沉默不语，解开面巾，月色下，一张疤痕遍布的脸露了出来。

李仲虔皱起眉头："苏丹古？"

这人别的都好，就是一张脸上都是伤疤……瑶英自己生得好，不在意其他人的长相，可是也不该找一个这么丑的……以后她和这人成亲了，怎么带出去见人？

而且苏丹古的仇人一个比一个疯狂，瑶英和他在一起就得成日提心吊胆。

想到这里，李仲虔冷哼："三更半夜出现在女儿家的闺房，偷偷摸摸，不合规矩，你把我妹妹当成什么人了？她是西军的首领，爱慕她的人不缺你一个。"

昙摩罗伽沉声道:"卫国公说得是……我身份敏感,让公主受委屈了。"

"我深夜前来,她才能安心休养。"

李仲虔眯了眯眼睛,觉得眼前的人的语气有些熟悉。

昙摩罗伽抬手:"卫国公,我的人在驿馆外,请卫国公随他们去一个地方。"

李仲虔抬起眼帘,扫一眼他指的地方,远处星星点点的火光闪耀。

"去哪里?"

昙摩罗伽道:"去追上李玄贞。"

李仲虔的眼中腾起一点儿火焰。他看着昙摩罗伽,目露赞赏之色。

"你呢?"

"我有伤在身,不便出行。"昙摩罗伽立在廊前,气势威严,"卫国公放心,我的人应该快追上李玄贞了。此事是我一人所为,和卫国公无关。"

李仲虔深深地看他一眼,笑了笑,还刀入鞘,转身走出长廊。

一群身着窄袖衫、肩负长弓的亲卫手执火把等在驿馆外,为他牵马。

风声呼啸,一个多时辰后,李仲虔一行人悄悄地从后山出城,追上被拦在山谷的李玄贞。几个先行的亲卫挡住了他们的去路。

李仲虔戴了面罩,勒马停在山坡上。

亲卫引弦搭箭,黑夜里响起嗖嗖声,箭雨罩下,全部射向李玄贞。李玄贞的亲卫连忙帮着举刀格挡。

瑶英的亲兵一头雾水,不明白为什么会被拦下,策马上前,拿出铜符:"我等有阿史那将军的密令。"

"我等有摄政王的手令,请魏朝太子带句话给魏朝皇帝!尔等勿怪。"亲卫朗声答道。

几个亲兵面面相觑。

亲卫说完,一边抽刀,一边狠狠地踢一下马腹。十几骑身影朝着李玄贞奔去,驰到李玄贞的跟前,举起长刀。

月夜下刀光闪动,十几骑踏着整齐的步伐前进,气势肃杀。李玄贞的亲卫大惊失色,驱马围住李玄贞。王庭亲卫狞笑,长刀落下。

马嘶长鸣,惊叫声四起,数人落马。

几把长刀从不同的方向斩向李玄贞。

"殿下!"亲卫目眦欲裂。

下一瞬,李玄贞鬓边的头发飘落下来。

王庭亲卫捡起他的头发,放进一只锦盒中,递给李玄贞的亲卫:"请代摄政王转呈给魏朝皇帝。文昭公主是王庭的贵客,她在一日,盟约便在。中原人说,身体发肤，受之父母，这几束头发是太子殿下的，应当转交给魏朝皇帝。"

李玄贞的亲卫心有余悸，汗出如浆，接过锦盒。

他们在王庭境内，假如刚才那几刀真的朝着太子的脖子砍下去……

王庭亲卫看向李玄贞，一笑："太子殿下，文昭公主不想再看到您，为了两国情谊，您以后还是不要再踏足王庭为好。王庭距离中原有万里之遥，本应相安无事。"

李玄贞鼻青脸肿，看不出什么表情，回头看一眼圣城的方向，目光阴冷。

她是为苏丹古来王庭的。苏丹古抓住了李德的软肋——他没去过中原，居然对魏朝如此了解。

亲卫哆哆嗦嗦着爬上马背，拽住坐骑的缰绳，簇拥着李玄贞离开。

不远处，李仲虔看着李玄贞一行人消失在茫茫夜色中，拍了拍腰间的佩刀。

苏丹古至少比杜思南和郑景好点儿。

送走李玄贞后，瑶英少了一桩心事。

李仲虔和王庭关于通商的谈判也谈得差不多了，双方已经在草拟文书。

她因为眼睛还没好，没法写信看信，只能让亲兵帮她读信。有些公文需要她亲笔画花押，她暂时只好用印章代替。

李仲虔不许她出门，要她留在驿馆好好养伤。

她每天让金将军去王寺送信，信都是侍女代她写的，上面不过是些她今天做了什么、吃了什么、眼睛有没有好一点儿之类的琐事。

昙摩罗伽的回信也很平常。他知道她看不了信，信上多半是几句问候，叮嘱她记得换药，内容寻常，被人看到了也不会暴露彼此的身份。

两人天天鸿雁传书。

这天瑶英坐在廊下的鹰架前等金将军回来，听到院外传来一阵脚步声。

"公主，王寺那边派人来接您了。"

瑶英搬回庭院，刚进屋就闻到一股熟悉的沉水的香味，伸手拽住对方的袖摆，笑着轻轻摇了摇。

"法师。"

这几天夜里昙摩罗伽都会来看望她，瑶英不知道他是怎么和李仲虔说的，李仲虔居然默许了，没有拦着不让他进屋。今天巴米尔来接她，李仲虔知道了也没跑回来阻拦，只派亲兵过来嘱咐了几句。

昙摩罗伽没作声，放慢脚步。

瑶英就这么拉着他的袖子往里走。

不一会儿，昙摩罗伽停下来道："公主在这儿坐着，蒙达提婆过来了，让他看看你的眼睛。"

她说眼睛痛只是为了吓唬李仲虔，过几天就能好。几天过去了，她还是看不清，他不太放心，征得李仲虔的许可，把她接回来养伤。缘觉说得煞有介事，好像她要失明了一样，李仲虔生怕她的眼睛留下毛病，沉着脸答应了。

瑶英依言坐下，昙摩罗伽俯身，衣摆发出窸窣的轻响，气息扑在她的额上。

他解开她眼睛上的布条，轻皱眉头。

蒙达提婆奉召前来帮瑶英看眼睛，看过医者的药方，闻了闻她平时敷的药膏，说："这药膏的药性温和，药方对症，外用的就涂这个药膏，再加一味内用的药就够了。王不必忧心，再过半个月公主应该就能看清了。"

昙摩罗伽凝视着瑶英，沉默不语。

毕婆忽然出现在门口，气喘吁吁，朝他使了一个眼色。他留下缘觉照顾瑶英，自己出去了。

蒙达提婆继续为瑶英敷药。

瑶英叫自己的人都退出去，问："法师，佛子的身体好些了吗？"

蒙达提婆和缘觉对视一眼，看着一脸期冀之色，其实眼前什么也看不清楚的瑶英说："公主，从这几天佛子的脉象来看，新药方的效用很明显。"

瑶英喜出望外。

蒙达提婆接着道："此药服用时疼痛无比，让人难以忍受，不过能激发水莽草的效用，减轻毒性。只要佛子以后不再运功，细心调理，几年之内可保无虞。"

瑶英欣喜异常。

现在昙摩罗伽不需要再亲临战场，可以不必运功了。新药方既然有用，只要他不再运功，一定可以养好身体！

"法师神医妙手！劳法师费心了。"

"公主谬赞。"

蒙达提婆的眼神闪躲了一下。他告退出去，不一会儿，天竺医官送来汤药。

缘觉接了药，递给瑶英。她摸索着接过碗，小口地喝着。

门口传来脚步声，巴米尔进屋和缘觉说话："王有急事要去料理。公主的眼伤还没好，王嘱咐你随侍左右，别让公主身边离了人。"

缘觉答应一声，问："阿史那将军刚才跑得那么急，出什么事了？"

"赤玛公主求见，王回去见公主了。"

此话一出，缘觉和坐着喝药的瑶英都怔了怔。

瑶英很久没听说赤玛公主的消息了。

赤玛公主和昙摩罗伽感情生疏。王庭危急之时，她带着亲卫躲到私人庄园，诸事不管。大军凯旋，她立刻回到圣城，每日和贵族子弟饮酒作乐。

毕娑常去看她。

缘觉问巴米尔："赤玛公主为什么求见王？是不是因为莫毗多小王子的事？"

"这个我也不知道。"

缘觉皱眉。

瑶英转头问他："关莫毗多什么事？"

缘觉答道："莫毗多小王子不是世家子弟。他入节度衙，朝中大臣议论纷纷，赤玛公主为这事求见过王……公主说王这么做偏心，对阿史那将军不公平。"

瑶英蹙眉。

几年前，赤玛公主因为昙摩罗伽阻止她滥杀无辜之事和他决裂，此后把对张家的恨意全部发泄到了昙摩罗伽的身上。不管昙摩罗伽做什么，她都不满意。

长廊上一阵脚步声由远而近，亲兵抱拳禀报："公主，曼达王妃求见。"

曼达公主被关了几天，天竺医官为她求情，亲兵去搜查了她的住所，又收缴了一批东西。这会儿她才被放出来。

瑶英想了想，手搭在缘觉的胳膊上："请她去隔壁。"

她见外人的时候都是去隔壁的宅院，那边和这座宅邸相通，不过从外面看是两座独立的别院。

曼达公主这几天叫天天不应，叫地地不灵，刚进了屋就大声抱怨："佛子不仅派人查检我的箱笼，还下令催促使团尽快归国，我明天就要走了！上次我离开王庭，走得狼狈，这次他居然又如此轻慢我！"

她上次离开王庭，被人耻笑，心中暗恨。这一次来王庭，她特意打扮得漂漂亮亮的，骑大象入城，就是为了一雪前耻，好好地出一回风头，结果佛子又赶人！

瑶英光听曼达公主气急败坏的语气就知道她有多愤怒。

瑶英爱莫能助。她和马鲁国的使团已经交换过国书了，曼达公主随使团来王庭敬献国书，确实没其他理由逗留。曼达公主要是去高昌，自己倒是可以多留她一段时日。

"我身体不便，明天会让亲兵为王妃送行，我的事就不需要王妃操心了。以后王妃在马鲁国有任何难处，只需要去找当地的商号，商号定会尽力为王妃排忧解难。"

曼达公主看着瑶英。虽然她的眼睛蒙了层布条，但嘴角含笑，面庞红润，如明珠散发出淡淡的光华。曼达公主看得出她是真的高兴。

佛子不能给予她名分，她一点儿都不在乎。

"我不明白。"曼达公主坐到瑶英的身边，眼前浮现出瑶英当初义无反顾地踏入火坛的场景。她不解地道："公主对佛子一片痴心，佛子也分明对公主有意，却因为顾虑太多不敢和公主共赴云雨。公主就甘心这样没名没分地和佛子来往吗？公主这样的美人，我见了都心生喜爱，佛子却能不为所动。公主不使点儿小心思，什么时候才能得偿所愿呢？"她语重心长地道，"公主，爱慕一个人，有什么手段都要使出来，不用忌讳太多！人生苦短，及时行乐。"

瑶英一笑："王妃的心意我心领了。我所求的得偿所愿不是王妃想的那样。"

"公主求的就只有佛子的心吗？"曼达公主一撇嘴，"有了心，为什么不能连人一起得到？得不到人，光有心也无趣！"

瑶英轻扬嘴角，轻描淡写地说："法师是个僧人，能把向佛的心分一半给我，这已经足够了。"

曼达公主愣了一会儿，觉得一阵牙酸。

"王妃日后不必再为此事多费心思。"瑶英笑眯眯地说，语气很柔和，身上却散发出截然不同的强硬的气势。

曼达公主经常在那些执掌生杀大权的权贵身上感受到这种气势，不由得一激灵，想起瑶英现在的身份，坐得端正了些，道："是我唐突了。"

王寺。

赤玛公主笑意盈盈地走进灯火通明的前殿，身穿鲜衣华服，头戴珠翠花冠。

"北戎投降，现在天下太平。我想嫁人了，罗伽。"她示意长史取出喜帖递交给亲兵，道，"驸马叫阿克烈，是禁卫军的一个指挥使，不是康、薛、安、孟四家子弟，你是不是可以放心了？"

昙摩罗伽淡淡地道："只要是人品端正之人，不管是哪家姓氏，都可以为驸马。"

赤玛公主冷笑："人我已经定下了，婚期我也定下了。你是我的弟弟，虽然你四大皆空，为人凉薄，从来不在意这些事情，但我还是要告诉你一声。"

说完，她拂袖而去。

门口的毕娑听了这话，眉头紧皱。他正要追上去，昙摩罗伽叫住他："阿克烈是谁的部下？"

毕娑连忙转身，道："是右卫的人，我认得他，他家世代为禁军军官，为人忠厚老实，十五岁娶妻，前几年妻子病逝，没有儿女。上次海都阿陵突袭圣城时，就是他负责护卫公主府。"

昙摩罗伽嗯了一声，放下请帖，道："莫毗多前天入节度衙了？"

毕娑回过神，说："他去军部报到的第一天和几个将领起了点儿冲突，有人嘲笑他口音重，吵了几句，不过没出什么大事。"

谁都知道口音重只是个由头，就算莫毗多完美到挑不出一点儿毛病，在军部也举步维艰。

世家贵族不是一两天就能打倒的。他们根深蒂固，如附骨之疽。

烛光摇曳，殿中香烟袅袅。

昙摩罗伽翻开一本奏本，这正好是有关官员奏请和魏朝通商的文书。等他签发后将文书下达至各部，李仲虔就可以回高昌了。

他看着奏本，半天没有下笔。

"王。"般若在殿门外下拜，手里捧了一沓经卷，"十日后的法会大典，几位来游历的僧人要和寺僧辩经，寺僧分辨不出他们所带的经书是不是外道，请王定夺。"

风吹进内殿，毡帘轻晃。

"拿进来吧。"昙摩罗伽淡淡地说，提笔在奏本上写下批复，递给亲卫，命传达下去。他坐着出神片刻，拿起旁边的喜帖看了几眼，起身出了内殿。

巴米尔在夹道前等着。

他问："公主换过药了？"

巴米尔答道："换过了。刚才曼达王妃过来，她明天就要走，文昭公主喝了药，和她说了一会儿话，为她送行。"

昙摩罗伽轻轻地皱了一下眉，回到庭院。屋中灯火辉煌，却空无一人。

他的居所本该如此，清清静静，无所挂碍。

她的身影不该出现在这里。

"文昭公主没回来？"昙摩罗伽问。

"在隔壁那座宅子，缘觉陪着公主过去的。公主说她今晚就在隔壁歇下，不回来了，王不必担心。"

昙摩罗伽看一眼空荡荡的屋子，走向通向隔壁的廊道。

苍穹无垠，一轮银月高悬，四野一片寂静，偶尔传来几声夜鸟的鸣叫。月华如银霜般倾洒而下，映亮长廊外草木树丛的轮廓。寒风微微吹拂，摇乱树影，银辉在夜色中流淌浮动。

昙摩罗伽拂开拱门前缠绕的藤蔓，一声悦耳悠扬的琵琶声忽地传来。

摇曳的庭燎的光芒映在他的脸上，照出他英俊的轮廓。

他下意识地要后退，视线越过幽静的长廊飘向庭院，脚步忽地顿住。

庭前毡帘高挂，设了帐篷，月色清亮。院中不知道栽植了什么花树，花香馥郁，黑夜里丝丝缕缕地袭来，更加甜香。

帐篷里人影晃动。几个侍女或怀抱琵琶、羯鼓，或手持横笛、金铃，席地而坐，吹奏乐曲，曲声柔和，打破夜的岑寂，穿过浓重的夜色，盘旋缭绕。

纱帐被轻风高高地卷起，一道袅娜的身影若隐若现，轻扬藕臂，和着乐曲慢悠悠地旋转腾挪，柔韧的腰肢轻轻地扭动，一股说不尽的柔媚的韵味在黑夜中流转，裙摆似花朵层层叠叠次第绽放，满院月华黯然失色。

乐曲变得缠绵起来，纱帐里起舞的身影舒展双臂，影影绰绰，如花枝颤动。鼓点蓦地一停，纱帘轻扬，一截雪白光洁的胳膊从后露出，臂上的一串嵌玉黄金臂钏折射出道道光芒，越发衬得肌肤白皙如雪。

夜风阵阵，吹起纱帐。

月影暗淡，灯火憧憧。她蒙着眼睛，在黑夜中起舞，随着曲子摇摆，曼妙妩媚，仿佛风中轻轻摇曳的花朵，摇摇欲坠，撩人心弦，惹人怜惜，又像即将乘风归去，清清淡淡，高贵典雅。

空气里的花香更加浓郁。

昙摩罗伽眼眸深沉。

乐曲到了尾声，如丝丝细雨缠绕。纱帐后的女子莲步轻移，乌云散开，一束月华铺洒下来，正好笼在她的肩头。

她头梳高髻，束发的石榴红彩绦长及脚踝，眼睛仍然蒙着布条，身披一件轻薄柔软的金银丝线折枝花卉纹镶金花边的天竺衫裙，罗衫的边缘缀了金叶银铃，只到腰部，银铃闪颤间纤细的腰肢隐隐露出，长裙轻薄，轻纱裹在双腿上，体态玲珑。

衫裙缀满密密麻麻的珍珠和各色宝石，她舞动之时，千百道色彩变幻闪烁，灿若云霞，璀璨夺目。

舞姿婀娜，尽态极妍。

乐曲声越来越慢，越来越轻，她舞动时也越来越轻盈柔媚，仿佛花朵开到极致。

她回眸一笑，香汗淋漓，容色出尘。

四野沉水一般寂静，帐篷里的人呆呆地仰望着她。

突然，乐曲的调子拔高，变得高亢欢快，鼓声如骤雨，银铃响动，她微微一笑，跟着曲子旋转，越转越快。她像蓬草一样急速地飞舞，彩绦飘带高高地飞扬，飒飒作响，衫裙的碎影成了一道七彩斑斓的虹光，手势千变万化，双足始终不离方寸之间，让人眼花缭乱。

她宛若壁画上在极乐仙境里起舞的神女。

这一曲罢，她微微喘气，肩上的罗衫半褪，额上隐有细汗。

帐篷里传出曼达公主的欢快的笑声。她捧着酒碗上前，说了几句什么，脸上满是喜色。

瑶英笑了笑，接了酒碗，抬起头，脸刚好朝着昙摩罗伽站立的方向。

昙摩罗伽站在暗影里，岿然不动，明知距离远，她的眼睛蒙着布条，不过是恰好"看"过来而已，浑身还是微微绷紧。

曼达公主命侍女继续弹奏，拉着瑶英共舞。两人跳的是健舞，舞姿刚柔并济，矫健明快。

瑶英含着笑，时不时和曼达公主耳语几句。她的眼睛假如没有受伤，一定盈满欢快的笑意。

香气沁人。

昙摩罗伽从未见过她这副模样。

此刻的她青春活泼，妩媚动人。

也许她一直如此，只因为顾忌着他是个僧人，所以从不在他的面前流露出这一面。

他站着发了一会儿呆，握紧佛珠，背过身，立在暗影中，又出神良久。

长廊幽暗。

有人跪在帐篷外劝曼达公主早点儿休息，明天还要赶路。曼达公主嘟囔了几句，乐曲声停了下来，少女娇俏的笑声在夜色中缭绕。

昙摩罗伽踏上石级，刚走了几步，身后传来叽叽喳喳的说话声，一群人走了过来。

"公主，您和曼达王妃谁输谁赢啊？"

瑶英轻笑："我们以舞会友，为什么要论输赢？"

"公主和曼达王妃跳的那个柘枝舞真好看……"

说话声越来越近，又忽然停了下来。

"忘了拿……"

脚步声跑远了。

昙摩罗伽等了一会儿，从暗影中走出。

"谁在那里？"

黑夜里传来一声轻轻的问话。

昙摩罗伽抬眸。

瑶英立在廊柱前，朝着他的方向轻问。她云鬓散乱，面庞潮红，彩绦飘带低垂，衫裙如云雾轻薄，雪白的肌肤若隐若现，渗出细汗，月华勾勒出起伏的线条。

月夜下，她蒙着眼睛，一双唇红得艳丽。

昙摩罗伽闭目了片刻。

"是缘觉吗？"

他久久不吭声，瑶英又问了一遍，伸出手，往他的方向走过来。

她刚好站在一处拱形的穹顶下面，绘满青绿色的枝叶的廊柱下有一道阶梯。她看不见，一脚踩空，身子往前一栽。

昙摩罗伽上前，扶住她的胳膊。

隔着薄薄的轻纱，他能感觉到她柔嫩光洁的手臂在他的掌中滑了过去。

瑶英一下没有站稳，扑进他的怀里，拽住他的衣袖，仰起脸，笑得狡黠："法师，我就知道是你。"

昙摩罗伽扶着她娇软的身子，问："怎么知道是我？"

"这里应该有人守着的，你来了，他们才会退下……"瑶英累得浑身酸软，有些懒洋洋的，嗅了一下他的袈裟的袖摆，说，"而且我闻到你身上的香味了。"

倏地，一道电流涌过身体，昙摩罗伽垂眸，捏紧袖中的佛珠。

瑶英什么都看不见，也没有觉察到他的僵硬，问："什么时辰了？法师怎么过来了？"

昙摩罗伽看着她。

她微微喘息着，抱着他的胳膊，彩绦飘带缠到了他的身上。

花香里浸了汗味，越发浓烈。

一阵凌乱的脚步声靠近，她的侍从找了过来。

瑶英回头，刚要开口说话，昙摩罗伽鬼使神差地抬手，握住她的肩膀，带着她转了个身，躲到刚才他站立的花藤后面。

枝叶缠绕着伸过来，带了水汽，将两个人缠裹其中。

瑶英茫然地抬起头，小声问："怎么了？"

昙摩罗伽一语不发。

狭小的空间里，两人相对而立。她站不稳，他揽着她的腰，让她靠在自己的身上，感觉就像抱了一块软玉。她的肌肤春水般细柔，仿佛风微微一吹，她就会化在他的怀里。

呼吸缠绕，气息交融，她仰起脸，红唇微张。

昙摩罗伽低头，离她越来越近。

月光从藤蔓的细缝间筛下来，映在他的身上，他眉眼沉静，周身似有佛光轻轻笼罩。

瑶英感觉到他的身体仿佛有些发烫，呆呆地立在原地。

下一刻，他滚烫的手指按在她的后颈上，轻轻用力，把她按进怀中。他的唇落到了她的发顶上，就像他们在峡谷那次，只是轻轻地、克制地蹭了一下头发，一触即分。

瑶英感觉身上也渐渐热了起来，依偎着他的胸膛，听着他平稳的心跳声，微微战栗。

"公主！公主？"缘觉的声音在长廊里回荡。

昙摩罗伽放开瑶英，紧攥的佛珠在掌心留下一道印记。

这晚，瑶英还是回这边的庭院睡。

昙摩罗伽在静室打坐禅定。

她和曼达公主闹了半夜，实在倦了，洗漱之后更觉疲惫，翻来覆去了一会儿，睡了过去。

听她的呼吸变得绵长均匀，昙摩罗伽睁开眼睛，起身，绕过毡帘和屏风，走到长榻前坐下。

她居然就这么睡着了，一点儿都不担心一室之隔的他会不会做什么。

她什么都不计较，自然是不怕的。

昙摩罗伽久久凝视着瑶英，碧眸里隐隐有波澜涌动。他抬手，指尖轻轻地拂过她的唇。

她的唇比醍醐还柔软。

瑶英什么都没做，他便心生欲念了。

以前他的欲念不过是把她留在身边，希望她能长久地陪伴自己，眼中只有他。

现在他的欲念掺杂了身体上对她的渴望。他自幼修习佛法，从未感受过这种身体上的无法抑制的欲望，感觉像一把烈火在熊熊燃烧，只有她能浇灭这团炽烈的火焰。

昙摩罗伽一夜没睡。

翌日，她还没醒，他先去了王寺。

般若过来取昨天的那些经卷，问："王，您会出席辩经大会吗？"

昙摩罗伽合上经文，摇摇头："法会大典由其他寺僧主持。"

他修的道注定和其他人不同。

般若失望地退下了。

曼达公主离开的时候，瑶英没有去送，答应陪她跳舞就算是为她送行了。
天竺医官这次没有跟着她走，而是继续跟着蒙达提婆法师。

几天后，赤玛公主和驸马阿克烈的婚礼如期举行。

公主是昙摩罗伽唯一的姐姐，驸马交游甚广，婚礼当天圣城分外热闹，万人空巷。百姓扶老携幼，在长街边观看新娘的花车经过，朝中官员、军中将领、附近的领主都应邀出席了这场热闹的婚宴。

宴席之上，鼓乐喧天，众人喝得酩酊大醉。

驸马阿克烈为人忠厚。同僚们灌他酒，他来者不拒，从早到晚嘴角一直咧着，红光满面。

仪式过后，一身鲜亮的新郎盛装的阿克烈在同僚们的簇拥下带着同样着盛装的赤玛公主去大殿拜见佛子昙摩罗伽，接受他的祝福。

昙摩罗伽端坐在殿前，看着阿克烈和赤玛公主并肩走进大殿。

侍从抛撒鲜花，送来盛了清水的金盘。赤玛公主接过金盘，走到昙摩罗伽的面前，朝他跪了下去。

众人吃了一惊，目瞪口呆，就连驸马阿克烈也很惊讶。

赤玛公主手捧金盘，像一个虔诚的信众那样，匍匐着上前，朝昙摩罗伽叩拜行礼，亲吻他脚下的金毯。

"罗伽，我骄纵任性，放不下对张家的仇恨，这些年给你添了不少麻烦。今天我要嫁人了……我有了丈夫，以后还会有孩子，驸马劝我忘记仇恨，迎来一个新的开始。我会试着放下仇恨，好好和阿克烈过日子，为他生儿育女。不论从前你我之间争吵过多少次，今天是我的大婚之日，我希望你能真诚地祝福我，以后我们忘了以前的不愉快，好不好？

"王，我错了，你能原谅我吗？"

她仰起脸，慢慢地道，语气真诚，姿态谦恭。

驸马阿克烈也跪了下来，抱拳行礼："王，公主从前确实有放纵之处，求王宽恕她。"

殿中诸人面面相觑，大殿陷入一片死寂。

佛像前，缕缕香烟静静地弥漫。

毕婆满脸不敢相信，呆了一呆后，欣喜若狂，抬头看向昙摩罗伽，神情期待。

昙摩罗伽抬眸，迎着众人的视线接过金盘，饮了一口清水。

殿中诸人如释重负地舒口气，喜气洋洋。

昙摩罗伽拿起金杖，在驸马和公主两人的眉心各点了一下。

"日后当互相敬重，互相扶持。"

阿克烈笑得眼睛都睁不开，双手合十拜礼："今天臣在佛前立誓，以后一定会好好待公主，好好效忠王。臣若对公主有丝毫不敬之处，愿凭处置！"

众人哈哈大笑，簇拥着两位新人离开。

婚礼当天，高昌使团也收到了邀请。

瑶英知道赤玛公主的忌讳，叮嘱使者送一份厚礼过去，让他们在婚礼上尽量躲在人群之中，不要出现在一对新人的面前，免得王庭的贵族们不快。

这种差事自然不适合李仲虔去做。副使带着人去了婚宴，回来时告诉瑶英，宴席上人山人海，根本没有人注意到他们。

婚礼顺利举行，众人相安无事。

瑶英为昙摩罗伽松了口气。

不久后，瑶英的眼睛可以感觉到光线了。她想要拆了布条，蒙达提婆连忙劝阻："公主的眼睛暂时不能直视光线，再涂半个月的药，才能拆了布条。"

瑶英只得继续让亲兵帮她读信。

昙摩罗伽敷药的时候，她在一边陪着，什么都看不清，听他和蒙达提婆对话时语调平稳，情况一天比一天好转，心渐渐放下来。

这日李仲虔过来看瑶英，告诉她使团拿到正式公文了，问："事情办妥了，什么时候和我一起回去？"

瑶英先是因为盟书的事高兴，听到后半句，一时拿不定主意。

最近昙摩罗伽的身体好像好了很多，每次她问蒙达提婆和缘觉，他们都说他的气色很好，他只要不运功就不会受伤。

见她不回答，李仲虔皱眉道："你是因为苏丹古才留下的？让他跟着你回高昌不就好了？"

王庭人仇视汉人，局势复杂，苏丹古的仇家又多，李仲虔不会允许瑶英嫁到王庭来。苏丹古真想娶她，可以跟着去高昌。

"阿兄，他是王庭的摄政王，不能离开圣城。"

"你是西军的首领，不能总留在王庭，有些事情达摩不好出面。我看苏丹古好得差不多了，用不着你亲自照顾。"李仲虔边说边解开瑶英的布条，看了看她的眼睛，语气严肃。

瑶英点点头："阿兄，我心里有数。"

她来王庭前已经把处理政务和军务的属臣分开，提拔了一批根基较浅的将领，以平衡世家豪族，还从沙州、凉州调了一些精通水利的官员过来。现在各州百废俱兴，暂时不会出现大的动乱。她一直和达摩、杨迁、谢青保持通信，确保不会耽误大事。

兄妹二人正说着话，亲兵冲进正厅："公主，阿郎，不好了！"

李仲虔皱眉："怎么了？"

"驿馆走水了！咱们住的地方被烧了，箱笼没来得及抬出来，烧了一大半，马烧死了好几匹！"

瑶英心口一紧："没伤着人吧？"

"有三个人烧伤了，还有两个被烧着的木梁砸着了，不过伤势都不重。"

李仲虔站起身："怎么会走水？"

亲兵义愤填膺地道："有人故意放火！我们在马厩后面发现堆起来的柴草，所有出口都被堵住了，谢勇他们费了半天劲才撞开门！"

李仲虔捏紧拳头，冷笑。

瑶英按住他的胳膊："阿兄，盟书签订了，这应该是故意报复的人放的火。"

对方大白天放火，显然就是为了出气和警告，其嚣张的气焰和恨意可见一斑。

"我去处理这事。"李仲虔抬脚就走。

瑶英对着他的方向叮嘱："阿兄，大局为重，别伤了和气。"

"我明白。"

李仲虔走远了。

瑶英忧心忡忡，派人跟了过去。

下午亲兵回来复命："抓着了两个放火的人。他们招认说看到王庭和汉人结盟，心中愤懑，所以放火烧我们的使团。人已经关进大狱了。"

瑶英颔首，道："告诉阿郎，少安毋躁。"

傍晚，昙摩罗伽敷药的时候到了。往常他应该早就回庭院了，这晚却迟迟未归，瑶英担心是不是驿馆被烧的事情闹大了，打发缘觉去打听消息。

驿馆被人放火，她可以猜到城中现在是什么情形。

缘觉一去不回，派一个亲兵回来报信："王有要事在身，和驿馆的事无关。"

"什么事？"

亲兵支支吾吾地说："是政务上的事情。"

瑶英听他的口气，没有追问，猜测昙摩罗伽处理的是不能外传的王庭的内部事务。

她让亲兵给自己读信，边听边等昙摩罗伽回来。

她一直等到半夜，院外传来车马的声响。昙摩罗伽回来了，进屋时脚步声和平时一样，很轻，很稳，袈裟拂过地毯，窸窸窣窣声像绵绵细雨落下的声音。

瑶英听着他的脚步声，问："出什么事了？"

"几桩小事，几个年轻官员间的小纷争。"昙摩罗伽淡淡地说，语气听起来很平静。

瑶英问起驿馆的事情。

他道："已经稳妥处理了。"

"你今晚还没敷药……"瑶英想起来，"我叫人去请蒙达提婆法师。"

昙摩罗伽望着她，轻轻地嗯了一声。

不一会儿，蒙达提婆带着天竺医官过来了。瑶英坐在榻边，听他脱下袈裟。蒙达提婆不知道给他涂了什么药，他的身体剧烈地颤抖。一阵窸窸窣窣的声响过后，他忽地紧紧地抓住她的手，手心冰凉，汗水湿黏。

瑶英忙握住他的手。

蒙达提婆几个人退了出去。

屋中静悄悄的，昙摩罗伽一言不发，只是紧紧地攥着瑶英。

"法师？"

昙摩罗伽轻轻地应了一声。

瑶英看不清他怎么样了，心中酸痛。

"公主，我好多了。"他轻声道，松开她，抬手，手背轻轻地蹭过她的面颊，冰冷的佛珠跟着擦了过去。

瑶英拉住他的手不放。

昙摩罗伽沉默着，忽地坐起身，展臂揽住她的腰，把她带上了榻。

瑶英扑进他的怀里，用双手抵着他赤着的胸膛，怕压着他，挣扎着要起来。他搂着她的肩，让她侧过身倚着自己。她从他的身上翻下来，确定没有压着他的腿，这才不动了，抬头，伸手摸索着去摸他的脸。

"别动。"昙摩罗伽握住她的手，声音在她的头顶响起，嗓音低沉。

瑶英不动了，就这么依偎着他，陪他忍受痛苦。

夜已深了，烛台前冒起一缕缕青烟，屋中陷入黑暗。她不知不觉睡了过去。

昙摩罗伽垂眸看她，久久没合眼。

毡帘外传来脚步的轻响。

毕娑捧着一支烛台进屋，看清榻上的情景，瞪大了眼睛。

昙摩罗伽抬眸和他对视，神情坦然，眸光带着威压。

毕娑连忙转过身去。

昙摩罗伽轻轻地松开瑶英，给她盖好被子，下榻，扯起袈裟披在身上，走出内室。

毕娑跟上他，小声说："半个时辰前，轻骑在城外的大道上发现一整支商队被害……没有活口……"

"这是第几支商队？"

"是第三支了，每支被害的商队都是人畜不留，伤口是一样的，应该是同一种兵器造成的……还有可能是同一把兵器。"毕娑语气沉重，"王，现在已经有传言……说凶手是摄政王苏丹古。"

气氛陡然变得凝重。

昙摩罗伽回头。毡帘轻晃，瑶英睡在他的榻上，蜷缩成一团，侧脸线条柔和，仿佛有淡淡的光晕。

"请卫国公过来。"他看着瑶英道。

毕娑面露诧异之色，拿了铜符出去。

昙摩罗伽走到榻边，俯身，伸手拨开瑶英的长发，指腹轻轻地按揉穴道。她发出一声呢喃，睡得更沉了。

他凝视着她，手指贪婪地在她的颈侧流连。

半个时辰后，院外火把的亮光摇晃，脚步声由远及近。

昙摩罗伽站起身，走了出去。

毕娑推开门，示意李仲虔进屋。

李仲虔半夜被请来，紧皱眉头，一脸焦急之色。他踏进屋便问："是不是明月奴出了什么事？"

烛火微晃，一道身影从黑暗中踱出，一身宽大的袈裟，轮廓鲜明，眉目如画。

李仲虔一愣，感觉眼皮跳了跳："苏丹古呢？"

昙摩罗伽抬眸，一瞬间周身的气势大增，势如渊渟岳峙，碧眸里幽光闪烁。

"我就是苏丹古。"他一字一顿地道。

李仲虔微微睁大凤眸，反应过来，顿时感觉一股狂怒涌了上来，身形暴起，蒲扇似的大手紧握成拳，狠狠地砸向昙摩罗伽。

"厚颜无耻！"他怒吼，"你是个僧人，既然不能还俗，就不该碰明月奴一根头发！

"你把她当什么了？想金屋藏娇，让她一辈子见不得人，被世人耻笑勾引和尚，和一个和尚偷情？"

昙摩罗伽一动不动，硬生生地受了李仲虔的拳头。

李仲虔想到这些天自己被他骗得团团转，还默许瑶英和他相处，怒火更盛，眦裂发指，手上的力道又重了几分，拳头雨点儿一样砸在他的身上。

昙摩罗伽仍然纹丝不动。哪怕嘴角溢出血，他也没哼一声。

李仲虔又气又恨，胸膛剧烈地起伏。他停了手，冷笑："明月奴在哪里？我这就带她走。"

像木桩子一样一动不动的昙摩罗伽忽然抬手，挡住他的去路。

李仲虔将凤眼一挑，回头看他，面色阴沉如水："怎么，不放人？"

昙摩罗伽抬起头，目光平静："她累了，让她再好好睡一会儿。"

李仲虔怔住了。

第二天早上，瑶英是被亲兵吵醒的。

"公主，高昌送来的急信！"

瑶英从梦中惊醒，爬起身，一双坚实的胳膊靠过来，扶住她。来人帮她绾起长发。

"法师？"瑶英呆了一呆。

昙摩罗伽嗯了一声，端了杯茶送到她的唇边，喂她喝水："李仲虔来了，在外面等着。"

阿兄来了？

瑶英赶紧起身洗漱，出去见李仲虔，突然清醒过来，道："法师，你别出去，我阿兄会看到你。"

昙摩罗伽扶着她的胳膊："没事，我现在是摄政王。"

瑶英松了口气，到了外面的厅堂。

李仲虔迎了上来，道："达摩让人送来的急信，加兹国拒绝遣返流落当地的汉人，杨迁大怒，要带兵攻打加兹国。"

战乱年间，很多汉人和曾依附中原的胡族部落被迫流亡，西州兵平定西域后，瑶英以金银赎买于各地避难的汉人和胡族。加兹国拒绝她的赎买请求，强迫流亡百姓服兵役，驱使手无寸铁且完全没有受过训练的农奴上战场，还截杀抄掠往于马鲁国和加兹国的商队。消息传回来，杨迁怒不可遏。

瑶英皱眉道："加兹国只是个小部落，怎么敢阻遏通商？"

李仲虔道："财帛动人心，我们刚刚打完仗，没人把我们放在眼里。"

西域乱了这么多年，没人相信西州兵能够平定西域。中原魏朝太遥远了，西边的部落小国目光短浅，只看一时利益，没把西军的诏令当回事。

瑶英沉吟片刻，道："要肃清西边的商道，西军必须打一场大胜仗。"

现在西域以东的地界，河陇一带已经连通，她接下来计划打通西边的商路，所以才会和曼达公主合作，让商队扎根马鲁国。马鲁国正处在商道的关卡上。

李仲虔点头:"正好使团要启程了,你和我一起回去。"

瑶英怔了怔,下意识地转过头面向昙摩罗伽的方向。他站在她的右边,刚才一直没吭声。她能感觉到他的气息,知道他没走。

"阿兄,我和苏将军说几句话。"她轻声道,语气里有撒娇的意味。

李仲虔知道她看不清,冷冷地瞥了昙摩罗伽一眼,转身出去。

"公主先回高昌吧。"等听不见李仲虔的脚步声了,昙摩罗伽道。

瑶英紧皱眉心:"法师,你的伤……"

"有公主相陪,这些天我好多了。"昙摩罗伽语气平稳,"蒙达提婆和天竺医官会留下照看我,公主陪了我这么久,该回去了。"

瑶英感觉心里怦怦乱跳,伸手拽住他的胳膊。

昙摩罗伽低头,轻轻地扯起嘴角,对着她露出一个淡淡的笑,目光一直定在她的脸上。

"王庭最近有些异动,我要处理政务,无暇顾及公主。最近城中有人煽动平民仇视汉人,使团不能在王庭久留,卫国公必须赶回去。

"公主和商队也不宜久留,先随他一起离开更安全,我会给公主写信。

"公主不需要一直陪着我。"

听他并没有和自己诀别的意思,语气和平时一样,瑶英舒了口气,想了想道:"我离开几天,解决了加兹国的事情就回来。"

"好。"他道,声音里难得地带了一丝浅浅的笑意,洒脱非常。

瑶英没有收拾行李,既然不久后就能回来,没必要收拾。她召集亲兵,叮嘱一番,留下几个心腹,让人请来毕娑。

"我要回一趟高昌,过段时间回来。"

毕娑嗯了一声,声音里流露出几分惊讶。

瑶英看着眼前的黑影说:"如果法师这边有什么事,你一定要及时给我报信,我会每隔一天让金将军回来一趟。"

毕娑应下,道:"公主放心去高昌吧。托公主的福,蒙达提婆法师才会一直帮王搜寻药方,这些天我看王好多了。如果有事,我一定会知会公主。"

瑶英还是不放心,又把缘觉叫过来叮嘱了一通。

驿馆遭了一场大火,使团成员心有余悸,很快准备好启程。李仲虔带领使团先出城,瑶英随后跟上,两拨人分开走。

走之前,瑶英拉住昙摩罗伽,嘱咐他按时吃药,别累着了,敷药的时候如果难受一定要叫人。

"千万别运功……遇到急事,让毕娑和巴米尔去处理,法师,你要好好养伤。"

她说着说着，颇为不舍，笑了笑，"你要好好的，别让我担心。"

昙摩罗伽一一应了，为瑶英戴上连珠帷帽，扶她上马，自己随后上了一匹马，在脸上罩了面巾，遥遥地跟在她的后面，送她出城。

阴云低垂，车队驶出长街。北风呼啸而过，吹在脸上，凉意入骨。

有人在道旁为友人送行，琵琶声高亢悲戚，萧瑟沉郁，被猎猎长风吹散，穿过层云，在半空徘徊缭绕，直如杜鹃啼血，带着说不尽的悲凉凄冷之意。

瑶英扯紧缰绳停下，明明什么都看不清，还是抬头遥望圣城的方向。

风吹起帷帽上的飘带，她的脸庞忽然一凉。

她抬起手，掌心落有点点冰凉之意，有什么东西融化在指尖。

亲兵在一旁道："公主，落雪了。"

瑶英出了一会儿神，叫来送行的缘觉，小声吩咐："我不放心……法师若有事，你一定要给我报信。还有，蒙达提婆他们每天说了什么，法师换了什么药，你也要一五一十地写信告诉我。"

缘觉点头如捣蒜："知道了公主，我一定会给您报信！"

雪落纷纷，天色越发阴沉，亲兵怕天黑之前赶不到驿舍，过来催促，缘觉也提醒瑶英别耽搁了行程。她裹紧披风，轻轻地夹一下马腹，在亲兵的簇拥下拨马转身。

狂风肆虐，层层阴云怒吼着翻卷涌动，荒原一望无际。漫天雪花飘洒，蜿蜒的长道在旷野中绵延至天际处，车队行走其间，渐渐被风雪吞没。

昙摩罗伽勒马立在高处，目送车队消失在茫茫的风雪中。

雪花落满他的肩头。

天色彻底阴沉下来。

他一动没动，成了一个雪人。

第十章
死生契阔

"王。"

许久后，毕娑骑马找了过来。

昙摩罗伽收回视线，拨马，身上的积雪也随之落了下来。

"派人跟上去，护送她回高昌。"

"是。"

昙摩罗伽提起缰绳，径直回王寺，脱了大氅，走进石窟。

石窟里点了数百支蜡烛，烛火静静地燃烧，火光炽热，似乎能吓退世间的一切邪魔外道。摇曳的烛光映在壁龛里的一尊尊佛像上，众佛默默地伫立，无言地俯视脚下的他，横眉冷目，庄严沉静。

维那提多老法师应召而来，拄着法杖，走进石窟。

"王为何而来？"

昙摩罗伽抬头，看着密密麻麻的壁龛里的那一尊尊肃穆的佛像，道："我动了欲念。"

他低沉的嗓音在寂静的石窟里回荡。烛火闪动，光影变幻，众佛似在怒目瞪着他，谴责他的邪念。

提多法师双手合十，道："众生皆为凡人，为欲念所迷惑，执迷不悟，无法求得解脱。王也是凡人，欲念天生。王自幼修习佛法，只需以修习磨炼，欲念终究不过是过眼云烟。破开云雾，王便能证得菩提。"

昙摩罗伽淡淡地道："我只要看到她就无法抑制欲念，看不到她时，眼前依旧会浮现出她的模样，诵经念佛也无法遏制。我想要将她困在身边，时时刻刻都能看到她。"

"您破了色戒？"

"未曾，"昙摩罗伽抬眸，"但我心念已动。"

提多法师浑身一震，苍老的脸微微抖动，神情惊骇。

王并未和那个让他动欲的女子结合，便已经动摇心志了。

愣了半晌后，他找回自己的思绪，语重心长地道："王一时为色相所惑，也属平常，阿难陀也曾差点儿为摩登伽女所迷惑。等王参透其中的道理，欲念便会如冰雪消融。断离爱欲，您才能回归正道。正如佛偈所说，'人生在世如身处荆棘之中，心不动，人不妄动，不动则不伤，如心动则人妄动，伤其身痛其骨，于是体会到世间诸般痛苦'。"

烛火憧憧，昙摩罗伽的碧眸里映出点点亮光。他面色苍白，神情淡然："我断不了……也不想断。"

回想和她相处的点滴，他能感受到一种从未有过的愉悦。他不想忘掉那些回忆。

提多法师长长地叹了口气："王，即使断不了，您依旧是王庭的佛子。"

这是他的责任。

昙摩罗伽的眼睫轻轻地颤动，眸底是无尽的苦涩与苍凉，但他目光坚定道："我明白。"

这是他的困局。

他不能向臣民公开自己对她的欲念。

在什么都不能给她之前，他不能把她拉下来，让她陪他沉沦，但应该在佛前坦白，自陈一切罪过。

"爱别离，求不得，怨憎会，情爱之事，譬如朝露电光。王天资聪颖，自幼修行，悟道多年，也有此劫。望王静心修禅，或许能不再执着。"

昙摩罗伽摇摇头。

从动心的那一刻起他就看到自己的结局了。

他放不下。

"行刑吧。"

提多法师长叹一声："因缘际会，不知从何而起。诸行无常，是生灭法。"

法杖落下。

昙摩罗伽双手合十，碧眸微垂，他的影子被烛光拉得长长的，映在墙壁的佛龛上。法杖一下接一下地落下来，众佛有的冷眼瞪视，有的神态淡漠。

毕娑等在石窟外，听着里面的一声声杖打声，手指深深地陷进掌心。

终于，随着嘎吱一声，门被拉开。一道身影慢慢地走了出来，脚步踉跄。

毕娑迎上前，扶住他，语气沉痛："王……即使您真的破戒了，也没有人会怪您。"

他一直以为罗伽和公主成了好事，没想到罗伽居然能忍着不和公主云雨。

昙摩罗伽抬起头："真破了戒……她走不了。"

他已经快克制不住。但王庭内部又隐隐生乱，山雨欲来，他必须及早送她离开，免得她被牵扯进来。

"公主是洒脱之人，不需要名分……"

"她是洒脱之人，所以我就能心安理得地任意索取？"

毕娑无言以对。

万籁俱寂，大雪无声，点点灯火在佛寺的各个角落闪烁摇曳。

昙摩罗伽脸色惨白，在栏杆前俯瞰静静地矗立在雪中的佛寺："足够了，她陪我这些天，足够了。"

毕娑的眼圈微微发红。

"毕娑，答应我一件事情。"

"您吩咐。"

昙摩罗伽迎风而立，风吹衣袍猎猎，碧眸凝望高昌的方向："等我死了，不要将我供在佛寺，把我送去她的身边。"

生前他不能成全自己的私心，至少死后自私一回。

毕娑的鼻尖发酸，眼泪掉了下来。他单膝跪下，左手握拳置于胸前。

"是。"他哽咽着应诺。

是夜，瑶英一行人顺利地抵达驿舍，和先一步赶到的李仲虔会合。

大雪下了一整夜。

第二天，旷野已经成了一片冰雪的世界。天际处群山连绵起伏，目之所及，白雪皑皑，此起彼伏的山峰折射着璀璨的晨辉。

雪后初晴，队伍继续进发。瑶英刚刚放出金将军，一只巨大的苍鹰从他们的头顶飞掠而过，最后停在她的肩头，狠狠地啄了一下她的胳膊。

瑶英惊喜地叫来鹰奴，让他取下迦楼罗带来的信，递给亲兵。

亲兵照着念了，信上问她到了哪里，叮嘱她于雪天行路要小心掩藏在积雪下的深堑。

瑶英收好信，摸索着翻出肉干，笑眯眯地喂迦楼罗吃。路上不好写信，她随手取下头上的发带缠在迦楼罗的脚上。迦楼罗饱餐一顿，展翅飞回圣城。

李仲虔紧跟在她的身边，见状紧锁浓眉。

几天后，一队人马自东边而来。领队的将领身材高大，着一身甲衣，面无表情地朝瑶英抱拳，道："公主，末将来接您了。"

瑶英惊喜地喊出声："阿青！"

谢青驱马上前，朝李仲虔颔首致意。几个人寒暄毕，继续朝东行。

迦楼罗翻过高山，穿过层云，飞回圣城，停在鹰架上叫了几声。

毡帘晃动，缘觉走出来，搓了搓手，看到迦楼罗脚爪上的发带，愣了一下，取下来，送进内殿。

殿中一盆炭火烧得正旺，昙摩罗伽靠坐在榻前，执笔书写，案头堆满文书。

发带被送到案前，他抬起眼帘，停笔，接过发带，缠绕在指间摩挲。

毕娑入殿："王，蒙达提婆和天竺医官已经离开。他们答应会继续为您瞒着文昭公主。"

昙摩罗伽嗯了一声，扫一眼缘觉，目光冰冷。

缘觉连忙跪地，道："王，我给公主的信都是按您的吩咐写的。"

昙摩罗伽点点头。

廊前传来脚步声，巴米尔匆匆入殿，满身寒气。他跪地道："王……康家四郎、薛家八郎、安家十郎死了。"

毕娑皱眉："怎么死的？"

"横死，和这些天不断横死的人一样，都被一击毙命。"巴米尔小声道，"据说他们都得罪过摄政王……"

毕娑看向昙摩罗伽，冷汗淋漓。

昙摩罗伽面色如常。

飞雪漫天，纷纷扬扬。

短短一个月内，王庭不断有人横死，死状都很凄惨。圣城内谣言四起，各种猜测甚嚣尘上。

所有的证据都指向摄政王苏丹古。

毕娑和莫毗多明察暗访，始终找不到真凶，每次找到一些蛛丝马迹，顺着查过去，线索总是在中途断了。两人都心急如焚。

人心惶惶，百姓一到天黑就不敢出门，城中风声鹤唳。

这一日，寺中的一名僧人惊惶地冲进正殿："王，寺主寂灭了！"

毕娑大惊，亲自去寺主的屋子查看。

屋中没有打斗的痕迹，寺主的尸首倒在佛像前，面容平静，身上没有外伤。

缘觉上前查看，小声说："寺主是被内力震了心脉及肺腑而死……"

两人交换了一个眼神，感觉心头沉重，回大殿复命。

亲卫掀起毡帘。昙摩罗伽面色苍白，靠坐在榻前，听完两人的禀报，掩唇咳嗽。

从他问医者还有多久的时候起，便知道自己时日无多。瑶英在的时候，他尽力掩饰，配合地吃药、敷药，压抑痛苦。她的眼睛受伤的那段日子里，他迅速地消瘦下来，憔悴不堪。好在她看不清，不知道蒙达提婆的那些话是哄她的。

之前他强撑着不想倒下，她走后，便仿佛被抽走了一根筋骨，很快就卧床不起。这些天，他将一应政务都交给大臣处理。

他累了。

"身边的人都查了吗？"他皱眉问，气息微弱。

毕娑在心里暗暗叹息，道："正在审问，小沙弥说最近寺主经常外出，和外边的人往来密切，很可能招来了外面的仇家。"

昙摩罗伽摇摇头。

这些都是冲着苏丹古来的。商队的死、世家子弟的死，和苏丹古有过节儿的人都暴毙……这些也就罢了。寺主是出家人，为什么也会遭到毒手？

"唯有摄政王现身，他们才会停手。"他平静地道。

毕娑抬起头："王，让我去吧！"

昙摩罗伽已经病成这样，再经不起一点儿折腾了……而且他不能暴露。

"你不行，他们会拖住你……让巴米尔去。"

当天下午，巴米尔穿上摄政王的衣裳，代替昙摩罗伽现身王宫。

由于王寺也出了人命，而且不断有人跳出来言之凿凿地说他们亲眼看到苏丹古行凶，其中包括几个德高望重的僧人。被审问时，他们神情坚定，再三保证自己没有撒谎。为此，朝中大臣要求苏丹古接受讯问。他执法严明，现在既然成了疑犯，理当避嫌，由其他人审理这些大案。

巴米尔被软禁起来。

莫毗多想到一个办法："我们也伪造几个案子，摄政王是不是就能洗清嫌疑了？"

毕娑想了想，摇摇头："他们故意刁难，即使我们伪造得再像，他们也不会放了巴米尔。而且一时之间我们去哪里找尸体？总不能滥杀无辜……只有尽快找到确凿的证据才行。"

找到证据，他们也就能知道是谁在背后捣鬼了。

两人商量了一会儿，分头行动。

王寺里，缘觉陪在昙摩罗伽的身边，展开一封从高昌送来的信，念给他听。信是前天送回来的，他已经看过了。

瑶英在信上说，天气越来越冷，他身体不好，要记得添衣。瑶英还告诉他，她生辰那天，李仲虔亲手给她煮了寿面。

昙摩罗伽半躺着，听他念完，接过信，手指摩挲信纸。

窗外寒风呼呼地吹着，忽地，一阵急促的脚步声如鼓点般密集地响起。亲兵穿过长廊，跪在门外道："王，中军近卫有异动！"

昙摩罗伽抬眸。

他让亲兵注意军营的动静，是为了提防原属于世家的几支军队。

中军近卫忠于王室，他的亲卫几乎都出自中军近卫，是他最信任的部下。

缘觉站了起来，满脸惊骇，浑身发抖。

中军近卫怎么会背叛王？！

圣城外。

莫毗多带着随从策马狂奔，追赶几个形迹可疑的人。他怀疑这些人好几天了，守株待兔，终于逮到机会，这一次一定要把他们一网打尽，问出幕后主使！

蹄声如雷，雪泥飞溅，两拨人穿过峡谷时，一队人马从山道的两侧遽然跃出。马上的骑士着蓝衫白袍，都是中军近卫的打扮。

他们不费吹灰之力就拦住被莫毗多追赶的人，将人绑了手脚，提溜到他的面前。

"王子，我们在这儿埋伏一天了，你也在查这几个人？"

莫毗多点头应是，和领队的近卫校尉打了声招呼，翻身下马，走到那几个人的面前。

身后一阵阴风扫过。

莫毗多反应飞快，立刻反手抽刀格挡，只听一声脆响，校尉的长刀架在了他的佩刀上，火花迸射。

一把匕首扑哧一声扎入他的胳膊。

莫毗多手上脱力，佩刀落地。其他近卫骑士飞扑过来，从袖中滑出绳索，捆住他的手脚，将他狠狠地摁在雪地上。

"王子，对不住了。"校尉叹了口气，抬起头，回望圣城的方向。

风雪大作。

大雪接连下了几日，大地银装素裹，林海雪原连绵至天际，狂风怒吼。

阴沉的苍穹下，巍峨的雪峰依旧静静地矗立，磅礴雄浑。

瑶英没有回高昌，而是径自去了一座离加兹国较近的屯兵边城。她刚入城，便命守军加筑工事，挖掘壕沟。

没几日，杨迁率兵马赶到，摩拳擦掌，迫不及待地道："等我率兵攻下加兹，看他们还放不放人！"

瑶英拦住他，问："像加兹这样的部落还有多少？"

杨迁冷静下来，回答说："这样的小部落？邦国少说有十个。他们不同于我们，还采用分封部落制，既向我们纳贡，也依附于其他强大的宗主国，定期向宗主国缴纳赋税，有时候会派兵随宗主国出征。这些小邦国制度松散、野蛮不化，一旦强大的外敌入侵，他们往往举国投降。"

瑶英沉吟。

大国有大国的活法，小国有小国的生存之道。加兹只是个小部落，无所顾忌，仗着地利之便，偏安一隅，把一套无赖手段用得炉火纯青。大国不会劳师动众去攻加兹——兵力多了，粮草不够；兵力少了，他们打不下加兹。

这样的小部落，一面定期纳贡，一面阳奉阴违。如果哪国率军征服，他们会马上举国投降，狡辩称那些劫掠之事和他们无关，但是等大军离开，又会故态复萌。而西州兵现在兵力不足，不可能分兵驻守在商道上。

"再给加兹发几道诏令，赎买人口的金银我们可以加倍……"瑶英皱眉，道，"只要他们放人。"

杨迁怒道："加兹国国王宠信巫师，欲壑难填。我们之前派出使者向他请求赎买人口，他一口答应，收下钱帛后又反悔！他们纵容戎人抄掠我们的商队，强迫依附的部族将所有少女献给他和巫师，很多部族为了逃离他的魔爪，被迫迁徙，反而被他抓回去当奴隶！加兹国横征暴敛，国王残暴，没有信用可言！我们提高赎金，他只会继续狮子大开口！"

瑶英淡淡地一笑："再派使团去一趟加兹，提高赎金。"

杨迁疑惑不解："这样是不是太便宜加兹国了？"

瑶英摇摇头："使团出发后，把这事传扬出去，广发诏令，让商道上的所有部落及邦国都知道这件事。消息由商队里的斥候负责传递，最好能传遍每一个角落。"

杨迁不语。

听他呼吸急促，显然在压抑怒火，瑶英解释说："先礼后兵，可以少些伤亡。今天是加兹国，明天可能是其他邦国，我们不可能一个个地攻打过去，想个办法一劳永逸才行。"

杨迁将牙关咬得咯咯响，沉声应是。

半个时辰后，数十个轻骑斥候身负西军向各个部落请求赎买流亡人口的诏令，策马冲进茫茫的风雪，奔向不同的方向。

西军的诏令很快传遍各个大小邦国。加兹国国王果然像杨迁说的那样贪得无厌、鼠目寸光，不仅要求赎金加倍，只将一些老弱病残归还，还要求向所有路过的商队抽足足一半的税。

杨迁怒火万丈，恨不能立刻带兵踏平加兹，再次请兵出战。

瑶英再次劝阻他，命几支商队载满货物，去加兹以高价和当地部落交换皮毛畜肉。

她特意叮嘱："用银币交易，加兹国以银币收税，你们尽量用银币。"

商队奉命前去加兹，不久后传回消息——从商队这里换取了银币的当地部落遭到抄掠抢劫，部落的牧民义愤填膺。

李仲虔读出这封信后，瑶英叫来亲兵，吩咐："以我的名义邀请诸部落酋长，告诉他们，我们要在六河城举行一场大会，商讨商税之事。"

六河城是每年各大部落交易货物的地方。

西军现在已经控制了大半条商道，附近的部落不论私底下如何，表面上都不敢得罪崛起的西军。各个部落或是想来探探口风，多占点儿便宜，或是不敢得罪瑶英，或是出于轻视，纷纷带着兵马应召前来。

大会那日，六河城人头攒动，摩肩接踵，附近二十八个部落的酋长、十二个小邦国派出的使者齐聚六河城。他们都带了各族精锐，态度颇为骄横傲慢。

有人小声问："加兹国国王没来吗？"

"没来，国王骄慢，只打发了一个宠臣来赴会。"

众人议论纷纷。

当脸上蒙着布条的瑶英出现在大帐之时，帐中安静下来。

众人为瑶英的容色所慑，呆了一呆。加兹国使者有意羞辱瑶英，上前几步，戏谑了一句："文昭公主天姿国色，比我们国王宠爱的歌伎还要美。"

谢青拔刀，一刀斩下。

使者捂着鲜血淋漓的脸惨叫着后退。

谢青还刀入鞘，面无表情地道："再有人对公主言语不敬，我割了他的舌头。"

众人心头凛然。

加兹国使者恼羞成怒，一张脸涨得发紫。他正待上前，一人撩开大帐，送来一封急报："公主，加兹国的使者来了。"

众人面面相觑，先前对瑶英不敬的加兹国使者也一脸茫然。

他就是国王亲自任命的使者，还有谁要来？

一阵急促的脚步声传来，几个身穿加兹国戎装的青年挑帘入帐。

一人先向瑶英躬身行礼，递上一份文书，随后走向一头雾水的加兹国使者，二话不说，拔刀出鞘。

霎时，寒光闪烁，鲜血四溅，加兹国使者倒地而亡。

众人惊骇不已，纷纷抽出兵器，大叫着围住青年。

青年抹去脸上的血迹，朝众人抱拳道："请诸位见谅，我是加兹国国王的亲卫。这个人是个奸邪小人，不配为加兹国使者。国王命我杀了他，以免他胡言乱语，有损我们加兹国的颜面。国王已经委任了新的使者。"

说完，他退了出去，态度恭敬。

两个锦衣华服的加兹国官员上前，和众人见礼。

一人喝问："你们真的是皮禄国王任命的新使者？"

两人露出沉痛之色，道："皮禄国王横征暴敛，为人狡诈，尽失民心，已经暴死在王宫之中。大王子继任为王，与魏朝重修旧好，向魏朝纳贡。"

众人瞠目结舌，无数道目光汇集到了瑶英身上。

她面色如常，仿佛一点儿也不惊讶，挥手示意众人归座，慢条斯理地"环顾"一圈。虽然她眼睛蒙着，众人却觉得她的目光从自己的身上掠了过去。

"昔日北道太平之时，商路通畅，诸国诸部朝贡不绝，商贾辐辏。后来北道诸国几经战乱，与中原断绝，如今我魏朝平定乱世，人口繁盛，物阜民丰，推恩四海，自当重启商路，与诸部恢复通商。我们与诸部便利，也是与我魏朝便利，望诸部顺应民心，与我西军共同守护商道。"瑶英一字一顿地说着，语气突然一沉，"若有无故劫掠商队、残杀平民之徒，西军必兴师问罪。"

众人看着地毯上的加兹国使者的尸首，顿觉冷汗涔涔，再想到加兹国的皮禄国王已然身死，更觉悚然，哪里还有入帐之时的骄横模样？他们一个个悄悄地擦汗，庆幸刚才没有出言调戏文昭公主，此刻纷纷出声附和她。

"公主所言极是。"

"我部与汉地早有来往，一直盼着和汉地恢复通商！绝不敢违抗君命！"

瑶英微微一笑，命人取出盟书，和众人约定抽取的税赋。

诸部酋长惊讶地发现她给出的条件十分公道，愣了片刻后，心中暗暗称许。

瑶英并未要求诸部立刻给出答复，拍了拍双手，命乐班奏起乐曲，让属臣作陪，自己退出大帐。

诸部连忙打听加兹国到底出了什么事，听使者讲述完，心口发凉。

就在几天前，加兹国爆发了一场内乱。

依附加兹国的部落深受其压迫，早已有了反心。眼看到了冬天，部众如果不能存够粮食，可能熬不到明年，国王还不停地加税，到手的银币又被搜刮走……他们不想活活饿死，干脆造反。

西军平定西域后，加兹国的一些大领主预备将部落中的流亡人口送回高昌，以换取钱帛，被国王从中阻挠。他们只能拿到国王勒索的钱财中的一成，此前对国王也有诸多不满。于是部落起兵时，他们趁势起义。

附近的部落听说加兹国向西军勒索了大量钱财，见加兹国内乱，立刻发兵攻打，趁机渔利。

战火席卷整个加兹国。加兹国的巫师被愤怒的牧民砍了脑袋，国王躲在王宫，王子狼狈地逃出城……他们连发几道急信向宗主国和附近的邦国求救，宗主国未予理会。

西军也收到求救信，文昭公主不计前嫌，派杨迁领兵前去救援。

杨迁带了几百精兵直逼加兹国，不到两天就解了加兹国之困。

叛军退兵，国王暴死，王子继任国王。他向魏朝献上国书，派出朝贡队伍，承诺行商税率二十取一。

那些起义的部落自知走投无路，听说西军在赎买流亡的人口，税赋极低，举族投降，请求归附。事后，杨迁将他们带回且妥善地安置了。

短短一个月内，加兹国天翻地覆。

诸部毛骨悚然。

这一战，西军几乎没有伤亡，而加兹国死了一位国王，王宫被劫掠一空，部落的牧民大量出逃奔魏朝，人心尽散。贵族内部互相猜忌，即位的国王还得对西军感恩戴德，自此以后再不敢阳奉阴违。

而这一切看起来和西军没有任何关联，都是加兹国国王贪得无厌，自取灭亡。

诸部战战兢兢。

接下来的几天，瑶英让商人和精通各族语言的官员领着各部使者、贵族逛集会。各部看到刚刚从中原运来的琳琅满目的货物，眼花缭乱，心旌动摇。

大会最后一日，各部和瑶英签订盟书，承诺恢复通商，定下税赋，约定互派使者。

自此北道彻底连通。

瑶英忙完加兹国的事情，眼睛也好得差不多了。她取下布条的那天正好是个大晴天，雪光映在殿前，一片雪亮。

她在殿中休息，提笔给昙摩罗伽写信。

前些天自己写给他的信都是她口述，谢青帮她写的。他认得她的笔迹，看到她的亲笔就能知道她的眼睛好了。

信刚送出去，谢青捧着一封信进屋："公主，马鲁国的曼达王妃送来的信。"

瑶英接了信看完，收起笑容，脸色紧绷。

"公主，出什么事了？"

瑶英转身，看着远方被皑皑白雪覆盖的山岭，道："海都阿陵可能要来了。"

李仲虔、杨迁匆匆赶来："海都阿陵要来？"

瑶英点点头："曼达王妃在信上说，海都阿陵去了萨末鞬，瓦罕可汗生前曾派人去萨末鞬经营，他和那里的北戎人会合，娶了当地一个宗主国的公主，借了大批兵马，誓要带领残部东归复国。"

"现在海都阿陵到哪里了？"

"曼达王妃也不清楚，我们得早做准备。"

李仲虔领首，下令各处加强警戒。

消息很快被送了出去，一时之间各地风声鹤唳，边城的哨所城门紧闭，守卫森严。

瑶英给昙摩罗伽写了封信。

柿子拣软的捏，海都阿陵现在急于复国，肯定不敢贸然攻打王庭，不过他们多做点儿防备总不是坏事。

瑶英的这封信随着信鹰穿过高山峻岭，在经过沙城之时被人截了下来，付之一炬。

圣城外。

天色阴沉，雪虐风饕。

毕娑领着亲随冒雪而行，毡帽上落满雪花，身后马蹄声嗒嗒，一队人马从城内奔出，追上他。

他立刻警惕起来，朝亲随示意，缓缓地拔出佩刀，看清来人的脸时，愣住了。

来人是赤玛公主府的长史。

"将军，大事不好了！"

毕娑眼皮直跳："王发病了？"

来人一愣，摇摇头："将军，莫毗多小王子杀了驸马阿克烈！赤玛公主伤心欲绝，请您尽快回城！"

毕娑只觉脑子里嗡的一声，险些摔下马背。

阿克烈死了？

他猛地一提缰绳，拨马转身，冲回圣城。

公主府里一片号哭之声。侍从奴仆跪在长廊外，哀声啼哭，禁卫军的将领们站在廊下，一个个一脸愤怒之色，几个官员站在一边，和他们讨论着什么。

毕娑匆匆进屋，只见阿克烈的尸首横在血泊之中。

赤玛公主趴在他的身前，泪流满面。

毕娑跪倒在地。

"人是莫毗多杀的。"赤玛公主抬起头，擦去眼角的泪珠，神情冰冷，"是罗伽下的令，莫毗多已经认罪了。"

毕娑回过神，冷笑着一口反驳："不可能！王为什么要杀阿克烈？莫毗多在哪里？我亲自问他！"

赤玛公主双眼发红："罗伽为什么杀阿克烈？因为罗伽想要杀的人是我！阿克烈为了救我才会死在莫毗多的刀下。"

毕娑紧皱眉头："王怎么会杀你？！你别胡言乱语了，我会查明真相，不让阿克烈冤死。"

赤玛公主冷笑："罗伽为什么要杀我？因为我知道他的身世！他杀了那么多人来掩盖秘密，还杀了寺主，现在要对我下手了！"

毕娑呆呆地看着赤玛公主，眸中尽是震惊之意。

刹那间，世家和赤玛公主过从甚密、大战过后朝堂诡异的平静、莫毗多处处被人刁难、商队横死、寺中僧人指认苏丹古、巴米尔入狱……所有事情齐齐涌上心头，一道电光呼啸着闪过脑海，他全明白了。

罗伽都病成这样了，他们还要算计罗伽！

毕娑瞪着赤玛公主，霍然起身，长刀出鞘，快如闪电。不过一息间，刀刃已经抵在了赤玛公主的喉头上。

罗伽提醒过他，要他查一查和赤玛公主来往的人……他告诉罗伽，赤玛公主成婚以后和那些人断绝来往了。

是他一次次地包庇赤玛公主，在罗伽的面前为公主掩护……他明知赤玛公主知道一个天大的秘密，仍然天真地以为公主不会做什么出格的事情。

毕娑悔不当初。

赤玛公主尖叫："你竟然要为了罗伽杀我？"

刀刃贴着皮肉，他只要微微用力就能割破赤玛公主的喉管。

她惊恐地挣扎起来："毕娑，你疯了！"

毕娑全身发抖，看着赤玛公主的脸，迟疑了一下。

随着一声巨响，门在他的身后关上了。脚步声涌进来，年轻的将官们冲进屋，刀背砍在他的胳膊上。

他手中的长刀被人抢下。

赤玛公主趁机爬到一边，剧烈地咳嗽，面皮紧绷："毕娑，别挣扎了，已经晚了。"

毕娑冷冷地看了她一眼，自嘲地一笑。

是呀，一切都晚了。赤玛入了别人的圈套，世家肯定早就知道罗伽的身世了。

虽然罗伽猜到了这一切，让他和莫毗多互相配合，引出真凶……可是现在真凶是谁根本不重要，一旦秘密被揭露，连罗伽也控制不住局势。

"我真是蠢哪……竟然会相信你……"他憎恶地扫一眼赤玛公主，双目通红。

婚礼之上她说得那么恳切，要和罗伽和解……罗伽给了她机会，她却暗中和世家勾结。

阿克烈死在她的手上。

他环顾一圈，和将官们一一对视。

几个人面露羞愧之色，移开了视线，其他人神色坚定。

其中一人道："毕娑，我们没有选择。我们忠于王室，忠于昙摩家。"

他们朝他单膝下跪。

毕娑一言不发，掉头冲了出去。

"拦住他！"赤玛公主厉声道。

众人飞扑上前，人头乌压压一片。毕娑面无表情，撞开所有挡在自己跟前的人，抢了一匹马，头也不回地朝着王寺的方向奔去。

公主府外人头攒动，近卫军里三层外三层地等在府门外，朝中官员已经到了一大半，几乎都是世家子弟。

见到毕娑，他们一齐拥了上来。

毕娑看也不看他们一眼，冲出长街。

几道身影从不同的方向飞身扑上马背，七手八脚地抱住他。一人狠狠地劈下一记手刀，他眼前一黑，晕了过去。

赤玛披头散发地追出府门，看到毕娑被制住了，松了口气，愤怒地对众人道："我们不能再等了，毕娑不会答应的！我们没法说动他，现在就去王寺，为驸马讨回一个公道！"

众人对视一眼。

中军近卫郎将抽出佩刀，高声道："王寺被包围了，各地驻军来不及反应，赶不回来驰援。王被奸人蒙蔽，再三包庇汉人，重用外族，为掩盖秘密，残杀朝中年轻的将官和驸马！我们今天一定要拿到王的退位诏书！"

阶前的士兵齐声响应。

官员们簇拥着赤玛公主奔向王寺，风声淹没在密集的脚步声里。

王寺在大雪中无言矗立。

僧兵看到拥过来的黑压压的人潮，慌乱了一瞬，掉头回去禀报。有人撞响示警用的铜钟，钟声在风雪中回荡开来，沉重肃穆。

郎将骑在马背上，大喊："这些天圣城死了那么多的俊杰儿郎，今天驸马也死得不明不白，我们要面见王，请王给我们一个交代！"

大雪纷飞，近卫军层层推进，如一堵堵耸立的墙，要将一切挡在他们面前的东西践踏粉碎。

僧兵节节后退。

双方僵持中，随着轰隆几声沉重的响声，寺门大开。

僧兵抬着莲花宝座步出长廊，立在台阶上。宝座上的男人扫视一圈，一身袈裟，面带病容，形容憔悴，气势却如深渊，如巍峨的群山，一个眼神便能让人情不自禁地臣服于他的脚下。

所有人都安静下来，四周沉水一般死寂，唯有压抑紧张的呼吸声。几个近卫骑士心胆俱裂，颤颤巍巍地跪了下去，手中的兵器落地。

随着砰砰几声，其他人被惊醒，跟着放下武器，跪倒下去。

郎将和官员也不禁被昙摩罗伽的气势震慑住，愣了半晌，才回过神来。

一人咬牙大喊："都起来！拿起武器！"

士兵们你看看我，我看看你，随后捡起武器。但是所有人都低着头，不敢看台上的昙摩罗伽。

缘觉站在昙摩罗伽的身边，出列喝问："你们擅闯王寺！其罪当诛！"

士兵们抖了一抖。

郎将冷笑了两声，上前："我们没有罪！王，您指使莫毗多杀了阿克烈，寺主也死得蹊跷！今天朝中大臣、赤玛公主、各大领主都在场，您……"

随着嗖嗖几声，羽箭破空而至。郎将还没说完，惨叫一声，从马背跌落。

变故突生，情势陡然转变。官员们还没反应过来，埋伏已久的僧兵从三面的夹道里冲出。墙上人影晃动，密密麻麻地张满了弓，巴米尔站在墙上挥动旗帜，指挥弓弩手。

箭矢对准阶前的众人，只要昙摩罗伽一声令下，万箭便可齐发。

"有埋伏！"

官员们大惊失色，慌忙地躲到亲兵的身后，仓皇地后退。

所有路口都被僧兵挡住，墙上的僧兵挽弓搭箭，张满了弓。

官员们被逼退到长阶下，紧紧地靠在一起，茫然四顾。

赤玛公主吓了一跳，在亲兵的掩护下往殿外撤去。僧兵如影随形，将他们团团围住。

台上，昙摩罗伽忽然掩唇咳嗽。

缘觉一惊，连忙命僧兵抬着他回殿。

巴米尔找到被绑的毕娑，为他松绑，把他带回大殿。

毕娑渐渐醒转，猛地爬起来，攥住巴米尔的衣襟："立刻送王离开圣城，去高昌，赶快！"

巴米尔一愣。他们才准备收网，为什么要离开？

"将军，您别担心，闯入王寺的官员和近卫军都被俘了，赤玛公主也被抓了……王已经派人去各处军营，封锁军部，他们翻不了天……"

这些人肯定和凶案有关系，虽然没有留下一丝破绽，但他们把人都抓了，总能问出点儿什么。昙摩罗伽让巴米尔以摄政王的身份入狱，就是为了让这些人掉以轻心，露出狐狸尾巴，没想到他们这么沉不住气。

毕娑瞪大眼睛，面容扭曲："来不及了！抓再多的人也来不及！赶紧走！他们什么都知道！"

巴米尔心里咯噔一下："将军，出什么事了？"

毕娑没有解释，冲进内殿："王，您必须马上离开圣城！"

昙摩罗伽早就交代好了一切事情，已经几乎失去意识，闻言轻皱眉头，醒了过来，目光落到他的脸上。

这时殿外传来急促的脚步声，一名僧兵快步冲进内殿："王，近卫军、禁卫军、城防驻兵……所有人突然都不听号令了！我们派出去的人不是被抓，就是掉头回来为他们带路！宰相、断事官领着他们往王寺的方向来了！他们要我们放了赤玛公主！"

又有一名僧兵跑了进来，神色茫然："王，寺中长老要求我们退出王寺……

长老说，他们要面见王，请王退位……”

缘觉面色惨白，浑身的血液直冲头顶。

近卫军有异动，百官随赤玛公主强闯王寺，其他驻兵全部倒戈相向，连僧人都来逼王退位。

这是为什么？！王这么仁慈，这么受人爱戴，对抗世家的时候，禁卫军和中军近卫也忠诚地守卫在王的身边，为什么这一次突然都不听王的号令了？

赤玛公主从来不得人心，宰相他们怎么全部和赤玛公主沆瀣一气？

昙摩罗伽面不改色，看着毕娑。

“毕娑，你瞒了我什么？”他问，神情淡然，似乎早就料到会有今天。

毕娑跪地叩首，眼中含泪。

他瞒了罗伽二十多年，终于还是没有瞒住。

“王……您的生母不是前王后……您的生母是王宫的一个奴隶……她是个汉人……”

缘觉和巴米尔呆住了。

王庭人怎么能接受他们的佛子是一个汉人奴隶所生？

昙摩罗伽出了一会儿神。

“原来如此。”他冷静地道，碧眸如死水一般，没有波澜。

难怪赤玛会因为张家的事情和他决裂，恨了他这么多年。

他是汉人奴隶所生，赤玛从没把他当弟弟。

“毕娑，”昙摩罗伽问，“我的生母呢？”

毕娑哑声抽泣：“您出生后那个汉女就过世了。王后不想留下您，命人把您抛进河里……可是您出生时天降异象，天上云霞满布，仙乐飘飘，圣城的人啧啧称奇。乳母不敢杀生，劝王后留下您，说正好可以利用您出生时的异象吓唬世家。当时王后自己也在两天前生下一子，怕孩子被世家夺去，听从乳母的建议，让人把您交给世家……”

谁会去注意一个不起眼的奴隶？直到汉女产子，王宫的人才发现她怀孕了。没有人知道那几天王宫先后有两位王子出生。

之后昙摩罗伽代替王后的孩子被世家囚禁，尝尽艰辛。

毕娑声音艰涩。

这个秘密一直埋藏在他的心底，他不敢告诉罗伽真相。他知道就算罗伽知道自己的身世，还是会义无反顾地担此重任，但是罗伽知道了该多伤心！而且这很可能会影响罗伽的心境，导致罗伽走火入魔。

从一出生，罗伽就是王后的棋子！

昙摩罗伽看着毕娑："王后所生的孩子是不是你？"

缘觉和巴米尔睁大眼睛，难以置信。

毕娑浑身一颤，泪如雨下："是我。"

他是罗伽的哥哥，比罗伽大两天。

王后知道世家不会放过昙摩家，悄悄地把毕娑送到先公主府上。公主养大他，让他继承阿史那家的爵位。

他从小无忧无虑，坐享锦衣玉食，备受宠爱，长大后游戏花丛，招蜂引蝶，没有吃过一点儿苦头。而罗伽被关在幽暗的刑堂里，不见天日。

当他知道自己的身世后，去了一趟刑堂。他看到那个在牢室里读佛经的少年，心中愧疚难当。他以为罗伽会是一个阴郁深沉、敏感暴躁的人，可罗伽竟那么镇定沉稳，比他们所有人都要聪明，要刻苦。

王后、养母、赤玛公主都告诉毕娑，让罗伽当王只是权宜之计，等到昙摩家壮大，他们就杀了罗伽，让他当王。

毕娑不想当王。罗伽受了那么多苦，王后怎么能在利用完罗伽后毫不留情地除掉他？

毕娑成为昙摩罗伽的亲随，发誓永远效忠罗伽，想用自己的忠诚来弥补罗伽。罗伽是他的弟弟，一个人扛起昙摩家，他这个哥哥纵情享乐，唯有以此来赎罪。

后来王后死去，养母也过世了。赤玛公主劝毕娑恢复王子的身份，和罗伽争权。毕娑断然拒绝，和赤玛约定这辈子谁都别把罗伽的身份说出去。

毕娑知道，罗伽如果暴露了身份，绝不会用杀人的方式来掩盖秘密，但是世家不会放过这个机会陷害罗伽！所以罗伽不能退位。

现在他的预感成真了。

赤玛还是把秘密泄露了。

毕娑哑声痛哭："赤玛是我的姐姐……她小时候吃了很多苦……我以为只要好好地照顾她，她就不会背叛我……王，是我害了您。"

但他现在说什么都晚了，不管做什么都无法弥补对罗伽的亏欠。

他跪伏于地，叩头不止，额头上鲜血淋漓。

前额突然一凉，毕娑抬起头。

昙摩罗伽手执镏金法杖，点了点他的眉心："这样也好……我死后，你继任王位，可以尽快地稳定局势……世家不能全杀，也不能轻纵，我已经拟定好计划，都告诉你了，你照着一步一步地来……这次危机也是你立威的机会……佛子不能永远占据王位……以我为诱饵，引出所有人……毕娑，找到莫毗多，和他里应外合……"

毕娑张了张嘴巴，震惊、愧疚、辛酸等情绪一道道地涌过心头。他克制不住，哭出了声："王，您呢？"

罗伽该怎么办？

昙摩罗伽抬起眼帘，望着窗外东边的方向："记得你答应过我的事情。"

毕娑泪如泉涌。

几声尖锐的声响倏忽而至，铁箭穿破毡帘，扎在殿中的地毯上，箭尾铮铮。

殿外脚步声纷杂，火光蹿起，叫嚷声此起彼伏。

缘觉醒过神，哆嗦着扑到榻前："王，我们从密道离开吧！"

王庭大臣知道王的身世了，一定会废了他！

风吹过，毡帘轻摇，一室淡淡的沉水香气。

昙摩罗伽穿着一身宽大的袈裟，显得形销骨立。他端坐于榻，摩挲手中的佛珠，淡淡地道："诸行无常，是生灭法，生灭灭已，寂灭为乐。"

多年前，他选择戴上苏丹古的面具时就预见了自己的结局。

我不入地狱，谁入地狱？

只是他没想到起因是身世。

还好，他感觉到风雨欲来，把她送走了。

"你们跟着毕娑，辅佐他为王，不必管我，我……大限将至，没什么牵挂了。"他手持佛珠，对缘觉和巴米尔道。

缘觉哭出了声。巴米尔双眼通红。

"还有机会！还有机会！"毕娑忽然爬起身，抽出巴米尔腰上的佩刀，冲出内殿，双目血红，"关闭寺门！今天闯寺的人，全部杀了，一个都不能放！"

外面一片混乱，僧兵、寺僧急得团团转，听到这话目瞪口呆。

"全部杀了？"

毕娑提着刀，健步如飞："全部杀了！一个不留！"

他径自奔向被关押的赤玛公主，一刀砍了下去。

只要他杀了赤玛，没有人能再质疑罗伽的身份！

赤玛公主披头散发，牙齿打战。她呆呆地看着毕娑的刀朝自己劈了下来。

他疯了！

"毕娑，我是你的姐姐，是你唯一的亲人！"

毕娑继续劈砍。赤玛公主尖叫着逃开。

"将军！"旁边的人吓得大叫出声，抱住他的腰。

"将军！别冲动啊！这么多人，我们不可能全部杀了呀！"

"将军！"

巴米尔追了出来："王昏过去了。"

毕娑猛地清醒过来，丢开长刀，转身冲回内殿。

昙摩罗伽昏厥了过去。他本就心力交瘁，感觉时日无多，现在又知道了自己的身世，就算拥有钢铁打的意志也撑不住了。

毕娑镇定下来，抹了把脸，擦掉眼泪，眼神沉郁。

他示意缘觉扛起昙摩罗伽："走！从密道离开！去高昌！"

罗伽苦苦支撑，为王庭耗尽心血，只因为是汉人所生，中军近卫全部倒戈。

师尊的谶语成真了。

外人杀不了罗伽，强敌战胜不了罗伽。自己人下手，刀子才会砍进骨头缝里……罗伽心如死灰了。

毕娑感觉浑身血气翻涌。圣城这个乱局，他不管了！罗伽之前的布局，那些计划……他都不想管了！他只要罗伽活下去！至少自己要在罗伽活着的时候让他可以再见文昭公主一面！

几个人冲入密道。

很快，一道消息传遍圣城的大街小巷。

百姓惊骇欲绝。

王庭中军全副武装，将王寺重重包围，所有的出口都由近卫层层把守，铠甲和佩刀上寒光闪烁。寺中的僧人战战兢兢，齐聚大殿，默诵经文。

般若在经堂里抄写佛经，听到外面的骚乱，跑了出来，看到到处查抄的士兵，下巴差点儿掉下来。

僧兵居然把这些人全放进来了？他们疯了吗？

他大骂僧兵，又骂士兵："你们怎么能对王不敬？"

士兵把僧人们赶到一起，圈了起来。

宰相站在高台上，大喝一声："佛子不配为王！他不是王后的血脉！毕娑才是王后之子！"

赤玛公主被人搀扶上台，咬牙切齿，取出两份诏书："先王和先王后临终之前都曾留下遗诏，传位于王后之子。昙摩罗伽不是王后的亲子，乃汉人奴隶所生！张家当年为了混淆王室血脉才会把他推上王位，真正的王是毕娑！"

众人呆若木鸡。

般若站在一群僧人中间，脚底发凉。

佛子不是王？

僧人们心乱如麻，小声议论。

一人道："我们该怎么办？"

宰相看一眼台下："请长老上来！"

一名垂垂老矣的僧人步上台阶，望着台下惊惶的僧人，叹了口气。

"佛子不是王后所生……他怕身份暴露，杀了寺主、驸马，还有朝中官员……寺主寂灭前留下一封信……"老僧满脸沉痛，"佛子就是摄政王苏丹古。我是波罗留支的师弟，见过佛子所练功法，此法乃佛门秘法，练此功法，若心智不稳，可能会被反噬，发狂杀人。如今佛子暴露身份……如不阻止，必定成魔……"

他的话音落下，僧人们抱着一堆兵器、书册、面具等物走到众人的面前。

"我以佛陀之名立誓，所言句句是真，若有虚言，永堕地狱。佛子就是苏丹古，每次闭关都是为了掩人耳目而已。"

大雪天里，雷声突然炸响。

焦雷阵阵滚过，众人耳边轰鸣不断，身上战栗不止。

佛子竟然就是摄政王！

佛子杀生无数！

杀人如麻的金刚修罗和佛法高深的慈悲佛子是同一个人！

般若感觉浑身的力气被抽尽，倒在了地上。

在这一片混乱中，几个士兵从殿后冲了出来："他们跑了！里面没人，他们一定从密道跑了！"

"谁知道密道的入口？"

众人摇头。

一个近卫高声道："有个密道的出口通向兽园！"

"不能放苏丹古离开……他已经开始滥杀无辜了……"老僧摇头叹息，双手合十，"要么继续让他为王，要么杀了他……"

宰相和其他人交换了一个眼神，很快做了决定。

他们不能接受一个汉人奴隶的儿子为王。佛子和摄政王是同一个人，留下来是隐患，而且不受控制。他们必须除掉佛子，扶持毕姿即位。

"追上去！"

铠甲刀剑摩擦，士兵全部追了上去。

般若浑浑噩噩地爬起来，跟上他们。

消息早已传遍圣城的每一个角落。

王寺外人潮汹涌，百姓呆呆地站在寺门外，神情愣怔。有人大喊大叫，有人大声和人辩驳，更多的虔诚的信众跪在雪地里，哇哇大哭，其状悲戚。

佛子和摄政王是一个人哪！他们信奉的佛子不是王后之子，是一个汉人奴隶的孩子！

"我不信啊！"

"是假的！佛子已经涅槃，这个苏丹古是假的！他冒充佛子！"

一个接一个信众号啕着撞向寺门，鲜血飞溅。

般若眼前一片模糊。他摸了摸脸，发现自己泪流满面。

他的佛子是假的。

般若转身跑开。

士兵、僧兵、百姓、官员……一拨拨人冲向兽园。

见看守兽园的亲兵上前抵挡，赤玛公主举起遗诏，中军近卫亦上前大喝："先王、先王后的遗诏在此，你们速速退下！"

几拨人马冲撞，人仰马翻。谁都不知道该听谁指挥，到处都是仓皇的身影和叫声，乱糟糟的。

毕娑、缘觉和巴米尔带着昙摩罗伽冲出密道，骑着几匹马朝着后山奔去，一头斑斓的花豹紧跟在他们的身边。二十多个忠心的亲卫为他们掩护，一边策马，一边放箭射倒追上来的近卫军。

"是苏丹古的豹子！佛子果然是苏丹古！"

"抓住他们！"

"抓住玷污佛法的假佛子！"

一声声煽动人心的高喊此起彼伏，沸反盈天，人群拥了过去。

羽箭嗖嗖射出，亲卫接连落马。

忽然，长道两侧响起急促的马蹄声。肩负弯弓、着蓝衫白袍的近卫骑士从被白雪覆盖的山石后驰出，拉满长弓，将毕娑他们团团围住。

箭如雨下，众人的胳膊上、肩上、腿上都中了箭。他们咬牙砍断箭矢。

花豹怒吼几声，耸身扑向一个准备放箭的近卫，生生咬下他的半只手掌。

近卫捧着血肉模糊的手，惨叫声回荡在雪地的上空。

其他人心头悚然，拔刀上前，一刀一刀地刺向花豹。花豹愤怒地咆哮，跃到一个近卫的跟前，利爪一划，直接划开了近卫的肚子。

近卫心惊胆战，拨马退到一边，躲到山石后。

十几个人同时张弓，羽箭罩向花豹。

"阿狸，小心！"毕娑大吼一声。

花豹灵巧地来回闪躲，扑向近卫。近卫们忍着恐惧上前和它搏斗，长枪、长刀、长矛落下，花豹的身上扎满了箭，油亮的皮毛很快被鲜血打湿。但它仍然不断地耸身上前，保护它的主人。

近卫们看它似乎快要力竭，趁机一拥而上，长枪深深地插进它的身体。花豹不停地挣扎，咬死咬伤几个近卫后，回头看了一眼马背上奄奄一息的昙摩罗伽，抬了抬爪子，瘫倒在地。近卫上前，长枪猛地刺下。

花豹的身体抽搐了几下，一动不动了。

"阿狸！"缘觉哭着叫喊出声。

天空中传来一声雄浑的鹰唳，一只巨大的苍鹰遽然俯冲而下，利爪狠狠地抓向近卫军。

近卫军慌忙射箭。苍鹰抓伤了几个近卫军后，哀鸣一声，带着两支羽箭飞向高空，越飞越低。

"迦楼罗！"缘觉大喊，"快跑哇！快跑哇！"

毕娑的双眼红得能滴出血来。他抬头，看着四周密密麻麻围上来的近卫和远处的百姓："你们就这么看着你们的王被人追杀！"

百姓你看看我，我看看你。

缘觉绝望地大喊："你们让开呀！王快要死了，你们非要赶尽杀绝吗？求你们了，让开吧！

"十多年前，北戎围城的时候，所有达官贵人携家带口逃跑，王才十三岁，原本可以逃走，但他没有！他知道北戎一定会屠城，所以带着僧兵回头，守卫圣城。

"八年前入夏，山上的积雪迟迟没有融化，方圆百里寸草不生，各地受灾，王打开他的私库救济百姓，活人无数！

"七年前，王亲自带兵肃清道上劫掠的部落，和西方国家通商互市，降低赋税，吸引商人，让圣城的市坊成为商道上最繁华的集市。

"权贵踏平你们的庄园，抢走你们的妻子儿女，掠夺你们的家财，摄政王为你们主持公道，秉公执法，刀下从无冤魂！

"北戎每次进犯，王披甲上阵，鞠躬尽瘁，只为保百姓安定富足。

"王知道自己活不久了，和各国建立盟约，以确保他死后王庭还能长治久安……

"王从无私心！"

缘觉哭喊："就因为他不是王后的儿子，你们就要毁了他？"

士兵们脸上露出动容之色，有人悄悄地放下了兵器。

毕娑的同僚驱马上前。他是昔日昙摩罗伽倚重的部将之一。

"毕娑，他不是我们的王，是汉人奴隶之子！他偏袒汉人，偏袒异族人，不配为王庭的君王！"

"对，他是苏丹古！"

"他不配当佛子！"

"他走火入魔了，不能放他走呀！"

"汉人的儿子不配当我们的王，更不配当我们的佛子！他欺骗了我们！欺骗了佛陀！他该死！"

"他玷污了佛寺！"

百姓冷冷地道。

士兵一凛，握紧佩刀。

毕娑驱马上前，目光从不肯退开的士兵和百姓的脸上扫过去。随后他仰天大笑："我曾以为，罗伽真的会发疯。我时时刻刻盯着他，生怕他因为动情而动摇心志。我怕他为了爱欲走火入魔，费尽心思阻止他。"毕娑回头，看向昙摩罗伽，"他没有。他始终记得他的责任，他爱的人也尊重他的信仰和选择，没有逼迫他抛下身份。"

毕娑转过头，看向牢牢地挡住他们的去路的士兵和周围愤愤的百姓，吐了一口唾沫，狞笑："我没想到，有一天把罗伽逼上绝路的会是他的子民，是他用心血护卫的王庭！不是他不配为王庭的君王，而是你们不配有他这样的王！"

长道一片寂静，唯有风雪声呼啸。

近卫军将领们紧皱眉头，交换了一个眼色。

他们不是不知道昙摩罗伽这些年的辛苦，但是王庭从来没有让一个汉人奴隶的儿子登上王位的先例，而且身为佛子的昙摩罗伽居然和摄政王是同一个人，杀了那么多人。世家深恨苏丹古，百姓也无法接受昙摩罗伽的身世，他们已经决定扶持毕娑即位，必须逼昙摩罗伽退位。

突然，一个声音响起："他早就知道自己的身份，这些年一直在想办法包庇汉人，想把王庭送给汉人！我们放了他，他会找到魏朝的汉人，带着汉人打回来的！难道以后我们要被汉人奴役吗？非我族类，其心必异！"

近卫将领们清醒过来，大吼："不能放走他！他会和汉人勾结！"

毕娑抽刀："谁敢拦我？！"

众人焦头烂额之际，赤玛公主带着人冲了过来："毕娑，你回来！"

毕娑的脸色阴沉如水，双眼发红。他策马挡住缘觉——昙摩罗伽意识不清，被缘觉牢牢地护着。

赤玛公主恨得咬牙："毕娑，你才是王庭的王！我答应你，放过罗伽，只废了他的王位！"

毕娑冷着脸："蠢妇！你以为你说了就能算数吗？你以为这些帮你布局的人会放过罗伽？你以为他们废了罗伽就会效忠于我？"

赤玛公主勃然大怒："我有父王和母亲的遗诏，寺中的僧人、朝中的文武百官、中军近卫、僧兵，还有圣城的百姓……所有人都站在我这边！他们都效忠昙摩家！罗伽之所以会得到他们的拥戴，还不是因为姓昙摩？"

毕娑眼神阴郁："昙摩家早就失势了！你的荣华、王庭的安定、我这些年的逍遥，都是罗伽拼命换来的！没有罗伽，圣城早就被北戎的马蹄践踏！罗伽的身世怎么会这么快传扬出去？各路大军为什么迟迟不到？苏丹古的事情又是谁泄露的？有人在煽动人心，搅乱局势！你不过是他们的棋子而已！

"等到他们达到目的，我不过是一个傀儡罢了，世家岂会真心敬我？"

他话音刚落，只听几声尖锐的响声，铁箭从四面八方激射而出，带着森冷的杀气，直直地罩向他。

赤玛公主狂怒，一鞭子甩向身边的将领："谁让你们放箭的？伤着毕娑怎么办？他是你们的王！"

将领们连忙闪躲，下令停止放箭。

可是混乱之中士兵根本听不清指挥，人群中不断地有人高声叫骂，铁箭一支接一支地在众人的头顶乱窜。

"将军，这边！"十几匹马从后面冲入近卫军中，马背上的人一个个身材魁梧，硬生生地撞开一道缺口。为首的男人示意毕娑："将军，这边走！"

毕娑认出金勃和他的部下，一愣，随后立刻拨马冲过来。缘觉、巴米尔和其他亲卫飞快地跟上。

金勃和部下护着他们冲出重围。

近卫军慌乱了一瞬，打马追赶，又有一匹马从旁边蹿出，长刀乱舞。

马上之人正是佛子的亲卫般若——正是他带来了金勃和部下。

他从袖中抖搂出一堆铁蒺藜，为毕娑几个人断后。

"不管王是不是王后的儿子……"他抽出长刀，念了个佛号。

一支铁箭穿透他的胸膛，带起一股鲜血。

他横刀立马，挡在长道上狭窄的出口前，圆脸上写满坚定。

"我只知道王救了我们这些奴隶，让我们可以和他一样学佛，让我们吃饱穿暖……我们再不用挨饿受冻，不用担心会无缘无故地被人拖下去乱棍打死……"

他一刀砍翻一个近卫士兵，"王把我当人。"

不管王是不是佛子，是不是君主，他都不会背叛王。

羽箭嗖嗖，插满他的全身。

般若倒下马背。

毕娑回头，目眦欲裂。但追兵追了上来，他不敢停留，催马狂奔，带着缘觉冲进山间的峡谷，朝金勃抱拳："没想到危难之时王子会挺身而出。"

金勃回了一礼，笑道："我是北戎王子，要不是佛子赦免我，我哪儿能活到今天？而且佛子以前救过我一次，我欠佛子诸多，怎么能见死不救呢？"

毕娑冷笑。金勃能够为罗伽不顾生死，王庭百姓却对罗伽弃如敝屣。

他拔出匕首，交给缘觉："你们带着王去高昌。世家不会放过王，只有文昭公主能救王。"

缘觉哽咽着接过匕首："将军呢？"

毕娑戴上头巾，蒙住脸，只露出一双眼睛："我去拖住他们。"

马蹄声越来越近，众人含泪对望一眼，各自一抱拳，匆匆分开。

缘觉他们从后山的那条密道逃了出去，将追兵远远地甩在身后，刚出了崖壁，只见雪地里遥遥地驰来大队人马，远远望去，那队人马就像黑色的涌动的洪流，玄色的旗帜迎风猎猎飞扬。

那是驻扎在附近的右军。

缘觉一行人顿觉冷汗淋漓，将昙摩罗伽牢牢地护在当中。

一骑快马从右军中驰出，奔到他们的面前。马上之人大声道："赤玛公主和朝中的文武大臣已经昭告天下，苏丹古是汉人之子，不配继续用昙摩家的姓氏！我们将军不想伤了你们，你们赶紧走吧！"

缘觉心口一松，随即生出一点儿希望："你们能给我们几匹马吗？"

来人摇摇头，挽弓搭箭，一箭射在缘觉的坐骑的脚下："不抓捕你们，我们已经仁至义尽了。你们走吧，再不走休怪我们手下不留情！"

缘觉笑得悲凉，带着亲卫转身，往另一个方向而去。

他们经过白城、几座庄园、几个部落……

这些地方的人都曾得到王的恩惠。

所有人看到他们，避之如蛇蝎。

"快走快走！我们不会收留你们的！"

他们想要讨点儿水和伤药，可那些人紧闭城门，不许他们进城，任他们在城门外喊叫哀求。路上还有人追杀他们，想要绑了他们送去圣城讨赏。

金勃怒道："王庭的百姓和我们北戎人一样，不要和他们客气了，直接动手抢吧！"

缘觉死了心，不再向路过的城镇求救，想要什么东西让金勃他们去抢，一路快马加鞭，躲过一次次追杀，终于到了沙城。

沙城的守将被调走了，缘觉几个人伪装成求医的信众，混进城中，只等出了沙城就可以去高昌了。

城中人头攒动，气氛压抑，长街的两侧挤满了人。所有人拖家带口，扛着大小包袱，神色哀戚。

"怎么回事？"缘觉找人打听。

"要打仗了！"一个牧民抱着孩子匆匆跑了过去，"北戎的海都阿陵王子打回来了，带着十万大军！他们要踏平王庭！"

缘觉打了个激灵，继续打听，这一打听下来，冷汗直冒。

原来数日前，朝中的大臣以先王、先王后和赤玛公主的名义废了昙摩罗伽，另立毕娑为王。他们怕各路大军造反，将所有将领调回圣城，派各自的心腹接管军队，几方势力很快有了矛盾，摩擦不断，军令诏书满天乱飞。他们早上发一道敕令，夜里又发一道敕令，军中一片混乱。

周围的小部落听说王庭另立新王，纷纷自立。

北戎的海都阿陵正好借了一批人马，准备攻打西军，先抢回几个重镇鼓舞人心，没想到王庭竟然出了内乱，当即改道，游说一直垂涎王庭的势力，请求他们借兵，就这么集结了几万兵马。

王庭的东边由一个大部落镇守，他们听说昙摩罗伽为世家所害，悲愤不已，直接敞开门户。北戎联军大喜，从东边抄近道穿过沙漠，直接去攻打圣城。

大军现在已经差不多逼近圣城。

朝中群龙无首，大臣们连由谁领兵都要吵个天翻地覆，还不到一个月已经接连吃了几次败仗。王庭的百姓想起从前北戎屠城的残忍手段，惊慌失措，只能收拾行李往西逃。

缘觉心里百味杂陈。

作为王庭人，他当然不希望圣城被北戎占领……但是经历了昙摩罗伽被废的事情，他现在已经没有精力去担心圣城的百姓。

他只想把昙摩罗伽送去高昌，让罗伽和文昭公主团聚。

"瞒着王，别告诉他这事。"缘觉叮嘱亲卫。

这些天昙摩罗伽时睡时醒，睡醒时会问起圣城的局势。他们怕他担心，骗他说毕娑已经掌控朝堂。

亲卫沉声应诺，回到马车旁。

金勃骑马守在车窗外，正和里面的人说话。

缘觉上前，道："我找绸缎商买了一份出城文书，我们这就可以去高昌了。"

一只手掀开车帘，昙摩罗伽的声音响起："北戎联军到哪里了？"

众人一呆。

王庭，圣城。

北戎联军一路势如破竹，连克十几座重镇，圣城岌岌可危。

朝廷不断地发出诏书，附近的部落拖拖拉拉不肯前来救援。他们只认佛子，其他人的诏令请不动他们。

当前线再一次传回打了败仗的消息后，圣城的百姓纷纷出逃，刚刚出了城，只见前方尘土飞扬。让人心惊胆战的号角声响起，身着玄色战甲的北戎联军如海浪一般从四面八方涌向圣城，一面面黑色的旗帜在风中猎猎飞舞，气势滔天。

百姓吓得魂飞魄散，掉头往回跑。

北戎联军并不急于攻城，先原地驻扎，挖掘工事。城中的百姓安慰自己，也许北戎人不敢攻城。

第二天北戎人擂响战鼓，开始攻城。

圣城的守军没想到北戎人这么快攻城，一片忙乱，仓促地应战，靠着昙摩罗伽改进过的弓弩车打退了联军的第一拨进攻。

北戎联军不如北戎铁骑军容齐整，但作战方式更为灵活。他们几日强攻不下后，抬出了攻城器械，专门集中兵力摧毁城头上的弓弩车。

十天后，圣城的最后一辆弓弩车彻底不能用了。

所有人都知道北戎联军会大肆地屠城，到时候男女老少全部逃不过被踩躏的命运，因此城中的所有壮丁全部登上城头守城。

城头下尸体堆积如山。

这一日天还没亮，北戎联军的数座大营打开营门，号角声呜呜地吹响，骑兵先以整齐的队列驰出大营，接着步兵列队而出。数万兵马列阵于圣城脚下，鼓声、马蹄声和凶悍的士兵们的聒噪声穿云裂石。

北戎联军又要强攻了。

城中的百姓惊惶万状，哭天抹泪。

城头上，王庭的士兵一脸绝望之色。

突然高空中降下一声威严的鹰唳，一只硕大的苍鹰从战场上掠过。

士兵们呆了一呆，目露狂热之色。

天际处隐隐有黑线涌动。

有人高喊出声，泪落纷纷。

旭日下一面雪白金纹的旗帜迎着灿烂的晨晖轻轻地飘扬。

雪原莽莽，苍穹万里无云，寒冬清冷的阳光倾洒而下，金光灿烂。旗帜飘扬处，大地在隐隐地震颤。

一条一条浮动的黑线从天际处汹涌而来，仿佛一座座连绵的山在缓缓地移动。

王庭士兵呆呆地望着天边。

涌动起伏的黑线越来越近，如浪潮涌动。那些线条由一个个带刀骑马的身影组成，他们穿着不同颜色的甲衣，策马前进，步伐整齐，气势沉静，带着一种威严从容、势不可当的杀气。他们拱卫着中间那面雪白金纹的旗帜，浩浩荡荡地前行。

队列进入战场之后，速度陡然变快，两边松散的队伍忽然迅速地向中间收缩，蹄声宛若轰轰的雷鸣。整支队伍眨眼间已经变换队形，气势更为肃杀凶悍。随即，一名身披僧袍、高大挺拔的僧人在亲卫的簇拥下奔出战阵，面对着北戎联军举起一张漆黑的牛角长弓，挽弓拉箭，将一张硬弓拽成满月，一箭激射而出。

铁箭撕裂空气，带着撕碎一切的磅礴气势直扑向敌营。

尖锐的啸声回荡在战场之上。

随着哐当两声，铁箭贯穿前面一个将领，却不减力道，又射中旁边的一个将领。两个将领几乎同时摔落马背。

不等众人反应过来，电光石火之间，僧人继续拉弓。随着嗖嗖几声，铁箭连珠射出，迅若流星。敌军一阵骚动，人叫马嘶，接连有人落马。

忽地，城头上响起一片惊呼声，原来僧人射出的最后一箭直接射断了敌军阵营中的一面帅旗。

这几箭的气势霸道雄浑，令在场诸人不由得冷汗淋漓，心惊胆战。

僧人一人一骑，以单手握弓，勒马立于山坡之上，解开脸上的面巾，露出一张英俊的面孔，俯视山坡下一片黑压压的北戎联军。一双目光深邃沉静的碧眸冰凉如雪，无悲无喜，却气势滔天，他身影巍峨，恍如天神降世。

战场之上一片死水般的沉寂。

北戎联军大震。而在圣城的城头之上，士兵们呆愣之后，对着僧人的方向放声号哭。

摄政王回来了！

佛子回来了！

他们的王回来了！

昙摩罗伽不是在世家和赤玛公主的阴谋下被扶持的傀儡，而是心怀苍生，一次次地在危机之中迎难而上，带领他们这些底层士兵金戈铁马、征战沙场的王！

王的生母是汉人又怎样？

他依旧是深受百姓爱戴、部落拥护的君主，是仁慈高贵的佛子！

将领们热泪盈眶，浑身热血沸腾。

北戎联军慌乱了一瞬。几个部落的酋长朝着海都阿陵咆哮："你不是说苏丹古死了吗？他怎么还活着？！"

海都阿陵望着昙摩罗伽的方向，紧皱眉头。

昙摩罗伽名震诸国，苏丹古骁勇善战，让各国闻风丧胆的佛子和摄政王是同一个人，周围的小国不敢轻易发兵攻打王庭。为了能多借点儿兵力，他暗示诸位酋长昙摩罗伽已死，酋长们才会欣然答应借兵。

谁承想昙摩罗伽没死在世家的追杀之中，而且竟然在失去王位后回来守城。

海都阿陵暗暗心惊。

瓦罕可汗曾经告诉他，北戎一半败于昙摩罗伽之手，另一半则败在内部的权力倾轧和贵族之间的争权夺利中。人心不齐，一国面对强敌就是一盘散沙。王庭的贵族之间也矛盾重重，当那些矛盾爆发之时，就是他国夺取圣城的最佳时机。

他等到了这个时机，然而昙摩罗伽比他和老可汗预想的还要顽强。

难怪瓦罕可汗一直深深地忌惮昙摩罗伽。此人或许真的胸襟广阔，或许只是谋算深远，总之，这一战不论圣城是输是赢，他的美名都会传遍诸国。他不必再和世家虚与委蛇就能轻轻松松地夺回王位，笼络人心。

佛子是杀人如麻的摄政王又怎样？乱世之中，谁能让百姓活下去就是百姓心目中的王。

众人震惊之际，昙摩罗伽一人一骑飞奔而下。在他的身后，穿着不同甲衣的士兵毫不犹豫地跟上他，挥舞着长刀，直接刺入北戎联军最中间的战阵，带着一往无前的气势，和一支部落骑兵撞在一起。

部落骑兵仗着高头大马的优势发动冲锋。他们不慌不忙，三人组成一支小队，两人缠住骑兵，一人挥刀，专门砍马腿，手起刀落，战马嘶鸣着将马背上的士兵摔下。

一瞬间,两队人马厮杀在一起。佛子带来的兵一个个悍不畏死,像野兽般死死地咬住敌人的喉咙,不管敌人怎么挣扎都甩不脱他们。

酋长们胆寒不已,停下对圣城的攻势,命两翼骑兵回撤。

"苏丹古习得奇功!纵面对千军万马,他也可以一人斩敌于阵前!他一定是带了援军回来!"

一时之间人仰马翻,几个部落的酋长掉头撤退。

海都阿陵攥紧缰绳,大怒,环顾一圈,冷静地思考起来。昙摩罗伽被世家追杀,根本不可能在这么短的时间里凑齐一支可以和他的十万联军抗衡的队伍!

"都别慌!"他大吼,"王庭人仇视汉人,废掉苏丹古后立刻发兵攻打西军。魏朝和王庭开战,西军自顾不暇,苏丹古去哪里找借兵?苏丹古直接带兵冲散联军,只是在虚张声势罢了!"

部落的酋长们置若罔闻,继续撤退。

"儿郎们,随我冲!"海都阿陵咬牙拔刀,朝身后的自己的部属大喊,拨马上前。

联军也不是第一次不听使唤了。

前方僧袍猎猎,昙摩罗伽就像一柄寒光凛凛的尖刀,带着亲卫继续逼近联军的中心。联军的战阵被冲散,两边的部落骑兵不断地往两边散开,整支队伍就像被切了两半。

雪泥飞溅,箭矢飞舞。

海都阿陵带着部下冲上前,昙摩罗伽的队伍蓦地开始往中间收缩,然后毫不犹豫地后退。

北戎部队大喜,立刻追了上去。

海都阿陵怔了怔,手心都是汗,一种不祥的预感袭上心头。

这一切会不会是昙摩罗伽的计策?他以前设伏重创瓦罕可汗就用过这一招。

海都阿陵抬起头,遥望圣城的方向。昙摩罗伽突然从天而降,圣城的守军士气大振,他们这个时候攻打圣城,很可能落入昙摩罗伽的圈套。

耳畔喊杀声震天,部下抱拳请示:"王子,左翼和右翼的队形已经乱了!我们去填哪边?"

"回撤!保存实力,让部落骑兵顶上去!"他果断地道。

当北戎人也开始撤退时,其他部落的骑兵更加惊慌失措,整支联军组成的战阵被冲开。城头上率领禁卫军守城的毕娑立刻让人打开城门,派出一支队伍出去接应，两军迅速会合，撤回城内。

北戎联军暂时撤回大营，不再进攻。

城门前万头攒动，人山人海。

百姓不懂朝堂上的腥风血雨，浑浑噩噩。昙摩罗伽离开以后，世家着手修改律法，变本加厉地盘剥平民。他们这才意识到之前的动乱很可能都是世家的阴谋，可惜为时已晚，佛子不知所终。

圣城被围后，他们每时每刻都生活在恐惧中，饱受煎熬。圣城上空阴云笼罩，处处凄风苦雨。

听说昙摩罗伽带兵回来了，他们扶老携幼，激动地冲出家门，迎接他们的王。

很快，整座城的百姓都来了。男女老少，无论贫贱富贵，跪在长街的两侧，激动得垂泪大哭。

"王，我们不该听信谗言，不该被那些贵人蒙蔽！"

"我们对不起王啊！"

"王给了我们安稳的生活，是当之无愧的佛子！"

"赤玛公主拿出来的遗诏有什么用？我们不认遗诏只认王！"

他们泪落纷纷。

队伍从他们的眼前走了过去，没有丝毫停留。

百姓抬起头，仰望那个被士兵簇拥着的将领，眼神无比热切。叫的、喊的、哭的，声音汇成一片浪潮，直冲云霄。

"王！您回来了！"

"您才是我们的王！"

他们哭得浑身发抖。整条长街上，号啕声此起彼伏。

那些曾在世家和寺僧的煽动下怀疑昙摩罗伽和外邦勾结，并觉得他不配为王的百姓羞愧难当。他们后悔莫及，膝行上前行礼，大哭着叩头，不一会儿便血流如注。

队伍从他们的身边经过，马蹄溅起的积雪和泥土扑在他们的脸上、身上。

援军的队伍穿过长街，径直去了王寺。

百姓趴伏在地，亲吻昙摩罗伽的坐骑经过的地方，泪流满面。

王寺外的广场上早已经跪满了百姓。不一会儿，将领、官员们也匆匆赶了过来，一个个一脸疲惫，遍体鳞伤。

北戎联军压境前，城里的达官贵人都在忙着收拾行李、安排车马，想趁着月黑风高时偷偷地逃亡。他们这些人不忍心就这么抛下全城的百姓逃亡，想起昙摩罗伽于十三岁那年留下守城的壮举，强忍恐惧登上城头，和将士们一起守城。

人在城在，他们是王亲自提拔的，不能丢了王的脸面！

他们跪在寺门前，齐齐叩首。

队伍停下，昙摩罗伽下马。

广场上黑压压的脑袋都垂了下去——所有人对着他顶礼膜拜。

昙摩罗伽没有一丝表情，看也没看他们一眼，抬脚踏入王寺。

毕娑浑身是伤，铠甲破破烂烂地贴在身上。他担忧地望着昙摩罗伽的背影，拉住随后下马的缘觉，脸色惨白："王什么时候开始运功的？"

战场上，看到罗伽一箭贯穿敌军的将领时，其他将士欢欣鼓舞，毕娑的心里却只有绝望。

罗伽的身体承受不住功法的反噬了。医者和蒙达提婆都警告过，他不能再运功了！这次他强行运功，等于耗尽最后一点儿心血，还能撑多久？

缘觉的眼圈通红："从昨天开始……"

那天金勃无意中说漏了嘴，昙摩罗伽得知他昏睡后王庭到处发生动乱，海都阿陵卷土重来，圣城岌岌可危，决定回来。他们劝不住，只能掉头往回走，途中遇到几支忠心于昙摩罗伽的人马，匆匆赶回圣城。昨天夜里，昙摩罗伽让缘觉取出所有的丹药，一口气全部吃了——他必须运功，才能在阵前先声夺人，震慑联军，吓退海都阿陵和那些部落的酋长。

这一次，运功的昙摩罗伽没有换下他的僧袍。

"援军有多少人？"

缘觉摇头叹息："只有两千多人。这些人原本是五军的士兵，不愿被赤玛公主驱使，偷偷跑出去投奔王，正好和我们遇上……情势太紧急了！"

毕娑握紧双拳，疾步跟上昙摩罗伽。

昙摩罗伽立在陈列壁龛的大殿前，凝眸看着案上那一个个漆黑的匣子，眸光沉静，周身隐隐散发出冰冷的杀气。

这一刻，毕娑不知道他是昙摩罗伽还是苏丹古。

他们是一个人，但是从前毕娑分得出身为佛子的他和身为摄政王的他。

现在罗伽和苏丹古融为一体。他穿着僧袍飞驰于阵前，不用再戴面具，比以前更有威严的气势，一举一动间不怒自威，看人的目光没有丝毫温情可言。

毕娑不知道这是好还是坏。

他为什么要回来呀？北戎联军足足有十万人哪！面对十万之众，他们这点儿人根本守不住城……

毕娑掩下哀恸，哑声说："阿狸、般若还有那些亲卫的尸首都收殓了，全在这里……是百姓悄悄帮着收的尸。王，近卫军将领迁腐，但是还是有很多士兵效忠于您，百姓也是。前不久他们悄悄放火烧了王寺，还烧了康家的宅子……"

"幕后主使是谁？有几家参与？"昙摩罗伽问，语气冷厉。

毕娑抱拳："哪家获益最多就肯定参与了。康家、安家，还有最近才崛起的乌古家……他们利用赤玛手中的遗诏暗暗联合寺中的僧人，先煽动民心，说王包庇汉人，激起百姓的怨恨，然后杀人嫁祸，扰乱人心，让百姓畏惧摄政王，再暗中抓住莫毗多、孟轲、张校尉这些忠心于王的人。他们控制圣城的禁卫军和中军近卫，让赤玛挑起我和王之间的矛盾，再从中渔利……"

赤玛公主劝说驸马阿克烈和她合作，阿克烈拒绝了。世家怕阿克烈泄露秘密，干脆杀了阿克烈。

那日，毕娑不想再欺骗昙摩罗伽，告诉他身世，送他离开，拖住追兵，力竭后被俘。

城中接连骚乱了好几天。仍然忠于昙摩罗伽的官员和将领锒铛入狱，世家派人到处散播谣言，诋毁昙摩罗伽，说他已经和汉人联合谋夺王庭，百姓信以为真。

赤玛公主和世家逼毕娑即位。

毕娑假意配合，想办法陆续地救出那些同情昙摩罗伽的将领，从赤玛公主那里问出她的同伙，顺藤摸瓜，把他们谋划的经过拼凑了个八九不离十。

让他心有余悸的是，赤玛公主他们原本的计划是利用文昭公主来威胁罗伽，驿馆的那把火就是他们放的。

赤玛一心想抓住昙摩罗伽和文昭公主暗地里交媾的证据，等了很久都没找到下手的机会。后来侍女告诉她文昭公主还是处子之身，她觉得实在匪夷所思，只能放弃这个打算。

昙摩罗伽听毕娑说完，神色不变："有没有名册？"

"我记下了，就带在身上。"

毕娑取出名册，自嘲地一笑。他想稳住局势，替昙摩罗伽报仇，但是势单力薄，根本不能把世家怎么样，只能先藏着名册和证据，想等以后有机会再慢慢地收拾那些人。

他没想到短短数日，王庭天翻地覆，连吃败仗。圣城被围后，世家各奔东西，跑了一大半，赤玛公主也跑了，跑之前跪下哀求他和她一起离开，他没有理会。

他是中军郎将，是昙摩家的儿子，守护圣城是他的责任。

北戎联军来了，留在圣城的所有人凶多吉少。他一心扑在守城上，还以为这辈子都见不到昙摩罗伽了。

昙摩罗伽抬手。

候在廊外的亲卫立刻上前，接过毕娑的名册，匆匆离开。

昙摩罗伽转身，走进自己的禅室。屋中的一切陈设都保持着从前的模样：花砖地上有暗色的血迹，廊柱、窗户上刀剑砍过的痕迹还在，几支箭矢插在土墙上……

他穿过空寂的内殿，走到榻边，抽出屉子，翻出一个纸包和一条红色的发带。

她给他的刺蜜，他一直留着没吃。

他把纸包按入怀中，拿起发带缠在腕上，走出内殿。

长廊里响起一阵急促的脚步声，留守寺中的僧人站在台阶下，齐齐地望着他，欲言又止，神情羞愧。

一名老僧上前，面带愧色："王心系苍生，为了守卫圣城、保护百姓而不顾安危，冒死赶回来主持大局……佛陀说，众生平等。我等执迷不悟，因为血缘出身对王生了偏见，又因为赛桑耳将军而怀疑王滥杀无辜，殊不知王心中有大爱，不为一切色所染，不为一切相所迷……吾等惭愧。"

僧人们双手合十礼拜。

昙摩罗伽步下台阶，没有看他们，在亲兵的簇拥下走了出去。

从此以后，王庭不会再有君王居住于王寺。

走在后面的缘觉冷笑一声，扫视一圈："圣城被围，你们是打算继续坐在寺中念经呢，还是和我一样追随王，去帮着守卫圣城？"

僧人们面红耳赤。

半个时辰后，亲卫将名册上的人抓回王寺。

愤怒的百姓立马冲了上来，拿起石块扔在那些人的身上，见亲卫没有阻拦，扑上前捶打撕扯他们。

"你们陷害佛子，追杀佛子，哄骗我们！"

"打死他们！他们差点儿害死佛子！"

官员们头破血流，大声呼救，但无人理会。

昙摩罗伽骑马出了王寺，仍是一身僧袍。日光笼在他轮廓鲜明的脸上，五官愈显立体。

他所到之处，一片哭喊声。

百姓痛哭流涕，高声呼喊他的法号。将士们仰望着他，眼睛里闪烁着甘愿为他赴死的狂热之情。

昙摩罗伽登上城头，脸上没有一丝波澜。

将领们上前通禀城中的境况。他们大多是低阶军官，接触不到军中机密，那天没有参与追杀昙摩罗伽的行动。

昙摩罗伽问城中还有多少粮食、多少兵马、多少武器，众人一一答了。

他紧蹙双眉。

毕娑叹息道："所有的弓弩车都废掉了，箭也没多少了……海都阿陵放话说他们这次带了足够吃半年的粮草，而我们的粮仓快空了……"

众人面色晦暗。

所有人都明白，前一阵王庭动乱，各个部落纷纷搬迁，其他重镇的驻兵自顾不暇，不能赶来驰援。他们没有存粮，坚持不了太久……

昙摩罗伽望着城外密密麻麻的北戎联军的营帐，道："圣城必须守住，海都阿陵的野心不只满足于劫掠圣城。圣城易守难攻，他如果占领圣城，整个王庭都会落入他的手中。届时他还可以借着地利之便向东向西扩张……"

到时候瑶英刚刚收复的偌大的失地也会被他夺走。

众人听得心惊肉跳。海都阿陵一旦夺下圣城，整个王庭都会覆灭！

"守住圣城，拖住他们的兵力。"昙摩罗伽道。

众人齐声应是，从容慷慨——他们就算全部于此役战死，也不能让海都阿陵得逞！

不一会儿，几道诏令接连被发出。

留下守城的官员和将士，不论出身，全部晋升一级，立功者再论功行赏。

城中能上战场的壮丁全部集结，分成几支队伍，赶往不同的城门。

老弱妇孺也都从家门走出，在亲卫的指挥下分成不同的队伍，有的帮忙搬运器械，有的帮忙为士兵疗伤，有的帮忙跑腿传话。

从今天起，城中的所有存粮统一由军队分配。

小吏按照名册找到那些擅长制造器械的工匠，号召他们帮忙修补并改进城头上的守城器械。

另外，昙摩罗伽还发布了一道诏令。

从今日起，城中所有隶属于贵族的奴隶只要参与守城，不论男女，都可以获得自由身，立功后一样论功行赏。

这一道诏令发出后，城中一片哗然。

城中没来得及逃跑的奴隶欣喜若狂，痛哭流涕，纷纷找到将士，拿起武器，和士兵们一起守城。僧人也从王寺走出。他们不能杀生，但可以帮忙清点分发粮食，维持秩序，以防老弱妇孺在领粮食时被人抢走粮食。

王庭有昙摩罗伽坐镇，从将领到普通百姓，所有人一下子找到了主心骨，一改之前的绝望颓然，镇定下来，不再手忙脚乱。一道道诏令颁布以后，很快就能推行。

军中的士气空前高涨。军官根本不用说什么鼓舞人心的话，只要昙摩罗伽一声令下，就算前面是刀山火海，士兵们也会毫不犹豫地往前冲。

每当北戎联军攻城之时，昙摩罗伽必定立于城头之上指挥将士，穿着一袭僧袍，仿佛完全不惧漫天乱飞的箭矢，身姿伟岸。

在他的带领下，将士们成功地阻止了北戎联军的一次次进攻。

六天后，城中的箭用完了，粮食也快告罄。将士们饿着肚子守城，头晕眼花。

北戎人就像浪涛一样，一波一波地涌上来。而他们是浪涛中即将沉没的孤岛，一点点地被海浪吞噬。

士兵们杀红了眼，城头下的尸体堆积成一座座山包。

残阳如血。

北戎联军再一次攻上城头，气势汹汹。

毕娑手持长刀，砍翻一个从绳梯爬上来的北戎人，和缘觉一起砍断绳梯，浑身是血，长刀都砍锩了刃。

号角声响起，北戎联军撤退了。

毕娑躺倒在血泊中，气喘吁吁地看向昙摩罗伽，心中悲凉。

他不怕死，只是为罗伽难过。

几个士兵身受重伤，身体一点点地变得冰凉。旁边的人为了安慰他们，唱起一首战歌。

起初歌声悲伤低沉，后来跟着哼唱的人越来越多。士兵们张开干裂的嘴唇，擦拭刀上的鲜血，越唱越响亮。歌声从城头往下蔓延，城中的百姓也跟着唱了起来。一道道歌声就像一条条河流汇入广阔的大海，穿云裂石，久久回荡在圣城的上空。

忽地，一声古怪的锐响打断回荡在战场上的苍凉的歌声。

众人愣住，朝着声音传来的方向看去。

红日已经坠入山谷，昏暗的天际处，一道接一道闪烁着尾巴的银光冲上天际，将半边天空映得雪亮，然后朝着北戎联军的大营罩了下去。

不过眨眼间，熊熊火光从联军的大营蹿起。漫天的银光落下，伴随着轰轰的雷鸣，大地震动。

王庭的士兵们从未见过这样的情景，目瞪口呆。

北戎联军的大营大乱，化为一片火海。

城头的士兵忽然指着一个方向大叫："援兵！有援兵！"

众人抖擞精神，朝着他手指的方向看去。

东边的方向，一支肩披黑袍的队伍趁着联军大乱，借着夜色的遮掩悄悄地接近圣城。马蹄上都绑了布条，蹄声淹没在那一道道奇怪的炸响声中。

半空中银光闪耀，雷鸣不断爆响。联军的大营中的火势越来越大，火光映出隐隐约约的轮廓。

城头上的士兵紧张得脚底发软，不敢再叫出声。这支队伍只有区区几百人，要是被北戎联军发现，一个都逃不了！

这时，忽然有隆隆的战鼓声从联军的大营中传出，一支北戎铁骑冲出大营，朝着援兵扑了过去。

众人纷纷站了起来，心脏都快跳出喉咙了。他们再顾不得其他，朝着城墙下的队伍大喊出声。

"小心！"

"快呀！"

队伍发现身后有追兵，加快速度行进。火光熊熊，他们的面孔越来越清晰。

很快，众人认出队伍中那面高高飞扬的旗帜，不敢相信，呆了一呆。

毕娑、缘觉几个人浑身发抖。

队伍灵巧地避开拒马堆，已经驰到城墙下。为首的一人一扯缰绳，勒马停下，望着城头，揭开脸上的面罩。

正巧一道银光撕裂黑沉沉的夜空，光束倾洒而下，笼在她的身上。她沐浴在一片璀璨的光中，明艳动人，仿佛是和银光一道从云端坠落的神女。

王庭的士兵们呆呆地看着她。

她抬起头，望着城头上一身僧袍的昙摩罗伽，和他遥遥地对视。

"罗伽！"她笑着喊，一双眸子比天上的星子还要明亮。

在她的身后，联军的大营中火花迸溅，一支铁骑紧紧地追了上来，银光闪耀，雷声平地炸响。

她微微一笑，整片夜空陡然亮堂了几分。

昙摩罗伽俯视着她，纹丝不动，袈裟轻扬。

下一瞬，他猛地抓起佩刀，身影如电，冲下城头。

毕婆回过神，嘴唇哆嗦了几下。他催促士兵打开城门。

从沙城回来的昙摩罗伽让所有亲近他的人觉得陌生、可怕。

他带领将士守城，安抚百姓，惩治世家，释放奴隶，似乎和从前一样……但是所有人都知道他和从前不一样了。他就像高高在上的神祇，没有一丝感情。

哪怕北戎联军差点儿攻破城门的时候，他也只是微微蹙了一下眉头。

直到此刻，直到文昭公主轻轻地唤他一声罗伽，他才算是真正活了过来。

城门大开，昙摩罗伽骑一骑冲出门洞，朝着瑶英疾驰而去。

联军的大营中火光冲天，半边天空都被烧得通红，满地尸体堆叠，铁骑从不同的方向追了过来，漫山遍野的乱兵哇哇大叫着到处乱窜。马嘶声、人们的怒吼与惨叫声、大火燃烧声响成一片……这幅场景就如他梦中的修罗地狱。

他将沉沦下去，永坠地狱。

腥风血雨，黑烟弥漫，那道袅娜的身影忽然从天而降，肩披银光，朝他奔来，兜帽被风吹落，青丝如瀑。

天地间只剩下那道身影。

他以为再也见不到她了。

昙摩罗伽眼睛一眨不眨地看着她，生怕一眨眼间眼前的一切都会消失。

马蹄声越来越近，一声一声，像响在他的心头。

她忽然攥紧缰绳，在距他几丈远的地方停了下来，眯了眯眼睛，轻哼一声。

两人默默地相对。

周围忽然像死水一般冷寂，所有嘈杂的人声远去。昙摩罗伽听到自己的心跳声，一下一下，缓慢从容。

“文昭公主来这里做什么？”他的声音平静，镇定。

瑶英笑意盈盈：“本公主对你日思夜想，来找你了。”

紧跟着冲过来接应的王庭士兵张大了嘴巴，面面相觑。

昙摩罗伽面无表情，目光深沉：“公主，我是个出家人。”

瑶英一摊手：“本公主不嫌弃你是个出家人。”

昙摩罗伽闭目片刻，再抬眸时，目光锐利深邃：“我被功法反噬，时日无多。”

瑶英看着他，神情慢慢地柔和下来：“那我们就好好珍惜剩下的日子，好不好？”

昙摩罗伽半晌无语，双眸里波澜涌动。

长风猎猎。

瑶英一笑：“怎么，法师忘了那天夜里的事？忘了怎么抱着我，答应我以后不会再骗我？忘了……"她眼前一黑，声音戛然而止。

马蹄踏碎积雪，他忽然驱马冲上前，扯开她紧握缰绳的手，将马背上的她直接揽入怀中。他身上混杂的血腥气铺天盖地而来，冰冷的手指插入她的长发，碧眸凝视着她。

她微微喘息，抬手捧住他消瘦了不少的脸，眼圈渐渐红了："罗伽，你又骗我。"

昙摩罗伽抱着她，全身发抖。他低头，收紧手臂，吻住她的唇。

这个吻急切、霸道，完全不同于他以前落在她的发顶的吻。他凶猛地撬开她润泽的唇，揽在她身上的手臂越收越紧，隔着袈裟，紧绷的肌肉微微颤动。

一阵电流涌过全身，瑶英浑身战栗，抬手搂住他的腰。

周遭响起一阵兵器噼里啪啦落地的声响，城墙上、城墙下的王庭士兵呆若木鸡。

千军万马之前，他们的佛子穿着一身袈裟，吻了文昭公主。

银光在他们的头顶炸开，照亮整个战场。雪花轻扬，沉重的马蹄声隆隆滚过大地。

昙摩罗伽抱紧瑶英，越抱越紧，力道大得像是要把她揉进身体里。

将领、士兵、百姓、僧人呆呆地望着他们的佛子将汉人公主揽入怀中，他们的神情比刚才看到恍如神佛之怒的奇异的天象时还要惊骇。

惊雷阵阵。

夜风裹挟着寒意席卷而过，军旗猎猎飞扬，破空之声此起彼伏。

昙摩罗伽醒过神来，松开瑶英，把她按进怀中，拨马转身。

两人的亲兵、部曲立刻跟上。城头上，毕娑指挥士兵朝着追过来的北戎铁骑放箭，阻止他们靠近。

几百人迅速地撤进城中。

缘觉凑了过来，脸上微红。他支支吾吾了半天，不知道该说什么。

昙摩罗伽翻身下马，转身，在众目睽睽之下朝瑶英伸出双臂。

夜风吹过，拂动他的袈裟。

瑶英怔了怔。

周围响起一片惊讶的抽气声，百姓远远地站在一边，窃窃私语。

昙摩罗伽泰然自若，揽着瑶英的腰抱她下马，一双碧眸静静地看着她，视线在她的唇上停留了几息。

刚才那个激烈的吻不是因为他一时失态。

瑶英感觉心口怦怦乱跳，腿还是软的，搭着他的胳膊站稳，余光看到跟过来的部曲，心头一凛。她回过神道："海都阿陵以前见过我的人用火药，这点儿小把戏吓不住他。其他部落会惊慌失措，他不会，追过来的铁骑肯定是他的部属。不过现在天已经黑了，只要我们在城头造势，扰乱军心，他不知道到底有多少援军，不会冒险在援军刚到的时候攻城。"

"他不害怕，他的士兵会怕！"

说着话，她挥挥手，示意自己的部曲登上城头。

亲兵们应诺，抬着、扛着、背着改进过的武器登上城头，七八个人一组，开始组装器械。他们已经训练过很多次，敏捷熟练。

毕娑迎了过来，问："公主的人马有多少？"

瑶英回答："五百多人……"

话刚出口，她感到昙摩罗伽的目光陡然变得严厉。

他这个人就像一尊佛，宝相庄严，看人的时候即使面容温和也无端会让人感到压力。被他用这样的眼神定定地看着，瑶英先是下意识地一阵心虚，随即想起上次分别的情景，怒气涌了上来。她抬起下巴，理直气壮地和他对视。

她还没和他算账呢！

他轻皱眉头，没有作声。

"太冒险了！"毕娑跟着瑶英，一阵后怕，汗水涔涔，"要是公主被海都阿陵追上了该怎么办？"

瑶英道："伊州由西军驻守，北戎旧部被打散了，海都阿陵没有其他帮手。他这次带领的联军由不同的部落组成，那些部落人心不齐，真正肯听从他的酋长不多，只要他们的大营乱了，就没办法出击。我派人趁着天黑袭营就是为了让他们炸营。"

毕娑担忧地道："那些袭营的人岂不是逃不脱？"

瑶英摇摇头："没事，他们离得远，等我趁乱进城就会马上离开，不会被北戎联军追上。"

说完，不等昙摩罗伽说什么，她抬脚登上城头。

昙摩罗伽跟在她的身后。

王庭的士兵精疲力竭，已经为瑶英的部曲让开位置。瑶英带来的士兵们借着火把的光芒迅速地组装起一架架简易的弩弓，其他人拉满双曲弓，搭箭，在箭上系了一只只空筒似的东西，对着城头下渐渐靠近的铁骑，全神贯注。

谢冲望着黑魆魆的战场，耐心地等候，等铁骑靠近时，举起一面旗帜摇了摇。

随着嗖嗖数声，一阵箭雨落下。

王庭的士兵惊呼出声，只听轰轰几声，箭矢射向的地方突然溅起数点火花，一声声霹雳般的炸响在半空中回荡。

铁骑的气势为之一滞。

士兵继续拉弓，一轮轮箭雨落下，火苗啪啪乱窜。

昙摩罗伽在旁边看了一会儿，接过一名士兵手中的双曲弓，几箭连珠射出。

这几箭去势凌厉，啸声回荡，箭矢落地处，火光暴起。燃烧的火线如蛇般蜿蜒，汇聚成一团火焰，借助风势熊熊燃烧。

月明千里

罗青梅 著

终结篇

下 册

青岛出版集团 | 青岛出版社

第十一章
天造地设

马嘶声声，战马畏惧夜火，扬蹄嘶鸣。

北戎铁骑骚动起来。

海都阿陵仰望着夜色中巍峨耸立的圣城，嘴里都是血腥气。

如果说昙摩罗伽是瓦罕可汗的克星，那么文昭公主一定是来克海都阿陵的。

她以缔结盟约的方式和王庭联合，在北戎内乱和集中兵力攻打王庭时偷偷地勾结各地的世家豪族，组织义军，一举夺回十几座重镇，接着威逼利诱，让诸州臣服于她，平定西域。然后她和李玄贞配合，截断北戎东西两部的交流，使得北戎东边的部落狼狈地逃回深山，而他的五千兵马被拦在白城外，无法向东夺回伊州，不得不向西逃窜，一路吃尽苦头，才在萨末鞬找到几个北戎部落。

海都阿陵从前背着瓦罕可汗偷偷收服的部落、苦心经营的养马场、培养的工匠……全部的心血都落到了李瑶英的手上。

不等他在萨末鞬站稳脚跟，李瑶英打通了北道商路，北道各部为利益所诱，不愿帮助北戎复国。再过几年，李瑶英经略西域，人心所向，西军壮大，北戎复国更是遥遥无期。

所以他才忍辱负重，向萨末鞬附近的宗主国称臣，娶了一个浑身臭味的公主，借来兵马，欲东归复国。

谁料王庭突生内乱，这正是天赐良机，他转道攻打王庭，怕西军赶来救援，派出一支队伍伪装成王庭的军队攻打西军，在他们的地盘烧杀抢掠，挑起两国的仇恨。他从西军的反应推测，他们应该中计了。

谁承想就在他要攻下圣城的时候，文昭公主居然来了！

能够"天降雷火"的人只有文昭公主！

海都阿陵不信那些所谓的天罚、神罚，知道那一定是李瑶英帐下的工匠研发的新式器械，可是这种武器实在太邪门了。李瑶英黑夜里以此袭营，威力无比，连几个酋长都觉得恐惧，更何况那些没什么见识的士兵了。

北戎联军炸营之后，他根本没办法迅速恢复士气。

那些溃兵不知道跑到哪里去了，他必须尽快收拢溃兵，稳住军心。

海都阿陵咬牙，挥手示意部下。

不一会儿，撤兵的号角声响起，铁骑在黑夜中整齐有序地撤退。

城头上的士兵小声欢呼，笑问西州兵："这是什么玩意儿？这么厉害？！"

西州兵笑着回答："这是霹雳箭和火弹。"

众人好奇不已，围着西州兵和他们的武器啧啧称奇。

他们虽然没有解围，但是被围数日，终于看到有援军来了，都备受鼓舞，重新激起战意。

眼下他们之间没有王庭人和汉人之分。他们是并肩作战的同袍、生死与共的朋友。

毕娑笑看士兵们玩笑，望向远处被火光包围的北戎联军的大营，松了口气，想到天亮以后海都阿陵肯定还会攻城，心又提了起来。援军只有几百人，改变不了大局。

敌人暂时退兵，众人乏力，原地躺下休息。士兵抱着长刀直接睡了过去。

狂风怒吼，滴水成冰。

瑶英立在风口处，冷得身体轻轻地哆嗦，身子打了个晃。

她已经几天几夜没合眼了。

昙摩罗伽走了过来，低头为她披上斗篷，系紧系带："天亮之前他们不会再攻城，去休息吧。"

瑶英看着他，眉宇间是掩不住的疲惫："你呢？你累吗？"

昙摩罗伽抬眸，看了她半晌。

"累。"他轻声说。

他很累。

不过他毫无知觉，一点儿都不在意身体的疲倦和病痛。

近卫军的背叛、百姓的质疑、僧人的指责……他都不在乎。

这些是他早就预料到的后果。

哪怕全天下的人都唾骂他，他的心志也不会动摇。

但是她来了。

她关切地看着他，问他累不累。

于是，顷刻间那些掩埋在内心深处的疲惫尽数翻涌了上来。他觉得很累，很想停下来休息一会儿，养足精神后再继续前行。

在他孤独跋涉的道路上，忽有一道璀璨的光温柔地笼罩下来，驱散无边的黑暗，这道光明亮、温暖、柔和，似乎隔着千山万水，遥不可及，又仿佛无处不在。

他生出贪恋，想要独占这束光，久久地凝视着她，终于伸出手，捧住了这束光。

昙摩罗伽扶着瑶英，带她去休息。

摇曳的火光中，两人肩并着肩，紧紧地依偎在一起，一步一步地走远。风吹起他的僧袍和她束发的丝绦，两人的影子被火光拉得很长，渐渐融为一体，密不可分。

士兵们纷纷站了起来，让开道路，目送两人的背影离开。

长街上熙熙攘攘，百姓纷纷从藏身的地方走出来，一双双眼睛凝望着两人。他们神情各异，有的泪如泉涌，有的神情呆滞，有的落寞失望。整座城的人都在这里，但一句说话声都不闻，此刻唯有昙摩罗伽和瑶英的脚步声。

瑶英轻轻地颤抖了一下。

手上忽然一暖，一只手伸了过来，握住了她的手，温热的掌心摩挲着她的手背。

她吓了一跳，抬起头。

昙摩罗伽垂眸，在信众无言的注视中握着她的手，骨子里的强势散发出来，眸光沉静，坚定，不容置疑。他唇角轻轻地一扯，扬起一个极轻极浅的微笑，像三生池里，莲花轻轻地摇曳，投下晃动的光影。

从今天开始，以后的路，你就这样陪我走下去吧。

瑶英看着他，和他相识以来的种种画面一一在脑海里闪现：他像天神一样出现在沙丘上，从海都阿陵的手里救下她；他弥留之际仍在为王庭的长治久安谋划；他一个人孤独地忍受病痛；他坐在书案前研读佛经，她在一旁好奇地扯他的袖子；他千里奔袭来救自己，又独自离开；他仰面躺在地上，状若疯癫，问她是不是要走了……

两人最后一次见面时，他语气温和，答应她会好好地照顾自己。

他们分别以来堆积在心头的担忧、气愤、恼恨、思念在这一刻全部化为乌有，她朝他笑了笑，鼻尖一阵发酸，眼眶湿热，手指在他的掌心挠了几下。

昙摩罗伽忽地绷紧身体，紧紧地握住她的手指，眸色加深。

　　他走进议事厅，推开里边一间屋子的门，拉着她进去。

　　瑶英环顾一圈。房中没有高广大床，只设了几案、蒲团和长榻，几案上堆满舆图和文书，但干净整洁。室内有一股淡淡的沉水香味，这里一看就是他住的地方。

　　他让她在榻上坐着，转身出去。不一会儿，侍从送来吃的，她吃了些东西，洗了个澡，拿了根发带松松地绾着长发，换上干净的衣裳，躺在榻上。

　　几日策马疾驰，她像是被碾过一样，浑身骨头酸软，大腿痛得厉害。

　　她昏昏欲睡，半梦半醒中，感觉到一道身影坐在榻边，睁开眼睛。

　　昙摩罗伽靠坐在榻沿，低头看她，眼圈青黑。

　　瑶英睡眼蒙眬，侧过身往里面挪了挪，拍了拍长榻："法师，上来睡。"

　　她刚刚沐浴过，此刻侧卧长榻，肌肤胜雪，面颊泛出红晕，黑发披散下来，身上只穿了一件贴身的浅色长衫，线条玲珑有致，衣襟松散，依稀露出里面柔和起伏的暗影，红唇微微张着，双眸湿漉漉的。

　　整个人似雨后含苞带露的花枝。

　　空气里一缕幽香浮动，如馥郁的花香。

　　昙摩罗伽俯身，扯起锦被裹住瑶英，把她裹得严严实实的，这才躺了下去。

　　城外有十万如狼似虎的北戎联军，粮食吃光，武器耗尽，他不知道自己还能活几天……

　　他有很多事情要思考。

　　可是她来了，冒着战火来到他的身边，躺在他的榻上。这一瞬，他什么都不想考虑，心里只有她。

　　凛冽的寒风呜呜地吹着，军旗被风吹得猎猎作响。

　　瑶英睡得迷迷糊糊的，梦中挣开了锦被，觉得有点儿冷了，伸出双臂，翻个身，指尖触到什么东西，身旁的身体温暖坚实。

　　熟悉的味道让她觉得很安心。她一把抱住他，往他的怀里拱了拱，发顶在他的胸膛上蹭了蹭。

　　身边的人微微发僵，轻轻地拉开她的手，扯起锦被笼住她的肩膀，压了压。

　　瑶英无意识地嘟囔了几声，语气凶巴巴的。

　　那个人不动了。

　　耳畔响起一声低沉的、若有若无的浅笑。瑶英于睡梦中仿佛看见月夜下平静的湖面荡开一圈圈水波，听不见声响，只能看到粼粼闪动的银光。

瑶英抬起腿，一脚搭在他的身上，人又睡着了。

她再醒来的时候，天还没亮，榻边点了一盏灯，一室柔和的光晕浮动。

一张轮廓鲜明的清癯面孔出现在眼前，五官立体，眉目似墨笔勾勒，碧绿色的眼眸微微低垂，睫毛上有金色的烛光轻轻地闪烁，呼吸间，温热的鼻息洒在她的颈侧。

他俯身看着她，两人中间隔着的锦被凌乱地堆在榻角。她感觉身上凉飕飕的，扫视一圈，发现自己衣衫半褪，腿和手都露在外面，袜子不知道什么时候脱了。昙摩罗伽身上倒是衣衫整齐，还穿着袈裟，手指拂过她的衣袖。他慢慢地坐起身，另一只手往下，掀开她的纱裙。

一阵异样的温热的触感在瑶英的腿上游走，长有薄茧的指腹擦过她腿上娇嫩的肌肤，她打了个寒战，周身冰冷，唯有被他的手指碰过的地方火烧一样发烫，脚趾都绷直了。

瑶英愣了一下，一声难受的低吟逸出齿间。

昙摩罗伽的动作停了下来，气息变得沉重，手收了回去。

瑶英感觉意识昏昏沉沉，呆呆地看了他一会儿，抬起手钩住他的脖子往下压，柔软的唇印在他微皱的眉心上，双手抚过他的颈侧，摸索着捧住他的脸。

"法师，我好想你。"

她柔声呢喃，似在梦中。

昙摩罗伽紧绷着身体，凝眸望着睡眼蒙眬的瑶英，平时总是无悲无喜的双眸中暗流汹涌，眸光比屋外的夜色还要深沉，整个人朝她压了下来。

瑶英的脸上浮起潮红之色。

柔软的唇落在她的额头上，慢慢地往下，在她的鼻尖停留了一会儿，然后吻住她的唇，温柔地缠绵，清冷的沉水香气侵入她的齿颊……

一汪春水盈盈流动，水声潺潺。

瑶英晕乎乎的，抬手抱住昙摩罗伽的肩膀，衣领滑落，半边都敞开了。

烛光下，花枝迎风轻颤，娇艳欲滴。

昙摩罗伽整个人僵了片刻，倏地放开瑶英，扯过锦被盖在她的身上，起身下榻，背对着她。

瑶英这下彻底回过神来，坐起身，揉了揉头发，柔软的唇泛着水光。她看一眼昙摩罗伽，再看一眼自己腿上卷起的小半边的裙角，慢慢地瞪大双眸，呆住了。

法师居然趁她睡着的时候……

瑶英正愣怔着，昙摩罗伽转过身，坐回榻边，手盖在她光着的小腿上，手指轻轻地揉了几下。

一阵酸痛袭来，瑶英痛得直皱眉头。

昙摩罗伽抬眸看她，眸光已经恢复了平时的沉静淡然："还有哪里痛？"

瑶英一愣，闻到一股陌生的味道，嗅了嗅，发现是从自己身上散发出来的，低头一看，自己腿上他的手指刚刚碰过的地方被抹了一层淡青色的药膏，胳膊上也有。

原来昙摩罗伽刚才是在给她涂药……她想多了。

瑶英发了一会儿愣，轻翘嘴角，抱着锦被笑了笑："法师怎么知道我腿疼？"

昙摩罗伽看着她，轻皱眉头："你梦里说身上疼。"

她疲惫不堪，躺下没一会儿就睡着了。他舍不得睡，静静地拥着她，听着屋外寒风狂啸。半夜时，她忽然不安地翻身，把锦被踢开了，他帮她盖好被子，碰到她的胳膊，她立马皱眉。

"我疼。"

昙摩罗伽感觉心轻轻地颤动了一下："哪里疼？"

"腿疼，腰疼，背疼……浑身疼……"

她在梦里抱着他，柔声撒娇。

那一刻，再坚硬的金刚心也变得柔软，他拂开她的衣袖和裙角，发现她的胳膊和腿上有好几处青肿的痕迹，还有几道结痂的伤口。

她看上去很累，他不想吵醒她，点了灯，为她擦药，帮她按揉伤处。

他问过她的部曲了，他们这一路为了避开北戎联军的斥候，走了一条只有牧民知道的山路，她和亲兵一样跋山涉水，攀爬山丘，这几天几乎没下过马，身上到处是伤，得好好按摩一下，不然接下来半个月她都得嚷疼。

瑶英不记得自己睡梦中说过什么，试着动了动胳膊，道："也不是很痛，休息一晚，明天就好了。"

昙摩罗伽没作声，给她涂好了药，穿上袜子，抚平衫裙，隔着裙子继续按揉她的小腿。

瑶英睁着一双明眸，目光灼灼地盯着他。

昙摩罗伽轻声道："好了，接着睡吧。"

瑶英嗯了一声，躺下去，侧身面对着他，合上眼睛，感觉他的指腹按压的地方又酸又麻，力道适中，很舒服。

她想和他说说话，不想睡，又睁开眼睛，目光直直地撞进他温和的视线里。

他一直看着她。

"路上是不是很辛苦？"

见她不肯睡，昙摩罗伽问。

瑶英在枕上摇摇头，轻描淡写地说："翻山的时候有点儿辛苦。"

昙摩罗伽沉默不语。

亲兵告诉他，王庭的军队偷袭西军，抢了好几个部落和庄园，高昌的世家豪族颇为震怒，而她在第一时间想到的是他出事了。

"佛子在位一天，王庭绝不会背弃盟约、偷袭我们，一定是他出了什么事，王庭边城的驻军已经不受控制。"

瑶英心急如焚，短短数日安抚西军将领，集结人马，筹措粮草，调兵遣将。

人人都知道海都阿陵的十万大军朝着圣城来了，其他军队只要靠近就会被联军攻打。西军被拦在东面，无法靠近，她当机立断，让大军继续等待时机，自己带着几百部曲匆匆赶来圣城。

这些天她和西军将领据理力争，和李仲虔争执，调动所有能调动的兵马，冒着风雪赶这么多天的路，在十万大军的眼皮子底下声东击西……

她怎么可能只是有点儿辛苦？

昙摩罗伽闭目了片刻，道："海都阿陵明天会收拢溃兵，重新集结。他的人马守住了所有要道，一旦大部援兵赶来，会被他分兵围剿。援兵进不来，他以逸待劳，圣城的箭用光了，这样下去城门迟早会被攻破……明天趁着他来不及反应，你和亲兵带着所有人突围。"

瑶英一愣，犹如被一盆冷水从头顶浇下来："那你呢？"

昙摩罗伽淡淡地说："我拖住海都阿陵。只要我留在圣城，他就不敢亲自带兵去追击你们。你们直接往东走，路上不要停留，和李仲虔他们会合。"

瑶英脸色微沉："然后呢？你让守军和我突围，城里岂不是只剩几个人了？"

昙摩罗伽低垂眼眸："圣城易守难攻，还能支撑一段时日。我已经吩咐下去，你们突围后，和李仲虔的大军会合，再想办法掉头袭扰北戎联军。"

瑶英怔怔地看着他，眉眼间的笑意一点点地退去。

"罗伽，你又要让我走？"

昙摩罗伽沉默，侧脸上烛影晃动，面容平静，整个人像一尊佛。

瑶英看着他，神色越来越冷。

他已经安排好了……她沐浴、用饭的时候，他消失了一段时间，就是去部署突围的事情。她刚刚到圣城，他就在打算送她走了。他在千军万马前吻她，在信众的注视中毫不避讳地拉着她，其实心里在考虑怎么送她离开圣城！

这就像上一次,她满心欢喜,以为蒙达提婆能治好他,其实一切都是他的谎言!

他吩咐蒙达提婆和医官哄骗她,不让她摘下蒙眼的布条,让她以为他在好转。

他暗地里和李仲虔坦白身份,激怒李仲虔,李仲虔迫不及待地催促她离开圣城。

他还让缘觉给她写了那么多"诸事顺利"的信,把她蒙在鼓里。

自从那一晚他深夜追出圣城,从李德的人手中救下她开始,她没有再怀疑他。她天真地以为所有事情都在变好,处理好西军的事情,还兴致勃勃地去逛了部落间的集会,买了很多东西,想要送给他。

这段时日的恼恨、无奈一下翻腾上来,如山呼海啸,一浪盖过一浪。

瑶英气得咬牙切齿,又觉得酸楚,眼睛酸涩,泪水一下子盈满眼眶。

"罗伽,你知不知道,当我兴冲冲地收拾好箱笼、准备回来看你的时候,却听说你出事了……我赶来找你,王庭的人说你众叛亲离,不知所终,很可能死在了世家引起的动乱之中……"

那天大雪纷飞,她站在沙城外的大道上,心如刀割。

他一个人孤独地离开了,她以后再也看不到他了。

瑶英面色紧绷,想起确认他出事的那一刻,仍然觉得浑身发冷,眼中泪光闪烁:"你一次次地骗我,有没有想过我的感受?我不想让你一个人……"

她的声音里带了一丝哭腔。

屋中安静下来,烛火暗淡。

瑶英忽地坐起身,推开昙摩罗伽,翻身下榻,一笑:"好,我这就走……"

她气得直打哆嗦,伸手拉开门,冷风一下子灌进来,扑灭烛火。她瑟瑟发抖,扬声就要叫人。

身后响起两声急促、沉重的脚步声,他高大的身影追了上来,气势陡然爆发,坚实的胳膊绕过她的肩膀,将她紧紧地抱住。

他抱得很用力,像是在恐惧什么。她抵着他的胸膛,挣扎了几下,他抱得更紧,牢牢地扣住她的手腕,不让她动弹。

"明月奴。"

耳畔传来一声轻轻的叹息,微凉的唇落在瑶英的颈间。

她愣住了。

昙摩罗伽从后面抱着她,低头,唇蹭过她的面颊和颈侧。

他想这么唤她,很多次了。天底下的公主那么多,但对他来说,只有她是不同的。

"明月奴，我以后不会再骗你。"

他在她的耳畔低语，说话间，唇蹭过她的耳垂。

瑶英的身体软了下来。

昙摩罗伽用手指捏着她的下巴，让她抬头，吻落在她卷翘的睫毛上，吻去她的泪珠。

"以后不论发生什么，我都不会瞒着你。"

瑶英和他对望，在他的怀里转了个身，抬手抱住他的腰。

"你可是高僧，说话要算话。"

昙摩罗伽垂眸看她，嗯了一声，低头亲她的发顶。

两人静静地相拥了一会儿，风涌进来，瑶英瑟缩了一下。昙摩罗伽抱起她，送她回榻上，转身去关了门，回到内室。

瑶英扯住他的袖子："罗伽，我得留下来。海都阿陵畏惧你，想要得到我，我们都留在圣城才能拖住他。这几天我们可以不断派人试着突围，吸引海都阿陵的注意力，让他猜不出我们的真实意图。"

昙摩罗伽紧蹙眉头，沉吟良久，点点头。

从前她拿定主意要做什么，他就没办法让她改变主意，只能瞒着她，现在不能再瞒她了，更不能撒谎。

怒气烟消云散，瑶英笑了笑，抱着锦被躺好，合上眼睛："我感觉好多了。你睡一会儿吧，别累着，明天还要守城。"

昙摩罗伽轻声答应，继续帮她按揉小腿。等她睡着了，昙摩罗伽半靠着榻沿，垂眸凝视着她，袖子里的手轻轻地转动佛珠。

这是他的道，他的明月奴。

他在意的所有都在他的身边。

第二天早上，海都阿陵果然忙于收拢各个部落的溃兵、整顿军马，没有立即攻城。

瑶英凌晨就醒了，昨晚涂了药，昙摩罗伽又帮她按揉疏通，身上的酸痛感减轻了不少。

她和昙摩罗伽一起出门，百姓看到昙摩罗伽，捧着他们舍不得吃的食物围上来，看到她，犹豫了一下，不敢上前。

两人一道登上城头。昙摩罗伽召集将领，瑶英领着西州兵商量怎么用圣城还能用的器械组装武器，让火弹发挥出更大的威力。

听说昙摩罗伽要派人假意突围，毕娑想也不想便出列请战，单膝跪地：
"王，让末将去吧。"

昙摩罗伽道："突围的队伍随时会被海都阿陵的联军合围剿灭，失败后还要不断尝试突围才能骗过海都阿陵。"

毕娑点点头，目光坚定。

他是近卫军中郎将，是昙摩家和阿史那家的儿子，是佛子的近卫，抵御外敌、护卫圣城是他的职责。他愿为此抛头颅，洒热血，鲜血是他的荣耀，如果代价是付出生命，他也不会迟疑。

昙摩罗伽活着，城中的百姓才不会绝望，守军才能继续咬牙坚持下去。他只是个中郎将，他的生死不会改变大局。

趁着天还没有大亮，毕娑带着一队人马出城，朝着东边狂奔而去。北戎联军的斥候发现军情，立刻吹响号角，一队铁骑很快从大营的方向驰出，风驰电掣，眨眼间已经飞驰到近前，将毕娑他们团团围住。

瑶英站在城头上，看着毕娑他们被北戎铁骑冲散，双方在一处厮杀，毕娑的毡袍被血染红。他听到密集的鼓点声，立刻带着人马撤回城中。

当天下午，或许是怕瑶英他们真的突围，北戎联军迅速集结兵马，再度攻城。

北戎铁骑冲在最前面，后面跟着其他部落和几个小的附属部落的兵。守军血战了一天，暮色降临时，北戎联军撤退，城门下留下堆积如山的尸首。

翌日昙摩罗伽继续派人朝着东边突围，北戎联军派出铁骑追击。王庭军队损失惨重，仓皇地逃回圣城。

与此同时，被拦在东边的西军也在试着冲破北戎联军的防守，赶来圣城救援，但海都阿陵早有准备，派了一支兵马守在一个一夫当关，万夫莫开的关隘处。西军虽然人数多于那支兵马，却始终没办法前进半步。

战事僵持，城中的士气渐渐低迷。北戎联军久攻不下，也有些沉不住气，越来越焦躁。士兵们像蝗虫一样一群群冲上城头，怎么杀都杀不完。

每次两军收兵后，瑶英都会穿一身戎装，带着亲兵巡视战场，安抚受伤的士兵，帮他们包扎伤口。

这一日毕娑带着部属突围，再次失败，被亲兵救回圣城时，背上插满了箭。

第二天早上，天刚蒙蒙亮，海都阿陵率领铁骑来到城门下，弯弓搭箭，将一封信送到城头上。

信上写："只要佛子交出文昭公主，我就退兵。"

昙摩罗伽和瑶英对视一眼，瑶英的眸中掠过一道光。

海都阿陵也开始着急了。

海都阿陵还留下一句话："假如佛子不交出文昭公主，北戎联军破城后会狠狠地折磨每一个王庭人，然后血洗圣城，鸡犬不留。"

圣城的城头上一片寂然。

瑶英看着海都阿陵的信，沉吟片刻后说："海都阿陵的北戎联军有一半是从宗主国那里借来的，并不是铁板一块，他沉不住气了，如果我诈降，说不定可以骗过那些酋长……"

话还没说完，一只手伸过来，拿走她手里的信投进火盆中。

"想都别想。"昙摩罗伽淡淡地道，语气不容置疑。

其他人彼此对望，不敢吭声。

北戎联军退回大营。大帐里，众酋长在讨论佛子会不会拿文昭公主换取一城百姓的性命。

一个经常和王庭商人打交道的酋长道："佛子因为生母是汉人就被世家谋害，差点儿死在近卫军手上，即便如此，圣城被围后他还是率兵回来守城。佛子是个僧人，我觉得佛子会答应。"

闻言，海都阿陵面色阴沉。

他根本没有想到昙摩罗伽会返回圣城，假如昙摩罗伽不回来，他早就攻克圣城，进而控制整个王庭了。王庭土地肥沃，繁荣富庶，占领王庭后，他能迅速扩充兵力，号令各部，一举夺回被西军收复的诸州，完成复国大业，甚至可以发兵向东攻打魏朝……

海都阿陵的计划如此完美，只差一步，他就能改变天下大势，搅弄风云。就算他只有五千部属，依然可以从逆境中崛起，率领族人踏平王庭和西域，建立一个比瓦罕可汗在位时更强盛的北戎帝国。他长鞭所指的方向，部众都会臣服于他的脚下。

但是昙摩罗伽没有死，而且在危急时刻赶回圣城。

早已经崩溃的守军和平民看到昙摩罗伽后，全部像吃了神丹妙药一样士气大增。海都阿陵看他们狂热杀敌的架势，觉得他们似乎都甘愿陪他一道殉城。

海都阿陵攥紧羊皮舆图。

一手佛珠，一手钢刀，一个昙摩罗伽让他的计谋胎死腹中。

每次想到这一点，海都阿陵既恼怒又不解：是什么支撑着众叛亲离的昙摩罗伽回来死守圣城？一个僧人的信念真的这么强大吗？

假如瓦罕可汗还活着，知道昙摩罗伽和苏丹古是同一个人后不知道会做何感想。

现在昙摩罗伽再次成为百姓心目中的神，联军唯有除掉昙摩罗伽才能扭转局势。

这个僧人无欲无求，被百姓放逐也毅然决然地返回圣城……他的弱点只有一个——文昭公主李瑶英。

大帐中，众人还在讨论。海都阿陵的一个部下道："此次圣城被围，王子神机妙算，挑拨王庭和西军，西军果然迟迟没有发兵，被我们拦在沙城外。文昭公主痴恋佛子，为了佛子竟然只率了几百人马赶来救援，说不定为了救佛子自愿出城！"

"假如佛子让公主出城，公主必然答应！"

海都阿陵一勾唇角，冷笑："佛子不会让文昭公主出城。城里有我们的细作，据他传出的消息，佛子大受刺激，此次回城，整个人变得冷漠无情，但到了文昭公主的面前就变了一个人。他当着满城百姓的面和文昭公主亲热，你们觉得他会因为我的挑拨就送文昭公主出城吗？"

众人愣住："那王子为什么提出这样的要求？"

海都阿陵金色的眸子里闪烁着阴冷的光芒："王庭刚刚经历动荡，人心浮躁，百姓仇视汉人，近卫军逼走佛子……他们虽然现在齐心守城，但还是有了隔阂。

"他们坚持了这么多天，早已经矢尽援绝，我看他们这些天为了突围，一次次强行冲锋，损失了不少精锐，一定是坚持不下去了才会拼死突围。

"文昭公主是汉人，是佛子的女人，佛子一定会保护她，但其他人呢？绝望之际，他们真的甘愿慷慨赴死？满城百姓中总有那么几个怕死的，只要有人生出异心，我们就能从内部瓦解他们。

"佛子越舍不得文昭公主，对我们越有利。

"把消息放出去，让西军误以为王庭人牺牲了文昭公主，我看李仲虔会不会发疯！李仲虔败了，文昭公主不出城也得出城。"

海都阿陵说着，拍了拍手："更何况我手里还有一个很重要的人。"

帐帘摇晃，士兵押着一个双手被绑的女人入帐。

众人看到女人，面露喜色。

接下来的几天，北戎联军每到圣城外鼓噪，要求昙摩罗伽交出李瑶英。

昙摩罗伽没有理会。

城中的粮食被吃完，马肉也已食尽，百姓饿得面黄肌瘦。夜深人静时，风吹过，黑暗的角落里时不时会传出一阵阵绝望的哭声。

由于长时间没有填饱肚子，守城的士兵饿得手脚发软，经常有人毫无预兆地栽倒在地。

北戎联军知道他们的粮食吃完了，白天故意在城外埋锅做饭，炖煮牛羊肉。浓郁的肉香被寒风送到城头上，饥饿的将士的肚子咕咕直叫，胃肠痉挛扭曲，甚至有人受不住诱惑，从城头跌落下去。

"只要交出文昭公主，你们马上就能吃饱！"

联军在城外大吼。

城头上安静了一会儿，然后一阵骚动。

第二天，北戎联军的斥候发现城头上那些头裹巾帻的汉人部曲不见了。

昙摩罗伽让瑶英尽量待在议事厅中，不要单独出门，目光在她的脸上停留了很久——她消瘦了不少。

他拿出一包东西，塞到她的手里。

瑶英打开，看到粘成一团的刺蜜，怔了怔，心里微甜："你吃了吗？"

昙摩罗伽颔首，揉揉她的发顶，抬脚就要出去，突然袖子一紧。

瑶英拉住他，踮起脚，手指拈起一团刺蜜，送到他的唇边。

她知道他没吃什么。他怕她饿着，这些天每天都把食物省下来给她吃。

昙摩罗伽直直地看着瑶英。她眉眼含笑，秋水般的明眸期待地望着他。

她陪他被困在这座危城，吃不饱，睡不好，时时刻刻提心吊胆，还得提防被人算计。

昙摩罗伽俯身，就着她的手指吃下那团刺蜜。

瑶英满意地一笑，正要收回手，他握住她的手腕，不让她后退，低头吻她的手指。

温热的吻落在指尖，一根一根地吻过去。

瑶英身上一颤。

昙摩罗伽神色平静，抱了抱她，转身出去了。

北戎联军的斥候细心地观察，在一连三天都没在城头上看到汉人的身影后，回营复命。

众将大喜。

斥候道："昨天王庭人突围，我们俘虏了一个士兵，士兵说，因为文昭公主，汉人和城里的王庭人生了嫌隙，佛子为了保护公主，每天派亲兵守着议事厅，不让百姓接近，以防有人暗害公主。城中已经没有粮食了，连将领都饿着肚子。文昭公主和她的部曲却能天天领到吃的。"

海都阿陵眸光闪烁。

这些消息和细作的情报一模一样，看来昙摩罗伽确实对文昭公主很不一般，城里必然有敢怒不敢言的人。

翌日，身缠纱布的毕娑再次尝试往东边突围，被北戎铁骑团团围住。

对方似乎誓要抓住他，一直紧紧地跟在队伍的后面，穷追不舍。他埋头狂奔，一连砍杀了几个北戎铁骑，冲出包围圈，带领剩下的士兵撤退，敌军忽然停了下来，让出一条道路。

两个北戎士兵押着一个女人上前，抬起女人的头。

女人看到带兵拼杀的毕娑，激动得浑身发抖，两行热泪滚了出来。她挣扎着想要叫他，士兵一巴掌甩在她的脸上，她的嘴角溢出血丝，惨呼声淹没在一片厮杀声中。

毕娑挥刀的动作一滞，双眼发红。他挥舞着长刀冲了上去。

北戎士兵哈哈大笑，将女人抛上马背，掉头奔回北戎的大营。

毕娑大吼出声，追了上去。

亲随大惊，赶紧上前劝阻："将军，我们的人不多了，必须马上撤回城！"

毕娑置若罔闻，继续往前冲，亲随慌忙地拽住他，硬把他拖了回去。

他们匆匆逃回城，还没喘口气，城头上便传来一片惊呼声。士兵惊惶地跑了过来："阿史那将军，北戎人抓住赤玛公主了！"

毕娑冲上城头，额上青筋暴突。

远处，刚才那几个故意激怒毕娑的北戎人把被绑的女人带上前，手中的长鞭狠狠地甩下。女人在雪地上打滚儿，失声惨叫："毕娑，救我！救我！"

毕娑的手指紧紧地抓住土砖，双眸血红。

城头上的众人沉默不语。

北戎人继续抽打赤玛公主，赤玛公主哭着喊叫，求饶声一声接着一声，凄厉痛苦，在战场上空久久盘旋。

"阿史那将军！赤玛公主可是你的亲姐姐呀！"

北戎的一个将领朝着城头大喊："昙摩家被张家所害，赤玛公主只有你这么一个亲弟弟了！"

赤玛公主倒在雪地上，遍体鳞伤。她一边往圣城的方向爬一边大哭："毕娑，救我，救我呀！"

北戎将领哈哈大笑："阿史那将军，我们王子和你相识一场，看在往日的情面上，可以放过赤玛公主，不过作为交换条件，你得把文昭公主交出来。我们王子说话算话，一个公主换一个公主，怎么样？"

毕娑望着浑身是血的赤玛公主，一声不吭，眼里泪光闪烁，面色阴沉如水。

北戎将领笑了笑，策马行到赤玛公主的身后，慢条斯理地拔出长刀："阿史那将军，现在赤玛公主就在你的面前，她的生死就在你的一念之间了。"

言罢，他抬起长刀，朝着赤玛公主砍了下去。

"住手！"城头上传来一声暴喝，毕娑目眦欲裂，面容扭曲，"你们敢伤她，日后我要杀光你的整个部族，男女老幼，一个都不放过！"

北戎将领哈哈大笑："阿史那将军，你和赤玛公主相依为命，我们王子也不想伤了赤玛公主，只要你们拿文昭公主来交换，王子马上就会放了赤玛公主。"

他眯了眯眼睛，长刀落下，刀刃在赤玛公主的脖子上轻轻地划了一下，鲜血迸出。

赤玛公主痛苦地唤着毕娑的名字，全身哆嗦："我不想死！毕娑，我不想死呀！"

毕娑闭了闭眼睛，转头看向昙摩罗伽。

昙摩罗伽迎风而立，望着北戎将领折磨赤玛公主，一脸漠然。

"罗伽！救救赤玛吧！看在我的分上，救救她吧……"

毕娑大喊一声，哭了出来，跪倒在地，朝他爬了过去，随着砰砰几声脆响，额头撞得通红。

昙摩罗伽一语不发，接过一把弯弓，一箭射出，箭矢嗖的一声直扑向赤玛公主。

赤玛公主大叫着往后躲。

箭矢去势如虹，嗖的一声深深地钻进她刚刚趴着的积雪里，只露箭尾。

众人愣住，战场上安静了好一会儿。

北戎将领冷哼："看来佛子为了汉人公主竟狠辣到要亲手杀了自己的姐姐，阿史那将军，可怜你为佛子尽忠……其实你才是王庭的王啊！"

他们鼓噪了一通，带着吓傻了的赤玛公主扬长而去。

城头上，众人面面相觑，不知道该说什么，神情尴尬。

和毕娑交好的同僚扶起他，小声劝慰。他将牙关咬得咯咯响，推开众人，拂袖而去。

次日，北戎人故技重施，再次拖出赤玛公主，在阵前折磨她。

毕娑怒火滔天，破口大骂，不顾阻拦，想要带兵冲出城去救回赤玛公主，被部下死死地拖住了。他这样冲出去，肯定有去无回！

第三天，北戎人押着形容狼狈的赤玛公主出现在圣城外。

这一次圣城的城头上没有毕娑的身影，不论北戎人怎么威胁，昙摩罗伽始终不为所动。

第四天，北戎铁骑奔驰到城门下，拉满长弓，万箭齐发。铁箭带着锐不可当的气势罩向圣城，将一张张写满了字的羊皮纸钉在屋瓦和墙上。

与此同时，秘密潜入城中、一直在城中窥探消息的北戎细作将一封信送到被软禁起来的毕娑的房中。

很快，城中传出一道流言：毕娑为了救姐姐，想要挟持文昭公主出城。

瑶英为了自己的安全，整天都待在议事厅中，不再出门。她的部曲将议事厅团团围住，见有人靠近就上前盘查。

部曲提醒瑶英早做准备，瑶英摇摇头："不碍事。"

这天晚上，瑶英睡得正熟，房门忽然被拍得震天响。部曲冲进屋，焦急地在帘外大喊。

她匆匆起身，看到窗前一片明黄色的光，还以为天亮了，出了门，一股热流扑面而来，噼啪的燃烧声近在咫尺。

议事厅突然走水，她住的后楼陷入一片火海中。

是夜，城中的所有人都看到议事厅的方向火光熊熊，汉人部曲护着衣裙被烧了半边的文昭公主逃了出来。

昙摩罗伽赶了回来，神情冰冷。

"是阿史那将军！"瑶英的亲卫神色愤怒，指认毕娑，"我亲眼看到了，阿史那将军的人想要抓走我们公主！"

瑶英以眼神制止亲卫。

次日昙摩罗伽关押毕娑，收回了他的兵权，将他的亲随全部调走。

城中一片哗然。

众将领觉得大敌当前，昙摩罗伽这么做不太妥当，想要替毕娑求情，拖着疲惫的脚步结伴去议事厅求见。

亲兵把他们拦在外面："文昭公主被火烧伤，王亲自照看，无暇见你们，你们明天再来吧。如果你们是来替阿史那将军求情的，就不必来了，文昭公主受了伤，头发被烧了一半，大发雷霆，缘觉帮阿史那将军求情也没用。"

将领们忧心忡忡。现在大家都饿着肚子，不知道能守到什么时候，城中又出了这样的事……王和毕娑都是昙摩家的血脉，关系原本就敏感……这真是一团乱麻呀！

当晚，夜色浓重，寒风怒吼，四野黑魆魆的。

瑶英送走几个来找自己求情的将领，再三保证会劝说昙摩罗伽放了毕娑，回到屋中，刚要睡下，忽听帘外传来一阵急雨似的脚步声。

毡帘后，一双碧色的眼睛看着她。

瑶英愣了一会儿："毕娑，你出来了？"

毕娑转过头去不看她，朝身后自己的亲随做了个手势，亲随们奔入内室，将瑶英围住。

城头上，众人坚守了一天，抱着长刀，背靠着背闭眼休息，一阵喊杀声遽然从咆哮的寒风中传来。众人猛地惊醒过来，以为北戎人偷袭，慌忙地抓起长刀跳起来冲到城头。

城门外只有他们设下的陷阱。

众人正疑惑，喊杀声再度响起。众人对望一眼，发现这喊杀声是从城里传出来的，顿时大惊失色，回头张望。

脚步踏响，人影晃动，长街的东面、西面、北面同时冒出火光。

有人提着长刀奔向关押毕娑的地牢："文昭公主要杀了阿史那将军！快去救将军！"

"阿史那将军刺杀佛子，绑走了文昭公主！"

"快把公主交出来，不然我们和你们拼了！"

"交出公主！否则我们打开城门，让北戎人进来，大家同归于尽！"

两拨人马在长街上混战，人仰马翻，乱成一团。叱骂声、惨叫声、质问声、长刀击打声响成一片。

今夜刮的是北风，火势越来越大，摧枯拉朽一般，很快，整条街的房屋都燃烧起来。火光冲天，映亮了半座城。

借着红彤彤的火光，众人看到两拨人马在长街上厮杀，一帮人是毕娑的亲兵，另一帮人大部分是汉人和西域的胡人，自然是文昭公主的部曲。

众人惊骇欲绝，急得浑身冒汗，不知道该怎么办。

长街上，两拨人马红着眼继续厮杀，尸体倒伏一地。

"疯了，你们都疯了！"守将气得跌足，冲上去劝阻，"都不想活了吗？！"

夜色深沉，密集的脚步声和燃烧的火舌把王庭的近卫军包围在长街里，没有人听得进他的劝阻，所有人只知道挥舞着长刀往前冲。

忽地，大地震颤，轰隆隆的闷响传入众人的耳朵。

守将瞪大了眼睛，惊恐地回头。

城门的方向火光乍起，喊叫声大作，士兵在和一伙身穿玄衣的人搏杀。数人攀爬上梯架，合力转动绞索，沉重的吱嘎声响起——城门被人从里面打开了！

一股冰冷的腥风卷进城内，黑夜里，一条起伏不定的黑色洪流冲着城门涌了过来。

守将毛骨悚然，嘶声尖叫："敌袭！有敌袭！"

然而一切都已经晚了。

城门外，海都阿陵勒马于山坡，看着各部的骑兵如洪涛般冲入圣城，势如破竹。王庭那些饿得头晕眼花的将士根本无法阻挡铁骑，仓皇地撤退。

瓦罕可汗说得对，他们若是从内部瓦解王庭，事半功倍。

部将驱马跟在他的身边，很激动，谄媚地道："王子，您的计划果然天衣无缝，细作混在城中，刺杀阿史那，嫁祸给佛子，再刺杀文昭公主，嫁祸给阿史那，同时散播谣言，引起王庭人对文昭公主的仇恨，挑起他们的内斗，才能找到机会打开城门。"

海都阿陵冷哼一声。

他围城这么久，城中百姓的心理防线早就被击溃了，这些伎俩才能派上用场。昙摩罗伽经历了被近卫军背叛的事情，对毕娑失去信任，毕娑他们也不可能像从前那样敬畏他。这些后果是王庭人自己造成的。

部将眼看着其他部落的人顺利攻入他们垂涎已久的圣城，抱拳道："王子，这些计策都是您想出来的，我们才应该是先锋！请让末将领一队人马入城，末将一定将文昭公主带到您的帐中！"

海都阿陵摇摇头，金色的眸子中映着远处熊熊的火光。

"太顺利了，我不放心，让这些部落当先锋，先把圣城夺下来。我倒要看看李瑶英这一次怎么逃出我的手掌心。"

部将佩服不已，恭敬地应诺。

当久攻不下的圣城终于被打开一个缺口时，早已在多日围城战中耗尽耐心的各部骑兵瞪着血红的双眼，一窝蜂似的朝城门冲了过去。

整座城池在沸反盈天的厮杀声中颤动。

狂风和箭雨中，铠甲和长刀闪烁着凛凛的寒光。

部落兵狼奔豕突，突入圣城，城中的守军节节后退。

就在这时，一阵骇人的巨响轰隆隆地传来，仿佛有人一刀劈开了夜空，降下一道道霹雳。地动山摇，巨石滚落，坚固的城墙在摇晃，脚下的大地在震颤，雷声轰鸣，火光骤起。

所有人站立不稳，心脏狂跳，头晕目眩，耳边一片嗡嗡作响，浑身发抖。

有人惨叫着跌落马背。

战马长嘶，像没头苍蝇一样乱窜。无数人从马背上摔了下来，被疯狂的惊马踩过，鲜血四溅。

巨响声一声接着一声，山崩地裂，长街两边的屋宇、佛寺、土楼轰然倒塌，围墙崩裂，烈焰滚滚，浓烟四起，碎石飞溅，如雨点一般扑向黑压压的人潮，无数人惨叫着倒下。

整座圣城瞬时成为一片修罗鬼蜮，又如一头凶残的巨兽，张开了血盆大口，等着吞噬一切胆敢侵犯它的子民的敌人。

撕心裂肺的哀号声飘到城外，在山坡观战的部下大惊失色，差点儿滚下马背。坐骑不安地喷了几个响鼻，想要掉头。

部下慌忙地安抚因为爆炸声而受惊的坐骑，大叫："王子，城里有埋伏！半座圣城忽然倒塌，先锋军被埋了！"

远处，圣城中烈焰冲天，黑烟飘散，铁箭乱飞。

火势凶猛，转眼间连绵成火海，空气烫得像要烧起来。数百个骑士慌忙撤退，想从唯一的狭窄的出口逃离，几百人冲撞在一起，互相踩踏、搏斗、厮杀。刚刚还并肩作战的同袍在这一刻都杀红了眼。

将领的怒吼声被震耳欲聋的崩塌声淹没，没有人能听清他的指挥，他们肝胆俱裂，只想赶紧离开火海。

惨叫声回荡在战场上空，大火照亮半边苍穹。

火光映在海都阿陵轮廓深刻的脸上，他遥望圣城的方向，面色如常，眸光比夜色还要黑。

"我早就猜到会如此，佛子和李瑶英都是谨慎之人，就算毕娑和其他王庭人生了异心，李瑶英有几百个部曲保护，毕娑不会那么轻易得手……我们的计策太顺利，他们不过是将计就计罢了。"

他一笑："城中矢尽援绝，佛子和李瑶英铤而走险，想来个同归于尽。他们演了这么一场大戏，无非是为了请君入瓮。他们将计就计，我也将计就计！他们破釜沉舟，才会给我们打开城门的机会。"

部下心惊肉跳，半天才稳住心神，怒呈道："王子，末将去召回士兵！"

海都阿陵冷笑，摆摆手："没有用，城中乱成这样，哪支部落兵还能严整有序地对敌？谁听得进指挥？那些战马都受惊了，畜生能听懂你的号令？"

让人窒息的热浪滚滚而来，部下汗流浃背："王子，那我们该怎么办？"

海都阿陵望着随狂风疯狂地蹿起的火舌，一勾唇角："他们早有准备，熟悉城中的巷道，而且个个悍不畏死。"

部下脸色发白。

"让部落兵冲在前面，现在佛子和李瑶英黔驴技穷，只能拼死一搏。我们这时候冲进去，会和那些部落兵一样被掩埋在碎石下，等李瑶英的雷弹用完了我们再攻城。"

海都阿陵沉着地道，唇边勾起一抹讽刺的笑。

北戎铁骑不擅长攻城战和巷战，而且李瑶英的手里还有让北戎人闻风丧胆的古怪的武器，就算城破，她也不会束手就擒，势必会设下陷阱。她若想鱼死网破，他必会损失惨重，届时忠于宗主国的部落兵会吞并他的残部，这易如反掌。

所以他不能贸然入城。

那几个部落酋长目光短浅，贪得无厌，垂涎王庭的财富，只想尽快带兵搜刮圣城，根本不顾及其他，看到城破就一股脑儿地往里冲。他正好让他们打头阵，消耗李瑶英那些神乎其神的古怪的法宝。

"传令各部，守好东边的大道和谷口，佛子和李瑶英很可能想趁乱突围，只要有王庭人从城中出来，立刻射杀，一个不留！"海都阿陵的声音阴冷低沉，"他们不是想同归于尽吗？本王成全他们！"

佛子无路可走，不惜以破城为代价来诱敌深入，他不会上当。现在破城已是定局，不管佛子还有什么办法，只要他按兵不动，佛子要么以身殉城，要么带着剩下的一点儿兵力突围。

无论佛子做出什么选择，他都有应对之法。

今晚佛子必败！

大火暂时逼退了北戎联军。

士兵们惨叫着逃出火海，海都阿陵率大军列阵于城外，拔刀出鞘，扫视一圈："圣城已破，这些不过是雕虫小技罢了！控马！列阵！待大火退去，所有人随我冲杀！"

他仿佛完全不惧怕城中的轰隆巨响，声如洪钟，气势凌厉。狼奔豕突的部落兵找到主心骨，镇定下来，纷纷向他围拢。

队列刚刚恢复秩序，几个惊慌失措的士兵冲出缺口，大叫："佛子会法术！佛子在施展法术！胆敢攻打圣城的人一定会遭报应！"

众士兵汗毛直竖。

海都阿陵大怒，策马冲上前，长刀斩下，接连几颗头颅落地。几个没了脑袋的身体继续往前奔跑了一会儿，踉跄着仆倒在地。

"昙摩罗伽不过是个汉人奴隶之子罢了！胆敢扰乱军心者，杀无赦！"

海都阿陵横刀立马，扭头喝道。

士兵们打了一个激灵，低下了头，不敢吱声。

火星迸溅，夜风滚烫。

圣城的地势最高处，毕娑望着城外列队守住所有路口的黑压压的北戎铁骑，紧蹙眉头："海都阿陵果然没有趁乱攻城，他的主力守在城外，等天一亮，他们就会攻城……现在圣城的城门堵不住了，我们只能突围。"

以这点儿兵力，他们突围等于送死。

但是他们若不突围，等海都阿陵入城，所有人都得人头落地。

毕娑回头，朝昙摩罗伽抱拳："末将带着人突围，假装抓住文昭公主，引开海都阿陵，让他拿赤玛和我交换。等他放松警惕时，我借机刺杀他！"

昙摩罗伽立在崖壁边，袈裟被风吹得上下翻飞。他俯视脚下的王寺，摇了摇头。

"风险太大，海都阿陵的人马不会冒进，你率军出城，无异于以卵击石。"

毕娑握紧双拳，神情凝重。

那他们就只能等死吗？

昙摩罗伽负手而立，抬起头，遥望西边的苍穹。

夜空被烈火染红，巨大的燃烧声、爆炸声、碎裂声、哀号声此起彼伏。一支支铁箭射向高空，落进市坊时，火球炸裂，带起燃烧的火苗，似火龙狂舞。

在他的脚下，僧人们早已经指挥城中的百姓躲进寺中。前些天西州兵以保护瑶英为由撤下城头，在王寺的外围挖了巨大的壕沟和隔火带，堵住长街，确保大火不会烧进王寺，还可以阻拦北戎联军。

半座城池被他们埋设的炸药炸成一片废墟，烈焰熊熊燃烧，烟雾弥漫，最先攻入城的部落兵被火海和崩塌的碎石吞噬，死伤惨重。

然而海都阿陵部没有折损一兵一将，守在城外，等着大火退去。

城门已破，所有武器耗尽，王庭的士兵诱敌失败，就是砧板上的肉，敌人的屠刀随时会落下来，将他们无情地斩杀。

生死不过是眨眼间的事情。

寺中的百姓经过这么多天的挣扎，早已经做好赴死的准备。亲人或是朋友围坐在一起，紧紧地挤成一团，在震天的燃烧声中小声吟唱歌谣，念诵佛号，互相诉说来世还要再做亲朋的诀别之语。

凄切哀恸的哭声充斥着整座王寺。

昙摩罗伽转身，望着山崖间陡峭的石级。一道婀娜的身影背对着他，在崖间奔忙。

瑶英着一身戎装，以丝绦束发，领着部曲指挥百姓躲藏。

王寺中人头攒动，每一座佛殿、每一间石窟都藏满了人。大地颤动，烟雾弥漫，佛塔威严地矗立着，尖顶的琉璃被火光照亮，悬铃丁零作响。

通红的火光中，瑶英抬起头，和昙摩罗伽凝视的目光对上，微微一笑。

漫天火光，烟熏火燎，她形容狼狈，累得满头是汗，脸上和鼻尖有几道黑印，却颜如舜华。

昙摩罗伽走向瑶英。她拾级而上，登上山崖，指了指角落里耸立的佛塔。

"法师，你上次带我来过这里，带着我拜佛，为我祷祝。"

她含笑说，语气轻快。

此刻一如那个灯火璀璨的夜晚，他发现自己有了贪嗔痴，在佛前斩断所有欲念。

她一无所知，手执提灯，笑着站在石级上和他说话。

眼下，他们处于生死关头，危在旦夕。她笑着和他说，法师，你带我来过这里，眼波清亮。

她一直记得他们之间的点点滴滴。

霎时，相识以来的种种画面一下子涌上心头，带着磅礴的气势，全部灌入脑海，他沉溺其中，一点点沉沦。

昙摩罗伽凝望着瑶英，沉默不语，但心里翻江倒海。许久后，他抬起手，拂去她鼻尖的灰尘。

瑶英笑了笑，擦擦脸，从亲兵的手里接过一盏灯，拉着他的袖子和他一起走进佛塔。

圣城被围以来，僧人全被昙摩罗伽派去照顾老弱妇孺，王寺很久没人打扫了，塔中黑魆魆的，空寂清冷。

瑶英放下灯，跪坐在长案下，双手合十，默念了几句。

昙摩罗伽低头，帮她系好披风的系带。

"法师。"瑶英精疲力竭，身子往后一仰，靠着昙摩罗伽的胳膊。她想起刚才那些抱在一起痛哭流涕的百姓，问："你信生死轮回吗？假如真有来世，想做什么？还当和尚吗？"俏皮也掩不住声音里浓浓的倦意。

昙摩罗伽垂眸看她，抬手，让她靠着自己的胸膛休息，僧袍的袖摆笼在她的身上："公主呢？"

瑶英想了想，认真地说："还是当个人吧。"

昙摩罗伽微怔，眉眼间漾起一丝浅浅的笑意。

那他也当个人吧。

"你还想认识我吗？"瑶英掩唇打了个哈欠，问。

昙摩罗伽搂着她，低头，亲了亲她的发顶。

"想。"

瑶英往他的怀里缩了缩，合上眼睛，快要睡着时呢喃了一句："我也想。"

昙摩罗伽收紧双臂抱紧她。

来世太远了，这一世他不会再放手。

烛火摇曳，两人静静地依偎。

佛塔外，烈火肆虐，草木燃烧过后的灰尘和雪花静静地飘洒下来，半边天空通红如火。

轰隆的爆炸声渐渐平息下来，火舌如浪涛，腾起的黑烟笼罩了整座圣城，天色昏暗，天地之间唯有焦黑的浓烟，迟迟不见一丝天光。

圣城内，街角巷道处大火继续燃烧。市坊、民居、王宫全部被夷为平地，碎石砖瓦遍地都是，底下是一具具烧焦的尸首。

北戎联军在海都阿陵的带领下围住城门，凶悍的铁骑密密麻麻。

受伤的部落兵一边清理道路一边咒骂王庭人阴险狡诈，又大骂海都阿陵狡猾，明知有诈还让他们来送死。当周遭有刺啦啦的燃烧声响起时，所有人登时色变，尖叫着四处逃窜。

海都阿陵微眯双眼，举起长刀："困兽之斗，不过如此。今天就是佛子的死期！我们要为瓦罕可汗报仇雪恨！"

部下拔刀狂吼。

一阵阵狂怒的吼声冲向云霄，仿佛能掀翻天地。

高耸的崖壁上，众人听着城外传来的怒吼声，忍着疲惫和饥饿爬起身，等待残忍的敌军冲上来。

缘觉站在佛塔外，小声道："王，公主……天快亮了，海都阿陵要攻城了。"

里面没有声响，他往里走了几步，张开嘴巴，还没出声，昙摩罗伽从幽暗中走出，面容沉静，气势庄严。他朝缘觉做了个噤声的手势。

缘觉连忙闭上嘴巴，跟在他的身后走出佛塔。

昙摩罗伽抬眸看一眼天色，轻声道："她睡着了，一时半会儿不会醒，你留在这里守着她。"

"是。"

"如果出了意外，带着她从西边走。"

缘觉感觉眼皮跳了跳，抬起头，呆呆地道："是。"

昙摩罗伽回眸，深深地看了熟睡的瑶英几眼，转身离开，立在山崖上，接过毕娑递来的漆黑的牛角弓，拉开弓弦，肩背紧绷，一箭射出。

这一箭气势雄浑。铁箭迅如电光，呼啸着破开浓烟，飞向高空。

箭矢撕裂黑烟，天穹露出一角，一丝天光倾洒而下。

城外的海都阿陵抬起头，看着浓烟中若隐若现的箭矢，紧皱眉头。

四野黑烟弥漫，安静得诡异，唯有马嘶和燃烧声。

忽地，一阵若有若无、如急雨似的嗡嗡声从风中飘了过来。

海都阿陵蓦地瞪大眼睛，脸上掠过一丝不敢相信的骇然。他勒马回头。

嗡嗡声停了下来，随即一道道让人心惊胆寒的破空之声响起，寒光隐隐在弥漫的黑烟里闪烁，似夏夜的碧空中恒河沙数的繁星。紧接着，寒光越来越亮，越来越近，如流星坠落，罩向毫无防备的联军铁骑。

密密麻麻的箭矢遮天蔽日。

海都阿陵顿觉冷汗淋漓，猛地一提缰绳，拨马转身，身体后仰。他大吼："举盾！侧卧！"他的声音罕见地颤抖着。

与此同时，数万支铁箭平地飞起，借着黑烟的遮掩在空中织出一张巨大的黑网，覆盖了整个战场，随后齐齐地落下，带着凌厉的气势，狠狠地穿透北戎联军的士兵的身体。

惨叫声四起。

箭雨纷纷落下，一拨接着一拨，汹涌而来，势不可当。

部落兵的装备不如北戎铁骑，加上昨夜的激战圣城已经被攻破，很多人掉以轻心，根本没带盾牌，看到箭矢落下，惊骇欲绝，抱头鼠窜。铁箭落下，直接穿胸而过，将他们狠狠地钉在雪地上。

北戎士兵惊惶地大叫："佛子的弓弩阵！佛子的弓弩阵！"

当年瓦罕可汗几次攻城失败，死在弓弩车下的北戎士兵数不胜数。北戎人人都知道，佛子改进过的弓弩阵威力无比，专门克制北戎铁骑！

海都阿陵圆睁双目，攥紧了刀柄：这不可能！他们在攻城之时，首要目标就是毁坏圣城上的弓弩车，圣城的弓弩车一架都不剩了，连城墙都塌了一半，守城的士兵也早就没了踪影，他们哪来的弓弩阵？！

滚滚的浓烟里响起阵阵呼啸，又一轮箭雨袭来，铁箭在高空划过一道道黑线，哗啦啦地落下，射穿士兵的铠甲，射破木制的圆盾，射中马匹。战马痛苦地嘶鸣，受惊狂奔，将马背上的骑士狠狠地甩落。战阵瞬间被打乱，士兵们互相踩踏，人仰马翻。

海都阿陵躲开一支凌空扑来的铁箭，望向远方，浑身一震。

天还没亮，四野暗沉，大地抖动。沉重整齐的马蹄声从四面八方靠过来，一条条黑线此起彼伏，无数道凶悍的身影像一头头嗜血的凶猛的巨兽，带着撕碎一切的霸道气势，如潮水般从不同的方向狂奔而来。

到处都是人潮。

他们肤色各异，面孔各异，有的军容整齐，有的埋头往前冲杀，有的身着玄甲，有的穿银色的亮甲，有的披头散发一身兽皮袄，有的穿厚重的铠甲，有的就是一群牧民，有拿刀的，拿铁锤的，拿长枪的。人人都带了弯弓，一边奔驰一边骑射。

一面面代表不同部落的旗帜迎风招展。

在他们的身后，连绵的山峰上，一架架弓弩车密密麻麻地挤满平坦的山坡，箭如雨下。

"为了佛子，杀！"

"杀！"

"杀！"

他们喊着昙摩罗伽的名号，齐声怒吼，声如山呼海啸，浩浩荡荡，令人胆寒的杀气充斥在天地间。

这时，仿佛是为了响应那些部落的勇士的大喊，城里的人也发出一片喊杀声。一支陌生的、军容齐整的队伍从圣城冲了出来，扑向北戎联军。

北戎战阵一片寂然，士兵们惊慌地望向主帅海都阿陵。

海都阿陵几乎把一口牙齿咬碎，汗湿重重衣衫。

他一直提防着西军前来驰援，派人守着关隘，把西军牢牢地挡在沙城之外。昙摩罗伽每次派人突围都是往东边奔逃，他切断了这条路线，让昙摩罗伽无计可施。

各处关隘都由他的人把守，他们每天都会传回各地的消息，阻遏援军。海都阿陵以此确保自己没有后顾之忧。

而且他命部下射杀了所有从圣城飞出的信鹰，昙摩罗伽不可能送出消息！

可是眼前这支声势浩大的援兵是从哪里钻出来的？昙摩罗伽又是怎么和援兵互通消息，配合默契的？

难道佛子真的会法术，能够隔空指挥远在千里之外的部落？！

海都阿陵瞪大双眸，青筋暴突。

什么将计就计、引蛇出洞、瓮中捉鳖……这些全部是假的！甚至连佛子死守圣城也是假的！

佛子不惜以自己为诱饵，以整座圣城为诱饵，苦苦地死守圣城，就是为了拖住他这十万大军，等待援军前来！

昨晚佛子引诱部落兵入城，不是为了让他中计，而是要故意炸毁圣城，用骚乱、巨响和浓烟来替援军遮掩，同时拖住他，让那些贪婪的部落兵放松警惕，给援兵制造机会靠近战场！

如果他没猜错的话，北戎联军的后方大营肯定已经被援兵偷袭，那些贪生怕死的部众说不定早就投降，所以这两天没有人禀报附近有异动。

愤怒、后怕、惊骇、悔恨等情绪一一闪过……海都阿陵气得眼前发黑，一提缰绳，当机立断，召集部下："都别慌！结阵！撤兵！"

部下一脸震惊之色，冲了过来。一人抱拳道："王子，为什么要退兵？我们损失不大，未必不能和他们拼了！"

"对，圣城已经被攻破了，我们这就杀进城去，抢掠一番，活捉佛子和文昭公主，以佛子和公主为人质！"

海都阿陵感觉喉咙里涌出一阵血腥气，嘶声道："是我低估了昙摩罗伽，他没有彻底失势，你们看，那些部落都是冲着他来的……佛子早在回来之前就定下了围剿我们的计划，这些天死守不动就是为了消除我的戒备心。他身边还有一个文昭公主……西军集中军力想要从东边突破我们的防线，这也是他们的计策之一！"

"圣城被炸毁……那支队伍从哪里来的？他们会不会炸开了山崖，让援兵进来了？"

一阵寒意爬遍全身。海都阿陵不想承认自己败了，但是没有选择。

联军是一盘散沙，围城日久，频频发生摩擦，部落兵越来越不受他的控制。如果昙摩罗伽早就预见了一切并且布置了机关，那么一定算无遗策，计划也一定天衣无缝。

他必须尽快想到对策。

"昙摩罗伽以圣城为饵，所图不只是解圣城之围，城门大开，城墙被毁，他不是在诱敌，而是想毁了我们的后路！放援军进来！我们如果犹豫，很可能被合围。

"他们要扎口了！"海都阿陵拿定主意，"撤！"

部下对望一眼，紧跟在他的身后，策马狂奔，试着突围。

山崖上，昙摩罗伽俯视战场，以眼神示意毕娑。

毕娑挥动旗帜。城北被炸开的山崖底下，一支队伍顺着高耸的崖壁往上攀爬，在西州兵的带领下穿过陷阱遍布的长街，冲出圣城，分成两支队伍，沿着城门的两侧延伸开来，像一条横线。

昙摩罗伽立在高崖上，可以看到大半个战场的形势。

那漫山遍野奔来的援军向北戎联军进逼，山坡上的守军不停地放箭，打乱联军的战阵，堵住了他们撤兵的路。

圣城的方向，以横线展开的队伍渐渐往前延伸，从两翼靠近北戎联军。

更远处，几百里之内，不同部落的骑兵正前赴后继地朝圣城赶来，一支支队伍组成合围之势，不慌不忙地缩小包围圈，慢慢地剿灭他们在途中遇到的联军。

一张大网早在几天前就已经张开，从几百里外慢慢地往里推进，如一面面高墙，要将海都阿陵费尽心思凑齐的十万大军彻底绞杀。

昙摩罗伽要平定乱世，让百姓安居乐业，必须将这支联军击溃。

他撒开长弓，抽出长刀，走下山崖。

王庭的士兵一个个站了起来，拔出长刀，跟在他的身后，神情狂热而虔诚。

瑶英醒来的时候，城外喊杀声震天。

身边空空荡荡，身上盖了张厚厚的毡毯，她慌忙地冲出佛塔，来到崖壁上，遥望远方。

缘觉紧跟在她的身后："公主，王率兵追击海都阿陵去了，请您放心。"

瑶英找到那一道在战场上策马疾驰的挺拔的身影，点点头。

圣城外，漫山遍野的旗帜猎猎飞扬，从不同方向赶来的部落渐渐合拢包围圈，把联军堵在当中。

当昙摩罗伽的身影出现在战场上时，恰好一道耀眼的晨晖刺破黑烟，洒落下来，笼在他的身上。

他披着璀璨的日光，飞驰于阵前，僧袍飞扬。整个人冷静，雍容，庄严。

众人呆呆地望着他，激动得纷纷落泪。

一名酋长大喊出声："佛子是我们的王！"

"我们效忠的不是王庭，是佛子！"

"佛子是众王之王！是我们的菊尔汗！"

一阵酸涩的感觉涌过心头，瑶英的眼眶微微湿润。

这些曾受过昙摩罗伽恩惠的部落，还有驻守各地的王庭驻军全部赶来了。

他们为昙摩罗伽而来。

即使昙摩罗伽不是王后的亲子，即使他和苏丹古是同一个人，很多人依旧真心地敬爱他，愿意追随他，为他效死，就像般若那样。

他这些年的努力从来都没有白费。

耳畔响起一声惊呼。缘觉望着战场，紧张地道："海都阿陵太狡猾了！他躲在部落兵的后面……他快要突围了！"

瑶英回过神，扫视一圈，一勾嘴角："海都阿陵突围了也没什么……"

这一次海都阿陵无处可逃了。

千里之外，海都阿陵投靠的宗主国。

杨迁穿着一身铠甲，立在城头之上，英姿勃发。他遥望王庭的方向，抹去长刀上的血迹。

萨末鞬方圆几百里内的部落都已臣服于西军的脚下，逃到此处的北戎残部尽数被俘。

海都阿陵借走了他的岳父的几个附属部落，正好给了西军大举进攻的机会。

杨迁还刀入鞘，拍了拍刀柄。

这一战，他奉文昭公主之命，奔袭千里，一举击溃为海都阿陵撑腰的宗主国，震慑周边数十个大小邦国，顺便把商道彻底打通，诸部前来投诚。

西军一战树立威望。从此，无论是北边、西边还是南边，再没有势力敢挑衅西军，西军可以高枕无忧了。

他们倒要看看还有谁敢收留海都阿陵！

多年以后，诸部响应众汗之汗的诏令，举族奔赴圣城，助他们敬仰的佛子解圣城之危的故事仍然在民间口口相传，成为每一个部落的百姓津津乐道的传说之一。

佛子是他们心目中的王。只要佛子一声令下，每一个部落都愿意为他冲锋陷阵。

那一日，黑烟弥漫，火光熊熊，部落联军、各地驻兵如神兵天降，铁箭铺天盖地，重骑、轻骑、弓手、刀斧兵各自列阵，从四面八方合拢包围，将北戎联军困于圣城外的荒野。

重骑打乱部落兵的战阵，举着盾牌的步兵步步进逼，其后的士兵挥舞长矛，弓手在最后面和两翼拉弓射箭。

绞杀了整整一天，北戎联军被打得魂飞魄散，溃不成军，眼见残破不堪的部落旗帜接连倒下，绝望地掉头逃窜，狼奔豕突。

脸上罩着青铜面具的乌吉里部小王子莫毗多和他的父亲率领部落勇士踏平北戎联军的大营，铁骑所过之处血流成河、尸骸遍地。

联军试着突围，各部骑兵的包围圈越缩越小，口袋慢慢地扎紧。联军只能后退，几支从不同的方向撤退的部落兵狠狠地撞在一起，发现他们的身后、左右两侧全是和自己一样被围的同袍，他们已经没有退路。

几万人被分别紧紧地压缩在一个个合拢的大圈里，人挨着人，胳膊挤着胳膊，战马踩踏士兵，所有人顾不上杀敌，只有拼尽力气往前、往上冲，才能确保自己不被其他人和马蹄踩成一摊肉泥。一旦倒下，就再也爬不起来，士兵爬上马背，爬上人堆，冲开每一个挡在自己身前的人。

铁箭带着破空之声凌空而下，带起一片片血花。

白雪皑皑的大地被黏稠的血液染红。

残阳如血，朔风凛冽。

海都阿陵拨马转头，浑身是伤，毡袍上染满鲜血。厮杀了一整天，他精疲力竭，抬手抹去脸上的血迹，露出皮开肉绽的脸，金色的鹰眼环视一圈。他望着四周像潮水一般涌过来的援兵，听着耳边士兵们绝境之下的惨叫声，自嘲地一笑。

挫败、消沉、绝望涌上心头。

英雄末路，困兽之斗。

他以为自己借着王庭的内乱困住了昙摩罗伽，没想到真正被困住的人是自己。

瓦罕可汗面对昙摩罗伽总是瞻前顾后，格外谨慎，乃至草木皆兵，只要昙摩罗伽的旗帜出现在战场上，瓦罕可汗的心就提起来了。

从前北戎贵族耻笑瓦罕可汗被一个和尚吓破了胆，海都阿陵也是如此，认为瓦罕可汗年纪大了才会顾虑过多，优柔寡断。

现在他明白瓦罕可汗的苦心了。

部将们满身是血，冲了过来。为首的一人道："王子，我们掩护您突围！"

海都阿陵双目含泪。他看着自己忠心的部下，叹道："事已至此，如果我率部突围，佛子一定会集中兵力来阻拦我。"

部下彼此对望。一人拨马上前，抱拳："王子，请您脱下战甲，让末将换上您的甲衣。末将领几千人从西北角突围，阿金他们分别从东南角、东北角突围，吸引追兵，等王庭的主力赶过来堵截，您再带着人趁乱突围！"

其他人纷纷附和。

海都阿陵的心里微微一震。他能想到的脱身之法也是如此，但他没想到部下会在他开口之前主动请缨。

他长叹一口气，举起长刀："你们追随我多年，哪怕在我众叛亲离之时亦不离不弃。我作战不力，才让你们随我一起陷于这般求生不得的境地……我怎么能为了脱身牺牲你们？不如以我为诱饵，引开王庭精锐，你们带着人逃生去吧！"

众将见他大义凛然，打算慷慨赴死，大哭不止。一人道："王子，胜败乃兵家常事，留得青山在，不怕没柴烧，您英雄盖世，是北戎复国的希望，不能死！您一定能逃出去，能光复北戎，日后为我们报仇雪恨！"

他们说着，不顾海都阿陵的反对，抢上前，七手八脚地扯下他的战甲，让其中一人换上他的衣装，将他推进人群之中。

海都阿陵混入士兵里，回头，看着自己的部下振臂高呼，带领士兵冲着不同的方向突围，心头绞痛。

这些部下是他花费了很多心思才培养的心腹，今天都会死在圣城外。

他面容扭曲，青筋暴显，嘴里几乎能迸出血来。他转头，毫不犹豫地带着剩下的亲随朝着相反的方向疾驰而去。

在他的身后，王庭各地的驻兵在昙摩罗伽的带领下继续缩小包围圈。

毕娑抬头四顾，看到一道身着主帅铠甲的身影在北戎铁骑的簇拥下突围，紧紧地夹一下马腹，正要追上去，余光扫到角落里另外两个身影，眉头轻皱。他回头。

昙摩罗伽对他颔首。

毕娑不再犹豫，策马追了上去。

几个北戎将领分头引开王庭精锐，莫毗多、毕娑全部带兵追了过去。

海都阿陵狂喜，抽鞭催马，像一支离弦的箭，直直地穿透王庭士兵的大网，突围而出，将血肉横飞的战场抛在身后。

亲随紧紧地跟在他的身后。

他紧紧地攥着缰绳，脸上的伤口像刀割一样疼。

福祸相依，谋事在人，成事在天。今天他输给昙摩罗伽，重整旗鼓，以后一定能卷土重来！

胜不骄，败不馁，北戎的男儿从小就追随父兄抢掠征服，一场败仗不算什么！瓦罕可汗南征北战，一生经历了大大小小无数场战事，带领着草原上一个毫不起眼的小部落建立起强大的北戎。而他一次次地逃离险境，从一个无依无靠的孤儿成为率领十万大军的主帅，只要能活下去，就有再次崛起的可能！

他是狼之子，身体里流动着神狼的血液！他永远不会认输。

海都阿陵的脑子里嗡嗡作响。身后的亲兵忽然拔高嗓音，指着前方的一处峡谷："王子，穿过这条峡谷，我们就能摆脱追兵了！"

海都阿陵回过神，抬起头，看着远处的峡谷。

夕阳西下，金色的余晖笼罩着峡谷两旁银装素裹的山峰，积雪折射出一道道光芒。

海都阿陵想起李瑶英手中的秘密武器，一种不祥的预感从心底生出，心里怦怦直跳。他勒马停下，思索片刻，果断地道："峡谷中恐有埋伏，换一条路。"

亲随应是，跟着拨马转身，一行人朝着西边奔驰而去。

风声呼啸，雪峰矗立在昏暗的暮色里，马蹄声如骤雨，远远地回荡开来。

海都阿陵埋头狂奔，想赶紧甩掉追兵，离开王庭。

现在既然各路大军和部落都来圣城了，那么其他各地一定防守空虚，只要逃出圣城的地界他就安全了。然后他可以绕过沙城，假意攻打高昌，李瑶英一定会吓得撤兵，他借机召集旧部，再次集结兵马，先回宗主国休养生息……

海都阿陵飞快地谋划着，前方突然响起一声尖锐的啸声。

如血的残阳里，一支鸣镝从大道旁的巨石后射出，直直地飞向高空。

紧接着，清脆的马蹄声响起，一队人马从在残阳的映照下像抹了一层浓厚的胭脂的山丘后驰出，远远望去就如一片裹挟着雷霆闪电的乌云狂卷而来，绣有西军字样的旗帜和雪白的战袍在雪地里猎猎飞扬，势如千军万马。

脚下的大地隐隐颤动。

眨眼间，一行人已经飞驰到距海都阿陵几十步外。幡旗越来越近，为首的将领白袍银甲，头束巾帻，腰佩长刀，神情端庄、严肃。

"海都阿陵，西军左骁骑将军谢青在此等候多时了。"

谢青拔刀出鞘，一双漆黑的眼眸紧紧地盯着海都阿陵，眸光锋利如刀。

当年他们从叶鲁部逃回中原，只差一步就返回家乡，海都阿陵率军追击，掳走七娘。她和其他亲兵无力反抗，只能眼睁睁地看着七娘被海都阿陵带走。

她是七娘的亲卫，却不能保护七娘。

那段日子，七娘被困在海都阿陵的大帐中。海都阿陵羞辱、折磨七娘，让七娘臣服。她亲眼看到七娘和奴隶一起被北戎人驱使，看到七娘在马场躲避疯狂的惊马……她不敢想象在海都阿陵入帐后的一个个夜晚七娘到底经历了什么……

从七娘被掳走的那一天开始，她每一天都在提醒自己，要勤练武艺，要变得更加强大，要保护七娘！

风声陡然变得凄厉。

谢青手持长刀，望着海都阿陵，冷厉的光从她的眸中迸射而出。

她已经在这里埋伏很久了。

这一次她要拦住海都阿陵，绝不能让他逃脱！

一阵寒意从脚底蹿起，海都阿陵毛骨悚然，心头剧烈地震动。

李瑶英果然安排了伏兵。

他想征服的女人不仅从来没有臣服于他，还处处和他作对，处心积虑地想要杀了他。

而他一直以为只要自己建立起强大的帝国，征服王庭和西域，李瑶英迟早会和那些北戎的女人一样，乖乖地雌伏于他，以他为尊。

他勇猛、威武、高大，是北戎的第一勇士。李瑶英对他嗤之以鼻，却为一个整天念佛的和尚不顾生死。

海都阿陵咽下涌上喉头的血，攥紧佩刀，狂笑出声："凭你们这点儿人，也想拦住我？！"他拔出长刀，声音嘶哑，周身肌肉紧绷，整个人就像一把出鞘的刀，杀气腾腾。

谢青的眸中亦有涌动的杀气。她举起长刀，策马朝他冲了过来。

两刀相击，火花迸溅。

刀光剑影闪烁，两人打斗在一起，交手了几十个回合，额头上都爬满汗水。

海都阿陵杀气凌厉，内力浑厚，战场上历练出来的招数决绝狠辣。

谢青因为气力不如他，明显处于下风，但丝毫没有怯懦，一次次地飞掠而上，即使受了伤也不后退。

利刃击打，砍、劈、斩……谢青用尽全身的力气，长刀斜斜地擦着海都阿陵的颈侧而过。

海都阿陵躲过这一击，心惊肉跳。

他们各自的部下嘶吼着拼杀。

谢青一行人守株待兔，精力充沛，海都阿陵他们经历了一场大战，马疲人倦，无法再突然发起奔袭，只能迅速地组成圆阵，抵抗西军的合围。

夕阳收起最后一道余晖，夜色笼罩，两帮人马激烈地拼杀，马蹄踏碎积雪。

海都阿陵挥舞着长刀，挥出一刀又一刀，身影依旧高大威猛，但身边的亲随一个接一个地倒了下去。随着砰的一声，他的头盔被打落在雪地上，发辫披散，脸上血肉模糊，一双鹰隼般的眸子闪闪发光，刀法变得更加凶狠。

谢青平复急促的呼吸，稳住心神，格挡劈砍，突然飞身腾起，整个人如一道急速掠过的流光，手中的长刀对着海都阿陵凌空斩下。

破空之声如龙吟虎啸。

这是谢青凝聚内力和胆气全力劈下的一刀，海都阿陵举刀迎击，随着一声脆响，长刀卷了刃。谢青没有卸力，长刀接着往前，砍向海都阿陵的脖颈，带起一道道火花。

海都阿陵早已力竭，自知无力格挡第二刀，但是仍然飞快地反应，一翻手腕，以迅雷不及掩耳之势拔出腰间的短刀，一刀斜刺而出。

这一刀刺中谢青的脸，她的脸上顿时鲜血淋漓。她大睁着双眸，没有后退，以两败俱伤的方式重新攥紧刀柄，刀锋落下。

两人的亲随吓得大叫，周围是一片惊呼声。

电光石火间，海都阿陵怒吼一声，身子后仰，刀锋划破他的甲衣和内衫，划出一条长长的血痕。他咬紧牙关，从马背上摔落下去。

见他落马，西州兵立刻策马围了上来，十几支长矛刺下。海都阿陵忍着剧痛，一个鲤鱼打挺跳起身，用手撑着长刀，望着拥过来的黑压压的西州兵，气喘吁吁。

谢青退了下去，持刀站在一边，似乎在等待什么。

几声压抑的抽泣传入他的耳朵。

海都阿陵回眸，环顾四周。

他们已经被埋伏已久的西军包围，亲随们个个披头散发，浑身是血，甲衣残破，衣袍被鲜血染红，脸上糊满了血，看不出本来的面目，一双双疲惫的眼睛写满绝望和凄然。马早已力竭倒地，弓箭用完了，长刀卷了刃，西军步步进逼。

今天就是他们的死期。

有人在抹眼泪。

海都阿陵心头起火，目眦欲裂。他的亲随怎么能在敌人的面前软弱地哭出声？

那几个亲随身体抖如筛糠，指一指包围过来的西军，惊恐万状。

海都阿陵不顾满脸是血，朝亲随所指的方向看去。

一队持着火把的人骑马踏着夜色靠近，黑压压的一片，气势磅礴，幡旗被风吹得呼啦啦作响。

人马到了近前，两边的士兵拨马让开道路。

厮杀忽然停了下来，四周沉寂如静水。

一道清脆的蹄声响起，一人一骑在亲兵的簇拥下缓缓地驰来。

谢青迎上去，为她牵马。

火把的光芒映在她的身上和脸上，照亮她婀娜的身姿和明艳的面孔。她肩披斗篷，头罩毡帽，勒马停在远处，俯视海都阿陵，一双明眸比常年不化的雪峰还要冰冷。

在她的身后，一队亲随拔刀侍立，神态恭敬。那是一队五官立体的西州兵。

海都阿陵仰望着夜色中皎如秋月的李瑶英，久久不语。

他认出来了，李瑶英身后的亲兵是北戎人。他们以前跟随瓦罕可汗出征，被西军俘虏后效忠于李瑶英了。

这个女人当真恨他，亲自带着人来追杀他。

他英雄一世，居然要死在一个女人的手上。

海都阿陵勾起唇角，笑得苍凉。

静寂中，一阵轰隆隆的声音传来，东面遽然蹄声大作，三四百个骑着马的身影从夜色中奔出。为首的将领高大威猛，头戴盔帽，一身金甲，狭长的凤眼冷冷地瞪视着海都阿陵，气势凌人，杀意毕露，手中是一柄雪亮的长剑。

李仲虔也来了。

困兽被堵在牢笼里。

海都阿陵闭了闭眼睛，回头仰望李瑶英。

瑶英手挽缰绳，神色平静，依旧不掩风姿。

他二人于宫宴上初见，她着盛装华服，灿若明月，是他见过的最美的女人。

海都阿陵的眸光变得阴冷。

"王子，我们投降吧！金勃王子他们投降，佛子没有杀他，还封他为王。王子，向佛子投降，我们还能尽享荣华富贵！"

"王子，只要活着就有复国的希望！"

亲随爬到海都阿陵的脚下，抱住他的腿大哭："王子，投降吧！"

文昭公主来了，谢青来了，传说中勇冠三军的李仲虔也来了。他们只剩下这么些人，怎么突围？

夜风拂过，寒凉如雪。

血液干涸后凝结在脸上，被风一吹，脸上像有银针扎着，一阵抽痛。

海都阿陵抬眸，和自己的亲随一一对视，一勾嘴角。

他不在乎名声，可以向任何一个强大的敌人屈膝投降……可是他唯独不能向李瑶英投降。

他若投降了，李仲虔也不会放过他。李仲虔心狠手辣，在战场上从不留情。

他与其受辱，不如死得痛快点儿。

海都阿陵笑了几声，吐出一口血，举起短刀："你们可以投降……"

他语气平静。

亲随跟着他就是为了搏一个前程，既然他给不了，他们不必陪他一起赴死。

"你们追随我至此，已经仁至义尽，想要活下去的都投降吧！本王不会怪你们。"

至于他自己，必须战斗至最后一刻。

他别无选择。

弱肉强食，他的血液里流淌着征服一切的野心和欲望。胜，他就是强者；败，便是死。

海都阿陵望着眼前的密密麻麻的西州兵，冲了上去，砍杀，搏斗，劈砍。

远处，李仲虔面色阴沉，接过亲兵递来的酒囊，拔开塞子。烈酒洒在如银的剑刃上，剑影清亮如水。

眼前的这个男人曾囚禁明月奴。

他睁大凤眸，掠入阵中，兔起鹘落，闪烁的剑光将海都阿陵笼罩在其中。

海都阿陵紧咬牙关，奋力地挥动短刀，动作越来越迟缓。

山坡上，瑶英拢紧斗篷，亲眼见证了海都阿陵的英雄末路。

当海都阿陵高大的身影倒在李仲虔的剑下时，她抬手拢了拢鬓边被夜风吹起的发丝，眉间微动。

思绪回到从前。她和亲兵以为终于逃脱魔爪，海都阿陵却突然出现，猫捉老鼠一般狠狠地打碎她的希望，让他们彻底陷入绝望。

今时今日，海都阿陵命绝于此。

自此北戎再没有复国的可能。

西域诸州将迎来一个太平安定的时代，河陇一带光复，商路畅通无阻，百姓可以安心地劳作生产，商人能够走南闯北，鳞次栉比的客舍会挤满每一条商路。

百废俱兴，万物欣欣向荣。

战场上安静了一瞬，随后响起一阵撕心裂肺的号啕声。海都阿陵的部下跪倒在他的身侧，几个亲兵拔刀自刎，追随他而去，其他人大哭不止，弃械投降。

亲兵问瑶英："公主，该怎么处理海都阿陵的尸首？"

瑶英淡淡地道："他是敌将，于战场上战死，按规矩葬了。"

亲兵应是。

长靴踏过雪地，咯吱咯吱的响声由远及近。

李仲虔手执长剑，朝瑶英走了过来，鲜血顺着薄刃滴答滴答地淌下。

瑶英翻身下马："阿兄。"

李仲虔走到她的面前，低头看她，凤眼里血丝密布，眸光明锐。

"谁敢欺负我家明月奴，阿兄砍了他。"

不管他是九岁、十一岁、二十三岁，还是三十岁、四十岁……旁人若想欺负明月奴，先过他这一关。

瑶英一笑，还没说什么，李仲虔的脸色蓦地沉了下来。他撒开长剑，冷哼一声。

"海都阿陵死了，立刻随我回高昌去！"

这些天他率领西军攻打关隘，吸引海都阿陵的注意力，让海都阿陵放下警惕，一切都在他们的计划之中，虽然计划出了点儿意外，但他都顺利解决了。可是迟迟不知道圣城那边的情况，他都快急疯了。

要不是瑶英走之前和他商量好了每一个步骤、部下每天苦劝他以大局为重，他早就带兵杀到圣城去了。

瑶英立马收起笑意，挽住李仲虔的胳膊："阿兄，这段时间多亏你拖住了海都阿陵的斥候，部落兵才能从西边绕道过来合围联军，杨迁才能神不知鬼不觉地偷袭海都阿陵的老巢……"

李仲虔一翘嘴角，打断她的话："别说这些好听话哄我了，你收拾好行李，准备回去。"

瑶英叹了口气："我还不能马上走，先回圣城再说。"

李仲虔紧皱眉头。

这时缘觉从队列中走了出来，朝李仲虔抱拳："卫国公，王特意嘱咐我，若见到您，一定和您说一声，王请您务必去一趟圣城。"

李仲虔挑眉："我为什么要去圣城？"

缘觉道："王说，您曾问过他几个问题，要他向您承诺一件事情，他当时无法回答您提出的问题。"

李仲虔面无表情。

瑶英抬头看他，眯了眯眼睛："阿兄，你问过法师什么问题？"

李仲虔一撇嘴，没有回答她的话，抬脚走开了。

瑶英看着他的背影，摇头失笑，转身去和谢青说话。

缘觉转了转眼珠，小跑着跟上李仲虔，小声道："卫国公，王说，他现在可以回答卫国公的问题，还要向您提出一个请求，请您路过圣城的时候拨冗见他一面。如果卫国公没空的话，王可以去高昌见您。"

李仲虔顿住脚步，眸中掠过一道寒意，目光猛地变得锋利。

亲兵和北戎俘虏留下打扫战场，李仲虔随瑶英一起骑马返回圣城。

圣城外,大战已经结束。

为了掩护海都阿陵突围,他的几个部下带着铁骑浴血奋战,然而并没有坚持太久,其他的北戎部落兵早已崩溃,看到有个部落弃械,也纷纷丢下武器,伏地投降。莫毗多带着王庭的部落兵冲散北戎铁骑的战阵,摧枯拉朽一般,直接冲破联军最后一道坚固的阵线。

一道道悠扬的长鸣响彻天地,这回不是敌人那让人心惊胆寒的进攻的鼓声,而是代表王庭获胜的号角声。

躲在王寺的百姓激动得泪流满面,纷纷走出王寺,爬上崖壁和残破的城墙,欢呼胜利。

天亮了。

战事结束,宏伟壮丽的圣城成了一片废墟,残垣断壁,满目残败,王宫金碧辉煌的镏金宫门在大火中被烧得焦黑。

但是许多人活了下来。

城外雪泥飞溅,一封封露布捷报被送回圣城。十里长街上挤满劫后余生的百姓,胜利的欢呼声和赞颂佛子的歌谣在灿烂的晨曦中盘旋回荡,响遏行云。

随着呜呜的号角声响起,人群沸腾起来。所有人激动地冲到城门前,等着迎接佛子归来。

大道上人头攒动,比肩接踵,几乎没有下脚的地方。

脚下的大地隐隐颤动,整齐的马蹄声传来。走在最前面的是数百名身着玄衣银甲、骑着披甲战马的军士,跟在后面的是肩负弯弓、腰佩长刀的五军将士,军容整肃,威势赫赫。

军阵最后面的是一队队身穿兽皮袄的部落兵。他们来自不同的部落,没有穿战袍,个个披头散发,豪放不羁,满身是血,军容散乱。这些部落兵好像从地狱爬出来的恶鬼。

没有人耻笑他们野蛮粗俗。

百姓感激地望着他们,将左手握拳置于胸前,向他们表达自己诚挚的谢意。

阵列入城,穿过瓦砾堆积的长街,向两边的长道散开。

鼓声咚咚,似闷雷在每个人的心头炸响。

阵列的当中,一人缓缓地策马而行,身披一袭血迹斑斑的僧袍,手持通体漆黑的长刀,一双如雨后晴空的碧眸幽深冰冷,无悲无喜,面容俊美,气度雍容。他像立在高高的佛殿之上俯瞰众生,庄严圣洁,清冷出尘,不容人亵渎。

他无情地厮杀,像一柄冰雪铸就的利剑,斩一切魑魅魍魉,金刚怒目,降服众魔。

他微微一笑，便是刀山剑林里绽出的一朵高洁的雪莲花，菩萨低眉，慈悲宽仁，依旧让人觉得高不可攀。

这是他们的佛子，神圣、高贵，在乱世之中为他们争得一方安宁，把肆虐各国的北戎大军阻挡在王庭之外，让他们可以安居乐业，击壤而歌。

晨晖漫洒，僧袍翻飞，他骑着马，沐浴在一片灿烂的金光中，有如神祇。

鼓声停了下来，风声也停了下来，所有人屏息凝神，仰头注视着昙摩罗伽。

片刻后，一声带着哭腔的呼喊打破岑寂，有人跪倒在地，叩首谢恩。这一声响起，其他百姓纷纷回过神，跟着跪伏于地。无数百姓拥上前，喊着昙摩罗伽的佛号，放声大哭。

昙摩罗伽置若罔闻，神情淡漠，一语不发，朝着王寺行去。

信众跪倒在他的身后，虔诚地双手合十拜礼。

军阵之后，李仲虔看着四面八方的如痴如狂的百姓，紧皱眉头，再看一眼那些同样狂热的目光望着昙摩罗伽的将士，脸色越发阴沉。他转头看一眼瑶英。

瑶英身着戎装，头戴毡帽，面容被遮住了。她和他并辔而行，见他转头，朝他笑了笑。

李仲虔沉着脸道："你看看，这些信众把佛子当成神，连军中的将士也是。你喜欢谁不好，偏偏喜欢一个和尚？"

瑶英笑了笑："阿兄，你不是说过让我把苏丹古带回高昌去的吗？你还让他好好地照顾我……"

李仲虔横眉怒目。这些天只要想起自己把眼睛受伤的瑶英送到昙摩罗伽的身边这件事，他就气不打一处来。

"我那时候哪里知道苏丹古就是昙摩罗伽！"

瑶英朝他眨眨眼睛，眼睫忽闪，黑眸里满是欢快的笑意，像融进了日光，一闪一闪的。

李仲虔怔了怔。

他知道明月奴一直有心事。她要提防李德，提防李玄贞，事事为他考虑。每次送他出征，她生怕他一去不回，将嘱咐的话说了一遍又一遍，不厌其烦。

她从小懂事，他不求她一定要嫁一个高门子弟，只希望她能平安喜乐，没有忧愁，想笑就笑，再不用担心被李德和李玄贞所害。

现在的明月奴不受掣肘，无拘无束。海都阿陵率领十万联军围攻圣城，她马上想到利用这个时机攻打他的宗主国，把他困在王庭，一举剿灭他剩下的兵力，斩草除根，同时让西军立威，扫清西军的障碍，而不是带着西军冒冒失失地赶过来救援。

明月奴早就长大了。从前他保护幼小的妹妹，后来一直是妹妹在保护他这个哥哥。

李仲虔说不清楚心里是什么滋味，欣慰、骄傲，还有一丝丝的惆怅。

怒火一点点地消散。

他冷哼一声："以你现在的身份，郎君随你挑。你真中意他，没事可以来王庭看看他，其他的就别想了，我的妹夫不能是个和尚！"

瑶英没吭声。

缘觉骑马迎上前，领着两人先去别院休息。

"法师呢？他也该休息了。"瑶英道。

缘觉回答说："寺中的僧人在王寺大殿前的广场设了道场，供奉佛陀。今天下午王要前去主持法会，带领众僧为死去的将士祈福，超度亡魂，全城的百姓都要前去祷祝。"

瑶英点点头。她记得以前也是如此，大战过后，昙摩罗伽会主持法会，诵经祈福。

她和李仲虔去了别院，召集人马，清点人数，收集各方的情报，送出一封封信件，指挥远在高昌的达摩发布诏令，安排兵马去各地接回被羁押的流民。

一个时辰后，缘觉找了过来。

"公主，王请您去王寺一趟。"

李仲虔皱眉，问："去王寺干什么？"

现在王庭人都知道昙摩罗伽对瑶英动了男女之情，昙摩罗伽让她去王寺，那些信众发起狂来怎么办？

缘觉躬身道："请卫国公宽心，王寺内外都由禁卫军把守，寺中的僧人和到场的百姓绝不敢为难公主。"

瑶英正在担心昙摩罗伽，写完一封信，拍拍手："你带路吧。"

王寺。

广场法台，经幡飘扬，鲜花环绕，香炉吐烟，薄雾氤氲，数百支银烛静静地燃烧，将高台照得灿烂辉煌。

梵钟、金鼓、磬、钲鼓、铙钹依次响起，梵音阵阵。

法台之上，昙摩罗伽端坐于佛像前，穿着一袭雪白金纹的袈裟，念诵超度的经文，周身似有佛光笼罩，气度高洁优雅，嗓音婉转低沉。

身着法衣的众僧立在法台下，跟着一起诵经。

法台下人潮涌动，黑压压一大片，整座城的百姓都来了。他们双手合十拜礼，默念逝去的亲人的名字，眼中热泪滚出。

军中的将领、留守圣城的官员、诸部酋长、随援军一起从各地赶来的领主和他国使者也都在台下叩拜，念诵经文。

诵经声如千江万河汇入大海，凝聚成浩瀚的浪涛。

庄严的法事结束，众人低头拭泪。

昙摩罗伽起身，碧眸环视一圈，眸光清淡。他在信众、僧人们的注目下放下手中的锡杖，一步一步地走下高台，朝佛殿走去。

百姓茫然四顾，抬脚跟上他，呼唤他的法号。

禁卫军把他们拦在大殿外。

昙摩罗伽一言不发。

大殿里也燃了数支烛火，青烟弥漫。维那提多法师站在佛殿前，手中拄着铜杖，苍老的面孔上透出几分悲悯。

昙摩罗伽走进大殿，袈裟上闪动的金光如皱起的水波。他抬起头，仰望殿堂里金光灿灿的佛陀，双手合十。

"我率军杀敌，铸下无数杀孽，当受责罚。"

提多法师长叹一声，缓缓地道："王，百姓和僧人都已经知道您摄政王的身份，您拯救万民于水火，仍然是百姓心目中的佛子，不该受罚。"

昙摩罗伽的脸上没有一丝表情。他看着佛像，淡淡地道："一日为沙门中人，一日当遵守戒律。"

他停顿了一会儿，道："这是我最后一次领罚。"

提多法师愣住，皱纹密布的脸抖动了几下。他几乎站立不稳。

"王……"他反应过来，神情沉痛，"赛桑耳将军由寺中的僧兵亲手诛杀……寺主他们不想重蹈覆辙，所以才会在得知您是摄政王后惊慌失措，听信赤玛公主他们的话，以为您失去理智，滥杀无辜……百姓都被蒙在鼓里。他们不懂朝政，不知王室内部的纠葛，自然无法理解王的苦心……"

提多法师长长地叹了口气，朝昙摩罗伽行礼。

"您难道要因为世人的不理解就放弃自己修行了多年的道？您天资聪颖，是我见过的最有天分和慧根的人，是波罗留支最得意的弟子，若能专心研究佛理，日后必成释门伟器，中途而弃，何其可惜！"

昙摩罗伽神色淡然，目光却很坚定："万法唯心，一念心，一切万行，明心见性，见性成佛。我和寺中的僧人所选的道原本就不同，既不同道，无须同路。

"幼时我见朝中大臣钩心斗角，只顾眼前的利益，百姓生活困顿，饱受战乱之苦，曾对师尊说，愿竭尽一生平定乱世，让王庭远离战火。

"我不入地狱，谁入地狱？以战止战，虽战可也。"

"世人疑我、厌我，众僧鄙我、笑我，于我而言，如过眼云烟。"

他记得自己的信念。他要消弭战火，让王庭长治久安，兵销革偃。

提多法师浑身颤抖："那王为何要放弃自己的道？"

昙摩罗伽双手合十，盘腿而坐："何为道？"

提多法师一怔。

昙摩罗伽望着佛像，缓缓地道："千江有水千江月，月如佛性，千江如众生。佛性在人心。月照江水，无所不映，每一条江水都能映照明月。我如千江，亦有我的佛性、我的明月、我的道。

"二十几载，我肩负王庭，潜心修道，不敢有丝毫怠慢……我无愧于王庭，无愧于信念，唯独愧对一人。

"她知我，懂我，与我共历风雨，砥砺前行。我面对她时，欲念不止，贪嗔痴起，心境无法平和，念经之时，亦不能遏制。我曾以为此生永堕地狱，唯有死后才能成全自己的私心。看到她回来的一刹那，我便知晓这执念已经深入肺腑，刻骨铭心。

"生如朝露，不在沙门，我也能修我的道。

"若要断绝欲念，再不与她相见，我这一生将如一具空壳，毫无乐趣可言。"

他已经沉沦在爱欲当中，无时无刻不渴望着她，不必再自欺欺人。

提多法师听出昙摩罗伽的决心和意志。

他以天下苍生为己任，一人担负起整个王庭，一手佛珠、一手钢刀并没有让他摇摆疑惑。他始终记得自己的信念和责任，所以当动了爱欲时，同样意志坚定。

"王……"提多法师感叹道，"文昭公主对您的情意、对王庭的恩德已经传遍王庭，您贵为佛子，与她结合，世人不会再阻挠、辱骂。"

他还是王庭的佛子，信众敬仰他、崇拜他，可以容忍他和文昭公主继续来往。

昙摩罗伽微微一扯唇角："我的修道之路，有她相伴，足够了。"

他不可能让她继续没名没分地和他来往，让她被世人暗地里唾骂。

他要她，就会给她全部，让她无忧无虑，尽情地欢笑。

提多法师摇摇头，痛心疾首，无可奈何。众人和佛子论道，谁辩得过佛子呢？

可惜呀，波罗留支最聪慧的弟子果然尘缘未了。

他举起法杖。

昙摩罗伽合上双眸。

"佛子！"

"王！"

殿门前一片哭声，百姓蜂拥进佛殿，跪伏于地，膝行上前："王，您不该受罚呀！"

提多法师闭了闭眼睛，法杖落下。

第一杖狠狠地落下。他双手合十默诵经文，想起那一日她跪于殿中，说她已经断绝心思，再不会出现在他的面前。

众僧诘问，她不想给他添麻烦，小心翼翼地回答。

众人殊不知，那时的她心中并无其他的心思，反倒是佛殿上高高在上的他心里恶念顿生，身为君主的掌控欲暗暗滋长。他直欲将她困于王寺，让她日日陪伴在他的身边。

第二杖、第三杖……一杖接一杖落下，昙摩罗伽的额上沁出细密的汗水。但他纹丝不动，一声不吭。

二十几载的光阴在这一杖一杖中晃了过去，他的脑海里浮现出她的脸。她微微一笑，阴沉的天光都亮堂了几分。

跨过千山万水，翻过崇山峻岭，她远道而来，让心如止水的他动了贪念，心中起了波澜。

兴许这是上天对他的磨砺，他没有通过上天的考验。

但他甘之如饴。

百姓怔怔地看着他。

第十二章

绝处逢生

佛殿之外，匆匆赶来的瑶英一眼看到殿中的情景，愣了一下，拔腿冲下台阶，往大殿奔去。

"公主！"

缘觉慌忙地拦住她，连搀带扶，把她扶到阶前，小声劝说："公主，王吩咐过了，这是他该领的罚……谁也不能替他受罚，等这回罚过了，以后就没事了，您千万不能进去，王会怪罪我们的。"

瑶英停下来，立在正殿的门前，看着远处的大殿里法杖一下一下地落在他的脊背上，心在颤动，手指紧紧地攥住衣袖。

李仲虔也跟了过来，站在她的身边，挑了挑眉，没有说话。

殿内，昙摩罗伽沉默着受完了刑，袈裟上渗出斑斑血迹。

提多法师气喘吁吁，放下法杖，叹了口气，朝他双手合十拜礼。

昙摩罗伽抬眸，缓缓地站起身，回了一礼，转身，目光越过满殿泪流满面的信众，越过空阔的前庭，越过飘扬的经幡，直直地落到殿外的瑶英的身上。

他站在殿中。

她立在殿门外。

隔着一道门，隔着难以跨越的沙门和凡尘之隔，隔着遥远的距离，两人四目对望。

周围的一切全部淡去，相识以来的点点滴滴浮上心头。他的眼里只剩下她，她的眼里也只看得到他。

他一次次地唤她公主。

她叫他法师。

瑶英的眼中泪光闪烁。

昙摩罗伽站在佛像前，脸色苍白，满头大汗。他轻轻地扬起唇角，朝她微微一笑。

这一笑，恍如清风拂过，三生池畔，那朵高洁的水莲慢慢地舒展开花瓣，迎风盛放。

霎时，光华大放。

瑶英感觉心头酸涩。

昙摩罗伽凝视着她，走出大殿。

信众号啕大哭，爬上前，伸手扯他的僧袍的袖摆和衣摆，想要挽留他。

"佛子！您还是我们的佛子呀！"

"传说摩登伽女和阿难陀曾是一世的夫妻，您和文昭公主也是前世的姻缘。文昭公主留在王寺也无损您的名声，您永远是我们敬仰的佛子！"

"佛子，您不能离开王寺呀！您是阿难陀的转世，是神佛的化身！"

信众哭倒一片，跪地叩首，恳求，号哭，忏悔。

昙摩罗伽恍若未闻，走过前庭，穿过匍匐一地的信众，穿过一脸震惊之色的朝臣、将领、酋长，拾级而上，一步一步地迈出长廊，走到瑶英的面前，抬手扯下身上的袈裟。

袈裟飞过长廊，在风中飞舞，越飞越高，然后往下飘落。

王寺外人群如织，人头攒动。

大殿里的动静早已经传到寺外，一道消息不胫而走。众人不敢相信，目瞪口呆，齐聚于长阶下，仰着头，看着那件袈裟慢慢地飘落。

成千上万道目光凝聚在那件袈裟上。

随着袈裟落地，人群里一阵骚动，一声饱含痛苦和失落的哭声传出，紧接着又是一声。人们轻轻地抽泣，潸然泪下，四面八方都是哭声，海浪一般翻腾涌动。

他们的王还俗了。

长风猎猎。

昙摩罗伽望着瑶英，里衣早已被血浸湿，汗水淋漓，碧眸里波澜翻涌。

"明月奴，从今天起我不再是沙门中人。我想好好地活下去。"

心如静水，生死不过是眨眼间的事情，人无须强求。有了挂碍，想和她朝夕相处，他想活下去，想陪伴她。

瑶英泪眼婆娑。

她知道他自小修习佛法，从没想过他会还俗。不管他是王庭的君主，是和尚，还是永远不能暴露身份的苏丹古，她都不在乎，在她的眼里，他是最好的昙摩罗伽。

但他还了俗。

她眉眼微弯，笑中带泪："你这个疯子。"

昙摩罗伽轻笑，笑容温和，语气却强势到不容置疑，锋芒逼人："你没有后悔的机会了。"

她回来了就再也逃不了。

他踉跄了一下，双眉微皱。

瑶英看到他肩上的衣衫透出的血痕，感觉心里像针扎一样的疼，扶住他的胳膊："你是个疯子我也不嫌弃你。"

接下来的路她会陪他一起走。

昙摩罗伽低笑，抬起头，和她一起慢慢地走下长阶。

百姓呆呆地看着他们。

他们面色坦然，依偎着一步步穿过长街。

一辆镶嵌八宝的马车等在道旁，毕娑和禁卫军军官恭敬地朝二人俯身行礼。

长街上脚步纷乱，身着甲衣的将领、部落酋长、官员和领主们纷纷跟出王寺，跪地叩首："恭送王回宫。"

昙摩罗伽是他们的王。唯有他能震慑各国，让所有的部落臣服。不论他还不还俗，各地百姓依然将他奉若神灵，现在的王庭中，谁也撼动不了他的地位。

百姓仍然呆呆地望着两人，让开道路，目送两人登上马车。

王寺外，缘觉小心翼翼地轻咳两声，对刚才被禁卫巧妙地挡在门外的李仲虔笑了笑。

"卫国公，您看，王和公主多么般配，真是天造地设的一对！"

李仲虔一勾嘴角，冷笑。

他没有冲上去阻止瑶英可不是因为缘觉这几个人的小伎俩。

两人刚上了马车，瑶英想看昙摩罗伽背上的伤口，抬手就要掀开他的里衣。

"没事。"

昙摩罗伽按住她的手，轻声说，脸上一层汗。

瑶英紧蹙双眉："都出血了……"

她直起身，让他低头，手指刚挨到他的肩膀，他颤了一下。下一刻，她察觉手腕忽地被他一把扣住，跌进他的怀里。

昙摩罗伽紧紧地抱着她，合上双眸，手掌按在她的后颈上。

"别动，让我抱一会儿。"

他似叹非叹地道，像跋涉日久，终于能停下来喘一口气。

不知道从什么时候开始，他只要看到她，就忍不住想亲近她、触碰她。

之前有那么几次，她无意间倒在他的怀里，他知道自己应该立刻推开她，却一动不动，任由她无意识地亲近自己。

他想要这么无所顾忌地抱着她。

两人什么都不想，什么都不做，这样抱着就够了。

昙摩罗伽的身上汗津津的，薄薄的里衣被汗水打湿，浑身发烫，沉水香仿佛变得更加浓郁，撩人心弦。

瑶英抬手，小心地避开他的伤处，抱住他的腰，隔着衣衫听他的心跳。

马车驶过长街，后面传来潮水般的脚步声。

禁卫军、将领和朝官们也骑马跟了上来。

瑶英挑开车帘一角往外看。

长街的两旁熙熙攘攘，人山人海，从王寺到王宫的路上挤满了人。他们来自不同的部族，有着不一样的面孔，都朝着马车跪地叩首，口中呼喊的是王。

二十多年前，昙摩罗伽出生不久，被大臣强行从王宫掳到王寺囚禁起来。

多年以后，他从王寺离开，在大臣和百姓的簇拥下返回王宫。

二十几载光阴，他呕心沥血，于乱世之中苦苦地撑起在内忧外患中摇摇欲坠的王庭。

瑶英想到昙摩罗伽这么多年经历的那些坎坷和他在书中的结局，心里微微发酸。

不认识他时，她只当他是个陌生人，敬佩他，感慨他的早逝，绝路之时为他所救，和他朝夕相处，几次生死与共，他不再是只存在于传说中的佛子……她何其有幸，能够遇到他，和他相知相伴。

发顶传来一阵温热的触感，昙摩罗伽低头亲吻瑶英的青丝。

两人静静地相拥。

王宫已是一片废墟，断井颓垣，瓦砾乱石散落。

侍从官带着人清理出王宫外的广场，在长阶的高台上搭起毡帐，帐中设了长案，案上摆满鲜花、宝器。

马车停在阶前，大臣、百姓匍匐跪地。

昙摩罗伽下了马车，转身，伸出手，扶瑶英下来。

满场寂静，一声咳嗽不闻，唯有衣裙的窸窸窣窣声。

瑶英搭着昙摩罗伽的手走下马车，看到跟过来的李仲虔和西军将领，抬脚要走过去，手上却一紧。

昙摩罗伽拽住她，拉着她一步一步地走上长阶，站在高台的毡帐前。

台下，众臣起身。

毕娑走上前，手里捧着一只镂金宝匣，宝匣里是一顶金光灿灿的黄金叶子王冠。夕照下，冠上镶嵌的青金石、玛瑙、琥珀璀璨夺目，雍容华贵。

他献上宝匣，抬手置于胸前，握拳，朝昙摩罗伽行礼。

昙摩罗伽拿起匣中的王冠，戴在头上。

钟鼓齐鸣，礼乐奏响。长阶下，朝官和百姓再次恭敬地跪伏于地，称颂声山呼海啸，响彻云霄。

昙摩罗伽立在阶前，一抹余晖笼在他的身上，勾勒出他身体的轮廓。他的衣衫上还有血迹，身影巍峨如山。

众臣朝拜毕，各部的酋长依次上前献上宝刀和宝物，以示臣属。

昙摩罗伽以眼神示意一旁的礼官。

礼官拿着一份羊皮纸走到阶前，大声诵读纸上的内容。

"奉王诏令，从即日起，军中增设侍郎……"

台下鸦雀无声，众人屏息凝神，仔细地聆听。

渐渐地，有的人冷汗涔涔，不停地哆嗦；有的人面露诧异之色，久久回不过神；有的人眉开眼笑，磕头谢恩。

他们没有想到，大战过后的第一天，昙摩罗伽就开始了一场大刀阔斧的改革。

他表彰在此次大战中立下功劳的人，惩处上次动乱里趁机生事的官员，趁着这次机会提拔一批出身草莽的将领，命文官修订旧的律法，编纂新法，改革服制，限制世家的权力。

从今天开始，王庭的权柄归于君主之手，世家再也无法像从前那样掀起风浪。

最后，礼官宣布减免税赋，与民休息。

官员们几家欢喜几家愁，心中五味杂陈。聪明的人已经在思考怎么利用眼前的时机大展宏图。

台下，老百姓听说王免除了几年税赋，而且以后他们的子女不用被逼着去贵人的庄园服劳役，满心欣喜，齐声欢呼。

等礼官宣读完诏书，众臣拜礼起身，躬身告退。

百姓不愿散去，留下进行打扫清理的工作，每个人的脸上都洋溢着欢快的笑容：他们劫后余生，肆虐的北戎再没有卷土重来的可能，王继续统御群臣，西军和王庭和睦，以后的日子会越来越好！

大典进行的过程中，瑶英一直待在毡帐里，和昙摩罗伽站在一处，接受万民的朝拜。

当台下的百姓和大臣山呼昙摩罗伽的尊号时，她侧过身，想避让到角落里去，昙摩罗伽抬眸，目光落在她的脸上，温和，却带有几分不容反抗的意味。

"陪着我。"

他轻声道，肩笼霞光。

瑶英挑眉，笑了笑，不动了。

大典在柔和的暮色中结束。

昙摩罗伽走下台阶。新上任的大相、五军统帅、诸部酋长、莫毗多和毕娑跟了上来，簇拥着他。

诸部酋长看着长阶两侧的废墟，连连叹息。一人道："圣城繁华富庶，商贸发达，各部心向往之，没想到会毁在这场动乱之中。"

大臣们跟着感慨。战事后，王庭应当举行一场盛大、隆重的典礼来庆祝，但是现在半座圣城成了废墟，王又要求一切从简，大典准备得仓促。

走在前面的昙摩罗伽脚步一顿。

众人忙停下来。几个酋长不知道自己说错了什么话，面面相觑。

"圣城毁了，还可以重建。百姓的安危、王庭的长治久安当在其先。"昙摩罗伽回头，扫视一圈，道，"我守卫的从来不是圣城，不是王宫，而是王庭的百姓。"

大臣们的脸上掠过愧疚之色。

诸部酋长愣了一会儿，肃然起敬，不无敬佩。一人道："王宽厚仁慈，心系万民，是我们的众汗之汗。我们永远效忠于王，追随王的左右！"

其他人跟着附和。

昙摩罗伽面容沉静。

见他忙着和大臣商讨政务，瑶英站在一边，没有过去打扰，指挥亲兵帮忙清扫王宫，整理战场，忽然感觉一道热烈的视线朝自己看了过来。

她回望过去。

莫毗多站在人群之后，身着银甲白袍，器宇轩昂，朝她一笑，走了过来，抱拳道："公主，这次动乱，多亏西军相助，我们才能趁海都阿陵不备集结兵马。"

瑶英回了一礼："西军和王庭是同盟，本该如此。我还没恭贺王子升迁。"

此前莫毗多配合毕娑引蛇出洞，故意被近卫军抓住，原本的计划是以此揪出幕后之人，釜底抽薪，谁料毕娑放弃了整个计划。他听说近卫军背叛了昙摩罗伽，知道自己身份敏感，如果留在王庭，一定会被仇视乌吉里部的大臣除掉，趁看守不严逃了出去，打算回乌吉里部带领族人搬迁——假如昙摩罗伽被逼死了，乌吉里部不会再效忠于王庭，不跑的话，会马上被贵族当成牛马驱使。

不久后，昙摩罗伽死在动乱之中的消息传遍王庭，莫毗多的父亲不敢耽搁，当夜就带着族人迁移。所以当莫毗多听说昙摩罗伽还活着的时候，乌吉里部已经跑出几百里地了。

莫毗多收到信鹰送去的昙摩罗伽的亲笔信时，正和父亲商量为他复仇的事情。父子俩欣喜若狂，连忙带着部众掉头，按昙摩罗伽的指示联络各部，收拢兵马。这一切都要做得隐秘，他们不能让海都阿陵听到一丁点儿风声。为了不走漏消息，故意让一部分族人继续往西，其实他已经带着精锐赶回圣城。

此次大战，莫毗多作战有功，再次获得擢升，这一次反对的声音几乎没有。

莫毗多咧嘴笑了笑："都是因为王指挥如神，器重我、信任我，委我重任，我才能立此大功……"

王重用他，教他怎么统领兵马，怎么御下，怎么和同僚相处。

文昭公主没有因为他的口音和乌吉里部的古怪的习俗嘲笑他。

王和公主站在高台上的时候是那么般配。

唯有王才配得上公主。

莫毗多停顿了好一会儿，掩下惆怅和失落，挠了挠头皮，将两腿并拢，朝瑶英行了最正式的大礼。

"公主，我输给王这样英勇仁慈的大英雄，心服口服。我祝福公主和王鸾凤和鸣，白头相守。"

瑶英舒展眉眼，展颜一笑，头上束发的丝缘也跟着一颤一颤的，笑容灿烂明艳："谢谢王子的祝福。"

两人沐浴在余晖中，相视而笑。

一个英姿勃发，一个光彩照人。

周围的说话声停了下来，气氛突然变得沉重。

莫毗多听到毕娑的咳嗽声，疑惑地看过去，见毕娑朝他使了个眼色。

和大臣说话的昙摩罗伽抬起眼帘，视线越过众人，从他的身上扫过。

莫毗多不禁哆嗦了一下。

红日西坠，天色很快暗下来。

城中的百姓大部分无家可归，昙摩罗伽命将士在城外搭起毡帐，暂时将百姓安置在帐篷里。

雪地里一顶顶毡帐绵延开来，灯火憧憧。

昙摩罗伽叮嘱官员："房屋、街道一定要清扫干净，你们亲自带着禁卫军去各处洒石灰水，战后务必注意防疫，若发现患病的人，先挪到一处集中诊治。"

官员应是。

毕娑紧跟在他的身边，等其他人退去，皱眉问："王，您为何不缓几天再颁布诏令？"

昙摩罗伽望着不远处站在毡帘前和亲兵说话的瑶英："你是不是觉得现在改革吏治太过激进？"

毕娑点了点头，神色凝重。

"现在是最好的时机。不破不立，打破樊笼才能建立新的规则。治理王庭当以长远为重，现在开始改革吏治，不论成与败，世家都无法再撼动新的选官制度。"昙摩罗伽缓缓地道，"毕娑，别小看百姓，蝼蚁之力微贱，可蝼蚁虽小，也可覆象。开设学堂，让平民子弟也可日日受到教诲，假以时日，他们可以遏制世家，让百姓富足安定，这才是长治久安的根本。"

毕娑恍然大悟，暗暗感慨。昙摩罗伽并没有指望改革马上就能奏效，他走的每一步都经过深思熟虑，王庭贵族之间内斗不断，危及社稷，他唯有加强王权才能避免世家任意废立皇帝的事情再发生。王庭需要政治清明，朝堂安定，否则会陷入无止境的内讧之中。

两人正说着话，缘觉走了过来，小声说："王，公主劝您早些休息，您背上的伤还没涂药……"

昙摩罗伽嗯了一声，目光一直定在瑶英的身上。他问："卫国公呢？"

"卫国公和西军将领的营帐设在东边。"

昙摩罗伽点点头："把东西取出来送过去。"

缘觉应是，小跑回库房，指挥近卫把一只只镏金礼匣送到李仲虔的营帐去。

昙摩罗伽走到自己的营帐前。

瑶英立马拉着他进帐篷，紧皱眉头："早知道你大典之后还要忙这么久，在马车上我就该帮你涂药。伤口痛不痛？"

"明月奴。"

昙摩罗伽抬手示意亲兵退出去，微垂碧眸，握住瑶英的肩膀，凝眸看着她。

帐中点了蜡烛，在烛火的映照下，他的眸光显得格外深沉。

瑶英仰起脸看他："怎么了？"

"我以后还是会看经文，会研究佛理……"昙摩罗伽慢慢地道，语气郑重，声音沙哑，"明月奴，即使我不是沙门中人了，依然要修我的道……你刚才看到了，我是王庭的君主，会经常像今天这样忙于处理政务……"

瑶英怔了一会儿："你今天让我陪着你是为了让我看这些？"

昙摩罗伽颔首，轻叹了一声："明月奴，我从小在佛寺长大，知道怎么做一个僧人，怎么做一个君主……但我不知道该怎么做一个好情郎。"

他不是莫毗多那样的少年郎，不懂该怎么去讨她的欢心。

瑶英这回愣得更久，就像喝了几碗高昌葡萄酒似的，心里酸酸麻麻的，有什么东西在暗暗涌动，满满当当的。

什么都会的罗伽居然会在意这个。

从前他心无挂碍。现在他踏入她的红尘，努力为她做一个好情郎。

瑶英心潮起伏。她踮起脚，在他的脸上飞快地亲了一下，笑意盈盈："你这样就很好了，然后呢还要听我的话，要好好地涂药，我叫你回来休息，你得听进去。"

昙摩罗伽垂眸看她，轻轻地嗯了一声。

她不介意，那么从现在起，他是她的情郎。

瑶英想到他背上的伤，心疼地道："好了，我让人把伤药拿来了，你坐下，我帮你擦药。"

昙摩罗伽摇摇头。

瑶英微眯双眼。他刚刚才答应要好好地听她的话。

"我得去见卫国公……"昙摩罗伽解释说，"他是你的兄长，我现在应该去见他。"

瑶英觉得有些甜蜜，又有些哭笑不得，看一眼燃烧的蜡烛："明天再去吧。"

她和李仲虔下午见过面，李仲虔这会儿应该睡下了。

"不。"昙摩罗伽摇摇头，抱了抱她，走出大帐，"我这就去见他。"

他要珍惜和她在一起的每一刻、每一瞬，一秒都不想耽搁。

李仲虔下午和瑶英见了一面，商量了几句撤兵的事，傍晚时和部下议事，吃了些馕饼，刚刚睡下，亲兵禀报说昙摩罗伽命人送了不少东西过来。

他披衣起身。

缘觉满脸带笑，领着侍从入帐，不一会儿营帐的地上就摆满了大大小小的箱笼、宝匣。烛光摇曳，一室宝气浮动，看得人眼花缭乱。

李仲虔似笑非笑，早就听说过王庭富庶，果然如此。海都阿陵许诺纵容士兵抢掠王庭，才说动那些部落酋长随他发兵攻打圣城。

今天李仲虔没闲着，巴米尔和几个近卫军将领陪着他在圣城转了一大圈。百姓在官员的带领下热火朝天地清理废墟，虽然圣城满目疮痍，但是经过一场大的动乱，兴风作浪的世家贵族大半死在战火之中，活下来的生怕被牵连，一个比一个谨小慎微。一切欣欣向荣，生机勃勃，各部酋长真心敬畏昙摩罗伽，王权得以巩固，上下齐心。他相信不久后昙摩罗伽就能重新建立起一座繁华的都城。

昙摩罗伽倒是用心良苦，白天还俗，让他看到王庭以后不会再轻易发生动荡，夜里派人抬来这一箱箱价值连城的宝物。

李仲虔面无表情，漫不经心地瞥了一眼满地的宝匣，目光扫过一只打开的黑匣时，忽然定住，少顷，凤眸里隐隐掠过一丝异色，满含震惊、诧异、怅惘，以及不敢相信。

"为什么送这些东西？"他沉默了很久，问。

缘觉笑着答："因为这些都是公主喜欢的。公主喜欢什么，我们王都记得。"

李仲虔怔怔地出了一会儿神。

毡帘晃动，亲兵禀报："阿郎，王来了。"

李仲虔回过神，淡淡地道："请他进来。"

毡帘被掀开，昙摩罗伽在近卫的簇拥下踏入帐中，身上穿一件金银线绣赤色翻领及膝窄袖锦边短袍，腰束革带，革带上嵌满各色宝石，挂有匕首、短刀、长剑，脚踏长靴，衣裳的领边、前襟、袖口都绣有鲜明的兽纹，光彩夺目。

帐中的众人朝他躬身行礼。

李仲虔头一次见昙摩罗伽穿王庭君主的骑射服，不禁盯着他多看了几眼。

昙摩罗伽气度从容，穿一身华丽的锦衣，依旧清冷出尘，高贵雍容，不带一丝烟火气，让人望尘莫及，只是多了几分英俊威武。

李仲虔不动声色，走到长案前，大马金刀地坐下，一条长腿屈起："王深夜前来，有何贵干？"

昙摩罗伽以眼神示意其他人都退出去，而后道："今夜我来拜访卫国公，不是以王庭君主的身份，只是昙摩罗伽。"

李仲虔勾起嘴角，微眯凤眸，打量他几眼，摆摆手："那请坐吧。"

昙摩罗伽坐到他的对面，正襟危坐，一派肃然。

李仲虔给自己倒了碗酒："找我什么事？"

昙摩罗伽道："卫国公曾问过我几个问题，当时我不能回答。"

李仲虔喝了口酒，回想了一下："噢？我问过你什么问题？"

"卫国公问我，是否对公主动了男女之念。

"是否打算一直瞒下去，只和她暗中幽会。

"假若为她还俗，日后会不会追悔莫及。

"娶了她，能不能让她远离是非，安稳喜乐。"

昙摩罗伽一句一句地道。

李仲虔没料到他还清楚地记得自己当日说过的话，放下酒碗，神色变得严肃起来。

昙摩罗伽望着他，眸中映出摇曳的烛光，眉聚山川，目若流星："彼时情境不同，我不敢强留公主。然而公主对我一片赤诚，我陷于危难之时，她不顾安危，陪我共患难。我自知无法放手，此时可以重新回答卫国公的问题，我对公主有男女之念，不是因为一时冲动，而是希望公主能够一直陪伴在我的身边。我想和她朝夕相对，相守一生。一日不见公主，我心神不宁。"

他停顿了片刻，眸光坚定，嗓音低沉，字字铿锵："我想求娶公主，做她的丈夫。"

李仲虔瞪大了眼睛。

昙摩罗伽面色如常，接着道："公主乃西军首领，两国联姻不该如此草率。明日王庭会正式遣使向魏朝请婚，诏书已经拟定好。卫国公是公主的长兄，长兄如父，公主敬爱卫国公，我此来想先征得卫国公的许可，望卫国公成全。

"若能和公主结为夫妻，我必敬她、爱她，让她平安喜乐，远离是非。"

帐中安静下来，一片沉寂，帐外偶尔传来一阵嗒嗒的马蹄声。

李仲虔沉默不语。

昙摩罗伽现在是王庭的君主，百姓接受他还俗的事实，王权和神权逐渐剥离，以后神权不再凌驾于王权之上。他力挽狂澜，得万民敬仰，既有僧人的慈悲，也有几分乾纲独断、心如铁石的帝王威仪，显然自己当日提出的问题已经不再是横亘在他和瑶英之间的障碍。

从他立志让王庭远离战火，逐步推行改革、加强王权的长远布局来看，他意志之坚定超出常人的想象。他若认定一件事情，谁也阻止不了。

大战结束，他就肃清朝堂，解决王庭的忧患，然后来找自己求亲，快刀斩乱麻，坚决果断。李仲虔可见他的决心和诚意。

李仲虔想起骗瑶英离开王庭的那段日子。

她不顾眼睛受伤也天天给昙摩罗伽写信，他好几次听见她让侍女代写，几封信都是在讲她吃了什么，到了哪里，嘱咐昙摩罗伽好好吃药。

瑶英喜欢这个和尚。

李仲虔抬起下巴："王庭和中原相距万里，风俗不同。"

昙摩罗伽道："我自幼熟读汉文典籍，熟知中原的风俗，不会强迫公主改变她的喜好和生活习惯。"

"假如她思念家乡，想要回中原看看呢？"

昙摩罗伽眉间微动。他道："我会派亲兵跟随保护公主。"

李仲虔轻哼了一声："听说王庭以前的君主三妻四妾，我家明月奴受不了这个委屈。"

昙摩罗伽道："我虽然还俗，以后还是会清修。我倾慕公主，只求公主一人相伴。"

李仲虔深深地看了昙摩罗伽一眼："明月奴不喜欢束缚，从前在府中，我从来不拘束她，她喜欢出门就出门。长史劝我，说女子应当言行得体，明月奴天姿国色，更应该谨言慎行，我太宠着她了。她引得那些少年郎争风吃醋，会被人笑话。"

昙摩罗伽抬眸，一字一顿地道："公主天性烂漫，冰雪无邪，言行没有任何不得体之处。"

这句话在李仲虔听来无比顺耳。

他可不希望瑶英嫁一个迂腐古板的和尚。

李仲虔想起另一个难题："你是王庭的君主，她是西军的首领，不可能一直待在王庭。"

昙摩罗伽颔首，说："我会处理好王庭的事务，让她无须为王庭烦忧。她仍然是西军的首领。"

李仲虔摸了摸下巴："假如有一天明月奴变心了，喜欢上了其他人，想回中原呢？你会怎么做，放她回中原，还是杀了那个男人，强迫她留在你的身边？"

昙摩罗伽的脸色微微一变。他半晌没有作声，闭目片刻。

"我不知道。"

佛陀也化不开他心中的执念，他没有想过这个可能。

李仲虔皱眉沉吟。昙摩罗伽很诚恳。如果他想都不想就说会大度地放瑶英离开，自己可能要怀疑他求娶是假，其实暗地里打算哄瑶英陪他入佛门。

两人都不说话，帐中安静了一会儿。

烛光映在昙摩罗伽的脸上，轮廓越显明晰。他打破沉默："还有一事，我想向卫国公坦白。"

李仲虔挑眉："什么事？"

昙摩罗伽抬眸，和他对视，平静地道："我所练功法奇诡，需要以丹药压制，多年下来我已病入膏肓。不久前我已病重，为了赶回圣城胡乱服用了几瓶丹药才支撑到现在。我一直撑着没有散功，不知道这次能够坚持多久……"

李仲虔一怔，神色凝重："你的意思是说，你不知道自己还能活多久？"

昙摩罗伽颔首，平静地道："是。"

李仲虔紧锁浓眉："那你还敢来提亲？我岂会同意把明月奴嫁给一个将死之人？"

昙摩罗伽望着帐中那盏明黄的烛火："我也曾这样想，既是将死之人，怎敢让公主留下？"

他闭了闭眼睛。

"我曾对公主说谎，骗公主离开。我告诉毕姿，等我死后，将我送去公主的身边……后来王庭内乱，我已有死志，公主再次出现在我的面前，我以为那是自己的幻象……"

他冲下城头，紧紧地抱住她，想把她嵌进自己的身体里。他告诉瑶英自己时日无多，她说那就好好地珍惜剩下的日子。

"从那一刻起，我想活下去。"

昙摩罗伽迎着李仲虔审视的目光，微微扬起唇角："我这一生何其有幸，能够遇到公主。卫国公，我不知道自己还能活多久，不知道明天会发生什么……我只知道，我会珍惜眼前的日子。"

生死不过是轮回，一切如梦幻泡影，但是瑶英在这一世，他便想紧紧地抓住这一世，挣得一天是一天。

李仲虔的脸色沉了下来。他冷笑："为什么要告诉我实情？你就不怕我坚决反对？"

昙摩罗伽镇定地道："公主曾告诉我，她自小和卫国公相依为命，在这世上，卫国公是她最重要的亲人。我瞒着卫国公，她夹在当中，一定会为难。"

他不想再因为任何事情让瑶英为难。

李仲虔冷冷地瞥他一眼，神色缓和了些。

昙摩罗伽抬手，将一只宝匣推到他的面前，打开。

李仲虔低头。宝匣里是一顶镶嵌珠宝玉石的金银王冠，这顶王冠和昙摩罗伽白天戴的王冠的样式很像，不过要小巧一些，上面有繁复细密的花纹，一串串珠玉、玛瑙、珊瑚串珠点缀垂挂。

"这是王庭王后的冠冕。"

昙摩罗伽道："卫国公，我在一日，王庭和西军盟约稳固，即使我不在了，继任的王也会按我的遗诏遵守盟约。但是如果魏朝皇帝和太子加害公主，王庭不便插手魏朝国事……"

李仲虔皱眉，昙摩罗伽说中了他担忧的一件事。李德活着一天，他一天不能放下心。李玄贞那个畜生起了那样的龌龊心思，李德迟早会知道，以李德的性子，很可能为了李玄贞而加害瑶英。他打算等西域这边安定下来回长安一趟。

昙摩罗伽话锋一转："公主做了王庭的王后，即使我不在了，王庭上下也会尊敬她，好好地保护她。"

李仲虔猛地抬起头，惊讶地看着昙摩罗伽，心头震动。

原来昙摩罗伽提亲还有这一层打算，瑶英当了他的王后，以后王庭会永远庇护她。他的佛子之名依然在各国流传，瑶英是他的妻子，受过他的恩惠的部落不会对瑶英见死不救。

这个男人把什么都想到了。

他救过瑶英，救过自己，如今时日无多，那瑶英更不可能抛下他不管，如果自己逼迫他们分开，以后他真的出了事，瑶英会痛苦一辈子。

他与其让瑶英抱憾终生，不如让她好好地和喜欢的人在一起。

一顶王后的冠冕对瑶英来说还是一条后路。

李仲虔思索了很久，权衡利弊，凤眸扫视一圈，视线从满地的箱笼上转过，最后在那只黑漆匣子上停留了一会儿，心里长叹一口气。

"明月奴长大了，她的婚事由她自己做主。不过你要记住我的话，她性子好，不爱计较，但我眼里容不了沙子，假如你敢让她受一点儿委屈，我不会顾忌王庭和西军的盟约就畏首畏尾。"

李仲虔神色冷峻，一瞬间身上散发出阴沉凶悍的气势。他一字一顿地道："你若负了她，不管她同不同意，不管你病得多重，哪怕马上就要咽气，我也会立刻带她离开。"

昙摩罗伽微微松了口气，直起身，双手合十："多谢卫国公成全。"

李仲虔朝天翻了一个白眼：昙摩罗伽还是个和尚！

他感觉浑身不舒服，忽然指了指那只黑漆匣子，语气凶狠："为什么送这个给明月奴？"

昙摩罗伽正要出去，闻言怔了怔，看一眼黑漆匣子，回答说："我曾让公主去库房随意挑选她喜欢的东西，公主只挑了一枚夜光珠。"

瑶英喜欢搜集夜光珠，每次商队从天竺、拂林等地回来，她都会问胡商有没有买到好的夜光珠。

李仲虔冷哼，不耐烦地挥了挥手。

等昙摩罗伽出去了，他站起身，走到匣子前，拿起一枚夜光珠，神情复杂。

夜光珠也叫明月珠，这枚夜光珠是他送给瑶英的。

瑶英很喜爱这枚夜光珠，一直带在身边，后来和亲去了叶鲁部，落到海都阿陵的手里，身上其他东西都没了，只剩下这颗夜光珠。最后为了逃出营地，她把夜光珠送给了一个胡女。

李仲虔和瑶英团聚以后，瑶英几次提起夜光珠，想把夜光珠找回来，他安慰她，那只是一颗珠子罢了，没了就没了。

他没想到，兜兜转转，这颗夜光珠竟然到了昙摩罗伽的手里。昙摩罗伽知道瑶英喜欢夜光珠，拿来送给她。

完璧归赵。

也许这就是缘分吧。

毡帘被人掀开，夜风吹进帐中，烛火轻轻地晃动。

李仲虔拿着夜光珠，回头。

一张笑意盈盈的脸探了进来。来人和他对视，浓睫忽闪："阿兄。"

十多年前他从荆南回到魏郡，她还那么小，娇娇软软的，穿一身团花对襟衫裙，梳着小抓髻，像个小团子，不会走路，仰着小脸，手撑着门槛趴在门边叫他："阿兄。"

他抱起她，她环住他的脖子，柔软的手指头拂去他鬓边的雪花。

"阿兄冷。"

那时他刚刚料理完舅舅一家的丧事，风尘仆仆地回到家中，确实很冷。

但是他是兄长，要好好地照顾妹妹，再冷也不能让她冻着。

李仲虔出了一会儿神，冷笑："昙摩罗伽刚走……你就这么惦记他？是不是怕我欺负他？"

瑶英忙收起笑意，掀帘快步入帐，挽住他的胳膊，正色道："我不是惦记他，是惦记阿兄，怕他不会说话惹阿兄生气。"

李仲虔明知她是在哄自己，仍然觉得心里熨帖，轻哼了一声，想到昙摩罗伽的身体，眉头轻皱，嘴巴张了张，目光落到瑶英的脸上。

瑶英正好奇地打量着帐中的宝匣和礼盒。

他把滚到喉间的话咽了回去。

她和昙摩罗伽经历了那么多事才走到今天，让她伤心的事情自己还是别提了。

瑶英哄好了李仲虔，径自去找昙摩罗伽。

夜已深了，烛火朦胧，昙摩罗伽背对着毡帘，盘腿坐在绒毯上，衣衫半褪，镶嵌短刀的革带被脱下放在一边，背上是一道道斑驳的伤痕。他听到营帐外缘觉和瑶英说话的声音，拉起敞开的衣襟。

瑶英转过屏风，闻到一股药味，走到他的身边坐下，洗了手，脸色凝重："罗伽，让我看看你的伤。"

他做事有条不紊，干什么事情都要事先安排好，今天一天之内，还俗、颁布诏书和李仲虔见面，一气呵成，什么都想到了，唯独没有把自己的身体考虑在内，拖到现在才来涂药。

昙摩罗伽摇摇头："小伤而已，没有大碍。"

瑶英紧盯着他，微蹙眉头，目光肃穆严峻，语气严厉："没有大碍我也要看看。"

昙摩罗伽纹丝不动。

瑶英二话不说，抬手拉开他身上骑射服的衣襟，把外袍和夹衫褪到他的腰间，视线在带有斑斑血迹的里衣上停留了一会儿。她咬了咬唇，双手轻颤，小心翼翼地扯开里衣。

昙摩罗伽赤着上身坐在光线昏暗的营帐中，肌肉紧实的背上汗水淋漓，泛着蜜色的光。从肩背到腰际，伤痕累累，大片的瘀青和红肿遍布其上，在烛火的映照下，法杖留下的印子横七竖八地交错着，清晰可见。背上还有几道没有愈合的旧伤，瘀血青中泛紫，看上去触目惊心。

瑶英看得心里针扎似的疼，咬牙，用手指蘸了点儿药膏，抹在伤口上："都这样了，你还说没事……"

她坐在他的身侧，说话时气息洒在他裸着的肩背上，柔嫩的指尖在他的背上抚过，轻轻地摩挲。

"罗伽，痛不痛？"她在他的耳后问，声音里满是怜惜和心疼。

像谁烧了一把火，空气陡然变得炙热。

昙摩罗伽垂眸，浑身上下渗出细密的汗珠，肩背的肌肉绷紧，肱肌微颤。

"好些了。"他轻声说，停了一下，看着瑶英扑闪的眼睫，补充了一句，"明月奴帮我涂药，我觉得好些了。"

真的，他觉得好多了。

瑶英手上的动作越发轻柔。她帮他涂好了药，看了他一眼。

他的脸上密密麻麻的都是汗珠，汗水浸湿了眉毛，五官比平时显得凌厉，气势里也多了几分锋利，幽深的碧眸如一潭静水，定定地看着她，落在她的脸上的目光带了几分温和的压迫感，像是能把她整个人看透。

"公主，我刚才去和你的兄长提亲了。"他一字一顿地道。

瑶英愣住。

昙摩罗伽的眸中暗流翻涌，收敛在平静里的强势散发出来。他正襟危坐，一颗汗珠从他赤着的背上滚落进腰际，勾勒出简洁的线条。

"我想求娶公主，和公主长相厮守。我不知道自己能活多久，不懂怎么做一个世俗中的情郎，公主愿意嫁给这样的我吗？"

瑶英抬眸，久久地凝视着他，眼圈渐渐红了。

她不在乎这些名分，不在乎他能不能踏入红尘。

但他在乎。他不知道自己能活到什么时候，所以才急着安顿好所有的事情，让她不必为难。

瑶英感觉心潮起伏，低头，脸靠在昙摩罗伽的肩上，依恋地蹭了蹭。

昙摩罗伽等了一会儿，展臂，手指抬起瑶英的下巴，声音沙哑："明月奴，你愿意嫁给这样的我吗？"

他这些天看起来镇定从容，运筹帷幄，仿佛成竹在胸，其实根本不像表面上看起来的这么平静。他怕来不及，怕这一世什么都不能给她。他曾觉得一生不过须臾间，譬如朝露，人不必在意生死，现在才明白为什么众生执着于生。

瑶英和他对视，眸中泪光闪动，唇角微翘。她轻轻地嗯了一声。

这一声如极乐仙境里飘扬的仙音，如迦陵频伽鸟和雅的啁啾，天光普照，一树树繁花盛放。

他的莲花为他开了。

这一缕月华被他拢入掌中。

昙摩罗伽凝眸望着瑶英秋水般的明眸，慢慢地把她拉近，按着她的颈子，搂她入怀，微凉的吻落在她的发顶。

瑶英又心疼又酸涩，心里柔情似水。她抬手抱住他的腰身，手指不小心蹭过他赤着的背，拥着她的手臂轻轻地颤抖了一下。

"碰到伤口了？"

瑶英连忙从昙摩罗伽的怀中挣出来，去看他背上的伤。

"无事。"

昙摩罗伽摇摇头，手指贪婪地在她浓密的发丝间流连。

忽地，一道电流从背上直蹿而起，浑身的血液跟着沸腾。他整个人僵住了，手指僵硬，血脉偾张。

赤着的脊背上传来一阵温软的触感。瑶英低头，用手指掀开骑射服，轻柔地抱住他腰际完好的地方，柔软的唇印在他的背上突出的肩胛骨上。她避开涂了药的伤口，从上往下温柔地吻着。

"这样会好点儿吗？"

她一边亲吻一边问，近乎在呢喃。

落在背上的吻温柔绵密。

昙摩罗伽一动不动，方才压制下去的热流再度蹿起，从瑶英吻过的地方蔓延开来。身体轻轻地战栗，一股无法抑制的燥热迅速在全身游走，苍白的脸上蓦地浮起滚烫的红晕，眸色深沉。

瑶英没有察觉他的异样，怜爱地一下一下地啄吻他的背。

"这一次不和你计较……罗伽，你答应我，以后都要听我的，受了伤就得马上涂药……我不许你再这么轻忽自己。"

昙摩罗伽闭目片刻，极力忍耐，转过头去不看瑶英，喉头滚动，汗水沿着脊背的线条慢慢地滑落。

瑶英抬起头，吻了吻他的肩膀，收紧手臂，抱紧他劲瘦的腰。

"以后你是我的人，得听我的。"

她粲然一笑，带着得意的口气道。

昙摩罗伽转头，看着瑶英说话时翘起的唇。她的唇鲜润光泽，娇艳欲滴，微微张开时，气息娇柔香甜，比醍醐还要柔软滑腻。

依偎着他的身子似一团香玉、一捧细雪，轻盈柔软。似乎他只要轻轻地一握，她就会瘫倒在他的怀中，任他施为。

曾于昙摩罗伽的心头萦绕的邪念猛地蹿了出来，如烈火焚烧，不停地滋长、膨胀，在每一条血管里奔腾咆哮，迫不及待地想要喷涌而出。身体里一阵阵热流猛烈地冲撞、撕咬，欲望急需纾解。

他脖子上的青筋突起。

瑶英挨着他，感觉到他周身的气息变得凛冽，疑惑地道："罗伽……"

话还未问出口，下一瞬，后颈一紧，下巴被滚烫的手指紧紧地捏住，昙摩罗伽整个人侧过身来，然后直起身，高大挺拔的身体撑在她的上方。他伸出一只手按着她的颈子，把她紧紧地按进怀里。

嘴巴被堵住，他像潜伏已久、终于捕捉到猎物的野兽，急于将猎物吞入腹中，凶猛地侵犯占有。

隔着衣衫，昙摩罗伽依然能感觉到她的身体又柔又软，芳香透骨。

他忍不住把她抱得更紧，和她紧紧地贴在一起，恨不能把她揉进自己的身体里。

瑶英猝不及防，呜咽了一声，和他唇齿交融，身体被他滚烫的怀抱紧紧地禁锢着，手脚无力，整个人几乎软成一汪春水。

随着砰的一声，小几案被碰翻了，瑶英深深地陷进绒毯里，身上一重。昙摩罗伽挺拔的身体压在了她的身上，一只手滑入她的衣襟。

他看着她，眸色越来越深，额头上汗津津的，呼吸沉重。

瑶英感觉浑身酥麻酸软，躺在他的身下，柔顺地舒展开，手摸到他赤着的胳膊，感觉那处湿漉漉的全是汗。

她的身体也跟着热起来了，不停地战栗。

汗珠从昙摩罗伽的脸上滑落，滴在绒毯里。

他眼睛一眨不眨地看着她，紧蹙眉头，面容庄严圣洁，眸中却有压抑的情绪在剧烈地涌动。

瑶英感觉脸上火烧一般热，抬手钩住他的脖子，拉他俯身，吻他的额头。

昙摩罗伽极力隐忍，呼吸急促，手指紧紧地攥住她身边的绒毯。他突然闭了闭眼睛，从她的身上翻过去，胡乱地抓起旁边的榻上的锦被盖住瑶英，把她从脖子到脚紧紧地裹住，像包粽子一样，然后盘腿坐在绒毯上，闭上眼睛，默念经文。

瑶英愣住了，裹在锦被里动弹不得，半天回不过神。

他刚才还在求亲，怎么又念经了？

难道他后悔了？

瑶英怔了半晌，在锦被里不停地扭动，挣扎着坐起身，像只蚕蛹一样蹭到昙摩罗伽的身边，长发披散下来，双颊微红，一双妩媚的桃花眼瞪得溜圆。

"你……"

她刚刚说了一个字，便落进一个炙热的怀抱里。昙摩罗伽展臂，隔着厚厚的锦被抱住了她。

"对不起，公主，我刚才克制不住。"

昙摩罗伽抱着她，双眼紧闭，眼睫剧烈地颤动，满脸是汗。他说着话，调整了一下姿势，动作僵硬。

瑶英一怔，随即感觉到那一处的滚烫，惊讶地睁大了眸子。

她知道他是个男人，也知道他对自己的心思，但是直到此时此刻才头一次真切地感受到他的欲望。

他都这样了……瑶英感觉心在颤动，视线不知道该往哪里放。她抿嘴笑了一会儿，朝昙摩罗伽的脸上吹气，小声说："罗伽，你不用克制……我答应嫁给你。"

昙摩罗伽的身体一颤，抱着她的双臂绷成一张弓，蓄满力道。

"公主，我们还没成亲……"他摇摇头，轻声说，声音喑哑。

瑶英愣了一下，扑哧一声笑了出来，在他的怀里扭来扭去："那一次我从高昌来圣城找你，还不算成亲吗？那你为什么亲我？"

她柔弱无骨，扭动间蹭到昙摩罗伽。他的气息更加紊乱，他加重手上的力道，不让她动弹。

"明月奴，别动……"他睁开眼睛，目光深沉，汗水沿着额头滴下来，神情隐忍痛苦，"我……我现在控制不住，会伤着你。"

他说话间，周身似有凛凛的杀气涌动，浑身的肌肉紧绷。

刚才他差点儿克制不住，在这里亵渎她。他奄奄一息时服用了太多丹药，因为真气外溢险些走火入魔，醒来后几乎失去理智，同时也失去了所有的知觉，好像真的拥有了一具不惧刀剑的钢筋铁骨，和赛桑耳将军死前一模一样。毕娑他们从未见过那样的他。

那段日子里，没有人敢靠近他。

直到见到瑶英的那一刻，他才恢复神志。

他怕自己伤着她。

瑶英不敢动了。

昙摩罗伽抱着她，闭上眼睛，继续默念经文。

时间过去了很久，他的身体仍然僵硬。

瑶英听着他的心跳声，看着他赤裸着的胸膛，毫无睡意，目光四下乱转，一不小心瞥到某处，脸上滚烫。她飞快地移开视线。

他不会念一晚上的经文吧？

"罗伽，你是不是很难受？"

瑶英从锦被里伸出一双手，钩住昙摩罗伽的脖子，凑上去，在他的耳畔轻声说："我知道有个法子，可以让你好受一点儿……"

他自幼修习，可能不懂男女之事。

她也没经历过，不过曼达公主确实教了她不少东西……她不想学也记住了。

烛火朦胧，昙摩罗伽苍白的脸上以肉眼可见的速度泛起潮红，耳根子也被染红了，气息微乱。

瑶英趁机从他的禁锢中挣脱开来，扯开缠住自己的锦被，跪坐在他的面前，轻笑着拉他低头，在他的脸颊上亲一下，额头抵着他的额头，气息交缠，右手轻抚他紧锁的浓眉、高挺的鼻梁、紧抿的双唇、布满汗珠的胸膛。她忍着紧张和恐惧，手慢慢地往下。

昙摩罗伽猛地一震，肌肉颤动。

瑶英胆子很大，这会儿也面红耳赤。她闭上眼睛，脸埋在他的肩膀上。

昙摩罗伽抱紧她。

瑶英整个人都要燃烧起来了。

昙摩罗伽的反应比她想象中的要强烈得多。

耳畔是他压抑、沉重而紊乱的喘息声，鼻端充斥着他身上的淡淡的味道。他浑身的肌肉结实，烫得惊人，肩膀紧绷坚硬，汗珠从赤着的脊背滚落，身体发抖。

体温攀升，营帐忽然变得闷热起来，摇曳的烛光罩在紧紧地相拥的两个人身上，一片迷蒙的昏黄。

昙摩罗伽感觉身上的每一处肌肤都是热的。

洒在瑶英的耳边和颈间的气息缠绵滚烫。

紧紧地禁锢着她的臂膀坚实、灼热。

周围的空气也像是燃着了似的，炽热、稀薄，让她喘不过气。

瑶英仗着自己是俗人，虽然没经历过，至少听说了许多，而昙摩罗伽是个清修的出家人，对这些事一知半解，原本还想好好地调笑他几句，渐渐笑不出来了，筋骨酥软了一大半，脸上渗出细密的汗，双手直抖。

当她下意识地缩回来时，昙摩罗伽无意识地发出一声难耐的低吟，立即跟着往她的身上凑，汗水淋漓的额头抵在她的颈侧蹭着，炽热的呼吸拂过她的耳垂，气息和她的交融。

"明月奴……"

一声饱含痛苦、急切和忍耐的呢喃从他那双总是虔诚地念诵经文的唇中泄出，他的颈间青筋突起，气息霸道凌厉，血脉偾张。他像脱缰的野马一样，靠在她的身上颤抖，双臂越收越紧。

瑶英睁开眼睛，悄悄地看他一眼。

昙摩罗伽揽着她，平时无悲无喜、没有一丝波澜的双眸熏染了欲色，变得赤红，眼神迷乱、克制、挣扎，脸上湿漉漉的，被汗水浸透，五官的轮廓越发鲜明，男人的气息和淡淡的沉水香味融合，撩拨人的心弦。

瑶英被他这样看着，顿觉一股酥麻从心底涌起，不禁战栗，满脸通红，再也提不起打趣他的心思了，闭上眼睛。

昙摩罗伽身上一震，双眸一眨不眨地看着近在咫尺的她。

她靠在他裸着的肩膀上，不敢抬头，束发的丝绦脱落，一头乌黑的长发在他的怀中蹭得散乱，双眼紧闭，面颊晕红，艳如桃花，几缕汗湿的发丝贴在脸颊上，鲜润的唇紧紧地抿着，不敢发出一丁点儿声音。

三生池里，一朵莲花初绽，轻轻地摇曳，一副不胜之状。

花朵冶艳，丰盈。

他凝视着娇艳的花瓣，生出恶念，不断沉沦。

人从爱欲生忧，从忧生怖；若离于爱，何忧何怖？[1]

他离不了。

既然他离不了，那就承认自己的渴望，想要和她融为一体，想向她索要这世间最纯粹的极乐。

瑶英脑子里一团乱麻，从曼达公主的册子上看到的东西早就被忘得一干二净，意识昏沉间，耳边传来一声低沉暗哑的闷哼声。

她一动不动，整个人呆住了。

昙摩罗伽震颤了几下，用双臂搂紧她，一头埋进她浓密的长发里，气息灼热潮湿。

过了好半天，他才稍稍平复呼吸，微微放开手臂，微喘着细细密密地吻她的颈侧、鬓边，紧皱双眉。

瑶英感觉心里咚咚直跳，猛然间背对着他躺倒，扯过锦被盖在身上，把整张脸也蒙住了。她蜷缩成一团，紧紧地闭着眼睛。

这事她从书册上看到是一回事，亲身经历是另一回事。

她浑身发烫，感觉自己像一只烤架上的小羊羔，快冒烟了。

昙摩罗伽从情热中回过神，看着空空的怀抱，怔了怔。

瑶英僵成一团，一动不敢动，连呼吸也放得很轻。屋中烛火摇曳，没有一点儿声响。

不一会儿，一双大手探进锦被，握住她的肩膀。昙摩罗伽把她整个人搂着翻了个身，让她面对着他。

瑶英的目光四下里乱转。她像是被钉在绒毯里了，就是不肯抬头。

---

1 引用自《四十二章经》。

“对不起。”

头顶响起一声喑哑的低语。

瑶英愣了片刻，抬起眼帘。

昙摩罗伽坐在她的跟前，脸上欲色未消，眼角微红，赤裸的身体上布满汗水，在烛光下泛着蜜色的油光，眸光深沉，神情愧疚。

她刚才不想碰他了，他无法克制，强迫她继续。

瑶英呆呆地望着昙摩罗伽，一点点地翘起唇角，披着锦被坐起身，小声说：“我没生气。”

她只是一时之间反应不过来。

昙摩罗伽没作声，微红的双眸定定地看着她那双纤长的手。

瑶英下意识地把手藏进被子里，直起身，在昙摩罗伽的脸上印了一个温软的吻。

“我真的没生气……”她脸上微红，明眸里笑意闪动，声音轻柔，“你是我的情郎，我喜欢和你亲近。”

昙摩罗伽感觉身上滚过一道热流，闭目片刻，手探进锦被里，捉住瑶英藏起来的手，另一只手拿了张干净的帕子，把铜盆挪过来，擦拭她的手指。

瑶英脸上发烫，这会儿完全提不起逗弄他的心思了。

洗净了手，她准备躺下去睡，掌心突然一热。

瑶英一阵心惊。

昙摩罗伽捧着她的手，送到唇边，吻她的手心、指腹、指尖，一根一根手指吻过去，眼睫轻颤，神情虔诚。

他吻遍她的手，视线落到她的腕上。

她的腕上空空如也。

昙摩罗伽微皱双眉，卷起瑶英的衣袖，手指贴着肌肤伸进去，摸到那串他送给她的、一直被她藏在衣衫底下的佛珠，取了下来。他重新将佛珠戴回她的腕上，一圈一圈慢慢地盘绕好，像在进行一场庄严的仪式。

瑶英看着他，没说话。

泛着月华般的光泽的佛珠缠在她的腕上，珠子颗颗润泽，更衬得皓腕如冰雪。

昙摩罗伽帮她戴好佛珠，吻她的手指，抬眸：“以后就这么戴着，不要再遮起来。”

瑶英感觉脑子里轰的一声，柔情满满，快要溢出来了。她钩住昙摩罗伽的脖子往下压，在他的脑门上亲了一口。

气息微沉，昙摩罗伽忽地放开她，扶她躺下，拿锦被盖住她。

瑶英一怔，视线扫过他的腰下，眸子诧异地瞪大。

他好像又有反应了。

她伸出手。

昙摩罗伽感觉呼吸一窒，赶紧按住她蠢蠢欲动的手，表情镇定从容，气息却有些儿乱："天色不早了，早点儿睡。"

他说着，穿上里衣，在瑶英的身边和衣侧身躺下，闭上眼睛。

瑶英的眼珠转了一圈。她翻过身去，手刚伸出锦被，昙摩罗伽的手便伸了过来，攥住她的手。

"我好些了……"他不敢看她带笑的眼睛，闭着双眸，默念经文，叹了口气，嗓音又低又沉，"乖，睡吧。"

刚才他就险些失控，瑶英再来一次，他今晚会在这里要了她，她受不了的。

瑶英听出他声音里的疲惫，不逗他了，伸手搭在他的胳膊上，合眼睡去。

听见她的呼吸变得绵长均匀，昙摩罗伽睁开眼睛，握住她搭在自己身上的手，看了半晌，喉头滚动了一下。他将她的手轻轻地放回锦被里。

烛火早就灭了，帐中光线昏暗。

他看着幽暗中她恬静的睡颜，平复下来，伸手轻抚她的侧脸，手指拂过她秀气的眉、红润的面颊，在她柔软的唇上停留了一会儿。他情不自禁地凑上去吻了一下。

瑶英梦中感觉到什么东西贴了过来，伸手一拍。

啪的一声。

昙摩罗伽的胳膊上挨了一下。他清醒过来，退回去，望着她，轻轻地扬起唇角。

她睡着的时候脾气最大。

映在毡帘上的光线越来越亮。

瑶英醒来的时候身边空荡荡的，昙摩罗伽已经起身出去了。不知道他昨晚什么时候睡的，她迷糊着醒来时，他不在身边。

侍女入帐，送来热水和新衣，服侍她洗漱，帐中烧了火盆，暖融融的。

瑶英感觉浑身酸痛，昨晚被昙摩罗伽紧紧地禁锢着时，虽然他很克制，但是她的手臂、肩膀、腰上还是有好几处被捏红了。沐浴毕，她换了身衣裳，神清气爽。

侍女抬来一张大食案，案上镏金盘、碗、盏、碟一层摞一层，堆得满满当当，盛着羔羊肉、牛肉、鹿肉、酥油、麦抓饭、糜粥、荤素馕饼。案上还有一盘石榴、一盘阿月浑子、一盘烟熏葡萄、一盘刺蜜、一碟碟糕糖果子，琳琅满目。

瑶英吃了一惊。昙摩罗伽平时用膳不过一盘羊肉加一碟素馕饼而已，今天的早膳怎么准备了这么多？别的也就罢了，这个时节石榴、刺蜜可不多见。

"我吃不完这些，撤下去散给其他人吃吧。"

"这是王前天吩咐的。"

侍女道，朝瑶英行礼，退了出去。

瑶英一头雾水，只吃了馕饼和糜粥，其他的一样没动，出了营帐，往西军驻扎的营帐走去。

这一路上，王庭人见了她，不论是仆从、平民、士兵还是官员，都停下手里忙活的事情，将左手置于胸前，恭敬地朝她行礼。

瑶英心头的疑惑更深了。她忙完了自己的事情，叫来缘觉。

缘觉还没走近，先躬身行礼，笑眯眯地道："小的拜见王后。"

瑶英愣住，这一惊非同小可。

"什么王后？"

缘觉抬起头，神情比她还要茫然："王后就是公主您哪！"

瑶英笑了笑，道："还没昭告天下，也没交换国书，你们别这么叫我，和以前一样叫我公主就好了。"

缘觉挠了挠头皮："王后，王昨天带着您参加大典，就是宣布立后了。前天王吩咐，从今天开始，每天安排给您送来早膳，王庭人都知道了……"

昨天他带着她参加大典就是昭告天下了？他还在大典前安排了送膳的事？

瑶英轻蹙眉头，问："今天的早膳有什么讲究？"

缘觉的脸微微红了。他道："按王庭的风俗……那是给新娘预备的膳食……从昨天大典开始，接下来三个月每天的膳食都是这些……"

瑶英的嘴角抽搐了一下。

难怪今天的早膳那么丰富，多得长案都摆不下了。

"王后，王庭和中原的风俗不一样。在王庭，谁家郎君想要娶小娘子，只要小娘子乐意，郎君带着人把小娘子抢回家中，就算成婚了，这几个月要拿出最好的东西招待新娘，几个月以后……"

缘觉突然顿住，咳嗽了两声，接着道："新郎带着新娘回娘家拜访，就算是礼成。大典上公主和王一起接受百官朝拜，您在我们王庭人的眼中已经是王后了。"

瑶英想起来了，王庭时兴抢婚。

部落之间奉行抢婚制度，新郎想要求娶谁家的女儿，私底下与其会面，将那家女儿抢回家中一起生活，过一段时间再带着新娘去她家拜礼。通常两家会在婚礼前默许婚事。

她哭笑不得。

昨天的大典以后，在王庭人的眼里，她算是被昙摩罗伽"抢"回来的新娘？

瑶英回到大帐，昙摩罗伽已经回来了，正坐在帐中批阅国书，穿着一身锦衣，正襟危坐，从背影看，仿佛还是个研读经文的和尚。

她蹑手蹑脚地走到他的身后，俯身，避开伤处，一双藕臂搭在他的肩膀上："罗伽，缘觉说王庭人已经把我当成王后了。"

昙摩罗伽执笔书写，脸色平静："公主就是我的王后。"

瑶英莞尔："你不是说还没成亲呢……"

这是他昨晚说的话。

昙摩罗伽手上一顿。他放下笔，转过头，看着瑶英的眼睛。

"昨晚……对我来说公主已经是我的妻子了。等国书送达，王庭就正式举行典礼。"

他轻轻地道，神色郑重。

瑶英怔住，有点儿想笑，看他这么严肃，没敢笑出声，只微笑着抱住他。对他来说，她昨晚那样帮他，他就得负责，她就是他的妻子了？

她在他的脸颊和额头上印下两个吻，直起身，正要抬脚走开，感觉腕上一紧，被他拉进怀中，额上微热，他的唇一点点地滑下，和她唇舌交缠。

帐外响起脚步声，毕娑在外面禀报。

昙摩罗伽放开瑶英，看着她的背影消失在毡帘外，目光还一直望着她离开的方向。

毕娑进帐，咳嗽一声，道："王，各处都安置妥当了。金勃小王子负责收拢那些北戎俘虏，各部开始陆续撤回部落，莫毗多回军部，各地驻兵也开始陆续返回驻地……"

他禀报了几件事情，拿出一封羊皮纸。

昙摩罗伽接过羊皮纸，看完信，面色如常，道："如果有什么意外，一切按我的吩咐去办。"

毕娑长叹一口气，抱拳应是，欲言又止。

昙摩罗伽低头继续批阅文书。

毕娑想了想，还是没有开口，退出大帐。

公主府原来的亲兵迎了上来，小声问："将军，王怎么说？"

毕娑摇摇头："我没告诉王，这种小事不用和他提起。"

"可是公主的尊号怎么办？"

毕娑望着远方。

赤玛公主死了，死在乱军之中。

他早就知道会是这样的结果，不过赤玛到底是自己的亲姐姐，他还是派人去打听她的下落，找到了她的尸首。

"人死如灯灭，不管赤玛做了多少恶事，始终是王庭的公主，应该保有一份体面。但是她和世家勾结，引得朝堂大乱，北戎大军围城前又带着近卫军弃城而逃……这样的公主，我要怎么劝说罗伽给她尊号？"

罗伽宽仁，只要他苦苦地哀求，说不定罗伽会同意保留赤玛的尊号，但是百姓能够接受吗？般若、阿狸和其他死去的亲兵得到忠义之名，被供奉在佛寺，为百姓所赞颂。赤玛和其他带着私兵弃城逃跑的世家铸下恶果，罪大恶极，被百姓憎恶，理应受到惩处，这种赏罚分明的制度才能安抚人心。他不该因一己之私去让罗伽为难。

毕娑舒了口气。

亲兵的头低了下去。

毕娑抬脚走开，淡淡地道："她总说自己是昙摩家的女儿，把她葬在母亲的身边吧。"

亲兵应是。

与此同时，西军的营帐里，轻骑带来一封从万里之外的中原送来的信。

"给明月奴的信？谁寄来的？"

李仲虔接过信，看一眼信封上的字迹，剑眉轻皱。

李仲虔直接拆开信，一目十行地看完，脸色骤变，凤眸里腾起熊熊怒火。

候在帐外的人听到火盆倾翻的巨响，连忙冲进帐中，只见火炭乱滚，满地狼藉，李仲虔站在被劈成两半的黑漆长案前，手执利剑，目眦欲裂，一副癫狂的模样，吓了一跳。

"阿郎？出了什么事？"

李仲虔暴怒，面容扭曲，胸口剧烈地起伏。他望着散落一地的文牒，挥手示意亲兵出去。

整整一天，他没有踏出营帐一步。

下午，亲兵大着胆子送了些吃的进去，发现中午送来的馕饼和肉汤一样都没动，帐中一片岑寂，李仲虔坐在案前，盯着散落在地上的信，一语不发，神情阴鸷。

入夜时分，帐中终于传出李仲虔的声音。

亲兵连忙入帐。

"今天的事情不要让七娘知晓。"李仲虔望着手里的剑，雪亮的剑刃映出他血红的凤眸，"谁敢对她透露只言片语，以后不必再出现在我的面前。"他声音沙哑，语气冰冷。

亲兵心头惴惴，悄悄地抹了把汗，应诺。

李仲虔脸色阴沉。

第二天，他拿出一封信交给瑶英。

"我认得杜思南的字迹，他怎么会给你写信？你一直和他通信？"

瑶英心里咯噔一下，飞快地看了一眼信封，见漆印完好，悄悄地松了口气，道："杜思南出身低微，想要在朝堂站稳脚跟，少不了用些手段，我帮了他几次，他偶尔会写信告诉我长安那边的情形。阿兄记不记得赤壁那个为我治过病的神医？杜思南是南楚人，我托他帮我寻那位神医。"

"为了昙摩罗伽的身体？"

瑶英点点头。

她不只派人去天竺寻访神医，也派了人去中原，现在这些人都陆续抵达圣城，被昙摩罗伽提前送走的蒙达提婆也快回来了。

李仲虔没有多问什么，道："你留下来陪着昙摩罗伽，高昌来了封信，沙州那边有几个北戎残部作乱，杨迁还没带兵返回，达摩要坐镇高昌，我得尽快赶回去，明天就启程。"

瑶英道了声好："阿兄万事小心。"

等他出去，她凑到灯前看信。

片刻后，瑶英闭了闭眼睛，把信扔进火盆里。

火苗蹿起，信纸很快化为灰烬。

李仲虔回大营调派人手车马，遣轻骑先行，刚准备动身，亲兵来报："阿郎，王请您去大帐一叙。"

他去了大帐，还没开口，昙摩罗伽道："卫国公可否缓些时候再动身回高昌。"

话语是询问，语气却笃定，昙摩罗伽显然已经为他做了决定。

李仲虔轻皱浓眉，不悦地道："我有急事要回高昌。"

昙摩罗伽看着他，忽然紧皱眉头，闷哼一声，呕出一口鲜血。

李仲虔瞪大了眸子，站起身。

旁边侍立的缘觉立刻熟练地送上浸了热水的巾帕。昙摩罗伽接过帕子，若无其事地擦去唇边的血迹，面色微微泛青。

缘觉退了下去。

李仲虔心里一沉，坐回毡毯上："这是第几次了？你是不是每天都如此？你一直瞒着明月奴？"

从亲卫的表现来看，昙摩罗伽绝不是第一次这样忽然呕血。

昙摩罗伽点点头，碧眸里映出摇曳的烛火，神情平静："几乎每晚都会如此。"

李仲虔将眉头皱得更紧，半天说不出话。

"从什么时候开始的？"

昙摩罗伽淡淡地道："大半个月前就是如此了。"

李仲虔愣住，满面震惊。

他居然瞒了这么多天，瞒得这么严实！他们都不知道昙摩罗伽已经开始呕血，还以为他可以再支撑一段时间！

昙摩罗伽迎着他惊诧的视线，眸光沉静淡然。

这一次他强行服用大量的丹药，如同饮鸩止渴，从守城的时候就时不时气血攻心。他不想让瑶英跟着担惊受怕，没有告诉她。如果这是最后一段时日，他希望留给她的都是快乐的记忆。

"卫国公，我已经安排好所有事情，医者们马上就能返回圣城，我不知道自己能坚持多久，如果有什么意外……"

昙摩罗伽停顿了一下，道："我希望那个时候，卫国公能陪在公主的身边，最好能马上带她回中原。"

他想活下去，但是该安排的事情还是要安排好，诏令已经颁布下去，王位可以由其他人继任，王庭短时间内不会再生动乱，毕娑和莫毗多会按照他的诏令推行改革，诸部承诺会效忠于王后……他唯独放心不下瑶英，即使将诸事都安排妥帖了，依然无法安心。

李仲虔怔了怔，明白过来，深受感动。

昙摩罗伽这是在交代后事。大战过后，他还俗，举办大典，请婚，送瑶英王后的冠冕——因为他怕来不及，所以将每一件事情都提前筹划好了，等安稳下来，一气呵成地做完。

难怪瑶英会喜欢这个和尚。

李仲虔沉吟半晌，神色变得凝重。他叹了口气，颔首。

昙摩罗伽说得也是。万一和尚出了什么意外，他得尽快带瑶英离开这个伤心地。

其他的事情以后再说。

李仲虔派心腹先带一部分兵马回高昌，自己留了下来，瑶英问起，他推说那几个叛乱的残部只有几百人，自己不必亲自去，搪塞了过去。

各部和各地驻兵前后脚离开圣城，百姓和禁卫军一起清理出几条长街，开始修建房屋。精明的商人赶着装满木料、粮食、布匹的大车赶来圣城，官员在城外划出一片地方，让商人和百姓自由地交易货物，按昙摩罗伽的吩咐，不收取任何赋税。各地的商人听说以后，纷至沓来。

商道上驼铃阵阵，人流如织，琵琶声盘旋回荡。即使在雪天，城外那片临时搭建的市坊也人头攒动，商人们的货摊星罗棋布。

城里城外每天都是一副热火朝天的忙碌景象。

其间，瑶英天天打发人去迎还在路上的蒙达提婆几个人，昙摩罗伽这一次吃了太多丹药，随时可能倒下。在他的面前，她表现得好像没有这件事情一样，其实日夜悬心，有时会突然间觉得心慌意乱，隔一会儿就要派人去看看他才能放心。

昙摩罗伽却像没事人一样，每天忙完了事情就陪她去市坊闲逛。

这一次他不再是坐在马车里等她，而是和她一起走进熙熙攘攘的市坊。他现在不穿僧服，出门时一身王庭儿郎的窄袖锦袍，戴头巾，佩长剑，看上去英武不凡。百姓认出他，还是和以前一样朝他双手合十拜礼，虔诚恭敬。

一天，两人乘坐的马车从市坊出来，人群中一个大胆的妇人高声问："王和王后什么时候举行婚礼？"

这一声传出，人群沉寂了片刻，接着，男女老少笑着挤上前，询问声从四面八方传过来。

"王和王后天造地设，是几生几世修来的缘分！"

"我们都想给王送礼！"

"王不要太节俭，婚礼一定要办得盛大……"

瑶英听着车帘外一声声的呼喊，抬头看向昙摩罗伽。

他轻轻地翘起唇角，低头亲她的发顶。

不久后亲兵来报，医者、蒙达提婆和从其他地方赶来的名医齐至圣城。

瑶英刚接到消息，立刻让毕娑和莫毗多接管王庭的政务、军务，两人恭敬地应了。

蒙达提婆第三次来到圣城，看到昔日壮丽的王宫成为一片废墟，唏嘘不已。众人在长阶下匆匆地寒暄几句，入殿为昙摩罗伽诊脉。

瑶英坐在一边，神情紧张，双眸一眨不眨，留心观察他们的表情。

医者先探了脉象，紧皱眉头，一言不发。

蒙达提婆上前，也皱了皱眉头，露出若有所思的表情。

几位医者依次诊过脉，退到外间去小声讨论。

瑶英心里焦灼，忍不住直起身朝殿外张望，手背上忽然一热。

昙摩罗伽握住她的手，日光从窗格子里漫进来，他眉眼间笼着淡淡的金辉，唇边微微含笑。

"明月奴，别怕，我这一生没有遗憾了。"

医者都赶过来了，他无法再隐瞒她。

他端坐在金色的光线中，如一尊超脱尘世的佛。

瑶英的平静从容霎时被击溃，心口像被人狠狠地剜了一刀，疼得厉害。

多日来她刻意地不去想、不去提、不去问，可是该来的还是会来。

"不许说这样的话，你还没陪我回中原呢，我想带你去看看我长大的地方。"

她强撑着微笑，眼圈却慢慢地红了。

昙摩罗伽拥她入怀，额头抵着她的额头。他抬手拂去她眼睫上的泪花，微微叹息一声。

他不想让她伤心，想让她欢笑，想陪她看花开花落。

如若不能，他就让她早些忘了他。等她白发苍苍时，儿孙满堂，一生喜乐，偶尔想起他，记起他的名字，这便足够了。

毡帘轻轻地摇晃，医者躬身入殿，看到两人，叹了口气，脸上掠过一丝不忍。

昙摩罗伽放开瑶英，轻扬袍袖："如实说吧。"

医者回过神，道："王，我们商讨过了，王的脉象着实古怪。王以前从未有过这种虚浮的脉象，可能是因为王这一次强行服用了太多丹药，所以脉象和以往的不一样。现在王的身体已经无法再承受功法，如果不散功，十日后必定爆体而亡。"

瑶英脸色苍白。

她早就猜到医者会这么说，昙摩罗伽这些天一直靠意志力才撑到现在……但她此刻亲耳听医者说出期限，还是觉得脑子里嗡的一声，痛楚涌了上来。

"散功以后呢？"她的声音轻轻地发抖。

医者摇摇头："散功……凶多吉少。"

昙摩罗伽散功，可能当时就承受不住，不散功，十天以后必死无疑。

殿中的火盆烧得明亮，瑶英却觉得冷，一股凉意从心底蹿起，四肢百骸都像浸在冰水里。她的心沉了下去，越沉越深。

内殿安静下来，唯有炭火燃烧的噼啪声。

昙摩罗伽挥挥手，示意医者出去，抬起瑶英的下巴："我决定散功，等我出关。"

他说不出什么甜言蜜语，决定不了自己的生死，只有这一句话。

你要等我。

我想活着。

朔风呼号，大雪飞扬。

昙摩罗伽散功的地方选在佛寺刑堂，他幼时被拘禁的地方。

寺中的僧兵悉数赶到，在新任寺主的带领下将刑堂里三层外三层地团团围住，刀光凛凛。

李仲虔皱眉："为什么要这么多人守着刑堂？"

寺主叹了口气，道："是王下令让我们来的。上次王赶回圣城时，和赛桑耳将军走火入魔大开杀戒前几乎一模一样，若不是文昭公主赶到，王不能坚持到今天……如果王也失控了，我们得把王困在寺中，所以王选在刑堂散功。"

毕娑在一旁说："卫国公放心，若真的发生那样的事情，这些僧兵只是困住王，不会伤了王。"

波罗留支留给他的那把刀早就在上次守卫圣城的大战中砍卷了刃，他和缘觉注定无法遵守师尊的嘱托，无论昙摩罗伽伤不伤人，他们都不可能对他下手。

医者也都来了，候在刑堂外。天竺医官还在不断地查阅典籍，希望能找到更多关于天竺秘法的记载，以便从中找出缓解的药方。

当年赛桑耳将军发狂杀人，王宫将相关的记载全部焚毁。这一次王宫成了废墟，重建殿宇时，瑶英命工匠先去库房搜寻收藏的古籍，请来城中所有懂梵文的僧人、商人，让他们帮医官一起查找可能有用的典籍经卷。

她想去刑堂陪着昙摩罗伽，他摇摇头，让她在外面等着："这一次和以前不一样，会伤了你。"

缘觉跟进去守着，毕娑在外面看着瑶英。

昙摩罗伽前几次散功时，瑶英都陪在他的身边，但是没有哪一次像这次一样煎熬。只要一静下来，她就想冲进刑堂。

其他人不清楚，唯有她知道——在书中，昙摩罗伽的寿数到了。

她告诉自己，她救下李仲虔，救下谢满愿，救下杨迁和那些忠肝义胆、豪情万丈的世家子弟，在乱世中救下无数流离失所、生不如死的百姓，那昙摩罗伽的命运应该也早就改写了。

但是事有意外……

瑶英惶惶不安，心脏被无形的手狠狠地攥住搅弄，刀割剑剜，浑身冰凉。她取下腕上的佛珠，跪在石窟中，默念昙摩罗伽教她的佛经。

他信这些，她就请求他的信仰可以保佑他，让他平安度过这一劫。

黄金佛像庄严，默默地伫立，无言地俯视着她。

刑堂外，众僧齐聚大殿，吟唱祝祷经文，王寺前殿的长廊上、广场上、寺庙外的长街上人头攒动，从各地赶来的百姓跪在雪地里，虔诚地叩首拜礼，为他们的王祈福。唯有在乱世之中求生的他们才懂得一位心系苍生的仁君有多么难得。

日后史书记载，乱世也不过是区区几个字眼，对他们来说却是数万人实实在在的一生。

他们有的锦衣华服，有的衣衫褴褛，有的红发褐眼，有的黑发黑眼，有的雪肤碧眼……不同语言的祝祷声在凛冽的寒风中不断地重复着，如遍布王庭的一道道涓涓细流，跨越崇山峻岭，汇聚成汪洋大海，带着一往无前的恢宏气势，直冲云霄，撼天动地。

昙摩罗伽听不见佛寺外的祝祷声。

他散尽功力，全身上下肌肉偾张，每一寸肌肉都绞痛难忍，就像被人一刀一刀地切割着。经文里说的种种入地狱的酷刑，千刀万剐，油煎火烧，莫过于此。

他感到痛，很痛，痛得剧烈地颤抖。

昙摩罗伽觉得皮开肉绽，被掏心剖肝，伤口深可见骨。

仿佛一道道天雷当头劈下，血肉被一层层地剥开，雪白的骨骸露出来，疼痛钻心蚀骨。

从皮肉到五脏六腑，再到骨头里，没有哪一处不痛。

他清醒地感受到四肢百骸的痛苦，意识却渐渐模糊，魂魄从血肉模糊的身体中抽离，飘飘荡荡。

忽然，一道力量拉着他不停地下坠，越坠越深。他湮没在茫茫无边的黑暗和寒冷中，种种可怖的景象映入眼帘：七重铁城，七层铁网，横直都有一万几千里，四面墙壁或是烧得炽红的铁壁，或是寒光闪闪的刀山，铁水如雨落下，罪人化为灰烬，刀轮旋转，罪人开膛破肚，血肉模糊，一片狼藉。

刀山剑林树立，长刀翻转落下，罪人手脚分离，肉皮糜烂。数万支铁箭齐发，直接穿透罪人的身体，把他们钉在炽热的铁壁上。有罪人哀号着想要逃离，周围是无垠的火海，大火熊熊燃烧，将他们拘禁在森然可怖的阿鼻地狱。

烧红的铁床上，罪人戴着镣铐，痛不欲生，还要被铁钉穿透胸背。快要融化的蜡块上，罪人的双脚随着蜡块慢慢地焦化熔解，尸骨不存。

夜叉罗刹手持被火烧过的铁杵、刀斧，砸破罪人的脑袋，击穿罪人的肠肚。周遭一片惨叫呼号声。

这是他的归处，有着无尽的痛苦，无尽的折磨。

昙摩罗伽跟随罪人行走于黑暗中，铁弩、雪刃、铁水、剑刃落下，罪人们四处奔逃，他立在原地，一动不动。

忽地，头顶上一道亮光罩下，弥漫的烟雾散去，破碎的尸骸、号哭的罪人、翻涌的火海离他越来越远。

他置身于灿烂的金辉中，眼前一片华光。

七宝池里水光潋滟，宝华万道，遍地金树银叶，珍珠杂宝，宫殿楼阁连绵起伏，飘浮于空中，富丽堂皇，佛陀端坐于莲花座上，众菩萨围绕左右，悉心聆听。

漫天天幡飞扬，彩云环绕，仙乐飘飘，天花曼陀罗散落。飞天手捧鲜花，翱翔其中，凌空飞舞。

这是庄严的极乐世界。

一名菩萨头戴花冠，手持长幡，足踏宝莲，乘着流云从天而降，指尖对着昙摩罗伽轻轻地一点。

"你在尘世凡俗走了一遭，看过阿鼻地狱，也见过阿弥陀佛极乐世界，归我释门，可得解脱，从此跳出轮回，无有众苦，但有极乐。"

梵音阵阵，振聋发聩。

昙摩罗伽回过神，双手合十，望着云端若隐若现、富丽美妙的净土世界，若有所思。

菩萨的声音如雷声轰鸣，穿透云层："痴儿，你还有何挂碍？"

昙摩罗伽抬起眼帘，碧眸中无悲无喜。

他有何挂碍？

短暂的一生如水波一般潺潺地流淌，把他包裹其中。

眼前的景象倏地一变，他看到一间冰冷幽暗的囚牢，幼小的自己坐在破旧的蒲团上，就着一灯如豆的灯火读着佛经。

一道清冷的光华从上方落下，他抬起头，眸底映出如银的月华。

乱世流离，众生皆苦，他将尽己所能平定乱世。

"我不入地狱，谁入地狱？"

小小的他仰望着那轮高洁的明月，郑重地道。

他慢慢地长大。

昙摩罗伽研读佛经，和世家周旋，让张家人放松对他的禁锢。苏丹古忍受煎熬，勤练武艺。

北戎大军压境时，世家丢下烂摊子，弃城而逃，忠心于王室的僧兵趁机将他从刑堂中救出。

夜风呼啸，他在马背上回头，看到身后矗立在夜色中的圣城，听到来不及出逃的百姓绝望的号哭声……等瓦罕可汗攻入城，这些百姓都会成为北戎铁骑马蹄下的冤魂。

"回去。"他拨马转身，手持佛珠淡淡地道。

黄沙无垠，他以智计大破人数倍于己军的北戎大军。瓦罕可汗不仅惨败，还险些丢了性命，狼狈不堪地下令撤军。

他勒马于阵前，一袭袈裟猎猎飞扬。

僧兵、近卫军和百姓恭敬地跪于他的脚下，那一刻，他拿回了君王的权柄。

赤玛欣喜若狂，带着亲兵闯入张家，抓了张家上下几十口人。她把他们押到当年先王后死去的广场，一个接一个地砍了他们的脑袋，杀红了眼，连毫不相干的张家远亲也不肯放过。

他阻止了她，让她放了无辜被牵连的张家族人。

赤玛歇斯底里，尖叫，怒骂，诅咒。此后只要见到他，她就嘲讽："你学了佛，彻底冷了心，眼里根本没有俗世的感情，你凉薄，绝情，冷血，果然是出家人！罗伽，你这辈子注定只能做孤家寡人！"

苏丹古上阵杀敌，佛子震慑世家。他行走于血泊和鲜花之中，皮开肉绽，踽踽独行。

他心中有道，不需要别人的理解和认同。

世家豪族不甘于被压制，阳奉阴违，口蜜腹剑，朝堂云谲波诡，豪族之间互相倾轧，王庭面临内忧外患。而北戎不断地壮大，瓦罕可汗重用海都阿陵，海都阿陵骁勇善战，虽然没什么学识，却文武兼备，敢用奇谋，为北戎开疆拓土，屡立奇功。

只要昙摩罗伽还活着，瓦罕可汗就攻不进圣城，但是他几次被功法反噬，已近油尽灯枯，出席法会必须由近卫抬着出去。而海都阿陵如日中天，一旦继任北戎的大汗之位，王庭危矣。

他想要趁海都阿陵还没有掌权之前带兵攻打北戎，削弱北戎的兵力，为王庭争取喘息的机会。

大臣极力地反对，轻视、敌视部落骑兵，不愿和部落兵配合。他心力交瘁，短时间内无法组织一场大战。

不久后一道噩耗传来：海都阿陵和诸王子矛盾重重，趁瓦罕可汗松懈时，带兵血洗牙帐，杀了瓦罕可汗和他的几个儿子，被推举为新的大汗。

他端坐佛殿，转动佛珠，微微叹息一声，留下遗诏。

海都阿陵成为北戎之主，很快集结兵力，突袭王庭。

这一次海都阿陵不会轻易地撤兵。

他早已气息奄奄，知道时日无多，命毕娑他们离开王庭，自己留下守城，为百姓争取更多的时间撤离。

百姓能多跑一个便是一个。

至于他，早已看到自己的结局。

毕娑哭着要带他走，他微微一笑。

"我是圣城的王，是王庭的佛子。

"走吧，护送妇孺离开，你是近卫军统领，你的职责是护卫百姓。"

毕娑泣不成声。

他的脸上没有一丝波澜。

北戎铁骑势不可当，攻城器械更是威力巨大，一架架抛石车向城内抛出巨石，发出震天的轰隆巨响，碎石如骤雨般落下，屋瓦殿宇应声碎裂垮塌。

他盘坐于佛像前，精疲力竭，完全靠意志力强撑着没有倒下，就如一具行尸走肉，只剩躯壳。

殿外的喊杀声穿云裂石，手中的佛珠冰冷，佛像威严端庄。

他端坐着，慢慢地合上眼睛。

他累了。

但他没有倒下。

寒冷的长夜里，他坐化于佛殿，到死依然守卫着圣城，生来便没有一刻放松，死时亦不敢松懈。

殿外的僧兵号啕大哭。

僧兵按照他的吩咐，没有公布他的死讯。海都阿陵始终有几分忌惮他，没有贸然攻城，圣城又坚守了一段时日。

但是他太多天没有露面，海都阿陵最终还是发现端倪，攻入圣城。

当北戎铁骑冲入王寺，看到那一尊依然端坐于佛前的尸骸时，震撼不已。

而他飘浮于半空中，看着自己短暂的一生从眼前闪现，面无表情。

菩萨的声音在他的耳畔响起："生死涅槃，犹如昨梦。痴儿，你随我来，便可摆脱五蕴之苦，自此四大皆空，得无上谛听。"

昙摩罗伽抬眸，望着云端璀璨夺目的楼阁殿宇，一语不发。

菩萨横眉怒目："痴儿，难道你想堕入阿鼻地狱，自此忍受无尽的折磨吗？"

昙摩罗伽俯视脚下，看不见的深渊里，众罪人在铁壁上饱受煎熬。

菩萨愈加威严，摇动幡旗，霎时漫天雷鸣。

"我乃引路菩萨[1]，为你指引往生之路，痴儿，还不随我来？！"

昙摩罗伽闭了片刻，再睁开眼睛时，眸光寒凉如冰，没有一丝温度。他举步跟上菩萨。

脚下风云涌动，红尘滚滚的人世间，突然有一个声音遥遥地传来，呼唤着他。

头顶引路菩萨怒喝，幡旗猎猎飞扬。

那个从风中传来的声音微弱、模糊，如蝶翅扇动，清风拂过，不能掀起一点儿波澜，却又坚定、执着地呼喊着。

"罗伽……罗伽……"

昙摩罗伽停下脚步，回头。

他好像忘了什么。

美妙的吟唱、佛陀与众菩萨的辩经、引路菩萨饱含引诱的催促在天地间回荡，那个微弱的声音颤颤巍巍地飘过来，绊住了他。他被牵扯着，心中无悲也无喜。

那个声音又响了起来，夹杂着隐隐约约的哭声，催人泪下。

"罗伽……你答应我的，我等着你……"

这个声音无比熟悉。

一瞬间，昙摩罗伽的心里泛起细细密密的疼。

---

1 引路菩萨：引导亡者往生的菩萨。

公主，别哭。

他低头，看到自己的手腕，一条红色的发带紧紧地缠在上面。

他这一生本该孤独地前行，正如菩萨让他看到的，孤独地活着，孤独地死去。

但是有那么一个人，跨越千山万水来到他的身边，陪他共历风雨。

他想活下去，想每天醒来时能看到她欢快的笑脸。

霎时，狂风呼啸着席卷而来，他看到一半废墟、一半巍峨耸立的圣城。大雪纷纷扬扬，佛寺矗立于雪中，恢宏肃穆，佛寺外黑压压一片，十里长街上、广场内外跪满了人，他们朝着王寺的方向顶礼膜拜，泪流满面，口中呼喊着他的法号。

"王，回来吧！"

"王，不要丢下我们哪！"

"拿我们的寿命来换回王吧！"

"让王回来吧！"

凄厉的呼号声被狂风吹得七零八落。

昙摩罗伽穿过痛哭的人群，穿过钟鼓齐鸣、哀声阵阵的大殿，穿过沉默着跪在阶下的近卫军和僧兵，穿过灯火通明的石窟，又回到幼时被拘禁的刑堂。

他看到一道背影。

她扑在蒲团前，紧紧地抱着一个浑身是血、已经僵冷的男人，泪如雨下。

"罗伽……我等着你……"

她低头，一声一声呼唤着，额头抵着他的额头。

泪水从她那双眼眸里落下。她没有哭出声，轻轻地、温柔地道："罗伽，我等着你。"

昙摩罗伽感觉心口绞痛。

一切有为法，如梦幻泡影，如露亦如电。

生如朝露，所以他一旦错过她，便和她错过永生。他要牢牢地抓住这一世，好好地活下去。

心若顿悟，明心见性。

突然，漫天风幡猎猎飘扬。

云端的幻象顷刻间化为齑粉，妙音的梵唱如海潮一样退去。

一个悠远的声音在半空中响起，威风凛凛，气势夺人。

"诸行无常，是生灭法，生灭灭已，寂灭为乐……一灭就是一生，生生不息，是生灭法，先破而后立，置之死地而后生……"

声音渐渐飘远。

昙摩罗伽已经听不清后面的话，眼中只剩下那张带泪的面孔。他抬手，轻轻地拂去她卷翘的眼睫间闪动的一滴泪珠。

"别哭。"

她应该多笑笑，他喜欢看她笑。

瑶英愣住了。

温热的鼻息洒在她的脸上，冰冷的手指抚过她的面颊，她抬眸，微凉的吻落在她盈满泪水且充斥着血丝的眼睛下。

她僵立不动，和他目光相对。

他看着她，微微扬起唇角，抬手按住她的颈子，额头抵着她的额头："明月奴，我回来了。"

瑶英不敢相信，呆呆地望着他。

下一瞬她如梦初醒，泪水夺眶而出。她哆嗦着扑进他的怀中，紧紧地抱住他。

"你骗我！"

她终于哭出了声。

昙摩罗伽抱紧瑶英，低头吻她的发顶，吻她的眉心，吻她的鼻尖，最后含住她的唇，撬开她的齿关。

唇舌交缠，气息交融。

她浑身发抖，他满身是血，两人紧紧地缠在一起，久久不愿分开，倒在蒲团上，恨不能把对方揉进自己的身体里。

他贪婪地吮吸着，扫过每一个角落，掠夺她的甜美，直到她耳鸣目眩、承受不住时，才放开她柔软香甜的唇，吻去她眼角的泪珠。

脚步声骤起。

李仲虔、毕娑、缘觉听到里面的说话声，一起冲进刑堂，看到苏醒的昙摩罗伽，目瞪口呆。

半晌后，他们反应过来，欣喜若狂，口诵佛号，激动得浑身哆嗦。

"快！请医者过来！"

几名医者匆匆赶到，看到昙摩罗伽，同样瞠目结舌，不敢相信。

缘觉一边擦眼泪一边推他们上前，催促："您快看看，王醒过来了！"

医者们回神，扑到昙摩罗伽的身前，哆哆嗦嗦地为他探脉，掀开衣袍，看他身上几处流血的伤口。

瑶英退下来，让蒙达提婆上前，手忽然被紧紧地攥住，一道力量把她拉了回去。

昙摩罗伽抓着她的手，脸上的血没擦，眸光深沉："哪里也别去，陪着我。"

瑶英感觉心里的欢喜快要溢出来了，坐在他的身边不动了。

"我昏迷了多久？"昙摩罗伽问。

几位医者对望一眼，道："王，您昏迷了整整两天两夜。"

前天昙摩罗伽散功时，突然浑身肌肉紧绷，真气涌动，体内的气血翻滚逆行，身上的好几处伤口血流不止。缘觉大惊，慌忙叫人，毕娑和僧兵赶到，想帮他运功疏散，还没近身，就为真气所伤，倒地吐血。

毕娑皮开肉绽，还是强撑着往里走，瑶英听到声音也冲了进来。

昙摩罗伽抬起头，视线从她的身上扫过。

下一刻他七窍流血，再没有睁开眼睛。

几位医者轮番探脉，再三确认，都觉得他只剩下最后一口气，随时可能寂灭，药石无效。

殿外哭声震天。

按他之前嘱咐的，所有人退了出去，只留瑶英一个人守在他的身边，陪他度过最后一段时光。

李仲虔怕瑶英伤心过度，想带她去休息，她不肯离开，几乎不吃不喝、不眠不休地守着他，喂他吃药，帮他擦身子。他什么都吃不下去，她就掰开他的唇，把药一口一口地喂进他的嘴里。

所有人都没有想到，昙摩罗伽居然还能苏醒。

昙摩罗伽看着瑶英。

她咬着唇，紧张地听着几位医者说话，眼睛红肿，鼻尖也通红，面容憔悴不堪，泪水还未干。

这两天她一直这样守着他，呼唤他的名字。

他让她担心了。

他拉着她，吻她疲倦的眉眼。

医者们低下头去，毕娑满面笑容，缘觉脸上绯红，扭开了头。

唯有李仲虔冷笑一声，翻了个白眼。他以为昙摩罗伽必死无疑，连回高昌的车马人手都安排好了。

"怎么样？脉象有变化了吗？"

瑶英轻轻地推开昙摩罗伽，忐忑地问医者。

探脉的医者紧皱眉头，和其他人交换了一个眼色，道："王的脉象依旧没有变化……散功之前和散功之后都是这种虚浮的脉象,按理来说王散功后,脉象应该恢复正常才对……"

瑶英忙问:"是好事还是坏事?"

医者摇摇头,神情凝重:"我们从未见过这样的脉象。王散功之时七窍流血,应当是身体受不住功法,气血逆行所致。可是王昏睡两天后又苏醒,实在匪夷所思……"

毕娑皱眉道:"恢复正常,那王可能就不会醒了。既然王能苏醒,那说明是好事。"

有人点头,有人依旧愁眉不展。

瑶英的心又提了起来。

昙摩罗伽沉默不语,手腕一翻,一道掌风带出。毕娑踉跄了一下,大步后退。

众人愣了一下,惊呼出声。

毕娑瞪大了眼睛。

昙摩罗伽的功力还在!

医者们面面相觑。

昙摩罗伽散功之后,不可能还有内力才对。这一次他散功时动静那么大,甚至七窍流血,理应功法全废才对,怎么还能一掌把毕娑逼退?

缘觉吓得瑟瑟发抖,脸色惨白:"是不是散功失败了?还要重新散一次?"

王都七窍流血了,再来一次怎么受得了?

昙摩罗伽摇摇头,看向蒙达提婆:"我觉得血脉通畅,不必再时刻压制气血,暂时不需要再散功。"

蒙达提婆探了他周身的几个穴位,点点头。

医者的眸中闪过一道光:"莫非王误打误撞,找到真正压制功法的方法了?"

此语一出,众人的脸上生出惊喜之色。

"我听人说,王返回圣城时无情无欲,和赛桑耳将军走火入魔前十分相似。"蒙达提婆缓缓地道,"也许王当时确实险些走火入魔,稍有不慎便会气息涣散而亡。但王服用大量的丹药,生生克制住了,度过了一劫,又意志坚韧,苦熬了这么多天,丹药和周身的血脉融通,恰好能真正克制功法。"

医者们面色各异,退到一边小声讨论。

"王自幼修习功法,能忍常人之不能忍,很可能已经在不知不觉中掌握了功法,最后功法不受控制,是死劫,也是生机。"

"现在还不能下定论,还是看看再说。"

"不管怎么说,王能够苏醒,这已经是好转的迹象。"

他们都说梵语，瑶英听不懂，焦急地望着他们，脸色紧绷，心里七上八下。

手背微热。昙摩罗伽低头，握住她的手。

"别担心，我好多了，真的。"他微微一笑，"没骗你。"

从在城门前吻她的那一刻起，他就一遍遍地告诉自己，他必须活下去。

瑶英想到这两天他奄奄一息的模样，心如刀割。她轻轻地搂住他，听他平稳有力的心跳声。

她以为他真的要走了，再也不会开口和她说话。

虽然医者还是没讨论出什么结果，但昙摩罗伽苏醒的消息还是传了出去。众人惊疑不定，转悲为喜，王寺外的百姓连诵佛号，叩头感谢神佛保佑他们的王。

缘觉去准备热水新衣，李仲虔和毕娑领着医者退了出去。

刑堂里只剩下瑶英和昙摩罗伽两人。

"你真的没事了？"瑶英抱着昙摩罗伽，红肿的眼睛一眨不眨地盯着他。

昙摩罗伽的心跟着她的眼睫颤动："真的。"他的声音平缓从容。

他感觉好了很多。

瑶英把脸埋进他的胸膛，继续听他的心跳。

昙摩罗伽的心脏扑通扑通地跳动着。

他低头，紧紧地拥抱她，将手指插进她的发间，吻她的头发。

牢室是他从小长大的地方，那时他茕茕孑立，现在她陪在他的身边，这里也是他开始新生的地方。

朦胧的烛火温柔地笼在两人的身上，他们静静地依偎着。

第十三章
与君偕老

僧兵退了下去，医者们再次请脉后，退到外间热烈地讨论着。

提多法师思索了一会儿，捧着半卷残破的经文求见。

这些经文原本在赛桑耳将军死后便被付之一炬，再无抄本。此次王宫被彻底炸毁，工匠修葺地道时无意间发现佛龛上糊了层夹层，挖开壁画，里面竟然藏有几百卷未被销毁的经卷，其中就有这半卷歌颂赛桑耳将军事迹的残经。蒙达提婆几个人都看过此经，没找到有用的记载。

昙摩罗伽洗漱过了，正在包扎伤口。

提多法师翻开经卷："王，我曾听说，赛桑耳将军当年逝去前念诵过一句经文，生灭灭已，寂灭为乐。那时寺主以为赛桑耳将军因家人之死生了死志，所以才会在自戕前念这句经文。这些天僧人奉文昭公主的吩咐查阅了大量封存的典籍，记录功法的贝叶经上也有这句。"

他长叹了一口气。

"王，您度过死劫，定有感悟。"

昙摩罗伽记起梦中所悟，颔首："我在梦中确有所悟，置之死地而后生，一灭就是一生。"

熬过一次次的死劫，他方能换来一线生机。

提多法师怔了半晌，似哭似笑。

赛桑耳将军临终前很可能冲破了功法的限制，但是当时失去家人，又错手残杀无辜，根本无心参悟就结束了自己的生命，之后所有记载被烧，世上再无人能够参透功法。

他们逼死赛桑耳将军，又险些逼死王。

"这卷经文上所载不是佛经，而是能够克制功法的内功心法，王可照此研习，日后当否极泰来，再无被功法反噬的烦忧。"

提多法师朝昙摩罗伽双手合十拜礼，留下经文，拄着法杖，一步一步地走了出去。

阴错阳差之下找到真正的内功心法，众人欣喜若狂。

瑶英让人把经卷送到僧人那里去传抄，以免遗失。

昙摩罗伽微微一扬唇角："不必，我都背会了。"

瑶英道："那也得多抄几份。"

她说完，端详起他的脸色。她刚才一直在和蒙达提婆讨论他的伤势。

昙摩罗伽展臂搂住她："你看到王后的冠冕了吗？"

瑶英一怔，笑着摇摇头："没有。"

她这些天担惊受怕，哪有心情去看那些东西？

"好好看看。"头顶传来他的声音，一如既往的平静之外多了几分淡淡的笑意，"如果不喜欢，让工匠拿去改。"

瑶英微笑："能随便改吗？"

昙摩罗伽点点头："只要你喜欢。我的新娘是你。"

瑶英抱着他，耳边是他怦怦的心跳声和他温和的说话声，他细细密密的吻落在她的发顶，心里一片柔和，似春水潺潺地流动。

蓦地，她的胸口莫名地一阵绞痛，一股血腥之意涌了上来。

瑶英一惊，颤了一下，不祥的预感充斥全身。

有鲜血自她的唇边溢出。昙摩罗伽怔住，温热的湿意在胸口蔓延开来。

他低头。瑶英面色苍白，浑身发抖，唇被鲜血染得殷红。

"明月奴！"泰山崩于前而色不变的他听到自己几乎变调的声音。

瑶英战栗不止，生机一点点地从她的身体里消逝。

昙摩罗伽抱紧她，脸上血色褪尽。

门口响起脚步声，李仲虔冲了进来。

"出什么事了？"

他冲到蒲团前，大惊失色，推开昙摩罗伽的手："明月奴！"

瑶英感觉心口绞痛异常，浑身痛楚，挣扎着睁开眼睛，眸光从昙摩罗伽和李仲虔的脸上扫过去。

"罗伽……阿兄……"她想叮嘱他们，想让他们不要怕。也许这次和以前一样，她只要睡一觉就能好……

深深的疲倦感涌了上来。这一次比先前几次要痛苦得多，感觉也强烈得多。

"没事，过几天就好了……"她颤动着嘴唇，缓缓地闭上了眼睛。

紧紧攥着昙摩罗伽的袖子的手无力地垂下。

"明月奴！"李仲虔大喊。

昙摩罗伽纹丝不动，夜风从栅栏吹进刑堂，寒凉刺骨，他满身是血，宛若修罗。

夜色深沉，大雪无声飘落。

雪停了。

依山修建的佛刹庙宇巍然矗立在一片雪白之中，塔楼高耸，琉璃尖顶折射着雪后灿烂的阳光。

寺门外的百姓并没有散去。他们跪在雪地里，日夜虔诚地祈祷。

毕娑立在殿门外，抬起头，满眼富丽堂皇。

一幅幅各式各样、绘满图画和文字的祈福经幡挂满长廊和庭院，寒风猛烈地拍打幡子，王寺内外一片此起彼伏的猎猎风响。

这些都是为瑶英祈福的发愿经幡。

她突然昏睡，脉象虚弱。

医者们从来没有遇到这么古怪的病症，天竺医官更是摸不着头脑。他已经治愈了瑶英的旧疾，她坚持服药，这段时日没有受过严重的内伤，身体和常人无异。好端端的，她怎么会一直昏迷不醒呢？找不到昏睡的原因，自然没办法开药，他们只能熬些补气的汤药喂她喝下去。

雪后初晴，王庭迎来久违的和暖天气，大河解封，冰川融水滚滚而下。春日将近，新芽吐绿，河道两岸生机勃勃，她却浑身冰凉，毫无生息。

李仲虔说瑶英几年前也是如此，那时候大夫劝他准备后事，他心如死灰，不料几日后瑶英忽然奇迹般苏醒，之后恢复如常，一口气吃了两碗鸭油热汤饼。亲卫们记得死士行刺的那次，瑶英同样昏厥，也和现在一样奄奄一息，很快又好转。

缘觉满怀希冀地道："也许文昭公主是太高兴了，一时情绪激动才会如此，过两天就好了。"

现在三天过去了，瑶英还是没醒。

毕娑转身走进内殿。

亲兵守在毡帘外，垂头丧气，眼圈通红。

他接着往里走。

低垂的毡帘下传出嘶吼声，李仲虔面色阴沉，指着几个从各地赶来的汉人医者，催促他们去熬药，医者们小心翼翼地答是。

毕娑没有惊动李仲虔，绕过屏风，掀开珠帘。

一股暖意扑面而来，炭火噼噼啪啪作响。

瑶英身体冰凉，昙摩罗伽让人生了火盆。一室温暖如春，铜瓶里的枯枝都探出了绿芽，她的身体依旧冰冷。

毡毯上铺满经幡。

一道身影背对着毕娑，跪在佛像前，一手执佛珠，一手执笔。昙摩罗伽一笔一笔地在发愿经幡上书写发愿文。

"愿佛慈悲护念，威神加持。"

"一切菩萨摩诃萨摩，诃般若波罗蜜。"

"无量寿，无量福。"

"福寿永康宁。"

他用梵文、汉文、突厥文一遍遍地写着经文，衣袍上沾满墨迹，手指扭曲痉挛，磨出血痕也没有停下。

毕娑怔怔地看着昙摩罗伽。

他从未见过这样的罗伽。

罗伽看上去依然平静，可这份平静不同以往，像冰块里蓄积了炙热的熔岩，岩浆随时可能喷发，将一切焚烧干净。

他不眠不休地抄写经文，理智全失，神思癫狂，整个人已近乎疯魔。

毕娑感觉鼻尖微酸。

王经历生死、坎坷波折，终于窥见一丝曙光，一直陪着他的瑶英就这样在他的眼前倒下去，他怎么能不疯癫？

一幅发愿文写完，眼睛肿得像山包一样的缘觉上前，把经幡送出去挂上。

殿前那一面面迎风飘扬的经幡上的发愿文都是昙摩罗伽亲笔所写。

从圣城到附近的市镇、部落，百姓全部跟着一起竖起祈愿经幡，如果有人能从上空俯瞰王庭，一定会看见大大小小的部落城邦中经幡飘荡，不同肤色的百姓一起向他们的神发愿，祈求文昭公主能够回到他们的王的身边。

"王……"毕娑胸口发堵，"您几天几夜没合眼，歇会儿吧。"

昙摩罗伽抬起头，碧眸空空茫茫，不只没有烟火气，连生气也没了。

他望着床榻上睡颜恬静，却没有一丝气息的瑶英，右手的手指鲜血淋漓。

她为什么还不醒？

昙摩罗伽抬手，抓住锦被底下她冰凉的手，紧紧地握住，妄图用自己的体温让她暖和起来。

她一动不动，轻轻地翘着嘴角，像是在笑。

昙摩罗伽凝望着她，鲜血从指间淌到她的手心里。他怕弄脏她，拿起帕子温柔地为她擦拭，低头吻她冰冷的掌心。

"你听没听说，她在佛前祈祷，以一命换一命？"

他声音低沉，像是从地底下发出来的。

毕娑心里一惊："王，那些只是传言罢了。"

民间传言，文昭公主在佛殿前为昙摩罗伽祈福，愿以一命换他一命，佛陀感动于她的痴情，所以昙摩罗伽奇迹般地参悟功法，而她立刻香消玉殒。

昙摩罗伽跪在榻前，碧眸似终年云遮雾绕的雪峰，一片苍凉。

濒死之际，他看到阿鼻地狱的种种可怖景象，看到极乐世界的种种美妙庄严之景，看到另一个自己。那个昙摩罗伽在内外交困中举步维艰，苦苦支撑，最终孤独地走完了一生。

那个罗伽没有遇到她。

梦境中他要死了，世间并无他的归处。

一个声音忽然幽幽地传来，拉住他的脚步，唤回他的神志。

他想起来了，这一世他不是那个在王寺坐化的罗伽。他遇到一个从万里之外来到王庭的女子，她站在沙丘下，形容狼狈，微微战栗，叫住了他。

"罗伽。"

我是为你来的。

记忆复苏。他不是孤独的，她在等着他。

他从死亡的幻象中苏醒，熬过功法的折磨，活了下来。

她却走了，走得就像她来时一样突然，如清风，若流云，根本不管在他的心里掀起了多少惊天骇浪。

他求了佛陀，抄写了经文，请来所有医者……

她还是不肯醒来。

昙摩罗伽握着瑶英的手，让她的掌心搭在自己的头上。

从前她就喜欢端详他的脑袋，看不够似的。后来胆子大了，她时不时偷偷地摸一下，抱着他亲时，面泛潮红，云鬟散乱，柔软的腰在他的掌中扭来扭去，指腹悄悄地爬上他的脑袋，轻轻地摩挲。有时候她还会亲上来，印上几个湿漉漉的吻。他有时候不禁想，自己蓄发以后她是不是会失望？

他长出发茬了，她不是喜欢摸吗？那她为什么不醒呢？

李仲虔说她以前也会这样，可是没有哪一次会睡这么久。

瑶英睡得久到众人觉得她可能再也醒不过来了。

他低头，将脸埋进瑶英披散的长发里，闭上眼睛。

一种从未有过的恐惧感狠狠地攫住他的心脏。

他怕了。

昙摩罗伽紧紧地抱着瑶英冰冷的身体，沉沉地睡去。

他不再抄写经文，不再诵经，只是守着她，为她擦洗，为她梳发。今日如是，明日如是，一日复一日，一年复一年。[1]

时光荏苒，弹指芳华。

一切好像不过在眨眼间，时间又好像过了很久。

怀中的她忽然发出一声呢喃，眼睫颤动。

她回来了。

欢喜溢满昙摩罗伽的眉眼。

下一刻他看到在榻前等待的自己，垂垂老矣，风烛残年，脸上爬满皱纹。

他等了她整整一生。

风从罅隙吹进内殿，烛台冒起一缕青烟，烛火熄灭，清冷的月华涌进毡帘。

昙摩罗伽从梦中惊醒，看着双眸紧闭的瑶英。

李仲虔和亲兵说，这样的事情发生过几次……她醒来时，如释重负……她要他和李仲虔好好地照顾自己，眼中没有惊讶，只有担忧和不舍……上一次她醒来时，一副若无其事的模样，笑着说只是小毛病……她阻止李仲虔杀李玄贞……

他眼睛一眨不眨地看着她，眸底有暗流无声涌动。

他不管她从哪里来，不管是谁让她来到他的身边，不管她的身上有多少秘密。

她既然来了，就别想离开。

她敢走的话，他要把她找回来。

神挡杀神，魔挡杀魔。

瑶英睡了长长的一觉。

这一觉很深、很沉，她睡得踏踏实实，像幼时在母亲和兄长的爱护下酣眠。那时的她无忧无虑，每天只要乖乖吃药吃饭就好。

1　引用自古诗《偈颂一百三十六首》（其一）。

后来她认识到自己的处境，开始一次次地和运道抗争。

阿兄活着，和尚活着，西域光复，乱世已平，她如释重负，身体轻盈地在绵软的云絮间游荡，越飘越远，越飘越高，记忆慢慢地淡去。

痛苦，艰辛，酸楚，欢乐，所有的一切都离她远去了。

她有点儿累，想继续这么沉睡下去，但是脑海深处隐隐约约有个声音在提醒她，她得醒过来。

她不能认命，一次不行，再来一次，不管多少次都不会放弃希望。

她要活下去。

一道金光破开云雾，她仿佛被无形的力量拉了回去，疲惫的身体再次充满力量，暖流涌过四肢百骸，酸痛随后涌上来。

无数个声音涌进耳朵，焦急的，惊喜的，恐惧的，叽叽喳喳。

瑶英缓缓地睁开眼睛，对上一双血红的眸。

他跪在床榻旁，面庞消瘦，形容枯槁，眼睛一眨不眨地看着她，眸中烟波浩渺，暗流无声翻涌，寒光一点点生出。

瑶英抬起手："和尚……"

一开口，她发现自己声音嘶哑，喉咙火烧火燎。

昙摩罗伽直起身，凝视着她，气息冰冷。他慢慢地靠近，将她整个人揽进怀中，双臂一点点地收紧。他将力道放得很轻，生怕弄痛了她，又像是再也不会松开手，气势却越来越盛。

"公主醒了！"

惊呆的众人反应过来。毕娑、蒙达提婆几个人长长地吐出一口气，缘觉尖叫着，满屋子乱转，最后朝着东边跪下来，叩头感谢神佛。

声音传到外面，外面响起一片此起彼伏的欢呼声。

李仲虔冲了进来，直扑到榻边，头发凌乱，眼圈发青，面容有几分狰狞。他凝望瑶英许久后，脸上的怒气渐渐消散。

"饿不饿？"他问，声音温和。

亲兵站在他的身后擦眼睛。

瑶英回过神，果然觉得饥肠辘辘。

昙摩罗伽放开她，先让医者上前为她诊脉，看医者点了点头，以眼神示意缘觉。整个过程中，他一句话都没说。

缘觉飞奔出去，不一会儿捧着一只大海碗进来，那是一碗热气腾腾的汤饼，汤汁清澈见底，鸭油晕开一朵朵金灿灿的油花，清香扑鼻。

瑶英没想到一醒来就能看到久违的鸭油热汤饼，漱了口，接过筷子便吃起来。汤饼是现做的，清爽有韧劲，汤汁香醇鲜美。

昙摩罗伽和李仲虔一声不吭，看着她吃汤饼。

瑶英吃完，放下碗筷，笑了笑："我没事了，你们这几天都累了，去休息吧。"

众人的心放回肚子里。医者再次为她请脉，啧啧称奇，各自散去。李仲虔叮嘱她几句，也带着亲兵出去了。

珠帘轻晃，屋中安静下来，只剩下昙摩罗伽和瑶英。

瑶英知道他肯定吓着了，眉眼微弯："罗伽，我……"

她和毕娑知会过自己可能会出事，叮嘱他好好照顾罗伽，刚刚问了毕娑和缘觉，才知道这几天罗伽一句劝告的话都听不进去。

她一句话没说完，昙摩罗伽忽然俯身朝她压下来，像一头捕猎的猛兽，展开双臂，把她整个人抱起来，摊开掌心盖在她的后颈上，将她牢牢地嵌进自己的怀中。两人的身躯紧紧地贴在一起，耳鬓厮磨，密不可分。

只有这样他才能确定她是真的回来了，这一切不是他的梦。

李仲虔说她那次醒来吃了汤饼，所以他每天都会让人备着汤饼，等她醒了好有东西可以吃，唯恐自己哪一点没有做好、没有做对，她不愿意回来。

他的佛怜悯了他。

紧抱着自己的男人肌肉紧绷，浑身轻颤，落在鬓边的吻炙热，绵密，充满恐惧。

瑶英微微怔住，拍拍昙摩罗伽的背。

"我没事……罗伽，我说过的，我睡一觉就好了。"

她抬起手去摸他的脸，指尖触到湿意，整个人呆住了。

瑶英推开昙摩罗伽。

他凝眸直直地看着她，眉眼如画，浓睫轻颤，幽深的眸底闪烁着泪光。

昙摩罗伽居然哭了。

她从来没见过他流泪的模样。

佛流泪时是什么样的？

他本不是世俗中人，为了她，将七情六欲尝了个遍。

瑶英感觉脑子里轰的一声，抬手捧住昙摩罗伽的脸，温柔、爱怜地吻他。

昙摩罗伽闭了闭眼睛，敛起泪光，抱紧她，双臂像铁钳一样禁锢住她："以后别再吓我了。"

他经受不住。

他抱得太紧了，瑶英几乎无法呼吸，在他的怀中点点头，声音闷闷的："不会了。"

昙摩罗伽仍在发抖："明月奴，你这次昏厥是不是和我有关？"

他语气平淡，不像是在发问。

瑶英抬眸，对上他的目光。

昙摩罗伽的眼中漾着水光，眼神沉甸甸的，像崇山峻岭当头压下来。

瑶英张了张嘴巴。

昙摩罗伽低头，吻住她的唇，不容拒绝的气势散发出来。舌深入，含吮，紧缠着不放，灼热的气息和她的气息交融。

瑶英尝到咸涩的味道。

良久，他才喘息着放开她。

烛火映照，他的眸光深沉，似用墨笔勾勒的五官半明半暗，正如金刚夜叉，一半佛，一半魔，泪光闪动，森冷威严。

瑶英怔怔地看着他。

"你很了解海都阿陵，还了解瓦罕可汗。你没见过我时也了解我。你忌讳李玄贞。"他一字一顿地道，唇在她的鬓边流连。

瑶英沉默。

昙摩罗伽捏着她的下巴，气息拂在她的脸上。

"你知道很多别人不知道的事情，知道哪些人可用，哪些人不值得大用。西军研发武器的道士、匠人听命于你，虽然方子不是你配的，但金石芝草等物是你寻来的。

"我曾想过，你是佛陀送到我身边来的，我不会去探究你的秘密，不追问你的苦衷……"

他望着她的明眸，像是要望进她的心里去，声音艰涩，沙哑，字字沉重。

"李瑶英，别再离开我，否则我上天入地也要找到你。"

随着啪的一声轻响，烛火熄灭了，夜风拂动珠帘，灌满内室。

黑暗中，昙摩罗伽的眸中似有幽幽的火焰燃烧，冰冷克制，又疯狂炙热。

瑶英的心脏怦怦狂跳，眼圈一点点地泛红。她抬手抱住他的脊背，用力地翻了个身，压着他倒下，紧紧地抱住他，把快要夺眶而出的泪水蹭在他胸前的衣衫上，抬头，胡乱地吻他。

昙摩罗伽侧过身搂着她，感觉到她柔软温暖的唇落在头顶上，轻轻、慢慢地松了口气。

直到此刻他才真的放下心来。

瑶英痊愈，王庭上下欢腾，普天同庆。

家家户户的经幡都没有撤下去，他们继续为昙摩罗伽和瑶英祈福，期盼着婚礼早日到来。

各部的贺礼陆续送到圣城，曼达公主也特意派遣使者送来厚礼，为了恭喜瑶英得偿所愿，除了国礼还送了一箱书写绘画精美的宝册。

李仲虔把王后的冠冕送到瑶英的帐中，她看到那几串垂落下来快到脚背的宝石珠串，头皮发紧。这冠冕要是戴在头上，她脖子都得压弯。

"冠上的两串珠串太重了。"她告诉昙摩罗伽。

"那就减掉。"他认真地道。

"换成什么合适？王庭有什么忌讳吗？"

"没有忌讳。"他说，"全部听你的。"

不管瑶英提出什么要求，缘觉都乐呵呵地去奔忙，只要公主不嫌弃新郎，任何要求都不算什么！

王宫修缮一新，负责修缮的官员按照昙摩罗伽的吩咐，特意请了汉人工匠，在内殿中修葺了一处中原样式的院落。礼官忙得热火朝天，紧锣密鼓地准备婚礼。

李仲虔看昙摩罗伽散功之后功法更加精进，瑶英的身体也一天比一天好，打点行囊，准备带着部下回高昌。

瑶英也准备回去，要他多等几天。

李仲虔道："我留下无事，不如先回去打点。我是你的兄长，婚礼交给其他人，我不放心，你还有点儿发热，不必急着回去，等我安排好了给你写信。"

说着，他揉了揉她的发顶。

瑶英想想也是，送他离开："阿兄，记得每隔几天就给我写信。"

"晓得了，管家婆。"李仲虔笑着道。

艳阳高照，万里无云，天空蓝得澄澈。他一身轻甲，肩披白袍，骑马驰下山坡，回首，朝瑶英挥了挥手，雄姿英发，一如当年。

刚出了圣城，李仲虔立刻甩下西军，命他们每天给瑶英送信，让她以为他还在路上，只带了亲兵，快马加鞭赶回高昌。

"长安的诏书呢？"

杨迁已经赶回高昌，在城外等他，捧出诏书。

李仲虔看完诏书，冷笑。

不出他所料，昙摩罗伽请婚，李德不敢拒绝，但是暗示瑶英必须放弃一切才能嫁人。

李德做梦。

瑶英想嫁人就嫁人，根本不需要他的许可，请婚只是告知他一声。

李仲虔随手把诏书掷到地上："四郎要当驸马了？我还没恭喜四郎。"

杨迁立即皱眉，正色道："将军放心，我乃莽夫，性情浪荡，不敢高攀金枝玉叶，不会尚主。"

李仲虔一扯嘴角："二桃杀三士，你无意尚主，其他家的子弟呢？你的从兄弟呢？从前河西世家以门第为重，这些年战乱，渐渐不讲究出身了，现在天下平定，李德要招你们为驸马，总有豪族心动。"

杨迁紧皱剑眉，明白李仲虔说的是实情。

不久前皇帝下旨，欲遣一位公主下嫁高昌。皇帝开始分化河西的世家豪族，往他们这边安插人手了，赐婚只是最简单有效的手段。接下来皇帝肯定会继续挑拨离间。

"我回一趟长安。"李仲虔没有进城，"别告诉明月奴。"

杨迁的应答还没落下，他已经猛地一提马缰，绝尘而去。

当年他出塞寻找瑶英时发过誓，无论她是生是死，他都要找到她，带她回家，然后和李德来一个了断。

现在他找到她了，她过得很好，有情郎、有朋友、有部曲、有爱戴她的百姓。

瑶英是妹妹，却一直在保护他这个兄长。

这一次让他来保护她。

苍鹰金将军每隔两天会送回李仲虔的信。

信是他草草写的，三言两语，说他到了哪里，接下来走哪条路。

这日瑶英忙完，拿着信比对舆图，咦了一声，转头问昙摩罗伽。

他和她背对背坐着，面前的书案上堆满了文牒。他扫了一眼舆图，她指到哪里，他就能说出当地的部落名称和风土人情。

瑶英回到自己的书案边，提笔写了封信，说自己最近病了，很想李仲虔。

信送了出去，没几日李仲虔回信了，信上还是只有几句话，没有提起她的病。

瑶英卷起羊皮纸，微蹙眉头。

两个月后。

长安。

天穹浩瀚，星光灿烂，坊间灯火辉煌，火树银花，似漫天繁星在地上的倒影。

魏朝皇帝李德立在殿前，身着赤黄色的圆领常服，两鬓寒霜，脸上皱纹密布，一双眼睛依旧清澈明亮，遥望西边的方向。

夜色沉静，却是风雨欲来。

他咳嗽了几声。

内侍焦急地劝道："圣人，您刚吃了药，吹不得风，夜深露重，还是早些回殿吧。"

李德摆摆手。

内侍恭敬地退了下去。

头裹幞头的亲卫小跑上前,抱拳道:"圣人,诏书送去河西、高昌等地了,高昌还没有回音,林、陈、余、王家上疏,言其不胜惶恐,会择日遣子弟上京,供公主遴选。"

李德面色如常。

失去河西,中原王朝就等于被扼住喉咙,注定受制于人。河西、西域光复,功在社稷,惠及子孙,他比谁都高兴。魏朝想要长治久安,必须夺回马场,壮大军备。

但是西军现在掌握在李瑶英的手中,成了他的另一个隐忧。

李瑶英一介弱女子,流落于战火纷飞的西域,居然能活下来,而且不断壮大,这一切出乎他的意料。卧榻之侧,岂容他人酣睡?李瑶英、李仲虔对他恨之入骨,迟早会造反,他不能留下这对儿女。

他必须趁他们的根基还不够稳固,培养起另一股势力,让鹬蚌相争,朝廷才能借机掌控局势。

"离宫那边谁守着?"

"圣人,都安排妥当了,离宫由左骁卫将军孙钦把守,谢皇后插翅难飞,护卫宫城北面的重玄门的是右骁卫将军裴晏之,护卫南面、东面的分别是两位武卫大将军,各坊全部肃清过了,全是羽林军的人。"

"东宫的兵马呢?"

"按圣人的吩咐,东宫的兵马被调去洛阳了,现在东宫由金吾卫护卫。太子妃郑氏安分守己,每天一心一意地教导太孙,诸事不管,老夫人寿辰那天,殿下没有回郑家,只打发人送了几样寻常的寿礼。"

李德领首。

郑氏不愧是宰相的族侄,会审时度势,知道什么时候该明哲保身。她是太孙的母亲,只要听话,荣华权柄唾手可得。

一名金吾卫快步跑上石级:"陛下,露布捷报,飞骑队从南楚驰回,已经到京兆府地界了!"

内侍们面露喜色。

此前太子李玄贞领兵在外,迟迟不归,甚至不远万里去了西域,皇帝派了好几拨人去劝说,太子才回到长安。数月前太子率军南下攻打南楚,出其不意水淹南楚国都,大败楚军,楚国君臣出城投降,南楚之地尽归魏朝。

天下一统，太子归京，谁不喜笑颜开？

内侍们一转眼珠，争相奉承李德，说起坊间说书人如何夸赞太子英勇神武，说得正热闹，急促的脚步声传来，两名羽林卫快步跑上石级。

"陛下，太子殿下无诏返京，已经到宫门外了！"

阶前安静下来，内侍瞠目结舌。

飞骑队才刚刚进入京兆府，太子身为将帅，怎么已经到宫门外了？身为太子，他擅闯禁宫，难道意图不轨？

风吹过，在场诸人毛骨悚然。

李德面不改色，似乎早就料到会如此，问："他带了多少人？"

"回禀陛下，殿下只带了几个随从回京，其他人回东宫去了，太子孤身一人入宫。"

李德的脸色沉了下来："放他进来。"

羽林卫应诺，去宫门传信。内侍们你看看我，我看看你，汗如雨下，大气不敢出一声。

不多时，远处灯火摇曳，阶下响起沉重的脚步声。

一道高大的身影在夜色中快步拾级而上，还没到近前，早有内侍看到刀刃折射出的凛凛冷光，吓得浑身哆嗦。

李德望着来人，一语不发。

星光洒下，不等内侍想出对策，李玄贞已经冲进回廊，还没脱去甲衣，风尘仆仆，满面胡楂，白袍被鲜血和尘土染得灰扑扑的，狭长的凤眸燃烧着狂怒之火。

"陈家人呢？"他走到皇帝的面前，直接问。

李德挥手，示意内侍退下，淡淡地道："你甩下飞骑队，独自入宫，就是为了几个陈家人？"

李玄贞冷笑："我刚刚派人救下陈家人，你就把人劫走了，人关在哪里？我今天要带走他们。"

李德面无表情："南楚陈家与你何干？"

他顿了顿，语气陡然严厉："是不是为了七娘？你居然对她动了男女之情？"

李玄贞沉默。

李德怒极反笑，精光从眸中迸射而出："愚不可及！她是什么人？你为她救下陈家人，她就会感激你？你既然知道她的身世，就应该抓住陈家人，以此为把柄，让她投鼠忌器，而不是把人救下来送去高昌，她不会领你的情！"

李玄贞看着他，目光淡漠："把陈家人放了。"

李德笑了笑："今天李瑶英还没开口，你就为了她的血缘亲人孤身入宫，找我要人。他日是不是只要她开口求你，你就会把帝位江山拱手相让？"

冰冷的质问声在夜色中回荡开来。

李玄贞立在阶前，面容僵硬，一动不动。凉风拂过，他身上的血腥味弥散开来。

李德的面色越来越阴沉："你是太子，以后是皇帝，想要什么样的女人，都易如反掌。不管七娘姓什么，只要你一句话，她就得入宫服侍你，胜过你在这里被她当成跳梁小丑玩弄！"

"她没把我当跳梁小丑。"李玄贞冷冷地道。

跳梁小丑还能博她一笑，她根本没把他放在眼里。

"我喜欢她，不管在别人看来这是多么不知廉耻的事情，我都不会再遮掩……"

李玄贞的双眸映着深邃的夜空："这件事情和她没有关系，她不会利用我！"

"你受我教诲多年，竟如此天真！"李德怒不可遏，袍袖一甩，带起一阵冷风，"李仲虔、李瑶英已成我的心腹大患，你和太孙迟早会死在他们的手上，朕意已决。

"即使没有私怨，为了江山稳定，朕必须斩草除根！"

李玄贞握拳，青筋暴起。他拔出腰间的短刀。

羽林卫冲上前。

李玄贞目眦尽裂，扑哧一声将短刀刺入自己的胸膛，鲜血迸出。

众人齐声大叫。

李玄贞一字一顿地道："七娘心系百姓，会约束李仲虔。你敢伤她，先杀了我！"

李德看着他胸前汩汩而出的鲜血，暴怒，双目沁出血色："你简直糊涂！为了一个不把你当人的女人，连命都不要了！七娘和你的江山，孰轻孰重？"

李玄贞嘲讽地一笑。

"阿耶，比起你当年，我不如你多矣。"

听出他的讽刺之意，李德瞪大眼睛，勃然大怒，身子颤抖了几下，面容狰狞。

旁边的内侍吓了一跳，连忙过来搀扶。

李德摆摆手，甩开内侍，内侍跌倒在地，爬起身退到一边。

"朕确实六亲不认，刻薄寡恩，无情无义。

"朕是皇帝，绝不能容许朝中有任何隐患！"他怒视李玄贞，"朕告诉你，你已经来晚了，朕要动手，谁也拦不住！"

李玄贞心里咯噔一下："你做了什么？"

李德收敛怒气，淡淡地道："朕派人写了封信给李仲虔，告诉他李瑶英要么放弃西军，要么在东宫属臣中寻一个丈夫。谢皇后人在离宫，朕已查清李瑶英的身世，你说以李仲虔的性子，他会不会回京？李仲虔一直想要刺杀朕，朕若是抓住他了，李瑶英难道会见死不救？朕不会杀她，杀了她，西军必乱，王庭的昙摩王那边也不好交代，朕有办法让她自投罗网！"

李玄贞倏地怒目，寒意从脚底直蹿而起。

李德挥挥手。一名金吾卫上前，跪地道："陛下，卫国公李仲虔数日前撤下西军，昼夜飞驰，再过两日就能回京。"

李玄贞蓦地转身，瞳孔一缩。

金吾卫飞快地扑了上来，把他团团围住，长刀利剑都指向他。

"你以为我为什么要抓陈家人？就是为了逼你回京！"李德望着儿子，"李仲虔回京，李瑶英肯定也会回来，到时候向你求助，你势必助李瑶英救人。在朕为你解决祸患之前，你给朕好好闭门思过！

"把太子押下去！严加看管，没有朕的手书，不得释放！"

李玄贞被带了下去，关押在地牢密室。

密室中光线昏暗，一个身着麻布长衫、披头散发的女子蹲在墙角，脚上戴了镣铐。她听到声响，抬起头，神情惊恐地往角落里缩，目光落到李玄贞的身上，眸子慢慢地瞪大。她张开嘴巴，发出惊喜的哼哧声，突然扑了上来。

镣铐哐当作响，她被拉了回去，摔在草堆里，匍匐着往前，伸手够李玄贞的袍角。

"长生……救我……"

李玄贞认出她，愣住了，霍然回头。

"她怎么会在这里？"

守卫被他的目光吓得直哆嗦，小心翼翼地道："殿下，这是圣人吩咐的。朱娘子嫁了一个北戎贵族，北戎残部投降的时候，她被北戎人献给朝廷。她泄露朝廷机密，和北戎勾结，圣人知道您以前很喜欢她，所以留下了她的性命。朱娘子在北戎过得不太如意，刚回来时就这副样子了，您瞧她现在多么听话，以后殿下指东，她绝不敢往西。

"圣人说了，您真喜欢七娘，他有法子让七娘变得和朱娘子一样服帖听话，温柔随和，以您为尊。您如此尊贵，想要什么都易如反掌，何苦低三下四，自己作践自己？"

他们说话间，朱绿芸佝偻着往前爬，眼神呆滞，两行清泪滚滚而出："我听话，太子殿下，我比谁都听话……我以后再也不闹了……救我出去……我会好好地侍奉你……我帮你生孩子……别把我送回北戎……他们是群野蛮人……我死也不能再回到那个地方……"

她趴在他的脚下，狼狈，屈辱，祈求他的怜悯，毫无尊严可言，脸上却没有一丝难堪。

李玄贞将双拳捏得咯咯响，扭过头去不看她："放了她！"

停顿了一下，他低低地道："别为难她。"

守卫应是，拖着镣铐把朱绿芸拉了出去。她瑟瑟发抖，哭喊着他的名字，求他收留她。

李玄贞没有回头，等听不见她的哭喊声了，瘫倒在地，怔怔地出了一会儿神。

地牢深处忽然传来一声镣铐锁链碰撞的响声，他回过神，抹了把脸，目光飞快地扫视一圈。

他得想办法给李瑶英递信。

殿前，月华洒下一地银霜。

内侍回来复命，道："陛下，各处城门都问过了，太子殿下确实是独自回来的，飞骑队还在城郊。"

李德沉着脸，没有作声，忽然猛地咳嗽起来，身子踉跄，人往后栽倒。

内侍同时抢上前扶住他，半搀半抬，送他回内殿的榻上，动作熟练。他歪倒下去，咳咳喘喘，脸色发白，嘴唇泛青。他接了内侍递来的丸药，含在舌根，喝了口茶，一转眼的工夫，虚汗浸湿衣衫。

足足半个时辰后，李德稍稍恢复，吩咐内侍："让太子妃去见太子，他伤了自己，带两个御医过去。"

消息送出去，两个时辰后，太子妃郑璧玉的心腹小黄门捧着一封信求见。

"陛下，太子殿下的伤口已经包扎，血止住了。殿下让太子妃帮他往高昌送一封信，太子妃不敢擅自传递消息，请您过目。"

李德接过信，拆开看完，想起李玄贞毫不犹豫地一刀刺向自己的情景，刚刚恢复的脸色又白了几分。

李玄贞果然给李瑶英报信，提醒她不要回长安，还承诺会尽己所能救下李仲虔。

他对李瑶英的喜欢竟然到了这个地步。

盈娘的儿子，爱之欲其生，恶之欲其死。

李德自嘲地一笑。

太子妃郑璧玉从地牢出来，去了一趟后殿，隔着满池盛放的菡萏，看穿着皇孙礼服的儿子坐在廊前跟着弘文馆的讲经博士念书。

身后传来脚步声，仆从躬身道："殿下，信送去圣上那里了。"

她淡淡地应了一声。

一阵断断续续的嘤嘤声传来，仆从指着不远处蓬头垢面的朱绿芸，道："殿下，阿郎嘱咐我们照应朱娘子，给她找一个安身之所，奴去打听过了，朱娘子是北戎俘虏献上的，原本应该安置在河西，圣上特地派人把她找回来。她是奴籍，在宫里做粗活，听说处境很可怜。您看，把她送到哪里妥当？"

"安置她？等着她翻身以后恩将仇报？"郑璧玉看也没看朱绿芸一眼，摘下一片荷叶，"打点一下宫里，就算是照应过了，不必多管，她自作自受。太子问起，就说圣上那边发话了，你们也没办法。"

仆从应是，朝远处摆了摆手。

朱绿芸绝处逢生，眼看就能跟着郑璧玉出宫，又被拖了回去，大起大落，满脸惶然。她张口要叫人，宫人手疾眼快，捂住她的嘴巴，把人拖走了。

郑璧玉低头，闻荷叶散发出的微微发涩的香气。

李仲虔肯定潜入城了，圣上布下天罗地网，要借李仲虔引来李瑶英，李玄贞不会坐视不管。父子几个人不死不休，不知道最后鹿死谁手。

置身事外是最明智的选择。

她让人打听金吾卫最近有没有抓到什么可疑的人，宫中一片风平浪静，没有消息传出。

李德知道李仲虔在寻找暗杀他的机会，颁布旨意，初六那日会出席曲江的大宴。

郑璧玉叮嘱儿子，初六那天离李德远一点儿。

她数着日子，等着父子三人决出胜负。

初六那天，曲江人潮汹涌，分外热闹。金吾卫开道，文武百官簇拥，李德穿着一袭黄色的圆领常服，戴头巾，踏乌皮靴，出现在曲江的阁楼上。欢声雷动，黑压压的人群纷纷拥至曲江池畔，戍守的金吾卫被冲开一个小小的缺口。

郑璧玉搂着儿子，心不在焉，时不时环顾一圈，手心里出了汗。

忽地，火光冲天而起，和阁楼相邻的别院转瞬间便被熊熊火海吞噬。人群安静了片刻，掉头便跑，池畔顿时人仰马翻，尖叫声四起。

郑璧玉带着儿子撤出帷帐，余光看到一道高大的身影执剑扑向李德站立的地方。她叹了口气。

这是个陷阱。

曲江池地形开阔，不利于合围，但是金吾卫准备充分，很快平息了当日的骚乱。

关于到底是谁刺杀李德，朝廷秘而不宣，只说贼首已经抓到。民间众说纷绘，有人猜是南楚余孽，有人猜是前朝死士，还有人说是北戎人。唯有朝中官员知道，那个熟悉的身影分明是离京几年的李仲虔。

李德抓到了人，立即发出诏令，要李瑶英进京。

诏书刚刚送出去，一道消息送回长安，满朝震惊。

李瑶英回来了，请求入京。

李德以为自己听错了：李瑶英无诏，怎么敢大张旗鼓地回长安？她要救李仲虔，不应该偷偷摸摸地回来吗？而且她怎么回来得这么快？王庭君主呢？

他责问礼部官员，官员翻遍文书后发现，李德去年曾下诏命西军将领回京，当时她没有理会。她这次返回，说西域遥远，才收到诏令，所以并不算无诏，路上必定隐瞒了身份。驿馆不知道她也在将领之列，没有察觉。至于王庭君主，他应该没有同行，否则就是擅入了。

李德暗暗心惊。他派人拦截消息，封锁关卡，李瑶英竟然还是畅通无阻，回来得这么快！

好在这一切都在他的计划当中。

李瑶英果然救兄长心切，等不及昙摩王陪她还朝。

土润溽暑，蝉虫嘶鸣，朱雀长街的两侧，槐榆茂密。

一轮旭日东升，霞光万丈，晨晖泼洒而下，隆隆的街鼓声从天街门楼响起，远远地回荡开来，四面八方的门楼钟鼓跟着奏响，声音汇成一片磅礴的海浪，惊天动地。

然而今天，比鼓声更响亮的，是鼎沸的人声。

朱雀大街上人山人海。

文昭公主回京的消息让整个长安沸腾起来。

百姓拥出家门，疯狂地奔向广场。豪族的子弟仕女、官员小吏、昔日爱慕公主容颜风采的五陵少年、受过公主恩惠的平民……谁都不肯落于人后，换上最鲜亮的衣裳，把长街挤得水泄不通。

"文昭公主是骑马还是乘车？她看不看得见我们？"

"听说驸马是域外一个叫王庭的国家的君主，驸马是不是和公主一起回来了？"

"我听说驸马以前是个出家人！是佛子！"

"驸马面如冠玉，谪仙般的人物，和公主天造地设！"

嘈杂的议论声中，洒扫过的长街的尽头传来猎猎风响。

众人兴奋万分，扶着前面的人的肩膀，踮起脚张望。

晨光熹微，灰蒙蒙的影子从薄雾中走来。

首先映入他们眼帘的是一面面迎风飘扬的旗帜，颜色是严肃的黑色和纯洁的白色，旗帜上面写满密密麻麻的文字，扛旗的士兵身着轻甲白袍，面容整肃。

众人愣住了。

这不是王庭旗帜，也不是西军旗帜。

那是一面面写满逝者姓名的引魂幡，幡旗上缀有长长的飘带，飘带上也写满了字。

队伍一列挨着一列，源源不断，幡旗声响彻天地。

紧接着响起的是一阵辘辘的车马声，一辆辆大车跟在幡旗队后驶入门楼。

当众人看清楚大车上的那一张张木牌是什么时，人群里此起彼伏的说话声戛然而止。

凝重的气氛笼罩在广场上空。

杨迁、杨念乡一身铠甲，手持符节、舆图，走在马车旁，步履沉重，英挺的眉眼冷峻肃穆。

在他们的身旁和身后，一辆接一辆载着骨灰和牌位的大车慢慢地行走在长街大道上。

这些牌位有些是杨迁亲手书写的。逝者身份不同，经历不同，有的是他的族人，有的是曾哭着跪在他的脚下、问他万言书是否送达长安的普通百姓，有的是和他并肩作战的战友，更多的是和他素未谋面的陌生人。

他们有一个相同的愿望，盼望魏朝收复失地，东归故国。

为此，他们有的苦苦盼望了几十年，有的想方设法资助西军，有的投笔从戎，拼死反抗，死在敌人的长刀之下。

文昭公主为他们立牌留名，今天带他们回来了。他们将被送往祖籍安葬，魂归故里。

大道的两侧，一片寂静。

没有人敢出声打扰逝者，百姓静静地注视着马车上那一张张牌位，眼中泪光闪烁。

这一刻，走在他们眼前的不是装载灵牌、骨灰的马车，而是成千上万在战乱中被掳走、远离家乡、受尽苦楚、盼着能够早日叶落归根的百姓，是数万为了族人东归而抛头颅、洒热血，牺牲了自己的英魂。

他们中有老人、孩子，有男人、女人，有贫苦的农人、年轻气盛的世家儿郎。他们和长安的百姓没有什么不同，但被迫和故国割断联系，颠沛流离，无数次向东方遥拜，祈求王师收复失地，让他们还乡。

魂兮归来。

回来吧，在外游荡的孤魂们。

回来吧，为了反抗压迫、率族人东归而牺牲的年轻儿郎们。

你们回家了。

看，西域已经平定，河陇畅通，你们终于回到魂牵梦绕的家乡，亡魂得以告慰。

以后，从广阔富饶的中原到苦寒酷热的雪域高原，战争和杀戮将不复存在。农人扛着锄头耕田种地，商人坐着满载丝绸珠宝的大车往来东西，牧民赶着成群的牛羊在茫茫无际的草原上悠闲地放牧。汉人、胡人、北人、南人，信佛的、信道的、信拜火教的、摩尼教的，大家和睦相处，共创太平盛世。

你们的子孙可以过上安稳的生活，不会再像你们这样，朝不保夕，妻离子散，一生颠沛流离。

长风刮过，幡旗高高地飞扬，飘带飞舞。

那一个个亡灵仿佛活生生的人们出现在百姓的眼前。他们勾肩搭背，走在人潮汹涌的朱雀长街上，嬉笑着，惊叹着，感慨着。

人们默默地凝望着他们。

宁为太平犬，不做乱世人哪！

城楼之上，李德头戴通天冠，身穿一袭礼服。他凝神伫立旗下，眺望远处旌旗飘扬的车队。

百姓热泪盈眶，刚才还喧嚷不息的广场上岑寂如静水，唯有马车辘辘驶过长街的声音和旌旗被春风拍打的声响。

李德面色凝重。

他身后的几位近侍面面相觑：他们都以为西军将领必定簇拥着文昭公主入城，好在李德面前昭显西军的实力，他们可以趁机刁难文昭公主，没有想到最先入城的竟然是失地遗民和牺牲的将士。文昭公主连个影子都不见。

这种场合下，什么都不重要了，谁敢冒着激起民愤的风险去试探西军是不是一块铁板？

城楼之下的礼台旁，文武百官望着那一辆辆驶来的大车，神情严肃，久久不语。

年轻的官员不禁鼻酸，眼含热泪，胸中热血沸腾，豪情万丈。

年老的官员悄悄地交换眼神，默默地叹息。

他们还记得公主和亲的那一日，着盛装华服，乘坐马车离开长安，百姓夹道泣送。

那时候他们都以为公主一去不回，很快就会在战火纷飞的部落间香消玉殒。

时隔几年，公主带着几十州的舆图，带着她的部曲从属回到长安。

凯歌马上清平曲，不是昭君出塞时。[1]

李德瞥一眼台下百官，将众人的神色尽收眼底。

近侍抹了把汗，小声道："陛下，公主尽得人心……"

李德神情平静。

正因如此，他越要提防李瑶英。她有人心，有兵马，有一个桀骜不驯的兄长，还会嫁给昙摩王，而且还是李玄贞的软肋。

礼部官员反应飞快，立刻派出文采斐然的新科进士当场写几篇慷慨激昂的祭文，祭告逝者。

李德示意近侍颁布诏书，抚慰西域诸州。

杨迁和河西将领代失地百姓叩谢圣恩。

广场上的百姓潸然泪下。

瑶英骑马跟在队伍的最后面，礼部官员迎了出来，再三恳请她乘坐一辆装饰精美的马车入城。她摇头，道："我是送亡者归乡的，不必特地露面。"

官员们有些诧异——白日放歌须纵酒，青春作伴好还乡——回城仪式如此隆重，公主出现在人前，方能收揽人心。她在西域吃了那么多苦头，甘心错过这个大出风头的良机吗？

瑶英拨马，径自从他们中间穿了过去。

她答应那些老者和死去的将士会送他们回乡，说到做到。

今天的主角是逝去的人。

门楼下，礼官报出瑶英的封号后，朝中年轻的官员全部紧张期待地抬起头。其中几个心急的人更是顾不得礼仪，伸长脖子眺望。

无数道目光齐刷刷地朝瑶英看了过去。

人群里，郑景望着长街，记起初见时的场景，微微一笑。

旗帜猎猎，亲卫部曲扈从，瑶英骑着马，头束丝绦，身穿窄袖翻领锦袍，英姿飒爽。她驰到阶前，利落地下马，迎着文武官员的注视拾级而上，先接了杨迁递过去的香，对着祭台遥拜，顾盼有神，气度威仪。

1　引用自《御制诗四首》（其一）。

慑于她的气势，众人呆立不动，无人敢上前和她寒暄。

朝中官员怔怔地看着她，对上她身旁亲卫冰冷的目光，忽然想起，现在的文昭公主不再是以前那个任人宰割的七公主了。她掌西军，经略西域，连圣上都不能随便对她指手画脚。

众人交换了一个眼神。传闻李仲虔秘密回京，意欲行刺，被当场擒拿。他是文昭公主的同胞兄长，兄妹情深，难怪李德没有下格杀勿论的诏令，留着李仲虔，文昭公主才会安分守己。

仪式过后，宫中大摆宴席，为西军将领们接风洗尘。

杨迁看看左右，忍不住问："怎么不见太子殿下？"

官员答道："太子领兵在外，还未回京。"

瑶英的席位在李德的左边。她没有观看歌舞，捧起酒盏，上前几步，开门见山地道："陛下，我阿兄呢？他是生是死？"

李德笑了笑。时隔几年，她依旧直接，从不和他虚与委蛇，也依旧重感情，愿意为李仲虔冒险。

他没有公布刺客是什么人，随时可以秘密地处决刺客，她找不到逼迫他放人的办法，明知长安是个陷阱，只能一头往里钻。

"你离开中原日久，多待几天，自然就能看到你的兄长。"

瑶英淡淡地道："只要李仲虔没事，我就可以留下，你得让我先见见他。"

李德朝身边的内侍示意。

内侍退下去，不一会儿捧着一柄剑回来，把剑柄上刻了字的地方对着瑶英晃了晃。

"李仲虔现在还活着。"

他只是现在还活着。

瑶英认出李仲虔的佩剑，垂眸，饮尽杯中的残酒，回到自己的席位。席间不断有年轻的官员过来，在她的席位旁徘徊，想和她攀谈，看她心事重重的模样，到底不敢唐突，退了回去。

唯有几个口音明显和众人不同的官员凑到瑶英的跟前，向她敬酒，态度极为恭敬。为首的人自报家门："公主殿下，我们是南楚人。"

他们报出各自的官职。他们都是南楚大臣，在南楚投降后被送到长安。

瑶英心生警惕，扫一眼李德，以为他要当场揭穿自己的身世。

李德似乎并没有留意那几个南楚降臣，起身和杨迁几个人说话，威严中不失亲和，几个年轻的将领面红耳赤，难掩激动之情。

瑶英没和那几个南楚官员多说什么，推说不胜酒力，提前退席。

李德没有拦着她，只派人把李仲虔的佩剑交给她，道："公主如今身份贵重，卫国公是公主的兄长，圣上不会把卫国公怎么样，不过公主也得谨言慎行，以免惹出是非，害了卫国公。"

瑶英明白李德的暗示，从此闭门谢客。所有人送来的邀请她去叙话、喝茶、上香、赏花的帖子，她一概推拒，每天待在驿馆中，大门不出，二门不迈。

李德派人监视瑶英，观察了几天，确定昙摩罗伽没有随行，她的身边一个王庭近卫都没有，长安附近也没有王庭人的踪迹，继续派人查探，命他们若发现王庭人的动静，立刻回禀。

直到确认瑶英没有私底下安排联络人手，他才遣人给她送信："想见李仲虔，先去慈恩寺。"他随信附了一只李仲虔常戴在身上的承露囊，上面的对兽是瑶英亲手绣的。

瑶英带着谢青去慈恩寺，上香拜佛毕，和住持交谈了几句，得到第二条指示，出了寺庙，直奔城外的离宫。

李德竟把李仲虔关在离宫里。

她跟随内宦穿过一条条曲折的回廊，走进狭窄逼仄的暗道，推开门，角落里的男人抬起头，拨开脸上的乱发。

"阿兄！"

瑶英心急如焚，暗暗松了口气，快步跑过去，抬手就要捶他："你……"

她和男人对视了片刻，神情僵住，后背直冒冷汗。

男人的眉目和李仲虔有几分像。

但他不是李仲虔。

谢青皱眉，立刻拔刀。瑶英站起身，飞快地退出暗道，抬起头扫视一圈。

所有出口由金吾卫层层把守，墙头人影憧憧，也埋伏了人。

瑶英按住谢青的手，平静地问："圣上在哪儿？"

内宦笑了笑，领着她去佛堂。金吾卫手持长刀，寸步不离地跟着她。

冰冷的刀光映在她的脸上，她面色如常，以眼神示意谢青收刀。

佛堂里供了佛像，香烛燃烧，檀香馥郁。李德盘坐在佛像前，倚着隐囊，头裹巾帻，形容苍老。

瑶英走进佛堂："圣上如此大费周章，只是为了困住我吗？我若在长安出事，平定下来的西域会再次纷乱，圣上不能杀我，困住我有什么用？"

李德的目光落在她的脸上："不困住你，怎么引出李仲虔？"

瑶英嘲讽地一笑。

曲江池的刺杀是李德安排的，他知道她的弱点，让世人以为李仲虔当众刺杀被擒拿，引她入京，再以她为诱饵，引出李仲虔，拿李仲虔来威胁她。

"圣上怎么确定我会中计？"

李德望着半卷的湘竹帘子，道："从朕激怒李仲虔回京开始，你们的每一步反应都在朕的意料之中。朕切断你和李仲虔的联系，故意放出消息，你找不到他，救人心切，明知是陷阱，还是会来。"

"我阿兄在哪里？"瑶英走到佛像前，往兽首铜香炉里扔了块香饼，"你怎么会有他的佩剑？"

"李仲虔回到高昌时，朕的人就一直跟着他。他这次很谨慎，朕的人一直跟到京兆府，正准备收网时，让他逃脱了。不过他们拿到了他的佩剑和贴身之物，把他困在坊中，他躲藏了很多天，该现身了。"

金吾卫虽然抓不到李仲虔，但是把他堵在坊中，他送不出消息，也收不到任何消息。瑶英入城以后，李德以她身份贵重为由，命人将所有接近她住所的人带走审讯，依然查不到李仲虔的消息。李仲虔这么沉得住气，这倒是在李德的意料之外。

现在他把瑶英诱入离宫，再放出消息，不管李仲虔躲在哪个犄角旮旯里，迟早会现身。

从李仲虔决定回中原的那一刻起，这对兄妹都会落入他的圈套——李仲虔必须回长安。李德不能容忍他们继续壮大，只要还在位一天都不会让他们安生。

父子君臣，你死我亡，没有其他路可走。

瑶英在李德的对面盘腿坐下。

李德看着她："你不怕朕杀了你？"

"整座长安城的人都知道我来了离宫，圣上就这样杀了我，怎么向西军交代？圣上可以软禁我，但不敢杀我。"瑶英望着庭中蓊郁的芭蕉丛道。

李德一扬唇角，示意侍从上茶。

其实他很欣赏瑶英。她很识时务，知道自己的依仗，能屈能伸，可惜骨子里和谢无量一样。这样的人牵绊太多，不像他，绝情寡义，也就无所顾忌。

瑶英很久没吃到长安的茶了，闻着熟悉的茶香，道："圣上，如果我带着阿兄回高昌，这一生再不踏足长安一步，圣上会不会放过我们？"

李德道："放虎归山，后患无穷。"

瑶英抬眸。

金吾卫跪在廊外："圣上，消息都放出去了。内城各处戒严，西军在我们的严密监视之下，所有宫门由禁军护卫。五天之内，除了禁军，任何人不得擅自离坊。"

"五天，够了。"李德颔首，看一眼瑶英，"长安成了一座死城，没有人能接近离宫，除了李仲虔那种不要命的疯子。等着他吧，最迟明晚，你就能见到他了。"

瑶英沉默不语。

燥热退去，夜幕降临，晚风吹拂阔大的芭蕉叶，送来阵阵凉意，月华流淌，万籁俱寂。

谢青被带下去了，瑶英坐在佛像前，闭目沉思。

寂静中，四周忽地响起一阵惊慌的喊叫声，人影晃动。身穿黑衣的禁卫从空寂无人的庭院的各个角落里奔出，脚步声如骤起的雨点。他们穿过长廊，围住佛堂。

瑶英睁开眼睛。

几只灯笼由远及近。李德身披大氅，站在门口，脸色泛白："李仲虔今晚就会来救你，随朕来吧。"

瑶英冷笑，起身跟上他。

离宫错落有致的亭台楼阁已经被浓浓的黑烟笼罩，四处腾起火焰，火舌炙烤着清凉的月夜，到处人喊马嘶，脚步声、叫骂声、斥责声汇成一片，空气里飘浮着大火燃烧万物留下的烟灰。

禁卫从不同的方向飞跑过来报信："圣上，南面有一队人马！"

"北面也有敌袭！"

"东面也有！"

漫天箭雨落下。

李德连眉头都没皱一下，指挥若定，带着瑶英登上地势最高的鼓楼，让禁卫燃起庭燎，照亮鼓楼上下。

燃烧的火炬吞没夜色，弥漫的黑烟中，几队人马分别从三个方向冲向离宫，被早有准备的禁军拦截绞杀。

李德环顾一圈，听着夜风里断断续续的喊杀声："都是汉人，王庭人怎么没来救你？"

瑶英凝眸望着黑夜中时不时闪过的几点银甲的冷芒，目带嘲讽："圣上以为王庭人会插手？"

李德确实以为如此。他派人守着各处的进京要道，就是为了防着王庭人。只要有一个王庭人出现在今晚的离宫，他就会抓住此事诘问昙摩罗伽和李瑶英勾结，包藏祸心。

"圣上多虑了，你我父子几个人之间的事，不必把王庭牵扯进来，以免破坏两国盟约。"

瑶英语气淡漠。

李德沉默了一会儿，道："杨迁也没来，西军将领全部龟缩不动，你一点儿也不诧异？"

瑶英笑笑："我猜，我来离宫的时候，圣上把我的身世告知西军了？"

他不只要引李仲虔出来，还想嫁祸王庭，一举扫清西军里忠于她的将领。

李德颔首："你不是我的亲生女儿，西军照样会以你为尊，但你是南楚人，南楚还有残部躲入深山，不肯归顺。如今天下一统，河西世家豪族想要回归朝堂，恢复往日荣光，不想和南楚余孽为伍，你不再适合当他们的首领了。

"七娘，世道如此，别太高估人心。"

瑶英嗤笑。

大火熊熊燃烧。

火势越来越大，摧枯拉朽，浓烟滚滚。

明艳的火光映照出假山亭阁秀丽的轮廓，禁军和来救人的几支队伍短兵相接，都杀红了眼，长刀利刃相击，血肉飞溅。

辽阔的夜空滚过几道闷雷，夜风裹挟着浓烈的血腥味。

一支队伍被禁军逼到了城门下，惨叫声响成一片。一道高大的披甲身影执刀冲上前，所过之处，鲜血四溅，勇猛无畏的气势让禁军的攻势为之一滞。其他人大喊着跟上他，冲出禁军的包围。

摇曳的火光落在那道身影上，银甲白袍，剑眉凤眸，满面戾气。

随着轰的一声，焦雷炸响，孤月早已隐匿在阴云间，夜空半边被大火映亮，半边黑如泼墨。

"人在这里！"

噼里啪啦的燃烧声中，禁军大吼着通知同伴，越来越多的禁军奔了过来，再次包围这支队伍。

鼓楼上，瑶英感觉心脏擂鼓般跳动，闭了闭眼睛："圣上一定要赶尽杀绝？"

李德示意墙头的禁军放箭，双眸清明。

箭如雨下，激射而出，织出一张由钢铁打造的大网。

瑶英推开禁军，冲到箭垛前："李仲虔！"

她大喊出声。

他不想连累她，所以隐藏身份回京，她偏要当众叫出他的名字。

厮杀中的男人抬起头，一刀砍翻禁军，策马奔向朱红的宫门，挥舞长刀，格挡铁箭，蹄声如奔雷，每一声都踏在瑶英的心上。

她在高昌找到他留下的信。他一直记得和亲的事情，觉得拖累了她，想让她后半生再无烦忧。

他想到的办法是把她蒙在鼓里，自己跑回长安，和李德同归于尽。

他莽撞，冲动，视死如归，一如当年，孤身一人去战场救她。

瑶英想骂他，狠狠地骂他，却连一个骂人的字眼都吐不出口，泪水夺眶而出。

他没有拖累她。没有他，她活不到现在。他们是亲人，互相扶持。

"李仲虔！"瑶英冲他大喊，"我不是你的妹妹！我不是谢皇后所生！"

昏黄的火光下，李仲虔的表情凝住。

瑶英撞开上来阻拦自己的禁军："我是南楚陈家的女儿，当年因为战乱流落战场，被谢无量救下。陈家是谢家的世仇，当年围困荆南的楚军中就有我的亲生父亲……李仲虔，你不是我的兄长！"

不管她和李仲虔之间有没有血缘关系，这都不会改变他们之间的关系，可她偏偏是陈家的女儿。所以她一直拖着，不忍告诉他实情。

"我是你的仇人之女！"

她几乎是嘶吼着喊出这句话。

她盼他别管她，走吧。

天高海阔，他走到哪里都好。

李仲虔抬起头，平静的目光和瑶英的对上。

雷声轰响，楼阁在大火中哀鸣。隔着厮杀的禁军、狂舞的火舌、密集的箭雨，两人无声对视。

下一瞬，李仲虔隔着密集的箭雨朝瑶英咧嘴而笑，抬起长刀，把两个偷偷靠近的禁军斩落马背，轻斥一声，夹紧马腹，握着长刀，一往无前。

他早就知道她的身世了。她是陈家之女又怎样？他不在乎。

妹妹是他养大的，他们相依为命，她永远是他李仲虔的妹妹。

"李德，你敢动明月奴一根头发，我李仲虔要把你碎尸万段！"

他朝她奔来，迎着刀枪剑雨杀出一条血路，带着人马撞向宫门，轰响声震得地动山摇。

瑶英潸然泪下。

李德目露诧异之色，转身走下鼓楼："回佛堂。"

禁军抓住瑶英的手臂，拖她下了鼓楼。

李仲虔目眦欲裂，一马当先，冲开禁军，撞开宫门。离宫外的几队人马纷纷掉头，从这个入口拥入。

禁军护着李德撤回佛堂，孙将军赶来报信："圣上，宫门失守了，请圣上移驾，末将留下瓮中捉鳖！"

李德挥挥手，立在廊前，遥望火光蹿起的方向。

瑶英被禁军捆了双手，坐在佛像下。

孙将军急得满头是汗，小声问："圣上在等什么？"

李德回头，轻皱眉头："西军，谢家军，王庭中军……"

他刻意派人放出假消息，这几拨人马竟然一支都没出现，只有被困在坊中的李仲虔赶来了。

一个念头掠过脑海，李德叫来皇城的禁卫。

"回禀圣上，城中一切如常，西军将领、谢家旧将并无异动，高昌那边也没有紧急军报送回，王庭和我们相安无事，只发了几道国书，找礼部讨要文昭公主的答婚书。"

李德难以置信地回头，扫一眼瑶英。

瑶英抬起眼帘："让圣上失望了，今晚西军不会来，王庭中军更不会来。"

李德没有放松警惕，命孙将军再派人去查探。

"你为什么不动用西军？"他问。

瑶英眸光清亮："西军的职责是守卫疆土。西域光复不久，和朝中还有很深的隔阂，如若被牵扯进宫闱之乱，以后隔阂只会越来越深，如冰冻三尺，无法化解。朝廷不能信任西军，西军不能信任朝廷，互相猜忌，还怎么共襄盛事？王庭中军出现在长安，稍有不慎，两国会起烽火。"

李德微微触动。

这些问题他都考虑到了。

他走回前殿，看着瑶英，仿佛端坐于朝堂，眸中精光内蕴："你能想到这些，还能管束住他们，让他们谨守本分，倒是真为大局着想，可惜李仲虔没有你的这份豁达。"

瑶英冷笑："若非你步步进逼，我阿兄怎么会孤注一掷，回京刺杀你？世子、太子、皇帝，他从来都没放在心上。今天的局面都是你因一己之私造成的！"

"一己之私？"李德微笑，"李瑶英，没有李仲虔，朕也不能让你继续执掌西军。"

他坐在瑶英的面前，语气变得温和："当年朕接掌魏军，李家还没有逐鹿中原的野心，不过是趁着乱世壮大势力罢了。后来魏军攻城略地，名声越来越大，前来投奔的世家和小势力越来越多，朕还想做一个割据一方的诸侯，但朕的兵马不答应。他们跟着朕出生入死，眼看别人跟着主公飞黄腾达，怎么甘心居于人后？

"李瑶英，你小看了别人的野心，西军现在唯你马首是瞻，他日若想要挥师南下，正好打着你的名头和世家合作，你再顾大局，也没办法遏制人的欲望！

"二十多年前，末帝逃往江南，朕接到诏令，打算带兵勤王，部下和族人极力劝阻朕。那时朕便清楚，朕必须走上争霸之路，否则就会被部下取而代之。"

既然已经加入逐鹿之局，他就没了退路。

置身洪流之中，尊贵如他也身不由己。正如当年得知唐盈母子的死讯时，面对魏军的惨败，他必须和世家联姻。

李瑶英也会被部下裹挟逼迫着做出抉择，权势之下，没有例外。

"你不过是世家豪族手中的一枚棋子，他们利用你凝聚人心，等羽翼丰满，再利用你对抗朝廷。"李德和瑶英对视，"你是个祸患，西军不能由一人执掌。西域地广人稀，依靠当地世家豪族分而治之，才能保证不再出大的动乱。"

瑶英一针见血地道："西域现在需要的是安稳，是休养生息，让百姓吃饱穿暖。你所谓的办法无非是以利益引诱世家争权，这样你就能高枕无忧。世家争权，对局势无益！"

"安稳？"李德讥笑，"大郎对你有觊觎之心。等他即位，你的部下肯安稳？"

他停顿下来。

"再者，你要嫁给昙摩王——王庭确实和我们有盟约，现在我们相安无事，再过几年呢？你能确保王庭对西域没有吞并之心？等你嫁给昙摩王，和他生儿育女，你们的孩子拥有高贵的血统，他一声令下，西军是听他的还是听朝廷的？"

李德掩唇咳嗽几声："我从不相信任何人的忠心，只相信利益。"

他忽然笑了笑："七娘，你敢保证，在百姓的欢呼声中入城时，你真的没有一点儿野心？你不想让你的孩子接掌西军和你控制的商路？你当了王庭的王后，还能公私分明？你的商道已经扩张到了波斯，欲望是不断膨胀的，一旦开始，就没有退路。"

瑶英望着李德，神色嘲讽，眸光仍旧清亮。

"圣上说得不错，我也有我的野心。人非圣贤，能真正做到没有一点儿私心的人举世无双，我只是个凡人。"

她抬起头，望着殿外被火光映红的夜空。

"圣人有言，穷则独善其身，达则兼济天下。我不敢称兼济，落魄的时候，满心想的是怎么和阿兄活下去。摆脱掣肘、能够自保后，看到相同处境的人，我会在力所能及的时候拉他们一把。

"西域纷乱已久，战乱不断，控制商路，把所有部落纳入其中，不是为了不

- 493 -

停地扩张，而是让他们利益与共，有了顾虑，以后谁挑起战事，不必西军出兵，战火就能平息。当然，这也是我为自己备下的一条后路。狡兔三窟，我在圣上的打压下长大，习惯未雨绸缪。"

瑶英勾起唇角："我送战死的西军将士回京，百姓的欢呼是给他们的，不是给我的。不论我是朝不保夕的李七娘，还是可以统率西军的都督，我的野心只有一个，好好活下去。既然部属信任我，那我当尽其所能，让乱世之中的百姓可以安稳度日。"

佛堂外是震天的厮杀声和燃烧声，堂内是瑶英从容不迫的说话声，语调轻柔，好似闲话家常。

李德沉默地审视着瑶英，半晌后，一笑："可惜。"

瑶英的目光太过坦荡，他觉得她说的是真心话。

可惜他是个皇帝，目光必须放得长远。她是李玄贞的软肋，身系各方势力，他必须为儿子扫清障碍。

脚步声凌乱，一个满身是血的禁军冲进佛堂："圣上，李仲虔冲进来了！"

几个禁卫立即围住瑶英。

李德慢慢地站起身，走出佛堂，立在阶前。

长风灌满回廊，风声飒飒，那道身着银甲的高大身影果然带着随从杀入庭中。禁军弯弓放箭，他戴了头盔躲避弓箭，闪展腾挪，一刀挥出，禁军倒下一大片。

禁军不慌不忙，排成队列，继续射箭，其他人轮番飞扑上前，若一击不中，凌空翻转，另一拨人出掌补上，消耗李仲虔的体力。他渐渐力竭，气喘吁吁，禁卫军见状换上长枪阵，枪林罩下，李仲虔力不从心，染血的长袍被挑开，一支长枪插入他的腹部，鲜血迸出。

他咬牙拔出长枪，继续搏杀，顶开层层围上来的禁军，一步一步踏着血路走上石级。

李德负手而立，俯视着他垂死挣扎。

李仲虔满脸是血，凤眸怒瞪。他接着往前，随着哐当一声，手中的长刀被人挑开，跌落在地，几支羽箭插进他的后背，鲜血飞洒。

他仍然一步步往前走，双眸定定地凝视着瑶英。

禁卫军挥动长枪，扎向他的双腿。

随着扑通一声，他跪倒在长阶上，看着瑶英，手脚并用，往上攀爬。

李德冷冷地看着他。

瑶英浑身战栗，猛地撞开看守自己的人，冲到李仲虔的身边。

他趴在她的脚下，颤巍巍地伸出皮开肉绽的手，扯住她的裙角。

李德以眼神示意禁军。

禁军走上前，手上的长刀斩下，割开李仲虔的后颈，血流如注。

眼看禁军要痛下杀手，瑶英挡在李仲虔的面前，抬起头，眸中涌动着泪光和汹涌的恨意，明亮得让人不敢逼视："李德，你敢取我阿兄性命，最好连我一起杀了，否则我一定会亲手杀了你，为我阿兄报仇雪恨！"

李德垂眸，苍老的面孔在夜风中微微抽动。

"你是西军都督，朕不能这么杀你……"

他抬头仰望夜空，话锋陡然一转："不杀你，就算朕抓住李仲虔，你也不过是暂时听话而已，只有杀了你们，大郎才能顺利即位。"

瑶英瞳孔一缩，心念电转，目光飞快地转了一圈。她瞪大了眸子，脸上掠过惊惶之色。

李德朝她微笑，笑容竟有几分温和："你有依仗，知道朕不敢杀你，所以敢来冒险。七娘，你是聪明人，没有做错。不过你低估了一个父亲的决心。"

亡命之徒才是最可怕的，因为所有谋略在他的面前都不堪一击。

他当年优柔寡断，铸下苦果，今天欲亲手了结一切，以绝后患。

瑶英不禁摇头："不可能！"

她话音未落，只听轰的一声巨响，禁军抬着一面面精铁打造的长板冲进庭院，很快把四面长廊全部封了起来。院墙上架起弓弩，所有人被堵在佛堂里，进退不得。

李德望着黑压压的禁军，道："西军没来也好，都是年轻有为的郎君，日后为国征战，当马革裹尸，而不是陪我们葬身此处。"

瑶英齿间溢出血气："原来真正想要同归于尽的人是圣上。"

李德颔首："朕了解李仲虔，因为朕也会做出同样的决定。为了大郎，朕必须除掉你们兄妹，为了你，他一定会回来杀了朕。"

除了李仲虔，李玄贞也想杀他。攻克南楚后，李玄贞已经在暗中筹谋，他知道会有这一天，从不畏惧死亡的到来，但是李仲虔兄妹不死，他不放心。

与其等李玄贞弑父弑君，不如他替儿子动手，正好一箭多雕，把李仲虔、李瑶英、南楚余孽、朝中心向谢家的大臣一并解决。

瑶英声音发抖："西军还在京中！"

李德从容地道："今夜过去，西军找不到证据，王庭也无话可说，昙摩王再足智多谋，也不能起死回生。北戎投降时，我派人接了一批俘虏回京，把他们安置在京中，还有南楚余孽……七娘，大理寺很快会查出，宴席上和你说话的南楚降臣是幕后主使，他们和北戎人勾结，想要复国，所以设下埋伏。今晚来救你的人就包括他们。这几年你和杜思南来往密切，朕都看在眼里，他是个人才，这一次，他的身份正好可以派上用场，他就是帮你联络南楚世家的人。

"你我都葬身佛堂，罪魁祸首是北戎人和南楚余孽，你和李仲虔都有行刺的嫌疑，王庭的昙摩王有什么理由为难大魏？"

瑶英脑海里闪过一道电光，瞬间明白了很多以前不明白的事情。

李德之所以不当众揭穿她的身世就是为了今天！等他们全部葬身佛堂，没有人会怀疑李德陷害南楚，南楚降臣也是他安排的。他们一定会指认她因为血缘关系暗地里帮助南楚，想要弑君！杜思南那里多半有她和南楚联合的证据。加之李仲虔曾有弑君之举，他出现在这里，就是最好的罪证。

一个皇帝的性命足以让一切疑点显得苍白无力。谁能相信李德疯狂如斯，不惜拿自己的性命来设下圈套？

闷雷滚滚，夜风变得寒凉。

瑶英闭目片刻："我何德何能，圣上为了除掉我，竟然要赔上自己的性命。"

李德摇摇头："这笔买卖很划算。"

他用他的血给李玄贞铺路，李玄贞再无掣肘，王庭、西军那边也都有了应对之法。西军群龙无首，正好给了朝廷下手的机会，按照他的安排，河西世家必定会因为尚主内讧。南楚余孽行刺，失了道义，南楚世家无力再抗衡朝廷，从东到西，从南到北，天下迎来真正的一统。

李玄贞还不用背上弑父弑君的骂名。

瑶英咬牙，忽然道："那李玄贞呢，他怎么摆脱嫌疑？"

李德道："他不在京中，东宫所有人马远离长安，朕做了周全的准备，事后会有大臣妥善处理。七娘，明天所有人就会知道，是你邀请朕来佛寺探望谢皇后。"

瑶英盯着他显出几分混浊的眼睛："杨迁他们不会怀疑我。"

李德扫她一眼，抬手挥了挥："加上这个呢？"

轰的一声，静夜里遽然传来一阵爆响，恍如晴天霹雳，屋瓦震颤，灰尘簌簌掉落。

爆响过后，又是一声，这次是其他方向，爆响的地方火光冲天。

瑶英心惊肉跳，愣怔片刻，回过神来，冷汗涔涔。

"霹雳剑、火弹，天下皆知。"李德淡淡地说，"这是西军的秘密武器，由你掌握丹方。你和王庭军队共同抵御北戎时，也没有透露丹方，所有埋设火弹的人都是西军精锐。七娘，今晚整座离宫会被这种火弹夷为平地，试问这天底下，除了你和西军，还有谁能掌握这么多火弹？"

瑶英淡漠地一笑："你窃取了丹方，早就埋设好火弹，只等我阿兄回京……今晚过去，西军为了撇清嫌疑，必须和我划清界限。"

没有人能证明她的清白。

人走茶凉，她死在这里，西军最先想到的事情肯定是推举一位新的都督，李德必然留了后手，让西军无暇彻查离宫之事。他们都查不了，王庭更没办法多管。

李德遥望长安的方向，抬起手，示意禁卫军点燃火弹。

只需要一瞬间，这座佛殿就会被掀翻，庭院里的人一个都逃不掉，包括他自己。

这是他给自己掘好的坟墓。

"等等！"

千钧一发之际，瑶英挣脱绳索，拂去眼角的泪花，拦住李德，脸上的惧怕之色荡然无存。

李德皱眉。

瑶英拿出一枚铜哨吹响，燃烧声中，哨音尖锐刺耳。

黑暗中响起几声翅膀扇动的哗啦声响，一只庞然大物掠过庭院的上空，忽然俯冲而下，尖利的鸟爪直直地抓向禁军的眼睛。霎时，人仰马翻，禁军或举刀劈砍，或抱头躲闪，乱成一团。

与此同时，墙外传来一阵禁军倒地的声响，长刀落地声接连响起。喊杀声过后，一道道人影攀上墙头，一色的玄色盔帽和甲衣。

李德紧皱眉头，做出一个手势。不管城外出了什么变故，只要他们都死在这里，一切尘埃落定。

"圣上！"瑶英叫住他，"你看。"

她手指了一个方向，李德看了过去，倏然一惊。

院墙上，一人手持长刀，和埋伏在暗影处的弓手搏杀，剑眉凤眸，身影高大。

此处怎么又多出一个李仲虔？

李德想到一个可能，剧烈地颤抖起来，推开搀扶自己的禁军，冲下石级，抬起倒在阶前的那个人，一把掀掉盔帽，胡乱地抹去他脸上的血迹。

长发散开，火光映亮一张冷峻的面孔。

李德一时说不出话来，整个人僵住，两颊渐渐泛起不自然的红，喉咙里哼哧作响。他哇的一声吐出一大口污血。

自己煞费苦心地为他筹谋，他居然来为李瑶英送死！他就这么恨自己？他宁愿破坏自己的计划也要和自己作对？

所有努力付诸东流。

刹那间李德心如死灰，又喷出一大口鲜血，衣襟被染红了。

所有人都呆住了。

他们效忠于李德，知道今天会死在离宫，无所畏惧，可是太子出现在这里，谁还敢去引爆雷弹？

啪的一声，刚才动手伤了李玄贞的禁军撒开长刀，跪地叩首。

李德脸色铁青，青中隐隐泛白，瞳孔收缩，眼珠几欲爆眶而出。他抓起地上的长刀，不知道从哪里来的力气，一刀朝瑶英斩下。

他昔日也是带兵作战的武将，虽然这几年疾病缠身，但底子还在，这一刀带着万钧力道，无可抵挡。

院墙上的李仲虔解决了几个禁军，余光扫到阶前的变故，凤眸大睁。隔着整整一个院子，他根本无力施救！

长刀落下，腥风扑面。

瑶英瘫倒在长阶前，腰上一阵钻心的疼痛，黏稠的血淌下来，滴答滴答地落在她的脸上。

她睁开眼睛，对上一道幽深的目光。

李玄贞抱着她："没伤着吧？"

瑶英没作声。

他挡住了李德盛怒下的那一击，长刀嵌入他的脊背，伤口深可见骨。

瑶英恍惚了一下。

除了腰上磕到阶梯的地方，她一点儿感觉都没有。

上次沉睡时她便隐隐有种感觉，现在可以确定：李玄贞的生死彻底和她无关了。

"璋奴！"李德呆呆地看着李玄贞背上的长刀，松开手，脸上血色褪尽，眸光阴冷深沉。他大叫："御医！宣御医！人呢？去宣御医！"

禁军呆立原地。

李德状若疯癫，随手抽出禁军的佩刀，胡乱地劈砍："宣御医！"

几个人被长刀砍中，踉跄着倒下，旁边的人反应过来，躲避他的砍杀。

李德披头散发，霍然抬起头，眸底通红。他持刀再次扑向瑶英。

嗖的一声，一支铁箭破空而至，直直地射在他手中的长刀上，火花迸溅。

苍鹰尖叫着掠过，利爪狠狠地钩住李德的头顶，抓起一把带皮的头发。

几个胆大的禁军趁机冲上前,架住李德的胳膊,抢下他手中的刀,把人按住。

懂医的亲兵挤了过来,小心翼翼地拔下李玄贞背上的长刀,止住血,包扎伤口。

庭院里乱成一锅粥,院墙外的玄衣士兵早已经瞅准时机,翻墙跃入。铁箭嗖嗖而至,铺天盖地,禁军拼死抵抗。第二轮箭雨紧随而至,又有一批禁军倒下,很快有人意识到自己面对的是飞骑队,离宫其他地方的人手应该是被控制了。禁军当机立断,撤退至李德的身边,用身体组成围墙,紧紧地护着他。

接连五轮箭雨落下,禁军宁死不降。

李仲虔抬手,示意飞骑队停止进攻,踏上长阶。

李德挡在李玄贞的身前,混浊的眼睛里掠过几丝清明。

"圣上以为我要杀你?"李仲虔笑了笑,径自走到瑶英的身边,"各路大军都在外面候着呢,我要是敢弑君,出了离宫,死无葬身之地。"

李德冷笑:"你能调动飞骑队,倒让朕刮目相看。"

李仲虔瞥一眼重伤的李玄贞。

"飞骑队不是我叫来的,圣上,我回京可不是为了和你动粗,真正暗中调动兵马、想杀你的人是他。"

李德闭了闭眼睛。

瑶英没有带大部人马入京,李仲虔也没有多少兵马,即使他失算,两人也逃不出长安。但他忘了,李玄贞几次远征,军中的将领很可能被他暗中收服。

唯有飞骑队和军中精锐才能神不知鬼不觉地剿灭他安排在离宫的人手,李玄贞孤身一人进京,不是莽撞,而是另有安排。

他千算万算,没有算到李玄贞这么早就准备篡位了,而且和李仲虔配合默契。

瑶英故意中计是为了引蛇出洞。

李仲虔接着说:"我在王庭收到你故意派人送到我手中的信,赶回高昌,李玄贞的信也到了,他知道你在计划除掉我和明月奴,邀我一起弑父弑君。从这点来看,我们果然是亲兄弟。"

李德后退几步,坐在地上,眉宇间疲惫颓然。他像是一瞬间被抽走所有精气神,再也掩不住衰老之态。

"长安呢?"

瑶英淡淡地道:"陛下无须担忧,长安有太子妃坐镇。她和太孙遇袭,召集禁卫军保卫皇城,关闭各大宫门,不许任何人出入,长安的禁军不会来离宫救驾。"

李德一笑。

郑氏也和李瑶英里应外合，李玄贞应该就是她救出地牢的。

李仲虔走上前，手中的长刀指向李德。

李德看着他，神情平静。

李仲虔神情冷漠，道："李德，你因为自己的无能怪罪我的母亲，打压我，我是你的儿子，也是你的臣子，不能反抗，只能承受。我为你冲锋陷阵，为大魏鞠躬尽瘁，你让我屠城，我就屠城，我只求你放过明月奴。你没有遵守诺言，还想拿我的母亲来威胁我。"

那他就别怪自己无君无父。

李仲虔冷笑，挥刀，薄薄的刀刃削下李德的几缕头发。

"身上流着你的血，是我这一生最大的耻辱。"

李德一动不动。

瑶英从他的身边走过："圣上，有件事情忘了告诉你，早在高昌的时候，我已经告知西军我的身世。明天我就会昭告天下，我是陈家女。西军今晚之所以没来，是因为我叮嘱过他们，宫闱争斗，他们不该插手。"

她不会让西军失去控制，嫁不嫁人，她的抱负都不会更改。李德非要把她逼入绝境。

李德的眼皮动了一下。

"我不想暴露身世，只是因为阿兄，不是怕西军背弃我。"瑶英抬手轻抚发鬓，"我不是李家血脉，正好可以割断和长安的因缘，西军永远是守卫疆土百姓的义军，不会入驻长安。"

李仲虔拉起瑶英的手，兄妹俩头也不回地走了出去。

他曾经恨不能手刃李德，现在却不想脏了自己的手。让李玄贞下手，他心里更痛快。

父子几个人间的纠葛终于即将了结，此后他们和长安再无瓜葛。

院中一地尸首，只剩下李德父子和飞骑队。

李德看着气若游丝的李玄贞。

"为他人作嫁衣裳……朕为你处心积虑，你和外人勾结，璋奴，你迟早会死在李瑶英的手上。"

李玄贞被亲兵扶了起来，嘴唇苍白如纸，目光随着瑶英的背影飘远。

她没有回头。

他掩下苦涩，道："李德，二十多年前，你不知道我阿娘到底想要什么，害死我阿娘的人不是谢氏！你迁怒他人，用惩罚谢氏母子的方式来减轻你的愧疚感……二十多年后，你不知道我真正想要什么。

"你知道阿娘为什么自尽吗？"

他挥手示意亲兵都退出去，凑上前耳语了几句。

李德一震，浑身发抖。他睁大眼睛，死死地盯着李玄贞。

"不可能！不可能！"

李玄贞的眼中泪光闪动。

李德不住地摇头，跌跌撞撞地爬起来，满地乱转。

"不可能！不可能！我知道你们还活着，我有派族人去接应你们……只要等我娶了谢满愿，等魏军打了胜仗，你们就能回来了……只要半个月……我只耽搁了半个月……"

李玄贞听出他话中的未尽之语，愤怒地抬起头，眸中的恨意更浓。

当年李德在娶谢满愿之前就知道他和唐盈还活着！李德怕唐盈扰乱婚礼，只派族人去接应唐盈母子，恰恰就在这半个月里，唐盈失了贞洁。

李玄贞笑出声，不知道是在笑李德还是在笑命运的嘲弄。

"半个月！半个月！"

李德发狂地叫着，跑着，脚下一滑，摔倒在尸山血海中。他痛苦地闭上眼睛，满脸悲凉，嘴里不断地重复着："半个月……"

他疯了。

离宫闹出这么大的动静，皇城的人一宿未眠。

白天，城中戒严，太子李玄贞忽然出现，手捧诏书，命羽林军、禁卫军、金吾卫听太子妃号令，死守皇城。众将惶惶不安，被其他早就投靠李玄贞的人拿下。

朝中宰相早已预见父子之间会有一场对决，本想出面劝说，却被突然现身的飞骑队拘禁在太极宫中，等被放出时，天色已经完全暗了。

第二日，一道流言传出。李德在探望谢皇后的时候突发癔症，疯疯癫癫，见人就砍，御医都瞧过了，说无药可医。朝中的政事由太子李玄贞代理，百官没有异议。

百姓也没有什么异议：太子是李德自己定下来的，皇帝病了，国事确实该由太子接管。

接下来，太子雷厉风行，处置了一大批官员和将领。其中，南楚降臣接连病逝，众人并未在意，只当他们思念故国，抑郁成疾。

几个月后，李德在离宫驾崩，据说是积劳成疾。

后面的事情都和瑶英无关了。

她从离宫出来的那天晚上，谢青捧着鞭子迎上前，瑶英抄起长鞭，转身，一鞭甩向李仲虔。

"自作主张回京？瞒着我和李玄贞合谋逼宫？还给我留一封信，叫我安心过日子，别给你报仇？"

瑶英咬牙切齿，反手又是一鞭下去。

"我不回来的话，你们两人只能和李德硬碰硬，知不知道会有多少伤亡？李德有雷弹，逼急了他，你武艺再高，也不是禁军的对手！"

李仲虔不敢辩驳，硬着头皮挨了好几鞭后，讨饶道："我没打算冲上去送死，李德设下毒计，李玄贞想先下手为强，决意弑君，我帮他几个小忙，不管成功与否，李德都得脱层皮。"

李玄贞从南楚回来时便和他私底下见过面。他躲在长安，李玄贞假装被关押，其实早已脱身，兄弟俩原本的计划中并没有瑶英的参与，因为她应该还在高昌。就算她发现不对劲赶回长安，凉州也会有人拦住她。

他和李玄贞虽然矛盾重重，但当初在北戎时一起兴风作浪，配合默契，在杀李德这件事上，目的一致，他们不介意再合作一次。

谁都没料到，瑶英回来的消息传来时，人已经到了京兆府了。

那时李仲虔还躲藏着，没办法和瑶英通信，心急火燎地赶到离宫去救人，要不是李玄贞赶到拖住了他，和他交换银甲战袍，他还以为瑶英什么都不知道，真的被李德骗了。

瑶英轻哼，知道李仲虔没有说出全部实情。他和李玄贞没有十足的把握，幸好她及时赶回来，和太子妃里应外合，吸引李德的注意力，李玄贞才能找到下手的机会。

"我们还是大意了，李德居然得到了雷弹的丹方，要不是李玄贞在场，今天离宫一定会被夷为平地。"

瑶英皱眉。西军里出了细作，她得好好肃清工坊。丹方不是什么秘密，她会交给朝廷，但是细作不能再留。

李仲虔也后怕不已，长舒一口气。

瑶英收起鞭子："阿兄……我是陈家的女儿。"

李仲虔怔了怔，笑着揉揉她的发顶："我早就知道了，明月奴，阿兄不在乎，你永远是我妹妹。"

知道瑶英身世的时候，他呆坐了一天，心里并无恼怒。她的亲生父母都在战乱中亡故，族人和她血脉疏远，上一代的恩怨不会影响他们兄妹间的关系。除了惆怅感慨，他心里更多的是为瑶英高兴。

她不是李德的女儿，她的亲生父母如果没有亡故，一定会很疼爱她。

"你想要拜祭父母的话，让昙摩罗伽陪你去。"李仲虔笑笑，"虽说他们没有抚养过你，你也该去拜祭一下。杜思南信上说，他们以为你死在战火中，为你立了衣冠冢，可惜和你无缘。"

瑶英嗯了一声，拦住李仲虔的胳膊。

"阿兄，我们回一趟荆南，去拜祭舅父他们。"

李仲虔勾起嘴角，点点头。

二人走下长阶，亲兵簇拥着一辆马车驶过来，瑶英登上马车，靠在车壁上，感觉浑身像散了架一样，闭目沉睡。

马车晃晃悠悠地驰下坑坑洼洼的山道，朦胧的灯光从车帘透进车厢，脚步声杂乱。李玄贞今晚调动了不少人马，到处乱糟糟的。

瑶英忽然惊醒，猛地掀开车帘，对上一双沉静的碧眸。

她莞尔，顿时感觉疲惫消失得无影无踪，趴在车窗前："罗伽，我就知道你会守着我。"

就像他们在高昌时那样。

"你一直跟着我是不是？在离宫射箭的人是不是你？"

昙摩罗伽很镇定，丝毫没有被抓到的狼狈，点点头，轻皱眉头："睡吧。"

瑶英伸手够他的袖子："你进来陪我。"

昙摩罗伽不语，一勒缰绳，翻身下马，上了马车，亲兵牵走他的马。

瑶英怕耽误时机，马不停蹄，好几天没见着昙摩罗伽了。她知道他一定跟着自己，每次吹哨的时候都能感觉到他就在身边。知道他在身侧，她做什么事都很安心。

她让他靠坐着，自己坐到他的腿上，钩住他的脖子，叭的一声在他的侧脸上亲了一下。

"你不是答应我不会让王庭人进京吗？"

他们一起回的中原，几天前在城郊分别。她带着轻骑先行，昙摩罗伽答应在城外等她，如果她和李仲虔出了什么意外，他再现身。

昙摩罗伽低头，收紧双臂，吻瑶英的发顶。

"我是文昭公主的情郎。"他低声说。

他既然是她的情郎，她回京，他当然得跟随她。

瑶英轻笑，闻着他身上熟悉的味道，心里只有安定熨帖，疲惫再度涌上来，她睡了过去。

昙摩罗伽细细密密地吻她的发鬓。

明天他可以现身了。

她曾在百姓的泪水中凄苦地离开长安，这一次他亲自来魏朝请婚，接她离开，让欢笑取代她痛苦的回忆。

漫漫人生路，他们并肩走下去，白首不离，共度一生。

骚乱平息，但是一朝天子一朝臣，李玄贞代理国事后，朝中人心惶惶。

他没有手软，肃清朝堂，提拔功臣，连数数道罪状，一夜之间，牢狱里人满为患。

几家欢喜几家愁，有家族在这场父子争端中没落，就有家族趁势崛起，如潮水涨落。一茬新贵又于长安冒出，像枝头新生出嫩枝，只要雨露滋润便可茁壮成长，一代一代，生生不息。

李玄贞靠坐在榻边批改奏章。

天气炎热，他嗅到身上的伤口隐隐散发出腥臭的味道，侍从早晚送来汤药，满殿飘散着清苦的药味。

一封奏疏被送到他的面前。

郑景跪坐在案前，道："殿下，王庭的昙摩王亲自来长安请婚，使团要求入城。"

李玄贞一顿，展开请婚书。

文书是昙摩罗伽亲笔所写。他果然精通汉文，挥洒自如，字迹一看就是苦练多年的功底。

李玄贞可以想象，昙摩罗伽一笔一笔地写下这封请婚书时，心里多么雀跃。

瑶英喜欢他，愿意嫁给他。

李玄贞闭目了片刻。

这份只是走一个过场的请婚书，阴错阳差，要由他亲自批答。

他再一次送她出阁。

背上的伤口裂开，痛得钻心入骨。李玄贞睁开眼睛，提笔，额上沁出细汗。

他再不甘，也无法出手阻拦。她早已不是当初的她，谁动她就得承担西域动荡的后果，何况昙摩罗伽的背后是强盛的王庭，他没有半分胜算。

逝水如斯，他错过就是错过了，没有回头的机会。

执迷不悟，他就是下一个李德。

李玄贞定下心神，正要落笔，内侍垂首入殿。

"殿下，文昭公主派人过来了。"

李玄贞一怔，忙问："请进来，什么事？"

内侍道："文昭公主说，殿下有伤在身，王庭的请婚书就不劳殿下批复了，昙摩王向她求婚，她可以自己回复。"

李玄贞愣了一会儿，放下笔，翘了一下唇角，脸上却没有笑容。

这果然是她的作风。

她的婚事，她自己做主。

消息很快传遍长安。

文昭公主的驸马来了。

不过先入城的不是驸马，而是王庭送来的聘礼。

在乐伎卖力吹奏的欢快的乐曲声中，一头头浑身挂满珠宝的大象踩着优雅的步子入城，紧随其后的马车镶金嵌宝，载满一只只敞开的大箱笼，箱笼里装满贵礼，绫罗绸缎、珠宝玉石被日光一照，光芒闪耀，灿烂夺目。身着王庭服饰的男女站在箱笼旁，面带笑容，手捧金盘，向路边抛撒鲜花和喜钱。

车队所过之处，一阵馥郁的芳香。

京城中的百姓好多年没看到这样的盛景了，满城轰动，百姓纷纷奔出家门，追逐着王庭使团。街上人声鼎沸，孩童紧跟着大象，满脸好奇。

李仲虔站在城楼上，看着那一头头笨重的大象慢悠悠地在长街上漫步，朝天翻了一个白眼。他以前怎么没发现，和尚这么懂世俗人情？

几声清脆的笑声在身旁响起，如珠落玉盘。

瑶英望着一眼看不到尾的车队，眉开眼笑，瞥见李仲虔好像面色不虞，转了转眼珠："阿兄，这些都是西军的军费呀，你不是打算组建一支专攻阵法的步兵吗？地方选好了，只等你回去挑人。"

李仲虔抬起下巴，冷哼一声："这些聘礼你留着吧，到底是王庭的心意。"

聘礼之后，王庭使团入城。

城门前挨山塞海，宽阔的长街被挤得水泄不通。

枝头朝露未干，风中回荡着悠扬的钟声，乐曲连绵不绝，余音袅袅，清冷的晨晖倾洒而下，淡淡的晨雾中影影绰绰，马蹄声悠悠地传来。

长街内外，无数道目光汇成汪洋，望了过去。

蹄声嗒嗒，几道金灿灿的光束斜斜地切过，照亮一角浮动着金银宝光的锦袍。一道挺拔的身影出现在夏日的晨曦中，面孔半明半暗。

众人呆呆地看着那个从雾气中驰出的男子，半晌回不过神。

耳畔风声萦绕。

李玄贞缓缓地走下高台，扫一眼左右呆立不语的年轻官员，看向昙摩罗伽。

那道风姿卓绝的身影在官员亲卫的簇拥下朝他走来，丰神俊朗，穿着锦衣绣袍，腰束革带，别匕首弯刀，举止高雅雍容。他有种高洁出尘的清冷风姿，立在那里，一语不发，只一个眼神就让周围那群器宇轩昂、特意换上装束、暗暗和他较劲的年轻儿郎霎时间全部黯然失色。

那几个不服气的年轻官员愣了片刻，默默地退下，垂头丧气。

众人暗暗赞叹：如此天人般的郎君，和文昭公主就是一对璧人。

礼部官员上前奉承，昙摩罗伽颔首致意，一开口，说得一口优雅地道的长安官话，没有一点儿域外胡人的口音。

众人又是一愣。

李玄贞走上前，目光和昙摩罗伽的目光在半空遇上。

一瞬间，两人都没有退让。

李玄贞目光中带着审视，昙摩罗伽的骨子里散发出从容不迫的气势，面容温和，碧眸中却有锋芒无声涌动。

两人在官员的簇拥下入殿。

宴席上，年轻的官员绞尽脑汁地刁难昙摩罗伽，他应对如流，对汉文典籍了若指掌，风土人情也信手拈来。

官员们不由得气馁。他们在相貌和风度上已经差了一大截，学识上也不如驸马，论武艺更是无法和驸马相提并论。

礼部官员泄了气，对望一眼：他们还是准备婚礼吧。

王庭使团和朝臣交涉期间，瑶英忙着处理西军事务。

她公布了身世，朝廷保留了她的封号，因她要嫁给昙摩罗伽，又予以加封，百姓仍然称呼她为公主。镇守南楚的秦将军以她的名义招抚南楚，还在负隅顽抗的残部很快投降，南楚渐渐安定。

南楚文风昌盛，得知瑶英本是南楚人，歌颂她事迹的话本如雨后春笋一样一本接一本地流传于坊间。

瑶英改进过话本刊印的技术，现在文人写好文章，很快就能刻板印刷贩卖，百姓对这些话本里的故事津津乐道。没过多久，她和亲西域、和昙摩罗伽共结连理的故事就传遍大江南北。故事之曲折悲戚，缘觉这个域外长大的人听了，立马嫌弃西域百姓的那些谣言不够动人。

她没有理会这事，打点行囊，预备回高昌。

杨迁坚决不肯尚主，也不许自己的兄弟尚主，她劝他道："河西和中原断绝往来太久，杨家带头融入朝堂不是什么坏事。"

在她的努力下，如今西域诸州的政策法令一如中原，民间已经开始广泛地进行贸易往来，东归之路不仅仅只是收回国土那么简单。

杨迁挠了挠头皮，哈哈笑道："您有所不知……公主身份高贵，一个赛一个娇气，我这人是牛脾气，怕相处不来，怠慢贵人。"

话还没说完，他想到瑶英也是公主，一溜烟地跑远，找李仲虔喝酒去了。

瑶英失笑。

这天，忽然有人送来一窝细犬，她问侍从谁送的，侍从说是宫中送的贺礼。

"殿下特地出城，亲自为您挑的呢！每一只都很精神。"

瑶英出了一会儿神，吩咐侍从："送去鹰奴那儿，让他养着吧。"

侍从感觉有点儿可惜："公主为什么不自己留着养？"

瑶英淡淡地道："我以前养的细犬没了，以后不会自己养。"

细犬送了出去，消息送回宫中。

后来，李玄贞把细犬要了回去，自己饲养。

忙完大事小事，瑶英以自己的口吻写好一份答婚书，叫来缘觉，让他拿去给昙摩罗伽。

缘觉的嘴巴一直咧到了耳根。他小心翼翼地捧着答婚书回驿馆。

窗外一池芙蓉，亭亭玉立，满院莲香。

这样的山清水秀之地才能养育出他的明月奴。

昙摩罗伽接过书帛，手指抚过她的字迹，像抚过她雪白的肌肤。他望着骄阳下盈盈的芙蕖，微翘唇角。

等他们回到王庭，他也想办法养一池这样的莲花。

这月十八，天朗气清，云淡风轻。

王庭使团正式迎婚。

旌旗飘扬，乐曲声穿云裂石，昙摩罗伽穿一袭华服，身姿挺拔。他等在城门前，总是平静无波的脸上现出几分不易察觉的焦急。

长街上人潮涌动，百姓知道瑶英今天出阁，换上最鲜亮的衣裳，戴着鲜花，捧着礼物，等在长街的两侧，夹道恭迎。

街旁茂盛的槐树、榆树上挂满各色彩绸，云蒸霞蔚，花团锦簇。

天还没亮，郑璧玉就叫人点起明烛，领着贵女们为瑶英装扮，足足用了两个时辰才在一片惊叹声中扶着她上马车。

瑶英端坐在车厢中，浓妆艳抹，头梳高髻，冠花钗十二树，珠翠博鬓满头，身穿深青色翟纹袆衣、素纱中单、织金凤纹朱裳，眉心点翠，手中执一柄团扇。她用团扇遮住面容。

马车驶过长街，百姓欢呼雀跃，追在马车的后面，叫着瑶英的封号，恭祝声如起伏的海浪。

"祝公主和驸马白头偕老、比翼齐飞！"

"祝公主和驸马早生贵子！"

"公主要经常回来看看哪！"

瑶英不由得想起被迫和亲时乘坐马车离开长安的场景。那时她以为这一生再也不会回来了，百姓泣别相送，哭声震天。

她回来了，家人安好，天下太平。

这一次所有人笑容满面，李仲虔走在车队的前面，鲜衣怒马，英姿勃勃。摆脱了李德的阴影，他比以前开朗多了。

城门前的大道上，鲜花铺满路面，几面雪白金纹的旗帜迎风飘扬。

瑶英的目光定在那几面旗帜上，眼前浮现出自己初见昙摩罗伽那天的景象，唇角轻抿。

当时她绝望之下冲上去了，压根儿没有多想。

她的脸上笑意很浅，云鬓丰泽，整个人明艳动人，恍如神女。

百姓的欢呼声更加热烈。

礼官登上高台，宣读诏书。

昙摩罗伽耐心地等候着。在他的身后，蓝衫白袍的王庭近卫骑士单手握拳，置于胸前。他们恭敬地朝他们的王后致意，庄严肃穆。

等礼官读出最后一个字，宣告礼成，李仲虔朝瑶英眨眨眼睛："要是受委屈了，阿兄替你出气！"

说完，他和西军将领一起退开。

昙摩罗伽驱马上前，翻身下马，走到车窗前，俯身。

这是王庭的风俗。

一双纤巧的手掀开车帘，瑶英含笑的面孔映入他的眼眸。

昙摩罗伽怔怔地看着盛装的她。

瑶英笑意盈盈，面容娇艳得让街旁一树树盛开的花失了颜色，眼波流转，身上有种从内而外焕发出的艳光，一肌一容，尽态极妍。[1]

神女降世。

1　出自《阿房宫赋》。

他半晌没有出声，心里被异样的、难以形容的欢喜填满。

瑶英笑着扯住他的袖子，让他靠近点儿，在他的脸上啄了一下。

王庭的乐伎更加卖力地吹奏乐器。

昙摩罗伽回过神，看着落下的车帘，慢慢地扬起唇角。

王庭近卫骑士拥上前，簇拥着他们的王和王后，朝西而去。

百姓追出一里又一里，依依不舍地目送车队远去。

许多年后，这场盛大的婚礼仍然是长安百姓津津乐道的盛事之一。

车队刚出了京兆府，新娘示意马车停下。

昙摩罗伽立刻勒马停下来。

车帘晃动，瑶英把头探出车窗，拨开鬓边摇摇晃晃的金凤珠串："罗伽，戴着这个太累了，我想换衣，想骑马。"

昙摩罗伽凝视着她，目光比从花间拂过的风还要温柔。

谢青牵来瑶英的坐骑，她摘下沉重的凤冠，脱了袆衣，换上轻便的锦袍，蹬鞍上马，将长鞭一甩，迎着灿烂的日光，在一望无际的平原上驰骋。

跑出一段距离后，她觉得筋骨舒展开来，长舒一口气，回眸一笑。

昙摩罗伽催马疾走，和她并辔而行，伸手握住她执鞭的手，紧紧地扣住。

"明月奴，我不知道该怎么做一个好丈夫，你要教我。"

瑶英挑眉，摇摇头："我也不会。"

语气俏皮。

她不会再上当了。他无措地说自己不知道怎么做一个好情郎时，她一下子就心软了，其实他的主意大着呢！

昙摩罗伽情不自禁地微笑，俯身吻瑶英的头发。

两个人手牵着手，策马徐行。地上投下的两道影子紧紧地依偎在一起，密不可分，正如他们，执手同道，相伴一生。

番外一

连理交枝

"罗伽……"

不远处传来一声焦急的呼喊。

昙摩罗伽从禅定中惊醒,睁开双眸,起身掀开毡帘,大踏步走向旁边的毡帐。

篝火熊熊地燃烧,侍立的近卫面面相觑,而后疾步跟上前。一人问:"王,怎么了?"

昙摩罗伽径自掀帘入帐,走到矮榻旁,俯身,抱起熟睡的瑶英。

她紧皱眉头,汗水淋漓。

"明月奴。"

他轻声唤她,拂开她脸上汗湿的乱发:"别怕,我在这儿。"

眼睫剧烈地颤抖,瑶英从噩梦中醒来,对上他冷静的目光,发了一会儿怔,轻轻地吐了口气,笑了笑:"又梦见逃命的时候了……"

离开长安后,他们继续西行,这些天经过的正是当年海都阿陵掳走她去往西域时走的路线。白天她冒着烈日的炙烤去几个部落转了转,督促官员在冬天来临之前挖好沟渠,以免来年部落无水灌溉,可能是触景伤情,这几天夜里经常梦见过去的事情。

她晃了晃脑袋,回过神:"你怎么知道我做噩梦了?"

昙摩罗伽拔开兽皮水袋,道:"我听见你梦里叫我的名字。"

瑶英一愣,将信将疑:"我叫你了,真的?"

"叫了。"

他喂她喝水。他有过人的耳力，听到她梦中惊呼才会赶过来。

瑶英觉得嗓子干痒，就着他的手喝了几口水。这是他路过绿洲的时候特意灌的泉水，清冽甘甜。

听到呼唤冲进来的谢青几个人见状默默地退了出去。

昙摩罗伽没走，放下水袋，抱着瑶英，就势躺下。

瑶英推他："这么热的天气，你去自己的大帐睡吧……"

因为功法，最近他的身体总是很热，像个炭炉，虽看不见炭火的红光，挨着他的身体却觉得滚烫。

昙摩罗伽抱着她的肩膀不放："我念经给你听。"

瑶英喜欢听他念经，这功夫也是他自小练的。嗓音低沉，腔调悦耳，抑扬顿挫，平和中隐隐有种海纳百川的气势。每次讲经大会，他只要一开口，在场的人全部鸦雀无声，连咳嗽的声音都没有。

她抱住他的腰，往他的怀里蹭了蹭，嘴上却道："白天还要赶路，别累着了。"

他温柔又不容置疑地道："等你睡着了我就回去。"

瑶英这才不吱声了，闭上眼睛听他念经。

他念了一会儿，婉转的嗓音在她的耳畔回荡。她感觉心里酥酥麻麻的，笑着说："罗伽，你怎么什么都会？"

"我不是什么都会。"他低声说，"你这几天总做噩梦。"

他不能去她的噩梦中帮她驱赶恐惧。

瑶英失笑："梦罢了……这段时间天天赶路，我想起以前的事情，不知不觉会梦到。你别担心，我知道那些都是过去的事！我一遍遍地告诉自己，梦里发生的一点儿都不可怕，因为我只要醒过来就没事了。

"做了噩梦以后，我醒来时会特别高兴。"

因为那段记忆早就远去，她不会再经历那样的事情了。

"罗伽，你也会做噩梦吗？"她打了个哈欠，迷迷糊糊地问。

昙摩罗伽低头亲她。

他会。

修罗地狱不是他的噩梦，信众的唾骂背弃也不是噩梦，他的噩梦是她因为他被扔进炼狱，饱受折磨。

瑶英睡着了，过了一会儿嫌他热，松开手，想推他，却推不动，将手臂一甩，翻过身去背对着他，离他远远的，只留给他一个后脑勺。

昙摩罗伽知道自己该起身出去，但是感觉身体的每一个细胞都在抗拒，就这么看着她的背影合眼睡去。

第二天，瑶英还没醒时，昙摩罗伽悄悄地起身，命各部加快行进速度。瑶英解决了几起部落间的争端，路上不再停留，没几日就到了高昌。

迎接他们的是满城百姓的欢呼和十几个骑着高头大马、玄袍银甲、英姿勃发的年轻儿郎。

瑶英骑了一天的马，风尘仆仆，长靴里能倒出半斤沙子。她和儿郎们寒暄几句，匆匆入城，洗漱过后就歇下了，一觉醒来，窗外黑魆魆的，有欢快的琵琶乐声悠悠地传来。

她去找昙摩罗伽。他向来自律，早就醒了，正坐在书案前看一卷书，看她进屋，立刻收起卷册。

瑶英好奇他在看什么书，扫了一眼，他已经把卷册塞入书匣，站起身，目光落在她的脸上，神色有些异样。

"怎么了？"她不禁问。

他凝视着她，沉默了一会儿，道："无事。"

"陪我去一个地方。"她道。

他一句也没问，跟着她出屋。

庭燎放出暗淡的火光，瑶英拉住他的手，感觉有点儿烫。

昙摩罗伽低头看她，眸中掠过清浅的笑意，紧绷的神色缓和下来，手指微微用力，和她的手指相扣。

路过前廊时，瑶英忽然笑了一下，指着角落的一根廊柱："罗伽，上次你来高昌的时候，是不是就躲在那里看我？"

当时她似有所觉，看过去时却没看到他的人。

她故意提起这事的语气实在俏皮，昙摩罗伽忍不住低头吻她红润的唇："是。"

他就站在那里，隔着一道门看红尘中的她。

以前想起这件事情，瑶英心疼他还来不及，现在故地重游，拉着他的手，过往的痛楚被酿成醇厚的酒。她微笑着说："我知道你悄悄来了高昌，又一个人带着伤离开的时候，快被你气死了。"

她真的很生气，气到想冲到他的面前，扯下他的袈裟，撕开他所有的伪装，和他大吵一架。

昙摩罗伽停下来，直直地看着她的眼睛："明月奴，以后不会了。"

他承诺什么的时候，似群山巍峨沉稳，字字千钧。

他骗人的时候也是这样。

瑶英轻哼一声，想打他，碍于手被他紧紧地拉着，抽不出来，只能瞪他一眼。

他的唇边溢出一抹笑。他很想好好地吻她。

她已经掉头往外走了。

昙摩罗伽有点儿失望，跟着她往外走。

两人出了宫门，广场上热闹的场景映入眼帘。白日酷热，夜晚寒凉，迎接车队的宴会才刚刚开幕，盛装的男女老少挤满广场，有的手挽着手围着篝火踏歌起舞，有的坐在角落里弹奏乐曲，有的凑在一处豪饮斗酒，有的舒展身姿斗舞……广场上分外热闹。

瑶英兴致勃勃地盯着比肩接踵的人群。

"想去跳舞吗？"昙摩罗伽问。

瑶英笑着摇摇头，拉着他的手离开，穿过寂静的长街，来到一处僻静的庭院。院中的人早就等着了，打着灯笼领两人进去。

内院有说笑声，一个面容秀丽、穿中原服饰的妇人领着一男一女两个青年站在庭院里放灯祈福，庭前设了供桌，供桌上摆满祭品。

妇人教青年念诵经文，两个青年笑着答应。

"她是我阿娘。"瑶英轻声说，"我和阿兄知道李德不会放人，收复失地的时候就想办法偷偷地把她带出京兆府了，离宫里的那个人是别人假扮的。"

假扮的人和谢满愿有几分相似，可以骗过守卫，不过骗不过李德。可笑的是李德不关心谢满愿，只远远地看过几次，所以不知道他手中的人质是假的。

"阿娘不认识我和阿兄了，不过我还是想带你来见见她，让阿娘知道我过得很好。"

昙摩罗伽握紧瑶英的手。

两人在阴影处站了半晌，等谢满愿在两个侍者的劝哄下回屋休息，他们才手拉着手一起出来。

瑶英问管家："阿郎来过了吗？"

李仲虔比她先到高昌。

管家脸色微变，小声道："七娘，阿郎来是来过了，不过没敢多待……有件事情，奴要向您禀报。"

"什么事？"

管家吞吞吐吐地道："奴听谢冲他们说，有位女郎……带着阿郎的信物找了过来，那时候您和阿郎都不在，谢冲他们不敢做主，只能把人接过来住着。阿郎回来以后，那边赶紧去禀报，谁知阿郎见了人，眼皮都没眨一下，一转头就走了……谢冲他们不知道该怎么安置那位女郎。"

"是认识的人吗？"

"不认识，谢冲说看那位女郎的五官，肯定不是汉人。她会说我们的官话，好像身份很不一般，谢冲不敢和奴明说。"

瑶英感觉眼皮跳了两下：李仲虔不会是惹下什么风流债了吧？不过他向来敢作敢当，和女郎来往都是你情我愿，绝不会始乱终弃。

她想了想，吩咐道："先好好照顾那位女郎，等我找阿兄问清楚了再看怎么安置。"

管家松了口气，应是。

夜色深沉，星光铺洒一地。

瑶英和昙摩罗伽手拉着手往回走，近卫在后面跟着，长街上回荡着几个人的脚步声。

昙摩罗伽突然问："想不想去宴会跳舞？"

瑶英一愣，抬起头，发现他低头看着她，神情很认真。

如果她说想跳舞，他会陪她去。

瑶英笑了笑，踮起脚在他的唇上啄了一下："今天累了，不想去凑热闹，以后跳给你看。"

昙摩罗伽的眼前闪过她上次和曼达公主在亭中起舞的模样。

极乐仙境里飞天的曼妙舞姿也不过如此。

跳舞的她似风中轻曳的花朵，摇摇欲坠，明艳妩媚，花蕊将开未开。他依旧记得她腰肢的袅娜。

他身上紧绷，血液倏地加快流动，在全身的血管间奔腾涌动。

夜色很好地掩藏了他的失态，瑶英只当他对舞蹈不怎么感兴趣，甩甩他的手，拉着他继续往回走。

第二天瑶英在马场找到李仲虔。

他正和杨迁几个人领着挑选出来的士兵打马球，训练队伍的配合能力，看到瑶英登上高台，飞身下马，随手把偃月形的球杖抛到场边的豪奴手中，几步跨上石级，赤色的窄袖袍上沾满灰尘，裹头的幞巾散开，晶莹汗湿的头发露出来，脸上都是汗，凤眸显得格外黑。他气喘吁吁地问："出什么事了？"

瑶英递了水囊给他："阿兄，我听说谢冲他们收留了一位女郎？"

李仲虔没接水囊，勃然变色："你听说什么了？你也来质问我？"

瑶英觉得他莫名其妙，瞪他一眼，啪的一声将水囊拍到他的胸前："我这不是来问你吗？我怎么不相信你了？你是我的兄长，出了这样的事，我肯定先来问你，再去找其他人求证。"

李仲虔回过神来，怒气全收。他笑了笑，咕咚咕咚喝了一大半水，将剩下的水直接淋到头上，抹了把脸。

"别生阿兄的气，这几天问这事的人太多了，他们都是来质问我的。"

瑶英没生气，看着他，正色道："阿兄，那位女郎怎么会有你的信物？"

李仲虔勾了勾嘴角："信物是从前我流落北戎时无意间落到她的手里的。我和她之间只是几面之缘而已，没有做出任何有背道义的事情。你可以去问塔丽，我在北戎时，多蒙她搭救，她可以证明我没欠下什么风流债。"

他这么说，瑶英自然相信，接着问："那阿兄想怎么安置她？"

李仲虔眉头一皱，湿漉漉的脸上露出几分迟疑："随她去吧。她现在没别的地方可去，先让她在这儿吧。"

"她到底是什么身份？谢冲他们为什么不敢明说？"

李仲虔以指作梳，揉了揉头发，戴好幞巾，道："明月奴，她是瓦罕可汗收养的小女儿，原本应该嫁给北戎王子为妻。"

瑶英愣住了，一道身影从脑海里一闪而过。

"阿兄，那位公主是不是叫巴娜尔？"

瓦罕可汗会收养族人部下的孤女，封为公主，悉心养大后赐嫁各部，既能笼络人心，又能借着联姻掠夺控制各部。巴娜尔是他的养女之一。北戎灭亡时，巴娜尔还没出嫁，金勃归顺王庭后，曾经打听她的下落，想把她接到王庭去。

李仲虔神色惊讶："你见过她？什么时候？"

瑶英点点头，道："收复伊州的时候。"

她带兵去伊州时，不许西军骚扰妇孺，在王帐见过巴娜尔。不过当时她忙着办正事，没有怎么留意这个人。

她之所以记得巴娜尔这个名字，是因为巴娜尔见到她以后，神情古怪，怔怔地盯着她看了很久，还叫她阿依努尔[1]，说认识她。

李仲虔应该向巴娜尔提过她。

"阿兄……"瑶英沉吟片刻，道，"巴娜尔公主由义庆长公主抚养长大，对瓦罕可汗并无孺慕之情，现在北戎已经归顺王庭，你如果和巴娜尔公主情投意合，不用再忌讳国别和身份。"

李仲虔嗤笑："国别、身份算什么？我不想成家，没做过对不起她的事情……她自己非要追过来。她处境可怜，随她去吧。"

1　阿依努尔：意思大概就是明月光，明月奴。

最后几个字带了几分冷漠的恼意。

瑶英挑眉。李仲虔的脾气她知道，他要是真的厌恶巴娜尔，早把人赶走了，现在巴娜尔还住在高昌，这说明他并不讨厌巴娜尔。

"你心里有数就好。"

既然李仲虔没有辜负巴娜尔，那他们之间的事她不会多管。

李仲虔哼了一声，勾起嘴角："我的事你就别操心了……"

他语气忽地变得戏谑："先管好你家和尚吧！"

瑶英怔了怔："罗伽怎么了？"

李仲虔指指场中的几个年轻子弟："你看看他们的脸。"

瑶英看过去，发现那几个子弟一边打球一边偷偷地看她，注意到她打量的目光，慌忙躲闪。牛家的三郎一不小心从马背上摔了下去，差点儿被马蹄踩着，等爬起来时，她注意到他鼻青脸肿。

李仲虔摸着下巴，意味深长地道："这几个人是达摩亲自挑的……昨天你一进城就去歇着了，和尚要会见高昌的官员，你错过了不少好戏。"

瑶英想起昨晚见昙摩罗伽时他的脸上一闪而逝的异样的神情，问："他们为难罗伽了？"

李仲虔一笑："为难算不上，不过是一帮傻小子想看看和尚到底哪点比他们强罢了，没出什么事。"

瑶英心想罗伽性子沉稳，这里又是高昌，他不想让她为难，就算别人有意刁难也闹不出大事。

"我去看看他。阿兄接着打马球吧，巴娜尔公主那边你要是觉得棘手，和我说一声，我帮你处理。既然你想照顾巴娜尔公主，那就好好照看着，别说什么气话寒了她的心。"

她说完，掉头走了。

李仲虔看着她匆匆离开的背影，低低地笑着嘟囔了一句。

亲随找了过来："阿郎，巴娜尔公主病了……"

李仲虔的眉头紧皱："病了就去请医者，不必来找我，我又不会治病！"

亲随不知道他的火气从何而来，诺诺应是。

他走出去几步，顿住，又道："王宫的医者医术好，拿我的帖子去请，不管用什么药，都记在我的账上。"

言罢，他接过球杖，蹬鞍上马，继续指挥士兵演练阵法。

瑶英先去找缘觉，逼问他："昨天宴席上出什么事了？"

缘觉憋了足足一晚上，就等着她来问，一挺胸脯，道："王后有所不知，昨天高昌这些子弟非要和王斗酒，可是王还是修五戒，不饮酒，他们就作诗讽刺王不敢应战，后来又闹着要和王比箭术，看谁能射中天上飞过的大雁，王不会无故杀生，他们又作诗……他们还玩什么击鞠传花，蹴鞠到谁的脚上，谁就得作一首诗，输的人要喝酒……"

其实高昌子弟没有作诗，只是用了几句典故，缘觉听不懂，只当他们在嘲笑人。

瑶英哭笑不得。

缘觉不懂中原的习俗，在她听来，高昌子弟为难昙摩罗伽的办法好像都是闹婚车、耍弄新郎的招数。

"牛三郎他们脸上的伤是怎么回事？"

缘觉连忙解释："王身份尊贵，又敬爱王后，绝没有出手伤人！昨天比赛箭术时，王不能射杀大雁，就将箭矢射向其他人射出去的箭，箭无虚发，把所有人的箭都射了下来！因为他们比的是骑射，有子弟争先，几匹马相撞，摔成那样的……还有，他们在宴会后设下埋伏，想要偷袭王，王英明睿智，没有理会，他们中了自己人的陷阱，被一顿乱拳揍成那样……"

高昌这边的豪族子弟虽说文武双全，但是远离中原，只偷偷读了些经籍，学识不如昙摩罗伽。他们一番作诗论对后，发现难不倒他，于是以武服人，等昙摩罗伽几箭联珠将在场所有人的箭矢射落，忽然想起摄政王的威名。

达摩原本跟着子弟们凑热闹，对上昙摩罗伽沉静威严的目光，顿时什么心思都没有了，讪讪地退到一边去喝酒，只有几个纨绔子弟仍不服气，想方设法地为难昙摩罗伽，结果都被他一一化解。

瑶英没想到她睡着的时候发生了这么多事，到昙摩罗伽住的地方去找他。近卫朝她拱手："王后，王在会见使者，您有什么吩咐？"

她摇摇头，示意近卫不要出声，在外面等了一会儿，看见使者出来了，故意放轻脚步进屋。

昙摩罗伽坐在书案前，没有抬头："用过饭了？"

"你怎么知道进来的是我？"

瑶英走到他的背后，俯身趴到他的肩上，一双藕臂从他的胳膊两边伸过去，帮他整理案上的书卷，侧脸贴着他的颈侧。

人常说冰肌雪肤，盛暑天里，她的身上也有清淡的香气。

昙摩罗伽按住她调皮的手，没有笑出声，心里却有愉悦之意在欢快地浮动。一池静水，水莲轻摇。

"你刚走近我就知道了。"

瑶英在他的侧脸上亲了一下："我听阿兄说，昨天牛三郎他们为难你了？你怎么不告诉我？"

昙摩罗伽抬起头，屈指轻轻地叩响书案，扫一眼门口侍立的近卫。近卫会意，颔首应诺，放下毡帘，轻手轻脚地合上门，叫上其他人，默默地退到楼下去了。

"小事罢了。"

他抬眸看着她。

"嫁给我，你委不委屈？"

瑶英失笑，凑近了啄他的嘴角："怎么想起问这个？"

她的吻一触即离，昙摩罗伽不禁留恋地跟着她的唇往前，她已经离开了，漫不经心地翻看他书案上的经卷。

昙摩罗伽的眉间微微动了一下。他不动声色地按住底下的书册："从长安、瓜州、伊州到高昌，这一路，有很多儿郎向你求亲。"

他们都是意气风发的少年郎，知情识趣。

她认识他们，回城的时候和他们寒暄了几句，准确地叫出了每个人的名字，他们一脸兴奋之色。

他听见高昌王宫的侍女议论："佛子虽然俊俏，可是是出家人哪，像尊佛似的，那么严肃，一点儿情趣都不懂，公主很快会厌倦佛子的。"

"对，听说佛子每天还会念经，公主年轻貌美，怎么受得了？"

"这些郎君都是城主派人去挑的……"

昙摩罗伽低头。

瑶英整个人靠着他，歪在他的怀里，蹭着他的胸膛，一挥手，豪情万丈。

"我不喜欢他们，就喜欢你这样的。"

昙摩罗伽微微翘了一下唇角，抬手抱住她。

她很受百姓爱戴。在这里，没有人质疑她的汉人身份，更不会有人含沙射影地讽刺她勾引出家人，她所到之处，各地百姓都会赶过来迎接她。

找到李仲虔以后她可以彻底离开王庭，为了他才会回到王庭。王庭的信众辱骂她，朝中的官员怀疑她别有用心，世家派人刺杀她……她几乎是孤身一人待在一个完全敌视她的国度，遭受了那么多苦难，却从未和他抱怨过一句。

他不过是被几个冲动的少年郎刁难而已，她就特地赶过来安慰他。

昙摩罗伽久久地凝视着她。

他何德何能，能拥她入怀。

瑶英抬起眼帘，和他对视，笑了笑，抬手摸摸他的脑袋。

"怎么还没蓄起头发？"

指腹又酥又麻，还有点儿痒。她觉得好玩，现在不怕他了，越摸越往上，捧着他的脸，又凑上去亲了一下。

昙摩罗伽望着她，沉默了一会儿，问："蓄了头发，还喜欢吗？"

瑶英一怔，慢慢地睁大眸子，半晌后，扑哧一声笑了出来，往后仰躺在他的臂上，笑得肩膀都在抖。

他担心蓄了头发以后她会失望吗？

和尚居然会有这样的忧虑？

她笑得停不下来，钩住他的脖子，手指拂过他精致的眉眼："你什么样子我都喜欢。"

他看着她，忽然俯身，把她困在自己坚实的胸膛和书案之间，眸色变暗，一只手插进她的发间，一只手按住她的脖颈，指尖一挑，拨开丝绦，温柔地抚弄，婉转的嗓音在她的耳畔轻轻响起："明月奴，一直这样喜欢我，好不好？"

细细密密的吻落在她的鬓边。

瑶英原本存了逗弄他的心思，故意歪在他的怀里捣乱，柔弱无骨的身体扭来扭去，被他这一压，顿时动弹不得，丝绦散开，长发垂散下来，铺满她的肩头。

他身上还是滚烫，隔了几层绣有繁密金纹的衣衫都烫着了她，双臂紧紧地束缚着她。

温柔的人强势起来，更让人心惊。

热流涌过她的全身。

他抬起她的头，越靠越近，沉静幽深的碧眸里映出她，静静地凝望，一语不发。他就像从前那样默默地保护她，眼中依旧藏有亘古浩瀚的天地，但此刻那种面对其他人时仿佛能看透人心的从容变成温和的柔情，渴望无声涌动。

明明什么动作都没有，言语也没有，呼吸也是平稳的，眼神却像熊熊燃烧的火焰，冰川底下藏着的烈焰。

瑶英突然感觉心跳加快，钩住他的脖子往下压，吻住他的唇，想到他每晚念经哄自己入睡，舌头缠住他的舌头，破开他的齿关，缠在一起，密不可分。

气息融合交换，衣料窸窣摩擦，她丰盈柔软的身体在他的掌中如花般缓缓地绽放，甜香越发浓郁。

昙摩罗伽一震，用双臂紧紧地扣住她，更加激烈地回吻。

她身上微凉，几乎要融化在他的怀里，他浑身滚烫，无处释放，紧挨着她，像抱着一汪潺潺的春水，身体无一处不熨帖。他想就这么和她融为一体，忍不住越抱越紧。

良久，他听到她承受不住的呜咽声，回过神，忙松开她的唇，手还按在她柔腻的颈子上，让她紧贴着自己。

她双颊潮红，眼眸湿润，有些失神。他眼睛一眨不眨地俯视着她，微微喘息。

瑶英渐渐平复下来，想起外面还有近卫守着，撑着他的腿爬起身。

昙摩罗伽抬手扶她，下一刻身体猛地僵住，喘息加重。他闭上眼睛，唇间逸出一声不可抑制的，好似痛苦又好似快意的闷哼。

瑶英感觉到掌心撑着的地方不太对劲，也僵住了，正要缩回手，昙摩罗伽跟着颤了颤。

这段时间他的功法精进到了另一个境界，身体经常发热，她怕热，他刚挨过去，她就推开他，知道他克制，不一会儿又凑过来逗他。

他怕伤着她。

"明月奴……"

他低声唤她，没有其他的言语，只是呢喃她的名字，身上散发出一种浓烈到让她无法冷静思考的气息。

瑶英脸上如火烧，隐隐有点儿克制不住，心虚地环视一圈。

现在还是大白天。

屋中门窗紧闭，窗前并没有摇晃的人影，近卫不知道什么时候悄悄地离开了。这些天只要他们独处，旁边的人就会离开。

瑶英像上次那样，把脸埋到昙摩罗伽的肩上，披散的长发间露出红透的耳朵。

瑶英抬眸偷看罗伽，呼吸几乎停住。

昙摩罗伽身上依旧滚烫，脸上汗水淋漓，满颊泛起红晕，眼眸半垂。他微微喘息，细细密密的潮湿的吻落在她的颈侧，浓密的眼睫底下偶尔闪过星星点点的暗流，沉水香味里浸透了陌生的气味，冷冽又带着强烈的侵略的气息。

他衣裳整齐，模样看起来就和平时研读经卷时一样，炙热的欲念却在她的掌中无言地诉说着他的迷醉，碧眸静静地看着她，唇抿成一条线，眼神仿佛一点点地把她吞入腹中。

热气丝丝缕缕地蒸腾，宽敞寒凉的大屋霎时变得闷热无比。

瑶英的身体也被他焐热了，他顾忌着功法，这些天总有点儿拘谨，她不在乎这些，等着他慢慢地适应还俗之后的生活。但是他越克制，她就越喜欢逗他，不过现在看他这副模样，又心疼起来，凑上去。

他岿然不动。

她不知死活地缠着他扭动。

昙摩罗伽浑身热血上涌，铁臂紧紧地箍着她，声音沙哑，完全没有放纵过后的满足，反而比刚才更加低沉："别动了。"

瑶英嘴上低低地答应了一声，吐出来的声音又干又涩，手还在不安分地动着。

昙摩罗伽一把紧紧地扣住她，汗珠从颊上淌下来，滴落在她浓密的发丝里。他半是无奈地道："我还没有完全掌握功法……"

瑶英听出他在极力克制，抬起头，微蹙眉头，问："那还要多久？"

话刚问出口，手感受到他的振奋，他绷紧了身体，眸色更深。

瑶英意识到自己这话问清楚，让他误会了，赶紧解释："我是关心你的身体！"

她真的不是在催促他。

她一边握着他，和他紧密地纠缠，一边无辜地和他解释……昙摩罗伽闭目片刻，抬手捧住她的脸，和她额头相贴，嘴角微微翘了一下。

"没事，过几天就好了。"

他现在不能和她同住，等回圣城就好办了。可他现在舍不得离她太远。

他慢慢地缓过来，放开瑶英，没有叫人进来，亲自为她梳洗，帮她绾发。

瑶英身上还是酥软的。她靠坐着不动，心安理得地让他服侍，对着镜子照照，满意地点点头，视线在他的脑袋上打了个转："怎么连梳发都会？"

他没有头发，找谁练的？

昙摩罗伽吻她的发鬓："看你梳过。"

好几个清晨，她背对着他坐在绒毯前梳发，乌黑发亮的长发披满肩头，动作小心翼翼。她梳完以后一定会揽镜自照一番，前后仔仔细细地看几眼，再裹上巾帽。

瑶英一眼瞥见一条自己束发的丝绦遗落在书案上，伸手去够。

"明天就要动身了，我今晚有事要忙，脱不开身。"

他拉起她的手，吻她白嫩的指尖："夜里让谢青他们陪着你去逛逛，下次不知道什么时候才能陪你回来。"

瑶英嗯了一声，起身下楼，想起一件事情，转身折返，看到屋中的情景，脚步蓦地顿住。

昙摩罗伽坐在书案前，刚换了身居家僧衣，拿起从她的发间扯下的丝绦，缠绕在修长的手指间，送到唇边亲吻。

屋中还残留着她身上的味道。

他的神色沉静威严，人却在做这样的事情。

仿佛有一簇簇烟花在瑶英的脑海里绽放，异样的热流从脚底蹿起。她大气不敢出一声，抬脚往前半步，想了想，掉头默默地离开。

这几天她还是别折腾他了。

亲兵传出消息,文昭公主要召见城中的儿郎。

众子弟惊喜万分,纷纷换上新衣,穿锦袍,踏乌皮靴,佩宝刀,赶到王宫,亲兵领着他们去了马球场。

场中已经设下两三丈高的球杆,身着打球衣、额上系红带的亲兵立在球网的左侧,打头的谢青面无表情,一身窄袖袍,低头慢条斯理地擦拭球杖。

瑶英站在台前,也是一身窄袖锦袍,淡施脂粉,明艳飒爽,朝众人一笑。

众人心中骤起鼓点。

瑶英微笑着道:"听城主说诸君球技精湛,阿青他们也常常打球,你们正好切磋一二,也好教我领略诸君的本领。"

众人热血沸腾,换上右军的打球衣,奔上球场。

城主达摩坐在阴凉底下,目睹一整场马球赛。谢青、谢冲他们没有客气,狞笑着一次次地把皮球击进右军的球门之中,意气风发的少年郎们拼尽全力动反攻,依然被压制着打完下半场。

达摩啧啧称赞了几声。这些子弟连公主的亲兵都打不过,以后谁还敢在昙摩罗伽的面前大言不惭地宣称仰慕公主的风采,想做公主的入幕之宾?

比赛结束,钟鼓礼乐齐鸣,宫中大宴,少年郎们垂头丧气地坐在案前,郁郁寡欢。

瑶英和达摩、李仲虔一起入席,看到少年郎们时,脸上并未露出嘲讽之色。她在众人的注视中举起酒杯,指尖蘸酒,对着空中弹了三下。

宴上众人笑着回礼,大宴开席。

瑶英拿起酒杯,走到少年郎们的面前,含笑道:"相逢意气为君饮,系马高楼垂柳边。孰知不向边庭苦,纵死犹闻侠骨香。诸君虽然年轻,却愿不辞劳苦,栉风沐雨,随父兄固守边疆。红日初升,其道大光,潜龙腾渊,鳞爪飞扬。[1] 诸君日后定然都是守护诸州的肱骨良将,七娘佩服。

"他日待诸君有所成,我再为诸君祝酒。"

说完,她举杯一饮而尽。

少年郎们或羞愧得面红耳赤,或意气风发、大受鼓舞,手忙脚乱地举杯应答。

---

[1] 分别引用自王维的诗和梁启超《少年中国说》原文。

达摩暗笑。

瑶英回到席位，扫他一眼。

达摩被她这个眼神看得一个激灵，红发颤了颤。他道："公主，这都是误会，昙摩王都请婚了，我为公主挑选的那些驸马人选自然也就没用了，没想到有人急于讨好公主，竟然找来了从前的王宫长史……"

长史以前伺候过嫁到高昌的北戎公主，曾亲自搜罗健壮俊美的年轻郎君入宫讨好公主。达摩不过随口吩咐几句，要仆从帮忙寻些厚礼，长史便自作主张，像选妃一样遴选了一帮少年郎。他们个个龙精虎猛，站在那里，像一片挺拔的白杨树。

达摩反应过来以后，没有立刻阻止。昙摩罗伽在他们的心目中几乎是神，没人敢亵渎他，现在佛子成了文昭公主的夫婿，他们实在按捺不住好奇心。佛子被情敌为难的场景可不是旁人想看就能看到的。

瑶英哭笑不得，解决了少年郎的事，看天色不算太晚，戴上面具出了王宫。谢青和其他亲兵跟在她的身边。

为庆祝她的大婚，这几天高昌城没有设宵禁，而且商人出入城门都不需要缴税，最繁华的市坊彻夜不息。各部商人蜂拥而至，货架上琳琅满目，长安的茶叶、王庭的金器、波斯的锦毯、天竺的经书、南海的珍珠、各部的兽皮，奇珍异宝应有尽有，整条长街张灯结彩，人流如织。

所有人都穿着节日的盛装，戴了面具，瑶英和亲兵混在其中也不怕被人认出来。

她逛了一会儿，买了些新奇精巧的小玩意儿，布袋没一会儿就装满了。她正想回王宫，忽听远处的高台上飘来一阵激昂的乐曲声，嘈嘈切切，节奏明快。她听得入神，随着拥挤的人流走到高台下。

鼓乐喧天，灯火如昼，身穿薄纱的胡姬在台上翩翩起舞，台下观看的人群也跟着手挽手踏歌。今年战乱平息，诸州光复，瓜果、粮食大丰收，瑶英和昙摩罗伽大婚，百姓自发跟着庆祝，各地都有男女齐聚踏歌。

瑶英一行人站在一边观看，很快有戴面具的少女笑着上前邀他们共舞，话还没说完，人已经热情地上前挽他们的手。

谢青皱眉，握紧刀柄，瑶英朝她摇摇头，挽住她的手臂，拉着她和人群一起踏歌。

几个大圈转下来，她累得出了汗，退出来，到一边和谢青说笑，一名戴神狼面具的少年郎走了过来，两手向两边平举，朝她躬身。

瑶英笑着上前："我……"

话还没出口，一只手伸过来，强硬地扣住她的手腕。一道平静的嗓音响起：
"她是我的未婚妻。"

少年郎耸耸肩膀，朝他躬身，拔腿走开。

瑶英抬起头，看到身边的男人，惊呆了。

男人站在她的身边，戴了一张青面獠牙的鬼脸面具，身穿在高昌常见的窄
袖束腰锦短袍，紧束的革带勾勒出挺拔劲瘦的线条，一双长腿包在紧缚的锦裤
长靴中，宽肩窄腰，身形矫健颀长。

他拉着她的手，掌心滚烫，碧色的双眸扫视一圈，周围观望的青年失望地
退开了。

瑶英回过神，又惊又喜，面具底下一双明眸亮晶晶的。她甩甩他的手："你
怎么来了？"

他不是说今晚很忙，脱不开身吗？这人什么时候悄悄地跟过来的？

昙摩罗伽低头，夜色下，鬼脸面具显得格外丑陋狰狞，唯有那双碧眸盈满温柔。
"过来找你。"

她昨晚盯着市坊的灯火看了很久。

今晚他是陪伴她的情郎。

瑶英笑得眉眼弯弯，挽住昙摩罗伽的手臂，把他扯到卖面具的铺子前，挑
了半天，选了一对一模一样又不是很常见的面具。

他和她一起换上新买的面具，眸中隐隐有淡淡的笑意。

瑶英抬眸："你还记得高昌这边的风俗吗？"

他握着她的手："记得。"

瑶英一笑，将面具移到一边，掀开他的面具，踮起脚，飞快地亲一下他的
侧脸。

长街上比肩接踵，人声笑语直冲云霄，火树银花，红尘滚滚。

温软的唇在昙摩罗伽的颊上落下一个俏皮的吻，周遭的一切突然消失得一
干二净，天地间只剩下站在眼前的她。

他低头，看着她明亮的双眸："再亲一下。"

语气平静，一本正经。

瑶英看一眼左右，果断地摇摇头，拉着眼眸微垂的昙摩罗伽继续往前走，
趁他不注意，忽然抬起手，直接掀开他的面具，凑上去，在他的唇上印了一下，
轻轻地啃咬他的唇。

在他反应过来之前，她已经松开他的手，掉头去挑铺子里的货物了。

昙摩罗伽失神了片刻，感觉到唇上微微刺痛，走上前，拉住她的手，紧紧

地握住。

他不会再放开了。

瑶英拉着昙摩罗伽的手，不再去人群密集的地方。两人就这么在人流中慢慢地走着，偶尔停下来看看货摊，问问粮食、布匹的价格，和各地的商人闲谈几句，看到卖浆水和瓜果的摊子，买些解渴。

她看到喜欢的东西就买下，将绸袋塞得满满当当，有时候为难，转身问昙摩罗伽的意见："哪个更好？"

他从来没有这样的经历，眼中只有她欢喜的样子，她问什么他都点点头："都好。"

什么都好。

胡商哈哈大笑，出言揶揄："郎君真听娘子的话，娘子好福气。"

瑶英笑着睨了昙摩罗伽一眼，脸上映着辉煌的灯光，眼波流转，妩媚明艳。她道："他狡猾着呢！"

他的喉头滚动了一下。

长街上人群渐渐散去，老人和孩子陆续归家，街上剩下的多数是精力旺盛的青年人。谢青找了过来，说已经辰时了。

瑶英还以为自己听错了，又问了一遍时辰，不由得失笑：竟然逛了这么久，她一点儿都没察觉。

回去的路挤得水泄不通，车马难行。瑶英每天都在忙西军的事，有些犯困，感觉眼皮发沉，掩唇打了个哈欠。

昙摩罗伽停下来，弯腰。

"过来，我背你回去。"

瑶英真的累了，眼眸湿漉漉的。她摘下面具，趴到他的背上，将脸埋在他的颈侧，紧紧地抱住他。

昙摩罗伽背起她，慢慢地走着。

"累吗？"她朝他的脖子吹气，问。

他摇头："不累。"

脖颈边是一阵阵温热的气息，瑶英想和他说话，呢喃了几句，声音越来越低——她枕着他的肩膀睡着了。

昙摩罗伽没有叫醒她，背着她走回王宫，灯光映下一道长长的影子。

翌日，他们启程回王庭。

高昌的百姓夹道欢送，目送车队离开，久久不愿离去。

李仲虔又送了一段距离，缘觉等人再三相劝，他挑开车帘，看着瑶英，半晌无话。

瑶英微笑："阿兄，我会好好照顾自己的，你也是，少吃酒，有事我给你写信。我过段时间会回来。"

李仲虔路上叮嘱过她很多回，这会儿心头沉重，一句话都说不出来。许久后，他嗯了一声："受了委屈就告诉阿兄。"

不论她长多大，永远是他呵护着的妹妹。

他摆摆手，示意车队继续走。

瑶英朝他挥手，直到看不到他的身影了才回车厢。

金灿灿的沙丘连绵起伏，边陲银冠笔直地矗立，狭长的绿洲河谷坐落在广袤无际的戈壁间，车队渐渐远去。

不一会儿，昙摩罗伽骑马过来，隔着帘子和瑶英说话。

心里的不舍、惆怅淡了些，她摘下头冠，躺下休息。接下来几天瑶英没骑马。这天她正在睡梦中，有人叩响车窗："明月奴，到王庭了。"

这是昙摩罗伽的声音。

今天风好像很大，车窗外一片呼啸的风声。

侍女服侍瑶英换好华丽的礼服，戴上匠人修改过的王冠，掀开帘子。

天朗气清，日光炽烈。

昙摩罗伽站在马车外，穿着一身王庭君主的华丽礼服，望着瑶英，面容平静。他没有笑，但每个人都看得出他眸中的愉悦之意。

在他的身后，几万王庭大军肃穆地静立，黑压压的一眼望不到边际。

山丘间一道道黑色的线条奔腾涌动，猎猎风声灌满天地。

那是一面面迎风招展的旗帜，雪白金纹，玄底红纹，遮天蔽日，汇成起伏的海浪。

那是昙摩罗伽和瑶英的旗帜。

数万王庭骑士同时下马，单手握拳置于胸前，朝瑶英行礼。他们齐声呼喊她的尊号，雄浑的喊声震天动地。

昙摩罗伽扶瑶英蹬鞍上马，两人并辔而行。

数万大军有序地躲开，让出一条道路，簇拥着他们回城。

他们从边城回到圣城，一路上，百姓载歌载舞，夹道恭迎他们的王和王后归来。大道旁的房屋上、鹰架上、驿舍前旗帜飞扬，每一面雪白金纹的旗帜旁边都有代表瑶英的旗帜飘扬。

连他们经过的佛寺都派僧人送来祝福。

百官和各部酋长迎候于大道前，簇拥着两人登上早就搭建好的高台，恭敬的呼唤声如山呼海啸。

瑶英望着台下朝拜的人群，心绪起伏。她看向身边的昙摩罗伽："你是不是颁布了什么政令？"

昙摩罗伽伸手拂开挡住她视线的一串宝石珠串。

他不会让王庭人为难她。

谁都不行。

烦琐的仪式一个接着一个，昙摩罗伽知道瑶英累了，等官员朝拜完，让她先回内殿吃点儿东西。

王宫修葺一新，官员按照昙摩罗伽的吩咐，没有大兴土木，而是按原样整修。很多不起眼的地方看得出斑驳的痕迹，只有单独为瑶英建造的庭院是重新起地基建的。

瑶英换了身轻便的衣裳，在园中转了转。

曲廊凉亭，青瓦轩窗，卷帘上绘有山水画，所有陈设都一如她长大的地方。院中还引了活水，砌了一个清澈见底的池子，内殿的所有亲卫近侍都是她的人，要不是缘觉领着人担来一箱箱贺礼，她都以为自己回到荆南的老宅了。

"这些都是王离开前亲自布置的，建园子的图纸也是王画的。"缘觉喜气洋洋地道。

瑶英顿觉心里甜蜜，想等他回来和他一起再逛一遍，回到内殿，收拾自己和罗伽的随身用具。殿中堆满宝匣箱笼，榻边有几只紧扣着的匣子，她把暂时不用整理的匣子推到一边，只听哐当一声，角落里的一只匣子滚落下去。

她捡起匣子，怕摔碎里面的东西，找出钥匙，打开锁扣，眸子睁大。

匣子里用锦缎缠裹的书卷打开了半边，纸上精美的图画直接映入她的眼帘。

瑶英感觉眼皮跳了跳，把匣子合上。

这好像是罗伽的书匣……他最近闲暇时看的书居然是这个？

辉煌的晚霞染红了半边天空，像是给莽莽黄沙抹了层艳丽的胭脂。

在废墟中重建的圣城依然雄伟壮丽，酷热还未散去，身穿鲜艳的盛装的百姓已经结伴走出家门。城中万人空巷，长街的广场上燃起一丛丛篝火。

一顶顶宴帐、一条条长毡、一重重帷幕密密麻麻，人群比肩接踵，街上几乎找不到下脚的地方。篝火上架设转炉，一只只烤得油亮的肥美的羔羊吱吱流油，地炉红彤彤的，焖烤着新鲜的馕饼，长桌上白天刚刚从枝头采摘的瓜果堆叠如宝塔，有葡萄、桑葚、胡瓜、椰枣、红梅，墙角里还堆了一个个装满瓜果的大筐，甜香扑鼻，大锅里炖着大块的羊骨和绿叶菜汤。老人守着用白叠布一层层包裹的木桶，偶尔掀开桶盖，从中舀出一大勺散发着凉气的冰冷酥山，浇上乳酪、刺蜜、葡萄干、碎干果和羊奶，递给热得满头大汗的年轻男女。

空气里满溢着食物和脂粉散发出的浓烈的香气，更浓郁的是醇厚的酒香。

一辆辆大车在长街中穿行，车上捆着一只硕大无比、两个壮年男人才能勉强抬起来的大酒桶。王和王后大婚，百姓献上自家陈酿的葡萄酒，不管谁来讨酒吃，只需要说上一句祝福王和王后的话，就能开怀畅饮，醉了躺倒就睡。

今晚城中没有禁令，庆祝活动会通宵达旦。

乐人弹拉起竖箜篌、琵琶、桑图尔琴、艾捷克、马头琴，吹响羌笛、筚篥，美丽的少女挥舞金铃，拍打小羊皮鼓、羯鼓，欢快清脆的乐声回荡在圣城的每一个角落。人们大碗喝酒，大口吃肉，大声谈笑，载歌载舞，兴高采烈。少女舞步轻盈，斑斓的长裙织出一片灿烂的虹光。

瑶英换了身装束，在侍女和亲兵的簇拥下踏入正殿。路边欢庆的人纷纷停下退后，朝她行礼。

王庭和中原的风俗本就不同，她又事先和昙摩罗伽商量过，婚后不会整天待在深宫等他回来。今晚的宴席是她和他的婚宴，她也要出面招待各部酋长和他国使者。

金勃王子抢在头一个送来祝福。他刚才在宴席上见到一个不应该出现在王庭的熟人，呆若木鸡，缓过神后上去攀谈。

那人淡淡地一笑，道："是文昭公主请我来的，公主被海都阿陵囚禁时，我们有些交情。"

金勃用迟钝的脑袋一瞬间想明白很多事情，惊恐万分，想起瓦罕可汗生前的叮嘱，决定以后一定要好好地讨好王庭的王后，至少绝不能得罪她。

尤其这位王后还是谢青的主公。

金勃先看了瑶英身边的谢青几眼，有心卖弄，想了半天，雄赳赳、气昂昂地道："祝公主和佛子早日生几个大胖小子！"

在北戎，给新婚夫妇最好的祝福就是祝福他们早点儿生几个可爱的孩子。

瑶英感觉眼皮跳了跳，谢过他。

金勃有些得意，瞥一眼谢青。

谢青面无表情。

瑶英让谢青他们也去吃酒跳舞，只叫两个亲兵跟着自己。

恭祝声不绝于耳。

"祝公主和王白头偕老，永结同心。"

说这话的是会汉话的各国使者。

"祝王后和王恩爱甜蜜，子孙满堂，就像尼勒谷满架累累的葡萄。"

这是王庭官员。

"祝公主和佛子早日共享夫妻之乐。"

这句话出自曼达公主之口，她随丈夫一起来圣城恭贺昙摩罗伽和瑶英大婚。

缘觉听到这话，脸都僵了。

曼达公主丝毫不在意周围亲兵的侧目，满面红光，举着酒杯凑过来，笑眯眯地端详着瑶英。

"公主这样打扮，就像是从寺庙的壁画里走下来的神女。"

毗罗摩罗的寺庙供奉很多神，也供奉妖媚明艳的神女。

瑶英笑笑："公主远道而来，路上辛苦了。"

"这点儿辛苦算什么？佛子娶妻，我怎么能错过？"曼达公主摇摇手，朝瑶英抛了个媚眼，"我貌美如花，舞艺举世无双，没有哪个男人抵挡得住我，这么多年我只败在佛子的手上……现在佛子被公主俘获……"

她哈了一声，笑得幸灾乐祸。

她虽然失败了，还灰溜溜地被佛子赶走，不过看着清冷庄严的佛子拜倒在文昭公主的石榴裙下，心里依旧隐隐有种报复的快意。

她就是这么记仇。

"公主，我送你的贺礼看过了吗？"曼达公主压低声音，"那些都是我的压箱法宝。公主大婚，我才舍得割爱，公主一定要物尽其用啊！有什么不会的，我教你……公主，别被佛子骗了，男人到了床上全部一个样……佛子一看就是个雏，他那样的体格，激动起来很可能会伤了你，会武的人需求特别旺盛，看你娇滴滴的，一定要早做准备，不能随他摆弄，不然吃苦的是你！在我的家乡，男女结合时都应该享受到情爱的美妙，那才能叫鱼水之欢……"

马鲁国的侍从听她越说越露骨，顿时直冒冷汗，忙把她拉走了。

瑶英啼笑皆非，蓦地想起昙摩罗伽的那一匣子书册，眼神游走，满场寻找昙摩罗伽的身影。

他在高台上接见各国的使者。这样热闹的场合，人声鼎沸，轻歌曼舞，他身穿华丽的礼服，身边近卫军官簇拥，气质依然高贵出尘。

察觉到她的注视，他朝她看过来。

隔着摇曳的灯火和笑闹的人群，他的脸有些模糊，可是瑶英能感觉到他眸中清淡的笑意，看上去并不热烈，却丝丝入骨。

她提着一只镏金兽首酒壶步上高台，在昙摩罗伽的身边坐下。使者纷纷举杯朝她道贺，她笑着寒暄几句，喝了酒，微笑着看向昙摩罗伽。

"累不累？"他问，拿走她手里的酒杯，给她斟了一杯杏浆。

瑶英摇摇头。她前一阵子忙着西军的事情，就是为了赶在回王庭之前处理好几桩要事，现在诸事稳妥，她可以偷得几日闲暇。

"你呢，要不要早点儿去歇着？"

如非必要，他不会出席盛大的宴会。

昙摩罗伽微微一扬唇角："今天是你和我的婚礼。"

他怎么能缺席自己的婚礼？

瑶英轻笑。

他在意之前她说过的"什么都不要、什么都不在乎"的话，坚持要给她最好的一切。

两人靠在一处说话，没有其他亲密的举动，但眉梢眼角都盈满情意。周围的使者、宾客发出善意的哄笑声，恭维奉承，说他们是神仙托生的一对璧人。

昙摩罗伽抬头，眉目清朗。

使者们啧啧称奇。以前他们绞尽脑汁想讨好佛子，可是佛子心无外物，没有弱点，也没有喜好，他们实在无从下手，今天总算看到那双睿智的眸子里有淡淡的笑意浮动。看他高兴，他们更加卖力地讨好，趁机提出斟酌很久的请求和提议。

昙摩罗伽面容沉静，不置可否地听着。

众人心中紧张，即使在婚宴上，佛子还是冷静沉默。

瑶英喝着酸酸甜甜的杏浆，一勾嘴角，靠到昙摩罗伽的身边，红唇微启。她低语："罗伽，我下午整理箱笼，不小心打翻了那只黑漆书匣，怕里面的东西摔坏，用你给我的钥匙打开看了一下。"

昙摩罗伽的眼睫忽地颤动了一下。

她咬了咬唇："我看到那几本书册了。"

昙摩罗伽垂眸不语。

满座欢歌笑语，瑶英偏过头，似笑非笑，当着所有宾客的面在他的耳边呢喃："郎君，你怎么看那些东西？"

她像是在含羞嗔怪他，语气却分明是在调笑，尾音微微上扬。她像只得意扬扬的猫，狠狠地用爪子挠他一下，又伸出软垫轻轻地安抚他，嫩红的舌尖一闪而过。

昙摩罗伽没有作声。

听到她那声故意拖长的、娇柔的"郎君"，他半晌回不过神，异样的酥麻感在胸腔涌动。

席间使者不明所以，继续搜肠刮肚地想办法奉承他。

瑶英就喜欢看他不动声色的模样，继续道："罗伽，缘觉说你回来以后去过汤泉……你是不是快好了？"

她说着，视线扫过他的腿间，意味深长。

她虽然碰过几次，其实每次都不敢低头看。

昙摩罗伽一震，脸上神情不变，身体早已僵硬。

他没敢看她，若无其事地换了一个姿势。

瑶英忍着笑，不忍心继续欺负他，起身要走，刚坐直了些，手腕一紧，被他紧紧地扣住。

她抬眸看他，唇边扬起一抹得逞的坏笑。这么多人看着他们，他有火气也得忍着。

昙摩罗伽看着她，藏在从容里的气势顷刻间散发出来，铜墙铁壁一样，雄健浑厚，手上力道不减。他抬起眼帘，淡淡地扫视一圈。

旁边的近卫齐齐颔首，退到玉阶下，在座的使者、宾客也在近卫的示意下起身，抱拳退了下去。

刚才还热闹的高台上转瞬间只剩下昙摩罗伽和瑶英两个人。

瑶英傻眼了。

台下众人还在豪饮，乐曲声激昂热烈，人影晃动，台上只有她和他，他俯身，气息在她的耳边萦绕。

"明月奴，我自幼出家，不懂夫妻之道。"

他一本正经地说着这样的话，瑶英不禁心跳如擂鼓，耳垂发烫。

"你那么博学……"

她才不信他一点儿都不懂，他可以一眼认出天竺铜佛。

"我只是听说过天竺秘法，未曾研究过夫妇之伦，怕伤着你。"

修行之人参透万事万物才能解脱，了解之后方能放下。他阅遍经籍，对他来说，夫妻之乐和其他世人难以割舍的荣华、财富一样，没有什么不同，只是贪婪中的一种。

起初对她起贪念时，他未曾想过要这么亵渎她，只是想把她留在身边。

后来他动了情，想要的越来越多，感情越来越强烈。看到她，他便抑制不住，念经也无法打消心思。

昙摩罗伽扣着瑶英的手腕，看着她因为低头的动作露出的细腻的颈子，瘦削健壮的身体撑在她的身侧，脸上没有一点儿笑意。他慢条斯理地说："夫妻之欢，和合之乐，出自天然，我是你的丈夫，你嫁给我，我想让你快乐，所以才看那些书册。"

他靠近了些，握住她的手送到唇边亲吻，声音变得沙哑。他意有所指地道：

"明月奴，你抚着我的时候，我很快乐。"

他快乐到想一直沉沦其中。那种让人腰眼发酸、畅快到忘乎所以的快感像魔鬼一样吞噬他的自制力。

这种话从罗伽的口中说出来，格外撩人心弦。瑶英打了个寒战，脸倏地一下红透，眼睫颤抖，热流涌上脸颊。明明故意逗他的人是自己。

"我听人说，达摩给你选的那些面首都精于此道。"他沉默了一会儿，忽然道。

瑶英瞪大双眸，一副不敢相信的表情，愣愣地抬起头。

他知道面首的事？

昙摩罗伽和她对视，眼神透出威严："你想在高昌养几个面首？"

他曾想只要她快乐就好。后来他发现，伴随着爱和欲的一定有嫉和恨，有失落和痛苦。它们无孔不入，一点点地侵蚀他的全身，正如经文所说，七情六欲，相伴相生。

他得她陪伴时有多欢喜，放手目送她离去时就有多痛苦。

瑶英头皮发麻。他果然狡猾，早就知道她曾经动过养面首的念头，故意隐忍不发，现在才说出口，她太过震惊，一下子就露馅了。

"王，王后，到吉时了。"

礼官在台下请示，声音遥遥地飘来，驱散了两人之间的暧昧情愫。

满殿欢声笑语。

瑶英终于找回自己的呼吸，啪的一下收回手，推推昙摩罗伽，站了起来，飞快地朝挂满幡旗的露台走去。

昙摩罗伽望着她的背影，起身跟上。

露台上庭燎熊熊燃烧，台下广场上人山人海。苦等了半天的百姓看到二人并肩出现在栏杆前，激动地大叫，祝福他们、感谢他们，千千万万个声音汇成巨浪，一波一波，山呼海啸。

昙摩罗伽和瑶英朝百姓致意，呼喊声越发响亮。

远方的高崖上，数万盏写满祝福的莲花灯同时升起，万点明黄的光芒飘飘荡荡，在辽阔无边的夜空沉浮，恍如银河坠落。

她和他立在露台前，犹如置身于茫茫的云层星海中，一伸手就能摘下一颗颗闪亮的星子。

瑶英望着眼前的盛景，心里祥和安定，和昙摩罗伽相识以来的点点滴滴浮现在脑海中。她回眸朝他微笑。

漫天璀璨的灯火不及她这一笑。

昙摩罗伽拥住她，低头吻她的眉心。

宴会散去，宾客相扶而出，继续饮酒欢庆。

瑶英有些累了，先回内殿，侍女服侍她洗漱。她惊讶地发现后殿别有洞天，修有温泉池，想着可能和地道那边的泉池是相连的。昙摩罗伽练功时常常需要泡温泉。

侍女在水中撒了香花和药草，她泡了一会儿温泉，觉得疲乏顿消，拿了一册书，躺倒在大床上翻看。

等昙摩罗伽回来时，殿中静悄悄的。

低垂的帷帐间透出朦胧的灯光，珠帘半卷，瑶英侧卧于床榻边，手上还松松地握着书卷，双眸紧闭，呼吸绵长。她已经睡着了，柔顺的黑发铺在枕上。枕上卧枝，月下聚雪。衣襟微微散开，纱裙卷起，半边圆润洁白的肩头露出来，从饱满的隆起、纤细的腰肢、修长的双腿，到纱裙间若隐若现的纤巧脚踝，曲线玲珑有致。

她睡得很熟，脸上微泛潮红。

艳光流转，阵阵幽香逸出。那是从她的身上散发出来的独特的香气，清淡，若有若无。

昙摩罗伽凝视她半响，俯身，轻轻地抽走她手中的书卷。

瑶英的眼睫抖动了几下。她睁开眼睛，看到他，迷迷糊糊地问："你怎么来了？"

她半梦半醒，声音娇娇柔柔的。

不等他回答，她闭上眼睛，又睡着了。

昙摩罗伽也不知道她是太累了，忘了今天是什么日子，还是因为他这些天不敢多碰她，以为他今晚也是如此，不会留宿，抑或是因为他问了面首的事情而故意逗他。

还有可能她只是嫌弃他的身上太热了，想好好地睡觉。

昙摩罗伽笑了笑，亲了亲她的头发，起身走进后殿。

水声淅淅沥沥。

半个时辰后，瑶英醒了，揉揉眼睛爬起来，看着眼前金碧辉煌的寝殿，想起昙摩罗伽刚才好像回来了，光着脚下床，掀开珠帘："罗伽？"

里面传出一声沉闷的应答。

瑶英走进去，探头往里看。

室中水汽弥漫，瑶英隐约可见明亮的水波荡漾，昙摩罗伽背对着她坐在池中，赤着上身，肩背微微拱起，似拉紧的弓弦，肌肉偾张，额上的汗珠密密麻麻，顺着起伏的线条一点点地滑落下来，落入水中，发出咚的一声细响。

瑶英整个人清醒过来，转身离开，身后传来昙摩罗伽冷静镇定的声音："明月奴，帮我拿件衣裳。"

她回过神，答应一声，从衣架上挑了件闲居的宽大僧衣，走进浴房。

温泉池镶嵌在玉阶间，泉水从兽首铜管吐出，一池碧水荡漾，昙摩罗伽靠在池边，脊背越绷越紧。他像是在调息运功。

他夜里经常这样。

瑶英走到池沿，俯身，把僧衣递给他，几缕长发落下，从他的肩膀上拂过。

"罗伽，别累着了。"

昙摩罗伽突然睁开眼睛，攥住她的手腕，把她扯进温泉池中，让她坐在自己的怀里。池水飞溅，打湿了她身上的衣衫和头发。

瑶英吓了一跳，还以为他是不小心碰到了自己，挣扎着要起来。昙摩罗伽扣住她的肩膀，不让她动弹，目光停在她的身前。

衣衫尽湿，被包裹在其中的身体玲珑绰约，如将熟未熟的果子。

他坚实的双臂横在她的背上，越搂越紧，滚烫的身躯贴了上来。

瑶英的腰肢纤细，被轻轻揽住，似柔软无骨，似杨柳的枝条，婀娜轻盈，充满韧劲，因为他的作弄，在他掌中颤动。

一池碧水涌动。

"罗伽……"她受不了，几乎要哭出声，伸手去推他。

他退开了些，眸光幽深，唇顺着往上，隔着湿透的衣衫吻她的脖子、下巴。然后他扣住她的后颈，撬开她的齿关，向她索取更多。

浴房空荡荡的，除了几张玉案，没有其他陈设，瑶英压抑的声音在偌大的屋中回荡。

她感觉周围烈火燃烧，不知身在何方，等他终于喘息着松开自己时，呆呆地看着他，唇上泛着水光，衣衫半褪，肌肤透出红色。

昙摩罗伽的目光深沉平静。他伸手拂去她唇边自己留下的痕迹，声音喑哑："明月奴，我好了，今晚留下……以后都不走了。"

他握佛珠的手开始剥她的衣裳。

"痛的话别忍着，告诉我。"

瑶英软成了一摊水，手指颤了颤。

今天是婚宴的日子，瑶英装扮得华贵明艳，睡前洗去妆容，身上依然穿着宴会上的衣裳：娇艳得让花枝黯然失色的缥色纱衫、缕金夹缬七色罗裙。肩上笼了一条白地缠枝莲花泥金串珠披帛。

昙摩罗伽解开系带，衣衫里面是一件薄薄的绣有莲花的襕衫，薄衫早已被泉水浸湿，紧贴在身上。

莲花清冷高洁，花瓣里透出淡淡的粉色。圣洁的白莲沾染了风情，花瓣妩媚地颤动。

我惭尘垢眼，见此琼瑶英。

…………

周遭的一切都消失不见，他的眼中只有她，有她秋水盈盈的眼眸、汗湿泛红的脸、柔软香甜的唇。

亢奋和急迫争先恐后，他极力地忍耐，仍然无法控制。

看了再多的书，真正尝到滋味，他才发现记下的东西只剩下支离破碎的残句，派不上一点儿用场。

他既然已入红尘，那就要在红尘中享受极致的快乐。

她哭得满脸是泪。

昙摩罗伽俯身，啄吻她潮湿的脸，耐心，温柔又强势。

瑶英泣不成声。

烛火昏暗，低垂的毡帘被从罅隙里吹进来的夜风拂起，微微晃动，池中的泉水激滟着细碎的烛光。

水汽蒸腾。

穹顶的玉石模糊地映出水池旁的情景。男人赤着的背和大腿拱出流畅的线条，汗水淋漓，泛着诱人的油光，一双白得耀眼的藕臂紧紧地攀附在他的肩上。

不知道过了多久，瑶英感觉意识再度混沌，疲倦至极，一头长发凌乱不堪，湿答答地贴在脸上。

他还在精力充沛地掠夺。

…………

瑶英几乎要晕过去，懒懒地躺着，迷蒙中感觉到被抱入温泉池中，轻哼出声，伸手拍他。

昙摩罗伽抱着她，声音低低的："不闹你了，睡吧。"

嘴上这么说，他还是搂着她缠绵了一会儿，抱着她回寝殿，帮她穿上纱裙，坐在她的身边，拿帕子绞干她湿透的长发。

乌黑顺滑的发丝在他的指间滑动。

寝殿宽敞凉爽，瑶英抱着玉制的美人靠，睡得舒舒服服，觉得他的身上太热了，往旁边挪了点儿。

昙摩罗伽俯身吻她："明月奴，今晚不要赶我走，好不好？"

虽然这是问句，其实他已经打定主意了。

瑶英知道如此，还是配合地嗯了一声，翻个身，离他远点儿。

快睡着时，她迷迷糊糊地道："明天别叫我起来。"

然后她又叮嘱一句："早点儿睡……"

昙摩罗伽躺在床榻的另一侧，看着她的背影，应了一声，没有睡。

薄纱掩不住他在她身上留下的痕迹。

他掩下身体里的冲动，闭目调息。

窗外，如霜的月华笼罩大地。

瑶英一夜酣睡，醒来的时候，床榻前的地上浮动着一片青光，身上盖了层薄毯，枕边空荡荡的。

昙摩罗伽已经出去了。

她坐起身，感觉身上又酸又痛，皱眉哼了一声。

脚步声响起，一道身影大踏步走过来，遮住从窗扇透进来的日光。他展臂扶住她的腰，手指轻轻地按揉她的胳膊。

周围都是他身上散发出的沉水香味。

原来他没出去，刚才坐在窗前看书。

昙摩罗伽手上的力道拿捏得很好，瑶英顺势伏在他的肩上，由着他伺候，惬意地长舒一口气，视线扫过窗下的书案，案上有一卷展开的卷轴，卷轴用的是雪白精美的莲花金纹纸，一看就是大部梵语佛经。

王寺意外地发现大量贝叶经，经书保存完好，但是内容晦涩难懂，寺中的僧人恳请他一起誊抄研究。

他昨晚折腾了那么久，让她无法招架，今天一大早爬起来认真地研读佛经……此人不愧是昙摩罗伽。

他用温热的掌心摩挲着她的肩，靠近了些，问："还痛吗？"

嗓音暗哑，但他问得温和又坦荡。

昨晚他就在收敛，早上醒来看到她睡在自己的身旁，面庞红润，双唇嫣红润泽，微微有点儿肿，薄纱下的身体酥软娇柔，发间阵阵幽香。

瑶英忽然意识到他问的是什么地方，感觉心头一颤，看着他修长的、刚刚还在执笔抄写佛经的手指，弹了起来，抱住他的胳膊，直摇头。

"好了好了，不痛。"

之前她担心他不适应还俗后的生活，怕他矛盾痛苦，想过怎么做才能让他慢慢地习惯。

现在看来，她完全多虑了。

从前他以摄政王的身份手执屠刀，道心坚定，不在乎世人的眼光，历经生死也不曾动摇，现在娶了她，自然也不会别扭摇摆——他大大方方地看画册，研究夫妻敦伦，坦荡得和钻研佛理一样，今早做的第一件事就是一本正经地问她还痛不痛。

他真的在认真地学着怎么做一个好情郎，一板一眼到古怪。

瑶英感觉心里盈满酸甜的暖意，既觉得好笑，又有些遗憾。

昙摩罗伽从床榻边的矮几上拿起一只匣子，推到她的面前。

"别逞强，难受的话用这些……"纱帐里，他低语的声音格外温柔。

瑶英接过匣子打开，嘴角抽搐了一下，双颊绯红。她哭笑不得地问："从哪里来的？"

曼达公主送了她很多膏药和精巧的小玩意儿，每一份膏药还附了签子，上面详细地写了用法。但他这只匣子里的东西比曼达公主送她的更精美也更齐全，什么都有。

昙摩罗伽轻轻地抚着她披散的长发，神色平静地回答："我叫人备下的。"

他面不改色，语气淡然，就像在话家常。

瑶英将眼睛一闭，自暴自弃地倒回枕上，不知道他吩咐人去准备这些闺房里用的东西时，那些人的脸上是什么表情。

"真没事？"他又问了一遍。

"没事……"瑶英钩住他的脖子，凑到他的身前，摩挲他的脑袋，亲他的耳垂，在他的耳边呢喃，"法师……你学得很好，我昨晚很喜欢……"

他的气息陡然一沉。昙摩罗伽抱着她翻了个身，眼神幽暗，欲色涌动。

他身上的味道和昨晚一样，沉水香中夹杂着侵略的气息，瑶英记起昨晚身体的酥麻，不禁放松了身体。

咕咕两声，打破岑寂。

两人都愣了一会儿。

片刻后，昙摩罗伽低笑，俯身，唇落在瑶英咕咕叫的肚皮上，隔着薄衫亲了好几下。

"准备了你喜欢吃的东西，我让人送进来。"

此刻已经是中午了，侍从直接抬进一张丰盛的席案，吃食和那次在毡帐里的一样，琳琅满目，种类繁多，有新鲜的瓜果、蜜饯、牛羊肉、蒸马肠、焖饭、炖汤、伏牛饭、奶酪，还有各式各样的咸甜馅饼、石榴汁、刚出炉的烤馕饼。

瑶英昨天在宴席上没吃什么东西，去洗漱时感觉浑身酸软无力，闻到香气，越发觉得饥肠辘辘，吃完整整一盘羊肉葡萄干焖饭，还吃了半张牛肉小馕饼。

昙摩罗伽坐在她的身边，面前只有一碗酥油茶。

瑶英看他一眼。他既然用过饭了，还在这里做什么？

他看着她优雅地吃完焖饭，拿起一碟糕点递给她，示意她吃，她接了，咬了一口。他又斟一碗热茶让她喝，她拿着糕点，空不出手，直接就着他的手啜饮两口。他把茶碗放了回去，挥挥手，示意侍从撤走宴席。

送宴席进来的侍从对望几眼，把宴桌抬了出去。

两人新婚，亲兵近卫全部退到外殿去了，不得吩咐不会进来。内殿静悄悄的，殿外鸟鸣啁啾，悠扬悦耳。

瑶英注意到王庭侍从离开前的眼神，趴到抄写佛经的昙摩罗伽的背上："刚才是不是有什么讲究？"

昙摩罗伽看着案上的贝叶经，握着她送他的笔，写下一句经文，道："王庭风俗，成婚第二天，妻子服侍丈夫用饭，以后会一直服从丈夫，敬爱丈夫。"

瑶英失笑，难怪刚才侍从神色异样，罗伽不在乎这些规矩。

"那你刚才算服侍我了，是不是一辈子听我的话？"

昙摩罗伽颔首："都听你的。"

她留在他的身边，一辈子。

这是他唯一的私欲和渴求。

瑶英从后面抱着昙摩罗伽的脖子，看他抄写了一会儿经文，本来想逗逗他，看他一边誊抄一边推敲，一丝不苟，不好打扰他，站起身，去看书架上累累的书卷藏书。昨天她无意间翻开的书箱和其他的书籍摆放在一起。

高僧就是高僧，心境开阔……房中一边是经卷典籍、公文国书，一边是这些画册。

瑶英好奇地打开书箱，仔细地翻阅里面的书册。

昨天她只是匆匆一瞥，没有仔细地看。

她一本本地翻开，发现除了画册以外，箱中还有好几本书是梵语典籍，她看不懂，不过从插页上的画来看，这些应该和曼达公主送她的贺礼差不多。

翻到中间，她惊讶地挑眉，拿起一本中原装订样式的书，翻开看了几眼，怔了怔。

她继续往下翻，心绪起伏。

炽烈的日光洒在窗前，被卷帘、窗格、珠帘和纱帐一层层筛过，照进内殿，变得和煦清淡，似月笼轻纱。

昙摩罗伽坐在书案前书写，侧影庄重圣洁。

笔尖和纸张的摩擦声窸窸窣窣，瑶英背对着他，看着箱子里的书册，半晌没有动作。

"罗伽……"

她出了一会儿神，拿起书册，回到昙摩罗伽的身边，伏在他的背上："你看这些书做什么？"

几册汉文医书落到长案上，每一册都有翻阅的痕迹，内容涉及妇人妊娠、妇人产后调理、将产病、难产病、产乳……《千金方》《经效产宝》《小女杂方》《崔氏产图》……这些全是阐述妇人孕事妊娠调理的书。

好几处药方旁边写有批注，那赫然是昙摩罗伽的笔迹。

原来回王庭的路上他面不改色地翻阅的书册，除了那些教授夫妻之道的书，还有这些医书。

昙摩罗伽手上的动作停下来，脸上罕见地闪过一道无措。

瑶英转过头亲他，笑意盈盈："你什么时候想到看这个的？"

昙摩罗伽抬眸看她："我略通医理，不过不懂妇人生产、安胎和育儿之事。"

顿了顿，他轻声道："以后有了孩子，别怕，我都准备好了。"

他只要有她陪伴就足够了，不想那么快让她当母亲，不过二人既然成婚，有了夫妻之实，以后肯定会迎来孩子，他习惯对未来之事先做好准备，免得到时候手忙脚乱。她还不到二十岁，他年长，是她的丈夫，本来就应该多照顾她。

瑶英和他对视，心中满满的柔情翻腾，满得要溢出来。

"以前我没想过成亲的事情……成亲多麻烦……养几个面首不就好了，和则聚，不和就散……"她一边吻他，一边道。

昙摩罗伽皱眉。

"后来遇到你……"瑶英停下来，在昙摩罗伽的额头上印下一个吻，"我想，以后我再也不会遇到你这样的人了。离开圣城的时候我就知道，即使一辈子不回来，我也忘不了你。"

她俯视着他，笑了笑，明艳不可方物。

"除了你，我谁都不想嫁。"

她或许会遇上其他人，但是她的丈夫只会是他。

昙摩罗伽轻抿唇角，眸色越来越深。

她头上的发髻散开，浓密的长发披散下来，美得动人心魄。

昙摩罗伽目不转睛地盯着瑶英，面容沉静，一语不发，呼吸平稳从容。他忽地紧紧地钳着她，抱着她翻了个身，把她按在绒毯上。

这一次他没有收敛。从书架下的绒毯到温泉池，再到床榻上，又折腾回温泉池旁的玉案，他近乎失控地讨好，取悦，占有，做那些在脑海里翻腾过的、他想做又不敢做的事情，全身心地和她交融，逼迫她彻底放开、接纳自己。

瑶英在他的怀中战栗，失控，最后满脸是泪地求饶，泣不成声。

殿外的长廊上，半卷的珠帘在风中轻轻地摇晃，微风拂过，和銮丁零。

瑶英不记得自己是什么时候睡下的，醒来时，床前烛火朦胧。

她感觉浑身像散了架一样，披衣起身。被昙摩罗伽撕坏的衣裳已经被收走了，小案上摆满碗碟，放了不少吃的东西。

窗外一道人影伫立。

瑶英拢紧他给自己换上的衣衫，掀帘出去。昙摩罗伽背对着她站在长廊深处，凝望着月色下闪烁着粼粼波光的水池。

听到脚步声，他转身走过来，目光紧锁在瑶英的脸上，眉目如画。他像是从月华中走出来的人。

瑶英想起白天疯狂的举动，被他用这种深沉的眼神看着，不禁感觉脚底虚浮。

他伸手揽她入怀，大手在她的腰上摩挲。

"看什么呢？"瑶英问，声音嘶哑。

昙摩罗伽感觉耳边仿佛还萦绕着她趴在他的肩头哭泣的声音，低头吻了吻她的发顶："莲子。"

瑶英一怔，望着平静的水面："莲子？"

"我在这里种了莲子。"昙摩罗伽搂着她，"莲子是我找卫国公讨来的，他说是荆南的莲子，以后长出莲叶莲花，你看着家乡之物，可以少些思乡愁绪。"

瑶英轻笑，靠在他的胸膛上："养得活吗？"

难怪李仲虔对他的态度越来越好，他竟然讨来了荆南的莲子，还亲自种下。

昙摩罗伽抱紧她，和她贴在一起，密不可分，点点头。

"等开花了，摘一朵去供佛。"

他一定好好地照料这一池莲子，等着它们破土而出，生长、发芽、开花，扎根于这座莲池，像他在长安见过的那样，开满一池。

这里是他们的家，他们会执手相伴一生，看花开花落、云卷云舒，再不分离。

番外二

花开并蒂

六岁之前，李仲虔几乎没有什么烦恼。

他是魏郡大将军李德和谢家嫡女谢满愿最疼爱的儿子，是誉满天下的无量公子亲自教养长大的外甥。

天下大乱，不论北方还是南方，战火纷飞，民不聊生，荆南城外也时常有乱军侵扰，不过那些乱世之中的悲辛离他很远。

他是锦绣堆里长大的。

荆南城外那道几丈高的城墙把所有痛苦都拦在了外面，他无忧无虑地长大，虽然谢无量教导他民生多艰难，还时常带他出城救济百姓，让他明白乱世下人命如草芥，他也懂得乱世中人如蝼蚁，可到底没有真正吃过什么苦头。

他的父亲是逐鹿天下的霸主之一，他的舅父生财有道，总能在魏军危急之时筹措到粮草。他天资不凡，力大无穷，五岁能成诗，也能抡起金锤把取笑自己的堂兄弟砸得跪下求饶。

族人们说，父亲一定会选他做世子。

这几乎是板上钉钉的事情。

他那个长兄李玄贞平平无奇，李玄贞的母亲唐氏出身低微，性子古怪。她隔三岔五就和李德闹上一场，不论追随李德起事的魏郡豪族还是后来投奔李德的世家，都将谢满愿视作主母。

众人里唯有谢无量不这么认为。他提醒李仲虔："大郎是你的兄长，唐氏是你的大母，不要对他们不敬。"

他还告诫谢满愿："别因为唐氏出身低就慢待她，她是大将军的结发妻子。大将军沉着冷静，从弟被杀，他也能隐忍两年后再伺机报复，得知发妻死讯，竟然不顾部下阻拦冲动用兵，可见对发妻长子的情分。你敬重唐氏，疼爱大郎，大将军都会看在眼里，你慢待他们，大将军嘴上不说，心里必定记得分明。"

谢满愿并不是善妒之人，自然不会为难唐氏。然而随着李玄贞和李仲虔一日日地长大，随着魏军的势力逐渐壮大，越来越多的人相信李德会是最后问鼎中原的赢家，李家世子就是日后的太子。世家豪族坐不住了，很快做出选择，分别拥护李玄贞和李仲虔，两股势力暗地里剑拔弩张，李德的后院也不安宁，唐氏和谢满愿之间开始频繁地发生摩擦。

李家的堂兄弟们支持李仲虔，和谢家交好的世家迫不及待地来提亲。

李德经常当众夸奖李仲虔，说他既有谢家之风，又承袭了李家尚武的天分，是麒麟儿。

那年正旦，魏郡李氏祭祖，李德拉着李仲虔的手登上祭台，指着城外肃立的千军万马，郑重地道："男儿生世间，及壮当封侯。战伐有功业，焉能守旧丘。二郎，你长大了，定要勤勉刻苦，不可懈怠。"

他把自己昔日用过的一柄短刀交给李仲虔。

那一瞬，李仲虔仿佛能听到自己骤然加快的心跳声，激动，紧张，忐忑。他接过短刀，昂首挺胸："孩儿定不会叫阿耶失望！"

李德微微一笑，摸了摸他的头顶。

祭台下，钟鼓齐鸣，声震云霄。

那时，李玄贞站在一个不起眼的角落里，面容模糊。

人人都对李仲虔说："二郎，世子之位一定是你的。"

很长一段时间里，李仲虔有些飘飘然。

他的父亲号令天下，率领群雄平定乱世，舅舅拨乱济危。他长大以后也要和父亲、舅舅、谢家祖辈那样，以天下苍生为己任，匡扶社稷，不辱谢家风骨，不让父亲失望。

就在祭祖后不久，唐氏自焚而死。

李德一夜白头。

他赶回李家，满面风霜，双眸血红。他拔剑要斩了谢满愿："妒妇！你逼死了她！是你逼死了她！我对二郎还不够好吗？你为什么还要逼死她？！"

谢满愿从小到大未曾受过这样的惊吓和屈辱。同床共枕、待她如珠如宝的丈夫一夜之间好像变了个人，咬牙切齿地要杀她。

她呆呆地看着李德，连闪躲都忘了。

亲兵拼死阻拦，李仲虔也走上前劝说李德，被一把推开。

冰冷的利刃离他的鼻尖不到一指。李仲虔这辈子都忘不了李德拿剑指着自己时的眼神。那眼神冷漠，厌恶，不带一丝温情。

事实果然如此。父亲从来没有喜爱过他，对他的疼爱都是装出来的，父亲真正喜爱的儿子只有李玄贞。

其实李仲虔早就有所察觉。父亲总是在宴会上当着部下的面把他拉到跟前夸奖一番，说些对他寄予厚望的话，好像一点儿都不在意李玄贞。可是李玄贞生病的那一次，他才第一次在无所不能的父亲的脸上看到惊惶焦虑。

李德守了李玄贞一天一夜，还亲自去寺庙为李玄贞立了经幡。

李仲虔终于明白为什么父亲当众夸他的时候，舅舅的眼中会掠过忧虑。

父亲怕谢家人出手毒害唐氏，才会那么疼爱他。

他从父亲那里得到的一切都是假的。这多么可笑。

他居然同情过被所有人忽视的长兄李玄贞，殊不知，自己才是最可悲的那个人。

唐盈死了，李德撕开了伪装，册立李玄贞为世子，把李玄贞接到身边亲自照顾。

谢满愿以泪洗面，好在很快传出已有几个月身孕的消息。李德平息怒气，给她赔罪，说自己刚回来那天是一时冲动。

她不敢再相信他的话，和谢无量哭诉："阿兄，日后阿郎称帝，大郎为太子，二郎该怎么办？他们会放过二郎吗？"

谢无量长叹一声："来不及了。唐氏身死，大将军发疯一样举剑杀人，大郎身为人子，年纪不大，目睹生母惨死，却能冷静地为唐氏处理后事，扣押所有仆从，收集平时你和唐氏争执的证据，调查谢家。他一边做这些事，一边若无其事地尊你为母，见到我时，态度恭敬，一如从前，甚至比从前更加恭敬……此子不可小觑。"

被册立为世子的李玄贞举止得体，言谈大方，众人又惊又奇。其后的比武大会上，他凭借一己之力射杀一只黑熊，技惊四座。

李德不再掩饰对李玄贞的偏爱，他暗中笼络的世家开始公开支持李玄贞。他已经打下半壁江山，不会再轻易地被掣肘。

众人这才发现，李玄贞并不是平平无奇，而是一直在韬光养晦。

李仲虔的童年在六岁时结束了。

几乎是一夜之间，他发现一切都变了。

从前总是屁颠屁颠地跟着他的堂兄弟成了李玄贞的跟屁虫，曾争着想将他纳为东床快婿的豪族也把目光投向李玄贞，连依附谢家的世交也倒向李玄贞。

人情冷暖，世态炎凉。

谢无量把李仲虔带到战场上，让他放下书本，跟着家将学排兵打仗。

"二郎，别怕，不管发生什么事情，到舅舅这里来，舅舅护着你。"

李仲虔紧紧地攥住舅舅的手。他是一个不被父亲喜爱的孩子。这不要紧，舅舅疼他。

舅舅体弱多病，是世家子弟，却一身铜臭味，被人暗地里嗤笑。可只要有舅舅在，他和阿娘就有依靠。

三年后，南楚声东击西，把魏军困在长江边。重病的谢无量披上战甲，死守荆南，拖住南楚兵力，陷入孤立无援的境地。苦苦支撑了数日后，他让部下割下自己的首级，以平息南楚的怒火，请求南楚不要屠城。

谢家男丁，没有一个逃出荆南。谢家女眷也都惨死。她们原本有机会在混乱中逃出城，却被百姓认了出来。

管家惊恐万分，跪倒在地。

妇人们泪流满面，无声祈求百姓。

沉默中，人群里响起一道尖锐的声音："她们是谢家人！"

管家瘫倒在地。简简单单的一句话决定了谢家女眷的命运。

数日后，李德打败楚军，带兵返回荆南，追回谢无量的首级。

灵柩送出城的那天，满城百姓赶来哭送，长街十里，尽皆缟素。

九岁的李仲虔捧着舅舅的牌位，冷冷地扫视一圈。

这些痛哭的人群中，哪些人是真正为舅舅伤心的？哪些人是拦着谢家女眷、想拿她们讨好南楚人的？

舅舅真傻呀，一生赤诚，呕心沥血，慷慨就义，换来的不过是几滴眼泪。

这值得吗？

如果谢无量还活着，一定会回答值得。他说过，天下兴亡，匹夫有责，民生多艰难，世道多纷乱，谢家男儿怎可独善其身？

那天，李仲虔没有掉一滴眼泪。

舅舅以天下苍生为己任，天下苍生却狼心狗肺。

舅舅死了。李仲虔的抱负、信念也都随着舅舅一并死去了。他成了一具行尸走肉。

生亦何欢，死亦何惧？

人们摇头叹息，劝他节哀顺变，然后明里暗里开始和谢家划清界限——谢无量死了，他和谢满愿失去靠山，世子渐渐显露出帝王之相，他们必须为家族做出正确的选择，不能再和他密切来往，以免被当成他的支持者。

每个人看他的目光同情而悲悯，他们无奈地暗示，他们也是迫不得已。

谢家的覆灭正好是李玄贞地位稳固的象征。

李仲虔冷冷地一笑。

他回到李家，走到谢满愿的跟前，跪了下去："阿娘，舅舅没了。"

谢满愿看着他，神情呆滞："你是谁？我阿兄呢？"

她一遍遍地追问李仲虔："我阿兄去哪里了？他是不是又去和南楚人做生意了？"

李仲虔爬到谢满愿的跟前，攥住她的袖子，用力摇晃她，想把她晃醒："他死了！阿娘，舅舅死了！你清醒过来吧！以后舅舅再也不会回来了！只剩下你和我，只剩下我们了！"

没有人为他们母子遮风挡雨，没有人在他彷徨时告诉他，一切有舅舅。

舅舅死了！她是他的母亲，他现在只有她了。

谢满愿笑了起来，一把推开李仲虔："阿兄怎么会死？我阿兄还活着！阿兄要我在家里等他，到处都在打仗，家里的佃户都跑光了，他要去筹钱……"

她守在门前，望着长廊："我阿兄明天就回来了。"

屋中侍立的仆从号啕大哭："二郎，你母亲受不了刺激，别吓着她。"

谢满愿时而清醒，时而糊涂，活在回忆中。医者说如果旁人强行唤醒她，后果不堪设想。

"二郎，体谅你的母亲……"

李仲虔躺在冰冷的地砖上，绝望地闭了闭眼睛，爬起身，头也不回地走了出去。

他坐在灵堂里，为谢无量守灵，不吃不喝，不眠不休。

长史跪在他的面前，哭着求他吃些东西，喝点儿水。

他纹丝不动。

人活着有什么意思呢？他迟早会死在李德或是李玄贞的手上。

寒风拍打经幡，凉意入骨，李仲虔死死地盯着谢无量的牌位，不觉得冷，也不觉得饿，身体早已失去知觉。

墙角传来窸窸窣窣声，一团暗影在挪动。

李仲虔一动不动。

暗影继续哼哧哼哧地挪动，快到他的跟前时停了一会儿，疲惫地喘息几声后，接着一点点地靠近他。

他好像认出那道娇小的身影了，又好像没有，心中没有一点儿波澜，脑海空荡荡的，耳朵里灌满风声。

小家伙手脚并用，终于爬到他的跟前，长舒一口气，啪嗒一声拍在他的腿上，扯着他的袖摆往上爬。

"阿兄……"

她仰着脸看他，圆脸丰颊，眼睛乌黑发亮，透着一股伶俐劲儿。

李仲虔没有理会她，也没有出手扶她。

她盯着他看了一会儿，攥着他的衣袖使力，爬起身。

小小的一团靠在李仲虔的身上，柔软，温暖。暖意透过衣衫，一点点地焐热他僵硬的胳膊。

李仲虔想起来了。这是他的妹妹，出生时体弱，到三岁了还不能走路，出入都是由乳母或侍女抱着。

他魂游天外，神思恍惚。

下巴突然一热。他微微皱眉，垂眸。

小家伙靠在他的身上，仰头，目光灼灼地盯着他，慢腾腾地从怀里摸出一张温热的饼，递到他的唇边。

"阿兄，吃。"

李仲虔看着她手里的饼。

她清亮的双眸映出他苍白的脸。她小心翼翼地道："阿兄，别饿着了。"

李仲虔望着她和她手中的饼，闭目了片刻，低头，狠狠地咬住那张饼，所有知觉都恢复了，肠胃饿得痉挛绞痛。

他狼吞虎咽。有什么滚烫湿润的东西从眼角滑落，和胡饼一起钻进齿间，又咸又涩，喉咙火辣辣地痛。

"阿兄，我这里还有。"

看他终于肯吃东西了，她笑得眉眼弯弯，又摸出一块醍醐饼。

李仲虔一言不发，全部接过吃了下去。

他还有妹妹。母亲神志不清，妹妹还这么小，他是男子汉，得好好地照顾妹妹，护着妹妹，不能倒下。

李仲虔吃完东西，背起瑶英，大踏步走出灵堂，没有回头。

他敬爱舅舅。但是他注定不会成为舅舅那样的人。

天下大势，苍生苦乐，与他何干？他只在意自己的家人。

李仲虔让长史把自己的金锤收了起来，还有那些舅父亲自为他挑选、写满批注的书。

舅父叮嘱过他："二郎，不要把大将军当成你的父亲，把他看作一个随时会牺牲你和你阿娘的君王。"

自古君王多薄幸，最是无情帝王家。

君王可以辜负臣子，但臣子不能辜负君王。

他为谢家守孝，闭门不出，在家中教瑶英写字读书，延请名医为她治病。

每天早上，他把她抱到回廊前，让她在铺了簟席绒毯的长廊上练习走路。

她身体不好，却很有劲头，满地爬来爬去，看到他对着书本发呆，就爬过来闹他，要他抱她去看长廊外盛开的杏花。

花树葳蕤，云蒸霞蔚，阶前满地红英。

她梳着双髻，伏在栏杆上，伸出胖嘟嘟的手去接飘落的花瓣，和侍女念叨："杏花糕、杏花饭、凉拌杏花、杏花粥……"

侍女、乳母咯咯地笑成一团。

她回头看李仲虔，一双眼睛乌溜溜的。

李仲虔摸摸她的发顶，吩咐仆妇："照着女郎说的，每样都做些。"

医者说，刚开始的时候，瑶英每走一步，双腿都会像针扎一样痛。

她很懂事，坚持练习，痛得浑身是汗也没有叫累。

"等我好了，阿兄就不用每天辛苦地背着我了。"

一碗碗极苦的药汁灌下去，身体总算有了些起色，她可以撑着凭几走几步路了，马上开始提要求："阿兄，我想骑马！"

李仲虔答应她，抱着她去马厩，让她自己挑一匹最漂亮的小马。

等她好了，他要带她去城外的西山跑马，去云梦湖采莲，去矶头看浪涛。他们相依为命，外面的纷纷扰扰和他们再没有一点儿干系。

扶危定乱的壮志早已湮灭。

他带着瑶英去各地求医，两年间去过十几座州府。

李仲虔十一岁那年，李德又顺利拿下河阳，魏军逐步向关中推进。

李仲虔在家照顾瑶英，几家魏郡崛起的豪族忽然不约而同地打发族中嫡出子弟登门探望他，还特意给瑶英带了礼物。

他没有多做理会。李玄贞已经崭露头角，李德很快就能一统中原，他和瑶英无依无靠，不会傻到自取其辱，去和李玄贞相争。世家豪族奉承、撺掇也好，嘲讽、羞辱也罢，他都不在乎。

长史愁眉不展："阿郎……他们这是在相看七娘哪！"

李仲虔明白过来，追到渡口，命人凿穿那几家人的船只，质问："谁让你们来的？！"

几家子弟惊恐万分，道明来意。他们确实是来相看七娘的。

李德已经为七娘的几个姐姐定了亲事，他们的父亲、叔伯深受李德器重，日后家中子弟也肯定会娶李家女郎。虽然七娘体弱多病，但是两家联姻为的是巩固关系，他们这几家实在不入流，想要一个世家之女光耀门楣，不在乎七娘能不能治好身体。

李仲虔勃然大怒。七娘就算一辈子不能走路，他也会好好照顾她，瑶英轮不到这些人来挑挑拣拣！

长史叹息："阿郎，大将军是你们的父亲，是魏军首领，以后还可能坐上那个高位，你和七娘的婚事都要由大将军说了算。大将军为笼络人心，已经指了好几门亲，五娘那时还在襁褓中就定了人家。阿郎，为今之计，我们只能好好相看，从这些人家里帮七娘挑一个家风端正的……"

他们别无选择。

李仲虔脸色铁青，嘱咐长史好好地照顾谢满愿和瑶英，回祖地为舅舅扫墓，顺便请族中长辈帮忙。

他想先把瑶英的婚事定下来，让对方去李德那里求亲。

结果双方不欢而散。

他们挑的子弟要么是家世寒微、明摆着贪图谢家产业的旁支，要么是听到李玄贞的名字就打哆嗦，以后肯定不能护着瑶英，更过分的是居然还有几个天生痴傻。

那家主母私底下和仆从嘀咕："我家大郎虽然笨了点儿，却是个全乎人，七娘可是个不良于行的残废呢，不能生儿育女，也不能操持家业……"

李仲虔怒火滔天，第二天就离开了，刚到家，长史神情惊惶地跪倒在他的脚下。

七娘没了。

谢满愿发病，七娘被送去襄州，李德情急之下抛下她和谢家亲兵，消息刚刚送回来。

他的小七就这么被孤零零地扔在战场上。

离开的前一天，他教小七背杏花诗，答应以后带她去跑马。她拉着他的手指，数他手上有几个茧，笑嘻嘻地哄他高兴。

李仲虔立在长廊前，踉跄了几下，冲进库房，找到那对被锁起来的金锤。

长史和仆从抱着他的腿，拦着不让他出门。

"阿郎，节哀呀！"

"阿郎，别冲动，到处都在打仗，你这么冲出去也无济于事！"

长史大哭："阿郎，郎君临走之前最放心不下的人就是你，郎君说，你绝不能再习武哇！"

"七娘已经没了，她才五岁，连路都走不了几步，陷在乱兵之中，人早就没了……阿郎，你是娘子唯一的骨血了，不能再出事呀！"

"七娘懂事乖巧，最知道体贴人，要是看到阿郎这样，怎么能安心去往生？"

李仲虔紧握金锤，推开仆从，双眸血红。他拿起这对金锤，等李德登基，离他的死期就不远了。但他若不拿，小七怎么办？

"小七会害怕，我要去接她。"

他是她的兄长。

她活着，他一定要找到她，再不让她担惊受怕。

她死了，他也要带她回家，不能让她做孤魂野鬼。

至于他的生死……李仲虔微微一哂，他早就不在乎生死了。

他骑马直奔襄州，长史派人追了上来，想把他打晕带回去。他甩掉长史，把金锤绑在背上，疾驰一千里，找到她被抛弃的地方，一个个战场挨着找过去。

他终于在尸山血海里把她挖了出来。小七还活着。

他跪在尸堆前，紧紧地抱着浑身是血的她，在她看不到的地方，眼泪一滴接一滴地砸在血泊里。

他背着妹妹回家。没了马，他就步行，没有吃的就去偷去抢。

他真正明白了什么是乱世流离，看着一个个活生生的人死在乱刀之下，脑浆、肠肚、鲜血淌了一地，和猪、牛被宰杀时没什么两样。

乱兵过境，残杀平民，他背着她逃跑。

她病得越来越重，后来什么都吃不下，他叫她，她躺在那里一动不动，没有一点儿气息。

一起逃难的人都说她死了，要他别再管她。

他守着瑶英，掰开她的嘴巴，把面饼撕碎了塞进去，咬牙切齿地道："小七，撑下去，阿兄带你回家……不准丢下阿兄，就算你死了，阿兄也要把你的尸骨背回去。"

旁人以为他疯了。

他没疯。他知道她是故意的，她不想再拖累他。

她被吓着了，忍着难受吃了东西，再不提要他别管她的话。

经过重重磨难，他们终于逃到安全的地方。

李仲虔不想回魏郡。他长大了，可以照顾妹妹。如果他们就这样消失在世人的眼中，李德和李玄贞是不是就会放过他们？

他太天真了，在乱世中求生，太过艰难。他得给瑶英抓药请郎中，她体弱，每天都很难受，怕他担心才假装身体好了。他们好几次被人抓走——各地连年战乱，饿殍遍野，妇人和儿童是滋味最好的两脚羊。

他们跌跌撞撞，吃了很多苦头，终于找到一个可以隐姓埋名的地方。不久后，一伙乱兵劫掠了村庄，李德的部下秦将军突然赶到，救下他们。

"二郎，该回家了。"

李仲虔自嘲地一笑。

李德一直派人跟着他和瑶英，他们逃了这么久，仍然没逃出李德的掌心。

李仲虔低头看看自己的手。

李德太强大，武艺高强，而且身边总有近卫保护。他又提防着自己，自己不可能刺杀成功。

他们的反抗没有用。

抑或他和李玄贞争储——那样他会死得更快。

他们若避居荆南，韬光养晦，小七会被李德随意指婚。

他们若找一个没人认识他们的地方生活，朝不保夕，随时会死在李玄贞的手上，还有可能被谢家、李家的仇家抓去当人质。

他们进不得，也退不得。

李仲虔问李德的部下："秦将军，假如我现在自刎而死，他们会放过我阿娘和我妹妹吗？"

理由都是现成的。他死在战乱中，李德不用面对谢家的诘问，李玄贞不用背负弑弟的骂名。

秦将军愣了一会儿，道："二郎，你多心了。"

李仲虔握紧金锤。他没有多心。

回到魏郡，他直接去见李德。

"大将军，我以臣子的身份来见您。"他跪在李德的脚下，"我为您领兵作战，忠于魏军，绝无二心。"

李德凝视他半晌："你的要求呢？"

"七娘的婚事由我做主，你不能为了笼络部下随意把她下嫁。"

李德沉默。

李仲虔抬起头："行军打仗，逐鹿天下，不能妇人之仁，光靠仁义无法震慑人心。长兄是世子，得顾忌名声，我和长兄不同，不在意名声。长兄不便出面做的事情，我可以代劳。"

李德皱眉审视他。

李仲虔一脸坦然。

长史对他说过，前朝有位皇帝少年时曾被其他兄弟欺压折磨。诸子夺嫡，骨肉相残，后来他成了九五至尊，杀死了所有威胁他帝位的兄弟，唯独留下了一个兄长——他当年险些死在这个兄长手上。

他问长史："为什么皇帝留下这位兄长？因为皇帝大度吗？"

长史摇摇头："不，因为皇帝的兄长太蠢了。"

他蠢到皇帝根本没把他当成威胁。

李仲虔决定做一个胸无城府、暴躁易怒的蠢货，像皇帝的兄长那样，蠢到所有人把他当成笑话，妹妹就安全了。

他捡起荒废的武艺，召集部曲，跟着李德出征。

李德要他攻打谁，他就去攻打谁；李德命他屠城，他就屠城。

瑶英劝他："阿兄，我们还是想办法离开吧。"

她虽年少，看着无忧无虑，其实把什么事都记在心上，知道他们的处境，不止一次和他分析利弊，帮他出主意，劝说他想办法离开，李德和李玄贞不会放过他。

李仲虔苦笑。李德不会允许他们离开，李玄贞也不会。

他已经身陷泥沼不得解脱，只希望能早点儿帮她寻一个归宿。李玄贞应该不会连外嫁女都不放过。

那时候李仲虔没有想到，李德会再次失约。李德明知代嫁是魏明的阴谋，还是顺水推舟让瑶英去和亲。

他想把李德碎尸万段。

不管李德建立多大的伟业，救了多少生灵涂炭的百姓，不管他杀了李德的后果是什么，李德对他失约了，他要杀了李德。

世人的喜怒哀乐和他不相干。

真到了可以下手杀李德的那天，李仲虔却没有下手。

多少个夜晚，他一遍遍地告诉自己，他要和李德同归于尽。

后来他舍不得死了。

他和瑶英不再完全受制于人，有兵马、有盟友，可以好好地活下去。杀死李德的办法有很多，比如他可以让李玄贞和李德父子残杀。

为什么他要为李德赔上自己的性命？瑶英会伤心的。

让李德死在最疼爱的儿子李玄贞的手上，这比自己亲手杀了对方更让他觉得快意。

李德死去的那一天，李仲虔正领着仆从收拾行囊。

消息送到，他漫不经心地瞥了一眼，心中没有什么起伏。

他率领西军冲锋陷阵，护送流落的遗民回到家乡，领着士兵帮忙挖设沟渠，为百姓开垦田亩，还曾经去山谷帮那个赖着要他当首领的部落寻找几百只走散的蠢羊。

他走过横亘在天际的雪峰、茫茫无际的草原、寸草不生的莽莽沙漠、浩瀚的戈壁、幽深的峡谷。

他经历了很多事，见了很多人。

有一次，他们在斑驳的古城中救下一个被围困的部落。

他诧异地发现，部落里的人会说一口地道的中原官话。

他们是本地守军的后代，口中的皇帝姓朱。

守军奉命镇守堡垒，孤悬域外，失去和中原的联系，苦苦支撑了几十年，不知道中原已经几经动荡，改朝换代。

昔日风华正茂的骑兵垂垂老矣，仍然守着旗帜，想突破封锁，和中原恢复联系。

他们时常遥望东方，等着王师救援。

上一代人死去，下一代人秉承他们的遗志继续坚守。

城主看到西军旗帜上的汉字，大哭了一场，带着他们去见还活着的守军。

许多年前，老人是守军中年纪最小的斥候，后来其他人一个个死去，他埋葬自己的同袍，替他们继续等待东归的那一日，从青年等到中年，又等到老年，等到牙齿落光，白发苍苍，依然等着。

当瑶英和李仲虔走进土堡时，那个躺在草堆里的士兵混浊的眸中闪着光："援兵来了？"

杨迁想要跟老人解释他们不是朱氏的兵马，瑶英朝他摇摇头，走过去，握住老人的手："我们来晚了。"

老人挣扎着爬起身，在孙儿的搀扶中走出土堡，看着猎猎飞扬的旗帜和军容整肃的西军，慢慢地挺直佝偻的背，推开孙儿，一步一步地走到高台前。

"兄弟们，援兵来了！"

你们随我杀呀!

残阳如血,老人苍白的发丝上染了一层血色。他仿佛还是昔日那个和同袍并肩作战、誓死不降的俊朗儿郎。

他一个人立在那里,身后空无一人,又好像有无数英魂和他站在一起。

李仲虔穿着一身染血的战袍,斜坐在土堡上,望着那个面向东方的老人,拔开酒囊,冲洗剑上黏稠的血。

烈酒洗去血腥,也一点点地洗去多年来积压在他心头的阴云。

他记起少年时的自己,满腔热血,一心想着像父亲、舅舅那样当一个顶天立地的大英雄。

瑶英撒娇卖痴,央求他带兵,请他帮忙处理军中事务,他想帮她在西军树立威信,全部应下。

渐渐地,他融入其中。

他和杨迁他们臭味相投,和部落的胡人不打不相识,中原的过去离他越来越遥远,乃至他有时候记忆模糊,居然记不起李德的长相。

瑶英一直担心他莽撞地去找李德拼命——她故意以西军的事务拖住他,让他分心。

她得逞了。

见了那么多乱世中的悲欢离合,他早已不是过去的那个李仲虔。

沙漠中的土堡残破不堪,长风刮过,似野兽在咆哮。

李仲虔还剑入鞘,站起身,扫一眼从土堡的不同角落聚拢过来的百姓,暗暗道:这座土堡外有一座水草丰美的河谷,他可以教他们种些桑麻和粮食。

李德驾崩后,李玄贞写下一份诏书交给李仲虔。

他承诺不会对李仲虔和瑶英不利。

李仲虔嗤笑,随手把诏书扔到角落里。

长史一边抹泪一边帮着收拾:"阿郎,我们真的要搬走吗?"

他毫不犹豫地点点头:"搬。"

北走出雁门,西行渡临洮。问君何所往,饮马长城濠。

他的人生中还有更广阔的天地。

他离开长安之前,昙摩罗伽找他求一样东西。

"要莲子干什么?"

"种在王宫里,明月奴住的地方。莲子若能长大开花,以后她思乡的时候,看看窗外的莲叶莲花,可以一解愁思。"

李仲虔一扯嘴角。和尚果然心细，竟然会想到这一点。

他把以前从荆南带到长安的莲子交给昙摩罗伽。

他也不知道这些莲子能不能顺利生长开花。

瑶英成为王庭的王后，他隔一段时日给她写一封信，商量西军事务。

一晃几个月过去，她在家信里告诉他，昙摩罗伽亲自种下的那些莲子发芽了，长出了碧绿的莲叶，不过还没有花苞。

李仲虔放下信，轻哼一声。和尚还真是有本事，还会养莲。

他吩咐亲兵去打扫宅院。瑶英冬天会回来住一个月，西州太冷了，该修缮的地方他得命人在入冬前修好。

长史在门边探头探脑："阿郎……娘子那边传来消息，巴娜尔公主搬到佛寺去住了。"

李仲虔一愣："谁让她搬过去的？"

长史道："巴娜尔公主每天去佛寺陪娘子说话解闷，娘子很喜欢她。昨晚夜深了，巴娜尔公主留下住，今早娘子就说要巴娜尔公主搬来和她一起住……"

李仲虔皱了皱眉，摆摆手，没有说什么。

他去校场检阅兵阵，忙到下午才回到家中，热得汗水淋漓，脱下甲衣，敞着衣襟，露出壮硕的胸膛，瞥一眼角落，淡淡地道："出来。"

屋中响起窸窸窣窣的响声，头戴珊瑚珠串、身穿纱裙的女子从屏风后面踱了出来，修眉俊眼，头发乌黑，目光在他汗津津的胸膛上停留了一会儿。她道："我问过了，你在中原没有娶过妻子，也没有定亲，你从前的姬妾没有跟过来……你既然没有娶妻，为什么不能娶我？"

李仲虔给自己倒了一碗酒，喝了一口："我娶不娶妻与你无关。"

巴娜尔挺起胸脯："我喜欢你，想嫁给你，想和你生孩子，你娶不娶妻当然和我有关！你喜欢什么样的女子？我可以学。"

李仲虔喝完一碗酒，放下酒碗。

亲兵听到声音，走了进来，好说歹说，把巴娜尔拖了出去。

"李仲虔，我明天再来！"

门外侍立的亲兵忍不住偷笑。

李仲虔皱起眉头。这个女人真麻烦。当初自己救她不过是举手之劳罢了，没想到会惹出这么多事。

昙摩罗伽亲自照料，莲子头年就发芽长叶。

深秋时，曲廊外仍有一池田田的碧荷。

池水清澈，晚霞绚烂，池中一尾尾斑斓的游鱼追逐嬉戏着，凉风拂过，和銮丁零。

轩窗半敞着，引入的活泉水滋润着廊下栽植的花草，城外的戈壁上荒草萋萋，庭中依旧花木扶疏，枝叶葳蕤。

长廊深处传来一阵说笑声，圆润柔和，似露珠在荷叶上滚动。

昙摩罗伽从堆叠的经卷中抬起头，目光越过挨挨挤挤的青翠的荷叶。曲廊里落满余晖下花木彼此交错的影子，一道倩影从斑驳的光影中缓步走近。

她边走边和身边人低语，身上笼着灿烂的霞光。她偶尔粲然一笑，满院花木都失去了颜色。

花香徐来，芬芳馥郁。

笑声越来越近，她挥挥手让仆从侍女都退下去，步入殿中，走到昙摩罗伽的身后，摇摇欲坠，披帛上连缀的珍珠花球拂过绒毯，发出窸窸窣窣的响声。

昙摩罗伽看着面前展开的经卷。

下一刻，背上一暖。

她和平时一样展臂伏在他的背上，胸脯抵着他，温软的唇在他的颈侧吻了一下："在看什么？"

今天她身上不只有醉人的花香，还有淡淡的酒香。

她去参加了一场宴会。

在王庭，几乎家家户户都酿酒。葡萄酒极易变质，唯有冬天冻结的葡萄酒可以贮藏十年不坏，味道也更醇厚，所以家家户户都会在冬季冻酒。每年冬天来临之前，百姓会举办一场冻酒宴会，在节礼献上家中最好的葡萄酒，祈求来年人畜兴旺，万事亨通。

瑶英为西域诸州带来种类丰富的种子和树苗，大批精于农事、水利的农官和工匠，刚打完胜仗就紧锣密鼓地安排西军帮助百姓垦荒种地，挖设沟渠，鼓励商人经商，派骑兵维护商道，减免赋税，诸州一派欣欣向荣之景。

成为王庭的王后以来，她带了不少农书来圣城，请僧人翻译，教王庭人种植适合在本地生长的果木。百姓感念她的恩德，恳求她出席今年的宴会，品尝王庭最好的酒，带领他们向神祈福。

瑶英今天吃了几碗酒，回来的路上饮了醒酒汤，酒意散发，人已经清醒了，不过还是觉得有些头重脚轻，像踩在棉花上，柔软的身体贴着昙摩罗伽。

昙摩罗伽感觉喉头一紧，抬眸。

瑶英脸上含笑，双颊一抹色如桃花的红晕，明眸水洗过一样，眼波流转，眸光盈盈，眼角微红，整个人灵动又妩媚。

他没开口，她干脆趴在他的背上，伸手去翻他的书。

"从长安带回来的？"

他点头。

天竺佛道逐渐走向衰落，中原佛道却发展得蓬勃，他从中原带回不少汉文典籍，让寺中僧人翻译。佛道本是从西域传入中原，以后，中原的佛道很可能反过来影响西域。

瑶英看了看他翻译的几句佛偈，道："佛心见性，人人皆能成佛。中原的佛道和世俗伦理融合，更通俗，更容易被百姓接受，传播得也就越广。"

昙摩罗伽道："中原僧人传经，常常以自悟成佛来劝导人向佛。"

瑶英颔首，说："顿悟成佛可比苦修、禅定要轻松多了，天竺僧人大多出身婆罗门，他们崇尚的苦修、乞食不能吸引普通信众。"

"何为本性？何为佛？"

瑶英将下巴枕在他的肩上，笑而不语。

昙摩罗伽转头看她："怎么不说话了？"

瑶英的唇边扬起一抹娇艳的笑："我才不要和你辩经，辩不过你。"

前几天她和他辩经，被他几句话绕了进去，翻了好久的书才想到一句反驳的话，以后再也不和他辩经了。

她绾着云髻，发间只簪了一支镏金银镶嵌珊瑚花树钗，系了丝绦，除此之外，乌黑的发鬟间别无其他簪环珠翠装饰，身上的衣着也并不奢华：透出雪脯的薄衫、单丝笼裙。但是她一颦一笑间容光焕发，韵味流转，自有一种说不出的妖媚雍容。

昙摩罗伽还握着笔，情不自禁地抬头，含住她朱红的唇。

她轻笑，舌尖调皮地试探。

他眸色加深，紧紧地缠住，她又怯怯地退回去。等他追上来，她笑着轻轻地咬了一下，酥麻和刺痛感让她的味道更加浓郁，他紧紧地箍着她的腰，不许她离开。

她身上的薄纱和他的僧衣纠缠在一起。

窗外的莲叶簌簌地轻轻摇曳。

瑶英身上绵软，不知不觉地往下滑，昙摩罗伽放下笔，抬手抱起她，她顺势坐到他的腿上，和他面对着面，衫裙和僧衣落了下来。

从外面看，两人身上衣冠整齐。

只有瑶英能感受到昙摩罗伽的僵硬。

她搂着他的脖子亲他："不许动。"

昙摩罗伽一眨不眨地凝望着她。

瑶英扯下发间的丝绦，一圈一圈地绑住他的双手，摆动腰身，手从他的衣襟钻了进去，不轻不重地抚摸。她在他沉默的注视中慢慢地放松身体。

她一时无法适应，仰起头。

昙摩罗伽眸光深沉，紧锁在她的脸上，眉头紧蹙，神情隐忍，碧眸深处似有烈焰熊熊燃烧。

天色渐暗，窗前树影浮动。

莲花张开花瓣，一点点地裹住了他。

夜风呼呼地吹着，一池莲叶起伏摇曳，激起激滟的绿波。忽然一阵狂风袭来，莲叶娇颤，似有不胜之状，须臾，莲盘被风压弯了腰，洒落一蓬晶莹的露珠。

殿内，瑶英的云鬓松散凌乱，面泛潮红，花树钗将坠欲坠，珊瑚珠串挂在发间，轻轻地摇晃。她蹙着双眉，泫然欲泣。

明明是她掌握主动权，不一会儿就承受不住了。

她不受控制地绷直了身体，瘫倒在昙摩罗伽的怀里。

他早已汗水淋漓，碧眸沉静，脸上却浮现出最原始的欲色。他轻而易举地挣开手上的丝绦，紧紧地扣住方才还在扭动的柔软的腰肢，啄吻她汗湿的发鬓，拂开她身上的衣衫，抱着她翻了个身。

莲叶在风中摇摆颤动。

他们是新婚夫妻，几乎天天都腻歪在一起。两人缠绵一夜，第二天起来，瑶英感觉腰上又酸又痛，刚走了没几步就扶着腰倒吸一口气。

身后传来轻轻的脚步声，昙摩罗伽走过来，手心贴在她的腰上轻轻地摩挲。

瑶英回头，看着他沉静威严的脸，凑上去亲他。

他立刻低下头，加深这个吻，像是沉醉其中，眼睫颤动。

瑶英一笑，轻轻地咬一口。

昙摩罗伽感觉舌头刺痛，没有松开嘴，紧紧地扣住她的后颈，继续吻她，从轻柔转为绵密，不容她退开半分。

唇分开时，瑶英感觉心跳如擂鼓，喘息了好久才平复下来。

"我年前就回来。"

她踮起脚，在他的脸上亲了几下。

昙摩罗伽望着她，一言不发。

她要回西州住一个月，行程很早就定下来了。

瑶英捧住昙摩罗伽的脸，认真地道："郎君，记得给我写信哪。"

要离开的人是她，她却叮嘱他记得给她写信。

昙摩罗伽拿她没有半点儿办法，抬手拂开她颊边的发丝，沉声道："早点儿回来。"

瑶英响亮地答应一声："过几天我就回来了。"

昙摩罗伽轻轻地应答着，手却揽在她的腰上，半天没松开。

他从头到脚都透着一股别扭劲儿。

瑶英也舍不得走，依依不舍了一会儿，狠狠心推开他："我走了，别送我。"

她出了殿门，绕过长廊，余光看到满池莲叶。她顿住脚步，回头。

窗前有一道挺拔的身影。毡帘半卷，他立在窗边，直直地望着她。

瑶英觉得心里发紧，很想告诉谢青他们她不走了，明年再回西州。

脚步刚探了出去，她强迫自己冷静下来，摇摇头，朝昙摩罗伽挥挥手，狠下心肠，转身离开。

昙摩罗伽凝眸望着长廊尽头，垂下眼眸。

一地日光，她已经走了。

翌日，昙摩罗伽睁开眼睛，枕边空荡荡的。

他出了一会儿神，起身处理公务，很快就处理好了当天的要事。

殿中静谧无声。

她走了以后，周遭越发空寂，仿佛池中的莲叶也不如昨天生机勃勃。

他接见大臣酋长，颁布政令，召集僧人，询问译经的进度和寺中改革的事，指点了几句，一直忙到夜幕降临。

缘觉送来一堆等待批阅的奏疏。王后回娘家，王可以集中精力处理这些积压的琐事了。

昙摩罗伽秉烛批阅奏疏，烛火映在他的身上，在地上拉出一道长长的影子。

他回头，瑶英用的小几上整整齐齐。

她要是在的话，小几永远不会整齐，上面要么几本书倒扣着，要么纸笔摊着忘了收。

他们的书案原来是拼在一起的，他不抬头也能看到她坐在自己的身边，看着看着就容易走神，或是做起别的事。她让人把书案挪开了，改成两个人背对着坐，可以心无旁骛地忙自己的事情。她想问他什么，或是累了，往后一仰，整个人就靠在他的背上。

他不知道她今晚宿在哪里，白天赶路辛不辛苦。昨晚他应该克制些的，可是知道她今天要走，想把人留下，忍不住折腾得狠了。

一个月。她回来的时候，庭前应该积有几尺厚的雪。

昙摩罗伽收敛神思，低头，继续整理奏疏。这些都是积年的琐碎事情，他得整理出一个章程来。

门前脚步轻响，缘觉捧着一封信进屋："王，王后的随从送来的。"

她怎么刚走就送信回来，出什么事了？

昙摩罗伽皱眉，接过信打开。

夹带着一缕香气的丝绦掉了出来，落入他的掌心。

这条丝绦正是前晚她用来绑住他的双手，不许他动弹的那条。他后来把丝绦蒙在她的眼睛上，她泣不成声，攀在他的肩膀上，要他慢点儿。

昙摩罗伽握住丝绦，展开信纸。

纸上只有一句话："法师，我好想你。"

昙摩罗伽抬起头，眺望窗外黑魆魆的夜空。

他吩咐缘觉："你出发去西州，接王后回来。"

缘觉一脸茫然。王后今天才走，一个月后回来，他用不着这么快准备迎接王后。

"现在就动身。"昙摩罗伽道，语气不容置疑。

王说什么都是对的。缘觉不敢反驳，呆呆地应了一声，告退出去，收拾行囊，直奔西州。

瑶英看到追上来的缘觉时，还没有到沙城。

"你怎么来了？"

缘觉憨憨一笑："王让我陪着王后去西州，等月底护送王后回来。"

他明白自己真正的任务是什么：假如王后在西州住得太惬意了，迟迟不归，他得催促王后赶紧启程回王庭。

瑶英哪里能不清楚昙摩罗伽的用意，哭笑不得——她才离开一天！

她没有赶缘觉回去，也没有立刻给昙摩罗伽写信，命队伍继续西行。以后她每年都会在夏天和冬天各回一次西州，今年是第一年，她不能因为舍不得他就心软。

缘觉有些失望，不敢多说什么，跟上队伍。

翌日，西域落了一场大雪。他们在驿站歇宿，在篝火上炖了一大锅羊肉，等肉汤滚沸时，把薄如纸张的雪白的面片下进去。

缘觉吃着鲜美的羊肉面片汤，突然道："不知道王现在在做什么，有没有用膳。"

瑶英置若罔闻。

一行人出了沙城，见风雪弥漫，戴上防风的面罩，穿过荒无人烟的戈壁，在被狂风经年累月地吹蚀而形成的巨岩瀚海外停下歇脚时，缘觉又道："王带着我和阿史那将军来过这里。"

说着，他开始滔滔不绝地讲述当年昙摩罗伽率领近卫军荡平商道的往事。

"王后，您要是闷得慌，我还可以给您讲王小时候练武的事！王天赋异禀，学什么都快！"

瑶英想起昙摩罗伽伫立在窗前目送自己的模样，突然很后悔没有把缘觉赶回圣城去。

她也想他了。

没几日，队伍抵达西州，李仲虔亲自到城外驿站来接，见到缘觉，冷笑："昙摩王打发你跟过来做什么？"

缘觉连忙飞身下马，道："王担心王后，命我侍奉王后，听王后的吩咐。"

李仲虔不由得一笑，扶瑶英下马，端详她许久："胖了点儿。"

瑶英拂去肩头的雪花，笑嘻嘻地问："胖点儿不好吗？"

她天生丽质，胖点儿也漂亮。

李仲虔失笑："胖点儿好。"

他看她虽然风尘仆仆，但面色红润，容光焕发，心里满意，没有再为难缘觉。众人寒暄毕，一起入城。

达摩和杨迁预备了酒宴，为众人接风洗尘。

宴席上，金勃小王子和杨迁斗酒，输了的人得舞剑，亲随在一旁呐喊助威。北戎人、王庭人、汉人、各部胡人闹成一团。昔日他们是战场上的仇敌，如今在酒宴上把盏言欢，往日的情仇烟消云散。

瑶英接见各部的酋长，询问他们今年部落的收成如何，牛羊是否能安然过冬，其间也饮了几碗酒。

缘觉尽忠职守，一直守在她的身边，没有加入斗酒。

杨迁那边时不时爆发出一阵哄笑声。未几，少年郎们大叫着起哄，几案倾倒，酒碗落地，面红耳赤的金勃小王子被人推到庭前。他足足喝了三坛酒，歪歪斜斜地走到瑶英的跟前，啪的一声行了个礼，将胸脯一挺，开始转圈。

一开始他转得很慢，优哉游哉的，随时可能仆倒在地。几个校尉郎拨拉琴弦，奏响琵琶，乐声铮铮，他随着乐曲加快速度，越转越快，织金锦袍高高地扬起，留下一片闪动的绚烂的光影。

瑶英身后的亲兵兴奋得摩拳擦掌："又看到金勃小王子跳舞了！"

"你们看，果然像公孔雀！"

亲兵叹为观止："这么壮的男人居然能跳舞……"

瑶英端着酒碗，看一眼谢青。

谢青站在她的身侧，穿着银甲朱袍，手放在刀柄上。她面无表情，扫视左右，细心地护卫她。

瑶英抿了口酒。

她婚宴的那天，年轻的郎君和小娘子可以向意中人邀舞。那晚谢青不用当值。第二天，亲兵告诉她，谢青昨晚把金勃小王子揍了一顿。

"小王子拉谢青去跳舞，谢青哪会答应啊？小王子就围着谢青跳那个什么旋舞，别看小王子五大三粗的，跳起舞来真灵活，像模像样的！谢青没理他，他喝醉了，非要拉着谢青去踏歌，还说什么救命之恩，他愿意以身相许，只求谢青垂怜，闹得尽人皆知，谢青忍无可忍，提着他的衣领出去，拔刀和他打了一架。"

谢青下手毫不留情，金勃小王子在家养了半个月才敢出门。

挨了一顿打，金勃小王子并不气馁，养好伤后精神抖擞，请求护送瑶英回西州。她正好想着带金勃小王子见见各部酋长，安抚那些畏惧西军的部落，于是应下他的请求，这次出发时把人带上了。

金勃一曲跳完，接过杨迁扔过来的佩剑，随着另一支乐曲起舞，舞姿矫健。

气氛热烈，众人击节而歌，为他助兴。

金勃频频地望向谢青，挤眉弄眼，一脸讨好的笑容。

谢青仍旧面无表情。

歌舞尽欢，宴散，谢青送瑶英回寝殿，突然道："公主，我是不是应该嫁给金勃小王子？"

瑶英一顿，抬起头："阿青，你喜欢金勃小王子吗？"

谢青避而不答，道："我是个女人，统领千军，还没有成亲。金勃的事全军都知道了。"

瑶英笑了笑："阿青，你可以接受金勃小王子，也可以拒绝，不用去理会别人怎么说。你是谢青，不论嫁不嫁人，不论嫁给谁，依旧是谢青，是我的谢将军。"

谢青的神色渐渐缓和下来。她点点头。

风声呼啸，她伫立在廊柱前，目送瑶英进殿，一如多年前，立在花池旁，看着李仲虔抱走瑶英，一动不动地站了很久，直到母亲找过来带走她。

谢青天生力气大，还不会走路的时候就能推倒自己的兄长。

父亲发现她根骨极佳，适合练武。

可惜她是个女儿家。

母亲不止一次地在她面前叹息：“你要是个小郎君该多好，可以和你的兄长一样追随阿郎，为谢家尽忠，怎么偏偏是女儿身？”

后来她一天天地长大，相貌丑陋，体格健壮。旁人怎么看都觉得她不像是小娘子，完全就是男儿模样。

亲戚们背地里说她这是投错了胎，本该是男儿身，仙人作怪，让她成了小娘子。

母亲以泪洗面：女儿生得这么丑，几个兄长都比她清秀，她以后怎么嫁人?

谢青被逼着学女红，学掌厨，学管理庶务。

母亲说，既然她天生男人相，唯有多学点儿主持中馈的本事，将来才好说亲，嫁了人才能好好地侍奉丈夫。

谢青和族中姐妹一起上学。一屋子小娘子，唯有她格格不入。

她们孤立她，笑话她生了副男人的相貌。

那年春天，阿郎带着七娘回乡祭祖，依附谢家的族人帮着操持祭礼，张罗宴会。

谢青和母亲一起去参加酒宴，夫人们在池边吃酒，小娘子们在后花园的池旁赏花，斗花草，打秋千。

没人和谢青玩耍，她一个人在花池子旁摘花。几个小娘子走过来，拉着她去斗花草，她受宠若惊，玩了几回，小娘子们把摘的花都戴在她的头上、身上，围在旁边嘻嘻哈哈地笑。

“快看，快看，谢青也会戴花呢！”

她们笑得眼泪都出来了。

谢青忽然明白，在她们的眼中，自己是一个笑话。

她站起身，摘下头上的花，摔在那些小娘子的身上。

盛怒的她面色阴沉，看起来一脸横肉。

小娘子们吓得落荒而逃，她追上去，抓住带头的小娘子，一把扯下小娘子头上戴的牡丹花。小娘子尖叫着求饶，仆妇们赶紧上来解劝，夫人们赶了过来，看到满院追打小娘子的谢青，纷纷变了脸色，看她的眼神像在看一个怪物。

母亲气得大哭，浑身打战。她指着谢青："我前世到底造了什么孽，怎么就生了你这么个孽障？！"

谢青面无表情地推开拦着自己的仆妇，一路摔摔打打，躲进一个僻静的院子里。

她摘下花池子里的花，扔到地上踩烂，还不解气，捡起石头乱扔。

长廊里传来脆生生的哎哟声。

一张粉嘟嘟的脸探出长廊，梳双鬟的小娘子伏在长廊上，乌溜溜的眼睛看着谢青："你怎么无缘无故拿石头砸我？"

这句话虽然是质问，却又轻又柔，像是玩笑。

谢青觉得眼前的小娘子好像和其他人不一样，但是不想再被人耍弄，冷哼一声，掉头就走，张望一阵，跳进花池子，抱住一棵花树，用力往上拔。

花树被她连根拔了出来，轰然倒地。

谢青拍拍手，冷冷地瞪一眼小娘子。

她以为小娘子会被自己吓跑，刚抬起头，撞进一道热切的视线。

小娘子满脸惊叹地看着花池子里的大坑，目光灼灼："姐姐，你真了不起！"

不同于族中姐妹的阴阳怪气，她语气真诚。

谢青怔住。

小娘子看她的眼神里满是羡慕："我要是像你一样力气这么大，身体这么好，就可以和我阿兄一起去练武了！"

谢青突然觉得烦躁："你是小娘子，怎么能练武？"

谢青从来没见过生得这么漂亮的小娘子。好看的小娘子不是都应该像母亲说的那样规规矩矩、温婉端庄吗？她怎么能想着练武呢？

小娘子好脾气地笑了笑："小娘子为什么就不能练武？不管男女，只要身体好，都能练武。现在到处都在打仗，我们小娘子学会武艺才不会随便被人欺负。"

谢青冷笑："女儿家学武，所有人都会笑话你。"

小娘子趴在栏杆上，脑袋一歪："我要是会武艺，谁敢笑话我，我就打他，打到他不敢笑话我为止。"

谢青半晌无语。

小娘子的目光在谢青的身上打转。她恨不能走下来捏捏谢青似的，却一直趴着没动。

谢青正纳闷儿，长廊那头传来一个声音。公子李仲虔找了过来，看到小娘子，快步走近，抱起她："怎么一个人在这里？谁把你丢在这里不管的？"

小娘子搂住李仲虔的胳膊："我让乳娘抱我过来的，想看看以前栽的绣球长大了没有。"

谢青呆呆地看着小娘子。

原来她就是女公子。

母亲说过，女公子自幼身体不好，去年还流落战场。她本来好转了，经过这一场惊吓，又不能走路了，公子正在想办法打听哪里有神医可以治好她的腿。

谢青半天回不过神。

女公子伏在李仲虔的肩膀上，朝她挥挥手，笑得眉眼弯弯。

谢青回到家里，等着父亲来责罚自己。她大闹宴会，打伤族中姐妹，拔倒女公子的树，用石子砸了女公子，母亲气得一路都在垂泪。

父亲回家，把她叫到前庭，脸色沉重。

她跪了下去，父亲的巴掌却迟迟没有落下。

"阿青，你想练武吗？"

谢青惊愕地抬起头。

父亲看着她，叹了口气："咱们家世代习武，你天生力气大，不练武的话太可惜了。既然你和族里的小娘子们合不来，以后不必学那些东西了，跟着你的兄长习武吧。今天公子说想给女公子挑几个护卫，你是女儿身，如果能被挑上，正好可以贴身护卫女公子。"

她给女公子当护卫？

谢青的眼前浮现出女公子趴在栏杆前和自己说话的模样。

女公子看着她，一脸惊讶和羡慕之色："姐姐，你真了不起！"

父亲语重心长地道："阿青，你想好了，选了这条路，以后可能没人敢娶你。习武要吃很多苦头，一年三百六十日，你天天都得咬牙扛着，不能懈怠。阿耶不会惯着你，该打就打，该骂就骂，绝不心疼。你真的要练武吗？"

谢青摘下头上的簪花扔在地上，双手握拳："我要练！"

她不必为自己天生与众不同而感到羞耻。这是她的天分，不是罪孽。她要练武，要通过选拔成为女公子的护卫！

西州的夜风里像夹着刀子，呼呼地吹过，骨头缝里都觉得刺痛。

谢青回过神来。

随公主回到中原时，她见到年迈的父母。

夫妻俩看着一身甲衣、骑马率领亲兵入城的她，老泪纵横。母亲一直跟在队伍的后面看她，听着百姓高喊她的名号、为她欢呼，一边走一边抹眼泪。

谢青转身，眺望夜色中沉睡的西州城。

阶前一道人影晃动，有人摇摇晃晃地朝她走了过来。

她握紧长刀。

翌日，瑶英起来梳洗。

缘觉在庭前堆了个雪人，气喘吁吁地问："王后，您看像不像王？"

瑶英看着庭中那个挺拔瘦削、轮廓鲜明的雪人，出了一会儿神。

亲兵嬉笑着走过来，道："公主，昨晚谢青又把金勃小王子给揍了！"

金勃当众献舞，半夜跑来缠着谢青问她到底喜欢什么样的男人，要和那个人决斗，被谢青一把扛起扔到雪地里醒酒，摔了个鼻青脸肿。

瑶英笑着摇摇头，披上斗篷去找李仲虔。

亲随神情紧张，跟着她往里走，路过长廊的时候，有意无意地挡在她的面前，笑着道："这边风大，别吹着公主。"

瑶英挑眉："让开，有什么不能让我看的？"

李仲虔放浪形骸，她什么没见过？亲随何必在她的面前遮掩？

亲随讪讪地退了下去。

瑶英走下长廊，目光扫过雪地。

一道高挑的人影伫立在庭前的雪中，毡袄上覆了一层薄薄的雪。她冻得瑟瑟发抖，不知道在这里站了多久。

"巴娜尔公主？"

抱着双臂的女子回过头，看到瑶英，眸中腾起亮光："阿依努尔！"

瑶英拉着巴娜尔公主走进前庭，让她坐在炉前烤火："你在这里等了多久？"

巴娜尔公主掰着手指头数了数时辰："李仲虔不肯见我，我昨天半夜来的！我等到他出来见我为止！"

瑶英示意亲随取来热马奶酒给她喝下暖暖身子，出了前庭，小声问："怎么回事？"

亲随咳嗽了一声："昨晚宴会，有几个部落女郎向阿郎献舞，巴娜尔公主把那些人都赶跑了。阿郎回来倒头就睡，巴娜尔公主要见他，他不许我们开门，公主就一直守在外面，怎么劝都不走。"

瑶英想了想，吩咐人去请个医者来看看巴娜尔公主，转身去看李仲虔。

刚进屋，瑶英就闻到一股浓烈的酒香。

李仲虔斜躺在窗前火炉旁的木榻上，屈起长腿，脚上的兽皮靴踩着酒坛，手里攥着酒囊，凤眸幽幽地望着紧闭的窗。

瑶英从一地倾倒的酒坛中走过去，拿走他手里的酒囊闻了闻："这酒是今年新酿的金琥珀，后劲小，吃不醉的。"

李仲虔踢开酒坛："谁要吃醉？吃醉了你又要数落人。"

瑶英笑了笑："巴娜尔公主在外边等着，你在里面看着她，怎么不把人叫进来？"

"让她等着吧，多等几次，以后就不会来了。"

瑶英嗯了一声，脱下斗篷，卷起袖子，收拾几案上随意堆叠的文牍，提起火炉上的铜壶，熟门熟路地找到一袋米粒紧实的乌米。

这种米先在汁水中充分浸泡，蒸熟后晒干，再蒸熟再晒，如此反复九次，米粒颗颗晶莹，滋味香甜可口。西军常常需要长途奔袭，军中很多人不习惯和北戎人那样饮马血、生吃马肉。今年本地适种的乌米丰收，她让人晒了不少，士兵很喜欢，因为乌米携带方便，可以保存很久，还很好吃，而且可以帮助他们迅速地补充体力。

热水滚进碗中，她调了一碗乌米饭，递给李仲虔。

"别吃酒了，吃点儿东西暖暖胃。"

李仲虔看着碗中油亮的米粒："怎么不催我放人进来？"

瑶英平静地道："阿兄想通的时候，自然会放人进来。"

李仲虔一咧嘴角："如果我想不通呢？"

"那我更不能自作主张了。"

李仲虔揉揉眉心，翻身坐起，接过碗和匙子，大口地往嘴里扒乌米饭。

巴娜尔公主想嫁给他。

他从来没有想过要娶妻。

小的时候他曾好奇地问舅父："舅舅，您怎么没有娶亲？"

谢无量摸摸他的发顶："舅舅太忙了。"

后来长史告诉他，谢无量就算一年到头都是过家门而不入也有很多小娘子愿意嫁他，他不娶妻不是因为太忙，而是自知身体病弱，又身处乱世，随时可能死在战场上，不想耽误小娘子的青春。

李仲虔没想过娶妻的事，从前因为和舅舅一样不想连累妻子，来到西州，没了顾虑，依旧不想娶妻。

李德和唐氏、李德和谢满愿……他们都曾恩爱甜蜜，后来夫妻离心，面目狰狞，彼此仇恨，曾经最亲密的枕边人，到最后，李德对谢满愿毫不留情，唐氏死之前句句都在诅咒他。

夫妻爱得再热烈，终究抵不过岁月的消磨。

他和瑶英不一样。

瑶英深知这世上恶无处不在，并且被深深地伤害过，但仍然相信世间的美好，李德、唐氏和谢满愿之间的纠葛恩怨不会影响她的心境。她喜欢一个人，便一心一意地去喜欢。

他没有这样纯粹的喜欢，流连花丛。

男欢女爱于他而言不过是情欲上的享受，从一开始双方就明白彼此间只是一场露水姻缘，你情我愿，绝不拖泥带水。

如果巴娜尔只是求几场欢爱，他不会拒绝，可是她想嫁给他。

他这样的人不适合娶妻。

"罗伽对你怎么样？"他捧着乌米饭，忽然问。

瑶英一笑："他对我很好。"

李仲虔轻扬嘴角。

瑶英从屋中出来的时候，巴娜尔还等在雪地里，脸颊冻得红扑扑的。她朝瑶英行了个大礼。

西军联军收复伊州时，瑶英不许部落兵欺辱北戎王宫的女眷，巴娜尔很感激她。

瑶英把自己的斗篷披在巴娜尔的肩膀上，道："公主随我来吧。"

巴娜尔抬头看一眼紧闭的窗，懊恼地叹了口气，举步跟上瑶英。

炉膛里的柴火烧得噼啪作响。

瑶英看着巴娜尔喝下一大碗防风寒的药，直接问："公主是怎么和我阿兄认识的？"

"在北戎的时候认识的。"

"公主是不是救过我的阿兄？"

巴娜尔捧着药碗摇摇头："阿依努尔，不是我救了李仲虔，是李仲虔救了我。"

瑶英面露惊讶之色。

巴娜尔放下碗，朝她笑了笑，缓缓地道："当初李仲虔混在北戎奴隶里面，寻找脱身的时机，那天夜里塔丽帮他掩护，他趁守卫打瞌睡，偷偷地摸出营地，无意间撞见三王子想要欺负我……"

她说到这里，脸上掠过愤怒之色。

她是瓦罕可汗养大的女儿，以后肯定要嫁给诸王子中的一位。三王子垂涎她的美貌，想要她做侧夫人。

三王子为人粗鄙，她坚决不答应。三王子贼心不死，偷偷地买通她的奴隶，把她骗出营地，想要生米煮成熟饭，逼她就范。

"营地外的守卫被三王子支开了，我很害怕……李仲虔当时就藏在马厩，看到我被三王子拖走，没有现身。"

瑶英猜得出当时的情形。

李仲虔以奴隶的身份掩饰自己，假如出手救人，很可能暴露身份，无法脱身。

"我阿兄最后还是出手了？"听巴娜尔的口气，三王子肯定没得逞。

巴娜尔点点头："李仲虔不想多事，本来已经悄悄地离开了，过了一会儿还是回来了……公主知道他为什么回来吗？"

瑶英摇摇头。

巴娜尔道："因为我一直在叫阿兄。"

瑶英微怔。

巴娜尔接着说："李仲虔冲了进来，一把扯住三王子，差点儿把他的脑袋扭下来。三王子怕事情闹大惊动别人，逃走了。"

那晚李仲虔差点儿把三王子打死，那副狰狞的模样就像从地狱里爬出来的恶鬼。

他站在惊魂未定的巴娜尔跟前，问："你兄长呢？他怎么没来救你？"

巴娜尔抹了一把眼泪："他死了。"

她的父兄都为瓦罕可汗战死，所以她才能被收养为义女。她没有其他亲人了，害怕的时候本能地叫着兄长。她的母亲是被掳掠到草原的汉人，她和兄长小的时候就会说汉文。

后来她知道了李仲虔来北戎的目的，恍然大悟。李仲虔之所以会不顾危险地救她，是因为她歇斯底里的呼救让他想到了他的妹妹。

文昭公主落在海都阿陵的手里，谁都不知道她到底遭遇了什么。

"一开始我不知道李仲虔是魏朝的皇子。"巴娜尔往炉膛里添了几块炭，"他救下我的第二天，三王子伤得太重，瞒不住了，瓦罕可汗派人来安抚我，说三王子活该，又问我到底是谁打伤三王子，奴隶竟然敢打伤贵人，虽然是为了救我，也必须受到惩罚。"

她抬起下巴："我当然不会出卖自己的救命恩人！"

不论三王子的母亲怎么劝说、威逼，巴娜尔都不肯指认李仲虔。大妃暴跳如雷，向瓦罕可汗进谗言，要在十天内把她嫁给一个部落的酋长。那个部落刚刚在大战中失去一半青壮年，酋长都快五十岁了，瓦罕可汗正发愁该怎么安抚部落。

巴娜尔还是咬紧牙关不肯说出是谁救了她。

她咬了咬唇："大妃逼我出嫁，我很害怕，可又不能出卖李仲虔。我给自己准备了嫁衣……"

就在她绝望的时候，李仲虔自己站出来认罪了。

他满身脏污，蓬头垢面，跪在三王子的毡帐外。三王子的亲随把他打了个半死，他趴在泥地上，一声不吭，纹丝不动，任他们踢打。

巴娜尔哭着冲到瓦罕可汗的大帐求情，老可汗饶了李仲虔，他一瘸一拐地走了，看都没看巴娜尔一眼，就好像他挨打的事情和她没有一点儿关系。

夜里巴娜尔去看他，他因为旧伤复发陷入昏迷，塔丽在悄悄地照顾他。

巴娜尔每天都会去看李仲虔，给他偷偷地送药、送吃的，有时候还帮塔丽照看他。

就是在那段日子里，她听到他病中叫明月奴，知道了他妹妹的小名，还知道他来北戎是为了找妹妹。

李仲虔很冷漠，从来不和她说话。

巴娜尔坚持去看他，渐渐猜出他不是寻常的奴隶，瓦罕可汗想找的汉人很可能是他。

"我可以帮你离开这里。"她告诉李仲虔，"我是可汗的义女，可以把你要到我的身边来。你成了我的护卫，就不用躲躲藏藏了。"

李仲虔拒绝她的帮助。

那时候巴娜尔怎么想都想不明白：他为什么不让自己帮他？

塔丽也有相同的疑问。

那天巴娜尔悄悄地去看望李仲虔，听到塔丽帮他出主意："公子，巴娜尔公主好像很喜欢你，公子不妨利用这一点。瓦罕可汗对公主还是有几分情面的。"

李仲虔淡淡地道："以后别让她来了。"

塔丽迟疑着问："公子讨厌巴娜尔公主吗？"

巴娜尔站在土墙外，心里怦怦直跳。

她突然发现自己很怕李仲虔给出肯定的回答。

炉膛里的火炭发出啪的一声清脆的响声。

巴娜尔从回忆中回过神，朝瑶英一笑："李仲虔没有说讨厌我。他对塔丽说了一句很古怪的话。"

瑶英轻声问："什么话？"

巴娜尔一字一顿地道："他说我只是个不相干的人，不想让我步阿娘的后尘。"

当时巴娜尔不明白这句话是什么意思，以为李仲虔很讨厌她，伤心地离开了。

在佛寺见到精神失常的谢满愿以后，她才明白李仲虔的意思。

她更喜欢李仲虔了。

他看起来冷冰冰的，其实是个好人。他为了救妹妹冒险刺杀瓦罕可汗，又救了萍水相逢的她。他明明知道她喜欢他，没有借机哄骗她，利用她脱身——哪怕她甘愿这么做。

巴娜尔仰起脸，看着瑶英："阿依努尔，你问我是怎么和李仲虔认识的，是不是想劝我，李仲虔不喜欢我，让我放弃？"

不等瑶英回答，她笑了笑，眸子里映出炉膛里明艳的火光。

"北戎灭亡，我不用再面对三王子他们的觊觎，也没了公主的尊荣，义庆长公主被公主你接回中原去了，我不想去中原，来到西州……

"公主，李仲虔是我见过的最强壮、最勇敢的男人，我喜欢他，想和他生孩子，他不讨厌我——我看得出来，现在他没有想娶的女人，我和他之间没有阻碍……天神又给了我一次机会，我想试一试。"

尝试之后她才有放弃的资格。

她是北戎数一数二的美人。她喜欢李仲虔就要说出来，不怕被笑话。

哪怕最后他还是无动于衷，至少她努力过了。

"我听说了很多佛子和公主的故事。"巴娜尔看着瑶英，两眼放光，"公主和佛子不畏艰难，终于感动天神，才能结为夫妻。我也要和公主一样勇敢！"

瑶英的唇角微不可见地抽搐了一下。

她可以笃定，巴娜尔听到的那些故事和传说里有一大半她不知道，比如前一阵西州流传她为昙摩罗伽哭倒了整座圣城，罗伽才能找到真正的内功心法，起死回生。

巴娜尔抹把脸，振奋精神："最烈的马属于最勇敢的勇士，想要打动最强壮的男人，也得和驯马那样，谁胜出，谁就能和他生孩子！"

瑶英："……"

她怎么突然感觉巴娜尔公主嫁给阿兄的目的就是和他生孩子？

瑶英送走巴娜尔公主后，亲随问她："七娘，要不要想办法把巴娜尔公主送出西州？"

瑶英摇摇头："阿兄如果真不想见她，她根本进不来……巴娜尔公主和阿兄的事情，你们别多管，别跟着起哄，也别瞎打听，顺其自然就是了。"

接下来的日子里，瑶英继续接见各部酋长，为有摩擦的部落调解矛盾，督促拥有大片土地的豪族种植农官培育的粮种，亲自去新建的养马场视察，让亲兵试骑从波斯买来的良马，还时不时抽空去宴席上露个面。

亲兵偶尔会向她汇报李仲虔那边的事：巴娜尔给李仲虔做了件兽皮袄，李仲虔没收。

一晃大半个月过去了，缘觉看她还没有动身回王庭的意思，急得团团转，每天冷不丁地提醒一句："王后，您猜王这会儿在做什么？"

瑶英用膳，缘觉在一旁道："王是不是也在用膳？"

她提笔写信，他赶紧帮着铺纸："王后要给王写信吗？"

她在佛寺会见酋长，他和旁人低语："这些僧人的宣讲比不上王的动听，我们王宣讲时，连寺里的鹰都乖乖地立在鹰架上聆听……"

瑶英回头看他一眼。

缘觉很骄傲："王后，您也这么认为吧？"

李仲虔翻了一个白眼："你这么想念你们王，不如先回王庭去。"

缘觉忙退后几步，恭敬地道："小的要侍奉王后左右。"

李仲虔皮笑肉不笑。

缘觉再不敢多嘴。

日子终于到了月底，缘觉立马精神了，不动声色地提醒瑶英该动身了："王后，开始整理箱笼了，您看有没有什么漏下的？"

瑶英处理好手头的事务，启程回王庭。到了沙城后，她让其他人慢行，自己骑快马回圣城。

不过一个多月，她却感觉像过了很久似的，圣城外一片茫茫的白雪。

守城的禁卫军见到肩披朝霞的瑶英出现在城门外，惊诧万分，连忙竖起迎接的幡旗："王后回来了！"

瑶英示意他们不要惊动其他人，径自回宫，刚步上长阶，迎面一人走下来，看到她，愣了一下，慌忙行礼。

"王后回来了？"

瑶英嗯了一声，匆匆地往里走。她在给昙摩罗伽的信上没有提起自己特意提前赶回来的事，还叮嘱缘觉不要漏了口风。

昙摩罗伽这会儿一定在前殿接见大臣，她可以站在后廊等他……

她还在盘算怎么吓罗伽，毕娑挠挠脑袋："王后，王不在王宫。"

瑶英顿住脚步："他去佛寺了？"

毕娑笑得直拍大腿，摇摇头："王思念王后，知道王后动身回来，今早出城去迎接王后了。"

昙摩罗伽的理由很充分：雪太大，他担心瑶英在路上被风雪阻住，要带人去接应。

刚好闲着的莫毗多嘀咕了一句："那也用不着王亲自去接，末将正好要去一趟白城，可以顺路迎接王后。"

昙摩罗伽好像没听见一样，看一眼天色。门外的近卫统领过来回话，说车马准备好了。

瑶英哭笑不得：她想提前回来给昙摩罗伽一个惊喜，叮嘱所有人瞒着他，没想到罗伽已经出发去接她了！

她转身就走，翻身上马，出了圣城，夜里在驿站歇了一夜。缘觉劝她回圣城等昙摩罗伽回来，她摇摇头。她现在就想见他，一刻都等不得。

第二天是个大晴天，瑶英继续朝沙城奔去，蹄声回荡在茫茫无际的雪原间。

忽地，远处几道模糊的暗影从西边疾驰而来，马蹄声如奔雷。

瑶英催马疾走，迎上前。暗影越来越近，为首的那个人一身雪白织金纹锦袍，身形挺拔，风吹衣袍猎猎。

她看着他，嘴角不禁翘了起来。

他凝望着她，逆着光，目光深沉。

马蹄轰响，雪地震颤，黑马飞驰到瑶英的跟前，带着一阵气流，还没停稳，马背上的人展臂揽住她的腰，把她整个人抱到自己的马背上，紧紧地搂着她。

瑶英抱住他的腰，闻他身上的沉水香味。

"郎君，我回来了。"

昙摩罗伽低头，吻她的发顶。

番外三

一次远行

天气渐暖，雪峰融水顺着干涸的河道蜿蜒地流淌，滋润着大地。河岸两旁草木葳蕤，山谷中漫山遍野的杏花怒放，远望似锦，春光明媚。

毕娑忙里偷闲，跑马归来，在宫门前下了马，还没收起马鞭，被几个一脸颓丧之色的年轻官员堵了个正着。

"这是怎么了？"毕娑拍落肩头的杏花，问。

官员们让开路。一个人有气无力地答："征粮那头出了点儿乱子……王召我们过来问话……"

毕娑皱眉，迈步往里走，越往里走，气氛越压抑。来往的官员、侍者、近卫一个个垂着头，脚步匆匆，神色严肃。

毕娑叫住一个路过的近卫，朝大殿的方向努努嘴："出什么事了？"

近卫小声道："听说是为了征粮的事情……起了冲突……地方官派了骑兵镇压……王今天一直在召见朝官……膳食都是在内殿吃的……"

毕娑听得心惊肉跳。征粮之前罗伽下过几道诏书叮嘱官员按条令办事，现在他们居然闹出这样的事。这必然是因为有官员阳奉阴违，其中还牵扯到驻扎地方的骑兵，难怪刚才他碰见的几个官员个个如丧考妣。他们是主官。

他要不要去劝劝罗伽，帮其他人打个圆场？

毕娑犹豫了片刻，想起自己今天趁着差事出城野了半天，有玩忽职守的嫌疑，这会儿进去不正是自投罗网吗？

脚下打了个转儿，他找到缘觉，问："王后回来了吗？"

缘觉摇摇头："上封信里说，要半个月后才能回来。"

毕娑忍不住龇牙。

文昭公主和罗伽成婚快一年了。公主不喜欢幽居深宫，经常率众外出——在各部落之中，带着部曲出嫁的公主往往地位崇高，可以进一步培养自己的势力，乃至和丈夫共享权力，甚至可以吞并部落。王庭不像中原礼教森严，文昭公主率众外出，并不算出格，加上罗伽对她极为尊重，王庭朝臣不敢非议，毕娑更不会对此不满。

毕娑忍不住龇牙的原因是李瑶英不守信用！

她说好月初回来！缘觉说罗伽连礼物都准备好了，结果只等到一封急信："王后有事耽搁了，归期推迟。"

罗伽看过信后没有说什么，写了回信："春日水涨，马道泥泞，不必急着赶路……"

毕娑心虚，不敢去见罗伽，心里嘀咕：如果瑶英在宫里就好了，他可以先请她去劝解罗伽……

他还没嘀咕完，近卫找了过来：罗伽今天已经宣召过毕娑一次，知道他回城，命他立刻去觐见。

毕娑腿肚子直抖。

他怕罗伽，以前就怕，近来罗伽有意削弱僧人对朝政的影响，越发喜怒不形于色，言行举止更像苏丹古，他就更怕了。

毕娑出身高贵，母族是王庭皇族血脉，父族阿史那氏拥有王族姓氏，假如昙摩罗伽身殁，他甚至有资格和其他的远支宗室王子一起竞争王庭的王位。

地位显贵，长辈疼爱宠溺，事事都顺着他，哪怕他捅破天，也总有人护着他。他难免渐渐养成无法无天、浪荡不羁的性子，整日领着一帮贵族子弟上蹿下跳，胡闹生事，无人管束。

毕娑天不怕地不怕，唯独怕昙摩罗伽。

一开始，毕娑心中对那个传说中被囚禁在王寺中的君王更多的是好奇和同情。

他活泼好动，难以想象一个人从出生起就被拘禁在一座小小的牢室里，三天两头被恐吓，该多么痛苦。

换作他，可能早就发疯了，或者被养成一个什么都不懂的傻子——毕娑听长辈议论过，贵族留着昙摩罗伽的性命就是因为他们需要一个傀儡、一个蠢笨懦弱的傻子。

昙摩罗伽不是傻子。

看到他的第一眼，毕娑就知道，贵族们的盘算落空了。

小小的罗伽穿着僧衣，静静地坐在牢室里，借着顶上罩下来的天光看书，脊背瘦削挺直，周身笼了一层淡淡的光。

牢室幽暗，而他是唯一的光。

这就是我们的王。他的高贵与生俱来。

那一刻，毕娑的心里莫名地生出一个模模糊糊的念头：等王长大，一定会走出这间牢室，打败所有敌人，为王庭带来昌盛和平。

身为近卫军的子弟，他将追随王，效忠王，为王肝脑涂地，死而后已。

毕娑和昙摩罗伽差不多大，总觉得自己是这一代王庭贵族子弟中的头领，但是在见过罗伽以后，立刻对罗伽敬畏起来。

不久，敬畏中又多了佩服。

罗伽很聪明，学什么都很快，而且很刻苦，几乎手不释卷。

明明是同一个师尊、同样的教法，毕娑他们辛辛苦苦地背书写字，罗伽早已一骑绝尘，一本正经地和师尊探讨谶语，有时候师尊也得翻过书后才能回答他的问题。

毕娑从小受长辈偏爱，不肯服输，一改从前吊儿郎当的习性，努力地追赶，可是不管怎么努力也赶不上罗伽。

终于有一天，毕娑发现，他不仅赶不上罗伽，甚至连罗伽的影子都看不到了。不管是习武，还是治国理政，抑或是经文，罗伽每一样都学，每一样都把其他人远远地甩在身后。

罗伽是冉冉升起的红日，是夜晚璀璨夺目的星辰，注定被所有人敬爱、仰望。

巨大的无力感让毕娑沮丧，也让他释然：既然他永远都追赶不上罗伽，那就跟随在罗伽的身后，当一个忠诚的臣子吧。

毕娑对罗伽由衷地敬服。罗伽让他往东，他绝不往西。

小小年纪的罗伽的身上已经有了君王的气度，毕娑和其他师兄一样，敬爱身为君王的罗伽。

同样，他们也畏惧身为君王的罗伽。罗伽不是暴君，但是太聪明，太沉静。他看得太远，他们敬畏他，却无法理解他。

朝堂的权柄由贵族把持，不过近卫军中仍然有许多忠于昙摩氏的人，他们借着子弟入王寺学习的机会接触昙摩罗伽，想看看这位少年君主是不是值得他们辅佐。

答案很明显。王年纪还小，难以和贵族抗衡，但是天资聪颖，迟早会夺回君王的尊严和权力。

在一场盛大的朝会上，不满权贵独揽大权的部落首领借着酒意踢翻宴桌，拔出弯刀，大喊要见王一面，否则就拿刀砍了拦着他们的人。

贵族无奈，只能让王出席大会。

当面容俊美、气度从容的王出现在朝会上时，满场鸦雀无声。直到他持着佛珠，用沉静的眼眸环视一周，部落的首领和台下的百姓才反应过来，立刻跪地俯首，齐声念诵佛号。

几个大臣气得暗暗咬牙。

毕娑也在人群之中，高高兴兴地朝着罗伽行礼，却见身旁的赤玛公主脸色铁青。

"你怎么能跪他？"赤玛公主一脸不忿之色，嘶声道。

毕娑当时不懂，为什么赤玛不喜欢看到他朝拜罗伽。

后来他懂了。毕娑得知了自己的身世。

赤玛哭得撕心裂肺。

"毕娑，王位本该是你的！可是现在局势不明，不能让其他人知道你才是我的弟弟……罗伽只是个奴隶生的贱种！若在以往，他连获封王子的资格都没有！他怎么配为王，怎么配让你朝拜？！"

她抬起头，眸中恨意汹涌。

"再等几年……等我们得到所有近卫军的支持……你放心，王寺里的高僧中有知道罗伽身世的人，他会帮我们……到时候只要姐姐说出真相，所有人都会奉你为王，姐姐一定会帮你夺回王位！"

毕娑望着王寺的方向："那罗伽呢？"

赤玛冷笑："区区一个贱种……"

毕娑明白赤玛的打算，先王后——他的生母，还有知道他的身世、暗暗等待时机的长辈们早已准备好一切。

真相大白的那一天，也是罗伽的死期。

毕娑沉默了很久，拿起自己的佩刀挂在腰上："赤玛，我是王的近卫，以前是，现在是，将来也是。"

他曾经同情昙摩罗伽，曾经对着那间狭小的牢室唏嘘不已……

原来这一切痛苦本该是由他承受的。他在长辈的膝下撒娇要赖的时候，罗伽在受苦。他呼朋引伴的时候，罗伽在受苦。他骑着骏马满街乱窜的时候，罗伽在受苦。

他和罗伽本是兄弟，一个锦衣玉食、无忧无虑地长大，一个刚出生就被送往王寺，虽然侥幸活了下来，但是随时可能遭到毒杀，每日战战兢兢，活在恐惧中，一肩扛起整个王庭……而他的母亲和长辈不满足于此，还要杀了罗伽……

毕娑背对着赤玛公主："当初既然要罗伽替我去送死，王位就该是罗伽的！他也是王族血脉。我已经立下誓言，这一生要效忠罗伽。我永远不会背叛自己的王，你们敢对他不利，马蹄必须先从我的身上踩过去！"

知道自己身世的毕娑依然敬畏罗伽。

罗伽亲自领兵阻止北戎入侵，肃清朝堂，压制贵族，抚民以慈，威慑各族，是英明伟大的佛子。他根本不可能替代罗伽。

除了敬畏之外，他对罗伽的感情中还掺杂了愧疚。

毕娑不敢告诉罗伽真相。师尊说过，罗伽的功法很可能不受控制，如果自己不顾一切告诉罗伽实情……罗伽会不会走火入魔？

以罗伽的为人，假若他真的走火入魔，一定会自我了结。

而且外敌当前，王庭经不起这样的动荡。

他不能说出真相。毕娑怀揣着秘密，终日忧惧。

他眼看着罗伽被功法反噬，一天天地衰弱下去，痛苦、羞愧、愤懑、焦急，却无计可施。所以听说文昭公主的嫁妆中有可以缓解罗伽痛苦的药物后，他立刻丢下赤玛，赶往北戎大营去取药。

罗伽破例留下文昭公主。

毕娑不知道自己该不该插手阻止。最初罗伽心如止水，对李瑶英没有男女之情，只是想给这位流落异邦的公主一条生路，这一点毕娑可以笃定。

毕娑也说不清自己为什么不安。

瑶英起初和其他人一样，在罗伽的面前也很拘谨，小心翼翼地跟着般若、缘觉他们学佛教礼仪，怕冒犯罗伽，几个月不碰荤腥，硬着头皮研习经文，顶着般若的嘲笑请教梵语。她在罗伽的面前乖巧温婉，与世无争，转头杀伐决断，指使亲兵给海都阿陵挖坑，联合王庭商人开拓商路……

毕娑看得出来，那时候瑶英和王庭百姓一样，十分敬仰罗伽。

可渐渐地，她的敬仰中多了几分亲近，多了些孩子般全然赤诚的信赖和亲昵。

人们敬爱神明，祈求得到神明的庇护，也畏惧神明的怒火。

瑶英却不怕罗伽。

事实上，她和罗伽相处时，太自在了。

她不会梵语，不精通胡语，不是佛门中人，不习武，来自万里之外的异国……她和罗伽之间横亘的远不止千山万水、佛门清规，可她和罗伽相处时，一切都是那么自然而然，仿佛两人认识了很久。

真正让毕娑感到恐惧的是不惹尘俗的罗伽居然在纵容瑶英的亲近！

那么聪明、那么理智的罗伽，明知一切皆空，还是清醒地、冷静地看着自己沉沦。

偏偏瑶英什么都不知道。

什么都不知道的瑶英已经不怕罗伽了……两人成婚后，她的胆子越来越大。

用中原的话说，她越来越没大没小。

以前瑶英敬爱罗伽，见面一定双手合十行礼，后来缘觉说……瑶英竟然大大咧咧地摸罗伽的脑袋……

毕娑胡思乱想，神思越飘越远……他忽然听到几声刻意的咳嗽。

领他入殿的近卫在提醒他。

一道沉静的目光落在毕娑的身上，并不严厉，却重似千钧，压得他喘不过气。

他走神太久，罗伽抬眸扫了他一眼。

毕娑一凛，意识到自己已经入殿了，连忙回神，朝罗伽行礼。

殿中的气氛比外面更加沉重，几个朝官都低着头，额上汗水涔涔。

罗伽坐在殿前，面容沉静，却不怒自威。

毕娑先告罪，等罗伽示意，退到一旁，接过同僚递来的边城呈上来的奏报看了起来。

罗伽处理政事果断凌厉，等各方讲清楚经过，立刻召见朝官议定前去地方善后的人选。捅出娄子的官员是贵族子弟，和殿中的许多大臣沾亲带故，但众人不敢求情，因为负责押解的骑队早就出发了，五天内就能把犯官押回圣城。

天色渐暗，大臣告退出去。

毕娑也告退出来，去偏殿继续翻看奏报。

侍者送了一盘金光灿灿的郁金苜萝饭、一盘羊肉和马奶酒过来。春天正是吃郁金苜萝饭的季节，他饿得前胸贴后背，吃完饭和羊肉，看了眼正殿的方向。

殿中灯火通明。

"王用过晚膳吗？"

侍者摇头："晚膳送进去了，王没顾得上吃。"

毕娑抹了把嘴。罗伽忙起来废寝忘食，身边的人劝了也没用……

王后怎么还不回来？

这一晚正殿的灯火直到后半夜才熄。翌日一大早，晨光还透着几分浅青，罗伽已经在正殿处理政事了。

他如此一连忙了几天，犯官被押解回圣城，被审问、定罪，罗伽颁布诏书，速度之快，官道上往各处报信的快马一匹接着一匹驰出，沙尘滚滚……消息传遍各部落，百姓额手称庆，朝官却依然提心吊胆——罗伽命毕娑继续追查各地征粮之事，似乎要追究到底。

一时之间人人自危。

毕娑思前想后，断了求情的心思。犯官惹出来的乱子不大，不过如果罗伽放任不管，其他官员定会有样学样，假以时日，说不定会酿成大祸。罗伽果断地处置，敲打地方官员，肃清风气，所谋深远。

眼下世道太平安稳，城外没有外敌虎视眈眈，内朝也政事通达，官员难免懈怠，罗伽是君王，看得更长远。

他们细查下来，果然又陆续发现几起事端，朝官们不敢怠慢，纷纷上疏自省。

人仰马翻之际，一道消息传来。王后回来了。

毕娑在偏殿看奏报，正看得头痛，听到消息，当即放下奏报，合掌一笑：李瑶英啊李瑶英，你到处乱跑，还不守信用，赶在这个时候回来，罗伽肯定生气了，我就不信你还不怕罗伽！

他出门去迎。

瑶英不想惊动太多人，扮成行商，带着随从悄悄地回宫。

天气暖和起来，她穿着一袭雪白金纹束腰长袍，罩披风，踏长靴，头上戴了一顶雪白的、毛茸茸的皮风帽，纱巾蒙住半边脸。她翻身下马，拾级而上。

毕娑等在阶前，张开嘴巴，字正腔圆地道："公主，您完了！"

他毫不掩饰一脸幸灾乐祸的表情。

瑶英白了他一眼，一边解披风一边往里走，小声问朝中的情形。

毕娑笑眯眯地和她说了最近的事，末了冷笑一声："你还一再拖延归期……正是火上浇油哇……你看，罗伽都没出来迎接你，一定是生气了，等着你去赔罪呢！公主，您保重……"

罗伽凶起来真的很吓人。

瑶英看毕娑说得像煞有介事的样子，脚步慢了下来，眼珠转了转，眸中透着狡黠。

"我晓得了。"

她示意亲兵把一个包袱递给她，直接去正殿。

对面传来一阵脚步声，接到消息的侍从迎了出来。长廊的深处，一道挺拔的身影立在花影下，眸色淡然。

瑶英似乎浑然不觉庭内压抑的气氛，抱着包袱朝花影下的罗伽一笑，面纱下的一双眼眸比春光更明媚。

罗伽的脸上没什么表情。瑶英笑容不变。她快步走到他的跟前，一头扎进他的怀里，脸贴着他的胸膛蹭了好几下，整个人压在他的身前。她长舒一口气，很惬意的模样。

周围的侍从默默地退了下去。

罗伽沉默，不一会儿，展臂搂住瑶英，让她靠着自己站稳，左手轻轻地拂去她皮帽上沾的沙尘。

"我连夜赶路回来的。"瑶英紧紧地搂着他，在他的怀里抬起头，"天天骑马，好累，浑身的骨头都疼。"

罗伽垂眸看她一眼，一语不发。

瑶英心虚地搂紧他的腰，接着又蹭了几下。

罗伽仍然不作声，接过瑶英的包袱，转身进殿。

"热汤备好了，去睡一会儿。"他终于开了口，声音低沉，语调温和。

瑶英看他要走，一把拽住他的袖子："等等……"

罗伽停下来。

"我这次走得远些，见到拂林商人了，这是我给你挑的，一看到它我就很喜欢……"瑶英打开带回来的包袱，捧出一顶样式和自己头上的皮风帽差不多的皮帽，示意罗伽低头。

罗伽俯身。

瑶英踮起脚给他戴上帽子，后退几步，伸手支着下巴，围着他转了几圈，认真地端详。他戴上果然很合适。

"让我看看，这是谁家的情郎？"瑶英笑着道，"玉树临风，仪表堂堂。"

罗伽幽沉的眸光落在她的脸上。

瑶英笑容满面："当然是我的情郎。"

罗伽不语。

瑶英朝他伸出手："快过来，让我亲一下。"

殿门外，毕娑脚下一个趔趄，险些摔个狗吃屎。

他看罗伽往外走，准备过来请示出城的事情，没想到刚走近就听到瑶英堂而皇之地调戏罗伽，惊得眼珠子都快掉出来了。

殿内传出几声轻响，衣袍簌簌，那道挺拔的身影默默地朝微笑的女子靠了过去，很乖巧的样子。

瑶英轻笑，抬手搂住罗伽的脖子，踮起脚，在他的脑袋上亲了一下。

罗伽一言不发，俯身，慢慢地收紧双臂抱住她。

两道身影紧紧地依偎。

门外，毕娑不敢回头，跌跌撞撞地跑远了。

悠远的钟声荡开晨雾，传遍王城。

毕娑踏着霞光进宫，取下铜符交给殿前的近卫。他这几天当值，需要早起入宫。

他问近卫："王昨晚什么时候歇下的？"

近卫道："晚膳后王后过来催了一次，王就回内殿了。"

毕娑松了口气。

公主回来了，终于有人敢在罗伽处理政务的时候硬闯进去拽走他了！

罗伽虽然精力旺盛，即使一夜不睡，第二天朝会时依旧思维清晰、反应敏锐，但是天天如此也不妥，好在公主不怕他！

毕娑忘了自己前几天还等着看瑶英的热闹，咿咿呀呀地哼起歌来。

他穿过长廊时，顿住脚步，惊讶地发现正殿的方向有近卫亲兵在把守——这说明罗伽已经在批阅奏章了。

两人小别重逢，今天又不是朝会日，罗伽应该陪着公主才对，没想到还是一大早过来处理公务……难道两人吵架了？还是罗伽太木讷，不懂得趁机和公主诉诉衷肠，发发牢骚？

毕娑半天合不上嘴巴，探头探脑地走进正殿。

亲兵去里间传话，不一会儿请他入内。

里间还点着灯，朦胧的烛光摇曳，罗伽伏案执笔，神情平和。

毕娑先问安，然后盘腿坐下。

罗伽看着摊开的书卷，一边书写一边听他回话。

两人谈完正事，宫人送来滚热的奶茶和刚出炉的油馕。

毕娑打发走其他人，掰碎油馕，扔进热奶茶里泡着，指指透过花树投在窗前地毯上的花影，道："最近天气晴朗，山谷里的杏花开得正好，王可以带公主去赏花。听汉人说，杏花谷很像他们中原的景色，公主一定喜欢。"

罗伽抬眸，望着窗外低垂的花枝，道："她远行回来，要多休息。"

毕娑咧嘴笑，那两人就是没吵架了。

他吃完油馕奶茶，又抓了一把糖核桃仁吃，觉得口渴，抬手给自己倒了杯清茶，余光无意间一扫，发现罗伽案前的早膳没怎么动。

窗前一地斑驳的光影，落英缤纷。

罗伽静静地看着窗外。花影随着日光晃动，慢慢地笼在他的身上，他穿着的雪白窄袖锦袍上泛着一层柔和的光。春日妖娆、明朗，他置身烂漫的花影下，却气度清冷。他仿佛与世隔绝，连怒放的花都少了妖媚，多了些出尘的味道。

毕娑心里一动。其实这才是罗伽平时的样子。他是僧人，看透世情，不以物喜，不以己悲，高不可攀。但是后来他变得不一样了。

毕娑的心思转了一转。他笑着道："公主常常远行，归期不定，王一定很舍不得，这次公主回来，王要和公主约法三章，不许她再去那么远的地方。"

罗伽不知想到了什么，微弯唇角，碧绿的双眸里映着明媚的春光："她年轻，喜欢到处走走看看。"

毕娑心里暗暗叹息。

法华经里说："等心一切，如母爱子；摄取众生，犹如慈父。"

这是佛门里所说的大爱。

罗伽对苍生、对世人，犹如慈父对子女、君王对黎民，拥有一颗悲悯慈悲之心，认为众生平等，一切皆空，也就无所谓执着，无所谓喜怒。

而罗伽对瑶英的爱不一样。男女之间的情爱中自然会有欲，欲又会生出贪，酝出嗔，酿成痴。

早慧如罗伽，也有不擅长的事情。

毕娑到现在还记得罗伽第一次来向自己请教的情景。

那时罗伽在筹备婚事。他做事向来喜欢先准备周全，可他身边亲近的几个内卫都没有婚配，唯有毕娑经常流连风月，据说相好的情人可以从城东排到城西……于是他虚心求教。

毕娑激动不已，不敢相信，继而喜极而泣。

从小到大，罗伽学什么都快，不管是习文还是习武，每次都是他向罗伽请教，现在风水轮流转，可算轮到他来指点罗伽了！

好兄弟，你也有今天……毕娑摩拳擦掌，搜肠刮肚，把自己知道的一切倾囊相授，过足了给罗伽当老师的瘾，还挤眉弄眼、意味深长地推荐了一些自己收藏的书卷。

他本以为罗伽可能会尴尬，会不知所措，结果罗伽神情平静坦然，毕娑什么笑话都没看到，好生失望。

不过后来毕娑发现罗伽准备得很充分，王宫地库的秘书他全拿去看了……他甚至连妇女妊娠的书也看了，还在旁边写批注笔记。

毕娑当时吓了一跳，一度以为公主要生了……那段时间他总忍不住观察瑶英的肚子。

他好不容易有机会教罗伽点儿什么，得好人做到底！他得教会罗伽怎么留住公主！他可以撒泼打滚儿，耍赖耍横，一哭二闹三上吊！但这些罗伽都不会学的……

毕娑抖擞精神，一拍大腿："我听缘觉说，王为公主准备的礼物是几册新书？"

罗伽颔首。

毕娑继续捶大腿："书有什么好看的？王也说了，公主年轻，哪能成天送年轻姑娘书册？珠宝首饰，绫罗绸缎……虽然俗，但是只要送最好的、最珍贵的，那就不俗了……"

他没敢将心里想的说出来。公主远行回来，给所有人都准备了礼物，昨天已经派人送到各人府上了。他也收到几样新巧的玩意儿。罗伽倒好，新婚妻子回来，他先送上几大卷散发着油料气味的新书，也不怕吓着公主。

罗伽看着毕娑，还没开口说什么，毕娑直接打断他："我猜到王要说什么了，宝库里的东西都是公主的，她想拿什么都行……"

他一挥手，恨铁不成钢的样子。

"自己随便挑和精心准备的礼物不一样！"

罗伽淡淡地扫他一眼，没有理会。

毕娑捋起袖子，继续眉飞色舞地道："当丈夫的，不但要体贴，要坦诚，要知冷知热，还得知情识趣。夫妻朝夕相处，日子久了，新鲜劲过去了，难免生厌，所以丈夫不能无趣，时不时要想个主意哄她高兴……还有，你要学会发牢骚，让她心疼你，等她心软了，立马打蛇随棍上……"

"再巍峨的大山，天天对着，也没意思……公主在外面遇到的可都是各个部落的俊杰……"

罗伽太闷了，哪比得过外面那些热情似火的少年郎？没办法，他毕竟当了那么多年和尚……

窗外人影晃动，一人站在廊外朝里弯腰行礼。

毕娑认出来人是内殿的，意犹未尽地闭上嘴巴。

罗伽拿起一卷批阅后的名册交给他，起身出去。

毕娑悻悻地挠挠脑袋，光顾着瞎操心了，差点儿忘了自己的正经差事。

内殿的窗只开了半边，纱帐低垂，地上铺了厚厚的波斯毯，脚踩上去绵软无声。

罗伽掀开纱帐。

瑶英背对着他坐在案前，一头又黑又密的长发披散下来，瀑布似的，铺在毯子上。

罗伽走过去，嗅到一股淡淡的清香。

他走近了才发现瑶英几乎整个人趴在小案上，面前放着一本摊开的书。

小案旁放了一盘黄澄澄的郁金伏牛饭，瑶英一手握着镏金银勺，一手翻动书页，看得津津有味。

她只穿了件薄纱衣，衣襟散乱，肌肤微露，肩头裹了条印花薄毯，毯子堆在案角，底下露出一双光溜溜的白皙的脚丫。她显然是刚沐浴出来，顾不上梳妆换衣，随便扯了条毯子裹住就坐到案前看书了。

两人成婚后住在一处，罗伽越来越熟悉瑶英的生活习惯。

她忙起来也会废寝忘食，等忙完后就扯上被子蒙头大睡，这时候自己去吵她，她醒了也会装睡，旁人再吵她，她就要发脾气踢人了。

不用出门的时候，她喜欢用丝绦束起长发，如果犯懒的话，干脆直接散着长发，穿着薄衣，裹着毯子，斜倚在窗前看书。

他现在想来，两人刚成婚的时候，她其实有些矜持，知道他自律克己，跟着他学，被他撞见失态尴尬的时候，会假装若无其事，还想让他也若无其事，怕他还俗后不习惯，事事让着他，体谅他的习惯，会下意识地朝他双手合十拜礼，叫他法师。有次夜里她在他的臂弯里醒来，呆呆地看了他半天，呢喃了一句"罪过罪过"，也不知道是梦到了什么，下一刻清醒过来，高兴地在他的唇角亲了一口，搂着他继续睡。

等渐渐适应新婚，她在他的面前越来越自在，而他不动声色，每次都很配合地"若无其事"，等着她彻底习惯自己。

这样的明月奴只有他看得到。

他的贪欲得到抚慰。

罗伽走到瑶英的身后，俯身吻她的发顶，双手隔着薄薄的纱衣从她的肩头滑下去，握住她的手。

带着薄茧的指腹抚过她的手臂，触感酥酥痒痒的。瑶英刚舀起一勺饭准备吃，手抖了抖，差点儿没握住银勺。

罗伽轻轻地扣住她的手腕。

瑶英抬头看他，眼中含笑："早上什么时候起来的，怎么不叫醒我？"

罗伽低头："你睡得沉，不想吵着你。"

早上第一遍钟声敲响的时候她还睡得迷迷糊糊的，他怕吵醒她，嘱咐宫人关上宫门，等她醒了再进殿洒扫。

"今天前朝忙吗？"

罗伽摇头："事情处理好了，不忙。"

瑶英笑了笑，低头继续看书，将银勺送到唇边。

随着一声轻响，温热的唇从她的脸颊擦了过去，手腕被扣着，没法动。

瑶英看着空了的银勺，愣了一下。

罗伽撑在小案上，垂眸看她，一本正经，好像刚才抢走那一口饭的人不是他。

瑶英愣了好一会儿，又舀了一勺饭，大方地往他的跟前一递："饿了？"

罗伽的唇角微不可察地一弯。

毕娑在那里长篇大论的时候他已经吃过了，不过看到瑶英裹着毯子一口一口地吃着郁金饭，不知道怎么回事，也很想吃一口。

米粒颗颗金黄，郁金饭里加了伏牛花，吃起来微微酸甜。

罗伽轻轻地嗯了一声。

瑶英大为心疼，喂他一口，看他吃了，道："我叫人再送一盘过来……"

罗伽摇头："不用了，我吃几口就够了。"

瑶英以为他真的饿了，直接把银勺往他的手里一塞，推推盘子："剩下的你吃完吧，我剥点儿阿月浑子吃。"

罗伽对着银勺失笑，放开瑶英，把剩下的饭吃完。

瑶英一边剥果子一边看书。

罗伽送她的书是从西边传来的手写本，纸张都是经过特殊处理的羊皮纸，非常精美，里面有很多描绘民俗和传说的插画，画工精细，色彩鲜艳，每一本都需要花费数年的心血才能写成。她很喜欢收集这种记录不同地域神话传说的书卷，可惜文字不通，她看不懂书上的内容，罗伽会替她留意收集这种书卷，等有时间了把书上的文字翻译成汉文，贴在对应的图画上，让她可以看懂画上的内容。

她看得全神贯注，忽然觉得脚上一阵刺痛，轻轻地抖了一下。

罗伽已经吃完郁金饭，洗过手，端了只银托盘回到她的身边，盘腿而坐，抬起她的脚掌，握在掌中，给她上药。

她确实急着赶回圣城，连日来骑马赶路，脚上起了血泡，大腿两侧也擦破了。她自己把血泡挑破了，照常赶路，结果双脚从早到晚闷在靴子里，伤口一直没好，他昨晚帮她搽了药。

膏药有些刺激，瑶英忍不住想收回脚，罗伽握住她的脚踝不让她躲开。

脚上酸酸麻麻的，瑶英放下书，靠着小案坐好，笔直地伸出双腿，方便罗伽擦药。

罗伽擦好药，帮她穿上绸袜。

瑶英痛得哼了两声，脚趾在绸袜里扭来扭去："下次再也不贪快抄近路了。"

官道平坦，要好走些，她想早点儿赶回来，选了崎岖的近道，血泡是她爬山的时候磨出来的。

罗伽抬眸，眉头微微皱着。他知道她的脾气，怕她为了赶路不眠不休，写信嘱咐她不要赶路，她在信上答应得好好的。

瑶英看他皱眉，知道他想起那封信了，连忙道："下次我都走大道。"

她这次意外遇见几支既是使团也是商队的队伍，和杨迁一合计，干脆走远了些，耽搁了回来的路程。平时她没事不会走那么远。

罗伽接着帮她上药。

瑶英配合地换了个姿势。

罗伽掀开薄毯，手指拂开薄纱。

大腿的两侧都是一片红肿，好几块地方擦破了皮。

罗伽的眉头皱得更紧，指腹蘸了药涂抹。

大腿上的皮肤娇嫩，这回可比脚上涂药刺激得多，罗伽碰一下，瑶英跟着颤一下。

她咬着唇，没吭声。

罗伽知道她难受，动作很快地换了药和棉布，收拾干净，立刻把薄毯盖回去，起身出去。

不一会儿，他端了盏热奶茶让瑶英喝下去。

瑶英喝下一大盏醇厚香甜的奶茶，好受多了，身上热得出了些细汗。她拿开薄毯，挪到罗伽的身边，从后面搂住他。

罗伽在整理她刚才看的书册。

瑶英挨着他，将下巴搁在他的肩膀上，看了一会儿，眼睫低垂。

她靠着他半天不吭声，呼吸声变得轻缓，下巴还一点一点的。罗伽转过头，轻声说："明月奴，累了就睡吧。"

他扶着瑶英躺下。

法师真温柔。瑶英顺势躺下，双手搂住罗伽的脖颈不放。等罗伽俯身，她推着他躺倒，一个翻身坐到了他的身上，扯开他的衣襟。

她披散的黑发滑下来，薄纱也滑落下来，长发笼住光亮，流畅的线条微微颤动。

罗伽握住瑶英的手："昨天不是说痛吗？"他的声音闷闷的。

瑶英俯身，柔软的唇落在他的唇上。她豪气干云，道："不碍事！"

下一刻，腿上的伤口蹭了一下，她当即痛得呲了一声，双眸立马变得泪汪汪——伤口好痛！

罗伽抬手托住瑶英的腰，扶着她躺好，拨开她的腿看了看伤口。

"好了，睡吧。"他的声音依旧喑哑。

瑶英这下什么心思都没有了，知道他前些天没休息好，抱住他："陪我睡一会儿吧。"

罗伽半天没动弹。

动情前他太理智，动情后又太克制。不论婚前婚后，瑶英都格外信任他，刚才衣衫滑落，她没有再穿上，就这么搂着他蹭来蹭去的……

罗伽沉默了一会儿，扯过薄毯裹住瑶英，再从背后隔着薄毯把她圈进怀里，轻轻地道："好。"

瑶英合眸。

罗伽吩咐过，近卫侍者都退去了外间，里间静悄悄的，只有风吹动纱帐的细微轻响，柔和的日光透过彩色的窗格落在地毯上，一地绚烂的光影。

瑶英睡了一会儿，半梦半醒间在薄毯里扭动了几下，探出双臂抱住罗伽的胳膊。她侧过身蹭他的下巴，然后继续往他的怀里缩："法师……你是世上最好的情郎……"她的声音模糊不清。她像在梦中呓语，又像在迷迷糊糊地说胡话。

罗伽却听得分明。

这就是毕娑说的甜言蜜语吧，也是经文里说的刀刃之蜜。

这话果然和蜜糖一样甘甜，即使罗伽知道是哄人的话，甜蜜和欢愉还是不可抑制地涌满心田，欢快地冒着泡泡。

他不知道自己是不是最好的情郎，但明月奴一定是最好的。

罗伽微笑，吻了吻瑶英的头发，闭上眼睛。

番外四

琴瑟和鸣

一段回忆

那是一个花香馥郁的春日。

天空湛蓝剔透，像一块巨大的蓝宝石，冰川和雪峰在烈日的照射下折射出幽幽的蓝光，山峦上云杉林立，绿浪翻涌，山腰处一片葳蕤，松林繁茂，烂漫的山花点缀其间，山脚下芳草萋萋，骏马牛羊奔腾徜徉其中。数万株野杏花树散落于沃野河谷之间，竞相盛放，灿若云霞。

昙摩罗伽领着众僧做完早课，缓步走出大殿，袈裟拂过探头探脑地钻进长廊的石栏里的花枝。被枝叶层层滤过的碎影落到他的身上，仿佛一丛丛繁花默默地在袈裟上绽放。

草木一荣一枯，不过一瞬。

他手持佛珠，走过夹道，周身似有佛光笼罩。微风吹拂，满院浓烈的花香被他身上的沉水香气冲淡，怒放的花朵、生长旺盛的树木倏地变得沉寂。

沾染了他身上的佛气，再旺盛的生机也带了几分生死无常的超脱出尘。

跟随左右的僧人、近卫抬头仰视他，无不感觉心头怦怦震动，屏息凝神，神态越发虔诚恭敬。

他想着刚才和僧人的辩论，几乎入定。一阵说话声从花树的另一头传来，清亮柔和，如珠落玉盘。

花枝跟着颤了颤，他的思路也跟着停了下来。

他绕过蓊郁的花树，微微顿住，抬起眼帘。

花树下，少女一手托着天竺金盘，一手采摘鲜花。她穿着一身毫不起眼的墨染僧衣，将长发拢起，梳了个简单的抓髻，乌黑的发丝间隐约露出一角红色的丝绦，发鬓黑压压的，衬得侧脸光洁如玉，凝脂雪白，脸上脂粉不施，唇红齿白，眼眸清澈。眼波流转间，她身上自有一种青春年少的鲜妍韵致。

昙摩罗伽站在廊前，轻皱眉头，指挥她摘花。

她好脾气地应答着，腰肢轻扭，面庞含笑。清风拂过，满树繁花扑簌簌地落下，她身上宽大的僧衣跟着皱起细密的褶纹。她好似身披轻纱的神女从水中蹚出，曹衣出水，玲珑的身姿一览无余。

淡下去的花香陡然又变得芬芳浓烈。

昙摩罗伽凝望着她。

般若先看到了他，连忙奔下长廊，双手合十拜礼。少女也回过头来，粲然一笑，捧着金盘退到阶下，跟着恭敬地行礼，仰望他的目光和其他信众一样，敬畏，信赖。

不同的是她的目光比别人多了几分不自觉的亲近。

他知道这一点，利用她的不知不觉，默默地、可耻地纵容着。

昙摩罗伽没有什么表情，转身离开。

缘觉送来奏疏，他坐在书案前批阅，花香袭来，长廊里响起少女和近卫的说话声。

她怕打扰到他，声音压得很低，但是他耳力过人，仍然听得一清二楚。

般若让她把供花送去佛像前。

她含笑应了，从夹道入殿，穿着僧衣的身影一闪而过。鲜花被送到佛像前。

般若嫌她行礼的姿势不够恭敬，絮絮叨叨个没完。她肯定有点儿不耐烦了，轻轻地叹了口气，小声嘟囔了一句什么，不过还是照着般若说的重新行了礼，回头，双目圆睁。

"这样好了吗？"她小声问，眉眼间还是带着笑意。

般若端详半天，点点头："比昨天好多了。"

"多亏般若小师父肯教我。"她笑着说。

般若骄傲地抬起下巴："佛子殿中的供花向来都是我打理的！"

"你真厉害。"她语气真诚。

般若眉飞色舞。

昙摩罗伽用余光看着她和般若俏皮地说笑，落笔的动作没停。

她有心哄一个人高兴，可以让那个人心花怒放。

不一会儿，两人说笑着离开了。

他继续看奏疏。

不知不觉半个时辰过去，殿中静悄悄的。毡帘外忽然传来轻响，她抱着一沓书卷出现在珠帘外，往里张望了一下，踌躇片刻，悄悄地退了出去。

昙摩罗伽没有抬眸，淡淡地道："进来。"

她拂开珠帘进殿，朝他拜礼，目光落到她的黑漆小案上，嘴角轻翘。她坐了过去，小心翼翼地放下书卷，卷起衣袖，打开一只木匣子，挑了一支笔，在铺开的纸张上书写。

昙摩罗伽喜欢安静，平时坐卧禅定时近卫和僧兵都在外面侍立，无事不敢进殿扰他。这段时日他已经习惯她在身边时偶尔发出的窸窸窣窣的声响。

清淡的、若有若无的甜香在空气中散开。

他始终没有抬头，看完所有奏疏，花香突然扑面而来。少女不知道什么时候挪到了他的身边，纤长的手指扯了扯他袈裟的袖摆。

"法师，您忙完了？"

他的视线在她的指间转了一下。

其实他是可以挣开的。只要他挣开一次，她以后绝不会再有这种举动。

但是他没有。

他纹丝不动，威严沉静地嗯了一声。

她撒开手，捧起带来的匣子和纸张，铺到他的书案上："法师，您试试这种笔和纸。这种笔用圆杆作管，在纸上书写得更顺畅，线条更细，而且不会晕墨。"

昙摩罗伽接过她递来的笔，握笔的地方温热，那是她身上的温度。

他垂眸，试着在纸上书写。

事实果然如她所说。这支笔书写起来更加流畅，不会大片晕墨，线条娟秀，写出的经文更为美观。

他写了梵文、汉文和突厥文，用不同的文字来比对效果。瑶英忍不住凑近了些，看着优美的文字从他的笔尖写出，赞叹道："法师的字真漂亮。"

即使她看不懂，也分得出另外几种文字飘逸潇洒，笔力遒劲。

她不知不觉地越靠越近，如果有人从殿前伸进脑袋来看，会以为他展开一臂把她揽在怀中。他的鼻端都是她身上的味道：花香、甜香，还有一种从骨子里透出来的难以描绘的幽香。

昙摩罗伽放下笔。

她抬起头："法师，你的字都是跟谁学的？你从什么时候开始练的？"

他答："从记事起开始练。寺中的僧人有的擅长梵文，有的擅长汉文，有的擅长书法，有的擅长解文，都是我的老师。"

他作为世人寄予厚望的佛子，幼时的光阴几乎都在学习中度过。他每天从早到晚接受不同的僧人的教导，还要跟着波罗留支参悟功法，日复一日，不曾懈怠。

瑶英点点头，很是佩服他。她说起正事："寺中最珍贵的佛经是贝叶经，还有羊皮卷，虽说可以久藏不腐，但是价格高昂，传抄不便，普通百姓家中想要收藏一本书，几乎要耗尽全部家财。法师，您觉得用这种纸张刊印佛经和书本，价格能不能变得低廉？"

昙摩罗伽捏了捏纸张，颔首道："王庭气候干燥，这种纸张也能保存很久。"

她抬眸看他，眨了眨眼睛，知道他对她很宽容，所以言语间会带出些在长辈的面前撒娇的亲昵。

他知道她想求自己什么事，等着她的下文。

"法师，如果您用得顺手，下次辩经法会上能带上这支笔吗？"她在他的面前很少遮掩什么，直接问出口。

昙摩罗伽点了点头。

她徐徐地吐出一口气："打扰法师了。"

说着，她又道："法师，您身体不适的时候用这种纸笔抄写经文更省力。"

昙摩罗伽微怔。

她已经退了下去。

一阵窸窸窣窣声后，萦绕在他身前的花香远去了。

她一直在为离开做准备，等找到李仲虔就会头也不回地离去。

昙摩罗伽轻捻佛珠。

神明会不会想要独占自己的信徒？

他想。

他想要她的眼中只有他一个人，想完完全全占有她。

魔为什么可怕？

因为魔知道他的心底的欲。

一个雨夜

夜色浓重，雨声淅沥。

巍峨的宝殿静静地矗立在柔和的雨幕中，数十级银白色的大理石长阶绵延而上，月台旁廊柱成列，镶嵌孔雀石、翡翠、水晶、玛瑙的拱门的穹顶雕刻着精美的壁画，夹杂着水汽的夜风拂进殿中，檐铃轻晃。

夜雨淅淅沥沥，满池碧水荡开一圈圈涟漪，万点银鳞飞溅而起，闪烁跳跃。

一声闷雷滚过苍茫的夜空，瑶英从梦中惊醒，冷汗淋漓，手脚冰凉。

她望着头顶的金银线绣卷草纹毡帘，身上一阵阵地发冷。

她还没回过神，肩头一热，坚实的胳膊揽过来。他直接抱起她，把她揽在怀中，细碎的吻落在她的发顶和鬓边，带着安抚。

"做噩梦了？"他轻声问，轻皱眉头，幽深的碧眸里闪动着忧虑。

一切如云消雨霁，风吹雾散，熟悉的嗓音驱散了瑶英心头的惊惧感。她伸手抱住男人的腰，紧紧地贴在他的身上，往他的怀里钻。

昙摩罗伽抱着她，低头吻她的发顶，任她在怀里扭动。

天气凉了，他身上暖和，胸膛和脊背的肌肉硬朗匀实，摸起来手感很好。瑶英的手顺着他流畅的脊背线条滑下去，隔着一层衣衫，她觉得不够尽兴，手指挑开他的里衣，直接钻了进去，来回抚摸。

昙摩罗伽微微颤了一下，闭了闭眼睛，按住瑶英的手，紧握不放，气息扫过她的耳边："刚才做什么梦了？"

瑶英柔软无骨地趴在他的怀里，抬起右腿，啪的一声砸在他的腿上，回想刚才的梦，语调轻快地道："梦到在北戎的时候了。"

昙摩罗伽的眉头仍然皱着。她方才在梦中一边挣扎一边发出难受的呼喊声，他立刻惊醒，哄了好一会儿，她才从噩梦中醒过来。

瑶英依偎在他的胸膛上，笑了笑："我梦到又被抓回去了。"

她还梦见后来海都阿陵的部下投降，托木伦愤恨地质问她："为什么？公主真的没有对王子动过一点儿恻隐之心？！公主，王子当初真的打算娶你！"

她坐在马背上，没有回头："托木伦，海都阿陵说过，强者为尊，他输了。"

海都阿陵觉得弱者天生该被强者欺凌侮辱，她在战场上和他分出输赢，阻止他攻打中原，他败了，他们之间的角力彻底结束。

假如输的人是她，海都阿陵会怎么对她？

义庆长公主选择认命，换来了什么？断事官放过她的亲随了吗？

她若退一步，无法回头。

她和海都阿陵之间只有强弱输赢，没有其他，海都阿陵的挣扎和矛盾与她何干？她不会把自己的一生浪费在和那个男人无穷无尽的周旋上。

指尖传来一阵细微的刺痛，瑶英回过神来。昙摩罗伽握着她的手，轻咬她的指尖，又温柔地逐根吻过去，把她的手搭在自己的脸上，让她感受他的存在。

瑶英的心在颤动。

"都过去了。"他翻身压在她的身上，吻她的眉心，把她的手按在枕边，和她额头相抵，温柔隐去，骨子里的强势散发出来，"明月奴，梦里想着我。"

梦里的他会赶过去保护她。

瑶英低笑："梦到你了……法师骑马立在沙丘上，看都没看我一眼，法相庄严。"

她语气轻佻，明摆着是在调笑，一双明眸水汪汪的，妩媚动人。

昙摩罗伽凝视着她，低头吻住她红润的唇，撬开齿关。

瑶英扑闪眼睫，看到昙摩罗伽近在咫尺的脸，沉静，严肃。他像是在法坛上讲经一样，不带一丝情欲，微合的碧眸里却弥漫着涌动的欲色，还有几分无法克制的痴迷。

这种压抑在冷峻下的风情着实让她无法招架，情潮翻涌，她感觉身体酥软，挣开他的手，抬手抱他。

昙摩罗伽气势森严，一手攥住她的手按在头顶，另一只手往下，紧紧地握着她的纤腰，不让她动弹。

…………

殿外的雨声断断续续，庭前的花朵在微雨中轻轻地摇曳，盛开到极致，妖娆艳丽，甜香浓烈。

瑶英软成一汪春水，身上沁出一层薄汗，脚趾都绷直了。

他抱住她，让她像花一样尽情地绽放。

瑶英感觉脑子里一片空白，好半晌才平复下来。

昙摩罗伽搂着她，吻她微微汗湿的雪肩和颈侧。她抬手捧住他的脸，凑上去亲了他一下，刚刚离开，他追上来，手圈在她的腰上，慢慢地伸进去。

雨声不知道什么时候停了，天边渐渐泛起鱼肚白。

毡帘轻晃，金线暗纹随之闪颤，连成一片浮动的金光。秀美的卷草纹如水波般潺潺流动，帐前悬挂的镏金铃铛轻轻地摇晃，铃音响了很久。

瑶英沉沉地睡去。

今晚她没有再做噩梦。

一个月夜

一轮玉盘似的圆月从群山间升起，洒下一片皎洁的月光，夜风呼号。

王庭的官员和前来朝觐的部落使者围坐在篝火前，一边谈天说地一边传递食物和美酒，欢声笑语不绝。

明月爬上银白色的宫墙，树影婆娑。

部落勇士喝得半醉，抢过乐人的琵琶，欢快激昂的曲调如激流迸射。年轻男女放声大笑，脱下氅衣，走到篝火前翩然起舞，少年郎们的舞姿笨拙雄健，少女的舞姿婀娜曼妙，摇曳的火光映照在翻飞的衣袍和裙裾上，绚丽耀眼，衬得月色越发清冷暗淡。

乐曲变得高亢，昙摩罗伽放下手中的琉璃杯，起身离开王帐。部落首领和官员连忙站起，抱拳抵于胸前，目送他离开。

一墙之隔的庭中没有支设庭燎，侍者去篝火前凑热闹了，长廊幽暗阒寂，昙摩罗伽每踏出一步，都能听到回荡在空阔的拱门和廊道之间的脚步声。

昙摩罗伽高大的身影停下来，立在暗影之中。

眼前月色朦胧，寒冷昏暗，身后灯火辉煌，乐声悠扬。

亲卫肃立在阶下，一言不发。

更远处，官员和部落首领还恭敬地望着他离开的方向。

这是他早已习以为常的场景。

他是君王，也是僧人，从记事起，每次出席世俗宴会都会提前离开，让其他人能够自在地享受宴会的热闹。

今天他也是如此。

昙摩罗伽坐在帐中，神色淡然，眉眼沉静。虽然他未穿僧服，但是那些部落首领一进大帐就紧张得直打哆嗦，还有几个直接跪下行了三拜九叩的朝拜礼，毕婆再怎么插科打诨也没用。

夜风寒凉。

昙摩罗伽一动不动。

许多年里，他离开一场接一场的宴会，从不回头。

人们送他离开，不敢挽留。

身后响起脚步的轻响。

有人跟了过来。

暗影中，昙摩罗伽抬起眼帘，碧绿的双眸里映出远处的灯火。

不知道从什么时候开始，他会在离开宴会时慢慢地停下来。

因为瑶英会来找他。

昙摩罗伽展开一件披风。她今晚穿梭在部落首领之间游说他们，吃了些酒，感觉燥热，脱了外面穿的披风，这时候更深露重，她该觉得冷了。

脚步声由远及近，来人朝他抱拳。

昙摩罗伽微微一怔。

来人道："王，王后会晚些回宫，请您不必等她，早些就寝。"

昙摩罗伽嗯了一声，目光飘向远处。

篝火前人影憧憧，王庭的王后在随从的簇拥下和部落首领谈笑风生，一颦一笑，光华灿烂。

她爱热闹。

有人走到她的面前，向她献舞。

她接过尖尖的牛角酒杯，一饮而尽。

昙摩罗伽凝眸看了一会儿，把披风交给来人，转身一步一步地走进黑暗中，袍袖轻扬。

宴会持续到后半夜。

瑶英脚下轻飘飘的，披着月色踏上长阶，抬眸一看，内殿漆黑，没有点灯。

她站着打了个晃，疑惑地歪了一下脑袋：只要她没回来，昙摩罗伽不会让人熄灭灯火。

亲卫站在廊下朝她行礼："王后殿下，王请您去南边的水阁。"

瑶英有些醉了，没有多想，裹紧披风朝南边走去。

水阁临水而建，曲径通幽，阁顶设有精巧的机关，可以将活水引入，晶莹的水流顺着檐角飞泻而下，悬泉如瀑，水雾飘飘洒洒。盛暑时置身其中，水帘高挂，极为清凉。

阁子是瑶英命人修建的。

圣城少雨，她偶然想起以前在书中读到的拂林异闻记，找来工匠，让他们试着仿造，所用银钱都从她的私库里支取。工匠试了很多法子都不能顺利地把活水引入阁顶储存，后来昙摩罗伽向她推荐了几个精于算术和机关的波斯匠人，他们总算把阁子建了起来。

天气炎热的时候，瑶英喜欢在阁子里纳凉。

今年满池碧玉，依旧没冒出花苞。不过池中莲叶田田，微风吹过，听着莲叶舒卷的窸窸窣窣声，她也觉得别有一番风味。

朦胧的月色倾洒一地。长廊静悄悄的，树影摇曳。

瑶英走进水阁。

飞流叮咚，水雾缥缈，溅起的水花珍珠似的满地滚动。她拾级而上，脚步忽然顿住。

一阵悠扬的琵琶声从寂静的夜色中缓缓地飘来，似有若无，袅袅不绝。

瑶英驻足听了一会儿，发现曲调正是今天宴会上的调子。她前几天去了一趟阿克部，今天才赶回圣城出席大宴，刚好赶上乐师齐奏这支曲子。

曲声慢慢地拔高，穿云剪水，和着清冷的夜风，宛如游云在深秋高远辽阔的碧空浮动，又如一块块于阗美玉在滚滚而过的雪山融水中激荡沉浮，缓缓地撩动人的心肠。

瑶英不由得听得入神。

忽地，乐声越来越高，曲调高亢，声如裂帛。暗淡的月色霎时变得明亮。

瑶英醒过神，循声望去，瞥见水阁中一道对月而坐的身影，以为有人深夜在此抒怀，怕打扰别人的雅兴，下意识地退后两步，转身离开。

走出几步，她停下来，疑惑地揉揉眼睛：没有她的允许，没人能随便出入内殿，外人怎么进来的？

瑶英转身趴在廊柱边，探出身子往水阁里看。

一抹月华恰好照在水阁前，映照出阁中之人如画的眉眼。

奏曲的人是昙摩罗伽。

瑶英蓦地瞪大眼睛。

他从来没在人前弹奏过琵琶。

阁中没有点灯，月华透过水帘漫进去，银光闪动。

昙摩罗伽穿着宴会上的衣裳，凭几而坐，怀中抱了一把黑漆金纹的曲颈琵琶，左手按弦，右手五指翻飞，悠悠的曲声流淌而出。

曲子欢快热烈，但由他弹奏，平添几分出尘的高雅空灵。

他就像壁画上高高在上的尊者，庄严圣洁，飘飘欲仙，没有一丝烟火气。

瑶英呆呆地看着他。

弦音铮铮。

昙摩罗伽朝她看过来，一点点地勾起唇角，微微一笑，碧眸中隐隐有笑意浮动。

刹那间，瑶英仿佛听到千树万树繁花盛开的声音。

云端巍然独立的尊者俯身走下来，日日和她相伴。

她仿佛置身于云雾中，不知身在何方，立在栏杆外，迟迟没有上前。

夜风丝丝缕缕，吹散瑶英的醉意。

她没看错，昙摩罗伽真的在弹琵琶。

瑶英不敢相信，清醒过来，走进水阁，整个人往昙摩罗伽的胳膊上一靠，挨着他坐定。

昙摩罗伽垂眸凝望着她，继续弹奏，拨弄丝弦的手指修长灵巧，曲子丝毫不乱。

一曲终了，余音徐徐地萦绕在耳边。

瑶英抬起头，一脸惊叹之意，挪开昙摩罗伽膝上的琵琶，抓起他方才弄弦的手指，揉几下，捏几下，玩得不亦乐乎。

"什么时候学的？"

昙摩罗伽松开琵琶，调整坐姿，让她躺在自己的膝上，任她捏自己的手指玩，俯身吻她。

"乐曲可供养佛、清净心志，我自幼修习乐理。"

瑶英恍然大悟。王庭佛道有奏乐供佛的传统，每次法会僧人都要演奏佛乐，而且信众普遍不认字，朗朗上口的乐曲更容易被世人理解、传播，因此很多佛经会以乐曲的方式传唱。他是高僧，自然精通乐器，还谱写过曲谱，弹奏琵琶自然难不倒他。

不过瑶英以前没听人提起过他会弹琵琶。百姓崇拜他，如果他当众演奏过，传说美谈早就满天飞了。

瑶英拉着昙摩罗伽的手，张开红唇，轻轻地咬一下他的指尖："你弹得这么好，怎么没在法会上弹过？"

他低头看她，指腹温柔地摩挲她柔软嫣红的唇："我学乐理是为了以乐曲供佛。"

瑶英轻笑，抬起双臂，钩住他的脖子往下拉："那你今天怎么破例在水阁弹奏这支曲子？"

昙摩罗伽抱着她，和她四目相对。

两人的气息慢慢地融合。

昙摩罗伽的双眸里映出她明艳的脸庞。他平静地道："因为我想取悦我的妻子。"

清风拂过，送来淡淡的清香。

他低声说："你很喜欢这支曲子。"

瑶英躺在他的膝上，看着他碧色的眸子，久久无言，手指抚摸他的脸。半晌后，她含笑问："你是不是很想我？"

今天一回来就遇上大宴，她换上礼服去应付那些部落首领，没来得及和他说些温存的话。

昙摩罗伽没有应答。

他和世俗离着千山万水，独自离开宴会，从不会觉得寂寞。但她没有过来，他的心里隐隐地有些怅然。

她半个月前去了阿克部，今天才回来。

昙摩罗伽低头，吻落在瑶英的眉心，坚实的双臂缓缓地收紧。他的拥抱温柔、沉默、克制，却带着强势的意味。

这样的回答简直勾人心魄。瑶英再也忍耐不住，翻身压着昙摩罗伽躺下，坐在他的身上，抬起他的下巴，俯身吻他。

空气里似乎还有乐音回旋。他知道她喜欢这支曲子，特意在她回宫的今天弹奏给她听。

他单手抱着她坐起身，身上的衣衫滑落，半边蜜色的肩膀露在如银月色中，微微出了些汗，泛着光泽。

沉水香味突然变得浓烈。

瑶英吻他的肩膀，柔软的身体紧紧地贴在他的身上。

昙摩罗伽抬起瑶英的下巴，夺回她柔软的唇。

他的唇滚烫，她的唇缠绵，唇舌深深地交缠，像是要融化胶合。

良久，唇分。瑶英眸光湿润，双唇红艳，气息微乱。昙摩罗伽衣衫散乱，庄严清冷的眉眼间显出缠绵的欲色，眸色幽深。

瑶英钩住他的脖子，将脸埋进他的颈间，扭动身体，继续缠他。

昙摩罗伽微微喘息，忽然抱着她起身，经过长廊的时候，守夜的士兵从夹道走过，脚步声近在咫尺，人影憧憧。

昙摩罗伽顿了一下，抱着瑶英飞快地掠过，险险躲开。

瑶英松了口气，趴在他的肩头低笑，牙齿咬他的肩膀，留下两道湿漉漉的印子。

昙摩罗伽一声不吭，动作飞快。他抱着瑶英进了黑漆漆的寝殿，挑开珠帘，大步直奔内室，搂着她躺下。

他的身上又热又烫，唇落了下来。瑶英抬手，环住他的脖子。

夜风吹进内室，重重的珠帘和纱帐摇晃，错落间偶尔现出床榻上交缠的身影。

花枝颤动，红蕊轻绽，一室浓香。

一次离别

虽然王庭的气候和荆南的气候大不相同，但是昙摩罗伽种下的莲子还是发芽生长了。王庭入夏时池中冒出一片一片舒卷的荷叶，只是它们一直没有开花。

眼下秋日已尽，池中还有几丛荷叶挺立，不过它们今年是不可能开花了。

日子又到了瑶英回西州的时候。临走的前一晚，她让人摘了几片荷叶，教仆妇做荷叶羹。

昙摩罗伽喜欢吃鲜荷叶熬的羹。

他对吃食向来不挑剔，好像没什么喜欢的，也没什么讨厌的，只要是送到他跟前的食物都会认真地吃完，无欲无求的样子。

瑶英喜欢看他吃东西，渐渐观察出他的喜好。

前一阵她胃口不好，想起从前吃过的荷叶羹，自己摘荷叶熬了一罐。其实活都是仆妇帮着做的，她只是在旁边指点，然后捧着送到他的案前。昙摩罗伽以为那是她亲手熬的羹，立刻放下手里没看完的经书，拿起匙子就吃。

他没说什么，安安静静地吃完一碗羹，拉着她的手看了看，吻她的指头和手心。瑶英看得出来他很喜欢，后来又让人给他熬了几次。

出发时她叮嘱缘觉："我不在的时候你记得提醒罗伽每天早点儿睡。他天天忙到半夜，旁人不催他的话，他是不会休息的。"

昙摩罗伽每天早起晚睡。

她早上起来时，他已经看了半个时辰的经文，她夜里忙完回到内殿，他还在伏案批阅奏本。每回都要等到她趴到他的肩上作弄他，他才会放下笔——次数多了，瑶英怀疑他是故意的。每次她的手刚伸过去，他就像背后长了眼睛一样，忽然紧紧地按住她的手，不让她作怪。

她不在，没人敢催促他，更没人敢趴到他的背上闹他，他肯定不记得按时就寝。

缘觉恭敬地应是，脸上难掩失落之色。今年王后不让他跟着去西州，他只能留在圣城照顾王。

没有人明里暗里地提醒王后，王后这次肯定要住满一个月才回来！

缘觉退到路边，目送车队消失在长街的尽头，长长地叹了口气。

他回到王宫，殿中寂静无声。王后才刚刚离开，内宫的气氛已经和王后在时不一样了。

缘觉去内殿回话，门口侍立的近卫朝他摇摇手，指了指高塔。

他没有露出意外之色，顺着长长的大理石长阶爬上高塔。一道高大挺拔的身影立在窗前，凝望瑶英离开的方向，锦袍上的金线暗纹在晨晖的映照下熠熠生辉。

瑶英不喜欢离别，不许昙摩罗伽去送她，每次都是在王宫和他话别。

佛寺的方向传出阵阵洪亮悠远的钟声，霞光没入天际，旭日高升，鳞次栉比的白色高墙从淡青、银白色逐渐变成浅红、绯红色，色彩变幻，绚丽壮美，殿廊穹顶的浮雕壁画金碧辉煌，光芒闪烁。

车队汇入市坊外摩肩接踵的人流，看不见了。

昙摩罗伽凝望东方，静立不动，直到毕娑过来找他。

第二天，仆妇记得瑶英的嘱咐，熬了荷叶羹送到内殿。

绿宝石金丝白玉盘里是一碗碧绿的羹，清香扑鼻，米粒圆润饱满，粒粒分明，吃起来却软糯，入口稍稍有点儿涩，几口下去，淡淡的清香在齿颊间弥漫开来。粥中不见荷叶，但空气里满是荷叶清新微苦的香气。

昙摩罗伽看着碗里碧绿的荷叶羹，出了一会儿神。

她不在，羹的味道好像少了点儿什么。

夜里灯火摇曳，他坐在殿中处理政务，不知不觉忙到了半夜。一轮明月斜挂，洒下银霜似的银辉，映得窗前一片清冷的光华。

"王……您该歇息了。"缘觉打了个盹儿，揉揉眼睛，再一次提醒昙摩罗伽。

昙摩罗伽接着埋头书写，神情淡漠庄严，全然没有瑶英在时的温和。

缘觉不敢再出声打扰他，退了出去。

殿外风声呼啸，夜风拍打幡旗，发出猎猎的声响。

昙摩罗伽从堆叠的文牍中抬起头。月光映出窗下绒毯上繁复的花纹，满殿月华静静地流淌。

如果她在的话，这时候一定会趴在他的肩头，一边翻看他案上的奏疏和经文，一边絮絮叨叨地告诉他今天做了什么，见了什么人。他静静地听着，转身抱起她上榻，有时候直接抱着她压在绒毯上。

月光照进来。他取悦她，看着她在怀里如花般慢慢地绽放，埋在她的身体里，和她一起感受前所未有的、神魂融合的快乐，有时候难以自持，她不能承受，泫然欲泣、面若桃花，嗓音微微发抖。但她还是坚持用命令的口气要他给她全部的模样，往往叫他不受控制。

她因他而快乐，紧紧地缠绕着他。两人密不可分。身体和灵魂都攀到顶峰。

她来到他的身边，陪他践行他的道，纵容他的贪婪和私欲。

他原本心无尘埃，对她起了欲念之后，这点儿压抑在心底的贪欲格外浓烈，其求无餍。

他想她了，想听到她回殿时的脚步声。

从拱门走进长廊时，她会和缘觉他们说几句话，进殿后脱了鞋子，赤足踩在绒毯上，刻意放轻脚步，不让他察觉，蹑手蹑脚地走到他的身后，然后柔软的身子就靠了过来。她沐浴过，身上有一股幽幽的甜香，有时候双手故意去抱他的腰，抚弄几下，更多的时候直接从他的肩膀伸过去，环住他的脖子。她会亲他的侧脸，偶尔坏心眼儿地在他的头上亲一口："今天好累。"

她看似在诉苦，撒娇似的，要他帮她揉揉酸痛的肩膀和腿，其实是在催促他早点儿休息。

他帮她揉肩膀，拨开她的长发，吻她的颈侧，压着她倒下去。

绒毯上一朵朵莲花盛开，他在怒放的莲花间紧紧地拥着他的明月奴。

昙摩罗伽收回目光，也收回飘远的心思，翻开一本记录军中调动的文册，凝神细看。

门口，缘觉掀开毡帘的一角，见昙摩罗伽仍旧就着灯光批阅文书，愁眉苦脸地叹了口气，放下毡帘。

王后能回来就好了。

日子一天天地过去，金将军在圣城和西州之间飞了几个来回。它长大了不少，张开翅膀可以遮住整扇窗户。

瑶英在的时候，迦楼罗喜欢啄金将军，瑶英不在，迦楼罗似乎懒得理会金将军了，哪怕金将军占了它的鹰架，它也只是冷冷地瞪几眼，然后飞到昙摩罗伽的身边讨吃的。金将军反过来啄它，它气得扑腾翅膀，羽毛飘落。

昙摩罗伽抬手轻挥，两只鹰灰溜溜地收起翅膀，回到鹰架上。

他翻开瑶英给他的信，冷峻的眉微微皱起。

信上说今年伊州白叠丰收，她要去一趟伊州，一个月内赶不回来。

毕娑和缘觉得知消息，很失望。他们连接风宴席都准备好了。

半个月又慢慢地过去，缘觉抖擞精神，再次张罗宴席。

瑶英的亲笔信被送回圣城。她在回圣城的路上遇到曼达公主，要耽搁几天，和曼达公主一起回圣城，在信尾特意提醒昙摩罗伽别去接她，免得再和去年一样两人擦肩而过。

这次她知道自己理亏，锦囊里塞了一只半月形的承露囊，里面是满满一把殷红的相思豆。

昙摩罗伽收起信。

算好了她快要回来，他特意把最棘手的几件事情料理清楚了，等着去城外接她，刚吩咐车马，她又要推迟行程。

大雪来临前的天气，天色阴沉，寒风凛冽，他负手立在廊前，脸上没什么表情，碧眸中映出晦暗的天光。

大雪纷飞。

瑶英的车队在驿站躲避风雪，曼达公主刚好在附近，闻讯赶过来和她相见，像模像样地谈了些正事，而后屏退随从，抛了一个媚眼给她，意有所指地问："佛子怎么样？"

曼达公主一边问，一边捧出收藏的宝册。

瑶英的眼皮抽搐了下。

这些东西昙摩罗伽都有，而且种类丰富，什么语言的都囊括了。他几乎不出席宴会，毕娑他们总笑话他没有情趣，帮他支着儿，要他多陪她逛坊市。估计除了她以外，没人知道他会像研究佛理一样认真地研究那些宝册。他前几次实践的时候很收敛，之后根据她的反应看她喜不喜欢，然后强势地加快节奏，她都没有反客为主的机会。

看瑶英兴致索然的模样，曼达公主啧啧了几声，压低声音："佛子是不是只会用蛮劲，什么都不懂？公主用不着和我害羞，佛子是出家人，我这里正好有一本经书，是毗罗摩罗寺庙收藏的宝典，出家人看了才能彻底放开……"

瑶英按下曼达公主递过来的宝册，笑着道："他很好。说正事吧。"

曼达公主没错过她眼底发自内心的笑意，收起宝册也笑了笑。佛子还真是不容小觑。

谈完正事，两人各自歇下，第二天结伴出发。瑶英看到曼达公主的身边跟着一个鬈发褐眼的小女孩。

"这是谁家的女郎？"

曼达公主平静地道："医官的女儿。我不能生育，认她当了义女，这次来圣城献礼，顺便带她出来长点儿见识。"

瑶英让亲随拿了一套天竺嵌宝头面和一张牛皮弯弓给小女孩。

曼达公主看着她和小女孩说笑，忽然道："我很佩服公主。"

瑶英抬眸看她。

她笑了笑，摸摸小女孩的头发："公主喜欢一个僧人，世人耻笑公主，公主从未怯懦，我不如公主……"

文昭公主壮大西军，喜欢佛子就大大方方地喜欢，大不了带兵把佛子抢回去。

曼达公主停顿了片刻，接着说："毗罗摩罗没有佛子这样的君主，人一出生就分了三六九等，高贵的人永远高贵，低贱的人到死都改变不了身份和地位。我所认识的人中，只有他真心喜欢我，而不是喜欢我的舞姿和身体。我勾引过很多男人，只有他不肯碰我，还狠狠地训斥我……可他和我注定不可能。他只是个医官，保护不了我，我如果嫁给他，他只能看着他的妻子沦为其他男人的玩物……我也忍受不了跟着他一辈子清贫，被其他女人当成奴仆使唤。"

所以她选择藏起真心，继续寻觅靠山，而医官娶了他的表妹，从未对她非分之举。

她一点儿都不后悔，只是偶尔想起，心里多少会有些遗憾。

曼达公主仰头，妩媚地一笑，收起惆怅之色，朝瑶英眨眨眼睛："能和自己真心喜爱的男人双宿双栖，一定是一种享受……"

说着，她再次捧出宝册："收下吧！我就这么点儿宝贝！"

瑶英哭笑不得。

雪后初晴，他们接着赶路，穿过沙漠之后，天气骤然变得和暖。圣城河川环绕，幽谷纵横，虽然也是一片白雪皑皑，但他们顶着寒风行路没那么难受了。

瑶英不想扰民，没有知会各地的领主，直到快到白城了才派快马回圣城送信。

这晚她和曼达公主坐在篝火前喝酒，教小女孩跳拓枝舞。玩得高兴，瑶英拉着谢青一起跳，闹到半夜才回房，刚推开门，一双冰冷的胳膊伸过来，紧紧地揽住她的腰。

瑶英脚步虚浮，有些站不稳。暗处的人带着她转身，几乎把她提了起来，她下意识地攀住他的肩膀。

男人半托半抱着她走进里间，压着她，一只手举起她的双手按在墙上，另一只手捏住她的下巴。他低头凝视她。

他一身玄衣，腰束革带，气息冷冽，脸藏在面具下，神情冷淡。

瑶英仰起脸，呆呆地看了他一会儿，眸光湿润。

"苏将军……"她有些醉了，眼神迷离，嗓音娇柔。她踮起脚主动吻他脸上的面具："我好想你。"

昙摩罗伽沉默不语。

随着砰的一声响，面具落地。

他放开对她的禁锢，她满意地缠上来，推着他坐在榻边，直接挑开他腰上的革带："苏将军想我吗？"

昙摩罗伽仰头坐着，和她对视，一言不发。

瑶英一笑，解开革带上的扣襻，不知道是真醉了还是故意的，手指直抖，几次都抽不出玉带。眼看着袍服底下的动静，她又故意缩回手，不碰他了。

昙摩罗伽闭了闭眼睛。

两人多日不见，他知道她终于回来了，赶来接她回去，她却这么戏弄他。

他睁眼看着瑶英，目光沉静，看上去依旧从容克制，轻蹙的眉头却诉说着身体的本能，眸底映出她的脸。他仰视着她，痛苦欢乐皆由她掌控。

瑶英最受不了他用这样的眼神看自己，不逗他了，在他无言的凝视中抽走革带……

一室烛火摇曳。

昙摩罗伽衣衫整齐，沉默地凝视着面对面坐在自己腿上的瑶英，怕她摔着，抬手扶住她的腰。

他的手刚摸上去，瑶英挥开他的手，捧起他的脸吻他。手指摩挲他的侧脸，一点点地滑了上去，抚摸他刚刚长出来的发茬。

昙摩罗伽的双臂紧绷。

瑶英亲他的头顶。以前他不会留发，头皮上只有浅浅的一层发茬，指腹摸着酥酥痒痒的，那种微微酥麻的感觉会绵延到她的心里去。现在他开始留发了，瑶英再摸感觉有些扎手，亲起来也觉得有些刺痛。等他束起长发，他的头顶就不好亲了。

她有些不舍地抚着他的脑袋。

…………

烛火不知道什么时候熄灭了，一缕青烟慢慢地腾起。

毡帐中弥漫着缠绵的呼吸。

…………

金跳脱和银铃一下一下地磕碰，细碎的铃声持续了大半夜。

随着吱嘎一声，窗户被推开。

瑶英从昏睡中苏醒，发现眼前是一片浓重的夜色，自己躺在昙摩罗伽的怀中。他直接抱着她从后窗翻了出来。

不等她出声反对，他低头吻她的眉心："我安排好了，人都提前支开了。"他的声音依旧喑哑，带着欲色，"先接你回宫。"

瑶英连手指头都不想动一下，在他的怀里扭动着找到一个舒服的姿势，又睡了过去。

她和他这么闹上一阵，他应该不生气了吧？

翌日早上曼达公主起来梳洗时，发现瑶英的房门紧闭着。

"王后昨晚已经先回王宫了。"缘觉笑眯眯地解释。

曼达公主一脸茫然：昨晚她还和瑶英约好今天一起入城的，公主怎么撇下她先走了？

雪后初晴，日光透过毡帘洒下大片明亮的光斑，暖融融的。

廊前的树上挂着一条条彩色的丝绦，系了银铃和玛瑙珍珠，清风拂过，彩绦轻扬，铃声叮叮咚咚，清脆悦耳。

瑶英趴在窗前，长发披散，听着悠扬的铃音，昏昏欲睡。

昙摩罗伽坐在她的身后，低垂眉眼，拿了张干布巾，拈起她一束半湿的长发，一点点地绞干。

他动作轻柔，尽量不发出一点儿声响，瑶英体力不支，晒着暖阳，不知不觉睡着了。

半梦半醒中，她感觉到有温热的吻落在发顶、额头、鼻尖，然后那个吻在她的唇上轻轻地碰了一下，修长的手指插进她浓密的发间轻轻地抚弄。

她迷迷糊糊地睁开眼睛，推了推身边的男人。

"不要了……不然今晚又要失约……"

瑶英抓起昙摩罗伽的手咬了一口。

他自己打扮成苏丹古的模样去找她，她叫他苏将军，他居然生气，一本正经地问她喜欢苏丹古还是喜欢他。明明两个人都是他！

昙摩罗伽任她拿自己的手磨牙。她咬人一点儿都不痛，只留下淡淡的齿印。嫣红润泽的唇微微有些红肿，嘴里含混不清地嘟囔着。人却没有再推他，软软地靠在他的胸膛上，还抬手抱住他的腰。

"睡觉！"瑶英语气很不耐烦。

昙摩罗伽不禁轻轻地勾了一下唇角，展臂抱起她，仰靠在长榻上，让她靠着自己睡，手送到她的唇边："还咬吗？"

瑶英一把挥开。他笑了笑，手指一下一下地梳理她垂散的发丝。

晴空湛蓝，银白的宫墙映着金灿灿的日光，银铃发出阵阵脆响。众人为迎接王后归来，将宫中布置得花团锦簇，彩绦飞舞。昙摩罗伽想起她那晚在篝火前翩翩起舞的模样，舞步明快，舞姿婀娜，裙角点缀着明黄的火光，连脚上的软鞋都金光闪闪。

红尘中最耀眼的她甘愿陪在他的身边，和他共度一生，即使他一辈子不还俗。

昙摩罗伽低头吻瑶英乌黑的长发。

瑶英一觉好眠，夜里梳妆打扮，盛装出席宴会。

王庭人喜欢举办宴会，无论遇到大事小事都会呼朋引伴，奏起琴瑟，拍起手鼓。她出行，他们为她送行，她回圣城，他们为她洗尘，她和昙摩罗伽成婚时，他们纷纷赶来送礼，她生辰的时候，他们更是要举办一场三天三夜的盛大宴会。

瑶英不得不试着去习惯昙摩罗伽这些年的待遇：他所过之处，百姓争先恐后地拿金丝毯子铺地，生怕高贵的他沾染尘俗。

毕娑笑着道："这是因为百姓生活富足，又喜爱、尊敬王后。"

瑶英摇摇头说："我觉得你们只是想找个喝酒的借口而已。"

毕娑哈哈大笑。

庭间设了一个高大精致的帐篷，大理石柱罗列，地面铺设绒毯，长案上玉盘金碗堆叠，管弦琴瑟之声飘荡在庭院的上空，数座镏金灯树熊熊燃烧，灯火辉煌，庭中恍如白昼，空气里一股瓜果甜香、酒香和烤肉麦饼的浓香。

宾客川流不息，比肩接踵。

宴席既是为瑶英接风，也是为了招待各国来使。昙摩罗伽照例只露了个面就去了内殿，毕娑帮忙主持宴会，瑶英以王后的身份接见使者。回王庭的路上她已经看完相关文书，心里有数，用不着再准备，如果记不清使者，可以问身边跟着的缘觉。

各国使者依次上前献礼，王庭各地的领主也派人送来贵重的礼物。

曼达公主在礼官的指引下入殿，看到容光焕发的瑶英，翻了一个大白眼：原来文昭公主不是路上累着了，而是迫不及待地回来和佛子团聚！难怪这几天佛子除了接见大臣之外没怎么露面！

瑶英看得出曼达公主脸上的揶揄之色，淡淡地一笑。

曼达公主心生佩服：不愧是拿下佛子的女人，文昭公主肯定可以出师了！

瑶英会见完使者，和毕娑商量了几件重要的政务，让亲随们都去吃酒玩乐，自己退到内殿。隔着高大的拱门、幽静的长廊和亭阁，外面鼎沸的笑闹声听起来缥缈悠远，像是从另一个世界传来的。

殿中静谧无声，烛火微晃，昙摩罗伽坐在长案前翻阅文书，灯光映衬，背影孤独。

毕娑和缘觉在宴席上告诉她，他上个月除了按时召见大臣之外就待在殿中处理公务，其间王寺举行翻经大会，他受寺主之邀出席法会，之后没再出过王宫。

佛经、政务、民间疾苦……他从早忙到晚，直到约定中她回来的日子快要到来才破例放下手里忙活的事，吩咐缘觉准备迎接的车马。

缘觉说，她推迟回来，他常常望着东边发呆。

瑶英感觉心里涌起一阵酸涩，蹑手蹑脚地走上前，俯身伏在昙摩罗伽的肩上，脸颊靠过去，轻蹭他的侧脸，双手钩住他的脖子。

"这一次临时有事，又遇上曼达公主，下次我一定守约，早点儿回来。"她放柔和语气哄他，吻他轻抿的嘴角，"罗伽，别生气了。"

昙摩罗伽手中的笔一顿。

"无事。"他转过脸亲她，温和地道，"宴席那头热闹，你今晚好好玩。"

瑶英趴在他的背上摇头："不去了，在这儿陪你。"

昙摩罗伽低垂眼睫，不泄露一丝情绪："这里没有歌舞，没有乐曲。"

他离红尘太远。

瑶英笑了笑，在他的头顶响亮地亲一口。

"可是这里有我的法师。"

昙摩罗伽抬眸看她，目光幽深。他放下笔，拥她入怀。

她激起他的欲望，让他深深地沉迷。

月光倾洒而下。

这年冬天王庭的雪下得格外大、格外久，百姓非常欣喜：来年冰雪融水充沛，可以灌溉更多田地，他们可以种更多庄稼。

瑶英有些怕冷，因此王宫内殿设起毡帐，温暖如春。她在帐中接见大臣，冬日不怎么出门。

夜里她抱着昙摩罗伽睡。

转眼冬去春来，草木蔓发，花枝葳蕤。

瑶英赶在气候最舒适的时候回了一趟西州，归来时山川如洗，山花烂漫，葡萄架下一片浓绿，池中的荷叶也一片片地冒出。

昙摩罗伽给她写信，没有催促她回圣城，而是嘱咐她路上好好休息，趁着天气晴朗好好地欣赏王庭各地的风光。

他总怕他的无趣让她受委屈。

瑶英想到去年他等不到她时失望落寞的样子，归心似箭，面对再好的景色也觉得缺了些什么，特意赶了行程，提前回到圣城。

她没有知会任何人。

缘觉在宫门前看到她，吓了一跳。

她示意其他人不要声张，径自走向正殿。长案上的文牍堆积如山，室内弥漫着一股幽幽的沉水香气，昙摩罗伽不在。她张望一阵，顺着长廊绕到后殿，果然在池边看到那道熟悉的身影。

昙摩罗伽穿着一身窄袖袍，袍角掀起塞在革带里，底下是阔腿裤，裤腿高高地挽起，结实劲瘦的长腿露出。他没有穿鞋，刚从水里出来，身上脏兮兮的，衣衫被泥水污了一大片，连肩膀都湿答答的，泥水顺着腿往下淌，整个人看起来着实狼狈。

他刚才在池子里给荷叶追肥。

王庭百姓要是看到此情此景，肯定能惊恐地晕过去。

听到脚步声，他抬头看过来，和瑶英惊诧的目光对上，怔了怔，立刻快步走过来，眸底隐隐有笑意浮动。他抬手要抱她时，想起自己一身污泥，怕弄脏她，手又收了回去。

"累着了？"他柔声问。

瑶英呆了半晌，闻到他身上淤泥的味道。

池子里的土是商人运过来的荷塘泥，他满身泥泞，沉水香气早被盖住了。

瑶英回过神，仰头看着他："怎么不让巴依尔他们收拾？"

昙摩罗伽微微一笑，脸上也沾了些塘泥，目光直直地看着她："我想哄你高兴。"

他是她的情郎，哄她高兴的事当然要亲自做。

瑶英感觉心潮起伏，不顾他身上的泥水，扑上去紧紧地抱住他。

昙摩罗伽一怔，笑了笑，搂着她依偎了一会儿，把她整个人抱起来，一边吻她一边往后殿的温泉走去。

瑶英迫不及待，撕开他身上的衣袍，按着他一起走进汤池，匆匆地擦洗一番，缠了上去。

他紧紧地揽着她的腰，等她适应，抱起她压在池边。

水汽氤氲，朦胧中，呼吸交错融合。

昙摩罗伽精心照顾池中的莲叶，功夫不负有心人，盛夏的一天清晨，缘觉满脸笑容地进殿禀报，池中发了几枝荷花苞。

荷苞亭亭玉立，优雅端庄，个头蹿得一天比一天高。

昙摩罗伽更加悉心地照料，等着荷花绽放。

瑶英闲着没事的时候就去池边看看。荷花盛开的那天，她刚刚从会见各地领主的宴会上回来。今年瓜果丰收，她和部落酋长喝了点儿果酒，有些醉醺醺，站在池边，清风吹拂，风里一阵阵菡萏的清香。

她忽然觉得馋了，吩咐亲随去摘池里的荷花。

周围侍立的近卫大惊失色。宫中人人都知道王为了讨好王后种下这一池莲子，现在王后要摘莲花，他们听还是不听？

不等他们下定决心，谢青卷起衣袍，蹚水摘下几朵盛放的莲花。

瑶英醉意上头，挥挥手："只要最嫩的花蕊，洗干净，裹上麦粉、豆沙，放进油锅里炸一炸，把外面炸酥，浇一层刺蜜……外酥里软，又香又甜……"

她越说觉得越饿，胃里咕咕直叫。

仆妇按着她的吩咐炸了莲花瓣。她想等昙摩罗伽回来一起吃，但闻着香气，实在忍不住，拿起筷子尝了一口，这一吃便停不下来。

等昙摩罗伽回来的时候，盘里只剩下一瓣炸荷花了。

他眉头轻皱，目光落到瑶英的脸上，脸色微沉。

瑶英以为他生气了，笑着道："不高兴了？我今天不知道怎么回事，特别想吃炸荷花。"

昙摩罗伽一语不发，坐到她的身边，闻她身上淡淡的酒气。

瑶英顺势靠到他的身上。

昙摩罗伽抬手搂住她，手指搭在她的腕上。他沉默了许久，低低地道："以后别吃酒了。"

"只吃了几碗酸酸甜甜的果酒。"瑶英在他的怀里扭动,"那些酋长性情豪放,我和他们喝几碗酒才能让他们更信服。"

昙摩罗伽抬起她的下巴,眸光温柔能滴出水来。

"明月奴……你的月事两个月没来了。"

瑶英应了一声,继续贴着他扭动,好一会儿后才意识过来,猛地坐起身。

随着砰的一声轻响,脑袋撞在昙摩罗伽的下巴上。他轻轻地哎了一声,顾不上痛,先抬手扶着瑶英,让她坐稳。

瑶英慢慢地瞪大双眸,一副不敢相信的表情:"真的?"

昙摩罗伽点点头,拨开她鬓边散乱的发丝:"这几天你是不是觉得胃口古怪,有时候很想吃一些很久没吃过的东西?"

她的月事向来不大准,自己从来不留意。他看她经常身体不适,问过医者,帮她开了些调理的药,每次在她月事刚来的时候让人熬了看她吃下去,所以记得很清楚。她经常忘记,都是他提醒她。

瑶英仔细地回想,呆呆地点点头。

这几天胃口确实有点儿古怪。她刚才看到荷花的时候,想的都是金黄酥脆的炸荷花,吃不到嘴里就浑身难受。

他们成婚前就讨论过这件事情。她问他想不想要孩子,他抱着她,轻声说:"有你就够了。孩子的事情,等你准备好了再说。"

他精通医理,她知道些避孕的事,成亲以来他们刻意在避孕。

直到这次从西州回来,她没有再想避孕的事。好几次于巅峰那一刻他想退出去,她紧紧地缠着他不放。

"能摸到脉象吗?"

瑶英已经做好准备,不过还是觉得不可思议,仰起脸看着昙摩罗伽。

他低头吻她:"不一定准,别紧张,我都准备好了。"

瑶英确实有些紧张,还觉得诧异、惶惑、茫然,像踩在云端,摇摇晃晃的,站不稳。

肩上温热,昙摩罗伽搂住她:"别怕。"

看她半天不吭声,他又道:"明天花苞开了,再让他们拿去炸了。"

听这话从风雅的他的口里说出来,瑶英扑哧一声笑出来。

清风吹散浓云。她感觉双脚踏上平稳的土地,伸手抱住昙摩罗伽的腰:"我还想吃笋蕨馄饨。"

"我给你兄长写信,请他派人送些笋蕨来。"

"我还想吃冷淘。"

"夜里就吃冷淘，要什么口味的？"

瑶英想了想："要翠缕冷淘，面里揉了槐叶汁，绿油油的面，看起来就有胃口，加点儿齑笋浇头，银芽浇头也行。"

昙摩罗伽一一记下。

殿门前的毡帘轻轻地晃动，两人依偎着，一递一声说着话。

瑶英的声音慢慢地低了下去。她倚在昙摩罗伽的怀里睡着了。

昙摩罗伽等了一会儿，低头，吻上她红润的唇，收紧双臂。

这是他的明月奴。

他凝眸看着她，看了很久，唇角有淡淡的笑意。

李仲虔到王庭的时候是秋天。

天高云淡，叠翠流金，王庭处处谷物丰收，牛羊满坡，河川秀丽，清澈的湖水倒映着河畔金黄、火红的岩石和湛蓝的晴空，绚烂壮美。

车队和商队一起抵达圣城外时，大道上飘来欢快的鼓乐声，等候多时的王庭百姓箪食壶浆，抛撒鲜花。

乐声越来越近，蓝衫白袍的禁卫军簇拥着几顶华盖和雪白金纹的旗帜迎了过来。

李仲虔骑在马背上，望着华盖下盛装的昙摩罗伽，一勾嘴角。

昙摩罗伽想得很周到，知道亲自出城来迎接他。

他对身边的亲随说："你等着，他们要铺地毯。"

话音刚落，几个王庭的侍从抬着金丝地毯走上前，铺设好毯子，恭敬地请昙摩罗伽下马。

李仲虔一副"我就知道会这样"的神情。

他身后的汉人亲随个个瞠目结舌，早就听说佛子在民间威望极高，虽然已经还俗，王庭的百姓还是把他当成神明崇拜，今天亲眼所见，事实果然如此。

昙摩罗伽穿着一身光芒闪耀的君主礼服，迎上前。

李仲虔翻身下马，还没客套几句便问："明月奴呢？"

昙摩罗伽道："不知道卫国公什么时候到，她身体不适，我怕她久等，还没告诉她。"

李仲虔收起玩笑之色："我先去看看她。"

他示意随行的官员和王庭礼官一起入城，自己跟着昙摩罗伽直接去王宫。

走过长廊的时候，他漫不经心地扫一眼碧池，皱起眉头："怎么成这样了？"

池中荷叶田田，看样子应该开了不少荷花，但是荷花大半被人摘了，池中只剩下一根根光秃秃的秆子和花苞，看起来实在大煞风景。

这池子里的莲种可是昙摩罗伽亲自找他讨的。

周围的王庭近卫面色古怪。

昙摩罗伽解释说："明月奴想吃炸荷花。"

李仲虔感觉脸皮抽了一下：这一池荷花都被明月奴拿去油炸了？

此刻已经是中午了，昙摩罗伽让缘觉去摘几朵刚开的荷花。缘觉应是，熟练地摘下几朵最鲜嫩的荷花，拿金盘装了，送去膳房。

李仲虔打量昙摩罗伽几眼，看他神色平静、显然已经习惯做这些事，沉默了一阵，笑了笑。

"以前在荆南的时候，春天吃藤萝花饼，夏天吃炸荷花，秋天吃桂花糕，冬天吃梅花汤饼，栀子、茉莉、玫瑰、梨花、菊花……都能做成吃的……"

他说着说着，脸上不禁露出一丝笑意，语气却带了几分嗔怪："以前别人送我几盆昙花，我养了大半年，夜里昙花开了，我带她去看，还没要她作诗，她就叫人赶紧把昙花的花瓣摘了。"

最后昙花都被拿去炖了汤，她像模像样地作了一首诗，夸昙花汤鲜美。

昙摩罗伽静静地听着。

说着话，两人走进内殿。

庭院里设了帐篷，毡帘高挂，彩绦轻拂。帐篷里凉榻软枕齐备，瑶英睡在榻上，旁边有两个侍女盘坐着为她打扇。庭中凉风习习，彩绦银铃发出阵阵脆响。

李仲虔的目光落到瑶英的脸上。虽然她睡着，但面色红润，脸庞像是胖了点儿。她看起来一点儿都不像身体不适的样子。

他转身看着昙摩罗伽。

昙摩罗伽示意在不远处候着的礼官上前，接过一只满盛琥珀色葡萄酒的镏金玉碗，递到李仲虔的面前。

"明月奴有了身孕，卫国公是她的兄长，按王庭的风俗，卫国公当饮此酒。"

他的嗓音低沉，有种好听的韵律。

李仲虔张大嘴巴，呆了半响，差点儿跳起来，想到瑶英睡得正熟，猛地惊醒，硬生生地收回已经伸出去的长腿，快脱口而出的惊呼声也被咽了回去，眼神回到瑶英的身上。他眼睛一眨不眨地盯着她的腰看。

她盖了张薄毯，身形被掩住了。

"什么时候的事？她怎么没给我写信？"

昙摩罗伽道："她怕卫国公担心，想等快到日子了再告诉卫国公。"

李仲虔泰山崩于前而色不变的脸微微抽搐了几下，神情变换，面色一会儿青一会儿白。他原地转了好几个大圈，震惊，喜悦，担忧，如置身于云雾中，手足无措。

明月奴要当母亲了！他要做舅舅了！他该做什么，要准备什么东西？他是不是该把赤壁的神医抓来王庭？

玉碗被举到他的跟前，酒液泛着金灿灿的光。李仲虔抬起头。

昙摩罗伽举着酒碗，神色郑重："卫国公宽心，明月奴是我的妻子，我会好好地照顾她。"他神情诚挚，沉稳镇静，气势如山，仿佛不管遇到什么事情都能够从容地应对。

李仲虔看了他半晌，渐渐冷静下来，接过酒碗一饮而尽。

瑶英的眼光不错。这和尚到底年长些，稳重踏实。

"你刚才说她身体不适？"欣喜过后，他开始忧虑。昙摩罗伽轻声说："上个月她夜里会惊梦，这几天好些了，就是嗜睡，经常犯困。"

"那让她睡吧，别吵醒她。"

两人退出长廊。李仲虔叫来亲随，细问瑶英这些天的情形。

亲随一五一十地道："阿郎放心，驸马处处体贴，王宫里住了好几个医者，隔几天就为公主请一次脉。公主一天要宣好几次膳食，胃口很好，驸马常常吩咐商队带些中原的吃食过来。公主白天在殿中看一会儿文书，接见外臣，下午凉快的时候，驸马会亲自搀着公主去庭院走一会儿。公主发懒的时候，我们不好劝，驸马直接把公主抱出殿，公主只好走几圈再回殿。"

往年一到夏天，瑶英就没什么食欲，今年夏天胃口却出奇的好。加上医者为她开了补身的药膳，人长胖了一些，有些不愿意动弹。昙摩罗伽知道她怕热，还是每天督促她起来走动，特意找出一本画册，教她按着册子教的练"禽戏"。

"跟我们的五禽戏差不多，听说练了能强身健体。"

李仲虔边听边点头。

刚才看昙摩罗伽眼皮都没眨一下就吩咐缘觉去摘荷花，他真怕和尚这个当爹的没有经验，一味地纵容瑶英，好在和尚该严厉的时候掌握了分寸。瑶英天生不足，第一次当母亲，是得慎重些，免得到时候受罪。

瑶英睡醒的时候看到李仲虔，惊喜万分："阿兄怎么来了？"

李仲虔虎着脸道："这么重要的事你居然瞒着我？"

瑶英笑着挽住他的胳膊："我正想告诉阿兄，信都写好了，就等着送去西州……一定是罗伽派人去接你来的，他都告诉你了？"

李仲虔点点头，端详瑶英好一阵儿，心里的大石头才缓缓地落地。

亲随没有报喜不报忧，她的气色确实很好，乌溜溜的眼睛很有神采，人也确实胖了些。

他陪瑶英用午膳，看着她一口气喝了两碗汤，下午陪她在庭院漫步，她又有些饿了，缘觉早有准备，送了些精致的果点过来。

傍晚时，有人送来文书账册，李仲虔皱眉问："你如今是双身子，怎么还打理这些事？"

瑶英一笑："我又不是病了不能理事，为什么不能打理？这些事都是我经手料理的，琐碎的那些交给其他人去照管，主意还是得我来拿。"

李仲虔看着她的眼睛，沉默片刻，嘱咐道："别累着了。"

瑶英嗯了一声："我只看一两个时辰。"

她不敢累着。昙摩罗伽是个医者，若她真累着了，他立马就能发现。

夜里李仲虔就在王宫住下，瑶英陪他说了一会儿话，回到内殿，见长廊上灯光朦胧，一道身影立在池畔。

她走上前："在等我？"

昙摩罗伽转身，扶住她的胳膊："今天高兴吗？"

瑶英抬头亲他一下："很高兴。"

今天醒来的时候看到阿兄出现在面前，她很惊喜。

昙摩罗伽微笑，吻她的头发。

她最近越来越嗜睡，医者都说没什么问题，可他的心里还是有些忧虑。她远离家乡，他请来她的兄长，她肯定能踏实点儿，精神也好些。

暖黄的灯光笼在两人的身上，瑶英的脚步慢吞吞的。

昙摩罗伽突然停下来，俯身抱起她。

他的双臂坚实有力，瑶英钩住他的脖子："你不是说我要多走动吗？"

昙摩罗伽的脚步很平稳："今晚不用，你今天累着了。"

瑶英笑笑，挨过去贴着他的侧脸蹭了蹭。

她知道自己得多锻炼，不能偷懒，就算他不派人看着，她也不会躲在殿中不出门，平时说不想动其实是故意逗他。他一边想要纵着她，一边又得板起脸狠心催她起来，这比缘觉和毕娑想到的那些逗趣的小把戏要好玩多了。

好几次他明明心软了，还是抱着她去花园，然后搀着她走回内殿，时刻监督，不许她偷懒，比小时候李仲虔教她诗书时要严厉得多。

他不愧是法师。

回到殿中，昙摩罗伽慢慢地放下瑶英。才一会儿的工夫，她已经迷迷糊糊地睡了过去。

他拿了帕子帮她擦了擦脸和手，扯起锦被盖在她的身上，压了压被角，脱下外袍，在她身边不远的地方盘腿坐着。

医者曾经暗示他们应该分榻睡，他试了几晚，夜里常常惊醒。

他还是睡在她的身边才能安稳。

昙摩罗伽看着瑶英酣睡时的脸，捻动佛珠，默念起经文。

他只有一个愿望：她能平平安安。

瑶英的好胃口持续了几个月。

转眼大雪纷飞，千里冰封，长廊外只剩半池枯荷。昙摩罗伽特意在暖室里养了几缸莲花，她却闻不得油味，吃不下炸荷花了。

随她从中原来的汉人膳夫每天变着花样鼓捣些新鲜吃食，送到她的跟前，她嗅到味道就反胃，从早到晚只吃得下瓜果。

虽然是隆冬了，但是王庭不缺瓜果——不过瑶英肯定不能只吃瓜果，昙摩罗伽除了监督瑶英散步之外，开始亲自监督她用膳。

泥炉烘烤出来的小面点，外皮金黄焦脆，内馅绵软，羊肉馅的鲜美，五色红瓜馅的香甜。

裹了菜蔬肉馅的小薄饼，两面煎得金黄油亮，撒上一层芝麻。

大块烤得吱吱流油的牛肉，拌上鲜浓润口的甜酪，撒上酸甜的葡萄干。

雪白柔韧的面片，炖烂的羊肉，加上辣味的汤汁，又鲜又辣。

膳夫绞尽脑汁，总算做出几样瑶英吃得下的东西。

昙摩罗伽被瑶英哄骗了几次，之后每次都陪着她用膳，看着她吃。

这天瑶英实在没胃口，推他去忙自己的，想和之前那样蒙混过关："你闻不惯这些味吧？不用陪我了，我会好好地吃完。"

昙摩罗伽摇摇头，按住她的手，示意侍从放下托盘，端起碗放到她的面前，端起另一碗一样的放到自己的跟前："你吃什么我也吃什么，吃吧。"

瑶英还想挣扎，眨巴着眼睛说："都是荤腥……"

昙摩罗伽拿起匙子递给她："明月奴，你瘦了。"

瑶英败下阵来。她确实瘦了点儿，还以为冬日里穿得厚实，他看不出来。

她只得一口一口地喝汤。汤是按照她的口味做的，滋味鲜美，但她喝了几口就不想喝了。

昙摩罗伽没有出声催促她，拿起匙子慢慢地喝汤，动作优雅。

瑶英忽然笑了一下，想起第一次看他吃肉时的情景，不知怎么的，胃口仿佛好了点儿。她慢慢地把一碗汤喝完，肉也吃了几块。

离瑶英生产的日子越来越近，她身边的人个个变得紧张起来，李仲虔更是一天几次派人过来问诊脉的结果，带着谢青他们演练假如她生产了他们该怎么安排。几个亲兵因为演练的时候说笑了几句，被雷霆大怒的李仲虔打发去守城门，这下人人提起十二万分的小心，再也不敢在演练的时候嬉皮笑脸。

王宫内外竖起一面面祈福用的经幡，王后什么时候生产成为圣城百姓茶余饭后讨论最多的话题。

从李仲虔、毕娑，到谢青、缘觉，都把瑶英当成了水晶玻璃人，觉得她被风吹一吹会倒，日头晒一晒会化，轻轻磕碰一下会碎。所有人和她说话时都会情不自禁地放柔声音，近前来拜见的部落酋长也变得文雅了许多。

瑶英觉得自己反倒成了最镇静的那个人，既然该准备的都准备好了，那安安心心地将养便是。

昙摩罗伽事事想得周到缜密，李仲虔也在圣城陪着她，她没什么好担心的。

她依旧每天料理庶务，接见外臣和领主，落雪的时候带着随从去高塔观雪，节礼时出席宴会，看勇士赛马射箭。

今年夺魁的还是莫毗多，她亲自为他斟酒祝贺，莫毗多笑得见牙不见眼。

昙摩罗伽没有劝瑶英少出门，只是叮嘱她多带些随从。

瑞雪兆丰年，在王庭尤其如此。这年的冬天比往年更寒冷、更漫长，雪满长空，天地一片银装素裹。

等冬季结束，气候回暖，冰雪融化之时，王庭也就迎来一年一度的开春节。家家户户打扫房屋，供奉神佛，念诵经文，预备庆祝大地回春，新的一年开始。

昙摩罗伽作为君主要出席开春节第一天的开耕仪式，在晨曦时分将小麦的种子撒在土壤之中，带领百姓祈求一年风调雨顺。

开春节上也有赛马会，各族勇士比拼摔跤、马术和杂技。

瑶英兴致勃勃，想看看那些神乎其神的杂技，昙摩罗伽答应了，安排好照看她的人。

开春节前两天，瑶英忽然觉得有些犯懒，怕在典礼上出什么状况，打消了去观赛的念头。她明年再看也一样。

典礼的前一天夜里，漫天繁星，圣城的百姓还在酣梦之中，礼官已经入殿候着。

昙摩罗伽早早地起身，和平时一样，先伸手搭在瑶英的腕上看脉，又端详一阵她的气色，扯起锦被盖到她的下巴底下，这才出去换衣。

不一会儿瑶英也醒了。昙摩罗伽进殿陪她用膳，看她吃完了粥汤，面色红润，说话中气十足，叮嘱几句，留下缘觉照顾她，在近卫的簇拥下去参加典礼。

"有什么事情马上来禀报。"出宫之前他叮嘱缘觉。

缘觉恭敬地应了。

典礼上人山人海。撒麦仪式后，百姓载歌载舞，摔跤场上尘土飞扬，各族勇士迫不及待地较量起来。

昙摩罗伽端坐在高处，示意两个亲随上前，要他们把典礼上各族献上的新鲜玩意儿送去王宫。

毕娑喝得醉醺醺的，拿了只酒壶经过，笑道："王不放心王后吗？才一个多时辰，不会出什么事的，有事缘觉一定会派人过来报信。"

他话音刚落，台下传来一阵惊呼声，无数人诧异地望着王宫的方向，嘴里念念有声。

毕娑心里突然狂跳：他不会这么乌鸦嘴吧？

喧嚷声越来越大，响成一片。他心里焦急，拨开高台前的近卫，朝王宫的方向望去。

这一看，他蓦地瞪大眸子，顿时酒意全无。

今天是晴天，他们头顶湛蓝的晴空上有大团大团舒卷的云絮，而在远处的王宫的上空，炽烈的日光破开层云，投下一道道巨大的光束，照着整个宫殿，光芒璀璨，气势宏伟。晶莹洁白的宫墙和矗立的高塔在日光下闪耀着圣洁的光彩，恍如仙境中的天宫。

赛马、摔跤的人都停了下来。百姓遥望此景，喃喃地念诵佛号，甚至有人激动得热泪纵横，朝着王宫的方向跪了下去。

吉兆！这是圣人降世的吉兆！

一人失声大喊，其他人跟着附和，议论声此起彼伏。

毕娑的心沉了下去。

昙摩罗伽当年出生的时候，天空也有异象，那位汉人女奴后来难产而亡。

他不敢多想，回头去看昙摩罗伽。

面前一道冷冽的风扫过，昙摩罗伽已经冲下高台，只留下一个匆忙的背影。

近卫反应过来，慌忙地追了过去。

毕娑也赶忙拔腿跟上。他从来没有看到昙摩罗伽这么慌乱、这么急迫、这么沉不住气。向来冷静的王庭君主在蹬鞍上马的时候居然摇晃了两下，差点儿被坐骑甩下马背。

快马驰出广场，马蹄声疾如奔雷。

通往王宫的大道上尘土飞扬，几匹快马迎面驶来。看到昙摩罗伽，他们连忙勒马停下："王，王后方才发作，医者都赶去后殿了！"

快马从他们的眼前飞也似的奔了过去。

后殿人影晃动,有医者、侍女、稳婆、亲随。进进出出的脚步声、压低的议论声、焦急的追问声嘈杂细碎,似一波波水浪。

李仲虔看着一盆盆血水从房中送出来,脸色铁青。

屋中不能透风,四面的毡帘低垂,脚步声和说话声被闷在屋子里。瑶英躺在床上,听着四面八方密密麻麻的声响,满头满脸的汗水。

纵使做了万全的准备,痛的时候还是难以忍受,她紧紧地攥着谢青,不忘叮嘱她:"等典礼结束了再告诉罗伽……"

谢青根本顾不上这些,胡乱地点头应下,从来不会有任何表情的脸因为担忧和心疼而微微扭曲,一双眼睛瞪得大大的。她紧紧地盯着帮忙接生的稳婆和医者,凶神恶煞。

好在他们已经演练过好几次,稳婆才没被谢青吓晕过去。

要不是因为痛得厉害,瑶英可能会笑出声,身下像是有把利刃在搅动。她痛得浑身发抖,忍着没有喊叫,稳婆教过她,她现在叫的话待会儿可能没力气……但是身下实在是痛,她的眼前一阵阵地发黑,稳婆、医者七嘴八舌的叫嚷声离她越来越远,神志渐渐模糊。

随着哐当一声巨响,毡帘外的门被撞开,一道身影如闪电般冲进产房,扑到床前。

瑶英的手被一只宽大的手紧紧地握住。

"明月奴,我回来了……"这个声音听起来很熟悉,可是罗伽总是镇定自若,从容不迫,绝不会用这种颤抖的、惊惶的音调说话。

瑶英缓缓地睁开眼睛,汗水淌过眼皮。昙摩罗伽吻她汗津津的脸和眼睛,看上去依旧平静、沉稳,握着她的手却在发抖。

"我陪着你……别怕……明月奴……我在这里……"他紧紧地揽着瑶英,温和地安慰着,语调慢慢地恢复平静,身上冰凉,没有一点儿热乎气。

瑶英汗水淋漓,意识模糊。

昙摩罗伽凝望着她,俯身,一声声地轻唤她,嗓音中透出一丝恳求。

你不要出事,不要离开我。

他看透生死,悟透世情,却做不到割舍她。万水千山,日东月西,茫茫求道之路上,失去她,他将了无生趣。

这样的场景在他的梦里出现过很多次。这几个月他表现得平静从容,其实内心是忐忑不安的,可不敢也不能慌张。他是她的丈夫,应该承担起所有的忧虑,不能让她跟着不安。

殿外一片喧哗声。

后殿忙得脚不沾地的宫人也看到空中的异象了，消息传进内殿，众人对望一眼，难掩惊诧。

昙摩罗伽抬起头。

明月奴义无反顾地嫁给他，他要让她无忧无虑，和她携手共度一生。

两团熊熊燃烧的火焰似在他的眸中腾起。他镇定下来，指挥医者和稳婆，用颤抖的手接过医者递过来的丸药，喂进瑶英的口中，拨开她鬓边被汗浸湿的长发："明月奴，坚持住，我在这里。"

音调婉转，带着安抚人心的力量。

瑶英振奋精神，看他一眼，被汗浸湿的脸上绽出一个笑容："法师，好痛……"

昙摩罗伽感觉心像被狠狠地剜了一刀，低头，和她额头相抵："我让明月奴受委屈了，加把劲，就好了……"

稳婆一声声喊着。瑶英打起精神，想起昙摩罗伽之前一遍遍念叨的那些生产要则，跟着用劲，一阵阵强烈的剧痛后，耳边骤然响起稳婆惊喜的喊声："出来了！出来了！王后，您再加把劲……"

哭喊声、惊叫声、欢呼声响成一片……瑶英感觉心口一松，眼皮发沉。她闭上眼睛，沉沉地睡去。

"明月奴……明月奴……"

一个磨人的嗓音一直在耳畔打转。这个人喋喋不休……瑶英想好好地睡一觉，这个声音偏偏不肯放过她，她不知道哪里来的力气，一巴掌挥了出去。

随着啪的一声轻响，拍出去的手被轻轻地握住了，湿热的吻落在她的手心。

"先喝点儿东西再睡，好不好？"声音带着诱哄的意味，温柔得让她的整颗心跟着发抖。

她很信任这个人，不管身体还是灵魂，都可以完全地向他敞开。

瑶英张开嘴。温热的汤药被送进她的口中，她慢慢地吞咽。喂药的人一点儿不急，小心翼翼地喂她，也不知道过了多久，碗从她的唇边离开，接着一双冰冷的唇落了下来，含住她的唇慢慢地磨着。

瑶英一觉好睡，好像做了很多梦，梦里光怪陆离，什么都有，不过梦醒的那一刻，她什么都不记得了。

屋中静谧，黑魆魆的，唯有榻前一片朦胧的烛火。

她躺在内殿的另一间寝房的床榻上，盖着松软暖和的被子，周身干爽舒适。

空气里幽幽的沉水香气浮动，昙摩罗伽盘腿坐在她的身边，持着一串佛珠，保持着禅定的姿势一动不动，脸色苍白，眼圈微微泛青，面容憔悴。

瑶英不禁心疼怜惜："罗伽……"

她刚刚动了一下，昙摩罗伽立刻睁开眼睛，眸光落在她的脸上，血丝如蛛网密布的碧眸一眨不眨，直直地望着她。这个人生怕一眨眼她就消失似的。

瑶英感觉嗓子干哑，咳嗽了两声。

昙摩罗伽醒过神，俯身抱起她，让她靠在自己的怀里，用单手拿起放在榻边暖着的水，倒了一杯，送到她的唇边。

瑶英咕咚咕咚地喝完一杯，长舒一口气。

他又倒了一杯，喂她喝了，放下杯子，手指抹去她唇边的水珠，送到自己的嘴中。

瑶英愣了一下。她还没洗漱呢。

下一刻，昙摩罗伽低头吻她。这个吻比瑶英刚刚喝下的蜜水还要甜润。

等他放开她，她晕晕乎乎地问："我生了什么？"

昙摩罗伽不禁低笑。他喜欢她在自己的面前孩子气的模样。

"是个王子。"他低低地道，捧起瑶英的脸，拂开她鬓边的碎发，端详着她，犹觉得不够，松开一只手，把灯烛挪到跟前，就着烛火看她。

生产的过程其实很顺利，她从发动到生下孩子不过用了三个时辰，孩子也很健康，交给乳母去照顾了。瑶英疲累至极，睡了过去。所有医者都说没有大碍，他还是静不下心，一直守着她，寸步不离。

"身上痛不痛？"他柔声问。

瑶英试着动了动，摇摇头。她睡了一天，感觉精神好多了，问："孩子呢？抱过来给我看看。"

昙摩罗伽扶着她："孩子睡了，过会儿再让她们抱过来。"

他摇了摇床榻边的铜铃，殿门被人推开，侍女捧着热水、巾帕等物进殿。他接了巾帕帮瑶英擦脸，给她换衣。

瑶英刚要赶他去休息，对上他专注的眼神，没有吭声，由着他服侍。

"饿不饿？想吃什么？"他问。

瑶英感觉胃里空空的，仰起脸："暖室还有鲜荷花吗？"

她突然又想吃炸荷花了。

昙摩罗伽失笑，伸手按在她的后颈上，和她碰了碰额头。

直到此刻，他才感觉到心落回原处。

炸荷花很快做好了被送上来，侍女还送来了滋补的药膳，瑶英一口气吃完。乳娘抱着孩子过来了，孩子被襁褓裹着，小小的一团，皮肤泛红且皱巴巴的，眼睛紧紧地闭着。他睡得很香。

昙摩罗伽接过孩子送到瑶英的怀中。他抱孩子的姿势很熟练，瑶英不知道他是这一天里抱多了还是偷偷地练习过。

瑶英看着襁褓里好像只有小猫那么大的儿子，心潮起伏。这真是她生的？

昙摩罗伽搂着瑶英和她怀里的儿子，细细密密的吻落在她的发顶和鬓边。

他搂着他的明月奴，还有他和她的孩子。

第二天，瑶英才从缘觉的口中得知莲奴出生的时候天降异象的事情。

"整个圣城的人都看见了，各部酋长也都亲眼看见了！再过几天，消息会传遍王庭和西域！

"民间都说，王是阿难陀转世，王后是摩登伽女，王子天生不凡，也是神佛降世！

"王后，您不是喜欢吃炸荷花吗？传说这是因为王子曾端坐在佛陀宝座下的莲池聆听讲经，所以您才会那么喜欢吃炸荷花！

"从昨天开始，宫门前挤满了人，都是赶来给王子送礼的……

"佛寺的僧人欣喜若狂，王名震西域，小王子肯定也天赋极高！昨晚僧人连夜翻阅经书查找记载，寺主还说要亲自来为小王子洗礼，王婉拒了。"

瑶英的眼皮抽搐了一下。

她万万没有想到，莲奴刚刚出生就有这么大的排场。

恰好也是这一天，几个准备前去中原的天竺僧人路过王庭，前来拜会佛子和瑶英，向礼官奉上他们从天竺带来的贵重礼物，得知王子出生，顺势说了些祝福的话。

这事传到民间，说法变成天竺僧人早就知道今天会有圣人降世，所以才会不远万里赶来圣城。

见过莲奴的人都说他像昙摩罗伽，毕娑更是言之凿凿地称莲奴和罗伽是一个模子刻出来的——语气之肯定，就好像他亲眼见过罗伽刚出生时的模样似的。

几个月过去，莲奴不像当初那么皱巴巴的了，白白胖胖的，面如秋月，一双碧眸澄澈干净。他看人的时候很安静，很少哭闹，乖巧斯文。

瑶英抱着他逗弄的时候，他睁着碧眸静静地望着她，有时候配合地笑一笑，凑上来亲她。

这下连瑶英也觉得他和昙摩罗伽像是一个模子刻出来的，而且连性情都一模一样。

种种传说不胫而走，连西州的杨迁和达摩都听说了，写信过来道喜，顺便问起异象的事。

李仲虔既欢喜又担忧。

他之前担心瑶英受委屈，现在见王庭的百姓如此爱戴她和小王子，自然高兴，但是王庭的百姓显然把小王子当成另一个佛子了。小王子还不会说话呢，传说中却已经文武双全了，武能降妖除魔，文能治国安邦。

瑶英给和尚生了一个小和尚？家里有一个会念经的和尚还不够吗？

为了防止莲奴变成和尚，李仲虔决定亲自教授他武艺，为此，刀、枪、剑、戟、斧、钺、钩、叉、鞭……棒、矛、钯十八种武器，他样样都准备了，还特意搜罗了很多新奇古怪的玩意儿。男孩子都好武，他要从小培养外甥习武的兴趣。

然而事与愿违。在他按照中原的风俗为莲奴举办抓周礼的那天，小家伙直接从满桌的弓箭、匕首、军符中爬了过去，抓起一卷经书，抱在怀里不撒手了。

李仲虔目瞪口呆。

王庭的侍从纷纷变色，交头接耳："小王子果然和佛有缘！"

等莲奴能下地走动了，王寺的僧人强烈地要求来给小王子讲经，为小王子祈福，昙摩罗伽还是婉拒了。不过当莲奴表现出对佛珠、佛经的兴趣，能够端坐着静静地听他和僧人辩经的时候，他也没有阻止。

夜里他哄莲奴睡下后，搂着瑶英，轻声道："顺其自然。"

瑶英点点头。

李仲虔没有气馁，和瑶英商量把莲奴带到西州去，等莲奴长大几岁再送他回来。

他保证能把莲奴教成一个活泼健壮的小郎君。

瑶英哭笑不得，道："阿兄，莲奴还小呢！他喜欢什么就让他学什么吧。"

李仲虔长长地叹了口气，看着不远处坐在昙摩罗伽身边的小莲奴，一脸失望之色。大和尚的身边坐着一个小号的和尚。看来他真的要有个和尚外甥了。

天边刚刚泛起鱼肚白，缘觉就醒了。

他起床梳洗，就着羊骨汤吃了两张夹肉馕饼，换上浆洗得笔挺的礼服，兴冲冲地出门。

庭院阒然无声，古树参天，花木郁葱葱。

廊前被晒得微微发黄的竹帘密密地低垂，笼下朦胧的暗影，近卫从长廊走过时都会刻意地压低脚步声——王后还没起身，他们怕吵着王后。

一池田田莲叶层层叠叠，波痕起伏，零星几朵含苞待放的莲花点缀其中。微风轻拂，莲花婀娜摇曳，莲叶摩擦，发出沙沙的轻响。

缘觉眯着眼睛细细数了数池子里的莲花，确认没有人偷摘，满意地点点头，步上石级。

毡帘高挂，金炉吐香。

昙摩罗伽已经起来了，穿着一袭宽大的雪白金纹锦袍，端坐在殿中的书案前批阅奏本。

缘觉和换班的近卫颔首致意，单手握拳置于胸前，朝昙摩罗伽行礼。目光扫过书案，落到旁边的一张黑漆小案上。

那是一张精致小巧的书案，还没有门槛高，放在王和王后的书案的中间。小王子莲奴穿着一身王子的金纹白袍，坐在小案前，胖嘟嘟的手里捧了一张书帛。他像模像样地看着，神情认真专注，动作和身边的父亲一模一样。

缘觉顿觉心里软成一团，不自觉地嘿嘿笑了两声。

小王子和王一样，天资聪颖，寻常孩童这个年纪还只知道玩耍，他已经开始认字了。王寺的僧人认定小王子是有慧根之人，每天守在王宫前，想接小王子去王寺听经，为此没少被卫国公李仲虔奚落。后来昙摩罗伽宣布要亲自教导小王子，争端才平息，僧人们无可奈何——论学识，谁敢说自己比得过王？

毕娑王子的长子野那也出生了，还没学会走路已经显露出霸王的性子，爬到哪里就在哪里摔摔打打，揪掉了毕娑王子精心修剪的美髯，抓花乳母的脸，拽断侍女的石榴裙，推翻院子里最珍贵的几盆花……他小小年纪就成了王宫的混世魔王。

莲奴小王子只比野那子年长几个月，却像比堂弟大了好几岁：野那王子满地乱爬的时候，莲奴小王子规规矩矩地坐在昙摩罗伽的身边听他讲解佛偈；野那王子调皮捣蛋，毕娑王子气急败坏地大吼时，莲奴小王子依偎在王后的身边，举起自己碗中甘甜的樱桃酪，喂王后吃；野那王子耍弄仆从，对着累得满头大汗的仆从哈哈大笑时，莲奴小王子让站在烈日下的仆从挪到阴凉的大殿去。

莲奴小王子不仅继承了王和王后的天人之姿，也继承了他们的秉性，身上既有王和王后的聪慧睿智，也有他们的仁慈谦逊。

缘觉将嘴角咧得大大的，暗暗挺直腰杆。前几天王后亲笔签发了一份诏书。从今天起他开始兼任小王子的长史，以后小王子身边的人都归他管。

酷暑天气，不一会儿的工夫，烈日炎炎，热气蒸腾。

水车辘辘地轧过地砖，仆从沿着长阶泼洒井水降温。日光照下来，湿漉漉的石级折射着刺目的亮光。

殿中传出一板一眼的拖长的读书声。

昙摩罗伽忙完正事，开始教小王子学汉文。

小王子用胖胖的手指头指着书帛上的几个大字，一个字一个字地念下去，光溜溜的小脑袋不自觉地轻轻地摇晃着。昙摩罗伽垂眸听着，偶尔纠正他的音调，带着他从头读一遍。

身后响起脚步声。缘觉回头，看见李仲虔站在身后，一身汉人的装束。他探头往殿里看，轻蹙眉头。

"您来了。"缘觉小心翼翼地道。

卫国公前几天来圣城探望王后和小王子，看到小王子真的开始学经文了，从头到脚透出一股别扭劲儿，昨天才指桑骂槐，把王寺的僧人驳得面红耳赤。

李仲虔皱眉看着内殿。

昙摩罗伽不用说，宝相庄严，一举手一投足间气质高贵优雅，通身清冷的佛气。要不是他已经和明月奴生了小外甥，谁都看不出来他还俗了。

让李仲虔皱眉的是莲奴——小家伙走路都不稳当呢，已经学会好几百句佛偈了，不仅能背诵，还可以说出大意，坐在昙摩罗伽的身边时，压根儿就是一个小昙摩罗伽，也是一身雍容出尘的气度。王寺的那群僧人每天虎视眈眈，迫不及待地想哄他出家。他是佛子的儿子，出生时又刚好天降异象，民间的百姓私底下已经把他当成佛子的继任者了。

李仲虔面色微沉，若有所思。

缘觉胆战心惊地看着他，还没想好要不要通报，长廊的另一头环佩叮当，竹帘被依次卷起——王后来了。

"阿兄，天这么热，你怎么不进殿去？"

李仲虔立刻变了一张脸，笑了笑："我看莲奴在跟着他的父王读书，不想打扰他。"

缘觉垂着眼，心里暗道：卫国公撒谎连眼皮都不眨一下。他刚才盯着小王子的眼神分明带了几分不满，就像盯着一块即将被抢走的肉。

王后来了，王停下授课，和小王子一起迎接王后。小王子给王后和舅舅行礼。

侍女送来一盆刚做好的掺了碎冰的冰酪。冰酪乳白香甜，看上去就像一团云。

缘觉暗笑。小王子最爱吃这个。

果然，小王子闻到冰酪的香气，碧绿色的眼睛盯着玉盆，一眨不眨地看着，不过脸上还是一副沉静的神情。他保持着端坐的姿势，一动不动，乖巧极了。

王后知道小王子的口味，亲自舀了一碗冰酪，撒了些碎葡萄干、果干和新鲜的浆果，淋上一层琥珀色的刺蜜，递到小王子的跟前，低头，在小王子的光头上亲了一下。

"这个好吃,不过不能多吃,阿娘也只吃一碗。"

小王子捧起碗小口地吃了起来,脸上微微发红。

王后坐起身,一碗冰酪被送到她的手边。

昙摩罗伽给她调好了一碗冰酪,按照她的喜好,没有加果干,放了很多熟透的浆果。

王后微笑,接过冰酪,趁李仲虔不注意,挠了挠昙摩罗伽的手心。

昙摩罗伽顺势握住她的手,过了好一会儿才放开。

缘觉站在门边,心里偷笑:王真是的,居然当着卫国公的面拉着公主不放手,也不怕卫国公吹胡子瞪眼睛。

李仲虔吃了碗冰酪就出去了,王后带着小王子去侧殿的凉榻午睡。王后和小王子都怕热,侧殿设了冰盆,母子俩睡在凉玉榻上,昙摩罗伽靠坐在一边看书,偶尔放下经卷,拿起一旁的羽毛扇,对着王后和小王子轻轻地扇几下。

这时候缘觉不必当值,昙摩罗伽要他和其他近卫去休息。近卫聚在庭院寒凉的房里吃用井水冰过的瓜果。

瓜果很甜,甜瓜、香瓜、蜜瓜,什么瓜都有。王后这几年不停地派商队去各地搜罗粮种、树种和瓜种,王庭每年都会有庄园种出奇奇怪怪的新瓜,有农官专门管理这些培育瓜种的事情。

侧殿里,珠帘半卷,一室幽香浮动。

瑶英梦中翻了个身,抓起丝织隐囊抱在怀里。她身边的莲奴也跟着翻了个身,抓起昙摩罗伽亲手给他做的布老虎抱着,平时再怎么沉静,睡觉的时候更像他的母亲,喜欢抱着东西睡。

昙摩罗伽一手执着经文,碧眸微垂,看着身边酣睡的瑶英和莲奴。他俯身轻吻她的发顶,摸摸莲奴的小脑袋。

他希望莲奴更像瑶英。

殿中响起啪的一声,瑶英不耐烦地翻过身去。

殿中又响起啪的一声,莲奴也跟着蹬了一下腿。

昙摩罗伽轻笑。

下午瑶英和昙摩罗伽忙着接见大臣、领主和酋长,莲奴午睡起来,跟着缘觉学梵语。他很乖,不哭不闹,学完缘觉布置的功课,又多学了半个时辰。

窗前映下落日的余晖,缘觉带着莲奴去庭院玩耍。王和王后都吩咐过,小王子毕竟还是个孩子,不能整天对着书本,要出去走动走动。

王宫各处的宫人都围了过来,伸长脖子想看一看小王子。

缘觉领着小王子在花团锦簇的花园转了一大圈,往回走的时候碰到李仲虔。

李仲虔拿了只弹弓，堆起一脸笑："莲奴，走，舅舅带你打鸟窝去！"

莲奴仰起脸，看着自己的舅舅，犹豫了一会儿，点点头，跟上李仲虔。

李仲虔二话不说，直接抱起他，让他坐在自己的脖子上。

莲奴吓了一跳，不过没有喊出声，乖乖地坐在舅舅的脖子上，小手紧紧地攥着舅舅的衣领。

缘觉望着李仲虔大步离去的背影，目瞪口呆。

他刚想追上去，李仲虔的声音飘了过来："你去和明月奴说一声，我带着莲奴玩一会儿，天黑了就回来，今晚多备点儿烤肉和葡萄酒，要我上次喝的那种！"

缘觉回去传话，要其他人跟着李仲虔和莲奴。

李仲虔扛着莲奴到了兽园，教他怎么用弹弓。

莲奴很快就学会了，不过因为年纪太小，没什么力气，泥丸只能弹到跟前的地方。

看到李仲虔对准树杈上的鸟巢，他扯扯舅舅的衣袖，问："舅舅，鸟窝被打掉了，鸟回来的时候睡哪里呀？"

李仲虔悻悻地换了一个方向。

两人玩了一刻钟，李仲虔抱着莲奴去看山崖上的鹰巢，爬到山腰时，回头看一眼远处的王庭近卫，朝自己的随从使了个眼色。

随从会意，往另一个方向走去。

李仲虔张望一阵，做贼似的抱起莲奴，拐进另一条岔道，健步如飞。他狂奔半里路后，找到事先藏在山坳里的马，飞身爬上去，一提缰绳，催马疾奔。

莲奴疑惑地仰起小脸，紧紧地抱着李仲虔："舅舅，你迷路了？"

李仲虔对上外甥那双酷似昙摩罗伽、澄澈干净、仿佛能看透人心的碧眸，狠下心肠，扬手甩了一个鞭花。

昙摩罗伽每天带着莲奴读佛经，莲奴迟早出家！他不能坐视不管。

与此同时，一封信被送到瑶英的案前。她看完信，啼笑皆非：李仲虔居然把莲奴偷偷带走了！他要把莲奴带去西州亲自教养，教他武艺，一年后再送回来！

瑶英赶紧叫来谢青："快去拦着我阿兄！不能让他离开圣城！"

谢青带着亲兵赶往城门的时候，李仲虔已经混在商队里出了城。这几年天下太平，物阜民安，现在又是炎热的夏季，城门的守兵勘察时难免会松懈。

李仲虔怕走漏消息，出了城后和商队分开，自己带着莲奴赶路。

红日慢慢地坠入群山之间，晚风吹拂，并不能吹散热气。燥热的风吹在脸上，像在蒸烤馕饼。

李仲虔做贼心虚，出了一头的汗。瑶英若真生起气来，他还真不知道该怎么哄她，不过为了阻止外甥当和尚不得不出此下策。

"舅舅……"身前传来一声轻轻的呼唤。莲奴扯扯他的衣袖，认真地说："我自己坐得稳。"

李仲虔抱紧他："舅舅抱着你。你没骑过马，摔下去怎么办？"

莲奴眨巴眨巴眼睛，低头，从袖子里摸出一张香气扑鼻的小帕子，努力伸长手帮李仲虔擦汗。

"舅舅抱着我累。"他说着，叹了一口气，完全一副大人的口吻。

李仲虔怔了怔。刹那间，回忆如潮水般涌上来，汹涌澎湃，摧枯拉朽。

他恍惚记得多年前。少年的他背着年幼的瑶英，深一脚浅一脚地走在逃难的人群中，有人看他们可怜，掰了一块饼给瑶英，瑶英立马送到他的嘴边，他摇摇头，要她自己吃。

瑶英执拗地往他的嘴里塞："阿兄背着我累。"

迎面的夜风忽然变得柔和起来。

李仲虔回过神，看着眼前的小莲奴。

小莲奴仰着脸看他，有着光光的脑袋、碧绿的眼睛，懂事早熟，像昙摩罗伽。他也像瑶英，粉雕玉琢，眼睛忽闪忽闪晶亮有神，眼睫卷翘。这个孩子看着就聪明伶俐，这么小就知道心疼人了。

李仲虔沉默了一会儿，一勾嘴角，捏了捏小莲奴的脸，拨转马头。

缘觉都快急疯了，带着近卫追出圣城，看到李仲虔和莲奴，喜极而泣——卫国公差一点儿就拐走小王子了！

瑶英理解李仲虔的苦心，不过还是动了真火，遣走亲随，对着兄长好一番训斥。

李仲虔盘腿坐着，乖乖地认错，赌咒发誓绝不会再做这种糊涂事，还破天荒地主动找昙摩罗伽求救，总算让瑶英平息了怒火。

第二天瑶英增派人手看着李仲虔，以防他脑子一热又想拐走外甥。

缘觉当上长史的第一天就差点儿弄丢小王子，愧疚难当，为了一雪前耻，主动要求跟着李仲虔，严密地监视他的一举一动。

李仲虔躲在房里不出门，几天后，搜寻了一大箱贝叶经和汉文经书送给小莲奴。缘觉大惊。

李仲虔若无其事地拉着小莲奴的手，亲自带他去逛佛寺。

佛寺的僧人看到他来了，感觉一个头两个大，派出最能言善辩的寺僧前来招待。

李仲虔和颜悦色地和僧人攀谈。僧人战战兢兢，缘觉的嘴巴半天合不上。

李仲虔一撇嘴。既然莲奴对修道有兴趣，他这个舅舅就得好好地支持外甥。昙摩罗伽声名远播，小莲奴师承于父亲，又继承了母亲的聪慧坚韧，以后一定也能名震各国！

小莲奴喜欢的，就是好的。

这年开春节，小王子莲奴随父王昙摩罗伽出席祭礼。

开春节正好是他的生辰。

莲奴出生在冬去春来、万物复苏的好时节，伯父毕娑每次见到他都会偷偷地伸手摸摸他的小脑瓜，说要蹭点儿福气。

有次这事正好被舅舅撞见，舅舅很生气，要和毕娑伯父比武。

莲奴捏着笔，睁着一双碧眸，目不转睛地盯着舅舅和伯父，于是两人停止厮打，改成出去斗酒了。

他们差点儿喝光阿娘储藏在地窖里的新酒，阿娘也很生气，罚舅舅和毕娑伯父去庄园帮农人摘葡萄。

舅舅和伯父不打不相识，后来经常约着去喝酒。毕娑伯父再也不敢摸莲奴的脑袋了。

广场内外人山人海，百姓争相挤上前，朝父子两人抛撒彩旗和鲜花，试图触碰他们的衣角，狂热的欢呼声如浪涛奔腾。

莲奴坐在大象的背上，穿着一身笔挺的王子礼服，努力地挺直小腰板。

百姓一个接一个地跪倒在道路的两侧，神情激动虔诚。他们送上美好的祝愿，他记得父王的嘱咐，示意亲随扶起匍匐在地的百姓。

人群中到处是歌颂声和呼喊声，甚至有人激动得落泪。他到底年纪小，有些紧张，忍不住抬眸看向队伍最前面的父王。

昙摩罗伽端坐在宝座上，周围是挤得水泄不通的人群。他身处最热闹的红尘，接受众人的朝拜，背影却挺拔出尘，就好像在遥远的云端。

他偶尔转眸淡淡地扫一眼百姓，眸中无悲无喜，广场之上顿时寂然无声，只剩下旌旗猎猎飞扬。

莲奴想起宫人们私底下的议论：父王原来是王庭的佛子，心如止水，不惹尘埃，后来还俗娶了阿娘，不再是僧人。不过王庭经过动乱以后，百姓仍旧把他当成佛子般爱戴。

今年的春天来得比往年早，草木生发，群山间一轮旭日东升，天边的云雾彩霞升腾翻涌，日光和霞光洒下，河川壮美秀丽。

莲奴跟在父王的身边，看着父王抛撒麦种，跟着默念祝祷，神色严肃，却忍不住走神。

阿娘生病了。

祭祀过后王庭有热闹的赛马和比武大会，阿娘本来要来观看比赛的，连要穿的衣裳和皮靴都准备好了。

阿娘像壁画上的神女一样美丽，莲奴觉得阿娘是世上最美的人，每次阿娘穿了什么衣裳，宫里的人会争着效仿，所以前几天总有人打听阿娘会在典礼上梳什么发型，穿什么衫裙。

后来王宫传出消息称阿娘不去观礼，服侍莲奴的宫人悄悄地议论：王后提前回王宫，王紧急召见医者，这几天上午匆匆见过大臣后就待在内殿陪伴王后，王后一定是身体不适。

今天阿娘果然没来出席大典。

莲奴早上出门的时候去拜见母后，阿娘躺在软榻上，笑着帮他穿上礼服，看起来精神比前两天好。但她一直没有下地，坐起身的时候，父王立马弯腰去扶她，微微皱着眉头，低声嘱咐她："好好躺着，别起来了。"

阿娘应了一声，等父王转过身去，悄悄地对有些担忧的莲奴做了个鬼脸。

"阿娘没事。"

莲奴放下心来，陪阿娘用早膳。父王拉起他的手，牵着他出门，阿娘靠坐在软榻上，笑眯眯地朝他挥手。

"比赛一定很热闹，莲奴好好玩，回来告诉阿娘今天看了些什么。"

莲奴很认真地点头，走到门口时回头张望了一下。

阿娘躺了回去，脸色有些苍白。

莲奴来不及细看，父王抱起他，他靠在父王宽阔的肩膀上，看不到内殿的情形了。

想起阿娘，莲奴不想看赛马了，想早点儿回去陪着阿娘。

典礼在欢快的乐曲声中结束，百姓载歌载舞，接下来赛马、杂技、摔跤比赛轮番登场。缘觉兴冲冲地捧着一堆精致的宝盒告诉莲奴，今天所有人都会向他献上珍贵的生辰礼物。

莲奴小声说："我想回去看阿娘。"

缘觉愣了一下："王子，我去请示王。"

不一会儿，父王走了过来，直接抱起莲奴。

莲奴敬爱自己的父王。

父王俊美温和，很疼爱他，会抱着他观赏莲花，耐心地教他汉文和梵文，握着他的小拳头教他怎么写字，在他和阿娘玩游戏的时候配合他们当一座挡路的大山或者一头猛兽。阿娘带着他扑上去挠父王，父王一动不动，任他们怎么闹都不会生气，还在他和阿娘玩累的时候端来香甜的刺蜜水给他们喝。

但是父王也是王庭的君主，召见大臣时有威严，说一不二。毕婆伯父平时吊儿郎当，到了父王的面前绝不敢嬉笑，天不怕地不怕的舅舅在父王的面前也有点儿拘谨——虽然舅舅自己不承认。宫人们说，父王就像神明，他们敬仰父王，也畏惧父王。

只有阿娘在的时候，父王看起来才更好亲近一点儿，神情也仿佛柔和几分。他偶尔会轻扬嘴角，露出一丝笑意。

莲奴伸手钩住父王的脖子，小脸紧贴着父王。

父王轻蹙眉头，一定是在担心阿娘。上次阿娘生病，看起来很憔悴，父王也像现在这样。

两人回到王宫，父王放下莲奴，要人去请医者。

莲奴心里着急，迈着小短腿快步走进内殿。阿娘听到说话声，正笑着坐起身，他扑到软榻上。

衣领一紧，身后传来脚步声，他被父王拦了下来。

"莲奴，慢点儿，阿娘这几天不舒服。"

父王没有责怪的意思，莲奴却像做错了事情一样，愧疚地收回手。

"没事！"阿娘笑出声，伸手搂住莲奴，抱他上榻，"今天怎么回来得这么早？好玩吗？"

莲奴依偎在阿娘的身边，仰起小脸看着阿娘的脸。阿娘的气色比之前好了点儿。

他紧紧地抱住阿娘，把小脸贴在阿娘的身上。

"阿娘，你是不是病了？"

阿娘笑了笑，瞪了父王一眼，抱起莲奴，低头亲他的小脑袋，柔声哄他："阿娘没有生病，莲奴真乖。"

莲奴闻着阿娘身上的香气，安心了很多。

阿娘不会骗他。

莲奴迷迷糊糊地跌入梦乡。

他年纪小，一大早跟着父亲出席大典，累着了，睡得很沉。

瑶英放下儿子，拿起他平时最喜欢的布老虎让他抱着，摸了摸他的脸，小声埋怨昙摩罗伽："你是不是吓着莲奴了？"

昙摩罗伽端着一碗药送到她的跟前，眸光落在她的脸上，眉头轻皱。他伸手拂开她鬓边的碎发。

"还难受吗？"他轻声问，嗓音低沉，眸底却似有云海汇集，沉甸甸的。

瑶英摇摇头，拉着他的衣襟把他扯到跟前，亲了他一下："我好多了，你别担心。"

她退后时，昙摩罗伽按住她的后颈，微凉的吻落在她的唇上。

这个吻格外缠绵。瑶英感觉到他心事重重，抬手环住他的腰，分开时，轻轻地咬了一下他的唇，直起身坐到他的腿上，把他按着靠坐在榻上，居高临下地看着他。

"罗伽，我那是累着了。"

去年天气干燥，今年她想赶在天气回暖前修建好一条灌溉的沟渠，前些天因为这事出了一趟远门，忽然晕厥不省人事，随行的近卫吓得魂飞魄散，急忙送她回城。她这才知道自己很可能有身孕了，不过月份太浅，医者和昙摩罗伽都不敢肯定。

近卫汗如雨下，连忙老实交代。出门的那几天，瑶英忙起来的时候饥一顿饱一顿，每天半夜才睡下，还跟着他们爬上爬下，勘察地形。

瑶英心虚地瞥了一眼昙摩罗伽。

他当时没有说什么，只是问她还有哪里不适，和医者商量药方，叮嘱侍从好好地照顾她。

瑶英松了口气，觉得这只是件小事，直到这两天才发觉昙摩罗伽的不对劲。

他居然会做噩梦，而且会吓醒，然后紧紧地抱着她，一遍遍地吻她，碧眸里残留着梦中的惊惧。

昙摩罗伽揽着瑶英的腰，仰视着她，视线紧锁在她的脸上："哪里不舒服，你不要瞒着我。"

她出城的时候他为她诊过脉。那时她分明有些不适，却瞒着不说，以至于他没发现她当时有孕在身。

瑶英点头，俯身抱着昙摩罗伽，脸挨着他轻蹭。

"以后我有点儿头疼脑热就要烦你！"

她再也不敢瞒他了。他气性这么大，到现在还没消气呢！

昙摩罗伽抱紧瑶英。

她每次心虚的时候就用这种法子哄他。莲奴也学会这一招，一言不发地把小脸凑过来贴到他的身上的时候，他就知道小家伙是在撒娇。

两人静静地抱了一会儿，瑶英看着熟睡的莲奴，笑着轻声说："等莲奴醒了我们告诉他吧，他要有个弟弟或者妹妹了。他肯定很高兴。"

昙摩罗伽抱着瑶英，一下一下地轻抚她浓密的发丝，嗯了一声。

瑶英在他的怀里抬起头："你看你，这几天和我生闷气，吓着莲奴了。"

她质问得理直气壮。

昙摩罗伽还是嗯了一声，吻她的眉心："睡吧，我看着莲奴。等他醒了，我和他说。"

瑶英满意地在他的唇上啄了几下，找了个舒服的姿势，缓缓地闭上眼睛。

莲奴有些敬畏他，不过她不担心他处理不好这件事情。

他很疼爱莲奴。

她常常给莲奴讲故事，讲中原的风俗人情、神话传说。莲奴对百兽之王很感兴趣，仆妇就给他做了一个布老虎。王庭人见过狮子，没有见过老虎，仆妇不知道百兽之王到底长什么模样，缝制出来的布老虎头顶兽角，一头鬃毛，尾巴蓬松。那完全就是个四不像。

那天晚上，瑶英看到昙摩罗伽坐在灯前忙活，布老虎在他的手中换了副模样，栩栩如生，像只真老虎。

第二天莲奴抱着布老虎玩耍的时候，他坐在一边静静地看着。

瑶英想起从前，她和毕娑、缘觉他们笑闹时，他也是这样静静地注视她，好像离她很远，但是她觉得很安心，知道假如自己遇到危险，他肯定不会坐视不管。

她闭着眼睛去亲昙摩罗伽。

不用她调整姿势，昙摩罗伽低头，让她的吻落对地方。

殿中弥漫着淡淡的香气。

莲奴怀抱着布老虎，睡得很香甜。

番外五

儿女成双（独家）

以前，莲奴不曾见过父王在人前失态。

父王是人人敬仰的君主和佛子，巍巍荡荡，恩泽广被，万民仰之弥高。无论是边境传回什么紧急的军报，抑或是朝中出了重大的变故，他始终镇定从容，有条不紊地主持处理，像圣城外天际处挺立的群峰，十年如一日地沉静肃穆。

寺中的僧人说父王仍在修道，所以可以做到不以物喜，是真正参悟禅境之人。

后来，莲奴发现父王也有慌乱的时候。

比如妹妹出生的那天，从城外赶回来的父王匆匆地步入内殿时，居然被拱门下、长廊旁的绿漆花架绊了一下，趔趄了片刻。随着刺啦一阵细碎的声响，他身上那件被雪水浸湿、还来不及换下的氅衣挂在虬曲的花藤上，被钩出几根细长的银丝。

门廊前侍立的近卫都诧异地看着父王，及至看到盈满父王眉宇间的焦灼，面面相觑，一时静默无声。

连趴在窗边静听里屋动静的李仲虔都忍不住回头，惊讶地打量了昙摩罗伽好几眼，道："医者说一切顺利，明月奴刚才还和我说话，用了两碗汤。"

昙摩罗伽依旧紧皱双眉，匆匆地嗯了一声，举步踏入里屋。

无人敢拦，也无人上前相劝。

莲奴挨在舅舅李仲虔的身边，默默地念诵佛经，不知道为什么，那些早已背熟的佛经突然像天女散花一样在他的脑海里乱窜。他感觉惶惶不安，紧张地攥紧舅舅的衣袖。

内殿和门廊隔了几道走廊，重重帷幕遮挡，隔绝了里面的一切声响。殿外的人只能听见门口处宫人雨点儿似的细碎密集的脚步声。

不一会儿，昙摩罗伽从里面走出来，面色依旧凝重。他和李仲虔走到一边说了几句话，转身入殿。

视线扫过守在廊下的莲奴时，他冷峻的脸上微微起了些波澜。昙摩罗伽俯身和莲奴平视。

莲奴担忧地道："阿耶，我想进去看看阿娘。"

他很担心阿娘。

昙摩罗伽的神色比方才缓和了些。他温言嘱咐："阿耶现在要进去照顾阿娘，莲奴在这里陪着舅父。"

说着，昙摩罗伽摸了摸他的脑袋。

"阿耶会好好地照顾阿娘。"

压得莲奴喘不过气的那块大石头终于缓缓地落地，他乖乖地点头："我和舅舅等着。"

昙摩罗伽再次入殿。

侍从搬来长案和座椅，送来圆馕和热汤，李仲虔无心用膳，却逼着莲奴吃了些东西，抱起他坐在自己的膝上，笑道："莲奴别怕，以后你要有个弟弟或是妹妹了……"

他一边安抚莲奴一边回首张望，虽然脸上含笑，依旧难掩焦急与忐忑之色。

天色渐渐转暗。李仲虔越来越急躁不安，时不时站起身催问医者。

终于，宫人掀开幔帐，一片此起彼伏的欢快的笑声从内殿传出。几个汉人侍者抢着出来报信："阿郎，王子，公主母女平安！小公主的嗓门又亮又清！"

李仲虔顿时眉开眼笑，一把抱起莲奴往里走。

宫人先带着舅舅和外甥去看小公主。

李仲虔皱眉问："明月奴怎么样了？"

宫人笑道："阿郎宽心，公主一切都好，只是有些累了。王在里面陪着公主，说还要收拾收拾，再请小王子入内。"

李仲虔长舒一口气，点点头，先去看外甥女。

小公主缩成小小的一团在襁褓中酣睡，朦胧的烛光笼在她的脸上和胳膊上，泛着红润的光泽。

李仲虔先换了身衣裳，小心翼翼地接过外甥女，咧嘴直笑："像她娘。"

缘觉几个人围在一边伸长脑袋咪咪地笑。小公主才出生呢，哪看得出像谁？

李仲虔横眉冷目，示意几个人噤声，别吵着小公主。

缘觉连忙闭上嘴巴。

众人稀罕了一阵，乳母抱走小公主，几个人退出来。这时产房也被收拾干净了，宫人请李仲虔和莲奴入内。

殿内的地砖下铺设暖道，内室暖融融的。李仲虔抱着莲奴，轻手轻脚地往里走。

帐幔半卷，昙摩罗伽还穿着刚才那身衣裳，起身接过莲奴，让他坐在榻边看他的母亲。

瑶英散着头发，面色苍白，神情疲惫，嘴角却带着笑意。她捏捏莲奴的脸："阿娘没事。"

莲奴一言不发地靠到母亲的怀里，小手轻轻地抱住母亲。

几个人说了一会儿话，李仲虔抱着莲奴出去。

"阿娘累了，让阿娘好好休息。"

宫人送来汤药，昙摩罗伽接了碗，以眼神示意。屋中的宫人移走灯烛，只留下一盏琉璃灯，垂首退了出去。

明亮如白昼的烛光被撤去，清冷的夜色立即盖了过来，低垂的珠帘闪烁着幽幽的光。

昙摩罗伽拿着碗，对着滚热的汤药徐徐地吹了几口气。

瑶英昏昏沉沉，瞥见他身上半湿的衣裳，笑了笑："快去换身衣裳吧！让阿乔进来照顾我。"

昙摩罗伽不语，放下汤碗出去。

屏风后传来一阵窸窸窣窣的响动。他脱了氅衣袍服，回到床边，挨着瑶英坐下，拿起碗，扶她坐起来，让她靠在自己的身上，喂她吃药。

"吃了药再睡。"他轻声道。

瑶英筋疲力尽，已经合上了眼皮，不想动弹。

温热的气息拂过耳畔，昙摩罗伽低头，柔声哄她："明月奴，先吃药。"

瑶英不耐烦地轻哼了几声，脸埋进他的胸膛。他的身上倒还暖和。

下巴微微一热，脸被轻轻地抬起。昙摩罗伽道："乖，吃了药就能睡了，一点儿都不苦。"

瑶英只得张开唇喝了一口。汤药正是适宜的温度，酸酸甜甜，果然不苦。她懒得睁开眼睛，就这么靠在昙摩罗伽的怀里，被他伺候着吃了药。

昙摩罗伽放下空了的碗，递水让瑶英漱口，扶她躺回枕上，手指拂开她脸上垂散的碎发。

"睡吧。"他俯身吻她，抵着她的额头，声音沙哑。

瑶英迷迷糊糊地睡去，睡眼蒙眬中感觉身上的锦被被掀开了一角。昙摩罗伽上了床榻，躺在她的身边，拉好被子，低头亲她。

柔和的吻落在发间和脸上，她睡了过去。

不一会儿，她翻了个身，发现身边的人并没有睡。

昙摩罗伽侧着身子躺在榻上，一手支颐，碧眸半合，静静地凝视着她，眼睫间眸光闪动。

瑶英也不知道他看了多久。

瑶英抬手摸他的脸："做噩梦了？"

她有孕的时候他夜里总做噩梦，不知道到底梦到什么，每次醒来都要这样看她很久。

昙摩罗伽拉住她的手，吻她的指尖："没有，想看看你，还难受吗？"

瑶英摇摇头，靠过去，一把抱住他的腰，找了个舒服的姿势，抵着他的胸膛一阵磨蹭，言简意赅地命令："眼睛闭上，睡！"

这个月他格外忙，一边忙政事一边还要照顾她，帮她代管一些她暂时处理不了的琐碎的事情。她月份大了，他看着镇定，其实越来越紧张，隔几天就和医者讨论脉案药方，这些天常常忙到半夜才睡。

昙摩罗伽轻轻地扬起嘴角，嗯了一声，合上眼睛。

夫妻相拥而眠，睡了没一会儿，窗外忽然传来一阵尖锐的哭声。

瑶英立刻醒了，正要扬声叫人，昙摩罗伽按住她："别起来，我去看看。"

他去了隔壁，哭声很快停了下来。

片刻后，昙摩罗伽回到内室，扶准备下床的瑶英躺下："没事，接着睡吧。"

外面没出什么大事。原来李仲虔看过瑶英后，又带着莲奴去看妹妹，毕娑、缘觉和其他小王子也在那里，一群人争着抱小公主，一不小心把小公主吵醒了。小公主睡了一觉，精神气十足，一嗓门哭出来，一屋子人急得抓耳挠腮。

瑶英听到这里，想要起身："抱过来我看看。"

昙摩罗伽抱住她："无事，你阿兄把人都赶出去了，莲奴哄着妹妹，我看着他们睡着才过来的……莲奴哄着阿依睡着的。"

瑶英一怔，笑出了声。

莲奴像昙摩罗伽，小小年纪就很稳重、威严，小脸一板起来，小王子们大气都不敢出一声，乖乖地听他的话，连毕娑也不敢像以前那样逗他玩，说看到他就好像看到小时候的罗伽。得知自己要当哥哥的时候，他很郑重地说要当一个好兄长，帮阿娘照顾弟弟或妹妹，还准备了礼物要送给弟弟或妹妹。

昙摩罗伽看到她笑，微蹙了一整天的眉头终于舒展了些，双臂收紧。

"你累了，别操心这些，睡吧，我看着呢。"

瑶英合眼睡去。

当初莲奴出生的时候昙摩罗伽就把所有事情都安排妥当了，夜里莲奴啼哭都是他起身去看。他有了经验，这一次更是事事妥帖，她很放心。

鹅毛大雪下了一夜。

翌日清晨，门廊下已积了一尺雪，小公主出生的消息随着纷飞的大雪传遍圣城的每一个角落，城中家家户户立即竖起贺喜和祈福的彩幡。

等瑶英醒来的时候，贺礼已经堆满宫门。

王庭人一向视大雪为吉兆，小公主降生，一夜之间，圣城银装素裹，正应了吉象。各方送来的贺帖极尽溢美之词，瑶英随意挑了几张帖子，看得嘴角直抽。

李仲虔刚好进屋看见，还以为她身体不适，问了几句，看了帖子，哈哈大笑："一点儿都不夸张！"

瑶英继续抽着嘴角。小时候李仲虔对她可以说是百依百顺，莲奴出生后，他也爱如珠宝，什么稀罕宝贝的东西都捧到莲奴的跟前。她可以确定，阿兄是真的不觉得帖子上那些吹捧的话夸张。

小公主百日那天，瑶英没有大肆地庆祝，只备了一桌宴席，但贺礼还是源源不断地送进王宫，附近的小国和部落也送来礼物，奇珍异宝，珍禽异兽，五花八门，什么都有。

瑶英看着殿前堆成小山包的绫罗绸缎、珠玉金银，再看一眼被众人团团围在当中、兴奋得咿咿呀呀的小女儿，朝昙摩罗伽瞥了一眼。

是夜，宾客散去，两人回到内室。瑶英看着并排睡在一起的莲奴和小女儿，抬起头，眼神闪烁。

她还没开口撒娇，昙摩罗伽已经猜出她想说什么，拥她入怀，轻声道："我来当严父。"

瑶英仰靠在他的胸膛上，抬眸看他，声音也压得低低的，带了几分笑意："那他们闯祸的时候，你可不能心软。"

昙摩罗伽点点头。

开春节后，天气渐暖，小公主一天天地长大，像朵含苞待放的花，粉粉嫩嫩，眼眸清亮有神。她看谁都嘻嘻地笑，还不会说话，已经显露出活泼的性子。

李仲虔常过来看望外甥女，每次都抱着一堆新巧的玩具给阿侬玩耍。

阿侬是小公主的名字，寓意月光赐予的神女。她刚好是夜里出生，正好应了这名。莲奴的大名是阿斯尔，寓意辽远，高贵。

这天瑶英从城外回王宫，亲卫禀报说李仲虔过来了，正陪着小公主玩。

"阿兄是不是有事找我？"

亲卫道："阿郎说没什么要紧事，是王请他来的。"

昙摩罗伽请李仲虔过来的？

瑶英换了身家常衣裳过去。廊下一阵咯咯的笑声，宫人抱着阿依，带她在庭院的花树下骑摇摇马，莲奴坐在一边的毯子上看书，时不时地抬头看一眼妹妹。昙摩罗伽和李仲虔坐在一边说话，神情严肃，不知道在谈什么。

阿依玩了一会儿，伸出胖嘟嘟的小手对着舅舅和阿耶做出要抱的动作。李仲虔立即笑着去抱她，让她够树上的花枝，阿依扯动枝条，花朵扑簌簌地落下来，正好落了树下的莲奴满头满脸。

阿依咯咯直笑。

莲奴也不生气，微扬嘴角，拂去书页上的花瓣，继续看书。

他这一副闲适从容的气度和昙摩罗伽一模一样。

李仲虔拈起一朵花给阿依拿在手里玩。她攥着香喷喷的花看了一会儿，睁大眼睛，神情好奇，转了转乌溜溜的眼珠，抬手往嘴里塞。

"这可吃不得……"李仲虔放声大笑，拉开她的手，拈了块花糕给她，"怎么跟你阿娘一样，看到花就想着吃呢？"

"阿兄又编派我，我哪有看到花就想吃？"

瑶英走过去，阿依看到她，立刻撒开花糕，朝她伸手。

李仲虔故意板起脸，嗔道："看到阿娘就不要舅舅了。"

阿依哪里听得懂这些，紧紧地抱着阿娘，笑得眼睛都眯成一条线。

李仲虔笑着捏捏她的脸，转身去和昙摩罗伽说话。

瑶英脱了靴子，坐在树下的毡毯上陪阿依玩。阶前落英缤纷，花香沁人，春风轻拂，温暖的日光笼在身上。阿依满毯子乱爬，瑶英捉住女儿，抱着她躺下，倦意涌上来，她竟不知不觉地睡了过去。

瑶英一觉好眠，醒来的时候廊前静悄悄的，宫人和亲卫全部退了出去。碧空明净，清风习习，芬芳袅袅，花树葳蕤灿烂，落英阵阵，毡毯旁落了一地花瓣。她躺在软枕上，身上盖了层绒毯，阿依和莲奴躺在她的身边，也都盖了层绒毯，睡得香甜，两张小脸像染了满树的花的颜色，红扑扑的。

一道身影侧对着瑶英而坐，手里拿了一卷书在看，腕上缠了一串佛珠。日光透过层层花枝落在他的身上，照得他微垂的眼眸泛着透亮的光。

瑶英慢慢地坐起身，揉揉眼睛。

"法师？"她恍惚着呢喃一句。

"醒了？"昙摩罗伽放下书卷，倒了碗甜浆送到她的唇边。

瑶英喝了几口甜浆，清醒过来，环顾一周，问："我阿兄呢？"

"他看你睡着了，找毕娑和莫毗多打马球去了。"昙摩罗伽轻声问，"想不想吃什么？"

瑶英摇摇头，趴在昙摩罗伽的肩头翻他刚才看的书卷："我回来的路上吃过了……你和阿兄刚才在说什么？"

昙摩罗伽道："卫国公抚养你长大，我请他来，向他请教怎么养育阿依。"

瑶英愣了好一会儿，扑哧一笑，伏在他的肩头，笑得肩膀直颤。

昙摩罗伽合上书卷，垂眸看她。

瑶英笑得停不下来，又怕吵醒阿依和莲奴，不敢大笑出声，整个人颤哪颤的，笑倒在昙摩罗伽的怀里："你请教他这个？阿兄管我一点儿都不严。"

昙摩罗伽笑了笑，手指轻柔地抚弄她披散的长发。

"那我的明月奴怎么这么好？"他一字一顿地认真地道，丝毫没有调侃的意思。

正因如此，她才显得格外动人。

瑶英止住笑，抬手摸他的眉眼："我有那么好？"

昙摩罗伽温柔地凝视着她，俯身，唇落在她柔软的双唇上，轻轻地含着，唇齿厮磨。

有。

瑶英眼波流转，心里融化成一汪春水。她笑着啄他的唇，钩住他的脖子："我好困，陪我再躺一会儿。"

昙摩罗伽嗯了一声，放下书卷，搂着瑶英，和衣躺下。

两人半拥着，看着一旁熟睡的莲奴和阿依，小声说着话。

瑶英真的困了，说着说着声音断断续续，不知不觉睡了过去。

昙摩罗伽低头亲她。

暖风徐徐，花落无声。

第二天，瑶英向李仲虔问起这事："阿兄，你怎么教罗伽的？"

李仲虔大手一挥："我告诉他，你小的时候，说什么就是什么，谁也不准反驳你，你想要什么就给你什么，没有的就去给你抢……"

瑶英挑挑眉："我小时候这么蛮横？"

李仲虔嘿嘿一笑，记起小时候的事情，出了一会儿神，拍拍她的脑袋："没有，我家明月奴最乖了。"

他沉默半晌，嗤笑一声："这不是昙摩罗伽第一次来请教我。"

瑶英笑着问："啊？他还请教过什么？"

李仲虔撇撇嘴："你们成婚前，他跑来问我你平时喜欢吃什么，爱看什么书，生气受委屈时会怎么样，吃药的时候胃口不好怎么办……"

他一边说一边翻白眼："我头一次听他说那么多话！"

瑶英笑得停不下来。

阿依周岁时，李仲虔按着荆南的风俗备了笔墨书籍、弓矢匕首、脂粉钗环、算尺针指、金银宝印等物，为阿依办拭儿礼。小家伙被养得胖乎乎的，眼睛一弯，绽出甜甜的笑靥。她手脚并用，在毡毯上爬来爬去。

毕娑拿起一朵绒花逗她，被李仲虔一巴掌拍开。小家伙乐不可支，咯咯笑了一会儿，伸出肉嘟嘟的小胖手在毡毯上翻找一阵，左看看，右看看，然后往下一趴，抱住所有宝贝，扒着不松手了。

这些都是她的。

众人齐声大笑。

春去秋来，日月如梭。

战事消弭，商路畅通，朝堂稳定，王庭风调雨顺，民康物阜。圣城和遥远的中原魏朝通商后，商旅来往不绝，繁华更胜往日。

王子野那带着仆从穿过人头攒动的市坊长街，挤出一身汗，捧着几只宝匣，急匆匆地入宫，找到公主的侍从，下巴抬得高高的："快告诉阿依公主，我逛遍市坊的所有铺子，终于找到她要的宝贝啦！"

侍从进去通报，没一会儿，清亮的笑声和脚步声响起："真的找到了？"

环佩叮当，珠帘被高高地扬起，一个五六岁的小姑娘提着裙角奔了出来，粉面桃腮，珠圆玉润，一双漆黑的眼眸明媚清亮，眼波潋潋。小姑娘灵动如鹿，看人一眼，让人顿觉天色都亮了几分，满头乌黑的发丝混着彩绦扎成细辫垂在肩头，身上一袭色泽富丽的莲华锦长裙，饰有朱红彩带、白地小团花披帛，腰间佩了垂玉。

野那愣了一下，怔怔地看着小姑娘："阿依，你今天怎么穿了裙子？"

阿依拍拍裙角的皱褶，白了他一眼，催促他拿出宝盒："快拿出来！"

野那连忙捧出宝盒。

阿依打开一个个看过去，秀气的眉微微一皱。

野那立时急得直冒汗，拍拍胸脯："都是从中原来的宝贝，我问过缘觉，他说我没买错！"

阿依拿起宝盒，转身就走："就这些吧！"

野那拔腿跟上她。两人穿过长廊，爬上长阶，刚拐进拱门，迎面一道清瘦的人影走了过来。

随着哐当一声响，阿依手中的宝盒落地，人也朝后仰了一下，眼看就要摔倒在地。

野那竖起眉头，还没开口骂人，一个低沉的嗓音让他立刻闭上了嘴巴："这么急急忙忙的，是不是又闯祸了？"

说着话，他伸手扶住阿依。

阿依抬起头，看清来人的脸，双眸一亮。她扑了上去，小脸上绽出欢快的笑容："王兄！"

野那心虚地后退一步，跟着唤一声："王兄回来了。"

小少年扶妹妹站稳，扫他一眼，淡淡地颔首，端庄持重。

跟过来的仆从恭敬地俯身行礼。

站在他们面前的小少年正是佛子和文昭公主的长子——阿斯尔王子。王子天生早慧，聪颖不凡，三岁便能诵读经文，因自幼修习佛法，时常去佛寺小住一段时日，如今已能和寺中的长老对谈如流。

莲奴碧眸微垂，目光落在宝盒上。

阿依眨眨眼睛，以眼神示意野那赶紧把宝盒捡起来，笑嘻嘻地道："王兄，我好想你！你上次答应帮我买的波斯画册买到了吗？"

莲奴知道妹妹和堂弟一定又在鼓捣什么，并不说破，轻扬袍袖，道："阿娘在前殿，我先去拜见阿娘，待会儿叫人把画册给你送过去。"

阿依点头响亮地答应一声，看着兄长往前殿走去，悄悄地松了口气，带着野那几个人一溜烟地钻进后殿。

几个身着蓝衫白袍的带刀亲卫立在后殿的廊下，看到她，道："公主，王回来了。"

阿依打了个哆嗦，笑意凝结在嘴角。

前殿，毡帘高卷。

一行人说说笑笑着步出大殿，看到等候在外面的莲奴，忙躬身朝他行礼。他双手合十还礼，走进内殿。

殿中光线透亮，近卫肃立在长案前，听王后吩咐下个月大典上的宿卫安排。

瑶英束发戴冠，一身窄袖锦袍，腰束玉带，脚着长靴。她一边说话一边在案上的图纸上写写画画，身边几个男装女官或捧托盘，或执文具笔墨，腰间的革带上都挂了代表官职的铜符。

莲奴在角落里等了一会儿，见近卫退下，缓步上前，还没行礼，瑶英一把把他拉到跟前，摸摸他的脑袋，端详他一阵。

"是不是又瘦了？"

莲奴感觉脸上微热，摇摇头。

阿娘温柔体贴又开明，会耐心地给他和阿依讲故事，陪他们玩耍。不管他和阿依想做什么，阿娘总是第一个支持他们，鼓励他们。

不过阿娘也是整个王庭最潇洒的母亲，经常出远门，不会像野那他们的母亲那样天天看着他们，追在他们的身后絮叨。每次阿娘出宫，他和妹妹都很想阿娘。

瑶英拉着莲奴在自己的身边坐下，细问他在寺中的起居，而后道："今晚让阿乔亲自下厨，做你最喜欢的玉露团。"

莲奴轻轻地应了一声。

两人正说着话，殿外骤然传来一阵急促的脚步声和大呼小叫。

"公主，慢些走！"

"公主，别摔着了……"

在一片焦急的呼喊声中，脚步咚咚，一道幼小的身影像被猎人追赶的小鹿一般蹿进殿门，直扑向瑶英："阿娘救我！"

殿外人影晃动，亲卫追了上来，单膝跪下。一人气喘吁吁地抱拳赔罪："王后，臣等失职，阿依公主……跑得实在太快了……"

瑶英失笑，挥手示意亲卫退下，拍了拍紧紧地钻进自己的怀里、怎么也不肯松手的小女儿，拂去她额上的汗水。

阿依筋骨奇佳，李仲虔嚷嚷她是练武奇才，要把她带在身边教授武艺。昙摩罗伽和瑶英商量之后，决定亲自教一双儿女武艺，莲奴学拳法，阿依学更适合她的剑法。现在阿依已经学了一些基本功，身形小巧灵活。她飞跑起来，近卫怕伤着她，畏首畏尾，还真追不上她。

"这是怎么了？"瑶英柔声问。

阿依抬起头，神色惊惶，满头大汗："阿耶提前回来了！我犯了错，阿耶要罚我！"

她一边说一边回头张望，小脸皱成一团，可怜巴巴的："阿娘，你一定要救救我，阿耶只听你的话。"

父王很疼她，抱她去赏花，拉着她的手教她走路，喂她吃饭，教她读书写字，带她骑马拉弓。她不肯穿裙子，要和王子们一起上学，父王由着她，从来不训斥她。她怕热贪凉，暑热天非要宫人把冰盆挪到床边才肯睡，父王担心她着凉，夜里常绕到偏殿看她，把她悄悄拖到床榻边的冰盆挪开。

她生病的时候，父王照顾她，喂她吃药，给她买酸酸甜甜的刺蜜糖吃。

但是父王也很严厉，每天督促她起床背书、练武，看着她一练就是一两个时辰，任凭她怎么撒娇要赖也不许她偷懒。前不久她刚犯了错，答应会乖乖地听话，才过了几天又闯了祸，父王刚才脸都沉下来了。这次数罪并罚，她要遭殃了！

只有阿娘可以救她，舅舅和王兄都教过她，犯错了就去求阿娘，父王只听阿娘的话。

瑶英问："真闯祸了？"

阿依哭丧着脸点点头。她是王庭的公主，敢做就敢承认！

瑶英做出一副苦恼状："阿依，做错了事情就要负责，不能逃避，既然你真闯了祸，阿娘也救不了你。阿娘也怕你阿耶呀！"

阿依一听这话，眸光闪了闪："阿娘哄我！阿娘一点儿都不怕阿耶！上次阿娘回来，阿耶背着阿娘回宫的！"

那天刮大风，阿娘迟迟不归，父王下朝回来，换了衣裳，亲自去接阿娘回来。阿依跟着王兄在门廊里等爹娘，亲眼看到父王背着阿娘回内殿，阿娘还拍父王的脑袋，扯父王的衣裳，咬父王的肩膀，父王一点儿都不生气，一直在低声哄阿娘，回到内殿，还喂阿娘喝蜜水，等阿娘睡着了才出来陪着他们用晚膳。

瑶英想到那天的事情，脸上微红。她那是吃醉了和罗伽闹着玩呢。

"其实我怕你阿耶，你阿耶也是我的老师，以前我做了错事，他罚我抄书呢。"

阿依傻了眼："真的？阿耶舍得罚阿娘？"

瑶英认真地点头。

阿依将信将疑："我没看到阿耶罚阿娘！"

她起迟了，父王会让宫人催促她起床用功。阿娘就算睡到日上三竿才起身，父王也不会催阿娘，还嘱咐她和王兄别去打扰阿娘休息。她看书的时候打瞌睡，父王叫醒她，提醒她继续用功，阿娘看书的时候打瞌睡，阿耶不会罚阿娘，而是把阿娘抱去内室睡，还给阿娘盖被子。阿娘出远门，父王每天问缘觉有没有阿娘的信。

父王对阿娘这么好，怎么会罚阿娘？

瑶英伸出一双纤细的手给阿依看，长叹一口气："我以前不听话，你阿耶罚我抄了好多经书。"

她住在王寺的时候几乎天天抄写经书。

阿依这回信了，急得团团转。舅舅不在，没人给她撑腰，阿娘也怕阿耶，她该怎么办呢？

不等她想出什么好的脱身之法，殿外传来啪啪一阵响，亲卫纷纷朝着庭院的方向行礼。

昙摩罗伽来了。

阿依呜咽一声，忽然发现王兄莲奴在对自己使眼色，灵机一动。她低头钻进王兄和瑶英中间的长案下，缩成一团，小声叮嘱："阿娘就说没看见我！"

瑶英看一眼阿依，心虚地咳嗽几声。

脚步声越来越近，须臾，一道高大的身影出现在殿门前，逆光而立，一袭雪白金纹的袍服上洒满了斑驳的日光，碧眸淡淡地扫一眼内殿，所有人屏息凝神，殿中静得落针可闻。

半晌无人吱声。

阿依缩在长案底下，一动不敢动，眼看着那双长靴跨进内殿，一步一步地朝着毡毯走过来，最后停在长案前。

她知道自己被发现了，又羞又恼，垂头丧气地爬出长案。

夜里，阿乔按照瑶英教的法子蒸了一笼玉露团。

玉露团白如羊脂，松软绵糯，香甜可口，有枣泥馅、玫瑰馅、芝麻馅和桂花馅，粉皮是由大米和糯米细细地磨成的浆水凝结而成的一层皮，软糯绵密，油润香滑，莲奴和阿依都很爱吃。

刚出锅的玉露团被端上来，兄妹俩一人一碗，对坐着吃。宫人禀报说王回来了，阿依立刻放下银匙，不小心噎了一下，烫得直吸气。

瑶英赶紧要她吐出来。

阿依直接咽了下去，烫得两眼泪汪汪，端着碗就要出去。她下午被昙摩罗伽下了禁足令，闹起性子，不肯和父王同桌吃饭。既然父王回来了，她就要出去。

"阿娘和王兄也要陪我出去，阿乔把碗端着，不给阿耶吃玉露团。"她眨巴着眼睛指挥侍女。

瑶英看她一副委屈的模样，想笑又不敢笑，忧愁地道："玉露团这么好吃，你阿耶也爱吃，真的一点儿都不留给阿耶？他忙了一天，肚子也饿了。"

阿依的眉头一皱。不管她犯什么错，父王从来没有罚她不许吃饭。

她轻哼了一声，说："那就只留一小碗。"

帘外的脚步声越来越近，阿依说话的声音也越来越低，小肩膀绷得直直的，眼睫闪动。她时不时地偷看一眼珠帘的方向，听到一点儿声音，立即唰的一下回过头。

瑶英忍着笑。

脚步在帘外停下，打了个转，直接往内殿去了。

阿依松了口气，又有些失望，拿起匙子继续吃甜软的玉露团。

瑶英让阿乔看着两个孩子，盛了碗玉露团进内殿，走到端坐在案前翻阅奏章的昙摩罗伽身后，下巴搁在他的肩膀上："怎么不一起用晚膳？生气了？"

严父不好当。

昙摩罗伽放下奏章，接过她手中的碗："阿依在和我赌气，别让她吃得不痛快。"

瑶英笑笑，站起身。

昙摩罗伽以为她起身出去了，接着看奏章。

唇上突然一热，传来甜甜软软的触感。

他抬起眼睫。

瑶英坐到了他的身侧，手中的银匙轻轻地抵在他的唇间，匙中是一粒光洁雪白的玉露团。

"桂花馅的，加了刺蜜，得趁热吃，放久了就不好吃了。"

昙摩罗伽抬眸看着她，微微一笑，启唇，就着匙子咽下玉露团，目光定在她的脸上。

瑶英心里微颤。

他蓄起长发，鬓边梳了一条发辫，发辫被和其他长发一起拢在肩头，以锦带束起。他凝视着她，微笑着，仿佛天地间只剩下她一个人。从前瑶英觉得他俊美端庄，高洁出尘，如今他被乌黑的长发一衬，仍旧凛然庄严。瑶英从朦胧的烛光下看去，觉得他身上多了几分说不清道不明的味道，特别吸引人。

瑶英感觉心跳得飞快，收回手。

昙摩罗伽一把攥住她的手腕，目光灼灼："甜。"

他撒娇也这么一本正经的。

瑶英轻颦浅笑，睨他一眼，又舀起一粒喂他吃。

就这么一粒接一粒地喂昙摩罗伽吃完一碗玉露团，瑶英凑上前亲他，他揽住她的腰，搂紧她，玉露团的甜味在唇齿间流转相融。

哄好了大人，瑶英要接着哄小孩。她回到偏殿，继续陪莲奴和阿依用膳。

第二天，天刚蒙蒙亮，阿依平时起床的时辰到了。她按时起身，换上衣裤，趴在庭院的栏杆前，望着院门的方向。

父王今天会来吗？

一道熟悉的身影从霞光中踱了出来。

阿依一愣，登时浮起满脸笑，欢欢喜喜地迎上去："阿耶，我今天按时起来了！"

昙摩罗伽温和地应一声："今天不练功，阿耶带你去一个地方。"

今天她不用练功？

阿依心里咯噔一下。父王是不是对她失望了，以后不打算教她武艺了？

她垂头丧气，跟在父王的身后步出长廊。

昙摩罗伽低头，牵起女儿的手。

阿依立马精神抖擞，将小腰板一挺，喜滋滋地攥住父王的手，和瑶英几乎一个模子刻出来的眉眼间盈满得意的笑。

昙摩罗伽轻笑。

他们来到佛寺。天色还早，僧人在洒扫庭院，唰唰的扫地声和邈远的钟声回荡在空阔的庙宇间，听上去一样空灵肃静。

昙摩罗伽从侧门入寺，带着阿依，一步一步地爬上一道长长的、陡峭的石级。亲卫远远地跟在后面。

阿依累得上气不接下气，速度渐渐慢了下来。

昙摩罗伽没有抱她，也没有牵她的手，继续往上走，偶尔停下来，站在高处，静静地看着她。

阿依红通通的小脸鼓得满满的。她没有开口求父王，咬牙继续往上走。

很快，她累得双腿直打战，汗水打湿了头发。她正想停下来歇口气，父王的视线扫了过来。

阿依不敢停留，迈着沉重的双腿向前走。

每次她累得想坐下来喘口气的时候，昙摩罗伽就会回头看她一眼，没有指责，也没有鼓励。

阿依不想让父王失望，一边抽抽噎噎一边抹眼泪，迈着发软的腿步上更高一层的石级。

终于爬上最后一道石级，她瘫倒在栏杆前，直喘粗气。

此刻已到寺门大开的时候，佛寺内钟鼓齐鸣，梵音大作，圣城的长街跟着擂响皮鼓，神圣的钟鼓声响彻圣城的大街小巷。云霞散去，明亮的天光倾洒而下，整个圣城似在钟声中隐隐地震颤。

一双手伸到阿依的面前，扶起她的胳膊，轻柔地拂开她脸上被汗水打湿的碎发，摸摸她的脸。

阿依泪如泉涌，哇的一声抱住昙摩罗伽的胳膊："阿耶，我错了……"

父王最疼她和王兄了，她不该和父王使性子。

昙摩罗伽抱起她："阿依哪里错了？"

阿依抱着他的脖子，湿漉漉的脸挨在他的脸上。她抽抽搭搭地道："我踢球的时候打碎了阿娘库房的东西……我托人买了些一样的，想蒙混过去……我前些天偷懒不想起床练武……我对阿娘和阿耶撒谎……我还懒……不听话……阿耶好好教我，我要赖，让阿耶伤心了……"

昙摩罗伽没有打断她的话，等她哭着说完，拿出一方干净的帕子，擦去糊了她一脸的鼻涕和眼泪。

阿依打了个喷嚏，紧紧地攥住他的手："阿耶，你别伤心。"

她生了一双和瑶英一模一样的眼睛。

昙摩罗伽的神色缓和下来："阿耶没有伤心……阿依，你知道阿耶为什么对你这么严格吗？"

阿依知道他没生气，止了眼泪，眼睛还红肿着，眼底却浮起几丝无忧无虑的明快："因为我聪明！"

昙摩罗伽失笑，放她下地，牵着她的手走进矗立在高台上的佛塔。

塔中燃了香烛，光线明亮，青烟缭绕，四面墙壁上刻有栩栩如生的人物石像和壁画，有的是经书里的传说故事，有的是王庭历代君主的功德事迹，有的是王庭各地的风光盛景。

阿依敏锐地感觉到父王身上散发出来的凝重和严肃，也跟着敛衣肃容。

昙摩罗伽指着壁画里一个手捧莲花的圆脸青年："他是般若。"

阿依惊讶地张大嘴巴。她听缘觉和阿娘他们提起过般若，他原本是父王的近卫，为保护父王献出了生命。

"他是阿那律……他是巴那钦……"

他一个名字一个名字念下去，最后指着壁画里一只威风凛凛的金色的豹子："它是阿狸。"

阿依明白了，双手合十，按照阿娘教过她的礼仪，郑重地朝壁画行礼。

"阿依，这些人有的是阿耶的近卫，有的是官员，有的是普通百姓……阿耶是王庭的君主，肩负王庭，他们追随阿耶，忠于阿耶，甘愿为阿耶赴死。君主可以号令群臣，可以驱使臣民，但也必须担负起他的责任，不能任意妄为……"

他低头，看着自己的女儿："去年你想和其他王子一样上学，其他人侧目，你记不记得自己说过什么？"

阿依觉得脸上发烫，迎着父王的注视挺起胸膛："我说，我和野那他们一样，也可以当王！"

莲奴天资聪颖，又是长子，但是更喜欢钻研佛法，而昙摩罗伽说过，王庭不能再有一个是佛子的君主。

有一天，瑶英和昙摩罗伽商量莲奴的事，阿依坐在一边玩耍，听到一半，霍地站起身，胖乎乎的小手紧捏成拳头。

"王兄不能当太子，我来当！"

夫妻俩怔了怔，没有笑，拉着阿依的手，认真地告诉她："阿依，想要当储君，你要和父王小时候一样学很多东西，每天要很早起床，要练武，要读书，要学着处理政务，不能偷懒，不能自在地玩耍。"

阿依挥挥手："我不怕辛苦。"

很快，阿依和其他王位继承人被送去一起上学。谁最优秀，谁就是王庭的储君。

一开始人人都以为阿依年纪小，根本不懂公主和储君的区别，只是一时兴起去凑热闹。野那他们没把她当成竞争对手，天天妹妹长妹妹短，争着哄她玩。

过了几个月，李仲虔去学堂看阿依，正好瞧见她一把推翻野那，踩在野那的背上扯他的头巾。李仲虔笑得见牙不见眼："揍狠点儿，别手软，把他们打怕了，以后他们都听你的！"

阿依想起自己说下的大话，觉得有些难堪。

昙摩罗伽看着她的眼睛："阿依，你出身高贵，长辈们都疼爱你，你是王庭的公主，可以一辈子无忧无虑，自由自在地玩耍。可是你要当王庭的君主，要做一个女王，那阿耶就不能纵着你，必须教导你，对你严格要求，教你怎么运筹帷幄，怎么治理朝政，直到你成为一个合格的储君。

"否则阿耶就是害了你，害了王庭的数万万百姓。"

他立在壁画前，神情严肃："你告诉阿耶，是想当一个自由自在的公主，还是想当一个肩负王庭、统领群臣的君主？"

阿依仰起小脸，看了看周围的壁画，站得笔直："我要当王庭的君主！"

昙摩罗伽微微颔首："明天还赖不赖床？"

阿依羞愧地道："不赖床了。"

昙摩罗伽拍拍她的脑袋。

奉过香，昙摩罗伽牵着阿依走下长阶。

"野那他们摔碎了东西，你为什么揽到自己身上？"他忽地问。

阿依惊了一下："阿耶，你真是神通广大！你怎么知道是野那他们摔碎的？"

昙摩罗伽不语。

阿依乖乖地道："野那他们是我带到库房去的，我该受罚……阿耶，你没告诉阿娘我打碎了哪些东西吧？"

"怕你阿娘生气？"

阿依摇摇头："阿娘最疼我了，只要我赔礼道歉，阿娘不会为这些事生气……"

她轻轻地甩着昙摩罗伽的手："我怕阿娘难过，那些东西是阿娘家乡的人送来的，我只能托人去市坊买一模一样的回来，想等凑齐了再告诉阿娘……阿耶，你能买到一样的吗？"

昙摩罗伽心中柔软："明天让缘觉带你去市坊买，钱钞从你的花用里扣。"

原来她想蒙混过去不是怕承担责任，而是不想让母亲难过。

阿依甜甜地一笑。

两人回到王宫时，阿依趴在昙摩罗伽的背上，睡得小脸通红。父女俩冰释前嫌，回来的路上阿依叽叽喳喳，缠他问了很多怎么当一个合格的君主的问题，这会儿睡得踏实，听到宫门开启的声音也没醒。

瑶英要莲奴抱妹妹回偏殿休息。她挽起昙摩罗伽的胳膊："郎君辛苦了。"

莲奴和阿依出身高贵，父母不能一味地娇纵。严父不好当。

昙摩罗伽摇头。

瑶英看看左右没人跟上来，踮起脚在他的脸颊上重重地亲了几下："郎君稍坐，我今天亲手煮茶犒劳郎君。"

她说着，按着他在长案前坐下，兴冲冲地转身出去，要宫人把茶具抬过来。

昙摩罗伽轻挑浓眉，撑着额头，等她回来。

片刻后，瑶英捧着昙摩罗伽平时用的茶盏回到前殿，目光落到长案前。她微微怔住，脚步停了下来。

午后暖黄的光漫进竹帘，笼在昙摩罗伽的身上，光影朦胧。他枕着手臂睡了过去，眉间倦色深深，周身萦绕着淡淡的光晕，仿佛还是初见时的模样。

瑶英放下茶盏，轻轻地走到长案旁，解开他头上束发的锦带。

他动了一下，还没睁开眼睛，瑶英俯身吻他，柔声道："不品茶了，睡吧。"

她柔软的唇在他的唇边和脸颊上流连亲吻，带着抚慰和疼惜。

在她的唇离开时，昙摩罗伽伸手捉住她，抱着她躺下："陪我睡一会儿。"

瑶英笑了笑，嗯了一声，闭上眼睛。

昙摩罗伽闻着她身上的甜香，沉沉睡去。

宫人在廊外烹茶，茶香满溢，岁月静好。

番外六

与狼为谋

"王子，把文昭公主关在哪里？"托木伦问。

海都阿陵低头擦拭长刀上的血迹，下巴微抬，泛着金黄色、像狼眼一样的眸子锐利地瞥了一眼李瑶英。

瑶英站在雪地里，不知道是因为寒冷还是恐惧而瑟瑟发抖，身上裹着一件灰扑扑、散发出淡淡的腥臭味的毡衣，形容憔悴，狼狈不堪，姣好的面容和娇小玲珑的身姿掩在风霜之中。此刻的她看起来就像个毫不起眼的女人。

以往这样的女人爬到海都阿陵的床上，他看都不会看一眼。

但是他见过李瑶英真正的模样。长安太极宫的宫宴上，她头戴花钗，浓妆艳抹，穿着他平生见过的最华美的衣裙，出现在众人的面前，容色之盛，将殿中辉煌闪耀的烛火衬得黯然失色。

那一瞬间，海都阿陵感觉到一种难以抑制的兴奋，就像喝了中原最烈的酒，浑身热血上涌，毛孔舒张。

长安少年郎心目中的第一美人果然名不虚传。

这个女人是他的。

他来自野蛮的部落，在狼群中长大，吃马肉，喝马血，被他们这些中原汉人鄙夷。

她是高高在上的公主，锦衣玉食，尊贵雍容，曳地的轻纱帔巾仿佛散发出阵阵幽香。满殿的年轻儿郎都在偷偷地看她，而她目不斜视。

海都阿陵口干舌燥。

他要征服这个女人，正如他的铁骑将征服这片肥沃、辽阔的土地。

几个月后，这个女人落到他的掌中，任他摆布。

她刚刚和他谈完条件，身体抖如筛糠，等着他发落，双眸低垂，不泄露一丝情绪。她看上去柔弱、胆怯，低着头，露出半截雪白的颈子，雪光都压不住那一抹柔嫩细腻的肌肤的光泽。

海都阿陵只需要抬抬手就能把她拉到自己的面前，尝尝那半截颈子到底有多滑腻……她的腰肢纤细，他胳膊一环，就能紧紧地钳住她。

每次北戎打了胜仗，部下都会把最美丽的女人献给他。骑兵攻城略地、大肆屠戮之后，带着一身血腥气享用美人，最为畅快销魂。

但是这一次他不急着强占这个女人。

这个看似娇弱的女人破坏了他准备已久的计划，让他大开眼界。

他利用叶鲁部操纵她的远嫁，看着她被粗野的叶鲁部大王子吓得面色发白，瞧见她在白发苍苍的叶鲁部酋长的身边暗暗垂泪……他以为她已经逃不出自己的手掌心，带兵偷袭中原，没想到她早已经悄悄地学会胡语，不仅在绝境之中逃出叶鲁部，还毁了他的心血。

她在叶鲁部的惊慌失措、和太子李玄贞的争吵都是装出来的。

这样的女人太狡猾，即使他在床上征服了她，她也不会对他死心塌地。

头顶传来几声清唳，雄鹰在半空中翱翔。

海都阿陵的目光随着雄鹰飘向远方。

阿布是他亲手养大的。它忠诚，只听他一个人的号令，勇悍，坚毅，可以用利爪把猎物撕成碎片，是鹰中之王。

文昭公主就像还没被驯养的阿布。

他跟在她的后面，像追逐猎物一样，冷眼看着她奔逃，在她以为终于逃出险境的那一刻出现。

她脸上的惊恐和绝望让他觉得快意，那种完全掌握她的命运、看着她被自己玩弄的感觉甚至比他打败一个比自己更强大的勇士更快活。

和他直接占有这个女人相比，海都阿陵更想慢慢地驯养这个女人，磨掉她的爪牙，击垮她的意志和自尊，让她彻底顺从于自己，完完全全属于自己。

她越不甘心，他越想要折腾她。

托木伦又问了一遍："该怎么处置文昭公主？"

海都阿陵和李瑶英达成了协议：他放过她的亲兵，她跟他走。

"带他们回伊州。"他还刀入鞘，微微勾起薄唇。

伊州远离中原，魏朝的士兵被拦在凉州以东，她再足智多谋也插翅难逃。

托木伦扯着瑶英走远。

谢青、谢冲他们被带去和俘虏关在一处。

瑶英是女人，还是一个不可多见的美人，托木伦想了想，把她带到他们关押女奴的地方，以前战败的部落献上的女人他们都是这么安置的。

他手上重重地一推，瑶英摔倒在地。周围的女人视若无睹，神情麻木。

瑶英爬起身，拍去毡袍上的尘土，扫视一周，找了个地方坐下休息。她已经很久没吃东西了，头晕眼花，浑身无力，海都阿陵不会放了她，伊州离长安那么远，过了玉门关，她可能一辈子都回不来了。

她闭了闭眼睛，尽量不去理会饿到痉挛绞痛的肠胃，一个声音在脑海里回荡：不管用什么办法，她都得活着。等阿兄好起来了，一定会来救她，她不能放弃希望。

号角声响起，队伍进发，北戎兵催促瑶英和其他女奴赶路。她饿得连身上的皮袄都能咽下去，还是咬牙跟上队伍。

海都阿陵把她当成猎物，她必须让他享受到折磨猎物的乐趣，只要能活着，这点儿痛苦不算什么。

很快，瑶英的毡衣上结了一层薄冰，凛冽的风雪从衣领灌进去，浑身冰凉，手脚早就冻得失去知觉。她逼迫自己跟上其他人的脚步。只要停下来，她就再也走不动了。

她麻木地、全靠本能地迈出僵硬沉重的腿，不知道走了多久，天色昏暗下来，队伍停下扎营。

瑶英和其他女奴被赶进一片用木栅栏临时圈起来的地方。她精疲力竭，倒在角落里，闭目休息。

送饭的士兵隔着栅栏扔进来几块饼，女奴们一拥而上，争抢那几块饼。

士兵站在栅栏外哈哈大笑，让没抢到饼的女奴跪下求他。谁叫得好听，他就给谁饼吃。

女奴跪下祈求，士兵笑得更加得意，视线落到角落里的瑶英身上。他瞪大眼睛，举起一张饼对她摇了摇，脸上掠过淫邪之色。

"想吃吗？叫声好哥哥就给你。"

瑶英抬眸扫他一眼，面露嘲弄之色。

士兵恼羞成怒，扔下装饼的木桶，冲进栅栏，扯住瑶英的衣领，把她拖出栅栏。其他女奴见状一拥而上，去抢木桶里的残渣。

瑶英被士兵拽着在到处都是碎石的雪地上拖行，背上、腰上、双腿火辣辣地痛，不知道留下多少伤口。眼泪滑落下来，她咬破舌尖让自己保持清醒，一边挣扎一边留心观察周围的环境，右手偷偷地摸向自己的长靴。

那里藏了一把匕首，匕首是李仲虔送给她的，号称削铁如泥。她拿着匕首和李仲虔比画过，他教过她怎么杀人。

李仲虔教她要稳、狠、准，一下子割破对方的喉管，或者将匕首刺进他的心脏，一招毙命。

李仲虔也警告过瑶英，她不懂武艺，不到万不得已别去激怒对方。遇到高手，她根本没有反抗的机会，即使面对普通男人也不能暴露杀机，必须等对方最松懈的时候才能冒险动手。

士兵把瑶英拖到营地的后面，旁边有人发出嘲笑声："又瞧中哪个了？"

"这个汉女是我见过的最漂亮的，还是个没嫁过人的小娘子！"

一人笑骂一句："又让你捡着便宜了！你下手快，今天兄弟们不和你抢！"

几个人围上来说笑。士兵赶走其他人，脚步声渐渐飘远。

瑶英不再挣扎，像是认命了。

士兵冷笑，一把摁住她，脱下外袍，低头解开腰带。天气太冷，他没有脱下阔腿裤，只随手往下扯了扯，狞笑着俯身压在她的身上。

瑶英看着他，认准李仲虔教过她的部位，使出所有力气，手中的匕首稳稳当当地刺了进去。

阿兄送她的匕首果然锋利。薄刃刺开血肉，热血喷溅而出，溅了她一脸。

她翻身而起，压在士兵的身上，双眸血红，眨都不眨一下。她继续用力，匕首继续往里刺入。

士兵不敢相信自己的眼睛，呆呆地看着她手中的匕首，浑身抽搐，剧烈地挣扎。她瘦弱的身体紧紧地压住他，匕首利落地翻转搅弄，血浸湿了她的毡衣。她死死地握着刀柄，即使士兵已经停止挣扎，她依旧没有松手。

士兵的伙伴探头往里看，对上瑶英被鲜血染红的眼睛，吓得一个激灵："赤撒被杀了！"

赤撒死了，其他士兵不敢私自处置瑶英，消息传到大帐。海都阿陵正和部下议事，闻言惊讶地抬起头："她杀了人？"

柔弱的文昭公主只怕连只蚂蚁都舍不得踩死，居然能杀人？

"她杀了赤撒！"

"她为什么要杀赤撒？"

报信的人面上一僵："赤撒以为她只是个普通女奴，看她不听话想教训她……"

海都阿陵笑了笑，起身出了大帐。

- 652 -

瑶英还握着匕首坐在赤撒的身边，毡衣被血染红，脸上也溅满了血，秋水盈盈、一眼能把人看得酥了半边身子的双眸比血更红。长安城里最娇贵雍容的那朵牡丹花果然不只空有美貌。

她的目光冷厉如刀，身体却在微微发抖。

她这么恐惧，还是毫不犹豫地杀了人。

海都阿陵瞥一眼赤撒的尸首，面色阴狠："文昭公主无缘无故杀了我的部下，我得给部下一个交代。"

周围士兵的眼中腾起振奋之色。他们齐齐地看向瑶英，等着海都阿陵把她赐给他们。

他们的目光毫不遮掩。

瑶英握着匕首，抬起眼帘。

海都阿陵勾着嘴角。怎么，她以为凭着一把匕首杀了蠢笨的赤撒，也能用同样的法子杀了其他男人？他们不会像赤撒那么傻，也不会再掉以轻心。她落到他们的手里，只能乖乖地听从。

海都阿陵等着瑶英惊恐地哭泣，绝望地哀求。

她站起身，血顺着毡衣滴答滴答地落下，染红脚下的雪地。

"我不是无缘无故杀人。"她迎着士兵们肆无忌惮地打量、恨不能立马扑上去撕碎她的衣裳的眼神，一步一步地走到海都阿陵的面前，平静地道。

海都阿陵金色的眸子里没有一丝波澜，神情淡漠。

瑶英仰头望着他，雪白的贝齿上也溅了血。她朗声道："我和王子达成协议，就是王子的人。这个人胆敢染指我，便是公然侵犯王子的尊严。王子是北戎第一勇士，他如果得手了，王子会沦为北戎的笑柄，被其他王子鄙夷。王子，你说这样的人该不该杀？"

她语气平稳，眸中的血色淡去，一双眼睛乌黑清亮。

周围安静下来。

海都阿陵审视着瑶英，刀削斧凿的脸越来越阴沉。就在士兵们以为他会一刀砍了瑶英时，他忽地一笑。这样才好玩。如果李瑶英大声叱骂他，或者跪下痛哭流涕，可怜巴巴地哀求他，他会很失望。

海都阿陵转身离开。

他高大的身影消失在帐篷间的那一刻，瑶英浑身发抖，瘫倒在地。支撑着她坚持到现在的勇气霎时被后怕淹没，恐惧攫住了她的心脏，她狠狠地咬舌头上的伤口才没有晕过去。

这是一次试探，她想知道海都阿陵对她到底是什么样的态度。海都阿陵阴鸷深沉，武艺绝顶……他杀死她和她的亲兵就像捏死蚂蚁一样简单，她绝没有逃脱的机会，唯有先摸清他的底线在哪里才能去想接下来该怎么办。

激怒士兵太过冒险，可她别无选择。她观察过了，海都阿陵军中唯有这几个看管女奴的士兵身材瘦小，而且手上没有长年拉弓留下的茧子。他们不会武艺，这是她唯一的机会。

海都阿陵回到大帐。

托木伦紧跟着他，问："文昭公主杀了赤撒，王子就这么算了？"

海都阿陵扫了一眼托木伦，目光比他腰间的长刀还锋利。

"谁让你把她送到赤撒手里的？"

那几个士兵经常凌辱女奴，他早有耳闻，但为了军中士气暂时隐忍不发。如果今天赤撒真的得手了，后果真如李瑶英所说，他会沦为笑柄！

托木伦连忙赔罪："属下考虑不周才会酿成此祸，请王子责罚。"

海都阿陵摆摆手："你传令下去，文昭公主是我的人，让那些人将手脚都放干净点儿。今天的事到此为止，下不为例！"

托木伦悄悄地松了口气，应诺，退出大帐。

底下的人来问："该怎么处置文昭公主？"

托木伦挠了挠脑袋，道："送到王子这里来吧。"

王子说了，文昭公主是他的人。今天王子饶公主不死，公主必定感恩戴德，今晚说不定就会臣服于王子。

半个时辰后，瑶英被送到一座帐篷里。侍女为她脱下腥臭的毡衣，洗去一身血迹，将她送进海都阿陵的大帐。

海都阿陵出去巡营，半夜回帐，看到坐在角落里打瞌睡的瑶英，脱鏊衣的动作停了下来。

"过来。"他懒洋洋地道。

瑶英醒过神，没有起身，一脸警惕和厌恶之色。

海都阿陵的脸色沉了下来。

她的目光让他想起那些看不起他的人。他们高高在上，而他只是个被狼养大的野人。

今天她在他的营地里杀人，用激将的法子自保，而他没有惩罚她。她以为他真的退步了，会继续纵容她？他没有这么好心。

海都阿陵冷笑，几步走到瑶英的面前，扯开她身上的长袍。她换了北戎女子的衣裳，袍子底下就是胸衣，那处娇艳饱满。

瑶英没有挣扎，目光落到他的脸上，平静，麻木，还有几分鄙夷。

海都阿陵额上青筋暴起，推开瑶英："滚出去。"

如果他这么简单就被猎物激怒，以后怎么彻底驯服她？

瑶英拢好衣襟，走出大帐，衣衫底下汗水涔涔，连发丝里都沁出了细密的汗。

她表现出厌恶和鄙夷果然会让海都阿陵失去兴致。

海都阿陵的底线是他们之间的协议。他没把她放在眼里，享受着追逐猎物的快乐，所以不屑在她主动臣服前强行占有她。

她可以利用这一点，但是也不能一而再，再而三地去挑战海都阿陵的忍耐力，真的惹怒他，后果不堪设想。

她不能太软弱，也不能反抗得太激烈，把握好分寸才能一点点迷惑他。

夜风寒凉，瑶英握紧双手。她要活下去。

托木伦从帐中走出来，对着瑶英摇摇头。今晚这个女人如果低头，以后就是王子的女人了，何必自讨苦吃？

他指指关押奴隶的方向："你以后住那里。"

那里比关押女奴的地方更艰苦，连挡风的毡帐都没有，他们每次征战都有无数奴隶因受冻挨饿而死。

瑶英脸色苍白，心里猛地一震。

谢青他们不知道被送去哪里了，她得想办法和他们联系，奴隶中说不定有人见过他们。

托木伦把瑶英送去和奴隶关在一起，回到大帐。海都阿陵大马金刀地坐在火盆前，道："给我找个女人过来。"他的声音沙哑，不掩情欲。

托木伦立刻照办。

瑶英站在毡帐前，听见里面传出的撞击声、男人低哑的吼声和女人发抖的啜泣声，攥紧了手里的木桶。

托木伦做了一个拔刀的动作，不耐烦地催促她："王子让你进去伺候。"

瑶英低垂眼眸，冷静下来，掀帘入帐。

帐中没有点灯，外面的篝火的光芒透过牛皮投下一团模糊的光晕。瑶英隐隐地可以看清帐中的陈设的轮廓。

瑶英先在朦胧的光晕中看到男人赤裸的脊背，肌肉虬张，健壮紧实，爬满淋漓的汗水。随着一上一下起伏的动作，汗珠顺着流畅分明的肌肉的线条滚落。

听到脚步声，他一边继续一边转头朝她看来，五官立体的面孔被汗水浸湿，鬈发贴在脸颊上，金色的眸子微微眯着，目光紧紧地锁在她的身上。他像盯住猎物的猎豹，看似漫不经心，实则一切都在他的掌控当中。

他征伐，驰骋，身体起落，尽显原始的野性。女人尖叫着颤抖，痛苦得像要死去，却又紧紧地攀附着他，声音里透出极致的愉悦。

嘎吱嘎吱，木床不堪承受，几乎要被摇散了架。

瑶英提着水桶，面无表情地站在毡帐里，冷眼看着眼前的活春宫。

等一切结束，女人瘫软在床上，几乎魂飞天外，下意识地拥住男人的胳膊。海都阿陵没有给予她片刻的温存，推开她缠上来的身子，起身离开，走到瑶英的面前，脸上已经恢复平时冰冷淡漠的神情。

瑶英没有抬头，递上干净的巾帕。

头顶传来海都阿陵的嗤笑声："文昭公主不是胆量过人吗？怎么不敢抬头？"

她暗暗咬牙，知道他有意羞辱自己，别开了头。

她不能毫无反应，也不能一味徒劳地反抗——一旦他失去耐心和兴致，她就会落得和帐中的女人一样的下场。

海都阿陵的唇边掠过一丝笑意。他就喜欢看瑶英全身上下透出不甘心又不得不顺从的模样，随意地擦了擦身上的汗水，对床上的女人冷冷地道："出去。"

女人还没平复下来，闻言僵了一下，爬起身，捡起地上散落的衣裙掩住赤着的身子，低头走了出去。

从瑶英的身边经过时，她深深地看了瑶英一眼，眼神复杂。

瑶英暗暗叹了口气。这个女人也是被北戎人掳掠来的，名叫阿玛琳，是一个部落的祭司的女儿。她们处境相似，但是刚刚阿玛琳的眼神让瑶英明白了一件事：她们不是一样的人。

瑶英放下木桶，收拾凌乱的床榻。帐中残留着暧昧的气息，她忍着恶心卷起毡毯。

海都阿陵擦洗完身体，朝她抬了抬下巴，指指木架："拿过来。"

瑶英放下木桶，去取架上的皮袄。架子太高，她踮起脚去够，感觉到身后海都阿陵一直看着自己。

她越狼狈，他对她似乎越有耐心。

随着哗啦一阵响动，皮袄滑落下来，直接盖在她的头顶，罩住了她的脸。她晃了几下，挣扎着站稳，把厚重的皮袄捧到海都阿陵的面前。

朦胧的光线勾勒出微微透出红晕的脸庞。勇士灯下看美人，简直惊心动魄。

海都阿陵心里一动，手指捏住她的下巴，摩挲了几下。

瑶英感觉头皮发麻，恐惧像条蛇一样在浑身游走，心里响起一个声音："不能慌张，要冷静！"她哆嗦了几下，强迫自己镇定。

海都阿陵玩味地一笑："不怕我直接要了你？"

瑶英仰起脸："王子和叶鲁部的大王子不同。"

海都阿陵看着她的眼睛："怎么不同？"

瑶英面色沉静，道："叶鲁部的大王子粗俗野蛮，王子是北戎第一勇士，是深受部下敬重信赖的大英雄、是名震北戎的一方豪杰。王子既然和我这个小女子达成了协议，自然不会做失信之人，否则日后要怎么征服其他部落？"

海都阿陵沉默了一会儿，手指顺着瑶英的下巴往下，捏住她雪白的颈子，微微用力。

瑶英喘不过气来，挣扎着去扳他的手，身体瑟瑟发抖，苍白的脸上泛起红晕。

海都阿陵平静地看着她，就像在看一只垂死挣扎的猎物。

她如此柔弱，抱着他的皮袄就得费半天劲儿……只需稍稍用力，他就能杀了这个女人。这个女人逃不出他的手掌心。

就在瑶英以为海都阿陵不打算放过她的时候，脖子上的力道一松。她瘫倒在地上，大口地喘气，咳嗽得满脸通红。

海都阿陵穿上皮袄，淡淡地道："出去。"

瑶英立马提起木桶起身出去，站在毡帐前，浑身发抖。

每一次面对海都阿陵都得如此小心翼翼才能脱身，她必须时时刻刻保持清醒，揣摩他的心思，给出他想看到的反应，趁他松懈时试探他，在他警醒时立刻示弱。

她太累了，但是不能软弱，一旦软弱，海都阿陵就得逞了。

托木伦看到瑶英衣衫完整，面露惊讶之色。他领着她去关押女奴的地方。

返回大帐后，托木伦忍不住说："王子，女人不难驯服。只要她成为您的女人就会听话了。"

海都阿陵摇摇头，突然问："金勃是不是还没娶妻？"

托木伦一愣，点点头："可汗原本打算把巴娜尔公主赐给金勃小王子，但两人合不来。"

海都阿陵若有所思地道："文昭公主这样的美人难得一见，大王子、二王子都是好色之人。"

托木伦反应过来："您打算用文昭公主挑拨诸位王子之间的关系？"

如果王子有这样的打算，那让公主保持处子之身用处更大。

海都阿陵沉吟半晌后道："先把人带回伊州再说。"

几位王子年轻浮躁，曾经为女奴的事情大打出手。李瑶英天姿国色，他们很难不动心。

汉人王允以美人计除掉董卓，他可以效仿王允，说不定连瓦罕可汗也会中计。老可汗这几年偏爱年轻貌美的女人。

不过李瑶英不像是会乖乖地听从他吩咐的人，很可能假意臣服，再挑拨老可汗猜忌他。在带她回伊州之前，他得让她认清楚现实。

她的命运由他掌控。

赤撒死了，现在营地的人都知道瑶英是海都阿陵看上的人，再没有士兵敢对她动手动脚。其他的女奴和阿玛琳一样，看她的目光意味复杂，麻木中掺杂着羡慕，还有难以抑制的嫉妒和愤恨——所有人都在忍受，凭什么只有她不同？

瑶英知道，海都阿陵是故意的，故意让她陷入孤立无援的境地。

她只能信任谢青、谢冲他们，可是他们现在是俘虏，根本没办法抗衡身为军队统帅的海都阿陵。

他们已经进入北戎的领地，她不仅要想办法寻找时机逃出去，还得找出逃走以后彻底摆脱海都阿陵的法子，不然一切都得前功尽弃——这世上，谁能让海都阿陵忌惮？

北戎横扫漠北，兵锋所指之处，部落尽皆臣服于北戎。能让海都阿陵低头的人屈指可数：瓦罕可汗，以及北戎的几个王子。

或许她可以利用这一点。一切都得从长计议。

瑶英冷得直打战，双手紧紧地抱住自己，合上双眸。阿兄一定会来找她，她得早点儿逃出去和他团聚。

第二天，瑶英被扔去和奴隶为伍。

海都阿陵特意叫来塔丽。

昔日的侍女投靠北戎，可以吃饱穿暖，出入自由，瑶英却得去喂马，去清理牲畜的粪便，任何一个女奴都可以支使她。她每天忍饥挨饿，一天下来，脚底磨得鲜血淋漓。她还时不时地被叫到大帐去做粗重的活计，忍受海都阿陵肆无忌惮的打量，人迅速地消瘦下去。

有人可怜她，偷偷地送些吃的给她，被士兵当着她的面拖走。

瑶英不敢再接受任何人的帮助。

她计划出逃。

海都阿陵知道她的打算，饶有兴致地等着她行动，在她以为找到办法时直接浇灭她的希望，看着她眼底的亮光一点点熄灭直至面如死灰。

他甚至故意露出破绽，引诱瑶英去追查，等着她入套，再无情地戳破她的心思。瑶英难堪、狼狈、绝望，但每一次绝望过后，仍然倔强地不肯低头。

海都阿陵想起当年熬鹰的时光。瑶英越反抗，他越有征服的欲望。美人数不胜数，到了床上其实没什么两样，过不了多久就索然无味，唯有这个女人能给他一种难以言说的快感。

塔丽看出瑶英想要逃跑，心惊肉跳，劝她不要冲动："公主，王子在戏弄您，您逃不出去的，下次别犯傻了……"

瑶英摇摇头。她当然知道自己这几次逃脱在海都阿陵的眼里多么拙劣，他一次次地戏弄她。她一次次地尝试逃跑，又一次次地被他抓回来，看起来一直在被耍弄，但是谁知道下一次她会不会成功？

海都阿陵太自信，自信到以为他永远不会失手。

她让他戏弄，让托木伦他们习以为常，以后等海都阿陵真的露出破绽，才能抓住机会逃脱。

在那天来临之前，她得坚持下去。

瑶英又学会了几种部落语言，还学会怎么辨认可以食用的草根，怎么把泥土敷在伤处减缓疼痛。

与此同时，阿玛琳得到海都阿陵的宠爱，搬进一座干净的毡帐去住，出入都有女奴伺候，整个人容光焕发。

瑶英被派去服侍阿玛琳。

阿玛琳看着她，唇边扬起讥笑："文昭公主好本事，欲擒故纵，王子反而对你更感兴趣。"

瑶英置若罔闻，做完活计抬脚就走。

阿玛琳叫住她，指指帐中的绒毯："这毯子脏了，你拿去河边洗干净！"

帐外滴水成冰，朔风凛冽，夜里能冻死人。

瑶英看一眼阿玛琳："你我都是被北戎人掳来的，我没有妨害你，作践我能让你得到什么？"

阿玛琳露出恼怒之色，抬手就是一巴掌。不等巴掌落下，瑶英紧紧地抓住她的手腕，和她对视，没有错过她眼中恼羞成怒的狠毒。

她们是一起被抓来的女子，即使不能互相扶持，她也不该这么快转头来欺压自己。

瑶英松开手，抱起绒毯，转身出去。

这日海都阿陵忙完军务，想起瑶英，让托木伦把她叫来。

她坚持了这么久，实在出乎他的意料。

瑶英捧着一大盘炖羊肉进帐，放下就走。

海都阿陵冷笑："我允许你走了吗？"

瑶英停住脚步，转过身。

海都阿陵大口地吃肉，和托木伦议事，忽然听到咚的一声响，只见侍立在角落的瑶英毫无预兆地倒了下去。

他静坐不动。

托木伦走上前把瑶英翻过来："王子，公主晕过去了！她身上发烫。"

海都阿陵皱了皱眉头。上次瑶英被惊马踢伤，走路一瘸一拐，依然坚持下来，今天怎么倒下了？

"王子……"托木伦扶起瑶英，迟疑了一下，"给公主请个医者看看吧，她这些天病了。"

海都阿陵扫一眼托木伦。托木伦垂下眼皮。

海都阿陵点点头。托木伦松了口气，抱起瑶英出去。

不一会儿他返回大帐。海都阿陵低头看案上的舆图，忽地语气平静地道："托木伦，你是我最信任的人，以后不要插手她的事情。"

海都阿陵声音里带了几分笑意，气势却迫人。

托木伦闭了闭眼睛，单膝跪地："是。"

下午医者和塔丽慌张地找了过来，塔丽叩头痛哭："王子，公主快不行了……"

海都阿陵冷笑："昨天还活蹦乱跳的，给马驹打马印，今天就不行了？"

医者上前："王子，文昭公主确实快不行了。"

海都阿陵紧皱浓眉。李瑶英真的要死了？他怀疑这一切是她的计谋，跟着医者去看李瑶英。

她躺在绒毯中，嘴唇发青，脸上没有一丝血色，身上一阵发冷一阵发烫，瞳孔已经开始放大。

海都阿陵见过将死之人，李瑶英演技再好也不可能装得这么像。

塔丽跪在榻边，哭着喊她："公主，王子来了，您求求王子，王子会心软的！公主，您别闭眼！您看，王子来了！"

瑶英毫无反应。

海都阿陵看着奄奄一息的她，冷笑一声。

她都这样了还强撑着，愚蠢。弱肉强食是亘古不变的天理。强者可以得到想要的一切：食物、女人、领地、绵延不绝的子孙。而弱者必须服从。她是弱者，就该服从于他，而不是以死抗争，那是最愚蠢的做法。他以为李瑶英不会这么蠢。

海都阿陵转身离开。既然她要死，那他就如她所愿。他不会放她离开，驯服不了的猎物必须死在他的手上。

海都阿陵回到自己的大帐，继续翻看舆图。天色暗沉，托木伦送来晚饭。

"她死了没有？"海都阿陵问，声音冷静。她死了就拖出去扔了。

托木伦低声道："塔丽在为她擦身了。"

熟悉的人为快要逝去的人擦身，好让她干干净净地离开。

海都阿陵的脸色沉了下来。过了一会儿，他问："她怎么突然病得这么重？"

托木伦不敢说出全部的实情——身心夜以继日地被海都阿陵折磨，一个五大三粗的男人都受不了，何况文昭公主自小体弱？

他想了想，道："阿玛琳故意折磨、侮辱文昭公主，让文昭公主夜里去河边浆洗。公主受了风寒，白天还要去马场，风邪入侵，引发旧疾，支撑不住了。"

海都阿陵抬起头，金色的眸子里闪过怒色。

他驯服自己的猎物，岂容他人插手？

"把那个女人送到合赤那里去，他想要个女人。"

托木伦知道海都阿陵指的是阿玛琳，应是。

海都阿陵又道："让巫医去看看李瑶英。"

既然她不是自己求死，那他不能就这么让人死了，留着她还有用。

托木伦应诺，退出大帐。

海都阿陵不再提起李瑶英，和幕僚商量回伊州的事情。

第二天早上，托木伦没有来报告李瑶英的死讯。

那个女人看来还活着。她有股韧劲儿，经历风吹雨打后，抖落一身水珠，依然明艳美丽。

五天过去，托木伦向海都阿陵禀报："几名医者试了好几种办法，文昭公主总算化险为夷了！医者说公主的求生意志很强，现在能自己喝药了。"

海都阿陵心想：她的求生意志当然强。她还没有报仇，不会这么死去。说不定她就是靠着要把他碎尸万段的强烈的恨意支撑下来的。

海都阿陵勾起唇角。他等着她病好以后接着折腾她。

瑶英大病一场，差点儿被海都阿陵发现自己服用凝露丸的秘密。

好在她刚好发高烧，医者没有看出她每个月会发病，以为她是受了风寒才

- 661 -

病重。她硬撑了几天，再偷偷地服用凝露丸，身体好转，医者没有怀疑。

病好以后，她得到一个单独的毡帐，不用每天在又冷又臭的地方入睡。

塔丽继续照顾她。

她依旧必须去马场干活。

这晚海都阿陵突然出现在瑶英的毡帐前。

她惊坐而起，手忙脚乱地拿起匕首，躲到毡门后。

海都阿陵入帐，眼睛都没眨一下，大手一伸，一把抓住躲在暗处的瑶英。他轻蔑地一笑："你这点儿力气，还不如北戎一个十三岁的男孩。"

瑶英面无表情。

海都阿陵笑了笑，抬脚出去。

瑶英爬回床上，握紧匕首，一夜都没松开。

这天日头还没出，士兵叫起瑶英，要她去烧水煮羊奶。她在篝火前忙活了半个时辰，累得手臂都抬不起来，又被托木伦叫到大帐，要她把马奶酒送去大帐。

瑶英抱着兽皮酒囊入帐。

海都阿陵作息规律，凌晨就起身研究舆图，召见各个部落的酋长，大帐里坐满了人。

帐中气氛紧张。海都阿陵坐在篝火前，面色凝重，几个部落酋长一脸愤愤然地望着他，其他酋长神情犹豫，悄悄地和身边的人交换眼色。

瑶英低着头把酒囊送到海都阿陵的面前。

他没有看她。

她起身退出去，还没走到毡门旁，身后传来一阵骚动，继而是一片诧异的抽气声和惊叫声。刀光剑影闪动，有什么东西摔落在地，发出钝响。

"海都阿陵！"惊怒的质问声四起，席间的众酋长发出愤怒的咆哮。埋伏在角落里的亲随同时拔刀暴起，身影如鬼魅，一阵寒光闪烁，鲜血喷洒，刚刚还在怒吼的酋长转眼身首异处，一颗颗头颅在毡毯上滚动，大睁着双眸的面孔狰狞可怖。

"啊——"帐中服侍众酋长的女奴吓得大叫不止。

海都阿陵皱了皱眉，以眼神示意托木伦把女奴们拖出去，鹰眸抬起，淡淡地扫视一圈。

"你们降还是不降？"

十几个酋长当场死了六个，亲随手中沾满鲜血的长刀就在眼皮底下，其他酋长吓得魂飞魄散。其中一人咬了咬牙，怒吼："海都阿陵，就算你今天杀光我们也没用，我们的部族会为我们报仇雪恨！"

海都阿陵不屑地嗤笑："就凭你们这几个小部落也敢和北戎为敌？今天我可以轻而易举地杀光你们，明天就能带兵踏平你们所有人的部落。"

他话音刚落，帐帘被掀开。两个士兵抬着一只箱子进帐，打开箱盖，倒出里面的东西。

随着咕咚几声，一颗头颅滚到了刚才还在怒吼的那个酋长的面前。

酋长认出头颅正是自己的部落中最勇猛的勇士的，瞬间肝胆俱裂。

众人心中暗恨，明白他们中了海都阿陵的计谋。他把他们引来营地，趁机派兵偷袭了他们的部落。他们已经失去和海都阿陵谈判的筹码。

随着砰的一声响，一名酋长扔下手中的佩刀，单膝跪地。其他酋长对望一眼，无奈地叹了口气，也跟着做出臣服的动作。

海都阿陵哈哈大笑，站起身，扶起最先跪地的酋长。

瑶英和其他人一起退出大帐。

等众酋长离开，托木伦劝说海都阿陵："王子何必要杀那几个酋长？这些小部落欺软怕硬，只要您以兵力震慑，他们就不敢不听从王子的号令。王子杀了人，只怕他们面服心不服。"

海都阿陵冷笑："你没听说？这几个部落已经有人改信佛道了。"

托木伦不解地说："伊州也有不少人改信佛道，连牙帐的几位大妃也供起了佛。"

海都阿陵的声音发沉："连你也知道大妃改吃斋念佛了，北戎的贵族到底有多少人开始念经了？别以为这些稀松平常，若我们现在不加以遏制，假以时日，北戎士兵中有一半人信佛，攻打王庭时，那位传说中的阿难陀再世的佛子亲临战场，谁还敢冲锋陷阵？"

托木伦半晌没吭声。

海都阿陵接着道："我劝过大汗，以后谁敢在军中散播佛子的事迹，立刻以妖言惑众为名斩首示众，以震慑人心，大汗没有当回事。将领行军打仗，不仅要靠排兵布阵，靠精良的武备，靠有利的地形，还看士气和军心。他们把王庭的佛子当成神，和神对敌，军心怎么稳固？"

托木伦睁大眼睛："大汗当年败给佛子，军中就传出流言，说佛子得神佛庇佑，所以才能奇迹般地以少胜多。这次大汗集结兵力再次围攻王庭，还是久攻不下……"

海都阿陵冷笑："这一次流言会比以前更猖狂，届时必定军心动荡。大汗这一次围攻王庭，胜算不大。"

如果瓦罕可汗早点儿听从他的建议，昙摩罗伽的名声不会流传得这么广。现在瓦罕可汗自己对那些传说将信将疑，面对昙摩罗伽时瞻前顾后，王庭坐拥地利，士兵百姓的信仰虔诚，佛子一声令下，面对刀山火海他们也能往前冲，瓦罕可汗必败。

他没有瓦罕可汗的那些顾虑，他的军队中不允许出现任何一个惧怕佛子的威名的士兵。他要训练出一支强悍的队伍，打败王庭，树立威望。

北戎人崇拜强者，鄙视弱者，让瓦罕可汗束手无策的敌人败于他手，他才有资格去竞争当下一任大汗的资格。

一场风波来得快，平息得也快。

等队伍出发时，部落酋长们态度恭敬地跟在海都阿陵的后面，已不复前些时日的嚣张跋扈。

他们朝伊州行进。海都阿陵忙着收服各个部落，暂时没有再折磨瑶英，她终于找到机会暗中和谢青他们联系。他们还在养伤，她叮嘱他们别轻举妄动。

其间，海都阿陵亲自监督了一场行刑。托木伦从几个士兵的帐中搜出佛经，将他们斩首示众。

瑶英被带到刑场观刑，鲜血溅到她的衣裙上，她颤抖了几下，面色发白。

海都阿陵满意地看着她的脸上露出惧怕的神情。

她跟在他的身后回帐，身体还在微微发抖，脑海里却闪过一道亮光。

海都阿陵虽然残暴，却很爱护他的手底下的士兵，不会无缘无故地重罚士兵。他为什么要杀私藏佛经的士兵？

她想起一个名字：昙摩罗伽。

她和亲兵势单力薄，不可能越过层层封锁逃回中原，唯有先找一个海都阿陵的势力进入不了的地方。瓦罕可汗和其他王子是最佳人选，但是和海都阿陵并没有什么不同，她投靠他们不过是从虎坑逃到狼窝。

她还有一个选择：王庭。

海都阿陵绝不敢带兵去王庭抓捕她。

军队穿过寸草不生、飞鸟走兽的踪迹全无的浩瀚沙漠后，离伊州越来越近。

这日他们抵达一处北戎部落。众人休整了两天后，海都阿陵突然下令让队伍改道往北，而不是按照原来的行程直接回伊州。

他选出两支轻骑队伍押送一部分俘虏去伊州。

托木伦调派人手时遇到一个难题："王子，该怎么安置文昭公主？属下派几个妥当的人先送她回伊州？"

海都阿陵望着案上的舆图，推演两军对战的情形，漫不经心地点点头。

托木伦替瑶英松了口气，转身往帐门走去。

海都阿陵放下羊皮纸舆图，目光落到牛皮帐篷中悬挂的一张毛毯上。

那是李瑶英亲手织的。

她跟着女奴捡马粪，织毛毡，用马尾做缰绳，鞣制皮革，熬煮牛羊肉和马肠，每样活计都学得很快，而且做得像模像样，还在织毛毡时想出了好几个新花样，教给其他女奴。

北戎女人织出来的毛毡比她的扎实，但是没有她的漂亮精巧。

她亲手织的毡毯被送到他的帐中，她心里肯定很不乐意。早上她过来打扫大帐的时候，看到毡毯，脸色立刻沉了下来。

想到她气得咬牙又不得不克制怒火的模样，海都阿陵不禁嗤笑一声。

托木伦掀起毡帘，走出大帐，身后忽然传来海都阿陵的声音。

"她留下。"

托木伦暗叹一声，回头应是，欲言又止。

王子强壮勇猛，是北戎第一勇士，征战从无败绩，想要什么样的女人都能轻易得到。

他打算像驯服阿布那样驯服公主。可是公主是个人，还是个女人。

女人不是雏鹰。

瑶英在原野牧羊。

天朗气清，艳阳高照。远处巍峨的皑皑雪山如银冠耸立，天气转暖，冰川渐渐融化，草甸峡谷间沟壑纵横，河水哗啦啦地流淌，蓝宝石般清澈的湖水镶嵌在峭壁河谷之间，蓝天白云和烂漫的山花倒映其中，风景好似一幅壮美瑰丽的画卷。

山脚下是一片茫茫无际的千里草场，草木旺盛地生长，层层绿浪翻卷，浪头绵延至天际，和苍茫的山脊融为一体。五颜六色的野花点缀其间，风拂过，送来一缕缕浓郁的花香和牧草的气息。人站在山顶放眼望去，一片汪洋花海，美不胜收。

雪白的羊群悠闲地吃着草。

瑶英骑着马从草原飞驰而过，头梳发辫，一身北戎女子常穿的翻领窄袖长袍，腰间束带，束带勒出腰肢线条。马驹通体墨黑，衬得她身上的衣袍赤红如火，整个人越发明艳动人。

迎面的风清新舒爽，花香沁人心脾。

瑶英夹紧马腹，挥出手中的长鞭，指挥羊群去河边饮水。

周围的北戎人望着马上灿若云霞的瑶英，忍不住啧啧称叹，拍手叫好。

瑶英笑着和他们打招呼。

北戎人送上清冽甘甜的泉水，她笑着道谢，接过皮囊，坐在马背上，咕咚咕咚几口喝完。

送水的少年呆呆地看着她，周围的女人发出善意的哄笑，少年红着脸跑开。女人们笑得更大声。

瑶英轻翘唇角。

自从她上次大病一场后，海都阿陵命她服侍他的起居，不再让她去伺候其他女人，也不会动不动就叫人把她捆起来了。

塔丽给她出主意："公主，您不用去做那些粗活，只要服侍好王子就够了，织毛毡的活计吩咐我们就行。"

瑶英的身份依然是女奴，但是现在营地里没人敢支使她。

在塔丽和北戎人看来，海都阿陵对她已经很宽容。

瑶英一哂。

海都阿陵确实看似放松了对她的看守，实则暗暗派了几个胡女日夜盯着她。

他知道该怎样在雏鹰熬不住时适时地给出一点儿甜头，让雏鹰认他为主，对他死心塌地。

瑶英和那些饱受折磨的雏鹰一样，每天都很累，提心吊胆地和海都阿陵周旋几乎就耗费了她的全部心力。她还得干粗活，得想办法填饱肚子，得在他的眼皮底下筹划逃跑。

有时候她也会诧异海都阿陵的耐心。

她扬鞭在草原上纵马飞驰时，有那么几个瞬间甚至会忘记现在身陷囹圄的处境，以为自己就在长安，正和李仲虔在辽阔的乐游原上肆意驰骋。

但是心里那个声音始终清晰响亮：她是被海都阿陵抓来的。她要回去，不会在被海都阿陵折磨之后因为一点儿小恩小惠就动摇。

塔丽以为她每天和其他北戎女人一起牧羊、编绳，已经彻底融入北戎部落，决定服从海都阿陵，其实她在暗中打听消息，观察海都阿陵的部下，寻找脱身的机会，顺便麻痹海都阿陵。

据说瓦罕可汗正带兵攻打王庭，海都阿陵会不会奔赴战场助他义父一臂之力？瑶英思索着这个可能，任由黑马啃食地上的青草，忽然觉得周围安静得古怪，抬起头，正好撞进一道凝视的目光。

一个高大硬朗的男人倚在栅栏前，发辫高束，五官轮廓分明，兽皮猎装勾勒出健壮的身形。他看上去意态闲适，却隐隐带着凶悍威严的杀气，金色的眸子冷漠无情，没有一丝属于人的柔软温和。他像在暗处等待时机的狼，目光中只有森冷的兽性。

他看着瑶英，示意刚才递水囊给她的少年走到他的跟前去回话，脸上没什么表情。

周围的北戎人大气不敢出一声，垂首侍立。

少年吓得脸色发白，哆哆嗦嗦地朝着他走去。

瑶英捏紧缰绳，心跳飞快，紧张得忘了呼吸。

这个少年暗中帮她给谢青他们传递口信，每次送水不过是为了掩人耳目——海都阿陵是不是看出来了？

海都阿陵和少年说话，视线仍然停在她的身上。她不敢动弹，背上沁出冷汗。

过了好一会儿，少年把水囊献给海都阿陵，向他行礼，恭敬地退开。

海都阿陵朝瑶英招招手。

瑶英毛骨悚然，爬下马背，一步步朝他走过去。

海都阿陵看着她，眼神如刀。他拍拍手中的水囊："原来公主喜欢这样的？"

瑶英不知道他到底是在试探还是随便找个借口来奚落自己，镇定地道："他才十一岁！只是给我送水而已。"

海都阿陵笑笑。是呀，少年才十一岁。但是他不喜欢这样。

他随手把水囊扔到地上，转身："跟我来。"

看来他没有怀疑少年。瑶英悄悄地舒口气，举步跟上他，心想以后不能再让少年帮忙传话了。虽然传的话无关紧要，被发现也没什么，但她不能高估海都阿陵的仁慈。

海都阿陵带着她回到大帐。

托木伦也在帐中，指指地上一堆摆放凌乱的书画和珠宝瓷器，问："公主认得出这些东西吗？"

瑶英看了看，指着最底下的一只圆盘道："这个平脱盘是圣人颁给叶鲁部的赏赐。"

托木伦忙把平脱盘取出来："公主，这里面哪些是贵重的宝物？哪些适合送人？要又雅致又贵重的。"

瑶英会意，点点头。

海都阿陵这次从中原和各个部落劫掠了不少宝物，但是他的部下只认得那些金灿灿的器物，面对其他贵重的珠宝就辨认不出来了。现在他回到北戎，肯定要给贵人们送礼，还得把劫掠来的宝物进献给瓦罕可汗，所以把她叫来辨认，好决定哪些送人、哪些私自扣下。

她不动声色，帮着清点宝物。不管那是字画还是珠宝，她都能说出由来。

托木伦领着人在旁边记录。

海都阿陵斜倚案前，长腿跷起，一手搭在腿上，一手举着酒碗，目光在满帐的宝物间打转，最后不知不觉地落在瑶英的身上。

她是高贵的公主，是谢家养大的贵女，什么奇珍异宝都见过了。他让她帮忙辨认古董器物，这根本难不倒她。

而他和部下只知道镶金的珠宝值钱。

他在蛮荒中长大，靠掠夺为生。而她饱读诗书，一举手一投足都像一幅精美的画。

李瑶英心里肯定瞧不起他，觉得他粗俗野蛮。

海都阿陵不由得想起她刚才在草原上奔驰的模样，笑容灿烂，鲜活明媚，让人不敢逼视。

在他的面前，她绝不敢露出张扬艳丽的一面。她提防他，厌恶他，想离他越远越好，他只要靠近一点儿，她马上会吓得跳起来，或是假装若无其事，其实身体在瑟瑟发抖。每次她不得不来大帐服侍他时，都是脚步沉重，恨不能一步三挪，当他挥挥手让她离开的时候，她就像甩下千钧重担一样，脚步都轻快了。

海都阿陵享受她的恐惧和绝望。

她高高在上，可望而不可即，他偏要把她扯下来，让她沉沦在泥沼中，彻底地臣服于自己。

年幼时，他偶尔发现鹰巢，便冒着粉身碎骨的危险爬上悬崖，和老鹰搏斗，终于抓来一窝雏鹰。强壮的鹰被其他王子抢走了，阿布奄奄一息，没人看得上，他救下阿布，悉心把它养大，让它成为北戎最雄壮的神鹰。

训练以折磨为开端，阿布很倔强，最后还是被他驯服。

时至今日，海都阿陵还记得第一次指挥阿布完成狩猎时那种难以言喻的快感。

见到李瑶英的第一眼，他感觉到了类似的冲动和征服欲，后来也确实从她的反抗中感受到了愉悦。

然而最近，他心里慢慢地生出一种不满。

他发现自己不再满足于这种猫抓老鼠似的游戏。

帮海都阿陵辨认完珠宝古董后，瑶英注意到陆陆续续地有轻骑护送几口大箱子去了不同的方向。

她暗暗观察托木伦，比对箱笼，很快瞧出端倪：最贵重的宝物并没有被送走，而是被留在营地。

看来海都阿陵并不打算把所有宝物都交出。

她记下这一点。

礼物送出后，队伍继续往北走。

天气越来越暖和，几个膀大腰圆的胡女天天守着瑶英。她担心连累其他人，没再和那个送水的少年说过话。

这天她坐在帐中编绳，士兵挑开毡帘："王子要你去大帐！"

瑶英咬牙站起身。

大帐前密密麻麻地站满了人，瑶英看他们穿的甲衣发现他们都不是海都阿陵的部下。帐中歌舞升平、锣鼓喧天，时不时传出一阵哄笑。

瑶英低着头走进大帐，还没看清帐中的情形，长席后的一个人指着她道："就她了！"

士兵直接攥住瑶英的胳膊，把她按在一个男人的身边："好好地服侍叶护。"

叶护已经喝得半醉，带着酒意打量瑶英几眼，揽住她，看向一旁的海都阿陵，笑道："难怪阿陵要把你藏起来，果然是个美人。"

瑶英双手握拳，指甲深深地陷进掌心。她扫了一眼海都阿陵。

他端着酒碗，似笑非笑地看着叶护，一语不发。

帐中的气氛变得紧张。

叶护浑然不觉，搂着瑶英，要她倒酒。

海都阿陵依然没作声。

瑶英低垂眼皮，飞快地扫一眼四周。

帐中二十几个男人，他们中一半是海都阿陵的部下，另一半是生面孔，应该是今天到的客人，每个人的身边都有两三个年轻的女奴侍酒。海都阿陵的部下坐得远，衣衫整齐，神态恭敬。他们频频地望向他，像是在等他发话。其他人喝得烂醉，当场搂着女奴寻欢，偶尔和海都阿陵说几句话，要他再找几个美貌的女奴来，语气颇为傲慢。

叶护揽着瑶英的手臂，挑衅地看着海都阿陵。

帐中响起一声酒液注入酒碗的哗啦轻响，瑶英抬手给他盛酒。

叶护和海都阿陵暗暗较劲，她当众给叶护难堪的话，叶护只会变本加厉。海都阿陵不会轻易冒着和叶护彻底撕破脸的风险救她，她得想办法逼他出手。

她的顺从取悦了叶护，他哈哈大笑，端起酒碗一饮而尽："再倒！"

海都阿陵移开了目光，神色淡然。

几碗酒下肚，叶护越发得意，抬起瑶英的下巴，啧啧了几声："阿陵，你是狼窝子里出来的，没想到也有眼光好的时候。我这趟没有白来！这个汉女我喜欢。"

海都阿陵一口接一口地喝酒，眼神淡漠。

托木伦几个人却勃然变色，双手紧握成拳。

叶护把他们的反应尽收眼底，勾起嘴角，放下酒碗，扯着瑶英起身："今晚就让这个汉女伺候我吧。"

他搂着瑶英出去。

瑶英看着海都阿陵。他一动不动地坐着，没有看她。

他不动，其他人也不敢有动作。托木伦怒目圆睁，将牙关咬得咯咯响，但终究还是没敢起身阻拦叶护。

瑶英身上汗毛直竖，心里在尖叫，脸上却仍然是一副温顺之态。她跟着叶护往外走。

女奴掀起毡帘，春日和暖的风扑面而来，她却丝毫感觉不到舒适。

"等等。"

就在叶护和瑶英快要走出毡帐的时候，身后响起海都阿陵平静无波的声音："她不行。"

瑶英捏紧手指。她赌对了。营地的人都把她当成海都阿陵的人，他不能容忍在部下的面前被叶护这么羞辱，她在叶护面前多么听话，他就多么难堪。

叶护冷笑一声，回头怒视海都阿陵："你说什么？"

海都阿陵抬起鹰眸："我说她不行。"

女奴停止奏乐，帐中陷入一片尴尬的死寂。众人面面相觑，不敢吱声。

叶护冷冷地看着海都阿陵："如果我偏要她伺候呢？"

海都阿陵喝了口酒："整个部落的女人随你挑选，只有她不行。"

叶护脸色阴沉："为什么？"

海都阿陵迎着他冰冷的视线，泰然自若，一字一顿地道："因为她是我的女人。"

帐中气氛紧张。

席中一人忙站起来打圆场，挑了几个美貌的女奴送到叶护的身边，赔笑道：

"美貌的女人多的是！叶护您看，这环肥燕瘦的，什么女人都有，随您挑选！"

叶护冷笑，一把推开凑过来奉承的女奴，紧紧地拽住瑶英的手臂："我就要她！阿陵，你看怎么办吧！所有俘房都属于尊贵的大汗，你凭什么私自霸占俘房？等我禀告大汗，看大汗怎么说！"

海都阿陵勾起嘴角，放下酒碗，抬手。

托木伦一跃而起，捧着他平时用的佩刀送上前。

他抓起佩刀，咔嚓一声抽出闪烁着凛凛寒光的长刀，慢条斯理地道："叶护是体面人，最重规矩，那就按北戎的规矩来，我们现在出去比试一场，谁赢，她归谁。"

帐中的众人倒吸一口凉气。

海都阿陵居然为一个汉女动真格了！他是北戎第一勇士，叶护怎么可能是他的对手？他这是宁可得罪叶护也要留下汉女！

叶护面色铁青，张口就要应下，和他一起来的人连忙起身按住他，大笑道："叶护喝醉了，撒酒疯呢！我们奉大汗之命来奖赏阿陵，一路奔波，今晚要不醉不休，别为一个汉女伤了和气。汉女不经折腾，叶护肯定不能尽兴！我待会儿给叶护挑几个好的，保管叶护明天连马背都爬不上去！"

众人生怕海都阿陵真的下狠手杀了叶护，跟着起哄，七手八脚地把叶护拉回长案后，按着他的肩膀，灌了几大碗酒下去，不让他再开口。

瑶英正准备趁乱离开，托木伦拦住她，朝她使了个眼色。

"到王子的身边去。"

瑶英回头，海都阿陵正看着她，周身散发着凛冽的肃杀之气。

她一步一步地走回他的身边，刚坐下，他展臂搂住她，把她整个人按进自己的怀里，坚实的臂膀禁锢着她。他冷冷地道："下次遇到这种事情，别这么听话。"

瑶英自嘲地一笑："我有选择的余地吗？"

海都阿陵眸光深沉。他冷笑："我知道公主瞧不起我这样的人，不过有一点公主可以记在心里，我不会对一个女人言而无信。你是我的人，我不发话，没人敢碰你。"

瑶英不语。她就是摸清了海都阿陵的脾气才敢和他达成协议。他很自负，瞧不起女人，所以也不屑对一个女人失信。

海都阿陵以为她被叶护吓着了，笑了一声："如果我不出手呢？公主打算怎么办？"

瑶英闭了闭眼睛，淡淡地说："叶护在针对你，还想激怒你，我猜他一定和你有仇。如果他强迫我，我会和他分析利弊，告诉他我有多恨你，或许他会觉得我有利用的价值，要我潜伏在你的身边，找机会谋害你……"

满帐的笑闹声中，她被迫倚在他的怀中，一句一句地诉说着怎么和叶护合作杀了他，脸上明明没有涂脂粉，眼波流转间自有一种雍容的艳光。

海都阿陵笑了笑，那种只有从她的身上能感受到的、难以言喻的愉悦感再次涌了上来。他几乎有些沉迷其中了。

"你杀不了我。"他平静地道。

这些天她试过很多办法，他一次次无情地破碎她的希望。

瑶英面无表情地道："总得试试。"

她不是在哄他玩，如果叶护带走她，她会试着和叶护合作。叶护是大王子的人，一定很想除掉他。

海都阿陵握住瑶英的下巴，这是叶护刚才碰过的地方。他手上用力，确保能留下他的痕迹，迫使她抬头看着大帐。

酒宴已经到了尾声。帐中的男人各自搂着女奴席地快活，满眼都是白花花的身体，满耳都是低低的喘息和呻吟声。

海都阿陵感觉到瑶英的僵硬，低头，浑厚冰冷的嗓音在她的耳边回荡："好好看着，这就是女奴的下场。

"乱世之中，弱者没有资格活下去，强者才能占有食物、领地和女人，带领部落走向强大繁荣。她们的男人打了败仗，她们就得张开腿讨好其他男人才能活下去，女人的命运就是这样。除非她们抬得动刀，和男人一样上战场拼杀。

"公主，你和她们的处境一样，女人天生就该张开腿取悦男人。"

瑶英没有闭上眼睛。

她听人说过，海都阿陵会把帐中的女人奖赏给部下。在他的眼里，女人和那些掠夺来的珠宝玉器一样，都是战利品。

海都阿陵闻到她发间幽幽的香气。北戎女人的身上有一股混杂着马粪味和汗味的气息，她的身上却总是有一丝淡淡的幽香。她像山巅怒放的花，托木伦他们和她说话的时候，语气都比平时轻柔。

"你是不是在等你的兄长来救你？"

他抬起瑶英的下巴，看着她漂亮的双眸被自己的影子占满。

"公主是我从中原夺来的战利品。谁想带走你，我会亲手杀了他。认命吧，你逃不了。"

瑶英浑身发抖。

海都阿陵看着她失去血色的双唇。这个女人苍白，柔弱，惹人怜惜。

"如果我今晚要了你，你会怎么做？"

野兽一般冰冷的气息彻底笼罩住瑶英，她一扯嘴角，看着帐中那些在女奴身上的男人，冷冷地道："我还能怎样？只能认命。落到王子的手中，我插翅难逃。"

海都阿陵的手指落到她的衣襟前，扯开她的衣衫。

瑶英忍不住战栗。

海都阿陵看了她一会儿，忽地一笑，推开她，随手扯过一个女奴搂着："我不会对女人言而无信，出去。"

瑶英回过神，拢紧衣衫，快步跑了出去，站在毡门前，双腿打战。

她必须逃出去。海都阿陵刚才不是在吓唬她……他真的会杀了李仲虔！去年冬天，她和奴隶一起挖草根果腹，有个奴隶看她可怜，把舍不得吃的草饼送给她，她没有接，海都阿陵依然当着她的面杀了那个奴隶。

现在他觉得一切都在他的掌握之中，对她有几分耐心，等厌烦了，今晚她看到的场景就是她的下场。

身上的衣衫已经湿透，她回到自己的帐篷，塔丽已经听说帐中的事情，过来服侍她，道："公主，您看，王子对您和对其他女奴不一样，您不如跟着王子。王子健壮英勇，是一个强大的丈夫。"

瑶英还在发抖，闻言嘲讽地一笑。

"换成其他人，海都阿陵也会出手，面对挑衅在部下的面前毫不反抗，以后谁敢跟着他起事？"

海都阿陵和叶护斗法，她只是两人交手的工具罢了。

第二天，瑶英从其他人的口中得知，叶护是来向海都阿陵讨要战利品的。

他辛辛苦苦地筹谋，万里奔袭，打下几座重镇，还没见到瓦罕可汗，功劳已经全部被大王子他们抢走了。

托木伦义愤填膺："王子，您不能就这么算了！我们损失了一支精锐，大王子什么都没做，大汗怎么能把封地都赐给大王子？"

海都阿陵摆摆手，示意部下不要多说，取出舆图、账册，交给守在帐外的叶护。

叶护得意扬扬。昨晚他试探海都阿陵，在人前丢了脸面，今天就报复回来了。海都阿陵是北戎第一勇士又怎么样，还不是得对大王子低头？

几天后，一行人带着代表海都阿陵的全部心血的舆图和搜刮来的宝物扬长而去。

营地中气氛沉重。

是夜，瑶英躺在绒毯里，听到帐外忽然响起一阵马嘶声。她闭着眼睛，仔细地辨认声音传来的方向。

不出她所料，海都阿陵带着托木伦于深夜离开营地了。

他们的目标是叶护。

营地外，托木伦兴奋地握紧长刀，忍不住发问："王子，既然您也不想这么便宜了大王子他们，为什么不直接拒绝叶护的要求呢？"

海都阿陵戴好面巾，遮住面容，道："大王子是大汗的儿子，大汗不会为我做主，我只能出此下策。你们当心点儿，如果事情败露，你们不必管我，我自有主张。"

众人又敬佩又感动，齐声应是。

海都阿陵望着远方，金色的眸子里寒光闪动。

大王子越来越咄咄逼人，他乖乖地交出舆图和宝物，大王子不仅不会上当，还会加深对他的怀疑。他被迫交出舆图后再伪装成盗贼去劫杀叶护，反而能让大王子暂时罢手。

没有人把他当人。他活成狼，他们才放心。

营地里，瑶英彻夜难眠。

狗吠、马嘶、夜鸟的怪叫声、守夜的骑士的说话声……她聆听静夜里的一阵阵声响，紧张得无法呼吸。

海都阿陵的营地里藏有宝物的消息是她偷偷地散播出去的。她知道他和大王子之间矛盾重重，叶护走的时候机缘巧合得到一封告密信，得知不少秘密——那封信自然出自她手。

叶护一定做好了准备，不知道他安排的人手能不能杀了海都阿陵。

瑶英等到天亮，半睡半醒中被一阵杂乱的声响惊醒。

急促的脚步声由远及近，毡帘被人掀开，托木伦找了过来，满身是血，神色焦急："公主，你过来帮忙！"

瑶英被带到大帐，迎面扑来一股浓重的血腥气。

帐中的亲随个个浑身是伤，形容狼狈。海都阿陵伤得最重，高大强壮的身体平躺在床上，长手长脚摊开，气息微弱。

几个医者围在他的身边，帮他止血，其中一个医者是汉人长相。

托木伦推着瑶英上前："叶护太狡猾了！医者都被他带走了！这几个人止不

住血，只有这个汉人奴隶会治伤。公主，他说话古里古怪的，我们听不懂，你听他说了什么！"

瑶英心跳如擂鼓。

海都阿陵果然被叶护暗算了。可惜命大，他居然能活着回来。

营地里的医者确实是叶护带走的，不过提醒叶护的人是她。

瑶英走到床前，询问汉人医者，目光落到海都阿陵的身上。

只要她帮着传话的时候"不小心"遗漏或者说错了什么话，海都阿陵很可能"伤重不治"。那她就自由了，中原数万万的百姓也能躲过一场血腥的屠戮。

瑶英激动、紧张、忐忑，心里一阵狂跳。

医者告诉她注意事项，她点头记下，朝托木伦复述的时候故意漏了一句。托木伦没有怀疑她，大声嘱咐其他人照办。

瑶英快被自由的曙光即将来临的狂喜淹没，背上不停地出汗，余光扫过海都阿陵，心里突然咯噔一下。

一盆雪水兜头而下，浇灭她眸底刚刚点燃的火苗。

海都阿陵武艺高强，亲随都只受了轻伤，他怎么伤得这么重？他听得懂汉文，假如现在没有失去意识……

越是处于最紧要的关头，她越不能急躁。瑶英冷静下来，补上自己刚才漏掉的那句话："王子这几天绝不能碰酒！"

托木伦点头应是。

瑶英继续和医者对话，扫视一圈周围。帐中的亲随个个眉头紧皱，语气焦急，但是总有那么一两个人会露出破绽。

事情果然有诈。海都阿陵明知叶护设下陷阱，依然前去抢夺宝物，大王子才会把他当成一个在野地里长大的"莽夫"。

她不动声色。

海都阿陵在帐中整整躺了三天，估摸着营地里大王子的内应全部中计，叫来托木伦："都抓了。"

一天之内，接连有十几个士兵和军需官被抓。

瑶英心有余悸。原来海都阿陵将计就计，让大王子放松对他的监视，顺便等着营地里心怀二意的人露出马脚，一网打尽。

她后怕不已。幸好那晚她直觉不对劲，没有隐瞒医者的话。

和瑶英一样庆幸的还有托木伦。

这日她跪坐着帮海都阿陵换药，托木伦兴冲冲地替她请功："王子，您昏睡的这几天，文昭公主一直守在帐中，悉心地照顾您。"

瑶英感觉心口剧烈地跳动，紧咬牙关，手上的动作平稳从容。她不能露出破绽。

海都阿陵靠坐在兽皮椅上，低垂眼皮，凝视着她。

他也很惊讶。他身受重伤，李瑶英竟然这么老实，只悄悄地和亲兵联系，想趁他伤重时逃出去，没有下手害他。

"公主不是恨不得我死无葬身之地吗？"

瑶英冷笑一声，没好气地道："王子现在要是死了，我就落到叶护的手上了。和叶护比起来，我宁愿和王子这种言而有信的英雄豪杰周旋。"

她说"英雄豪杰"这几个字的时候，咬牙切齿，眼里的恨意满得能溢出来，海都阿陵不禁嗤笑。

瑶英低着头，继续帮他包扎伤口，紧抿唇角，轻蹙眉头，一脸不乐意的表情。

海都阿陵闻着她身上似有若无的幽香，在她看不见的地方勾起嘴角。

她被迫来照顾他，动作粗鲁，言语犀利，从头发丝到脚底，浑身上下都在诉说着她的不满。但她还是得老老实实地照顾他。

她逃不出他的手掌心，心里再恨他，面上也得听话。

瑶英再次见到阿玛琳的时候，她和其他北戎女人一起坐在帐前织毛毡。

日头很暖和，阿玛琳却穿了一件皮袄，动作小心翼翼。

其他女人告诉瑶英：阿玛琳可能怀孕了。

因为这个即将到来的孩子，阿玛琳不用担心再被送回关押俘虏的地方。她坐不了一会儿就嚷嚷腰酸背痛，又着腰站起来围着晒毛毡的场地慢腾腾地走了一圈，倚着栅栏和其他人说笑，过一会儿又说困了要打个盹儿，一整天下来别说织毛毡了，连羊毛都理不顺。

士兵知道她肚子里怀了合赤的孩子，不敢催促她。

她做不了的活计自然就落到其他女奴的头上，女奴忍不住抱怨："你自己的活自己做！别总是摊派到我们的头上！"

阿玛琳抚着自己的肚子："我现在是双身子，做不了那些粗活。"

"汉人的文昭公主贵为公主，得王子看重，每天还是会按时来和我们一起织毛毡，还教我们怎么织出新鲜的花样！她怎么没你那么多借口？"

阿玛琳冷笑一声："那是她没用，生了张漂亮的脸蛋又怎么样？还得是肚子争气！她要是能怀上阿陵王子的孩子，王子舍得让她来织毛毡吗？"

女奴们愤愤然。

接下来的几天，阿玛琳织毛毡的时候照旧敷衍了事，还讽刺其他女奴一辈子都只能在北戎的营地里靠织毛毡过活。

女奴们义愤填膺，却无可奈何。

事情不知道怎么传到海都阿陵的耳朵里。这天清晨瑶英给他换药的时候，他无意间扫过她纤细的腰肢，想起阿玛琳的话，目光在她的脸上打了个转，心里微微一动：如果李瑶英怀了他的孩子，孩子生下来一定很漂亮。部落里的老人说，母亲美丽，生出来的男孩、女孩都好看。

这个念头转瞬即逝。他勾起嘴角，道："公主今天不用再去织毛毡了，我这帐中都挂不下了。"

瑶英心里对他翻了个白眼，低垂眉眼，手里一圈一圈地带他缠着纱布。她暗暗想，如果她像阿青那样会武艺就好了，可以直接用纱布勒死眼前的男人。

她也想过下毒，可惜海都阿陵实在警惕，每样药物都经过医者的再三查验，她找不到下手的机会。

她想办法让他的伤口感染也没用。他的身体健壮结实，异于常人，伤口愈合得很快。

她心里默默地盘算，忽然发现周围阒寂无声，帐中的其他人不知道什么时候退了下去，海都阿陵的目光似乎一直停留在她的身上。

他沉默的时候面孔更显刚硬，金色的眸子冰冷淡漠，没有一丁点儿温情，让人难辨他的喜怒。

瑶英假装浑然不觉，一丝不苟地为他换药。

"你还是会去织毛毡，是不是？"头顶传来海都阿陵平静冷漠的声音。

瑶英点点头，拿起剪子，手脚麻利地剪掉纱布，道："王子当初说了，我每个月必须织出十张毛毡，完不成活计，要去马棚睡一夜。今天王子大发善心，我受宠若惊，不过怕月底的时候王子又想起这件事，罚我去马棚睡。"

海都阿陵垂眸看她，不知道该恼还是该笑。

这确实是他亲口说过的话。

"我既然让你不必去，自然不会反悔。"他冷冷地道。

从上次她生病之后，他什么时候真的让她去睡马棚了？

瑶英抬头，拂开鬓边散落的发丝，看了海都阿陵一眼，一笑："那就多谢王子了。"

她本就生了一双修长的媚眼，这么歪着脑袋看人，脸上似笑非笑，眼波流转，几乎摄人心魄。

海都阿陵锐利的鹰眸一眨不眨地凝视着瑶英。

瑶英早已经起身离开，轻快地端着托盘出去，似乎只要在毡帐里多待一刻就会无法呼吸。

海都阿陵看着她离开的方向，紧皱眉头，扬声叫来等在帐外的托木伦："找个女人过来。"

托木伦没有露出惊讶的神色，恭敬地应是。

瑶英还是去了织毛毡的地方，径自走到阿玛琳的面前。

阿玛琳昨晚被合赤呵斥了几句，被命令以后别私自议论文昭公主，正满心不舒服，看瑶英走过来，心头慌乱，余光瞥见周围的女人一脸幸灾乐祸的笑。她不愿在人前服软，冷哼一声，色厉内荏地道："公主还没爬上阿陵王子的床呢！这是把自己当成王子的女人，管起我来了？"

瑶英淡淡地一笑，拎起阿玛琳面前的毡毯扫了两眼："你以为怀了合赤的孩子就能高枕无忧了？"

阿玛琳撇了撇嘴："等我生下合赤的儿子，我就是合赤的妻子！"

瑶英抛开毛毡，走近几步，掌心贴在阿玛琳的肚子上。

"你也说了，得等你生下合赤的儿子才行。"

阿玛琳感觉汗毛竖起，抽身往后退。其他女奴围拢过来，挡住她的去路。

远处的士兵往这边看了几眼，看到瑶英，不仅没有上前，居然转头离开了。

阿玛琳吓得脚底发软，怒视瑶英："你们想谋害我的孩子吗？等我告诉合赤，合赤不会放过你们！"

瑶英轻轻地抚摸阿玛琳的小腹："没有人想要谋害你的孩子……不过，我如果是你，绝不会在还没有生下孩子时就得罪整个营地的女人。你确定自己能生下儿子？合赤回伊州以后真的会娶你？"

阿玛琳脸色苍白。

瑶英收回手，示意其他女奴离开："阿玛琳，你能靠这个孩子脱身，这是你的本事。其他女奴生死难料，随时可能被拉去讨好男人，所以我教她们织毡毯、毛锦，有一技傍身。这样她们不管落到什么境地，总还有条活路。谁都想好好地活着，你可以抛下以前共患难的族人去做你的夫人，但是不该回头笑话她们。"

她们都在挣扎求生。

"你在北戎毫无根基，如果合赤厌倦你了，谁为你主张？你要怎么在北戎活下去？你别忘了，合赤的女人不止你一个。"

阿玛琳轻轻地哆嗦了几下。

瑶英抬脚走开，帮其他女人晾晒、拍打毛毡，偶尔有女奴过来请教她怎么编织，她都耐心地教导她们，趁人不注意，把一只羊皮囊塞进毛毡底下。

等下午奴隶过来帮忙收毛毡的时候，谢青他们会找到这只羊皮囊。

她必须保持和谢青他们的联系，不能每天待在海都阿陵的大帐里。女奴们出来干活的几个时辰是她传递消息、打探消息、收买人手的最佳机会，她不会放弃。

大帐前，托木伦和几个亲随站在旗杆旁说笑话。毡帘晃动，一个年轻貌美的女人哆哆嗦嗦着冲了出来，脸上似有泪痕。

托木伦愣了一下。海都阿陵召女人过来服侍，不满一个时辰绝不会完事，他身上的伤不算重，今天这女人怎么这么快就出来了？而且她还一副受到惊吓的模样？北戎哪个女人不是做梦都想着和王子这样的勇士一度春宵？

他迟疑半晌，掀开毡帘往里看，一副嬉皮笑脸的模样："王子，这个不懂事，我再去找一个更听话的来？"

海都阿陵坐在兽皮椅上，紧皱眉头，淡漠地摇摇手。

他从不委屈自己，每当欲望来了，那就找一个温顺的女人来解决。想要讨好他的女人数不胜数，他从不缺女人。

刚才那个女人使出浑身解数伺候他，可是他一看到她的脸，兴致立刻淡了。

眼睛不够漂亮。头发也不够乌黑。

他大马金刀地坐着，冷冷地看着女人的脸，直到在女人卖力的取悦中释放，依然面无表情，鹰眸泛着噬人的寒光。

女人吓坏了，看他的眼神像在看一头猛兽。

海都阿陵的眼前浮现出瑶英骑马在草原上奔驰的模样：红衣如火，笑意盈盈，朱唇榴齿，脸上微微泛红，分外诱人。

他以为自己会很有耐心。先服输的人应该是她。

毡帐外忽然响起一阵急促的脚步声。

亲随挑帘入帐："王子，叶护死了！大汗要你交出那个汉女！"

海都阿陵面色阴沉。

不一会儿，瑶英也得知叶护惨死的消息。

托木伦惊慌失措地拉着她躲到营地的后面："公主，叶护被人杀了，王子根本没有伤他，一定是大王子下的手，叶护是他的叔叔哇！他们嫁祸给王子，大汗勃然大怒，要王子交出你，不然就夺了王子的兵权。没了兵权，王子就没活路了！他这次不会救你，你先躲起来，千万别出去！"

瑶英心计飞转：假如她被大王子的人带走，有没有逃生的机会？还是她和海都阿陵周旋更安全？

假如能和瓦罕可汗见一面，她倒是有自保的法子，不过就怕来抓她的人是大王子……

她一声不吭，托木伦只当她吓坏了，没有多想，叮嘱她藏好，探头探脑地张望了一阵，刚踏出几步，周围的人围了过来。一人道："托木伦！把叶护和王子争抢的那个汉女带来！"

托木伦随手指了一个方向，脸上毫无血色："她已经跑了！"

脚步声跟了过去。

托木伦转身，塞了一张铜符给瑶英："他们来得太快了，营地里不安全，公主拿着我的铜符赶紧往东跑，骑上那匹枣红色的马！那是我的坐骑，您跑得越远越好！我想办法引着他们去西边！"

瑶英只觉心口剧烈地跳动，接过铜符："谢谢你，托木伦。"

她有了这张铜符，没人会拦着她。机会千载难逢，她来不及多说什么，转身跑开，没有直接去找那匹马，而是找到一个女奴，耳语几句，飞奔着找到枣红马，一提马缰，往东边驰去。

她得先借着这个机会逃离海都阿陵！他忙着应付瓦罕可汗的人，顾不上找她，而谢青他们很快会从女奴的口中知道她逃脱了。她之前和他们讨论过这种情形，得去约定的地方等着和他们会合。

瑶英骑在马背上，听到自己咚咚的心跳声。

她觉得自己跑了很久，营地早被她远远地抛在身后，可天际处的巍峨群山依旧那么遥远。她咬牙挥鞭，催促枣红马加快速度。

身后隐隐传来一阵落雨似的轻响。

瑶英身上发抖。

瓦罕可汗的人往西边去了，不会来得这么快……也许谢青他们找过来了？

她闭了闭眼睛，回头看去。

原野一望无际，绿草如茵，起伏的绿浪中，蹄声此起彼伏。十几个矫健的身影从山坡飞驰而下，朝她追了过来。

来人不是谢青。瑶英的脸上没有一丝表情。下一瞬，她回头看向前方，扬鞭催马，继续奔逃。

蹄声越来越近，势如奔雷，大地震颤。

瑶英暗暗捏紧匕首。

眨眼间，宛如雷鸣的马蹄声已经近在耳畔。一匹高头大马追到她的身边，刚刚靠近，马背上的男人遽然俯身，展臂揽住她的腰，直接将她从疾驰的枣红马上抱了起来，揽到自己的身前。

瑶英剧烈地挣扎。

男人皱眉，钳住她的腰，沉声道："别动了，是我！"

骏马还在飞驰，耳边风声呼啸。瑶英颤抖着抬起匕首，狠狠地刺了过去。

男人一惊，一只手攥住她的手腕，另一只手没抓稳，缰绳脱手而出。他被疾驰的坐骑甩下马背。瑶英被他紧紧地揽在怀中，也跟着一起摔落。

追上来的士兵吓了一跳，惊呼出声，连忙勒马停下，几乎连滚带爬地冲上前。

男人抱着瑶英重重地摔在地上，借着几个翻滚卸了去势，因为伤口撕裂闷哼了几声，一把拍开瑶英手里的匕首，撕开头巾："看清楚了，是我！"

瑶英感觉天旋地转，躺在草地上大口地喘息，手臂、腿上全部是擦伤，脚踝火辣辣地痛，她不知道有没有摔断。

瓦蓝的空中，一只雪白的鹰隼在半空盘旋。

她当然知道追上来的人是海都阿陵。看到他策马疾奔的身影出现在山坡上时，她就认出来了。他一次次地这样玩弄她，她怎么会认不出来？

海都阿陵皱眉看着瑶英。她被吓着了。

海都阿陵冷笑："我说过，你是我的女人，我不会把你交给大王子的人。下次别跑了，好好地在大帐里等着！"

瑶英咬牙站起身，右脚落地，整个人痛得瑟瑟发抖。她紧闭双唇，一点儿声音都没发出。

海都阿陵的目光在她咬得发白的唇上转了转，眉头皱得更紧，长臂一展，搂住她的腰。他打横抱起她送到马背上。

"回去。"

瑶英看一眼东边的方向，缓缓地闭上眼睛。

一行人回到营地，海都阿陵抱着瑶英回帐，要塔丽过来照顾她，然后回到自己的大帐，解开衣衫，纱布底下果然有血迹沁出。

医者为他重新上药。

部下围了过来。一人道："王子，大王子连叶护都杀了，不会善罢甘休！您不如先把文昭公主交出去，平息大汗的怒火！"

海都阿陵冷哼了一声："大王子几次试探，现在变本加厉，我将计就计，在营地养伤，他还是不肯罢手，交出文昭公主只是个借口罢了！我送一个女人出去就能平息事端吗？！"

部下道："不管怎么说，您先拖延一阵再说！"

海都阿陵摆摆手："大汗派来的人我去应付，你们别管了，我自有主张。"

李瑶英是他的战利品，他不会轻易地交出去。

部下面面相觑，暗叹一声，告退出去。

"托木伦，你留下。"

托木伦神色微变，转过身，跪倒在地，握拳抵在胸前："王子，属下知罪。"

海都阿陵俯视着他："你有什么罪？"

托木伦伏在地上："属下同情文昭公主，怕王子为了避祸把她送给大王子，放文昭公主离开……"

海都阿陵沉默了一会儿，一勾唇角："文昭公主美吗？"

托木伦感觉汗如雨下，将心一横，道："美，公主是属下见过的最美的女郎。"

海都阿陵点点头，接过医者手里的纱布，自己给自己包扎伤口，淡淡地道："男人喜欢美丽的女人，天经地义。你仰慕文昭公主，我不怪你。她是我的人，你喜欢她，就得先打败我，才能从我的手中抢走她，否则一辈子别起其他心思。"

托木伦明白海都阿陵没有动怒，连忙道："属下绝没有这种心思。"

海都阿陵颔首："大汗派来的人是断事官挑的。骑兵没办法突破佛子的弓弩车阵，大汗很可能要退兵，和佛子议和，在这种关头不会真的处置我。你们准备准备，我们要去沙城。"

托木伦愣了一下，面露喜色。

瑶英的腿真的摔断了，医者帮她接骨，她痛得出了一身冷汗。

塔丽哭着帮她擦洗："公主，您就从了王子吧，别再想着逃走了。王子听说您孤身逃走，不顾自己有伤在身，马上去找您。王子是狼窝里长大的，暴虐成性，能对您如此，您……"她欲言又止。

瑶英笑了笑，抬起头，脸上没有一丝血色："你是不是想说我不识抬举？"

塔丽眼神躲闪。

瑶英身上发烫，意识逐渐模糊："我是被他抢来的！陪我和亲的亲兵、我的乌孙马一个个死在我的面前，上个月谢锦也因为伤势太重没了，阿青不敢告诉我……我都知道。我不能倒下，要带他们回去，让他们魂归故里……我不会忘记，他羞辱我，折磨我，把我当成玩物……我熬了过来，所以成了一个特别的玩物……"

她是李仲虔带大的，虽然多病，但是没有受过什么委屈。她有兄长的疼爱，有忠心的部曲……她是一个人，好端端的一个人，不稀罕海都阿陵折磨她之后的那一点儿施舍！

可是他太强大，北戎太强盛。她想要逃走真的太难了。

瑶英浑身都痛，指甲陷进柔软的织物，钩起几条金线。

她睁开眼睛。床上铺着的不是寻常的毛毯，而是一张旗帜。这是她从叶鲁部带出来的，塔丽偷偷地帮她收着。

这是王庭的旗帜，雪白金纹，有种遗世独立的傲岸。

瑶英攥紧身下的旗帜。

昙摩罗伽。

他是一个慈悲的僧人，是王庭的君主。

她还有机会，绝不能放弃。

大帐里，海都阿陵的部下和瓦罕可汗的人在对峙。

两帮人马气势汹汹，手都按在刀柄上，气氛紧张。

一个有着细长的眉眼、穿锦衣的男人越众而出，轻蔑地瞥了一眼因为受伤只能坐着的海都阿陵，满脸不悦地道："阿陵，你不交出那个汉女，我们回去怎么向大汗交代？叶护是和大汗一起长大的族弟，不明不白地死了，大汗只是要你交出汉女而已，你这么怠慢我们，是不把大汗放在眼里吗？"

海都阿陵抬眸，淡淡地道："我不敢对大汗不敬。不过和叶护争执的人是我，前几天偷袭叶护的人也是我，此事和汉女无关，我自会向大汗解释清楚。至于叶护到底死在谁的手上，大汗明断，一定能查出真凶，不会冤枉了我。"

锦衣男人冷笑："不错，大汗明察秋毫，自有决断！但是我今天是来带走汉女的，她引得你和叶护刀兵相向，是不祥之人。天底下的美人那么多，你不会为一个汉女得罪叶护的家人吧？把她交出来！"

他话音落下，跟随他的人纷纷拔刀，满帐刀影晃动。

托木伦几个人勃然变色，也跟着拔刀。

海都阿陵以眼神示意部下退后，站起身，走到锦衣男人的面前："贺哆，我是大汗养大的，不会拿自己的女人出去顶罪。大汗要怎么惩治我，我先领了。"

贺哆眯了眯眼睛。

海都阿陵停顿了一下，一字一顿地道："这个汉女，你带不走。"

他没穿甲衣，面色平静，贺哆却感觉到了他克制着的隐隐约约的凌人杀气。托木伦他们站在他的身后，个个凶悍。

这是一只深不可测的头狼，带着一群绝对忠于他的野狼。

贺哆定了定神，强撑着没有露出怯懦之态，怒道："这是你自己选的！既然你拒不交出汉女，那就别怪我手下不留情！"

海都阿陵一言不发，走出大帐，扯下身上的衣衫，面朝着瓦罕可汗所在的方向跪下，赤着的腰腹上缠着厚厚的纱布，殷红的血迹隐隐地透出。

"王子！"托木伦几个人抢上前，海都阿陵摇摇头。几个人暗暗咬牙，对望一眼，退了下去。

贺哆狞笑，揎拳捋袖，亲自行刑。

营地里的人不敢靠近，站在远处观望。

贺哆说到做到，下手果然没有留情，长棒专门挑海都阿陵受伤的地方打。托木伦气得脸红筋暴，险些把牙齿咬碎。

等贺哆停手离开，托木伦连忙扶着海都阿陵回帐。

医者给海都阿陵换药。他连吃了几粒强心丸，挥手让所有人退下。

不多时，毡帘晃动，脚步声由远及近。一个人走到木床前，皱眉道："你居然为了一个汉女当众挨打，难道真的像流言里说的那样，被一个汉女迷得神魂颠倒？"

海都阿陵睁开眼睛，翻身坐起，面无表情地道："这件事情和汉女无关，我和大王子他们迟早会起冲突。"

来人审视他片刻，道："你心里有数就好。你是堂堂北戎王子、神狼的后人，断事官已经为你挑选好妻子，你的正妻只能是北戎贵族之后，别为一个汉女前功尽弃！"

海都阿陵撇撇嘴："贺哆，说正事。"

贺哆的脸部抽搐了两下。他掩下不满，道："我已经代表大汗责罚过你，叶护这事算是先揭过了。王庭久攻不下，军中人心涣散，断事官要你早做准备，大汗不久就会召你统兵。大王子他们的手段，大汗看得很明白，这次为了息事宁人才派我来讨要汉女。大汗知道叶护不是你杀的，你切勿急躁。大王子那边，断事官会替你留意。"

海都阿陵点点头。

贺哆和他密谈了一会儿，怕消失太久被人怀疑，掩上面巾，悄悄地出去。

"贺哆。"身后传来海都阿陵的声音，"记住你的身份，别打汉女的主意。她要是出了什么事，我亲自取你的性命。"

贺哆一惊，出了一身冷汗，头也不回地离开。

海都阿陵躺下养伤，一边思考该怎么应付大王子，一边想着能不能趁这个机会在攻打王庭时立下功劳，不知不觉地睡了过去。

柔软的手贴着他的额头擦了过去。

海都阿陵即使睡在自己的帐中也十分警醒，眼睛还没睁开，右手已经飞快地横扫过去，闪电一般紧紧地攥住床边人的脖子。

触感细腻柔嫩。女子挣扎着喘息，攀着他的胳膊，不停地挣扎。

海都阿陵眉头轻皱，手上力道不减："你怎么在这里？"

瑶英在他的掌中颤抖，红唇张开，面上潮红，满头鬓发松散，一双眸子怒视着他。她因为呼吸不畅，眼中盈满泪水，却迸出倔强的寒光，似有两团火焰在里面熊熊燃烧。

振奋之意迅速涌遍全身，海都阿陵立刻起了反应。这样的风情如果发生在床上，他该何等畅快。

什么模样的美人他都见识过了，却从没体味过此刻这种难以言说、不可抑制的兴奋难耐。

海都阿陵直接将人拽到眼前，对着那朱红的唇咬了下去。

他金色的眸子里满是慑人的情欲，瑶英睁大眼睛，不知道哪里来的力气，使劲往后一仰，挣开海都阿陵的禁锢，整个人摔倒在地，剧烈地咳嗽，浑身发抖。

海都阿陵被推回床上，猛地清醒过来，试着抬了抬腿，发现自己全身无力，完全使不上力气。

"怎么回事？"他问，语气已经恢复平时的淡漠。

瑶英颤了几下，强压着惊惧，抬手拢起散落的发丝，回到床边，举起药碗："你挨了打，昏睡过去，发起高热，托木伦要我来照顾你。"

海都阿陵的喉咙又干又涩，底下还兴奋着，身上却酸软沉重，伤口可能化脓了。

他闻到自己的身上有一股皮肉腐烂的气味，望着帐顶，嗤笑一声："托木伦被你骗了，居然让你来照顾我，也不怕你趁机杀了我。"

瑶英沉默，拿起水囊喂他喝水。

海都阿陵咕咚咕咚喝了半水囊的水，喉结滚动，目光定在她的脸上。

她的脖子上还留着他刚刚掐过的红印，脸上没有一丝表情，冷冰冰的，嘴唇红艳。

他被贺哆当众打了一顿，若换成其他女人，肯定早就感动得泪水涟涟，她却毫无反应。

海都阿陵笑了笑："你照顾我的时候是不是在想怎么做可以杀了我？"

瑶英抬起眼帘，漆黑的眸子和他金色的眸子对视："不错，我想了好几种办法，可惜托木伦还是留了一手，我没有下手的机会。"

海都阿陵忽地伸手，抬起瑶英的下巴，摩挲了几下。

"如果你成了我的女人，和其他北戎女人一样为我生儿育女呢？"

瑶英迎着他迫人的目光，平静地道："那我就有更多下手的机会，杀一个没有防备的枕边人更容易。"

两人离得很近，呼吸交融，却没有丝毫感情。一道气息刚猛霸道，一道气息柔和温暖，两道气息无声对抗、相争。他看似掌控全局，牢牢地压制着她，却始终没得到自己想要的顺从。

海都阿陵明白，假如自己先毁了两人之间的约定，眼前这个女人一定会得寸进尺，利用这一点强迫他做出更多的让步。

他给不出，那就只能杀了她。

要么得到她，要么毁了她，他不能容忍她在别人面前温柔如水，在别的男人身下欢愉。

这就像他若是驯服不了一只鹰，那么只能亲手掐死它。

可他现在舍不得就这么毁了她。那么多的女人中，唯有她可以挑动他的心思。

海都阿陵松开手，躺回枕上："我饿了。"

瑶英低垂眼眸，眸中水光闪烁。她一副柔弱无依的模样，像是随时会流泪——但她终究没有落泪，转身捧来托盘，递到海都阿陵的面前。

"喂我。"海都阿陵吩咐道。

瑶英一语不发，捧起碗送到海都阿陵的唇边。

海都阿陵头昏脑涨，意识越来越模糊。他其实根本没什么胃口，不过看着她不甘不愿地伺候自己，心里生出莫名的快意，将一碗清汤寡水喝了下去。

"大王子的人还会责罚你吗？"瑶英忽然问。

海都阿陵挑眉。莫非她看着冷漠，其实心里还是有些触动？

他很清楚她不可能关心自己，但是心里仍然生出愉悦之情："你的兄长和太子李玄贞会讲和吗？"

瑶英摇摇头。李玄贞不止一次咬牙切齿地告诉她，他不会放了李仲虔。

海都阿陵冷笑："大王子也不会放过我。我不是大汗的儿子，可比大汗的所有儿子都要优秀，所以必须死。我是狼养大的，狼子野心，大王子、二王子……小王子金勃，不管谁继任大汗，我只有死路一条。"

从前他是狼孩的时候，跟着母狼捕猎，赤身裸体，毫无羞耻感可言。

第一次看到部落时，他激动得无以复加。

原来他是人，这世上有很多和他一样的人，他不是野兽的怪胎。

瓦罕可汗收养他，教他和人一样走路说话，告诉他人不会像野兽那样生活。

高热让海都阿陵的记忆更加清晰。他的眸中暗流汹涌："大王子他们找到我，告诉我，我是狼窝的野种，像狗一样满地乱爬，不配做大汗的义子……我想融入部落，必须做一件事情……"

瑶英的眼底掠过一丝了然。

海都阿陵并不意外她知道这件事。她想杀他，一定打听了很多他的往事。

她能这么快猜出来……他勾了一下唇角，接着道："我必须亲手杀了养大我的母狼，他们才会接受我。我想做大汗的义子，想成为一个人，于是拿着刀回到狼窝，亲手杀了养大我的狼……"

他满身是血，拖着母狼的尸体回到部落，等着大汗的奖赏，等来的却是大汗不敢相信、警惕的眼神。

大汗欣赏他的勇武，最后还是收养他，但没有认他当义子，而是让他拜其他人为义父——他不是大汗的义子，也就不能和其他王子竞争大汗之位。

"他们告诉我，想做人，就得杀了母狼……我杀了母狼，他们又告诉我，我狼心狗肺，做不了人，以后一定会背叛部落……"

海都阿陵笑出了声："不管我是人还是野种，等成为大汗，所有人都会臣服在我的脚下。"

他身体强壮，天赋过人。他比其他人更出色，注定不会久居人下，马蹄所到之处，所有部落都会被他征服。东方、西方，还有更遥远的从来没有族人踏足的地方都将成为他的领土。

强者为尊。弱小者会被无情地捕杀，成为其他兽类的食物。强大的野兽才能填饱肚子，在荒野中存活下去。

这也是部落的生存之道。他绝不会坐以待毙。

海都阿陵的声音越来越低，意识渐渐模糊。他睡了过去。

半梦半醒间，他扫一眼床边的瑶英，朦胧的炉火的微光笼在她的身上。她侧身对着他，静静地听他诉说，眉眼看起来格外柔和。

海都阿陵的身边有很多忠心的部下。一只狼无法抵抗整个部落，也无法南征北战，他从小就懂得怎么收揽人心，让别人为他出生入死。

除此之外，他没有姐妹，没有兄弟，没有信得过的女人，也没有孩子——

孩子是累赘，现在危机四伏，他不需要孩子。

女人能让他的身体欢愉，但欲望过去，他不想多看她们一眼。她们应该乖乖地听从他，在他需要的时候殷勤地服侍他，为他操持庶务，以后再为他生儿育女，让他的血脉延续。

而他保护她们，让她们衣食无忧。没有女人能和他并肩。

海都阿陵闭上眼睛，眼前陷入幽暗，然而瑶英侧身对着他的身影依然在他的脑海里显现。

假如这个女人一辈子待在他的身边，这倒也不错。她肯定能把孩子教导得很聪明。

海都阿陵睡着了。

瑶英抬起头。现在是她下手的好机会。不过她知道，只要自己动手，海都阿陵一定会反应过来。她试探过很多次。

好在北戎内部并不平静，海都阿陵和大王子之间的矛盾比她想象中的还要深，她可以从这里下手。

瑶英退出大帐，回到自己的帐篷，翻出那颗一直带在身上的夜明珠。

这是她的身边仅剩的李仲虔送她的东西。

她没有选择，必须尽快引来大王子他们的人。海都阿陵今天毫不掩饰他的欲望，她再不逃出去，他会失去耐心。

假如阿兄找过来了，他肯定会杀了阿兄。

贺哆以大王子的名义在营地搜刮了一通，惹怒海都阿陵的部下后扬长而去。

海都阿陵因为伤势反复在木床上躺了好几天，托木伦觉得这是个好机会，每天让瑶英去大帐照顾他。瑶英为了打探更多的消息，不再像一开始那样抗拒。

她偶尔会关心一下海都阿陵的伤势，询问大王子的人会不会再来抓她。

如果其他女人这么问，海都阿陵早就厌烦了，但问的人是瑶英，他居然耐心地解释："这里是我的营地，不管谁来都不能带走我的人。"

瑶英心里冰凉：不管海都阿陵在不在营地，她都无法脱身。上次托木伦放走她，被警告之后，营中不可能再有人帮她脱身。

除非营地动乱，她才能趁乱逃出去。

海都阿陵以为瑶英上次真的被吓着了，增派胡女照顾她，不许她再去织毛毡。

前几天她照顾他的时候有气无力的，还打翻了一盆水，他嘲笑她，她脸色苍白，竟然没有反驳。

事后托木伦告诉他，她感到不舒服，痛得整夜睡不着——女人很麻烦，每个月的那几天会身体不适。她表现得尤其强烈，像得了重病一样。

海都阿陵有些不屑。汉女太娇生惯养，她才会这么娇弱，北戎女人壮实得像头牛。她要成为北戎人，必须强壮起来。

他忙着准备发兵，暂时放松对瑶英的看管，考虑要不要把她安置到别处，长刀划破衣衫的声响唤醒了他的神志。

刺杀他的人是谢青，瑶英的亲兵。

海都阿陵立刻清醒过来。

他决定亲自处决谢青。

也许他只有杀光她身边的所有亲兵，她才会彻底地放弃东归的希望。在这距中原万里之遥的地方，没了指望，她只能低头。

海都阿陵最终还是没有下手，因为瑶英突然说出一个很少人知道的名字：昙摩罗伽。

海都阿陵很诧异，然后觉得愤怒。那是一种无法控制、油然而生、来势汹汹的愤怒。

她的身上有很多让他迷惑的地方，他并不急着去探究。她是他的猎物，逃不出他的手掌心，所以他始终慢条斯理，等着她一点点崩溃、绝望，放下所有警戒，完全臣服。

可是现在她忽然提到昙摩罗伽，话里话外似乎和那个和尚关系匪浅。

海都阿陵暴怒，为李瑶英的不识抬举。她以为他会怕昙摩罗伽吗？

瓦罕可汗发来急信，要他立刻赶去沙城。

海都阿陵急于在可汗的面前挣下军功，压下怒火，命人严加看守瑶英。等他从沙城回来，不管这个女人低不低头，都得真正成为他的女人！

他带兵离开营地，为了防止托木伦帮她逃跑，特地把托木伦带走了。

抵达沙城后，海都阿陵终于明白瓦罕可汗为什么催他赶过来。

瓦罕可汗病重，而且病症来得古怪。军中流传着种种他国攻打佛子的国家会遭天谴之类的传说，士气低迷，甚至有部落叛逃。

可汗虽然病倒在床，还是不甘心就这么和王庭议和。他道："你带一队人马去袭扰商队，看看佛子是什么反应。王庭的几支军队隶属豪族，不可能都听佛子的号令，他只能指挥近卫军。你多杀些人，假如佛子只派近卫军出面，说明王庭也不是上下齐心，他肯定也撑不住了，那这个盟约不算数！年底之前我们可以攻克王庭！"

海都阿陵应是，心里自嘲地一笑。

这种见不得人的脏活，他出面再合适不过了。

他一边安排人手一边观察王庭军队。和军心涣散的北戎不同，王庭人士气高涨。双方交战时，王庭的所有士兵高喊着佛子的法号奋勇冲锋，前仆后继，势如破竹，让人心惊胆寒。

签订盟约前的一场大战中，两军对垒时，王庭士兵忽然向两边分开。雪白金纹的旗帜遮天蔽日，那位传说中的佛子在近卫军的簇拥下策马驰于阵前，明明只穿了一袭和战场格格不入的僧衣，却有种睥睨天下的磅礴气势，碧眸淡淡地扫视一圈，俊美的面孔上没有悲喜。整个人犹如神祇俯瞰人世。

他一人一骑驰出战阵，风吹僧衣猎猎，碧眸看着身披厚重甲衣的瓦罕可汗。

"还要战吗？"他问，嗓音也如神祇的嗓音，高贵，冰冷，没有烟火气。

那一刻海都阿陵感觉到了瓦罕可汗曾有过的恐惧，也感觉到了王庭士兵暴涨的士气。

瓦罕可汗望着昙摩罗伽身后黑压压的、齐整的、只要见到昙摩罗伽的一个眼神就能疯狂地拼杀、死而后已的王庭军队，长叹一声。

两国签订盟约。

海都阿陵一边惊诧于昙摩罗伽的威望一边暗暗发笑：李瑶英在骗他。昙摩罗伽这种得道高僧，别说清心寡欲了，看着像尊真佛，一点儿人气都没有，怎么可能和她有什么牵扯？

那个女人果然狡猾。她也可能是被他吓着了，才会口不择言。

海都阿陵想：等回去的时候，他提起这事，李瑶英会是什么反应？她会坦然承认，还是继续骗他？

他可以想象出自己戳破她的谎言时她的反应。她一定会先蹙眉，然后紧咬牙关，瞪大眸子，冷冷地看着他，眸底燃烧着倔强和不甘的火焰。

等他回去的时候挑一匹好马送给她吧。

海都阿陵翘了翘唇角。

据说男人只要送些礼物给女人，就能哄她们高兴。她是公主，见过太多的好东西了，一定不容易讨好。那也没什么，她想要的东西，他都能寻到。

她还是会不甘心，会想要杀他。那都不要紧，没有人杀得了他。

等她为他生下孩子，成为他的女人，会慢慢地接受现实。

海都阿陵挑了一匹好马，让托木伦送回营地，带着其他人四处偷袭王庭的商队，等着看佛子的反应。

他等来了昙摩罗伽，还看到一个意想不到的人——李瑶英。

她出现在沙丘下的人群中，身边跟着她的亲兵。

海都阿陵金色的鹰眸蓦地瞪大。

这个女人骗了他。她从来没有动摇过，那些偶尔的顺从、不经意的关心都是假的。而他竟然想着和她一起养育孩子。

她叫住昙摩罗伽，叫着罗伽的名字，当着各部胡商和两国军队的面说她仰慕他，想做他的摩登伽女，哪怕被天下人耻笑也不在乎。

昙摩罗伽看都没看她一眼。

她还是跟着他走了，没有回头。

海都阿陵冷笑。

她说的每一个字、每一句话都在无情地嘲弄他。他以为这只鹰终于开始一点点变得温驯，结果却冷不丁地被啄了眼睛。

李瑶英！他要把这个女人带回去，狠狠地折磨她，让她明白她这辈子都是他的猎物，弱者永远只能服从于强者！唯有这样，才能洗刷他今天所受的耻辱。

番外七

往事如烟

塞外的夜晚寒冷干燥，此时还未入秋，已是天寒欲雪时。

黑魆魆的山影下，营盘沿着静静流淌的大河绵延数里，大大小小的毡帐遍布平原。星星点点的火光散落一地，宛如银河。

入夜后，西面的营地里仍不时传出喧闹吵嚷声，而驻扎在营地最东面的魏军向来军纪严明，秩序井然，营地里静悄悄的，营火熊熊燃烧的噼啪声中，间或传来几声马嘶犬吠。

一片沉寂中，营地角落的一座大帐内忽然传出一阵响动。

巡夜的士兵机警地奔了过去。

他正待喝问，一双伤痕累累的手霍然扯开毡帘，一道高大的身影匆匆步出大帐。摇曳的营火落在他的身前，映出一张阴郁冷峻的面孔。

士兵连忙收声，后退几步，恭敬地行礼："殿下……"

太子少时随圣上征战沙场，在军中素来和士兵同吃同住，次次身先士卒，即使没穿战甲，军中的大小士卒也能认出他。

四周响起窸窣的脚步声，亲兵闻声而至。

李玄贞示意亲兵噤声，目光落向远方，狭长的凤眸里布满血丝，身上没穿厚袄，只着皮袍，头上也没束巾帻。他看起来像是惊醒后匆匆起身。

他抬脚走出营地。亲兵忙去牵马。李玄贞摇摇手，眸底发红："军中规矩，入夜不得走马，我当以身作则，不必了。"

话音未落，他已经大步流星地踏入夜色之中，背影转瞬间便被夜幕吞没。

几个亲兵对望一眼，跟着他出了营地。

一行人冒着呼啸的夜风来到最近的西州军的营地。文昭公主的部曲迎了出来，检查李玄贞几个人的印信。

更西边的营地方向遥遥地传来歌声和激昂的琵琶声。

李玄贞的亲兵不禁面露诧异之色：若是在魏军大营，唱歌拉曲的人早就被按军法处置了！

文昭公主的部曲察觉到几个人的惊异，面不改色，挥手示意弓箭手放行。

郑景闻讯赶来，看到李玄贞，微皱眉头："殿下为何深夜前来？"

李玄贞不答反问："她歇下了？"

郑景知道他问的是谁，摇头："公主在大帐和众位将军议事。"

李玄贞抬脚就走。

营地中央的毡帐里果然灯火通明，人影憧憧。隔着几层厚厚的牛皮，说话声隐隐约约。

戍守的亲兵看到李玄贞，转身进去通报。

不等亲兵出来，李玄贞已经上前几步，挑起毡帘的一角，目光四下里搜寻。

毡帐里点了脂油灯，光晕发黄，地上铺了几层厚厚的毡毯，三面墙上挂着织金毛毯，正对毡门的一面墙上支着一面硕大的舆图，图上线条纵横，山川地势一目了然，毡帐的角落里堆满光芒闪耀的锦缎。

舆图下坐满了人，有身着不同服饰的部落酋长、戎装华服的豪强子弟、神情严肃的部曲将领。人人面前有一张小几，几上瓜果肉菜堆叠，美酒陈列。

众人一边豪饮一边小声讨论着什么，气氛轻松愉悦。

李玄贞的眸光落在毡帐中间的女子身上。

她梳着少女的发髻，却戴了一顶男式毡帽，穿着一袭翻领锦袍，斜倚毛毯，屈起长腿，一手端酒碗，一手扶膝。她一边喝酒一边和身边的几个豪强子弟说笑，姿态随意慵懒。

灯火摇曳，她嘴角噙笑，面色微微发红，目光却始终清明。

李玄贞看了一会儿，闭了闭眼睛，眸中的血色渐渐淡去。他放下毡帘。

他做了一个噩梦。

梦中他和李仲虔找遍塞外，一无所获，最后才从一个女奴的口中得知：她受尽苦楚，早已凄惨地死去，暴尸荒野。

他在梦里发了疯，穷尽一生也没有找到她的尸骨。

醒来时，听到大帐外夜风狂啸，明知只是一场噩梦，他还是立刻起身。

唯有立刻见到她，他才能平静下来。

幸好那只是梦。

郑景盯着李玄贞看了好几眼："殿下不进去？"

虽然魏军是援军，但塞外各州和中原隔绝太久，彼此都不信任，还需要磨合。这次军队驻扎，魏军驻扎在东面，部落联军驻扎在西面，李瑶英和西州军在中间，就是为了防止营地之间起冲突。

郑景身为朝廷使者，自然要待在西州军的营地。太子忽然大半夜从魏军的营地赶来，他还以为出了什么变故，急匆匆地跑过来迎，结果太子只在大帐外站了一会儿就要走？

李玄贞摇头："明天再说。"

郑景没有多问，送他出营地。

两人沉默着出了营地。李玄贞突然问："那个佩短刀、红发碧眼的是哪家子弟？"

郑景的眸中闪过一道诧异之色："哪个子弟？"

李玄贞手扶刀柄，面无表情："和公主说话的那个。"

郑景沉默了一会儿，道："是尉迟家的二郎。"

李玄贞的脸上依然没什么表情："他可有婚配？"

郑景的脚步一顿。他笑了笑："殿下想给尉迟家做媒？"

李玄贞扫他一眼："郑景，她若应下哪家求亲，长安必定有旨意。你是要现在回答我，还是等消息传遍长安？"

夜风中，他的声音冰冷，握刀的手爬满伤痕。那都是他在战场上留下的痕迹。太子发起疯来，圣人都拿他没办法。

郑景心中微凛，收起玩笑之色。李玄贞没有催促他。

夜风卷起营地的旗帜，呼啦呼啦的声音断断续续。

郑景抬起头，直视李玄贞："我可以回答殿下，殿下能否也回答我的一个疑问？豪姓想求娶公主，连军中小卒都知道，尉迟家也是其一。公主确实考虑过和豪姓联姻……殿下关心此事，是为了筹谋局势，还是……"

他的眼中陡然有精光闪现："还是为了私心？"

李玄贞目光深沉，语气淡然而又坚决："私心。"

郑景一脸愕然："我以为殿下和卫国公已经和解……"

难道太子还要对李仲虔和李瑶英兄妹赶尽杀绝？他都孤注一掷，率轻骑孤军深入，不是为了公主吗？

李玄贞打断他的话："我没有恶意。"

郑景将信将疑。

李玄贞回首，望向西边密密麻麻的毡帐："你此次出使西州，有什么见闻？公主和豪姓其中一支联姻，其他几姓必然失望，会安分守己吗？"

郑景皱起眉头。王庭大败北戎，西州军趁势起义，河西各地光复，豪姓急于求娶公主，既是真心仰慕公主，也是想借公主壮大家族势力。他奉命出使，随李瑶英和豪姓来往，发现这里的局势比他之前所料的还要错综复杂。

这一次几路大军攻打北戎牙帐，李瑶英再三叮嘱军队扎营时各营必须分开。

郑景起先不以为意，后来才发现李瑶英不是多此一举。

魏军治军严明，而塞外的西州军和部落联军不是随李德逐鹿天下的魏军。西州军大多为豪强部曲，只听从豪姓指挥，军纪松散。部落联军则是由各个大小部落组成，一大半既是牧民也是战士，作战时悍不畏死，但平时毫无军纪可言。而且他们大战过后定要饮酒狂欢，瓜分战利品和奴隶……

几路大军时有摩擦，如果没有提前分开，军心士气必定会受到影响。

前些天几个部落差点儿为抢夺战利品打起来，所以李瑶英今晚在大帐中摆满锦缎，宴请部落酋长，半利诱半威慑，让酋长们立下战后不哄抢战利品的誓言，稳定军心。

郑景可以想见，李瑶英从落难到联合豪姓、组建西军，其间必定付出了不少心血，而且战争结束以后，她还要继续维持豪姓间的平衡。

郑景心里偶尔会冒出一个念头：假如联军收复失地后，公主回京，是不是就不用这么辛苦地奔波了？

他看着李玄贞："殿下果真对公主没有恶意？"

李玄贞依旧望着远处的大营："这里的局势太复杂……"

他停下来，瞟一眼郑景："孤听说，圣人指名要你出使西州。"

郑景愣住，继而一笑："公主已经知晓……我离开长安时，圣人确实曾有托付之语……"

朝廷派来的官员和使者中必定有李德安插的人手，这一点所有人心知肚明。事实上，郑景出使的秘密任务之一就是监视李瑶英。

郑景不相信李德真正信任他。他曾向李瑶英求亲，李德选中他，一来是为了考验他，二来是拿他做幌子迷惑李瑶英。谁才是李德真正委以重任的心腹？

郑景打量李玄贞几眼："莫非殿下怀疑我会对公主不利？"

李玄贞握紧刀柄："确实怀疑过，你是郑家儿郎，看重前程，年少时的爱慕未必比得上功名富贵……"

郑景翻了个白眼。难怪他到西州之后李玄贞一直阴阳怪气，时不时冷言冷语，害得他在李瑶英面前丢尽颜面……原来太子以为他是圣人派来的。

李玄贞接着道："你的分寸把握得很好……既不会惹怒长安那边，也不会让她反感。"他的声音让这话听起来没有一丝夸奖的意思。

郑景想到这段时日太子一定在暗中观察自己，脚底直冒寒气。

"我会揪出长安派来的人到底是谁。"李玄贞回头，走向自己的营地，"在那之前别打草惊蛇。"

郑景目送他的背影消失在无边的夜色中，脸色慢慢地沉了下来。

李玄贞深夜前来，只看几眼就离去，敲打他一番，追问公主联姻的事……太子到底想做什么？郑景沉吟片刻，转身回营地。

大帐前灯光昏暗，酋长们分到华美的绸缎，心花怒放，已经陆续离去。

郑景走进大帐，想提醒李瑶英，李玄贞刚才来过。

帐中的酒菜都被撤走了，李瑶英坐在炉边的小几前写着什么。

郑景一眼瞥见小几上摊开的精美的纸张，停在门口，以眼神示意亲兵不要开口打扰李瑶英。

她在写信。李瑶英经常写信，写给各地将领，写给李仲虔，写给谢青，写给豪姓首领……

郑景经常看见她伏案写信，有时候她铺纸磨墨，思索很久才下笔，字字斟酌；有时候在行军途中，她随手找来毡布，就趴在火堆旁匆匆地画上几笔，信就送出去了……

次数多了，郑景发现，李瑶英给不同的人写信时习惯不一样，用的纸张也不一样。

比如现在，她特意挑了灯芯，让人把案上的东西都挪走了，端端正正地坐在案前，神情认真，下笔有力。她偶尔想到什么，轻翘嘴角，显然全神贯注，以至于完全没注意到他走进大帐了。

写信的纸她用的是平时很少用的带有莲花暗纹的纸张，这代表信的内容不是紧急的军情，也代表收信的人身份不一般。

只有用这种纸张写信时，李瑶英才会避开其他人，会先收拾案桌，准备好笔墨工具，会拿出泼墨的架势，不由自主地保持端正的坐姿，就像抄写经书一样认真、恭敬。

郑景等了一会儿，见李瑶英始终没有抬头，悄悄地退了出去。

足足一刻钟后，李瑶英才放下笔。她不知道郑景来过，拈起写满墨字的纸吹了吹，检查没有漏字，等字迹全部干透，收好信，一笔一笔地写下一个名字。

灯光在信上映下一道暗影。她看着自己写下的名字，怔怔地出神。

亲兵在一旁等了片刻，小声唤："贵主？"

瑶英回过神，笑了笑，示意亲兵把火盆挪过来。炭火烧得通红。

瑶英又出了一会儿神，然后毫不犹豫地将手中的信扔进火盆中。不会送出去的信没有必要留下。

火苗蹿出，青烟腾起，纸张燃烧。她在火光中依稀还能看到一串波斯文字。瑶英垂眸不语，看着自己写下的名字化为灰烬。

昙摩罗伽。

王庭。

毕娑虎着脸再次询问鹰奴："真的没有给王的信？"

鹰奴摇摇头。

"也没有给我的？"

鹰奴小声嘟囔："给您的信您已经看过了……"

毕娑的面容微微扭曲："你亲自去鹰架旁等着，缘觉的信该到了……只要是从东边来的信，不管给谁的……等到立刻来禀报。"

鹰奴应是，转身跑远。

第二天，鹰奴欢天喜地地跑来报信："缘觉的信到了！"

毕娑立刻拆开竹筒，看完信，一张俊俏的脸霎时黑如锅底。文昭公主居然真的在挑驸马！西州儿郎整天像花孔雀一样在公主的面前搔首弄姿，卖弄武艺！公主每天忙于公务，忙着和那些"花孔雀"来往，一次都没提起王！一次都没有！哪怕有人在她的面前提起王，她也无动于衷，一笑而过，接着和那些"花孔雀"说笑。汉人女子竟如此绝情吗？

毕娑愤懑了半天，掩下担忧，收起缘觉写给自己的信，把缘觉写给昙摩罗伽的信送去内室。

"王，文昭公主那边一切顺利。"

屋中燃了数支明烛，罩下雪亮的光线，案上堆满绘制了舆图的牛皮纸。昙摩罗伽坐在案前，面容苍白憔悴，眉宇间满是倦色，修长的手指已经被炭笔染黑，僧衣上一道浅浅的光晕浮动。

他接过信，轻轻地嗯了一声，声音喑哑。

毕娑张了张嘴巴，不知道该说什么，迟疑半天，叹了口气，退了出去。

昙摩罗伽继续埋头写写画画。战机稍纵即逝，他必须考虑到所有可能发生的情形，根据各地送回的战报及时布置兵力，为前线的将士做出调整的指示……

光线一点点地暗淡下去。

亲卫进屋送药，昙摩罗伽停笔，接过药盏一饮而尽，舌尖微苦。

昙摩罗伽放下空碗，抬眸，看着角落里空荡荡的鹰架。

她离开后再没有给他写过一封信。两国是盟友，免不了通过书信往来，不过那些信都由其他人代笔，即使是以她的口吻写的。写信的官员很博学，会汉文、粟特语、波斯语，字迹端正秀美。

信里，她称呼他："尊贵的王庭君主""高贵的佛子阁下"……她谈论的都是国事，客气而疏远。

她回到她的红尘。她和其他人一样敬重他。她成了芸芸众生中的一员，以后和他再无瓜葛。

因缘际会，缘起缘灭。此前种种如梦幻泡影。

昙摩罗伽坐在幽暗的烛光里出了一会儿神，重新拈起炭笔。

诸事顺利便好。

炭笔在牛皮纸上轻轻地摩擦，流畅地画出线条。

片刻后，案上响起一声细微的刺响。炭笔停了下来。

昙摩罗伽低垂眼眸。他记得那是一个炎热的午后，他和几个僧人坐在廊中辩经，晒了一下午，露出来的半边肩膀被晒得微微发烫。

他赢了辩经，僧人们双手合十拜礼，以示敬服。

般若一脸与有荣焉的骄傲得意之色。

他只觉得疲惫。

不一会儿，她捧着书卷过来求见，和他说了一会儿话，目光在他的脸上停留。

"法师用过药了？"她关切地问，一双眸子直直地望着他。

即使他向来温和，王庭上下也没有人敢这么和他说话。她敢如此，一半是出于真心的关切，加之不了解王庭的规矩，另一半其实是因为他的默许和纵容。

昙摩罗伽微微颔首。

她像是松了口气，道："那我不打扰法师了。"

告退前，她指着一串文字问他："法师，这几个波斯文字是什么意思？"

昙摩罗伽抬眸看了她一眼。

她望着他，神情恭敬、信赖。她解释说："我在好几处看到这些一样的字，向般若请教，他明明知道，就是不肯解答，其他人更不懂，我只能来劳烦法师了。"少女语气真挚，浑然不知她正跪坐在他的身侧，满脸期待地望着他，平常的叙述里不知不觉地掺杂了几分亲昵。

昙摩罗伽收回目光，道："这是我的名字。"

书卷是般若收集的各地歌谣的波斯语译文，他是君主，有些歌谣会提到他的名字。

她恍然大悟，眉间浮现笑意："原来是法师名讳的波斯语写法……是我冒失了……"

昙摩罗伽示意无妨。他并不在意这些事情。

几天后，昙摩罗伽听到缘觉和毕娑闲聊时提起，般若和她拌嘴了。

般若骂她不知羞耻。她表情平和，诚恳地道："没错，我的脸皮就是厚。"般若气得跳脚。

昙摩罗伽叫来般若，问起争执的起因。

般若一蹦三尺高，跑回房翻出一沓纸，控诉她的罪行："文昭公主对王贼心不死！"

昙摩罗伽看着他奉上来的罪证。厚厚的一沓莲花纹纸笺，上面写满他的名字。她不会波斯语，字迹歪歪扭扭，大小不一，看起来像孩童的笔迹，不过一排一排写得很整齐，纸上没有一点儿污迹。不知道她是不是写着写着懈怠偷懒了，纸张的边沿有些动物的画像。画像都只寥寥几笔，有一只展翅的鹰、一匹骏马、一头骆驼。

昙摩罗伽想起她的那些古怪的画作。

他猜得出她的用意。她无非想多学点儿不同的文字，以防信件落入他人之手，刚好觉得他的名字适合用来练笔。

后来她果然试着用学了一点儿皮毛的梵语和波斯语传递消息。

她还想了许多暗语，确保只有收到她的信件的人看得懂。

在不同的信件里，她经常用波斯的写法称呼昙摩罗伽，有时候也用梵语，偶尔用汉字。

不管她用什么文字，以前从来没有在信中客套地称呼他为"尊贵的王庭君主"。以后他不会再收到她的亲笔信了。

他的一生也将走到尽头。而她平安喜乐。

烛火微晃。

昙摩罗伽察觉到指尖的颤动，握紧炭笔，接着书写。

几百里外。

瑶英骑马立在山岗上，眺望远方的平原。

远处烟尘滚滚，啸声如雷，半边天空布满密密麻麻的黑点，铁箭凌空落下，所过之处，血肉飞溅。

战斗已经持续了一整夜。

一轮轮箭雨并不能阻挡飞骑队的攻势，他们时而拉成一条直线，逼迫北戎人后退，时而快速让出缺口，引诱北戎人出击，再迅速地扎口，分成几个人一组的小队将突围而出的北戎人一个个包围剿灭，稳步推进。

从伸手不见五指的深夜到天边渐渐泛起鱼肚白，飞骑队始终保持着整齐的队形，犹如一道黑色的闪电，裹挟着雷霆之势直直地搠进敌军，将他们击个粉碎。

清晨金灿灿的光线倾洒而下，勾勒出远处城池雄伟壮丽的轮廓。

飞骑队只要打败最后一支留守的北戎残部，中原和塞外诸州就可以恢复交通，从此再无阻隔。

战斗快结束了。

从战场上撤下来的部落酋长来到山岗上，纷纷向瑶英道喜，感叹飞骑队的骁勇。

当初李玄贞只带了一路大军，奇袭草原部落，断绝北戎人东退之路，之后奔袭千里，深入大漠，居然还能保持如此顽强的战斗力，部落酋长们深深地佩服，也颇为忌惮。

瑶英的目光落在战场上。黑色的洪流的最前方，李玄贞身披战甲，一马当先。士兵们紧随其后，哪怕前方刀光闪闪，也毫不犹豫地往前突进。

李玄贞在军中的威望可见一斑。

郑景策马来到瑶英的身边："公主……拿下这座土城，战斗就结束了。等这边安定下来，太子会率领飞骑队还朝……"

他压低声音，话锋陡转："您呢？"

瑶英看他一眼："海都阿陵一定会卷土重来，不得不防。等这边完事了，阿兄回来，我和他一起去西州。"

郑景提醒她："公主要提防太子。"

瑶英淡淡地嗯了一声。

前方战鼓发出隆隆的轰响。

大战结束。

城中的北戎贵族在一个王子的带领下出城投降，一部分联军打扫战场，一部分陆续入城，控制堡垒要道，西军则负责出面完成交接。部落军纪散乱，驻扎在城外。

李玄贞浑身是血，握刀的手早已麻木。他下了战马，洗去一身黏稠的血，倒下就睡。

他精疲力竭，这一觉一直睡到傍晚才醒，起身换了身干净的衣袍，出了大帐。

军队打了一场大胜仗，营地里气氛愉快，部落士兵忙忙碌碌，正在准备庆祝仪式。营前的空地上燃起一丛丛篝火，闲着的士兵围在篝火前吃肉喝酒，处处笑语喧哗。

"公主来了！"

随着几声欢呼，一阵蹄声由远及近。

李玄贞抬起头。城门前尘土飞扬，十几骑快马朝着营地飞驰而来，瑶英被亲卫和西军将领簇拥着。

李玄贞看着马背上的瑶英。她和本地豪族大家周旋或接见部落使者时，必定着盛装华服，由部曲簇拥，摆出公主的架势，一来令豪族心折，二来以示威慑，三则安定人心。像现在这样在外行军时，她便不施脂粉，以戎装示人，策马而过时，衣袍猎猎，束发的红色丝绦高高地扬起，英姿飒爽。

隔着暗下来的暮色，两人目光交会。

瑶英很快移开视线，在营前下马，和迎上前的部落酋长说笑。

李玄贞在大帐前等着她，待其他人离去，立刻道："义庆长公主的事情让郑景去料理，你不要插手。"

瑶英摇头："我已经和义庆长公主见过面了……"

李玄贞脸色微变，语气急促："剩下的事情我来出面……"

瑶英蹙眉，抬眸打量他几眼，道："太子不必担心，我不会私下对福康公主用刑，她会被押送回长安，由朝廷问罪。"

李玄贞一怔。

瑶英拍拍衣袖上的尘土，抬脚走开。

李玄贞下意识地伸手扯住她的衣袖。

瑶英回头，抽走被他扯住的衣袖："需要我发誓吗？"

李玄贞看着她，目光沉重："我来找你不是为了说这个……"

他担心她引起李德的杀心才会出言提醒，不是怀疑她会对朱绿芸施虐。

瑶英沉默。

身后传来一阵脚步声。李玄贞用余光扫见自己的亲随跟了过来，退后两步。

现在他还不能确定李德在飞骑队安插了多少人，在那之前，不能让李德发现他的心思。

瑶英等了片刻，见他没有别的话，转身入帐。

李玄贞立在原地。

身后的亲卫低声道："殿下，都准备好了，卫国公三天之内赶不过来。等拿到投降文书，我们可以即刻启程还朝……"

李玄贞微微颔首。

入夜时，整个营地欢腾起来。

瑶英捧着酒碗，站在迎风飞扬的旗帜下，面对着围坐成一团的部落酋长，手指蘸酒，对着空中挥洒了几下。

"我们来自不同的部落，说着不同的语言，但在百年前都是皇朝子民，是血脉相连的族人，后来因为战乱分隔，不通音信。我们居无定所，被踩躏，被驱赶，被奴役……现在中原安定，诸州光复，交通恢复，我们……"

她停下来，一一点出各个部落的名字。被她点到的部落酋长立刻激动地挺直腰杆。瑶英一个一个念出那些大小部落的名字，连只派了十几个战士前来依附的部落也没有落下。

众人或诧异，或兴奋，或疑惑，或茫然。酋长们都不由得正襟危坐，神色肃然。

场中安静下来，数千点跳动的火焰映在瑶英的脸上，她含笑的目光从众人的脸上掠过："我们本来就是同胞兄弟，如今终于夺回自己的土地。我们的族人可以养牛养马，可以骑马射猎，可以读书经商，可以去长安见识富贵繁华，朝廷会给我们土地、牛羊、粮食、布匹，会派兵保护我们的牧场，替我们赶走强盗！今天在北戎昔日的牙帐里，我们再次团聚，不论什么部族、什么姓氏，我们同是大魏子民！"

话音落下，营地一片寂静。

瑶英朝众人一笑，一口饮尽碗中的琼浆。

众人对视了一眼，反应快的部落酋长猛地蹿起身，大声欢呼，其他人连忙跟着呼喊。

在座的郑景几个人将所有部族的反应尽收眼底，一起举杯，趁机道出李德之前承诺的种种赏赐。

众人喜之不尽，齐声高呼皇帝圣明。

李玄贞坐在一旁，一碗接一碗地喝酒。

副将为他斟酒，神色惊异："殿下，公主今天说了这番话……这些桀骜不驯的部族应该能老实了……"

李玄贞点头。

之前行军途中，他看到各部落之间摩擦不断，担心她压制不住这些人，部落间会爆发大的冲突，原来她也察觉到了，此前没有计较，其实心里早有盘算。

宴会继续。

瑶英坐在毡毯上，盘腿和众人谈笑，一碗接一碗地吃酒，直到后半夜方起身回营帐。

李玄贞放下酒碗，跟了过去。

她的亲卫拦住他："公主累了，请殿下明日再来。"

李玄贞见她没有回头，也就作罢，转身时一眼瞥见亲卫脸上焦急的神情，心头疑惑，脚步顿住。

亲卫顾不上他，伸手去扶瑶英，余光里黑影一闪。李玄贞推开他，紧紧地攥住了瑶英的手。

"出什么事了？"他低声问。

亲卫大急，伸手去推李玄贞，瑶英转过头来，对他摇了摇头。

"别惊动人。"她踉跄了一下，像是喝醉了酒似的，站都站不稳。

下一瞬，她整个人歪倒在李玄贞的臂弯里。

掌中一片冰凉，李玄贞吃了一惊，脸上却不动声色，手臂稳稳地扶住瑶英。他搂着她走进大帐。

几个人一走进大帐，亲卫立刻小声吩咐其他人："快去请医者过来！"

李玄贞沉着脸一声不吭，先扶瑶英靠着毡毯坐下，示意亲卫拿来灯烛，手指抬起瑶英的下巴。

灯光下，她满脸是汗，神色痛苦，整个人微微发抖，和刚才在宴会上谈笑风生的她判若两人。

李玄贞的面色阴沉如水："怎么回事？"

瑶英紧蹙双眉，推开他的手："受了点儿伤。"

医者很快赶了过来，同行的还有郑景。他看到李玄贞守在瑶英的身边，面露诧异，抬手指指屏风："殿下，医者要为公主换药，我们先回避吧。"

李玄贞沉着脸退到屏风后。

郑景小声和他解释："天黑前有人意图刺杀公主。行刺的人混在人群里，突然出手……好在亲卫机警，当场擒杀了那个人，不过公主还是受了点儿伤……今晚的仪式很重要，公主不愿缺席，只匆匆包扎了伤口……"

李玄贞的声音低沉："幕后之人是谁？为什么行刺？"

这事蹊跷，行刺的人一定有帮手，而且那些帮手就埋伏在李瑶英的身边。

郑景冷笑："也许是想给公主一个下马威吧。"

李玄贞握着刀柄，转身出去。

他历经风雨，猜得出前因后果。诸州光复，接下来各方势力会博弈，李瑶英要面对的是比中原还要复杂的局势。

她今晚和众人谈笑风生，和酋长饮酒，奖赏勇士，看起来神采飞扬，原来一直忍着剧痛在煎熬……

他拔刀出鞘，脸上是克制不住的暴怒，脚步飞快。

"殿下留步！"郑景一边诧异一边拦住他，"公主没有声张，忍着伤痛参加仪式，就是不想把事情闹大，引得部落酋长们互相猜疑。殿下今晚也看到了，人心难测，但是大多数酋长已经向公主表达了忠心。这时候把事情闹出来，人心惶惶，于公主而言有什么好处？公主自有谋划，殿下切勿插手，坏了公主的安排！"

李玄贞脸色阴沉，冷静下来。

医者为瑶英换好药，退了出去。

李玄贞走出屏风，依旧握着刀柄，一步步走到毡毯前，看着冷汗淋漓的瑶英，一双眸子阴沉沉的，像蓄满电光的雨云。

瑶英小声说："我受了点儿伤，没什么大碍，太子有要事找我？"

李玄贞没吭声。

瑶英示意亲卫送客："如果没什么事情，我要歇了。"

李玄贞忽地上前："跟我回长安。"

瑶英还没反应过来，郑景先惊愕失色，上前拦住他："殿下疯了！"

郑景愤怒地质问："太子殿下，你知道自己在做什么吗？"

李玄贞没有理会他，凤眸凝望瑶英，神情阴鸷，语气带着不容置疑的坚定："西州的事务可以交给杨迁，他是土生土长的西州人，身后有家族依仗……"

他仿佛知道瑶英一个字也没听进去，语气越来越轻。他说到最后，气势全无："七娘，我对你发誓，不会再对李仲虔不利，你们可以先回荆南……你留下来，危机四伏，不如回荆南……"

郑景看出李玄贞狂躁克制背后的卑微，心里的猜测得到证实。他不由得心惊肉跳。

瑶英却面色平静，倚在毡毯上，疲惫地道："我刚刚换了药，伤口很痛。我很累，请你出去。"

她只是请他出去，没有拒绝他。因为她根本不会考虑他的请求。

李德和李玄贞是害她这些年苦苦挣扎的人，现在她可以彻底地摆脱李德的桎梏，他凭什么要她回长安？她回去以后要任他鱼肉吗？

李玄贞的喉头哽住。

帐中一片岑寂。

"我没有恶意。"李玄贞看着瑶英因为失血而发白的唇，艰难地开口，"七娘，我只是想要你平安。"

瑶英抬起眼皮，盯着他看了半晌，汗水淋漓的脸上绽出一个虚弱无力的笑容："这里有我的朋友、我的亲人、我的同伴……西军由我和杨迁组建，和王庭的盟约由我促成，我肩负他们的希望，有我的责任、我的义务。我不会抛下这些离开……"

瑶英合上眼睛："李玄贞，我累了，我的伤口很痛，请你出去。"

李玄贞颓丧地立在她的面前，酝酿已久的千言万语堵在嗓子眼里，一个字也说不出口。五脏六腑里就像有数万根针扎一样，密密麻麻、钻心入骨的痛将他彻底淹没。

"你好好休息。"

他沉默许久，转身走出大帐。

郑景跟了出来，几步冲到他的面前："你疯了？"他示意周围的亲随退开，面色阴沉，"圣上现在还没有对公主动杀心……假如他知道你的心思，一定不会放过公主！"

李玄贞闭了闭眼睛："我来应付他。"

郑景愣住，意识到李玄贞话里的意思，霎时毛骨悚然。

"殿下疯了……"他喃喃地道。

"不。"李玄贞摇头，"以前的我疯了……现在的我比任何时候都清醒。"

夜风拂过，他的声音飘散在干冷的空气中。

郑景久久回不过神。

大帐里，瑶英辗转难眠。

伤口在胳膊上，一直隐隐作痛，她抹了药疼痛也没有缓解。

她躺了一会儿又坐起身，就着灯光看了几封信，让亲卫代笔写回信。

部落之间的隔阂不是两三天就能解决的，对于今天的行刺她一点儿都不意外。眼下以大局为重，她可以私底下探查，只要抓住把柄，以后有的是机会掀那些人的老底，不必急于一时。

她既然占了西军首领的名头，就要有首领的肚量。

她越不动声色，那些人越提心吊胆。

来日方长，她要让部落臣服，四方安定。

忙了一会儿，瑶英躺回毡毯，无意识地摸摸衣襟里的佛珠，问亲卫："有王庭的信吗？"

亲卫找来信念给她听。

第一封信是缘觉写的。他的信很长，先报告每天做了什么，自己有多么尽职，然后诉苦，说他奉佛子之命护送她，却被她打发去给另一路大军领路，愧对佛子，备受煎熬，请求瑶英召他回来。

瑶英问："王庭那边战况如何？"

亲卫找出另一封信。这封信是毕娑写的，他用了密语，说战事一切顺利。

他没提起昙摩罗伽。

瑶英侧身躺着，回顾各路大军的进军路线，估算路程，思考接下来要怎么进一步分化各个部族，减少隔阂……

她不知道昙摩罗伽的身体怎么样了，他有没有按时吃药？他现在应该在外领兵，要是突然遭功法反噬，毕娑照应得过来吗？这个念头突然从一片纷乱的思绪中钻了出来。

瑶英翻了个身。毕娑信上没有提起，王庭应该没有大事发生。

可是如果王庭真的发生大事了，等毕娑写信告诉她，她也来不及为法师做什么……

瑶英的心里酸酸胀胀的。很多时候，她想给昙摩罗伽写信。天气转凉时，她想问他的身体怎么样了。得到珍贵的药材医书时，她想问他用不用得上。事情顺利时，她想和他报喜。还有……伤口痛的时候，她不知道为什么，会突然想起他。

可她不能给他写信，这样不妥、不该、不合适。

瑶英在痛楚中迷迷糊糊地睡去。

午时的光线干燥炽热，像火焰一样，扑在脸上，热得人头昏脑涨。

瑶英一步三晃地走下石级，像是随时会栽倒，束发的丝绦飘来荡去。

一阵清冷的香气飘来。

她的余光扫见那一身熟悉的雪白金纹僧衣。高大的身影在她的身侧停下，一双手隔着衣裳扶住她的手臂。

"受伤了？"他问，声音冷冷的，不带一丝波澜。他不像在关心她，倒像是严师在查问功课。

瑶英点头："前天回城的时候抄近道，走的山路，靴子被扎破了……"

他扶着她走进长廊，让她坐在栏杆上。

长廊阴凉，瑶英舒了口气："我好些了……"话还没说完，他俯身，右手托起她的小腿。瑶英吓了一跳，呆呆地看着昙摩罗伽。

墙上绘满青绿的壁画，光束照进来，折射的一道道斑斓的光晕映在他的身上、脸上。他微垂眼眸，用宽大的手掌托着瑶英的腿，用另一只手直接脱下她的长靴，查看她脚上的伤口。

瑶英有些发热。脚上痛了两天，她又有点儿中暑，晕晕乎乎地望着昙摩罗伽。他的眉眼真好看。

一丝冰凉掠过脚背，他解开她脚上的纱布，修长有力的手托住了她的足底。

法师的手……瑶英立刻回神，下意识地想要抽回腿。她的脚底被岩石扎透，血肉模糊，又抹了伤药，碰不得水，这两晚都没擦洗，实在腌臜……她自己都嫌脏……

"别动。"昙摩罗伽握着她的脚掌，脸上没有一丝嫌恶。

"伤口化脓了……得换药。"他抬眸，微蹙眉心，"这两天别走动了，有要紧的事情让亲随去办。"

瑶英呆呆的，点点头。

她待在房中养伤，所有的事情都让亲卫跑腿，等脚底的伤口愈合，刚好毕娑过来找她，两人一起出门去演武场。

他们路过王寺前的广场时，看见路口挤满了人。

昙摩罗伽在布施，信众里三层外三层，把王寺堵了个水泄不通。

瑶英怕坐骑受惊伤人，和毕娑一起下马，绕着广场走了一大圈才找到一个出口，翻身上马。

身后忽然传来一阵嘈杂的声响。

毕娑和瑶英勒住缰绳，回头往广场看去。

人潮涌动，昙摩罗伽身着法衣，手持宝杖，在众僧的簇拥下出了大殿。激动的信众一个接一个地上前接受布施，一个衣衫褴褛的老者上前时，忽然口吐白沫，摔倒在地。

周围的人闪躲不迭，亲兵要上前抬走老者，昙摩罗伽示意无妨，又示意亲随接过宝杖，走上前为老者诊脉。

老者呕吐不止，他的法衣很快一片脏污，他毫不在意。

信众回过神，双手合十拜礼，赞叹昙摩罗伽慈悲为怀。

老者只是中了暑热，很快被抬去阴凉地歇息。

信众恢复秩序。

昙摩罗伽立在殿前，手持宝杖，眉眼平和，法相庄严。

瑶英凝望着他的身影，想起前几天的事，哑然失笑。她那时候一定也是中了暑热，才会胡思乱想。

法师对谁都这么好。她差点儿自作多情了。

瑶英笑了一会儿，一扯缰绳，往演武场驰去。

翌日，瑶英在疼痛中醒来，想起梦中的情景，笑了笑。

天还没亮。

胳膊还是痛得厉害，瑶英满头满脸的汗，衣衫湿透。她挣扎着坐起，叫来帐中的女亲卫为她洗漱换衣。

亲卫是谢青教出来的，武艺不如谢青，但很会照顾人。

瑶英换了身衣裳，吃了药，觉得好了很多，让亲卫点起灯，靠坐着处理公务。

东线的战事算是平定了，接下来的事情又多又杂。

她忙起来，胳膊上的伤似乎不那么痛了。

午后郑景过来看她，见她还有精神写信，笑了笑："公主怎么不歇歇？"

瑶英头也不抬："没事，伤的只是左手。"

郑景也不多劝，拿出一摞书卷，道："公主受伤的时候，这些随身带的书卷遗落在那边的毡帐，我小心地收起来，昨天事情多，一时给忘了。"

瑶英放下笔，接过书卷翻看。

"多谢。"她习惯随身带着一些舆图和记录的书册，方便随时翻看。

翻到最底下，瑶英停了下来。最底下一本不是名册，也不是舆图，是一沓简单地糊起来的册子。

她翻开册子。纸张上画满了画，有巍峨的山川、高大的双峰骆驼、展翅的雄鹰、扬鞭的牧人，还有和尚……册子上有打坐的和尚，有骑大象的和尚，有看书的和尚……这些都是她平时随手画就，寥寥几笔，线条简单，别人可能看不出来她画的是谁，以为她只是信手涂鸦。

看着画，瑶英不由得想起在王庭的时候。她有次画了叉腰骂人的般若，被昙摩罗伽撞见，他好像皱眉了。昙摩罗伽要是知道她也画他，不知道脸上会是什么表情。

忽然，她听见郑景含笑问："公主在笑什么？"

瑶英从画中回过神，摸了摸自己的脸，抬眸看郑景，后知后觉地道："我在笑吗？"明亮的光线透过毡帐笼在她的脸上，她的面庞微微发红，唇角轻抿，神色有些茫然。

郑景沉默。原来她不知道，看画的时候她一直在笑。

他从来没见瑶英这么笑过。她笑得肆意，娇俏，带了点儿女儿家的小得意，双颊润红，眉梢眼角都是笑意，眼中的似水柔情仿佛马上要溢出来。

她在看画，在想画上的人。想到那个人，她便不知不觉地笑了出来，哪怕那个人不在跟前……

郑景的心头怦怦跳动了几下。什么样的儿郎竟然能得到七公主的垂青？

他看着神情依旧茫然的瑶英，心中五味杂陈。纵然他在送公主和亲的时候就知道自己此生和她无缘，但心里还是免不了泛起微微的酸涩、失落和嫉妒，更多的是时不与我的惆怅，还有欣慰和好奇。

七公主历经坎坷，能够遇到一个知心之人，他亦为爱慕之人欢喜。

不过正因为历经坎坷，所以七公主性情坚定，轻易不会动情。到底是哪家子弟，能让七公主一想到就露出这样柔和的神情？

到底已为人父，郑景压下怅惘，轻笑着感慨："假如我年轻几岁，公主这么对我笑……"

假如当年七公主愿意在他的面前表露出这样的女儿娇态，他早就不顾一切地带她走了。然而七公主深知他们这些世家儿郎的骨子里对富贵功业的渴求，年少轻狂时他们可以为公主赴汤蹈火，但有几个人能担负起轻狂的后果？

七公主理智清醒，能让她动意的必定是景星凤凰般的人物。

瑶英自然听得出郑景未尽之语里的玩笑之意，笑了笑，合上画册。

郑景忍不住调侃："公主一定是想到了有趣的事情。"

瑶英收起画册。

她在想一个无趣的人。

她不禁微笑。即使她做好了这辈子再也不见他的打算……即使她知道自己对他来说只是一个过客……她还是很高兴能遇见他。

他让她知道，她的坚持并不愚蠢。在这个不属于她的时代，她也能找到一个理解她所想的人，就像跋涉途中失去方向，跌跌撞撞中忽然撞见他。

刹那间，光明大放。

昙摩罗伽。

她的法师。

番外八

逝者如斯

连日细雪，铅云低垂，天空不见金乌，漫天阴沉的青色冷冷地沉下来，高大巍峨的城墙也显得格外伶仃。

唐泉立在城墙的背风处，一身窄袖圆领锦袍，半臂里罩有一层柔韧的薄甲，腰束革带，悬环首刀，足踏皂靴，靴筒里露出匕首的玉柄，左手挽弓，右手紧紧地握着箭杆，一双锐目冷冷地盯着城门的方向。

不久后，徐徐飘落的雪花里隐隐飘来马蹄声。

唐泉弯弓搭箭，屏息凝神，在弓弦被拉到颤动的细微声响中寻找自己的目标。

蹄声渐近，快马飞驰而至，领头的人高大健壮，一袭白袍迎风猎猎作响，马鞍旁悬挂的一对擂鼓瓮金锤在火把的照射中闪烁着耀眼的光泽。

李仲虔的金锤从不离身。

嗖的一声，冷箭呼啸而去。唐泉紧张得手足俱僵。

当他看到马背上的男人应声栽倒在地时，狂喜涌上心头。

下一刻，嗖嗖声四起。七八支冷箭从不同的方向蹿出，刺破长空，朝着唐泉扑了过来。

他还没来得及从得手的狂喜中冷静下来，前胸、腰上一阵阵剧痛。

薄甲挡住了箭矢，但挡不住箭头的力道，他忍不住闷哼几声，跟跄着倒地。

城门洞里乱成一团，有人执着火把去看那落马的男子，有人飞快地攀上城墙，扶起唐泉，查看他的伤势，有人顺着刚才那七八支箭蹿出的方向看去，朝着黑暗的角落奔去，吵嚷声乱成一团。

"别管我！"唐泉对身边的人低吼，"人死了没？"

仆从不敢应声。

唐泉一把推开仆从，冲到城头前。

城墙下，无数火把朝着落马的男子聚拢过去。

唐泉脸色阴沉。他的第一箭只是个信号，此时那些聚拢过去的士兵里有数十个游侠无赖，个个都是亡命之徒。今天就是李仲虔的死期！

然而城墙之下依然是一片嘈杂声，始终没有响起他等待已久的、刺杀成功后应该响起的鼓声。

唐泉的脸色越来越沉："怎么回事？"

他们计划了几个月，还在李仲虔的身边安排了细作，步步考虑周详。李仲虔插翅难飞，而且此事不会牵连到东宫，为什么鼓声迟迟没有响起？

唐泉拔出环首刀，冲下城楼。

人群在他的眼前散开，一道黑影猛地扑上来，紧紧地按住唐泉。

"大郎，你中计了，计划中止。"

唐泉浑身冰凉。

人群的最前方，中箭落地的男人缓缓地爬起身，解开白袍，取下防风雪的面罩，露出一张面无表情的脸。他不是李仲虔。

唐泉恨恨地咬牙。

男人看也没看手按刀柄的唐泉一眼，转身，朝着不远处抱拳，恭敬地道："让女郎受惊了。"

暗处传来一声柔和的轻笑。入城的十几骑向两边散开，一人策马越众而出，翻身下马。

唐泉的眼皮抽搐了一下。

火光摇曳，勾勒出那个渐渐走近的人的婀娜的轮廓。她掀起面纱，环顾一圈，勾唇一笑。阴冷的雪夜里，像是一道光芒骤然划过。

唐泉听到周围同时响起惊讶的议论声。

"是女公子！"

来人是李瑶英，圣上的第七女，东宫太子李玄贞的异母妹妹，因为还未被册封为公主，部曲仆从仍习惯称呼她为女公子。她正是李仲虔的同母胞妹。

唐泉怒目圆睁，恨不得一刀斩了眼前的小娘子！

李仲虔是东宫的心腹大患，此前他奉东宫长史魏明之命借刀杀人，本可以置李仲虔于死地，却为女公子所阻……一次也就罢了，他次次都被她坏了事，焉能不恨！

刺杀忽然出了意外，在场的人不敢妄动，唐泉的人马纷纷回头，等着他示下。只要唐泉一声令下，他们可以继续执行刺杀任务。杀不了李仲虔，他们可以杀了他的妹妹。

细雪窸窸窣窣，气氛沉静，剑拔弩张。

李瑶英似乎浑然不觉周遭的凛然杀机，缓步上前，拂去高大的侍从襟前和肩头的雪泥，嗔怪似的含笑问："没摔着吧？"

唐泉心中冷笑。

高大的侍从仍旧面无表情，摇摇头，抱拳道："是属下冒失了。"

李瑶英眼波流转，目光在唐泉的身边停了一下："阿青，怪不得你，雪夜赶路，谁晓得会出什么岔子？好在我先想到了，早就预备了人手，这一路到入宫，各处都打点好了，咱们慢慢走，不用急躁。"

侍从道："是。"

李瑶英看着唐泉身边的人，目光微沉："秦世兄也是来接人的？"

城墙下陡然安静了片刻，嘈杂声隐去，取而代之的是一片诡异的沉默。

所有人紧紧地按住刀柄。

站在唐泉身边的秦非苦笑了一下，以眼神示意周围的人不要轻举妄动，上前几步，扬声道："过来见一位老友。"

李瑶英微笑着道："我赶着回京，就不和世兄多聊了。"

秦非亦笑着道："女公子客气。"

他暗暗朝唐泉摆了摆手。唐泉勃然变色，被身边的人拉开了，其他挡住道路的人也纷纷后退，很快让出一条空路。

李瑶英上马，带着那个高大的侍从和其他人扬长而去。

唐泉怒骂出声，挣开挡住自己的人，拔刀追了上去。

"回来！"秦非连忙疾步追上，皱眉冷斥，"大郎，你没听出七娘的言外之意吗？刚才你差点儿被射成筛子了！李仲虔他们早有准备！"

李瑶英话中之意：唐泉可以设下埋伏，她也可以取唐泉的性命。

唐泉想起方才射向自己的冷箭，一顿，气得浑身颤抖。

他出手之时，李瑶英的人同时出手，搅乱他的计划。现在那些人肯定早已散去，他派人沿街追击毫无意义——李仲虔不在这里，计划已然失败。

伴着一声巨响，唐泉一刀劈向城墙。碎石积雪飞溅。

秦非叹了口气，走上前，拍拍唐泉的肩膀："你在这里安排了人手，李仲虔也安排了内应。我来就是要提醒你，王府那边的内应说，李仲虔可能早就回府了，之前你们以为他中计，那不过是李仲虔的障眼法罢了。既然他们早有准备，你们先罢手吧，不用急于一时。"

唐泉还刀入鞘，牙关咬得咯咯响。

李仲虔这次回京，魏明布下了天罗地网，东宫口风紧，绝不可能泄露机密，可李瑶英就像长了顺风耳一样，居然猜出东宫的布置。六处渡口，八道城门，七八支人马，个个都像是李仲虔。

好在魏明吃过几次亏，这次早有准备，让人埋伏在其他地方故布疑阵，而真正的杀招是唐泉。

唐泉的族弟亲眼看见李仲虔和前去迎接他的李瑶英住进城外的驿馆，那对金锤、那匹骏马，还有侍从身上穿的那件据说是李瑶英亲手为李仲虔缝制的白袍……唐泉以为这一次万无一失了，没想到李仲虔居然舍得抛下李瑶英，自己先回长安了！

"想要殿下大业可成，必须先除掉她。"唐泉忽然阴森森地道。

秦非一愣，随即脸色大变，一把拎起唐泉的衣领，压低声音，嘱咐道："大郎，你是殿下的表弟，得殿下看重，别违逆殿下。"

唐泉和秦非交情深厚。唐泉怒道："我对殿下忠心耿耿！魏长史说过，她迟早是祸害！我要为殿下除害！"

他涨红了脸："你刚才没看见吗？大庭广众之下，她贵为女公子，竟然和家奴仆从举止亲昵。她一定就是用这些手段迷惑那些部曲效忠！我听说京中名门子弟已经向圣上提过几次亲了！那些世家大族向来盘根错节，谢氏失势，她还是能嫁入高门！"

秦非无奈地叹气，手上加了几分力，劝道："她是不是祸害，魏长史说了不算！殿下没有发话，你别自作主张。"

唐泉沉默半晌，忽地冷笑："女公子貌美如花，称秦兄一口一个世兄，秦兄这是怜香惜玉了？"

秦非愣了一会儿，放开唐泉，哭笑不得："大郎，我是个粗人，不懂什么怜香惜玉。殿下贵为世子，冲锋陷阵，次次身先士卒，在军中时，和士卒同食同宿，提拔部属只论军功，不计较出身……我们这些人能够封侯拜将，光宗耀祖，都赖殿下恩德，我对殿下同样忠心耿耿。如果殿下哪天命我斩杀女公子，我绝不迟疑。"

他回首望着李瑶英离开的方向。

"魏长史急于立功，不择手段，可太子殿下从未说过要取女公子的性命。"

唐泉捡起佩刀，面色阴沉："她是谢氏之女。"

秦非想起谢氏、唐氏当年的纠葛，对着纷纷扬扬的雪花抓了抓头皮。

太子平素待他们这些部下宽和，但是谁也不敢在太子的面前提起先皇后唐氏，那是太子的逆鳞。

魏明敢一而再，再而三地对李仲虔下手，也是因为太子默许李仲虔"意外亡故"。李瑶英是谢氏之女，太子会放过她吗？

在秦非看来，李瑶英只是一个小娘子罢了，不会危及太子的地位，东宫用不着赶尽杀绝。不过李瑶英和李仲虔相依为命，既然东宫要杀李仲虔，留着李瑶英无疑后患无穷，魏明下手狠辣，也是为了让太子无后顾之忧。

东宫是未来的天子，记恨谢家，哪怕把谢家全族给杀了，谁敢出手阻拦？

说来说去，谢氏母子，还有那位终日哭哭啼啼的福康公主……这些私事都轮不到秦非来忧虑，他只需要跟着太子上战场杀敌，其他的事情与他不相干。

要不是担心唐泉闯祸让太子难做，他今晚才不会赶过来搅入这场斗争！

十几骑疾驰入城，马蹄踏碎一地琼玉。

众人到了下榻的驿舍，谢青下马，转身去搀李瑶英。

瑶英早已累得虚脱，刚才和秦非对话时谈笑如常，其实都快站不稳了，马还没停下，整个人便栽倒下来。谢青顾不得其他，上前直接抱起她，护送她上楼进房。

"派三个人入京……"

瑶英躺在谢青的怀中，瑟瑟发抖，断断续续地道："魏明一定以为阿兄回京了……他气急败坏，东宫接下来会收回人手……快催促我阿兄入城……我们的人手继续值守……把金锤送到我阿兄手中……别让他看出什么……"

侍从听令，三匹快马很快朝着长安的方向去了。

"殿下一定平安无事，七娘歇着吧。"谢青放下瑶英，为她盖上毛毯。

瑶英攥紧毯子，摇摇头："再等等……我们这一路这么辛苦，就是为了能骗过魏明……回到长安才能安全……现在还不能松懈……"

七八支人马同时入京的计划是她和李仲虔一起制定的，但是李仲虔不知道唐泉等在这里。她撒娇骗来李仲虔的金锤，哄他和商队同行，帮她寻什么世所罕见的生辰礼，自己故意暴露，吸引魏明的注意力，才能让李仲虔顺利回京。

李仲虔宁愿单枪匹马和东宫动武也绝不会让她冒险，她只能瞒着他。

"入城就好了……"瑶英强撑着不肯睡，汗如雨下，"躲过这次……一年之内魏明找不到下手的机会……"

李德登基不久，朝政不稳，各处人心浮躁，所以魏明才会选在这个时候动手，等朝政稳定下来，魏明就不敢轻易下手了。

谢青一语不发，绞了帕子为瑶英擦脸，动作有些笨拙。

瑶英紧紧地蜷缩成一团，强忍痛苦，笑了笑："阿青，城门那一下真没摔着？要是受了伤，一定要敷药。"

谢青怔住，过了好一会儿，摇了摇头："没有。"

"那就好……"瑶英喃喃。

谢青垂眸，静静地看着她。

天亮之前，送金锤的仆从折返："七娘，阿郎进城了！"

瑶英等了整晚，闻言长舒一口气。

"七娘放心，阿郎不知道唐家小子守在这里，说他从胡商那里买了不少稀罕的宝贝，等着七娘回府，让七娘自己挑……"

仆从话还没说完，谢青突然抬起头扫他一眼。

谢青人高马大，瞪着眼睛看人实在吓人，仆从连忙止住话音，朝床榻看去。

瑶英躺在榻上，已经睡着了。她太累了。

仆从小心翼翼地退出里间。

谢青为瑶英盖好毯子，继续值守。

刺杀计划失败，东宫果然暂时偃旗息鼓。

随着各地豪强派使者入京献上舆图，李德再一次封赏群臣，瑶英和其他姐妹被正式册封为公主，不过仍然没有封号。

朱绿芸之前被册封为福康公主，和其他公主私底下抱怨了一次，这次没有得到封号，又抱怨了一回。

瑶英一点儿都不在意什么公主的名号。前几天李德下旨，要李仲虔南下一趟，她担心出什么变故，安排人手沿路照应，以防东宫又动杀心。

"阿兄，万事小心，我等着你回来守岁。"即使将事事安排好了，瑶英还是忍不住担忧，一边帮李仲虔束革带一边叮嘱。

"管家婆。"李仲虔低笑，系好扣襻，转身摸摸她的头发，笑道，"我这次只是办个差事，又不是上战场，过几天就回来，你别总惦记着。长安越来越热闹了，没事不要闷在府中，让谢青带你出门玩。你想买什么只管买，想要什么写信告诉我。"

瑶英一一应了，送他出门。

"宫里那边我派人看着，你没事不要进宫，宫里有旨意，你就说病了，没人敢硬闯王府……"

李仲虔嘱咐到一半，回头对长史道："记住了，不管大事小事，等我回来再说。一切以公主的安危为重。"

长史应是。

李仲虔又嘱咐了些别的话，挥手让瑶英回去："落雪了，别冻着你，回去吧。"

瑶英坚持送李仲虔出城，直到他的身影融入天际那片灰蒙蒙的山影中，什么都看不到了，才裹紧斗篷，下了城墙，骑马回城。

城门洞一片漆黑，坐骑忽然停了下来，打了一声响鼻。

瑶英回过神，抬起眼帘。对面一道冷厉的目光扫过来，刀子一样，刮过她的脸。瑶英忍不住打了个冷战。

蹄声起落，一个人从幽暗处策马走了过来。昏暗的光线中，那双凤目冰冷，淡漠，阴沉。

瑶英垂眸，飞快地扫视左右，发现自己的侍从正好被挡在城门洞外，周围全是身着玄色盔甲的飞骑队。谢青今天没跟着她出门。

李玄贞想做什么？阿兄已经走远了，李玄贞现在派飞骑队去追杀他，应该赶不上……李玄贞有所顾忌，应该不敢这么堂而皇之地下手……

瑶英心里七上八下，一手握紧缰绳，一手抓紧软鞭。她打算策马往墙边退去，还没动作，手上忽然一紧，软鞭的另一头被人攥住一抽。

瑶英想也不想，松开鞭子。

对面的李玄贞反应得更快，握住鞭尾，手腕一翻，鞭首像蛇一般紧紧地钩住瑶英的手腕，将她整个人拉了过去。瑶英差点儿跌落马背。

李玄贞伸出右手扯住她的手臂，不让她跌落，居高临下、冷冷地看着她。

"我从南山谷回长安，遇到一伙前来寻仇的残部余孽，他们招认说，消息是不久前从长安传出去的。"他一字一顿地道。

瑶英面无表情。

李玄贞俯视着她："李七娘，你想杀我？"字字重如千钧。

瑶英稳住心神，淡淡地说："长兄是天命之人。"她尝试过，失败了。

李玄贞脸色骤变，几乎控制不住浑身的血液奔涌。

她真的想杀他。

甲衣、佩刀碰撞，铮鸣嗡嗡，握着她的手臂的手指像烙铁一样。瑶英觉得李玄贞马上要拔刀让自己血溅当场，一手飞快地朝长靴里藏着的匕首探去。

李玄贞的左手攥住她的手，微微用力。瑶英紧咬牙关，一声不吭，匕首还是从掌中滑落，发出嘭的一声脆响。

李玄贞看着地上那柄闪着雪亮的寒芒的短刀，讥诮着道："想用这个杀了我？"

瑶英抬眸和他对视，脸上不见一丝颓唐之色："长兄武艺盖世，我不过想自保罢了。"

李玄贞半晌无言。

她想杀他。因为他要杀李仲虔和谢氏。

他看着她，胸腔中翻涌起的愤怒和杀意如烈焰般熊熊燃烧。她毫无反抗之力，只要他手上再加些力道，她必死无疑。

阿娘说过，所有人都得死。李玄贞的眼底恨意涌动。他要杀了她。

瑶英心惊胆战，暗暗积蓄力气，抬起长靴。她伤不了李玄贞，待会儿直接用尽力气去踢李玄贞的马，等马受惊……

手臂突然剧痛无比，然后蓦地一松。

李玄贞忽然松手，直接甩开瑶英。瑶英猝不及防，从马背上摔了下去，跌落在坑坑洼洼的砖石地上。

旁边的一匹空鞍马受惊，马蹄高高地扬起，重重地落下。她险些被马踢伤，慌忙闪躲，冷汗淋漓。李玄贞坐在马背上，没有看她。

马蹄践踏，尘土飞扬。他始终不看瑶英。

马蹄朝着瑶英落下。在周围飞骑队惊恐的注目下，李玄贞的身形暴起，长臂一展，袍袖飞扬。他落到了惊马的背上，牢牢地攥住缰绳，迫使惊马安静下来。

瑶英惊魂未定。

"这一次你救下李仲虔……"李玄贞仍然没有看瑶英，凤目望着城门方向那一束晃眼的光亮，"还会有下一次，我不会罢手。"

瑶英拍拍身上的尘土，面色不变。

李玄贞低头，看着尘土里的瑶英。她面容平静，早就明白他不会放过李仲虔。

"我给你一次机会。"李玄贞忽然道，语气怪异。

瑶英愣住了。

李玄贞沉默不语。话既然说出口了，他再反悔，着实可笑。

"我和谢氏不死不休。"

有那么一瞬间，李玄贞感觉不到自己的心跳，也感觉不到任何声音。风声、说话声、马嘶声，所有声音都离他远去……

他继续道："我可以放过赤壁的阿月。"他说得干脆，一点儿都不犹豫，就好像这句话已经在他的心头滚动了很多遍一样。

瑶英沉默了一会儿，忽地一笑："条件是什么？让我眼睁睁地看着你杀了我的兄长？"

李玄贞不语。

瑶英脸上的笑意一点点地退去："我阿兄没害过你，没害过你的母亲。"

李玄贞凤眸一瞪，敛去的杀气又翻涌上来，而且更冰冷阴沉。

瑶英捡起自己的匕首，塞回长靴，拎起长鞭，上了马背，身姿娇弱，但脊背挺直，神情坚定。

"哥哥，认识你的时候，我没想到……我们会走到今天这个地步。"她轻轻地道。

不等李玄贞说什么，瑶英扬鞭催马，毫不犹豫地从李玄贞的身边离开。

细雪绵绵，落地即融，庭前的砖地湿漉漉的，一片粼粼的水光。

厅内设了火盆，帐幔拢着一屋融融的暖意。

郑璧玉靠在榻前打盹儿。

东宫姬妾围坐在一旁，一边为她捶腿捏肩，一边细声细气地说着闲话。

太子昨晚就该回来了，不知为什么耽搁到了现在还没有音信。今天一大早姬妾们接着迎候太子，天寒地冻，太子妃体恤，让她们进屋等候，她们心里感激，忍不住为她不平，抱怨起来："一定又是叫那一位请过去了！"

那一位自然是朱绿芸了。

郑璧玉闭目小憩，置若罔闻。

姬妾们小声议论了一会儿，窗外传来一阵整齐的脚步声。

"殿下，阿郎归。"

姬妾们登时满面笑容，连忙搀扶郑璧玉出门迎接。

李玄贞直接骑马进了内院，长廊外一片闪烁的甲衣的寒光。他的护卫居然进内院了。

郑璧玉脸色微变，摆了摆手。姬妾们向来敬服她，不敢多问一句，立马俯身下拜，一起退了下去。其余闲杂侍女、仆从也一并告退。

郑璧玉的脚步略快了些。

她刚迎出长廊，李玄贞的护卫抢步上前，压低声音道："殿下，已经派人去请张奉御了。"

郑璧玉颔首："你亲自去侧门等着，别声张。"

护卫应是，和另外一个护卫扶李玄贞下马，一人托着一边胳膊。他们半搀半架地把人送回房，立刻转身去迎张奉御。

郑璧玉示意自己的心腹侍女去各处照应，掀开李玄贞身上厚重的长袍。血腥气扑面而来。

李玄贞神色如常，凤目直直地盯着前方，长袍底下的衣衫被鲜血染红一大片。

郑璧玉和他说话，他一语不发。

"殿下失血过多，已经神志不清了。"护卫小声说，"这一路我们紧紧地跟着殿下，殿下才没摔下马。"

郑璧玉小心翼翼地掀开李玄贞的内衫，看到肩膀上带血的纱布，紧蹙双眉。"怎么会受这么重的伤？人抓到了吗？"

"在南山谷受的伤，是之前那个徐寨主的残部，他们趁我们不备时偷袭，殿下受了重伤……人都抓到了。"

郑璧玉将眉头皱得更紧："伤得这么重，为什么不先在城外养伤？"

伤口一看就是粗粗包扎的。李玄贞带着这么重的伤赶路，简直不要命了！

护卫神情茫然："原本是如此的……可殿下审问杀手时，意外得知有人泄露他的行踪，大怒不已，坚持要立刻进京……谁劝都没用。"

郑璧玉抬起眼皮："是谁泄露的行踪？"

护卫道："据那些人的口供，可能是秦王那边的人。"

郑璧玉心下顿时了然。李瑶英对李玄贞动了杀心，李玄贞怎么可能冷静地等养好伤再回京？他势必要当面求证，伤势拦不住他的脚步。只是不知道得到肯定的答案以后，他做了什么决定？

"殿下回来以后去了哪里？"

"殿下入城以后直奔王府，我们怕殿下和秦王起冲突，只能苦劝，好在今天秦王出城去了，殿下只见到七公主……把七公主拦在城门洞中……"

护卫说到这里，神情更加茫然："也不知道是怎么回事，殿下对着七公主发了脾气。七公主离开时，殿下并无异样，等入了内城门，险些晃下马，我们才知道殿下的伤势加重了……"

护卫叩首请罪。

郑璧玉叹了口气："无事，殿下的脾气一向如此，怪不得你们。"

张奉御知道李玄贞重伤，很快赶到，帮着处理了伤口，开了方子。

告退前，他语重心长地劝解已经苏醒的李玄贞："殿下虽然身体健壮，亦不能这般轻忽伤势。"

李玄贞颔首应了声，脸上没什么表情。

郑璧玉为李玄贞侍奉汤药。

翌日朱绿芸来了一趟。郑璧玉命人给朱绿芸收拾下榻的地方。

众姬妾大急："殿下怎么能把她招进院来？"

谁承想，郑璧玉不仅没有改变主意，还搬回自己的寝房，让朱绿芸代她照顾李玄贞。

姬妾们叹息：殿下太贤惠了！

郑璧玉在屋中翻看账务。

假如朱绿芸能化解李玄贞的心结，她巴不得朱绿芸入府——她了解李玄贞。东宫内院是她的天下，而在前朝，郑氏是她的底气。

几天后，郑璧玉叫来护卫。

"南山谷的事情查清楚了？果真是秦王那边下的手？"

护卫回答道："或许秦王推波助澜了，但下手的人到底是谁，属下也不敢断言。"

郑璧玉摇头叹息。

从前李瑶英和李仲虔事事忍让。瑶英试过很多法子请求和李玄贞和解，李玄贞不肯松口。李仲虔自请南下去看守祖坟，圣人断然拒绝。兄妹俩曾试图假死离开，跟着商队东渡扶桑，远走高飞，被圣人识破。

圣人不杀他们，也不放他们。他们走不得，逃不了，李玄贞又不肯罢手，瑶英已经和他决裂，绝望之下对他下杀手，这也在情理之中。

李玄贞的伤势一天好过一天。这天他不知道为什么和朱绿芸起了口角，朱绿芸又负气离开了。

郑璧玉闻讯赶到："要派人去请公主回来吗？"

李玄贞在换药，赤着的上身满是疤痕，汗珠沿着脊背一颗颗地滑落。他摇摇头，眉宇间唯有疲惫："派人护送她回府。"

郑璧玉也不多劝。她搬回李玄贞的院子，日夜照顾他。

天气寒冷，李玄贞的伤势反复发作。有时候他整夜高热，有时候体寒如冰，人昏昏沉沉的。他时而可以目光清明地起身处理公务，时而迷迷糊糊地胡乱叫嚷。

这夜郑璧玉刚刚在屏风外的长榻上歇下，李玄贞忽然低语了几句。

"殿下渴了？"郑璧玉移灯挪到病榻旁，柔声问。

李玄贞凤眸圆睁，双手对着空气挥舞了几下，猛地攥住她的胳膊。

"阿娘……"他的眼底腾起猩红之意。李玄贞紧紧地攥着她，眸光如冰，锋利，也脆弱，只能在阴沉中刺伤别人，日光一照，坚冰就会融化为水。

郑璧玉知道他又被噩梦魇住了，轻轻地应了一声。

李玄贞挣扎着坐起身："阿娘……我把命还给你……好不好？"

郑璧玉幽幽地叹了一口气。

"你没有生下我就好了……"李玄贞紧抓着她，眼底越来越红，"什么世子……什么太子……你不要争了……我不要……我只想阿娘平安……"

他感觉眼前暗影浮动，无数火光腾起，一张焦黑、狰狞、丑陋的脸庞从黑暗中浮现，一块块烧焦的皮肉和黏稠的血往下掉落，雪白的人骨露出来，焦臭味盈满他的口鼻。

那是他的母亲、他夜夜的梦魇。

烧成焦炭般的人影在他的眼前冷笑，皮肉、牙齿外翻，眼珠滚了出来，皮肉底下的骷髅靠近他，在他的耳边发出凄厉的哭声。

"都得死……他们都得死……都得死！长生，阿娘死不瞑目！阿娘都是为了你！为了你受屈辱……为了你去争！"

烈火熊熊地燃烧，骷髅在烈焰中翻滚，尖叫，号哭。

李玄贞跪倒在骷髅前。

幼时见过的模糊的画面一次次在他的脑海中浮现，他看见年轻的阿娘。她美丽、温和，带着他从城中逃出，朝着什么人跪下，恳求他们……她把他推出门，颤抖着，眼角有泪水滑落。

他太小了，什么也做不了。

哭声越来越尖锐，越来越高亢，像是同时有数千人在放声啼哭。

"你让我死不瞑目……死不瞑目……"

阿娘啊！

李玄贞放开郑璧玉，跌跌撞撞地下了床榻，披散着长发，冲出屋门，凤眸通红，宛如兽类的眼睛。

郑璧玉不敢大声叫醒他，跟在他的身后。

廊外大雪纷飞，李玄贞光着脚冲下石级，跪倒在雪地上，对着阴沉的天穹叩首："阿娘啊……"

他一下一下地磕着头，雪花落满他的肩。

许久后，他抬起头，面色苍白，麻木地道："都得死……"

回廊里，郑璧玉闭了闭眼睛。

细雪渐渐成了大雪，到了年底，庭前廊后覆满厚厚的积雪。

元日前夜，宫中大宴。

李德登基后的新年，宴会自然盛大隆重，热闹非凡。百官齐颂圣德，人人喜气盈腮，红光满面。

数千个身着华服的伎人在高台下跳起驱傩舞，整齐的脚步声震天动地，殿中的席案都在微微震动。

郑璧玉应酬了一番，回到席位，发现李玄贞在喝酒。他还没痊愈，不该饮酒。她拿走他面前的酒盏，让侍女换上清茶。

过节时气氛和乐，席间诸人说着家常话，不知是谁提起李仲虔："秦王今晚没来。"

李玄贞朝下首看了过去。

一人接口道："秦王还没回城呢……七公主今晚也没来……"

李玄贞看他一眼。

说话的人接着和身边的人说话："七公主摔伤了腿……"

李玄贞垂眸，盯着茶盏看了一会儿，抬眼看郑璧玉。

郑璧玉淡淡地道："王府传出的消息，秦王出城的那天，七娘去送他，不小心从马背上跌落，摔伤了腿，手也摔伤了，连筷子都拿不了……"

李玄贞眉间微动。

郑璧玉给他斟了盏热茶："七娘没学过武，听说摔得不轻，这段时日一直躺着养伤，没下过地。"

李玄贞握紧茶盏。

那天她被甩下马，起身时一点儿异常都没有。他不知道她摔伤了。

若在以前，他们还没有决裂时，她会直接告诉他："长兄，你把我摔伤了。"

因为她对他抱有希望，所以坦诚、执着。现在她不会了。她宁可忍着剧痛爬上马离开。

李玄贞一杯接一杯地吃茶。直到宴散，他也没有开口说什么。

沉默中，侍女过来传话，朱绿芸请他过去。他起身离开。

侍女收走他的茶盏，忽然轻声叫了一下，朝郑璧玉叩首请罪："殿下，奴不是故意的……"

郑璧玉朝侍女看去。

侍女身体抖如筛糠，面前的托盘里，一只上好的绿玉茶盏碎成了几块。

郑璧玉拿起茶盏细看。李玄贞刚才一定很用力，茶盏都叫他捏碎了。

"没事，你下去吧，是我不小心跌了茶盏。"

侍女千恩万谢。

王府。

宫中大宴，府里也张灯结彩，装饰一新，院中燃起巨大的庭燎，内院侍女、仆从围着火堆歌唱、踏舞、吃酒，通宵达旦。

李瑶英也坐在火堆前，怀里抱了一把黑漆琵琶，手指随意地拨着丝弦。李仲虔的几个侍妾围坐在旁边，或抚琴，或吹笛，或鼓笙，或拍鼓，曲调欢快。

明天就是元日，瑶英原本等着李仲虔回来一起守岁，前几天接到信，李仲虔遇到几个旧友，被绊住了，年后才能回京。

怕她生气，送信的人一并带回一大箱珍宝，还说李仲虔再三保证会尽快赶回来。

瑶英没有生气。谢无量逝世后，李仲虔疏远了所有故友，看似放荡不羁，其实心情沉重。他能暂时放下重担，和投契的朋友游玩，她反倒希望他多玩几天。

长刀始终悬在头顶，他们兄妹二人随时大祸临头，正该及时行乐，反正逃不掉一死。

"你告诉阿兄，京中诸事稳妥，等过完上元再回来也不迟，不过酒一定要少吃。"

到了除夕，瑶英先派人进宫看望谢贵妃。

她那天在城门洞摔下马背，崴了脚，胳膊肩背酸痛了好几天。她干脆说自己摔断了腿和胳膊，躲在家中享清净，只每天派人去宫中问安。

李玄贞贵为太子，肯定不愿让人知道是他让她受伤的事情。

不出瑶英所料，东宫果然沉寂下来，李玄贞一连半个月都没出门。

瑶英放下心。

等侍女回来说谢贵妃一切都好，瑶英命人关上大门，跳下床，和侍女、仆从一起过年。

她不知道自己能活多久，所以每个年都要好好过。

吃了羊肉锅子、烤鹿肉、炙羊头，瑶英拍拍铜鼓："好肉怎能无酒？倒酒来！"

谢青在她的身旁值守，握着长刀，站得笔直，面无表情道："阿郎说女郎在服药，不能吃酒。"

正准备凑趣给瑶英倒酒的府中侍妾瞪了谢青好几眼，还是没敢倒酒。

瑶英回头拽谢青的袖子："就吃一杯。"

谢青看着她，摇摇头。

瑶英也不坚持，转而和侍女玩起色子。

等天色黑透，她领着仆从往火堆里扔竹筒，听着一声声的爆竹声响。侍女们挤在廊前，捂着耳朵笑成一团。

他们一直闹到半夜，几个侍女取来笔墨纸张，对着夜空中的明月写写画画，嬉笑打闹。

瑶英弹了一会儿琵琶，有些累了，好奇地张望："她们在画什么？"

"公主，她们在画如意郎君呢！"

侍女嬉笑："就要到子时了，她们画下自己的如意郎君，等会儿钟声响起来的时候对月祝祷，祈求来年能早点儿遇到知心人！"

其他侍女追着她又揉又笑，瑶英跟着笑出声，走过去看侍女画画。

侍女和她玩惯了，知道她性子好，没有忸怩遮掩，只羞涩地一笑。

瑶英一个个看过去。有的人画的是穿官袍的相公，有的人画的是武将，有的人画的是书生，还有的人画得歪歪扭扭，瑶英看不出是什么。

"公主也画一张，很灵验的……"侍女撺掇瑶英，"画个郑公子那样的！"

瑶英失笑。怎么府中人都认定她要嫁给郑景？

她和魏明周旋，费尽心机，难得清闲，侍女们想哄她欢笑，不一会儿就将纸笔送到了她的跟前："公主画一个吧！"

瑶英笑笑，接过笔，随手在纸上画着。

侍女叽叽喳喳。

"公主的意中人会是什么样的？"

"公主艳冠长安，驸马的相貌也要盖过其他儿郎！"

"裴家十二郎那样的？"

"太书生气了……还是武将好，相貌堂堂，器宇不凡……"

"必须是高门子弟……"

处处危机四伏，瑶英处境艰难，从没有动过少女心思，哪里有什么意中人？

年节下，她暂时忘掉忧愁，随意地在纸上涂抹，勾勒出一个身形，因为心中没有波澜，所以想不出相貌，画了衣裳，始终没有画五官。

一个侍女对着她笔下的图看了半天，嘀咕："公主的意中人难不成是个和尚？"

其他人又气又笑，要撕她的嘴。

瑶英也笑了。她画了半天，忘了画头冠发髻，画的人还真像个和尚。

这时，远处忽然钟鼓齐鸣。

子时到了，整座长安城一百多个里坊同时敲响辞旧迎新的大鼓。

侍女们对着明月虔诚地祈祷。

瑶英停笔，跟着拜了拜。

她没有意中人，只求平安顺遂。

"殿下，前不久京中闹出一桩大事，您听说了没？"

晨钟前长安刚落过一场淅淅沥沥的细雨，庭前土润苔绿，一地零落的红白色桃李花瓣，翠绿的枝叶饱饮春露，叶片上挂满晶亮的水珠，水珠滴滴答答地往下淌。

太子妃郑璧玉斜倚隐囊，闭目假寐。

一个梳着妇人发髻的女子束着宽袖，一边为她染指甲，一边小心翼翼地道："袁家大郎挨打了！"

郑璧玉一言不发。

女子等了半晌，接着道："听说是和秦王酒后起了冲突……不过是王孙公子之间的几句口角罢了，没想到秦王拿起锤子就把袁大锤了个要死不活。袁家几位夫人说要进宫哭一场，让圣人做主……"

郑璧玉抬起眼帘："阿崔，我阿弟要管袁家的闲事？"

崔氏慌忙放下银匙子，俯首道："大姐，袁大的母亲哭得像个泪人似的，又送了厚礼来……袁家和咱们家连着亲，大姐如今贵为太子妃，袁家想进宫，又不敢自作主张……郎君一时拿不定主意，所以让我进宫问问大姐的意思……"

郑璧玉抬起手，看着自己艳红的指甲，淡淡地道："依我看，问我的意思是假，想和唐泉联手对付秦王是真。"

崔氏惊得目瞪口呆，一时冷汗淋漓。好半天后她才手忙脚乱地站起身，敛容稽首。

郑璧玉面不改色，道："阿弟以为我是内宅妇，就不知道他在外面的勾当吗？"

崔氏辩道："殿下，郎君也是在为殿下做长远的打算……"

"为我打算？"郑璧玉笑了笑，"当初阿耶投错了人，郑氏一族大祸临头，弟弟妹妹年幼，撑不起门户，我以新寡之身嫁入李家，换来一家子的前程……如今阿弟长大了，可以自己拿主意了，也知道为我这个姐姐打算了。"

崔氏趴在簟席上，不敢抬头，满头满脸都是汗。

宫人捧着煎好的滚茶过来，郑璧玉吹了吹指甲上未干的印子，接过茶盏，慢条斯理地啜饮。

崔氏一动不敢动，足足等了一炷香的工夫，终于听到一声清脆的茶盏放回几案的声音。

"阿崔起来吧。"郑璧玉的声音听起来一如既往地温和平淡。

崔氏出阁前就听说过这位尊贵的大姑子的名声，父母都曾叮嘱她，宁可得罪堂上的翁姑长辈，她也不能得罪丈夫已出嫁的大姐。

她不敢再在郑璧玉跟前要花样，不等郑璧玉细问，老老实实地道："大姐，郎君一来确实是为大姐打算，二来也是想在太子的面前卖个好。他武艺不精，不能随太子征战，在太子的面前远不如秦非等人……他是大姐嫡亲的弟弟，不能为大姐分忧，心中着实难安……唐泉是太子的母族子弟，很得太子看重，郎君才会和他结交……"

崔氏说着，眼圈微红。

郑璧玉微微一哂："糊涂！若在以前，他有这个心思，我绝不阻拦，亲自送他上战场！如今江山已定，我们郑家还需要靠战功立身吗？圣人和太子对世家是什么手段，你们没亲眼见过，难道还没听说过？

"当年唐家欲和谢家争军功，子弟几乎都上了战场，一次大战，唐家有一支的亲兄弟三人不幸先后亡故，那时负责运送粮草的人正是卫国公，先皇后和唐家人都认为是卫国公故意害死了三兄弟，唐泉积极奔走，不仅是为了在太子面前争功，也是要报他的私怨！

"他唐家、谢家之间的纷争，阿弟搅和进去做什么？！

"唐泉是谁？他姓唐，是先皇后的族侄，就算事情败露，陛下和太子念着先皇后，总要保他性命，阿弟呢？"

崔氏惊出一身冷汗，叩首请罪不迭。

郑璧玉沉默了一会儿，道："我的脸面用不着他来为我争，让他老实些吧！"

崔氏忙道："我回去就告诉郎君，让他和唐泉断绝往来！"

郑璧玉摇摇头："此人绝非君子，阿弟陡然和他断绝往来，只怕他会怀恨于心，平时来往节礼不要怠慢。"

崔氏心领神会。

唐氏一族连豪强都算不上，因为先皇后一朝富贵，患得患失。加上当年谢、唐之争闹得沸沸扬扬，唐氏对世家的态度格外敏感，世家稍有龃龉，唐氏就会视其为欺辱。

郑璧玉依旧神情平静，叫来心腹侍女，接着染指甲："告诉阿弟，他要真为我打算，就老老实实地跟着叔父读书，其他的事情不要多管。尤其有两个人的事，他一点儿都沾不得……"

崔氏忙屏住呼吸。

"一个是朱绿芸。"

崔氏颔首。太子对朱绿芸百般纵容，人人都看在眼里，甚至有人说朱绿芸将来一定会取代太子妃，郑家确实不宜插手朱绿芸的事情。

"另一个……"郑璧玉停顿了一下，道，"是秦王。"

崔氏恭敬地应是，等了一会儿，笑着道："说起秦王……其实还有另一桩事情……和咱们同族的郑相公，他家三郎爱慕七公主……想向秦王提亲。"

郑璧玉抬起头，难掩惊讶之色："郑景？"

崔氏点头："七公主虽说是秦王的妹妹，可到底是内宅女眷，又是金枝玉叶，就算秦王坏事，也连累不到她。她生得出众，京中爱慕她的儿郎不少呢。"

郑璧玉浮想联翩。

爱慕李瑶英美色的少年公子确实不少，但郑景应该清楚李瑶英真正的处境，也明白娶她要付出的代价——李瑶英是李仲虔的胞妹，等李仲虔失势就没了依靠。郑景娶她，不仅代表将来仕途上得不到妻族的支持，还可能被东宫疏远。

寻常人家看不出宫闱的云谲波诡，郑景身为世家子弟，怎么可能看不出来？

莫非李瑶英想利用郑景，借助郑宰相来抵抗东宫？

随着东宫地位的稳固，李仲虔的日子越发难熬。得到李玄贞的允许，唐泉越来越不择手段，李瑶英几次反击，给魏明添了不少麻烦。据说那个叫杜思南的谋士也被她笼络，魏明不止一次提醒李玄贞：杜思南此人若不得己用，必成祸患。

郑璧玉人在内院，也感觉到前院气氛沉重。

魏明他们不会罢手，七公主也不可能坐以待毙。

"亲事定下了吗？"郑璧玉问，心思一转。

崔氏摇摇头："郑相公原先不肯……后来郑景对着祖宗的牌位发誓，说只要能尚七公主，他不承爵，不袭家业，不连累族人……他一意孤行，连前程也不要了，郑相公也没法子……"

郑璧玉半天没说话。

原来这桩婚事竟是郑景主动去求的。

郑景现在名声不显，但是郑璧玉向来留心郑氏子弟，知道得比旁人多些。她可以笃定，日后能够率领郑家在朝堂上有所作为的必定是郑景。

清醒、理智、谨慎的郑家三郎居然立下了那样的誓言。

郑璧玉不由得有些恍惚。

他到底年少哇。

崔氏看着她，犹豫了一会儿，道："郎君觉得这桩婚事不妥……想问问大姐的意思……毕竟同是郑姓……"

郑璧玉回过神，缓缓地道："你也说了，七公主是女眷。这件事情阿弟更不必插手。"

崔氏会意，点头附和。

假如七公主能嫁给郑景，那就是半个郑家人了。圣上抄家还不祸及外嫁女呢，何况七公主只是秦王的妹妹。而且郑相公表明了态度，即使郑景尚李瑶英，他也不会为秦王得罪东宫。

等崔氏告退，郑璧玉独自坐了一会儿，靠着隐囊躺下。

心腹侍女上前为她揉腿，神情疑惑："殿下，秦王和七公主一母同胞，七公主行事有度，怎么秦王如此放浪形骸？他明明知道袁大是被挑唆的，还是险些打死袁大。"

挑唆袁大的人正是唐泉，他想借刀杀人。

"受人撺掇又如何？"郑璧玉冷笑，"秦王还未失势，袁大就敢当着他的面大放厥词……其他人呢？"

郑璧玉在乱世中长大，知道失势的家族会落到什么境地。袁大敢当着李仲虔的面口出狂言，李仲虔若是隐忍了，那些躲在暗处、无法无天的浪荡子还不得寸进尺？

这个世道，没有人怕君子，李仲虔处境尴尬，蛮横霸道反而会让别人忌惮。

侍女若有所悟："那要是三公子真去向秦王提亲，秦王会许婚吗？秦王说过，只有能接住他三锤的人才有资格做他的妹夫……可三公子不是习武之人……"

郑璧玉吹了吹指甲。她是做姐姐的，猜得出李仲虔的想法。

"只要三郎真心实意，秦王不会为难他，说不定还会催促他们及早完婚……倒是……"

郑璧玉想起这几个月来东宫和王府的几次交锋。

李玄贞军务繁忙，许多事情都交由魏明裁夺。

魏明似乎颇为忌惮李瑶英。

李仲虔几次化险为夷，靠的不是王府那几个老吏，而是李瑶英——七公主早已经跳进东宫和王府相争的旋涡之中，无法抽身，也不愿抽身。

她不会应下郑家的求亲。

几日后，郑璧玉见到李瑶英。

宫中的小宴上，宫妃、公主、官眷们着盛装华服，罗绮珠翠，聚在园中赏花饮酒，迎面吹来的风里带着一股浓郁的脂粉香。

郑璧玉应酬了一会儿，带着儿子挪到池畔一座临水的曲廊里。

她还未走近，先听到一阵嬉笑声。

几个宫装少女在院中踢蹴鞠，其中一人穿窄袖打球衣，头束彩绦，脚踩锦靴，腰上缠着革带。她利落地抬脚，一脚将彩绸皮球踢向廊下的一株杏树。

皮球砸中树干，叶落纷纷。

众人都笑了起来："贵主输了，要罚！"

少女转身张望，发间的彩绦迎风飞扬。

廊前廊下安静了好一会儿。

郑璧玉挥手示意侍女去曲廊的尽头守着。

少女也挥手示意宫人退下，捡起掉落在杏树下的皮球，拍了拍，独自走进曲廊。

"阿嫂。"

"七娘。"

两人见过礼，侍女奉茶。

李瑶英刚刚踢了一会儿球，热得双颊红扑扑的。她解开打球衣的领扣，露出里面穿的半臂衫，斜倚在栏杆前，接过侍女手中的圆扇，对着自己扇风。

她模样娇憨，就像一个天真活泼、和姐姐一起出门游玩的小娘子。可她不是。她是谢贵妃的女儿，注定被殃及。

郑璧玉看了一眼儿子。若是没有李瑶英，她未必能顺利地生下儿子。

小郡王站起身，一步一步地走到李瑶英的跟前，按照宫人们平时的教导像模像样地行了礼："大郎拜见姑姑。"

李瑶英轻笑出声，扶起小郡王："都会叫人了……"

她摸了摸小郡王的脑袋，从袖中取出准备好的礼物。

小郡王小脸通红。他接过礼物，回到母亲的身边。

姑嫂二人说了几句闲话。李瑶英忽然放卜茶盏，低头对倚在郑璧玉怀里的小郡王笑了笑："喜欢这个吗？"

她拿起彩绸皮球，往前递了递。

小郡王愣了片刻，呆呆地点点头，随即羞得面红耳赤，一头扎进郑璧玉的袖子里，不敢抬头。

七姑姑踢的皮球又漂亮又轻巧，还扎了彩带铃铛，和东宫的皮球不一样，他没见过。

李瑶英把皮球递给小郡王："姑姑家里还有好多这样的皮球，这个送给你了，会玩吗？"

小郡王抬起头，看一眼郑璧玉。郑璧玉朝他点点头。小郡王抿嘴笑，谢过李瑶英，恭恭敬敬地接过皮球。

宫人走过来，牵起他的手，带他去廊下踢球。

廊中只剩下郑璧玉和李瑶英二人。

郑璧玉看了一眼小郡王的礼物："七娘知道我会过来？"

李瑶英喝了口茶："阿嫂在开宴前让人送了两壶酒过来，我平时不饮酒，阿嫂素来心细，特意打发人送酒过来，必定有什么缘故。"

郑璧玉知道李瑶英的为人，也不废话："郑相公家行三的郑景，七娘可见过？"

李瑶英抬眸，和郑璧玉交换了一个眼神。

"在宴中见过几次。"她面色如常。

郑璧玉沉默了一会儿，道："七娘，内宅妇人自有内宅妇人的生存之道。"

李瑶英看着郑璧玉，微微一笑："我明白，阿嫂。"她望着曲廊中斑驳的彩漆廊柱，"我是局中之人，一日在局中，一日生死不知，郑公子万里鹏翼，不必受我连累。"

郑璧玉看着她的眼睛："七娘真的想清楚了？"

李仲虔必死无疑，她果真要为兄长搭上自己的性命？

李瑶英点点头，眸中没有一丝犹豫："想清楚了。"

郑璧玉半晌无言。

姑嫂二人静坐品茗。她们相交不深，但了解对方的品性，一问一答已经明白对方的立场和决定，不必再论其他。

风吹过，廊前树影婆娑。

李瑶英饮尽杯中的残茶，起身出了回廊。

刚好小郡王一球踢了过来，她几步下了石级，灵活地跳起转身，皮球磕在长靴上，发出一阵悦耳的丁零声。

宫人们拍手叫好。

郑璧玉伫立在回廊中，看着他们笑闹。

假如上一代的恩怨不存在……七娘就该是这副模样……她本该是无忧无虑的七公主。

小郡王很喜欢彩绸皮球，夜里回到东宫，饮了浆水，还抱着皮球在廊下玩。

直到华灯初上，小郡王仍然没有回房。

郑璧玉料理完庶务，寻了出来，绕过屏风，却见廊前人影憧憧。

侍从、宫人、阉奴整齐地侍立在阶前。数十人屏息凝神，一动不动。

廊前一片岑寂，唯有皮球一下一下落在砖地上发出的声响。

郑璧玉身边的侍女正要出声呼唤小郡王，阶前的侍从慌忙地朝她挤眉弄眼，示意噤声。

侍女吓了一跳。

郑璧玉朝侍从手指的方向看去。

廊前的几盏宫灯罩下一团昏黄的光晕，一人侧对着她立在灯影中，一手扶剑，身上甲衣未脱，风吹白袍猎猎，身形格外高大挺拔。

他背对满天星辰，看着在树下拍皮球的小郡王，凝神伫立不动，凤眸里映出星星点点摇晃的灯火，神情模糊。

郑璧玉不知道李玄贞在这里站了多久，等了一会儿，看他似乎在出神，轻声道："殿下回来了。"

宫人们齐齐地行礼下拜。

小郡王这才发现阿耶回来了，连忙放下皮球，跟着行礼。

李玄贞慢慢地抬起眼帘。

郑璧玉看着他，还没来得及辨认出他眸中掠过的情绪，他朝她微微颔首，转身去偏殿换衣。

李玄贞换下甲衣，入内院。

小郡王见他进屋，连忙起身行礼。

他走过去，问了些日常起居，郑璧玉一一代小郡王答了。

没一会儿，宫人过来禀报，唐泉求见。

李玄贞去了书房。

唐泉上前回禀袁家的事情。他煽动袁家人进宫状告秦王，以此为契机，定能让秦王获罪。

李玄贞听了半天，神色漠然，摆摆手示意唐泉出去。

唐泉脸色微变，上前道："殿下，斩草不除根，后患无穷！"

李玄贞皱着眉头，有些不耐烦。

在门外戍守的秦非忽然听到屏风里传出争执声。

不一会儿，争执声停了下来。

唐泉退出书房，面色青紫。秦非和他打了声招呼。唐泉没有理睬，拂袖而去。

三天后，秦非在练武场和人演练拳法，院门前突然闹哄哄的。

"唐泉出事了！"

秦非大吃一惊，连忙换了衣服去唐家。

唐泉是被人抬回唐府的。

侍从说他在下衙的路上突然失去踪影，等侍从在暗巷找到他时，他已经被打断一条腿。

秦非心急如焚。唐泉是先皇后的族人，谁敢对他下手？

"还能是谁？"侍从抹泪道，"一定是七公主！"

秦非和其他人面面相觑，不敢吱声。

这天夜里，魏明从唐家回来，立刻求见李玄贞，和他同行的是唐泉的侍从。

屋中的说话声断断续续。秦非先听到了侍从一连串拔高嗓音的指责，然后声音低了下来。魏明语重心长地在劝告，不一会儿声音也低了下去，过了一会儿又拔高。

离得远，秦非听不清魏明到底在劝什么，不过听得出来那个侍从的语气越来越急躁。

等魏明和唐泉的侍从一前一后退出书房，秦非忍不住回头往内殿看了看。

殿中空空荡荡，一星如豆的灯火在摇曳。

李玄贞坐在案前，垂眸看着几案上一柄出鞘的长刀，脸色阴沉如水。

两个月后。

前线送回露布捷报，前来归附的部落献上祥瑞。李德下旨犒赏三军，大赦天下，广招贤才。

长安城一连半月不设宵禁。各地商旅齐至京兆，城中里坊火树银花，灯火辉煌，高达数丈的彩灯楼台一座挨着一座，如一条条火龙在夜色中蜿蜒游动，根本望不到头。男女老少携家带口，城中万人空巷，热闹空前。

街市人头攒动。

瑶英站在一盏硕大的莲花灯下，啧啧称叹。

李仲虔作势要掏钱："喜欢这个？"

瑶英笑着摇头："看着好玩，别买了，这么大的莲花灯，我拿不动。"

李仲虔随口说："既然喜欢，那买个小点儿的。"

瑶英四处看了看，挑了个小的莲花灯，又买了一只滚圆的老虎灯，非要李仲虔拿着。

"阿兄，你看，这个像你！"

李仲虔失笑，敲了敲瑶英头上戴的幞头，接了老虎灯。她说像就像吧。

两人边走边逛。远处河畔的方向传来阵阵鼓声，声音洪亮急促，连如潮的人声都盖住了。

李仲虔带着瑶英往拥挤的人群走去。

今晚城南有一场盛大的杂技表演，他们就是为看杂技来的。

早有仆从在入口等着，瑶英正要上楼，一个奴仆打扮的人迎上前，朝她行礼，起身之时，突然轻声道："贵主，太子殿下相候。"

瑶英怔了一会儿，反应过来，脸色骤变。奴仆一动不动，等着她回答。

瑶英一阵战栗，紧紧地握住手中的莲花灯，飞快地扫视一圈。

她和李仲虔今晚秘密出行，身边带的都是亲信之人，东宫的人却混了进来……眼前这个人敢直接挑明来意，这说明他完全不怕她识破他的身份，东宫有备而来。在他们的身边，还有多少东宫的人？

"太子有何见教？"瑶英攥紧灯杆，问。

奴仆小声说："您去了就知晓了……贵主，金吾卫杨腾、王府卫率陈定现在就在太子殿下的身边。"

瑶英的心沉了下去。

杨腾、陈定都是王府的人。他们背叛王府了。

她立刻朝李仲虔看去。李仲虔在和身边的亲卫说话，发现她迟迟没有跟上来，转过身，也朝她这边看了过来。

瑶英的目光越过他，望向他身后不远处的一座张灯结彩的高楼。

辉煌的灯影中，一道高大模糊的身影立在窗前，长街上比肩接踵，灯火如昼，无数道光闪烁，也照不亮他的轮廓和面容。

李玄贞。

男人小声催促："贵主一定不想看到秦王血溅当场。"

瑶英闭了闭眼睛。

李仲虔的声音飘了过来，带着笑意："是不是累了，走不动了？"

在他的身后，对面的高楼上隐约有甲衣的寒光闪烁。

他们已在网中。

顷刻间，瑶英已经在心里拿定主意，神色却不见一丝惊慌忐忑，眸中也笑意盈盈。她对着李仲虔摇摇手里的莲花灯。

"阿兄，你先上去，我有些饿了，想去下曲买羊肉胡饼吃。"

李仲虔笑着弹了弹她的头巾："就知道你馋这个了，多带几个人。"

瑶英带着亲卫到了高楼下，果见到杨腾和陈定。

两人一脸惭色，拱手行礼。

瑶英明白他们的意思，示意亲卫留在楼下，由二人护送上楼。

"太子想在闹市动手吗？"她平静地问。

杨腾是背主之人，本以为会被瑶英嘲讽几句，不想她的反应如此镇静，一时之间心中滋味难明。他低声回答："殿下的打算……某等不知……贵主，里坊长街内外都是东宫的人。不设宵禁的第一晚，东宫就安排好了……"

瑶英的脸上没什么表情，手心里却都是汗水——她紧张不是因为王府属臣的背叛。随着李德登基、李玄贞逐步抓稳军权，以后背叛李仲虔和她的部下臣属会越来越多。

让她意外的是李玄贞。他居然亲自带人设伏？魏明怎么会允许他留下这样的把柄？他到底想做什么？

瑶英心念电转。李玄贞这个人虽然反复无常，但应该不至于丧失理智，大庭广众之下对李仲虔下毒手……

屋中没有点灯，对着长街的排窗全部被卸了窗扇，只剩窗框。一排排挂着花灯的长竿挑在窗外，晃动的灯火映得二楼一片彩光浮动。

李玄贞立在灯影阑珊处，凤眸微垂，看着瑶英和李仲虔分开，一步一步地踏入高楼。

不一会儿，亲卫站在他的身后："殿下，七公主来了。"

瑶英提着莲花灯走进光线昏暗的二楼，亲卫从她的身边退了下去。

李玄贞背对着她，扶着刀，没有转身，也没有开口。

瑶英不动声色，顺着他的视线看去，余光扫视左右，想看清此处到底埋伏了多少人手。

一道冷厉的眸光从她的身上一扫而过。李玄贞看了她一眼，淡漠地道："你以为哄着李仲虔进了楼，他就安全了？"

瑶英已经习惯他的阴郁古怪，但是听到这话，心里还是一紧。

他今晚格外阴森恐怖，像是动了杀心。

谢氏、李氏……李玄贞谁都不会放过。他将来会手提屠刀，亲手杀了唐氏让他牢牢地记在心底的仇人……他是天命之人，无论她怎么努力都抵抗不了……

那又如何呢？

夜风吹拂，花灯发出簌簌的轻响。

瑶英看着手里的莲花灯，慢慢地平静下来："太子公然残杀血亲，就不怕天下悠悠之口？"

李玄贞没有看她，不过可以从她的语气中猜出她脸上的神情。

她和李仲虔乔装打扮，从长街上曲一直逛到下曲，都玩得很高兴，身旁的亲卫抱了一堆新奇的小玩意儿。她今天穿着男装，戴了幞头，在货摊前转身朝李仲虔撒娇的时候，头巾晃动，一翘一翘的。

然而他的人突然出现。

即使离得远，李玄贞也能看出那一瞬间李瑶英有多惊慌和忐忑。

人遽然从静好喜乐中跌入地狱，大抵就是如此。

她曾说，人想在乱世中得一份安宁，着实不易。

李玄贞在仇恨中煎熬，把她也扯进这无穷业火之中，彻底击碎了她安稳度日的希望，让她终日在恐惧中度过，不得解脱。谁让她是谢氏的女儿？

此刻，她看着他的眼神一定满是恨意。

这样也好。他们就这么互相憎恨，互相防备，互相痛下杀手，直到有一天，李仲虔死在他的手里。

"我会怕天下悠悠之口吗？"李玄贞淡淡地道。

瑶英嗤笑一声。他将来会弑父，会不顾群臣的阻拦掘了自己父族的祖坟。这样的人确实不怕天下人议论。

她冷静地道："时机还没到，就是魏长史在这里，也会劝太子三思。长安毕竟在天子脚下，世家豪贵林立，牵一发而动全身，我出王府之前也做了安排。"

李玄贞转身，黑眸幽幽看着她："你想鱼死网破？"

瑶英站在他的影子里，紧攥着莲花灯，直面他冷漠的眼神。

李玄贞移开视线。

"唐泉的腿是你让人打断的？"静默中，他忽然问。

瑶英抬眸，盯着李玄贞看了一会儿，自嘲地一笑，道："唐泉一而再，再而三地对我兄长下杀手……他……"

话还未说完，她只听一声轻响，长刀出鞘。杀机毕露。

冰冷的利刃直指瑶英，刀锋距她的咽喉不过一指。瑶英轻轻地哆嗦了一下。

李玄贞握着刀，凤眸望向对面高楼的方向。

"李瑶英，这是你的最后一次机会。"他握刀的手稳如山脊，"我不想等合适的时机，今晚李仲虔就要葬身此处……"

他的身影一动不动，话说到一半，另一只没握刀的手突然抬起，手指轻轻地一点。

嘭的一声。他未尽全力，瑶英却觉得浑身酸麻，手中的匕首落地。

一道巨力猛地袭来。李玄贞一手握刀，一手攥住她刚才试图偷袭他的手，把她扯到花灯之下。

"我说过，你杀不了我！"他勃然变色，几乎掩饰不住自己的暴怒。

瑶英的眸中映出他暴怒的脸。

她奋力地挣扎："我也说过，总得试试！"

屋外骤然传来一阵急促的脚步声，守在门外的亲卫一窝蜂地拥到窗前，陈定和杨腾也在其中。

太子和七公主刚才还在说着话，一转眼就拔刀相向，变故发生得太快，他们什么都没看清，等反应过来时，七公主已经被太子掐着下巴按在花灯下。

杨腾生怕太子一怒之下杀了七公主，硬着头皮上前，作势要押走她。

"滚出去！"李玄贞暴喝出声。

杨腾对上他渐渐发红的双眸，吓得浑身直打战。

亲卫面面相觑，退了下去。

李玄贞回头，双眸泛起血红，眼底杀意汹涌，手中的长刀贴着瑶英发抖的身体擦了过去。

瑶英不停地挣扎，随着几声细微的裂响，圆领袍的袖口被长刀划出一条长长的口子。夜色中，灯火微晃，她雪白的颈子和刀刃几乎紧贴在一处。

李玄贞掐着她的下巴，指腹可以感受到她皮肤底下的血管的跳动。

她不懂武艺，只能在他的掌中徒劳地挣扎。他若杀了李仲虔，她能把他怎么样？

李玄贞的母亲告诉他，世道就是如此，没有对错，唯有强弱。他弱，所以母子俩只能任人欺辱。他强，便可不受掣肘。

瑶英挣扎得更加厉害，眼中渐渐泛起水光，望着他的眸子果然满是恨意。

"长生哥哥怀有侠义心肠。"

一句埋在记忆深处的感叹忽然浮上心头。她说这话时，看他的目光比星辰更亮。

李玄贞闭上眼睛。下一瞬，瑶英从他的掌中逃脱。

他扭过头，手中的长刀垂落。

瑶英背靠着窗剧烈地咳嗽了一阵，抬起头，抹去泪水，灯光在她苍白的脸颊上流转。

"阿兄年前没回京，想弥补我才会陪我出来看杂戏。"她喘匀了气，转过身，"李玄贞，你知道他为什么迟迟没回京吗？"

李玄贞不语。

瑶英轻声道："他说是被旧友绊住了，我为他高兴，没有多想……后来他一再失约，我才觉得古怪，问他的护卫……护卫说，阿兄去求荆南豪族……一家一家，他亲自登门请求。"

她的兄长也曾是芝兰玉树的世家公子，纵然后来自弃堕落，成为被人耻笑的武夫，亦有他的骄傲。

这样的李仲虔，为了给她留一条后路，冒着大雪和冷言冷语去拜访和谢家有旧的世家。

李德登基，李玄贞成为太子，羽翼丰满，瑶英知道李仲虔死期将至，李仲虔又怎么会不明白自己的处境？他不怕死，只担心会连累她。

护卫说，一家接一家，他……他几乎跪遍了整个荆南。他可是敢当着李德的面杀人的李仲虔哪！

瑶英靠在窗框前，唇边浮起一丝笑意。

回京以后，李仲虔一句也没提起荆南的事，还记得给她带荆南的土产。

李玄贞沉默不语。

瑶英望着对面的高楼，神情微变。

远处的楼阁下，一道身影从装饰灯楼的大门走出，朝着下曲的方向走去。

她迟迟未归，李仲虔出来寻她了。

人潮汹涌，他走在一盏盏花灯下，背影时明时暗。

瑶英听到从四面八方传来的、弓弦被拉得绷紧的声响。

四周的高楼上寒光闪动，埋伏的人手也看到李仲虔出来了。

杨腾和陈定全部叛变，这街市早就落入李玄贞之手，人群之中不知道有多少人是东宫卫士。

瑶英扶着窗框，转过头，看着李玄贞："唐泉做的那些事情，是太子指示的？"

李玄贞神情淡漠。

瑶英收回视线。她不确定李玄贞敢不敢在闹市下手，所以应邀试探他，现在知道答案了。

下一刻，李玄贞猛地睁大凤眸，身形暴起，如苍鹰般往窗前猛扑了过去。

挺阔的袍角从他的指尖滑过，他的眼前只剩下冰冷的夜风。

"李瑶英！"李玄贞几乎嘶吼出声，呆愣一瞬，甩下长刀，翻出窗框。

"殿下！"

"殿下当心！"

亲卫方才都呆住了，见状纷纷回神，吓得魂飞魄散，从角落狂奔而出，合力架住他的胳膊，硬是把他拽了回去。

李玄贞面色铁青，一双凤眸直直地盯着楼下。

就在刚才，李瑶英从他的眼前跳了下去，果断利落，毫不犹豫。

瑶英听到耳畔呼呼的风声。

背上传来一阵刺痛，她抱住脑袋，蜷起身体，在翻滚中辨认方向，当看到一角翘起的木架时，松开了手中紧攥的挑竿，滚了过去。

上楼之前她就观察过地形，知道二楼这面排窗不高，她可以抱紧挑竿，顺着灯架滑下去。正好她今天穿的是男装。

灯架上有凸起的木刺，衣袍撕裂，一阵阵剧痛袭来。瑶英丝毫不觉，感觉到落地，飞快地爬起身。右脚传来钻心的剧痛，耳边嗡嗡直响。她还是摔伤了。

瑶英一刻也不耽搁，忍着剧痛往前跑。

周遭的鼓声震耳欲聋，李仲虔听不见她的呼唤。

李玄贞当真动了杀机。她好像听见拉弓的声音。

一切挣扎无济于事。她一再拖延，也许还是改变不了李仲虔的结局。

身后是埋伏已久的东宫人马，李玄贞说不定已经下令，再过几息，那些箭矢会密不透风地笼罩下来。李仲虔武艺再高也逃不过。

瑶英不顾一切地往前跑。

在她的身后，李玄贞立在窗前，看着她踉踉跄跄、头也不回地朝李仲虔奔去。

只要他一声令下，万箭齐发。转瞬之间，李仲虔就会被射成筛子，她也是。

她明知如此，还是义无反顾地冲了过去。

杨腾战战兢兢，抱拳请示："殿下……"

李玄贞铁青着脸，一语不发。

杨腾不敢自作主张。

楼下鼓声阵阵，人声笑语不绝。

楼上、巷子深处、坊墙内外，一张张拉满的弓发出细微的声响。

长街上，瑶英推开不断从人群中钻出来、想把她带走的人，一步步朝李仲虔靠近。

那些人迟迟得不到指令，焦急万分，只能让开道路。

很快，周围的人默默地退去。

瑶英心急如焚。李玄贞要动手了。

"阿兄！"

密集的鼓声里，李仲虔终于听到瑶英的呼唤。

他还没转身，瑶英已经扑了过去，牢牢地抱住他，试图用自己的身体挡住他。她等着箭雨罩下。

活着，他们高高兴兴地过好每一天。大难临头时，他们一起赴死。

鼓声停了下来，热闹的人声也停了下来，背后唯有夜风吹动花灯的簌簌声，破空之声迟迟未至。

瑶英感觉到右脚钻心地痛，神魂归位。

她清醒过来，听到自己擂鼓般的心跳声。

她还没死。

瑶英扭头，看向自己刚才跳下的楼阁。挑竿被她扯落，花灯散落一地，几个侍从打扮的人在楼下收拾残局，四面高楼上，暗处还有寒光闪动。

原来她没有猜错，李玄贞不会傻到选在闹市动手。

瑶英长舒一口气，身上生出阵阵寒意。冷汗早已浸透她的里衣。

李仲虔回头看瑶英："买到胡饼了？"

瑶英回过神。他们必须尽快离开这里。这会儿她不能让李仲虔知道发生了什么，等回到王府再告诉他，包括唐泉的事情……

瑶英把脸贴在李仲虔的背上，不让他看见自己狼狈的模样。

"人太多了……阿兄，我累了，刚才还崴了脚……我想回去了！"她抱怨了一通。

李仲虔听出她声音里的倦意，顺势俯身背起她，笑道："累了？刚才不是还说要看到天亮的？"

瑶英趴在他的背上，摇摇头："不想看了。"

窗前，李玄贞霍然转身，卷起的衣袍扬起一阵凉风。

护卫和杨腾几个人慌忙地跟了上去。

路上，李玄贞一言不发。

回到东宫，他径自去了书室，灯火一直未熄。

第二天，郑璧玉整理送到内室的衣袍时，发现外袍的衣袖上有道利刃划过的痕迹。她心里微动。

侍女送来前院的消息："听说昨天太子殿下动了大气，秦侍郎他们吓得告假出去避风头了，今早魏长史求见……殿下口令，以后王府那边……全由魏长史掌事……不论事大事小，魏长史可以先行后闻，不必征求他的允许……魏长史告退后，殿下去练武场拉弓，到现在还没歇息，也没用朝食……"

郑璧玉半晌没有作声。

有了李玄贞的这道口令，以后魏明可以自行其是，随时对秦王和秦王身边的人下毒手，包括对七公主。

郑璧玉叹了口气。

他们到底还是走到了这一步。

多年以后。

魏朝皇后郑璧玉走进内殿的时候，殿中鸦雀无声，几名内侍垂首静立在屏风前，一动不动。

卧病在床的魏朝皇帝李玄贞长发松散，斜倚凭几，正对着南窗出神。榻前光线昏暗，他身上的白色窄袖圆领袍在幽暗的光线中发出一种青白的光辉，皎洁胜雪。他冷峻的五官更显深刻，似墨笔勾勒，经多年风霜浸染，依然不减凌厉。

长安正值暮春，和风习习，漏窗外纷飞的杏花、桃花扑簌如雨，一庭淡淡的花香。

郑璧玉示意宫人放下药盏，俯身跪坐于案前，锦履踩过波斯毯，衣裙曳地有声。

李玄贞仍旧凝视着南窗，没有察觉到她的到来，眸光沉静幽深。

他登基以后喜怒不形于色，睥睨间不怒自威，甚少露出这种情状。郑璧玉一时好奇，顺着他的目光看去。

李玄贞在看一幅画。

画用挑杆挂起来，对着窗前和暖的春日泛着金色的光芒徐徐地展开，辉煌灿烂，精美无匹。交织的花影映照在画中，如惠风吹皱一池春水，满室华光，让人不由得目眩神迷。

郑璧玉微微一怔，凝眸端详窗前的画。

为什么李玄贞久久凝视着这幅画？画固然贵重，但李玄贞贵为天子，坐拥四海，什么珍奇异宝没有见过？何况他是习武之人，又崇尚俭朴，向来不看重这些豪奢之物，对诗画也无兴趣。

画是一幅故事画，远处是山川原野，近处亭台楼阁林立，场景像是一场盛大的法会，身着华丽盛装的男女坐落在厅中，聆听尊者宣讲佛法。画幅四周莲花撒落，线条圆润饱满，花瓣尖卷曲华丽，清雅庄严之外，一股贵气扑面而来。

帛画花团锦簇，不论是运笔风格还是画中人物的衣着都和中原迥异，俨然不是内廷所供的画作。

郑璧玉看了一会儿，柳眉微蹙，目光定在一处。

帛画正中间是一对贵人男女，男人长相俊美，头戴宝冠，身穿华服，女子也头戴花冠，一身华美的衣裳。从其他人仰望的姿态来看，这对男女必然身份贵重。其中，男人手持菩提珠串，正襟危坐，女子却姿态随意，一手拈花，一手搭在男人的肩上，朱唇轻启，眉间带笑。她似在和男人笑语，淡绿色的轻纱下雪藕双臂若隐若现，其娇憨、其妩媚跃然纸上。

男人微垂双眸，庄严殊胜，并未看向身旁明艳的女子。

郑璧玉的目光往下。男人的指间缠绕着一条极细的红色丝绦，丝绦歪歪扭扭，垂在他的袍袖间和莲花蒲团上，另一头不知道延伸到了哪里。

她凝神细看，哑然失笑——原来丝绦是从女子的发髻间垂落的一条发带。

男人没有看向女子，却小心翼翼地拈起她的发带，不让尘土沾染。

他们是一对夫妻。

郑璧玉心中霎时了然，眸中掠过一丝怜悯之意。

"陛下，您该服药了。"她柔声道。

李玄贞眼波闪烁，怔怔地看向她，一副如梦初醒的表情。

他刚才在想一些旧事，一些无法挽回的过去。

半晌后，李玄贞回过神，咳嗽了两声，端起药盏。

郑璧玉扫了一眼案上堆叠的奏疏。

李玄贞戎马半生，虽然贵为储君，每次作战却身先士卒，冲锋陷阵，不畏生死，立下赫赫战功，也落下一身疤痕和伤病。年轻时他身强体健，铁打铜铸一般，受伤后恢复得迅速，加之满心仇恨，不在乎生死，刮骨疗毒也不过一笑置之。如今他人到中年，不必再亲上战场，但是每日案牍劳形，身体再不似年轻时那样强健。每到春秋时节，积年的旧患频频发作，御医束手无策，只能以温补的方子帮他精心地调养。

李玄贞一口气喝完药。

郑璧玉递了一碟山楂糕过去。

他吃了一块，不知道想起什么，突然嗤笑一声，抬起凤眸，继续看窗前的画。

"其实朕不喜欢吃山楂糕。"他咽下酸甜的糕点，喃喃地道，"从来都不喜欢。"

郑璧玉愣住了。

皇帝服药时口苦，胃口大减，其他糕点、蜜饯和小食都难以下咽，唯有山楂糕他能吃几块，这一点宫中人人知晓。因为他爱吃山楂糕，宫人、后妃变着花样做出各式各样新巧的山楂糕讨好逢迎。从宫中到民间，每逢人群宴饮聚会，席中必有一道山楂糕，长安城内一时山楂价贵。

原来他从不曾喜欢山楂糕？

郑璧玉望向李玄贞。两人夫妻一场，他知道她藏在端庄温婉下的冷漠，她了解他不顾一切背后的疯狂，他们之间没有什么需要隐瞒对方。

李玄贞在她平静的注视中微微一笑，断断续续地道："那年我孤身一人去求医，身旁无人照料……汤药实在太苦了……"

汤药苦到他喝的时候可能皱了眉头，抑或是脸色太难看。总之，那个等着拿药碗的少女撑着下巴，心有戚戚地望着他："你也怕苦？"

李玄贞没吭声。

第二天她再来送药时，塞了几块山楂糕给他："解苦的，你尝尝合不合胃口。"

他忍着痛苦咬了一口。

"好吃吗？"她问，带着关切。

李玄贞不喜欢酸甜的山楂糕。但是他还是点了点头，吃完了那些山楂糕。

他不仅吃完了，以后再服用酸苦的药汤时，不知道怎么回事，明明不喜欢那酸甜清凉的味道，还是会下意识地从侍者送来的糕点里挑一两块山楂糕吃。

"后来有一次族中大宴，送我山楂糕的人就坐在我的身侧，仆从把一盘山楂糕送到我的面前……"

李玄贞忽然停顿下来。

郑璧玉轻声问："后来如何？"

李玄贞看着画，淡淡地道："我以为她收买仆从，故意试探我，勃然大怒，提剑砍了席案……"

郑璧玉恍然大悟。她记得这件事情。家宴上李玄贞莫名其妙地当众发怒，然后拂袖而去，还是她出面安抚族人。当时所有人都以为他是为朱绿芸缺席宴会的事动怒。

李玄贞自嘲地一笑："其实是我多心了，她不明所以，以为我要当场斩杀她和她的兄长，吓得直接退席，从头到尾看都没看糕点一眼……"

郑璧玉微微叹息。

他可怜，可叹。

李玄贞因为看到山楂糕而暴怒，送他山楂糕的李瑶英却根本不记得这件事情。

是的，不必问，郑璧玉可以笃定，送糕点的人就是李瑶英。

而李玄贞久久凝视的帛画上的那个姿态婀娜的女子也是李瑶英。

帛画应该是前不久西州都督派内给事太监千里迢迢送回长安的贡品之一，画上的夫妻正是昙摩罗伽和王后李瑶英。

郑璧玉有个曾跟随丈夫远赴西州为官的族妹，族妹回京以后，和她说了很多王庭的事情。

据说王庭佛子很受民间百姓爱戴，兼之容貌俊美，民间不论是佛教故事画还是风俗人情画，都喜欢按照他的模样画。

据说当年佛子还俗迎娶李瑶英，朝中不敢有任何异议，民间信众却惊骇万状，纷扰难定，王庭甚至一度起了骚乱。一年年过去，随着他以铁腕推行改革，教化民众，王庭的王权和神权早已分离，王权已经压制神权，信众认识到他意志之坚定，不敢再有怨愤之语。

据说李瑶英这位王后很快就尽揽王庭人心，于是就像人们喜欢以昙摩罗伽的模样作画一样，她的美貌也逐渐在各种塑像和画作中出现。

窗前的余晖慢慢地消失，药盏上的残渍星星点点，已然冰凉。

凉风入殿。

安静的内殿响起李玄贞的咳嗽声，郑璧玉示意侍从关上窗扇，点起灯烛。

柔和的烛光溢满空阔的殿阁，她接过宫人递来的裘衣，披在李玄贞的肩头。他接着咳嗽了一阵，苦笑着道："如今比不得从前……连风都不能吹了……"

他曾驰骋沙场，斩敌无数，现在早生华发，早已经拉不动从前常用的长弓了。

郑璧玉知道，李玄贞还远没到迟暮之年，但他勇武健壮的身躯下这一身沉疴旧伤，让他的心境早已垂垂老矣，像一潭死水，无波无澜，直至彻底干涸。

她的苦是已失去，他的苦是求不得，而且这份求不得还是他亲手葬送的。

她尚有尊贵的地位和无上的荣耀来弥补那一点儿遗憾，而他却再也回不了头。

一幅帛画就可以勾起所有曾经被他刻意遗忘的过去。

他以前有多恨，就有多狠，后来也就有多悔。

郑璧玉沉默片刻，忽然道："我曾经以为塞外是寒苦蛮荒之地，文昭公主之所以选择远嫁王庭，一是为了常伴王庭的佛子，二是怕陛下再起报复之心，被迫远走，为卫国公做长远的打算。"

后来她发现自己错了。

李瑶英进退有度，即使在生下王子和公主后，也不愿多管王庭朝堂之事，对沟通贸易和农事兴趣浓厚，常常出宫。

据说多年前王庭曾有大臣非议此事，认为李瑶英身为王庭的王后，应该深居宫中养育子女。

昙摩罗伽对那个大臣说："她嫁的人是我，不是王庭。"

非议自然平息。

李瑶英身份尊贵，又深得人心，还从无错处，大臣知道掀不起风浪，不过是为了试探一下昙摩罗伽的态度，见他不在意，当然不敢再多嘴。

据说李瑶英外出时，忙完政务的昙摩罗伽会站在高塔上遥望城门的方向，等着信鹰和侍从送回她的信件。

由于思念李瑶英，他命人沿着西州、王庭到更远的波斯古国的漫漫大道修建了许多驿舍，以确保信件能够顺利地送达——不过郑璧玉的族妹的丈夫曾笑着说，昙摩罗伽登上高塔是真的，但那些驿舍是李瑶英自己主持修建的，主要是为了方便来往的商队。

李瑶英成了王后，仍旧可以统领她的部曲卫率，做她喜欢做的事情，而不是像郑璧玉想象中的那样孤身远在异国，日夜幽居深宫。

郑璧玉由衷地道："文昭公主现在过得很好。"

郑璧玉是魏朝皇后，深知国母尊荣的背后需要付出的心力和做出的牺牲。即使地位稳固，她也免不了如履薄冰，事事谨慎。李瑶英身为异邦公主，既能融入王庭，获得爱戴，还能大展拳脚，实属不易。

李玄贞望着帛画，嗯了一声。

不管是民间的传说还是官员们送回来的奏报，一切都表明：瑶英和昙摩罗伽琴瑟和鸣，而且远离家乡这件事并没有给她造成太大的困扰，相反，她远离长安后更加自在。

帛画上的王后情态娇媚自然，落落大方。这样的画流传很广，说明在百姓的眼中王和王后平时就是这般相处的，他们习以为常，而且乐于传颂。昙摩罗伽确实做到了当初对李仲虔的承诺，即使瑶英一点儿都不在意，他也会处理好这些事情，她用不着束手束脚，压抑度日。

烛火轻晃。郑璧玉和李玄贞在昏暗的灯光中对坐，双双沉默。

他们都知道，他的心病深入肺腑，她劝不了他。

最后，李玄贞倚着凭几，疲惫地睡去。

郑璧玉命侍从收起帛画，退出内殿，和廊外的御医交谈几句，望着幽静的夜空出神。

她一面为李玄贞唏嘘，一面冷静地思考下个月的宫宴该怎么安排。

翌日，李玄贞依然卧床不起，而且病势更加沉重。三日后他更是昏昏沉沉，连笔都握不住。郑璧玉干脆命人将自己的寝具搬进内殿，日夜在旁照料。

宫中上上下下提心吊胆，眼看着窗外杏花落尽，李玄贞终于有了好转的迹象，不过精神还是萎靡不振。

这天的汤药是郑璧玉一匙一匙地喂李玄贞喝下的，他躺在枕上，喝完了药，突然睁开眼睛，扫一眼小案。

她知道他这会儿神志不清，还是柔声问："陛下想要什么？"

李玄贞的脸上没什么表情。

郑璧玉放下药盏。

榻上的李玄贞忽然呢喃了几个字。

郑璧玉连忙俯身细听。

"山楂糕。"李玄贞道。

郑璧玉愣了一会儿，双唇动了动。

你不是不喜欢山楂糕吗？可意识昏沉时，你想到的还是它。目光在李玄贞的脸上停留许久，郑璧玉心里轻叹一声，夹起一小块山楂糕送到他的唇边。

他吃了下去，缓缓地闭上眼睛。